BERNHARD HENNEN

DRACHEN ELFEN

DIE WINDGÄNGERIN

BERNHARD HENNEN

DRACHEN ELFEN

DIE WINDGÄNGERIN

ROMAN

HEYNE

MIX
Papier aus verantwortungsvollen Quellen
FSC® C014496
FSC
www.fsc.org

Verlagsgruppe Random House FSC-DEU-0100
Das für dieses Buch verwendete
FSC®-zertifizierte Papier *Holmen Book Cream*
liefert Holmen Paper, Hallstavik, Schweden.

by Wilhelm Heyne Verlag, München,
in der Verlagsgruppe Random House GmbH
Innenillustrationen und Karte »Daia«: Michael Welply
Karte »Albenmark« und »Schlachtfeld«: Andreas Hancock
Redaktion: Momo Evers
Umschlaggestaltung: Nele Schütz Design, München,
unter Verwendung einer Illustration von John Howe & Weta
Workshop Designer Andrew Baker
Satz: Leingärtner, Nabburg
Druck und Bindung: GGP Media GmbH, Pößneck
Printed in Germany 2012
ISBN: 978-3-453-53345-5

www.twitter.com/HeyneFantasySF
@HeyneFantasySF

www.heyne-magische-bestseller.de

Für Lara,
die mich in ihr Fjordland einlud und mir zeigte,
was wahrer Heldenmut ist.

Now this is not the end. It is not even the beginning of the end.
But it is, perhaps, the end of the beginning.

(Dies ist nicht das Ende. Es ist noch nicht einmal der Anfang
vom Ende. Aber es ist vielleicht das Ende eines Anfangs.)

Winston Churchill
Aus der Rede nach dem britischen Sieg
über das deutsche Afrika-Korps in der zweiten Schlacht
von El Alamein in Ägypten, 1942

Erstes Buch

DIE TIEFE STADT

Prolog

»Du gibst mir sofort den Stein«, zischte Sina. Sie war einen Kopf größer als er und die Tochter des reichsten Bauern von Belbek. Sich ihr zu widersetzen war dumm. Aber Daron dachte gar nicht daran, seinen Schatz aufzugeben. Er hielt den Stein fest umklammert.

Niemand kam ihm zu Hilfe. Alle anderen Kinder fürchteten sich vor Sina. Sie standen einfach um sie beide herum und warteten ab, wer das Ringen gewinnen würde.

»Du könntest sie in den Arm beißen«, flüsterte Tura, der Kleinste in der Schar, die sich hinaus in den Palmhain geschlichen hatte.

Sina warf ihm einen giftigen Blick zu. »Das hab ich gehört.«

Daron nutzte den Augenblick, den sie abgelenkt war, und trat ihr vors Schienbein. Fluchend ließ sie den Stein los und verpasste ihm gleich darauf eine Ohrfeige. »Behalt das dumme Ding doch. Ein Stein ist gar kein richtiger Schatz!«

»Doch«, entgegnete er trotzig. »Dieser schon und das weißt du ganz genau.«

Daron hielt seinen kostbarsten Besitz fest umklammert. Sein Vater Narek hatte den Stein, am Tag bevor er gegangen war, beim Umgraben ihres kleinen Ackers gefunden und ihm geschenkt. In ganz Belbek gab es keinen zweiten Stein wie diesen. Er war auf einer Seite weiß wie frische Ziegenmilch und auf der anderen so schwarz wie Holzkohle. Daron konnte den Stein mit der Hand nicht ganz umschließen. Er war flach und kaum dicker als sein kleiner Finger.

Es war so unendlich lange her, dass sein Vater davongezogen war, um für den Unsterblichen Aaron zu kämpfen. Waren es wirklich erst drei Monde? Daron kam es vor wie drei Jahre.

»Fangen wir an.« Sina war immer noch schlecht gelaunt. »Ihr seid die rattengesichtigen Luwier, und wir werden euch aus dem Palmpalast vertreiben.«

»Wir, die Luwier?«, empörte sich Daron. »Das geht nicht!«

»Und ob das geht! Wir waren gestern erst die miesen Luwier. Heute seid ihr dran.«

Daron schüttelte entschieden den Kopf. »Mein Papa zieht mit dem Heer von Aram. Da kann ich doch keinen Luwier spielen. Das ist gegen die Ehre der Familie.«

»Und mein Papa sagt, dass dein Vater höchstens die Pferdeäpfel hinter den Streitwagen des Unsterblichen kehrt. Narek ist gar kein Krieger. Das wissen alle hier im Dorf.«

Daron kämpfte gegen einen Kloß im Hals. Sina konnte so gemein sein. Genau wie ihr Vater! Natürlich wusste er auch, dass sein Papa kein Krieger war, aber er war trotzdem ein Held. Außer ihm und seinem Freund Ashot hatte sich keiner getraut, mit dem Werber des Unsterblichen zu gehen.

»Wir könnten doch wieder den Stein entscheiden lassen«, schlug Tura vor.

»Der Stein betrügt«, grummelte Sina.

»So ein Quatsch. Wir machen es so!« Daron blickte in die Runde. Alle waren einverstanden.

»Aber ich werfe diesmal den Stein!«, befahl Sina.

Widerwillig gab er ihr seinen Schatz zurück. »Mach ihn nicht kaputt.«

»Steine gehen nicht leicht kaputt.« Sie strich über die glatte Oberfläche und betrachtete ihn gierig. »Wenn weiß oben liegt, sind ich und meine Krieger heute die Guten.« Sie streichelte den Stein, als sei er ein junges Kätzchen. Dann warf sie ihn hoch in die Luft. Er drehte sich im Flug, sodass abwechselnd die schwarze und die weiße Seite zu sehen waren.

Als er zu Boden fiel, lag schwarz oben.

Sina seufzte. »Ich sag doch, der Stein betrügt.«

Stolz wandte sich Daron an seine kleine Streitmacht. Sie waren zu siebt. Sina hatte genauso viele Gefolgsleute. Aber ihre Freunde waren alle schon etwas größer. Von den letzten fünf Schlachten um den Palmpalast hatte Sina vier gewonnen. Deshalb wollten die meisten lieber in ihrem Heer mitmachen. Sogar wenn sie dann Luwier sein mussten. Wer in der Schlacht siegte, dem gehörten am nächsten Tag alle reifen Datteln, die von den Palmen zu Boden fielen. Jedenfalls wenn Sinas Vater die Plünderer nicht erwischte, denn der Palmhain gehörte eigentlich ihm, und er ließ sich nicht gerne berauben.

»Wir sind heute Daimonen«, erklärte Sina plötzlich. »Wenn wir schon die Bösen sein sollen, dann sind wir wenigstens so richtig böse.«

Alle sahen sie erschrocken an.

»Meine Tante sagt, wenn man von Daimonen spricht, dann kommen sie auch«, flüsterte Tura.

»Wenn du Angst hast, dir gleich in deinen Wickelrock zu pinkeln, dann geh doch nach Hause, Tura.«

Daron schob sich vor den Kleinen. »Wir haben vor gar nichts Angst!« Allerdings gefiel ihm die Idee mit den Daimonen auch nicht. Es war schon dunkel. Die Erntezeit hatte schon begonnen, deshalb hatten sie alle lange auf den Feldern arbeiten müssen.

»Dann also los!«, rief Sina begeistert. »Folgt mir, Daimonen!«

»Ihr seid die Angreifer. Verlasst sofort den Palmpalast.« Daron wies auf das Hirsefeld hinter der niedrigen Bruchsteinmauer. »Ihr kommt von da.«

Sinas Daimonenschar zog willig davon, während unter Darons Gefolgschaft gedrückte Stimmung herrschte.

»Die werden uns bestimmt verprügeln«, sprach Tura laut aus, was alle dachten.

»Warum?«, entgegnete Daron trotzig.

»Na, weil sie eben Daimonen sind.« Tura sah aus, als würde er gleich anfangen zu heulen. »Und dunkel ist es auch schon. Und wenn ich zu Hause erwischt werde, wie ich mich so spät in mein Bett schleiche, werde ich gleich noch mal verprügelt.«

»Verteidiger von Belbek«, Daron versuchte mit fester Stimme zu sprechen, so wie ein richtiger Held. »Suchen wir uns Steine zum Werfen. Die Daimonen sollen eine Überraschung erleben, wenn sie kommen.«

Damit hatte er sie. Seine Freunde verteilten sich im Palmhain.

»Gehen auch Datteln?«, rief Tura.

Daron lachte. »Wenn du ein paar besonders harte findest.«

In der Ferne war ein Geräusch wie Donnergrollen zu hören.

»Daron!«, erklang Sinas Stimme irgendwo zwischen den Palmen. »Komm schnell! Autsch. Verdammt, hört auf, mich mit Steinen zu bewerfen. Komm endlich, Daron! Das musst du sehen! Komm zur Bruchsteinmauer.«

War das eine Falle? Daron schob sein Holzschwert hinter das alte Hanfseil, das ihm als Gürtel diente. »Kommt alle mit. Und nehmt eure Steine mit, falls die uns hereinlegen.«

Sie kamen unbehelligt bis zur Mauer. Sinas Gefolgschaft stand oben. Alle blickten sie gen Osten. Das Donnergrollen war jetzt deutlich zu hören. Ja, es hörte gar nicht mehr auf. Da kam kein gewöhnliches Gewitter auf sie zu.

Hastig kletterte Daron die niedrige Mauer hinauf. Eine Kette aus kleinen Flammen zog über die Ebene in Richtung ihres Dorfes.

»Da seht ihr es, jetzt kommen die Daimonen«, sagte Tura und begann zu weinen.

Daron lief es eiskalt den Rücken hinab. Er war im Augenblick der Mann im Haus, und er hatte nur ein Holzschwert, um seine Mutter Rahel zu verteidigen. Er kniff die Augen zusammen und versuchte zu erkennen, was draußen war. Etwas Goldenes funkelte unter den Flammen. Bronzerüstungen! »Das sind Streitwagen …« Ganz sicher war er sich nicht. Aber Streitwagen klang besser als Daimonen.

»Dann haben die Luwier also gewonnen«, sagte Sina niedergeschlagen. »Mein Vater hat immer gesagt, wenn die Luwier siegen, dann plündern sie das ganze Land. Und dass ein Bauernheer nicht gegen richtige Krieger bestehen kann, hat er auch gesagt.«

Daron blickte auf den schwarz-weißen Stein, seinen Schatz. Sein Vater hatte ihm versprochen, dass er wiederkommen würde. Ganz bestimmt hätte er nicht zugelassen, dass die Luwier gewinnen. Aber Streitwagen in der Nacht bedeuteten nichts Gutes, so viel war sicher. »Wir müssen das Dorf warnen«, entschied Daron.

»Du bist also schneller als ein Streitwagen?« Zum ersten Mal an diesem Abend klang Sina nicht kämpferisch.

»Das schaffen wir!« So sicher wie er tat, war er sich nicht. »Wir laufen über die Felder. Die Wagen müssen auf dem Weg bleiben. Los, Tura, gib mir deine Hand. Ich lass dich nicht los, bis wir bei deiner Mutter sind. Und vergesst eure Holzschwerter nicht!«

Drei Monde früher

Der gefallene Meister

Nandalee hob aufmerksam den Kopf. Der Wind hatte gedreht. Das Wispern der Blätter änderte den Ton. Es erschien ihr drängender, als wollten die Geister des Waldes sie warnen. Ein neuer Geruch lag in der Luft. Nach Rauch, Waffenfett und ungewaschenen Kleidern.

Aus den Augenwinkeln sah die Elfe zwei Schatten, die sich lautlos durch den Wald bewegten. Fast waren sie eins mit den dunklen Stämmen und der Nacht. Auch sie rochen nach Rauch. Und nach dem Ruß, mit dem sie sich die Gesichter und die Hände eingerieben hatten, um noch mehr den Schatten zu gleichen.

Ihre Gefährten, Cullayn und Tylwyth, gaben ihr ein Zeichen weiter vorzurücken. Die beiden Maurawan gehörten zu den Elfen, die im alten Wald südlich des Albenhauptes lebten. Ihr Volk galt als eigenbrötlerisch und reizbar. Selbst die Trolle vermieden es, mit den Maurawan zu streiten, und fürchteten ihre Überfälle. Nandalee war nicht begeistert gewesen, als man ihr die beiden für ihre Mission zur Seite gestellt hatte. Sie waren keine Drachenelfen, sondern gehörten zu den Spähern der Blauen Halle. Diese Eskorte war ein Zugeständnis Nachtatems an die übrigen Himmelsschlangen, die nicht duldeten, dass diese wichtige Mission allein einer seiner Getreuen anvertraut wurde. Und obendrein noch der einzigen Elfe, in deren Gedanken sie nicht lesen konnten.

Cullayn, der ältere der beiden Maurawan, trat an ihre Seite.

»Ich habe sie gerochen«, sagte sie, damit keine Missverständnisse aufkamen. Es war nicht die Art der Maurawan, viel zu reden, was den Umgang mit ihnen nicht leichter machte.

Cullayn nickte knapp.

Nandalee war dankbar, dass er die Kapuze seines Umhangs tief in die Stirn gezogen hatte. Sein Antlitz war entstellt, und es fiel ihr schwer, ihm ins Gesicht zu blicken. Es wirkte verrutscht. Nichts war mehr ganz an dem Ort, an dem es sein sollte, so als habe man ihm Haut und Fleisch vom Schädel abgezogen und dann nicht mehr an die richtige Stelle bekommen. Angeblich war Cullayn als junger Krieger vom Keulenhieb eines Trolls getroffen worden. Dass er überhaupt überlebt hatte, war ein Wunder. Ein Wunder, das er selbst wohl jeden Tag verfluchte, vermutete Nandalee.

»Was glaubst du, wie viele es sind?«

Ohne zu zögern, ballte er die rechte Faust, streckte alle Finger aus, ballte die Faust ein zweites Mal und spreizte Zeige- und Mittelfinger ab.

»Sieben?« Sie musterte ihn ungläubig. Sie wusste, dass es mehrere Zwerge sein mussten. Die Duftnote war zu stark für einen gewesen. Aber sie hätte niemals eine genaue Zahl benennen können. Scherzte Cullayn etwa? Bislang hatte sie ihn für völlig humorlos gehalten. Ein Fehler? Auch seine Freundschaft zu Tylwyth, den man hinter seinem Rücken *den Schönen* nannte, war ungewöhnlich. Tylwyth war in ziemlich allem das genaue Gegenteil von Cullayn. Er war gutaussehend und legte für einen Maurawan außergewöhnlich großes Augenmerk auf seine Kleidung. Cullayn hingegen wirkte abgerissen. Seine knielangen, weichen Lederstiefel waren mehrfach geflickt. Die linke Sohle hatte sich halb gelöst und wurde von Lederriemen gehalten, die um den Stiefel gewickelt waren. Er trug einen Lendenschurz undefinierbarer, dunkler Farbe, dazu eine speckige Lederweste mit etlichen aufgenähten Taschen. Sein weiter Kapuzenumhang war so oft gewaschen, dass die ehemals dunkelgrüne Farbe zu einem scheckigen Muster zwischen Grün und Grau verkommen war. Doch was zählten solche Äußerlichkeiten schon, wenn man ohnehin die meiste Zeit mit dem Wald verschmolz. Nandalee kannte keinen anderen Elfen, der es Cullayn darin gleichtun konnte. Vielleicht wob der Maurawan unbewusst Magie? Vielleicht hatte es mit seinem entstellten Gesicht zu tun? Er wollte schon seit Langem nicht gesehen werden. Und er hatte einen guten Grund dazu.

»Folgen wir den Zwergen«, entschied sie. Seit sie auf dem Berg waren, hatten sie zwei Mal Holzfäller beobachtet. Ansonsten war es ruhig.

Cullayn nickte. Kaum einen Herzschlag später war er wieder in den Schatten verschwunden.

Nandalee nahm erneut Witterung auf. Cullayn schien keinen eigenen Geruch zu haben. Ihn konnte sie hier nicht wahrnehmen. Er roch wie der Wald. Er war der Wald, dachte sie und lächelte. Ganz anders als die Zwerge. Ob die Zwerge etwas ahnten? Wussten sie, dass Elfen hier waren? Nandalee stieg über einen zersplitterten Ast hinweg. Der Wald hier auf dem Berg war nicht gesund. Es gab zu viele Fichten und Kiefern. Wahrscheinlich hatten die Zwerge die schnell wachsenden Bäume gepflanzt, um den Holzbedarf ihrer Stadt zu stillen, die tief verborgen im Berg lag.

Unvermittelt entdeckte Nandalee die Fährte der Zwerge. Abdrücke der plumpen, großen Füße in dem Teppich aus Kiefernnadeln, der den Waldboden bedeckte. Mit einem Schaudern dachte sie an die Zeit zurück, in der sie selbst in einem Zwergenkörper gefangen gewesen war. Wie eine Betrunkene war sie kurz nach der Verwandlung durch die Tunnel der Tiefen Stadt getaumelt. Der Gedanke an den ungelenken, gedrungenen Körper erfüllte sie mit Schrecken. Sie dachte an all die Monde, die sie in der Pyramide im Jadegarten gefangen gewesen war. Lebendig begraben!

Nandalee hob den Blick zu den Fichtenwipfeln, die sich sanft im Wind wiegten. Sie lauschte dem Lied der Bäume, atmete den Duft des Harzes. Der Gestank nach den verschwitzten Kleidern der Zwerge war kaum noch wahrzunehmen, ganz als wolle der Wald selbst die Erinnerung an sie tilgen.

Nandalee folgte weiter der Spur. Man hätte blind sein müssen, um sie zu verfehlen. Zwergen nachzustellen war keine Herausforderung, dachte sie mit einem Anflug von Ärger. Selbst ihre

Freundin Bidayn würde diese Fährte nicht verlieren, obwohl sie in der Wildnis hilflos wie ein Kind war. Bidayn hatte Nandalee überrascht, als sie sich für diese Mission freiwillig gemeldet hatte. Nachdem sie auf Nangog verletzt worden war, hätte Nandalee nicht erwartet, dass die Zauberweberin sich so bald wieder in Gefahr begeben würde. Bidayn war … Nandalee verharrte. Etwas stimmte nicht. Da war etwas im Dunkel. Dicht vor ihrem Gesicht. Mondlicht hatte sich daran gebrochen. Ein Faden, fein wie Spinnweben. Doch er war schwarz wie die Nacht.

Sie duckte sich. Witterte. Der Harzgeruch überlagerte alle anderen Düfte. Zu stark, selbst für einen Fichtenhain! Nandalee schloss die Augen und konzentrierte sich ganz auf ihren Geruchssinn. Sie versuchte das zu verdrängen, was sie am stärksten bestürmte. Sie roch einen Dachs, ganz in der Nähe. Rebhühner. Hasenkötel. Rosshaar. Wachs …

Sie schlug die Augen auf. Der spinnwebfeine Faden war ein Rosshaar. Nein, wahrscheinlich mehrere. Sie waren zusammengeknotet und mit Wachs eingerieben. Nandalee atmete schwer aus. Das war knapp gewesen. Sehr knapp! Was wohl geschehen würde, wenn das Haar zerriss? Sie und die beiden Maurawan hatten in dieser Nacht schon etliche Fallen gefunden. Schwere Fußangeln, die einem den Knöchel zertrümmerten, wenn sie zuschnappten, eine Grube voll angespitzter Pfähle. Sie alle waren plump und leicht zu entdecken gewesen. Diese hier war anders. Das Haar war etwa auf Schulterhöhe gespannt. Ein Zwerg konnte diese Falle nicht versehentlich auslösen. Sie war für größere Geschöpfe ersonnen worden. Nandalee versuchte zu entdecken, wohin das Rosshaar führte. Es verschwand zwischen Kiefernästen.

Das plötzliche Gefühl, angestarrt zu werden, ließ sie herumfahren. Da war jemand im Dunkel unter den Fichten. Tylwyth? Der Schatten winkte ihr zu. Rufen konnte er nicht, solange ungewiss war, wie nahe ihnen die Zwerge waren. Sie konnten überall … Plötzlich fügte sich für Nandalee alles zusammen. Die plumpen

Fallen, die Fährte, die man nicht übersehen konnte. Sie waren hierher gelockt worden! Wer ein Stück neben der auffälligen Fährte durch den Wald lief, der musste geradewegs in diese Falle laufen. Das schwarze Rosshaar wäre selbst am hellen Nachmittag so gut wie unsichtbar, denn das Dach der Fichtenäste war so dicht verwoben, dass hier stets Zwielicht herrschte.

Sie hatten die Zwerge unterschätzt. Sie ahnten, dass die Drachen und mit ihnen die Drachenelfen kommen würden. Das war naheliegend, bei dem, was sie getan hatten. Die Ermordung des Schwebenden Meisters konnte nicht ungesühnt bleiben.

Tylwyth kam auf sie zu. Er wirkte ungeduldig, winkte ihr. Sie gab ihm ein Zeichen, stehen zu bleiben, aber er ignorierte es. Sie musste ihn aufhalten. Nandalee ließ alle Vorsicht fahren. »Bleib …«

Äste splitterten. Die Wipfel rings um den Maurawan wogten wie von Sturmwind gepeitscht. Tylwyth warf sich zu Boden und rollte zur Seite ab. Ein fassgroßer Baumstumpf, gespickt mit angespitzten Ästen, schwang über ihn hinweg und verschwand in der Dunkelheit. Keinen Herzschlag später schnellten Bretter mit fingerlangen Nägeln aus dem Waldboden. Der Maurawan sprang auf. Nur ein Hechtsprung rettete ihn vor dem zurückschwingenden Baumstumpf.

Nandalee eilte ihm entgegen. Dabei folgte sie in geducktem Lauf der Fährte der Zwerge. Dort, wo sie gegangen waren, konnte es keine Fallen geben. Zumindest nicht in Zwergenhöhe.

Tylwyth kauerte mit schreckensweiten Augen vor einem Baumstamm. Seine linke Hand war verletzt, die enge, graue Wildlederhose voller Schmutz und Blut. Von seiner selbstsicheren Eleganz war wenig geblieben.

»Schlimm?«

Er blickte auf. In seinem rußgeschwärzten Gesicht erschienen ihr seine Augen unnatürlich hell. Die blaugraue Iris war von einem schwarzen Rand eingefasst. Wolfsaugen, dachte Nandalee.

»Ich werde noch meinen Bogen halten können.« Seine Stimme klang gepresst. Tylwyth kämpfte gegen den Schmerz an.

»Lass mich deine Hand sehen!«

Widerwillig streckte er sie ihr entgegen. Er musste in eines der Nagelbretter gegriffen haben. Nandalee bezweifelte nicht, dass er seinen Bogen noch halten könnte. Aber wie sicher würde er noch schießen?

»Verbind das. Warum bist du nicht stehen geblieben, als ich dir ein Zeichen gegeben habe?«

»Sie singt.«

»Wer?«

»Bidayn. Sie singt. Die Zwerge müssen sie gehört haben. Sie gehen genau auf sie zu.«

Das konnte nicht sein! Nandalee lachte auf. Ein verzweifelter, freudloser Laut. Sie wusste es besser. Die Ereignisse auf Nangog hatten Bidayns Seele verletzt. Alles konnte sein!

Tylwyth stand auf und klopfte sich mit fahriger Geste den Schmutz von den Kleidern. »Cullayn ist vorausgeeilt. Er wird sie beschützen.«

Nandalee nickte. Sie fühlte sich der Gegenwart entrückt. Ihre Gedanken waren auf Nangog, der verwunschenen Welt. Bidayn hatte dort nach einer Macht gegriffen, die sie fast getötet hätte. Wer einen Zauber wob, sollte sich nicht gegen die Magie der Welt stellen.

Sie warnte Tylwyth vor den Fallen. Dann folgten sie beide in geducktem Lauf der Fährte der Zwerge.

Bald wechselte die Spur die Richtung. Nandalee hörte es. Ein Lied. Ohne Worte. Eine Melodie voller Schmerz und Einsamkeit. Der Wald schwieg. Selbst der Wind hatte aufgehört im Fichtengeäst zu flüstern. Es gab nur noch diese Stimme. Sie zog sie an wie ein Strudel, der das Wasser verschlingt und in dunkle Tiefen reißt.

Nandalee dachte an Gonvalon, rief sich sein Gesicht vor Augen. Nutzte sein Bild, um sich gegen den Zauber aufzubäumen. Endlich war sie frei.

»Was ist mit dir?« Tylwyth sah sie beunruhigt an. Er schien nicht unter Bidayns Bann zu stehen. Der Maurawan griff nach seinem Köcher und zog einen Pfeil hervor.

Nandalee entdeckte voraus den verwitterten Felsfinger, der sich aus dem Waldboden erhob. Bleich wie Knochen sah er im Mondlicht aus. Zerfurcht von Wind und Regen. Die Bäume wichen vor ihm zurück, als hätten sie Respekt vor dem uralten Fels. Bidayn stand an seinem Fuß. Gut sichtbar, umwoben vom silbernen Licht der Nacht.

Die Gruppe der Zwerge war zu einer Kette aufgefächert. Unruhig sahen sie sich um, drei von ihnen mit der Armbrust im Anschlag.

Ein wenig seitlich entdeckte Nandalee Cullayn. Der Jäger war fast eins mit dem schattenschwarzen Stamm einer Fichte. Er hatte einen Pfeil auf die Sehne gelegt.

Immer noch erklang das verwunschene Lied. Säte Melancholie in ihr Herz. Sie durfte sich dem nicht hingeben. Nandalee löste den Bogen von ihrem Köcher und zog eine Sehne auf. Verdammte Zwerge! Warum mussten diese Narren geradewegs ihrem Untergang entgegengehen!

Die Zwerge traten auf die Lichtung ins Mondlicht. Sie wirkten verstört. Sahen sich nervös um. Ruckartig bewegten sie die Köpfe. Nur zu dem Felsfinger blickten sie nicht.

Was ging hier vor? Was wollte Bidayn? Nandalee öffnete ihr Verborgenes Auge und betrachtete die magische Welt. Ein Gespinst dünner, leuchtender Fäden überzog die kleine Lichtung. Gold und ein warmes Rotorange waren die vorherrschenden Farben. Auch Blau und Lila sah sie. Die purpurnen Auren der Zwerge waren dicht von silbernen Fäden durchzogen. Nandalee musste unwillkürlich an Kokons denken, in die Spinnen Beute einwoben, die sie noch nicht sofort töten wollten. All diese silbernen Fäden liefen auf Bidayn zu.

Ein magisches Netz durchdrang die Welt. Lebewesen, Bäume,

selbst Steine. Alles war miteinander verbunden. Befand sich in Harmonie. Zauberweber beeinflussten dieses Netz. Veränderte man es jedoch zu sehr, so konnte sich die Macht gegen den Zaubernden wenden, wie Bidayn auf Nangog auf schreckliche Art hatte erfahren müssen.

Einer der Zwerge hob seine Armbrust an die Schulter. Nandalee blinzelte und verschloss sich dem magischen Blick auf die Welt.

Das Licht des Mondes blitzte auf der scharf geschliffenen Spitze des Armbrustbolzens. Nandalee ahnte, dass Bidayn die Sinne der Zwerge manipulierte. Was sie wohl hörten?

»Ich nehme den Linken mit der Armbrust«, flüsterte Tylwyth.

Nandalee zögerte. Der vorderste der Zwerge war kaum noch fünf Schritt von Bidayn entfernt. Ruckhaft bewegte er seinen Kopf. Fast wie eine Marionette. Er sah nicht zu der Stelle, an der die Zauberweberin in einem weißen Kleid am Fels lehnte.

Der graubärtige Anführer hob jetzt die Hand. Die anderen Zwerge verharrten.

Nandalee hielt den Atem an.

Tylwyth zog die Sehne seines Bogens durch. Er hatte ein klares Schussfeld auf den Zwerg, den er sich zum Ziel erkoren hatte. Zehn Herzschläge, und die Zwerge würden tot auf der Lichtung liegen. Mehr würden sie nicht brauchen. Bidayn durfte nichts geschehen. Nur sie konnte sie zurückbringen. Nur sie vermochte den Drachenpfad zu öffnen, der sie zurück zu den Himmelsschlangen führte.

»Nicht!« Sie legte Tylwyth die Hand auf den Arm. Wenn sie die Zwerge töteten, war ihre Mission gescheitert. Sie durften keine Aufmerksamkeit erregen! Sie waren nur Späher. Sie sollten die Eingänge zur Tiefen Stadt erkunden und herausfinden, ob es Luftschächte gab, die weit genug waren, dass ein Elf durch sie in die Stadt eindringen konnte.

Tylwyth zischte etwas Unverständliches. Dann nahm er den Pfeil von der Sehne.

Nandalee war klar, dass ihre Mission ebenfalls gescheitert war, wenn Bidayn etwas zustieß. Ohne ihre Hilfe würden sie hier festsitzen. Nandalee wusste nicht einmal, wie weit der Berg von der Weißen Halle entfernt war. Unschlüssig strich sie über die Pfeile in ihrem Köcher. Was war die richtige Entscheidung? Bidayn würden sie befreien können, wenn etwas geschah. Mit toten Zwergen hingegen würden sie unumkehrbare Tatsachen schaffen. Sie zwang sich, die Hand vom Köcher zu nehmen. Sie durfte nicht schießen! Sie war die Anführerin. Sie musste beherrscht handeln.

Bidayn lehnte immer noch singend am Fels. Die Zwerge schienen sie nicht im Mindesten zu beunruhigen. Was wollte sie mit ihrem Zauber bezwecken? Wollte sie die Zwerge töten? Sie hätte Bidayn nicht mitnehmen dürfen. Nicht so kurz nach den Ereignissen auf Nangog. Ein Netz aus Narben entstellte ihr Gesicht. Feine rote Linien, die nicht verblassen wollten. Sie ließen die junge Elfe unheimlich erscheinen.

Der Anführer der Zwerge sagte etwas. Ein undeutlich gemurmelter Befehl. Seine Männer senkten die Armbrüste. Der Graubart schüttelte den Kopf, als könne er sich die Ereignisse nicht erklären. Dann führte er den Spähtrupp von der Lichtung.

Nandalee wartete, bis die Zwerge wieder im Wald verschwunden waren. Bidayn sah die ganze Zeit über in ihre Richtung. Sie hatte gewusst, dass sie hier waren.

Ärgerlich trat Nandalee schließlich aus der Deckung. »Was sollte das?«

»Mir war langweilig. Ihr hättet mich mitnehmen sollen«, entgegnete sie mit aufreizender Gelassenheit.

»Du bist keine Jägerin. Du bewegst dich nicht leise genug und hättest uns nur aufgehalten. Und das weißt du auch genau!«

»Was für ein Zauber war das?«, mischte sich Tylwyth ein, ganz offensichtlich fasziniert von Bidayn. »Warst du für die Zwerge unsichtbar? Und warum konnten wir dich dennoch sehen?«

Bidayn lächelte und genoss ganz offensichtlich das Interesse des Maurawan. »Sie konnten nicht in meine Richtung blicken. Unsichtbarkeit … Das übersteigt meine Kräfte. Aber einen tumben Zwerg dazu zu zwingen, nur dorthin zu blicken, wohin ich will, ist etwas anderes.«

»Und dein Lied? Warum musstest du sie darauf stoßen, dass wir hier sind? Wir bemühen uns, im Verborgenen zu bleiben, und du …«

»Sie haben kein Lied gehört. Mit dem Geräusch splitternder Äste habe ich sie hierher gelockt. Ansonsten hörten sie nur Waldesrauschen.« Der überhebliche Tonfall, in dem sie sprach, war neu. So hatte sie Bidayn noch nicht erlebt.

»Du hast durch dein eigenmächtiges Handeln unsere Mission gefährdet. Du …«

»Im Gegenteil, ich habe eine eigene Mission. Ich soll feststellen, ob die Zwerge für diese Art Zauber empfänglich sind. Wir werden wiederkommen, um einige von ihnen zu ermorden. Da mag es wohl hilfreich sein, einen Zauber zu beherrschen, der uns für sie so gut wie unsichtbar macht.«

Nandalee stand wie vom Schlag gerührt. »Eine eigene Mission?«

»Du hast dich ganz und gar Nachtatem verschrieben.« Bidayn sagte das mit einem anzüglichen Lächeln. »Ich habe einen anderen Meister gefunden. Einen, der mich tiefer in die Kunst des Zauberwebens einweihen wird, als du es dir vorzustellen vermagst. Es wird nie wieder so wie auf Nangog sein. In Zukunft werde ich kein Ballast mehr sein, und es wird auch niemand mehr über mich lachen …«

Ihre Reise nach Nangog war geheim gewesen. Es stand Bidayn nicht zu, in Anwesenheit anderer so frei zu sprechen. »Geh zurück und beseitige deine Spuren, dort wo du die Falle der Zwerge ausgelöst hast«, fuhr Nandalee Tylwyth schroff an. »So ein Rosshaar könnte selbst von einer jagenden Eule durchtrennt werden. Sie dürfen nicht wissen, dass Elfen auf ihrem Berg waren. In einer Stunde brechen wir auf.«

Tylwyth sah sie mit seinen Wolfsaugen so durchdringend an, als wolle er in ihren Gedanken lesen. Einen Moment lang schien er etwas sagen zu wollen, doch dann presste er die Lippen zusammen und ging.

Nandalee fluchte stumm. Sie musste lernen, sich besser zu beherrschen. Sie durfte ihren Ärger über Bidayn nicht an anderen auslassen.

»Gibt es noch weitere Missionen, von denen ich wissen sollte?«, fragte sie Bidayn, als Tylwyth außer Hörweite war.

»Von denen du wissen solltest? Nein.«

Was war nur in sie gefahren? Wo war die schüchterne, zurückhaltende Bidayn geblieben? Ihre einzige Freundin. »Was hat dir dein Meister versprochen? Will er dir deine Schönheit zurückgeben?«

»Du fandest mich also schön?«, entgegnete sie bitter. »Warum hast du mir das früher nie gesagt? Warum sprichst du erst davon, nachdem ich meine Schönheit für immer verloren habe?«

»So habe ich das nicht gemeint. Ich …«

»Ich kenne dich, Nandalee. Du bist eine Einzelgängerin. Du brauchst keine Freundinnen. Du vertraust dich ohnehin niemandem an. Mein Meister hat mir gar nichts versprochen. Nicht er hat mich verändert. Einsame Entscheidungen zu fällen und andere nicht einzuweihen habe ich von dir gelernt.« Mit diesen Worten wandte sie sich ab.

Entehrt

Shaya lauschte auf die hämmernden Schritte jenseits des Tores. Sie ertappte sich dabei, wie ihre Finger nervös auf dem schmalen Kopf der Dornaxt trommelten. Über sich selbst verärgert, ballte sie die Hand zur Faust. Sie musste ein Vorbild sein. Ihre Krieger beobachteten sie. War sie von kalter Ruhe, würden auch ihre

Männer gelassen bleiben. Zeigte sie aber Nervosität, dann verlor sie zumindest an Ansehen. Als Frau musste sie in allem doppelt so gut wie ein Mann sein, um sich in der Leibwache des Statthalters Kanita Ansehen zu verdienen. Bisher war ihr das gelungen.

Shaya hielt ihren Helm unter den Arm geklemmt. Der Wind spielte in ihrem Haar. Früher wäre es ihr niemals eingefallen, bei einem solchen Anlass offen ihr Gesicht zu zeigen. Trug sie den Helm, sah sie aus wie all die anderen Krieger in der Leibwache des Statthalters. Doch ihre Liebe zum Unsterblichen Aaron hatte sie verändert. Sie sehnte sich nicht mehr danach, ein Mann zu sein.

Die Prinzessin lauschte auf das Geräusch der Schritte. Die Treppe hinauf zum Felsplateau, auf dem die Palastbauten des Statthalters aus Ischkuza lagen, zählte mehr als 1400 Stufen. Wer dann endlich vor Kanita trat, tat dies in aller Regel keuchend und in Schweiß gebadet. Es kam nur sehr selten Besuch. Der Palast erhob sich weit im Westen der Goldenen Stadt, jener riesigen Metropole, in der der einzige Zugang in die Welt Nangog lag. Etwa eine Stunde entfernt, im Herzen der Stadt, lag, flankiert von Götterstatuen, das magische Portal, das sie so oft durchschritten hatte, um über den Goldenen Pfad zu gehen. Jene dünne Nabelschnur, die sie mit ihrer Heimatwelt Daia verband.

Vor einer Stunde hatte sie ein Bote erreicht, der von der Ankunft einer riesigen, schwer bewaffneten Gesandtschaft aus Ischkuza berichtete. Kanita hatte daraufhin seinerseits Boten ausgeschickt, um herauszufinden, um wen es sich handelte. Es war ungewöhnlich, dass so bedeutender Besuch unangekündigt kam. Das verhieß nichts Gutes. Die Boten waren nicht zurückgekehrt und während der Hofstaat Kanitas sich auf den Empfang der Gäste vorbereitete, machte sich eine klamme Stimmung breit.

Shaya ertappte sich dabei, dass ihre Finger erneut auf den Kopf der Dornaxt trommelten. Sie atmete langsam aus und versuchte sich zu entspannen. Auch wenn ihr Vater, der Großkönig Madyas, nicht für seinen Langmut bekannt war, war sie in Sicherheit. Sie war seine siebenunddreißigste Tochter! Niemand würde es wagen, Hand an sie zu legen.

Der prasselnde Schritt Hunderter Füße verstummte auf einen Schlag. Drückende Stille lag über dem Palasthof.

Eine Ewigkeit schien zu vergehen, bis endlich gegen das Tor geklopft wurde. Schwere, tönende Schläge, die auf dem weiten Hof widerhallten. Einer der Adler schrie auf und schlug mit den Flügeln, als wolle er in den Himmel fliehen.

Ein böses Omen, dachte Shaya.

Auf einen Wink des Statthalters wurde das Tor geöffnet. Krieger, in schimmernde Bronze gewappnet, marschierten auf den weiten Hof. Shaya wusste, wie sie gegen das Keuchen ankämpften. Wie sie sich verzweifelt straff hielten. Die lange Treppe hinauf hatte ihre Kraft verbrannt. Sie diente dazu, Stolz zu Asche werden zu lassen. Sie wusste es gut. Sie selbst war die endlose Treppe schon in Rüstung hinaufgestiegen. Wer hinaufkam, um vor den Statthalter zu treten, sollte sich schwach fühlen.

Die fremden Krieger bildeten ein Spalier. Sie stützten sich auf ihre Speere. Drückten die Rücken durch. Wer immer diese Treppe errichtet hatte, kannte die Menschen nicht. Sonst hätte er gewusst, welchen verzweifelten Hass sie schürte. Und welche Angst.

Eine Sänfte erschien unter dem Tor. Zwölf schwitzende Sklaven gingen gebeugt unter den Stangen aus rotlackiertem Holz. Die hochroten Köpfe waren nicht unter Helmen verborgen, die schwitzenden Leiber nicht unter Rüstungen. Sie hatten ihre Freiheit längst verloren. Sie hatten nur noch wenig zu befürchten. Ganz anders als die Krieger. Sie kämpften gegen ihr Keuchen an. Fürchteten den Augenblick, in dem die gelben Seidenvorhänge der Sänfte zurückgezogen und der Blick ihres Gebieters Zeuge ihrer Schwäche werden könnte.

Zehn Schritt vor Kanitas Thronsitz hielten die Sänftenträger inne. Die Krieger, die ihr folgten, verharrten. Wieder herrschte bedrückende Stille. Durchbrochen vom gelegentlichen Keuchen jener, die noch um ruhigen Atem rangen.

Shaya wurde die Kehle trocken. Wer war in der Sänfte? Wer genoss es so sehr, das Geheimnis um seinen Auftritt hinauszuzögern?

Eine Bö ließ das Pferdekopfbanner hinter Kanitas Pavillon knattern.

Endlich teilte sich der Vorhang. Ein Mann in fließendem, rotem Seidengewand stieg aus. Alle senkten den Kopf. Shaya tat es ihnen gleich. Sie sah die breite, mit Perlen geschmückte Borte am Saum des Gewandes. Sah weiche Stiefel aus purpurn gefärbtem Leder.

Die Prinzessin hob den Blick. Mit einer kurzen Verneigung war der Höflichkeit Genüge getan. Sie war die siebenunddreißigste Tochter des Unsterblichen Madyas. Sie musste sich vor niemandem verbeugen.

Der Würdenträger, der der Sänfte entstiegen war, war ein hagerer Mann. Sein Gesicht eingefallen. Ein langer, schwarzer Schnurrbart wucherte über seiner fleischigen Oberlippe. Die Enden hingen ihm fast bis zum Kinn herab. Die dunklen Augen des Gesandten waren von schwarzer Schminke eingefasst. Wie Wolfshöhlen sahen sie aus. Shaya kannte diesen Blick. Kannte den Mann. Er sah zu ihr herüber, nicht zum Statthalter Kanitas. Und da wusste sie, er war ihretwegen gekommen, ganz gleich, was geschehen würde. Es war Subai, ihr älterer Bruder. Der Bruder, der seinen Hund einst darauf abgerichtet hatte, die Puppen der Prinzessinnen zu zerfetzen. Den Hund, der eines Tages sie gepackt hatte, als sie so dumm gewesen war, vor ihm fortzulaufen. Die Narben, die sie an jenem Tag davongetragen hatte, hatten sie dazu bewogen, den Weg als Kriegerin zu wählen. Als einzige der Töchter des Unsterblichen Madyas. Und trotz all der Kämpfe, die sie seitdem bestanden hatte, verspürte sie immer noch den Drang davonzulaufen, wenn sie einen Hund sah. Subai hatte ihr nie verziehen, dass sein bösartiger Köter geschlachtet worden war.

Shaya hielt dem Blick ihres Bruders stand. Sie dachte an die sieben Schalen, die sie von jener Suppe gegessen hatte, in der sein Hund gekocht worden war. Und er hatte ihr dabei zusehen müssen.

Er bedachte sie mit einem unheilvollen Lächeln. Eine weiße Narbe prangte auf seiner linken Wange. Subai hatte am Seidenfluss gekämpft und einen der aufsässigen Stadtstaaten dort unterworfen. Immer wieder glaubten die Menschen am Großen Fluss, sie könnten das Joch der Herrschaft der Ischkuzaia abwerfen. Immer wieder wurden sie dafür bestraft. Hände, die Seidenstoffe woben, waren nicht dazu geschaffen, die Dornaxt zu führen. Natürlich hatte Subai am Ende triumphiert. Aber sein Triumph hatte einen schalen Beigeschmack bekommen, als bekannt geworden war, wie viele seiner Krieger gefallen waren. Die Narbe auf der Wange hatte ihr eigener Vater ihm beigebracht. Er hatte ihm mit einer Peitsche ins Gesicht geschlagen, als Subai zurückgekehrt war, um in der Wandernden Stadt von seinem Sieg zu berichten. Shaya wäre gern dabei gewesen. Seitdem war sein Ruf als Krieger dahin. So trug er heute auch keine Rüstung. In seinem schlichten Ledergürtel steckten lediglich eine Dornaxt und ein Dolch. Symbole seiner Mannhaftigkeit.

»Der Unsterbliche Madyas, Hüter der Herden, Licht der Sonne, Sohn des Weißen Wolfes, schickt mich, weil er von deinen Taten hörte, Statthalter Kanita«, verkündete Subai mit volltönender Stimme, die bis in den letzten Winkel des weiten Hofes drang.

Shaya stutzte. Nur selten wurde ihr Vater mit all seinen Titeln genannt. Früher hatte er wenig Wert darauf gelegt. Wie es schien, hatten sich die Gepflogenheiten am Wandernden Hof gewandelt. Auch das verhieß nichts Gutes.

Kanita blieb vor Subai sitzen. Der Statthalter war alt, aber keineswegs gebrechlich. Er hätte aufstehen und ihren Bruder damit als gleichrangig oder höhergestellt anerkennen können. Stattdessen blickte er mit verbissenem Lächeln zu ihm auf. »Es erfreut mein altes Herz, dass Kunde von mir bis in das Zelt meines geliebten Königs gelangte. Und ich hoffe in aller Bescheidenheit, dass die Eilfertigkeit des geschätzten Boten nicht auch seiner Zunge Flügel verlieh.«

Shaya war überrascht. Anzudeuten, dass womöglich Lügen an das Ohr des Großkönigs getragen worden waren, war mehr als kühn.

Subai überging die Andeutungen des Statthalters. »Der Unsterbliche Madyas, Hüter der Herden, Licht der Sonne, Sohn des Weißen Wolfes, hat mich beauftragt, dir eine persönliche Nachricht zu überbringen.« Er griff in den weiten Ärmel seines Seidengewandes, zog eine Knochentafel hervor, hielt sie Kanita hin und ließ sie dann fallen, wobei er sich nicht die geringste Mühe gab, es wie ein Missgeschick aussehen zu lassen.

Kanita stieß ein leises, keckerndes Lachen aus. Auch Shaya musste schmunzeln. Ihr Bruder demütigte den Alten keineswegs mit dieser Geste. Ganz im Gegenteil, er machte sich lächerlich.

Der Statthalter beugte sich vor und griff nach der Knochentafel. Im selben Augenblick zog Subai die Dornaxt aus seinem Gürtel. Bevor Kanitas Leibwächter auch nur an ihre Schwerter greifen konnten, sauste die Axt nieder. Mit einem scharfen, knackenden Geräusch durchdrang sie den Hinterkopf des Statthalters. Kanita sackte zu Boden.

»Der Unsterbliche Madyas, Hüter der Herden, Licht der Sonne, Sohn des Weißen Wolfes, wünschte Kanitas Tod. So steht es auf der Tafel.«

Shaya zog ihre eigene Dornaxt. »Tritt zurück!«, fuhr sie ihren Bruder an. Sie wollte die Knochentafel sehen. Kanita hatte dem Großkönig lange treu gedient.

»Durch Kanitas Taten hat der Unsterbliche Madyas, Hüter der Herden, Licht der Sonne, Sohn des Weißen Wolfes, sein Gesicht verloren.« Subai sah sich herausfordernd um. »Er hat unsere stolzesten Krieger der Lächerlichkeit preisgegeben. Hat euch Aaron, dem Großkönig von Aram, unterstellt, damit ihr mit ihm die Bitternis der Niederlage kennenlernt. Der Unsterbliche Madyas, Hüter der Herden, Licht der Sonne, Sohn des Weißen Wolfes, war entsetzt, als er hörte, was hier geschehen ist. Und all dies tat der anmaßende Alte, ohne Nachricht an den Wandernden Hof zu schicken. Ich bin hier, um unsere Ehre wiederherzustellen. Jeder, der sich dem Gebot des Aaron von Aram unterstellt hat, wird Nangog verlassen.« Er sah sie mit gehässigem Lächeln an. »Auch meine Schwester ist abberufen. Und nun zeigt mir, dass es an diesem Hof zumindest noch eine Handvoll Krieger gibt, die nicht vergessen haben, wem sie Treue schulden. Ergreift meine Schwester! Nehmt ihr die Waffen ab, bevor meine Krieger es tun.«

Shaya wurde gepackt. Sie leistete keinen Widerstand. Stolz hielt sie den Kopf aufrecht, als man ihr in die Kniekehlen schlug, um sie vor ihrem Bruder in den Staub zu zerren. Ihr Helm fiel zu Boden. Der Waffengürtel wurde ihr von der Hüfte gerissen. So viele Monde hatte sie die Leibwache Kanitas befehligt. All dies zählte nichts mehr. Ohne zu zögern hatten ihre Krieger sich gegen sie gewendet. Das schmerzte mehr als der Schlag in die Kniekehlen.

»Grüßt den neuen Statthalter!«, rief ausgerechnet Kanitas Schildträger.

Speere wurden vor Schilde geschlagen. Hunderte Krieger riefen Subais Namen.

Ihr Bruder nahm die Huldigung entgegen, ohne eine Regung zu zeigen. Dabei musterte er die Krieger ringsherum. Das Lärmen nahm kein Ende. Erste Stimmen klangen heiser. Shaya hatte das Gefühl, dass niemand es wagte, als Erster mit der Lobpreisung des neuen Statthalters aufzuhören.

Nach einer Ewigkeit beugte sich Subai zu ihr herab. »Erinnerst du dich an den Tag, an dem ich dir dabei zusehen musste, wie du meinen Lieblingshund gefressen hast? Damals habe ich mir gewünscht, dich eines Tages zu töten. Aber der Weiße Wolf hat mir ein gnädigeres Schicksal zugedacht. Ich werde zugegen sein, wenn dein Stolz gebrochen wird. Und ich kann dir versprechen, du wirst dir wünschen, dich hätte ein ebenso schnelles Ende ereilt wie den Statthalter Kanita. Ihm war der Weiße Wolf gewogen.«

Verwandlung

Nachtatem ruhte am Fuß einer Klippe, das Haupt auf seine verschränkten Vorderläufe gebettet. Der große, schwarze Drache verschwamm fast vollständig mit den Schatten. Es war erst später Nachmittag, aber hier bei der Klippe schien es Nacht zu sein. Das Licht mied den riesigen Drachen. Es floh vor der Klippe.

Nandalee fühlte sich unwohl. Der Mord am Schwebenden Meister hatte den Erstgeschlüpften verändert. Kalter Zorn spiegelte sich in seinen Augen. Sie hatte ihm von den Patrouillen erzählt und von den Fallen.

Ihr seid Euch sicher, dass sie von dort gekommen sind, Dame Nandalee? Oder nehmt Ihr es an, weil die Tiefe Stadt die einzige Zwergensiedlung ist, die Ihr kennt?

Die Worte brannten sich in ihren Kopf, und sein spöttischer Unterton verletzte sie. »Nein, ich bin mir nicht sicher.« Sie konnte dem Blick des Drachen nicht länger standhalten. Ein Druck lastete auf ihrer Brust, als läge dort ein Felsklotz.

Aber vor drei Tagen wart Ihr Euch noch sicher, werte Dame.

Sie wollte aufbegehren. Sie hatte nie gesagt, dass sie sich sicher war! Sie hatte ihre Worte sehr vorsichtig gewählt, als sie von den Himmelsschlangen neben dem Kadaver des Schwebenden Meisters befragt worden war. Sie dachte an den ausgeweideten Leichnam ihres Lehrers. Kein Aasfresser hatte sich an den toten

Drachen herangewagt. Nicht einmal Fliegen hatten ihre Eier in das zerschundene Fleisch gelegt. Alles, was lebte, fürchtete die großen Drachen.

Mit Schrecken dachte Nandalee an die Befragung zurück. An all die ungezügelten Emotionen der Drachen. Äußerlich hatten sie ruhig gewirkt, aber ihre Gedanken waren voller Hass und Trauer gewesen. All dies hatte sie überdeutlich spüren müssen. Es war ein Gefühl gewesen, als flösse zerriebenes Glas durch ihre Adern … Mehr als nur ein Gefühl. Zuletzt hatte sie aus den Augen zu bluten begonnen. Nachtatem hatte daraufhin die Befragung abgebrochen.

Die Zwerge hatten nach ihrem Drachenmord großen Wert darauf gelegt, ihre Spuren zu verwischen. Und der Schwebende Meister hatte ihnen dabei noch geholfen. Der Windbruch, die gestürzten Bäume, unter denen die Zwerge auf der Lauer gelegen hatten, war niedergebrannt. Fast nichts war zurückgeblieben, was Aufschluss darüber geben konnte, aus welcher Siedlung die Mörder gekommen waren. Sie hatten ihre Beute, Teile des Kadavers des weißen Drachens, in eine nahe Höhle gebracht, in die ein unterirdischer Fluss mündete. Von dort mussten sie in diesen Tauchfässern, die sie Aale nannten, geflüchtet sein. Dieser Spur konnten nicht einmal die Himmelsschlangen folgen. Und deshalb hatte Nachtatem sie geholt.

Es hatte ihr anfangs geschmeichelt, dass der Erstgeschlüpfte glaubte, sie könne etwas entdecken, was ihm, bei all seiner Machtvollkommenheit, entgangen war. Vielleicht lag sein Vertrauen in ihre Fähigkeiten daran, dass sie in jenem unzugänglichen Tal, in dem sie nach einer der Alben gesucht hatten, den Stein mit dem Blutstropfen gefunden hatte.

Ihr Stolz war bald der Verzweiflung gewichen. Fast einen ganzen Tag hatte sie gesucht. Es gab etliche Spuren, aber nichts hatte Auskunft über die Herkunft der Zwerge gegeben. Zuletzt war Nandalee unter den verkohlten Baumstämmen herumgekrochen und hatte die Überreste der Maschine untersucht, die den Speer geschleudert hatte, der dem Schwebenden Meister zum Verhängnis geworden war. Dort hatte es nur ausgeglühte Eisenbeschläge und den verzogenen Stahlbogen gegeben. Und verschiedene halb verkohlte Kisten. In einer von ihnen hatte sie einen merkwürdigen, weißen Klumpen gefunden, kaum halb so lang wie ihr Daumen. Eine weiche Masse, die einen üblen Geruch verströmte. Ein Duft, den man nicht mehr vergaß, wenn man ihn schon einmal gerochen hatte. Koboldkäse!

Hat es Euch die Sprache verschlagen, Dame Nandalee?

Nandalee zuckte zurück. Es war ein Gedanke wie ein Peitschenhieb. Sie wünschte sich, Nachtatem würde normal mit ihr sprechen und nicht seine Gedanken in ihren Kopf brennen. Das war so viel intensiver, als Worte es je hätten sein können.

»Ich dachte an den unfreundlichen Zwergenschmied, in dessen Höhle wir bei unserem Besuch in der Tiefen Stadt gewesen sind. Dort gab es solchen Käse. Ein Beweis ist das freilich nicht. Ich weiß schließlich nicht, wie üblich es unter Zwergen ist, diese stinkende Sauerei zu essen.«

Seid Ihr Euch darüber im Klaren, welche Folgen es haben wird, dass Ihr Euren Verdacht vor meinen Nestbrüdern ausgesprochen habt?

Diesmal empfand Nandalee weniger Schmerzen, als die Gedanken ihres Meisters sie durchströmten. Eine Traurigkeit ergriff sie, die sie mit stummer Verzweiflung erfüllte. Es war ein Gefühl, als müsse sie allein eine riesige Welle aufhalten, die sich am Horizont auftürmte. Ein Unterfangen, das schier unmöglich war. Und doch war es ihre Pflicht, es zumindest zu versuchen.

Sie wollen Rache für den Tod des Schwebenden Meisters. Ich aber will zunächst einmal Gewissheit. Wir sind keine Rächer; wir haben uns den Alben gegenüber verpflichtet, Gerechtigkeit zu üben. Wenn wir strafen, müssen wir uns ganz sicher sein. Wir sind die Hüter ihrer Kinder, und wenn es notwendig ist, dann strafen wir, aber wir sind keine Tyrannen, deren Gnade reine Willkür ist. Alle Kinder der Alben müssen dies tief in ihren Herzen wissen, sonst sind wir an unserer Aufgabe gescheitert.

Nandalee nickte, denn sie wusste nicht, was sie sagen sollte. Die meisten der Albenkinder hatten Angst vor den Himmelsschlangen. Konnte es wirklich sein, dass Nachtatem dies nicht bewusst war?

Ihr werdet für mich in die Tiefe Stadt gehen, Dame Nandalee. Ihr wisst, wo Ihr jenen frechen Schmied suchen müsst. Findet heraus, ob er der Mörder des Schwebenden Meisters ist und wer ihm geholfen hat. Wer bei ihm war und die Maschine bedient hat, die ersonnen wurde, um uns Drachen zu töten. Bringt mir ihre Namen, Dame Nandalee, und ich werde entscheiden, auf welche Weise die Mörder gerichtet werden.

Sie wollte gerade einwenden, dass sie wohl kaum einfach in eine Zwergenstadt marschieren könne, als Nachtatem sie mit einer Klaue an der Stirn berührte. Es war eine vorsichtige, zärtliche Geste, der ein Orkan von Schmerzen folgte. Nandalee brach in die Knie und kippte zur Seite. Krämpfe schüttelten sie. Ihre Glieder zuckten unkontrolliert, und sie vermochte kaum mehr zu atmen. Ihr Blick trübte sich. Blut rann aus ihrer Nase und benetzte ihre Lippen.

Als sich die Krämpfe legten, hob sie einen Arm und blickte verzweifelt auf ihre Finger. Dick und unförmig waren sie und von Schwielen bedeckt. Nandalee war wieder im Körper eines Zwergs gefangen.

Ihr verfügt über alle Erinnerungen eines Zwergenschmiedes aus den Ehernen Hallen. Ihr sprecht mit dem Dialekt dieser Stadt, werte Dame. So könnt Ihr Euch unauffällig unter den Zwergen der Tiefen Stadt bewegen. Um zu vermeiden, dass Ihr wiedererkannt werdet, entspricht Euer Äußeres nicht dem, das ich Euch beim letzten Besuch der Tiefen Stadt geschenkt hatte. Passende Gewänder für Euch liegen bereit, Dame Nandalee. Ihr werdet feststellen, dass Ihr Euch erinnert, wie man sie anlegt, auch wenn es nicht Eure Erinnerungen sind. Euer Bart ist bereits nach der Mode der Ehernen geflochten und mit Eisenringen geschmückt. Auch habe ich mir erlaubt, den Albenstern zu öffnen. Der Weg zwischen den Welten wird Euch direkt zum Albenstern in der Tiefen Stadt führen. Bitte verzeiht meine unhöfliche Hast, doch meine Nestbrüder erwarten mich. Die Zeit drängt! Ich muss eilen, um zu versuchen, ihren Zorn zu mildern und um sie von einem unbedachten Vorgehen abzuhalten.

Nachtatem weitete seine Schwingen und glitt aus dem Schatten der Klippe. Einen Moment lang verdunkelte seine Gestalt die Sonne, und alles rings um Nandalee versank in unnatürlicher Finsternis. Dann erhob er sich mit machtvollen Flügelschlägen in den Himmel.

Neben dem stechenden Schmerz, der seine Gedanken begleitet hatte, hatte sie auch seine Sorge gespürt. Etwas ging unter den Himmelsschlangen vor sich. Er war sich nicht mehr sicher, dass seine Nestbrüder seinem Rat folgen würden, und fürchtete, was geschehen mochte, wenn es so weit kam.

Nandalee legte die Zwergenkleider an. Der Stoff war aus dicker Wolle, die auf der Haut kratzte. Eine weite Hose und eine sackartige Tunika. Dazu klobige Stiefel. Nachtatem hatte an alles gedacht. Die Kleider sahen nicht nur getragen aus, sie rochen auch so. Nandalee schluckte, band sich aber die schwere Lederschürze um und drapierte ihren Bart darüber. Einen Moment lang betrachtete sie die Eisenringe, die in die Zöpfe ihres Bartes eingeflochten waren. Verschlungene Muster wanden sich darum, zeigten Schlangen und unnatürlich langgestreckte Wölfe, die mit ihnen kämpften. Sie erinnerte sich an die verborgene Bedeutung. Die Schlangen standen für die Drachen, die Wölfe für Zwerge. Sie war Zeugin der letzten Augenblicke im Leben jenes Zwergs, dessen Wissen und Erinnerungen sie geerbt hatte. Nachtatem hatte ihn nicht getötet. Aber er hatte ihm alles genommen, was sein Leben ausmachte. Seine Sprache und sein Gedächtnis. Wie ein leeres Gefäß war er zurückgeblieben. Das war die Rache dafür gewesen, sich heimlich gegen die Drachen verschworen zu haben. Nandalee dachte an all die schönen Worte Nachtatems.

Sie fand die Strafe, die den Zwerg allein dafür ereilte, dass er an Verschwörung gedacht hatte, unangemessen hart, und sie entschied sich, sich Arbinumja zu nennen, was in der Sprache der Zwerge so viel wie Erbe hieß.

Mit leicht schwankendem Schritt trat sie zum Albenstern. Wie lange würde sie dieses Mal in diesem gedrungenen Leib gefangen sein? Ohne auf die Schönheit des fließenden Lichtbogens zu achten, durchschritt sie den Albenstern. Nur wenige Schritte und sie fand sich in der Kammer der kommenden Offenbarungen wieder. Die Kammer war ganz und gar mit weißem Marmor ausgekleidet. Das Licht zweier Öllampen brach sich in den Kristallen, die in die Wände eingelassen waren. Kleine Statuen verehrter Ahnen kauerten in Wandnischen. Es roch nach Rauch. Die Luft war abgestanden. Nandalee war froh, dass ihre Sinne in diesem Leib abgestumpft waren.

Auf wackeligen Beinen verließ sie die Kammer. Mit der Linken stützte sie sich an der Wand des Tunnels ab. Ihre Augen gewöhnten sich schnell an das Dunkel der Zwergenhöhlen. In sehr weiten Abständen standen Laternen in Wandnischen. Meist nahe Tunneln, die vom Hauptgang abzweigten. Jetzt konnte sie im Gegensatz zu ihrem ersten Besuch die Runen entziffern, die ab und an in die Wände geschlagen waren. Sie erinnerten an schlagende Wetter, wenn sich Gase, die aus dem Fels drangen, entzündet hatten, und warnten vor Tunnelabschnitten, in denen kein offenes Licht brennen durfte. Manche Inschriften erinnerten an Todesfälle, andere dienten zur Orientierung im Tunnelsystem. Nandalee fand die Zwergenrunen hässlich. Sie waren ohne jede Eleganz, nur dazu erdacht, mit einem Meißel leicht in Fels gekratzt werden zu können.

Nandalee wurde es schwindelig. Sie gewöhnte sich zwar schneller als beim ersten Mal an diesen fremden Körper, doch war sie noch weit davon entfernt, sich mit den kürzeren Gliedmaßen, ihren schweren Schritten und dem üblen Geruch ihres

Bartes vertraut zu fühlen. Sie ließ sich an der Tunnelwand niedersacken, schloss die Augen und wartete darauf, dass es ihr wieder besser ging.

Schritte näherten sich. Nandalee rappelte sich auf, musste sich aber immer noch an der Tunnelwand abstützen. Ein Zwerg mit prächtigem, goldenem Bart und langem, zu Zöpfen geflochtenem Haar kam ihr entgegen. Er trug einen Helm mit breitem Nasenschutz und aufgesetzten, goldenen Augenbrauen. Leise klirrte sein Kettenhemd bei jedem Schritt. Er war ein Bild von einem Krieger, dachte Nandalee. Warum konnte mir Nachtatem nicht so eine Gestalt geben?

Himmelblaue Augen musterten sie.

»Die tun hier was ins Bier, das nicht hineingehört«, lallte sie schwerfällig.

Der Krieger grinste. »Koboldkäse, glaube ich.« Ohne innezuhalten ging er vorüber.

Für einen Zwerg ganz nett, dachte Nandalee und ließ sich wieder auf den Boden sinken. Sie lauschte auf die sich entfernenden Schritte. Etwas war eigenartig daran. Ein leises Knirschen begleitete die Schritte. Oder hatte sie sich das eingebildet? Ihr Gehör war nicht mehr so scharf wie als Elfe. Sie wollte den Gedanken schon beiseiteschieben, als ihr Blick an einer feinen, weißen Schramme auf dem Boden haften blieb. Einer der Nägel an den Stiefeln des Kriegers schien vorzustehen!

Ihr Schwindelgefühl war augenblicklich vergessen. Das konnte der Zwerg sein, dem sie mit Nachtatem gefolgt war. Jener Unbekannte, der ihnen bei ihrem ersten Besuch in der Tiefen Stadt so knapp entkommen war und der möglicherweise etwas über das Verschwinden der Alben wusste. In ihrer Eile strauchelte sie mehrfach. Der Tunnel verschwamm ihr vor den Augen. Sie biss die Zähne zusammen. Das Geräusch der Schritte war verklungen. Blendendes Licht flutete den Tunnel. Dann wurde es plötzlich dunkel. Er war durch den Albenstern gegangen.

Fluchend blieb sie stehen. Was für ein eigenartiger Zufall, den Zwerg ausgerechnet jetzt wieder zu treffen. Hatte er vielleicht etwas mit dem Tod des Schwebenden Meisters zu tun? Und wer war er, dass er mit solcher Leichtigkeit den Albenstern öffnete?

So knapp, dachte sie ärgerlich und erleichterte ihr Herz mit einigen üblen Flüchen.

»Was ist das für eine Sprache, Bruder?«

Nandalee sah auf. Sie war so sehr mit sich selbst beschäftigt gewesen, dass sie gar nicht bemerkt hatte, dass noch jemand den Tunnel zur Kammer der kommenden Offenbarungen betreten hatte. Ein rotbärtiger Zwerg, auf dessen Brust die goldene Amtskette eines Ratsmitgliedes prangte, stand vor ihr und musterte sie mit großen, grauen Augen.

»Sprichst du etwa Elfisch?«

Das Tribunal

Der Goldene ließ sich in die Wolken fallen. Genoss es, den eisigen Wind unter seinen Schwingen zu spüren und seine Kraft, die ihm erlaubte, den Elementen zu trotzen. Es lag ein Risiko darin, blind dem Berg entgegenzustürzen. Er hätte sein Verborgenes Auge öffnen können, um zu sehen, was die Wolken verbargen. Aber er fühlte sich lebendiger, wenn er Risiken einging. Jede Empfindung wurde intensiver, wenn es womöglich die letzte war. Es war verrückt, blind durch die Wolken den Berg anzufliegen. Ebenso verrückt, wie sich gegen die Alben zu verschwören, ja, sie sogar zu morden. Aber er wollte der Herr seines Lebens sein, ganz und gar. Frei sein, nach seinen eigenen Regeln zu leben.

Das Singen des Sturmwindes änderte sich. Die Felsen waren jetzt ganz nah. Er versuchte aus der Melodie des Windes herauszuhören, wo er war. Es gab einen Drachenpfad zum weiten Schneefeld dicht unter dem Gipfel des Albenhauptes. Er hätte es sich einfach machen können hierherzugelangen. Aber das war nicht seine Art. Es ging ihm nicht darum, den einfachsten Weg zu finden.

Der Goldene weitete seine Flügel, bremste den Flug. Das fließende, graue Wolkenband zerriss, als hätten die Felsen es zerschnitten. Jetzt sah er die scharfen, steinernen Zacken aus dem ewigen Weiß ragen. Und er sah die grellen Farben seiner Brüder.

Eine letzte Kehre trug ihn über ihre Häupter hinweg, dann landete er elegant, ohne mit einigen Hüpfern um seine Balance kämpfen zu müssen. Er faltete seine Flügel. Er liebte diese Geste und dachte daran, was der Schwebende Meister ihn einst gelehrt hatte. Es kam nicht nur darauf an, was man tat, sondern auch wie man es tat. Das Leben war eine Inszenierung, und so widrig die Umstände auch sein mochten, man war es stets ganz allein, der entschied, ob den eigenen Auftritten Würde innewohnte.

Du kommst spät. Es war Nachtatem, dessen Stimme als erste in seinen Gedanken erklang. Der Erstgeschlüpfte lag ein wenig abseits des unregelmäßigen Kreises, zu dem sich die acht Himmelsschlangen eingefunden hatten. Er ruhte am Fuß einer überhängenden Felsstufe. Eiszapfen hingen über ihm vom Rand des Felsens, und Schatten umspielten seinen älteren Bruder. Ein wenig sah es aus, als habe er sich im Rachen eines riesigen Ungetüms niedergelassen. Einer Kreatur, noch größer und mächtiger, als sie es waren. Einer Kreatur, wie es sie nur einmal gegeben hatte und die nun schon seit unzähligen Jahrhunderten gebannt war. Lebendig begraben in jenem Grabmal, das sie sich selbst errichtet hatte.

Ich bitte um Verzeihung, euch warten gelassen zu haben, Brüder.

Es folgten Augenblicke lastender Stille, in der allein das Heulen des Windes zu vernehmen war. Er würde sich nicht rechtfertigen, dachte der Goldene. Damit würde er seine Stellung gegenüber Nachtatem schwächen. Alles, was er vorbereitet hatte, hing davon ab, aus einer Position der Stärke zu agieren.

Wir sind zusammengekommen, um über die Strafe für die Zwerge in der Tiefen Stadt zu entscheiden, brach schließlich der Himmlische das Schweigen. Er galt als ein Weiser und als Skeptiker. Der Goldene wusste, dass es nicht leicht werden würde, seinen Bruder zu überzeugen. Doch er hatte in der Silberschale gesehen, was sie alle in Zukunft erwarten würde, wenn sie nicht den Mut zu kühnen Taten fanden.

Ich fordere, die Tiefe Stadt zu vernichten. Ich war dort, denn ich wollte nicht allein dem Urteil einer Elfe vertrauen, in deren Gedanken wir nicht lesen können. Das ist der Grund, warum ich zu spät kam, Brüder. Ich war so erschüttert von dem, was ich gesehen habe, dass ich alles vergaß. Mir fehlen die Worte, um zu beschreiben, was die Zwerge dort unten tun. Seht in meine Gedanken. Teilt meinen Schrecken mit mir und jene Bilder vom ruchlosen Treiben der Zwerge, die bis ans Ende meiner Tage in meine Erinnerung gebrannt bleiben werden.

Er teilte die Gefühle seiner Brüder, während sie in seinen Gedanken lasen. Dies war von Anfang an seine Absicht gewesen, um sie besser einschätzen zu können. Selbst Nachtatem war berührt von dem, was er sah. Vielleicht würde es doch nicht so schwer, ihn dazu zu bewegen, jene Strafe zu verhängen, die die einzig angemessene für den Frevel der Zwerge war.

Brennen sollen sie, alle miteinander!, empörte sich der Flammende, dessen Temperament gerne mit ihm durchging. Der mächtige Drache, dessen Schuppen in allen Farbnuancen zwischen dunklem Dottergelb und leuchtendem Karmesinrot changierten, galt als überaus wankelmütig. Er war leicht zu gewinnen, doch ebenso leicht änderte er seine Meinung auch wieder, wobei er stets voller Inbrunst sprach und sich selbst seines unsteten, aufbrausenden Charakters in keinster Weise bewusst war.

Auch mich werden diese Bilder bis ans Ende meiner Tage begleiten, erklärte sein Bruder Frühlingsbringer in tiefer Niedergeschlagenheit, die so gar nicht zu ihm passte, war doch er derjenige unter ihnen, der sonst jedem Ereignis eine positive Seite abzuringen vermochte. Seine Schuppen, die sonst in allen Tönen des jungen Frühlingsgrüns schimmerten, wirkten nun seltsam matt und farblos. Ihn würde er gewinnen, dachte der Goldene.

Was die Zwerge in ihren verborgenen Höhlen treiben, ist eine Kriegserklärung an uns!, empörte sich der Nachtblaue, der Kriegerischste unter ihnen. *Sie fühlen sich sicher, wenn sie sich unter ihren Bergen verkriechen. Zeigen wir ihnen, dass es keinen Ort auf ganz Albenmark gibt, an dem sie vor unserem Zorn sicher wären.*

Wir sind die Statthalter der Alben und keine Rächer. Unsere Aufgabe ist es, einen kühlen Kopf zu bewahren und dann Gerechtigkeit zu üben, warf der Erstgeschlüpfte ein. Der Goldene hatte nur auf diesen Einwand gewartet.

Hast du schon einen Plan gemacht, deine Spitzel geschickt und dich mit den Alben besprochen? Hast du wieder einmal im Stillen für dich allein entschieden, ohne mit deinen Brüdern zu beraten, wie du es in der Vergangenheit so gerne getan hast? Mich wundert, dass du dich noch der Strapaze unterziehst, hier in dieser Runde anwesend zu sein, wo dich doch ohnehin nicht interessiert, welcher Meinung wir sind.

Nachtatem fauchte ihn an, und sein mächtiger Schweif peitschte den Schnee. *Welchen Krieg willst du führen, Goldener? Einen Bruderkrieg?*

Er spricht wahr, mischte sich der Himmlische ein. *Wir alle wissen, dass du es vorziehst, allein zu entscheiden. Glaubst du, das wäre uns verborgen geblieben? Hat der Goldene recht mit seinen Anschuldigungen? Hast du bereits entschieden, was geschehen soll?*

Weisheit gebietet Mäßigung, entgegnete Nachtatem ausweichend. *Nur Tyrannen unterscheiden nicht mehr zwischen Schuldigen und Unschuldigen.*

Doch verführt zu viel Mäßigung auf einer Seite nicht zu Unmäßigkeit auf der anderen Seite, wandte der Rote ein. Seine Schuppen waren dunkel wie frisches Blut. Feiner Rauch stieg von seinen Nüstern auf.

Was schlägst du vor? Sollen wir nicht nur die Mörder richten, sondern auch die Mütter, aus deren Schoß sie gekrochen sind?, entgegnete Nachtatem.

Und die Schmiede, die die Speerspitzen schufen, die unseren Bruder töteten, und die Träger, die die Waffen zum Versteck brachten, von dem aus der Schwebende Meister heimtückisch erschossen wurde, fiel der Flammende ein, dem jegliche Ironie fremd war.

Ich finde, wir sollten sie alle töten. Der Goldene bemühte sich, seinen Brüdern diesen Gedanken klar und ganz ohne Emotion zukommen zu lassen. *Wir müssen ein Zeichen setzen. Fällt unsere Strafe zu gering aus, dann werden sich die Zwerge nur ermutigt fühlen, demnächst einen von uns zu töten.*

Diesem Gedanken folgte Stille. Er spürte, dass der Flammende begeistert, Nachtatem erschüttert, andere zögerlich waren. Doch in fast allen brannte der Wunsch nach Rache.

Wenn wir unsere Drachenelfen schicken und vielleicht zehn Zwergen einen schrecklichen Tod bereiten, glaubt ihr, das wird sie abschrecken? Die zehn werden zu Märtyrern, und Hunderte andere werden sich ermutigt fühlen, es ihnen gleichzutun. Was wir brauchen, ist ein eindeutiges, unmissverständliches Zeichen. Fällt unsere Strafe nur hart genug aus, werden es die Zwerge selbst sein, die künftig jeden in ihren Reihen verfolgen, der auch nur daran denkt, eine Silberschwinge oder einen Tatzelwurm zu töten.

Glaubt ihr, die Alben werden dulden, wenn wir uns wie Schlächter aufführen? Dazu haben sie uns nicht erschaffen. Der Goldene hatte das Gefühl, Nachtatem wolle ihn am liebsten anspringen, um Klauen und Fänge in sein Fleisch zu schlagen.

Sind wir nicht hier, um ihnen die Blutarbeit abzunehmen, die sie selbst nicht verrichten wollen? Wollten sie nicht alle unangenehmen Entscheidungen von sich fernhalten?, begehrte der Goldene auf. *Wir tun ganz genau das, wozu sie uns erschaffen haben, wenn wir die Zwerge strafen. Wir halten ihre Schöpfung in Balance. Wir verhindern, dass sich ihre minderen Kinder auflehnen und die von den Alben gesetzte Ordnung zerstören.*

Mich haben die Worte des Goldenen überzeugt, ließ der Smaragdgrüne sie an seinen Gedanken teilhaben, der sonst eher ein Zauderer war und mäßigend auftrat.

Warum wollt ihr alle einen Weg verlassen, der sich in so vielen Jahrhunderten als gut erwiesen hat?, begehrte Nachtatem auf.

Warum kannst du dich nicht entschließen, neue Wege zu gehen, Bruder? Liegt es daran, dass du wieder einmal ohne uns entschieden hast? Sind deine Elfen schon in der Tiefen Stadt, und unser Treffen ist wieder einmal nur eine Farce?

Nachtatem schob seinen mächtigen Leib aus dem Schatten der Klippe. Seine blauen Augen funkelten kalt. *Niemand ist in der Stadt, um zu töten. Ich habe nicht vergessen, dass wir ein Rat sind.*

Dann sollten wir abstimmen. Der Goldene konnte die Gedanken seiner Brüder spüren. Er hatte sie überzeugt. Alle stimmten für den Tod der Tiefen Stadt.

Und wie willst du eine ganze Stadt vernichten? Sollen wir uns in die Tunnel der Zwerge zwängen? Ist dies nun die Art, wie die Statthalter der Alben auftreten?, spottete Nachtatem.

Nein. Ich wünsche, dass all unsere minderen Brüder an diesem Strafgericht teilhaben. Und all unsere Drachenelfen. Kein Zwerg dort unten wird überleben, und wir werden es auf eine Art tun, die sich auf immer in das Gedächtnis ihres Volkes brennen wird. In fünf oder sechs Tagen schon können wir angreifen.

AMALASWINTHA

Der rotbärtige Zwerg betrachtete Nandalee misstrauisch. »Ich habe noch nie einen Zwergen getroffen, der die Sprache der Elfen beherrschte.«

Sie versuchte ein Lächeln. »Ich gebe zu, dass das selbst in der Ehernen Halle selten ist. Mein Vater hat an Elfen Eisen verkauft. Er hat mich oft auf seine Reisen mitgenommen, als ich noch jung war. Dabei habe ich ein wenig die Sprache gelernt. Ihre Flüche, das war das Erste, was wir zu hören bekommen haben, wenn er ihnen seine Preise genannt hat. Du weißt ja, Kinderohren sind offen für alles, was sie nicht hören sollten. Außer ein paar Flüchen habe ich auch nicht viel von der Sprache der Täuscher behalten.«

Der Ratsherr spielte nachdenklich mit der Spitze seines Bartes. »Er hat dich als Kind auf Reisen zu den Elfen mitgenommen? Was für einen Vater hattest du!«

»Einen klugen. Er hat sich darauf verlassen, dass sie einem Mann, der mit einem Kind die Wildnis bereist, nichts tun werden. Hätten sie ihn umgebracht, hätten sie sich um mich kümmern müssen. Und welcher Elf möchte sich schon mit einem Zwergenbalg abgeben?«

Der Ratsherr nickte langsam. »Ich verstehe. Ungewöhnlich. Eine Geschichte wie deine habe ich noch nicht gehört. Aber einleuchtend …« Er strich sich wieder über den Bart. »Und hat dein Vater gute Geschäfte mit den Elfen gemacht?«

»Wie man es nimmt. Als ich größer wurde, hat er mich nicht mehr mitgenommen. Vor drei Jahren kam er nicht mehr zurück. Wir haben nie erfahren, was aus ihm geworden ist.«

»Mein Beileid«, grummelte der Zwerg in seinen Bart, während seine großen, grauen Augen sie noch immer aufmerksam musterten. »Und was machst du hier, nahe der Kammer der kommenden Offenbarungen? Vermagst du die Tore der Albensterne zu öffnen?«

Nandalee schnaubte. »Ich wünschte, ich könnte es. Ich sah hier ein helles Licht und hoffte, ich könnte einem Torgänger begegnen. Ich schätze es nicht, in Aalen zu reisen. Und über Land mag ich mich auch nicht bewegen …« Sie blickte zu Boden.

»Wegen der Drachen? Du bist wegen der Versteigerung hier, wie all die anderen, nicht wahr?«

Nandalee nickte, obwohl sie nicht die geringste Ahnung hatte, was er meinte.

»Eines Tages werden wir keine Drachen mehr fürchten müssen.« Er lächelte breit. »Und auch keine Elfen. Du musst unbedingt jemanden kennenlernen. Deine Kenntnis der Sprache der Elfen ist in diesen Zeiten gutes Gold wert. Selbst wenn du nur einige Flüche beherrschst und was sich Kinder sonst noch so merken. Du wirst sehen, wir werden Albenmark verändern.«

Nandalee nickte zögerlich. »Ich heiße übrigens Arbinumja.«

»Skorri«, entgegnete der Ratsherr. »Komm, ich bringe dich jetzt an den interessantesten Ort unserer Stadt. Hoffentlich hat deine Sippe dich gut mit Schuldbriefen ausgestattet, sonst wird dir bald das Herz bluten.«

Wieder verstand Nandalee nicht, was er meinte. Sie schlug einen leichten Plauderton an und unterhielt Skorri mit erfundenen Geschichten über den Eisenhandel ihres Vaters, während der Ratsherr sie in einen Abschnitt der Tiefen Stadt führte, den sie bislang noch nicht betreten hatte.

Nach einer Weile wurden die Tunnel belebter. Fast alle Zwerge, denen sie begegneten, gingen in dieselbe Richtung wie sie. Die Gänge waren erfüllt von aufgeregtem Gemurmel. Der Geruch nach Fett und Rauch wurde immer intensiver, ebenso der Gestank nach altem Schweiß, der den meisten Zwergen anhaftete.

Sie durchquerten eine weite Halle, in der Stalaktiten und Stalagmiten miteinander zu baumdicken Säulen verschmolzen. Nandalee sah sich neugierig um. Die Größe der Höhle beeindruckte sie. An den Wänden entlang verliefen Terrassen und schmale Treppen. Überall wimmelte es von Zwergen. Es mussten Hunderte sein.

Skorri führte sie durch ein hohes Bronzetor und über eine weite Treppenflucht in die nächste Halle. Die Wände hier schienen mit lilafarbenen Lichtblitzen überzogen zu sein. Sie musste blinzelnd den Blick abwenden, so hell war es.

Skorri schob sie in das Gedränge, während er immer wieder Bekannten zunickte oder mit knappen Späßen auf freundschaftliche Zurufe reagierte. Er war ohne Zweifel ein angesehener Mann. Aber was hatte er mit ihr vor? Nandalee gefiel es gar nicht, an seiner Seite so sehr in den Mittelpunkt des Interesses gerückt zu werden.

Eine dunkle, warme Stimme übertönte das Murmeln und Husten Hunderter Zwerge. »Nun, nachdem wir Galar und Nyr für ihre Tapferkeit geehrt haben, kommen wir zum eigentlichen Helden, jenem unerschrockenen Zwerg, dessen Visionen und unermüdlicher Ausdauer der Triumph über den Weißen Drachen in erster Linie zu verdanken ist. Es ist jener Zwerg, dessen Name schon jetzt Legende ist: Hornbori Drachentöter. Ich sage euch, meine Freunde, eines Tages werdet ihr eure Enkel auf dem Schoß sitzen haben und ihnen ehrfürchtig erzählen: Ich habe einst Hornbori gekannt, der die Drachen lehrte, was es heißt, das Volk der Zwerge unterdrücken zu wollen. Nun begrüßt ihn, wie es sich für einen Helden gehört!«

»Es ist der Alte in der Tiefe, der dort spricht, der Fürst der Tiefen Stadt«, raunte ihr Skorri zu. »Und der, der dort auf die Empore steigt, wird vielleicht eines Tages sein Nachfolger sein.« Nandalee meinte bei den letzten Worten einen Hauch von Unmut mitschwingen zu hören.

Den Redner auf der Empore hatte sie noch nie zuvor gesehen. Sein langer, weißer Bart reichte dem Alten aus der Tiefe bis fast zu den Knien. Sein ganzes Gesicht schien ein struppiges, weißes Haarknäuel zu sein, aus dem lediglich eine unförmige, rote Nase hervorragte. Der alte Zwerg stützte sich auf einen knotigen Eichenstab. Soweit Nandalee erkennen konnte, trug er keinen Schmuck und keine Würdenzeichen. Für sein offenkundig hohes Alter hatte er eine erstaunlich kräftige Stimme. Nun trat ein jüngerer Zwerg neben ihn auf die Empore. Jubel und Fußgetrampel erfüllten die weite Halle.

Immer mehr Zwerge drängten von hinten nach. Nandalee wurde weiter nach vorne geschoben und war bald so zwischen bärtigen Leibern eingekeilt, dass sie das Gefühl hatte, kaum noch atmen zu können.

»Bitte, meine Freunde …« Der jüngere Zwerg versuchte die begeisterte Menge mit ausgestreckten Armen zu beruhigen. Sein Bart war dicht und schimmerte ölig. Kein einziges graues Haar war darin zu entdecken. Er trug einen prächtigen Helm, von dessen Seiten goldene Schwingen abstanden. Nandalee war sich sicher, dem Kerl schon einmal in der Werkstatt des verrückten Schmiedes begegnet zu sein.

»Bitte … Ich habe doch nur getan, was auch ein jeder von euch getan hätte. Wir alle sind unter dem Schatten der Drachenschwingen aufgewachsen. Wir alle wissen um ihre Willkür. Hättet ihr dem Weißen Drachen gegenübergestanden, keiner von euch hätte weniger Mut bewiesen als Nyr, Galar und ich. Jeder von euch hat das Herz eines Helden!«

Tosender Beifall ließ die Höhle erbeben.

Nandalee kämpfte gegen aufsteigende Panik an. Sie hasste es, tief unter den Felsen zu sein. Und nie zuvor in ihrem Leben war sie so eingekeilt gewesen wie in dieser grölenden Zwergenmenge. Es war ein Albtraum.

»Reden kann er …« Obwohl Skorri unmittelbar neben ihr stand, musste er schreien, damit sie ihn verstehen konnte.

»Die Schlacht gegen die Drachen hat gerade erst begonnen. Die Waffe, die den Weißen getötet hat, wurde im Kampf zerstört. Und wir brauchen viele neue Speerschleudern, wenn wir gegen die tobende Wut der Drachen bestehen wollen. Deshalb bitte ich euch: Spendet! Gebt, was ihr entbehren könnt, und beschreitet mit mir den dornigen Weg zur Freiheit. Vor uns liegt eine Schlacht, wie unser Volk sie noch nie schlagen musste. Ich sehe einen Weg von Blut, Schweiß und Tränen. Doch wenn wir ihn bis zum Ende gegangen sind, werden unsere Kinder und Kindeskinder dereinst aus ihren Höhlen treten und ohne Angst in den Himmel Albenmarks blicken können.«

Neuer Jubel brandete auf. Nandalee spürte darin die Begeisterung für einen gerechten Kampf, und sie fragte sich, was die Drachen den Zwergen alles angetan haben mochten. Dieser Hornbori verstand es erschreckend gut, den tief verwurzelten Zorn seines Volkes noch weiter anzufachen.

»Viele unserer Weisen sind der Überzeugung, dass der Leib der Drachen von Magie durchdrungen ist. Wer ihr Blut recht zu nutzen weiß, mag diese Zauberkraft in Waffen fließen lassen. Aus ihren Schuppen kann man wundertätige Amulette fertigen. Doch womit wir die heutige Versteigerung eröffnen wollen, ist etwas Einzigartiges.« Er machte eine dramatische Pause und lächelte. »Jeder, der es sieht, wird sofort erkennen, welche Magie diesem besonderen Körperteil innewohnt. Bietet freimütig, meine Freunde, denn es mag eine ganze Generation von uns dahinscheiden, bevor ein zweites Mal ein so außergewöhnliches Stück zum Verkauf angeboten wird.«

Es herrschte nun atemlose Stille. Selbst das sporadische Husten war verstummt. Alle blickten gebannt zur Empore, auf die nun ein mit einem weißen Tuch verhängter Tisch getragen wurde. Mit dramatischer Geste zog Hornbori das Tuch zur Seite. Nandalee erkannte erst auf den zweiten Blick, was das fast armlange Objekt war, das dort lag.

»Wir haben hier den Penis eines großen Drachen«, stellte der Zwerg sachlich fest. »Das gute Stück misst siebenunddreißig Zoll und wiegt annähernd elf Pfund. Eigentlich hatte ich erwogen, es in mehreren Teilen zu versteigern. Doch von verschiedenen Parteien wurde die Sorge an mich herangetragen, dass die ihm innewohnende Magie Schaden nehmen könnte, wenn ich es zerteile. Das Startgebot sind zehntausend Goldkronen. Es ist kein Geringerer als der Alte aus der Tiefe, der dieses Gebot abgegeben hat. Mögen die Alben wissen, welche Pläne er damit hegt.«

Seine Worte wurden mit Gelächter bedacht, doch Skorri an ihrer

Seite fluchte. »Keinen Respekt hat er. Späße über den Alten in der Tiefe zu machen ist schamlos. Verdammter Emporkömmling.«

Nandalee hätte fast entgegnet, dass die ganze Versteigerung schamlos sei. Sie erinnerte sich durchaus mit gemischten Gefühlen an ihre Zeit in der Höhle des Schwebenden Meisters, doch das hier hatte er nicht verdient! Es war widerlich. Abstoßend! Es gab keine Entschuldigung für dieses geschmacklose Spektakel. Wenn die Himmelsschlangen wüssten, was hier vor sich ging, dann wäre ihre Rache ohne Maß.

»Höre ich da elftausend?«, rief Hornbori gut gelaunt auf der Empore. »Da wird es wohl in einigen Monden reichlich Nachwuchs bei unseren Freunden in Ishaven geben.«

»Ich glaube nicht, dass man Magie aus etwas Totem ziehen kann«, sagte Skorri gallig. »Ich weiß ja nicht, wie du dazu stehst, aber ich möchte dich jemandem vorstellen, der einen anderen Weg gehen wird.«

Nandalee war sich nicht sicher, wie sie darauf antworten sollte, so nickte sie nur. Sie war froh, dem ordinären Spektakel, das die Zwerge hier aufzogen, entfliehen zu können. Auch verstärkte das unstet über die Höhlenwände flackernde Licht ihr Schwindelgefühl. Wie lange es wohl dauern würde, bis sie sich an den neuen Körper gewöhnt hatte?

Sie mussten sich regelrecht durch die Reihen der Zwerge kämpfen. Das Gedrängel war unglaublich, und selbst Skorris Prominenz führte keineswegs dazu, dass man ihm bereitwillig Platz machte. Das Gebot war bereits bei siebzehntausend Goldkronen, als sie endlich einen Durchgang in eine benachbarte Höhle erreichten. Jetzt erst erkannte Nandalee, was es mit dem merkwürdigen Licht hier auf sich hatte. Die Wände dieser riesigen Höhle waren ganz und gar mit lilafarbenen Kristallen bedeckt. Amethyste. Manche waren nur winzig, andere fast zwei Finger lang. Das Licht brach sich tausendfach in den Kristallen, ja es schien geradezu lebendig zu werden, floss in pulsierenden

Wellen über die Wände und schoss immer wieder funkelnde Blitze in die Menge ab. Nandalee hatte die Amethyste nur flüchtig angeschaut, doch schon wurde ihr Schwindelgefühl so stark, dass sie befürchtete, ihr würden die Beine wegknicken. Der Zauber in den Steinen war ihr völlig fremd. Erschrocken wandte sie sich ab.

Skorri schien etwas bemerkt zu haben. »Nicht jedermanns Sache, der Amethystsaal. Manche kippen dort einfach um. Keiner kann sagen, woran es liegt. Wenn man Pilz trinkt, wird es schlimmer. Man kann dort drinnen keine Feste feiern, dabei ist es die schönste Höhle im ganzen Berg. Manche glauben, es sei die Strafe der Alben dafür, dass wir versucht hätten, etwas zu erschaffen, das schöner als ihre Schöpfung ist. Ich halte das für Unsinn.«

Skorri führte sie an zwei Wächtern vorbei, die große Schmetterlingsäxte in ihren Fäusten hielten. »Das ist Arbinumja aus der Ehernen Halle«, erklärte er. »Die Dame Amalaswintha will ihn sehen.«

Einer der Wächter nickte, musterte sie aber weiterhin misstrauisch. Die Höhle, in die sie traten, war ganz und gar mit weißem Marmor ausgekleidet, ähnlich der Kammer der kommenden Offenbarungen. In der Mitte der Höhle lag auf einem Sockel aus blutrotem Stein ein Kristall, der strahlend weiß leuchtete. Spiegel lenkten das Licht bis in die entferntesten Winkel der Höhle.

Eine Treppe führte zu einer etwas höher gelegenen Tür, die wiederum zur Empore im Amethystsaal führte. Am Fuß der Treppe war eine Reihe von Tischen aufgestellt worden. Dort stand eine kleine Gruppe von Zwergen um eine Gestalt in einem roten Kleid. Sie alle begutachteten die Vielzahl goldener und silberner Kisten und Kästchen mit Fenstern aus Bergkristall, die offensichtlich Leichenteile des Schwebenden Meisters enthielten.

»Amalaswintha?« Skorri hauchte den Namen.

Die Zwergin drehte sich abrupt um. Nandalee war von ihrem Anblick überrascht. Sie wirkte weniger gedrungen als die männlichen Zwerge. Ihr Gesicht war fein geschnitten, auch wenn ihre Augenbrauen ein wenig zu üppig wucherten, was ihren ebenmäßigen Zügen etwas Animalisches verlieh. Amalaswintha hatte eine kleine Nase und volle, fast sinnliche Lippen. Ihr rotes Kleid betonte ihre Taille und war tief ausgeschnitten. Das Dekolleté brachte ihre üppigen Brüste zur Geltung. Rabenschwarzes Haar rahmte ihr Gesicht. Ein Hauch von Blauschimmer lag darin, wie im Gefieder von Elstern. Sie war anders als alle Zwerginnen, die Nandalee je gesehen hatte, und glich auch keiner, an die sich das gestohlene Bewusstsein erinnerte, das Nachtatem ihr eingepflanzt hatte. Amalaswinthas Augen waren von dunklem, fast schwarzem Grün. Tief in ihnen glomm ein Licht, ähnlich jenen Geistern, die über die Wälder Nangogs wachten. Sie war eine Besessene, dachte Nandalee. Sie sollte sich vor Amalaswintha hüten.

»Mein lieber Skorri, was für eine entzückende Begleitung bringst du mit?« Die Zwergin wandte sich nun direkt an Nandalee. »Darf ich aus dem etwas … exzentrischen Geschmack in Kleidung und Bartmode schließen, dass Ihr aus den Ehernen Hallen stammt?«

»Ganz recht«, erklärte Skorri eilfertig. »Dies ist Arbinumja. Und er beherrscht die Sprache der Elfen. Ein wenig zumindest.«

Amalaswintha hob eine Braue und sah Nandalee abschätzend an. »Offensichtlich muss ich meine Meinung über unsere Brüder aus der Ehernen Halle revidieren. Wie mir scheint, leben dort doch nicht nur langweilige Grubenzwerge.«

»Wie mir scheint, hatte auch ich ein falsches Bild von den Damen der Tiefen Stadt«, entgegnete Nandalee bissig. »Sie sind zwar so arrogant, wie ich dachte, doch um einiges hübscher.«

Amalaswintha nahm die Beleidigung mit einem Lächeln hin, während Nandalee aus den Augenwinkeln sah, wie Skorri bei ihren Worten zusammenzuckte.

»Endlich einmal jemand, der nicht versucht, mir nach dem Mund zu reden.« Amalaswintha winkte Nandalee, näher zu treten.

Die Zwergin verströmte einen schweren, sinnlichen Duft. Ein Hauch von Moschus lag darin, doch dominierte eine Duftnote, die der Elfe gänzlich unbekannt war.

»Seit ich meinen Bettgefährten verstoßen habe, umschwirren sie mich wie Fliegen einen Honigkringel. Es ist erfrischend, jemandem zu begegnen, der bei meinem Anblick nicht gleich daran denkt, mit mir Nachwuchs zu zeugen.«

Nandalee hatte den Eindruck, dass sie binnen eines Augenblicks ein halbes Dutzend Feinde gewonnen hatte. Die übrigen Zwerge sahen sie jedenfalls an, als würden sie ihr am liebsten das Herz herausreißen.

»Hast du schon ein Quartier, Arbinumja?«

»Nein.«

»Dann erweise mir doch die Ehre, mein Gast zu sein. Ich werde in zwei Tagen ein Fest geben und würde mich freuen, wenn du zugegen sein könntest. Wenn du schon bei mir wohnst, kannst du mir zwischenzeitlich nicht verloren gehen.« Bei diesen Worten bedachte sie Nandalee mit einem beunruhigenden Lächeln. »Ich könnte mir auch vorstellen …«

Heraneilende Schritte ließen sie verstummen. Ein junger Zwerg kam die Treppe hinab, die zur Empore im Amethystsaal führte. »Herrin, das Gebot liegt bei einundvierzigtausend. Wie es scheint, will das keiner mehr überbieten.«

Skorri atmete schwer aus. »Ist das wahr? Einundvierzigtausend Goldkronen! Damit kann man ein ganzes Heer aufstellen und ausrüsten.«

»Erhöhe für mich das Angebot auf fünfzigtausend«, sagte Amalaswintha ruhig. »Ich möchte nicht, dass dieses Schmuckstück in die Hände von Männern gerät, die damit nur eines im Sinn hätten.« Sie bedachte die umstehenden Zwerge mit einem spöttischen Lächeln. »Ihr denkt nur an Kriege. Dabei würde dieses Gold doch auch reichen, um eine neue Stadt irgendwo in der Wildnis zu gründen. Vielleicht sollten wir das tun. All dem hier den Rücken kehren und von vorne beginnen. Die Magie dort suchen, wo sie am lebendigsten ist – in der Natur.«

Nandalee war sich unsicher, ob Amalaswintha das nur sagte, um die übrigen Zwerge zu beschämen, oder es wirklich so meinte.

»Glaubst du nicht auch, dass die Zeit gekommen ist, für einen Krieg zu rüsten?« Amalaswintha nickte in Richtung des Amethystsaals. »Sie alle sind davon überzeugt.«

Alle Augen ruhten nun auf Nandalee. Was sollte sie tun? Sie konnte doch einem Krieg gegen die Drachen nicht das Wort reden. Aber wenn sie es nicht täte, würde sie sich verdächtig machen. »Ich glaube, den Weisen erkennt man daran, welche Schlachten er ausficht und welche er meidet.« Sie hoffte, es mit dieser Antwort jedem recht gemacht zu haben. Jedenfalls hatte sie sich damit nicht festgelegt.

Während einige der Zwerge beifällig nickten, blitzte in Amalaswinthas Augen der Schalk. »In der Ehernen Halle gibt es auch Weise? Ein Tag voller Überraschungen!«

»Wie Hornbori bewiesen hat, sind auch Drachen sterblich. Was das angeht, werden sich die Himmelsschlangen gewiss nicht von der übrigen Brut unterscheiden«, erklärte Skorri kämpferisch.

»Wie viele Zwerge waren eigentlich nötig, um den großen Drachen zu erlegen?«, fragte Nandalee.

»Drei! So göttlich sind sie, die Drachen.« Skorri lächelte grimmig. »Hornbori, Galar und Nyr. Aber viel aufwendiger, als einen Drachen zu töten, ist die Logistik, die dahintersteckt. Eine ganze Flotte von Aalen musste zusammengestellt werden, um das erforderliche Material zu transportieren und die Beute wieder zurückzubringen.«

Damit waren die Namen der Drachenmörder bestätigt, dachte Nandalee zufrieden. Vielleicht könnte sie auch noch herausfinden, wo die drei in diesem Labyrinth aus Tunneln zu finden waren. Skorri hörte sich gerne reden, wie es schien. Wenn sie das Gespräch noch ein wenig fortführte, vermochte sie vielleicht auch die letzten Informationen aus ihm herauszulocken. »Was mir offen gestanden Sorge bereitet, ist die Frage, wie die Alben es aufnehmen, wenn wir uns gegen die Himmelsschlangen wenden. Die Himmelsschlangen sind die Statthalter der Alben. Wenn wir uns gegen sie erheben, müssen die Alben das nicht so verstehen, dass wir auch ihnen den Krieg erklärt haben? Haben sich Hornbori und die anderen Gedanken darüber gemacht? Ehrlich gesagt, würde ich mit den dreien gerne einmal reden.«

Skorri blickte sie an, als habe er gerade in eine vergammelte Wurst gebissen. »Das ist doch absurd. Warum sollten die Alben …«

»Ganz und gar nicht!«, unterbrach ihn Amalaswintha scharf. »Auch ich habe dich bereits auf diese Gefahr hingewiesen und dich gebeten, dies im Rat zur Sprache zu bringen, wo ich keinen Zutritt habe.«

Skorri war das Thema sichtlich unangenehm. »Meine Liebe, ich sagte dir doch, dass ich dort nicht in den Verdacht geraten darf, dein Sprachrohr zu sein. Es ist allein die Sache von Männern …«

»Genug!«, unterbrach ihn Amalaswintha scharf. »Das haben wir wirklich oft genug besprochen. Ich frage mich, welchen Nutzen du für mich hast, wenn du nicht gewillt bist, mich im Rat zu vertreten.«

Nandalee hatte den Eindruck, dass bei diesen Worten noch etwas Unausgesprochenes mitschwang. Jedenfalls lief der Ratsherr rot an, während die übrigen Anwesenden schadenfroh grinsten.

»Mein lieber Skorri, du kennst mich als eine Freundin des offenen Wortes. Ich hoffe, du weißt diese Offenheit auch zu schätzen, wenn sie dich betrifft. Ich habe in der Vergangenheit große Hoffnungen in dich gesetzt. Während Hornbori von Drachen träumte, habe ich deinen Traum geteilt und erhebliche Mittel aufgewendet, um ihn Wirklichkeit werden zu lassen. In zwei Tagen werden wir sehen, ob es klüger gewesen wäre, mich an Hornbori zu halten. Ich hoffe sehr, dass dein Freund hier uns helfen wird, unsere letzten Probleme zu lösen. Er soll mich begleiten.« Sie wandte sich Nandalee zu. »Und du, Arbinumja aus der Ehernen Halle, wohin soll dein Weg dich führen? Von welcher Zukunft träumst du? Bist auch du ein Mann mit Visionen?«

»Ich bin hier, um nach der Magie zu greifen. Ich werde jedem Weg folgen, der mich zu ihr führt«, entgegnete Nandalee und blickte auf all die silbernen Kisten und Kästen, in denen die Überreste des Kadavers ihres Lehrers verwahrt wurden. Sie waren Narren, die Zwerge! Da waren sie einem wahrhaft großen Zauberweber begegnet, und alles, was ihnen einfiel, war ihn zu töten. So würden sie niemals finden, wonach sie suchten.

»Dann sehen wir einmal, ob deine Möglichkeiten reichen, Träume wahr werden zu lassen.« Sie wandte sich ab und ging zum Ausgang. Ohne sich umzublicken, schnippte sie mit den Fingern. »Komm, sei ein braves Hündchen und folge mir.«

»Du solltest gehen«, raunte ihm Skorri zu. »Du möchtest sie nicht erleben, wenn sie zornig ist.«

Nandalee sah den Ratsherren überrascht an. Sie hätte erwartet, in ihm von nun an einen erzürnten Nebenbuhler zu haben. Stattdessen wirkte er besorgt. »Geh!«, sagte er noch einmal, drängender nun. »Du bist nun in ihrer Hand.«

Gerüchte

Galar verabscheute das Gedränge und den Pomp. Hinter sich hörte er Hornbori laut auflachen. Der Aufschneider war ganz in seinem Element. Hatte tatsächlich er diesem weißen Drachen den Todesstoß versetzt? Galar konnte sich einfach nicht vorstellen, dass dieser händeschüttelnde Windbeutel wahrhaftig eine Heldentat vollbracht haben sollte.

Der weite Amethystsaal erschien dem Schmied jetzt bedrückend eng. Er hasste es, inmitten einer Menge eingekeilt zu sein. Dutzende klopften ihm anerkennend auf die Schulter. Zwerge, die er noch nie gesehen hatte, führten sich auf, als seien sie seine Freunde. Schweiß stand Galar auf der Stirn und brannte auf der dünnen, roten Haut seines Gesichtes, in das der Drachenodem geschlagen war. Er musste hier heraus! Noch ein blöder Witz, noch ein Spruch über das Drachentöten und er würde jemanden erschlagen. Sahen sie denn nicht, was kommen musste? Dieser weiße Drache war zu groß gewesen! Sein Verschwinden würde auffallen! Seine Brüder würden ihn rächen. Statt zu feiern, sollte man sich besser auf einen Kampf mit den Drachen vorbereiten. Und mit deren niederträchtigen Meuchlern, den Drachenelfen. Sie würden kommen, daran gab es für Galar keinen Zweifel. Und sie würden sich in der Tiefen Stadt eine blutige Nase holen.

»Du siehst aus, als wolltest du gleich jemanden umbringen.« Hornbori war plötzlich aus der Menge erschienen und drückte ihm einen Pilzhumpen in die Hand. »Trink«, fügte er leiser hinzu, »das beruhigt das Gemüt.«

»Ich will mich nicht beruhigen«, entgegnete Galar streitlustig und so laut, dass es alle ringsherum hören konnten.

»Er hat die schrecklichen Ereignisse noch immer nicht ganz verarbeitet«, erklärte Hornbori mit einem breiten Lächeln den Umstehenden, packte ihn am Ellbogen und zog ihn mit sich.

»Was für Lügen verbreitest du über mich?« Galar hatte nicht übel Lust, dem Aufschneider sein blasiertes Lächeln aus dem Gesicht zu schlagen. Sollten alle sehen, was für eine Sorte Held Hornbori war, wenn er wimmernd und Zähne spuckend auf dem Boden lag. Die Vorstellung entspannte Galar ein wenig. Der Anflug eines Lächelns spielte um seine verkrusteten Lippen. Warum eigentlich nicht? Eine muntere Schlägerei tat immer gut.

»Na also, du lernst es auch noch«, zischte Hornbori. »Bei Anlässen wie diesem muss man immer lächeln, ganz gleich was geschieht. Kuck nicht so. Weiterlächeln!«

Er würde damit anfangen, dem Mistkerl das Pilz ins Gesicht zu schütten, dachte Galar. Darauf musste Hornbori reagieren. Das wäre ein guter Auftakt. Nicht einmal Hornbori konnte so eine Demütigung mit ein paar Worten abtun. Ein Zwerg, der etwas auf sich hielt und von anderen respektiert werden wollte, konnte darauf nur mit den Fäusten antworten.

»Ich werde demnächst für einige Zeit fortmüssen«, eröffnete Hornbori ihm im Flüsterton und schob ihn weiter vor sich her. »In ein paar Tagen ist es so weit und …« Er hielt inne und schüttelte ein paar Hände von Gesandten, die, nach ihren merkwürdig gezwirbelten Schnauzbärten zu urteilen, aus einer der Städte unter den Mondbergen stammen mussten.

Hornbori wurde erstaunlich schnell mit ihnen fertig, ohne dabei unhöflich zu werden. Das war seine Welt. Galar entschied, dass sich für eine zünftige Prügelei auch später noch ein Anlass finden ließe. Er musste erst wissen, wohin der Schisser reisen wollte. Und vor allem, warum. Er hatte einen Verdacht, und sollte sich der bestätigen, würde er Hornbori in einen Zustand versetzen, der es ihm unmöglich machte, in einem der Aale zu reisen.

Hornbori bugsierte ihn durch die Menge. Endlich gelangten sie durch ein weites Portal in eine der angrenzenden Gildenhallen. Ein prächtiger Bilderfries, der Schmiede bei der Arbeit zeigte, erstreckte sich über die Stirnwand. Die Decke war weit weniger hoch als im Amethystsaal. Holzkohle glomm dunkelrot in flachen Gruben, die in den Boden eingelassen waren. Unstetes Licht tanzte über die Wände. Galar atmete tief durch. Auch hier hielten sich einige Dutzend Zwerge auf, aber das war kein Vergleich zum Gedränge in der großen Halle, der sie entflohen waren.

Hornbori winkte flüchtig einer Gruppe von Schmieden, dann wandte er sich wieder ihm zu. »Sie hauen ab«, flüsterte er.

Galar runzelte die Stirn und zuckte zusammen. Es hatte sich angefühlt, als wolle sich seine Haut aufs Neue von der Stirn schälen. »Von wem redest du?«

»Die Familien des Rates. Die Sippe des Herrschers in der Tiefe. Alle, die Rang und Namen und genügend Gold haben. Kein Aal verlässt den Hafen mit Drachentrophäen, ohne auch ein paar Mitglieder prominenter Familien an Bord zu haben. Sie fürchten, dass die Drachen die Elfen schicken werden. Die Meuchler werden sicherlich ein Gemetzel anrichten. Es wird fürchterlich werden und …«

»Und du willst dich rechtzeitig verpissen, nicht wahr?« Das war genau, was er zu hören erwartet hatte. Aber so würde es nicht kommen. Dieser …

»Nein, verdammt. Ich will bleiben. Du musst mit mir eine Schlägerei anfangen. Verprügel mich. Wenn ich nicht reisefähig bin, kann ich bleiben. Aber schlag nicht zu fest zu, wenn es geht. Und brich mir nicht die Nase. Ich …«

Galar wäre fast der Pilzhumpen aus der Hand gefallen. »Ich soll was? Dich verprügeln?« Das musste ein Scherz sein. Der Schisser verarschte ihn doch!

»Jeder weiß, dass du cholerisch bist und wir uns nicht gut verstehen, obwohl wir gemeinsam auf Drachenjagd gehen. Niemand wird sich wundern, wenn du mich …«

»Vergiss es. Für wie blöd hältst du mich eigentlich?« Galar hatte seine Stimme zu einem Flüstern gesenkt. Er würde dem Drecksack niemals einen Gefallen tun, und wenn es ihn auch noch so sehr in den Fingern juckte. »Wie kommst du darauf, dass die Elfen kommen werden?«

Hornbori sah sich misstrauisch um. »Lass uns weitergehen. Es ist besser, wenn wir nicht stehen bleiben. Niemand darf uns belauschen.« Er führte ihn aus der Gildenhalle in einen weiten

Tunnel, in dem sie immer noch nicht allein waren. Galar staunte über die vielen fremden Trachten. Jetzt, bei weniger Gedränge, konnte er die Gesandten eingehender mustern. Aus allen Gegenden Albenmarks schienen sie hierhergekommen zu sein. Er erkannte Zwerge aus den Ehernen Hallen und aus Ishaven. Unglaublich, wie schnell sich die Kunde über die Versteigerung verbreitet hatte.

»Dir reicht es also nicht als Indiz, dass die Reichen und Mächtigen ihre Familien fortbringen lassen. Sagt dir der Name Hannar etwas?«

Galar nickte. »Einer unserer erfahrensten Jäger. Nyr kennt ihn ganz gut.«

»Würdest du ihn einen Schisser nennen, so wie mich?« Ein süffisantes Lächeln begleitete Hornboris Worte.

»Im Gegensatz zu dir hat sich Hannar diesen Titel nicht verdient.«

Hornbori sah ihn auf eine Art an, die Galar bei ihm noch nicht kannte, verletzt und wütend, aber er ging mit keinem Wort auf die Beleidigung ein. »Gestern habe ich Hannar getroffen. Er war völlig außer sich. Er meinte, etwas sei im Wald, oben auf dem Berg. Geister!«

Galar nahm einen Schluck aus seinem Humpen. Er glaubte nicht an Geister. Bisher hatte er Hannar für einen vernünftigen Kerl gehalten. Wie man sich täuschen konnte!

»Es ist nicht so, wie du denkst«, empörte sich Hornbori. »Da gab es keine durchscheinenden Gestalten oder ähnlichen Humbug aus Kindermärchen. Es war … Eine gut getarnte Falle ist ausgelöst worden, aber es fand sich keine Spur. Auch nicht von Wildtieren. Und er sagt, er habe Stimmen im Wind gehört. Wie Gesang. Aber es sei niemand dort gewesen. Und er erzählte mir von einer Lichtung, auf der ein riesiger Felsfinger aus dem Boden ragt. Als er mit seiner Patrouille dorthin kam, sei es weder ihm noch irgendeinem seiner Kameraden möglich gewesen, zum

Felsen zu blicken. So als habe eine unsichtbare Macht ihnen die Köpfe verdreht.«

Galar konnte nicht länger an sich halten. Er lachte laut auf. »Eine unsichtbare Macht hat ihnen die Köpfe verdreht! Hörst du eigentlich, was du redest? Was hat Hannar getrunken, bevor er hinaus in den Wald gegangen ist?«

»Alle Männer aus seiner Patrouille reden davon!«, beharrte Hornbori. »Etwas stimmt da oben im Wald nicht.« Er verdrehte die Augen zur unregelmäßigen Decke des Tunnels, als könne er durch Hunderte Schritt massiven Granits bis hinauf zum Wald blicken. »Da oben ist es nicht mehr geheuer. Ich weiß von Nyr, dass du daran gedacht hast, Hannar auf die nächste Drachenjagd mitzunehmen.«

»Was ich mir jetzt gut überlegen werde …«

»Sei nicht so verbohrt! Wo ist der Galar mit seinen großen Visionen? Der Schmied, der es wagt, Dinge zu tun, die andere nicht einmal erträumen! Warum sollte Hannar plötzlich ein anderer sein? Akzeptiere doch einfach, dass dort oben etwas vor sich geht. Im Wald sind Zauberweber. Elfen sind dort oben! Und es kann nur einen Grund geben, warum sie hierherkommen. Sie wollen Rache für den Weißen Drachen üben.«

Galar wollte über seinen Bart streichen, wie er es oft tat, wenn er tief in Gedanken war, aber er griff ins Leere. Ärgerlich kratzte er über die kümmerlichen Stoppeln auf seinen verbrannten Wangen. Er würde es nicht zugeben, aber ganz unrecht hatte Hornbori nicht. Hannar war nie ein Spinner gewesen. Wenn ein gestandener Zwerg wie er seltsame Geschichten erzählte, sollte man das nicht einfach abtun, sondern der Sache auf den Grund gehen.

Hornbori wies zu einem Seitentunnel, der vom Hauptgang abzweigte. Nach ein paar Schritten waren sie endlich allein. Es war ein kühler, ungemütlicher Ort. Die Laternen standen hier in sehr weiten Abständen in den Wandnischen. In der Ferne hörte Galar Wasser rauschen. Der Hafen war nicht mehr fern.

Hornbori hielt das Schweigen nicht länger aus. »Wir sollten hinauf in den Wald und herausfinden, was dort vor sich geht«, platzte es aus dem Großmaul heraus.

Galar grunzte abfällig. »Und du willst einmal König sein? Unser Volk anführen?«

»Was hat das denn damit zu tun?«

»Eine ganze Menge. Stell dir vor, dort oben laufen wirklich Zauberweber der Elfen herum ... Drachenelfen. Die schneiden dir so schnell die Kehle durch, dass du gar nicht mitbekommst, dass sie dir die Klinge an den Hals gesetzt haben. Mal angenommen, sie können tatsächlich einen Zauber wirken, mit dem sie uns zwingen können, nicht an einen bestimmten Ort zu blicken – und ich sage jetzt nicht, dass ich Hannar glaube, es ist nur ein Gedankenspiel –, dann bringen sie dich um, ohne dass du auch nur gemerkt hast, wie sie in deine Nähe kommen. Was gewinnen wir also, wenn wir dort hinaufgehen?«

»Hannar haben sie doch auch nicht umgebracht.« Hornbori klang jetzt weit weniger enthusiastisch.

»Und was schließt du daraus?«

»Sie sind eben vorsichtig. Sie wollten uns nicht warnen. Wenn sie Hannar und seine Männer umgebracht hätten, wüssten wir jetzt ganz sicher, dass sie da sind.«

»Wenn sie so vorsichtig wären, würden sie wohl kaum Zauber weben, die selbst dem abgebrühten Hannar Angst machen.«

Hornbori nickte widerwillig. »Da ist was dran. Aber warum bringen die Ratsmitglieder dann ihre Familien in Sicherheit?«

»Irgendwann werden die Drachen ihre Elfen schicken. Wenn du in ein paar Tagen eine lange Reise antrittst, ist das sicherlich nicht das Dümmste.«

Hornbori sah ihn eigentümlich an. Ungewohnt hart und mannhaft. »Ich bleibe. Ich habe gehört, es gibt verborgene Stollen und Fallen, die jeden Angreifer einen schrecklichen Blutzoll bezahlen lassen. Sollen andere davonlaufen – ich kämpfe in der Schlacht um die Tiefe Stadt!« Hornboris Ausbruch endete mit einem Stoßseufzer, der wieder besser zu ihm passte.

»Geheime Tunnel und Fallen«, sagte Galar herablassend. »Dummes Geschwätz. Nichts als Kindermärchen.«

»Da irrst du dich gewaltig, Galar. Das ist mehr als nur Gerede. Meine Familie hat Einfluss. Ich weiß Dinge über die Tiefe Stadt, die könntest du dir nicht einmal …« Er schüttelte den Kopf. »Du glaubst mir ohnehin nicht, oder?«

Galar lächelte. »Stimmt.«

»Und obwohl es dir in den Fingern juckt, dich mit mir zu prügeln, würdest du es nicht tun, wenn du wüsstest, dass du mir damit einen Gefallen tust. Unsere Wege trennen sich nun. Aber verlass dich darauf, ich erreiche immer, was ich will. Ich mag kein genialer Tüftler sein und kein großer Held auf dem Schlachtfeld, aber unterschätze mich nicht, Galar.« Mit diesen Worten wandte er sich ab und eilte mit festem Schritt zum Haupttunnel und den Feierlichkeiten zurück.

Der Schmied sah ihm lange nach. Hornbori hatte es tatsächlich geschafft, Zweifel in ihm zu wecken. Er sollte Hannar suchen und selbst mit dem alten Jäger reden, entschied Galar. Und er musste zu Jari, dem Wächter. Es gab die geheimen Tunnel und Fallen tatsächlich. Aber Hornbori hätte davon nicht wissen dürfen. Es gab nur zwei Dutzend Eingeweihte. Und einer von ihnen hatte offensichtlich geplaudert. Das musste geahndet werden! Galar war immer sehr stolz darauf gewesen, zu diesem erlauchten Kreis zu gehören. Er hatte einen der Tunnel gebaut, weil der Alte in der Tiefe sein perfides Talent, Fallen zu ersinnen, zu schätzen wusste. Sollten die Drachenelfen nur kommen! Sie würden sie buchstäblich in Stücke hacken!

Das Wettrennen

Bleigraue Wolken hingen tief am Himmel. Das Land erstreckte sich in sanften Wellen in schier endlose Weiten. Kalter Wind zerzauste Shayas Haar. So sehr sie die Himmel Nangogs gemocht hatte, nichts kam der großen Steppe gleich! Sie hatte ihre Heimat vermisst. Den Geruch des Grases. Sein Wogen, wenn der Wind darüberstrich.

Sie streichelte der kleinen, weißen Stute über den Hals. Das Tier war launisch. Es warf den Kopf zurück. Shaya lächelte. Subai hatte das Pferd mit Bedacht für sie ausgewählt. Er hoffte wohl, dass sie vor aller Augen abgeworfen wurde. Dass sie ihr Gesicht verlor. Aber in den Jahren auf Nangog hatte sie das Reiten nicht verlernt.

Sie blickte zu ihm zurück. »Wer als Erster am Zelt unseres Vaters ist?«

Subai sah verächtlich zu ihr herab. Er ritt eines der prächtigen Schlachtrösser aus den Gestüten am Seidenfluss. Einen starken, schwarzen Hengst, dazu gezüchtet, einen Krieger in voller Bronzerüstung zu tragen. Seine Schulter überragte die ihrer Stute um fast drei Hand. Ein eindrucksvolles Pferd und eine Wahl, die davon zeugte, dass Subai immer noch ein Dummkopf war. Es war kein Steppenpferd. Keines, wie es seine Krieger ritten. Ein wahrer Anführer setzte sich nicht auf diese Weise von seinen Männern ab.

Shaya hatte so laut gesprochen, dass es die Männer im Gefolge ringsherum gehört hatten. Alle blickten zu Subai.

»Wir sind keine Kinder mehr«, murmelte er missmutig.

»Stimmt. Wir können mittlerweile richtig reiten.« Sie lächelte. Keiner der Krieger im Gefolge Subais verzog eine Miene. Aber Shaya konnte in ihren Augen lesen. Sie kannte das Lauern. Den kaum unterdrückten Spott in den Blicken.

Auch Subai entging dies nicht. Er sah missbilligend zu ihr herab. »Wie könnte ein Weib sich mit einem Mann messen?«

»Das dachten auch die Männer, die unter meiner Dornaxt starben.«

Subai lachte auf, doch niemand fiel in sein bellendes, zu aufgesetztes Gelächter ein. »Was für Männer können das wohl gewesen sein.« Er hob seine kurze Reitpeitsche und deutete auf ihr Gesicht. »Du hast den bösen Blick, Schwester. Alle wissen das. Nicht deine Waffenkunst verhalf dir zu deinen Siegen, sondern dunkle Magie. Aber diesmal wird sie dir nicht helfen. Es gilt! Reiten wir!«

Shaya konnte in den Gesichtern der anderen lesen, wie die Worte ihres Bruders wirkten. Wie seine Lügen ihren Kampfesruhm zu Asche werden ließen. Eben noch war sie widerwillig akzeptiert gewesen, doch jetzt glaubten die Krieger lieber, dass allein Zauberei ein Weib dazu befähigte, im Zweikampf über einen Mann zu triumphieren.

»Dann los!« Ihre Stimme war ein raues Raunen mühsam unterdrückten Zorns. Sie konnten sie in Frauenkleider stecken, aber sie würde niemals eines dieser duckmäuserischen, verängstigten Weiber werden, mit denen sich die Steppenfürsten so gerne umgaben.

Subai preschte ohne zu zögern los, und Shaya hieb ihrem Pony die Fersen in die Flanken. Das kleine Tier machte einen erschrockenen Satz, der irgendjemanden hinter ihr auflachen ließ, dann stürmte es dem prächtigen Schlachtross ihres Bruders hinterher.

In der Nacht zuvor hatte es geregnet, und auf dem schweren, schlammigen Boden konnte Subais Vollblut nicht seine ganze Kraft entfalten. Shaya holte auf. Das Land wogte in sanften Hügeln an ihnen vorüber. Shaya hatte sich dicht über den Nacken der Stute gebeugt. Der Wind peitschte ihr die Mähne ins Gesicht.

Wie ferner Donner folgte ihr der Hufschlag der übrigen Reiter.

Subai blickte immer wieder zu ihr zurück. Er peitschte fluchend nach den Flanken seines Hengstes. Blutige Striemen glänzten im prächtigen Fell.

Verdammter Narr, dachte sie. Das war nicht der Weg zu siegen.

Ihre Finger krallten sich in die Mähne ihrer Stute. Sie spürte die Kraft des Tieres. Seinen Willen, in diesem Rennen zu siegen. Schaumflocken flogen von den Nüstern ihrer Stute. Sie spürte, wie sich die mächtigen Lungen des Tieres füllten und wieder zusammenzogen. Sie spürte das Blut pulsieren.

»Wir können es schaffen, meine Starke.« Sie war jetzt fast gleichauf mit dem Hengst ihres Bruders. Beide Pferde kämpften sich eine Hügelflanke hinauf. Der Grund war trügerisch. Ihre Stute wurde langsamer.

Subai stieß einen schrillen Triumphschrei aus und peitschte erneut seinen Hengst. Schmerz und Angst ließen das große Pferd alle Vorsicht vergessen. Mit zwei Längen Vorsprung erreichte es den Hügelkamm.

»Komm, meine Starke. Komm!« Shaya klopfte mit der flachen Hand auf den Hals der Stute. Deutlich spürte sie die dick geschwollenen Adern unter dem Fell.

Endlich erreichte auch sie den Hügelkamm. Am Fuß des Hügels wand sich ein seichter Fluss in weiten Bögen durch das Grasland. Ein Adler kreiste am grauen Himmel und verfolgte das Rennen. Weit am westlichen Horizont bewegte sich etwas Dunkles durch das Gras. Reiter? Eine Pferdeherde? Shaya trieb ihre Stute den Hang hinab. Subai hatte inzwischen sechs Längen Vorsprung. Sein Rappe hatte den Hang fast schon verlassen, als er ins Rutschen kam. Der Hengst warf den Kopf zurück und stieß ein schrilles Wiehern aus. Seine Hinterbeine brachen aus. Subai hatte Mühe, im Sattel zu bleiben.

Ihre Stute nahm den Hang vorsichtiger. Sie querte ihn in einer Diagonale, statt geradewegs hinabzustürmen. Shaya ließ ihr die Zügel und beobachtete voller Genugtuung, wie Subais Rappe darum kämpfte, nicht zu straucheln. Endlich hatte er sich gefangen. Unsicher machte er ein paar Schritte am Fuß des Hügels, dann strebte er dem Gürtel aus hohem Gras entgegen, das den Flusslauf säumte.

Ihr Schimmel ließ ebenfalls den Hügel hinter sich. Fast gleichzeitig drangen die Pferde in den Wall aus Teichbinsen ein. Die graugrünen Stängel überragten sie. Ärgerliches Entengeschnatter ertönte ganz in der Nähe. Shaya konnte kaum einen Schritt weit sehen. Das Dickicht aus fingerdicken Halmen hatte sie verschlungen. Schmatzender Schlamm wich dunkelbraunem Wasser. Unbeirrt strebte ihre Stute voran und gelangte in tieferes Wasser, das Shaya bis über die Knie reichte. Es war unangenehm kalt. Schlammspritzer sprenkelten das blütenweiße Fell der Stute.

Der Wall aus Teichbinsen wich zurück. Eine träge Strömung ließ sie ein wenig abdriften. Vielleicht zwanzig Schritt neben ihr und fast auf gleicher Höhe sah sie Subai. Wütend starrte er zu ihr hinüber. Sein Hengst wirkte abgekämpft. Wahrscheinlich setzte ihm das kalte Wasser mehr zu als ihrem Pony. Sie lächelte herausfordernd. Sehr bald würde sich zeigen, wer den längeren Atem hatte.

Als sie den Binsengürtel des jenseitigen Ufers erreichten, klapperten Shaya die Zähne. Sie fühlte sich, als hätten böse Flussgeister alle Wärme ihres Körpers gestohlen. Sie beugte sich vor, bis sie den angenehm warmen Nacken der Stute berührte.

Endlich fanden sie festen Boden. Mit kräftigen Schritten ließen sie den Fluss hinter sich. Binsenstängel schlugen Shaya ins Gesicht. Sie zitterte am ganzen Leib. Die Stute schnaubte, als wolle sie ihr Mut machen.

Als sie durch den grünen Wall brachen und das weite Grasland wieder vor sich liegen sahen, war Subai nirgends zu entdecken. Heiße Freude durchfuhr Shaya. Sie würde es ihm zeigen!

Die dunklen Gestalten am Horizont waren nun zu erkennen. Es waren Reiter. Hundert oder mehr. Rossschweifstandarten wehten von langen Stangen. Ein ganzer Wald davon. Der Adler kreiste über den Reitern. Stieß wie ein Pfeil vom Himmel hinab und verschwand.

Dort hinten musste ihr Vater sein. Kein Fürst des weiten Graslandes würde es wagen, so viele Standarten um sich zu versammeln. Der Unsterbliche Madyas war mit seinem Adler zur Wolfsjagd ausgeritten. Das traf sich gut! Sie würde als Siegerin eines Wettreitens vor ihn treten und nicht als gedemütigte Gefangene ihres Bruders!

Ein wilder Schrei ließ sie herumfahren. Subai brach mit seinem Rappen aus dem Binsendickicht. Der große Rappe sah zum Erbarmen aus. Schaum troff von seinem Maul. Seine Flanken waren zerschunden von Subais Peitschenhieben. Mit angstweiten Augen preschte der Hengst auf das Grasland hinaus, Madyas Jagdgesellschaft entgegen.

Shaya wusste, dass sie gewonnen hatte. Sie war unter Pferden aufgewachsen. Fremde spotteten gerne, dass den Ischkuzaia ihre Pferde mehr bedeuteten als ihre Frauen und Kinder. Ganz falsch war das nicht.

Subais Rappe gab unter den wütenden Hieben ihres Bruders sein Letztes und kämpfte sich noch einmal einen kleinen Vorsprung heraus. Entschlossen setzte ihre Stute dem Vollblut nach, als habe das kleine Pony ebenfalls den Ehrgeiz, den großen Hengst zu besiegen.

Das Land stieg sanft an. Der Boden war hier sandiger als auf der anderen Seite des Flusses. Trockener. Bald hatten sie Subai eingeholt. Shaya hielt sich ein gutes Stück seitlich von ihm, denn sie traute ihm zu, dass er mit der Peitsche nach ihr schlagen würde, wenn sie ihm zu nahe käme. Er wusste, dass er nicht mehr siegen konnte. Und was noch schlimmer war, er würde seine Niederlage unter den Augen ihres Vaters erleiden.

Die Reiterschar hatte auf dem nächsten Hügelkamm innegehalten. Schweigend verfolgten sie das Wettrennen. Jedem war klar, wie es enden würde. Shaya blickte nach hinten. Sie lag nun drei Pferdelängen vor Subai. Blut mischte sich in die weißen Flocken um die Nüstern des Rappen. Ihr Bruder hatte den stolzen

Hengst zuschanden geritten. Für nichts! Er würde nicht daraus lernen. Wahrscheinlich würde er behaupten, ihr böser Blick habe sein Pferd verhext. Und die meisten würden ihm glauben. Ihr Sieg bedeutete gar nichts, begriff Shaya. Vielleicht sollte sie den Hengst an sich vorüberziehen lassen. Ihrem Bruder vor aller Augen den Sieg schenken. Würde das etwas ändern?

Schweigend starrten die Reiter zu ihnen herab. Sie entdeckte den Adler auf der Faust eines stämmigen Kriegers, erkannte einige Berater, die schon in ihrer Kindheit zum Gefolge ihres Vaters gehört hatten. Die meisten der Männer jedoch waren ihr fremd. Keine einzige Frau gehörte der Jagdgesellschaft an.

Plötzlich knickte ihre Stute ein. Shaya wurde aus dem Sattel geschleudert, über den Kopf des kleinen Ponys hinweg, das ein erschrockenes, fast menschlich klingendes Keuchen ausstieß. Mit einem harten Schlag landete sie auf dem Rücken. Etwas in ihrer Schulter knackte. Die Luft wurde ihr aus den Lungen gepresst. Grelle Lichtpunkte tanzten vor den bleigrauen Wolken. Benommen schüttelte sie den Kopf und sah zu ihrem Pony. Es wand sich im Gras. Wieherte zum Erbarmen und versuchte wieder aufzustehen. Es würde nie wieder stehen. Der linke Vorderlauf war gebrochen. Der blanke Knochen ragte aus dem zerschundenen Fleisch.

»Nein«, stammelte sie. »Nein.«

Subai ritt im Schritt an ihr vorüber. »Der Weiße Wolf wollte nicht, dass du siegst. Dein Hochmut hat selbst die Devanthar gegen dich aufgebracht.«

Shaya ballte die Fäuste. Jetzt erst bemerkte sie das Erdloch. Ihre Stute musste mit dem Vorderlauf in einen Murmeltiertunnel dicht unter der Grasnarbe eingebrochen sein. Das war nicht gerecht. Es war … Sie tastete nach ihrem Messer und zuckte vor Schmerz zusammen. Ihre rechte Schulter musste ausgekugelt sein. Selbst zu atmen schmerzte.

Ihr Pony hatte die Augen so weit aufgerissen, dass sie ganz von weißen Rändern eingefasst waren. Shaya zog ihr Messer mit links und kroch zu ihm hinüber. Vorsichtig strich sie ihm über den Hals. Dann setzte sie die Klinge an eine der dicken Adern, die unter dem Fell am Hals zu erkennen waren. Sie schnitt nicht tief. Warmes Blut rann über ihre Hand. Vorsichtig streichelte sie weiter den Hals. Der Atem der Stute ging nun ruhiger.

»Warum soll es länger leiden als notwendig?« Madyas, ihr Vater, stand hinter ihr. In seinen schwarzen Augen zeigte sich keine Regung. Nicht ein graues Haar war unter den Stoppeln auf seinen Wangen. Er war unsterblich … Und so anders als Aaron.

In der Linken hielt Madyas einen Jagdspeer mit schmalem Stichblatt. Sie schluckte, hob die Linke …

Bevor ein Wort über ihre Lippen kam, wirbelte er den Speer herum und stieß ihn mit aller Kraft durch das Auge der Stute. Die Läufe des Ponys zuckten. Dann lag es still.

»Glaubst du, ein langsamer Tod ist ein besserer Tod?«, fragte er verächtlich.

Sie sagte nichts. Es war nicht klug, ihm Widerworte zu geben. Ihr Vater war von gedrungener Gestalt. Er war nicht sehr groß, aber er verströmte eine fast animalische Lebendigkeit. Seine Kinder alterten und wurden grau neben ihm. Er blieb äußerlich immer derselbe. Mit seinem harten Gesicht und dem zu großen Kinn. Den buschigen Brauen, den stets stoppeligen Wangen und der nicht zu bändigenden Haarsträhne, die ihm in die Stirn hing. Er trug ein Wams aus dickem Leder, das bei jeder seiner Bewegungen leise knarzte. Seine Arme waren nackt, sodass man die von Narben zerfurchten Wolfstätowierungen darauf deutlich sehen konnte.

»Steh auf, wenn du nicht als verweichlichtes Weib gelten willst.«

Sie sah ihn überrascht an. Das war doch die Rolle, die er ihr zugedacht hatte! Oder hatte Subai sie belogen?

Shaya biss die Zähne zusammen und stemmte sich hoch.

»Du hast dir die Schulter ausgekugelt.« Er sagte das ohne einen Anflug von Mitleid. »Wenn du dir bei dem Sturz den Hals gebrochen hättest, hätte ich dich in Streifen schneiden und an die Lagerhunde verfüttern lassen. Ich habe Pläne mit dir. Dieser Reitunfall stört sie. Reiß dich also zusammen.«

Sie gehorchte und fragte sich, wo jener warmherzige Vater geblieben war, für den sie vor langen Jahren auf der Trommel getanzt hatte.

»Ich habe eigens für dich einen Heilkundigen vom Seidenfluss holen lassen.« Der Unsterbliche deutete auf einen Greis in seinem Gefolge, der in fließende, grüne Gewänder gekleidet war. Der Alte saß ungelenk auf seinem Pferd. Er wirkte deplatziert inmitten der Jagdgesellschaft. Sein langes, abgehärmtes Gesicht hatte die Farbe von altem Elfenbein. Er wirkte, als habe er in seinem Leben kaum einen Tag unter freiem Himmel verbracht, wie so viele der Gelehrten, die die großen Städte am Seidenfluss zu Tausenden ausbrütete.

Der Heilkundige nickte ihr zu, als er ihren Blick bemerkte. Sein Gesicht mit den schmalen Augen und dem langen, spinnwebfeinen Kinnbart war eine Maske, bar jeder Emotion. Ganz anders wirkten die Berater ihres Vaters. Sie gafften sie unverhohlen an, und in ihren Blicken lag eine lüsterne Boshaftigkeit, als wüssten sie um ein Geheimnis, das ihr erst noch offenbart werden würde.

Ein Leibwächter ihres Vaters überließ ihr sein Pferd und ging auf die Knie, damit sie auf seinen Rücken treten und leichter in den Sattel steigen konnte. Sie ignorierte die Geste hündischer Unterwürfigkeit und schwang sich ohne Hilfe auf das Pferd. Sengender Schmerz schoss durch ihre Schulter. Für einen Augenblick wurde ihr schwarz vor Augen, und sie musste sich mit den Fingern in der Mähne des Braunen festkrallen, um nicht aus dem Sattel zu kippen.

»Die Jagd ist beendet«, verkündete ihr Vater mit lauter Stimme. »Wir kehren zurück zum Wandernden Hof.«

Die geheimen Tunnel

Galar ließ den Zeigefinger durch die Furche in der Höhlenwand gleiten. Nur noch Reste von eingetrocknetem Öl waren geblieben. Er dachte zurück an die unzähligen Stunden, die er in diesem Tunnel verbracht hatte. Fast drei Jahre hatte es gedauert, ihn vorzubereiten. Damals hatte er in einem Loch von einer Höhle gewohnt. Nicht einmal ein Troll hätte sich da wohlgefühlt. Seitdem war viel geschehen. Dem Gold und dem Einfluss Hornboris verdankte er eine prächtig ausgestattete Werkstatt und eine stetig wachsende Zahl von Gehilfen, die nach seiner Pfeife tanzen mussten. Vorbei waren die Zeiten, in denen er nächtelang wach gelegen und sich das Hirn zermartert hatte, wie er an ein paar Eisenstangen oder eine Kupferplatte kommen könnte, um eine seiner Ideen umsetzen. Ein Teil des Ruhmes am Tod des Weißen Drachen war nun sogar mit seinem Namen verbunden. Obwohl sein Bart weggesengt war und er roch wie ein halbgares Stück Pferdefleisch, spottete niemand mehr über ihn. Galar war fast zufrieden, solange er nicht an Hornbori dachte. Wie sie diesen Aufschneider verehrten, war zum Kotzen! Hornbori Drachentöter nannten sie ihn. Von wegen! Wenn hier einer der Drachentöter war, dann Nyr, der halb verbrannt vom Odem der Bestie den tödlichen Speer abgeschossen hatte. Hornbori hatte sich doch bloß an den Kadaver herangemacht. Gut, ein bisschen Leben war noch in dem Drachen gewesen. Aber was für eine Kunst war das, einer todwunden Bestie die Kehle durchzuschneiden? Eine Heldentat konnte man das wahrlich nicht nennen. Aber er würde die Klappe halten. Er musste sich zusammenreißen und klar denken! Deshalb hatte er die endlosen Feierlichkeiten verlassen und war hinab zu diesem verborgenen Tunnel gestiegen.

Die Existenz dieses Tunnels gehörte zu den bestgehüteten Geheimnissen der Tiefen Stadt. Bergwerker, die man sonst wo angeheuert hatte, hatten ihn angelegt. Nur eine Handvoll Zwerge wusste um das verborgene Netz von Gängen. Sie würden den

Widerstand anführen, sollte die Tiefe Stadt tatsächlich angegriffen werden. Die geheimen Gänge lagen parallel zu den Haupttunneln und waren mit mörderischen Fallen gespickt. Im Fall eines Angriffs würden die Haupttunnel mit Türen verschlossen, die nicht von behauenen Felswänden zu unterscheiden waren, und die Eindringlinge würden in die Tunnel mit den Fallen umgeleitet.

Galar träufelte neues Öl in die Furche an der Felswand. Wer sich hierher verirrte, würde einen schnellen, schmerzlosen Tod erleiden. Diese Falle hatte ihm zu erstem Ruhm verholfen. Dabei war das Prinzip denkbar einfach. Das breite Hackmesser eines Metzgers hatte ihn dazu inspiriert. Durch die steinerne Rinne, die er gerade neu ölte, schnellte ein fünf Hand breites Hackmesser, so schwer, dass drei Schmiede nötig waren, es anzuheben. Es glitt der Länge nach den leicht abschüssigen Tunnel hinunter. Mit zusätzlichen Bleigewichten beschwert, gewann es mit jedem Schritt an Geschwindigkeit.

Galar dachte an das Grubenpony, das man in den Tunnel getrieben hatte, um die Falle zu testen. Das Hackmesser hatte es vorne am Kopf getroffen und von der Stirn bis zum Schweif durchtrennt. Eine eindrucksvolle Sauerei war das gewesen. Danach hatte man ihm die Mittel bewilligt, zwei weitere Fallen dieses Typs in dem Tunnel einzubauen. Dem Fleischmesser mochten die Elfen vielleicht entgehen. Aber ganz gewiss nicht dem, was dann noch folgte!

Bedächtig träufelte Galar weiteres Öl in die Rinnen. Es würde ein Angriff kommen. Was Hornbori behauptet hatte, stimmte – die Ratsherren und Reichen hatten damit begonnen, ihre Anverwandten in andere Zwergenstädte in Sicherheit zu bringen. Natürlich sprach niemand von Flucht, damit unter der Masse der Bergbewohner keine Panik aufkam. Aber es war schon auffällig, wie viele hochrangig besetzte Handelsmissionen in den letzten Tagen die Tiefe Stadt verlassen hatten. Teile des Kadavers dieses verfluchten Weißen Drachen wurden bis in die entferntesten Winkel Albenmarks verschachert. Es hätte ihm egal sein sollen, aber der Gedanke daran, wie viele Schnösel sich eine goldene Nase daran verdienten, dass er und Nyr ihre Haut hingehalten hatten, brachte Galar zum Kochen. Er hatte diese verdammten Feierlichkeiten verlassen müssen. Blendwerk für die Dummen. Freies Pilz und Braten und Brot, bis der Wanst platzte. Die einfachen Schmiede, Küfer, Steinmetze und Tunnelbauer sahen schlichtweg nicht, was vor sich ging. Blind fraßen sie sich durch.

Galar hatte genug Drachenblut, um seine Experimente auf Jahre fortsetzen zu können. Es würde ihm wieder glücken, aus dem Blut und Koboldkäse ein Unverwundbarkeitselixier zu brauen. Dass seine Versuche ausgerechnet Hornbori eine unverwundbare Hand beschert hatten, wurmte ihn. Aber es würde ihm erneut glücken, wenn er es nur oft genug versuchte!

Galar ließ sich von diesem Traum davontragen, während er weiter Öl in die Furchen entlang der Tunnelwand träufelte. Er stellte sich eine kleine Schar unverwundbarer Zwerge vor. Harte Burschen, angeführt von Nyr und ihm. Hornbori würde nicht dazugehören! Auf keinen Fall.

Mit so einer Truppe könnte er es sogar mit den Himmelsschlangen aufnehmen. Sie würden die Mistviecher in ihren Nestern aufspüren und ihnen in den schuppigen Arsch treten. Und dann würden sie sie filetieren und die Magie aus ihnen herausdestillieren. Jene Magie, die sie seinem Volk verweigerten und stattdessen die arroganten, unförmigen, riesenwüchsigen Elfen lehrten. Kein Zwerg hatte diese Entscheidung der selbstherrlichen Himmelsschlangen begriffen. Aber die Drachen würden es bereuen. Sein Volk hatte die Macht, sie zu töten. Er hatte es bewiesen. Er, Galar, der so oft verspottete Schmied, Alchemist und Mechanikus. Er lächelte und zuckte augenblicklich zusammen. Obwohl er sein verbranntes Gesicht dick mit Krötenfett eingerieben hatte, schmerzte selbst jetzt nach zwei Wochen noch jede Bewegung der verbrannten Haut. Wie es schien, würde sein ohnehin schon jämmerlicher Bart an einigen der besonders übel verbrannten Stellen nicht mehr nachwachsen. Stattdessen würden rote Narben zurückbleiben. Ehrenmale von einem Kampf, den zuvor noch niemand gewagt hatte. Nein, sie würden ihn nicht mehr belächeln. Auch *sein* Name war jetzt in aller Munde.

Galar setzte seinen Gang durch den Tunnel fort. Er versuchte sich vorzustellen, auf welche Weise die Drachen wohl angreifen würden. Dass sie angreifen würden, stand für ihn außer Frage. Lange schon hatten sich die Zwergenvölker auf den Kampf mit den Drachen vorbereitet. Sie waren ungerechte Tyrannen, die vermaledeiten Himmelsschlangen! Deshalb war es auch nie eine Frage gewesen, ob sie irgendwann eine der Zwergenstädte bestürmen würden. Nur welche und wann, das vermochte niemand zu sagen. Die Frage, welche es treffen sollte, hatte er durch seine Taten nun entschieden.

Alle Einfallstunnel in den Berg waren vielfach verwinkelt. Flammenzungen würden gebrochen werden und schon nach weniger als hundert Schritt ihre Macht verlieren. Die Tyrannen waren zu groß, um selbst in die Tunnel zu kriechen. Also würden sie ihre gedungenen Mörder, die Elfen, schicken. Und diese arroganten Schnösel würden hier in der Tiefen Stadt lernen, was es hieß, gedemütigt zu werden. Er hatte die stählernen Federn der drei Fallen geprüft. Die Zahnräder, die den Mechanismus in Bewegung setzten, der die Federn spannte. Alles war bereit. Diese Tunnel waren ihre mächtigste Waffe. Sie waren auf keinem Plan verzeichnet. Nur ein einziger Zwerg kannte sie alle. Jari, der Wächter. Er wartete in einer verborgenen Kammer jahrein, jahraus auf das Signal, die Parallelgänge zu öffnen und die Haupttunnel zu blockieren. Die Elfen würden erst merken, dass sie in eine Falle getappt waren, wenn es zu spät war. Und sollten ein paar dieser langohrigen Mörder überleben, vermochte die Tiefe Stadt mehr als dreihundert bis an die Zähne bewaffnete Krieger aufzubieten, um diesen letzten Elfen den Rest zu geben.

Fleischmesser, Schnitter und Fleischwolf hatte Galar seine drei Fallen genannt. Er blickte zufrieden den langen Tunnel hinab. Dann legte er den steinernen Hebel um, der die Sicherungsbolzen löste und die Fallen wieder scharf machte. Wer jetzt hierherkam, war des Todes. Galar lächelte. Der Schmerz ließ ihn erneut zusammenzucken. Die Elfen würden für ihren Hochmut büßen. Der Weiße Drache war erst der Anfang gewesen. Kamen die Drachen hierher, würde ein Krieg beginnen, wie ihn Albenmark noch nicht gesehen hatte. Und die Ersten, die ihre blinde Ergebenheit mit dem Leben bezahlten, wären die Drachenelfen!

Hier war alles getan. Jetzt musste er sich um seine kostbare Habe kümmern. Er war auf Krieg und Verrat vorbereitet. Sollte er im Kampf um die Tiefe Stadt fallen, hätte er zumindest die Genugtuung, dass seine Schätze für immer verschollen sein würden.

Vor aller Augen

Voller Missfallen betrachtete Shaya das Kleid, das auf der dunklen Kiste neben ihrer Schlafmatte lag. Sie war in einer Jurte mit festem Holzboden untergebracht. Zwei Öllämpchen, geformt wie Steppenponys, verströmten ein angenehmes, gelbes Licht. Ein Eberfell lag auf dem Boden und zwei kleine Kissen, mehr hatte ihre Unterkunft nicht zu bieten. Und mehr brauchte sie auch nicht. Bis auf eines. Ihre Waffen fehlten. Sie hatte verstanden, dass ihr Vater entschieden hatte, dass ihre Tage als Kriegerin vorüber waren. Sie würde sich seinem Willen fügen müssen. Aber ihre Waffen sollten ihr bleiben! Kein Ischkuzaia verzichtete darauf. Jedenfalls kein Krieger, der sich im Kampf bewährt und so viele Feinde erschlagen hatte wie sie. Ihr Volk bestattete seine toten Helden in Erdhügeln, zusammen mit ihren Pferden und eben den Waffen. Wenn sie nun lebendig in solch einer Jurte bestattet sein sollte, ihre Vergangenheit begraben war und sie ein Leben führen musste, in dem alles gestorben war, was ihr einmal etwas bedeutet hatte, dann sollte sie wenigstens ihre Waffen behalten dürfen, auch wenn sie diese niemals mehr tragen würde.

Sie hatte sich eine Rede zurechtgelegt, mit der sie bei ihrem Vater diese Gunst einfordern wollte. Er hielt viel auf Kriegertugenden. Wenn sie ihn in der richtigen Stimmung fand und die rechten Worte wählte, würde sie ihn vielleicht umstimmen können.

Shaya nahm das weiße Kleid von der Truhe. Der Stoff war wunderbar zart und glatt. Seide. Sie seufzte. Das also war ihre Zukunft. Sie hielt sich das Kleid an den Leib. Es war unten weit ausgestellt und würde, wenn alle Verschnürungen geschlossen waren, von der Hüfte aufwärts so eng anliegen wie eine zweite Haut. Ihr wurde klar, dass sie Hilfe brauchen würde, um es anzulegen. Jetzt tat es ihr leid, dass sie die beiden Dienerinnen, die sie bei ihrer Ankunft in der Jurte angetroffen hatte, hinausgeworfen hatte.

So ein Kleid anzulegen hieß, seinen Körper öffentlich feilzubieten, dachte sie zornig. Sie warf es zurück auf die Truhe und bezahlte für die ruckartige Bewegung mit einem stechenden Schmerz in der Schulter. Shaya fluchte. Die ganze Welt hatte sich gegen sie verschworen! Sie hätte mit Aaron gehen sollen. Wer hätte es verhindern können?

Die Antwort lag auf der Hand. Die Devanthar. Als Tochter eines Unsterblichen würde sie niemals zur Hauptfrau eines anderen Unsterblichen werden. Die Devanthar wollten nicht, dass sich die Mächtigsten der Welt miteinander verbündeten.

Shaya presste ihren Arm eng an den Leib und brachte ihn in eine Position, in der er nicht schmerzte. Sie würde niemals ohne Hilfe dieses Kleid anlegen können, dachte sie verbittert. Und wenn sie nicht herausgeputzt in der Stunde der Dämmerung in der großen Jurte ihres Vaters erschien … Sie dachte an ihre Waffen. Sie jemals wiederzubekommen würde ihr nur gelingen, wenn sie alles unterließ, was ihn erzürnen mochte. Die Männer seines Hofstaats kannten sie. Viele zumindest. Sie würden wissen, dass sie nicht freiwillig in solch einem Aufzug erschien. Nicht sie würde ihr Gesicht verlieren. Die Schande, sich wie eine Hure herausgeputzt zu haben, würde auf ihren Vater zurückfallen.

Shaya ging zum Eingang der Jurte und schlug das schwere Leder zurück. Drei Krieger standen Wache. Drei! Man konnte das als eine Auszeichnung sehen. Nur bedeutende Mitglieder des Hofes hatten das Anrecht, eine dreiköpfige Ehrenwache vor ihrem Zelt aufziehen zu lassen. Selbst der Unsterbliche umgab sich bei Hof nie mit mehr als vier Leibwächtern, und die meisten ihrer Geschwister geboten über keine einzige Wache. Doch Shaya hatte lediglich das Gefühl, gefangen gesetzt zu sein. Diese Männer gehorchten allein ihrem Vater.

Es dauerte nicht lange, bis die Dienerinnen zurückkehrten. Auch wenn die beiden demütig die Blicke gesenkt hielten und schwiegen, während sie sie zurechtmachten, spürte Shaya deutlich ihre stillschweigende Genugtuung. So schloss sich der Kreis. Sie dienten ihr, die ihrerseits fortan auch nur noch zu dienen hatte.

Schließlich trug sie das Kleid. Nur das Kleid. Keine Stiefel, nichts. Sie fühlte sich seltsam. Vielleicht wäre sie so zu einem Stelldichein mit Aaron gegangen. Aber so vor den Rat ihres Vaters zu treten … Die Dienerinnen hatten ihre Haare mit Elfenbeinkämmen hochgesteckt, die mit stilisierten Blüten geschmückt waren. Sie hatten sie geschminkt und Rosenwasser auf ihre Haut geträufelt. Sie empfand den Aufzug als schamlos.

Shaya rieb sich mit der Linken über die Stirn. Manchmal fühlte sie sich wie in einem Traum gefangen. Ihre Wirklichkeit war ihr abhandengekommen. Das hier war nicht ihr Leben.

»Herrin, der Unsterbliche erwartet Euch.«

Die beiden jungen Mädchen knieten vor ihr, demütig die Köpfe gesenkt. Taten sie das bei jedem Weib, dem sie dienten, oder hatten sie Angst vor ihr?

Den schmerzenden Arm dicht an den Leib gepresst, verließ Shaya ihre Jurte. Lieber wäre sie in eine Schlacht gezogen, als zum Spielball von Hofintrigen zu werden. In richtigen Kämpfen kannte sie sich aus. Hier fühlte sie sich hilflos, ja ausgeliefert.

Sie befand sich im Inneren Lager. Der Wandernde Hof umfasste Tausende Jurten. Er füllte ein weites Tal. Es wurde niemals still in diesem riesigen Lager. Eine Stadt, ein Königshof und ein Heer waren miteinander zu einem riesigen Lindwurm verschmolzen, der sich rastlos durch die weite Steppe wand. Selten verweilte der Hof länger als einige Tage an einem Ort. Dann ging es weiter. Und im Grasland blieb eine Narbe zurück, wenn der Hof des Unsterblichen Madyas vorübergezogen war. Kahlgefressene Hänge, die Herden von Pferden, Kamelen und Ochsen genährt hatten. Eine Furche aus schwarzem Schlamm, wo ungezählte Füße und Hufe den Grund aufgewühlt hatten.

Shaya atmete tief durch und straffte sich, so gut der Schmerz in ihrer Schulter dies zuließ. Es roch nach dem Rauch von Dungfeuern, gebratenem Büffelfleisch, Suppen und frisch gegerbtem Leder. Sie spürte die Blicke in ihrem Rücken, als sie, eskortiert von ihren Leibwachen, durch das Lager schritt. Das Innere Lager war durch eine niedrige Palisade aus zugespitzten Pfählen vom Hauptlager getrennt. Hier weilten nur die Freunde und Berater ihres Vaters mit einer handverlesenen Dienerschaft. Und Shayas zahlreiche Geschwister.

Endlich erreichte sie die Himmelsjurte, das Palastzelt ihres Vaters. Wie eine Glucke ihre Küken überragte sie alle Jurten des Wandernden Hofs. Sie stand auf einer weiten Holzplattform, die von mannshohen Rädern getragen wurde. Der Holzboden und das wuchtige Geländer, das ihn umspannte, waren von glänzend roter Farbe. Die Pfosten des Geländers ragten viele Schritt hoch und waren mit den Haarlocken der Feinde geschmückt, die der Unsterbliche Madyas in seinem langen Leben erschlagen hatte. Die Form der Jurte erinnerte an eine durchschnittene Zwiebel. Sie war von dunklem Blau, auf das Hunderte Perlen aufgestickt waren, was ihr den Namen Sternenjurte eingebracht hatte. Nur wenigen Menschen war es vergönnt, jemals das Innere des Palastzeltes zu sehen. Nahebei weideten die dreißig weißen Ochsen, die den Palast ihres Vaters durch das weite Grasland zogen.

Wer diese Jurte einmal gesehen hatte, der vergaß sie nie wieder. Sie war ein Mythos in ihrem Volk. Als Kind war Shaya gerne hierhergekommen. Jetzt fragte sie sich voller Sorge, was sie dort erwartete. Warum hatte ihr Vater Subai geschickt, um sie von Nangog zurückzuholen?

Am Eingang des Palastzeltes kauerte ein großer, silberner Wolf. Shaya hatte das Gefühl, dass er sie aus seinen Rubinaugen anstarrte. Er war ein Geschenk der Devanthar. Sie selbst hatte schon gesehen, wie der Wolf zum Leben erwachte und es duldete, dass ihr Vater auf ihm ritt. Vor langer Zeit war es dieser Wolf gewesen, der sie und die von ihr auserwählten Krieger auf magischen Pfaden nach Nangog geführt hatte. Er bewachte ihren Vater. An ihm vorbei würde kein Meuchler in die Sternenjurte gelangen.

Die Klappe der Jurte wurde zurückgeschlagen, kaum dass sie einen Fuß auf das rot lackierte Podest gesetzt hatte, auf dem das prächtige Zelt errichtet war. Warmer, blaugrauer Rauch zog aus dem Eingang in die kühle Dämmerung. Shaya kam spät, die Sonne war bereits hinter den Hügeln versunken, und nur ein letzter, silberner Lichtstreif kämpfte am Horizont seine verlorene Schlacht gegen die Nacht. Sie herzurichten hatte länger gedauert, als sie erwartet hatte.

Entschlossen, sich keine Unsicherheit anmerken zu lassen, trat Shaya in die Jurte. Das Zelt war unnatürlich groß. Seine Kuppel wurde von rot lackierten Holzpfosten getragen. Farbenprächtige Teppiche bedeckten den Boden. Einige Feuerschalen mit rot glimmender Glut sorgten für Wärme. Ihr Vater und acht weitere Männer erwarteten sie. Subai war unter ihnen und der Heilkundige vom Seidenfluss. Die meisten anderen kannte sie auch. Sie standen in einer Gruppe zusammen und redeten. Erst als ihr Vater den Kopf hob und sie anblickte, verstummten die Gespräche. »Du kommst spät, Shaya. Die Sonne hat bereits ihr Haupt hinter den Hügeln zur Ruhe gebettet. Ist dies deine Art, mir Respekt zu zollen?«

»Ich bitte um Verzeihung, erhabener Madyas, Hüter der Herden, Licht der Sonne, Sohn des Weißen Wolfes«, brachte sie mit belegter Stimme hervor. An diesem Abend sollte sie ihn besser um gar nichts bitten.

»Tritt vor mich!«, befahl er mit harscher Stimme. »Ich will in deine Augen sehen, wenn ich mit dir über die ungeheuerlichen Vorwürfe spreche, die mir zugetragen wurden.«

Shaya war von seiner Stimme ganz und gar in Bann geschlagen. So rebellisch sie sonst war, ihrem Vater hatte sie sich nie widersetzen können. Jedenfalls nicht, wenn sie vor ihm stand. Sie war geflohen, war ausgewichen … Das war nun unmöglich. Alle Augen ruhten auf ihr, und sie hatte das niederschmetternde Gefühl, dass alle anderen wussten, was sie erwartete. Ihr Bruder Subai lächelte sie spöttisch an.

»Du weißt, dass eine Prinzessin der Ischkuzaia ihrem Volk gehört. Das Volk nährt dich. Deshalb musst auch du bereit sein, das Volk zu nähren, wenn deine Zeit gekommen ist.«

Sie sah ihren Vater mit schreckensweiten Augen an. Es durfte nicht …

»Dein schwerer Sturz gestern könnte schwerwiegende Folgen für deine Zukunft haben. Für die Zukunft aller Ischkuzaia. Jungfrauen sollten wilde Ritte meiden.«

Das durfte nicht wahr sein, dachte sie.

Madyas klatschte laut in die Hände. »Bringt den Tisch!«

»Bitte vergebt mir, allweiser Madyas, dass ich es wage, ungefragt das Wort an Euch zu richten«, mischte sich der alte Heilkundige ein. »Mir scheint es geboten, zunächst die Schulter Eurer Tochter zu behandeln. Sie leidet Schmerzen. Das wird der anderen Untersuchung nicht zuträglich sein.«

Ihr Vater zog ärgerlich die Brauen zusammen. »Was heißt nicht zuträglich? Sie hat jahrelang das Mannweib gespielt, dann soll sie jetzt gefälligst nicht zimperlich sein!«

»Bitte verzeiht, wenn ich Euch missverstanden haben sollte, allgewaltiger Unsterblicher.« Der Heiler wagte es nicht, ihrem Vater in die Augen zu blicken. »Ich hatte gedacht, dieser Abend sei der Suche nach den weiblichen Tugenden Eurer Tochter Shaya gewidmet. Unter dieser Prämisse wäre es ein Gebot der Höflichkeit, Eure Tochter auch wie eine Dame zu behandeln und nicht wie einen Steppenkrieger, der weder Furcht noch Schmerz kennt. Doch offenbar bin ich einem Missverständnis unterlegen und möchte unterwürfigst um Verzeihung für meinen Einwurf bitten.« Der Heilkundige sprach mit starkem Akzent, und es war schwer, seinen Worten zu folgen. Shaya war sich nicht ganz sicher, ob sie richtig verstanden hatte. Hatte er es tatsächlich gewagt, zwischen all den schönen Worten eine unterschwellige Kritik an ihrem Vater zu verstecken? War der Alte lebensmüde? Was hatte er hier überhaupt zu suchen? Was wollte man von ihr? Wenigstens starrten die Ratsmitglieder nun nicht mehr sie an, sondern den Heiler, der sich solch ungeheuerliche Freiheiten gegenüber dem Unsterblichen herausnahm.

Das Gesicht ihres Vaters zeigte keinerlei Regung. Es herrschte atemlose Stille in der Sternenjurte.

»Knie nieder, Shaya«, sagte der Unsterbliche schließlich sehr leise. »Der große … Miau? So heißt du doch, nicht wahr? Miau? Belassen wir es dabei. Eure Namen sind immer so unnötig lang und schwer zu behalten.«

»Jeder Name, mit dem Ihr mich bedenkt, Unsterblicher, ist ein Ehrenname für mich«, entgegnete der Heiler mit einer Verneigung.

»Knie nieder!«, wiederholte ihr Vater streng.

Sie gehorchte, widerstrebend. Der Alte trat hinter sie. Seine Hände tasteten über den glatten Seidenstoff. Shaya keuchte. Nicht vor Schmerz. Umringt von diesen alten Männern und ihrem Bruder zu knien. In diesem Kleid. Wäre sie nackt, hätte sie sich kaum mehr gedemütigt gefühlt. Sie wurde sich bewusst, dass sich ihre Brustwarzen durch den dünnen Stoff abzeichneten. Beschämt hob sie den linken Arm, um ihre Blöße zu bedecken.

»Bitte haltet still, ehrenwerte Prinzessin.« Die dürren Finger des Heilers gruben sich mit überraschender Kraft in ihr Fleisch. Er tastete über ihr rechtes Schulterblatt. Die Fingerspitzen folgten den Knochenrändern. Ihr traten Tränen in die Augen. Gegen ihren Willen. Sie hob den Kopf und starrte in das Antlitz ihres Vaters, den all dies nicht zu rühren schien.

»Wäret Ihr so gut, den rechten Arm anzuheben, auch wenn es schmerzt?«

Shaya presste die Lippen zusammen. Ihre Tränen waren versiegt. Sie schwor sich, vor den alten Männern keine weitere Schwäche zu zeigen.

»Es wird weniger wehtun, wenn Ihr ausatmet, wenn ich Euch darum bitte.« Der Heiler legte eine Hand flach auf ihr Schulterblatt und griff mit der anderen nach ihrem rechten Oberarm.

»Bist du sicher, kräftig genug zu sein, um das zu tun, alter Mann?«, fragte ihr Bruder herablassend. »Soll ich nicht lieber an dem Arm ziehen, um ihn einzurenken?«

»Mein Herz weitet sich vor Freude ob dieses großmütigen Angebots.« Shaya spürte den warmen Atem des Heilers in ihrem Nacken, während er sprach. »Doch diese Aufgabe erfordert mehr Kunstfertigkeit als Kraft, ehrenwerter Prinz Subai.«

Der Heiler streichelte sanft über ihre Schulter. »Gleich, meine Prinzessin.«

»Ich finde, ein Seidenaffe sollte sich nicht in dieser Art über eine Prinzessin beugen«, sagte einer der Berater ihres Vaters in falschem Flüsterton, sodass jeder der Anwesenden seine Worte deutlich verstehen konnte. »Er sieht aus wie ein Rüde, der eine Hündin bespringt.«

»Meine Hunde sind hübscher«, sagte Subai lachend.

Shaya stellte sich vor, wie sie ihrem Bruder mit einem langen Messer die Kehle durchschnitt. Sie würde diesen aufgeblasenen …

»Ausatmen«, befahl der Heiler, zog an ihrem Arm und drückte zugleich auf das Schulterblatt.

Shaya stieß einen gepressten Laut aus. Ein unangenehm schnappendes Geräusch erklang. Schmerz wogte durch die Schulter den Arm hinab und versiegte. Vorsichtig bewegte sie ihren Arm. Sie spürte ein unangenehmes Ziehen, doch das war kein Vergleich zu den vorherigen Qualen.

»So es Euch beliebt, solltet Ihr den Arm in den nächsten Tagen tunlichst schonen, ehrenwerte Prinzessin Shaya. Das wäre der weiteren Heilung förderlich. Es ist noch nicht ganz …«

»Dies ist also, was du dir unter dem Umgang mit einer Dame vorstellst«, unterbrach ihr Vater den Heiler mit schneidender Stimme. »Vermagst du dir vorzustellen, wie ein Vater bei diesem Anblick empfindet?« Er klatschte laut in die Hände. »Bringt den Tisch! Wir werden uns nun dem widmen, worum es heute Abend eigentlich geht. Herauszufinden, ob Shaya noch in der Lage ist, ihrem Volk in jener Weise zu dienen, die einer Prinzessin bestimmt ist.«

Jetzt begriff Shaya endlich, warum ihr Vater sie hierhergerufen hatte. »Du willst doch nicht vor all den …«

»Was nun geschieht, erfordert die Anwesenheit von Zeugen«, entgegnete Madyas kalt.

Sie starrte in die schwarzen Augen ihres Vaters. »Das ist nicht nötig. Ich bin keine …«

»Schweig!« Madyas' Stimme war wie ein Peitschenhieb. »Du wirst es über dich ergehen lassen und kein Wort sagen, solange du nicht gefragt wirst.«

»Bitte …«

»Ob du eine Zunge hast, ist von weitaus geringerer Bedeutung als deine Jungfräulichkeit, Shaya. Fordere mich nicht heraus. Die meisten Männer, die ich kenne, schätzen stille Frauen.« Er bedachte Subai mit einem ärgerlichen Blick. »Ich bin wahrlich neugierig zu erfahren, ob eine Schlampe oder ein Lügner meinem Samen entsprossen ist.«

Der Eingang öffnete sich, und vier stämmige Männer trugen einen Tisch herein, wie ihn Shaya noch nicht gesehen hatte.

»Leistet besser keinen Widerstand, Prinzessin«, hauchte ihr der Heilkundige ins Ohr. »Die vier haben heute Morgen bereits mehrere Frauen auf den Tisch gebunden und … Sie sind stärker.«

»Du trittst meiner Tochter nahe, wenn ich es dir befehle«, sagte Madyas mit kalter Ruhe, die furchteinflößender war als jedes Geschrei.

Shaya betrachtete noch immer entsetzt den seltsamen Tisch. Zwei hohe, ledergepolsterte Keile waren darauf befestigt und etliche breite Ledergürtel.

»Leg dich hin und spreiz deine Beine.« Die Worte ihres Vaters waren von einer Geste begleitet, als wolle er sie einladen, an einer Festtafel Platz zu nehmen.

Sie schüttelte sich, konnte nicht glauben, was jetzt geschehen sollte. Kein Vater tat so etwas seiner Tochter an.

»Dein Stolz wird geringeren Schaden nehmen, wenn du es selbst tust, meine Tochter.«

Sie schluckte hart und sah zu den vier großen, muskelbepackten Kerlen. Wenn ihr Widerstand Erfolg haben sollte, war es besser, wenn zunächst alle glaubten, dass sie sich fügte. Jetzt zu kämpfen wäre aussichtslos.

Shaya setzte sich auf den Tisch.

»Schwing die Beine hoch, sodass deine Kniekehlen auf den Holzkeilen liegen«, erklärte ihr Subai mit anzüglichem Lächeln. »Dann wird allen offenbar werden, was für ein Leben du geführt hast.«

Sie hatte das Gefühl, als wachse ein riesiger Eisklumpen in ihrem Inneren. Sie musste gehorchen, sonst würden die Handlanger ihres Vaters sie mit den Lederbändern an den Tisch schnallen. Das war offensichtlich. Doch ihr Kleid würde ihr bis zu den Hüften rutschen, wenn sie gehorchte. Sie blickte starr zur hohen Kuppel der Jurte, um nicht in die Gesichter der Männer sehen zu müssen. Männer, auf deren Knien sie als Kind gesessen hatte. Hinter dem Rauch unter dem Zeltdach funkelten Edelsteine auf dem dunkelblau gefärbten Fell. Sie flüchtete in Gedanken zu diesen falschen Sternen und versuchte ihre Seele vor dem zu verschließen, was geschah.

»Bindet sie fest, sie wird sonst nicht liegen bleiben«, befahl ihr Vater.

Shaya rührte sich nicht mehr. Sie wurde an Armen und Beinen gepackt und auf den Tisch gedrückt. Es war sinnlos, gegen die Übermacht anzukämpfen.

»Wir brauchen mehr Licht. Holt Öllampen.« Das war die Stimme ihres Bruders.

Ein Lederriemen wurde um ihre Hüften geschlungen und so fest gezurrt, dass er durch das Seidenkleid in ihr Fleisch schnitt.

Sie spürte warmen Atem auf ihren Oberschenkeln. Eine grobe Hand strich über ihr Bein. Shaya blickte fest auf einen großen Diamanten über ihr, in dem sich das helle Licht brach, das man zwischen ihre Schenkel hielt. Sie wollte zumindest in Gedanken fliehen, doch die Stimmen holten sie zurück ins Hier und Jetzt. Sie würde sich jeden von ihnen merken. Würde genau darauf achten, wer wenigstens ein letztes bisschen Anstand wahrte. An den anderen aber würde sie sich rächen. Nicht jetzt oder in nächster Zeit. Sie würde überleben, was sie ihr antaten, und sie würde stärker werden. Und eines Tages würde sie zurückkehren und sich an jedem von ihnen rächen.

Noch während sie dies dachte, wusste sie, dass es kindliche Träume waren. Aber an diese Träume wollte sie sich klammern, um nicht vollends zu zerbrechen.

»Würdet Ihr bitte zur Seite treten, hochwohlgeborener Subai? Wenn ich den Allweisen Madyas nicht falsch verstanden habe, sollte es meine Aufgabe sein, über den Zustand der hochwohlgeborenen Prinzessin zu urteilen.«

Warme Hände spreizten nun vorsichtig ihre Schenkel. Sie konnte ein Schluchzen nicht länger unterdrücken. Tränen traten ihr in die Augen, und sie hasste sich dafür. Das wollten sie doch, sie jammernd und gefügig sehen. Wenigstens diesen Gefallen sollte sie ihnen nicht tun. Das war alles, was noch in ihrer Macht lag. Sie musste ihren Stolz als Kriegerin bewahren.

»Was siehst du, Miau?«

Der alte Heiler räusperte sich. »Nun … Es besteht kein Zweifel daran, dass das Tor zum Garten der Freuden geöffnet wurde.«

»Wie ich es dir gesagt habe, Vater. Sie hat es mit den Männern getrieben, die unter ihrem Befehl standen. Sie ist eine mannstolle Schlampe. Eine …«

»Ich möchte in aller Bescheidenheit darauf hinweisen, dass dies nicht dem entspricht, was ich gesagt habe«, unterbrach der Heiler Subais Beleidigungen.

»Was soll das heißen?«, fuhr ihr Vater ihn an. »Ist sie eine Jungfrau, oder ist sie es nicht?«

»Die zarte Blüte wurde gebrochen …«

»Weniger blumig, Heiler! Ich bin ein Mann der klaren Worte.«

»Sie ist keine Jungfrau, doch möchte ich zu bedenken geben, dass sie einen schweren Sturz erlitten hat. Ihr selbst wart Zeuge des Unfalls, allmächtiger Madyas. Und die Narben an ihren Armen und Beinen weisen sie als tapfere Kriegerin aus, die vor keinem Feind zurückgewichen ist. Sie ist eine ungewöhnliche Maid, und es wäre überraschend, wenn das Tor zu ihrem geheimen Garten auf ganz gewöhnliche Weise geöffnet worden wäre.«

»Sie hat in der Tat mehr Narben als die meisten meiner Krieger«, bekundete eine heisere Stimme. »Ich würde mir so ein Weib nicht auf mein Lager holen.«

»Bei Nacht sind alle Katzen grau«, warf eine andere unbekannte Stimme ein.

Shaya fror. Die Kälte aus ihrem Inneren kroch in ihre Glieder. Sie wünschte sich, sie wäre tot. Nie wieder würde sie die Sternenjurte betreten. Nie wieder einem der Berater ihres Vaters in die Augen blicken. Bis der Tag ihrer Rache gekommen war.

»Ich habe dich richtig verstanden, Miau? Es gibt keinen Beweis dafür, dass meine Tochter jemals unkeusch war?«

»So ist es, Allweiser Madyas. All meine Kunst erlaubt mir nur, mit Sicherheit zu sagen, dass das Siegel der Jungfräulichkeit zerbrochen wurde. Wie dies geschah, wird wohl hinter dem Siegel der lieblichen Lippen Eurer Tochter verborgen bleiben.«

»Ganz ohne Zweifel war es der schwere Sturz heute Mittag«, entschied Madyas.

»Aber es gibt Männer, die beschwören, dass sie es …«

»Es finden sich immer Männer, die einem Herrscher nach dem Mund reden, Subai. Die Weisheit eines großen Königs besteht darin, jene um sich zu versammeln, die den Mut haben, wahr zu sprechen. Wie stehst du dazu, Arimaspu?«

»Ich denke«, entgegnete die heisere Stimme, »einem Prinzen und einer Prinzessin sind heute ihre Wege und Grenzen aufgezeigt worden. Und wir schätzen uns glücklich, eine Wahrheit gefunden zu haben, die zum Nutzen unseres Volkes ist und der Ehrenrettung der Prinzessin Shaya dienen mag. Wer von heute an wagt zu behaupten, sie habe sich jemals unkeusch verhalten, wird mit seinen Worten den Zorn des Rates auf sein Haupt ziehen.«

Shaya hörte ihren Bruder nach Luft schnappen. Auch sein Wort fand kein Gehör. Das zu erleben tat gut.

Eine Decke wurde über ihre Beine gebreitet, aber die Lederriemen wurden nicht gelöst.

»Miau, du weißt, was mit ihr zu tun ist. Die Diener werden deine Nadeln bringen und was du sonst noch brauchst.«

»Lasst es mich nicht heute tun, großherziger Madyas. Wir sollten ihr keinen weiteren Schmerz mehr zufügen. Ich bitte Euch darum.«

»Einen Tag noch, Heiler. Einen einzigen schenke ich ihr. Dann endet ihr Leben als Kriegerin.«

Der Henker

»Wirst du gehorchen?«

Voller Verachtung sah Gonvalon Lyvianne an. Was erwartete sie, dass er antworten würde? Er war ein Drachenelf. Er hatte noch nie einen Befehl verweigert.

»Deine Antwort, Gonvalon.« Sie hielt seinen Blick gefangen, unerbittlich. So wie er war sie eine Meisterin der Weißen Halle. Sie trug ein langes, weißes Gewand, ganz ohne die Stickereien, die ihrem Rang zugestanden hätten. Ihr schwarzes Haar war gelöst und floss ihr über Schultern und Rücken. Einzelne Schneeflocken hatten sich darin verfangen. Nach seiner Begegnung mit Matha Naht hatte sie ihn lange gepflegt. Hatte ihm geholfen, wieder er selbst zu werden. Sonst aber war sie kalt wie diese verschneite Lichtung. Unbarmherzig wie die Bilder, die ihm die Silberschale gezeigt hatte. Er mochte es immer noch nicht glauben, dass Nandalee eine Mörderin sein sollte. Nicht die Nandalee, die er kannte. Was mochte in Zukunft mit ihr geschehen? Was würde sie so verbittern lassen, dass sie sich letztlich gegen die Himmelsschlangen wandte und ihren Herrn, Nachtatem, ermordete?

»Wirst du ihr Henker sein, oder wirst du den Goldenen erneut verraten?«

Seine Hand fuhr ans Schwert. Lyvianne beeindruckte die Geste nicht im Mindesten. Sie kannte ihn zu gut.

»Ich kann nicht in den Jadegarten gelangen«, entgegnete er schließlich. »Ich bin dort nicht erwünscht.«

»Dorthin musst du auch nicht gehen. Der Schwebende Meister wurde ermordet. In zwei Tagen werden wir die Tiefe Stadt angreifen. Alle Drachenelfen und Novizen werden am Angriff teilnehmen. Auch jene Elfen aus dem Jadegarten. Die Tiefe Stadt ist groß. Wir werden unsere Kräfte aufteilen. Es sollte dir möglich sein, Nandalee allein zu treffen und deinen Befehl auszuführen. Du wirst die Geschichte Albenmarks zum Besseren wenden, wenn du sie tötest, bevor sie zu dem wird, was du in der Silberschale gesehen hast. Sie vertraut dir. Sie wird nicht argwöhnisch werden, wenn du dich zu ihr gesellst. Und niemand wird Verdacht schöpfen, wenn sie in der Schlacht fällt. Dies ist die beste Gelegenheit, sich der Verräterin zu entledigen.«

»Ich werde sie suchen …« Seine Stimme klang fremd in seinen Ohren. Das war nicht er, der dort sprach. Sein Fluch hatte ihn wieder eingeholt. Jede seiner Schülerinnen aus der Weißen Halle war gestorben. Doch noch nie hatten sie ihn geschickt, eine von ihnen zu töten. Er würde in der Tiefen Stadt den Tod suchen. Nachdem er seinen Befehl ausgeführt hatte. Nur so konnte er den Fluch brechen.

»Ich werde in deiner Nähe sein, Gonvalon. Ich hege weniger Vertrauen zu dir als der Goldene. Nun geh zurück auf den Waldweg. Ein Drachenpfad ist geöffnet und wird dich an den Ort bringen, an dem sich jene sammeln, die das Verderben der Tiefen Stadt sein werden.«

Seine Schritte waren so schwer, als wolle der Waldboden ihn zurückhalten. Es war falsch, sich gegen die Himmelsschlangen aufzulehnen. Sie hatten ihm die Familie gegeben, die er nie besessen hatte. Er hatte ihnen Treue geschworen. Stets war er stolz darauf gewesen, dass der Goldene ihn zu seinem Krieger erwählt hatte.

Etwas zerrte an ihm, zog ihn aus der Wirklichkeit. Einen Herzschlag lang fühlte es sich an, als würde er stürzen. Schwindel ergriff ihn, als sei er wieder und wieder im Kreis gedreht worden. Warmes Blut rann über seine Lippen und troff auf sein weißes Gewand. Blendendes Licht stach in seine Augen.

Gonvalon sank in die Knie. Es war vorüber. Seine Nase blutete. Er presste den Handrücken unter seine Nasenlöcher und sah sich staunend um. Der Drachenpfad hatte ihn in ein enges, karges Tal getragen. Kaum ein Baum oder Busch klammerte sich in das bleiche Karstland. Die Felshänge waren von blendendem Weiß, vielfach zerklüftet, von Wind und Wasser geformt. Gonvalon wusste nicht, wo er war. Die Himmelsschlangen lagerten auf dem braunen verdorrten Gras der Talsohle. Alle acht waren dort versammelt. Sogar der Dunkle, der sich sonst kaum einmal zeigte, hatte sich dem Heerbann der Drachen angeschlossen.

Es war lange her, seit Gonvalon zuletzt alle acht Himmelsschlangen an einem Ort versammelt gesehen hatte. Der Anblick ließ ihm das Herz aufgehen. Die Anmut der riesigen Geschöpfe, die ihren gewaltigen Leibern Hohn sprach, war fleischgewordene Vollkommenheit. Wenn sie ihre Flügel spreizten oder falteten, brach sich tausendfach das Sonnenlicht in ihren Schuppen, und gleißende Lichttupfer sprühten über die knochenbleichen Felswände und das seltsame Heer, das sich rings um sie versammelt hatte.

Weit über hundert mindere Drachen lagerten im Tal, krallten sich in die steilen Felswände oder kreisten mit ausgestreckten Schwingen im warmen Aufwind. Nur ein Stück von Gonvalon entfernt sonnten sich drei Tatzelwürmer aus den dunklen Bergwäldern der Ioliden auf den bleichen Felsen. Große, fassdicke, schlangenhafte Geschöpfe, die halb dahinglitten, halb auf Stummelbeinen liefen, die in mächtigen Krallenfüßen endeten. Die Tatzelwürmer sollten offenbar in die Tunnel der Zwergenstadt kriechen, um Tod und Verderben unter das kleine Volk zu tragen.

Rote Sonnendrachen kreisten über dem gegenüberliegenden Ende des Tals, die langen, schlangenartigen Hälse weit vorgestreckt wie fliegende Wildgänse. Silberschwingen klammerten sich in dichten Gruppen an eine Steilwand.

Sengende Hitze traf Gonvalon im Rücken, und er beeilte sich, vom Ausgang des Drachenpfades fortzukommen. Eine Kreatur, umspielt von gelbroten Flammenzungen, als seien sie ihr Gefieder, schob sich durch das magische Portal. Lange, flammende Peitschenschnüre wucherten aus Nüstern und Stirn des Geschöpfes, das sich talwärts wand und dabei einen trockenen Busch in Flammen aufgehen ließ. Gonvalon hatte einen solchen Drachen noch nie gesehen, kannte aber die Geschichten, die sich um diese Ungeheuer rankten. Es war eine Feuerschlange, die ihr Nest im Herzen eines Vulkans verlassen hatte.

Ein Schwarm braungeschuppter Drachen aus den Wäldern Galveluns erschien über einem Bergkamm im Osten und flog in weitem Bogen ins Tal ein, während immer mehr Drachen durch das magische Tor kamen.

Nie zuvor hatte Albenmark ein solches Heer sich versammeln sehen. So verschieden all diese Drachen auch waren, eines hatten sie alle gemein, sie waren gefürchtet für ihren Flammenodem. Es fehlten die Klippdrachen von Tanthalia oder die Rosendrachen aus Langollion und all die anderen, die kein Feuer spien. So beeindruckt er war, Gonvalon fragte sich, wie der Goldene und seine Nestbrüder mit all den stolzen Himmelsgeschöpfen eine Stadt angreifen wollten, die tief unter einem Berg verborgen lag und deren Tunnel viel zu eng für die meisten dieser Drachen waren.

Der weisse Wolf

Shaya lag in der Einsamkeit ihrer Jurte. Sie hielt beide Hände fest zwischen die Schenkel gepresst, als würde es etwas helfen. Auch jetzt noch fühlte sie sich nackt. Die Wände der Jurte, das Wolfsfell, das sie ihr als Decke gelassen hatten, das dicke Filzkleid, das die Dienerinnen ihr angezogen hatten, all dies half nichts. Jeder konnte sie sehen. Sie war bloßgestellt für alle Zeit. Sie wusste nicht, was dieser Heiler vom Seidenfluss noch mit ihr tun sollte. Immer wieder musste sie daran denken, dass Nadeln geholt werden sollten. Es gab viele Heilzauber, für die Nadeln verwandt wurden. Aber sie war nicht verletzt, musste nicht geheilt werden. Wenigstens äußerlich nicht.

Shaya hatte einmal eine Geschichte gehört, dass man Verwirrten am Auge vorbei haarfeine Nadeln tief in den Kopf hineinstieß, um ihre aberwitzigen Gedanken und den verblendenden Wahn aufzuspießen und auszulöschen. War es das, was ihr Vater ihr bestimmt hatte? Sollte auf diese Weise ihr Stolz gebrochen werden? War die Demütigung des heutigen Tages erst der Anfang? Ihr Vater kannte sie gut. Gewiss wusste er um ihre Rachegelüste. Wollte er ihr die Aufsässigkeit ein für alle Mal austreiben lassen? Sie zu einem tumben Weib machen, das nur hündischen Gehorsam kannte? Das Kinder gebar, sie säugte und sich den Rücken krumm arbeitete, während der Mann, dem man sie überlassen hatte, sich eine Jüngere auf sein Lager holte? So viele Frauen hatte sie als Kind diesen Weg nehmen sehen, und sie hatte sich geschworen, dass sie niemals so enden würde. Sie war Kriegerin geworden, hatte sich den Respekt der Männer erkämpft und einigen den Schädel eingeschlagen, für die Weiber nicht mehr als ein warmes Stück Fleisch waren.

Sie sah sich in ihrer Jurte um. Eine winzige, gelbe Flamme tanzte auf dem zurückgeschnittenen Docht der einzigen Öllampe, die man ihr gelassen hatte. Sturmwind wehte über die Steppe und heulte, als würde ein Rudel Wölfe über den Himmel ziehen.

Die Lampe war aus dickem, speckigem Stein geschnitten. Sie würde sie nur auf einem anderen Stein zerbrechen können. Den aber gab es nicht. Die Schale mit den Essensresten war aus Holz, ebenso wie der Becher, der danebenstand. Ihr Vater kannte sie zu gut! Es gab hier nichts, was sie zerbrechen konnte, um sich mit den Scherben die Adern aufzuschneiden. Das Seidenkleid mit den dünnen Schnüren hatten die Dienerinnen mitgenommen. Es gab hier nichts, woraus sie eine Schlinge hätte drehen können. Natürlich auch kein Messer.

Versonnen betrachtete Shaya die Lampe. Schließlich schob sie ihre Decke zur Seite und griff nach dem Licht. Sie schüttelte die Lampe. Es war nur wenig Öl darin. Wenn sie sich damit übergoss und dann das Öl entzündete, würde sie sich zwar schlimme Brandwunden zuziehen, aber sie würde es überleben. Auch würden die Wachen vor dem Zelt schnell bemerken, was geschah.

Mit einem leisen Fluch setzte sie die Lampe wieder ab. Sie wollte sich töten. Sich zu verstümmeln war keine Lösung.

Sie dachte an einen Unglücksfall, der sich vor etwa einem Jahr im Palast des Statthalters auf Nangog ereignet hatte. Zwei Krieger ihrer Gardetruppe hatten miteinander gewettet, wer von ihnen als Erster den Boden betreten würde. Beide waren an Tentakeln eines Wolkensammlers herabgeklettert, die nach einem Ankerturm griffen. Einer von ihnen war das letzte Stück gesprungen. Es waren nur vier oder fünf Schritt, aber er war hart auf den Treppenstufen aufgekommen. Dabei hatte er sich die Zunge durchgebissen. Niemand hatte die Blutung stillen können. Shaya war dabei gewesen, als er Blut spuckend sein Leben aushauchte.

Sie fuhr sich mit der Zunge über ihre Schneidezähne. Würde sie es schaffen? Könnte sie sich die eigene Zunge durchbeißen? Ein Schauer überlief sie. Plötzlich schien es kälter zu werden. Sie schob ihre Zunge zwischen die Schneidezähne. Die Zunge herauszureißen war keine seltene Strafe am Hof ihres Vaters. Die meisten überlebten das. Aber sie würde keine Hilfe bekommen. Wenn sie die Wunde einfach bluten ließ …

Sie musste an Aaron denken. An seine leidenschaftlichen Küsse. Sie würde ihn niemals wiedersehen! Auch wenn sie am Leben blieb. Wo er jetzt wohl war? Würde er Muwatta besiegen? Ob er sie auch vermisste? Würde er ihr helfen, wenn er um ihre Lage wüsste? Trotz des Verbots des Devanthar?

Es schien noch kälter geworden zu sein. Viel zu kalt für diese Jahreszeit! Weiter im Osten lag noch Schnee. Der Wind trug den Hauch des Winters über den Wandernden Hof. Die kleine Flamme der Öllampe flackerte. Fürchtete sie sich mehr vor dem Tod, als sie sich eingestehen wollte? Fror sie deshalb?

Shaya setzte sich genau in die Mitte der Jurte, das Gesicht zum Eingang gerichtet. Sie würde es tun. Und sie würde keinen Laut von sich geben.

Der Ostwind rüttelte an der Jurte. Die Holzverstrebungen der Wände knarrten leise. Shaya streckte ihre Zunge so weit heraus, wie sie konnte, und kämpfte gegen den Würgereiz an, der sie dabei überkam. Ihr Atem stand ihr in dichten Wolken vor dem Mund. Draußen war es plötzlich totenstill. Der Wind regte sich nicht mehr. Kein Laut drang durch den dicken Filz unter der ledernen Außenhaut der Jurte. Das war nicht geheuer! Es wurde nie so still am Wandernden Hof. Wo Tausende Tiere und Menschen dichtgedrängt beisammenlebten, gab es keine Stille.

Etwas Weißes kroch über die Holzgitter entlang der Wand, und der Holzboden unter ihr fühlte sich an, als säße sie auf blankem Eis. Sie stand auf. Etwas war hier nicht geheuer. Vorsichtig berührte sie den Pfosten in der Mitte der Jurte. Raureif blühte auf dem Holz. Welche unheimliche Macht hatten ihren Zorn und ihre Verbitterung heraufbeschworen?

»Wachen?« Sie erhielt keine Antwort. Etwas schlich um die Jurte. Sie hatte zwar kein Geräusch gehört, aber sie spürte, dass dort etwas war.

Entschlossen trat Shaya zum Eingang. Sie würde sich nicht überrumpeln lassen. Ganz gleich, was dort draußen lauerte, es war besser, wenn sie die Initiative ergriff, statt abzuwarten, was geschehen würde.

Ein bleicher Mond stand hoch am sternenklaren Himmel. Der Boden vor der Jurte war hart gefroren. Ihre drei Wachen standen erstarrt. Alles schien erstarrt zu sein. Die Rossschweifstandarte vor dem Zelteingang war zur Seite geweht, als greife eine wilde Bö nach ihr. Und inmitten dieser Bewegung verharrte sie, als sei die Luft ringsherum zu klarem Eis geworden.

Blass leuchtender Nebel glitt über den Boden. Aus den Augenwinkeln sah Shaya eine Bewegung. Sie fuhr herum, sah, wie sich aus dem Nebel Gestalten formten. Die Krieger, die mit ihr im Kampf bei der Kristallhöhle auf Nangog gefallen waren. Ihre Kinderfrau, die ihr Vater hatte vierteilen lassen, weil sie es gewagt hatte, sie das Bogenschießen zu lehren. Die Nebel gebaren all die Toten ihrer Vergangenheit, und inmitten der geisterhaften Gestalten kam ein großer, weißer Wolf auf sie zu. Seine Augen waren von kaltem, eindringlichem Blau. Sein Blick hielt sie gefangen.

»Steig auf meinen Rücken, Shaya. Wir werden eine Reise machen.«

Beklommen ging sie auf ihn zu. Der Wolf war der Devanthar ihres Volkes. Sie ahnte, dass er wusste, was sie hatte tun wollen. Zwei Schritt vor ihm hielt sie inne. Sie konnte nicht länger in seine Augen sehen. Demütig warf sie sich vor ihm zu Boden und drückte ihre Stirn fest gegen den von Raureif überzogenen Boden. »Bitte verzeih mir, mein Gebieter, wenn ich dich erzürnt habe. Nimm den Fluch von diesem Ort, lass die Geister ruhen und nimm mich, um deinen Zorn zu besänftigen.«

»Sieh mich an, Shaya, Tochter des Madyas.«

Sie hob den Kopf, scheute aber davor zurück, in die Augen des Wolfs zu blicken. Sie hatte das Gefühl, der Devanthar könne bis auf den Grund ihrer Seele blicken. Nichts blieb vor diesen Augen verborgen. Manchmal erschien er ihrem Volk als ein Weißer Hengst, zu anderen Zeiten als Wolf oder in Gestalt eines Kriegers. Sie erinnerte sich, dass sie als Kind und auch während ihrer Jugend immer das Gefühl gehabt hatte, er sei ihr nahe. Erst als sie nach Nangog gegangen war, war das Gefühl der Verbundenheit mit ihm verblasst.

»Dein Widerstand gegen die Pläne deines Vaters bekümmert mich, Shaya.«

»Ich werde mich fügen«, sagte sie leise.

»Das ist es nicht, was ich will. Ich will, dass du es aus Überzeugung tust. Mit Freude. Steige auf meinen Rücken, Tochter des Madyas. Ich möchte dir etwas zeigen.«

Sie blickte zu den Wachen vor ihrer Jurte. Die drei standen noch immer wie versteinert. »Was ist hier geschehen? Sind sie …«

»Niemand ist tot. Du bewegst dich außerhalb ihrer Wahrnehmung. Sie haben dich nicht deine Jurte verlassen sehen. Niemand wird bemerken, dass du mit mir fort warst. Ein Tag für uns ist nur ein Herzschlag für sie.«

Sie keuchte. »Das … Tust du das öfter?«

Der Weiße Wolf legte den Kopf schief und warf ihr einen schelmischen Blick zu. »Gelegentlich. Doch nun komm! Du bist nicht meine einzige Sorge in dieser Nacht.«

Zögerlich trat sie an seine Seite. Er war fast so groß wie ein Pony. Ganz langsam streckte sie die Hand aus und strich über sein Fell. Es war weich wie Seide. Sie griff in seinen Nacken, saß auf, und im nächsten Augenblick schien es, als wollten ihr die Sterne entgegenstürzen, so schnell stiegen sie in den Nachthimmel hinauf.

Es war, als laufe der Wolf auf dem Sturmwind. Sie eilten gen Osten, dem Sonnenaufgang entgegen und den Bergen. Doch das Licht erschien nicht am Horizont. Die Sterne standen still am Himmel.

Der Weiße Wolf wurde langsamer. Vor ihnen ragte ein gewaltiger Berg in den Himmel. Sie landeten auf einem schmalen, schneebedeckten Grat. Wind blies den Schnee über den Bergkamm. Auch diese Bewegung war erstarrt. Sie schritten über Neuschnee, ohne einzusinken. Tief unten im Schnee erkannte Shaya Pfähle, an denen bunte Fahnen wehten. Zwei Pferde standen dort. Und halb verborgen von den flatternd erstarrten Fahnen kniete ein Mann.

»Warum hast du mich hierhergebracht?«

Der Wolf antwortete nicht. Unbeirrt stieg er weiter in das Tal hinab.

Endlich erreichten sie den Knienden. Es war ein Mann, in Lumpen gekleidet. Vom Sattel des kleineren Pferdes hing ein mit angelaufenem Silber beschlagener Köcher, wie ihn die Steppenreiter für ihre kurzen Jagdbögen und Pfeile nutzten.

Jetzt erst bemerkte Shaya, dass keine Fahnen an den Pfählen hingen. Dort waren Kleider und Schals angebunden. Einige ausgefranst und von Wind und Wetter gebleicht. Andere sahen neuer aus. Es waren Kinderkleider. Der kniende Mann hielt einen roten Schal in Händen. Auf seiner Wange schimmerte eine Träne. Sein Antlitz war eine Maske der Trauer.

»Er ist Jäger. Vor drei Wintern war er hier auf der Pirsch. Er folgte einem Schneeleoparden hier herauf. Er hatte drei Töchter. Die älteste war vierzehn. Schon im heiratsfähigen Alter. Sein Weib war sechs Jahre zuvor im Kindbett bei der Geburt seiner Jüngsten gestorben. Er hat nie wieder eine andere Frau genommen. Er ist ein guter Mann gewesen. Er hat nicht gehurt oder gesoffen. Er hat alles für seine drei Mädchen gegeben. Er wollte sie immer an seiner Seite haben. Sie haben ihn auf der Jagd begleitet. Er hat diesen Platz ausgesucht, um ihre Jurte aufzuschlagen. Die Mädchen wären lieber unten im Tal geblieben. Die Älteste wollte dort am Fluss waschen. Wie immer haben sie seinem freundlichen Drängen nachgegeben. Geh hin, Shaya.

Berühr ihn. Er ist kein Geist. Er ist ein Mann aus Fleisch und Blut.«

»Ich …« Sie zögerte.

»Er wird es nicht merken. Geh.«

Sie strich über sein struppiges, dichtes Haar. Fuhr mit den Fingerspitzen über die Falten, die der Kummer in sein Gesicht gegraben hatte. Eine Träne blieb an ihrem Zeigefinger haften. Sie war warm. Der Schal in den Händen des Jägers war aus feinem Stoff. Seine eigenen Kleider hingegen waren vielfach ausgebessert und zerschlissen. Die Stiefel wurden von Flicken und Lederriemen zusammengehalten.

»Auf der Spur des Leoparden ließ die Jagd ihn die Welt um sich vergessen. Er konnte nur an das kostbare Fell denken und daran, welche Geschenke er seinen Töchtern machen wollte. Seine Älteste hatte sich in eine Kette aus roten Korallen verliebt, die sie bei einem fliegenden Händler gesehen hatte. Er hat sie damit geneckt, so nutzlosem Tand nachzujagen, und heimlich beschlossen, dass sie solch eine Kette zum Neujahrsfest bekommen sollte. Er hat an rote Korallen gedacht, als er höher und höher in die Berge stieg, die Augen fest auf die Fährte des Leoparden geheftet. Dass es ungewöhnlich warm für einen Frühlingstag wurde, bemerkte er nicht. Erst als er die Lawine hörte. Der ganze Hang, auf dem wir stehen, kam ins Rutschen. Die Stelle unten am Fluss, dort, wo seine Älteste hatte lagern wollen, hat der Schnee nicht erreicht.

Mehr als vierzig Tage hat er nach ihnen gesucht. Aber er konnte nichts finden. Keinen Fetzen von der Jurte. Kein Teil ihrer Ausrüstung. Hunderte Löcher hat er in den Schnee gegraben. Manchmal glaubt er die Stimmen seiner Töchter unter sich flüstern zu hören. Wann immer er kann, kommt er hierher. Er glaubt, seine Kinder leben noch. Irgendwo hier unter uns in Schnee und Eis. Und er glaubt, sie frieren entsetzlich, da sie an dem warmen Tag ihre dicken Jacken nicht getragen haben. Wenn er Felle tauscht, dann nimmt er nur so viel Salz und Hirse, wie er unbedingt zum Leben braucht. Alles andere gibt er für Kinderkleider aus, die er hierherbringt.«

Shaya betrachtete all die Kleider an den Pfählen. Die fellgefütterten Fäustlinge. Die Filzstiefel, die halb im Schnee versunken waren. Lange Kleider. Dicke Jacken. Oft bunt und bestickt. Etwas Rotes, das fast aussah wie geronnenes Blut, erweckte ihre Aufmerksamkeit. Es hing an dem größten der drei Pfähle. Sie trat näher. Wischte den Schnee ab. Es war eine Kette aus Korallen. Sie schluckte. Kämpfte gegen den Kloß in ihrem Hals an und sah zu dem Mann, der im Schnee kniete. Seine Nasenspitze war blaurot gefroren. Die Nähte seiner Fäustlinge zum Teil aufgeplatzt. Er hatte ein hageres, stoppeliges Gesicht, in dem kein Platz für ein Lächeln mehr geblieben war.

»Wie kann man ihm helfen?«

»Niemand kann ihm helfen, Shaya. Nicht einmal ich kann ihm zurückgeben, was er verloren hat. Er hat schöne Erinnerungen. Manchmal ist das alles, was einem bleibt. Du hast einmal Fäustlinge besessen, die mit dem Fell von Wolfswelpen gefüttert waren. Er hatte die Welpen erlegt.«

Shaya erinnerte sich. Rote Blüten waren auf den Saum der Fäustlinge gestickt gewesen. Drei Winter lang hatte sie sie getragen, bis ihre Hände hoffnungslos zu groß für sie geworden waren.

»Wir müssen weiter, Prinzessin. Steig wieder auf meinen Rücken.«

Sie warf einen letzten Blick auf den Jäger. »Ich habe ihm eine der Tränen für seine Töchter gestohlen«, sagte sie halblaut.

»Er hat noch viele Tränen«, entgegnete der Devanthar. »Er wird es nicht bemerken, wenn eine fehlt.«

Shaya saß auf, doch sie traute den Worten des Devanthar nicht. Er blieb für sie unberechenbar. Sie dachte wieder an das Gefühl ihrer Kindheit. Die Ahnung, dass er um sie gewesen war, auch wenn sie ihn nicht sehen konnte. War es vielleicht keine Einbildung gewesen? Wie oft wob er diesen Zauber? Wie oft dehnte er die Zeit so sehr, dass er für das menschliche Auge unsichtbar wurde?

Wieder stiegen sie weit in den Himmel hinauf. Diesmal wandte sich der Weiße Wolf nach Süden. Sie flogen über einsame Bergweiden dunklen Wolken entgegen. Bald waren sie umfangen von Schneeflocken, die still in der Luft standen. Wie tausend Nadeln stachen sie nach ihrem Gesicht, als sie durch den in der Zeit gefrorenen Sturm ritten.

Endlose Wälder erstreckten sich unter ihnen. Bei einer weiten Lichtung, auf der ein kleines Feuer brannte, stieg der Weiße Wolf vom Himmel hinab. Drei alte Frauen kauerten um ein Lagerfeuer. Darauf stand ein kleiner Kupferkessel, in dem eine dünne Suppe köchelte. Die Gesichter waren faltig und ausgezehrt, sodass ihre Augen riesig wirkten.

»Was ist mit ihnen?«

»Ihre Sippe hat sie hier zurückgelassen. Ein Packtier mit Wintervorräten ist vor einem Mond von einem schmalen Saumpfad abgekommen, in einen Gebirgsbach gestürzt und von der reißenden Flut davongetrieben worden. Die Vorräte reichen nun nicht für alle. Die drei Ältesten bleiben hier, damit die übrige Sippe aus den Bergen herabsteigen kann. Sie hatten schon im Herbst Pech. Der Winter kam zu früh und hatte die Pässe blockiert. So konnten sie aus den Hochwäldern nicht mehr in ihr eigentliches Winterquartier zurückkehren. Sie sind auf solche Unglücksfälle vorbereitet. Sie haben zwei große Jurten bei sich, und eigentlich hatten sie auch genug Vorräte …« Er machte eine kurze Pause. »Das wirklich Ironische ist, dass sie genug Honig hätten, um nicht verhungern zu müssen.«

Shaya hörte ihm zu und blickte in die drei vom Leben gezeichneten Gesichter. Eine der Alten hatte mit einer milchigen Schicht überzogene Augen. Der, die im Topf rührte, fehlten zwei Finger.

Die drei wirkten nicht verbittert oder ängstlich. Sie schienen den Tod nicht zu fürchten.

»Der Honig aus den Bergwäldern ist besonders kostbar. Für einen kleinen Krug voll erhalten sie einen ganzen Sack voll Reis. Würden sie den Honig essen, könnten sie keine Vorräte für den nächsten Winter eintauschen. Der Honig der Bergwälder gilt als besonders heilkräftig. Die Heiler am Seidenfluss benutzen ihn gern. Erinnerst du dich, wie du deinen Hirsebrei oft mit Honig versüßt hast und wie du dir von deinem Vater einen Krug voll Honig als Belohnung für deinen Tanz auf der Trommel gewünscht hast?«

»Welche von den dreien hat den Honig gesammelt?«, fragte sie mit tonloser Stimme.

Die blauen Augen des Wolfes zogen ihren Blick an, hielten sie gefangen. »Es war die Blinde. Weißt du, was ihre Abschiedsworte an ihren Sohn waren?«

»Dass sie ihn liebt?«

Die Pupillen des Wolfs verengten sich zu winzigen, schwarzen Punkten. »Sie hat ihm erklärt, wo sie den Kupferkessel verstecken werden, damit ihre Sippe ihn wiederfindet, wenn sie im Spätsommer in dieses Tal zurückkehrt. Der Kessel ist kostbar und kann ihrer Sippe noch viele Jahre lang nützlich sein. Beginnst du zu verstehen, warum ich dir all dies zeige?«

Beschämt senkte Shaya das Haupt. Natürlich verstand sie es. Sie sollte sich fügen. Sollte akzeptieren, dass ihr Leben nicht wirklich ihr gehörte. Sie wusste das seit ihrer Kindheit. Und doch vermochte sie sich nicht einfach zu ergeben.

»Alles im Reich deines Vaters ist mit dem Wandernden Hof verbunden. Von überall fließen Abgaben in jeder nur denkbaren Form. Doch dein Vater gibt zurück. Er ist das Herz des Reiches. Wie ein Herz treibt er sein Blut bis in die entferntesten Glieder und lässt das Reich leben. Ihr – du, Shaya, und deine Geschwister, seine Kinder –, ihr seid dieses Blut. In den Städten am Seidenfluss verspotten sie das Volk der Ischkuzaia oft als Barbaren. Aber die Wahrheit ist, dass Weisheit und Kultur am Seidenfluss nie gekannte Blüten treiben, seit dein Vater die Städte unterwarf und die blutigen Fehden der Stadtstaaten ein Ende haben.«

»Was also soll ich tun?«

Der Weiße Wolf knurrte leise. »Das weißt du tief in deinem Herzen. Oder muss ich dir noch mehr zeigen? Willst du sehen, wie am Seidenfluss achtjährige Knaben kastriert werden und man ihnen die Zunge entfernt, damit sie zu vollkommenen Dienern der Damen des Wandernden Hofes werden? Einer von vieren überlebt dies und wird erwachsen. Und natürlich sucht man für diese Behandlung nur die schönsten und vielversprechendsten Knaben aus. Ich werde dich zu nichts zwingen, Shaya. Starke Entscheidungen, die jeden Sturm des Zweifels überstehen, müssen aus Überzeugung getroffen werden.«

Sie blickte zu den drei alten Frauen, die um das kleine Feuer im Schnee saßen und auf ihren Tod warteten, weil ein Maultier einen Fehltritt getan hatte. »Ich weiß, was ich zu tun habe«, sagte sie leise, und der Kloß, der ihr im Hals saß, ließ ihre Stimme heiser klingen. »Bitte bring mich zurück.«

Spinnenblick

Nandalee tauchte ihr Gesicht in die Schüssel mit kaltem Wasser. Sie hielt den Kopf untergetaucht. Dieser Gestank. Er war einfach unbeschreiblich!

Sie hatte mit der Dame Amalaswintha Galars Höhle besucht. Diesmal war der Schmied freundlicher gewesen. Er hatte sie sogar wiedererkannt. Er bekannte sich ganz freimütig dazu, den Weißen Drachen getötet zu haben. Ebenso wie sein Kamerad Nyr, den sie ebenfalls besucht hatten. Wahrscheinlich war Galar so redselig gewesen, weil er ganz genau wusste, wie sehr sein Besuch an dem bestialischen Gestank litt. Er hatte Unmengen von diesem widerlichen Käse in seiner Höhle gelagert. Nandalee war schleierhaft, wie der Kerl es in diesem stinkenden Dreckloch aushielt. Nach einer Weile hatte Amalaswintha darauf gedrängt zu gehen, und Nandalee war nur zu dankbar darauf eingegangen. Amalaswintha hatte sich die ganze Zeit über ein parfümiertes Tuch vor die Nase gehalten, doch selbst das schien nur begrenzt geholfen zu haben.

Nandalee wusste jetzt, wo Galar und Nyr zu finden waren. Sie hatte sich die Wege zu ihren Höhlen gut eingeprägt. Sollte Nachtatem sie als Meuchlerin schicken, war sie bereit. Nur Hornbori fehlte ihr noch. Gegen ihn hegte Amalaswintha eine so ausgeprägte Abneigung, dass Nandalee vermutete, dass der Zwerg vielleicht einmal ihr Liebhaber gewesen war.

Nandalees Lungen begannen zu brennen. Mit einem langen, wohligen Seufzer hob sie das Gesicht aus der Wasserschüssel.

»Entschuldige, wenn ich dich dabei störe, dich zu ertränken, aber die Herrin Amalaswintha wünscht dich zu sehen.«

Nandalee fuhr erschrocken herum. Hinter ihr stand Geberic, einer der Leibwächter der Zwergin. Sie hatte ihn nicht kommen hören. Es war leichtfertig, inmitten von Feinden so unaufmerksam zu sein, auch wenn die Zwerge nicht ahnten, wer sich bei ihnen eingeschlichen hatte.

»Du schleichst wie eine Katze«, murmelte sie ärgerlich und trocknete ihren langen Bart mit einem Tuch. Nandalee hatte es nicht gewagt, die Zöpfe mit den Eisenringen zu lösen, aus Furcht, sie würde die eigentümliche Barttracht nicht mehr hinbekommen.

»Es ist keine Kunst, nicht gehört zu werden, wenn jemand seinen Kopf ins Wasser hält. Hast du zu viel getrunken, Arbinumja?« Er lächelte bei den letzten Worten überheblich.

Nandalee wickelte sich das feuchte Tuch um die Lenden. So wie Geberic roch, war es nicht verwunderlich, dass er nicht auf die Idee gekommen war, dass sie sich wusch. Dabei legte der Leibwächter durchaus Wert auf sein Äußeres. Er trug eine ärmellose Lederweste, die die Tätowierungen auf seinen Armen zur Geltung brachte. Die Bilder zeigten Waffen, einen Zwerg, der mit einem Bären kämpfte, und einen Krieger, der triumphierend einen abgeschlagenen Kopf hochhielt. Das Ganze war mit Ranken aus Eiskristallen umgeben. Ein wenig kitschig und unbeholfen ausgeführt waren die Bilder. Außerdem hatte Geberic seinen linken Nasenflügel mit einem goldenen Ring durchbohrt. Das hatte Nandalee noch bei keinem anderen Zwerg gesehen. Allein die Vorstellung, ihren Körper mit Löchern zu versehen, um darin Schmuck zu befestigen, fand sie merkwürdig.

Geberic, dem aufgefallen war, wie sie ihn anstarrte, ließ seine Armmuskeln spielen, woraufhin sich der Bär bewegte und es aussah, als wolle er den Zwerg mit einem Prankenhieb angreifen.

»Hübsch«, bemerkte sie knapp.

Geberics Miene verfinsterte sich. Hübsch war ganz offensichtlich nicht, was er hatte hören wollen. »Die Dame Amalaswintha schätzt es nicht zu warten. Beweg deinen mageren Hintern.«

Nandalee raffte ihre Kleider zusammen und stieg hastig in die kratzende Wollhose. Sie fürchtete den Zorn Amalaswinthas. Die Zwergin hatte sie den ganzen Tag über so eigenartig angesehen. Die Blicke hatten Nandalee an eine Spinne denken lassen, die darüber nachdachte, ob sie ein Opfer einspinnen oder sofort verspeisen wollte. Amalaswintha passte nicht in das Bild, das sie sich von Zwergen gemacht hatte. Nandalee war froh, wenn sie aus der Tiefen Stadt fliehen konnte. Nur Hornboris Heim musste sie noch finden. Ein Tag vielleicht noch, dann war ihre Aufgabe hier erledigt!

Die Elfe schloss den Gürtel und zog ihr Wams zurecht. Dann folgte sie Geberic.

Er führte sie tiefer hinab in das Höhlensystem. Amalaswintha war die Herrin eines eigenen Höhlenkomplexes, der sich auffällig von den anderen Tunneln unterschied, die Nandalee bislang in der Tiefen Stadt gesehen hatte. Es gab hier keine scharfen Kanten. Alles war rund oder zumindest abgerundet. Selbst die Decken der Tunnel, die Türen und Tore. Auch gab es hier mehr Licht und Farben. Neben Steinmetzarbeiten schmückten häufig farbenfrohe Fresken die Wände. Sie zeigten Wälder oder weite Wiesen in strahlendem Sonnenlicht. Allein sie anzusehen weckte in Nandalee die Sehnsucht nach dem weiten, blauen Himmel. Sie vermochte sich nicht vorzustellen, wie es sein mochte, ein ganzes Leben tief im Fels zu verbringen. Sie war dafür nicht geschaffen, und wenn sie die Bilder an den Wänden betrachtete, fiel es wohl auch nicht allen Zwergen leicht.

»Dort hinein!« Geberic war vor einem runden Durchgang stehen geblieben, der von einem schweren, roten Vorhang verschlossen wurde.

Der Kerl führte sich auf wie ein Gefängniswärter, dachte Nandalee, trat mit einem Gefühl der Beklommenheit durch den Vorhang und fand sich in einer Höhle wieder, wie sie noch keine gesehen hatte. Sie maß vielleicht zwanzig Schritt und war mit Tischen, Regalen, Kisten und Figuren, auf denen Kleider drapiert waren, vollgestopft. Am auffälligsten jedoch war das riesige Bett in der Mitte der Höhle. Schwere, dunkelrote Decken lagen darauf, umlagert von bunten Kissen. Goldene Pfosten, um die sich Efeuranken aus Jade wanden, strebten der Höhlendecke entgegen. Die Höhlendecke selbst war vom lichten Blau eines Sommerhimmels. Vögel mit ausgebreiteten Schwingen waren auf die Decke gemalt. An einigen Stellen hingen sogar ausgestopfte Vögel davon herab.

Nandalee ging die weite Treppe hinab, die zur Höhle führte. Der Boden war unregelmäßig. An manchen Stellen erhoben sich Felssimse wie kleine Inseln. Meist waren sie von Tischen gekrönt, auf denen sich Schriftrollen und aufgeschlagene Bücher stapelten. Nandalee war verwundert, wie man sich mit so viel Plunder umgeben konnte. Sie könnte an einem solchen Ort nicht leben. Wie konnte man schlafen, umgeben von so viel unvollendeter Arbeit? Sie hatte den Eindruck, dass Amalaswintha auf der Suche nach etwas war. All die Schriften … Und dann gab es noch seltsame Metallobjekte, deren Bedeutung Nandalee verschlossen blieb. Gebilde aus ineinandergreifenden Metallringen, an denen unterschiedlich große Kugeln befestigt waren. Ein Messingrohr, in das ein geschliffener Bergkristall eingesetzt war. Metallzylinder. Auf einem Tisch lagen seltsam geformte Messer und Scheren. Alle waren gekrümmt oder gezackt. Wozu brauchte Amalaswintha all das?

Nandalee entdeckte ein großes Konstrukt aus seltsam gebogenen Drähten, auf die in unregelmäßigen Abständen Steinkugeln aufgezogen waren. Fast in der Mitte dieses merkwürdigen Objekts war ein großer Amethyst angebracht. Direkt daneben eine kleine Kugel aus weißem Marmor. Nandalee ließ ihre Finger über die steifen Drähte gleiten. Manche waren aus dickem, von rotbraunem Flugrost verkrustetem Eisen, andere aus Silber oder Kupfer, einige wenige sogar aus Gold. Inmitten der goldenen Drähte gab es eine Kugel aus einem hellen, blauen Stein, in den ein in Gold gefasster Rubin eingelassen war. Nandalee stutzte. Sie blickte zur himmelblauen Decke und zu dem roten Bett mit den wuchtigen goldenen Bettpfosten inmitten der Höhle.

Nandalee versuchte, sich im Geiste den Weg zur Schmiede Galars vorzustellen, und tastete dabei blind entlang der Drähte. Als ihre Finger eine raue Kugel berührten, öffnete sie die Augen. Die Kugel war aus angerostetem Eisen. Neugierig schnupperte Nandalee daran. Sie stank nicht nach Koboldkäse. Passte eine Eisenkugel zu einem Schmied? Ja!

Fasziniert von dieser Art, das komplexe Höhlensystem der Zwergenstadt darzustellen, studierte Nandalee das Geflecht aus Drähten und versuchte sich jede Windung einzuprägen. Ein großer, geschliffener Aquamarin stellte den Hafen der Stadt dar. Aber es schien noch andere, kleinere Häfen zu geben, von denen sie bislang nichts gewusst hatte. Einer lag sogar ganz in der Nähe dieser Höhle. Er unterschied sich von allen anderen Häfen dadurch, dass noch eine kleine, gläserne Linse unter den Aquamarin gehängt war. Verwundert studierte sie die Umgebung des Hafens, fand aber keinen Hinweis darauf, was die Linse bedeuten mochte.

Amalaswinthas unterirdischer Palast war deutlich größer, als Nandalee erwartet hatte. Er wurde mit goldenen Drähten dargestellt und hob sich deutlich vom übrigen Tunnelplan ab. Dies war die bei Weitem beste Karte der Tiefen Stadt, die sie sich vorstellen konnte, dachte Nandalee. Vielleicht konnte sie ein ähnliches Modell erstellen, wenn sie mit anderen Drachenelfen den Anschlag auf die Mörder des Schwebenden Meisters plante.

Leise Schritte ließen die Elfe aufhorchen. Sie fühlte sich ertappt und trat ein wenig vom Modell der Tiefen Stadt zurück. Amalaswintha kam um einen Schrank herum, der den Blick auf den hinteren Teil der Höhle versperrte. Das Haar der Zwergin schimmerte feucht. Sie trug ein langes, seitlich geschlitztes Nachthemd im rauchigen Silberton des ersten Morgenlichts. Amalaswintha bedachte Nandalee mit einem bezaubernden Lächeln. »Schön, dass du meiner Einladung gefolgt bist. Dich interessiert das Modell der Tiefen Stadt?«

»Es ist überaus eindrucksvoll. Und was die *Einladung* angeht, war Geberic recht deutlich.«

Amalaswintha schnalzte mit der Zunge. »Ach, ach, Geberic … Der Gute nimmt seine Aufgaben manchmal ein wenig zu ernst. Es tut mir leid, falls du dich unter Druck gesetzt gefühlt hast. Du bist mein Gast. Es steht dir frei, zu kommen und zu gehen, wie es dir beliebt.« Die Zwergin stand jetzt dicht vor ihr. Ein Duft wie von süßen Birnen haftete ihr an. Sie bedachte Nandalee mit einem koketten Augenaufschlag. »Möchtest du lieber gehen?«

Nandalee fühlte sich unwohl. »Das Modell … zeigt das alle Tunnel und Höhlen der Tiefen Stadt?«

Amalaswintha wirkte einen Augenblick lang überrascht, hatte sich aber fast sofort wieder unter Kontrolle. »Es ist unvollständig, Arbinumja. Ich habe seit Jahren nicht mehr daran gearbeitet. Einige Tunnel werden vom Alten in der Tiefe geheim gehalten.« Sie lachte zynisch. »Ich habe sie nicht in das Modell aufgenommen, um mir keinen Ärger mit ihm einzuhandeln. Andere sind ganz neu. Zum Beispiel hat dieser unsäglich stinkende Schmied in aller Heimlichkeit und gegen die Gesetze der Tiefen Stadt einen kleinen Seitentunnel angelegt, der unter der Wasseroberfläche seines Brunnens verborgen liegt. Es gibt sogar eine Anbindung an einen der Luftschächte. Wahrscheinlich verbirgt der Stinker dort seine größten Schätze. Was immer das auch sein mag. Wirklich wohlhabend ist er nicht.«

Nandalee empfand die Distanzlosigkeit Amalaswinthas als überaus unangenehm. Deutlich malten sich die Brüste der Zwergin durch das Nachthemd ab. Es war unübersehbar, was sie für diesen Abend geplant hatte. Warum tat sie das? Und wie könnte sie ihr klarmachen, dass sie keinerlei Interesse an einem Abenteuer mit ihr hatte, ohne sie zu verärgern? Am besten, sie flüchtete sich in belanglose Plauderei! »Dort unter deinem Hafen gibt es eine seltsame Glaslinse. Was bedeutet sie?«

»Eine Spielerei. Ich nenne diesen Ort den geheimen Garten. Eigentlich liegt er im Hafen meines Palastes, aber ich habe keine Möglichkeit gefunden, es besser darzustellen. Es ist eine Kuppel aus Tausenden kleinen Glasscheiben. Um in sie hineinzugelangen, muss man durch das Becken tauchen. Deshalb werde ich dort nur selten gestört. Es gibt nur wenige Zwerge hier in der Tiefen Stadt, die schwimmen können. Kannst du schwimmen?«

Nandalee nickte.

»Ich liebe diesen Ort. Er ist durchtränkt von Blütenduft. Vielleicht schwimmen wir einmal gemeinsam dorthin.« Amalaswintha beugte sich vor und schnupperte an Nandalees Bart. »Du hast die Seife mit dem Rosenduft benutzt. Wie schön.«

Nandalee räusperte sich beklommen und wich ein Stück vor der Zwergin zurück. »Woher weißt du um die geheimen Tunnel?«

Ihre Gastgeberin blickte zu dem großen Bett und lächelte unzweideutig. »Männer geben gerne an. Damit, wer den längsten … Bart hat. Und auch damit, was sie sonst für tolle Hechte sind. Du würdest dich wundern, wenn du wüsstest, was mir in diesem Bett schon alles erzählt worden ist.«

»Du hast mit Galar …«

Amalaswintha lachte laut auf. »Bei den Alben, nein! Dieser Stinker dürfte nicht einmal diese Höhle betreten. Manchmal, wenn ich dort im Bett liege und mein Kopf frei von allen anderen Gedanken ist, kann ich den Berg spüren. Das hört sich seltsam an, nicht wahr? Dieses Modell hier existiert, weil ich meinem Gefühl nicht vertraute. Ich habe es erschaffen und mir danach alle zugänglichen Karten zu den Tunneln bringen lassen. Alles stimmt. Auch jene Tunnel, die auf keiner Karte verzeichnet sind, existieren wirklich.«

Nandalee wäre es lieber gewesen, ein Thema zu finden, das gar nichts mehr mit Amalaswinthas Bett zu tun hatte. »Wie … wie fühlt sich ein Berg denn an?«

»Ich spüre die Wurzeln der Bäume, wenn der Wind sich in den Baumkronen verfängt. Ich weiß, wer von meinem Volk durch welchen Tunnel geht. Ich kann fühlen, wo sie graben. Manchmal kenne ich sogar die Gedanken derer, die im Berg sind.«

Nandalee musste sich zwingen, dem Blick der Zwergin standzuhalten. Jenen abgrundtiefen, grünen Augen. Nicht einmal die Himmelsschlangen vermochten ihre Gedanken zu lesen, ermahnte sie sich in Gedanken. Dieses Zwergenweib würde es ganz gewiss auch nicht können.

»Du bist ungewöhnlich, Arbinumja. Seit wir uns zum ersten Mal begegnet sind, hattest du fünf Mal die Gelegenheit, Pilz, Met oder sogar Wein zu trinken, aber ich habe dich nur ein einziges Mal mit einem Bierkrug in der Hand gesehen. Du warst nie beschwipst. Du hast die Waschschüssel in deiner Kammer benutzt und sogar die Seife, die ich dazulegen ließ. Du machst keine plumpen Sprüche über meine Schönheit oder versuchst dich zu prügeln, um mir zu zeigen, wie männlich du bist. Du bist der unzwergischste Zwerg, dem ich je begegnet bin, Arbinumja. Was bist du?«

Nandalee wurde es heiß und kalt. Wenn es sein müsste, könnte sie Amalaswintha zum Schweigen, bringen und wahrscheinlich käme sie auch an Geberic vorbei. Aber wie sollte sie aus der Tiefen Stadt fliehen? Die wenigen Tore, die aus dem Berg führten, waren streng bewacht. Den Albenstern vermochte sie nicht aus eigener Kraft zu öffnen. Vielleicht würde sie an Bord von einem der Aale fliehen können.

»So schweigsam, Arbinumja? Du verstehst die Sprache der Elfen, zumindest behauptet das der Ratsherr Skorri. Und wenn du durch den Berg gehst, kann ich dich nicht spüren. Manchmal kommen sehr machtvolle Wesen hierher ... Es ist mir noch nicht gelungen, einem von Angesicht zu Angesicht zu begegnen. Ich glaube, sie nehmen unsere Gestalt an. Vielleicht sind es die Alben.« Amalaswinthas Augen leuchteten. Sie wirkte wie eine Besessene. Aus den Augenwinkeln sah Nandalee ein kleines Messer zwischen Federkielen auf einem nahen Tisch liegen.

»Du, Arbinumja, bist wie ein Geist. Bleibst ungreifbar ... Aber ich weiß, was du verbirgst und was du in Wahrheit bist.«

Nandalee wich ein Stück zurück. Das Federmesser war jetzt in ihrer Reichweite.

»Du bist ein Zauberweber, so wie ich!«

Nandalee griff nach der Klinge.

»Seit du ein Kind bist, fühlst du dich anders als alle anderen um dich herum. Nicht wahr? Manchmal geschehen dir seltsame Dinge. Es wird über dich getuschelt. Du hast keine Freunde. Und irgendwann ist es dir zur Natur geworden, dich abseits zu halten. Ich bin reich geworden, weil ich die Schätze in den Gebeinen der Erde spüren kann. Wer meinem Rat folgt, wenn er eine Mine anlegt, der wird fündig. Ich kann alles haben, was es für Gold zu kaufen gibt. Aber ich begehre nur noch eines. Ich will die Kunst des Zauberwebens erlernen. Und ich weiß, diese Kunst wird nicht aus dem Blut und den Knochen von Drachen destilliert. Was ist deine Gabe, Arbinumja?«

Nandalee strich mit der Hand über die Federkiele, als habe sie nie nach dem Messer gegriffen. »Manchmal, wenn ich mich sehr stark konzentriere, kann ich Dinge schweben lassen. Aber ich hüte mich, meine Gabe zu zeigen. In der Ehernen Halle fürchten sie Zauberweber. Sie werden in das riesige Mühlrad geworfen, das zum Zerkleinern des erzhaltigen Gesteins dient. Zauberweber sind gefährlich …«

»Unsinn!«, begehrte Amalaswintha auf. »Kleingeistige Narren denken so! Wir sind die Zukunft unseres Volkes, Arbinumja. Wir sind keine Ungeheuer. Aber wir müssen lernen, unsere Kräfte zu formen, so wie ein Schmied lernt, das Eisen zu formen. Es ist nicht gerecht, dass die Drachen nur ihre Lieblinge, die Elfen, zu Zauberwebern machen. Auch in uns schlummert diese Gabe. Nun verrate mir, was du kannst.«

Sie wies mit weit ausholender Geste auf die Bücher und Schriftrollen. »In allen Völkern Albenmarks gibt es Einzelne, die dazu geboren sind, die Welt zu verändern. Bei den Elfen scheint die Gabe besonders häufig zu sein. Aber man findet sie auch bei Kobolden, Kentauren und den scheuen Faunen. Selbst Trolle sind manchmal von Magie berührt. Es gibt Hunderte Geschichten darüber. Viele Zauberweber werden gefürchtet und verfolgt. Der Begabung haftet ohne Zweifel eine dunkle Seite an. Aber ich bin überzeugt, man kann sie beherrschen, wenn man mit der Gabe umzugehen versteht.«

Nandalee dachte an Sayn, jenen jungen Elfen, der sie so herablassend behandelt hatte, als sie in der Höhle des Schwebenden Meisters darum gerungen hatte, eine Zauberweberin zu werden und nicht nur ein Gefäß für eine unkontrollierte Macht zu sein.

Nie würde sie Sayns letzten Augenblick vergessen. Als seine Rippen sich wie Schmetterlingsflügel auffalteten und sein Fleisch durchstießen. Als sich sein Innerstes nach außen kehrte. Sie hatte Sayn gehasst. War es dieser Hass, verbunden mit ihrer Gabe, der ihn getötet hatte? Oder war er es, dem ein Fehler unterlaufen war? Die Antwort würde sie nie erfahren.

»Woran denkst du?«

»An die Gabe, die in uns wohnt.«

»Was ist dein Zauber, Arbinumja?«, drängte Amalaswintha erneut.

Nandalee wollte fort. Sie musste einen Weg aus der Tiefen Stadt finden. Wie lange würde es dauern, bis die Zwergin begriff, wer sie wirklich war? »Meine Kräfte sind schwach.« Sie blickte zu den Federkielen auf dem Tisch und schnitt eine Grimasse, als würde sie versuchen, einen schweren Felsbrocken anzuheben. Dabei dachte sie an den Wind, der einst unter den Federn dahingeeilt war. Dachte an seine Kraft und griff nach der Magie, die allen Dingen innewohnte. Sie hob die Hand. Und eine der Federn hob sich um einen Zoll. Sie hätte sie ohne Mühe bis zur Decke schweben lassen können. Ja, sie könnte sogar deren Farbe verändern. Aber sie wollte so wenig wie möglich von sich preisgeben. Mit einem schweren Seufzer ließ sie in Gedanken die Feder los und sie fiel zurück auf den Tisch.

Amalaswintha wirkte nicht sonderlich beeindruckt. »Daraus könnte man gewiss noch mehr machen.«

»Mehr würde mich umbringen«, stieß Nandalee schwer atmend hervor.

Die Zwergin lächelte milde. »Morgen Abend wird sich dein Leben für immer verändern, Arbinumja. Mit mir gemeinsam wirst du den ersten Schritt zur Beherrschung der Magie gehen. Lass dich überraschen … Und nun darfst du dich zurückziehen, denn wie mir scheint, mangelt es dir an Kräften, um mich heute noch angenehm zu unterhalten. Ruhe sanft, mein Zauberlehrling.«

Die letzte Schlacht

Shaya trat in die Rote Jurte. Noch war niemand hier, doch der Tisch mit den hölzernen Winkelstücken und den breiten Lederbändern war schon hergebracht worden. Sie stellte sich vor, wie man ihren Kopf festschnallen würde.

Rasch wandte sie den Blick ab. Shaya war zu früh gekommen. Sie hatte dieses Zelt gewählt. Niemand würde sie hier stören. Es kam nur sehr selten jemand in die Rote Jurte. Nur, wenn der Wandernde Hof einen neuen Weg nehmen sollte oder wenn ein Kriegszug in unbekannte Gebiete geplant wurde. Als Kind hatte sie die Rote Jurte geliebt. Sie war ihr Zufluchtsort gewesen. Ein Platz, an dem niemand eine Prinzessin suchte. Fast nichts hatte sich hier verändert in all den Jahren.

Der breite Kartentisch war zur Seite geschoben worden, um jenem Tisch Platz zu machen, auf dem die Shaya, die sie sein wollte, ihrem Vater und ihrem Volk geopfert werden würde. Sie schlang sich die Arme um den Leib, als ein Schauer sie überlief.

Shaya blickte hinauf zum Dach der Jurte. Der rote Stoff des Zelthimmels war mit den Jahren fadenscheinig geworden. Etliche Lederflicken waren neu hinzugekommen. Warmes, rötliches Licht drang durch den Stoff. Sie blickte zu den niedrigen Regalen vor den Lattengittern, die die Wände der Jurte aufrecht hielten. Hier lagen, für die Ewigkeit in Ton gebrannt, die Reiseberichte der Gesandten ihres Vaters. Genaue Beschreibungen von Straßen, Pässen und Furten. Sie wiesen den Weg in die Reiche ihrer Nachbarn, sollte der Frieden, den die Devanthar erzwungen hatten, eines Tages enden. So viele Stunden hatte sie hier lesend verbracht und von fernen Ländern geträumt.

Shaya kniete neben den bauchigen Amphoren nieder und strich über die Deckel aus altem, bröckelndem Kork. Sie waren in verschiedenen Farben gehalten, sodass selbst jene, die die Schriftzeichen auf den Wachssiegeln nicht entziffern konnten, wussten, welche Karten wo verwahrt wurden.

Die Prinzessin strich über die blassblaue Glasur jener Amphore, in der ihr größter Schatz verborgen lag. Das Wachssiegel war nicht erneuert worden, seit sie das letzte Mal hier gewesen war. Sie hatte es mit einer Knochennadel aufgeritzt und später versucht, das Wachs mit ihren Daumen wieder zusammenzupressen. Sie legte ihren Daumen in den Abdruck ihrer Kindheit. Breit und lang war er geworden, mit einer feinen Narbe auf dem Gelenk.

Shaya hob den Korkdeckel ab und streckte den Arm durch den weiten Mund der Amphore. Ihre Fingerspitzen tasteten über Knochen. Es waren Schulterblätter von Pferden, Ochsen und Kamelen. Sie bekam eines zu packen und zog es empor. Mit einem feinen Knirschen kratzte der Knochen am Amphorenhals.

Ein Lächeln stahl sich auf ihr Antlitz, als sie die Karte erkannte. Sie war ihr einst die liebste gewesen. Sie zeigte die ganze Welt. Vom Gefiederten Haus an den fernen Küsten des östlichen Meeres bis hin zu den Schwimmenden Inseln tief im Westen, von denen keine der Tontafeln im Zelt ihres Vaters zu berichten wusste. Viele Stunden hatte sie hier gelegen, zum roten Zelthimmel emporgeblickt und vom Sonnenuntergang an fernen Gestaden geträumt. Sie hatte versucht, sich das Gefiederte Haus vorzustellen. Anfangs war es in ihrer Fantasie eine große Jurte gewesen, auf die man Federn aufgenäht hatte. Später, nachdem sie die Paläste am Seidenfluss gesehen hatte, stellte sie sich ein Haus aus schillernd glasierten Tonziegeln vor, in die Vogelfedern geprägt waren.

Shaya atmete schwer aus. Wieder überlief sie ein Kälteschauer. Das Träumen würde ihr wohl ausgetrieben werden. Sie war weiter gereist, als sie es sich in ihrer Kindheit hatte vorstellen können. In eine fremde Welt, von der es in der Roten Jurte, zumindest als sie klein gewesen war, noch nicht einmal Karten gegeben hatte. Sie war in Wolkenschiffen über den Himmel gesegelt. Hatte das Purpurne Meer mit all seinen Wundern erblickt. Bald würden ihre Träume auf die Spitze einer Nadel aufgespießt werden.

Sie hörte, wie die Plane am Eingang zurückgezogen wurde. Der Holzboden der Jurte knarrte. Sie sah sich um, um Fassung bemüht. Sie würde ihrem Schicksal, wenn schon nicht mit einem trotzigen Lächeln auf den Lippen, dann doch zumindest in gefasster Ruhe begegnen.

Zwei Eunuchen hatten das Zelt betreten. Das Zeichen der Echse war ihnen auf die Stirn tätowiert, sodass jeder wusste, sie hatten keine Zunge mehr und konnten allenfalls zischende Laute wie eine zornige Echse hervorbringen. In ihren Wickelröcken und mit ihren mit schwarzer Tusche umrandeten Augen wirkten sie weibisch. Die Schädel waren kahl rasiert. Einer nickte ihr freundlich zu.

Shaya erwiderte den Gruß nicht. Wie konnte der Kerl sich erdreisten, ihr zuzunicken? Solche plumpen Höflichkeiten waren dem Anlass ihrer Begegnung nicht angemessen. Verspottete der Eunuch sie etwa?

»Ihr erstaunt mich, ehrenwerte Prinzessin.« Der Heiler kam in die Jurte. Er schritt lautlos wie eine Katze. Auf seinem schmalen Gesicht lag ein Lächeln, das nicht hinauf bis zu den Augen reichen wollte. »Ich hätte nicht erwartet, dass Ihr vor der Zeit zugegen sein würdet.«

»Die Tugend der Pflichterfüllung ist nicht allein am Seidenfluss bekannt«, entgegnete sie kühl.

Der Heiler hielt inne und musterte sie eindringlich. Schließlich nickte er bedächtig. »Bitte entschuldigt, wenn ich Euch mit meinen Worten unrecht getan habe. Dies lag niemals in meiner Absicht. Seid versichert, dass Ihr mich bereits am gestrigen Tage beeindruckt habt, Prinzessin Shaya. Und nun vertieft Ihr meine Hochachtung noch weiter. Ergebenheit in sein Schicksal ist tatsächlich eine Tugend, die in meinem Volke ebenso hoch geschätzt wie selten erreicht wird.« Er legte ein Bambusrohr mit einem Lederverschluss auf dem Kartentisch ab und lud sie mit formvollendeter Geste ein, sich auf dem zweiten Tisch niederzulassen.

Shaya legte die Karte zurück in die Amphore und verschloss sie mit dem Korkdeckel. Diesmal versuchte sie nicht die Spuren im Wachs verschwinden zu lassen. Wehmütig betrachtete sie den Abdruck ihres kleinen Daumens, die letzte Spur glücklicherer Zeiten. Dann ging sie hinüber zu dem Tisch.

Der Heiler zog ein kleines, grünes Fläschchen aus seinem Ärmel. »Ich habe einen Schlaftrunk für Euch vorbereitet, ehrenwerte Prinzessin. So werdet Ihr von den Unannehmlichkeiten, die ich Euch, zu meinem Bedauern, auf Geheiß Eures Vaters bereiten muss, nichts spüren.«

»Noch bin ich eine Kriegerin, Miau. Ich bin es nicht gewohnt, vor meinen Feinden die Augen zu verschließen. Und in meiner letzten Schlacht werde ich ganz gewiss nicht meine Gewohnheiten ändern.«

Der Heiler stellte das Fläschchen auf den Kartentisch. »Es schmerzt mich, dass Ihr in mir einen Feind seht, Prinzessin. Und wenn Ihr Euch schon der Metaphern des Krieges bedienen müsst, so seid versichert, dass ich diese Schlacht ebenso wenig aus freiem Willen liefere, wie Ihr es tut. Da Ihr, die Ihr mir von allen, die ich fragte, als überaus ehrenhaft geschildert wurdet, beschlossen habt, mich als Feind zu betrachten, erlaube ich mir, Euch um eine Gunst zu bitten. Bitte nennt mich nicht bei einem Spottnamen. Mein Name als erwachsener Mann, den mir mein ehrenwerter Vater zur Freude meiner Mutter am Abend, an dem ich meine Studien vollendete und mir das grüne Ehrengewand des Heilkundigen verdiente, gab, lautet: Shen Yi Miao Shou.«

Shaya zögerte. Warum sollte sie dem Mann, der sie verstümmeln würde, Ehre erweisen? Auf der anderen Seite wollte sie ihr Dasein als Kriegerin nicht mit dem Vorwurf beenden, zuletzt ehrlos gehandelt zu haben. »Shen Ji Miau Shou?«, versuchte sie es leise.

»Nicht vollkommen, doch wiegt der gute Wille den geringen Makel Eurer Aussprache mehr als auf.« Er lächelte. »Wenn Ihr

Euch nun bitte hinlegen würdet, ehrenwerte Prinzessin? Ich werde unsere beiden Gehilfen jetzt bitten, Euch an den Tisch zu schnallen, und darüber wachen, dass dies mit der größtmöglichen Zurückhaltung geschieht und nicht einmal der Verdacht einer unsittlichen Berührung einen Schatten auf das strahlende Licht unseres gegenseitigen Respekts werfen wird.«

»Ich brauche das nicht«, entgegnete sie scharf. »Bislang kann ich mich rühmen, auch nicht gezappelt zu haben, wenn meine Wunden vernäht wurden.«

»Mit Verlaub, ehrenwerte Prinzessin, doch was mir heute zu tun auferlegt wurde, gestattet nicht den Vergleich mit dem Vernähen einer Wunde im Gefolge eines Gefechtes. Dies ist ein diffiziler Vorgang, der es unbedingt erfordert, dass Ihr stillhaltet.«

»Wozu ich durchaus in der Lage bin«, entgegnete sie kühl.

Shen Yi Miao Shou griff nach dem Bambusrohr auf dem Kartentisch und drehte es unschlüssig in den Händen. »Bitte erlaubt mir, auf die vielen Jahrzehnte meiner Erfahrung hinzuweisen und … Oops.« Das Bambusrohr entglitt seinen Händen und schlug mit der Kante seitlich gegen ihr Knie, woraufhin ihr Bein vorschnellte.

»Ich bitte vielmals um Entschuldigung.« Er lächelte, und diesmal bildete sich auch um seine Augen ein feines Netz aus Lachfältchen. »Vor allem entschuldige ich mich, mich so billiger Jahrmarktsgaukelei bedient zu haben. Natürlich war es kein Unfall, dass mein Bambusrohr vor Euer Knie schlug. Ich wollte Euch lediglich verdeutlichen, dass das Fleisch, das unserer Seele Heimat ist, manchmal Bewegungen ausführt, die nicht der Kontrolle unseres Geistes unterliegen.«

»Du hast mich überrascht, Shen Yi. Ein zweites Mal wird dir dies nicht gelingen.« Kaum dass die Worte über ihre Lippen waren, schlug er ihr ein weiteres Mal mit dem Bambusrohr vor das Knie, und wieder schnellte ihr Bein vor.

»Bitte verzeiht mir in unser beider Interesse, so unhöflich zu sein, auf der Richtigkeit meiner Worte zu beharren.« Er nickte den beiden Eunuchen zu, die bislang reglos neben dem Kartentisch gestanden hatten. »Bindet die hochwohlgeborene Prinzessin bitte auf den Tisch.«

Shaya wollte aufstehen, als der Heiler ihr mit einer kurzen, kräftigen Bewegung den Daumen in das Sonnengeflecht unter ihrem Rippenbogen stieß. Ein jäher Schmerz brandete durch ihren Leib bis in die Fingerspitzen. Nach Luft schnappend, knickte sie ein. Einen Herzschlag nur, da packten sie schon die beiden Eunuchen und schnallten ihre Arme und Beine auf den Tisch.

»Ich bitte erneut vielmals um Entschuldigung für mein überaus despektierliches Vorgehen, verehrte Prinzessin, doch war Euer Vater von unmissverständlicher Deutlichkeit in seiner Forderung, dass ich eine gewisse Eile walten lassen solle.«

Shaya war unfähig zu antworten. Immer noch rang sie japsend um Luft. Dabei bäumte sie sich gegen ihre Fesseln auf.

Shen Yi Miao Shou nahm die Lederkappe vom Bambusrohr und ließ mit feinen Seidenbändern gebündelte Nadeln daraus hervorgleiten. Sorgsam legte er die Bündel auf ein Seidentuch auf dem Kartentisch. Die Nadeln waren aus Gold und Silber. Einige waren gebogen, andere hatten linsengroße Harzkügelchen auf ihre Köpfe gepresst. Manche der Nadeln waren kurz, einige aber auch mehr als doppelt so lang wie ihr Zeigefinger.

»Die Anspannung schadet Euch, Prinzessin. Das beste Ergebnis werde ich erzielen, wenn Ihr Euch nicht verkrampft und Ihr ruhig und regelmäßig atmet.« Er blickte zu den Eunuchen auf. »Legt das letzte Lederband um ihre Stirn und schnallt den Kopf der ehrenwerten Prinzessin fest.«

Die beiden Sklaven machten keinen Hehl daraus, dass sie Freude an ihrer Aufgabe hatten. Shaya war wehrlos, aber sie konnte nicht aufhören zu kämpfen. Sie würde über sich ergehen lassen, was ihr Vater befohlen hatte, doch sie wollte, dass das Unvermeidliche wenigstens zu ihren Bedingungen geschah. »Ich verspreche Euch, dass ich stillhalte, Meister Shen Yi.« Sie wollte nicht jetzt schon ein willenloses Stück Fleisch sein. Sie wollte die Freiheit, Herrin ihrer selbst zu sein, bis zum letztmöglichen Augenblick auskosten.

»Mit Bedauern weise ich Euch darauf hin, dass Ihr mir gerade versprecht, was Menschen nicht möglich ist. Ich werde Euch nun helfen, Euch zu entspannen, hochgeschätzte Prinzessin.«

Etwas stach seitlich in ihren Hals. Ihre Muskeln erschlafften augenblicklich. Ihr Kopf sank zurück.

Der Heiler nahm eine der sehr langen Nadeln vom Seidentuch. Shaya stellte sich vor, wie das Silber an ihrem Auge vorbei bis tief in ihren Kopf drang. Sie ballte die Hände zu Fäusten. Sie wollte das nicht sehen. Fühlte sich müde. Besiegt. Sie hatte keine Kraft mehr weiterzukämpfen. Und sie wollte nicht wissen, wie er es tat. Zum ersten Mal seit Langem ergab sie sich ihrer Angst und kniff die Augen zu, als Shen Yi sich über sie beugte.

Der Heiler legte ihr seine zarte Hand auf die Stirn. »Nur ein Stich noch, Prinzessin, und Ihr werdet nichts mehr spüren.«

Der Weg in den Krieg

Narek sah sich mit weiten Augen um. Er stand auf dem Hof des Palastes des Unsterblichen Aaron. Nie hätte er sich träumen lassen, einmal nach Akšu zu gelangen. Und wenn er ehrlich war, machte ihm der Grund, aus dem er hier war, Angst. Irgendwo hinter den hohen Mauern, die den Hof umgaben, brüllte ein Raubtier. Ein Löwe? Es hieß, hier im Palast gäbe es eine Löwengrube, und der Unsterbliche Aaron würde die Bestien mit Haremsdamen und Priestern füttern, die sein Missfallen erregt hatten. Narek sah sich unsicher um. War der Unsterbliche hier? Vielleicht auf der Terrasse vor dem riesigen Haus mit der Front aus roten Säulen? Es musste ungemütlich sein, in so einem Haus zu wohnen, wo die Decke so hoch war, dass man sie nicht einmal dann mit der Hand berühren konnte, wenn man sich auf einen Tisch stellte.

Narek dachte an sein einfaches Lehmhaus. Im Winter, wenn sie Läden vor die beiden kleinen Fenster gehängt hatten und ein Feuer aus Ziegendung glomm, war es wunderbar gemütlich. Er liebte es, mit seinem kleinen Sohn Daron in die Glut zu starren und ihm Geschichten zu erzählen. Er war kein guter Erzähler. Er kannte nur ein paar Märchen, die er früher von seiner Mutter gehört hatte. Und manchmal dachte er sich Geschichten über seinen Freund Artax aus, der nach Nangog gegangen war, als Daron noch an Rahels Brüsten gelegen hatte. Eines Tages würde Artax zurückkommen, und er würde ein reicher Mann sein. Man konnte drei Mal im Jahr auf Nangog ernten. Und wenn man in die Berge wanderte und keine Furcht vor den Geistern der Wildnis hatte, konnte man dort Gold in den Flüssen finden. Artax war immer ein Träumer gewesen, der sich ein Leben vorstellte, das anders war, als man es in einem Dorf wie Belbek führte. Er hatte sich sogar ein Weib erträumt. Irgendeine dürre Ziege, mit der er darüber stritt, wie man die Welt verbessern konnte. Er hatte sich sogar einen Namen für diese Frau, die es nicht gab, ausgedacht: Almitra. Narek schmunzelte. Ein bisschen verrückt war Artax schon gewesen. Aber ein guter, zuverlässiger Freund. Wenn er Daron von ihm erzählte, vertrieb Artax mit seiner Hacke grimmige Wölfe in den Wäldern von Nangog, oder er fand Goldklumpen, groß wie Taubeneier, musste sich aber gegen die Flussgeister wehren – Weiber mit wunderschönem, goldenem Haar, bezauberndem Lächeln, aber Herzen, die Mördergruben waren.

Wenn Daron in seinen Armen einschlief, tadelte Rahel ihn manchmal, dass er seinem Sohn so schaurige Geschichten erzählte. Aber sie war nie lange mürrisch. Sie hatte ein großes Herz. Sie war ganz anders als die Frau, die Artax sich erträumte.

Ein wenig mollig, mit lockigem Haar und vollen Lippen. Narek seufzte. Ein halbes Jahr würde es wohl noch dauern, bis er wieder zu Hause in Belbek sein würde. Vielleicht war Artax sogar früher wieder zurück als er. Dann würden sie zusammensitzen und sich von ihren Abenteuern erzählen.

Narek ging zur Nordseite des Hofes. Dort hatten sich, im Schatten einer hohen Mauer, etliche der neuen Krieger niedergelassen. Palastdiener eilten mit Wasserschläuchen herbei. Narek spuckte den Kiesel, den er lutschte, wenn es nichts zu trinken gab, in seine offene Hand und ließ ihn in einen Beutel an seinem Gürtel fallen. Es war ein guter Kiesel. Fast rund. Ganz ohne Kanten.

Zwischen den Rastenden entdeckte er Ashot. Er war der einzige andere Krieger aus Belbek. Es war Pech, dass sich ausgerechnet Ashot bei den Werbern gemeldet hatte. Er war ein hagerer, mürrischer Kerl mit strähnigem, schwarzem Haar. Er schaffte es irgendwie, immer unrasiert zu sein. Und selbst Leute, die ihn noch gar nicht kannten, gingen ihm aus dem Weg. Er hatte etwas an sich, das Ärger verhieß. Dabei war er früher ganz anders gewesen. Es lag alles nur an den Schweinen. Ein paar Monde, nachdem Artax gegangen war, hatte Ashots Vater fast all sein Land verkauft und dafür Schweine ins Dorf geholt. Dutzende! Der Alte war überzeugt, dass Säue, Ferkel und Eber ihn reich machen würden. Dabei war er schon ein reicher Bauer gewesen! Ein Jahr lang sah alles ganz gut aus. Dann hatten sich die Viecher irgendeine Seuche gefangen. Binnen zehn Tagen verreckten sie alle. Und der Priester befahl, dass ihre Kadaver hinaus ins Ödland geschafft wurden. War ’ne verdammte Schande um all das schöne Fleisch gewesen.

Ashots Vater hatte die Sache nicht gut verkraftet. Eines Nachts hatte er sich an der Zeder am Dorfbrunnen erhängt. Kein halbes Jahr später war ihm sein Weib ins Grab gefolgt. Angeblich war sie an gebrochenem Herzen gestorben.

Vielleicht könnte er Ashot ja doch ein Lächeln auf die Lippen locken, dachte Narek. Er baute sich vor ihm auf und schlug sich mit der Faust auf die Brust, so wie Krieger es taten, wenn sie einander grüßten.

Ashot blickte missmutig auf. »Mach dich nicht lächerlich, Narek.«

Das war Ashot, wie er leibte und lebte. Ein verdammter Widerling! Er ließ sich neben ihm nieder und winkte einem Diener, auch ihm Wasser zu bringen. Der Kerl kam tatsächlich! Unglaublich! Als sei er ein Fürst.

»Habt ihr hier auch Honigkuchen?«

»Nicht für dich!« Der Diener hatte einen geölten Bart und eine blütenweiße Tunika. Er war von auffällig heller Haut. Wahrscheinlich musste er so gut wie nie die Mauern des Palastes verlassen. »Für euch gibt es nur Wasser aus dem Brunnen, aus dem wir sonst das Vieh tränken.«

Ashot schnappte schneller nach dem Kerl, als eine Schlange zustoßen konnte. Er hatte den Diener genau zwischen den Schenkeln gepackt. Dieser ließ den schweren Wasserkrug fallen und wollte zu einem Schlag ausholen, doch mitten in der Bewegung hielt er inne und stieß ein schrilles Quieken aus.

»Wir sind hier, um für Kerle wie dich auf einem Schlachtfeld am Arsch der Welt den Kopf hinzuhalten. Es ist mir egal, wenn ich Wasser aus einem Viehbrunnen trinke. Aber wenn so ein aufgeblasenes rosa Schweinchen daherkommt und glaubt, meinen Freund Narek wie Vieh behandeln zu müssen, werde ich empfindlich. Hast du das verstanden?« Ashot drückte noch einmal zu, und dem Diener traten Tränen in die Augen.

»Bitte aufhören. Bitte …«

»Mein Freund Narek würde jetzt gerne eine Entschuldigung hören. Etwas, wobei auch mir richtig das Herz aufgeht.«

Narek blickte zu dem Aufseher. Er sah zu ihnen herüber. Sicher würde er gleich kommen. »Das muss wirklich nicht sein …«

»Du hältst die Klappe, Narek. Hier redet jetzt nur unser kleines Schweinchen.«

»Ich bitte um Verzeihung … Ich …«

»Das musst du Narek sagen.« Zum ersten Mal seit Wochen spielte ein Lächeln um Ashots Lippen. Doch es reichte nicht bis zu seinen dunklen Augen. »Und noch etwas ehrerbietiger, wenn ich bitten darf.«

Der Diener keuchte. Dicke Schweißperlen standen ihm auf der Stirn. Narek war das Ganze fürchterlich peinlich. Er wünschte, er würde im Boden versinken.

»Ich bitte untertänigst um Verzeihung, dass ich mich Euch gegenüber im Ton vergriffen habe, ehrenwerter Narek. Und selbstverständlich werde ich Euch gerne einen Honigkuchen holen, um Euch damit zu erquicken.«

Die Männer ringsherum lachten und spotteten über den Diener.

Ashot ließ den armen Kerl los. Er japste, schnappte sich den Krug, der zu Boden gefallen war, und machte sich eilig davon.

»Das wird Ärger geben.«

»Ich glaube nicht, dass unsere Zeit hier für Ärger reicht«, entgegnete Ashot ruhig.

»Wie kommst du darauf?«

Sein Freund nickte in Richtung des Palastes mit den roten Säulen. »Der Löwe ist gekommen. Es geht weiter.«

Narek fuhr erschrocken herum. Ein silberner Löwe schritt die Treppen zum Palast hinab. Er war ganz und gar aus Metall erschaffen und doch lebendig. Groß wie ein Pferd kam er Narek vor, der unwillkürlich ein Stück zurückwich. Totenstille lag jetzt auf dem weiten Hof. Alle starrten den Löwen des Unsterblichen an. Jeder hatte schon Geschichten über ihn gehört.

»Ich wünschte, wir würden den ganzen Weg zu Fuß hinter uns bringen«, flüsterte Narek. »Ich gehe gerne zu Fuß.«

»Ich nicht«, entgegnete Ashot. »Mir haben die letzten Wochen gereicht. Meine Füße sind wund, und bis zur Ebene von Kush sind es noch mehr als tausend Meilen. Oder aber ein paar Schritt.«

»Wir würden so viele wunderbare Orte sehen …« Narek verstummte. Zwei Schlangen aus kaltem, blauem Licht wanden sich aus dem Sand inmitten des Hofes. Ihre Leiber bäumten sich auf und neigten sich einander zu, bis sie einen schillernden Lichtbogen bildeten. Und zwischen ihnen öffnete sich ein Tor aus Dunkelheit.

»Scheiße, da gehe ich nicht durch.«

»Du möchtest also lieber bei den freundlichen Palastdienern bleiben? Nach dem Auftritt von eben halten sie dir sicher einen Ehrenplatz in der Löwengrube frei.«

»Du warst es doch! Ich hab gar nichts …«, begehrte Narek auf.

»Stimmt, wie konnte ich das vergessen. Diese Speichellecker sind berühmt für ihren Gerechtigkeitssinn. Sie werden dir sicher nichts antun.« Ashot erhob sich.

Ihre Scharführer riefen Befehle und ordneten die Männer in eine lange Reihe. Aleksan, der Werber, der in ihr Dorf gekommen war, trat ihnen entgegen. Er war ein bulliger Kerl mit einem Rotstich in seinem dunklen Bart und unfreundlichen Schweinsäuglein. »Los, ihr Hasenherzen! Ich bin schon ein Dutzend Mal durch dieses Tor gegangen. Bleibt auf dem Weg, und euch wird nichts geschehen. Aber wenn ihr hierbleibt …« Er hob seinen knotigen, armlangen Stock. »Wer glaubt hierbleiben zu müssen, wird mit meinem Knüppel tanzen.«

»Ich kann da nicht durchgehen.« Narek schlotterten die Knie. »Ich geh nicht in die Finsternis.«

Ashot packte ihn bei der Hand und zerrte ihn hoch. »Du wirst jetzt nicht kneifen, Mann! Was soll denn Daron von dir halten, wenn er hört, dass du Angst im Dunkeln hast?«

Narek schluckte. »Davon haben die Werber nichts gesagt. Ich habe mich gemeldet, um die Luwier zu vertreiben, die zusammen mit den Ischkuzaia in unser Königreich einfallen wollen, um unsere Frauen zu schänden und unsere Kinder in die Sklaverei zu treiben. Ich bin nicht hier, um über den Abgrund zwischen den Welten zu schreiten.«

»Diese Ammenmärchen hast du wirklich geglaubt? Du meinst, wir verteidigen die Freiheit unseres Dorfes in Kush? Hast du allen Ernstes gedacht, irgendwelche Plünderer würden bis nach Belbek kommen?« Ashot zog ihn mit sich. »Ich seh schon, ich muss dein Kindermädchen spielen.«

»Du meinst, die Werber, die im Auftrag des Unsterblichen durch das Land gezogen sind, haben uns angelogen?« Das konnte nicht sein! Narek konnte sich nicht vorstellen, dass jemand, der im Namen des Unsterblichen Aaron sprach, es wagen würde, Lügen zu erzählen.

»Was glaubst du, warum niemand mitgekommen ist?«, fragte Ashot. »Du bist der Einzige, der ihnen auf den Leim gegangen ist. Tut mir leid.«

»Aber du bist doch auch hier.«

»Ich bin hier, weil mir Belbek nichts mehr zu bieten hatte. Mein Leben ist vorüber. Für mich gibt es nichts mehr. Aber ich werde es nicht so machen wie mein Vater … Mir muss schon ein Luwier den Rest geben.«

»Du willst sterben?«

»Das ist wohl die einzig vernünftige Konsequenz, wenn einem das Leben nichts mehr zu bieten hat.«

»Aber ich bin doch dein Freund. Ich werde dir helfen. Warum sagst du denn nichts zu mir? Freunde sind dazu da, dass man mit ihnen seine Sorgen teilt. Ich werde dich in der Schlacht beschützen.« Narek hörte Ashot scharf einatmen, aber dann sagte sein Gefährte doch nichts.

Sie waren nur noch wenige Schritt von dem unheimlichen Tor entfernt. Die Männer, die hindurchtraten, verschwanden einfach. Narek sah keine Schattenrisse von ihnen. Nichts. Obwohl er deutlich einen goldenen Pfad erkennen konnte, der durch die Finsternis führte.

»Weicht nicht vom Pfad ab«, ermahnte ein in Rot und Gold gewandeter Priester jeden, der durch das Tor trat.

»Denk an die Geschichte, die du Daron erzählen kannst«, sagte Ashot plötzlich und drückte seine Hand. Dann waren sie an der Reihe.

Narek spürte sein Herz wie rasend schlagen. Ashot zog ihn hinter sich her in die Dunkelheit. Narek blickte hinab auf seine Füße. Da war kein fester Boden mehr. Nur dieses goldene Leuchten, in das er ein wenig einsank, als ginge er über schlammigen Grund. Doch nichts haftete an den Sohlen seiner Sandalen. Er staunte. Das eigenartige Licht hatte etwas an sich, das ihn Hoffnung schöpfen ließ. Vielleicht würde der Abgrund zwischen den Welten ihn ja doch nicht verschlingen.

Sie traten in helles Licht. Jetzt war staubiger Boden unter ihren Füßen. Ringsherum kauerten Männer, wühlten mit ihren Händen im Sand und dankten lauthals den Göttern. Auch Narek sank auf die Knie. Er küsste den Sand. Als er aufsah, traf ihn Ashots spöttisches Lächeln. »Kennst du keine Dankbarkeit mehr?«

»Warum sollte ich mich bedanken, etwas behalten zu haben, auf dessen Besitz ich keinen Wert mehr lege?«

»Niemandem ist es gleichgültig, ob er lebt oder tot ist. Du kannst mir nichts vormachen.«

Ashot blieb ihm eine Antwort darauf schuldig.

»Auf die Beine mit euch«, rief Aleksan und unterstrich seine Worte mit drohend erhobenem Knüppel. »Wir müssen noch über den Fluss. Wenn wir das Heerlager erreicht haben, könnt ihr den Sand küssen oder mit ihm treiben, was euch sonst noch in den Sinn kommt. Aber jetzt werdet ihr laufen.«

Die Männer formierten sich zu einer Kolonne. Narek sah sich um. Was für eine trostlose Gegend. In seiner Vorstellung war Kush immer ein grünes Tal gewesen, umstanden von schneegekrönten

Gipfeln. Ein paar Meilen nördlich erhob sich tatsächlich ein Wall rotbrauner Berge. Reihe auf Reihe stiegen sie immer weiter dem Himmel entgegen, wie eine Treppe, die für Riesen erschaffen worden war. Er hätte so gerne einmal Schnee gesehen! Und sei es nur von ferne.

Sie passierten eine flache Hügelkette und stiegen in ein ausgetrocknetes Flussbett hinab. Jeder ihrer Schritte wirbelte roten Staub auf. Er ließ die Zunge verdorren und brannte in den Augen. Narek holte den Kiesel aus seinem Beutel und schob ihn in den Mund. Ein wenig Speichel sammelte sich unter seiner Zunge und machte die Dürre erträglicher.

Jenseits des Flussbetts erstreckte sich eine endlose Ebene, über die sich vereinzelt flache Hügel erhoben. Nicht weit entfernt entdeckte Narek ein paar Bäume. Dort standen auch Zelte. Er hörte ein Maultier schreien. Auf einem Hügel, etwa eine Meile entfernt, loderte eine Flamme empor. Eine einzelne Gestalt stand bei dem Feuer. Sonnenlicht brach sich funkelnd auf seinem goldenen Helm. Das musste der Unsterbliche Aaron sein, dachte Narek. Er war gekommen, um sie zu grüßen. Stolz erfüllte den Bauern aus Belbek. Er würde seinem Herrscher gut dienen, und in weniger als einem halben Jahr, wenn das alles hier vorüber war, würde er Daron eine wunderbare Geschichte erzählen. Eine Geschichte über sich, Narek. Und nicht über Artax, der nach Nangog gegangen war, oder ein Märchen von seiner Mutter. Jetzt war es an ihm, ein großes Abenteuer zu erleben!

Von der Gnade, ein Unsterblicher zu sein

Artax beobachtete die Kolonne der neuen Rekruten, die durch das staubige Flussbett zum Lager hinaufmarschierte. Mehr Fleisch für den Altar der Götter, dachte er bitter und blickte auf die Flamme, die er auf dem schlichten Altarstein vor sich entzündet hatte. Mochten die Götter das Leben dieser Männer beschützen, dachte er traurig. Er konnte es nicht. Die Ereignisse hatten ihn überrollt.

Was zählen ein paar Bauern? Sie wachsen nach wie Korn auf den Ähren. Sie sind ohne Bedeutung, meldete sich die Stimme Aarons in ihm.

»Auch ich bin Bauer.«

Dann weißt du ja jetzt, wie viel du in dieser Welt bedeutest, hallte es in seinen Gedanken.

Die Flamme auf dem Altar schoss empor, als habe er Öl ins Feuer geschüttet. Erschrocken wich Artax zurück. Eine Gestalt erschien inmitten der Flammen. Ein großer, löwenhäuptiger Krieger. Leichtfüßig sprang er vom Altar. Er war nackt. Seine Muskeln schimmerten im Sonnenlicht, als seien sie soeben erst gesalbt worden. Wohlgeruch ging von dem Devanthar aus, als sei er geradewegs aus einem Garten mit blühenden Rosen gekommen.

Artax unterdrückte den Impuls, sich zu Boden zu werfen. Er war der Einzige in seinem Königreich, dem es zustand, vor dem Gott aufrecht zu stehen. Unter allen Sterblichen hatte der Löwenhäuptige ihn, einen Bauern, der in Nangog sein Glück gesucht hatte, auserwählt. Artax wusste, welch günstiges Schicksal dies gewesen war, und ihm war auch bewusst, dass der Devanthar ihn ersetzen würde, sollte er dessen Missfallen erregen. Früher hatte er oft seinen Träumen nachgehangen. Nun konnte er Träume Wirklichkeit werden lassen. Er, ein Bauer aus Belbek, hatte die Liebe einer Prinzessin gewonnen.

Nur dass sie nicht weiß, dass du ein Bauer warst.

Artax ignorierte die Stimme. Er konnte die ganze Welt verändern, wenn er nur entschlossen genug dafür kämpfte.

»Du hast mich gerufen, Aaron, Herrscher aller Schwarzköpfe. Du zweifelst an mir?«

»Ich brauche göttlichen Beistand.« Er blickte in die bernsteinfarbenen Augen des Devanthar. Die geschlitzten Pupillen des Löwenhäuptigen verengten sich zu schmalen Strichen. »Sprich.«

»Ich möchte das unsinnige Blutvergießen verhindern. Diese Schlacht wird Tausende das Leben kosten.«

»Gib die Provinz Garagum auf. Erkläre Muwatta zum Sieger in eurem Streit, und kein Blut wird vergossen werden. Dein Stolz wird leiden. Dein Traum, vor den Devanthar im Gelben Turm zu sprechen, wird zu Asche zerfallen. Aber du wirst deine Bauern vor den Eisenschwertern der Luwier gerettet haben. Allerdings hast du mich dann mit deinem wenig königlichen Verhalten vor meinen Brüdern und Schwestern zum Gespött gemacht. Auch das hat einen Preis.«

Du wirst doch jetzt nicht deine hehren Prinzipien aufgeben, mein Freund. Was ist schon ein Leben gegen das Leben Tausender, spottete Aarons Stimme.

»Muwatta ist ein schlechter Herrscher. Warum zieht ihr ihn nicht zur Verantwortung?«

»Weil sich Išta, meine geflügelte Schwester, von ihm gut unterhalten fühlt.«

»Ist das alles, wozu ihr uns Menschen erschaffen habt? Zu eurer Unterhaltung?«

Der Löwenhäuptige gab einen leisen Kehllaut von sich. »Du glaubst gar nicht, wie langweilig die Ewigkeit sein kann. Sind damit all deine Fragen beantwortet? Wie du siehst, bedarf es zur Lösung deiner Probleme keines Gottes. Dein Schicksal und das deines Reiches liegen allein in deiner Hand, Artax.«

»Aber die Daimonenkinder kommen nach Nangog!« Artax deutete auf das ferne Feldlager jenseits des trockenen Flusses. »Nicht Muwatta ist die Sorge dieser Welt. Du weißt, wie übermächtig die Daimonenkinder sind. Wir müssen uns ihnen vereint entgegenstellen, sonst werden sie uns Nangog entreißen. Und ohne Nangog wird es in allen sieben Königreichen schreckliche Hungersnöte geben.«

»Was weißt du schon über Zapote oder das Königreich der Schwimmenden Inseln! Du glaubst, du kennst die Welt, Artax? Du? Ein Bauer!«

»Wenn ich eine Ratte beim Vorratsspeicher sehe, dann weiß ich, dass es dort noch mindestens zehn andere gibt, die meinen Blicken verborgen geblieben sind. Und wenn ich nichts unternehme, werden die Ratten einen üppigen Winter haben und ich einen Frühling des Hungers. Wir müssen gegen die Daimonenkinder vorgehen. Alle gemeinsam. Und wir müssen es früh und entschlossen tun.«

Der Devanthar bleckte die Fangzähne zur Karikatur eines Lachens. »Glaubst du wirklich, mit solchen Bauernweisheiten beeindruckst du meine Brüder und Schwestern? Sieh dorthin, zu deinem Feldlager. Sieh, wie deine Untertanen voller Verzückung und Angst im Staub liegen. Was glaubst du, warum ich durch die Flammen getreten bin? Um sie zu beeindrucken. Und um dein Ansehen zu stärken. Du sprichst mit einem lebenden Gott und wimmerst nicht vor einem lächerlichen Altarbild. Keiner von denen dort unten wird bis ans Ende seiner Tage vergessen, was er gerade gesehen hat. Du willst die Aufmerksamkeit der Devanthar, Artax? Leiste dir einen Auftritt, der meine Brüder und Schwestern beeindruckt, und ich werde dich in den Gelben Turm bringen. Fege das Heer Muwattas von dieser Ebene. Nur wenn du hier Größe zeigst, werden dir auch die anderen Unsterblichen folgen. Siegt Muwatta, wird er endgültig zum Mächtigsten unter euch.«

Artax schüttelte den Kopf. »Was du verlangst, ist unmöglich. Ich kann lediglich fünftausend ausgebildete Krieger aufbieten. Die Übrigen sind Bauern und Handwerker, die noch nie auf einem Schlachtfeld gestanden haben. Muwatta hingegen hat mindestens zwanzigtausend erprobte Kämpfer. Und seine Männer haben Eisenklingen. Dort unten wird es keine Schlacht geben. Was dort stattfinden wird, ist ein Massaker!«

»Die Devanthar haben sich noch nie versammelt, weil ein Mensch es wünschte. Du wünschst das Unmögliche von mir, und ich werde deinen Wunsch erfüllen, wenn du vollbringst, was meine Brüder und Schwestern für unmöglich halten. Götter werden dir zusehen, Artax, wenn du dein Heer in die Schlacht führst. Siege, und du wirst erreichen, was noch keinem Menschen vor dir vergönnt war. Verweigere die Schlacht, und du verwirkst die Gnade, ein Unsterblicher zu sein.«

Artax blickte zum Feldlager. Es war zu weit entfernt, als dass er hätte sagen können, ob seine Untertanen sich vor dem Gott in den Staub geworfen hatten. War das ihr Schicksal, im Staub zu liegen? Was zählte ihr Leben gegen die Zehntausenden, die sterben würden, wenn Nangog an die Daimonenkinder verloren ging?

Wollten die Daimonenkinder überhaupt Nangog an sich reißen? Doch warum sonst wäre er ihnen dort zwei Mal begegnet? Was hatten sie in der Kristallhöhle zu suchen gehabt? Aaron hatten sie getötet und ihn beinahe. Er dachte an das Gemetzel, das sie unter seinen und Shayas Männern angerichtet hatten. Es war mit ihnen wie mit den Ratten. Bestimmt waren noch mehr von ihnen auf Nangog, und wenn eines gewiss war, dann dass ihnen nicht das Wohlergehen der Menschen am Herzen lag.

»Ich werde kämpfen«, sagte Artax leise, aber bestimmt.

Der Löwenhäuptige schenkte ihm sein schreckliches Lächeln, sprang auf den Altar, hob die Arme gen Himmel und verging in einer Flamme.

Wie selbstlos! Wir sind zutiefst gerührt, Artax.

Schweig! Du hast nie eine solche Entscheidung getroffen. Was wiegt das Leben einiger Tausend gegen das Schicksal einer Welt? Selbst in Gedanken klang seine Stimme fremd in seinen Ohren. Schrill vor Verzweiflung. *Du kennst mich nicht, Aaron!*

Wir sind mehr als ein Dutzend Leben, Artax. Wie viel Niedertracht oder Größe mag es geben, die wir nicht selbst durchlebt haben? Wir alle waren verschieden. Das ist es, was den Devanthar an uns reizt. Er will beobachten, wie die Last der Herrschaft unser Herz und unseren Charakter verändert. Eisen gewinnt seine Härte unter dem Hammer des Schmiedes, habe ich mir sagen lassen. So ist es auch mit unseren Herzen. Tag um Tag, Stunde um Stunde ist das Herz des Herrschers den Hieben des Schicksals ausgeliefert. Mehr, als ein Bauer es sich je vorstellen könnte, Artax. Auch du weißt nun darum. Und du weißt auch, dass du längst begonnen hast, dich zu verändern.

»Keiner von euch war je wie ich! Ich habe eine Vision von einer Welt, die ein besserer Ort für die einfachen Menschen sein wird. Und von meinem Teil, den ich dazu beitragen kann. Ich wurde nicht in Seidenwindeln geboren. Ich weiß, was es heißt zu hungern. Ich werde die Welt davor bewahren – und vor der Willkür von Herrschern wie dir und Muwatta!«

Nach einer kurzen Pause flüsterte Aaron süffisant: Bist du dir ganz sicher, dass es darum geht? Oder versteckst du dich hinter großen Worten und hast dich in Wahrheit nur für ein einziges Leben entschieden? Deines!

Am Ende der Welt

Barnaba lehnte an einem hausgroßen Felsblock und blickte keuchend in das weite Tal hinauf. Jetzt war ihm klar, warum niemand hierherkam. Die Monde der Wanderschaft hatten ihn abgehärtet, aber der Aufstieg in dieses Tal hatte ihn an die Grenzen seiner Kraft gebracht. Da gibt es nichts außer dem Regenbogen und Einsamkeit, hatten die Ziegenhirten erzählt, die zu den Bergweiden weiter südlich von hier gezogen waren. Dabei hatten sie verstohlene Blicke getauscht, als gäbe es etwas, das sie verschwiegen. Es waren diese Worte und Blicke, die Barnaba verführt hatten, schon als er sie das erste Mal hörte. Ein Tal der Einsamkeit mit einem Regenbogen … Er wischte sich mit dem Ärmel über die Stirn.

Von ferne hörte er das Rauschen eines Wasserfalls, sehen konnte er ihn aber noch nicht. Er brauchte Einsamkeit, um eine Entscheidung zu treffen. Dazu musste seine Seele Frieden finden. Seit dem Massaker an den Priestern Arams träumte er davon, seine Brüder zu rächen. Er stellte sich vor, wie er in den Palast des Unsterblichen Aaron schlich und dessen Unverwundbarkeit mit einem langen Dolch auf die Probe stellte.

Auf seinem Weg hierher hatte er die langen Kolonnen marschierender Krieger gesehen. Es würde eine Schlacht auf der Hochebene Kush geben. Einen Kampf, wie ihn die beiden Provinzen Garagum noch nicht gesehen hatten. Hunderttausend Männer sollten aufeinandertreffen. Bis in die einsamsten Dörfer hatte es sich herumgesprochen, und an jedem Ort, den Barnaba in den letzten Monden durchquert hatte, wurden Vorräte beschlagnahmt. Das ohnehin schon karge Bergland wurde geplündert, um die Todgeweihten zu füttern. Und all dies hatte mit dem Irrsinn begonnen, einem Daimonenkind unbedingt ein Himmelsgrab schenken zu wollen.

Tränen der Wut stiegen dem ausgemergelten Priester in die Augen, wenn er daran dachte. An die Willkür des Tyrannen Aaron. Ein Leben zählte nichts für den Unsterblichen. Tausend Leben waren ein Furz. Wie viel Blut musste fließen, bis Aaron begann, über seine Untaten ins Grübeln zu geraten?

Wenn er nur an Aaron herankäme! Juba, der Bluthund des Unsterblichen, war fast immer in dessen Nähe. Und Juba war es auch gewesen, der das Massaker an den Priestern befehligt hatte. Er war Aarons Feldherr, der Befehlshaber seiner Leibwache, sein Vertrauter. Er wachte über jeden, der in die Nähe des Herrschers wollte. Wie käme er an Juba und den Leibwachen vorbei? Darüber zermarterte er sich seit Monden den Kopf. Gewiss nicht als Priester, darüber war sich Barnaba im Klaren. Die Priesterschaft hatte jegliches Vertrauen des Herrschers verloren. Noch so ein Irrsinn! Wie konnte Aaron glauben, ein Volk lenken zu können, ohne ihm geistlichen Trost zu gewähren! Aaron war verrückt! Das war die eine Antwort, die all seinen Taten Sinn einhauchte. Aram wurde von einem Wahnsinnigen beherrscht. Aber warum ließen die Devanthar ihn gewähren?

Barnaba stieß einen tiefen Seufzer aus. Was taten die Götter? Und was trieb ihn, sich anzumaßen, sich als Richter und Henker in ihre Spiele einzubringen? Er war nur ein Priester. Und ganz offenbar kein besonders guter, wenn er über einen Mord nachdachte.

Er stieß sich von dem großen Felsblock ab. Seine Beine schmerzten. Seine Kehle brannte. Das Geräusch des fallenden Wassers machte seinen Durst noch schlimmer.

Es gab keinen Pfad in diesem Tal. Nicht einmal einen Wildwechsel hatte er bislang entdecken können. Der Boden war mit losem Geröll bedeckt, zwischen dem kümmerliche Grasbüschel gediehen. Es gab kaum noch Grün in dieser Höhe. Keinen einzigen Baum. Nur vom Wind geduckte Büsche.

Es war mühsam, sich einen Weg über das Geröll zu erkämpfen. Er hatte kaum einen Blick für die seltsamen Felswände. Breite, blaugraue Bänder liefen durch das rötliche Gestein. Manchmal auch ein schmaler, weißer Streifen. Einige der Steilwände waren so glatt, als sei das Gestein mit einem riesigen Messer durchtrennt worden.

Sein Atem ging keuchend. Schweiß rann ihm in die Augen. Endlich erreichte er eine Stelle, an der das Tal einen scharfen Rechtsknick machte. Er umrundete einen in den Himmel ragenden Felsturm, und der Anblick, der sich ihm bot, ließ ihm das Herz aufgehen. Keine hundert Schritt entfernt stürzte ein Wasserfall ins Tal. Er war kaum zwei Armlängen breit, aber das Wasser schien direkt aus dem Himmel zu kommen. Barnaba musste den Kopf weit in den Nacken legen, um die Felskante zu sehen, über die sich der weiße Wasserschleier ins Tal hinabstürzte. Eine Brise zerrte an dem Gazeschleier aus feinem Dunst, der das hinabschießende Wasser umspielte. Und inmitten des Dunstes erblühte ein Regenbogen.

Barnaba mochte sich gar nicht sattsehen an dem Schauspiel. Sein Durst war vergessen. Diesen Ort hatten die Götter erschaffen, um einen Mann allen Weltschmerz vergessen zu lassen. Hier würde er endlich seinen Frieden finden!

Als er den Blick schließlich senkte, schmerzte sein Nacken, so lange hatte er zum Regenbogen hinaufgeblickt. Der Wasserfall ergoss sich in einen kleinen See, um den eine Gruppe Bäume voller weißer Blüten stand. Eine einzelne, wilde Rose klammerte sich an die Felswand.

Barnaba sah sich skeptisch um. Es gab keine Anzeichen, dass jemals Menschen hier gewesen waren und versucht hätten, der Wildnis ihren Stempel aufzuprägen. Abgesehen von den blühenden Bäumen und der Rose. Eigentlich lag das Tal zu hoch, als dass hier Bäume hätten gedeihen dürfen.

Er ging zum Teich, ließ seinen schweren Wanderstab fallen und kniete nieder. Bevor er trank, betete er und dankte dem Löwenhäuptigen und den Göttern für die Gnade, ihn an diesen abgeschiedenen Ort geführt zu haben. Dann tauchte er sein Gesicht ins Wasser. Es war so kalt, dass er erschrocken zurückzuckte. Wahrscheinlich kam das Wasser geradewegs von dem Gletscher, der sich wie ein langer, weißer Bart vom Haupt des Berges, der das Tal überragte, gen Süden streckte. Irgendwo hinter diesem Berg lag der Gelbe Turm, der Sitz der Götter.

Barnaba schöpfte mit der flachen Hand Wasser aus dem Teich. Er trank nur wenig. Er wusste, dass das kalte Wasser seinem Körper schaden würde, so erhitzt, wie er nach dem langen Anstieg war.

Ein Stück abseits des Teiches entdeckte er Ziegenkötel. Er hob einige auf und zerrieb sie prüfend zwischen den Fingern. Die meisten waren gut durchgetrocknet, aber nach einigem Suchen fand er auch frischen Kot. Das war gut! Damit war für sein Feuer gesorgt. Büsche gab es hier zu wenige, um mit ihrem dürren Astwerk über den Winter zu kommen. Aber die Ziegenkötel würden eine gute Glut geben.

Barnaba sah sich weiter um. Über das Tal hatte er nur Gerüchte gehört, nichts Konkretes. Natürlich sollte es hier auch spuken. Der Priester lächelte und dachte an seinen Lehrmeister Abir Ataš, den Hohepriester, den Aarons Schergen im Kerker ermordet hatten. Sein Meister hatte ihm gerne erzählt, dass es eine seiner Aufgaben gewesen war, sein Leben lang den Geschichten über Geister und Daimonen nachzuspüren. Zwei Mal war Abir Ataš einer Elfe begegnet. Andere Geister hatte er niemals gefunden. Die Spukgeschichten würden dafür sorgen, dass er hier seine Ruhe hatte, dachte Barnaba. Wichtig war, dass er einen geschützten Platz fand. Eine Höhle, eine tiefe Felsspalte, einen Ort, der ein wenig Wärme hielt und an dem er den Winterstürmen trotzen konnte. Wenn er den fand, dann war dies hier sein Tal.

Er ließ den Blick über die Felswände wandern, streifte umher, beobachtete, wie der wechselnde Stand der Sonne Schatten durch das Tal wandern ließ. Manchmal hatte er das Gefühl, beobachtet zu werden. Einige Male drehte er sich abrupt um. Doch da war nichts. Barnaba schob dieses irrige Gefühl darauf, dass er sich an die Einsamkeit erst noch gewöhnen musste. Er war dafür nicht geschaffen. Bis die Priestermorde ihn zur Flucht gezwungen hatten, war er ein geselliger Mensch gewesen. Er hatte damals keine Wahl gehabt. Und Abir Ataš hatte richtig entschieden! Sie hatten nicht zulassen können, dass ein Daimonenkind so ehrenvoll wie ein Held der Menschenvölker bestattet wurde. Es hatte ein Zeichen gegen die Willkür Aarons gesetzt werden müssen. Es war kein Fehler gewesen, dass sie den Flugrahmen vor der Totenfeier beschwert hatten, sodass er mit der Daimonenleiche in den Abgrund stürzte, statt in den Aufwinden über dem Weltenmund zu segeln. Wie hätte er damals ahnen können, dass Aaron dafür Rache an Hunderten Priestern nehmen würde!

Barnaba sah sich zweifelnd in dem engen Tal um. Würde er die Einsamkeit ertragen? Wahrscheinlich wünschte er sich tief im Herzen, nicht allein zu sein. Das war der Acker, auf dem der Irrglaube gedieh, beobachtet zu werden. Vielleicht gab es auch irgendwo in den Klippen einen Ziegenbock, der ärgerlich auf den Eindringling in sein Revier hinabblickte. Der Priester lächelte. Er würde lernen, mit diesem Gefühl umzugehen.

Endlich fand er am Fuß einer Klippe einen breiten Spalt, den ein Felsklotz gegen den Nordwind abschirmte. Barnaba zwängte sich hindurch und stieß einen unvermittelten Freudenschrei aus, als sich der Spalt in eine Höhle weitete. Sie war nicht allzu groß. An den meisten Stellen müsste er geduckt gehen. Wie tief sie war, konnte er im Zwielicht nicht abschätzen. Sie verlor sich im Dunkeln.

»Hier kommen wir über den Winter!« Er schmunzelte, als er sich bewusst wurde, dass er schon wieder Wir gesagt hatte. Das war eine Marotte, die er sich auf seinen langen, einsamen Wanderungen angewöhnt hatte. Er sprach mit sich selbst und dabei verwendete er stets ein Wir. Auch dies half ihm, sich weniger einsam zu fühlen. Ihm war bewusst, dass er langsam absonderlich wurde. Aber Heiligen Männern stand es gut, etwas absonderlich zu sein.

Wenn er anerkannt absonderlich wäre, hätte er es auch leichter mit den halb wilden Nomaden in den Bergen. Er brauchte sie, um hier leben zu können. Die paar Wurzeln hier im Tal würden ihn nicht lange nähren, und er hatte keine Ahnung, ob die Bäume am Teich essbare Früchte tragen würden. Er würde alle zwei oder drei Wochen in die tiefer gelegenen Täler wandern müssen, um Gebete gegen Hirse, Bohnen, Reis und harten Käse einzutauschen. Ein Priester, der zur Geflügelten Sonne betete, zählte hier nichts, das hatte er schon gelernt. Aber ein absonderlicher, wilder Mann, der mit den Göttern sprach … Barnaba lächelte versonnen. »Wir schaffen das!«

Zu seiner Überraschung fand er eine Feuerstelle in der Höhle.

Aber selbst im spärlichen Licht war zu erkennen, dass sie seit vielen Jahren nicht benutzt worden war. Beruhigt machte er sich auf die Suche nach ein paar trockenen Grasbüscheln und Ziegendung.

Bis zur Dämmerung hatte er sich in der Höhle eingerichtet. Neben dem Feuer lag ein beachtlicher Haufen trockenen Reisigs. Zwei Stunden hatte er gebraucht, um ihn zusammenzutragen. Und er hatte das halbe Tal dafür geplündert. Aber er war neugierig. Er wollte sehen, wo er hier war. Eine Fackel konnte er ohne Lumpen und Lampenöl oder einen harzbedeckten Ast nicht herstellen. Er konnte nur sein Feuer hell auflodern lassen. Ein paar Augenblicke lang.

Barnaba hatte etwas warmen Hirsebrei gegessen und sich eine Handvoll des streng rationierten Ziegenkäses gegönnt. Seit fast einem halben Jahr hatte er kein Fleisch mehr gegessen, weil er gehört hatte, dass sich dann der Geist öffnete. Er wollte den Göttern nahe sein. Wollte verstehen, was die Welt im Innersten zusammenhielt. Warum ein Mann wie Aaron herrschen durfte.

Heulender Wind fing sich im Höhleneingang. Barnaba streckte seine Glieder. Er fühlte sich wohl. »Nun werden wir unserer Neugier huldigen.«

Er nahm das Reisig, warf es in die Glut aus Ziegendung und richtete sich auf.

Zwei Herzschläge nur, und die Flammen schlugen fast hüfthoch. Die Höhle war lang und schmal. Ein wenig gekrümmt. Wie ein Horn verjüngte sie sich nach hinten. Ganz am Ende klaffte ein dunkler Spalt. Die Decke war mit Zeichnungen von Wildziegen und seltsam zotteligen Kühen bedeckt, wie Barnaba sie noch nie gesehen hatte. Dazwischen tauchten als einfache Strichzeichnungen Menschen auf. Wie alt diese Bilder wohl waren? Der Künstler hatte nur drei Farben besessen, wie es schien – Weiß, Schwarz und ein Rotbraun. Für diese beschränkten Mittel waren die Bilder erstaunlich lebendig und ausdrucksstark geraten.

Barnaba warf den letzten Rest Reisig ins Feuer. Einem der Menschen sprossen gegabelte Hörner aus dem Kopf. Er trug einen Speer, wie es schien, und sein ausgestreckter Arm wies auf das Ende der Höhle, auf den dunklen Spalt.

Schon sanken die Flammen erneut in sich zusammen. Barnaba entdeckte einen kaum fingerdicken Ast, um den kleine Flammenzungen spielten. Er zog ihn aus dem Feuer und eilte zum Ende der Höhle. Schon drohte das unstete Licht zu vergehen.

Der Priester warf sich auf die Knie, zwängte sich in den Spalt und hielt den Ast vorgestreckt. Der Spalt setzte sich in die Tiefe des Berges fort. Barnaba hob die Fackel ein wenig höher und fuhr erschrocken zurück. Von oberhalb des Einstiegs starrten ihn zwei riesige Augen an!

Die winzigen Flammen zogen sich in die rote Glut zurück. Mit klopfendem Herzen starrte Barnaba auf den Felsspalt. Dann nahm er all seinen Mut zusammen und kroch noch einmal zurück. »Hallo?«

Seine Stimme brach sich in der Felsspalte. Er erhielt keine Antwort.

Auch sein kümmerliches Lagerfeuer war zu dunkler Glut geworden und spendete kaum noch Licht.

»Ist da jemand?«, rief er.

Wieder antwortete nur ein Echo.

Bevor die Glut des Astes vollends verlosch, streckte Barnaba noch einmal seinen Arm in die Spalte und blickte zu den Augen hinauf. Sie waren nur gemalt. Er stieß einen langen Seufzer aus. Die Iris der Augen war von hellem, eindringlichem Grün. Wer immer das gezeichnet hatte, schien sich große Mühe gegeben zu haben, diese Farbe genau zu treffen. Barnaba hatte dieses Grün bei keiner der anderen Zeichnungen bemerkt.

»Was sind wir doch für ein Hasenfuß«, murmelte er halblaut. Was die Augen wohl bedeuteten? Er blickte zur Decke, wo er die

Strichfiguren, die mit verkohlten Ästen gezeichnet worden waren, mehr erahnen als sehen konnte. »Wer wart ihr? Und wohin seid ihr gegangen? Hat euch etwas vertrieben?«

Barnaba dachte an das Gefühl, beobachtet worden zu sein. Dann lachte er laut auf. Selbst wenn es hier einmal irgendein Geschöpf gegeben hatte, das die ersten Bewohner dieser Höhle geängstigt hatte, musste es doch schon seit Jahrhunderten tot sein. Die Zeichnungen waren uralt!

»Das Einzige, was hier erschreckend ist, ist unsere blühende Fantasie«, sagte Barnaba mit sehr lauter Stimme. Fast hätten ihn seine Worte überzeugt.

Pferdehandel

Als Shaya die Augen aufschlug, blickte sie in das Antlitz ihres Vaters. Er wirkte besorgt! Zum ersten Mal seit so vielen Jahren. Tat sie ihm leid? Oder war sie schon einfältig geworden? Ihr Verstand aufgespießt … Sie blinzelte. Ihre Augen schmerzten nicht. Bedeutete dies, dass nichts geschehen war? Oder dass der Heiler besonders gut sein Handwerk verstand?

»Ist es geglückt, Miau?«

»Ich übe meine Kunst seit vielen Jahren aus, allweiser Madyas. Deshalb wurde ich auserwählt, um hier behilflich zu sein.«

»Belehre mich nicht!«, zischte der Unsterbliche. »Ist es geglückt, oder muss ich fürchten, dass sie Shaya vierteilen?«

Der Heiler senkte demütig das Haupt. »Es lag nicht in meiner Absicht, mich dem Unsterblichen Madyas gegenüber schulmeisterlich zu verhalten. Ich bitte demütig um Verzeihung, sollte meine Wortwahl den Eindruck erweckt haben, dass …«

»Scheiß auf Verzeihung!«, polterte ihr Vater los. »Ich will wissen, ob es der Mistkerl merkt, wenn er seinen Schwanz in sie steckt. Dann verlangt er nämlich die Gäule zurück. Und antworte gefälligst klar und ohne dein übliches hochnäsiges Getue, Miau! Glaube nicht, ich sei dumm und würde den Spott hinter deinen Worten nicht bemerken.«

Shaya schloss die Augen. Wie hatte sie so dumm sein können zu glauben, dass sich etwas geändert hatte. Es ging um Pferde und nicht um sie.

Noch immer lag sie mit Ledergurten festgeschnallt auf dem Tisch. Die Beine gespreizt. Sie kämpfte gegen ihre Verbitterung an … Und gegen die Tränen. Und … Sie musste wissen, was der Heiler ihr angetan hatte. Sie war eine Kämpferin. Sie durfte sich nicht in ihr Selbstmitleid ergeben. Wie es schien, hatte Shen Yi ihr keine Nadel in ihr Hirn gestoßen. Sie sollte ihren Verstand nutzen!

»Kein Mann, der die Pforte zum geheimen Garten der Prinzessin bestürmt, wird bemerken, dass dieses Tor sich bereits einmal geöffnet hatte.«

Was? Was hatte der Heiler mit ihr angestellt?

»Es ist nicht irgendein Mann. Es ist ein Unsterblicher, der diese … Pforte bestürmen wird«, sagte ihr Vater ein wenig ruhiger.

Shaya traute ihren Ohren nicht. Sie schlug die Augen auf. Ihr Herz machte einen Sprung. Hatte Aaron es geschafft? Hatte er die Devanthar überzeugt, die verbotene Hochzeit letztlich doch zu billigen?

»Seht, wie die Augen der holden Shaya leuchten, Unsterblicher. Es ist der Glanz der wiedererlangten Jungfräulichkeit, der sich darin spiegelt.«

»Wiedererlangte Jungfräulichkeit«, schnaubte ihr Vater verächtlich. »Rosstäuscher sind wir. Das kann man nicht schönreden. Aber die Zeremonie verlangt nach einer Jungfrau, daran hat der Gesandte keinen Zweifel gelassen.«

»Und diese Jungfrau haben wir heute erschaffen, allmächtiger Madyas«, sagte Shen Yi höflich, aber bestimmt.

»An wen soll ich verheiratet werden?« Shaya konnte sich nicht länger gedulden. Wollte, dass ihre Träume in Worte gerannen. Wollte ihr Glück ausgesprochen hören.

Ihr Vater blickte zu ihr hinab, die Stirn gerunzelt, als überlege er, ob sie ein Anrecht darauf hätte, den Namen jetzt schon zu erfahren. »An den Unsterblichen Muwatta, den Herrscher Luwiens.«

Sie keuchte. Das konnte nicht sein! »Muwatta?«, fragte sie zögerlich. Wie war das möglich? Warum hatte er ausgerechnet sie erwählt? Sie waren einander noch nie von Angesicht zu Angesicht begegnet.

»Ja, Muwatta, der Erzkönig. Unsterblicher Herrscher Luwiens. Der Gebieter über eine Armee von Kriegern mit Eisenwaffen. Ein Nachbar, der seine Krieger immer wieder in unser Land einfallen lässt. Er hat ein weites Stück Steppe verwüstet, als er nach den Söldnern des Unsterblichen Aaron suchte.«

Es schmerzte Shaya, den Namen ihres Geliebten zu hören. Sie konnte immer noch nicht fassen, was ihr Vater gesagt hatte. Muwatta! Was wollte der Luwier von ihr?

»Aber … haben die Devanthar nicht verboten, dass die Kinder der Unsterblichen einander heiraten? Ist das nicht seit urdenklichen Zeiten so?«

Ihr Vater schüttelte bedächtig den Kopf. Sein Gesicht war wieder die unnahbare Maske, die ihr so vertraut geworden war, bar jeden Gefühls. »Nein. Der Weiße Wolf und die geflügelte Daimonin Išta haben der Vermählung zugestimmt. Du wirst nicht einfach irgendeines der Weiber Muwattas in seinem Harem. Du wirst die Heilige Hochzeit mit ihm begehen. Er wird als Gott zu dir kommen und mit der jungfräulichen Shaya ein Kind zeugen. Du wirst zum Symbol der Fruchtbarkeit Luwiens.« Ein zynisches Lächeln spielte um seine Lippen. »Eine Prinzessin der Ischkuzaia. Wer hätte das gedacht, dass Pferdediebe und Bauern zueinanderfinden?«

Shaya wurde schwindelig. Sie musste die Augen schließen. Das konnte nicht wahr sein! Das war ein böser Traum. Es konnte nicht Wirklichkeit sein, dass Muwatta geglückt war, was sie und Aaron für unmöglich gehalten hatten.

Aaron würde eine Provinz seines Königreiches für sie geben, da war sie sich sicher. Aber so, wie ihr Vater sich aufführte, war der Handel mit Muwatta schon beschlossene Sache. Und da wurde ihr klar, warum der Herrscher Luwiens unter allen Frauen ihres Volkes ausgerechnet sie zum Weib haben wollte. Er suchte Rache an Aaron, der ihn einst fast entmannt hatte.

»Wie viel hat Muwatta für mich geboten?«

»Fünfhundert Pferde aus den königlichen Gestüten. Und er erwartet keine Mitgift für dich.«

»Was wirst du mit den Pferden tun?« Sie schaffte es, jedes Zittern aus ihrer Stimme zu verbannen. Sie klang jetzt genauso kühl und geschäftsmäßig wie ihr Vater.

»Einige werde ich behalten. Andere verschenke ich an verdiente Berater und Krieger, die sich im Kampf ausgezeichnet haben. Es wird sie bald im ganzen Königreich geben. Sie werden frisches Blut in unsere Herden bringen. Sie werden unser Volk stärker machen.«

»Spricht etwas dagegen, mich von meinen Fesseln zu lösen?« Sie wollte wenigstens sitzen, wenn sie ihrem Vater klarmachte, was für ein Narr er gewesen war.

Fast augenblicklich traten die beiden Eunuchen an den Tisch und lösten die Lederbänder. Sie spürte einen stechenden Schmerz tief zwischen ihren Schenkeln, als sie sich aufsetzte.

»Ihr solltet in den nächsten Tagen noch viel liegen, ehrenwerte Prinzessin«, erklärte ihr Shen Yi beflissen.

Ihr Vater hatte sich bereits abgewandt. Er war allein gekommen. Wenigstens diesmal hatte nicht der halbe Hofrat ihrer Demütigung beigewohnt. Und weil er fast allein war, konnte sie offen mit ihm reden.

»Hast du dich nie gefragt, warum die am wenigsten ansehnliche deiner Töchter zur Heiligen Hochzeit auserwählt wurde? Ich bin keine vierzehn mehr. Und dass ich nur über wenige weibliche Tugenden verfüge, wird Muwatta sicherlich schon zugetragen worden sein. Was glaubst du? Warum will er mich und keine meiner viel schöneren Schwestern? Mich, ein Weib, das mehr Narben auf seiner Haut trägt als die meisten deiner Krieger?«

Madyas drehte sich langsam um. Er trug abgewetzte Reithosen aus Hirschleder und ein speckiges Wams. Stoppeln prangten auf seinen Wangen. Er sah nicht wie ein Fürst aus. Er hätte irgendein Krieger sein können, wären da nicht diese Augen. Hart, unnachgiebig, fordernd. Dunkle Abgründe. »Darüber habe ich lange mit dem Rat gesprochen. Wir sind zu dem Schluss gekommen, dass er dich haben will, um mit dir einen Sohn zu zeugen, der ihn stolz machen wird. Manche glauben, dass in dir die Seele eines Kriegsfürsten unserer Ahnen wiedergeboren wurde, Shaya. Nur dass sie, durch eine Laune der Götter, nun im Körper eines Weibes steckt. Wenn du ein Sohn wärest, würdest du an meiner Seite über unser Volk herrschen.«

Für einen Augenblick ging ihr das Herz auf, meinte sie, ein Stück seiner alten Zuneigung zurückgewonnen zu haben. Dann aber siegte ihr Verstand. Sie glaubte ihm kein Wort. Keiner seiner Söhne hatte je dauerhaft seine Gunst besessen. Gnadenlos hatte er sie immer wieder gegeneinander ausgespielt. Nein, die Liebe für keines seiner vielen Kinder war von Dauer.

»Hast du den Handel mit Muwattas Gesandtem schon abgeschlossen?«

»Er wird dich bekommen, Shaya. Es ist sinnlos, noch weiter aufzubegehren.«

»Du wirst für mich auch tausend Pferde bekommen, wenn du darauf bestehst.«

Ihr Vater lachte auf. »Glaubst du nicht, dass du dich ein wenig überschätzt?«

»Entspräche das meiner Art? Sind nicht fünfhundert Pferde schon unangemessen viel für eine Prinzessin wie mich? Fordere tausend Pferde. Du wirst sie bekommen!«

»Warum solltest du so viel wert sein?«

»Weil es nicht um mich geht. Es geht um einen anderen mächtigen Mann, der gedemütigt werden soll, indem Muwatta mich vor den Augen Tausender auf der Spitze eines Tempels zu seinem Weib macht. Das wird Muwatta fast jeden Preis wert sein. Frage den Unsterblichen Aaron, wie viel ich ihm wert bin! Er würde dir fünftausend Pferde für mich geben! Ich füge mich in diesen Handel für mein Volk. Diene auch du unserem Volk und nimm so viel für mich, wie du bekommen kannst. Muwatta soll bluten, bevor mein Jungfernblut über den Altar fließt. Er wird jeden Preis zahlen, wenn du andeutest, es gebe noch einen anderen Bewerber.«

»Lieber halte ich die Grasmücke in der Hand, als von der Taube auf dem Dach meiner Jurte zu träumen. Ich kann es mir nicht leisten, Muwatta herauszufordern. Sein Heer können wir nicht besiegen.«

»Das wird Aaron für dich auf der Ebene von Kush tun.«

Madyas lachte laut auf. »Mit seinen Bauern? Du erstaunst mich. Ich hätte erwartet, dass du mehr vom Krieg verstehst.« Er schüttelte ärgerlich den Kopf. »Luwien herauszufordern wäre dumm. Ich werde keinen Boten zu Aaron schicken. Das ist mein letztes Wort.« Er starrte verkniffen vor sich hin.

Shaya wusste, dass es nichts nutzte, ihm jetzt noch zu widersprechen. Sie musste ihn mit seinen Zweifeln allein lassen. Nur dann durfte sie hoffen, dass er sich noch anders entschied. Bedrängte sie ihn hingegen, würde er sich allein schon aus Trotz gegen ihren Vorschlag entscheiden.

Nach langem Schweigen blickte ihr Vater zu ihr auf. »Glaubst du, Muwatta weiß, dass du keine Jungfrau mehr bist?« Ihr Vater sah aus, als wäre ihm nicht wohl bei der Sache. Seine Augen wirkten verkniffen. Seine Schultern waren herabgesackt, und plötzlich sah er wie der unendlich alte Mann aus, der er war.

»Um meine Jungfräulichkeit ist es nie gegangen«, entgegnete sie bitter. Diesmal schaffte sie es nicht, das Zittern in ihrer Stimme zu unterdrücken.

Ein paar namenlose Weizenkörner

»Da kann gar nichts passieren«, sagte Aleksan. Der Werber belächelte ihn. »Vertrau mir. Pferde scheuen vor Hindernissen. Ihr müsst einfach nur stehen bleiben, dann geht alles gut. Der Unsterbliche will, dass ihr seht, wie sicher so eine geschlossene Formation ist. In jeder Schenke, in der es Streit gibt, seid ihr in größerer Gefahr als hier. Haltet nur schön eure Schilde fest.«

Narek nickte. Aleksan musste es wissen. Er war schon drei Jahre ein Krieger und hatte sogar schon einmal in einer richtigen Schlacht gekämpft.

»Ich hoffe, du glaubst ihm kein Wort«, zischte ihm Ashot zu, der neben ihm stand. »Wenn das alles überhaupt nicht gefährlich ist, warum wurde dann ausgelost, wer in diesem Schildwall steht?«

Das Misstrauen seines Gefährten begann Narek zuzusetzen. Ashot witterte überall Intrigen und Verrat. »Sie haben gelost, damit es nicht nach einer abgesprochenen Sache aussieht. Sie wollen uns doch zeigen, dass jeder so einem Streitwagenangriff standhalten kann. Wenn du oben am Ufer stehen würdest und hier einfach eine Truppe Krieger aufmarschiert wäre, hättest du ihnen auch nicht geglaubt. Gib's zu. Dann hättest du gesagt, die wollen uns für dumm verkaufen und hätten lauter Veteranen in den Schildwall gestellt.«

»Denk, was du willst. Ich würde jetzt auf jeden Fall lieber oben am Ufer stehen«, sagte Ashot, und dabei klang er für seine Verhältnisse geradezu kleinlaut.

Narek blickte zu den Ufern hinauf. Er hatte noch nie so viele Menschen gesehen. Sie drängten sich auf beiden Seiten des trockenen Flusses. Tausende. Dass es überhaupt so viele Männer gab, hätte er nicht gedacht. Sie kamen aus allen Provinzen des Reiches. Nur zweihundert von ihnen standen an diesem Morgen hier unten im Flussbett. Sie standen in vier Reihen, dicht hintereinander. In der vordersten Reihe waren ausschließlich Veteranen wie Aleksan. Narek war stolz, dazuzugehören, unter den Auserwählten zu sein, die ihren Mut beweisen konnten. Das wäre noch eine Geschichte für Daron! Er lächelte und hielt die lange Stange, die Aleksan ihm gegeben hatte, mit beiden Händen. Die Krieger der vordersten Reihe trugen mannshohe Schilde. Nareks Stange stellte einen langen Speer da. In einer richtigen Schlacht würden in der zweiten und dritten Reihe Speerträger stehen, die jeden niederstachen, der versuchte, die Schildträger anzugreifen. Und in der vierten Reihe gäbe es Bogenschützen, die ihre Pfeile steil in den Himmel schickten, um den Feind zu vernichten, noch bevor er überhaupt in den Nahkampf kam. Das war schlau ausgedacht, fand Narek. Wahrscheinlich würde er nie einem Luwier Auge in Auge gegenüberstehen. Er hatte ja die Schildträger vor sich, die mit spitzen Bronzeschwertern ausgerüstet waren, sollte es doch der eine oder andere Feind bis zu ihnen schaffen. Krieg war ein leichteres Geschäft, als er erwartet hatte.

Etwa zweihundert Schritt entfernt von ihnen standen sieben Streitwagen. Schöne Pferde waren vor die Wagen geschirrt. Die Wagenlenker hatten die Köpfe der Tiere mit Federn geschmückt. Polierte Bronzeamulette hingen vom Geschirr der Pferde. Bei zwei Wagen hatte man lange Klingen auf die Radnaben gesetzt. Es hieß, sie könnten ohne Mühe ein Bein durchtrennen, wenn der Wagen in voller Fahrt war. Gut, dass er hinter dem Schildwall stand, dachte Narek. Hier war er sicher.

Die Krieger stiegen auf die Streitwagen. Zwei von ihnen waren in merkwürdige Rüstungen gekleidet, die sie wie große Fässer aussehen ließen. Der Anführer des Streitwagengeschwaders war ein Krieger, dessen Haupthaar und Bart wie Gold in der Sonne strahlten. Er überragte alle ringsherum. Ein wahrer Hüne. Gut, dass es solche Krieger in ihren Reihen gab, dachte Narek. Der Kerl würde den Luwiern sicher gehörig Angst einjagen. Er sah zum Fürchten aus.

Der Goldkopf stieß einen Schrei aus, und alle sieben Streitwagen fuhren an.

»Setzt die Schilde auf!«, rief Aleksan, und die Krieger in der vordersten Reihe stießen ihre hohen Schilde auf den Boden, gingen in eine halb geduckte Haltung und lehnten sich mit der linken Schulter gegen die Schilde. »Speere ausrichten!«

Narek streckte gewissenhaft seinen langen Stock vor. Er spürte den Boden unter dem Hufschlag der Pferde erbeben. Ein Gefühl, das ihm geradewegs in den Magen stieg. Seine Hände waren schweißnass. Jetzt wäre er doch lieber oben auf dem Ufer. Er presste die Lippen zusammen.

Ashot murmelte leise Flüche. Auch er hielt seinen Holzstab vorgestreckt. Seine Hände zitterten nicht, stellte Narek erstaunt fest. Irgendwie schaffte sein Freund es, seine Angst besser im Zaum zu halten, als er es vermochte.

Die Streitwagen waren weniger als fünfzig Schritt entfernt. Staub und Steine spritzten unter den Pferdehufen auf. Ganz deutlich konnte Narek die Bronzeklingen an den Rädern sehen.

»Wann drehen diese verdammte Gäule endlich ab?«, fluchte Ashot.

»Ruhe im Glied«, rief Aleksan. »Haltet stand!«

Nur noch dreißig Schritt. Nareks Hände zitterten so sehr, dass die Spitze seines Holzstabs klappernd auf Aleksans Schildrand schlug.

Einer der Streitwagen hatte sich aus dem Pulk gelöst und preschte den anderen um zwei Längen voraus. Er wurde von zwei großen, weißen Pferden gezogen. Ihre Mähnen flatterten im Wind.

Ein junger Krieger, um dessen Schultern ein Leopardenfell geschlungen war, trieb den Wagenlenker an, noch schneller zu fahren. Er hielt sich seitlich an einem Holzbügel fest, den Körper nach hinten gelehnt. Sein Fahrer stand tief gebeugt und ließ eine lange Peitsche über den Köpfen der Schimmel knallen. Die Augen der Pferde waren weit aufgerissen. Auch sie hatten Angst.

Der Wagenlenker zerrte an den Zügeln. Langsam schwenkte der Wagen nach links. Er war auf weniger als zehn Schritt heran. Narek klapperten die Zähne. Das war doch Wahnsinn!

Ein scharfer Knall ertönte. Der Streitwagen wurde herumgerissen, als habe ihn die Faust eines unsichtbaren Riesen getroffen. Ein Rad flog ihnen entgegen und schlug keine zwei Schritt links von Narek in die Reihe der Schildträger. Es hatte einen Krieger mit silbernen Strähnen im Bart getroffen. Der Mann taumelte zurück gegen die Speerträger. Sein Schild war zerschmettert. Blut rann von seiner Stirn und färbte die silbernen Strähnen. Narek sah all dies so deutlich, als habe sich die Zeit entschieden, langsamer zu verstreichen. Der ausbrechende Wagen riss die Pferde herum. Die Deichsel traf einen der beiden Schimmel in den Bauch und zerbrach. Der Wagenlenker, der die Zügel nicht losgelassen hatte, wurde zwischen die Pferde gerissen. Er verschwand unter den weißen Leibern, die dem Schildwall entgegenschlitterten.

Panik brach unter den Kriegern aus. Sie ließen Schilde und Holzstangen fallen und drängten nach hinten. Die übrigen Streitwagen versuchten auszuweichen. Doch dort, wo sie am Schildwall hätten vorbeieilen sollen, versuchten nun Männer in blinder Panik das Ufer des trocken gefallenen Flusses hinaufzuklettern.

Narek sah einen jungen Mann, der knapp oberhalb der Knie von den Sichelklingen eines Streitwagens getroffen wurde. Beide Beine wurden abgetrennt. Sie blieben noch einige Herzschläge lang stehen und kippten dann langsam, wie gefällte Bäume, zur Seite.

»Du bist voller Blut.«

Ashots Stimme brach den Bann. Schreie brandeten auf Narek ein. Ringsherum geschah jetzt alles erschreckend schnell. Die meisten Männer aus dem Schildwall waren inzwischen die Uferböschung hinaufgelangt.

Keine zwei Schritt vor ihnen hatte der große Krieger mit den goldenen Haaren seinen Streitwagen zum Stehen gebracht. Er brüllte aufgeregt Befehle.

Narek wischte sich über das Gesicht und betrachtete das Blut auf seinen Fingern. »Ich bin nicht verletzt«, sagte er verwundert. Er blickte zu Ashot, der immer noch seine lange Holzstange hielt. Als Einziger.

»Schön«, murmelte sein Freund. Ashot war leichenblass. Eine steile Zornesfalte furchte seine Stirn.

»Das ist nur eine Übung, haben sie uns gesagt.« Narek sah sich um. Der Krieger, der seine Beine verloren hatte, war tot. Der Bauer hatte noch nie gesehen, wie jemand gewaltsam zu Tode kam. Auf diesen Anblick hätte er gut verzichten können. Hätte seine Angst ihn nicht buchstäblich erstarren lassen, dann hätte er es auch sein können, der dort lag. »Das ist nicht richtig, was hier passiert! Was üben wir hier? Wie es sein wird, gegen die Luwier zu verlieren?«

Ashot ließ seine Stange fallen. »Wir üben hier, auf Befehl zu verrecken.« Er deutete zu den Uferböschungen hinauf. Zu den Tausenden, die dort standen. »Von uns Bauern gibt es genug. Wir zählen nichts. Weißt du noch, wie wir früher beim Würfeln ein paar Weizenkörner gesetzt haben, um die Sache spannender zu machen? Genau das sind wir für den Unsterblichen. Ein paar namenlose Weizenkörner.«

Narek sah ihn lange an, dann senkte er den Blick. Diese Geschichte würde er seinem Sohn besser nicht erzählen.

Artax blickte die drei Männer an, denen er am meisten vertraute. Sie waren allein in seinem großen Zelt. Selbst die Wachen waren abgezogen. Niemand würde hören, was an diesem Abend gesprochen wurde.

Volodi, der große, blonde Söldner aus Drus, wirkte nervös. Er wich seinem Blick aus, nestelte mit den Fingern am Rand seiner Tunika und schien vor Ungeduld förmlich platzen zu wollen. Er hatte die Streitwagen bei der Übung im Flussbett befehligt. Er hätte den Untergrund besser prüfen sollen.

Mataan, der Stadtfürst von Taruad, blickte ihm mit fast aufreizender Gelassenheit entgegen. Der stämmige Adlige hatte ihn und Juba begleitet, als er nach den Piraten gesucht hatte, die seine Zinnflotten angegriffen hatten. Trotz seiner ausgeprägten Adlernase war Mataan ein gut aussehender Mann, muskulös, mit vollem Haar und dichtem Bart. Wind und Salz hatten sein Gesicht gegerbt. Seine dunklen Augen waren unergründlich. Statt der einfachen Tunika, die er bei ihrer ersten Begegnung getragen hatte, hatte er nun einen prächtigen Bronzekürass angelegt. Um seine Schultern war ein mit Perlen bestickter, purpurner Umhang geschlungen. Seinen Helm mit dem hohen Rosshaarbusch hatte er unter den Arm geklemmt. Artax empfand Mataans Gelassenheit als provozierend. Es fiel ihm schwer, sein Temperament im Zaum zu halten. Ihm war danach, jemanden anzuschreien. Den ganzen Tag beherrschte er sich schon, um das Unglück, das geschehen war, nicht noch zu vergrößern. Ein Unsterblicher, der würdelos herumschrie, das war undenkbar!

Keineswegs, du kannst deiner schlechten Laune ruhig Luft machen. Ich finde, du solltest den blonden Trottel hinrichten lassen. Er hat den Übungsangriff versaut. Für mich ist er der Schuldige. Ich wette, er hätte sogar Verständnis für deine Entscheidung.

Artax ignorierte Aaron, und sein Blick wanderte zum dritten

seiner Berater, demjenigen, der in letzter Zeit für keine einzige seiner Entscheidungen Verständnis zu haben schien. Datames. Der schlanke, bartlose Hofmeister hatte ein aufdringliches Duftwasser aufgelegt und trug als Einziger im Zelt keine Rüstung, sondern lediglich ein langes, weißes Wickelkleid mit purpurnen Fransen. Er wirkte weibisch und deplatziert in ihrer Kriegerrunde. Datames betrachtete ihn mit kühler Verachtung, so wie man auf einen Spritzer Kot an einem neuen Paar Stiefel herabblickte, dachte Artax. Datames organisierte das Feldlager sowie den Anmarsch der Truppen und ihre Versorgung.

»Warum hat mir keiner gesagt, was für ein Unsinn da im Gange war?«, fragte der Hofmeister kühl.

»Hat sich keiner gedacht, dass du musst wissen!«, entgegnete Volodi trotzig.

»Es war ein Unfall …«, sagte Mataan und klang nicht überzeugend.

»Ein vermeidbarer Unfall! Ist denn keinem von euch in den Sinn gekommen, vorher die Strecke abzuschreiten? Seid ihr euch darüber im Klaren, was ihr angerichtet habt? Die Moral unserer Truppen ist ohnehin schon jämmerlich. Verräter im Sold von Muwatta hätten keinen größeren Schaden in unserem Heer anrichten können!«

Volodis Hand sank auf das Schwert an seiner Hüfte. »Mich du nicht nennst Verräter!«

Datames bedachte den Drusnier mit einem kühlen Lächeln. »Nichts läge mir ferner. Dir mangelt es für einen Verräter an intellektuellem Horizont.«

»Das reicht!«, fuhr Artax den Hofmeister an. »Statt uns untereinander zu zerfleischen, werden wir nach einem Weg suchen, den Schaden zu beheben.«

»Das wird die drei Toten von heute Morgen sehr erfreuen«, bemerkte Datames.

»Was kann man tun, deinen Zorn zu kühlen, Hofmeister,

damit wir zu einem vernünftigen Gespräch finden?«, fragte Mataan höflich.

Diese Worte brachten Datames endlich zur Besinnung. Er senkte den Blick.

Wie hatte dieser Mann nur Aarons Willkürherrschaft überlebt?, dachte Artax.

Na ja, er organisiert wunderbare Feste. Das ist ein zu seltenes Talent, um es einer vorübergehenden Verstimmung zu opfern. Aber du hast recht. Es gab Tage, da war ich nahe daran, ihn in die Löwengrube werfen zu lassen.

»Wie genau wissen wir eigentlich, gegen wen wir kämpfen?«, fragte Mataan.

»Ist sich Muwatta, Unsterblicher von Luwien, du Hirn von Ochse!«

»Ich glaube, er meinte, wie sich die Truppen Luwiens zusammensetzen. Und ein Lobpreis auf die Ochsen, die etwas besitzen, das dir augenscheinlich fehlt.«

»Ist sich mein Schwanz, wo er hingehört, du ... du Sohn von ...«

»Genug!«, unterbrach Artax den Streit. »Wir wissen fast gar nichts über Muwattas Heer. Er hat mehr kampferfahrene Truppen, mehr Streitwagen, und seine besten Kämpfer sind mit eisernen Schwertern ausgerüstet. Aber wir haben keine Zahlen.«

»Wenn du es gestattest, würde ich mich gerne darum kümmern, Spitzel in sein Heerlager einzuschleusen. Einen Feind, den wir besiegen wollen, sollten wir zuallererst gut kennen. Nur so können wir die richtige Strategie wählen.«

»Werden wir nicht siegen mit Bauern, die haben geschlagen Schlachten nur gegen Feldmäuse. Die nur kämpfen gut, wenn stehen auf eigenem Boden.«

»Wir sollten sie nicht alle über einen Kamm scheren«, widersprach Artax. »Mir ist ein Mann aufgefallen, der seinen Speer noch immer auf die Streitwagenkämpfer gerichtet hielt, als alle anderen längst ihre Waffen fallen gelassen hatten. Das war ein Bauer.«

»Aus einem Mann einen Krieger zu machen dauert viele Monde«, sagte Mataan. »Tapferkeit allein genügt nicht, um einen Bauern gegen einen erfahrenen Kämpfer bestehen zu lassen. Und ich bin sicher, Muwatta wird seine besten Männer in die erste Reihe stellen, um schnell unsere Linie zu durchbrechen. Sobald das geschieht, ist die Schlacht verloren.«

Artax ließ sich auf dem Klappsessel neben dem großen Kartentisch nieder. Ihm war, als gebe der Boden unter ihm nach.

»Ich nehme an, Muwatta kampflos diese Provinz zu überlassen, ist keine Option?«, fragte Datames.

»Nein«, entgegnete Artax gereizt und griff nach dem Krug mit Wein, der auf dem Tisch stand. Er wartete auf eine höhnische Bemerkung von Aaron, doch sein Quälgeist schwieg überraschenderweise.

»Und du bist dir sicher, dass deine Beweggründe es wert sind, ihnen Tausende deiner Untertanen zu opfern?«, warf Datames ein.

Artax füllte sich einen Becher und nahm einen tiefen Schluck Wein. Nachdenklich drehte er den Becher in den Händen. Er hatte die Form eines Hornes, das in einen massigen Fuß mit einem geflügelten Löwen endete, sodass man das Horn auf einem Tisch abstellen konnte. Der Becher war aus massivem Gold gearbeitet und mehr wert als das Korn, das er in seinem ganzen Leben als Bauer hätte erwirtschaften können. Artax nahm einen weiteren großen Schluck und lauschte auf die Geräusche des Feldlagers. Das Klirren von Metall, ferne Rufe, leises Gelächter. Er blickte zu seinen Beratern auf. Nein, er war sich nicht sicher. Er hatte neben dem toten Krieger gekniet, dem die Streitwagensicheln die Beine durchtrennt hatten. Hatte sich gezwungen, in dessen Antlitz zu blicken und es sich für immer einzuprägen. Er wollte keinen einzigen weiteren Tod verschulden.

»Die Männer werden das, was heute Morgen geschah, als böses Omen betrachten«, brach Mataan das lange Schweigen.

»Dann werden wir für gute Omen sorgen!«, entgegnete Artax gereizt. »Ihr seid meine Berater. Beratet mich, statt zu jammern. Wir brauchen mehr richtige Krieger.« Artax dachte an Juba. Sein Feldherr hätte sicher gewusst, was zu tun war. »Volodi. Du wirst nach Nangog reisen und alle Krieger von dort abziehen. Insbesondere die Zinnernen, die bei deinem Freund Kolja geblieben sind.«

»Sind sich nicht sehr viele Männer ...«

»Wir brauchen hier jeden, der schon eine Schlacht geschlagen hat.«

»Mit Verlaub, Erhabener, aber das ist nur ein Tropfen auf einen heißen Stein. Was wir wirklich tun müssen, ist die Männer, die hier sind, zu formen. Was sich hier im Lager versammelt hat, ist wie ein Haufen loses Geröll. Was du aber brauchst, Erhabener, ist eine Mauer, an der Muwattas Angriffe zerschellen werden.«

Schöne Bilder und doch leere Worte.

»Hast du einen Plan, Datames?« Artax setzte seinen Weinbecher wieder ab.

»Wir müssen dein Heer von Grund auf neu strukturieren. Wir müssen die Steine erschaffen, die die Mauer bilden werden. Und den Mörtel, der sie miteinander verbindet. Ich schlage vor, wir bilden Gruppen aus jeweils zehn Mann. Und diese zehn sollten einander kennen. Aus demselben Dorf oder demselben Stadtviertel sollten sie kommen. Es ist etwas anderes, ob neben dir in der Schlachtreihe ein Mann steht, den du ein halbes Leben lang kennst oder einer aus einer Provinz, von der du nicht einmal den Namen aussprechen kannst. Und diese zehn sollten sich einen Anführer erwählen. Diese Anführer wiederum wählen unter sich einen Führer für hundert. Und die zehn Hundertschaftsführer einen Anführer, der tausend befehligt. Es müssen Männer sein, denen sie vertrauen, und keine Adligen, denen sie unterstellen, dass ihnen das Leben von Bauern und Handwerkern nichts bedeutet. Männer aus ihrer Mitte, die ihre Sorgen und Nöte kennen. Die wissen, wie man sie begeistern kann.«

»Du willst also die Satrapen entmachten«, warf Mataan ein.

Datames bedachte ihn mit einem spöttischen Lächeln. »Machst du dir Sorgen, Stadtfürst? Dann lass mich noch ein wenig Öl ins Feuer gießen. Ich sprach davon, dass wir einen Mörtel brauchen, der sie verbindet. Etwas, das sie alle zusammenhält. Sie brauchen ein gemeinsames Ziel. Etwas, das es wert ist, dafür sein Leben zu riskieren. Die Bauern hier kommen aus allen Provinzen des Reiches. Die meisten waren in ihrem ganzen Leben nie weiter als zwanzig Meilen von ihrem Geburtsort entfernt. Kush ist für sie nur ein Name. Und was sie hier sehen, ist nur ein Streifen unfruchtbares Ödland. Sie begreifen nicht, wofür sie hier kämpfen. Und wer für etwas kämpft, das ihm nicht am Herzen liegt, der wird nicht sehr standhaft sein. Für sie gibt es hier nichts zu gewinnen …«

»Außer der Möglichkeit, lebend nach Hause zu kommen«, warf Mataan ein.

Datames schüttelte den Kopf. »Dieses Argument fruchtet hier nicht. Bauern wissen nicht, wie Schlachten verlaufen. Ihnen ist nicht klar, dass, sobald sie flüchten, das Massaker beginnt, weil ihnen die Luwier nachsetzen werden, um sie niederzumachen. Für sie ist das Gefecht vorüber, wenn der Schildwall bricht. Sie brauchen etwas ganz Konkretes, das ihnen Halt gibt. Etwas, das für jeden Einzelnen Bedeutung in seinem Leben hat. Und ich rede hier nicht von abstrakten Werten wie Ruhm oder Ehre. Ich muss gestehen, dass es Volodi war, der mich auf meine Idee brachte. Er hat gesagt: *Die nur kämpfen gut, wenn stehen auf eigenem Boden.* Das ist es.«

Artax konnte Datames nicht folgen.

»Willst du schenken ihnen ein Stück Wüste hier?«, fragte Volodi grinsend. »Sind sich nur dreckig, aber nicht dämlich, die Bauern. Wird nicht helfen, sie machen kämpfen.«

»Nein, ich hatte eher daran gedacht, ihnen Land zu überlassen, das sie wirklich nutzen können. In jedem Dorf, das ich kenne, gibt es ungenutzte Brachflächen. Meist Land, das den Reichen gehört. Jeder Bauer, der hier in Kush kämpft, soll als Belohnung in seinem Dorf so viel Land bekommen, wie er an einem Morgen mit einer Handhacke bearbeiten kann. So wird jeder, obwohl wir hier am Ende der Welt stehen, für sein eigenes Land kämpfen.«

Artax war begeistert. Er selbst hätte wie ein Löwe dafür gekämpft, so viel Land hinzugewinnen zu können. Wären seine Äcker größer gewesen, wäre er niemals nach Nangog gegangen.

Mataan schüttelte missbilligend den Kopf. »Das ist verrückt. Die Satrapen werden das nicht dulden. Es liegt nicht in ihrem Interesse, dass die Bauern reich und unabhängig werden. Wenn wir das tun, werden die Satrapen nicht kämpfen.«

»Wer wird die Schlacht für uns gewinnen, Mataan? Die Satrapen und ihre fünftausend erfahrenen Krieger oder fünfundvierzigtausend Bauern, denen wir die Herzen von Löwen gegeben haben?«

»Zahlen sind nicht alles, Hofmeister«, entgegnete Mataan ruhig. Er wirkte auf Artax nicht erzürnt, sondern eher wie ein Vater, der versucht, seinen Sohn von einer dummen Idee abzubringen. »Hundert gut bewaffnete Krieger, die es schaffen, einen Schildwall zu durchbrechen und eine Lücke in die Schlachtreihe zu schlagen, können einen Kampf wenden. Wenn dies geschieht, ist es völlig belanglos, wie viele löwenherzige Bauern rechts und links von ihnen noch stehen. Es sind die erfahrenen Krieger der Satrapen, die solch eine Entscheidung erzwingen können, nicht deine Bauern, Datames. Und es sind die Streitwagenkämpfer, die über die Flügel der Schlachtlinie vorstoßen, um den Kämpfern in den Rücken zu fallen. Auch dies sind Männer der Satrapen.«

»Beste Wagenfahrer sind sich meine Männer«, knurrte Volodi.

»Wie man heute Morgen sehen konnte«, entgegnete Mataan nüchtern. »Ich zweifele nicht am Mut deiner Krieger, Volodi.

Aber an ihrer Disziplin. In einer so großen Schlacht, wie sie uns bevorsteht, entscheidet Disziplin. Muwatta hat ohne Zweifel mehr Streitwagen als wir. Deshalb wird es entscheidend sein, dass wir unsere Kämpfer im rechten Augenblick einsetzen. Ungestüme Raufbolde, die lospreschen, wann es ihnen gefällt, können wir nicht gebrauchen.«

Volodi war sichtlich getroffen. Er reckte sein Kinn vor, polterte aber nicht los, wie er es sonst tat. »Wird sich nicht wieder geschehen«, sagte er mit rauer Stimme. »Haben wir gelernt von Tag heute.«

Artax hatte seine Zweifel. Die Söldner, die er unter den Piraten rekrutiert hatte, die seine Zinnflotten versenkt hatten, waren wilde Raufbolde. Sie waren wertvolle Krieger, todesmutig und hatten sich bisher stets als ergeben erwiesen. Aber Mataan hatte recht. Gerade, dass sie einem Kampf nicht aus dem Weg gingen, mochte in einer großen Schlacht, in der der richtige Einsatz von Reserven über Sieg oder Niederlage entscheiden konnte, eine maßgebliche Schwäche sein.

»Die Urväter unserer Satrapen haben sich ihren Fürstenstand durch Heldentaten auf dem Schlachtfeld verdient«, sagte Datames lächelnd. »Vielleicht sollte man ihre Enkel daran erinnern, dass ihre Herrschaft auf der Gnade des Unsterblichen beruht und allein ihr Wert auf dem Schlachtfeld die Rechtfertigung liefert, in Palästen zu leben.«

»Gegen wen ziehst du in die Schlacht, Hofmeister? Gegen die Luwier oder gegen die Satrapen von Aram?«

Er hat recht. Ich weiß nicht, was Datames reitet, aber du solltest ihm nicht folgen.

Artax ignorierte Aarons Stimme. Datames sprach ihm aus dem Herzen.

»Was für eine Gerechtigkeit ist das, wenn ein Bauer hier kämpft und vielleicht stirbt, und der einzige Lohn, den er erwarten kann, ist die Ehre, sich für seinen Unsterblichen geschlagen zu haben? Die Satrapen aber, die alles im Überfluss besitzen, ohne einen einzigen Tag auf einem Acker ihren Rücken gekrümmt zu haben, nehmen sich das Recht heraus, ihren Mitstreitern einen Lohn zu verweigern. Ja, sie drohen womöglich gar den Kampf, der der Sinn ihres Daseins sein sollte, zu verweigern, wenn andere auch nur einen Bruchteil des Lohnes bekommen, den sie für ihr Kriegerleben erhalten. Das ist absurd, und es gehört geändert.«

»Ist sich wahr, leben Satrapen wie Made in Speck«, stimmte Volodi zu.

»Mataan, es ist an der Zeit, der Wahrheit ins Auge zu blicken«, sagte Artax und suchte nach einem Bild, das den Fischerfürsten, der einst nur mit ihm und Juba eine ganze Piratenflotte verfolgt hatte, überzeugen würde. »Unsere Lage ist verzweifelt. Wir sitzen in einem sinkenden Boot. Wir können über Bord springen oder nach dem Schöpfeimer greifen und darauf hoffen, dass wir den Hafen noch erreichen werden.«

»Ich würde eher sagen, dass wir ein Feuer anzünden, um ein leckendes Boot wieder trocken zu bekommen«, entgegnete der Stadtfürst resignierend. »Aber wer bin ich, einem Unsterblichen zu widersprechen. Ich sehe, dass ich euch von euren Plänen nicht abbringen kann. Aber bitte erwartet nicht von mir, dass ich sie gutheißen werde.«

»Datames, ich beauftrage dich hiermit, eine Armee aufzubauen, die weiß, wofür sie kämpft.« Artax blickte zu Mataan. Der Fürst hatte die Arme über der Brust verschränkt. Seine Miene zeigte kein Gefühl. Konnte er ihm noch trauen? »Du, mein Freund, wirst die Satrapen im Auge behalten und mein Ohr unter ihnen sein. Ich möchte, dass du mir ganz offen berichtest, was sie denken.« Er wandte sich an Volodi. »Und du wirst nach Nangog reisen und mir jeden erfahrenen Krieger hierherholen, der entbehrlich ist. Meine verbliebene Leibwache ebenso wie die Himmelskrieger auf den Wolkensammlern. Wir werden Männer brauchen, die

Erfahrung im Kampf haben und keinem Satrapen verpflichtet sind, um die Reihen unserer Bauernkrieger zu stärken.«

»Darf ich um eine letzte Gunst bitten, mein allweiser Herrscher?« Ein merkwürdiges Lächeln spielte um die schmalen Lippen des Hofmeisters. »Darf ich den Auftrag geben, zwanzigtausend Paar Holzschuhe zu fertigen?«

Artax lachte unwillkürlich auf. Das war absurd! Woran Datames wohl wieder dachte? Er kümmerte sich um Öl für die Kochkessel des Heeres, Säcke voll Dung, um die Feuer in Gang zu halten, Lederschnüre für Sandalen, die Taktik der Schlacht, die Latrinen im Heerlager, die Spitzel, die die Luwier beobachteten, und jetzt das … Artax schien es, als sei es sein Hofmeister, der die Zügel des Reiches in den Händen hielt. »Tu, was du für richtig hältst. Ich gewähre dir freie Hand, bis die Schlacht gegen Muwatta geschlagen ist.«

Aufspiel zum Totentanz

Jeder kam für sich allein. Nodon fragte sich, ob sie alle die Stimmen ihrer Meister hörten. Tief in ihrem Kopf. Leise flüsternd. Eine Stimme, der man sich nicht mehr widersetzen konnte, wenn man sich den Himmelsschlangen verschworen hatte. Sie kamen den Hang hinab, stiegen zwischen den schroffen Felsen tiefer. Ein Hauch von silbernem Licht lag in dieser Nacht über dem zerklüfteten Tal. Es war kühl. Nodon stand der Atem vor dem Mund. Er hatte zu lange im Jadegarten gelebt. Kälte war er nicht mehr gewohnt. Diese Schwäche ärgerte ihn. Er war der beste unter Nachtatems Schwertkämpfern. Vielleicht sogar der beste, den die Weiße Halle je hervorgebracht hatte. Er flüsterte ein Wort der Macht und hüllte sich in einen Kokon schützender Wärme.

Die Stimme in seinem Kopf führte ihn zu einem klaffenden Spalt in einer Felswand. Eine Wunde aus Finsternis inmitten mit silbernen Sprenkeln durchsetzten Gesteins. Ohne zu zögern, duckte er sich in den Spalt. Etwas berührte ihn. Körperlose Hände ergriffen ihn. Zerrten ihn nach vorne. Sein Atem stockte. Er hatte das Gefühl zu fallen.

Nodon kämpfte gegen die Panik an. Er wusste, was mit ihm geschah. Es war nicht das erste Mal, dass er einen Drachenpfad beschritt. Jede Reise auf diesen magischen Wegen war ein wenig anders. Nur eins hatten sie alle gemein. Sie jagten ihm Schrecken ein. Drachen mochten es als natürlich empfinden, sich auf diese Weise zu bewegen, Tausende Meilen binnen eines Lidschlags hinter sich zu lassen. Für Elfen waren diese Pfade nicht geschaffen!

Blauweißes Licht umfing ihn. Nodon stand in einem weiten, schneebedeckten Krater. Eine Kuppel wölbte sich über ihm. Große Schneeflocken wirbelten darüber hinweg. Sie schienen geradezu abgestoßen zu werden. Ein Zauber? Es gab nichts Stoffliches, das sich dem Schneetreiben entgegenstellte. Nur den Willen der Himmelsschlangen.

Sie alle waren hier. Der Dunkle, jener, der als Erster aus dem Ei geschlüpft war, sein Herr! Er blickte kurz zu ihm auf. In weitem Rund lagen die acht ältesten Drachen um den Krater.

Nodon fühlte sich beklommen. Nie hatte er sie alle an einem Ort versammelt gesehen. Was ging hier vor?

Am Grund des Kraters standen die Elfen der Weißen Halle. Meister wie Novizen. Auch jene, die die Halle schon lange verlassen hatten und so wie er bei den Himmelsschlangen lebten, waren gekommen. Weit über hundert waren sie.

Sie alle trugen die Tracht der Schule. Das lange, seitlich geschlitzte Seidengewand, bei den Meistern mit Borten und Stickereien in Silber und Gold geschmückt. Dazu bauschige Hosen, die in hohen Stiefeln stecken. Manche der Drachenelfen, die vor Langem die Weiße Halle verlassen hatten, ergänzten die Tracht mit seidenen Bauchbinden oder dezentem Schmuck. Niemand trug eine Waffe. Viele der Novizen, die sich ihrer Macht noch nicht sicher waren, hatten sich in schwere Wollumhänge gehüllt, statt jenen Zauber zu weben, der sie für die Eiseskälte dieses Ortes unberührbar machte. Auch Gonvalon trug einen Mantel. Nodon hatte das Gerücht gehört, der Schwertmeister habe durch einen Fluch all seine Zaubermacht verloren. So verfroren, wie der Aufschneider wirkte, schien es wahr zu sein.

Die Zwerge der Tiefen Stadt haben einen machtvollen, alten Drachen getötet. Den Schwebenden Meister, der euch alle in die Kunst des Zauberwebens eingeführt hat. Sie haben ihm heimtückisch aufgelauert und mithilfe einer Speerschleuder ermordet.

Die Worte verursachten Nodon Schmerzen. Wie geschmolzenes Metall fraß sich die Stimme in sein Hirn, ohne dass er hätte sagen können, welche der acht Himmelsschlangen zu ihm gesprochen hatte. An den gepeinigten Gesichtern der anderen Elfen war abzulesen, dass sie alle diesen Schmerz teilten.

Bislang war es stets unser Bestreben, mit dem geringstmöglichen Einsatz von Gewalt den größtmöglichen Nutzen zu erzielen. Wir waren nachsichtige Herrscher. Diese Tage sind nun vorüber. Das Volk der Zwerge soll lernen, was es bedeutet, den Zorn der Himmelsschlangen zu erwecken. Schon morgen werden wir die Tiefe Stadt angreifen. Wir werden sie vernichten. Kein Zwerg, der sich in den Stollen dort verkrochen hat, soll überleben. Wir werden sie alle richten. Jene, die den Mord am Schwebenden Meister begangen haben, ebenso wie jene, die sie dabei unterstützten oder die diesen feigen Anschlag auch nur billigten.

Der Schmerz, der die Worte des Drachen begleitete, erreichte eine Intensität, wie Nodon es noch nie erlebt hatte. Er schloss die Augen. Versuchte die Pein durch sich hindurchfließen zu lassen, sich ihr nicht entgegenzustemmen. Einer der Novizen schrie auf. Welcher Drache war so unbeherrscht? Die Macht seines Zorns würde bald die ersten Toten unter den Drachenelfen fordern, wenn er sich nicht zügelte!

Wir werden die Weiber der Mörder richten und die Brut, die zwischen ihren Schenkeln hervorgekrochen ist. Wir werden die Gaffer töten, die kamen, um die Leichenteile unseres Bruders anzustarren. Die ganze Stadt soll sterben, auf dass nie wieder ein Zwerg es wagt, auch nur den Gedanken zu hegen, einen Drachen zu jagen.

»Brennen sollen sie!«, rief einer der Novizen.

Auch Nodon fühlte sich mitgerissen vom flammenden Zorn des Drachen. Es war schon lange an der Zeit, die anmaßenden Zwerge zu strafen.

Es ist unser Wunsch, dass keiner der Zwerge seiner Strafe entkommt. Und so soll es geschehen: Lyvianne, zeig es ihnen!

Mit diesen Worten leuchtete ein seltsames Gebilde über ihren Köpfen auf. Ein Gespinst aus blauem Licht. Leuchtende Linien, unregelmäßige Halbkugeln. Nie zuvor hatte Nodon etwas Derartiges gesehen.

»Dies ist ein Plan des Höhlensystems der Tiefen Stadt«, erklärte Lyvianne. »Unsere Späher haben jeden Eingang, jeden verborgenen Luftschacht, jeden Wasserlauf aufgespürt. Kein Weg, der in die Stadt hineinführt, ist uns verborgen.«

Lyvianne hatte sich seit seinen Tagen in der Weißen Halle nicht verändert, dachte Nodon. Sie war kühl, berechnend, unnahbar. Ihr einziger Makel war es, dass sie sich für den Goldenen entschieden hatte. Im Grunde hätte sie viel besser in das Gefolge Nachtatems gepasst.

All unsere Brüder und Schwestern, deren Odem reinigendes Feuer ist, werden Anteil an der Rache für den Schwebenden Meister haben. Tatzelwürmer, Silberschwingen, Sonnendrachen und Dornwürger, sie werden auf allen Winden herbeieilen und auf den Pfaden der Drachen.

Ein rotes Leuchten umfing die Endpunkte des labyrinthischen Höhlenplans.

Ob Luftschacht oder Felspforte, das geflügelte Volk wird jeden Ausgang der Tiefen Stadt besetzen. Wir alle werden im selben Augenblick unseren flammenden Atem in die Zwergenstadt hauchen, auf dass der Fels selbst Tränen aus rot glühender Lava über unseren schändlich gemordeten Bruder vergießt.

»Nach dem Flammenangriff obliegt es uns, die Rache der Himmelsschlangen zu vollenden«, ergriff Lyvianne erneut das Wort. »Wir werden die Eingänge stürmen und uns durch die Luftschächte abseilen, um den letzten Überlebenden das Lied zu ihrem Totentanz zu spielen. Meister Dylan und seine Novizen werden dafür Sorge tragen, dass jeder in der Tiefen Stadt der Melodie unserer Klingen lauschen wird.«

Lyvianne fand offensichtlich Gefallen an der Planung dieses Massakers. Nodon würde sich den Befehlen des Erstgeschlüpften nicht widersetzen, aber ein Gemetzel unter Zwergenweibern und ihrer Brut empfand er als unwürdig.

Dylan erhob sich unter den Elfen, die im weiten Krater versammelt waren. Er war hochgewachsen und schlank. Selbst für einen Elfen war er ungewöhnlich hellhäutig. Nodon hatte Dylan nie gemocht. Er wirkte wie aus Licht und Wind gesponnen. Unwirklich, ätherisch, nicht greifbar. Seine silberfarbene Iris mit himmelblauen Einsprengseln erinnerte Nodon an den Türkisschmuck der Kobolde von Bainne Tyr, den fruchtbaren Ebenen unweit des Jadegartens. Das weiße Haar des Elfen war fein wie Spinnweben und reichte ihm über die Schultern bis fast zu seinem Gürtel. Dylan war kein Mann des Schwertes. Er war ein Zauberweber, wie es nur wenige unter den Drachenelfen gab. Wenn er ihn sah, überkam Nodon stets der Gedanke, dass alle Elfen so wie Dylan werden mochten, die sich zu sehr der Magie verschrieben. Diese Kunst zu üben entrückte die Zauberweber aus der wirklichen Welt. Und eines Tages würden, so vermutete Nodon, diese Elfen wie die Alben einfach verschwinden.

»Zwerge sind niedere Geschöpfe«, begann Dylan mit überraschend tiefer, melodiöser Stimme, die so gar nicht zu seiner zarten Erscheinung passen wollte. »Auch wenn ihr Anblick das Auge beleidigt und ihr Geruch eine Verwandtschaft mit Kobolden vermuten lässt, sollte keiner von euch den Fehler begehen, sie zu unterschätzen. Sie sind verschlagen und kämpferisch. In die Enge getrieben, werden sie womöglich über sich selbst hinauswachsen, um ihre Brut zu schützen. Und während die Männchen sich uns voller Todesverachtung entgegenwerfen, werden die Weibchen mit ihren Jungen zu den Häfen der Tiefen Stadt flüchten.« Dylan blickte zum leuchtenden Plan der Tunnel, der über ihren Köpfen schwebte, und neue Linien erschienen. Silbern, gewunden, mündeten sie in kleinen Seen. »Es gibt einen Haupthafen und etliche kleinere Nebenhäfen in der Zwergenstadt. Sie ist also wie ein Hasenbau angelegt, aus dem es stets mehr als einen Fluchtweg gibt. Doch morgen wird ihnen dies nichts nutzen. Selbst die Weißen Schlangen, geboren fern der Sonne in den Abgründen überfluteter Höhlen, werden an unserem Feldzug teilhaben. Ich selbst werde sie gemeinsam mit einigen auserwählten Novizen zu den Zwergenhäfen führen. Sie werden jedes jener Tauchboote, die von den Zwergen Aale genannt werden, zerschmettern, sobald sie versuchen, in den Schutz der unterirdischen Ströme zu flüchten. Und sie werden aus den Hafenbecken aufsteigen, um ihr Mahl unter den wenigen zu halten, die es bis zu den Landungsbrücken der Häfen schaffen. Viele werden es nicht sein! Wenn die Himmlischen ihr Feuer in die Stadt der Verdammten atmen, wird etwas Ungewöhnliches geschehen. Nicht allein die Flammen werden den Tod bringen. Die Luft wird schneller verbrennen, als sie durch die glühenden Schächte von der Oberfläche nachströmen kann. Das Feuer wird einen Wind entfachen, so stark, dass er womöglich auch uns Elfen von den Beinen reißt. Bitte betrachtet ganz genau die Karte über euren Köpfen und vergesst in der Hitze des Gefechtes nicht, was ihr jetzt sehen werdet!«

Nodon hob den Kopf und sah, wie sich das Glühen von den oberen Tunnelenden tiefer fraß. Gleichzeitig veränderte sich das Bild der am tiefsten gelegenen Tunnel und Höhlen. Ein silbernes Flimmern durchlief sie und strömte dem Glühen entgegen. Dabei veränderten sich auch die unteren Bereiche der Karte aus

Licht. Aus dem Blau wurde ein mattes Orange, das sich immer weiter ausbreitete. »Die Luft wird aus den tiefsten Höhlen zum Feuer hingezogen werden«, fuhr Dylan fort. »Wer sich zu Beginn des Flammenangriffs dort unten aufhält, wird ersticken. Es gibt keine Rettung für die, die dort weilen. Ihr aber dürft bei eurem Angriff nicht zu schnell vorangehen. Gelangt ihr zu früh in diese Bereiche, seid auch ihr des Todes. Geht ruhig und besonnen vor. Und vergesst nicht, die Zwerge sind zäh. Niemand weiß, wie viele dort unten sind. Aber eines ist sicher – jene wenigen, die überleben, werden kämpfen. Unterschätzt sie nicht.«

»Damit unser Plan gelingen kann«, ergriff nun Lyvianne das Wort, »ist es wichtig, dass ein jeder von euch seinen Befehlen folgt. Jeder soll an einer vorbestimmten Stelle in die Tiefe Stadt eindringen und auf dem Weg vorgehen, den ich euch nun nennen werde. So wird sich das Netz um die Zwerge enger und enger ziehen, und keiner der Drachenmörder wird seinen tödlichen Maschen entgehen können.«

Nodon war überrascht, mit welch kühler Distanz Lyvianne sprach. Unter den Meistern der Weißen Halle war sie die rätselhafteste. Es hieß, dass ihre Kenntnis über die verschlungenen Pfade der Magie weit über das übliche Maß hinausreichte. Doch anders als bei Dylan schien sie das Studium dieser Kunst nicht verändert zu haben. Und falls doch, war es weniger offensichtlich als bei dem silberäugigen Elfen. Es hatte eine Zeit gegeben, in der Nodon Lyviannes Lager geteilt hatte. Dann war sie verschwunden … Ohne ein Wort hatte sie sich davongemacht. Er war über sie hinweg. Seit unendlich langer Zeit. Und sie war kälter denn je. Was auch seinen Reiz hatte …

Namen für Namen rief Lyvianne die Elfen der Weißen Halle auf und wies jedem einen Platz in dem großen, schwebenden Plan der Tiefen Stadt zu. Die Novizen sollten meist in kleinen Gruppen agieren. Die Meister und die Drachenelfen gingen allein.

Nodon sah zu Gonvalon. Der Schwertmeister hatte den Umhang eng um seine Schultern gezogen. Verfroren stand er etwas abseits der anderen, den Kopf leicht geneigt. Obwohl es Nodon schien, als lausche er nicht den Ausführungen Lyviannes, wirkte der Schwertmeister äußerst konzentriert. Ob der Goldene zu ihm sprach?

»Nun zu dir, Nodon.«

Der Elf blickte zu Lyvianne. Sie war noch schöner geworden mit den Jahren. Einmal noch hatte er ihr Avancen gemacht, nachdem sie für ein Jahr verschwunden gewesen war. Sie hatte ihn mit so harten, spöttischen Worten abgewiesen, dass er sie seither gemieden hatte.

»Du wirst diesen weiten Luftschacht nehmen, der dich hinab zum großen Hafen führt. Er endet etwa dreißig Schritt über den Anlegeplätzen. Das Wasser ist tief.«

Etwas in ihrem Tonfall beunruhigte Nodon. »Ich hoffe, die Weißen Schlangen wissen zwischen Elfen und Zwergen zu unterscheiden.«

»Wenn du nicht zu lange zögerst zu springen, wirst du vor ihnen den Hafen erreichen, Nodon.«

»Ich sorge mich nicht um mich«, entgegnete er spöttisch. »Es würde mich nur mit größtem Bedauern erfüllen, wenn ich einige unserer Verbündeten in dieser ruhmreichen Schlacht niederstrecken müsste, um mich ihrer blinden Fressgier zu erwehren.«

Die Himmelsschlangen hoben ihre Köpfe und blickten ihn an.

Still, Narr! Der Gedanke des Dunklen durchfuhr ihn wie ein Schwertstich.

»Du weißt nun, wo dein Platz ist, Nodon«, fuhr Lyvianne ungerührt fort. »Ich hoffe, du wirst uns nicht enttäuschen.« Damit wandte sie sich ab. »Nun zu dir, Gonvalon …«

Es ist Euch nicht bestimmt, in diesen Hafen zu springen. Und Ihr werdet auch nicht in die Tiefe Stadt gehen, um Zwerge niederzumachen.

Ich habe Euren Widerwillen sehr wohl bemerkt. Deshalb sollt Ihr eine besondere Aufgabe erhalten. Ein Zwerg aus der Tiefen Stadt soll überleben. Und Ihr werdet für mich ausziehen, ihn zu holen, bevor Feuer und Schwert die Festhallen des kleinen Volkes in Leichenhallen verwandeln werden. Ihr werdet nun Folgendes tun …

Der verblassende Stein

Nodon hatte es hinausgezögert. Fast alle waren schon gegangen. Er hatte ein paar Worte mit Gonvalon gewechselt, obwohl er den Kerl nicht ausstehen konnte. Nannte sich Schwertmeister, aber was brachte er seinen Schülerinnen bei? Zu sterben! Sie alle verreckten auf ihrer ersten Mission. Wenn sie nur ihm Nandalee überlassen hätten … Aus dieser rebellischen Elfe aus Carandamon könnte einmal etwas werden. Sie hatte Talent, auch wenn sie immer davon faselte, eigentlich eine Bogenschützin zu sein. Sie hatte gute Reflexe. Intuition. Sie ahnte, was der Gegner tun würde. Das konnte man nicht lernen. Wenn er ihr Meister wäre, hätte sie eine große Zukunft vor sich. Er sollte sich keine Gedanken über Nandalee machen, dachte Nodon ärgerlich. Sie war Gonvalons Schülerin. Was bedeutete, dass sie jetzt schon totes Fleisch war.

Der leuchtende Plan des Tunnelsystems war verschwunden. An den Rändern der magischen Kuppel, die den Krater vor dem Sturmwind schützte, lag der Schnee schon mehr als hüfthoch. Nodon starrte in den Himmel hinauf. Es war hell, aber man konnte keine Sonne sehen. Nicht einmal Wolken. Es herrschte dichtes Schneetreiben. Wo sie wohl waren?

»Pass auf dich auf!« Eine Hand legte sich auf seine Schulter. Ailyn. Sie trug ihr dunkles Haar offen. Ailyn reichte ihm nicht einmal bis zur Schulter. Sie war eine Meisterin im waffenlosen Kampf. So klein und zerbrechlich sie auch aussehen mochte, mit ihr Streit anzufangen war gefährlich. Ihr Gesicht war hart. Es gab nur gerade Linien und Winkel. Keine einzige Rundung. Ihr etwas zu langer Hals war hinter dem silberdurchwirkten Stehkragen ihres langen, geschlitzten Kleides verborgen.

»Im Hafen wird es gefährlich sein«, sagte sie und sah ihn auf eine Art an, als wolle sie sich auf immer verabschieden. Glaubte sie etwa, dass er sich nicht gegen ein paar Zwerge wehren konnte?

»Der Armbrustbolzen, der mich töten würde, ist noch nicht gefertigt«, antwortete er mürrisch und dachte zugleich: Was für einen Schwachsinn erzähle ich denn da!

Sie lächelte spöttisch. »Wenn du es sagst …«

»Ich habe keine Angst.«

»Nicht? Mich hält die Angst am Leben, wenn ich kämpfen muss. Sie schärft meinen Verstand. Auch wenn ich äußerlich ganz ruhig wirke – ich bin es nicht. Als wir Nandalee zur Weißen Halle geholt haben, wurde mein Pegasus getötet. Ich bin ganz allein unter einem Rudel von Trollen zurückgeblieben. Ich dachte, sie würden mich bei lebendigem Leib fressen. Du kennst wohl diese Geschichten … Sie haben mich tagelang durch den Schnee gehetzt …«

Nodon war überrascht von ihrer Offenheit. Ailyn galt sonst als still. »Diesmal sind es nur Zwerge«, sagte er, mehr aus Verlegenheit denn Überzeugung.

»Ja.« Sie blickte auf den zerwühlten Schnee.

Jetzt. Du musst vor ihr über den Drachenpfad gehen. Die Worte des Dunklen peitschten unerwartet in seine Gedanken. Nodon wandte sich abrupt von Ailyn ab. »Wir sehen uns in der Tiefen Stadt«, sagte er statt eines Abschieds. Dann schritt er durch die mattschwarze Fläche am Rand der Kuppel.

Unsichtbare Hände zerrten an ihm. Er fühlte sich emporgehoben. Dann war er umgeben von gleißendem Licht. Er kauerte, obwohl er sich nicht erinnern konnte, in die Knie gegangen zu sein. »Verfluchte Drachenpfade!« Er kniff die Augen zusammen.

Es war heiß. Seine Hände tasteten über etwas Weiches … Sand? Vorsichtig blinzelnd sah er sich um. Da war eine schattenhafte Gestalt. Ein Elf?

Ich bin es. Wir haben nur einen Augenblick. Meine Nestbrüder dürfen nicht bemerken, dass ich den Pfad verlassen habe. Ich entbinde Euch von dem Befehl, den Ihr gerade erhalten habt, Nodon. Ihr werdet nicht durch einen Luftschacht in den Hafen der Tiefen Stadt springen. Ihr werdet jetzt schon in die Zwergenstadt gehen.

»Warum?« Der Elf blinzelte gegen das blendend helle Sonnenlicht an.

Fragt nicht! Ihr werdet einen Zwerg von dort fortholen.

Ein Bild erschien in Nodons Gedanken. Eine gedrungene, bärtige Gestalt mit wulstiger Nase und buschigen Augenbrauen.

Ihr werdet in einem unbedeutenden Seitentunnel aus dem Drachenpfad treten. Euch bleiben nicht einmal mehr dreiundzwanzig Stunden, um ihn zu finden und über den Drachenpfad aus der Stadt zu bringen. Er ist wichtig für die Zukunft Albenmarks.

Nie hatte er die Stimme des Erstgeschlüpften so intensiv empfunden. Sie war heiß und kalt zugleich. Voller Gefühl.

»Wo werde ich den Zwerg finden?«

Findet die Zwergendame Amalaswintha, dann findet Ihr auch ihn.

»Aber wie soll ich denn …«

Es bleibt keine Zeit für Erklärungen. Ihr werdet alles neben Euch im Sand finden.

»Wie soll ich tief im Berg, ohne die Sonne oder den Mond zu sehen, wissen, wie die Zeit verrinnt?«

Ihr werdet bei Eurer Kleidung einen Stein finden, von dem ein blasses Licht ausgeht. Mit jeder Stunde, die verstreicht, wird das Leuchten nachlassen und ein Fleck wachsen, der wie ein Stück eingeschlossene Kohle aussieht. Wenn der Stein ganz zu Kohle geworden ist, wird der Angriff beginnen. Bringt Euch vorher in Sicherheit, Nodon! Ihr habt gehört, was mit jenen, die in den tiefen Höhlen weilen, geschieht. Seid fort, bevor Ihr verbrennt oder erstickt.

Sengender Schmerz durchfuhr Nodons Leib. Diesmal war es anders. Die Stimme des Erstgeschlüpften hallte nicht länger in seinen Gedanken. Es war ein Schmerz, als würde jede einzelne Muskelfaser in seinem Leib zerreißen. Er schrie auf und kippte von Krämpfen geschüttelt seitlich in den Sand. Speichel quoll ihm über die Lippen, vermischt mit Blut. Seine Knochen schienen sich in seinem Fleisch zu bewegen. Sie zerrten an Muskeln und Nerven.

Hilflos in der Agonie der Pein, begriff er, was mit ihm geschah. Ich bin verflucht, dachte er. Dann löschte der Schmerz sein Bewusstsein.

Die Truhe

Endlich hörte der Sackpfeifenspieler auf, sein Publikum zu quälen. Wie Zwerge dieses Gequietsche Musik nennen konnten, würde Nandalee für immer ein Rätsel bleiben. Sie blickte zu dem Zwerg mit dem gestutzten Bart. Er nickte ihr zu, obwohl er sie nicht kannte, und plauderte dabei mit zwei Graubärten, die den goldenen Halsschmuck von Ratsherren trugen. Hornbori! Der letzte der drei Mörder. Der Einzige, den sie bislang noch nicht in seinen Privatgemächern besucht hatte. Soweit sie wusste, war er dort auch so gut wie nie anzutreffen. Er schien ständig auf irgendwelchen Festen und Ratsbesprechungen zu sein. Ihm irgendwo allein zu begegnen schien fast unmöglich.

Nandalee wandte sich ab und schlenderte zu der mit rotem Stoff verhängten Truhe in der Mitte der weiten Höhle. Amalaswintha hatte ihr nicht verraten wollen, was sich unter dem Tuch befand. Die Elfe glaubte einen schwachen Geruch von Blut wahrzunehmen. Aber sie war sich nicht sicher. Es gab zu viele andere Düfte. Den Rauch Hunderter Kerzen, den Duft des schweren Rotweins, den Amalaswintha großzügig ausschenken ließ, dazu den Geruch des Bratens, der süßen Kartoffeln und all der anderen Köstlichkeiten, die auf einem Buffet rings um eine der Tropfsteinsäulen arrangiert waren. Es waren kaum dreißig Zwerge anwesend. Sie alle schienen Würdenträger zu sein oder zumindest Vermögen zu haben. Es war außer ihr keiner dort, der sich nicht mit breiten goldenen Armreifen oder anderen Schmuckstücken behängt hatte.

Wieder blickte Nandalee zu der Truhe. Was Amalaswintha wohl vorhatte?

Hornbori kam auf sie zu. Er lächelte. »Wir sind uns schon einmal begegnet, nicht wahr? Du warst mit einem Ratsherrn aus den Ehernen Hallen in Galars Schmiede zu Besuch. Es ist ein paar Monde her, aber ich vergesse selten ein Gesicht. Galar hat sich damals recht ungebührlich aufgeführt. Dafür möchte ich mich entschuldigen. Er ist recht … eigen.« Der Zwerg ergriff ihre Hand und drückte sie. Er hatte einen festen, trockenen Griff. Sie hingegen schwitzte.

»Das stimmt«, brachte sie ein wenig verlegen hervor.

»Amalaswintha erzählte mir, dass du großes Interesse daran hast, mich zu sehen.« Er breitete in einladender Geste die Arme aus. »Nun, hier bin ich. Was möchtest du wissen?«

Sie bedachte ihn mit einem verschwörerischen Blick und zog ihn ein wenig zur Seite. »Ich will offen zu dir sein, Hornbori. Der Eherne schickt mich, der Fürst meines Volkes. Er würde sich glücklich schätzen, dich, Galar und Nyr als seine Gäste willkommen zu heißen«, flüsterte Nandalee. »Er gedenkt bei der Versteigerung …«

»Drachenblut, nicht wahr? Darum geht es«, unterbrach Hornbori sie mit gönnerhaftem Lächeln. »Alle haben von dieser Geschichte gehört. Du willst einen Beweis, richtig?«

Nandalee hatte keine Ahnung, wovon er sprach. Sie nickte zögerlich.

»Zieh dein Messer.«

»Was?« Sie starrte ihn entgeistert an. Sie wusste nicht, was geschehen war, aber irgendetwas schien sie ganz grundlegend falsch gemacht zu haben.

»Dein Messer,« beharrte Hornbori.

Nandalee bemerkte, wie sie angestarrt wurden. Die Zwerge, die auf sie aufmerksam geworden waren, grinsten. Sie schienen zu wissen, worum es ging. Nandalee zog ihre Waffe. Kaum dass sie die Klinge gezogen hatte, schlug Hornbori mit der flachen Hand vor die Schneide. »Siehst du, es stimmt.«

Sie verstand dieses Spiel nicht. Er hatte Glück gehabt, dass er sich nicht geschnitten hatte!

»Stich mir in die Hand!«

Amalaswintha war auf das Spektakel aufmerksam geworden. »Hast du tatsächlich noch jemanden gefunden, mit dem du dein kleines Spielchen noch nicht gespielt hast, Hornbori?«

»Er war neugierig. Er wollte es sehen.«

»Stich ihm in die Hand, damit wir alle unsere Ruhe haben, Arbinumja.«

Nandalee gehorchte. Sie stieß zu. So kräftig, dass der Arm des Zwergen zurückschnellte. Hornboris Hand war unverletzt geblieben.

»Drachenblut«, erklärte die Zwergin. »Galar hat irgendein Elixier gebraut, um das er ein großes Geheimnis macht. Immerhin wissen wir, dass ein wesentlicher Bestandteil Drachenblut ist.« Amalaswintha hatte die Stimme erhoben. »Und das lässt alle Träume, ein Heer unverwundbarer Zwergenkrieger aufzustellen, zerplatzen. Wie viel Drachenblut haben wir? Wann werden wir neues Blut bekommen? Taugt das Blut eines jeden Drachen, um den Zauber zu wirken, der Hornbori unverwundbar macht? Ich habe euch heute eingeladen, um mit euch über einen neuen Weg zu sprechen. Jeder von euch hier kennt Galar. Und niemand, der vernünftig denkt, wird seine Zukunft in die Hände dieses Wahnsinnigen legen wollen.«

»Eines Wahnsinnigen, der dir voraushat, dass seinen Worten bereits Taten folgten, meine Liebe«, entgegnete Hornbori lächelnd. »Sosehr ich dich schätze, ich glaube nicht, dass du einem Drachen entgegentrittst, um ihn vielleicht mit einer Nagelfeile zu erschrecken.«

Nandalee sah einige der Ratsherren grinsen. Wirklich zu lachen und die Dame Amalaswintha zu brüskieren, wagte jedoch niemand.

Auch Amalaswintha lächelte, doch ihre Augen blieben kalt. »Dass du Worte wie Armbrustbolzen zu verschießen vermagst, ist uns allen hinlänglich bekannt. Doch wie klug bist du in der Wahl deiner Allianzen? Gestern erst war ich in Galars Werkstatt. Und weißt du, was ich dort nicht gesehen habe? Drachenblut. Mir scheint, dein Freund hat die Gunst der Stunde genutzt, um sich eine goldene Nase zu verdienen.«

Hornbori schüttelte entschieden den Kopf. »Gold interessiert ihn nicht.«

Amalaswinthas Lächeln wurde breiter. »Sagt er das? Erstaunlich … Obwohl er wahnsinnig ist, scheint er ganz genau zu wissen, wie er dein Vertrauen erlangt. Ich bin noch niemandem begegnet, der nicht seinen Preis gehabt hätte. Vielleicht solltest du einmal nachschauen, um von deinen Träumen zu retten, was noch zu retten ist.«

Hornbori nahm es gelassen. »Ich weiß, dass es dich wurmt, am Weg in unsere Zukunft nicht beteiligt zu sein, und deshalb wirst du, ganz gleich, was du auch sagst, mein Vertrauen in meine beiden Gefährten nicht erschüttern können.«

»Ein Narr, der sehenden Auges in den Untergang geht.«

Nandalee spürte, dass alle Sympathien bei Hornbori lagen. Die Zwerge, die sich hier versammelt hatten, mochten Amalaswintha nicht. Sie lagen ohne Zweifel gerne in ihrem Bett, aber sobald sie es verließen, war sie ihnen unheimlich. Sie war zu reich, zu machtvoll, zu selbstbestimmt für ein Zwergenweib.

Amalaswintha trat an die verhüllte Truhe. »Kommen wir zum Höhepunkt des Abends.« Sie hob einen Zipfel des Tuches an. »Hier verbirgt sich nichts weniger als unsere Zukunft. Und es soll eine Zukunft sein, die auf unseren eigenen Kräften aufbaut und nicht auf Drachenblut.« Mit dramatischer Geste zog sie das Tuch beiseite.

Nandalee stockte der Atem. Keine Truhe, sondern ein Käfig war unter dem Tuch verborgen gewesen. Darin angekettet lag ein Elf. Er war nackt, sein Körper geschunden, gezeichnet von Schlägen und Brandwunden. Ein Eisenring war um seinen Hals gelegt. Und eine Kette, die durch eine Öse am Ring gezogen war, zwang seinen Kopf auf den Boden des Käfigs, sodass er mit einer Wange dort auflag. Seine Arme waren ihm auf den Rücken gebunden, und eine zweite Kette zerrte sie nach oben, was ihm fast die Schultergelenke auskugelte. Das Gesicht des hageren Elfen war von ihr abgewandt, dennoch erkannte Nandalee ihn auf den ersten Blick. Es war Duadan, ihr Ziehvater, der Älteste aus der Sippe der Windgänger.

Aufgeregtes Raunen erhob sich rings um sie, doch Nandalee vermochte kein Wort zu verstehen. Sie fühlte sich, als sei sie in Wasser eingetaucht. Die Welt hatte sich verändert. Alles war auf Distanz gerückt. Es gab nur noch sie und Duadan, den Seher ihres Volkes und väterlichen Freund.

Nandalee umrundete den Käfig und kniete nieder, um in das Antlitz des Jägers zu blicken, der ihr Leben stärker beeinflusst hatte als irgendein Drache. Duadans Augen waren fast ganz zugeschwollen, sein Gesicht blau und grün von Schlägen. Verfilzt und schmutzig klebte sein langes, weißes Haar am Schorf seiner Wunden. Sie hatten ihm die rechte Hand abgehackt. Der Stumpf war entzündet und stank nach Verwesung. Lange Schnittwunden zogen sich von seinen Fersen die Schenkel hinauf.

Unbändige Wut wuchs in Nandalee. Der Wunsch, alle zu töten, die ihm das angetan hatten. Wie Sayn, den es von innen heraus zerrissen hatte, sollten sie sterben. Nur sollte es langsamer gehen. Qualvoller. Einen schnellen Tod hatten diese Folterer nicht verdient.

»Ich spüre dich, meine Tochter.«

Nandalee traten Tränen in die Augen. Sie wollte etwas sagen, doch ein Kloß saß in ihrem Hals, und es war ihr unmöglich zu sprechen.

»Ich wusste immer, dass wir uns vor meinem Tod noch einmal wiedersehen.«

Es war ein Schock, ihn, der immer einen Weg gefunden und der sich vor nichts je gefürchtet hatte, ja, der gewiss selbst dem Immerwinterwurm aus den dunkelsten Legenden des Nordens mit einem siegessicheren Lächeln auf den Lippen entgegengetreten wäre, nun von seinem Tod sprechen zu hören. Duadan hatte immer gewusst, wo sie war, ganz gleich wie tief die Jagd sie in die Wälder führte. Er war es auch gewesen, der sie gefunden hatte, als sie auf der Flucht vor den Trollen gewesen war.

»Du bist in großer Gefahr, Nandalee. Sieh dich an. Du hast deinen Weg verloren. Wenn du diesen Höhlen entkommst, gehe in dich. Besinne dich darauf, wer du bist. Und nun sprich zu den Zwergen. Du musst sie täuschen … Für kurze Zeit noch.«

»Was sagt er?« Amalaswintha stand dicht vor ihr. Wut und Gier hatten ihr Gesicht entstellt. »Rede endlich!«

Die Worte der Zwergin klangen wie aus weiter Ferne. Nandalee fühlte sich benommen. Sie rang um Fassung. Jetzt, da sie den Zwergen in ihre hässlichen Fratzen blickte, wuchs aufs Neue der Zorn in ihr. Nein, sie hatten den Schutz der Drachen wahrlich nicht verdient. Sie waren keine Albenkinder. Sie waren Ungeheuer.

Amalaswintha wich vor ihr zurück. »Was …«

Einige der Zwerge griffen sich an ihre fetten Bäuche. Nandalee dachte an Sayn. An die Knochen, die aus seinem zerfetzten Fleisch geragt hatten, und sein Blut, das durch die Spiralmuster am Boden der Höhle des Schwebenden Meisters geflossen war.

»Er klagt über Schmerzen«, sagte sie mit kalter Stimme.

Skorri, der Ratsherr, trat zwischen den Zwergen hervor. »Du musst ihn fortbringen! Es bringt Unglück, sich mit Elfen einzulassen. Er wird fliehen und Mord und Verderben in die Tiefe Stadt bringen.«

»Er geht nirgendwo mehr hin.« Amalaswinthas Stimme klang schrill. »Ich habe ihm die Sehnen an den Fersen durchtrennt und weit bis in seine Schenkel hinauf herausgeschnitten. Wenn er sich bewegen will, wird er kriechen müssen.« Sie wandte sich an Nandalee. »Und nun sag uns: Was redet er?«

»Tu nichts Unbedachtes, meine Tochter. Es ist nicht an dir, Rache zu nehmen.«

Ein Kribbeln lief durch ihre Glieder. Ein Gedanke nur, und sie würde sich in ihre wahre Gestalt zurückverwandeln. Aber dann wäre sie für einige Augenblicke hilflos. Die Zwerge würden sie in Stücke reißen, wenn sie sahen, was mit ihr geschah. Es sei denn, sie wären tot …

»Er verflucht dich, Amalaswintha.« Ihr Name war wie Galle in Nandalees Mund.

»Ich gehe!«, sagte Hornbori laut. »Aus dieser Sache wird nichts Gutes erwachsen. Der Alte in der Tiefe sollte wissen, was du hier treibst.« Der Zwerg presste sich eine Hand auf den Leib, als habe er Schmerzen.

Wieder trat das Bild des sterbenden Sayn vor Nandalees Augen.

»Er sagt, ihr alle werdet in eurem eigenen Blut ertrinken.« Nandalee sprach mit tonloser Stimme, wie in Trance. Die Worte kamen, ohne dass sie darüber nachdachte. Sie hatte immerzu das Bild des Blutes, das durch die Steinspiralen rann, vor Augen. Waren die Spiralen ein Symbol für die Tiefen Städte der Zwerge? Es würde Blut fließen, deshalb war sie hierhergekommen.

»Tu es nicht!« Duadans Stimme klang wie aus weiter Ferne zu ihr. »Tu es nicht!«

Schattenmänner und Betrüger

Hornbori hatte das Gefühl, es müsse ihn zerreißen. War es nur seine Wut, oder wirkte der verfluchte Elf einen Zauber? Wie hatte Amalaswintha so dumm sein können! Einen lebenden Elfen hierher in die Tiefe Stadt zu bringen. Sie waren unberechenbare Mörder! Kein Zwerg wusste, was Elfen alles zuzutrauen war.

Hornbori musste sich an der Höhlenwand abstützen. Ihm war übel. Dieser Druck in ihm … Vielleicht hatte er auf dem Fest auch einfach nur etwas Falsches gegessen. Er hatte in den letzten Tagen zu oft, zu üppig gespeist. Er würde sich mäßigen müssen! Aber wie sollte er das tun, ohne seine Gastgeber zu beleidigen? Festgelage und überreichlicher Genuss von Pilz gehörten dazu, wenn man zum Rat gehörte. Das mussten die ersten Anzeichen dafür sein, dass er alt wurde.

Hornbori passierte das protzige Portal zu Amalaswinthas Palast. Geberic lehnte dort und bedachte ihn mit einem spöttischen Blick. »Du gehst schon so früh?«

Wusste der Kerl, was dort drinnen vor sich ging? Wortlos taumelte Hornbori die kurze Treppe vor dem Eingangsportal hinab und lehnte sich an eine gemauerte Brüstung. Direkt vor der Höhle gab es einen tiefen Felsspalt. Was das Gestein hatte aufreißen lassen, wusste Hornbori nicht. Ein Erdbeben? Vielleicht hatte es auch schon immer so ausgesehen. Jedenfalls hatte dort unten der Grundstock zu Amalaswinthas Vermögen gelegen. Sie hatte ihre Arbeiter tief in den Spalt geschickt, wo sie auf eine unfassbar ertragreiche Goldader gestoßen waren.

»Du siehst nicht gut aus, Ratsherr.« Spöttisches Gelächter begleitete die Worte Geberics. Zwei weitere Leibwächter hatten sich zu ihm gesellt.

Hornbori richtete sich auf, atmete tief durch und bemühte sich um einen möglichst würdevollen Abgang. Er hatte Geberic noch nie leiden gemocht. Der Kerl führte sich auf, als sei Amalaswintha seine Tochter oder Schwester. Jeden ihrer Liebhaber geleitete er mit kühler Herablassung in den Palast seiner Herrin.

Hornbori dachte an die wenigen Nächte, die er mit Amalaswintha verbracht hatte. Sie war aufregend. Steckte voller ungewöhnlicher Ideen. Und sie war vollkommen größenwahnsinnig! Er kannte sich damit aus, er wusste durchaus um seinen eigenen Ehrgeiz. An Amalaswinthas Seite musste jeder Mann zu einem Schatten verblassen. Ihm war schnell klar geworden, dass er an ihrer Seite niemals hätte aufsteigen können.

Wieder gingen ihm ihre Worte durch den Kopf. Hatte Galar ihn verraten? Der Schmied war überreichlich mit Drachenblut versorgt worden, darauf hatte er persönlich geachtet. Drachenblut, das wäre der Schlüssel zu seiner Zukunft. Hatte Galar es verkauft? Der Schmied war wahnsinnig! Ihm war alles zuzutrauen. Er musste wissen, ob Amalaswintha recht hatte. Aber alleine mochte er sich nicht in Galars Höhle wagen. Ihm gegenüber würde der Schmied nur frech. Aber wenn er Nyr mitbrachte, sähe die Sache ganz anders aus. Wenn Galar in Anwesenheit seines Freundes den Betrug eingestehen müsste, wäre ihm das gewiss entsetzlich peinlich.

Hornbori fühlte sich erleichtert. Der Schmerz in seiner Brust ließ nach. Mit weiten Schritten eilte er am Abgrund entlang und bog in den ersten Tunnel, der ihn näher zum Herzen der Stadt bringen würde. Weit voraus sah er einen Zwerg ihm entgegenkommen. Der Kerl trug ein scharlachrotes Wams. Ungewöhnlich … Vielleicht stammte er aus einer Gesandtschaft aus Ishaven? Die Zwerge aus dem äußersten Norden hegten eine eigenwillige Vorliebe für aufdringliche Farben. Dazu passte auch das silberblonde Haar des Kerls. Er hatte etwas Ungewöhnliches an sich. Hornbori musste an eine Katze denken, während er den Zwerg näher kommen sah. Katzen und Zwerge, das passte nicht zusammen!

Der Fremde wirkte erleichtert, ihn zu sehen.

»Ich suche den Palast der Dame Amalaswintha«, sagte er ohne Umschweife. Er sprach mit dem harten Akzent des hohen Nordens.

Hornbori schreckte zurück, als er in die Augen des Ishaveners blickte. Sie waren vollkommen schwarz, ohne erkennbare Iris und ohne Weiß. Er schluckte … Mit wem hatte sich Amalaswintha da schon wieder eingelassen?

»Deine Augen …«

Sein Gegenüber zuckte mit den Schultern. »Das geschieht, wenn man zu lange in das blendende Weiß des Schnees blickt. Manche werden sogar blind davon.«

Darüber hatte Hornbori schon einmal erzählen hören. »Geh geradeaus, bis der Tunnel an einer weiten Felsspalte endet. Dann hältst du dich links. Nach zweihundert Schritt erreichst du ein prächtiges Portal, an dem ein Wichtigtuer mit einem goldenen Nasenring Wache steht. Dies ist der Eingang zu ihrem Palast.«

Der Ishavener bedankte sich und ging zügig weiter. Einen Moment lang sah Hornbori ihm noch nach. Dann musste er wieder daran denken, ob Galar ihn tatsächlich betrogen hatte.

Unter den Schwingen der Drachen

Es ist keine Angst, dachte Bidayn und wusste es doch besser. Sie saß abseits der anderen im Schatten einer windschiefen Zeder und sah ihre Ausrüstung durch. Vor dem Befehl, über den Drachenpfad zu gehen, hatte sie das Nötigste in aller Eile zusammengerafft. Ein Kettenhemd und ein Helm mit geschlossenem Visier. Unter dem Helm lugte das kleine Beutelchen aus Hasenfell hervor, in dem sie einen Mondstein verwahrte, ihren Glücksbringer. Sie strich über das Fell und schluckte. Ihr Mund war staubtrocken. Dafür waren ihre Hände schweißnass. Immer wieder musste sie an ihren letzten Kampf denken. An die entsetzlichen Schmerzen, als sich ihr eigener Zauber gegen sie gewandt hatte und sie in die Gewalt eines leibhaftigen Devanthar geraten war.

Bidayn streifte ihre dünnen Seidenhandschuhe ab und betrachtete das Rautennetz aus Narben, das sich über ihre Handrücken zog. Ihr ganzer Körper war mit diesem unauslöschlichen Narbenmuster bedeckt. Dies war der Preis für ihren ersten Kampf gewesen. Der Preis dafür, dass sie sich gegen die Kraft des magischen Netzes gestemmt hatte, statt mit ihr zu fließen.

Bidayn blickte auf das Schwert, das sie schon nach Nangog begleitet hatte. Die Klinge war etwas länger als ihr Unterarm, geschmiedet aus makellosem Silberstahl. Eines der verwunschenen Schwerter, das die Drachen erschaffen hatten. Sie sah im spiegelnden Silberstahl die Narben, die ihre Augenbrauen zerteilten, sich über ihren Nasenrücken zogen und ihr Gesicht mit einem Rautenmuster aus dünnen, weißen Linien verunzierten. In ihren Augen war sie nie eine Schönheit gewesen. Männer, die ihr gefallen hatten, hatte sie bislang nur aus der Ferne bewundert, wie etwa Sayn in der Höhle des Schwebenden Meisters. Jetzt würde sie nicht einmal das wagen. Die Narben verunstalteten auch ihr Gesicht. Sie war ein Ungeheuer geworden.

Bidayn hörte hinter sich das leise Knirschen von Geröll. Sie musste lächeln. Das war gewiss Lyvianne. Die Meisterin der Weißen Halle hätte sich auch lautlos bewegen können, aber sie wollte, dass Bidayn sie hörte.

Lyvianne war in den langen Monden, die Nandalee verschwunden gewesen war, zu ihrer Vertrauten geworden. Sie war ihre Meisterin, ihre Lehrerin und ihre Freundin. In ihr sah sie eine Seelenverwandte. Auch Lyvianne wurde gemieden, obwohl sie eine atemberaubende Schönheit war. Wie gerne wäre sie so wie sie. Sie nahm sich die Männer und legte sie wieder ab, wenn sie ihrer überdrüssig war.

Bidayn drehte sich um. Lyvianne trug ein langes, weißes Kleid mit Stehkragen. Ihr Haar war streng zurückgekämmt und zu einem

Zopf geflochten, was sie unnahbar wirken ließ. Sie schenkte Bidayn ein freundschaftliches Lächeln. Wie sehr beneidete sie Lyvianne um ihre vollen, sinnlichen Lippen und die geheimnisvollen, grünen Augen!

»Hast du Angst?«

Bidayn nickte. »Ja.«

Lyvianne kniete neben ihr nieder und legte ihr schlankes Schwert auf das Geröll. »Auch ich bin vor jedem Kampf ein wenig unruhig. Wir werden zusammen hinuntergehen.«

»Aber ich bin für einen anderen Schacht eingeteilt …«

»Das habe ich geändert.« Lyviannes schmale Hand strich über das Kettenhemd, das auf einem Tuch ausgebreitet lag. »Das wirst du nicht brauchen.«

»Aber wir werden doch …«

»Das Metall stört dich, wenn du eins sein willst mit dem Zauber, der in allem wohnt. Es schirmt dich dagegen ab. Nicht so sehr wie Blei – aber es stört dich beim Zauberweben. Ebenso der Helm hier. Auch behindern sie dich im Kampf. Dein Gesichtsfeld wird beschränkt, du wirst langsamer durch das Gewicht des Stahls auf deinen Schultern. Es ist nicht klug, so dort hinabzusteigen.«

»Ich bin keine Meisterin wie du«, wandte Bidayn ein.

»Du hast dich mir anvertraut, und ich weiß, wo du deine Narben empfangen hast. Du standest einem Devanthar gegenüber und hast diese Begegnung überlebt. Außer dir können das nur noch Nandalee und Gonvalon von sich behaupten. Sei weniger bescheiden, meine Liebe.« Lyvianne nahm mit spitzen Fingern den Beutel aus Hasenfell hoch. »Das wirst du auch nicht brauchen. Du allein schmiedest dein Glück. Ein Stück Fell und ein Stein haben nichts damit zu tun, wie deine Zukunft aussehen wird. Nimm dein Schwert! Damit werden Entscheidungen getroffen. Du bist keine Hofdame, du wirst eine Drachenelfe sein. Zeig den anderen deinen Stolz und nicht deine Schwächen.«

Worte, dachte Bidayn bitter. Sie waren so wohlfeil, gingen so leicht über die Lippen. Aber ihre Angst vermochten sie nicht zu bannen.

Lyvianne löste ihr Kleid. In fließender Bewegung glitt es zu Boden. »So werden wir dem Tod entgegentreten, meine kleine Tochter. Ganz so, wie wir in diese Welt getreten sind.« Sie nahm ihr Schwert auf und zog die funkelnde Klinge aus der Scheide. »Du hast gelernt, wie du den Tod auf eine Klingenlänge Abstand halten kannst, und dich bereits im Kampf bewiesen. Es wird mir eine Ehre sein, an deiner Seite zu fechten.« Sie sagte das so ernst und respektvoll, dass Bidayn ihre Worte nicht länger anzweifelte. Auch sie griff nach ihrem Schwert.

»Leg dein Kleid ab.«

Bidayn errötete. Das konnte sie nicht! Ihr Narbennetz zur Schau stellen …

»Wir werden durch die Flammen der Drachen gehen, meine Tochter. Ihr Feuer wird unser Gewand sein. Es wird uns umfließen, ohne uns zu verbrennen. Aber alles, was wir mit uns nehmen, gehört den Flammen. Unsere Klingen werden glühen. Die Kleider werden verbrennen. Lass alles zurück. Nur deinen Mut und dein Schwert nimm mit.«

Sie dachte wieder an die entstellenden Narben. Doch dann fasste sie sich ein Herz. Wenn sie erst einmal in den Höhlen waren, wäre sie mit Lyvianne allein. Und ihre Meisterin wusste ohnehin um das Narbennetz und woher es kam. Wenn sie wenigstens offen über ihren Kampf auf Nangog reden könnte …

»Wusstest du, dass viel über dich geflüstert wird?«

Bidayn seufzte. Natürlich wusste sie das. So, wie sie aussah!

»Die anderen halten dich für eine der mächtigsten Zauberweberinnen, die je die Weißen Hallen besuchte. Und nachdem du so lange fort warst, sind sie überzeugt, dass die Himmelsschlangen schon jetzt darüber streiten, wem du einst gehören wirst. Sie wissen, dass du auf deine erste Mission geschickt wurdest, noch bevor du zur Drachenelfe wurdest. Du beginnst eine Legende zu werden.« Lyvianne schob ihr die Hand unter das Kinn und hob sanft ihren Kopf. »Denke nicht so viel an deine Narben. Du kannst sie nicht verschwinden lassen, also trage sie mit Stolz. Betrachte sie als Ehrenmale. Sie sind Teil deiner Legende. Und heute wirst du der Saga über dich viele neue Strophen schenken.«

Lyviannes Worte taten ihr gut. Stimmte es wirklich? Redeten die anderen gar nicht über ihre Narben, sondern über ihre Taten?

Bidayn öffnete ihr Kleid und ließ es zu Boden sinken. Sie betrachtete das Narbenmuster auf ihrer Haut mit anderen Augen. Lyvianne hatte recht, sie musste sich dem stellen, was sie war, statt vor sich davonzulaufen.

»Gehen wir!«

Bidayn blickte zum Himmel, dann sah sie ihre Meisterin verwundert an. »Es ist doch noch viel zu früh.«

»Der Goldene hat entschieden, den Angriff um einige Stunden vorzuverlegen.«

»Aber warum? Bringt das nicht alle Pläne durcheinander?«

»So können wir ganz sicher sein, dass wir die Zwerge wirklich überraschen«, entgegnete Lyvianne mit einem Unterton, der Bidayn an Verrat denken ließ.

»Könnten die Zwerge gewarnt worden sein?«

Lyvianne lächelte kühl. »Was immer gerade in der Tiefen Stadt vor sich gehen mag, wir können ganz sicher sein, wir werden alle dort unten überraschen.« Mit diesen Worten nahm Lyvianne sie bei der Hand und führte sie über einen schmalen Saumpfad ins Tal hinab.

Sie sah, wie überall im Tal Elfen aufbrachen und in kleinen Gruppen verschwanden. Die Himmelsschlangen schienen etliche Drachenpfade angelegt zu haben, damit möglichst alle Krieger zur gleichen Zeit eintrafen. Auch die Drachen verschwanden in den Schatten zwischen den hellen Felsen. Es war unheimlich zu sehen, wie schnell sich das weite Tal leerte. Und alles geschah vollkommen lautlos.

»Werden die Zwerge uns nicht kommen sehen?« Bidayn hatte ihre Stimme zu einem Flüstern gesenkt, um die Stille nicht zu stören.

»Wir haben eine Vorhut geschickt, um jeden Zwerg zu töten, der sich vielleicht auf dem Berg aufhalten könnte. Die Überraschung wird vollkommen sein.« Lyvianne deutete auf einen Spalt zwischen zwei Felsblöcken. »Dies ist unser Weg.«

Bidayn musste an das Fenster in der Bibliothek der Weißen Halle denken. Das mahlende Glas, das jeden erwartete, der einen Fehler machte, wenn er diesen Drachenpfad öffnete. Sie nahm all ihren Mut zusammen und trat zwischen die beiden Felsen. Etwas zerrte an ihr, dann hatte sie das Gefühl zu stürzen. Undurchdringliche Dunkelheit umgab sie, drei Herzschläge lang, dann fand sie sich auf weichem Waldboden. Es duftete nach Harz und Kiefernnadeln. Auch hier war es dunkel, doch die Finsternis war nicht so vollkommen wie auf dem Pfad zwischen den Welten. Zwischen Bäumen schimmerte der Mond am Himmel. Unmittelbar vor ihr ragte ein massiger alter Baumstumpf auf. Er war groß wie ein eingestürzter Turm. Baumpilze wucherten aus dem bleichen Holz, von dem sich längst alle Rinde abgeschält hatte. Efeuranken, durchsetzt von pfeilgeraden, jungen Schösslingen, umlagerten die Flanken des Baumstumpfs. Aus seinem Inneren aber stieg Rauch empor.

Plötzlich war Lyvianne an ihrer Seite. Ihre Meisterin deutete mit dem Schwert auf den Baumstumpf. »Dort hinauf. Darin verbirgt sich einer der unzähligen Rauchabzüge der Tiefen Stadt. Das wird unser Weg zu den Zwergen sein.« Sie trat an das Wurzelwerk und zog ein aufgerolltes Seil darunter hervor.

Indessen kletterte Bidayn den Stumpf empor und blickte in den von Rauch geschwärzten Schacht hinab. Was würde sie dort unten erwarten?

Lyvianne knotete das Seil an einer der Wurzeln fest und kam zu ihr hinauf. »Sieh nur.« Die Elfe deutete über einen Windbruch hinweg, den Hang des Berges hinab. Die gestürzten Bäume gaben den Blick auf den Abhang frei. Drachen verdunkelten den Himmel. Überall am Hang sah Bidayn sie landen. Dazwischen, im Halbdunkel der Bäume, huschten helle Gestalten.

»Einen Angriff wie diesen hat es noch nie gegeben«, sagte Lyvianne voller Stolz. »Bei Sonnenaufgang wird die Tiefe Stadt zur Toten Stadt geworden sein.«

Ein Schatten fiel auf sie. Wind peitschte in Bidayns Gesicht. Die Baumwipfel ringsherum beugten sich, als ein riesiger Sonnendrache über ihnen erschien. Er schien direkt auf sie hinabzustürzen. Bidayn wollte davonlaufen, doch Lyvianne hielt sie fest.

»Du musst ruhig bleiben! Er hat uns gesehen und wird uns nicht verletzen. Erst wenn du läufst, bist du in Gefahr.«

Dünne Äste krachten. Staub wirbelte Lyvianne ins Gesicht. Bidayn schloss die Augen, als die Schattengestalt sich über ihnen niederließ. Krallen gruben sich knirschend in das faulige Holz des großen Baumstumpfs. Der Wohlgeruch des Sonnendrachens überlagerte den Gestank des Rauchs, der aus dem Schacht aufstieg.

Ein schwanengleicher Hals beugte sich neben ihnen hinab. Bidayn blickte in ein goldenes Auge, dessen geschlitzte Pupille länger als ihr Mittelfinger war. Die großen Nüstern des Drachen blähten sich.

Lyvianne sprach ein Wort der Macht und berührte sie an der Stirn. Wohliges Schaudern überlief Bidayn. Sie spürte, wie sich das Netz der Kraftlinien um sie zusammenzog. Nichts Bedrohliches haftete ihm an. Der Zauber umgab sie wie ein schützender Kokon.

Der rotgeschuppte Drache hob seinen Kopf weit in den Nacken. Er schien auf etwas zu lauschen, das Bidayn nicht zu hören vermochte. Den Befehl zum Angriff?

Ohne Einladung

Nodon dankte den Alben stumm dafür, den Zwerg mit dem verbrannten Gesicht getroffen zu haben. Obwohl er sein Bestes gegeben hatte, sich das Tunnellabyrinth der Tiefen Stadt einzuprägen, hatte er sich hoffnungslos verlaufen. Wahrscheinlich lag es auch an diesem fremden Körper, in den er gezwängt war und der alle seine Sinne beschnitt. So viel kleiner zu sein veränderte die Wahrnehmung! Die Wege waren plötzlich länger. Alles erschien ihm höher und eindrucksvoller.

Er tastete nach den beiden kurzen Schwertern, die er unter seinem Umhang verborgen hielt. Es waren Drachenklingen. Die sollte besser kein Zwerg zu sehen bekommen. Er zog den seltsamen Stein hervor, den Nachtatem ihm überlassen hatte. Das Kohlestück war gewachsen und machte schon fast die Hälfte des Steins aus. Aber fünf oder sechs Stunden sollten ihm noch bleiben. Mehr als genug Zeit, um den Zwerg aufzuspüren, ihn zum Drachenpfad zu bringen und aus diesem Labyrinth zu fliehen.

Nodon war es schleierhaft, warum Nachtatem unbedingt einen Zwerg aus dieser zum Untergang verdammten Stadt holen wollte. Vielleicht wäre der Kerl ja in Zukunft einmal wichtig. Nachtatem beriet sich immerzu mit den Gazala, die mit ihm in der weiten Halle tief unter der Pyramide im Jadegarten lebten. Diese Seherinnen waren seltsam. Die wenigen Male, die Nodon ihnen begegnet war, hatte er stets das Gefühl gehabt, dass sie Dinge über ihn wussten, die ihm selbst noch unbekannt waren. Sie waren kühl und abweisend. Sie wussten sicherlich, warum dieser Zwerg noch weiterleben sollte. Er sollte seine Zeit nicht mit unnützen Gedanken vergeuden. Es war nicht seine Aufgabe, Fragen zu stellen. Was er zu tun hatte, war klar umrissen. Hoffentlich machte der Zwerg ihm keine Schwierigkeiten. Gut, dass der Kerl gerade ein Fest besuchte. Dort könnte er unauffällig mit ihm ins Gespräch kommen.

Bald erreichte Nodon den Weg entlang der Felsspalte. Eilig schritt er voran und fand das Portal, das ihm beschrieben worden war. Mitten unter dem Tor stand ein Zwerg mit verschränkten Armen. Ein breiter, goldener Ring steckte in seiner Nase. Man musste wohl Zwerg sein, um das hübsch zu finden.

»Was willst du?«, fragte der Torwärter barsch. Hinter dem Kerl erschienen noch zwei weitere finster dreinblickende Zwerge, die sich in wohl geübter Pose auf mannsgroße Äxte stützten.

»Ich wünsche das Fest der Dame Amalaswintha zu besuchen.«

»Das wünschen viele«, entgegnete der Nasenringträger herablassend.

»Ich suche einen ihrer Gäste.«

Der Wächter zog die Brauen zusammen und machte einen Schritt auf ihn zu. »Dann wirst du wohl warten müssen, bis er durch dieses Tor kommt. Und du wartest nicht hier, dass das klar ist. Geschmeiß wie dich wünscht die Dame Amalaswintha nicht in der Nähe ihres Palastes zu sehen.«

Nodon wich ein Stück zurück. Er hasste es, bedrängt zu werden. »Ich habe eine dringende Nachricht für diesen Gast …«

»Was schert mich das?« Der großspurige Wächter rückte wieder ein Stück vor. Für einen Zwerg roch er erstaunlich dezent.

Nodon stand jetzt mit dem Rücken zur Brüstung, die den Weg säumte. »Was muss ich tun, um auf dieses Fest zu gelangen?«

»Um dieses Portal zu durchschreiten, brauchst du eine Einladung.« Der Wächter musterte ihn abschätzig. »Und du siehst nicht aus wie jemand, der eine Einladung auf ein Fest Amalaswinthas bekommt. Und …« Jetzt schwang ein wenig Unsicherheit in der Stimme des Zwergs. »Was ist mit deinen Augen?«

»Sind sie schwarz? Das geschieht immer, wenn ich mich ärgere. Wo wir gerade von einer Einladung sprechen …« Nodon griff unter seinen Umhang. Einen Augenblick lang genoss er den verblüfften Ausdruck auf dem Gesicht des Leibwächters. Der Kerl befürchtete offensichtlich, einen schrecklichen Fehler begangen zu haben. Unrecht hatte er damit nicht, nur dass es eine andere Sorte Fehler war, als er ahnte. Nodon blickte auf beide Seiten, um sich zu vergewissern, dass niemand auf dem Pfad entlang der Felsspalte unterwegs war.

Der Torwächter setzte gerade an, etwas zu sagen, als Nodon sein Kurzschwert zog und ihm die schlanke Klinge durch Mund und Oberkiefer stieß. »Meine Einladung«, sagte der Elf trocken, zog das zweite Schwert und schleuderte es einem der beiden Axtträger entgegen. Die Klinge zerteilte dessen Bart dicht unter dem Kinn und grub sich tief in die Kehle des Kriegers.

Nodon stürmte vor und nutzte den Augenblick, den ihn der dritte Wächter vor Entsetzen gelähmt anstarrte. Er warf sich mit aller Wucht gegen den Zwerg und stieß ihn zu Boden. Sofort war er über ihm und stieß ihm den ausgestreckten Mittelfinger durch das linke Auge.

Der Zwerg schrie auf.

Nodon fluchte. Diese kurzen, stummeligen Zwergenfinger! Als Elf konnte er auf diese Weise töten. Er packte den Bart des Zwergs und riss dessen Kopf mit einem scharfen Ruck zur Seite. Das Geschrei verstummte.

Nodon wischte seine blutigen Finger am struppigen Bart des Toten ab. Erneut sah er sich aufmerksam um. Nichts rührte sich. Es hatte kaum zehn Herzschläge gedauert, die drei Zwerge zu töten. Niemand schien es gesehen zu haben. Nun mussten nur noch die Leichen verschwinden.

Nodon warf die drei Körper über die Steinbrüstung in den Abgrund. Dann löschte er die Öllampen rings um den Eingang zu Amalaswinthas Palast. Die wenigen Blutspritzer auf dem Fels waren im Dunkeln nicht mehr zu erkennen. Nodon massierte sich den Finger, den er dem dritten Zwerg ins Auge gestoßen hatte. Er hatte ihn sich verstaucht. Verdammter Zwergenleib! Er würde sich beeilen, diesen lästigen Auftrag zu beenden, damit er wieder ein Elf sein konnte.

»Bitte, Nandalee. Du darfst sie nicht töten. Sie haben Fenella! Ich bin verloren, aber für Fenella besteht noch Hoffnung. Du musst sie retten.«

Die Worte erreichten Nandalee kaum. Ihre Wut war zum alles beherrschenden Gefühl geworden. Sie spürte ein Reißen in ihren Gliedern. Ihr Leib wollte seine ursprüngliche Form zurück. Den verhassten Zwergenkörper abstreifen.

»Arbinumja, was geht hier vor?«

Nandalee wich vor Duadan zurück. »Er … Er sagt, es gäbe noch eine Elfe hier unten.«

»Scheiße, nein!«, schrie Skorri auf. »Wie viele von diesen Ungeheuern hast du in die Stadt gebracht?«

Amalaswintha blieb erstaunlich ruhig. »Sag dem Elfen, dass er aufhören soll mit dem, was er gerade tut. Wenn mir etwas geschieht, wird auch das Elfenmädchen sterben. Sie ist an einem Ort, zu dem außer mir niemand geht. Übersetz ihm das!«

»Du musst ihn umbringen, sofort!«, beharrte Skorri. »Elfen bringen nur Unglück. Du siehst es doch. Sieh dir Arbinumja an. Sein ganzer Bart ist voller Blut. Und hattest du nicht auch das Gefühl, es würde dich gleich zerreißen? Deine Augen sind ganz rot …«

Nandalee wandte sich wieder an Duadan. »Wie bist du hierhergekommen?«

»Die Trolle haben unser Lager überfallen.« Duadan blickte durch sie hindurch, während er sprach, so als würde er geradewegs in die Vergangenheit sehen. »Sie kamen nicht lange, nachdem wir uns zum letzten Mal gesehen hatten … Sie haben uns überrascht. Sie waren plötzlich da. Es gab nicht einmal einen richtigen Kampf. Sie wollten uns lebend. Vorerst. Sie brachten uns zum Königsstein und … und …« Duadans Stimme versagte. Sein Blick war aus der Vergangenheit zurückgekehrt. Er starrte sie mit bebenden Lippen an. Es lag kein Vorwurf darin. Nur Traurigkeit.

Hätte sie nur nie den Pfeil auf den Troll abgeschossen, dachte sie voller Reue. Mit diesem Schuss habe ich meine Sippe ausgelöscht.

»Das Zwergenweib hat mich von den Trollen gekauft. Mich und Fenella. Sie ist mit einer ganzen Karawane von Lastschlitten gekommen. Ich glaube, sie hat mit Trockenfleisch und Met für uns bezahlt.« Er lächelte bitter. »Der Preis für ein Elfenleben liegt hoch.«

Amalaswintha bedrängte sie erneut zu übersetzen, was der Elf zu sagen hatte. Auch die übrigen Zwerge hatten neuen Mut gefasst und scharten sich um sie. Begierig hingen sie an ihren Lippen, als sie ihnen eine Lüge nach der anderen über Duadan erzählte.

»Du bist jetzt eine Drachenelfe, nicht wahr?« Es brach ihr schier das Herz, mit wie viel Hoffnung ihr Ziehvater sie fragte. »Eine Zauberweberin und Schwertmeisterin.«

Lag da Stolz in seinem Blick, oder wünschte sie sich nur, dass es so wäre?

»Du kannst Fenella befreien. Bring sie lebend von hier fort und versuche die Überlebenden aus dem Königsstein zu befreien.«

»Es gibt Überlebende?«

»Als mich die Zwerge holten, waren es noch sieben.« Er zählte ihre Namen auf.

»Was erzählt er da?«, mischte sich Amalaswintha ein.

»Er nennt die Namen der sieben Meister, bei denen er die Kunst des Zauberwebens erlernte.« Nandalee kämpfte darum, gleichmütig zu klingen, doch ihre Stimme geriet immer wieder ins Stocken. Zu schwer lastete die Schuld auf ihr, um mit leichter Zunge Lügen erzählen zu können. Sie stellte sich vor, wie die sieben in feuchten Höhlen eingekerkert dahinvegetierten, ohne Hoffnung auf Rettung. Der Willkür der Trolle ausgeliefert.

»Wird er mich die Kunst des Zauberns lehren?«, wollte Amalaswintha wissen.

Nandalee bemerkte, dass diese Frage bei den übrigen Zwergen

Verblüffung, ja sogar Ärger provozierte. Selbst Skorri, der sich sonst so unterwürfig gab, runzelte die Stirn und schüttelte dann den Kopf. Offensichtlich hatte Amalaswintha an ein großes Tabu gerührt.

Duadan hatte die veränderte Stimmung ebenfalls bemerkt und bedrängte Nandalee, ihm zu erklären, was unter den Zwergen vor sich ging.

»Sie hat also die Gabe, Zauber zu weben«, sagte er nachdenklich und maß Amalaswintha mit Blicken.

»Willst du sie wirklich …«

»Wenn sie den Preis zahlt, den ich fordere. Sie soll die Überlebenden unserer Sippe freikaufen. Für jedes Leben werde ich sie ein Jahr lang unterrichten.«

»Aber die Zwerge werden dieses Wissen vielleicht nutzen, um gegen Elfen und Drachen zu kämpfen«, begehrte Nandalee auf.

»Das Leben der letzten meiner Sippe ist mir kostbarer als das von Elfen und Drachen, die in die Städte der Zwerge kommen, um dort Krieg zu führen«, sagte Duadan, und jedes seiner Worte traf sie wie ein Dolchstoß. »Du bist auf den Wegen der Magie schon unendlich viel weiter gegangen als ich.« Seine Stimme klang nun versöhnlicher. »Was kann ich ihr schon beibringen? Einen Jagdzauber, der sie Spuren lesen lässt, die für das Auge nicht mehr sichtbar sind? Einen Zauber, der feuchtes Holz zum Brennen bringt? Ist dieser Preis zu hoch, um die zu retten, die mir teuer sind?«

»Ich werde Fenella hier herausholen«, beharrte Nandalee. »Und dich! Und gemeinsam befreien wir unsere Freunde …«

»Du willst dich allein gegen eine Zwergenstadt stellen und danach mit einem Krüppel und einem Mädchen als Gefährten die Macht der Trolle herausfordern?« Er lächelte. »Du magst aussehen wie ein Zwerg, Nandalee, aber du hast dich nicht verändert. Übersetze ihr meinen Vorschlag. Ein Jahr für ein Elfenleben. Das ist kein zu hoher Preis.«

Nandalee war überzeugt, dass es nicht klug war, Amalaswintha so schnell so weit entgegenzukommen. »Er bietet dir an, dich sieben Zauber zu lehren. Sein erster Zauber wird dein Altern beenden. Du wirst sein wie die Elfen. Deine Schönheit wird niemals verblühen, und dein Leben wird ewig währen, solange keiner kommt, um es dir zu nehmen.« Sie sah am Glanz in Amalaswinthas Augen, dass dies der richtige Weg war. »Allerdings verlangt er, dass du auch die übrigen Elfen, die bei den Trollen gefangen gehalten werden, rettest und hierherbringst, damit er sie sehen kann.«

»Das ist widernatürlich«, empörte sich einer der Graubärte unter den Zwergen. »Zu altern gehört zum Leben. Du darfst dich nicht mit diesem Elfen einlassen! Du bist keine mehr aus unserem Volk, wenn du das tust, Amalaswintha!«

»Du hast leicht reden, Gadaric, deine Jugend ist verflossen, und nicht einmal Zaubermacht vermag sie zurückholen.« Amalaswintha wandte sich den übrigen Zwergen mit herausforderndem Blick zu. »Aber wer von euch würde das Geschenk der ewigen Jugend ablehnen, wenn ich es ihm anbieten könnte? Wenn ich den Zauber des Elfen erst einmal gemeistert habe, kann jeder von euch Unsterblichkeit erringen. Wer von euch spuckt darauf? Du, Gadaric, wenn du spürst, wie die Kälte des Todes unter deinem eisgrauen Bart nach deiner Kehle greift? Oder du, Skorri, wenn die Jahre deine Manneskraft dahinschmelzen lassen? Warum sollten wir nicht begehren, was den Elfen geschenkt ist? Warum sollten wir nicht gegen die Ungerechtigkeit der Schöpfung aufbegehren?«

»Weil wir Zwerge sind«, entgegnete Gadaric mit fester Stimme. »Wir sind dazu geboren zu altern. So haben es die Alben entschieden. Was ist ein Jahr noch wert, wenn ein Leben ewig währt? Und was wären wir, wenn wir nicht mehr altern? Ganz gewiss keine Zwerge mehr!«

»Worüber streiten sie?«, wollte Duadan wissen.

»Darüber, wer das Gold für all die Güter aufbringen soll, die

die Trolle im Austausch für die übrigen Elfen verlangen werden«, log sie.

»Also werden sie sich auf meinen Vorschlag einlassen?«

Nandalee zögerte. Noch nie zuvor hatte sie Duadan belogen.

Ein junger Zwerg betrat die festlich geschmückte Höhle. Etwas an der Art, wie er sich bewegte, kam Nandalee vertraut vor. Der Fremde blickte sich um. Seine ganze Haltung hatte etwas Herausforderndes. Er trug ein schreiend rotes Wams, das in starkem Kontrast zu seinem silberblonden Haar stand.

»Wer bist du?«, fuhr Amalaswintha ihn ärgerlich an. »Ich hatte verboten, diese Zusammenkunft zu stören. Wo steckt Geberic? Warum hat er dich hereingelassen?«

Der blonde Zwerg blickte Nandalee an. Seine Augen! Sie waren vollkommen schwarz!

»Ich suche ihn«, sagte der Fremde ruhig und deutete dabei auf Nandalee. »Ich habe eine Nachricht für ihn.«

»Du bist hier nicht willkommen.« Skorri trat ihm entgegen. Plötzlich verharrte er. Furcht lag in seinem Blick. »Bei den Alben«, keuchte er entsetzt. »Was ist mit deinen Augen? Sie …«

»Sind sie schwarz?«, fragte der Fremde ironisch. »Das geschieht, wenn man mich erzürnt. Der Herr von Ishaven hat mich geschickt. Und meine Mission duldet keinen Aufschub.«

Der graubärtige Gadaric packte Skorri und zog ihn aus dem Weg. »Der Kerl ist ein Berserker. Reize ihn nicht. Wer schickt so einen Boten?«

Amalaswintha rief nach ihren Leibwachen.

Der Fremde stand nun unmittelbar vor Nandalee. Sie kannte diese Augen. Ungezählte Stunden hatte sie im Jadegarten diesem kalten Blick standzuhalten versucht. »Nodon?«, flüsterte sie.

Der Zwerg runzelte die Stirn.

»Ich bin es, Nandalee.« Ihre Stimme war nur noch ein Hauch.

Immer noch rief Amalaswintha nach ihren Leibwächtern. Sie stand inzwischen am Eingang der Festhalle.

»Du musst hier fort. Stell keine Fragen.«

Ja, kein Zweifel, das ist Nodon, dachte Nandalee. Immer direkt, ohne Erklärungen. »Ich kann nicht«, zischte sie ärgerlich. »Hilf mir! Sie halten Elfen aus meiner Sippe gefangen. Wir müssen sie hier herausholen!«

Nodon zog einen eigenartigen Stein hervor. Ein Kristall, in den ein Stück Kohle eingeschlossen war. Plötzlich wuchs die Kohle im Kristall an und füllte ihn nun fast ganz aus. Nodons Hand begann zu zittern. Sein bärtiges Gesicht war eine Fratze des Entsetzens geworden. »Es beginnt …«, stammelte er.

Die Spur des Blutes

Nyr war leicht zu finden gewesen. Seit Tagen lungerte er in der Nähe der Amethysthalle herum, schlug sich den Wanst voll und und betrank sich. Während der Versteigerung wurde reichlich Essen und Trinken angeboten, und niemand wagte es, einen der Drachentöter davonzujagen, selbst wenn er sich danebenbenahm.

Nyr dazu zu bringen, mit ihm Galars Höhle aufzusuchen, war Hornbori wesentlich schwerer gefallen. »Du irrst dich«, lallte sein Gefährte. »Galar würde uns niemals betrügen.«

»Wenn ich danebenliege, kannst du ihm gerne sagen, was für ein mieser Kerl ich bin.« Hornbori wünschte sich, dass er sich irrte. Und er verfluchte Amalaswinthas Worte. Sie wusste zu gut, wie sie ihn treffen konnte. Und jetzt noch dieser Elf! Welche dunklen Pläne schmiedete sie? Er dachte an die Beklemmung in seiner Brust, die ihn plötzlich überfallen hatte, als Amalaswinthas Übersetzer mit dem Elfen gesprochen hatte. War das nur seine Angst gewesen? Es war töricht, sich mit Elfen einzulassen. Fast so töricht, wie Drachen zu jagen.

Sie hatten den Tunnel zu Galars Höhle erreicht. Hornbori schob Nyr vor sich her. Der Geschützmeister taumelte bedenklich. Nyr hatte am wenigsten von ihrem Abenteuer profitiert. Galar hatte alles bekommen, was er für seine verrückten Versuche brauchte. Er selbst war in den Rat aufgestiegen, aber Nyr … Er sollte sich etwas überlegen. Sie brauchten den Schützen noch.

Galars Höhle war viel größer geworden, seit Hornbori vor vielen Monden hier hinabgestiegen war, um dem Schmied zu erklären, dass man ihm, Hornbori, die Goldenen Schwingen verleihen würde. Damals hatte Galar an einer Kette über einem riesigen Kessel gehangen. Der Kessel war noch da, aber die Höhle war verlassen. Es herrschte noch immer ein heilloses Durcheinander. Dutzende Tische, beladen mit Kisten und Kästen, Tiegeln und Flaschen, uraltem Brot, Käsestücken, Kräutern und halb mumifizierten Gliedmaßen von allerlei Tieren. Das war Galars Leben.

Es stank erbärmlich hier unten. Kaum zu ertragen. Auf einem der Tische lag ein ganzer Berg schimmelnden Koboldkäses. Galar hatte immer noch nicht herausfinden können, was man anstellen musste, um noch einmal jenen Brei aus Drachenblut und Koboldkäse herzustellen, der seine Hand unverwundbar gemacht hatte, als sie zufällig damit in Berührung gekommen war. Hornbori mochte gar nicht daran denken, wie viel Gold bereits in diese Experimente geflossen war.

Er ließ den Blick über die Tische schweifen und bedauerte, dass er vergessen hatte, ein parfümiertes Tuch mitzubringen. Der Gestank war kaum zu ertragen. Er atmete in kurzen, hechelnden Stößen durch den Mund.

Bald hatte er das Gefühl, dass irgendetwas Pelziges auf seiner Zunge wucherte. Nyr schien der Gestank nichts auszumachen. Sein Gefährte stützte sich schwer auf einen der Tische und blinzelte. »Es ist weg …«

Der Geschützmeister hatte recht. Der Tisch, auf dem immer die Holzgestelle mit den Phiolen voller Drachenblut gestanden hatten, war leer. Nirgends waren die auffälligen, kaum fingerdicken Gläser mit dem leuchtend roten Blut zu entdecken.

»Dafür gibt es eine Erklärung«, lallte Nyr.

Natürlich gibt es die, dachte Hornbori. Amalaswintha hatte ihn nicht belogen. Galar verhökerte ihr Drachenblut! Der verdammte Mistkerl. »Ich werde den Drecksack …«

»Still«, sagte Nyr und rülpste leise. Er kniff die Augen zusammen und verharrte völlig reglos. »Der Brunnen.« Leicht schwankend machte er sich auf den Weg zum ummauerten Brunnenschacht.

Auch Hornbori hatte etwas gehört, einen merkwürdigen Laut über einem der Abzugsschächte. Es hatte wie ein tiefes Einatmen geklungen, was natürlich blanker Unsinn war. Erstaunlich, was für seltsame Geräusche der Wind verursachen konnte. Er folgte Nyr zu dem Schacht. Sein Gefährte hatte sich bereits über den Brunnenrand gebeugt und starrte hinab. Vielleicht war ihm auch einfach nur übel.

»Da ist was«, lallte Nyr und schob sich abenteuerlich weit über den Brunnenrand.

Hornbori packte ihn beim Gürtel. »Ersäuf dich nicht, du Narr. Du …« Hornbori entdeckte einen Handabdruck auf dem Brunnenrand. Jemand war erst vor Kurzem aus dem Schacht heraufgestiegen. Eisensprossen waren in die Brunnenwand eingelassen. Das Wasser war irgendwo in dunkler Tiefe verborgen. Sollte Galar auf diesem Weg geflohen sein? Hatte er dort unten einen kleinen Aal? Zuzutrauen war ihm alles.

»Ich steig mal da runter«, murmelte Nyr und versuchte sich aus seinem Griff zu befreien.

Hornbori zog ihn zurück und schwang sich selbst auf den Rand der Brunnenummauerung. »Ich steig da hinab. Oder hast du Lust, nass zu werden?«

Nyr klappte den Mund auf und zu. Er rülpste noch einmal, und der süßliche Geruch von Met schlug Hornbori ins Gesicht. »Nö!«, brummte Nyr, machte dabei aber den Eindruck, als habe er seine Überlegungen noch nicht gänzlich abgeschlossen. Mit seinem kurzen, versengten Bart und den roten Brandnarben im Gesicht sah er zum Erbarmen aus. Hornbori dachte, was für ein Glück er bei der Drachenjagd gehabt hatte, und trat auf die oberste Sprosse. Das Metall war nass und rutschig. Ohne Zweifel war hier erst vor Kurzem jemand heraufgekommen. Aus dem Wasser! Das war ganz und gar unzwergisch! Hornbori hielt die feuchten Sprossen fest umklammert und blickte nach unten. Er konnte kein Wasser sehen. Der Schacht verlor sich im Dunkel. Aber die Feuchtigkeit war zu spüren.

Er konnte nicht schwimmen. Wenn er abstürzte und es unten an der Brunnenwand keine Sprossen mehr gab … Nicht daran denken, ermahnte er sich stumm und umklammerte die kantigen Eisensprossen so fest, dass sie ihm in die Handflächen schnitten.

Er dachte an Galar und versuchte sich zu erinnern, ob der Schmied je einen gewaschenen Eindruck auf ihn gemacht hatte. Reinlichkeit und Galar, das waren zwei Welten, die nicht zueinanderfanden. Auch der Betrug, den er ihm unterstellte, passte nicht zu dem Schmied. Galar war ein unverträglicher Kotzbrocken. Ein egoistischer Mistkerl, durch und durch. Und deshalb würde er sich das Blut einfach nehmen und sich nicht in aller Heimlichkeit davonmachen. Das war einfach nicht Galars Stil.

»Na, haste auch Angst, nass zu werden?« Nyr grinste zu ihm herab. Der Geschützmeister hatte sich wieder bedenklich weit über den Brunnenrand gelehnt.

Hornbori stieg eine vierte Sprosse hinab, um dem feuchtwarmen Met-Atem zu entfliehen. Er war in seinem ganzen Leben noch nicht in einen Brunnen geklettert. Es wäre vernünftig, hier wieder herauszukommen und einfach oben auf Galar zu warten. Irgendwann würde der Schmied schon erscheinen. Ein falscher Tritt … Noch einmal blickte er in die dunkle Tiefe. Nein, für solch aberwitzige Abenteuer war er nicht geschaffen. Wenn er jetzt wieder aus dem Brunnen kletterte, dann war das keine Feigheit, sondern ein Sieg der Vernunft!

»Was war denn das?« Nyr drehte sich um.

Flammen füllten den runden Ausschnitt der Höhlendecke, den Hornbori aus dem Brunnenschacht sah. Nyr schrie auf, verlor das Gleichgewicht und fiel ihm entgegen. Die Kleider des Geschützmeisters standen in Flammen!

Hornbori drehte den Kopf zur Seite. Nyr prallte auf ihn wie ein Felsbrocken. Die Flammen, die aus seinem Wams schlugen, griffen nach Hornboris kümmerlichen Bartresten. Im Reflex schlug er mit der Hand nach dem Feuer und rutschte von den nassen Eisensprossen ab.

Schreiend stürzten sie dem Dunkel entgegen.

LIUVAR

Nodon ließ den plötzlich zu Kohle gewordenen Stein fallen und riss sie mit sich. Entsetzt blickte er zur himmelblauen Höhlendecke hinauf. Sein Schreck währte nur einen Augenblick, dann trat ein entschlossener Zug in sein Gesicht. Er berührte sie an der Stirn und murmelte ein Wort der Macht. Dabei zerrte er sie in Richtung des Höhlenausgangs.

»Was hat das zu bedeuten?« Ein Schauder überlief Nandalee. Eine angenehme Kühle umfing sie wie an einem Sommermorgen in regendurchnässtem Wald.

Sie erreichten den Durchgang, durch den Amalaswintha geeilt war, um nach ihren Leibwächtern zu suchen. Duadan sah ihnen nach. Im Blick des Sehers lag etwas, das ihr Angst machte. Ein stummer Abschied. Als wisse er ganz genau, was geschehen würde.

»Wir sind inmitten einer Stadt, die sterben wird«, sagte Nodon mit feierlicher Stimme. »Ich glaube nicht, dass wir entkommen können. Ich werde nicht im Körper eines Zwerges gefangen sein, wenn der Tod zu mir kommt.«

Nandalee verstand nicht. Die Stadt sollte sterben? Wovon sprach er? Nachtatem würde Meuchler zu den Mördern des Schwebenden Meisters schicken. Wie sollte eine Stadt sterben?

Nodon griff unter seinen Umhang und reichte ihr ein Kurzschwert. Sie roch das Blut, das daran haftete, obwohl die Klinge sauber gewischt war. Sie musste ganz genau hinsehen, um die feinen, dunklen Linien in der ziselierten Parierstange der Waffe zu entdecken.

Nodon brach in die Knie. Sein Mund klaffte auf. Seine Zähne verschoben sich im Kiefer, das Gesicht schien auf dem Schädelknochen zu verrutschen. Der Bart verschmolz mit Haut und Fleisch. Gepeinigtes Keuchen entrang sich seiner Kehle.

»Bei den Alben, Arbinumja, was ist das? Ist er krank? Ist das ansteckend? Ist …«

Nandalee hob das Kurzschwert und stellte sich breitbeinig vor ihren wehrlosen Gefährten.

»Besessen ist er«, sagte Gadaric. »Habt ihr nicht seine Augen gesehen? Kein Zwerg sieht so aus! Seine Seele hat sich verfinstert. Ihr Schatten scheint selbst durch seine Augen. Du musst ihn töten, Arbinumja.«

Nandalee hob das Schwert mit beiden Händen, sodass dessen Spitze auf Nodons Brust wies. Seine Zwergengewänder waren von ihm abgefallen wie die Haut einer Schlange. Die Verwandlung war fast abgeschlossen.

Ein Hauch berührte sie. Körperlos, einer Ahnung entsprungen, brachte er eine Kälte, die bis tief in die Knochen drang. Duadan hatte den Kopf zur Seite gewandt und sah sie an. Seine Lippen formten Worte, denen er keine Stimme schenkte. Und doch vermochte sie seinen letzten Gruß zu lesen. »Gehe deinen Weg, Nandalee, die du die Seele meiner Tochter trägst. Liuvar.«

Flammen umfingen Duadans Käfig. Gleißend hell schienen

sie geradewegs aus dem blau gemalten Höhlenhimmel hinabzufahren. Nandalee stürmte vor, das Schwert erhoben, um die eisernen Gitterstangen des Käfigs zu zerschlagen. Duadans Gestalt war nur noch ein Schatten inmitten von Flammen.

Ihre Klinge fuhr nieder und glitt mit schrillem Kreischen über das Metall. Ihr Ziehvater krümmte sich. Sie griff nach seiner Hand. Die Hand, die sie so lange behütet hatte, wurde zu Asche, während sie sie hielt.

Das Feuer vermochte Nandalee nicht zu verletzen. Es brannte die Zwergenkleider von ihrem Leib. Ihr Schwert wurde rot glühend. Sie spürte, wie die Lederbänder, mit denen der Griff umwickelt war, sich zusammenzogen und dann ebenfalls zu Asche wurden. Tränen aus geschmolzenem Eisen rannen die Gitterstäbe hinab, dann bogen sich die Stangen, und der Käfig sank in sich zusammen.

Nandalee tastete ungläubig über das schmelzende Metall. Konnte nicht fassen, dass Duadan, der immer Rat gewusst hatte, nun nicht mehr war. Und so wenig die Hitze sie zu verbrennen vermochte, so unbändig war der Schmerz, der in ihrem Inneren wuchs. Sie bäumte sich mit einem schrillen Schrei auf, der all ihr Unglück und ihre Einsamkeit mit sich trug. Ihr Körper wollte schier zerreißen. Sie wand sich wild durch die Pfütze weiß glühenden Metalls. Längst war ihr Schwert verschwunden, eins geworden mit den Gitterstäben, denen Duadan nun entflohen war.

»Liuvar«, flüsterte Nandalee, als der Schmerz nachließ und sie begriff, dass Duadan nicht tot, sondern frei war. Seine Seele würde wiedergeboren werden. Die Martern durch Trolle und Zwerge hatten ein Ende. »Liuvar«, hauchte sie noch einmal. »Frieden, mein Freund.«

Nandalee hatte ihre wahre Gestalt angenommen. Geschmolzenes Eisen perlte wie Quecksilber von ihrem Leib, als sie sich erhob. Das Wort der Macht, das Nodon gesprochen hatte, schützte sie vor der Hitze des Feuers.

Die Flammen waren verschwunden. Ebenso die Zwerge, die gerade noch Amalaswinthas Gäste gewesen waren. Die weite Höhle war vom Ruß geschwärzt, und der falsche Himmel hatte Risse bekommen. Die Pfütze aus geschmolzenem Metall schimmerte in mattem Rot. Es war das einzige Licht, das die gleißenden Flammen hinterlassen hatten.

»Nandalee.« Nodon stand im Durchgang zu dem Tunnel, in den Amalaswintha verschwunden war, um nach ihren Leibwachen zu suchen. Er war nackt wie sie, doch war er weit genug vom Zentrum der Flammen entfernt gewesen, dass sein Schwert nicht geschmolzen war. »Wir müssen fort. Schnell.« Seine Stimme klang rau. Sein Atem ging keuchend, als sei er eine weite Strecke gelaufen.

Auch Nandalee fühlte sich atemlos. Ein öliger Geschmack lag auf ihrer Zunge. Den Gedanken, woher er stammen mochte, verdrängte sie sofort wieder. Sie dachte an die Schuld, die auf ihr lastete. An Fenella und die Gefangenen in den Höhlen beim Königsstein. Sie musste Fenella finden, Duadans Nichte! Was hatte Amalaswintha über die Elfe gesagt? *Sie ist an einem Ort, zu dem außer mir niemand geht.* Nandalee hatte eine Ahnung, wo das sein mochte!

Nodon hielt sie zurück, als sie an ihm vorbeiwollte. »Vorsicht. Noch sind nicht alle Zwerge tot. Diese Furie hat erstaunlich viele Leibwächter.«

Nandalee ging in die Knie und spähte in den Tunnel. Einzelne ersterbende Lichter flackerten entlang der Wände. Etwa zwanzig Schritt entfernt stand ein halbes Dutzend Zwerge, die Armbrüste im Anschlag.

Sie zog sich vorsichtig zurück.

»Sie werden uns in den Rücken schießen, wenn wir versuchen, zum Ausgang zu gelangen«, stellte Nodon nüchtern fest.

»Dann willst du sie also angreifen?« Nach jedem einzelnen Wort rang Nandalee um Atem.

Statt zu antworten, bedachte Nodon sie mit einem schmallippigen Lächeln.

»Nur um sicherzugehen … Zwei Krieger, die zusammen ein Schwert besitzen, stürmen in einem engen Tunnel auf zehn Armbrustschützen zu. Das ist dein Schlachtplan, ja?«

»So, wie du das schilderst, hört es sich nicht sonderlich ausgefeilt an.« Sein Lächeln wurde ein wenig breiter. »Aber ich denke, es ist besser, als sich in den Rücken schießen zu lassen.«

»Unbedingt!« Nandalee erhob sich, bog in den Tunnel ein und wurde vom scharfen Klacken der Armbrüste empfangen.

Kein Zwergentod

Wasser und Dunkelheit. In blinder Panik ruderte Hornbori mit Armen und Beinen. Er war im Wasser gelandet. Der Sturz hatte ihn in die Tiefe dunkler Fluten gerissen. Um und um sich wirbelnd hatte er alle Orientierung verloren, wusste nicht mehr, wo oben und unten war. Die grausamen Flammen waren verloschen … Oder blickte er einfach nur in die falsche Richtung? Er drehte sich, streckte die Hände aus. Verfluchtes Wasser! Zwerge waren nicht zum Schwimmen erschaffen. Felsgräber waren sie, Steinespalter. Der Erde verschworen. Wasser … Das war nicht ihre Welt.

Ihm ging die Luft aus. Nicht mehr lange … Seine Finger glitten über schlüpfrigen Fels. Eine Wand. Fast hätte er aufgelacht. Der Brunnen war nicht weit. Man musste ein Idiot sein, um keine der Schachtwände zu finden. Aber wo war oben? Dort, wohin die Luftblasen stiegen! Seine Lungen brannten wie Feuer. Er musste atmen! Doch erst musste er ein wenig von seiner kostbaren Atemluft aufgeben. Dann würden ihm die Luftblasen den Weg weisen. Er pustete durch seine zusammengepressten Lippen. Spendete ein wenig der Luft, die sein Leben bedeutete. Sie strich seine Hand entlang, mit der er die Silberblasen, die er im Dunkel nicht zu sehen vermochte, ertastete. Luftblasen, groß wie Taubeneier, strichen über seinen Bart, und er stellte sich vor, wie sie seinen Füßen entgegeneilten, um dann ganz und gar mit der Dunkelheit zu verschmelzen, in die auch er eingehen würde. Sie waren ihm nur ein kleines Stück voraus, die … Was dachte er da! War er denn von Sinnen? Luftblasen, die seinen Füßen entgegenstiegen? Er arbeitete sich in die falsche Richtung die Brunnenwand entlang.

Erneut überkam ihn Panik. Er drehte sich. Zu viel?

Ich bin tot, dachte Hornbori. Tot! Ertrunken! Was für ein unwürdiges Ende. Er wünschte, er wäre in den Flammen umgekommen oder auf einem blutigen Schlachtfeld. Oder zumindest in einem Steinschlag in den Tiefen des Berges. Ertrinken, das war kein Tod für einen Zwerg.

Seine Sinne lösten sich von dieser Welt. Er ließ sich treiben, glitt einem Licht entgegen. Was erwartete ihn nach dem Tod? Beklommen dachte er daran, dass niemand seinen Leichnam finden würde. Wer suchte schon einen Zwerg am Grund eines Brunnens? Und die letzte Tat seiner Existenz würde darin bestehen, das Wasser zu vergiften, in dem er lag. Mist! Was für ein jämmerliches Ende.

Er hatte keine Kraft mehr. Ließ sich dem Licht entgegengleiten … Nein, nicht gleiten. Er wurde dem Licht entgegengezogen. Etwas hatte ihn gepackt! Erschrocken atmete er aus, und Finsternis umfing ihn.

»Du wirst jetzt wieder atmen, du schleimiger Haufen Scheiße!« Ein heftiger Schlag traf Hornbori auf der Brust.

»Hörst du, du … du … du …«

Hornbori blinzelte.

»Siehst du, er lebt!«, rief eine andere Stimme. »Hab ich es dir doch gesagt.«

Ein weiterer Hieb traf Hornbori auf die Brust. »Was lebt, das atmet, Rattenhirn. Atme!«

»Ratten sind nicht dumm, Galar. Wirklich nicht …«

Noch ein Hieb. »Glotz nicht! Atme!«

Hornbori bäumte sich auf und spuckte Wasser. Sehr viel Wasser. Seine Lungen brannten. Ihm war schwindelig. Er fühlte sich den Toten näher als den Lebenden. Ein Zittern überlief ihn, das er einfach nicht zu beherrschen vermochte. Er musste wohl ziemlich elend aussehen, wenn selbst Galar darauf verzichtete, Späße zu machen.

Hornboris Kraft reichte kaum, den Kopf zu heben. »Danke.« Das Wort schob sich wie ein großer, runder Stein über seine Lippen. Schwer, von Speichel benetzt, unecht.

»Wir konnten dich ja nicht absaufen lassen«, kam es ein wenig unwirsch von Galar. »Was ist da oben passiert?«

»Feuer kam von der Höhlendecke«, murmelte Nyr und zog dabei die Augenbrauen zusammen. »Heiß wie Drachenatem! Ja, ich weiß, wie sich das anhört. Aber genau so war es …«

Galar strich sich über seine kümmerlichen Bartreste. »Sie haben uns also gefunden. War nur eine Frage der Zeit.«

Hornbori lag noch immer am Boden, zu schwach, um sich aufzurichten oder gar an dem Gespräch zu beteiligen. Stumm dankte er den Alben dafür, noch zu leben. Zumindest vorübergehend noch.

»Ihr habt unglaubliches Schwein gehabt«, stellte Galar mit dem Anflug eines Lächelns fest. »Hier unten sind wir vor dem Drachenfeuer sicher. Niemand weiß von diesem Tunnel.«

Hornbori verdrehte die Augen und blickte in den spärlich beleuchteten Stollen. Er war mit allerlei Gerümpel vollgestellt und unterschied sich in seinem Chaos nicht im Mindesten von der Werkstatt des Schmiedes. Auf einer Werkbank lagen Werkzeug und Lederreste durcheinander. Auch hier stank es nach dem grässlichen Koboldkäse. Alchemistische Gerätschaften waren zu unübersichtlichen Abfolgen von bauchigen Flaschen über Öllampen aufgebaut, verbunden durch ein Netzwerk in Spiralen gebogener Kupferröhrchen. Und dann entdeckte er die dunkelroten Glasphiolen. Sauber in kleinen, eigens angefertigten Setzkästen. Ordentlich mit eng beschriebenen Pergamentstreifen beklebt, ein Hort der Ordnung, der ganz und gar Galars Charakter widersprach. Das Drachenblut! Hierher war es also gekommen. Der Schmied hatte sie nicht bestohlen. Im Gegenteil, er hatte das Blut in weiser Voraussicht in Sicherheit gebracht.

»Wie haben die denn unter all den Luftschächten den zu deiner Höhle gefunden? Und woher wussten die Drachen, dass wir dort unten sind? Das Feuer drang in die Höhle, kaum dass wir eingetreten waren.«

Galar stieß einen tiefen Seufzer aus und musterte Nyr, als habe er es mit einem Idioten zu tun. »Na, das liegt doch wohl auf der Hand, wie sie das gemacht haben. Mit Drachenmagie! So haben sie uns mitten in der Tiefen Stadt unter Tausenden Zwergen aufgespürt.«

»Wenn da Magie im Spiel ist … müssten die dann nicht auch wissen, dass wir noch leben?«

Hornbori schluckte. Übelkeit und Schwindel waren vergessen. Er blickte zu der dunklen Wasserfläche, auf der sich das Licht der Öllampen spiegelte.

Galar begann wieder über die Reste seines Bartes zu streichen. Hektischer nun. »Sie werden uns einen ihrer Drachenelfen schicken. So wie sie es immer tun, wenn jemand es wagt, sich gegen die Tyrannei der Himmelsschlangen aufzulehnen.«

»Wär vielleicht besser gewesen, uns hätte das Feuer erwischt«, krächzte Hornbori mit brennender Kehle.

Galar fuhr zu ihm herum. »Dich hat niemand gefragt, Schisser! Wär vielleicht besser gewesen, wir hätten dich ersaufen lassen.«

»Einen Drachenelfen können wir nicht besiegen«, sagte Nyr beklommen. »Die Magie der Himmelsschlangen beschützt sie. Sie sind wie Geister, mit …«

»Halt's Maul! Wer sagt denn so was? Unbesiegbar, dass ich nicht lache. Niemand hat je einen Drachenelfen gesehen.«

Hornbori schloss die Augen. Warum hatte er sich nur mit diesem Einfaltspinsel eingelassen? »Begreifst du nicht, dass du gerade Nyr bestätigst? Wer einen Drachenelfen sieht, der kommt nicht mehr dazu, davon zu berichten. Sie sind unbesiegbar.«

Galar lächelte auf eigentümliche Art. »Und ich sage dir, auch Drachenelfen kann es erwischen. Und dann werden sie in kleine Stücke zerschnibbelt. In ganz kleine!« Ein irrer Glanz lag in den Augen des Schmiedes. Er glaubte offensichtlich an den Unsinn, den er da redete!

»Vielleicht hat er recht.« Nyr deutete zu der Wasserfläche. Der Ausstieg in die Höhle war nicht sonderlich groß. Eine kreisrunde Öffnung, kaum mehr als einen Schritt weit. »Wenn ein Drachenelf kommt, müssen wir ihn erwischen, wenn er den Kopf aus dem Wasser streckt. Das ist der einzige Augenblick, in dem er vielleicht verwundbar ist.«

»Das kriegen wir hin!« Galar lächelte grimmig, ging ein Stück weit in den Stollen, kramte in einem der Haufen von Plunder, die überall herumlagen, und stieß bald ein zufriedenes Grunzen aus. Unter Kupferblechen und rostigen Werkzeugen zog er eine riesige Axt hervor.

»Ich glaube, das hier ist härter als ein Drachenelfenschädel!«

Am Abgrund

Der große Drache beugte seinen Hals vor und spie seine Flammen in den Schacht. Die Luft ringsherum schien zu flüssigem Glas zu werden. Sie wirkte dichter, wogte in unnatürlichen Wellen, und alles wirkte seltsam verzerrt. Ganz so, als blicke man durch eine bewegte Wasseroberfläche in ein Bachbett.

Gonvalon spürte die Hitze nicht. Lyvianne hatte ein Wort der Macht über ihn gesprochen. Sie vertraute ihm. Noch nie hatte er sich einem Befehl des Goldenen widersetzt. Seine Hand schloss sich fester um den Griff seines Schwertes.

Der Sonnendrache hob sein Haupt und blickte ihn mit großen, bernsteinfarbenen Augen an. Die geschlitzte Pupille verengte sich. Er forderte ihn heraus, nun dorthin zu gehen, wohin er selbst nicht gelangen konnte.

Gonvalon wickelte sich Seidentücher um die Hände, dann prüfte er mit einem Ruck das Seil. Zufrieden ließ er es in den Luftschacht hinab, aus dem ihm Rauch und Hitze entgegenschlugen. Das Seil würde ihn nicht lange tragen.

Er schob sein Schwert in eine Lederschlaufe auf seinem Rücken und griff nach dem glatten Seil. Ohne zu zögern, ließ er sich in den engen Schacht hinab, an dessen fernem Ende rote Glut glomm. Seine Füße gegen das Seil gepresst und es zugleich mit beiden Händen umklammernd, glitt er in die Tiefe Stadt. Der Schacht war beklemmend eng. Immer wieder stieß er gegen die Felswände. Vor Schürfwunden schützte ihn der Zauber Lyviannes nicht. Doch er spürte den Schmerz kaum. Das Seil veränderte sich. Es wurde trocken und spröde. Lange würde es der Hitze nicht mehr standhalten. Er wusste, was ihn erwartete. Wusste, was geschehen würde, wenn es zu früh riss. Es wäre einfacher gewesen, sich über dem Hafen abzuseilen.

Lyvianne hatte ein prächtiges Portal in der Silberschale gesehen. Einen Ort, der unverwechselbar war. Ganz in seiner Nähe würde er aus dem Luftschacht gelangen.

Seilfasern drängten sich zwischen seine Finger. Er versuchte hinabzublicken, aber der Schacht war so eng, dass er den Kopf nicht ohne Gefahr vorbeugen konnte.

Seine Hände schmerzten von der Reibung des Seils. Es schnitt in seine Handflächen, obwohl es besonders behandelt war und er seine Hände mit Seidentüchern umwickelt hatte. Und es wurde dünner, weniger belastbar. Er konnte spüren, wie es sich auflöste.

Endlich spie ihn der Schacht aus. Er hing über einem Abgrund. Einzelne Feuer brannten auf einem Saumpfad. Leichen, wohin das Auge sah.

Gonvalon sah das Seil über die Kante des Schachtes scheuern. Faser für Faser rieb es sich durch. Feiner Rauch stieg davon auf. Er blickte zum Saumpfad. Vielleicht hundert Schritt entfernt erkannte er das Portal, sein Ziel. Dort verlief ein zweiter Pfad. Und unter ihm klaffte ein bodenloser Abgrund, der bis hinab ins Herz der Welt zu führen schien.

War es Zufall, dass er durch diesen Schacht geschickt wurde? Es musste doch noch andere Wege geben, die ihn in die Nähe des Portals gebracht hätten. Oder war dies das Schicksal, das der Goldene ihm zugedacht hatte? Sollte auch er einer jener Drachenelfen werden, die bei dieser Schlacht spurlos verschwanden?

Er spannte die Muskeln, versuchte das Seil in eine Pendelbewegung zu bringen. Unendlich langsam begann es zu schwingen. Er glitt tiefer. Drei oder vier Schritt blieben ihm, dann war er am Ende des Seils. Viel zu weit vom Saumpfad entfernt.

Fasern, halb zu Asche geworden, rieselten auf sein Gesicht. Der Zauber Lyviannes hatte ihn in einen kühlen Kokon gewoben. Unmöglich zu sagen, wie heiß es hier war. Aber die Hitze war stark genug, das Seil zu versengen, und hatte jene Zwerge getötet, die auf dem Saumpfad entlang des Abgrunds gegangen waren.

Der Gestank von verbranntem Fleisch und Fett machte Gonvalon zu schaffen. Er atmete flach durch den Mund. Jetzt schwang er in weiten Pendelbewegungen über dem Abgrund. Das Seil war zu kurz, um festen Boden zu erreichen. Die schwelenden Fasern waren schon zu mehr als der Hälfte durchgescheuert. Einen Herzschlag lang erwog er, es enden zu lassen. Aber er war noch nie vor einer Aufgabe geflohen, ganz gleich, wie schwer sie sein mochte. Er musste Nandalee finden!

Das Seil würde gleich den weitesten Ausschlag der Pendelbewegung erreichen. Jetzt!

Er ließ los. Streckte sich vor. Stürzte dem Saumpfad entgegen. Fast …

Er streckte sich verzweifelt. Jeder seiner Muskeln war zum Zerreißen gespannt. Er würde es nicht schaffen. Zwei Handbreit fehlten nur. Nur zwei Hand!

Hart schlug er auf den Felsen auf. Die Luft wurde ihm aus den Lungen gepresst. Seine Hände glitten über den unebenen Fels. Er rutschte tiefer, dem bodenlosen Abgrund entgegen.

Seine Finger krallten sich in einen Spalt, kaum tief genug, dass die Fingerkuppen Halt fanden. Mit einem Ruck endete sein Gleiten in die Tiefe. Ein Ruck, der ihm schier die Sehnen in den Armen zerreißen wollte. Seine Schultergelenke knackten. Brennender Schmerz lief durch seine Arme. Wäre er noch ein Zauberweber, könnte er sich leicht retten. Wie eine Fliege könnte er die Wand hinauflaufen.

Er stellte sich vor, seine Finger seien Wurzeln, die tief in den Spalt wuchsen. Mit einem Schrei kämpfte er gegen den Abgrund an. Zog sich höher, Zoll um Zoll. Seine nackten Füße tasteten über den Fels. Endlich fand er einen Halt.

Keuchend zog er sich auf das Sims, kämpfte sich auf die Knie und tastete über seiner Schulter nach dem Schwertgriff. Seine Arme zitterten, so verkrampft waren sie. Das in der Hitze verschrumpelte Leder zerriss, als er die Klinge zog.

Wind, der vom Schacht hinabwehte, spielte mit seinem Haar. Er atmete tief durch. Genoss es, am Leben zu sein. Grimmig blickte er zu dem Portal. Nur hundert Schritt trennten ihn von dem Weg, der ihn zu Nandalee führen würde, der Verräterin, die eines Tages den Erstgeschlüpften töten würde. Hundert Schritt, wenn er es schaffte, einen Weg auf die andere Seite des Abgrunds zu finden.

Kaum dass sie das scharfe Klacken der Armbrüste hörte, ließ Nandalee sich nach hinten fallen. Es war ein riskantes Manöver. Der Abstand zu den Zwergen betrug wenig mehr als fünfzehn Schritt. Die Befiederung eines der Bolzen schlitzte ihre Stirn auf. Hatten sie alle geschossen? Waren sie nervös? Oder waren sie schlachterfahren genug, um zu wissen, was es bedeutete, wenn sie nun alle zur gleichen Zeit nachladen mussten?

Nandalees Schultern berührten kaum den Boden, als sie mit einem Satz wieder auf den Beinen war und den Zwergenkriegern entgegenstürmte. Sie hatte Glück. Die Zwerge hatten ihre Armbrüste mit dem Spannfuß zu Boden gerichtet und die Sehnen in die Haken an ihren Gürteln eingelegt. Einen Fuß in den trapezförmigen Spannfuß gesetzt, spannten sie die Waffen mit aller Kraft ihrer Beine. Das ging erstaunlich schnell. Gleichzeitig tasteten sie nach Bolzen in den Köchern an ihrer Seite.

Nandalee erreichte den ersten Zwerg, als dieser die Waffe hob. Sie traf ihn mit einem FaustStoß dicht unter dem Kinn, genau auf dem Kehlkopf. Der Zwerg taumelte zurück gegen den Gefährten, der hinter ihm stand. Er ließ die Waffe fallen und packte sich mit beiden Händen an den Hals. Nandalee beachtete ihn nicht weiter. Sie wusste, sein Kehlkopf war durch den Treffer in die Luftröhre gedrückt. Für ihn gab es keine Hilfe mehr. Er würde ersticken.

Sie fing die fallende Armbrust auf und hieb den stählernen Bogen dem nächsten Zwerg seitlich gegen den Kopf. Mit einem grässlichen Knirschen verschwand der Bogen im Schädel. Nandalee warf sich zurück, um einem Axthieb auszuweichen. Die Klinge verfehlte sie um Haaresbreite. Dann war Nodon über den Zwergen. Er kämpfte mit kühler Selbstbeherrschung, so wie sie ihn aus den Fechtstunden kannte. Jeder seiner Hiebe war ein tödlicher Treffer. Tausende Übungsstunden hatten ihn zu einem Schwertkämpfer gemacht, der nur noch unter Drachenelfen gleichwertige Gegner finden mochte. Er schien jeden Angriff im

Voraus zu ahnen, parierte selbst Schläge, die auf seinen Rücken zielten, und nutzte die Wucht der Angriffe, um die Zwerge gegeneinander auszuspielen.

Nandalee nahm eine Axt und beteiligte sich am Kampf, wohl wissend, dass Nodon eigentlich keine Hilfe brauchte. Sie hatte wenig Übung mit Äxten. Wie die meisten Drachenelfen fand sie diese Waffen plump. Mit kurzen, wuchtigen Hieben machte sie sich den Weg frei.

Die Zwerge kämpften verbissen. Die meisten von ihnen hatten keine Zeit gehabt, Rüstungen anzulegen oder Schilde mitzunehmen. Sie hatten sich ganz auf ihre Armbrüste verlassen. Dennoch wandte sich kein Einziger von ihnen zur Flucht. Und in ihren Augen sah Nandalee keine Furcht. Nur Hass! Sie kämpften bis zum letzten Mann.

Das Gefecht dauerte weniger als fünfzig Herzschläge. Als Nodon den letzten Zwerg mit einem wuchtigen Hieb enthauptete, hob Nandalee ihre blutbespritzte Axt und salutierte vor den toten Feinden.

»Sie werden ohnehin alle sterben«, sagte Nodon. Dann hob auch er sein Schwert zum Gruß an die Toten. »Komm jetzt. Wir müssen hier fort.«

»Ich kann nicht.« Nandalee blickte in den Stollen hinab. Die meisten Lichter waren erloschen. Es war totenstill.

»Dort unten erwartet uns nur der Tod«, sagte Nodon in einem Tonfall, wie man ihn anschlägt, wenn man ein kleines Kind davon überzeugen will, von einer Dummheit abzulassen. »Diese Tunnel liegen zu tief. Die Flammen der Drachen verzehren die Luft der tiefen Stollen. Wenn wir diesem Weg folgen, werden wir ersticken.«

»Ich habe keine Wahl. Die vielleicht letzte Überlebende meiner Sippe wird dort unten gefangen gehalten. Ich muss dort hinab. Ich habe es Duadan versprochen.«

»Was hast du ihm versprochen?«, fuhr Nodon sie an. »Deine

Sippe ganz und gar auszulöschen? Hast du den letzten Funken Verstand verloren? Du kommst mit nach oben. Nachtatem wünscht, dass du lebst. Ich werde dich zu ihm bringen. Und wenn ich dich tragen muss!« Nackt, über und über mit dem Blut der Zwerge bespritzt und mit seinen unnatürlichen, schwarzen Augen sah er wie ein leibhaftiger Daimon aus. Ein Geschöpf, einzig dazu erschaffen, Krieg und Verderben zu bringen.

Mit Worten wäre Nodon nicht zu überzeugen. Nandalee warf sich herum und floh den Tunnel hinab. Nodon war ohne Zweifel der bessere Schwertkämpfer. Aber sie war die bessere Läuferin. Mit fliegenden Schritten hastete sie in die Dunkelheit. Es war eine Dummheit, ja, aber sie hatte Duadan versprochen, Fenella zu retten.

Sie hörte hinter sich das scharfe Klacken einer Armbrust. Nodon konnte doch nicht … Sie warf sich zur Seite. Zu spät. Ein Schlag traf sie am linken Oberschenkel. Dumpf. Sie fühlte keinen Schmerz. Noch nicht.

Sie lief weiter. Sie durfte nicht aufgeben. Es war ihre Schuld, dass ihre Sippe von den Trollen fast vernichtet worden war. Sie musste Fenella finden!

Nandalee spürte ihr Blut das Bein hinabrinnen. Sie versuchte sich das seltsame Modell der Zwergenstadt in Erinnerung zu rufen. Dass sie einen der Tunnel, die nach links abzweigten, nehmen musste, wusste sie. Aber wie weit war sie schon?

Ihr Atem ging keuchend, obwohl sie nur eine kurze Strecke gelaufen war. Nodon hatte recht, es war Irrsinn, diesen Weg zu nehmen. Sie hatte Fenella nicht einmal leiden mögen …

Sie hörte ein leises Geräusch. Nackte Füße auf Felsboden. Nodon folgte ihr.

Sie musste weiter. Um Atem ringend, kämpfte sie sich vorwärts. Endlich erreichte sie einen abzweigenden Tunnel. War sie hier richtig? Im Zwielicht konnte sie keinerlei Markierungen entdecken. Wozu auch? Dieser unterirdische Palast war kein Ort, an den sich ein Gast der Tiefen Stadt ohne Einladung verirren konnte. Und in ihrem eigenen Heim brauchte Amalaswintha keine Wegweiser.

Ein dunkler Ton erklang aus dem Seitentunnel. Ein Geräusch, ähnlich einem Glockenschlag, nur dumpfer. Nandalee entschied sich, es hier zu wagen. Einen zweiten Versuch hatte sie nicht, dessen war sie sich bewusst. Taumelnd, am Rande ihrer Kräfte, schleppte sie sich den Seitentunnel hinab. Jeder Atemzug war jetzt ein verzweifelter Kampf gegen das Ersticken.

Nebel wogte ihr entgegen. Sie war auf dem richtigen Weg. Nandalee beschleunigte ihre Schritte. Wassertropfen sammelten sich auf ihrem Körper und perlten ihre glatte Haut hinab. Der Schmerz sprang sie an wie ein Tier, das im Verborgenen gelauert hatte. Ihr Bein pochte, als sei etwas Lebendiges darin gefangen und versuchte durch ihr Fleisch hinauszugelangen. Sie brach in die Knie. Die Wunde im Oberschenkel blutete noch immer. Ein dunkler Armbrustbolzen ragte zwei Fingerbreit aus ihrem Fleisch. Die Befiederung war von ihrem Blut verklebt. Sie sollte die Wunde heilen, doch dazu müsste sie erst den Armbrustbolzen ziehen. Wenn sie sich damit aufhielt, würde Nodon sie einholen, und sie hatte nicht mehr die Kraft, sich ihm zu widersetzen. Sie musste weiter. Um die Wunde konnte sie sich später noch kümmern!

Nandalee biss die Zähne zusammen. Nicht mehr weit. Die Lichter an den Höhlenwänden waren nur noch ein mattes Glimmen. Doch vor ihr, mitten im Nebel, war etwas Großes, Leuchtendes.

Sie erreichte den Beckenrand. Benommen, kaum noch sie selbst, ließ sie sich ins Wasser gleiten. Es trug sie. Sie sah einen Aal im Hafenbecken versinken. Eines der Tauchboote der Zwerge.

Nandalee kämpfte um Atem. Sie hechelte, versuchte mit aller Kraft ihre Lungen mit Luft zu füllen. Aber ganz gleich, wie hart sie kämpfte, das Gefühl zu ersticken, wollte nicht weichen. Es wurde von Herzschlag zu Herzschlag stärker.

Der Nebel schien um sie herum zu tanzen. Sie spürte deutlich einen Luftzug, hin zu dem Tunnel, durch den sie gekommen war. Nodon hatte recht gehabt. Es war dumm gewesen hierherzukommen. Und doch hatte sie keine Wahl gehabt. Sie hätte mit der Schuld nicht länger leben können. Sie war es, die ihrer Sippe den Untergang gebracht hatte. Nun musste sie mit all ihrer Kraft für die letzten Überlebenden der Windgänger kämpfen.

Der Gedanke ließ neue Kraft in ihr aufkeimen. Sie stieß sich vom Kai ab und schwamm dem Licht entgegen. Schon nach wenigen Schwimmzügen stieß sie auf eine unsichtbare, glatte Wand. Das musste die Kuppel sein, von der Amalaswintha gesprochen hatte. Nandalees tastende Finger fanden Fugen, wo Glas mit Glas verschmolzen war.

»Nandalee«, erklang es keuchend irgendwo im Nebel. Nodon wagte lieber sein Leben, als Nachtatem zu enttäuschen.

»Du … musst … in … die … Kuppel … tauchen.« Jedes Wort war ein Kampf. Ihr Atem war fast erschöpft. Sie stieß sich von der Kuppelwand ab und tauchte in die Tiefe, dem Licht entgegen. Der Druck in ihrer Kehle wuchs ins Unerträgliche. Atmen! Das war alles, was sie noch denken konnte. Tief einatmen und sei es um den Preis, dass sich ihre Lungen mit Wasser füllten und ihre Seele in den Zyklus von Tod und Wiedergeburt einging.

Sie stieß mit dem Kopf durch die Wasseroberfläche. Gierig sog sie die Luft ein. Schillernde Blüten umgaben sie. Die Luft war gesättigt von ihrem köstlichen Duft. Nandalee atmete tief durch. Füllte ihre Lungen, bis sie schier platzen wollten. Endlich wieder frei atmen. Schwindelig und erschöpft zog sie sich auf einen hölzernen Steg. Hunderte Töpfe und Kübel waren in Gruppen zusammengestellt und beherbergten ein wahres Blumenmeer. Dazwischen erhoben sich einzelne kleine Stämme von Kirsch- und Apfelbäumen. Kugeln, die ein angenehmes gelbliches Licht verstrahlten, ruhten auf niedrigen Säulen. Nandalee hörte sogar Vögel zwitschern. Das melancholische Lied einer Nachtigall, begleitet vom aufgeregten Zwitschern von Blaumeisen. Nach all dem Tod und Feuer erschien ihr dieser Ort unwirklich. Er passte nicht in die Tiefe Stadt mit ihrer Düsternis und den bedrückenden Felswänden.

Müdigkeit umfing Nandalee wie eine warme, weiche Decke. Sie hatte all ihre Kraft gegeben. Jetzt war sie am Ende. Selbst der Schmerz in ihrem Bein war in seltsame Ferne gerückt. Er war noch da, behelligte sie jedoch nicht mehr. Sie lag einfach nur auf dem Steg, blickte zu den Blüten und dem wunderbaren Licht, unfähig, auch nur ein einzelnes Glied zu rühren.

Nodons Gesicht erschien über ihr. Seine Lippen bewegten sich. Er wirkte gar nicht wütend. Eher besorgt. Nodons Stimme klang wie ein fernes Echo. »Du hast viel Blut verloren. Bleib still liegen.«

Nandalee musste lächeln. Zu etwas anderem, als still liegen zu bleiben, war sie gar nicht mehr in der Lage. Sie spürte, wie Nodon den scharfkantigen Bolzen in der Wunde bewegte. Doch selbst der Schmerz war etwas weit Entferntes, das nicht mehr zu ihr zu gehören schien. Nandalee gab sich der bleiernen Müdigkeit hin.

Ein angenehm warmes Gefühl strahlte von ihrem verletzten Bein aus. Nodon war ein Mann voller Widersprüche. Nandalee dachte daran, wie er binnen Augenblicken die Zwerge niedergemacht hatte. Ohne Zweifel war er einer der tödlichsten Schwertkämpfer unter den Drachenelfen, doch zugleich war er auch ein begabter Heiler. Seine Hände schenkten den Tod und das Leben. Alles, was er tat, geschah mit kalter Ruhe. Wer außer ihm hätte auf sie geschossen, um sie aufzuhalten!

»Die Wunde ist nun geschlossen.« Nodons Stimme klang warm, fast mitfühlend. »Aber der Blutverlust schwächt dich.« Nach einer Weile fügte er leise hinzu: »Hierherzukommen war eine gute Wahl, ich hätte auf dich hören sollen.«

Nandalee ließ sich auf einer Woge des Wohlgefühls treiben. Nodon hatte ihr noch niemals zugebilligt, eine kluge Entscheidung getroffen zu haben. Sie dachte an seine endlosen Flüche während der Fechtstunden und seine Feindschaft zu Gonvalon und … Plötzlich tauchte ein Name aus ihrem Unterbewusstsein auf. Fenella! Wie hatte sie sich so gehen lassen können! Sie war doch nur wegen der Elfe hier. Nandalee setzte sich auf. Von der plötzlichen Bewegung wurde ihr schwindelig.

»Du solltest dich noch schonen. Wir können hier ohnehin noch nicht wieder hinaus. Es wird dauern, bis die Luft in die tiefen Stollen zurückkehrt.«

Nandalee ignorierte Nodon. Ein wenig unbeholfen richtete sie sich auf. Wo war Fenella? Sollte sie sich getäuscht haben? Was hatte Amalaswintha gesagt? *Sie ist an einem Ort, zu dem außer mir niemand geht.* Das musste dieser verborgene Garten sein!

Nandalee wankte zwischen den Blumen hindurch. Die gläserne Kuppel war nicht sehr groß. Vielleicht zehn Schritt im Durchmesser. Davon entfielen allein zwei Schritt auf die Öffnung in der Mitte, durch die man hineintauchte.

»Fenella!«, rief sie. »Fenella!«

Hinter zwei großen Töpfen, in denen Apfelbäume sprossen, entdeckte sie ein Lager aus zerknüllten Decken. Flammend rotes Haar lugte dazwischen hervor. Auf einem Holzteller lagen Essensreste. Ein einfacher, irdener Krug stand neben einem angeschlagenen Becher.

Fenella hatte rotes Haar! Warum regte sie sich nicht? Mit einem klammen Gefühl kniete Nandalee neben dem Lager nieder und zog die Decke zurück.

Einsame Wacht

Etwas stimmte nicht. Unruhig ging Jari an der Wand mit den goldenen Ohren auf und ab. Die Ohren waren Horchlöcher, verbunden mit einem Rohr, das weit hinauf in den Berg reichte. Nur wenige Zwerge wussten von diesen Vorrichtungen. Sie waren nicht dazu geschaffen worden, die Bewohner der Tiefen Stadt zu bespitzeln. Es ging lediglich darum, sie zu beschützen und Übel abzuwenden. Die meisten hätten das allerdings nicht verstanden.

Jari wachte schon seit mehr als dreißig Jahren in dieser Kammer. Sie war tief in die Wurzeln des Berges getrieben, noch weit unter den Weiberhöhlen verborgen. Nur ein einziger Pfad führte hier hinab, und der war nur einer Handvoll Zwergen bekannt.

Jari nahm einen tiefen Schluck aus dem Topf mit Kräutersud, den er sich erst vor einer halben Stunde aufgesetzt hatte. Es war eine einsame Wacht hier unten. So war es immer mit jenen, die Verantwortung trugen. Sie waren einsam. Wehmütig dachte er daran, wie oft er Festen und Trinkgelagen gelauscht hatte. Manchmal sogar Lustschreien. Er lachte leise vor sich hin. Einige der Öffnungen seiner goldenen Ohren reichten zu pikanten Orten. Er könnte Dinge erzählen … Der alte Zwerg schmunzelte. Das würde er natürlich niemals tun. Allerdings hätte er gerne einmal Amalaswintha gesehen. Über keine andere Zwergin wurde so viel gesprochen wie über sie.

Waren da Schreie? Was war denn da los? Jari setzte den Topf mit dem Kräutersud ab. Heute war ein merkwürdiger Tag. Seit die Versteigerungen begonnen hatten, summte der ganze Berg vor Unruhe. Hunderte Gäste waren gekommen. Überall ertönten fremde Stimmen. Aber so wie heute war es noch nie gewesen. Da waren wirklich Schreie. Diesmal war sich Jari ganz sicher. Und dann war da noch ein eigenartiges, fauchendes Geräusch, auf das er sich keinen Reim zu machen wusste. Es schien aus mehreren der goldenen Ohren zu kommen. Was ging da oben vor sich?

Jari blickte zu dem großen Hebel in der Mitte seiner Kammer. Sollte die Tiefe Stadt angegriffen werden, war es an ihm, die geheimen Tunnel mit den Fallen zu öffnen. Aber gab es einen Angriff? Wenn er diesen Hebel umlegte, würde Blut fließen. Wahrscheinlich auch Zwergenblut. Wer in diese Tunnel kam … Er dachte an all die Bösartigkeiten, die anderthalb Jahrhunderte dunkler Erfindungsgeist ersonnen hatten.

Nervös ging er vor der Wand mit den goldenen Ohren auf und ab. Es gab auch einen Mund. Einen einzigen. Er war mit einem großen Stopfen aus Kork verschlossen. Der Mund mündete in ein goldenes Ohr in der Schreibstube des Alten in der Tiefe. Im Zweifelsfall konnte er dort anfragen. Aber Jari war auserwählt worden, weil er kein Zweifler war. In all den Jahren hier unten hatte er nur dann zur Schreibstube gesprochen, wenn man ihn aufforderte, das Sprachrohr zu prüfen. Immerhin könnte ja vielleicht eine tote Ratte oder etwas anderes darin stecken.

Jari spürte einen Luftzug. Verwundert blickte er zur schweren Eichentür. Natürlich war sie verschlossen, und selbst wenn sie offen gestanden hätte, hätte es nicht ziehen dürfen. Hier, tief unten im Berg, war es schlechterdings unmöglich, dass es zog.

Die Papiere auf seinem großen Arbeitstisch raschelten. Ein Streifen Birkenrinde, aus dem er sich einen Fidibus für seine Meerschaumpfeife hatte drehen wollen, flog auf, segelte in Richtung seiner Lauschwand und legte sich quer vor eines der goldenen Ohren.

Jari war nicht leicht aus der Ruhe zu bringen, aber das hier stank nach Zauberei. Und wenn Zauberei im Spiel war, waren Elfen nicht weit! Aber er musste es ganz sicher wissen. Er trat vor die Wand, um zu lauschen. Ein fremdes Rauschen ertönte in den Rohren. Seine Ohren schienen zu atmen. Es war, als würden sie tief Luft holen. Der Luftzug war jetzt so stark, dass sein Bart zerzaust wurde, und er gewann noch weiter an Kraft. Jari hörte die Schreie jetzt deutlicher.

Die Pergamente auf seinem Tisch wirbelten auf und segelten der Ohrenwand entgegen. All seine Skizzen gerieten in heillose Unordnung. Er versuchte gerade einzelne der Pergamente zu schnappen, als das Ende seines Bartes in eines der Ohren gesaugt wurde.

War er denn in einem Tollhaus! Er packte seinen langen, grauen Bart mit beiden Händen und zupfte ihn wieder heraus. Dieses Durcheinander machte ihn ganz atemlos. Keuchend taumelte er von der Ohrenwand zurück. Ihm war schwindelig. Nicht nur die Blätter drehten sich jetzt in der Luft. Auch die Wände tanzten um ihn herum. Er griff sich an die Kehle.

Die Blätter, die vor die Ohren gesaugt worden waren, fielen zu Boden. Das Geräusch, das wie Atmen geklungen hatte, wurde leiser. Jari rang um Atem. Er wusste nicht, was hier in der Kammer geschah, in der er sein halbes Leben verbracht hatte und die ihm vertraut war wie kein zweiter Ort. Aber was immer es war, es brachte ihn um.

Er schleppte sich zu dem großen Hebel, der neben seinem Schreibtisch aus dem Boden ragte, und ließ sich dagegensinken. Der Hebel ruckte. Er war noch nie benutzt worden. Wenn er ihn umlegte, schoben sich gut getarnte Steinwände vor die Haupttunnel der Tiefen Stadt, und es öffneten sich Parallelgänge, die mit Fallen gespickt waren. Fallen, ersonnen, um Elfen zu töten. Sie würden es bereuen, in seine Stadt gekommen zu sein!

Jari stemmte die Füße gegen den Boden und drückte seinen Leib gegen den Hebel. Er bekam keine Luft mehr. Bald wäre es vorbei mit ihm.

Endlich ruckte der Hebel ein zweites Mal und sank dann nach vorn.

Jari spürte ein fernes Beben. Es war vollbracht! Er stieß einen erleichterten Seufzer aus und starb.

Fenella

Nandalee war erleichtert, Fenella wohlbehalten vor sich zu sehen. Die junge, kaum der Kindheit entwachsene Elfe blickte sie mit ihren weiten, braunen Augen ungläubig an. »Du? Wir dachten alle, du seiest tot. Wo ist Duadan?«

»Er hat mich zu dir geschickt«, antwortete Nandalee ausweichend. »Ich werde dich retten.«

Fenella runzelte die Stirn. »Wir müssen auch ihn retten«, sagte sie zaghaft.

»Das ist nicht mehr möglich. Er ist tot«, mischte sich Nodon ein. »Himmelsschlangen und Drachenelfen greifen die Tiefe Stadt an.«

»Wie überaus feinfühlig«, zischte Nandalee ihn an.

»Ich halte nichts davon, mit der Wahrheit hinter dem Berg zu halten. Besser, sie weiß, woran sie ist.«

Fenellas große Augen füllten sich mit Tränen. »Wie … Er war so …« Sie schluchzte. »Ich … ich habe immer gedacht, er würde niemals sterben. Er wirkte so unbezwingbar … so …« Ihre Stimme ertrank in Tränen.

Nandalee nahm sie in den Arm. »Ich weiß, was du sagen willst. Ich habe genauso gefühlt. Ich war oft mit ihm auf der Jagd. Nichts konnte ihn aus der Ruhe bringen. Er wusste immer, was zu tun war.« Auch sie kämpfte mit den Tränen. »Sein letzter Wunsch war, dass ich dich und die anderen rette.«

Fenella löste sich aus der Umarmung. »Du willst in den Königsstein?« Ihre warmen Augen waren rot umrandet. Tränen rannen noch über ihre Wangen. Ihre Trauer war blankem Entsetzen gewichen. »Du willst in die Trollhöhlen? Das ist unmöglich! Sie werden uns fangen. Ich gehe dort nie wieder hin. Eher bleibe ich hier. Zu den Trollen … Du kannst dir nicht vorstellen, wie es dort ist, was sie uns angetan haben. So viele Monde war ich ihre Gefangene. Es macht ihnen Freude, uns zu quälen. Ich musste zusehen, wie sie meine Schwester geschlachtet haben. Und all die anderen.« Fenella wich bis in die äußerste Ecke ihres Lagers zurück und zog die Decke an sich. »Ich gehe nie wieder in den Königsstein. Lieber bleibe ich bei den Zwergen.«

»Hier wird es bald sehr einsam werden«, warf Nodon sarkastisch ein. »Die Tiefe Stadt steht kurz vor dem Untergang. Wir müssen hier raus! Sofort!«

Fenella sah ihn verständnislos an.

»Das genügt! Kannst du uns jetzt bitte alleine lassen?«

Nodon lächelte kühl. »Ich verstehe. Du möchtest deine Ruhe haben, wenn du sie anlügst.« Er verbeugte sich elegant und zog sich zurück.

»Wer ist das?«, fragte Fenella.

»Er heißt Nodon. Er ist ein Drachenelf. Sie sind nicht alle wie er.«

»Ein Drachenelf!« Fenella sah Nodon nach, und in ihrer Stimme schwang eine Faszination, die Nandalee unbegreiflich blieb.

»Und er ist hierhergekommen, um Duadan zu retten?«

»Nein, er kam, um mich zu holen.«

Fenella sah sie irritiert an. »Warst du auch eine Gefangene der Zwerge? Wir dachten, die Trolle hätten dich gefressen.«

»Ich war keine Gefangene.« Die Fragen wurden Nandalee langsam lästig. Sie hatte Fenella schon früher für naiv gehalten.

»Er ist deinetwegen gekommen …«

Nandalee konnte förmlich sehen, wie es im Kopf der jungen Elfe arbeitete, und sie ahnte, welche Frage als Nächstes kommen würde. »Nein, er ist nicht mein Geliebter«, kam sie Fenella zuvor. »Der Erstgeschlüpfte hat ihn geschickt, damit Nodon mich vor dem Angriff auf die Tiefe Stadt zurück zu den Drachenelfen bringt.«

»Was hast du denn bei den Zwergen gemacht? Warst du eine Gesandte?« Fenellas Kiefer klappte herab, und sie starrte sie ungläubig an. »Du bist eine Gesandte Nachtatems!«

Nandalee entschied, dass eine Lüge wesentlich unkomplizierter war als die Wahrheit. Sie würde Fenella später alles erklären. »Ja, ich war eine Gesandte der Himmelsschlangen.«

»Und die Himmelsschlangen greifen jetzt die Zwerge an«, sinnierte Fenella. »Dann scheinst du ja nicht sonderlich erfolgreich gewesen zu sein.« Sie blickte zu Nodon, der sich ein Stück entfernt bei einem jungen Apfelbaum niedergelassen hatte. »Er ist ein Zauberweber und ein großer Krieger, nicht wahr? Hat er eine Gefährtin?«

Nandalee glaubte nicht recht zu hören. »Er liebt nur sein Schwert. Mach dir keine Hoffnungen.«

»Kein Mann in ganz Albenmark will immer allein sein«, sagte Fenella erstaunlich selbstbewusst und lächelte auf eine ganz und gar nicht mädchenhafte Art.

Nandalee glaubte nicht, dass Nodon Gefallen an ihr finden würde. Aber was wusste sie schon von Nachtatems Schwertmeister? Vielleicht irrte sie sich. Sie wusste auch nicht, was sie mit Fenella anfangen sollte. In der Weißen Halle würde sie niemals aufgenommen werden. Aber sie hatte Duadan versprochen, auf sie aufzupassen. An welchen Ort konnte sie Fenella bringen? An einen der Fürstenhöfe Arkadiens? Wahrscheinlich wäre sie dort am besten aufgehoben.

»Sehe ich noch sehr verweint aus?«

»Große Helden beschützen gerne hilflose Mädchen«, entgegnete sie sarkastisch. »Da werden ein paar Tränen eher nutzen als schaden.«

»Das stimmt.« Fenella stand auf und schlenderte zu Nodon hinüber. Nandalee konnte nicht hören, was sie zu ihm sagte, aber sie schaffte es, ihm mit nur ein paar Worten ein Lächeln zu entlocken. Wie machte sie das? Ihr war es nie so leichtgefallen, einen Mann zu umgarnen.

Nandalee bediente sich bei dem Obst, das sie bei Fenellas Lager fand, und trank in tiefen Zügen aus dem Wasserkrug. Im gleichen

Maße, in dem ihre Anspannung nachließ, wuchs ihre Müdigkeit. Sie würden wohl noch eine ganze Weile hierbleiben müssen, bis man in den Tunneln wieder halbwegs unbeschwert atmen konnte.

Einen so idyllischen Garten tief unten im Berg zu hegen, hätte Nandalee Zwergen nicht zugetraut. Selbst Amalaswintha nicht, die schon außergewöhnlich genug war. Wie schwierig musste es gewesen sein, eine Glaskuppel so zu entwerfen, dass sie in diesem kleinen, abgelegen Hafenbecken zu schwimmen vermochte. Amalaswintha hatte sich inmitten des Berges einen Zufluchtsort erschaffen, an dem sie von keinem Zwerg behelligt wurde. Das kleine Volk baute zwar Tauchboote, doch soweit Nandalee wusste, scheuten sie das Wasser. Wer aber hierhingelangen wollte, der musste schwimmen. Sie blickte zu der gewölbten Glaskuppel. Wie viel Arbeit darin steckte! Die einzelnen Scheiben wurden von goldenem Gitterwerk zusammengehalten, das wie ein riesiges Spinnennetz alles einfasste. Amalaswintha musste unfassbar reich sein.

Nandalee ließ ihren Blick durch den Garten schweifen. Wie hatte die Zwergin, die dieses Idyll erschaffen hatte, gewissenlos Duadan quälen können? So viel Liebe steckte in diesem Ort! Welche Mühen musste es bereitet haben, Blumen, Obstbäume und selbst Singvögel hierherzuschaffen und am Leben zu erhalten? Bislang hatte sie geglaubt, dass es Orte wie diesen, die ohne praktischen Nutzen einzig dem Zweck dienten schön zu sein, nur in den Elfenpalästen Arkadiens gab. Wie wenig sie doch über die Zwerge wusste.

Nandalee massierte sich das Bein, dort, wo sie der Armbrustbolzen getroffen hatte. Die Wunde hatte sich geschlossen, ohne dass auch nur eine Rötung auf der Haut zurückgeblieben war. Ihr Bein fühlte sich an, als habe sie eben erst einen schlimmen Krampf gehabt, und sie war so erschöpft, als wäre sie den ganzen Tag gelaufen.

Sie sollte Pläne für die Flucht schmieden, doch sie fühlte sich einfach nur zu Tode erschöpft. Sie mussten hierbleiben, bis sie außerhalb der Glaskuppel wieder atmen konnten. Warum das Feuer wohl nicht hierhergelangt war? Gab es keine Luftschächte über dem kleinen Hafenbecken? Wenn sie Amalaswintha richtig verstanden hatte, war dieser Ort geheim. Das hätte er wohl kaum bleiben können, wenn Schächte bis zur Oberfläche des Berges getrieben worden wären.

Wie hatten die Zwerge nur so dumm sein können, die Himmelsschlangen herauszufordern! Wussten sie denn nicht um deren Natur? Ja, sie waren weise Herrscher, die Statthalter der Alben, aber sie waren auch Raubtiere. Wer sie reizte, der forderte den Tod heraus. Sie betrachtete den Garten ringsherum. Waren die Zwerge all dessen hier überdrüssig gewesen, dass sie auf Drachenjagd gegangen waren, ohne über die Folgen nachzudenken?

Sie blickte zur gläsernen Kuppel hinauf. Konnte es sein, dass die Drachen diesen Ort übersehen hatten, als sie ihren Angriff planten? Oder hatten sie sich einfach darauf verlassen, dass jeder ersticken würde, der hier unten blieb? Wann sie draußen wohl wieder atmen konnten? Nandalee streckte sich. Sie mussten abwarten.

Ihr fielen die Augen zu.

Erschrocken fuhr sie auf. Sie war eingeschlafen! Und sie vermochte nicht zu sagen, ob es nur für einen Moment oder für ein paar Stunden gewesen war. Sie …

Ungläubig sah sie zu Fenella und Nodon. Der Schwertmeister sang! Er hatte eine schöne Stimme. Wie machte Fenella das? Wie …

Nandalee sah sich argwöhnisch um. Sie fühlte sich beobachtet. Aber in dem Garten war niemand außer ihnen. Die gläserne Kuppel lag zur Hälfte unter Wasser. Der Eingang war verborgen. Hier würde sie niemand behelligen. Sie sollte sich einfach entspannen. In der Tiefen Stadt mochte vielleicht noch gekämpft werden, aber hier waren sie in Sicherheit.

Nodon und Fenella blickten plötzlich in ihre Richtung. Fenella kicherte. »Ja, sie sah schon immer ein wenig zerzaust aus.« Sie sprach absichtlich so laut, dass Nandalee jedes Wort verstehen konnte.

Diese kleine Schlange! Um sie zu retten, hatte sie ihr Leben gewagt. Sie hätte sie hier unten verrecken lassen sollen. Verhungert wäre sie hier, wenn sie nicht gekommen wäre.

Fenella ging zur Mitte des Gartens und beugte sich vor, um im dunklen Wasser ihr Spiegelbild zu betrachten und ihr Haar zurechtzuzupfen. Unglaublich, wie eitel sie war.

Die junge Elfe ließ ihr Kleid ein Stück von der Schulter rutschen und blickte keck zu Nodon zurück. Nandalee musste unwillkürlich lächeln. In diesen Dingen war Fenella ohne Zweifel die Meisterin und sie nur staunende Schülerin.

Das dunkle Wasser wogte auf, und eine riesige, schlangenhafte Gestalt erhob sich aus den Fluten. Schneeweiße Schuppen bedeckten Kopf und Leib. Kurze, fleischige Fangarme wucherten dort, wo der Kiefer in den Hals überging. Blutrote Augen starrten auf Fenella hinab. Einen Moment lang nur. Dann stieß die Kreatur hinab und schnappte nach der Elfe. Kopf und Schultern verschwanden im Maul. Es gab ein grässlich schmatzendes Geräusch.

Nodon sprang auf. Zu langsam. Das Geschöpf sank ins Wasser. Zurück blieb nur der verstümmelte Torso der Elfe.

Nandalee schrie auf und eilte zum Wasser. Nodon packte sie und zog sie zurück. »Das Vieh wird wiederkommen. Es muss eine der Weißen Schlangen sein, die von den Drachen gerufen wurden, um sich an dem Vernichtungswerk zu beteiligen. Sie sollen die Aale angreifen und die Zwerge, die sich zu den Häfen der Tiefen Stadt flüchten.«

Nandalee starrte auf den Körper der Toten. Eben noch war

Fenella so voller Leben gewesen. Hatte nach der Trauer um Duadan so erstaunlich schnell zu ihrer Unbekümmertheit zurückgefunden. War es Unbekümmertheit gewesen? Oder hatte sie kühl entschieden, dass sie sofort einen neuen Beschützer brauchte, und deshalb Nodon umgarnt? Nandalee konnte den Blick nicht von der Toten abwenden. Von dem verstümmelten Torso, dessen Blut hinab ins dunkle Wasser rann. Es war so schnell gegangen. So unerwartet.

Nodon stand vorgebeugt und mit herabhängenden Schultern da. Wie zu einer Salzsäule erstarrt.

Ein leises Klirren erklang, dann ein Knirschen. Die ganze Glaskuppel erbebte.

»Er wird wiederkommen.« Nodon trat einen Schritt auf das Wasser zu.

Nandalee fühlte sich wie gelähmt.

Dann hörte sie, wie Glas zersplitterte. Eine Woge dunklen Wassers ergoss sich in den Garten. Der Boden verrutschte. Die gläserne Insel begann zu sinken. Alle Töpfe und Bottiche gerieten in Bewegung. Etliche stürzten ins Wasser. Andere schlitterten über den Holzboden. Ängstliches Zwitschern erklang, als ahnten die Singvögel, welches Schicksal sie erwartete.

Nodon riss Nandalee zu sich und achtete darauf, den schweren Bottichen auszuweichen. Jedes Mal wenn einer der großen Kübel, in die Bäume gepflanzt waren, gegen die rückwärtige Wand schmetterte, ertönte ein beunruhigendes Klirren.

Ein riesiger, weißer Schlangenleib glitt über den gläsernen Himmel zu ihren Häuptern.

»Sie wird die Kuppel zerdrücken.« Nodon flüsterte, als habe er Angst, das Ungeheuer könne sie belauschen. »Ich gehe hinaus und greife sie an. Du schwimmst in den Hafen. Hoffen wir, dass es dort wieder genug Luft zum Atmen gibt.«

»Ich lasse dich nicht alleine kämpfen.«

»Wir haben nur ein Schwert. Mein Schwert. Du wirst doch

nicht etwa mit blanken Fäusten gegen die Schlange antreten wollen?«

»Ich werde jedenfalls nicht zusehen, wie du dich opferst, damit ich feige davonlaufen kann.«

Weitere Glasscheiben splitterten. Das Wasser reichte ihnen inzwischen bis zu den Knien. Überall trieben Blumentöpfe. Nandalee sah eine Nachtigall gegen die Glasscheiben der Kuppel fliegen. Meisen schwirrten durch das Geäst sinkender Bäume, die von ihren Bottichen hinab ins Hafenbecken gezogen wurden.

»Uns bleibt keine Zeit zu streiten. Du willst dein Leben riskieren? Dann lass uns wenigstens eine sinnvolle Strategie absprechen. Du springst als Erste ins Wasser. Du bist unser Köder. Das Vieh wird besser schwimmen als du und wendiger sein. Während du es ablenkst, versuche ich ihm an die Kehle zu gehen.«

Ein lebender Köder. Nandalee hätte lieber die Schwertarbeit übernommen.

Ein Regen von Glassplittern ging auf sie nieder. Sie mussten handeln. »So machen wir es«, sagte sie und tauchte zwischen den treibenden Blumenkübeln unter. Erde und abgerissene Blätter trübten die Sicht. Die Glaskuppel ruckte noch einmal und legte sich weiter auf die Seite. Nandalee bekam ein Stück vom untergetauchten hölzernen Steg zu fassen, der einmal die Umfassung des Ausstiegs in die Kuppel gebildet hatte.

Sie sah einen bleichen Leib durch das Wasser gleiten. Fenella! Äste und Wasser hatten ihr Kleid halb herabgezogen. Ihr schlanker, blutleerer Körper trieb inmitten abgerissener Blüten davon.

Nandalee stieß sich vom Steg ab und tauchte aus der Kuppel hinaus. Der Schlangenleib streifte sie. Die Bestie schnappte nach einer der leuchtenden Kugeln, die zu den Schätzen in Amalaswinthas Garten gehört hatten. Barinsteine, ein Geschenk der Alben!

Nandalee sah Nodon. Er hatte sein kurzes Schwert zwischen die Zähne geklemmt und schwamm auf die Weiße Schlange zu.

Wie sollte sie inmitten dieses Durcheinanders auf sich aufmerksam machen? Sie versuchte einen Zauber zu weben, stellte sich vor, wie die Seeschlange den Kopf wandte und sie ansah. Plötzlich kam ihr eine andere Idee. Wenn ihr Zorn Sayn getötet hatte, müsste er doch auch der Seeschlange gefährlich werden können. Falls sie diese dunkle Gabe, über die sie so oft schon nachgegrübelt hatte, tatsächlich besaß, dann war dies der Augenblick, sie zu nutzen! Sie dachte an Fenella und deren Tod und versuchte all ihr Entsetzen und ihre Wut in einen einzigen Gedanken zu bündeln, der wie blanker Stahl in das Bewusstsein der Weißen Schlange schneiden sollte.

Die Bestie schnappte nach einem treibenden Baum. Ihr Schwanz peitschte durch das Wasser. Plötzlich warf sie den Kopf herum, und es schien Nandalee, als blicke ihr das Ungeheuer mit seinen blutroten Augen geradewegs ins Herz. Sie spürte den Schmerz und die Wut der Weißen Schlange.

Nandalee ballte die Fäuste, dachte an ein funkelndes Schwert, das in den geschuppten Schädel fuhr.

Die Bestie riss ihr Maul auf. Reihen dolchlanger Zähne, zwischen denen zersplitterte Äste und zerfetztes Fleisch hingen, rahmten die kräftigen Kiefer.

Nandalee ruderte mit den Armen und versuchte zur Wasseroberfläche zu gelangen. Ihre Lungen brannten. Die Seeschlange war schneller. Viel schneller! Nandalee zog die Beine an. Kaum eine Handbreit unter ihren Sohlen schnappten die Reißzähne zusammen.

Nodon hing unter dem Kiefer der Schlange. Er hatte sich an einen der armdicken Tentakel geklammert, die dort wucherten. Er schwang herum und stieß sein Schwert in die ungeschützte Kehle der Bestie. Schwaden dunklen Blutes wogten auf und zogen wie roter Nebel durch das Wasser.

Die Seeschlange warf sich zur Seite und schüttelte den Kopf, um den Angreifer loszuwerden. Doch Nodon ließ nicht locker.

Durch die ruckartigen Bewegungen vergrößerte sich der klaffende Schnitt in der Kehle des Ungeheuers.

Plötzlich änderte die Schlange ihre Strategie. Sie tauchte ab, ins Dunkel des Hafenbeckens. Nandalee sah, wie Nodon loslassen wollte, doch nun hatten ihn mehrere der Kiefertentakel umschlungen. Er hieb mit dem Knauf der Waffe auf die fleischigen Fangarme ein, doch die Bestie ließ nicht los.

Ein Barinstein, der neben ihnen in die Tiefe sank, beleuchtete den verzweifelten letzten Kampf des Drachenelfen. Er winkte Nandalee, gab ihr Zeichen aufzutauchen. Ihre Lungen brannten, als stünden sie in Flammen, doch sie folgte ihrem Gefährten mit kräftigen Schwimmzügen in die Tiefe. Nodon hatte alles gegeben, um sie zu retten. Jetzt war es an ihr, ihm zu helfen! Er winkte noch immer, machte Gesten, dass sie auftauchen solle, als sie unvermittelt ein Schwanzhieb der Seeschlange traf. Unter der Wucht des Treffers atmete sie aus. Wasser füllte ihren Mund. Panik ergriff sie. Sie schlug mit Armen und Beinen um sich und prallte gegen eine Mauer. Ihre Finger bekamen einen hölzernen Pfosten zu packen, um den Tauwerk gewickelt war. Halb ohnmächtig zog sie sich daran empor. Sie hob ihren Kopf aus dem aufgewühlten Hafenbecken und spie Wasser. Sie keuchte und prustete. Ihr Hals schmerzte. Benommen kletterte sie auf die Anlegestelle. Überall lagen tote Zwerge. Vor allem Frauen und Kinder. Eng umschlungen, ganz ohne Wunden. Sie waren erstickt.

Nandalee blinzelte das Wasser aus den Augen und rollte sich zusammen. Es stank nach Rauch und verbranntem Fleisch. Jeder Atemzug kratzte in ihrer Kehle, aber es gab wieder genug Luft, um überhaupt atmen zu können.

Nodon! Völlig entkräftet robbte sie zum Rand des Kais und blickte auf das unruhige Wasser, in dem Äste und Blumen tanzten. Dazwischen schaukelten die zerzausten Federleiber ertrunkener Vögel. Das Licht der Barinsteine war in der Tiefe verglommen. Nodon konnte sie nirgends entdecken.

Kaltes Metall berührte ihre Schläfe. Aus den Augenwinkeln sah sie eine gespannte Armbrust und einen Zwerg mit einem blutigen Kopfverband. »Jetzt stirbst du, Mörderin.«

Zwergentücke

In den Augen des Zwergs war nichts als Hass. Tödlicher, unvernünftiger Hass. Er stieß mit seinem Dolch nach ihr, so stümperhaft, dass Bidayn ohne Mühe ausweichen konnte. Doch der Kerl setzte sofort nach, versuchte sie zu packen. Seine rote, zerschundene Hand glitt über ihren nackten Bauch. Es war eine feuchte Berührung, die Blutschlieren zurückließ. Sie stach mit ihrem Kurzschwert zu. Eine knappe, präzise Bewegung. Es geschah ohne Nachdenken. Hundertfach hatte sie diesen Stich im Schwertkampf, den Gonvalon die Schüler der Weißen Halle gelehrt hatte, erprobt.

Ihre Klinge drang durch den Bart des Zwergs, traf ihn am Kehlansatz, zwei Fingerbreit unter dem Halsknorpel, und drang durch seine Brust bis in die Lunge. Als sie ihre Klinge zurückzog, spürte sie den Stahl über Knochen schaben. Der Zwerg starrte sie an. Stieß einen unartikulierten Laut aus und hob seinen Dolch, um erneut zuzustoßen. Blut quoll ihm über die Lippen und troff in seinen versengten Bart.

Er blinzelte sie mit verkniffenen, grauen Augen an. Dann brach er in die Knie, immer noch drohend seinen Dolch erhoben.

»Er hat es hinter sich«, sagte Lyvianne kühl. »Töte ihn! Oder soll ich das für dich erledigen?«

Bidayn zog dem Sterbenden ihr Schwert über die Kehle.

»Du musst ihnen nicht nachtrauern. Sie haben die Himmelsschlangen herausgefordert. Das tun nur Narren! Sie hätten wissen können, was der Lohn ihrer Torheit sein würde.«

Bidayn nickte und vermied es, zu den Toten hinabzublicken.

Sie atmete tief durch und wappnete sich für die Schrecken, die noch kommen mochten. Die Luft schmeckte nach Rauch und nach heißem Fels.

»Komm!« Lyvianne stieg über die Leiber der Zwerge hinweg, die sie erschlagen hatte. Es war erstaunlich, wie viele das Drachenfeuer überlebt hatten. Es gab offenbar etliche Höhlen ohne Luftschächte. Oder ihre Späher hatten doch nicht all diese Schächte gefunden.

Lyvianne verfiel in einen geschmeidigen Trab. Sie bewegte sich mit der Anmut eines Raubtieres. In diesem Abschnitt der Höhlen gab es kaum noch Licht. Bidayn überlegte kurz, dann flüsterte sie ein Wort der Macht, sorgsam darauf bedacht, den natürlichen Fluss der Magie nicht zu stark zu verändern. Ein Fehler wie auf Nangog würde ihr nie wieder geschehen!

Ihre Augen waren empfindlicher für das spärliche Licht geworden. Sie sah deutlicher, doch lag über allem ein graugrüner Schleier, der die Farben verfälschte. Auch die große Tätowierung auf Lyviannes Rücken trat nun deutlicher hervor, so als reagiere sie auf den Zauber. Sie zeigte das Bild des Goldenen, ihres Meisters. Seine ausgebreiteten Schwingen bedeckten ihre Schulterblätter, der schlangenhafte Leib wand sich ihren Rücken hinab. Nebel umspielten den Drachen. Er schien daraus emporzusteigen wie das Licht, das den Morgennebel vertreibt. Seine Augen starrten sie an, als seien sie lebendig.

Bidayn schüttelte den Kopf. Das war Unsinn! Sie war angespannt, hatte Angst. Das war alles. Sie wagte es, ein zweites Mal nach den Augen des Drachen zu blicken. Nun waren sie nur ein Bild, in die Haut ihrer Meisterin gestochen.

Würde auch sie selbst eines Tages dem Goldenen gehören?

Lyvianne blieb abrupt stehen. »Vorsicht«, flüsterte sie und duckte sich.

Bidayn sah über ihre Schultern hinweg eine weite Höhle … Nein, keine Höhle, es war ein Abgrund. Ein gewaltiger Spalt, der inmitten des Berges klaffte. Der Tunnel, dem sie gefolgt waren, mündete auf einen schmalen, von einer niedrigen Mauer gesäumten Pfad, der sich entlang des Abgrundes wand.

»Ich rieche Zwerge.«

Zwerge? Bidayn roch nur den Gestank verbrannten Fleisches. Sie duckte sich und blickte hinauf, dorthin, wo die Höhlendecke im Dunkel verborgen blieb. An der gegenüberliegenden Steilwand erkannte sie vereinzelte Terrassen. Ein Stück entfernt schwang sich eine Brücke in kühnem Bogen über den Abgrund. Auch sie lag höher und war von ihrem Saumpfad aus nicht zu erreichen.

»Wo lang gehen wir?«

Lyvianne zuckte mit den Achseln. »Nach links? Das ist die Seite des Herzens. Du dienst den Himmelsschlangen doch mit ganzem Herzen, oder?«

»Natürlich!« Sie hatte ein wenig zu schnell geantwortet.

Lyvianne wandte sich zu ihr um.

»Du bleibst hinter mir. Wir bewegen uns dicht an der Mauer entlang. Und schnell! Wirst du das schaffen?«

Bidayn nickte.

»Dann los!«

Lyvianne schien fast mit den unsteten Schatten in dieser gewaltigen Höhle zu verschmelzen. Ob sie einen Zauber gewoben hatte? Dicht hinter dem Ausgang ihres Tunnels lag ein alter Zwerg, der im Tode beide Hände auf seine Brust gepresst hatte. Das Gesicht war ganz rot und aufgedunsen. Eine schwere, goldene Kette schimmerte zwischen seinem Barthaar. Ob vor Furcht sein Herz zersprungen war?

»Schneller«, zischte Lyvianne.

Bidayn hatte das Gefühl, beobachtet zu werden. Konnte es hier Überlebende geben? Der Zauber Lyviannes hielt sie noch immer wie ein angenehm kühler, seidiger Kokon umfangen. Wie heiß es wohl wirklich war?

Sie stiegen über eine Gruppe Toter hinweg. Der Felsboden war schlüpfrig. Lyvianne blieb plötzlich stehen. »Dort oben auf den Terrassen sind Zwerge. Sie haben uns gesehen.«

Bidayn blickte hinauf, konnte aber niemanden entdecken. »Was tun wir jetzt?«

Lyvianne lachte. »Den Kopf unterhalb der Mauerkrone halten und einen Weg nach oben suchen. Wir sind hier, um Zwergenblut zu vergießen.«

Ein tiefes Grollen erklang. Es schien aus dem Felsen unmittelbar hinter ihnen zu kommen. Bidayn blickte zurück. Das Licht war zu schlecht, um alles deutlich sehen zu können. Sie hatte das Gefühl, ein Teil der Felswand habe sich bewegt. Natürlich war das nicht möglich.

Der Boden unter ihren Füßen erzitterte. Kleine Steine stürzten klackernd in den Abgrund. Staub senkte sich auf sie herab. Plötzlich begann die niedrige Mauer neben ihnen zu schwanken. Fingerdicke Risse klafften in den Fugen.

»Zurück!«, rief Lyvianne.

Unter lautem Getöse stürzte ein Teil der Mauer in den Abgrund. Fast im selben Augenblick prasselten Armbrustbolzen auf sie nieder. Einer streifte Bidayns Haar. Klackernd schlugen sie auf die Felsen und den Weg.

»Sie greifen an, die Wahnsinnigen.« In Lyviannes Stimme schwang ein Anflug von Respekt mit. Sie half Bidayn auf die Beine und deutete den Weg hinunter. Dort stürmte ihnen schreiend ein halbes Dutzend Zwerge entgegen. Eigentlich keine Bedrohung, wären da nicht die Armbrustschützen auf der anderen Seite der weiten Felsspalte, die ihnen in den Rücken schießen würden, sobald sie sich zum Kampf stellten.

Geduckt flüchteten sie an der niedrigen Mauer entlang, begleitet vom Sirren der Armbrustbolzen. Lyvianne blieb völlig ruhig, nicht als sei sie auf der Flucht vor einem Haufen ungewaschener Zwerge, die sie beide in eine Falle gelockt hatten. Selbst auf der

Flucht wirkte sie so, als sei sie ganz Herrin der Lage. So wollte Bidayn auch eines Tages sein! Ob sie das wohl jemals schaffen würde?

Plötzlich verwandelte sich der Boden unter ihren Füßen in eine rutschige Masse. Sie schlitterte ein Stück, kämpfte mit den Armen wedelnd um ihr Gleichgewicht, während ein Armbrustbolzen nur einen Fingerbreit vor ihrer Nase vorbeiflog. Sie zuckte zurück. Ihre Füße verloren jeden Halt. Sie stürzte zwischen die Leichen der Zwerge, über die sie eben erst hinweggestiegen waren.

Der Anführer ihrer Verfolger stieß einen triumphierenden Schrei aus. Lyvianne stieg über sie hinweg, hob eine Axt auf, die zwischen den toten Zwergen lag, und stellte sich ihren Verfolgern. Die Zwerge wurden langsamer und blieben stehen.

Bidayn rappelte sich auf. Sie war über und über mit weißlichem, halb geronnenem Fett bedeckt.

»Lauf zum nächsten Tunneleingang«, befahl Lyvianne ruhig. »Suche dort Deckung.« Sie lenkte mit dem Blatt der Axt einen Armbrustbolzen ab und schleuderte die Waffe dann ihren Verfolgern entgegen. Mit scharfem Knall grub sie sich in den Schild des Anführers. Der Zwerg taumelte unter der Wucht des Aufpralls zurück.

Lyvianne riss beide Arme hoch und rief ein Wort der Macht in der Sprache der Drachen. Drohend hallte es von den Felswänden wider.

Bidayn hatte das Gefühl, dass die Dunkelheit ringsherum dichter wurde. Das wenige Licht gerann zu Schlieren, die sich schwingend über dem Abgrund bewegten und den Terrassen entgegentanzten. Die Armbrustschützen schrien entsetzt auf und wichen zurück.

Lyvianne lief den Saumpfad hinauf. »Schnell, sie werden nicht lange brauchen, um zu merken, dass dies nichts weiter als ein wenig Spielerei mit Licht ist.«

Ihre Meisterin zog sie neben sich her, und nahe dem toten

Zwerg mit der schweren Goldkette traten sie in einen Tunnel. War der Tunnel, aus dem sie gekommen waren, nicht ein Stück weiter den Weg hinab gewesen? Sie konnte sich gar nicht erinnern, hier einen Eingang in den Fels gesehen zu haben. Vielleicht irrte sie sich auch … Die Tiefe Stadt war ein einziges Labyrinth, ein Ameisenhaufen, in dem man sich wohl nur zurechtfinden konnte, wenn man darin geboren worden war.

Angewidert wischte Bidayn über die klebrige Masse, die ihre Arme und Beine bedeckte. »Was ist das?«

Lyvianne bedachte sie mit einem bedauernden Blick. »Du hast dir einen schlechten Platz ausgesucht, um zu stürzen. Ich an deiner Stelle würde ein sehr langes Bad nehmen, wenn wir zurück in der Weißen Halle sind.«

»Was …«

»Es ist immer noch sehr heiß. Dein Zauber schützt dich, deshalb merkst du es nicht. Die Toten … Ich weiß nicht, wie ich es dir nett sagen soll. Hast du schon einmal Würste in einer zu heißen Pfanne gebraten? Die Pelle platzt auf, und das Fett läuft heraus. Das ist dort draußen geschehen. Du hast im Fett der Toten gelegen.«

»Nein …« Angewidert wischte Bidayn über ihre nackten Glieder.

»Stell dich nicht so an!«

Bidayn sah das anders. Sie strich mit den Händen über den Fels der Tunnelwände, um das Fett loszuwerden. Etliche Furchen waren in das Gestein gegraben. An den scharfen Kanten konnte sie die klebrige Masse abstreifen.

»Riechst du das?«

Bidayn roch nichts außer dem Gestank des Fettes. Es würde tief in ihre Haut einziehen, und sie würde stinken wie ein toter Zwerg.

»Hier ist Blut vergossen worden. Elfenblut!« Lyvianne rief ein Wort der Macht, und eine der Lichtschlieren, die über dem Abgrund tanzten, wand sich in den Tunnel hinein.

Deutlich sah Bidayn nun die über die Wände, die Decke und den Fußboden verlaufenden Furchen. Alle waren vollkommen gerade und schmaler als ihr kleiner Finger.

Knirschend prallte ein Armbrustbolzen von der Wand hinter ihr ab.

»Wie es scheint, haben unsere Freunde draußen frischen Mut gefasst.« Lyvianne winkte ihr. »Komm, gehen wir ein Stück tiefer. Mit dem Licht, das ich gerufen habe, erleichtern wir ihnen das Zielen. Außerdem werden wohl gleich ihre Axtschwinger kommen.«

Bidayn hatte in einer Furche, die etwa auf Brusthöhe verlief, etwas Dunkles entdeckt. Sie strich darüber. »Hier ist Blut.«

Lyvianne bedachte ihre blutbenetzten Finger nur mit einem kurzen Blick. »Ich sagte doch, ich rieche Elfenblut. Vielleicht ist weiter oben im Tunnel ein Opferplatz. Zwergen traue ich alles zu.«

Bidayn blickte die Furchen entlang zum Ausgang. Ein paar Schritt vor dem Ende des Tunnels schwangen sie sich in weitem Bogen der Decke entgegen und verschwanden in einem Schacht. Ein Opferplatz war das hier bestimmt nicht, dachte sie und beeilte sich, den Anschluss an Lyvianne nicht zu verlieren.

Der Tunnel stieg mit sanftem Gefälle an. Immer wieder blickte Bidayn zurück. »Die Axtträger folgen uns nicht.«

»Denen ist wohl aufgegangen, dass sie hier ohne die Deckung durch ihre Armbrustschützen der sichere Tod erwartet, wenn sie sich zwei Drachenelfen stellen.«

Wieder blickte Bidayn zurück. Sie hatte ein ungutes Gefühl. »Vielleicht wollten sie, dass wir in diesen Tunnel gehen.«

»Und wenn? Was hätten wir beide zu befürchten?«

Bidayn wünschte sich, sie wäre so selbstsicher wie ihre Meisterin.

Schweigend folgten sie dem Lauf des Tunnels und entdeckten bald in den Furchen am Boden Rinnsale von Blut. Jetzt verlangsamte auch Lyvianne ihren Schritt. Sie hielt wachsam ihr Schwert erhoben und ließ den Wurm aus blassem Licht den Stollen hinaufeilen. Voraus lag ein blasser, zartgliedriger Körper.

»Coleen.« Lyviannes Stimme klang halb erstickt.

Vorsichtig näherten sie sich der Toten. Der Wurm aus Licht drehte sich in weiten Spiralen über der Elfe. Ihre beiden Arme waren abgetrennt. Der Kopf und ein Stück ihres Torsos ebenfalls. Sie sah aus, als sei sie vom Schwert eines Riesen in die Brust getroffen worden. Eine gewaltige Klinge hatte mit nur einem einzigen Hieb glatt durch sie hindurchgeschnitten.

Lyvianne kniete neben der Toten nieder und schloss ihr die Augen.

Bidayn hatte Coleen kaum gekannt. Sie war eine Schülerin der Meisterin Ailyn, die Nandalee an ihrem ersten Tag in der Weißen Halle so entsetzlich verprügelt hatte. Sie mochte Ailyn nicht und alle, die mit ihr zu tun hatten. Sie und ihre Schüler interessierten sich kaum für die Kunst des Zauberwebens. Sie wollten nur eins: vollkommene Kriegerinnen sein. Umso beklemmender war es, Coleen hier tot zu sehen. Sie war mit einem Ausdruck grenzenlosen Erstaunens auf ihrem Antlitz gestorben. Wer hatte sie getötet? Oder besser was?

»Sie hat nicht kommen sehen, was sie umbrachte. Oder zumindest hat sie es zu spät bemerkt«, stellte Lyvianne sachlich fest. Der Wurm aus Licht glomm um ein weniges heller, als nutze die Zauberweberin nun all ihre Kraft, um gegen die Dunkelheit anzukämpfen. »Ihr Tod war nicht nutzlos. Wir sind gewarnt.« Mit diesen Worten richtete sie sich auf und schickte das sich windende Licht mit graziler Geste weiter den Stollen hinauf.

Wie eine Antwort auf ihre Worte erklang ein fernes Klirren vor ihnen im Tunnel. Dann ertönte ein leises, metallisches Zischen. Zwei schwere silberne Klingen zerteilten den Lichtwurm und schossen ihnen mit atemberaubender Geschwindigkeit entgegen. Zu schnell, um vor ihnen fortlaufen zu können. Sie waren in die steinernen Führungsschienen eingelassen und gewannen durch ihr eigenes Gewicht immer mehr an Geschwindigkeit.

Statt davonzulaufen, tat Lyvianne genau das Gegenteil. Sie lief ihrem Tod entgegen. »Spring!«, schrie ihre Meisterin und machte einen kühnen Hechtsprung zwischen den Klingen hindurch.

Bidayn begann am ganzen Leib zu zittern. Sie fluchte. Und dann sprang sie … Sie spürte den Luftzug der Klingen und landete schwer auf dem Boden des Tunnels.

»Du magst es spannend.« Lyvianne half ihr auf. »Ich dachte schon, ich würde die talentierteste Zauberweberin, die in den letzten fünf Jahrhunderten die Weißen Halle betreten hat, an ein Stück Zwergenstahl verlieren. Du hast mir einen ganz schönen Schrecken eingejagt.«

Bidayn schlotterten alle Glieder. Sie war nicht einmal mehr in der Lage zu sprechen. Ihr Herz klopfte ihr bis in den Hals hinauf.

»Ist schon gut.« Lyvianne strich ihr sanft über das Haar. »Lerne, Bidayn. Du darfst nie in Panik verfallen. Ganz gleich, was geschieht. Wenn die Angst dein Handeln regiert, hat der Tod dich schon am Kragen gepackt. Bewahre ein ruhiges Herz und einen kühlen Verstand, und du wirst die meisten Gefahren meistern.«

Bidayn nickte, zitterte aber noch immer. Es war ihr peinlich, sich so wenig unter Kontrolle zu haben. »Licht und ein bisschen Akrobatik, das genügt, um uns hier herauszubringen. Keine Sorge, wir gehen diesen Weg bis zum Ende.«

Wieder ertönte ein entferntes Klirren. Lyvianne lachte. »Wie es scheint, fällt den Zwergen nichts Neues ein. Bist du bereit zu springen?«

Bidayn nickte, obwohl ihr immer noch die Glieder schlotterten. Ihre Meisterin trieb mit einer Geste den Lichtwurm voran. Funkelndes Metall schnellte den Gang hinab, ihnen entgegen.

Bidayn schrie auf, und selbst Lyvianne erbleichte.

Den Zwergen war doch noch etwas Neues eingefallen. Ein Gitterwerk aus messerscharfen Klingen schoss auf sie zu.

Die nackte Wahrheit

Gonvalon sah zwei Zwerge von einer der Terrassen stürzen. Endlich begann ein organisierter Angriff gegen die heimtückischen Schützen. Er hatte eine Ewigkeit gebraucht, um zu dem Portal auf der anderen Seite zu gelangen, und dort einen Palast vorgefunden. Doch Nandalee war nicht dort gewesen. Die Launen der Schlacht ließen sie nicht zusammenfinden. Sie konnte jetzt überall in dieser riesigen Stadt sein.

Gonvalon duckte sich. Armbrustbolzen prasselten gegen die niedrige Mauer und den Fels hinter ihm. Er hatte Respekt vor den Zwergen. Sie mussten wissen, dass sie auf verlorenem Posten kämpften. Sie hatten die Himmelsschlangen herausgefordert, und nun war deren Zorn über sie gekommen. Allein die Alben hätten sie noch retten können. Doch die Schöpfer dieser Welt schienen sich schon lange nicht mehr für die Geschicke ihrer Kinder zu interessieren. Alle Macht lag nun bei den ältesten Drachen. Wer sich gegen sie stellte, der war des Todes. Und er, Gonvalon, war das Schwert des Goldenen.

Vorsichtig spähte er über die Brüstung. In dem weiten Felsspalt, der das Herz des Berges teilte, war Magie gewirkt worden. Licht tanzte in seltsamen Schlieren über dem Abgrund. Lebendig gewordene Schatten liefen über die Felsen und erschwerten den Zwergen das Zielen.

Ein Stück weiter kauerte eine bleiche Gestalt. Ein Elf! Gonvalon sah schon von Weitem das Blut. Zu viel Blut, und er besaß nicht mehr die Zaubermacht, sie zu heilen, noch irgendetwas, um die Wunden zu verbinden. Alles, was er hatte, war sein Schwert. Die Drachen hatten ihre ersten Diener an diesem Tag ganz und gar zu ihren Henkern gemacht. Es gab keinen Schmuck und keine edlen Gewänder. Nichts, mit dem sie bemänteln konnten, was sie waren. Ihr Sein war reduziert auf die Klingen in ihren Händen. Das war die nackte Wahrheit, alles andere nur Blendwerk.

Gonvalon hatte den Toten erreicht. Durell, ein Novize. Er war nicht nur ein guter Schwerttänzer gewesen, sondern auch ein begnadeter Flötenspieler. Drei Armbrustbolzen steckten in seinem Rücken. Vor ihm auf dem engen Weg lagen sechs tote Zwerge.

Gonvalon strich sanft mit der Hand über Durells Gesicht. »Die Weiße Halle wird ohne dein Flötenspiel ein freudloserer Ort sein, mein Freund.«

Geduckt eilte er weiter und horchte in sich hinein. Er versuchte die Bilder vergangener Liebesnächte heraufzubeschwören und das Band zu Nandalee wieder zu festigen. Konnte er spüren, wo sie war, wenn er nur fest genug an sie dachte? Oder hatten sie sich längst zu weit voneinander entfernt?

Ein Armbrustbolzen schrammte kreischend über sein Schwert. Was tat er da! Er sollte mit allen Sinnen im Hier und Jetzt sein, wenn er überleben wollte.

Ein Stück voraus versperrte ein Trupp Zwerge den Weg. Sie erwarteten ihn mit grimmig erhobenen Äxten. Aber all ihr trotziger Mut konnte nicht darüber hinwegtäuschen, dass sie dem Tod näher waren als dem Leben. Die Bärte versengt, die Gesichter von Verbrennungen entstellt, waren sie nur noch ein Schatten des stolzen Volkes aus der Tiefe. Die Hitze tötete sie. Bald bedurfte es keiner Schwerter mehr, um den Sieg der Drachen und Elfen zu besiegeln.

Ihr Anführer, ein Kerl mit goldenen Stierhörnern am Helm, rief ihm eine Herausforderung entgegen und stürmte los. Gonvalon hob sein Schwert zum Gruß und trat dem Zwerg entgegen. Er würde ihm einen schnellen Tod schenken.

Er passierte eine Tunnelöffnung und trat mit einem großen Schritt über einen Zwerg hinweg, der noch im Tod seine goldene Kette auf der Brust umklammert hielt.

Gonvalon wich einem Axthieb aus. Der Angriff war mit mehr Wut als Geschick ausgeführt. Ein Tritt gegen die Brust des Zwergs ließ ihn gegen die Krieger taumeln, die ihm folgten. Gonvalon setzte nach. Seine Klinge durchdrang klirrend das Kettenhemd des Axtkämpfers und grub sich durch dessen Brust ins Herz. Ein Ruck zur Seite und der Körper des Sterbenden blockierte den Angriff des Kriegers, der hinter ihm stand. Auf dem engen Saumpfad nutzte den Zwergen ihre Übermacht nichts.

Ein dumpfer Schlag traf seinen linken Arm. Die Wucht des Treffers ließ ihn nach vorne taumeln und brachte ihn in gefährliche Nähe einer vorschnellenden Axt. Ein kurzer entschlossener Hieb ließ den Schaft der Axt zersplittern. Gonvalon riss die Klinge hoch, traf seinen Gegner am Kinn, sodass dessen Kopf in den Nacken geworfen wurde. Der Elf ließ sein Gewicht in das Schwert fallen und trieb den Stahl tief in die Kehle seines Gegners. Der Zorn in dessen Augen wich. Er wirkte nur noch erschöpft.

Gonvalon machte einen raschen Schritt zurück. Ein Armbrustbolzen prallte dicht neben ihm gegen die Felswand. Er war auf dem Weg zu exponiert. Die Schützen auf den Terrassen schreckten nicht davor zurück, mit ihren Bolzen womöglich ihre Kameraden zu treffen. So musste Durell gestorben sein.

Der Schwertmeister wich einen weiteren Schritt zurück und flüchtete sich in den Tunnel, dessen Eingang er eben erst passiert hatte. Sollten die Zwerge ihm nur hierher folgen. Ohne ihre Armbrustschützen würde er einen nach dem anderen niederstrecken.

Die Zwergenkrieger folgten ihm nicht. Er wich mit ein paar schnellen Schritten weiter zurück, um aus dem Schussbereich der Schützen zu gelangen. Jetzt tastete er nach seinem Arm. Der Bolzen hatte ihn nur gestreift. Aber er musste die Wunde abbinden. Er blickte den Tunnel hinauf. Weiter vorne tanzte ein merkwürdig blasses Licht. Er sah zwei schattenhafte Gestalten. Für Zwerge waren sie zu groß. Es schienen Elfen zu sein. Er ging ihnen mit langen Schritten entgegen, als er ein seltsames, zischendes Geräusch hörte.

Das war der Tod! Bidayn wusste, dass es vor diesem Gitterwerk aus Klingen, das den Gang hinabglitt, kein Entkommen geben konnte.

Lyvianne rief ein Wort der Macht, düster und alt wie die Wurzeln der Welt. Unheilvoll, nicht für Elfenzungen geschaffen. Selbst im Angesicht des Todes bewahrte Lyvianne kalten Mut. Ihre Hand fuhr in anmutiger Geste über die Felswand zu ihrer Linken. Das Gestein zerfloss unter ihren Fingern, als sei es heißes Wachs.

Lyvianne trat einen Schritt zurück, verschränkte die Arme vor der Brust und wartete. Wie konnte ihre Meisterin nur so ruhig dem Tod ins Auge schauen?, dachte Bidayn.

Mit infernalischem Krachen kam das Klingengitter unmittelbar vor ihr zum Halt. Feine Metallsplitter prasselten in den Tunnel und stachen wie Nadeln nach Bidayn. »Bei den Alben …«, stammelte sie ungläubig. »Wir leben!«

Sie trat an die Felswand, um das Wunder, das sie gerettet hatte, genauer in Augenschein zu nehmen. Der geschmolzene Fels war in die Führungsrinnen des Gitters gelaufen.

»Wie konntest du wissen, dass das flüssige Gestein schnell genug wieder hart werden würde?«

»Ich wusste es nicht.«

Bidayn war fassungslos. »Aber wie konntest du dann so ruhig bleiben?«

»Wie hätte ich anders reagieren können?« Lyvianne wandte sich um. Feine Rinnsale aus Blut zerteilten ihr Gesicht in Streifen aus Rot und Weiß. Sie hatte dem Gitter viel näher gestanden und mehr Metallsplitter abbekommen. »Als Drachenelfe musst du akzeptieren, dass du eines Tages eines gewaltsamen Todes sterben wirst. Das ist unser Schicksal. Wir können ihm nicht entfliehen, aber wir haben die Wahl, wie wir ihm begegnen. Ich hätte diesen Klingen nicht davonlaufen können, und es ist nicht meine Art, vor Furcht zu erstarren. Dazu habe ich schon zu vieles gesehen. Um einen Zauber zu weben, der das magische Netzwerk stark verzerrt, blieb mir keine Zeit. Es musste einfach sein und schnell gehen. Nachdem diese Entscheidungen getroffen waren, blieb mir nur noch zu warten und mich dem möglichen Tod mit Würde zu stellen.«

Sie war ehrfurchtgebietend, dachte Bidayn. »Glaubst du, ich kann das auch?«

Ihre Meisterin lächelte, was bei ihrem blutüberströmten Gesicht schrecklich aussah. »Das entscheidest allein du. Aber ich werde dir helfen, diesen Weg zu beschreiten. Du wirst …« Sie kniff die Augen zusammen.

»Was werde ich?«

Lyvianne ging in den tiefen Stand der Schwertkämpferin, hob ihre Waffe jedoch noch nicht. »Da ist ein Schatten im Tunnel. Wir müssen …« Plötzlich lachte sie. »Gonvalon!«

Der Schwertmeister trat in das blasse, pulsierende Licht, das Lyviannes Zauber bewirkte. Sein linker Arm war blutüberströmt. Er blickte zu dem Klingengitter und nickte nur.

»Habt ihr Nandalee gesehen?«

Bidayn hatte das Gefühl, dass etwas Unausgesprochenes zwischen Gonvalon und Lyvianne schwang. Sie sahen einander auf eine seltsame Art an.

»Ich glaube, sie ist gar nicht hier unten«, sagte Bidayn. »Jedenfalls war sie nicht auf dem Kriegsrat. Ich habe sie schon seit Tagen nicht mehr gesehen.«

»Sie ist hier«, entgegnete Gonvalon mit einer Bestimmtheit, die keinen Widerspruch duldete. Gleichzeitig wirkte er seltsam gehetzt. Er blickte zum Tunnelausgang zurück.

Sie war wohl wieder auf einer ihrer geheimen Missionen, dachte Bidayn ein wenig eifersüchtig. Man könnte meinen, dass sie schon eine Drachenelfe sei, so oft, wie sie die Weiße Halle verließ. Gewiss hatte Nachtatem sie geschickt. »Wir könnten sie gemeinsam suchen«, schlug Bidayn vor.

»Die Aussichten, sie zu finden, sind doppelt so gut, wenn wir uns aufteilen«, entgegnete ihre Meisterin. »Ist es deine Mission oder deine Liebe, die dich treibt, Gonvalon?«

Wieder hatte Bidayn das Gefühl, dass in den Worten eine Botschaft mitschwang, die ihr verschlossen blieb.

»Ich folge dem Befehl des Goldenen«, entgegnete Gonvalon harsch.

»Dann werden wir dir helfen, deine Mission zu einem erfolgreichen Abschluss zu bringen. Darf ich deinen Arm einmal sehen?«

Gonvalon antwortete nicht, hielt aber still, als Lyvianne behutsam die Hand nach ihm ausstreckte und auf seine Wunde legte. Die Züge der Elfe wurden weicher, fast mütterlich. Sie schloss die Augen. Das Blut, das zwischen ihren Fingern hervorgequollen war, versiegte. Bidayn war versucht, ihr Verborgenes Auge zu öffnen und dabei zuzusehen, wie Lyvianne auf das magische Netz wirkte. Was sie tat, um zu heilen.

»Nun solltest du für jeden Kampf gewappnet sein.« Lyvianne zog ihre Hand zurück. Gonvalons Arm war mit Blut verschmiert, aber die Wunde war verschwunden.

Er sah Lyvianne eigenartig an und fand kein Wort des Dankes für sie.

Bidayn verstand nicht, was zwischen den beiden vor sich ging. Waren sie einmal ein Paar gewesen? So zahlreich die Geschichten über Gonvalons Affären auch waren, nie hatte sie davon gehört, dass auch Lyvianne seine Geliebte gewesen war. Aber da war ein Band zwischen beiden, das konnte sie deutlich spüren. Vielleicht hatte der Goldene sie gemeinsam auf Missionen geschickt? Der Meister des Schwertes und die Meisterin der dunkleren Spielarten der Magie. Wer könnte diesen beiden trotzen?

»Wir sollten jetzt gehen«, entschied Lyvianne.

»Aber die Armbrustschützen. Sie werden uns töten, sobald wir am Eingang des Tunnels erscheinen«, begehrte Bidayn auf.

»Die Hitze bringt sie langsam um. Bald werden sie nicht einmal mehr ihre Waffen halten können.« In Gonvalons Stimme schwangen Mitgefühl und zugleich Verachtung. Sein Antlitz aber blieb ohne jede Emotion. Ein Widerspruch, der Bidayn verwirrte. Sie sah zu Lyvianne, die kurz verärgert wirkte, sich aber nichts mehr anmerken ließ, als sie Bidayns Blick bemerkte.

»Die Zwerge helfen uns, ihnen den Untergang zu bereiten. Komm mit und lerne!« Mit festem Schritt ging sie voraus und winkte dabei das seltsame Licht zu sich, das sich nun vor ihnen dem Ausgang des Tunnels entgegenwand.

Ein paar Schritte vor dem Ausgang hielt Lyvianne inne und bückte sich. Als sie wieder aufstand, lag ein Armbrustbolzen auf ihrer flachen Hand. »Öffne dein Verborgenes Auge, Bidayn.«

Die junge Elfe gehorchte. Das Halbdunkel des Tunnels wich einem strahlenden Netzwerk aus Linien. Lyvianne aber war ein wahrer Hort des Lichtes. Sie anzusehen schmerzte. Am hellsten leuchteten ihr Kopf und die Hand, auf der der Armbrustbolzen lag.

»Siehst du das blasse, hellblaue Band? Es führt von meiner Hand durch den Tunnel über den breiten Felsspalt hinweg.«

Bidayn brauchte eine Weile, bis sie die Lichtspur entdeckte, die vor dem hellen Licht der anderen Kraftlinien fast unsichtbar war. »Was hat es damit auf sich?«

»Sie führt zu dem Zwerg, der diesen Bolzen auf uns abgeschossen hat. Er hat uns den Tod gewünscht. Starke Gefühle beeinflussen das magische Netzwerk. Und er hat den Bolzen eine Weile in seinem Köcher mit sich herumgetragen. Alle Dinge, die wir nahe bei unserem Körper tragen, werden ein wenig von unserer Magie durchdrungen. In ein oder zwei Stunden wird die blaue Linie ganz verschwunden sein, denn es wurde nicht bewusst ein Zauber gewoben. Es ist wie mit einer Spur im Wüstensand. Sie verändert die Wüste nicht in ihrem Wesen. Die Sanddünen, den unerbittlich blauen Himmel. Nach ein paar Stunden hat der Wind sie ausgelöscht, für immer. Doch nun wollen wir das blasse Band zu dem hasserfüllten Schützen nutzen.« Lyvianne sprach ein Wort der Macht, das Bidayn schon kannte. Man konnte Wind damit herbeirufen oder verbannen.

Ihre Meisterin blies über ihre Hand, und der Bolzen flog davon, als sei er von einer unsichtbaren Armbrust abgeschossen worden. Sie hörte einen Schrei von jenseits der Felskluft.

Lyvianne nickte ernst. »Hass ist ein Gefühl, das sich gegen einen wenden kann.« Sie sah Bidayn an. »Such dir einen der Bolzen, die uns verfehlt haben, und tu es mir gleich. Aber webe deinen Zauber ohne jedes Gefühl. Weder Zorn noch Schadenfreude dürfen dich leiten, denn wie du gesehen hast, mag jede unserer Emotionen gegen uns verwandt werden.«

Bidayn wählte eines der Geschosse, die kaum beschädigt waren. Die steifen Lederflügel waren nur leicht verbogen. Die Eisenspitze ein wenig platt gedrückt, doch das Holz des dicken, kurzen Schafts nicht gesplittert. Dann suchte Bidayn nach der Verbindung zum Schützen. Nun, da sie wusste, worauf sie achten musste, fand sie die verblassende Kraftlinie schnell. Sie räusperte sich, konzentrierte sich ganz auf das Geschoss und stellte sich dabei vor, wie es entlang der Kraftlinie zum Schützen zurückflog. Leise murmelte sie das Wort der Macht. Es fühlte sich an, als ließe sie eine gespannte Bogensehne losschnellen. Der Bolzen schrammte mit den zähen Lederflügeln über ihre Hand und hinterließ eine blutige Furche. Die Dunkelheit verschlang das Geschoss. Im nächsten Augenblick erklang ein gellender Schrei.

Lyvianne legte ihr eine Hand auf die Schulter. »Fast perfekt, meine Liebe.«

Gonvalon schwieg. Er wirkte bedrückt, als würde ihm der Kampf gegen die Zwerge nicht gefallen. Dabei waren sie doch Mörder. Sie waren es doch gewesen, die den Schwebenden Meister gemeuchelt und damit den Zorn der Himmelsschlangen heraufbeschworen hatten!

»Versuch es noch einmal, Bidayn.« Lyvianne drückte ihr einen weiteren Armbrustbolzen in die Hand. Sie selbst behielt drei Geschosse für sich, die sie nebeneinander auf ihre Hand legte und mit einem einzigen Befehl davonschnellen ließ.

»Das genügt!«, sagte Gonvalon harsch. Er stürmte dem Ausgang entgegen, während von der anderen Seite der Kluft Schmerzensschreie erklangen.

»Hoffentlich findet er Nandalee.« Bidayn packte ihr kurzes Schwert fester und wollte ihm folgen, doch Lyvianne hielt sie zurück.

»Wir helfen ihm am besten, wenn wir die Armbrustschützen beschäftigen.« Sie bückte sich, um nach weiteren Geschossen zu suchen.

»Aber Nandalee!«, begehrte Bidayn auf. »Wir haben versprochen, auch nach ihr zu suchen! Wir können doch nicht einfach …«

»Mit einem Armbrustbolzen in der Stirn hilfst du deiner Freundin nicht. Hast du vergessen, was ich gesagt habe? Zauberweber müssen kalten Herzens sein! Bekämpfe deine Gefühle. Wäre ich wie du, hätte uns das Klingengitter getötet.«

»Bedeutet es dir denn gar nichts, dass Nandalee gefunden wird?«

Lyvianne richtete sich auf und sah sie auf seltsame Art an. Die feinen, braunen Sprenkel in ihren grünen Augen schienen von innen heraus zu leuchten. »Du irrst, wenn du glaubst, dass mir Nandalees Schicksal gleichgültig ist. Es bedeutet mir sogar mehr, als du dir vorzustellen vermagst.«

Etwas an ihrem Tonfall jagte Bidayn einen eisigen Schauer über den Rücken. Da wusste sie, dass sie Gonvalon folgen musste. Sonst würde etwas Schreckliches geschehen. Ihr war klar, dass sie sich schon wieder von ihren Gefühlen leiten ließ. Sie eilte zum Tunnelausgang.

Die Zwerge, die den Saumpfad bewacht hatten, waren niedergemacht und Gonvalon im Dunkel verschwunden. Sie musste ihn einholen!

Nandalees Erschöpfung war wie fortgewischt. Die Armbrust an ihrer Schläfe belebte noch einmal all ihre Kräfte. Sie ließ sich nach hinten fallen. Gleichzeitig schlug sie von unten gegen die Armbrust. Der metallische Klang, mit dem sich der Bogen entspannte, stach in ihre Ohren. Ein sengender Schmerz durchfuhr sie. Die Metallspitze des Bolzens pflügte durch ihr blondes Haar und riss es in Strähnen von ihrer Kopfhaut.

Nandalee hakte einen Fuß hinter die rechte Ferse des Zwergs. Mit dem freien Bein trat sie gegen sein Knie. Ein trockenes Knacken ertönte, als der Oberschenkelknochen aus dem Gelenk schnappte.

Die Elfe packte den Dolch eines der toten Zwerge am Kai und sah aus dem Augenwinkel eine Bewegung. Sie schnellte herum und warf aus der Bewegung heraus den Dolch. Er fuhr einem großen, rotbärtigen Zwerg ins Auge. Neben ihm stürmte dessen Gefährte mit drohend erhobener Axt vor. Wie viele hatten sich nur tot gestellt? Nandalee sah vor ihrem geistigen Auge, wie sich alle Zwerge ringsherum erhoben und mit hasserfüllten Augen auf sie losgingen.

Sie versetzte dem Zwerg mit dem ausgekugelten Knie einen Hieb auf den Kehlkopf, der dessen Luftröhre zerquetschte. Sie durfte ihn nicht einfach hinter sich lassen. Selbst wenn er nicht mehr laufen konnte, hätte er immer noch seine Armbrust nachladen können. Tausendfach war ihr in der Weißen Halle eingeschärft worden, niemals einen Feind hinter sich zurückzulassen, von dem sie nicht ganz sicher wusste, dass er kampfunfähig war.

Ein Axthieb verfehlte sie knapp. Sie machte einen Satz zurück, trat auf einen Toten und geriet ins Straucheln. Sofort setzte der Zwerg nach. Hellgraue Augen strahlten hasserfüllt aus einem rot verbrannten Gesicht. Sein Bart war versengt und nur noch ein Schatten seiner einstigen Pracht. Ein Rückhandhieb der zweiblättrigen Axt schnitt über ihren Bauch. Es war keine tiefe Verletzung, aber eine deutliche Warnung, wie nahe sie dem Ende ihrer Kräfte war.

Nandalee wich weiter zurück, der Zwerg folgte ihr keuchend. »Dich weide ich aus, Kindsmörderin. Gewissenlose Drachenhure. Du Fehlgeburt einer räudigen Hündin.« Jeder Fluch wurde von einem Axtstreich begleitet.

Angst kroch ihr in die Glieder. Eigentlich war der Zwerg kein Gegner, den sie fürchten müsste, doch der Blutverlust schwächte sie. Aus den Augenwinkeln sah sie, wie eine Gestalt versuchte, in ihren Rücken zu gelangen. Ein weiterer Zwergenkrieger!

Nandalee beugte sich vor. Mit einem verzweifelten Schrei riss sie einen toten Zwerg hoch und schleuderte ihn dem Angreifer entgegen. Der Axtkämpfer taumelte zurück und stürzte. Sein Helm fiel ihm vom Kopf und rollte klirrend über den Boden. Nandalee packte den eisernen Helm und schlug damit in das Gesicht ihres Gegners. Der erste Hieb verwandelte die Nase in eine unförmige, blutige Masse. Sie schlug weiter zu. Und weiter. Wie von Sinnen.

Ein gellender Schrei ertönte hinter ihr. Instinktiv duckte Nandalee sich, ließ den Helm fallen und griff nach der Axt des toten Zwergs. Sie warf sich zur Seite und schwang die Axt nach hinten. Sie spürte, wie sie etwas traf.

Mit einem Satz war Nandalee wieder auf den Füßen. Sie hob die Axt und drehte sich dabei. Hinter ihr stand eine Zwergenfrau mit einem Bündel auf dem Arm. In der Rechten hielt sie eine lange Haarnadel. Blut pulste aus einer klaffenden Wunde am Halsansatz, durchtränkte ihr schlichtes Leinenkleid und rann die speckige Lederschürze hinab, die sie um die Hüften trug. Mit weiten braunen Augen starrte sie Nandalee an. Voller Entsetzen. Die Haarnadel entglitt ihrer zitternden Hand. Ihr hochgesteckter Dutt aus schimmernd blondem Haar hatte sich halb aufgelöst und wurde nur noch von einer Haarnadel gehalten.

Die Zwergin ging in die Knie. Behutsam legte sie das Bündel

vor sich auf den Boden. Die blaue, mit aufgestickten Äxten geschmückte Decke war voller Blut. Ein rosiges Gesicht, bedeckt mit zartem, schwarzem Flaum, lugte daraus hervor.

»Bitte …«, stammelte die Zwergin. »Bitte rette ihn …«

Nandalee fühlte sich, als bräche der Boden unter ihr ein. Sie hatte das Kind mit ihrem blinden Hieb nur knapp verfehlt. Fast wäre sie wirklich zur Kindsmörderin geworden.

Die Zwergin hob die Hände. Ihr Blick flackerte. »Hab Gnade …« Das Blut rann nur noch als dünnes Rinnsal aus der Wunde an ihrem Hals. Ihre Lippen bebten. Sie wollte sprechen, doch ihre Kraft reichte dazu nicht mehr aus. All die ungesagten Worte lagen in ihrem Blick, als ihre Augen glasig wurden und brachen.

Nandalee kämpfte gegen Tränen. Was hatte sie getan! Sie presste die Linke auf ihren Bauch. Warmes Blut rann zu ihren Schenkeln herab. Nandalee suchte nach dem Wort der Macht, das ihre Wunde schließen konnte. Haut und durchtrennte Muskeln wieder zusammenwachsen ließ. Doch sie vermochte sich nicht auf das eine Wort zu besinnen. Sie musste ihre Wunden heilen, oder sie würde hier zwischen den Zwergen sterben. Der Tod war nahe.

Stattdessen starrte sie das Kind an. Es hatte große, graue Augen, ganz wie der Zwerg, der eben mit so verzweifelter Wut versucht hatte, sie zu töten.

Das Kind lächelte sie an. Sie, die Mörderin seiner Eltern! Ein leiser, unartikulierter Laut kam über seine Lippen. Heiße Tränen rannen Nandalee über die Wangen. Was hatte sie getan? Was geschah hier? War denn die ganze Welt verrückt geworden? Wo waren die Alben! Warum hatten sie die Himmelsschlangen nicht von diesem mörderischen Gemetzel abgehalten?

Sie sah sich um. Fast nur Frauen und Kinder lagen auf den Kais von Amalaswinthas verborgenem Hafen. Zerpflückte Blüten trieben auf dem Wasser, das nun still lag. Eine nasse, zerzauste Amsel hockte auf einem Holzpfahl, von dem ein zerrissenes Seil hing, und zwitscherte ihren Unmut in die stille Höhle hinein.

Nandalee sackte der Kopf auf die Brust. Ihr Blick verengte sich. Die Welt wich zurück, bis sie nur noch aus grauen Kinderaugen bestand. Die Drachen würden den Jungen töten, wenn sie hierherkamen. Auch die Drachenelfen. Sie mordeten nicht eine ganze Stadt, um dann ein kleines Kind entkommen zu lassen. Für ein Zwergenbaby war kein Platz in der Weißen Halle. Sie konnte es regelrecht vor sich sehen. Wahrscheinlich würde es einer ihrer Meister tun. Ein Dolchstoß, ohne Hass, ins Herz des Kindes. Es war genug unschuldiges Blut vergossen worden! Das durfte nicht auch noch geschehen!

Mit ihrer Verzweiflung kam die Erinnerung zurück. Das Wort der Macht fand von allein auf ihre Lippen. Wärme durchlief sie, versiegelte ihre Wunden. Doch all das verlorene Blut konnte sie nicht ersetzen. Sie war schwach. Noch einen Kampf könnte sie nicht mehr bestehen.

Sie schnallte einem der toten Zwerge den Waffengurt ab und warf ihn sich samt des kurzen Schwertes daran über die Schulter. Dann hob sie das Bündel auf und drückte das Kind an sich. Ein kurzer, glucksender Laut war ihr Lohn.

Beklommen sah sie sich um. Jetzt war sie auf der anderen Seite. Sie mochte noch im Körper einer Elfe stecken, aber sie würde kein Zwergenblut mehr vergießen. Zumindest nicht in dieser Nacht. Sie musste das Kind in Sicherheit bringen. Aber wo? Welchen Ort würden ihre Gefährten aus der Weißen Halle nicht finden?

Sie schlich sich fort vom Wasser. Suchte die Schatten. Nandalee dachte an das Gebilde aus Drähten in Amalaswinthas Studierzimmer. Da war ein Platz … Doch wenn sie diesen Ort aufsuchte, würde sie mit den Drachenelfen brechen. Dort würden sie sie nicht finden!

Sie blickte in die großen, grauen Augen und fluchte. Das war nicht der Weg, den sie gehen wollte. Aber sie würde kein Kind töten! Und auch dabei zusehen, wie es getötet wurde, würde sie nicht. Das hatte mit dem Auftrag Nachtatems nichts mehr zu tun. Dass alle Bewohner der Tiefen Stadt, auch die Frauen und Kinder, getötet wurden, hatte nichts mehr mit gerechtem Zorn zu tun. Das war Tyrannei!

Elfenblut

Ailyn kniete neben der Toten nieder. Zärtlich strich sie das blonde, blutverklebte Haar aus dem Gesicht. Ailyn hatte schon viel gesehen, doch der Anblick ihrer Schülerin schockierte sie. Ihr Rumpf war auf Brusthöhe durchtrennt, beide Arme abgehackt. Was war ihr widerfahren? Höchstens ein Jahr noch, und sie wäre zur Drachenelfe aufgestiegen.

Mit einem Seufzer stand die Meisterin auf und blickte zu den übrigen Toten. Drei weitere Schüler hatten sie bereits hierher in die weite, rußverschmierte Höhle gebracht. Decke und Wände waren über und über mit Amethysten bedeckt. Ein fettiger, schwarzer Schleier lag über den meisten Steinen. Es waren wohl viele Zwerge in dieser Halle gewesen, als die Flammenstrahlen durch die Luftschächte hinabgefahren waren. Ruß auf Edelsteinen war alles, was von ihnen geblieben war.

Ailyn ballte wütend die Fäuste. Sie hatten den Angriff schlecht vorbereitet. Von überall kamen Meldungen über Widerstand und Tote. Es waren viel mehr Zwerge in der Tiefen Stadt gewesen, als sie erwartet hatten. Und obwohl die Zwerge überrascht worden waren und wissen mussten, dass sie auf verlorenem Posten kämpften, leisteten sie überraschend hartnäckigen Widerstand. Es war ein Fehler gewesen, keine Gefangenen zu machen. Die Zwerge wussten darum! Kein Einziger hatte sich bislang ergeben. Sie kämpften wild und erbarmungslos wie eine verwundete Bärin, die ihr Junges gegen ein Rudel Wölfe verteidigt.

Dylan betrat die weite Höhle. Er trug einen weiteren Toten auf den Armen. Durell!

Schweigend brachte der Meister den Leichnam in die Mitte der Halle und legte ihn vorsichtig zu Boden. »Er wurde in den Rücken geschossen«, sagte Dylan mit tonloser Stimme. Nicht anklagend, eher resigniert. Sie alle wussten, dass ihr Angriff auf die Tiefe Stadt noch weit heimtückischer als ein Schuss in den Rücken gewesen war.

»Wo?«

Dylan blickte zu ihr auf. Seine Augen hatten eine silberfarbene Iris mit himmelblauen Einsprengseln. Ailyn hatte seinen Blick immer schon beunruhigend gefunden. Er war kein Mann des Schwertes, sondern ein Zauberweber, der sich ganz und gar den verborgenen Mächten verschrieben hatte. Eine Hingabe, die seinen Körper verändert hatte. Er war totenbleich und sein weißes Haar fein wie Spinnweben.

»Durell lag auf einem Saumpfad an der großen Kluft, die das Herz des Berges zerteilt. Etwa eine Meile von hier. Er hat einen guten Kampf geliefert. Ich habe ihn umringt von toten Zwergen gefunden.«

Ailyn nickte. Nicht gut genug, dachte sie. Sie waren in der Weißen Halle zu Meuchlern ausgebildet worden, doch das hier wuchs sich zu einer regelrechten Schlacht aus. Sie hätten ihre Kräfte nicht derart aufsplittern dürfen. Die Zwerge waren nicht in Panik geraten, wie sie erwartet hatten.

»Wie steht der Kampf um die Häfen?«

Dylans Blick wurde hart. »Es sind uns zwei oder drei Aale entkommen, fürchte ich. Aber alle Häfen sind nun besetzt, und die Weißen Schlangen verfolgen die Flüchtigen. Meine Schüler haben sich gut geschlagen. Insbesondere Eleborn.«

Ailyn nickte und blickte wieder zu den Toten. Nein, sie hatten sich nicht gut geschlagen, dachte sie und kämpfte gegen den Zorn an, der in ihr aufzuwallen drohte. Sie hatten die Leben ihrer

Schüler unnötig in Gefahr gebracht. Der Angriff war schlecht durchdacht! Nie zuvor hatten die Himmelsschlangen ihnen befohlen, in eine solche Schlacht zu ziehen. Und nie zuvor hatte Ailyn so deutlich gesehen, wie wenig ihre Leben den großen Drachen bedeuteten.

Gonvalon betrat die Amethysthalle. Er sah die Toten und beschleunigte seine Schritte. Sie ahnte, wen er zu sehen fürchtete.

»Nandalee ist nicht bei ihnen.« Er wirkte nicht erleichtert, dachte Ailyn.

»Wundert dich das, Ailyn? Gonvalons Schülerin hat doch gar nicht an dem Angriff teilgenommen.« Eine Andeutung von Geringschätzigkeit schwang in Dylans Stimme mit.

»Sie ist hier«, widersprach Ailyn. »Der Goldene sucht ebenfalls nach ihr.«

»Der Goldene?« Gonvalon lächelte eigenartig. »Wann war er hier? Und in welche Richtung ist er gegangen?«

Sie deutete zu einem der Ausgänge, über dem ein Wappen mit einem schweren Hammer prangte. »Nach Westen. Dort, wo die Höhlen der Grobschmiede und Gerber liegen. Er ist noch nicht lange fort.« Ailyn war es ein Rätsel, warum die beiden nach Nandalee suchten, solange der letzte Widerstand der Zwerge noch nicht gebrochen war. Wenn eine der Schülerinnen der Weißen Halle ganz gewiss auf sich alleine aufpassen konnte, war es Nandalee.

»Die Schlacht um die Tiefe Stadt ist noch nicht entschieden, Gonvalon. In den Palästen bei der großen Kluft wird noch gekämpft. Wir können dort jeden erfahrenen Krieger gebrauchen.«

»Schick Dylan«, entgegnete er überraschend barsch. »Der Goldene erwartet, dass ich an seiner Seite bin. Er verlangt nach meinem Schwert.« Gonvalons Gesicht wirkte wie aus Stein geschlagen. Hart und angespannt, zum Äußersten entschlossen. Was war nur los mit ihm? Mit langen Schritten eilte er dem Ausgang unter dem Wappenschild der Schmiede entgegen.

»Du solltest ihm seine Sorge nicht verübeln«, sagte Dylan. »Du weißt doch um seinen Fluch. All seine Geliebten sterben. Und heute ist wahrlich ein Tag, an dem viel Elfenblut vergossen wird.«

Ailyn dachte an den Goldenen. Sorgte auch er sich um Nandalee? Sie hatte sich doch Nachtatem verschworen. Die Himmelsschlangen hatten nicht in die Tunnel der Tiefen Stadt hinabsteigen wollen, und dennoch war er hier. Sie hatte das Gefühl, dass es in diesem Gemetzel um mehr ging als nur darum, die Zwerge zu bestrafen. Wenn hier in den Tunneln eine Elfe starb, würde es niemanden wundern …

Aber sich solche Gedanken zu machen war nicht ihre Aufgabe. Sie sollte den Kampf um die Tiefe Stadt führen. Und Nandalee war schon an ihrem ersten Tag in der Weißen Halle eine Verlorene gewesen. Sie hätte niemals dorthin kommen dürfen. Für eine Drachenelfe war sie zu aufsässig, zu schwer zu formen. Rebellen waren keine guten Diener.

»Wir müssen zu den Palästen«, wandte sie sich mit fester Stimme an Dylan. »Unterwegs nehmen wir jeden mit, den wir finden. Wir bündeln unsere Kräfte und zerschlagen den letzten Widerstand. In weniger als einer Stunde kann die Schlacht um die Tiefe Stadt entschieden sein.«

Auf der Flucht

Nandalee kauerte mit angehaltenem Atem in einer Nische und beobachtete die beiden schlanken Gestalten aus Licht, die zwanzig Schritt entfernt durch den weiten Tunnel pirschten. Es gab keine Fackeln oder Öllampen in diesem Stollen. Nandalee war ganz auf ihr Verborgenes Auge angewiesen. Es wies ihr den Weg durch die Nacht, die sich in der sterbenden Zwergenstadt ausbreitete. Mehr und mehr Lichtquellen in den Tunneln erloschen, als würden sie gemeinsam mit der Stadt sterben.

Nandalee hatte einen Zauber gewoben, der das Licht ihrer Kraftlinien dämpfte. Dennoch war ihr schleierhaft, warum die beiden Elfen sie übersehen hatten. Sie schienen sich ganz auf ihre Augen zu verlassen. Das war töricht!

Die Lichtgestalten verschwanden hinter einer weiten Biegung des Tunnels. Nandalee atmete erleichtert auf und ließ sich gegen den Fels sacken. Ein wenig Schlaf … Wie gerne würde sie jetzt ausruhen.

Das Zwergenkind war in ihren Armen eingedöst. Eine wohlige Wärme strahlte von ihm aus. Sie konnte spüren, wie sich die kleine Brust bei jedem Atemzug hob und wieder senkte. Es hatte etwas Einschläferndes, ein schlafendes Kind an der Brust zu halten. Die Versuchung war groß, die Augen zu schließen. Nur für einen Moment.

Nandalee zwang sich aufzustehen. Es war nicht mehr weit bis zur Höhle des Schmiedes. Unten im Brunnen würde sie ein sicheres Versteck finden. Dort konnte sie schlafen, und dann würde sie überlegen, was sie mit dem Kind tun würde.

Müde schleppte sie sich voran, bis sie den Einstieg zu Galars Werkstatt fand. Der Gestank nach Käse war dem nach gebratenem Fleisch gewichen, verbranntem Holz und ausgeglühtem Metall. Der Kleine erwachte und suchte mit seinen Lippen nach dem, was sie ihm nicht zu geben vermochte. Wie saugende Küsse fühlte es sich an. Sein Kopf ruckte hin und her, dann blickte er zu ihr auf, und seine großen Augen füllten sich mit Tränen. Nandalee fluchte leise. Womit sollte sie ihn füttern?

Schweren Schrittes ging sie den Tunnel hinab. Sie konnte dem Kind nicht wirklich helfen. Wie oft musste so ein Zwergenbaby essen? Alle paar Stunden?

Der Kleine begann zu greinen, als sie die Schmiede erreichte. Krusten dunkelroter Glut leuchteten auf halb verbrannten Tischbeinen. Erstickender Rauch zog durch die weite Höhle.

Das Wimmern des Kindes wurde lauter. Wie heiß es wohl in

der Höhle war? Sie war von einem Schutzzauber umwoben, aber der Kleine war der Hitze hilflos ausgeliefert. Eilig trat sie an den Brunnen.

Ein Geräusch ließ sie herumfahren. Schwere Schritte. Jemand war im Tunnel, der zur Werkstatt führte. Nandalee legte dem Kind die Hand auf den Mund. Ja, ganz ohne Zweifel, jemand kam zu ihr herab. Sie bückte sich nach einem Dolch. In der Höhle unten beim Brunnen war sie in Sicherheit. Bestimmt! Und falls nicht ... Sie schob den Dolch in das versengte, schmutzige Tuch, in das das Kind eingewickelt war.

Behände kletterte Nandalee die Sprossen im Brunnenschacht hinab und ließ sich vorsichtig ins Wasser gleiten. Hier unten hörte sie keine Schritte mehr. Ein roter Abglanz der ersterbenden Glut oben in der Werkstatt lag auf dem Wasser. Falls jemand in den Brunnen blickte, wäre sie deutlich zu erkennen. Sie musste weiter. Aber wie sollte sie mit dem Kind schwimmen? Was, wenn der Kleine Wasser einatmete?

Sie nahm die Hand von seinem Mund und versiegelte seine Lippen mit einem Kuss. Sein Atem roch säuerlich. Nach Milch. Er biss in ihre Lippe und begann daran zu saugen. Nandalee stieß sich von der untersten Sprosse ab und tauchte. Sie hielt das Kind eng an sich gepresst.

Es war nur ein kurzes Stück zu schwimmen, aber sie brauchte endlos lange. Das Kind wand sich in ihren Armen und bäumte sich auf. Nandalee konnte nur mit einem Arm vorwärtsrudern. Schnell fand sie den Einstieg zum verborgenen Tunnel. Sie zog sich mit der freien Hand am rauen Fels entlang.

Endlich brach sie mit dem Kopf durch das Wasser. Sie schob das Kind hoch, damit es atmen konnte. Im selben Augenblick sah sie die Axt niedersausen.

Hornbori schrie auf und stieß Galar zur Seite. Die Elfe hielt ein Zwergenkind in den Armen, um sich gegen einen Angriff zu schützen. Galar versuchte die Schlagrichtung zu ändern. Zu spät. Er schrie auf, verriss die Axt und traf dennoch.

Mit einem scharfen Knacken schmetterte die Axt gegen den Kopf der Elfe. Sie traf mit der flachen Seite, aber mit großer Wucht. Augenblicklich ließ die Mörderin das Kind los. Sie öffnete benommen den Mund und schluckte schwarzes Wasser. Ihre Augen waren verdreht, sodass Hornbori nur noch das Weiße von ihnen sah. Er packte das weinende Kind und zog es zu sich.

»Schitt«, fluchte Galar. »Wie kann man nur so gewissenlos sein und ein Kind als Schild missbrauchen!«

Hornbori wickelte das Baby aus dem triefnassen Tuch. Ein Junge, dachte er lächelnd. Ganz blaue Lippen hatte der Kleine. Er war unterkühlt. Das Brunnenwasser war eisig. Hornbori rieb ihm mit der flachen Hand über die Brust. Der Kleine weinte bitterlich. Was konnte er nur tun? Er war nie Vater geworden, hatte kaum Kontakt zu Kindern gehabt. Sie aufzuziehen war Frauensache. Sie ließen die Männer kaum einmal an die Kinder heran. Erst wenn ihr Barthaar dicht und hart zu werden begann, entließen die Weiber ihre Kinder in die Welt der Männer.

Der Kleine begann zu weinen.

»Ist er verletzt?« Galar hatte die Axt zur Seite gelegt und beugte sich über das Kind.

»Ich weiß nicht. Eine Wunde ist nicht zu sehen. Vielleicht sollten wir ihn einmal umdrehen.«

Galar blickte auf seine großen, schwieligen Hände. »Das machst besser du.«

»Wieso glaubst du, dass ich das kann?«

»Weil du ein Weichling bist. Ich … ich mach den noch kaputt. Ich hab noch nie ein Kind …«

»Ich auch nicht«, entgegnete Hornbori pikiert. Er war dreizehn gewesen, als er die Frauengemächer verlassen hatte und zu seinem Vater gekommen war. Er konnte sich kaum an seine frühe Kindheit erinnern.

»Lasst mich das machen.« Nyr hatte die Elfe aus dem Wasser gezogen und drängte sich nun zwischen sie und Galar. Ohne zu zögern, hob er den Kleinen hoch und drehte ihn um. »Alles in Ordnung, würde ich sagen.«

»Ich nicht«, zischte Galar. Der Junge pinkelte ihm in flachem Bogen vor die Brust.

Hornbori lachte auf. »Ich glaube, er mag dich.«

»Halt's Maul, Schisser!«

Irgendwie klang es diesmal ein wenig freundlicher, dachte Hornbori. Jedenfalls für Galars Verhältnisse.

»Warum hast du die Elfe aus dem Wasser gezogen? Du bist wohl verrückt! Ersäufen müssen wir die. Die wird es uns nicht danken, wenn wir sie am Leben lassen.« Galar stand auf.

»Tu das nicht.« Hornbori hielt ihn zurück. »Wir brauchen sie. Nur für kurze Zeit, dann kannst du mit ihr machen, was du willst.«

Galar sah ihn finster an. Dann blickte er zu Nyr. »Spinnt ihr jetzt beide? Hat euch wohl nicht gutgetan, in den Brunnen zu fallen.«

»Es ist wegen des Jungen. Wir wissen doch nicht einmal, aus welcher Sippe er stammt. Wir müssen erfahren, wo sie ihn gestohlen hat.«

Galar lachte auf. »Was glaubt ihr, was oben los ist? Ein Kind wurde gestohlen. Die halbe Stadt wird in heller Aufregung sein. Dass die Drachen meine Werkstatt abgefackelt und versucht haben uns drei umzubringen, wird sich vermutlich noch nicht herumgesprochen haben, aber dass ein Kind gestohlen wurde, ist ganz gewiss schon Stadtgespräch. Bestimmt wimmelt es da oben nur so von aufgescheuchten Weibern, die wilde Verdächtigungen ausstoßen. Und ich wette, Amalaswintha führt die Horde an.« Er zog den Dolch aus seinem Gürtel. »Der Elfenschlampe werde ich die Kehle durchschneiden. Dann haben wir eine Sorge weniger. Das ist eine Drachenelfe. Die ist hier, um uns zu töten. Wenn wir die nicht schleunigst abmurksen, wird uns das noch leidtun.«

Nyr steckte dem Kleinen seinen Daumen in den Mund und legte ihn sich in die Armbeuge. Hornbori war verblüfft, über welch verborgene Talente der Richtschütze verfügte. Dem Jungen gefiel es. Er schloss die Augen, runzelte die Stirn und nuckelte mit einer Ernsthaftigkeit an Nyrs Daumen, die Hornbori schmunzeln ließ.

Galar beugte sich über die Elfe, um es zu Ende zu bringen. Er packte ihr blutverklebtes Haar und riss ihren Kopf hoch. Deutlich sah Hornbori ihre halb geöffneten Lider durch das herabhängende Haar. Ihre Pupillen waren nach oben verdreht. Speichel troff von ihrem Mund. Wahrscheinlich war es gar nicht mehr nötig, sich mit ihr noch Mühe zu geben. Sie war ohnehin mehr tot als lebendig. Galar führte das Messer zur Kehle der Elfe, als sie überraschend ihren Kopf nach hinten riss und unter sein Kinn hämmerte. Gleichzeitig schlug sie mit der Faust nach Galars Messerarm. Die Klinge schwang zur Seite.

Ein Schlag in die Armbeuge ließ den Unterarm des Schmieds hochschnellen. Das Messer streifte seinen Oberarm. Er fluchte, und ein Ellbogen hämmerte dumpf in seine Magengrube.

Galars rechter Arm zuckte unkontrolliert. Seine Finger öffneten sich, und das Messer fiel zu Boden. All dies hatte kaum drei Herzschläge gedauert.

»Die Armbrust«, stammelte Galar, von dessen Lippen Blut troff. »Dort hinten!«

Die Elfe blickte zu Hornbori. Ihre Augen waren immer noch verdreht. Eines starrte ihn geradewegs an, während das andere zur Höhlendecke zu blicken schien.

Galar versuchte davonzukriechen, doch die Elfe packte ihn

mit beängstigender Kraft, rammte ihn mit dem Rücken gegen die Wand und stach ihm den Dolch in die Kehle.

»Steh still!«, herrschte sie Galar an, der entsetzt auf den Dolch hinabblickte. »Ihr habt eine Armbrust? Wirf sie ins Wasser. Und die Axt da vorne auch.« Sie sprach zwergisch mit dem Dialekt der Ehernen Halle.

»Hör nicht auf sie, Schisser!«, brachte Galar gepresst hervor. »Die hat mir ein Messer in den Hals gerammt. Ich bin so gut wie tot. Tu mir einen letzten Gefallen. Nimm die verdammte Armbrust und leg sie um.«

Die Elfe ließ Hornbori nicht aus den Augen. »Bedeutet dir der Kerl hier etwas? Die Klinge steckt zwischen seiner Luftröhre und zwei großen Adern. Da, wo ich herkomme, üben wir das mit Ziegen. Wie du dir vorstellen kannst, essen wir oft Ziegenfleisch. Es dauert eine Weile, bis man es beherrscht, die richtige Stelle zu treffen. Ich hoffe, ein Zwergenhals unterscheidet sich nicht grundlegend von einem Ziegenhals. Es ist eine heikle Angelegenheit, jemandem ein Messer in den Hals zu stoßen. Wenn meine Hand nur ein wenig zittert, ist er tot. Wenn mir übel wird, weil er mir fast den Schädel eingeschlagen hat, und ich umkippe, ist er tot. Solltest du auf die Idee kommen, die Armbrust zu spannen, statt sie ins Wasser zu werfen, ist er tot.«

»Wenn du sie gehen lässt, holt sie Verstärkung, und wir alle vier sind tot«, röchelte Galar. »Mit mir ist es vorbei. Rette den Kleinen!« Mit diesen Worten versuchte er sich, ohne Rücksicht auf das Messer, aus der Umklammerung der Elfe zu winden.

Hornbori sah sich nach der Armbrust um, vermochte sie jedoch in dem Durcheinander der Höhle nicht zu entdecken. »Wo ist sie?«

Galar stieß ein unverständliches Gestammel aus.

»Lass es«, sagte Nyr. »Sie hat das Kind hierhergebracht. Vielleicht ist sie gar keine Mörderin.«

Hornbori versuchte zu erraten, wo die Armbrust stecken

mochte. Mit Logik brauchte er es nicht zu versuchen, das lag auf der Hand. Hier gab es keine Ordnung, und das spärliche Licht machte es ihm nicht gerade leichter. Ihm war bewusst, dass ihre Aussichten zu gewinnen nicht gut standen. Natürlich durfte man einer Elfe keinesfalls trauen, aber vielleicht war es im Augenblick klüger zu verhandeln. Er blickte zurück. Galar war in sich zusammengesunken. »Sie hat ihn umgebracht!«

»Hat sie nicht. Beruhig dich. Sie hat irgendetwas an seinem Hals gemacht. Irgendwo gedrückt.«

»Woher willst du wissen, dass Galar nicht tot ist? So wie er da hängt …«

»Wollte ich ihn ermorden, hätte ich wohl das Messer benutzt«, unterbrach ihn die Elfe.

Das war nicht ganz von der Hand zu weisen. Nur konnte man Elfen einfach nicht trauen. Sie …

Der Fels erbebte. Irgendetwas sehr Schweres schien sich über ihnen zu bewegen. Und dann erklang ein Schrei, wie ihn Hornbori noch nie gehört hatte. Wild, voller Schmerz und Zorn. Er war sich sicher, dass weder Zwergen noch Elfen einen solchen Laut von sich geben konnten.

Der Kleine begann leise zu wimmern. »Was ist das?«, flüsterte Hornbori.

Selbst die Elfe wirkte eingeschüchtert. Sie hob den Kopf zur Decke. Eines ihrer Augen war ganz weiß, als sei sie halb erblindet. »Ich weiß es nicht. Es muss mit dem Untergang der Tiefen Stadt zu tun haben. Ich …«

»Wovon redest du da?«, zischte Hornbori.

Sie fixierte ihn mit schielendem Blick. »Du bist Hornbori, und deine beiden Gefährten heißen Galar und Nyr. Richtig?«

Woher zum Henker wusste sie das? Natürlich antwortete er nicht. So leicht würde er es ihr nicht machen. Das musste sie geraten haben, schließlich waren sie einander noch nie begegnet.

»Wieso kennst du uns?«, fragte Nyr einfältig, während über

ihnen ein Getöse anhob, als würden die Tische der Werkstatt gegen die Felswände geschleudert.

»Löscht alles Licht!« Die Elfe sagte das in einem Tonfall, der selbst Hornbori überzeugte. Sie hatte Angst! Das war nicht gespielt! »Was immer dort oben wütet, darf keinen Lichtschein im Brunnenwasser sehen.«

Hornbori gehorchte. Doch als die letzte kleine Flamme verlosch, fühlte er sich völlig ausgeliefert. Wie konnte die Elfe im Dunkeln sehen? Sicher ermöglichte ihr ihre Zaubermacht, noch immer alles deutlich zu erkennen. Als Zwerg war er zwar an die Finsternis der Tunnel tief im Berg gewöhnt, aber dazu brauchte er ein wenig Zeit. Die Lichter, die er eben gelöscht hatte, hatten seine Nachtsicht getrübt.

War die Elfe an ihrem Platz geblieben? Schlich sie auf ihn zu, nachdem sie Galar lautlos die Kehle durchtrennt hatte? War all dies nur ein Gaukelspiel gewesen, um sie wehrlos zu machen? Es gab viele Geschichten über Drachenelfen. In allen waren sie seelenlose Mörder. Dass solch eine Elfe ein Zwergenkind rettete, war undenkbar.

Wieder erbebte der Fels, und ein Rumoren war zu vernehmen, als bewegte sich irgendetwas Riesiges in Galars Werkstatt. Wie groß musste eine Kreatur sein, damit sie Geräusche verursachen konnte, die durch drei Schritt gewachsenen Fels drangen? Groß wie eine Silberschwinge? Größer? Drachen würden niemals durch die engen Tunnel in die Stadt gelangen, versuchte sich Hornbori zu beruhigen. Aber wenn dort oben kein Drache in der Werkstatt war, was dann? Ein Troll? Wen hatte diese Elfe im Gefolge? Woher kannte sie ihre Namen? Und was faselte sie vom Untergang der Stadt?

Die Angst gab ihm das Gefühl, dass sich sein Blut langsam in Eiswasser verwandelte. Es begann bei seinen Füßen, die sich anfühlten, als sei er barfuß durch ein Schneefeld gelaufen. Dann sprang die Kälte über in seine Wirbelsäule und breitete sich über seine Rippen aus, bis jeder Atemzug wie eisige Dolche in seine Lungen stach.

Oben war es still geworden. Ob die Kreatur die Werkstatt verlassen hatte? Oder kauerte sie inmitten der Trümmer und lauschte ihrerseits? Warum kam niemand, um die Bestie zu bekämpfen? Man musste sie doch weithin im Berg gehört haben. Von hier aus konnten sie nichts unternehmen. Wer über die Sprossen aus dem Brunnen stieg, war hilflos ausgeliefert. Man müsste Galars Höhle durch den engen Stollen stürmen, der vom Hauptgang abzweigte. Das war freilich auch ein Unternehmen, das Todesmut verlangte.

»Ich glaube, es ist fort.« Die Stimme der Elfe war nur ein leises Wispern. Es schien, als habe sie sich nicht von der Stelle bewegt.

»Was war das?«, fragte Nyr.

»Vielleicht ein Tatzelwurm … Ich weiß es nicht. Ich habe gehört, dass sich Tatzelwürmer am Angriff auf die Tiefe Stadt beteiligt haben.«

Hornbori traute seinen Ohren nicht. Ein Angriff auf die Tiefe Stadt? Was für eine Mär war das denn? Mit wachsendem Unglauben lauschte er der verworrenen Geschichte der Elfe.

»Ihr, die ihr die Mörder des Schwebenden Meisters seid, und dieses unschuldige Kind seid die einzigen Überlebenden in den Tunneln der Tiefen Stadt«, schloss sie ihre Geschichte.

»Glaubst du ihr, Nyr?«

»Ich weiß nicht …« Die Stimme des Richtschützen klang heiser. »Ich … Das kann doch nicht sein. Oder?«

»Glaubst du, sie würden alle umbringen, um ausgerechnet uns am Leben zu lassen? Das ergibt doch keinen Sinn! Das ist eine ganz und gar unglaubwürdige Geschichte. Sie ist nichts als eine freche Lügnerin.«

»Was würde ich mit dieser Lüge erreichen?« Die Stimme der Elfe klang schwach und gebrochen. Vielleicht war das der Grund, warum er die Lichter hatte löschen sollen. Er sollte nicht sehen, wie schwer verletzt sie war und wie ihre Kraft sie verließ. Sie waren zu dritt, sie allein und geschwächt. Sollten sie es wagen, sie anzugreifen?

»Du lügst, weil du Gefallen daran findest, uns zu quälen, bevor du uns tötest. So wie du Galar den Dolch durch die Kehle gestoßen hast, ohne ihn umzubringen. Wozu lernt man so etwas? Um seine Gegner zu quälen und zu demütigen. Du bist eine Drachenelfe, und du glaubst, wir hätten einen Drachen getötet. Welche Gnade hätten wir von dir zu erwarten? Nicht einmal einen schnellen Tod.«

Ein plötzliches Geräusch ließ Hornbori zusammenzucken. Eine Hand legte sich um seine Kehle. »Nyr! Sie ist bei …« Der Druck kräftiger Finger brachte ihn zum Verstummen.

»Du willst mir nicht glauben … Gut. Das ist deine Entscheidung, Hornbori. Aber halte mich nicht für dumm.« Sie griff unter sein Wams. Ihre Hände waren eiskalt.

Mit einem Ruck zerriss sie das Lederband, an dem das Amulett hing, das er bei dem weißen Drachen gefunden hatte.

»Das hier gehört mir. Der Schwebende Meister hat es mir einst abgenommen. Wenn du es trägst, musst du ihm wohl begegnet sein.«

Er wollte leugnen, doch sie drückte ihm noch immer die Kehle zu. »Spar dir deinen Atem, Zwerg. Ich weiß, was geschehen ist. Und ich gebe euch einen Rat. Verhaltet euch ruhig. Verlasst die nächsten zwei oder drei Tage diese Höhle nicht. Hier seid ihr sicher. Ich werde euch nicht verraten. Wenn diese Frist verstrichen ist, dann flieht, so weit euch eure kurzen Beine tragen. Und wagt euch nicht aus euren Höhlen heraus. Nehmt einen eurer Aale, denn oben auf dem Berg werden sicher noch Drachen lauern. Ihr schuldet mir vier Leben. Vielleicht werde ich eines Tages wiederkehren, um diese Schuld einzutreiben. Und versucht nie wieder einen Drachen zu töten. Wenn ihr aus diesem Loch kriecht, dann seht euch gut um in eurer Stadt und überlegt, ob das Gold für Drachenschuppen und Drachenblut diesen Preis wert gewesen ist.«

Sie ließ ihn los. Die Eindringlichkeit, mit der sie gesprochen hatte, ließ Hornbori zweifeln. Konnte es stimmen, was sie behauptete?

»Warum lässt du uns leben?«

»Meine Sippe ist fast ausgelöscht. Die Letzten von ihnen sind in einer Höhle gefangen, so wie ihr es seid. Vielleicht hoffe ich darauf, dass das Schicksal auch ihnen gnädig ist, wenn ich nicht das Blut Wehrloser vergieße.«

Das klingt ganz schön bescheuert, dachte Hornbori. Wahrscheinlich hatte Galars Axthieb mehr Schaden angerichtet, als er anfangs gedacht hatte. Aber er würde sich hüten, das laut auszusprechen.

»Wir sind nicht wehrlos, Elfe«, röchelte Galar. »Ich sitze hier und halte einen Dolch in der Hand. Und der wird gleich in deiner Kehle stecken. Mach Licht, Schisser, damit ich das Luder sehen kann.«

Hornbori tastete nach seinem Gürtel. In einem Lederbeutel verwahrte er Feuerstein, Stahl und Zunder. Bald hatte er einen Holzspan entzündet und damit wiederum den Docht einer Öllampe.

Die Elfe war verschwunden. Kleine Wellen schwappten über den Rand des Loches, das zum Brunnenschacht führte.

»Hah, verpisst hat die sich. Wusste wohl, dass jetzt Schluss mit lustig ist.« Galar hielt den Dolch in seiner Rechten. Die Linke presste er auf seine Kehle. »Die hätte ich fertiggemacht.«

»Glaubst du, es stimmt, was sie gesagt hat?«, fragte Nyr beklommen.

»War nicht ganz bei mir«, krächzte Galar. »Sie hat was gesagt? Elfen lügen, wenn sie das Maul aufmachen. Das ist die einzige Wahrheit, an die man sich bei ihnen halten kann.«

Gefunden

Mit letzter Kraft zog sich Nandalee über den Brunnenrand und ließ sich zu Boden fallen. Sie war froh, den Zwergen entkommen zu sein. Sie fühlte sich schwindelig, und mit ihren Augen stimmte etwas nicht. Sie hatte das Gefühl, zwei Bilder zu sehen statt einem. Beide überlagerten einander. Das machte sie ganz verrückt! Immer wieder kniff sie die Augen zusammen und blinzelte, aber es wurde nicht besser.

Sie tastete nach dem Brunnenrand und zog sich hoch. Verdammte Zwerge! Sie hatte den Axthieb zu spät kommen sehen. Ohne das Kind auf dem Arm wäre ihr das nicht passiert. Wer griff eine Frau mit … Sie! Unvermittelt schossen ihr Tränen in die Augen. Heute war ihre Welt aus den Angeln geraten. Der Angriff auf die Tiefe Stadt war barbarisch gewesen. Ein Verbrechen. Und ganz gleich, wie sehr sie über die Zwerge fluchen mochte, nicht sie waren es, die dieses Verbrechen begangen hatten. Die Himmelsschlangen hatten jedes Maß verloren. Wie hatten seine Nestbrüder Nachtatem nur die Zustimmung zu diesem Massaker abringen können?

Schwankend kämpfte sie sich dem Tunnel entgegen. Alles, was in der Werkstatt nicht verbrannt war, war zerschmettert worden. Der Boden war mit Glas und zersplittertem Holz bedeckt.

Es wurde schlimmer mit ihren Augen. Sie sah alles doppelt. Nichts fügte sich mehr zusammen. Die Welt war zerbrochen in jene, die sie kannte, und eine neue, dunklere Welt, die heute geboren worden war.

Nandalee war froh, als sie den Tunneleingang erreichte und sich an der Wand entlangtasten konnte. Sie schloss die Augen. Stechende Schmerzen peinigten sie. Es fühlte sich an, als sei ein Stück der Zwergenaxt abgesplittert und stecke mitten in ihrem Kopf.

Sie versuchte sich gegen alles zu verschließen und dachte an die Nächte im Wald mit Gonvalon. Daran, wie sie sich auf dem Lager aus Moos geliebt hatten, und an seine Küsse auf ihrer Haut.

Sie erinnerte sich, wie oft sie mit den Fingern über die große Tätowierung auf seinem Rücken gestrichen hatte. Das Bild des Goldenen, der sich um ein Schwert wand. Warum hatte sich Gonvalon ausgerechnet ihm verschrieben?

Sie schob den Gedanken von sich. Ihr Körper war ihr Last genug, sie musste sich nicht auch noch mit Fragen quälen, die sie nicht beantworten konnte. Sie ließ sich treiben. Wie eine Schlafwandlerin irrte sie durch die Tunnel, hatte jedes Gefühl für Raum und Zeit verloren.

Plötzlich fühlte sie sich leicht. Die Erinnerung an die Schrecken war in weite Ferne gerückt. Heute war ein Tag, an dem sich Albenmark für immer verändert hatte. Und sie hatte einen Anteil daran gehabt. Die Herrschaft der Drachen war gefestigt. Das war gut so!

Nandalee schlug die Augen auf. Helles Licht blendete sie. Sie befand sich in einer weiten Halle, deren Decke von mit Wappen geschmückten Säulen getragen wurde. Nur ein paar Schritt vor ihr stand ein hochgewachsener Elf mit langem Haar, golden wie die Sommersonne.

Mir scheint, die Zwerge haben Euch übel mitgespielt, Dame Nandalee.

Sie blinzelte heftig und versuchte die beiden Bilder, die ihre Augen ihr vorgaukelten, zu einem werden zu lassen. Vergebens.

Es war nicht Nachtatem, der zu ihr sprach. Ihr Gegenüber unterschied sich vom Erstgeschlüpften wie der Tag von der Nacht. Seine Stimme war Verheißung. Er würde den Schmerz von ihr nehmen. Allein ihn anzublicken linderte ihre Schmerzen. Wer ihn sah, wusste, die Zukunft war ein Land von Milch und Honig, wenn man mit ihm ging. Und Nandalee wurde klar, wer dort in Elfengestalt vor ihr stand.

Ihr seid eine Gefahr für meinen ältesten Bruder, meine Dame. Vielleicht liegt es an Eurem bewundernswerten Willen weiterzukämpfen, wo jeder andere sich längst in seine Niederlage gefügt hätte. Wie mir scheint, habt Ihr dies auch heute getan.

Sein Zweifel an ihr brach ihr Herz und machte seine Worte zu einem schleichenden Gift. »Ich war Nachtatem immer treu«, sagte sie mit einer Inbrunst, die ihrer völligen Erschöpfung Hohn sprach.

Ihr werdet ihn in Zukunft hintergehen, Nandalee. Seinen Glauben an Euch auf die niederträchtigste Weise zerstören. Ihr könntet natürlich auch mich erwählen. Das würde meinen Bruder retten, und uns wäre eine ganz andere Zukunft bestimmt. Kommt mir einen einzigen Schritt entgegen, und unser Pakt ist besiegelt.

Alles würde sich zum Besten auflösen, wenn sie ihm folgte. Sie musste ihn nur ansehen, um das zu wissen. Ansehen … Nandalee schloss die Augen. Sie konnte Nachtatem doch nicht einfach so hintergehen! Er hatte sie erwählt. Er wollte sie unter seinen Drachenelfen aufnehmen, das wusste sie ohne jeden Zweifel. Und sie würde ihm immer treu sein! Der Goldene wollte sie versuchen. Sie würde Nachtatem niemals hintergehen. »Wie könntest du mir jemals trauen, wenn unser Bündnis mit einem Verrat beginnen würde?«

Wie könnte ich Euch nicht vertrauen, wenn Ihr mir durch Euren Schritt beweist, dass Ihr für mich bereit seid aufzugeben, was Euch am meisten bedeutet, Dame Nandalee?

Nie hatte sie in Gegenwart Nachtatems so empfunden wie jetzt. Sie wollte sich unterwerfen. Dem Goldenen zu folgen würde sie glücklich machen! Oder wob er einen Zauber? Nein, wie konnte sie das unterstellen!

Was ist Eure Überzeugung? Wofür sollte eine Drachenelfe einstehen, Dame Nandalee?

»Für eine Welt, in der es Tage wie diesen nicht geben darf«, antwortete sie, ohne zu zögern.

Ihr meint eine Welt, in der Mörder nicht fürchten müssen, dass ihre Taten bestraft werden?

»Heute sind Hunderte Unschuldige gestorben. Ist das die Gerechtigkeit der Himmelsschlangen?«

Wie lange währt Euer Leben bereits? Dreißig Winter? Oder sollten es gar fünfzig sein? Ich lebe seit mehr als dreißig Jahrhunderten. Und Ihr wollt mich lehren, was Gerechtigkeit ist? Er lachte. Ein perlender Schauer, der ihr durch die Glieder tanzte. *Liegt der Widerspruch in diesem Unterfangen nicht auf der Hand?*

»Nur wenn man nach dreißig Jahrhunderten aufgegeben hat, noch Neues lernen zu wollen.«

Es ist die Arroganz der Jugend zu glauben, dass es Neues in der Welt gibt, Dame Nandalee. Das Alter wird Euch lehren, wie grundlegend Ihr Euch irrt.

Sie war überrascht, wie gelassen er ihre Vorwürfe aufnahm. Ja, in seinen Gedanken lag nun eine Melancholie, die ihr Herz berührte. Doch wie konnte ihn das Massaker kaltlassen? »Welchen Nutzen hatte dieser Tag? Ist eine Welt, in der die Furcht regiert, das Ziel, für das wir streiten?«

Fürchtet Ihr das Feuer?

Die Frage brachte sie durcheinander. »Nein«, antwortete sie zögerlich.

Und doch würdet Ihr nicht hineingreifen, weil Ihr wisst, dass Ihr Euch verbrennen würdet. Das ist das Bild unserer Herrschaft, meine Dame. Wir schenken denen, die uns folgen, Licht und Wärme. Eine sichere Welt mit festen Regeln, in der jeder auf unseren Schutz vertrauen darf, der sich an diese Regeln hält. Seht mich an. Bin ich ein Tyrann? Auch ich bedauere, was heute geschehen musste.

Nandalee wusste, sie würde aufhören seine Gedanken zu hinterfragen, wenn sie ihn noch einmal ansah. Sein Glanz würde sie blenden. Wie konnte ein so wundervolles Geschöpf, wie er es war, irren? Ein Wächter, dem die Alben ihre Welt anvertraut hatten! Wenn er irrte, hatten dann nicht auch die Schöpfer Albenmarks einen Fehler begangen, indem sie es ihm überließen zu entscheiden, was Recht und was Unrecht war? War das möglich?

»Ist nicht das Ende aller Freiheit erreicht, wenn jeder, der Euch zu nahe tritt, verbrennen muss?«

Was für ein Unsinn!

Sein Zorn traf sie wie ein sengender Blitzschlag. Sie taumelte zurück, brach in die Knie.

Freiheit! Das ist nichts als eine absurde Idee von Schöngeistern. Was die Kinder Albenmarks wirklich wollen, ist Sicherheit. Und das bedeutet, sich in Regeln zu fügen. Die Zwerge haben sich die Freiheit genommen, den Schwebenden Meister zu töten. Jenen Drachen, dem Ihr Euer erstes Verständnis um die Magie in dieser Welt verdankt. Er war eines der ältesten Geschöpfe dieser Welt. Er war weise. Einzigartig. Wie steht es um seine Freiheit zu leben, Dame Nandalee? Haben die Zwerge ihm dieses Recht zugestanden? Haben sie durch ihren feigen Mord nicht all ihre Rechte verwirkt?

Sein Zorn umhüllte sie wie Flammen, gegen die kein Schutzzauber half.

Ihr stellt Euch auf Seiten dieser Mörder, Dame Nandalee? Ihr, die Ihr einmal eine Drachenelfe sein wollt! Ihr seid eine Enttäuschung. Ich begreife nicht, was mein Nestbruder in Euch sieht. Für mich seid Ihr eine Verräterin.

Es war mehr das Gefühl, das die Worte begleitete, als deren Inhalt, das Nandalee in einen Abgrund der Verzweiflung stürzte. Was hatte sie getan? Wie hatte sie es wagen können, sich gegen die Himmelsschlangen aufzulehnen? Seine Abneigung und Enttäuschung zu spüren nahm ihrem Leben jeglichen Sinn. Alle Kraft, mit der sie sich während der Kämpfe in der Tiefen Stadt gegen den Tod aufgebäumt hatte, wich von ihr. Sie sank gänzlich in sich zusammen. Als sie Schritte hinter sich vernahm, brachte sie nicht einmal mehr den Willen auf, sich umzusehen.

»Ich grüße Euch, Schwertmeister. Ihr habt ein unvergleichliches Gespür für den Auftritt im rechten Augenblick. Nun könnt Ihr den Auftrag, den ich Euch erteilte, gleich unter meinen Augen erfüllen.« Der Goldene hatte in die Sprache der Elfen gewechselt. Seine Stimme war volltönend und weich.

»Eure Wünsche sind mein Leben, Meister«, hörte sie Gonvalon

ohne jede Emotion antworten. Sie brauchte sich nicht umzusehen, um zu wissen, dass er jetzt sein Schwert hob. Er würde nur einen Hieb benötigen. Sie würde es kaum spüren.

Am Ende des Weges

Gonvalon hob die Klinge, bereit zum Schlag. Er nahm den tiefen Stand des erfahrenen Schwertkämpfers ein, leicht in den Knien federnd. Er hatte seine Entscheidung getroffen. Schützend stellte er sich vor Nandalee. »Diesen einen Befehl muss ich verweigern, Meister. Ich weiß, dass Nandalee sich nicht gegen die Himmelsschlangen gestellt hat. Sie ist eine Novizin der Weißen Halle, und ich bin ihr Meister. Ich bin verpflichtet, sie zu schützen. Und ich liebe sie. Eher richte ich mein Schwert gegen mich als gegen sie. Denn wenn sie stirbt, wird auch mein Leben zu Asche geworden sein.«

Er sah den Goldenen herausfordernd an, wohl wissend, dass seine Macht im Vergleich zu der des Drachens der eines welken Blattes gleichkam, das sich entschlossen hatte, den Stürmen des Herbstes zu trotzen.

Zu seiner großen Überraschung spiegelte sich in den Zügen des Goldenen eher Verwunderung als Ärger. *Ihr rebelliert gegen mich, Meister Gonvalon? Ihr, mein Schwert? Ein Gedanke von mir, ein geflüstertes Wort der Macht, und Euer Arm wird Euch nicht mehr gehorchen. Dann enthauptet Ihr die Frau, die Ihr liebt. Ganz gleich, was Euer Herz Euch gebietet.*

Ein Schmerz wie ein plötzlicher Krampf stach in seinen Schwertarm. Die Klinge senkte sich um eine Handbreit. Er kämpfte dagegen an und war doch machtlos.

Ich helfe Euch, mir ein guter Diener zu sein. Die Worte schmerzten nicht, und dennoch wohnte ihnen eine Macht inne, die ihn ganz erfüllte.

»Wenn diese Klinge Nandalees Leben stiehlt, werde ich sie, noch bevor das Blut meiner Geliebten darauf erkaltet, gegen mein Herz richten. Ich werde nicht ohne sie leben. Ich hätte allen Wert für Euch verloren, mein Gebieter.«

»Das also ist das Wunder der Liebe …« Der Goldene sprach nicht länger in Gedanken zu ihm. Er lächelte distanziert. Das Licht, das ihn umfloss, war klar wie an einem eisigen Wintermorgen. Jetzt strahlte er eine Kälte aus, wie Gonvalon sie noch nie zuvor in seinem Leben empfunden hatte. Nicht einmal in jener fernen Winternacht, als er als Kind allein inmitten eisiger Einöde den Wölfen überlassen worden war.

»Zeigt mir etwas von der Macht dieses Wunders, Schwertmeister. Ihr redet so viel vom Tod. Erpresst mich damit … Wendet nun Eure Klinge gegen Euren Leib. Schneidet Euch das Herz aus der Brust und bringt es zu mir, um es in meine Hand zu legen. Wenn Euch das gelingt, schenke ich Nandalee das Leben.«

»Nein!«, stöhnte Nandalee. Sie griff nach seinem Fuß, doch er löste sich von ihr. Er würde jeden Preis für ihr Leben zahlen. Mit elegantem Schwung setzte er die Klinge auf seine Brust und schnitt, ohne zu zögern, in sein Fleisch.

»Das genügt.« Das Licht, das den Goldenen umspielte, verlor an Kraft. Seine Stimme klang matt, als er sprach.

Ich habe Euch also verloren, Meister Gonvalon. Nach so vielen Jahren … Es war wie ein letzter Gruß, dem klare, kalte Worte folgten. »Ich entbinde Euch von allen Eiden, die Ihr mir einst geleistet habt. Ihr seid nicht länger ein Drachenelf!« Die letzten Worte hallten laut wie Donnergrollen von den Wänden der Höhle wider, und ein Schmerz fuhr in Gonvalons Rücken, als träfen ihn tausend Nadeln, um seine Haut vom Fleisch zu fetzen. Er schrie auf und brach neben Nandalee in die Knie. Der Schmerz dauerte an, zerrend, tief unter seiner Haut. Staubfeiner Sprühregen benetzte Gonvalon. Blut und Farbe!

»Die Tätowierung, die einst unseren Bund besiegelte, ist

gelöscht. Ihr seid frei, Euch ganz und gar der Illusion ewiger Liebe zu ergeben. Ich werde Euch beobachten, Nandalee, die Ihr mit Eurem Jähzorn Eure ganze Sippe ins Unglück geführt habt, und Gonvalon, dessen Liebe stets der Schatten des Todes anhaftet. Wie lange mag eine Liebe währen, auf der so ungünstige Omen lasten? Wie stark werden eure Herzen sein, wenn das Schicksal sie auf die Probe stellt? Oder aber ich.«

Gonvalon legte den Arm um Nandalees Schultern. Sie zitterte vor Schwäche. Er würde sie hier herausbringen, aus diesen verfluchten Tunneln. Würde sie ans Licht tragen und pflegen. Würde alles tun, um sie die Schrecken dieses Tages vergessen zu lassen und ihre Narben an Körper und Seele zu heilen.

Sein Rücken war ein einziger, brennender Schmerz, doch sein Herz war so weit, dass er das Gefühl hatte, dass es vor Glück zerspringen könnte. Er war frei! Er hielt Nandalee in seinen Armen, und vielleicht endete mit seinem Bund an den Goldenen auch das Verhängnis, das bislang stets dem Geschenk seiner Liebe angehaftet hatte.

Nandalee würde die letzte Liebe in seinem Leben sein. Er würde sie schützen mit all seiner Kraft. Entschlossen stand er auf. Ihr Kopf lehnte kraftlos an seiner Brust. Ihre Lippen zitterten, doch wollten keine Worte darüber kommen. Stattdessen rannen heiße Tränen über ihre Wangen, und auch er konnte seine Tränen nicht länger zurückhalten.

Sein Schwert war auf dem Boden liegen geblieben. Es verkörperte das Leben, das in dieser Stunde ein Ende gefunden hatte.

»Wir werden in die Wälder gehen, sobald du zu Kräften gekommen bist. Wir lassen alles hinter uns. Wir werden frei sein!«

Sie blinzelte und sah zu ihm auf. In ihrem Blick lag Angst. Was hatte er Falsches gesagt?

Von Drachen und Elfen

»Was in der Tiefen Stadt geschah, entfremdete nicht nur die Schlangen des Himmels von ihren Schöpfern, den Alben; es veränderte auch die Elfen der Weißen Halle auf immer. Nie waren sie alle gemeinsam in den Kampf gezogen. Jeder, der in die Reihen der Drachenelfen aufgestiegen war, hatte schon ruchlose Bluttaten begangen, doch zu sehen, wozu sie alle gemeinsam fähig waren, war etwas anderes, als auf sich allein gestellt zu morden. Nicht siegestrunken kehrten sie in die Weiße Halle zurück, niedergeschlagen waren sie. Und als die Waffen der Drachen wieder in der weiten Halle aufgehängt wurden, da mussten elf neue Bronzetafeln geschaffen werden, denn so viele von ihnen waren gegangen. Von Eleborn, für den dies die letzten Tage in der Weißen Halle waren, habe ich davon erfahren. Sosehr die Meister der Halle sich auch bemühten, den alten Geist, die Überzeugung, für mehr Gerechtigkeit zu kämpfen, wieder aufleben zu lassen, gab es etwas, das auch für die Elfen für immer verloren gegangen war: die Gewissheit, dass sie auf Seiten des Lichtes fochten und ihre Klingen die Gerechtigkeit mehrten. Tief in seinem Herzen wusste ein jeder von ihnen, dass die Schlangen des Himmels nicht Recht gesprochen, sondern Rache genommen hatten. Und ihre Rache war noch nicht vorüber. Auf die beschädigten und halb gesunkenen Boote, mit denen die Zwerge einst die Flüsse im Fels befuhren, legten sie einen Zauberbann, auf dass jedes dieser Gefährte die Aufmerksamkeit der Weißen Schlangen auf sich ziehen musste, sollte es instand gesetzt und benutzt werden. Auch ließen sie einige Tatzelwürmer in der Tiefen Stadt zurück, die in den weiten Tunneln ihre neue Heimat finden sollten, und Silberschwingen segelten im kalten Wind über dem Berg, der sich über die Tiefe Stadt erhob, denn nie wieder, so war es der Wille der Schlangen des Himmels, sollte ein Zwerg seinen Fuß in die Tiefe Stadt setzen. Dieser Ort war verflucht bis ans Ende aller Zeiten.

Die Macht böser Taten vermag den Zauber zu verändern, der unserer Welt innewohnt. Ich selbst habe den geisterhaften Wald gesehen, der sich heute über den verfluchten Hallen erhebt. Einen Wald, über den kein Vogel fliegt und in dem keine Maus ein Nest gräbt. Und obwohl die Augen der Zwerge glänzen, wenn sie von den Reichtümern der Tiefen Stadt sprechen, wagt es doch keiner, je wieder dorthin zu ziehen, um nach den verlorenen Schätzen zu suchen.

Ein Gutes jedoch folgte aus diesen Taten, denn ohne es zu ahnen, hatten die Schlangen des Himmels doch den Acker bereitet, auf dem bald schon der Geist der Rebellion erste Früchte treiben sollte. (...)«

Randnotiz: Meliander verbrachte einen Teil seiner Jugend gemeinsam mit seiner Schwester Emerelle in der Obhut von Zwergen. Es ist anzuzweifeln, ob er als ein objektiver Berichterstatter gelten kann. *Galawayn, Hüter der Geheimnisse*

Von Drachen und Elfen, Seite 34 ff., Eine Sammlung loser Pergamentseiten aus dem Nachlass des Meliander, Fürst von Arkadien, verwahrt in der Bibliothek von Iskendria, im Saal des Lichtes, in einer Amphore vergraben an einem Ort, der nur Galawyn, dem Hüter der Geheimnisse, bekannt ist.

Kurunta war diese verfluchte Zeltstadt ebenso leid wie diesen Palast, der nach Pferdemist stank. Diese Barbaren blieben nie an einem Ort. Sie schufen nichts von Bestand. Er lächelte dem Unsterblichen Madyas zu, als er dessen Blick bemerkte.

»Und? Gefällt dir, was du siehst?« Madyas benutzte die Sprache der Götter. Kurunta war überrascht. Es war das erste Mal, dass der Herrscher der Ischkuzaia ihn in dieser Zunge ansprach. Von einem Steppenbarbaren hätte er nicht erwartet, dass er die Sprache der Fürstenhöfe beherrschte.

Kurunta nickte beiläufig, ganz darauf bedacht, sich seine Verwunderung nicht anmerken zu lassen. »Erstaunlich geschickt, diese jungen Reiter.«

»Nicht wahr? Die Heere der Stadtstaaten vom Seidenfluss waren größer als meine Armeen, aber wir besiegten sie jedes Mal, wenn sie sich hinter ihren Mauern hervorwagten.« Madyas sprach in leichtem Plauderton, aber die Botschaft war bei Kurunta angekommen. Der Feldherr musste an sich halten. Sich von so einem verlausten Steppenhund beleidigen zu lassen … Wie tief war er doch gesunken, dass er vor diesem kleinen, dicklichen Kerl buckeln musste!

Der Unsterbliche hatte ein hartes Gesicht mit breitem, männlichem Kinn. Doch wirkte er stets ungepflegt. Stoppeln wucherten auf seinen Wangen, die tiefliegenden Augen wurden von struppigen Brauen verborgen, und ungebändigte Haarsträhnen hingen ihm in die Stirn. Im Gegensatz zu den Würdenträgern, mit denen er sich umgab, trug er keine Seide, sondern eine speckige Weste, die seine Arme nicht bedeckte. Madyas stellte gern die Wolfstätowierungen und Narben auf seinen Armen zur Schau. Er galt als guter Jäger und ausdauernder Schwertkämpfer. Und er stank, als hätte er in einer Schweinesuhle geschlafen.

Ein weiterer Reiter preschte am großen Palastzelt vorbei, drehte sich mitten im Galopp um, hob seinen kurzen Bogen und schoss einen Pfeil ab, der mit dumpfem Geräusch in die Scheibe aus geflochtenem Stroh schlug, die gut dreißig Schritt entfernt stand.

Kurunta griff nach dem klebrigen Honiggebäck, das auf einem großen Silberteller neben ihm auf dem Boden stand. Obwohl ein Junge mit einem Federfächer den Teller hütete, klebten schon mehrere Fliegen auf dem Honig. Erstaunlich, mit welcher Begeisterung sich diese Tiere in den Tod stürzten.

Der Gesandte griff eine der honigtriefenden Kugeln aus goldgelbem Gebäck, zupfte die dicke, grün schillernde Fliege herunter und zerdrückte sie zwischen seinen Fingern, während ein weiterer Bogenschütze vor dem Zelt vorbeipreschte und seine Kunstfertigkeit zur Schau stellte. Einen Herzschlag lang war Kurunta versucht, mit dem Gebäck nach dem Schützen zu werfen. Er stellte sich vor, wie der junge Krieger den Bogen verriss und sein Pfeil einen der stinkenden Kerle traf, die Madyas vor dem Zelt versammelt hatte. Die meisten seiner Höflinge waren in Seide gekleidet. Angeber! Es hieß, dass er jeden Mond tausend Seidenballen als Tribut empfing, dazu prächtige Gewänder, Kisten voller Perlen, Gewürze und Weihrauch. Das meiste davon verschenkte er mit vollen Händen unter seinem Gefolge. Aber was half es, in einem perlenbestickten Seidengewand zu stecken, wenn man dazu Stiefel voller Pferdedung trug, auf denen sich die Fliegen paarten.

»Ich würde mich sehr glücklich schätzen, wenn ich der Prinzessin Shaya einmal von Angesicht zu Angesicht begegnen könnte. Natürlich in Eurer Anwesenheit, huldvoller Madyas.«

Der Unsterbliche sah ihn verärgert an. »Ich soll die schönste meiner Töchter der Frühlingssonne aussetzen? Das würde deinem Herrn nicht gefallen.«

»Mein Herr erwartet, dass ich ihm vom Liebreiz der Prinzessin berichte. Es wäre von Vorteil, wenn ich sie einmal gesehen hätte.«

Madyas strich sich über die Bartstoppeln auf seinen Wangen. »Sie hat einen Hintern wie das Mädchen, das dir gestern Nacht geschickt wurde.«

Kurunta blickte missbilligend zu der Hure an seiner Seite. Er hatte nicht viel Spaß an ihr gehabt. Er mochte keine Weiber mit kleinen Brüsten und schmalem Hintern. Sie war erfreulich unterwürfig gewesen. Allerdings hatte sie sich so viel Mühe gegeben, ihm vorzuspielen, wie begeistert sie von seinen Liebeskünsten war, dass ihm jeglicher Spaß vergangen war. Vielleicht hatte sie das absichtlich getan. Sie hatte kluge Augen.

Er griff nach dem honiggetränkten Gebäck und nahm das einzige Stück, auf dem zwei Fliegen klebten. Mit einem kurzen Stups mit seinem Fuß brachte er das Mädchen dazu, sich zu ihm umzudrehen. Demütig blickte sie zu ihm auf. Ohne zu zögern, öffnete sie den Mund, als sie das Gebäck sah. Er schob es über ihre rot bemalten Lippen und sah lächelnd zu, wie sie gehorsam kaute und schluckte.

»Gefällt dir die kleine Hure, Kurunta? Sie war einmal eine Prinzessin in einer der Städte am Seidenfluss. Prinzessinnen gibt es dort so viele wie Fliegen im Hochsommer hier im Grasland.«

Kurunta überlegte, was wohl mit ihr geschehen würde, wenn er schlecht von ihr sprach. Er betrachtete die Reste der Fliege, die er eben zwischen seinen Fingern zerdrückt hatte. »Sie hat mir eine Erfahrung ganz neuer Art beschert.«

Madyas fuhr sich mit der Zunge über die Lippen. »Wirklich? Erzähl!«

»Nun …« Kurunta hüstelte. »Sie schaffte es, dass ich meinen Liebesakt nicht zur Vollendung brachte. Und ich kann Euch versichern, Unsterblicher, dass diese Erfahrung singulär ist und nicht in der Verantwortung mangelnder Hingabe meinerseits lag.« Der Gesandte hielt die Sklavin im Blick. Sie wirkte völlig unbeteiligt. Sie konnte die Göttersprache ganz offensichtlich nicht verstehen.

»Ich hoffe, du hast dies nicht als eine gezielte Beleidigung aufgefasst, Kurunta. Man hat mir versichert, dass dieses Mädchen sehr gefügig ist.«

»Gefügig ja, aber uninspiriert. Es war, als habe ich ein billiges Hurenhaus aufgesucht, um meine Geilheit an irgendeiner Schlampe abzuarbeiten, für die ich an diesem Tag der zehnte Kunde bin.«

Madyas bedachte die Sklavin mit einem vernichtenden Blick. »Sie ist also so nutzlos wie ein zerbrochenes Schwert in einer Schlacht.«

»Schlimmer«, sagte Kurunta gut gelaunt. »Sie zerbricht das Schwert eines Kriegers, bevor die Schlacht geschlagen ist.«

»Mir war bislang verborgen geblieben, dass sich ein Poet unter der rauen Schale des Feldherren Kurunta verbirgt«, sagte Madyas in der Sprache seines Volkes und applaudierte. Sofort reagierten die Höflinge rings herum und begannen ebenfalls zu klatschen. Sogar die kleine Sklavin, deren Leben durch seine Lügen wohl bald ein vorzeitiges Ende nehmen würde, applaudierte ihm.

Madyas hob die Hände, und der Applaus verebbte. »Nun, da unser Gast die Geschicklichkeit unserer Krieger bewundern konnte, soll er sehen, wie wir mit jenen verfahren, die sich gegen die Gesetze der Steppe vergehen. Bringt die Verurteilten!«

Kurunta warf dem Unsterblichen einen besorgten Blick zu. Was sollte damit demonstriert werden? War das eine Drohung?

Madyas wandte sich ihm zu. »Ich habe gehört, dass es ein bartloser Eunuch war, der die Schönheit aus deinem Gesicht brannte. Datames, der Hofmeister des Unsterblichen Aaron. Ich verstehe nicht, warum Aaron diesem Hund nicht die Haut abziehen ließ. Ich finde, wenn man einem Mann den Schwanz abschneidet, verliert er unwiederbringlich auch ein Stück seines Verstandes. Solche Geschöpfe kann man nicht mehr verstehen. Allein harte Strafen halten sie im Zaum. Du sollst sehen, wie ich mit solchen Halbmännern umgehe, wenn sie mich enttäuschen.«

Kurunta hasste es, auf den Zwischenfall bei der Himmlischen Hochzeit des Unsterblichen Muwatta angesprochen zu werden, als ihn der tölpelhafte Hofmeister in einem Zweikampf verstümmelt hatte. Er war nie besiegt worden! Durch einen Unfall war ein Feuer ausgebrochen, und sein Gesicht und noch viel mehr waren zum Opfer der Flammen geworden. Seitdem verzehrte er sich danach, Datames in seine Hände zu bekommen. Kein Tag verstrich, an dem Kurunta seine Brandnarben nicht peinigten. Sein einziger Trost war, sich auszumalen, was er Datames antun würde. Der Hofmeister würde einen sehr langsamen Tod sterben.

Zwei große, ein wenig weibisch wirkende Männer wurden auf dem Platz vor dem Palastzelt vorgeführt. Beide hatten ein Bild auf die Stirn tätowiert, das Kurunta an eine sich windende Eidechse erinnerte. Einer der beiden versuchte sich zu Boden zu werfen, doch die Wachen des Unsterblichen hielten ihn fest. Schwarze Tränen rannen über die Wangen des Mannes. Er war geschminkt. Der Zweite hielt sich besser. Er stand aufrecht und bedachte den Unsterblichen mit wütenden Blicken.

»Diese beiden Eunuchen haben einer meiner Haremsdamen ein Perlenarmband gestohlen«, erklärte Madyas und lachte. »Man muss wohl Eunuch sein, um ein Armband so sehr zu begehren, dass man dafür sein Leben riskiert.«

Der Eunuch, der aufrecht stand, stieß unartikulierte Laute aus.

»Den Auserwählten, denen es gestattet ist, mein Zelt zu betreten, schneiden wir die Zungen heraus, damit sie nichts weitererzählen können, sollten sie einmal Zeugen eines Gesprächs geworden sein, das nicht für ihre Ohren bestimmt war.«

Kurunta beobachtete interessiert, wie den beiden Männern breite Lederbänder um die Fuß- und Handgelenke geschlungen wurden. Einer Vierteilung hatte er noch nie beigewohnt.

An den Lederbändern wurden Hanfseile befestigt, sodann führte man acht Pferde herbei, von denen ein jedes wie ein Ackergaul aufgezäumt war. Je zwei Pferde wurden an eines der

Gliedmaßen geschirrt. Dem Eunuchen, der sein Schicksal würdig nahm, wurde die Ehre zuteil, als Erster an die Reihe zu kommen.

Der Scharfrichter, ein kleiner, buckliger Mann, der ein gebogenes Messer in seinem Gürtel trug, streifte dem Verurteilten den Wickelrock ab. Anschließend überprüfte er alle Seile.

»Es erfordert eine erstaunliche Kraft, einen Menschen zu zerreißen«, erklärte Madyas gut gelaunt. »Manchmal muss der Scharfrichter ein wenig nachhelfen.«

Kurunta fragte sich, was der Bucklige wohl tun konnte, wenn die Kraft der Pferde versagte. Der Kerl sah nicht sonderlich kräftig aus. Er hob seinen Arm und gab ein lautes Kommando. Die Seile spannten sich. Der Eunuch wurde mit einem Ruck von den Beinen gerissen und schwebte, von den Seilen gehalten, etwa einen halben Schritt über dem zerstampften Boden.

Atemlose Stille herrschte. Der ganze Hofstaat verfolgte gebannt das Spektakel. Einige der Krieger hatten ihre Söhne in die vorderste Reihe geschoben, damit sie besser sehen konnten und ihnen nichts entging.

Der Eunuch bäumte sich auf. Seine Hände hatten sich um die Seile geschlossen, und er kämpfte gegen die Kraft der Pferde an.

»Guter Mann«, murmelte Madyas. »Er nimmt es tapfer. Was glaubst du, Kurunta? Wird er zuerst einen Arm oder ein Bein verlieren?«

»Reißen ihm wirklich alle vier Gliedmaßen ab?«, fragte der Gesandte, ohne seinen Blick von dem Schauspiel abzuwenden. Jeder Muskel des Eunuchen war nun angespannt. Er war ein kräftig gebauter Mann. Schweiß rann über seinen Leib. Das Gesicht war eine Grimasse aus Schmerz und Zorn.

»Es reißen nur drei Gliedmaßen ab. Das vierte Pferd zieht mit dem davon, was übrig geblieben ist. Es …«

Ein deutlich vernehmliches Knacken unterbrach Madyas. Der Eunuch schrie auf. Sein rechtes Bein war unnatürlich verdreht.

»Es beginnt!«, erklärte Mayas begeistert. »Zuerst werden Arme und Beine ausgekugelt. Die Gelenke sind der schwächste Punkt. Dann beginnen Haut und Muskeln zu reißen. Zuletzt die Sehnen.«

Stallburschen zerrten am Geschirr der Pferde und ließen Peitschen über ihre Köpfe knallen. Die Tiere stemmten die Hufe in den weichen Boden und zogen mit aller Kraft. Die Seile waren zum Zerreißen gespannt.

»Mein Hofarzt behauptet, dass die Anspannung selbst die Bauchmuskeln zerreißt und die inneren Organe. Er hat einmal den Leichnam eines Gevierteilten aufgeschnitten und näher untersucht.«

Kurunta konnte sehen, wie ein Ruck durch das verdrehte Bein lief. Risse bildeten sich in der Haut des Oberschenkels. Noch immer hielt der Eunuch die Seile umklammert, die an seinen Handgelenken befestigt waren.

Ein weiterer Ruck. Blut quoll aus der Lendengegend. Das Muskelfleisch zerriss. Kurz hing das Bein noch an blutigen Fasersträngen, dann wurde es ganz abgetrennt. Der Eunuch warf in seiner Pein seinen Kopf hin und her, schrie aber nicht mehr.

Die drei anderen Gespanne zerrten noch weiter, während der Boden vom Blut des Beinstumpfes durchtränkt wurde.

Die Hände des Eunuchen lösten sich von den Seilen. Fast augenblicklich war ein Knacken zu hören, als ihm der linke Arm ausgekugelt wurde. Der Eunuch keuchte. Dies und das Schnauben der Pferde waren die einzigen Geräusche, die sich vernehmen ließen.

Madyas erhob sich. »Der Mann hat gut gekämpft«, rief er. »Mag er auch ein Dieb gewesen sein, er hat seine Ehre wiederhergestellt. Mach es ihm leichter zu gehen, Buckliger.«

Beifälliges Gemurmel begleitete seine Worte. Kurunta fand es inkonsequent, eine Bestrafung abzuändern, weil der zu Bestrafende sich tapfer zeigte. Zeigte man dadurch nicht, dass man sich bei der Verurteilung geirrt hatte? Gnade war für die Zögerlichen!

Ein wirklicher Herrscher stand zu den Entscheidungen, die er getroffen hatte. So wie der Unsterbliche Muwatta.

Der Scharfrichter zog das Messer aus seinem Gürtel. Mit einem tiefen Schnitt durchtrennte er Sehnen und Muskeln der linken Achsel. Fast augenblicklich gab der Arm der Kraft des ziehenden Gespanns nach und wurde abgerissen.

Der Eunuch schien ohnmächtig geworden zu sein. Er reagierte nicht mehr, als der Bucklige auch bei seinem rechten Arm einen Schnitt setzte, der das Schauspiel beendete. Der Kadaver wurde von jungen Pferdeknechten eingesammelt. Der Scharfrichter verkaufte einem hageren Höfling den Wickelrock des Toten.

Acht neue Pferde wurden vor das Palastzelt geführt.

Madyas legte Kurunta die Hand auf die Schulter. »Komm mit mir, ich möchte dich meiner Tochter Shaya vorstellen, damit du und dein König mich nicht für einen Rosstäuscher halten. Du wirst sehen, sie ist eine der edelsten Blumen, die je auf der Steppe erblühten.«

Kurunta war überrascht vom plötzlichen Sinneswandel des Unsterblichen. Er stützte sich auf die kleine Sklavin und kam mit einem Schnaufen auf die Beine. In den Monden, die er darniedergelegen hatte, um sich von den Verbrennungen zu erholen, die ihm der Hofmeister des Unsterblichen Aaron beigebracht hatte, war er fett geworden. Er brauchte dringend einen Feldzug, um sich die überzähligen Pfunde vom Leib zu schwitzen. Bald würde er wieder an der Seite seines Herrschers stehen und ihm helfen, die Heerscharen Arams auf der Ebene von Kush zu zerschmettern.

»Für den winselnden Lumpen dort unten gibt es keine Gnade, Scharfrichter«, rief Madyas mit lauter Stimme. »Und wenn du mit ihm fertig bist, dann richtest du diese kleine Hure hier!« Er deutete mit ausgestrecktem Arm auf die Sklavin an Kuruntas Seite. »Sie hat unseren Gast beleidigt und unserem Hof Schande gemacht. Ihr Blut soll diesen Makel von uns waschen.«

Die Kleine drehte sich um. Mit weit aufgerissenem Mund stierte sie Kurunta an. Dann spuckte sie vor ihm aus.

Madyas lachte. »Ganz ohne Feuer scheint sie doch nicht zu sein.«

Kurunta versetzte ihr eine Ohrfeige, die sie zu Boden schmetterte. Seine Ringe hatten blutige Male auf ihrer Wange hinterlassen. »Mögen die acht Hengste reichlich Vergnügen an dir haben.«

»Auf jeden Fall sind sie mehr Mann als du, Rundauge!«

Madyas schnalzte mit der Zunge und winkte nach seinen Wachen. »Sorgt dafür, dass sie schweigt, bevor sie noch mehr Dinge über unseren Gast erzählt, die eigentlich keiner wissen möchte.«

»Diese Hure lügt!«, empörte sich Kurunta, wurde zugleich aber rot.

»Natürlich«, beschwichtigte ihn Madyas lächelnd. »Wir alle wissen doch, dass Huren lügen, wenn sie nur das Maul aufmachen.«

Der Gesandte biss sich auf die Lippen. Ihm war klar, dass, ganz gleich was er noch sagte, seine Schande nur wachsen würde. Das Klügste war es zu schweigen, und so folgte er Madyas in den Schatten der Sternenjurte.

Inmitten des großen Zeltes erwartete sie eine zierliche Frau in einem langen, weißen Kleid. Ihr schwarzes Haar war mit goldenen Kämmen hochgesteckt. Sie wandte sich zu ihnen um, als sie das Zelt betraten. Ihre Augen waren schwarz wie die Nacht und wirkten riesig. Schön war sie nicht, dachte Kurunta, aber man musste nur in ihre Augen blicken, um zu erkennen, dass sie zum Herrschen geboren war.

»Dies ist Shaya, meine siebenunddreißigste Tochter, Stolz meines Herzens und Sonne meiner Tage.«

Kurunta verneigte sich vor der Prinzessin. Sie wirkte herrisch und hart. Der Unsterbliche Muwatta würde nicht viel Freude an ihr haben. Gerüchten zufolge hatte sie als Kriegerin die Truppen Ischkuzaias auf Nangog befehligt und in drei Schlachten gegen die Himmelspiraten des Verräters Tarkon Eisenzunge gekämpft.

Sie verneigte sich knapp vor ihm. »Es ehrt mich, dass der Unsterbliche Muwatta einen Feldherren und nicht einen seiner Höflinge schickt, um um mich werben zu lassen.«

Dich einkaufen zu lassen, würde es wohl eher treffen, dachte Kurunta, verneigte sich knapp und erwiderte ihr Lächeln. »Die Ehre ist ganz auf meiner Seite. Wie mir zu Ohren kommt, reicht Euer Verständnis um das Handwerk des Krieges tiefer, als es bei Weibern sonst üblich ist.«

»Genug der Förmlichkeiten.« Der Unsterbliche Madyas nickte zum Ausgang des Zeltes. Von draußen waren die schrillen Schreie des zweiten Eunuchen zu hören. »Ich möchte sehen, wie die Sklavin vom Seidenfluss von uns geht. Du konntest dich davon überzeugen, dass meine Tochter nicht wie ein räudiges Kamel mit eingefallenen Höckern aussieht. Nun wollen wir gehen.«

Kurunta rührte sich nicht. »Bringen wir …«, fast hätte er es ein Geschäft genannt. »Bringen wir doch das Werbungsgespräch zum Abschluss. Mein Herr wird mit Freuden fünfhundert seiner besten Pferde an die besten Reiter dieser Welt verschenken, wenn ihm das Geschenk zuteilwird, mit der schönsten Blüte des Graslandes das Lager teilen zu dürfen.«

»Nun, Kurunta, da du darauf zu sprechen kommst, reden wir doch gleich ganz klar und überlassen es denen, die für uns den Schriftkeil führen, Wahrheiten hinter schönen Worten zu verstecken. Shaya ist mir von all meinen Töchtern die liebste. Sie mir zu rauben hat seinen Preis. Und der ist mit fünfhundert Pferden aus den Ställen des Unsterblichen Muwatta nicht beglichen. Ich verlange tausend Pferde. Und wenn du wiederkommst, dann bringe fünfzehnhundert mit, denn ich will die Besten unter den Besten auswählen. Und versuche nicht, mich zu hintergehen.

Du weißt, Diebstahl und Betrug werden an diesem Hof mit schwersten Strafen bedacht, denn sie zeugen von einem Mangel an Respekt. Und mit dem Mangel an Respekt beginnt der Untergang von Königreichen.«

Kurunta war einen Augenblick lang sprachlos über die Frechheit dieser stinkenden Barbaren. Tausend Pferde, das war doppelt so viel, wie ursprünglich als Brautpreis besprochen worden war. Er sah die drahtige Prinzessin an, die seinem Blick mit einem herausfordernden Lächeln standhielt. Ihm wäre sie keine drei Pferde aus seinen Ställen wert!

Er dachte daran, was mit ihr geschehen würde, falls sie in der Nacht der Heiligen Hochzeit kein Kind empfing, und schaffte es zurückzulächeln.

»Wahre Schönheit ist unbezahlbar, ich stimme Euch darin zu, Unsterblicher Madyas. Doch da diese Forderung erheblich von unseren ursprünglichen Vereinbarungen abweicht, werde ich meinen Herrscher über diese Wendung unterrichten müssen. Ich hoffe, ich werde bald mit günstiger Nachricht zurückkehren.«

Ein Anflug von Sorge spiegelte sich auf dem Gesicht von Madyas. Sollte er nur darüber nachdenken, was ihm aus seiner Frechheit erwachsen mochte.

Abschied

Nandalee blickte zum Fenster. Piep war gekommen. Die Misteldrossel, die sie aufgezogen und die Gonvalon zu ihr in den Jadegarten geführt hatte. Piep hatte drei kleine Drosseln und sein Weib mitgebracht. Sie pickten von den Krümeln auf der Fensterbank. Hinter ihnen stand die Sonne hell am wolkenlosen Himmel. Irgendwo draußen erklang ein melancholisches Lied.

Nandalee stieß einen tiefen Seufzer aus. Sie lebte! Gegen alle Erwartungen war sie dem Massaker in der Tiefen Stadt entkommen. Aber so viele waren geblieben. Gonvalon hatte ihr die Namen der Schülerinnen und Schüler aufgezählt … So viele!

Sie strich über die weißen Laken ihres Betts. Sie fühlte sich schuldig, noch zu leben. Was zeichnete sie aus? Ein besonders harter Schädel?

Von dem Zwergenkind hatte sie niemandem erzählt. Ob die Drachenmörder wohl entkommen waren? Sie lächelte zynisch. Eine ganze Stadt war gestorben. Nur die, die den Tod verdient gehabt hätten, lebten noch. Und Nandalee bedauerte es nicht. So hatte sie zumindest im Kleinen gegen ein großes Unrecht angekämpft.

Die Tür öffnete sich, und Gonvalon trat mit einem großen Holztablett auf den Armen ein. »Es tut gut, dich lächeln zu sehen, meine Schöne.«

Gingen ihr die Komplimente nur auch so leicht von den Lippen.

Ihr Lächeln wurde breiter, als er ein Tuch zurückzog, unter dem frisch gebackenes Brot, ein kleiner, runder Käse und eine halbe Wurst lagen. Sie mochte es deftig und einfach. Er kannte sie so gut.

»Du solltest den Bannfluch gegen Kobolde von deiner Türschwelle wischen, oder du schaffst es noch, mitten in der Weißen Halle zu verhungern.«

Sie griff nach seiner Hand und drückte sie sanft. »Nicht, solange du atmest.«

»Du legst dein Schicksal in die Hände eines Mörders. Ist das klug?« Es lag ein bitterer Unterton in seinen Worten, obwohl das Lächeln nicht von seinen Lippen schwand.

»Seit ich einen Axthieb auf den Kopf bekommen habe, habe ich eine gute Ausrede, wenn ich Dinge tue, die nicht sonderlich klug sind.«

Er lachte leise. »Du hast großes Glück gehabt.«

»Ich habe dich gehabt, als kein Glück der Welt mehr hätte helfen können.«

Er senkte den Blick. »Du musst essen …«

Sie drückte seine Hand fester. »Wir sind ihm entkommen, Gonvalon. Er hat uns freigegeben.«

Der Schwertmeister schüttelte den Kopf. »Er hat lediglich seinen Plan geändert«, sagte er sehr leise. »Du musst zu Kräften kommen. Und dann werden wir überlegen, wohin wir fliehen können.«

»Ich werde nicht fliehen. Ich werde …«

Er küsste sie, lang und leidenschaftlich. Sie schloss die Augen. Genoss den Geruch des Sommers, der seinem Haar anhaftete, und das wohlige, warme Gefühl, das von ihrem Bauch in ihren ganzen Körper strömte.

Als Gonvalon seine Lippen wieder löste, sah er sie streng an. »Ich weiß, was du willst. Und dabei werde ich dich nicht unterstützen.«

»Aber wir müssen …«

»Wir müssen darüber heute nicht reden. Wir …« Ein Geräusch an der Tür ließ ihn verstummen.

Nandalee traute ihren Augen nicht. Dort stand Nodon. Sie wollte aufspringen, doch Gonvalon hielt sie sanft zurück. »Stürmische Begrüßungen müssen noch ein paar Tage warten. Du musst erst zu Kräften kommen, bevor …«

Sie wollte von diesem Unsinn nichts hören. Sie fühlte sich gut genug. Und ohne Nodon wäre sie nicht mehr hier. Sie schob das Holztablett zur Seite, ignorierte Gonvalons ärgerlichen Blick und schwang die Beine aus dem Bett.

Kaum dass sie stand, wurde ihr schwindelig. Sie schwankte. Der Schwertmeister war sofort an ihrer Seite, um sie zu stützen. Dankbar lehnte sie sich an ihn. »Ich dachte, du …«

Nodon zwinkerte. »Hast du etwa gedacht, dass ich mich von einer Schlange ertränken lassen würde?« Der Blick seiner schwarzen Augen wurde hart. »Es war knapp. Ein Novize hat mich gerettet.« Nodon schnitt eine Grimasse. »Mit einem Kuss. Er hat seinen Atem mit mir geteilt. Wenn du in den Jadegarten zurückkehrst, wirst du das niemandem weitererzählen.«

Sie grinste. »Glaubst du nicht, dass die Gazala um jeden deiner Küsse wissen?«

Kurz wirkte er nachdenklich. Dann schüttelte er den Kopf. »Nein, die Orakel Nachtatems interessieren sich nur für Weltuntergangsgeschichten. Von Küssen habe ich sie noch nie reden hören.«

Ihr lag eine schlüpfrige Antwort auf den Lippen, doch sie entschied sich zu schweigen. Sie hatte ihn noch nie zuvor so locker erlebt. Sonst wirkte er immer kühl und unnahbar. Scherze über Küsse waren eigentlich ganz und gar nicht seine Art.

»Vor deiner Tür steht noch einer. Der Kerl, der mich geküsst hat. Er wird heute die Weiße Halle verlassen, so wie ich. Ich werde im Jadegarten lieber nicht berichten, wie viele Männer sich hier um dich scharen.« Er nickte. »Wir sehen uns im Jadegarten. Deine Schwerttechnik lässt noch immer sehr zu wünschen übrig. Ich erwarte dich auf dem Fechtplatz bei der Pyramide.« Mit diesen Worten verbeugte er sich formvollendet und ging.

Nandalee sah neugierig zur Tür. Sie hörte Nodon kurz auf dem Gang mit jemandem sprechen, verstand die Worte aber nicht.

»Wenn du dich nicht wieder hinlegst, überlasse ich dich der Obhut der Kobolde.« Gonvalon schob sie sanft zu ihrem Lager zurück. Ihr war noch immer schwindelig. Sie leistete keinen Widerstand.

Auf dem Gang erklang herzhaftes Gelächter. Es war das erste Lachen, das sie seit ihrer Rückkehr in die Weiße Halle vernommen hatte. Sie kannte es, und Trauer überkam sie. Das war unverkennbar Eleborn, einer der wenigen echten Freunde, die sie hier gefunden hatte. Ausgerechnet er musste gehen!

»Eleborn?« Nandalee war überrascht, wie schwach ihre Stimme klang. Kurz zu stehen hatte sie erschöpft.

»Deine Wunden sind geheilt, aber du hast viel Blut verloren. Dies zu ersetzen, hilft die Zauberkraft unserer Heiler kaum. Du musst einige Tage ruhen, um wieder zu Kräften zu kommen. Wenn du dich daran hältst, wirst du bald wieder auf den Beinen sein.«

Mit einem ungeduldigen Seufzer ließ sie sich in ihr Kissen sinken. Einfach herumzuliegen war nicht ihre Art. Sie dachte an die letzten Überlebenden ihrer Sippe, die jetzt irgendwo in einer stinkenden Trollhöhle gefangen waren. Wie viele Tage blieben ihnen wohl noch? Sie ballte die Fäuste. Bald … Sie würde das Versprechen erfüllen, das sie Duadan kurz vor dessen Tod gegeben hatte – oder bei dem Versuch sterben.

Eleborn spähte ins Zimmer. »Darf ich eintreten?«

»Eigentlich ist sie zu schwach, um eine Audienz nach der anderen zu gewähren«, murrte Gonvalon.

Eleborn verbeugte sich tief. »Verzeiht, meine hochwohlgeborene Dame, wenn ich ungelegen komme, doch stehe ich hier in Angelegenheiten, die keinen Aufschub dulden.«

»Hör nicht auf Gonvalon. Ich freue mich, dich zu sehen.«

»Sie freut sich noch zu Tode«, kam es von Gonvalon.

Eleborn war sichtlich verunsichert. Er strich sich sein langes, weißblondes Haar aus dem Gesicht. »Ich dachte, sie sei nicht schwer …«

»Ich bin nur schwach.« Ihre Stimme war kaum mehr als ein Hauch. Selbst zu lächeln kostete sie Mühe. Was war das? Noch nie hatte sie sich so erschöpft gefühlt.

»Ich verlasse die Weiße Halle für immer. Ich wurde als Drachenelf berufen und werde schon in den nächsten Tagen auf eine erste Mission gesandt. Ich … ich habe etwas für dich.« Er löste eine schön ziselierte, kleine Silberflasche von seinem Gürtel, stellte sie auf den Tisch und öffnete den Verschluss. Eine Fontäne aus hellem Licht und Wasser schoss daraus hervor.

Piep und die anderen Misteldrosseln flogen erschrocken auf.

»Ein Zauber aus Mondlicht und Quellwasser gewoben«, erklärte Eleborn stolz. »Vollkommen nutzlos. Nur schön anzuschauen. Ein einfacher Befehl genügt, und das Licht vergeht. Ich fürchte allerdings, dass man sich nur zwei oder drei Mal daran ergötzen kann, bevor die Macht der Magie verlischt.«

Nandalee standen Tränen in den Augen. Sie hatte die Zauberkunststücke Eleborns immer gemocht. Er war anders als die übrigen Schüler der Weißen Halle. Er konnte sich ganz und gar in seinem Studium von Licht und Wasser verlieren. Einige spotteten, dass ihm eines Tages noch Schwimmhäute zwischen den Zehen wachsen würden.

»Und wie heißt dieses Wort, das den Zauber beendet? Du kannst es mir ja in einer anderen Sprache nennen.«

»Ähm …« Eleborn hob ein wenig hilflos die Hände. »Mir ist da ein Missgeschick geschehen, Gonvalon. Es ist ganz gleich, in welcher Sprache du es aussprichst. Es lässt das Licht sofort verlöschen. Ich kann es dir gerne draußen auf dem Gang nennen. Es sei denn, Nandalee wünscht die Zauber zu beenden.«

»Nein«, sagte sie schwach. Sie lag mit halb geschlossenen Lidern in ihr Kissen gesunken und betrachtete verzaubert das Spiel des Lichtes. Kein einziger Tropfen aus der Fontäne fiel hinab auf die Tischplatte. Sie fanden alle zurück in den tanzenden Wasserstrahl, den ein blasses, silbernes Leuchten umspielte. Das Sonnenlicht aber, das durch das Fenster fiel, brach sich in den feinen Tropfen und warf Lichttupfer in allen Regenbogen auf die Wand gegenüber von Nandalees Bett. Sie versank ganz in das Spiel der Farben und ließ sich von ihrer Erschöpfung in tiefen Schlaf davontragen.

In den Gassen der Goldenen Stadt

Volodi hatte keinen Wert darauf gelegt, mit großem Gefolge zu reisen. Als er durch die Goldene Pforte trat, begleitete ihn keine Eskorte. Wer nicht genau hinsah, mochte ihn für einen der Söldner halten, die die Karawane begleiteten, der er sich angeschlossen hatte. Nur dass Söldner keine zwei Eisenschwerter trugen.

Er hatte auf eine kostbare Rüstung und teure Gewänder verzichtet. Auch waren die Scheiden seiner Waffen aus einfachem, schmucklosem Leder gefertigt. Aber Eisenklingen waren besser als Schwerter aus Bronze. Und länger waren sie auch. Erfahrene Fechter würden das sofort bemerken.

Volodi scherte aus der Reihe der Lastenträger aus und betrachtete das turmhohe Tor mit seinen Flügeltüren aus massivem Gold, das sich inmitten der steilen Felswand erhob. Dies war der einzige Weg nach Nangog. Wer immer die fremde Welt betreten wollte, kam durch dieses Tor. Es wurde niemals verschlossen. Tag und Nacht zogen die Handelskarawanen der sieben Großreiche durch diese Pforte. Auf dem Platz reihten sich bereits neue Lastenträger, die Nangog verlassen würden. Hagere kleine Männer, die schwere Körbe mit einem Stirnband schleppten. Männer aus Zapote, wie die Muster ihrer Röcke und die federgeschmückten Armbänder verrieten.

Er dachte an Quetzalli, jene Frau, die er einst geliebt und die ihn fast ins Verderben geschickt hatte. Sein Blick schweifte über die Stadt, die in endlosen Terrassen am Steilhang des Weltenmundes lag, eines riesigen Kraters, in dem die Helden der sieben Königreiche, in Flugrahmen gehängt, im Himmel bestattet wurden.

Der Rauch Tausender Herdfeuer färbte das Firmament bleigrau, und über den Geräuschen der Stadt lag, gleichsam als Leitmelodie, das Klappern und Plätschern der großen Wasserräder, die die Zisternen füllten und das Wasser vom Fluss über Meilen den Berghang hinaufhoben.

Verschwommen im Abenddunst entdeckte er das Palastviertel der Zapote mit seinen hohen Wällen, über die sich lediglich die Stufenpyramiden erhoben, auf denen die Zapote zu ihren Göttern beteten. Auf einer dieser Pyramiden hätte er geopfert werden sollen. Nur weil er blondes Haar hatte und damit ein besonders kostbares Geschenk an die Himmlischen geworden wäre. Hätte Quetzalli es getan? Hätte sie ihn in diesen Bluttempel geführt? Oder war ihre Liebe so echt gewesen, wie sie sich für ihn angefühlt hatte? Wenn er Quetzalli doch nur ein einziges Mal noch sehen dürfte! Ihre Liebe hatte ohne Worte auskommen müssen, denn die Sprache der Zapote war ihm völlig fremd, ebenso wie Quetzalli ihn nicht hatte verstehen können. War sie noch hier? Hatte man sie bestraft, weil sie ihn nicht bis zum Opferstein gebracht hatte?

»Kann ich Euch helfen, edler Krieger?« Ein schlaksiger Kerl mit schütterem Haar und einem Ziegenbart, der aus einem verkniffenen Gesicht hervorstach, stand plötzlich vor ihm. Volodi war so sehr in Gedanken versunken gewesen, dass er dem Mann keine Beachtung geschenkt hatte. »Ihr seid zum ersten Mal auf Nangog, nicht wahr? Seid gewarnt, hier in den Gassen tummelt sich der übelste Auswurf aller Reiche.« Der Fremde sprach seine Muttersprache, obwohl er nicht aussah, als käme er aus Drus.

»Bevor die Nacht einbricht, solltet Ihr in einer Karawanserei oder einem der großen Gasthäuser am roten Markt untergekommen sein. Dort kann man auch vorzüglich speisen. Gerne werde ich Euer Führer sein und Euch von den Wundern und Schrecken Nangogs berichten.«

Volodi dachte an die Kristallhöhle, die Grünen Geister und seine Reise im Wolkenschiff. Wunder und Schrecken dieser Welt hatte er schon reichlich zu sehen bekommen. Wahrscheinlich mehr als sein ziegenbärtiger Führer.

»Bring mich zur Schwebenden Halle. Dorthin, wo die freien Lotsen sich treffen.« Er wollte den Lotsen Nabor aufsuchen und mit ihm über die Himmel Nangogs und seine Schätze plaudern. Und er wollte sich besaufen. Die Lotsen kamen aus allen Königreichen, und er hatte noch keinen getroffen, der einem guten Schluck abgeneigt gewesen war, wenn er auf festem Boden stand. Die Schwebende Halle war ein geschützter Ort. Sein Rang als Kommandant der Palastwache würde ihm Zutritt verschaffen. Dort konnte er sich vollaufen lassen, ohne darüber nachdenken zu müssen, wie sein Erwachen werden würde. Ganz gewiss gab es dort Met.

Volodi lief das Wasser im Munde zusammen. So lange hatte er schon keinen Honigwein mehr getrunken. Nur das wässrige Bier, das in Aram gebraut wurde, und sauren Wein. Er seufzte. Der Abend würde wunderbar werden! Und morgen würde er Kopfschmerzen haben, aber das war ihm heute egal.

»Mit Verlaub, großmächtiger Krieger, aber es gibt in der Stadt keinen Ort, den man die Schwebende Halle nennt«, sagte sein selbsternannter Führer in einem Tonfall, der klarstellte, dass er es war, der sich hier auskannte. »Was Ihr jetzt braucht, Herr, ist eine Schenke, in der man Euch alle Wünsche von den Augen abliest, damit Ihr die Schrecken des Goldenen Pfades und der ewigen Finsternis hinter Euch lassen könnt.«

Volodi deutete zu jenem Ort, an dem etliche Wolkensammler den Himmel füllten und sich mit ihren langen Fangarmen an den Rundhölzern der Ankertürme festhielten. Zwar schwebten auch einige der furchteinflößenden Kreaturen über den Palästen der Goldenen Stadt und über den größten Handelskontoren, doch nirgends ankerten so viele wie an dem Platz, der den freien Lotsen gehörte.

Der Anblick der Wolkensammler erfüllte Volodi stets aufs Neue gleichermaßen mit Schrecken wie mit Staunen. Diese schwebenden Ungeheuer sahen aus wie eine Kreuzung aus Kraken und Quallen, nur am Himmel schwebend und unendlich viel größer. Schiffsrümpfe waren mit drahtverstärkten Seilen unter ihre aufgedunsenen Leiber gebunden. Die Wolkensammler zogen mit dem Wind über Nangog, und von ihren Wanderrouten hing es ab, wo neue Städte entstanden.

»Dort hinten finden wir die Schwebende Halle.« Volodi wies zu den Ankertürmen der Freihändler. »Und wenn wir unterwegs etwas essen könnten, was nicht von Ratten stammt, wäre das nett.«

Der Führer musterte ihn vom Scheitel bis zur Sohle. »Ihr seid also nicht neu hier, Herr?«

Volodi lächelte nur, sagte aber nichts.

»Ihr müsst Eure Schwerter besser verbergen, Herr, oder man hat Euch noch vor Morgengrauen die Kehle durchgeschnitten.«

Hörte sich ganz so an, als ob Kolja inzwischen die dunklen Gassen der Stadt regierte. »Erzähl mir ein wenig. Ich war schon eine Weile nicht mehr hier. Und sag mir, wie du heißt. Ich weiß gerne, mit wem ich rede.«

Der Ziegenbart des Führers zuckte nervös. »Ich bin …«

»Belüg mich nicht, ich merke so etwas sofort.«

Das lächerliche Bärtchen zuckte noch stärker. »Ilmari ist mein Name.«

»Ein Name aus dem Grenzland. Daher sprichst du also meine Sprache. Was hat dich hierher verschlagen?«

Ilmari ging voraus und führte ihn durch das Gedränge auf dem weiten Platz, vorbei an den riesigen Getreidesilos. »Bin gekommen, um reich zu werden. So wie alle. Anfangs war ich Wolkenschiffer. Dann habe ich Angst vor den weiten Himmeln bekommen.«

»Ist was passiert?«, fragte Volodi aufgeräumt. Sie folgten einer der Hauptstraßen und passierten eine schier endlose Kolonne von Männern, die Reiskörbe auf ihren Köpfen balancierten.

»Diese Dinger …« Ilmari hielt kurz und deutete zu einem Wolkensammler, der hoch über dem Ankerturm eines valesischen Handelskontors schwebte. »Habt Ihr einmal die Fangarme betrachtet? Da gibt es welche mit langen Haken dran. Seit ich die bemerkt habe, hatte ich keine Ruhe mehr an Bord. Die Viecher sind nicht friedlich. Diese Arme sind dazu geschaffen zu töten. Irgendwann werden sie sich gegen uns auflehnen! Ich jedenfalls bin lieber Fußgänger als Wolkenschiffer.«

Volodi dachte an die Schlacht im Himmel. Er musste sich nicht vorstellen, was diese Fanghaken anstellen konnten, er hatte es gesehen. »Wo geht man hin, wenn man als Mann Spaß haben will?«, wechselte er abrupt das Thema.

»Es gibt einen einarmigen Drusnier, dem mehrere Hurenhäuser gehören sollen, aber die kann ich nicht empfehlen.«

»Warum? Weil du einen Vetter hast, der ein Hurenhaus betreibt?«

Ilmari warf ihm einen boshaften Blick über die Schulter zu und winkte ihn in eine enge Gasse, die von der Hauptstraße abzweigte. Es stank hier nach Urin und angebranntem Brot. Abgetragene Wäsche hing auf Dutzenden Leinen kreuz und quer, sodass Volodi kaum noch ein Stück Himmel sehen konnte.

»Der Drusnier bringt Ärger.« Ilmari hatte seine Stimme gesenkt. »Er ist neu in der Stadt und schert sich einen Dreck um die, die vor ihm da waren. Man munkelt …« Er wurde noch leiser. »Die anderen Luden haben sich zusammengetan. Alle. Sie wollen ihn weghaben. Für immer. Wenn das beginnt, möchte ich nicht Gast in einem seiner Häuser sein.«

»Eine kleine Schlägerei. Dagegen habe ich nichts einzuwenden. Bring mich doch in eines dieser Häuser.«

Ilmari sah ihn an, als sei er vollkommen verrückt.

»Könnt Ihr mich vielleicht jetzt schon bezahlen, Herr?«

Volodi angelte eine Kupfermünze aus seiner Börse. »Die hier hat einen silbernen Bruder, wenn du mich in eines der drusnischen Hurenhäuser bringst.« Er blickte sich in der Gasse um. Zur Not würde er den Weg alleine finden, aber mit seinem Führer ging es gewiss schneller.

»Kann ich den silbernen Bruder einmal sehen, Herr?«

Volodi lachte. »Du misstraust mir!«

Ilmari breitete in übertrieben verzweifelter Geste die Hände aus. »Das kommt von einem Leben voller schlechter Erfahrungen.«

Der Drusnier zeigte ihm die Münze. Der alte Nabor würde warten müssen. Die Götter hassten ihn, dachte Volodi verzweifelt. Alles, was er gewollt hatte, war ein Abend, an dem er in friedlicher Runde einen Met trank, über harmlose Dinge plauderte, um zuletzt unter der Bank, auf der er gezecht hatte, einzuschlafen, ohne sich Sorgen darüber machen zu müssen, dass ihm jemand die Kehle durchschnitt.

Ilmari war still geworden. Er beschleunigte seinen Schritt und führte Volodi in der schnell hereinbrechenden Dämmerung über Seitenstraßen tief hinein ins Labyrinth der Goldenen Stadt. Es ging über steile Treppen bergauf und bergab. An Wasserrädern vorbei und unter den Brücken der Aquädukte hindurch, quer über einen Viehmarkt, auf dem im Schein von Fackeln zwei Bullen geschlachtet wurden.

Eine schwüle Hitze hatte sich zwischen den Mauern der Stadt eingenistet. Fledermäuse glitten dicht über ihren Köpfen hinweg durch die Dunkelheit. Es roch nach Moder, feuchtem Leinen und Kohlsuppe. Kinder hüpften in einem Netzwerk von Linien, das sie mit Kreide auf das Pflaster gemalt hatten. Mehrere Frauen wachten strengen Blickes über sie, denn Kinder waren ein seltener Anblick in Nangog. Frauen verloren ihre Fruchtbarkeit, wenn sie in diese Welt kamen, und soweit Volodi wusste, war den neuen Siedlern noch nie ein Kind geboren worden.

Sie passierten eine wackelige Brücke aus Fußbrettern und Seilen, die zwischen zwei Türmen eine Felsspalte überspannte. Die Gegend kam dem Drusnier vertraut vor. Hier war er schon einmal gewesen. Die Gassen, durch die sie nun schritten, waren stiller. Nur einzelne Gestalten duckten sich lauernd in Hauseingänge.

Ein wahrer Dschungel an Pfeifenkrautblättern hing an Seilen zum Trocknen. Darüber waren breite Segeltuchbahnen gespannt, um etwaigen Regen fernzuhalten.

Der Tabakduft lastete schwer in den Gassen, in die sich kaum ein Lichtstrahl der Zwillingsmonde verirrte. »Jemand folgt uns«, flüsterte Ilmari.

Auch Volodi hatte die beiden Gestalten hinter ihnen bemerkt, die sich nun deutlich gegen das Licht einer Laterne abzeichneten. Der Drusnier tastete nach seinem Schwert und lockerte es in der Scheide, als zwei weitere Männer aus einem Hauseingang stürmten, um ihnen den Weg zu versperren. Ein einzelner Lichtstrahl ließ eine Bronzeklinge aufblitzen. Mit ihren Dolchen waren diese Halsabschneider gegen sein Schwert in der engen Gasse klar im Vorteil, dachte Volodi und zog blank.

Wirtschaftsmacht

Der Halsabschneider ließ seine Waffe sinken. »Wir sind Freunde, Hauptmann! Kolja hat uns geschickt, um dich sicher zu ihm zu bringen.«

Volodi konnte das Gesicht des Mannes nicht erkennen, aber er benutzte die Sprache Arams, untermalt vom Akzent der aegilischen Inseln. Er musste einer der Zinnernen sein, der Söldner, die sich Aaron angeschlossen hatten, nachdem er und sein Feldherr Juba allein die Piraten der Aegilen besiegt hatten.

»Hauptmann?«, fragte Ilmari verwirrt.

»Du gehst mit dem, der über den Adlern schreitet, und weißt nicht einmal, wen du begleitest?«, zischte eine der Gestalten im Halbdunkel der Gasse.

»Er wirklich nicht wissen«, beruhigte Volodi den Zinnernen und bedauerte, dass er sich nun wieder der Zunge Arams würde bedienen müssen. Der Drusnier wollte nicht, dass noch mehr über ihn gesprochen wurde. Er wollte geheim halten, wer er war und was er hier tat. Wenn bekannt würde, dass der Unsterbliche Aaron gezwungen war, seine Krieger aus Nangog abzuziehen, um die Reihen seiner Heerscharen auf der Ebene von Kush zu verstärken, würde der Herrscher sein Gesicht verlieren. Es ließe ihn schwach aussehen, und niemand konnte wissen, was geschehen würde, wenn sich herumsprach, dass die Besitzungen Arams auf Nangog nicht mehr verteidigt wurden.

»Wir müssen in den Untergrund«, erklärte der Zinnerne und schob den Dolch in seinen Gürtel. »Kolja ist überaus erfreut, dass du gekommen bist. Genau im richtigen Augenblick!«

Mit Rücksicht auf Ilmari verkniff sich Volodi zu fragen, was das heißen sollte. Sollte Kolja zu der Ansicht gelangen, dass sein ziegenbärtiger Führer zu viel über die Verwicklung der Palastwache Arams in den Kampf um die Hurenhäuser der Goldenen Stadt mitbekommen hatte, würde Ilmari in den Abgründen der Stadt verschwinden.

»Hier entlang!« Der Krieger winkte ihn zu dem Hauseingang, aus dem er so unvermittelt aufgetaucht war. »Was machen wir mit dem Kerl?« Er nickte knapp in Ilmaris Richtung.

»Hat sich getan, was war sich zu tun«, kämpfte sich Volodi durch die verwickelte Grammatik der Sprache Arams und schnippte Ilmari das versprochene Silberstück zu. »Du solltest zusehen, dass du so schnell wie möglich so weit wie möglich von hier fortkommst«, fügte er in seiner Muttersprache hinzu. Dabei klopfte er dem kleineren Mann auf die Schulter. »Wie es aussieht, stecke ich hier bis zum Kinn in der Scheiße, was bedeutet, dass für dich die Luft zum Atmen knapp wird, wenn du weiter mit mir gehst.«

Ilmari biss auf die Silbermünze und schnalzte mit der Zunge. »Viel Glück, der über den Adlern schreitet.« Mit diesen Worten drängte er sich zwischen den beiden Kriegern hindurch, die hinter ihnen die Gasse hinabgekommen waren, und verschwand fliegenden Schrittes in der Nacht.

»Wir hätten dich abgeholt, Hauptmann, wenn du eine Nachricht geschickt hättest«, sagte der Anführer der Söldner und trat in den Hauseingang. Von dort führte eine Treppe in den gewachsenen Fels hinab.

»Wollte ich überraschen Freund Kolja«, sagte Volodi.

»Kolja ist ein Mann, der schwer zu überraschen ist.« Der Krieger nahm eine Blendlaterne auf, die weiter unten auf der Treppe stand. Jetzt sah Volodi zum ersten Mal sein Gesicht. Es war schmal, von Wind und Wetter gegerbt. Auf den Stoppeln seiner Wangen lag schon reichlich Grau. Eine Narbe verlief quer über seine Stirn, die Nasenwurzel und hinab bis auf seine linke Wange. Wache graue Augen blickten zu Volodi auf. Er stand Eurylochos gegenüber, dem einstigen Steuermann auf dem Schiff des Aigolos, jenes Piratenfürsten, den Volodi im Zweikampf getötet hatte.

»Du schon lange träumst davon, mit mir in stillen Keller gehen?«, fragte er ruhig.

Eurylochos hielt seinem Blick stand. Keinerlei Regung spiegelte sich in seinen Zügen. »Nur weil mein Kapitän ein Narr war, bedeutet das nicht, dass auch ich einer bin. Wer fordert ohne Not einen Mann heraus, der die Gunst eines Unsterblichen genießt und der über den Adlern schreitet?«

Volodi lächelte. »Du nicht böse bist, wenn ich bitte dich gehen vor mir.«

Eurylochos lachte. »Würden wir es anders machen, würden wir uns in den Kellern verlaufen.«

Der Mann hatte Humor. Volodi mochte ihn, aber er wusste, dass auch Männer, die gerne lachten, anderen Männern die Kehle durchschneiden konnten. Seine Rechte ruhte auf dem Knauf des Schwertes, als er Eurylochos durch die Katakomben folgte.

Der Steuermann hatte nicht gelogen. Es war ein wahres Labyrinth, das sie durchschritten. Volodi sah Keller voller bauchiger Vorratsamphoren, es roch nach Öl und Wein und frisch geschlagenem Holz. In einem Seitentunnel lag Werkzeug.

»Ist sich neu, dies Mausenest?«

»Wir bauen es weiter aus. Kolja hat den Wunsch, dass jedes unserer Häuser in dieser Stadt auch unterirdisch zu erreichen sein soll. Ich glaube nicht, dass dies zu schaffen ist, aber du weißt ja, wie er ist, wenn er sich etwas in den Kopf gesetzt hat.«

Das wusste Volodi allerdings. Kolja hatte das Talent, immer ein kleines Stück weiter zu gehen, als gut war.

Das Rumoren vieler Männer ließ den Drusnier aufhorchen. Bald erreichten sie einen langen Keller, in dem sich Dutzende Krieger drängelten. Fast alle von ihnen kannte er. Kolja hatte die Zinnernen versammelt. Fast alle der Kämpfer hier trugen zwei polierte Zinnmünzen auf der Brust. Eingefasst in Leder, trugen sie die Münzen als Ehrenzeichen. Die erste zeigte zwei gekreuzte Schwerter und auf der Rückseite einen Pferdekopf. Sie hatten sie für den Feldzug erhalten, auf dem sie mit ihren Streitwagen weit ins Hinterland Luwiens vorgedrungen waren, um dem Unsterblichen Muwatta das Geheimnis seiner Klingen zu entreißen. Dort hatten sie ihre eisernen Schwerter erbeutet, die sie vor allen anderen Kriegern Arams auszeichneten. Die zweite Münze zeigte einen Wolkensammler, der ein Himmelsschiff trug, und auf der Rückseite das Gesicht einer Daimonin mit langen Ohren. Sie war eine Auszeichnung für die Schlacht über den Wolken gegen den Piraten Tarkon Eisenzunge und den Kampf gegen die Daimonenkinder, den sie tief in den Wäldern Nangogs gefochten hatten.

Etliche der Krieger klopften Volodi freundschaftlich auf die Schulter, als er vorüberging. Sie ahnten ja noch nicht, weshalb er hier war. Er sollte sie zu ihrer dritten Schlacht auf die Ebene von Kush holen. Danach wäre alle Schuld getilgt, die sie als Piraten auf sich geladen hatten. Sie wären freie Männer. Aber Volodi wusste nur zu gut, dass höchstens eine Handvoll von ihnen überleben würde. Er war hier, um sie in den sicheren Untergang zu führen.

»Volodi, mein Bruder!« Kolja brach mit der Gewalt eines Tropensturms zwischen den Männern hervor. Er überragte Volodi um mehr als Haupteslänge. Alles an ihm war größer, er hatte die Statur eines Bären, nein eher einer hochschwangeren Bärin, dachte Volodi, denn er hatte gut angesetzt, seit sie einander zuletzt begegnet waren.

Kolja schlang ihm seinen mächtigen rechten Arm um die Schultern und zog ihn an seine Brust. Sein mit Bronzeschuppen beschlagener Brustpanzer roch nach vergossenem Wein. »Dich schicken die Götter, Bruder. Du lässt wahrlich keinen Kampf aus!« Kolja blickte zu ihm herab, nahm Volodis Gesicht in seine vernarbten Hände und küsste ihn herzhaft auf die Wangen. »Gut, Junge. Wirklich gut!«

Kolja war der mit Abstand hässlichste Kerl, dem er jemals begegnet war. Er hatte große, blaue Augen unter fleischigen Lidern, die jenen, die ihn nicht besser kannten, oft den Eindruck kindlicher Einfältigkeit vermittelten. Sie vermochten es, einen in ihren Bann zu schlagen und das übrige Gesicht vergessen zu machen. Die rote, mehrfach gebrochene Nase, die nur noch ein formloser Klumpen war. Das verwachsene Narbengewebe, das seine Augenbrauen ersetzte. Das linke Ohr, das zu einer unförmigen Kugel geschrumpft war, deren Form an das zur Faust geballte Händchen eines Neugeborenen erinnerte. Kolja war einer der erfolgreichsten Faustkämpfer Luwiens gewesen. Jahrelang war er in allen großen Städten aufgetreten. Es war jene Sorte von Kämpfen gewesen, in denen man mit Bronze beschlagene Lederriemen um seine Fäuste wickelte, um seinem Gegner regelrecht das Fleisch vom Angesicht zu reißen. Kolja hatte dabei nicht durch ausgefeilte Technik geglänzt. Er hielt lediglich mehr aus als jeder andere. Der Preis seiner Siege war ein Gesicht, dem abgesehen von den Augen nur noch wenig Menschliches anhaftete.

Im Kampf gegen die Daimonenkinder hatte Kolja seinen linken Unterarm verloren. Er trug eine Prothese aus gehärtetem Leder, die in einer Faust mündete, um die ein bronzebeschlagener Riemen gewickelt war. Kolja war ein Kämpfer, durch und durch.

Man müsste ihm den Kopf abschneiden, damit er eine Schlacht verloren gab.

»Was geht hier vor sich?« Volodi blickte zu den Zinnernen.

»Moment.« Kolja winkte Eurylochos. »Nett, dass du dich persönlich darum gekümmert hast, dass mein Blondschopf zu mir gefunden hat. Jetzt ruft die Schlacht. Nimm dir zwanzig Mann. Du weißt, wo dein Platz ist. Männer!« Seine Stimme rollte wie Donnerhall durch den weiten Keller. »Volodi ist zurückgekehrt, um heute an unserer Seite zu kämpfen. Ein Hoch auf den verdammten Bastard, der über den Adlern schreitet!«

Die Krieger begrüßten ihn mit Jubelrufen. Aber Volodi wollte nichts davon wissen. »Was für eine Schlacht?«, zischte er Kolja an.

»Lasst eure Zinnmünzen verschwinden, Männer«, rief Kolja. »Unsere Feinde sollen noch lange rätseln, wer wir wirklich sind. Die Münzen würden euch verraten. Wenn wir mit denen fertig sind, werden wir uns alle besaufen. Hier unten lagert eine ganze Schiffsladung vom besten aegilischen Roten. Also macht schnell! Tretet denen oben in den Arsch, dass sie nicht mehr wissen, ob sie Männlein oder Weiblein sind.« Er packte Volodi beim Arm und zog ihn eine Treppe hinauf.

»Am besten siehst du dir an, was vor sich geht.« Über ihnen ertönte gedämpfter Lärm.

»Von was für einer Schlacht redest du!«

Kolja knuffte ihn mit seiner Lederfaust, was sich wie ein freundschaftlicher Bärentatzenhieb anfühlte. »Du weißt doch, ich übertreibe gerne. In Wirklichkeit erwartet uns nicht einmal ein kleines Scharmützel. Unsere Waffenübungen sind gefährlicher als dieser nächtliche Spaziergang.«

Jetzt waren deutlich dumpfe Schläge zu vernehmen, dazu gedämpftes Geschrei.

Kolja grinste. »Hat ordentlich dicke Mauern, dieses Haus. Und keine Fenster im Erdgeschoss. Daran war mir sehr gelegen, als ich es ausgesucht habe. Eine richtige kleine Festung.«

»Werden wir etwa belagert?«

Sie erreichten das Ende der Treppe, und Kolja stieß eine schwere Tür auf. »Von einer Belagerung zu sprechen hieße, den Idioten da draußen zu schmeicheln. Im Übrigen ist eine Belagerung eine Angelegenheit, die sich über eine gewisse Zeit erstreckt. Der ganze Spuk hier hingegen wird in weniger als einer Stunde vorüber sein.«

Kolja schlug einen schweren, roten Vorhang zur Seite und führte ihn in ein großes Zimmer, in dem seidenbespannte Diwane standen. Schöne Karaffen auf niedrigen Tischen, protzige Trinkpokale und anzügliche Bilder an den Wänden rundeten das Ambiente ab. Blaugrauer Weihrauch sank aus einer großen Bronzeampel unter der gewölbten Decke und erfüllte den Raum mit Wohlgeruch.

Unter das Poltern der dumpfen Schläge mischte sich das Geräusch von splitterndem Holz. Kolja berührte das nicht im Mindesten. Er nahm sich einen Pokal und schüttete sich Wein ein. »Der ist gut, du solltest davon kosten.«

»Was zum Henker ist hier los? Rede, verdammt noch mal!«

»Mit dem Aufbau unseres Geschäftes haben wir uns nicht nur Freunde gemacht. Natürlich gab es in der Goldenen Stadt schon Freudenhäuser – hört sich viel besser an als Hurenhäuser, nicht wahr? Also Freudenhäuser gab es schon, bevor wir kamen. Nur sind unsere besser. Was die Betreiber der anderen Häuser verärgerte … Aber wer will schon altbackenes Brot, wenn er anderswo für dasselbe Geld Kuchen haben kann? Sie haben drei Mal versucht mich umzubringen. Zuletzt sogar mit Gift, was ich ihnen ernstlich übel genommen habe. Gift! So töten Frauen! Stellt sich ein Kerl mit einem Messer in der Hand vor mich und versucht mich aufzuschlitzen, dann ist das eine ehrliche Angelegenheit unter Männern. Aber Gift …« Kolja nahm einen tiefen Schluck aus dem Weinpokal. »Das gehört sich nicht.«

»Was im Namen der Götter hast du getan?«

Kolja setzte den Pokal ab und lächelte unschuldig. »Niemanden umgebracht. Ich habe gelernt. Ich habe unsere Schreiber gerufen. Da ich nicht wusste, wer verantwortlich war, habe ich an jeden Freudenhausbesitzer in dieser Stadt ein Tontäfelchen schicken lassen, auf dem geschrieben stand, dass ich bis morgen die Schlüssel seines Hauses erwarte oder vorbeikommen würde, um ihm die Ohren abzuschneiden und dabei zuzusehen, wie er sie frühstückt. Wie mir scheint, hat das die Luden ein wenig aufgebracht …«

»Du hast ihnen allen gleichzeitig den Krieg erklärt?« Volodi schüttelte den Kopf. »War das nötig?« Er machte sich keine Sorgen, aber er hätte sich gewünscht, dass Kolja ihre Geschäfte in der Goldenen Stadt mit ein wenig mehr Fingerspitzengefühl angegangen wäre.

»So ist alles in einem Aufwasch erledigt«, entgegnete der Faustkämpfer gut gelaunt. »Komm, sehen wir uns die Sache von oben an.« Er winkte Volodi zu einem Vorhang, hinter dem eine schmale Treppe verborgen lag. Indessen splitterten immer mehr Bohlen der Tür.

Volodi konnte jetzt deutlich verstehen, was die Menge draußen rief.

»Hängt den Fleischkopf!«

»Einen netten Namen haben sie sich für dich ausgedacht.«

Die Treppe mündete auf einen schmalen Flur. Durch die Tür am Ende sah Volodi Bogenschützen, die sich auf einer Galerie versammelt hatten, die über dem Innenhof des Hauses lag. Eine zweite Tür lag unmittelbar vor ihnen. Kolja stieß sie auf, und ohrenbetäubender Lärm brandete ihnen entgegen.

Der hünenhafte Faustkämpfer trat hinaus auf einen Balkon. Am Geländer lehnte sein Schwert. Offensichtlich hatte er diesen Auftritt genau geplant.

Schwarz und Weiss

Volodi folgte Kolja auf den Balkon hinaus. Unter ihnen vor dem Tor drängte sich bis weit die Straße hinauf der aufgebrachte Mob. Fast alle dort unten trugen Fackeln. Das Licht der Flammen spiegelte sich auf langen Bronzedolchen und metallbeschlagenen Knüppeln. Einen Schild oder gar eine Rüstung trug kein Einziger von ihnen. Männer aus allen sieben Königreichen drängten sich dort, vereint in ihrem Hass auf Kolja. Finstere Gestalten. Die meisten von bulliger Statur. Türsteher, Geldeintreiber, Halsabschneider. Fast durchweg waren es Männer, denen man nicht gerne in einer dunklen Gasse begegnen mochte. Aber sie haben keine Ahnung, mit wem sie sich einlassen, dachte Volodi.

»Da oben steht der Fleischkopf!«, schrie einer aus der Masse.

Kolja winkte wie ein Fürst, der sein Volk grüßt. »Was für eine Freude zu sehen, welcher Beliebtheit sich dieses Haus erfreut.« Ein Stein flog zu ihm hinauf. Er schnappte ihn mitten im Flug und legte ihn neben sich auf das Geländer. »Nicht einmal an einen Rammbock haben sie gedacht, diese Idioten«, sagte er leise zu Volodi gewandt.

»Komm runter, Fleischkopf, und kämpf wie ein Mann, sonst brennen wir dir das Dach über dem Kopf ab. Wir kriegen dich auf jeden Fall!« Diesmal erkannte Volodi den Sprecher. Es war ein großer, leicht beleibter Kerl mit schütterem Haar und einem lächerlichen Oberlippenbärtchen. Er trug eine himmelblaue Tunika, die mit breiten, silbernen Borten bestickt war.

»Das ist Leon«, erklärte Kolja. »Er kommt aus Truria und hat hier im Geschäft mit den Mädchen eine Menge zu sagen.«

»Ich mache ein Gegenangebot.« Sein Freund wandte sich an die aufgebrachte Menge. »Ihr lasst auf der Stelle die Waffen fallen und legt die Hände auf den Kopf, sodass ich sie gut sehen kann. Dann trifft nur jeden Zehnten von euch mein Zorn.«

»Der Fleischkopf ist vor Angst verrückt geworden«, rief Leon mit heiserer Stimme. »Holt ihn mir da runter! Ich will ihm den Schwanz abscheiden und ihn zu meinem Hofeunuchen machen!« Er hob sein Messer, eine lange, schlanke Bronzeklinge. »Dieses Haus hat nur einen Eingang, Fleischkopf. Du wirst uns nicht entkommen.«

Volodi hörte, wie unter ihnen die Tür aufflog. In den Mob kam Bewegung.

»Bogenschützen!« Koljas Stimme übertönte den Lärm der Angreifer.

Volodi sah, wie sich auf den Häusern entlang der Straße Bogenschützen erhoben, die hinter den niedrigen Umfassungsmauern der Flachdächer gekauert hatten. Gleichzeitig erschienen an beiden Enden der Straße Krieger mit mannshohen Turmschilden, hinter denen zwei Reihen von Speerträgern folgten. Es war vorhersehbar, wie das enden würde.

In die Menge unten kam Bewegung. Einige versuchten zu fliehen und liefen auf die blockierten Straßenenden zu, andere drängten sich dicht an die Häuserfassaden, um Deckung zu finden. All das würde kaum helfen. Volodi sah, dass die Bogenschützen so verteilt waren, dass es für sie kaum einen toten Winkel gab.

»Schießt auf den Hauseingang!«, befahl Kolja. Dutzende Sehnen sirrten. Volodi hörte den Aufschlag der Pfeile in den Leibern, dann setzte das Geschrei ein. Rücksichtslos versuchten die Luden aus der tödlichen Falle zu entkommen. Verwundete wurden niedergetrampelt oder gar als lebende Schutzschilde missbraucht.

»Woran erkennt man einen Luden aus Truria?«, fragte ihn Kolja lächelnd.

Volodi verstand nicht ganz. Was sollte diese Frage?

»Er fängt nur mit einem Messer in der Hand einen Krieg an.« Sein Kamerad verfiel in ein bellendes Gelächter, das die Schreie der Sterbenden übertönte.

Volodi konnte diesen Sinn für Humor nicht teilen. Sein Freund war immer schon ein harter Bursche gewesen, aber das hier war selbst für Koljas Maßstäbe eine neue Dimension.

Der Faustkämpfer nahm sein Schwert. »Sind wir alte Männer, die nur zusehen, wo es Gelegenheit gibt, ein paar Schädel einzuschlagen? Komm, wir mischen mit, bevor es vorbei ist!« Mit diesen Worten schwang er sich über die Brüstung des Balkons und sprang mitten in die Menge der verwirrten Angreifer. Er landete leicht federnd und ließ sein Eisenschwert kreisen. Sofort hatte er Platz.

Volodi zog seine beiden Klingen. Ohne Rückendeckung war Kolja dort unten in Gefahr, ganz gleich, wie gut er kämpfte. »Verdammter Idiot«, zischte er zwischen zusammengebissenen Zähnen und sprang ebenfalls. Sein Aufprall war hart. Er knickte ein und musste sich nach vorne werfen, um einem Messerstich auszuweichen.

Die Hand, die die Klinge hielt, purzelte vor seiner Nase auf den Boden. »Jetzt muss ich auch noch auf dich aufpassen«, murrte Kolja und schlitzte dem schreienden Angreifer mit einem Rückhandhieb die Kehle auf. Der Faustkämpfer blockte mit seiner Prothese einen Keulenhieb und trieb einen weiteren Angreifer zurück.

Inzwischen war Volodi auf den Beinen. Ringsherum lagen Tote und Sterbende auf dem Boden. Er musste diesem Massaker ein Ende bereiten! »Die Waffen nieder!«, schrie er aus Leibeskräften. »Lasst sie fallen und legt die Hände auf den Kopf!«

Klirrend fielen Dolche auf das Straßenpflaster. Etliche der Männer knieten demütig nieder und bettelten um ihr Leben.

Kolja bedachte ihn mit einem finsteren Blick. »Das wäre eine gute Gelegenheit gewesen, diese Sache ein für alle Mal zu Ende zu bringen.« Er schwenkte sein Schwert über dem Kopf. »Bogenschützen! Schießt nur noch auf die, die eine Waffe halten. Wer sich jetzt ergibt, den werde ich nicht umbringen.«

Erleichtert sah Volodi, dass niemand so dumm war, noch Widerstand zu leisten. Er ahnte, dass Kolja am liebsten keine Überlebenden gehabt hätte. Niemanden, mit dem es noch über Freudenhäuser zu verhandeln galt.

Der Faustkämpfer rammte sein Schwert in die Scheide. »Komm, wir trinken. Blutvergießen macht mich immer durstig.« Ohne sich noch einmal nach ihm umzublicken, stapfte Kolja über die Leichen hinweg ins Haus.

»Ihr versorgt die Verwundeten und setzt all diese Kerle in einem sicheren Keller fest«, befahl er dem nächststehenden ihrer Männer.

»Jawohl, Hau …«

»Heute Nacht habe ich keinen Namen«, fuhr er den Veteranen an. »Wir alle haben keine Namen. Verstanden?«

»Jawohl!« Der Krieger grinste und zeigte ihm dabei seine braunen Schneidezähne. Eine Narbe lief quer über seine Lippe. Volodi erinnerte sich an ihn. Er war verwundet worden, als sie die Schmiede aus Muwattas Königreich entführt hatten. Der Kerl war ein guter Wagenlenker.

»Vermisst du deine Pferde?«

»Ich weiß es auch zu schätzen, auf Weiberärsche zu starren«, entgegnete er grinsend.

»Aber Weiber gehen selten brav im Geschirr.«

Das Grinsen wurde breiter. »Wohl wahr.«

»Sorg dafür, dass die Gefangenen anständig behandelt werden. Ich verlass mich auf dich. Und nicht vergessen: keine Namen nennen.«

»Jawohl!« Der Krieger salutierte.

Volodi erwiderte den Gruß und ging ins Haus. Er wusste, dass ihm der schwerste Kampf des Abends noch bevorstand.

Er fand Kolja im offenen Innenhof des Hauses. Das prächtige Löwenmosaik auf dem Boden war mit Blut verschmiert. Ein halbes Dutzend der Angreifer war durch die geborstene Tür bis hierher vorgedrungen. Auf der umlaufenden Galerie im ersten Geschoss hatten Bogenschützen sie erwartet.

Kolja drehte die Toten um und blickte in ihre Gesichter.

»Wen suchst du?«

»Leon, verdammt noch mal!« Kolja blickte ihn mit hochrotem Gesicht an. »Du … Komm! Wir reden nicht vor den Männern. Komm!« Er führte ihn über den Hof in ein kleines, luxuriös eingerichtetes Zimmer, das von einem riesigen Bett beherrscht wurde. Auch hier stand eine Karaffe mit Wein auf dem Tisch.

Kaum hatten sie die Kammer betreten, als Kolja die Tür zuknallte. Die Halsadern des Hünen zeichneten sich deutlich als dunkle, pochende Stränge unter seiner Haut ab. »Du wirst dich nie, nie wieder einmischen, wenn ich eine Schlacht führe!« Er machte hinter jedem Wort eine kurze Pause, offensichtlich darum bemüht, nicht loszuschreien.

»Ist dir klar, was wir heute Nacht getan haben? Wir haben ein Rattennest ausgehoben! Hast du schon mal ein Rattennest ausgegraben? Das sind listige Biester. Man lässt keine von ihnen laufen! Die fressen die Kornspeicher leer und bringen Hungerwinter. Verdammter Narr! Dieser Krieg hätte heute Nacht enden können. Jetzt wird er weitergehen, und unsere Leute werden für deinen Edelmut bluten.«

»Das wird nicht geschehen«, entgegnete Volodi ruhig.

»Nicht? Glaubst du, die Geister unserer Ahnen schützen uns? Eine Schlacht wie heute wird es nicht mehr geben. Diese Ratten haben gelernt. Sie werden uns einzeln auflauern in den Gassen. Und sie werden hinter unser Geheimnis kommen.«

»Nein, denn ich habe Befehl vom Unsterblichen, euch alle nach Kush zu holen. Seine Lage ist verzweifelt. Er braucht jedes Schwert.«

»Bockmist! Dort kämpfen fünfzigtausend. Es macht keinen Unterschied, ob wir dort sind oder nicht. Wir sind zu wenige, um die Schlacht wenden zu können.«

»Aber wir haben einen Eid geschworen«, beharrte Volodi. »Wir müssen gehen, wenn er uns ruft. Wir kämpfen um die dritte Zinnmünze. Danach sind wir frei.«

Kolja stieß einen Seufzer aus und griff nach der Weinkaraffe. Diesmal machte er sich nicht mehr die Mühe, einen der prächtigen Pokale zu füllen. Er setzte die Karaffe an den Mund und nahm einen tiefen Schluck, wobei der Wein in Strömen von seinen Mundwinkeln hinab auf seine Brust floss. Als er absetzte, stieß er einen lauten Rülpser aus. »Ich mag dich, Volodi. Wirklich. Wenn diese Welt ein Ort ohne Gestalten wie mich oder Leon wäre, würden Männer wie du herrschen. Aber so ist diese Welt nicht. Vielleicht … werde ich dich eines Tages umbringen müssen.« Er sagte das ganz ohne Zorn. Eher mit Bedauern.

Volodi überlief es kalt. Er wusste, dass Kolja nicht scherzte.

»Wir haben Aaron einen Eid geschworen, aber du hast auch eine Verantwortung gegenüber den Männern. Wie viele werden die Schlacht in Kush überleben? Weniger als hundert? Und dann haben wir noch Glück gehabt. Es kann auch sein, dass Muwatta uns alle hinrichten lässt. Er hat gewiss nicht vergessen, wer ihm die Schmiede entführt hat und das Geheimnis der Eisenverhüttung nach Aram brachte. Ist es unser Wort, das wir Aaron gegeben haben, wert, all diese wunderbaren Männer dort draußen zu opfern? Wenn es wenigstens eine Aussicht gäbe, in der Schlacht zu gewinnen … Ich weiß, wie die Stimmung im Heer und im Königreich ist. Niemand glaubt an einen Sieg. Warum schlägt Aaron eine Schlacht, die er nicht gewinnen kann? Du kommst, um uns auf dem Altar seiner Arroganz zu opfern. Und nun sag mir: Wer von uns beiden ist der Schlächter?«

»Und was, glaubst du, geschieht, wenn wir uns den Befehlen Aarons widersetzen?«, entgegnete Volodi aufgewühlt. Die Worte seines Gefährten hatten ihn tief getroffen. Nicht die Morddrohung – das war Kolja, wie er ihn immer schon kannte –, es war der Vorwurf, seine Kameraden bedenkenlos dem Ehrgeiz des

Großkönigs zu opfern, der ihm zu schaffen machte. Kolja hatte nicht unrecht. »Ein Wort vom Unsterblichen Aaron, und wir sind nicht mehr seine Leibwache, sondern Geächtete. Glaubst du, du könntest deine Freudenhäuser hier führen, wenn Aaron einen Preis auf deinen Fleischkopf aussetzt?«

»Ach, Volodi … Die Welt ist nicht nur schwarz und weiß. Meistens ist sie grau. Natürlich schicken wir einige Männer. Aber mindestens hundert brauche ich, damit die Geschäfte hier laufen. Vor allem, wenn ich diese Brut da draußen wieder laufen lassen muss. Dank deiner Milde erwartet uns ein langer Krieg um die Freudenhäuser der Stadt.«

»Ist es das denn wert? Sollten wir es nicht lieber fahren lassen und …«

Kolja hieb mit der Faust auf den kleinen Tisch, auf dem die Karaffe stand. »Verdammt noch mal! Was ist denn los mit dir? Meinst du, ich tue das, weil es mir so großen Spaß macht, den Luden zu spielen? Sieh mich an! Was siehst du? Einen Kerl, der kein Gesicht mehr hat, weil er nicht mitbekommen hat, wann er mit den Faustkämpfen hätte aufhören sollen. Und das war so, weil ich keinen Plan für danach hatte. Das wird mir in meinem Leben nie wieder passieren. Was wird aus alten Kriegern, denen ein Arm fehlt, die lahm oder von Krankheiten ausgezehrt sind? Welcher Herrscher gibt ihnen ein Gnadenbrot? Aaron wird uns vergessen, wenn wir nicht mehr von Wert für ihn sind. Ein zerbrochenes Bronzeschwert ist dann mehr wert als wir, denn man kann es wieder einschmelzen. Wir aber, wir sind nur noch Abschaum. Alte Krieger verrecken irgendwo in der Gosse, ohne dass ihnen jemand eine Träne nachweint. Aber mit den Zinnernen wird es anders sein. Für uns gibt es einen Ort, an den wir gehen können. Hierher, in die Goldene Stadt kommen wir. Es wird uns an nichts fehlen. Und wenn unsere letzte Stunde kommt, sitzt eine hübsche Hure auf unserem Totenbett und hält uns die Hand, und in der anderen Hand halten wir einen goldenen Becher mit dem besten Wein. Das ist der Eid, den ich mir geschworen habe, und der wiegt schwerer für mich als jede Verpflichtung gegenüber dem Unsterblichen Aaron. Ich bin nicht zum Helden geboren, Volodi. Ich komme nicht aus einer Fürstenhalle wie du. Wenn Kinder mich sehen, fangen sie an zu weinen. Du wirst nie erfahren, wie das ist, stolzer Held mit dem goldenen Haar. Du …«

Volodi hob die Hände. »Es ist gut, ich habe verstanden. Was also willst du tun? Ich kann nicht ohne Krieger zurückkehren. Und Aaron kann zählen. Wenn ich mit zu wenig Männern komme, wird er wissen wollen, wo der Rest steckt.«

Kolja fuhr sich mit seiner riesigen Pranke über den verunstalteten Schädel und seufzte. »Gib mir drei Tage. Mir wird etwas einfallen. Ich finde jemanden, der mit dir kommt, um in deinem Heldenspiel zu verrecken.«

Blondes Haar

Kolja wischte sich mit einem feuchten Tuch über die Stirn. Schwüle Hitze lag über der Stadt und machte jeden Atemzug zur Qual. Die weißen Steine, mit denen der weite Platz gepflastert war, reflektierten das Sonnenlicht, dass es in den Augen schmerzte. Er blinzelte und nahm einen Schluck aus seinem Ziegenlederschlauch. Heute enthielt er keinen Wein. Nur Wasser mit einem Spritzer Essig darin. Er ließ das lauwarme Nass durch seinen Mund kreisen. Was für eine üble Brühe. Am liebsten hätte er es ausgespuckt, aber das hätten sie als Beleidigung auffassen können.

Er sah zu dem riesigen, weißen Tor. Wohl dreißig Schritt war es hoch. Es gab keine Türflügel. Man konnte einen Teil der Residenz des Statthalters aus Zapote dahinter sehen. Es war eine Stadt in der Stadt. Etwa hundert Schritt entfernt erhob sich eine

Stufenpyramide. Feiner grauer Rauch stieg dort in den Himmel. Kein Windstoß zerrte am Rauch. Scheiß Hitze, dachte Kolja.

Er wusste, dass sie ihn beobachteten. Die ganze Zeit schon. Jede seiner Gesten wurde bewertet. Sie machten sich ein Bild von ihm. Auch wenn sie sehr zurückhaltend waren und man fast nie einen ihrer Priester in den Straßen der Goldenen Stadt sah, wussten die Zapote genau, was geschah. Er würde nie wieder den Fehler machen, diese federgeschmückten Wilden zu unterschätzen. Voller Unbehagen dachte er daran, wie es auf diesem Platz zur Schlacht gekommen wäre, hätte das Wolkenschiff sie nicht im letzten Augenblick gerettet. Volodi war gut darin, Pläne zu machen. Kolja schmunzelte. Er mochte diesen blonden Narren. Irgendwann würde er ihn umbringen müssen, weil seine Ehre dem allgemeinen Nutzen im Weg stand. Gern würde er es nicht tun … Aber vielleicht hatte er ja Glück und ihm wurde diese Arbeit auf dem Schlachtfeld von Kush abgenommen.

Es begann zu dämmern. Kolja trank erneut einen Schluck. Die Zapote ließen ihn gerne schmoren. Aber sie würden kommen. Sie würden wissen wollen, warum er hier war.

Der Blick des Faustkämpfers schweifte über die Reliefs, die in die weißen Bodenplatten des Platzes geschnitten waren. Die Steine waren so weiß wie frisch gefallener Schnee. Selbst jetzt, bei abnehmendem Licht, konnte man sie nicht lange ansehen, ohne dass die Augen schmerzten. Beunruhigende Bilder waren das. Sie zeigten Krieger, die als Adler oder Jaguare maskiert waren und ihren Feinden die Köpfe abschnitten. Seltsame Tiere streckten ihre Köpfe hinter dichtem Gestrüpp hervor. Eine gefiederte Schlange wand sich um die Sonne. Diese Bilder anzuschauen machte einen ganz kirre. Sie waren eine unverhohlene Drohung. Dort hinter dem weißen Tor, dessen war er sicher, lag eine Welt, die mit der, die er kannte, nur noch wenig gemein hatte. Die Krieger der Zapote waren unheimlich. Sie schienen eins zu sein mit den Schatten.

Die Sonne verschwand schnell hinter dem Horizont. Das letzte Abendlicht tauchte den Platz in weiches Rosa. Aber das ließ das Priesterrelief drei Schritt vor ihm nicht weniger schrecklich aussehen. Mit ausgestreckten Armen hielt der Zapote einer stilisierten Sonne einen unförmigen Klumpen entgegen.

Kolja blickte zum Himmel auf. Die Zwillingsmonde standen hoch über dem Kraterrand. In den letzten Monden hatte mehrfach die Erde gebebt. Einige Häuser waren eingestürzt und einer der Ankertürme. Vielleicht war die Flanke eines Kraters kein guter Ort, um dort eine Stadt zu errichten. Er war nun der Gebieter über dreiundfünfzig Freudenhäuser. Wie viele würden übrig bleiben, wenn es zu einem starken Beben kam? Er sollte sich Gedanken darüber machen, seine Geschäfte auch auf andere Städte auszuweiten.

Kolja blickte durch das weiße Tor. In seinen Schatten hatte sich gerade etwas bewegt. Dicht über dem Boden. Von dort waren sie letztes Mal gekommen, die Jaguarmänner. Sie … Eine Gestalt stand unter dem Tor! Vor einem Herzschlag war da noch niemand gewesen. Der Kerl sah nicht aus, als sei er hastig herangehuscht. Er strahlte eine selbstbewusste Ruhe aus. Gemessenen Schrittes trat er auf den Platz hinaus. Er war von zierlicher Gestalt und trug einen Federmantel, dessen Kragen aufgestellt war und nicht weniger farbenfroh schillerte als das Rad eines Pfaus. Ein weißes Tuch war um seine Hüften geschlungen und kunstvoll verknotet. Breite, türkisbesetzte Armreife umfingen seine Handgelenke. Er trug keine Waffe bei sich, soweit Kolja sehen konnte.

Einen Schritt vor ihm blieb der Zapote stehen. Er hatte ein schmales, hartes Gesicht mit einer Nase wie ein Geierschnabel. Eine seltsame Tätowierung prangte auf seiner Brust. Eine sich windende Schlange, die ein Federkleid statt Schuppen zu tragen schien. Es war derselbe Zapote, der den Dolch zurückgenommen und ihren Tod befohlen hatte.

»Nun, Mann, den sie Fleischkopf nennen, welcher Wahn blendet deinen Verstand, dass du es wagst, noch einmal hierherzukommen?« Der Priester sprach ihn in seiner Muttersprache an. Er hatte zwar einen grausamen Akzent, dennoch war er einigermaßen zu verstehen.

»Ich habe dir ein Angebot zu machen, das du nicht ablehnen solltest«, entgegnete Kolja ruhig. Der Priester war fast zwei Köpfe kleiner als er. Wie schaffte es ein solcher Zwerg, mit solcher Arroganz aufzutreten? Wahrscheinlich könnte er ihm ebenso leicht mit seiner Faust den Schädel einschlagen, wie er eine Amphore zerschlug. »Ich schlage dir ein Geschäft vor, bei dem es um Blut und Tod geht, also zwei Dinge, mit denen du dich bestens auskennst.«

»Und was veranlasst dich dazu zu glauben, dass ich dich auch nur anhören werde?«

»Du meinst neben der Tatsache, dass du vor mir stehst?« Kolja löste eine lange, blonde Haarsträhne von seinem Gürtel und reichte sie dem Priester.

Der Zapote strich sanft über das Haar. »Wie viele?«

»Siebzehn. Allesamt kräftige Männer. Sechs von ihnen sind verwundet. Aber das ist nichts Ernstes. Die erholen sich schon wieder.«

Der Priester wand die Haarsträhne um seinen Arm. »Du weißt, dass sie freiwillig das weiße Tor durchschreiten müssen. So verlangen es unsere Gesetze.«

»Das bekomme ich hin. Keine Sorge. Sie werden mit Freuden zu euch kommen. Es hat sich ja noch nicht allgemein herumgesprochen, dass ihr …« Kolja stockte. Eigentlich hätte er es gerne ganz direkt angesprochen. Er mochte es nicht, wenn man die Dinge nicht beim Namen nannte. Aber die Zapote waren da erstaunlich zimperlich. » … dass ihr blonden Männern und Frauen eine ganz besondere Gastfreundschaft angedeihen lasst.«

»Sie treten unseren Göttern gegenüber. Das ist die höchste

aller Ehren«, sagte der Priester in einem Tonfall, als würde er gerne mit ihnen tauschen wollen.

Verlogener Bastard, dachte Kolja und lächelte. »Denkst du, dass wir ins Geschäft kommen?«

»Das hängt davon ab, was du möchtest.«

Kolja schilderte es ihm. Diesmal ganz direkt und ohne Ausflüchte.

Der Königsmörder

Barnaba war in Schweiß gebadet. Die Sonne brannte gnadenlos auf die Felsen. Seine wunden Fingerkuppen drängten in einen Felsspalt. Sie würden das ganze Gewicht seines Körpers halten müssen. Einen Herzschlag lang nur, aber er war erschöpft.

Vorsichtig hob er den rechten Fuß. Er kam nicht hoch genug, um den nächsten sicheren Tritt zu erreichen. Nur die Kraft seiner Arme konnte noch helfen. Er keuchte. Presste sich an den heißen Fels. Spannte die Armmuskeln mit aller Kraft. Endlich fanden seine Zehen einen Halt. Wieder nur ein schmaler Spalt, aber das musste genügen. Er schob den rechten Arm vor, schaffte es, über den Grat eines Felssimses zu greifen, und fand diesmal einen guten Halt. Mit letzter Kraft zog er sich hoch.

Keuchend lag er ausgestreckt auf dem Geröll, das sich auf dem Sims gesammelt hatte. »Wir sind verrückt«, sagte der Priester leise und blickte zur Sonne hinauf, die wie eine gelbweiße Wunde im stahlblauen Himmel prangte.

Er hatte es mit Beten versucht. Hatte versucht, sich tief in Meditation zu versenken und den Göttern nahe zu sein. Doch ihm blieb stets nur er selbst. Seine aufgewühlten Gefühle. Der Zorn über die Priestermorde Aarons und dass der Löwenhäuptige so gleichmütig darauf reagierte, dass man seine treusten Diener ermordet hatte. Was für Götter waren die Devanthar? War es zu viel verlangt, von ihnen Anteilnahme zu erwarten und Schutz? Waren solche Gedanken Göttern fremd?

»Lass uns ehrlich sein. Es sind nicht die Götter allein.« Er drehte sich um und blickte ins Tal hinab. Da war niemand. Natürlich nicht! So war es immer. Und doch … Er hätte jeden Eid geschworen, dass ihn etwas beobachtete.

»Ja, etwas! Aus Fleisch und Blut ist es nicht! Es ist unsichtbar. Aber es ist hier! Die ganze Zeit über.«

Vielleicht gab es ja doch Geister? Er hatte so lange mit Steinen auf die Augen in seiner Höhle eingeschlagen, bis sie spurlos vom Fels verschwunden waren. Diese unheimlich grünen Augen. Aber nichts war besser geworden. Manchmal ließ das Gefühl, beobachtet zu werden, für Stunden oder sogar einen ganzen Tag nach. Dann war es wieder da. Vor allem, wenn er versuchte zu meditieren. Vielleicht waren seine Sinne dann empfänglicher für das Verborgene. Wenn er auf seinem Lieblingsfelsen saß und ganz in sich selbst versunken nach einem Band zu den Göttern suchte, war das Gefühl, angestarrt zu werden, am stärksten. Wenn er sich hingegen die steilen Felsen hinaufkämpfte, dem Tod ins Antlitz lachte, indem er gefährlichere Aufstiege suchte und bis zur völligen Erschöpfung mit den Steilwänden rang, fand er endlich seinen Frieden und war allein mit sich.

Vielleicht war das ja die Antwort der Götter? Keine Flammenschrift auf einer Wand, keine Stimmen im Dunkel, kein Devanthar, der in seiner übermenschlichen Pracht vor ihm erschien. Einfach nur die Tatsache, dass er allein beim Klettern Frieden fand, das war die Botschaft. Und jener Gedanke, der ihn seit Tagen umtrieb. Er könnte an Aaron herankommen, wenn er es über die westliche Palastmauer versuchte. Sie war zwar sehr hoch, aber nicht gut in Schuss. Der Putz war von den Lehmziegeln abgebröckelt. Man könnte im Winkel zwischen einem der Wachtürme und der Mauer hinaufsteigen, wenn man mutig war und die Kraft und das Geschick hatte, mit Fingern und Zehen allein in den Fugen Halt zu finden. Von dort war es nicht weit zur westlichen Palastterrasse, an der die Gemächer des Unsterblichen Aaron lagen. Im Schlafgemach musste Aarons Schwert sein. Eine Waffe, dazu geschaffen, selbst das Leben eines Unsterblichen zu beenden.

»Wir sind hier, um zu üben«, murmelte Barnaba und setzte sich. »Das ist das ganze Geheimnis. Dieses Tal ist dafür ideal. Wenn wir diese Felswände erklimmen können, wird der Aufstieg an der Palastmauer ein Leichtes sein.« Er war dazu geboren, ein Königsmörder zu sein! Und dieses Tal würde ihm die Fähigkeiten schenken, die er brauchte, den Mord zu begehen.

Barnaba betrachtete den nächsten Abschnitt der Felswand. Es gab hier weniger Griffe, dafür war die Wand leicht geneigt. Er würde sich gut an sie drücken können. Der Priester ballte seine Hände zu Fäusten und streckte die Finger dann, bis die Gelenke knackten. Dieses Stück noch, dann würde er sich einen leichten Abstieg suchen und ein kühles Bad unter dem Wasserfall nehmen. Er hatte sich an das eisige Wasser gewöhnt. Er war härter geworden und entfernte sich immer weiter von seinem alten Dasein als Priester.

Barnaba streckte sich der Wand entgegen. Seine Linke ertastete einen Spalt. Einen guten Griff. Er stieß sich ab, zog sich mit Schwung hoch. Sein rechter Fuß fand einen kleinen Vorsprung. Der linke Arm schnellte vor. Seine Finger schlossen sich um eine kugelige Felsnase. Es war fast zu leicht. Schnell arbeitete er sich weiter. Doch plötzlich gab es keinen Griff mehr. Er blickte zurück und stellte fest, dass er in seinem Eifer von der Route abgewichen war, die er geplant hatte.

Ein Stück über seinem Kopf gab es eine Delle im Fels. Nicht ideal, aber besser als nichts. Es reichte, wenn er einen Wimpernschlag lang genug Halt fand, um sich höherzustemmen. Links über ihm gab es eine Bruchkante im Gestein. Dort würde er sich hochziehen.

Barnaba blickte zurück. Abwärtszuklettern fand er stets schwieriger. Ihm wurde bewusst, dass er in seinen Tagträumen immer nur so weit geplant hatte, bis er Aaron das Schwert in die Brust stieß. Eine Flucht war nie vorgekommen. Er kümmerte sich nicht gut genug um das Zurück.

»Das erledigen wir später. Was zählt, ist die Tat. Wenn sie uns danach entdecken, was bedeutet das schon.«

Er stieß sich ab. Schnellte hoch und rammte seinen linken Handballen in die Delle im Fels, um sich sofort ein zweites Mal abzustoßen. Sein rechter Arm schnellte hoch, griff nach der Bruchkante. Wind und Eis hatten die Delle glatt geschliffen. Seine verschwitzte Hand rutschte aus der flachen Höhlung, bevor er mit der rechten sicheren Halt fand.

Er schlug mit der Brust vor den Fels, schlitterte eng an die Wand gepresst abwärts. Er versuchte irgendwo Halt zu finden, fluchte. Jetzt rutschte er schneller. Ein kleiner Vorsprung rammte seinen Rippenbogen. Er drehte sich ein Stück zur Seite.

Vielleicht fünf Schritt unter ihm war das Sims, auf dem er eben gerastet hatte. Dort würde er sicher landen … Redete er sich ein. Feine Furchen zwischen den Gesteinsschichten schmirgelten seine Haut fort. Sein ganzer Brustkorb war ein brennender Schmerz. Immer noch versuchte er verzweifelt, mit Händen und Füßen einen Halt zu finden. Aus den Augenwinkeln sah er die rote Schleifspur, die er auf der Felswand zurückließ.

Sein linker Fuß landete auf dem Sims. Geröll rutschte zur Seite und stürzte klackernd in die Tiefe. Sein Fuß knickte um. Mit rechts fand er auch keinen Griff. Er rutschte mit den Gesteinstrümmern. Glitt vom Sims, drehte sich ein wenig und stürzte rückwärts, ohne dass er noch Gelegenheit fand, nach einem Halt zu greifen.

Er schlug mit der Schulter gegen die Felswand. Drehte sich ein Stück, blickte nach hinten. Er war fast … Der Aufprall presste ihm die Luft aus den Lungen. Er versuchte zu atmen, doch sein

Körper verweigerte sich ihm. Er japste. Die Luft wollte nicht in seine Lungen! Es war, als wolle er schlucken, doch der Bissen saß unverrückbar im Hals.

Dann kam der Schmerz. Ein bohrender Schmerz, als fahre eine heiße Klinge durch seinen ganzen Leib. Nie zuvor hatte er etwas gefühlt, was diesem Schmerz auch nur entfernt ähnlich gewesen wäre. Er bäumte sich in seiner Pein auf und sah sein Bein. Zwei blutige Knochen ragten aus seinem Fleisch, wo sein Schienbein hätte sein sollen.

Er schrie. Schrie, dass sein Schmerz bis in den letzten Winkel des Tals hallte. Und mit den Schreien kam der Atem zurück. Keuchend. Blut und Geifer rannen ihm über die Lippen. Heiße Tränen benetzten seine Wangen. Er versuchte sich herumzudrehen. Sein ganzer Körper schien in Flammen zu stehen, so marterte ihn die Pein der geschundenen Glieder. Und alle Kraft hatte ihn verlassen. Er konnte sich nicht hochstemmen. Seine Gelenke waren gestaucht, sein rechter Ellenbogen ausgekugelt, sodass sein Unterarm in einem unnatürlichen Winkel verdreht war. Die Götter hatten ihn zerbrochen. Nein … Er wusste es besser. Sein eigener Hochmut hatte ihn zu Fall gebracht. Er würde hier zwischen den Felsen liegen und sterben. Niemand würde ihn je finden. Die Sonne würde seine Knochen bleichen. Und wenn er nicht verblutete, würde sie das Leben aus ihm herausbrennen.

Er drehte den Kopf zur Seite. Zwanzig Schritte wären es bis zum Teich. So wenig … Erneut versuchte er sich hochzustemmen. Er spürte im linken Arm, auf dem er sich aufstützte, zwei Knochen gegeneinanderreiben, und sackte zurück. Er musste es schaffen. Am Wasser würde er überleben! Bestimmt! Und die Wilden aus den Bergen würden ihn suchen kommen. Er hatte nächste Woche ein Treffen in einem tiefer gelegenen Tal vereinbart. Sie brachten ihm ihre Kranken, und sie lauschten gerne seinen Worten über Russa, den Herren der Blitze und Stürme. Sie würden ihn suchen, wenn er nicht kam … Nein, er wusste es besser. Sie würden es nicht wagen, ihn in der Einsamkeit dieses Tals zu stören. Für sie war dies ein verfluchter Ort. Er musste zum Wasser kommen, seine Wunden kühlen … Er musste es aus eigener Kraft schaffen! Er versuchte sich hochzustemmen. Erneut schrammten die gesplitterten Knochenenden übereinander. Er stieß ein schrilles, tierhaftes Kreischen aus und sackte in sich zusammen. Tränen standen ihm in den Augen. Er atmete flach und hechelnd, betete, dass die Pein endlich enden möge.

Doch der Schmerz hielt an, obwohl er den Arm nicht mehr belastete. Rollte wie eine Woge durch ihn, ertränkte sein Bewusstsein und riss ihn hinab in die Dunkelheit.

Schuld

Volodi blickte zurück zu der breiten Straße, die ihn zum Ankerplatz der Lotsen gebracht hatte. Es war früher Abend, erste Lichter wurden entzündet. Überall waren Menschen. Nacktrattenfänger, die ihre Beute auf langen Ruten zur Schau stellten und an die Dienerinnen reicher Damen verkauften, die damit die verwöhnten Hauskatzen und Hunde fütterten. Wasserhändler und Brotbäcker, die ihre Sesamkringel auf Holzgerüsten auf dem Rücken trugen. Abwasser in schillernden Regenbogenfarben umfloss Volodis Füße. Weiter oben an der Straße hatten sich Färber niedergelassen, die ihre bunten Leintücher in den letzten Strahlen der untergehenden Sonne zum Trocknen aufgespannt hatten.

Volodi konnte nichts Verdächtiges entdecken, und doch hatte er das Gefühl, verfolgt zu werden. Dass man ihn zusammen mit Kolja beim Kampf gegen die Luden gesehen hatte, mochte reichen, um ihm die Aufmerksamkeit von Meuchlern einzubringen. Heute Nacht lief die Frist für seinen Freund ab. Dann würde er bei ihm die Zinnernen einfordern. Noch vor dem Morgengrauen wollte er die Goldene Pforte passieren und zum Heerlager des Unsterblichen Aaron auf die Ebene Kush zurückkehren.

Nangog war ihm unheimlich. Er hatte im Palast davon gehört, dass die Grünen Geister mit verzweifeltem Zorn die magischen Wälle der Goldenen Stadt bestürmten. Es hatte in den Provinzen mehrere schwere Erdbeben gegeben, und eine Sturmflut hatte die Küste im Norden verheert. Auch waren in den letzten Monden drei Wolkenschiffe verschwunden. Dies war ein Grund, warum er den Lotsen Nabor aufsuchen wollte, bevor er die Stadt verließ. Es ging etwas vor sich. Volodi konnte das mit jeder Faser seines Leibes spüren. Eine Spannung lag in der Luft, die er nicht empfunden hatte, als er Nangog verlassen hatte.

Er trat vor das einzige Tor in der hohen Mauer, die den Lagerplatz der Freihändler abschirmte. Aus schweren Eichenbohlen gezimmert und mit Nägeln zusammengefügt, deren faustgroße Bronzeköpfe schimmernd aus dem dunklen Holz ragten, war es abweisend und eindrucksvoll zugleich. Mit Speeren bewaffnete Krieger standen im Schatten des Tores. Sie strahlten die Gelassenheit jener aus, die seit Langem den Tod zum Geschäft hatten und niemanden mehr mit ihrem Auftreten beeindrucken wollten.

Volodi ging geradewegs auf sie zu. Blicke taxierten ihn. Er war bewaffnet, trug einen Bronzekürass und einen federgeschmückten Helm unter den Arm geklemmt. Um seine Hüften war ein Leopardenfell geschlungen, seine Sandalen waren mit dem Schleim der Purpurschnecken gefärbt. Sein Bart und sein goldenes Haar waren frisch gestutzt. Er hatte sogar Duftwasser aufgelegt. All dies folgte einzig dem Zweck, dass sich das Eichentor für ihn öffnen sollte, denn üblicherweise wurden nur Lotsen zur Schwebenden Halle vorgelassen.

Eine der Torwachen, ein stämmiger, in die Jahre gekommener Krieger mit schütterem Silberhaar und den Narben vieler Kämpfe auf den bloßen Armen, trat ihm entgegen. »Wohin führt Euer Weg, Herr?«, fragte ihn der Hauptmann in der Sprache Arams.

»Bin mich Volodi, Hauptmann von Palastwache von Unsterblichen Aaron. Will ich sehen Lotsen Nabor. Ist sich in Schwebender Halle, ich weiß!« Wie er es hasste, sich in dieser fremden Sprache die Zunge zu verbiegen!

»Ich werde dem Lotsen diese Nachricht überbringen lassen. Er wird sich sicherlich schon morgen im Palast Arams einfinden.«

»Muss ich sprechen ihn sofort! Ist sich Wunsch von Unsterblichen. Duldet das keinen Einschub!«

»Da Ihr meines Wissens nicht zur Zunft der Lotsen gehört, ist es mir nicht gestattet, Euch zur Schwebenden Halle vorzulassen.«

Volodi musterte den alten Krieger vom Scheitel bis zur Sohle. »Wie lautet sich sein Name? Muss ich wissen, Namen von Mann, der Wunsch von Unsterblichem Aaron tritt sich mit Füßen.«

Der Krieger gab sich Mühe, unbeeindruckt zu wirken. »Ich kann einen Boten schicken. Sollen die Lotsen entscheiden, ob sie Euch Eintritt gewähren wollen. Es liegt mir fern, den Unsterblichen Aaron verärgern zu wollen, doch bin ich durch Eid gebunden, nur Lotsen und von ihnen geladene Gäste dieses Tor passieren zu lassen.«

»Dann mach er sich schnell. Ist mich Zeit nicht ganze Nacht.«

Der Kommandant der Wache presste die Lippen zusammen. Er drehte sich auf dem Absatz um und ging zum Tor, in dem kurz eine Mannpforte geöffnet wurde, eine kleine Tür innerhalb des Tores, durch die eine der Wachen davoneilte.

Volodi konnte sich gut vorstellen, was die Männer von ihm hielten. Er hatte sich wie ein ausgemachter Mistkerl aufgeführt. Sich hinter dem Namen des Unsterblichen versteckt. Aber er wollte Nabor sehen. Eine Sache musste er wissen, bevor er nach Nangog zurückkehrte. Was aus Mitjas Tochter geworden war. Der Tochter des Übersetzers vom Platz der tausend Zungen, dem er so viel Unheil gebracht hatte.

Es dauerte eine Ewigkeit, bis sich die Mannpforte wieder öffnete. Eine Zeit eisigen Schweigens.

Schließlich wurde Volodi hindurchgewunken, ohne dass einer der Krieger auch nur ein einziges Wort mit ihm sprach. Er ging auf das große rote Zelt zu, das auf seinen Stelzen inmitten der Berge von Frachtgut auf dem weiten Platz gleichsam zu schweben schien. Die Lichter in seinem Inneren ließen es wie eine große, rote Laterne strahlen. Die Schatten der Lotsen zeichneten sich auf den Zeltwänden ab. Gelächter hallte zu ihm herüber. Ein breiter, goldener Lichtstrahl fiel vom Eingang des Zeltes auf den Platz hinab. Und inmitten des Lichtes stand ein kleiner Mann von fülliger Gestalt, auf dessen Schulter ein Affe balancierte.

»Volodi, es ist schön, dich zu sehen.«

Der Drusnier schluckte. Mit diesen Worten, so warmherzig gesprochen, war er schon lange nirgendwo mehr empfangen worden. Kolja hatte er nie abgekauft, dass er sich freute, ihn zu sehen. Volodi musste schmunzeln. Nein, sein Waffenbruder konnte ihn hier in Nangog so gut brauchen wie einen Furunkel am Arsch.

Nabor kam ihm entgegen. Das kleine Äffchen hielt sich an einem der goldenen Ohrringe des Lotsen fest und griente frech. »Du hast dir hier heute Nacht keine Freunde gemacht«, sagte Nabor nachsichtig. »Die anderen Lotsen wollen nicht, dass du nach oben kommst. Ihnen gefällt nicht, auf welche Weise du dir hier Zugang verschafft hast. Ich muss gestehen, ich mochte es anfangs auch nicht glauben. Das ist nicht der Volodi, den ich kannte.« Er musterte ihn nachdenklich. »Du hast dich wirklich sehr verändert, Volodi, der über den Adlern schreitet.«

Er wollte ihm erklären, dass dieser Aufzug nur dem Zweck diente hierherzugelangen, doch sein Stolz versiegelte ihm die Lippen. »Wollt ich mich wissen, was ist sich geworden aus Tochter von Übersetzer.«

»Aus Negoshka? Sie hat einen Namen, Junge. Mir gegenüber hat sie jedenfalls diesen Namen genannt. Auf dich ist sie nicht so gut zu sprechen. Sie findet, dass du die Schuld trägst am Tod ihres Vaters.«

Volodi senkte den Kopf. Das hatte er nicht anders erwartet. »Und wie geht es sich ihr? Ist sie sich nicht nix in Palast. Hätte sie haben können gutes Leben dort, wenn sich …«

»Hätte sie? Nur weil für einen gesorgt ist, hat man noch kein gutes Leben, Junge. Es gibt Dinge, die schlimmer sind als Hunger oder Schwielen, die man von ehrlicher Arbeit an den Händen hat. Hast du je darüber nachgedacht, wie man über sie geredet hätte, wenn du sie im Palast untergebracht hättest? Alle dort hätten Negoshka für dein Liebchen gehalten.«

Der kleine Affe keckerte jedes Mal aufgeregt, wenn ihr Name fiel.

»Hab ich sich nie so gesehen«, gestand Volodi zerknirscht.

Nabor hob den Affen von seiner Schulter und tätschelte ihm über den Kopf. »Sie füttert ihn mit Nüssen, deshalb hat er sich ihren Namen gemerkt. Sie ist auf meinem Schiff, und es geht ihr gut. Wenn ich die Starrköpfe dort oben im Zelt überzeugen kann, wird sie vielleicht eines Tages die erste Lotsin an den Himmeln von Nangog sein. Sie kennt meine Karten, und sie versteht sich sehr gut darauf, den Wind einzuschätzen. Sie hat ein Gefühl für das Schiff. Und der Baum weiß um sie.«

»Sie fährt sich über den Himmel?« Volodi traute seinen Ohren kaum. Nach all dem, was geschehen war, hätte er nicht geglaubt, dass sie jemals wieder einen Fuß an Bord eines Wolkenschiffes setzen würde. Schließlich war es ein Wolkensammler, der für den Tod ihres Vaters verantwortlich war!

»Ihr geht es gut, Volodi. Du musst dir keine Sorgen um sie machen.« Nabor lächelte ihn väterlich an. »Mir scheint, unter der prächtigen Rüstung ist doch noch etwas von dem Volodi übrig geblieben, den ich kannte. Und nun erzähl mir von Aaron. Wie geht es dem Unsterblichen? Ich wünschte, er würde mit mir noch einmal über den Himmel fahren. Weißt du, das verändert den Blick auf die Dinge. Alle Fürsten sollten gelegentlich tausend Schritt über dem festen Boden reisen. Das ist gut für den Überblick und lehrt zugleich Demut.«

Volodi berichtete ihm von den Vorbereitungen auf die Schlacht, und je mehr er erzählte, desto tiefer wurden die Falten um die Augen des alten Lotsen, bis Nabor ihm schließlich mit einem Kopfschütteln Einhalt gebot. »So eine Verschwendung«, murmelte er verdrossen. »Diese Schlacht auszufechten ist Mord! Ich wünschte, ich könnte ihn sprechen und ihm das ausreden. Dieser Krieg wird Wasser auf die Mühlen Tarkon Eisenzunges sein.«

»Denke ich mich, Mühlräder von einem Toten stehen still. Ist sich gleich, wie viel Wasser darauf läuft.«

»Ich bin Männern begegnet, die mir geschworen haben, dass sie Tarkon gesehen haben.«

»Sind sich Lügner!«, entgegnete Volodi aufgebracht. Er selbst hatte gesehen, wie der Unsterbliche Aaron Tarkon erschlagen hatte und wie der Leichnam des Himmelspiraten von einem Wolkensammler verschlungen worden war.

»Einige dieser Männer sind dort oben.« Nabor nickte in Richtung des roten Zeltes. »Aber mit dir werden sie nicht sprechen.«

»Will ich nichts hören von ihren Lügen!«

»Urteile nicht vorschnell, Volodi. Ich kenne sie seit Jahren. Wer so viel von dieser Welt gesehen hat wie der Lotse eines Wolkenschiffes, der weiß, dass hier Dinge geschehen können, die auf Daia undenkbar sind.«

Der Alte schien durch ihn hindurch in weite Ferne zu blicken. Sosehr er Nabor mochte, er konnte nicht akzeptieren, dass Tote ins Leben zurückkehrten. Als Geister vielleicht wie seine Ahnen, deren Stimmen an stürmischen Tagen in den Blättern der Wälder Drusnas flüsterten. Aber niemals kehrten sie in Fleisch und Blut zurück. Das war gegen die Gesetze der Götter.

»Tarkon hat mehr Anhänger denn je«, sagte Nabor leise. »Sie reden davon, dass Nangog die Unwürdigen und Fluchbeladenen abschütteln wird. Und jedes Mal, wenn die Erde bebt, glauben ihnen mehr. Überall in der Stadt kannst du das Zeichen der Grünen Geister sehen.«

Volodi waren die verwaschenen, grünen Kreideflecke an einigen Häuserecken bereits aufgefallen. Allerdings hatte er sich bislang keine Gedanken über deren Sinn gemacht.

»Wir müssen diese Welt in unser Herz schließen«, sagte Nabor voller Leidenschaft. »Dann wird sie uns als Gäste aufnehmen. Aber was tun wir stattdessen? Wir rauben sie aus. Es wird der Tag kommen, da wird Nangog sich gegen uns wenden. Tarkon mag ein verblendeter Fanatiker sein, aber nicht alles, was er sagt, ist falsch.«

»Malst auch du dich mit Kreide an Ecken von Haus?«

Nabor antwortete darauf nicht, und Volodi, der das eigentlich nur im Scherz gesagt hatte, wurde unwohl bei dem Gedanken, dass die Lotsen vielleicht langsam von Tarkons Worten vergiftet wurden. Sie führten die Schiffe über die Himmel Nangogs. Ohne sie würde der Handel zusammenbrechen, und es würde in den großen Städten Daias zu Hungersnöten kommen.

»Du musst mit Aaron reden«, sagte der Alte schließlich. »Es ist wichtig, dass der Unsterbliche hierher zurückkehrt. Er hat einen wacheren Verstand als die meisten, und er hat die Macht, etwas zu verändern. Er kann diese Welt auf einen besseren Weg führen, bevor sie sich gegen uns wendet.«

»Was kann sich Nangog tun?« Volodi hielt den Gedanken, dass eine Welt sich wehrte, für dumm. Götter, die musste man fürchten, aber nicht die Erde, auf der man stand. »Haben sich keine Macht, Grüne Geister. Aber haben wir Macht. Du hast gesehen, als Daimonenkinder gekommen sind, war sich gekommen auch Devanthar mit Eberkopf, um zu schützen uns.«

»Tarkons Leute behaupten, dass die Göttin dieser Welt schläft. Noch haben wir von ihrer Macht fast nichts zu spüren bekommen. Aber du erinnerst dich daran, als die Wolkensammler gekämpft haben? Sie können tödliche Feinde werden, wenn sie ihr friedfertiges Wesen verlieren. Und es heißt, auch die Grünen Geister werden das Geschenk der Macht erhalten, wenn die Göttin erwacht. Auch habe ich einmal von ferne den Meerwanderer gesehen, der ein Sohn der Göttin sein soll. Jetzt ist die Zeit, die Zeichen zu sehen und unseren Weg zu ändern, Volodi. Deshalb ist es so wichtig, dass der Unsterbliche Aaron hierher zurückkehrt. Du musst ihm von unserem Gespräch berichten.«

Volodi nickte, hatte jedoch Zweifel, dass Aaron ihm zuhören würde. Nicht bevor die Schlacht um Kush geschlagen war. »Was ist sich Meerwanderer?«

Nabor machte eine vage Geste. »Eigentlich nur eine von vielen Legenden hier. Manche nennen sie auch Walhirten oder Seeherrscher. Welcher Name ihnen gerecht wird, vermag ich nicht zu ermessen. Der, den ich gesehen habe, stieg im Delta des Sepano aus den Fluten, und ich war froh, dass wir mehr als tausend Schritt hoch geflogen sind. Er war riesig. Halb ein Krake und halb … Er hat zwei Beine, groß wie Türme. Seine untere Körperhälfte hat etwas entfernt Menschliches … Aber darüber sieht er einfach nur monströs aus. Manchmal sehe ich ihn in meinen Träumen. Ich bin froh, dass ich nicht am Meer lebe, sondern die meiste Zeit hoch am Himmel verbringe. Dabei sind die Ozeane manchmal sehr schön. Es gibt Nächte, da kann man meilenlange Prozessionen von Lichtern unter dem Wasser beobachten. Als gäbe es ein Volk, das am Grunde des Meeres lebt.«

Volodi überlegte, dass man so einen Meerwanderer von Bord eines Wolkenschiffes vermutlich gefahrlos bekämpfen könnte, aber er hütete sich, diese Gedanken mit Nabor zu teilen. Der alte Lotse lebte schon zu lange auf Nangog. Er hatte verlernt, dass man sich Gefahren stellen musste, anstatt darauf zu hoffen, dass sie vorüberzogen oder dass das Unglück immer die anderen traf.

»Du redest mit dem Unsterblichen?«

Volodi hob seine Hand, als wolle er einen Eid schwören. »Ich versprechen dich!«

Nabor schmunzelte. »Eigentlich wollte ich nicht mit Aaron vermählt werden.«

Der Krieger überging das. Er mochte es nicht, veralbert zu werden. Volodi löste einen Lederbeutel von seinem Gürtel und drückte ihn dem Lotsen in die Hand.

»Was soll ich damit?«

»Ist sich für Negoshka. Für schöne Kleider.«

Nabor schüttelte den Kopf. »Sie wird kein Geld von dir haben wollen.«

Volodi lächelte verschmitzt. »Deshalb ist sich dein Gold jetzt. Wirst du wissen, wenn sie braucht etwas, und helfen.«

Der Lotse schob die Börse hinter den breiten Ledergürtel, der seinen Wickelrock hielt. »Du hast ein weiches Herz für einen Krieger. Gib auf dich acht, Volodi.«

Der Alte drückte ihm die Hand. »Vor dem Morgengrauen wird der Wind auf Süd drehen, und ich muss meinen Kurs noch mit zwei anderen Lotsen besprechen, die mit mir im Konvoi fliegen werden. Ich wünsche dir eine gute Reise, Volodi. Komm aus Kush zurück, Junge. Diese Wüste ist es nicht wert, dort zu sterben.«

»Ist sich nicht leicht, mich tot machen.«

Ersatz

Volodi war in gereizter Stimmung, als er sich auf den Weg zu Koljas Freudenhaus machte. Die letzten Tage hatte er den Umgang mit seinem Kameraden gemieden und sich darum gekümmert, dass diejenigen der Zinnernen, die er im Palast angetroffen hatte, sich abmarschbereit machten. Die Stimmung unter den Söldnern war schlecht. Sie alle wussten, was sie auf der Ebene von Kush erwartete. Keiner wollte dieses Schlachtfeld mit dem bequemen Quartier im Palast tauschen. Er hatte sie zusammen mit einem Großteil der regulären Palastwachen abgezogen und nach seinem Treffen mit Kolja persönlich bis zur Goldenen Pforte begleitet. Seit heute war er nicht mehr ihr Held. Und bei

Kolja würde es schlimmer werden. Etwa hundert Männer fehlten noch. Er wusste, es würde Ärger geben. Kolja würde sein Geschäft nicht aufgeben, und er würde seinen Eid nicht brechen. Er hatte geschworen, ihm so viele erfahrene Krieger wie möglich zu bringen. Der Palast des Unsterblichen wurde jetzt nur noch von Alten und Kranken gehütet und von einer Hundertschaft Diener, die er in den letzten Tagen darin unterrichtet hatte, sich wie erfahrene Kämpfer in einer Rüstung zu bewegen. Ihnen den Schwertkampf oder den Umgang mit Speeren beizubringen, hatte er gar nicht erst versucht.

Volodi war überrascht zu sehen, wie gründlich die Spuren des Kampfes vor Koljas Freudenhaus getilgt worden waren. Selbst die massive Holztür war bereits ersetzt.

Noch bevor er den Türklopfer berühren konnte, wurde ihm geöffnet. Kolja stand im Eingang, die Arme vor der Brust verschränkt. »Du bist spät!«, sagte er mürrisch.

»Ich wollte euch genügend Zeit lassen, bereit zu sein. Wo sind die Männer?«

Kolja bat ihn mit übertriebener Geste einzutreten. Ein seltsamer Geruch lag in der Luft. Nach Fellen und Gewürz und kaltem Rauch. Etwas daran kam Volodi vertraut vor, ohne dass er im Augenblick zu benennen vermochte, warum. Weder Mädchen noch Gäste waren im Haus zu sehen.

»Ich habe dich um hundert Männer gebeten, um unser aller Zukunft zu sichern«, sagte Kolja herausfordernd. »Ich biete dir zwei erfahrene Krieger als Ersatz für jeden, den ich behalte. Alle machen ein Geschäft, wenn du zustimmst.«

»Was nutzen Söldner, deren Loyalität fraglich ist?«, entgegnete Volodi verärgert. »Der Unsterbliche wird so einen Handel nicht anerkennen.«

»Warte doch erst einmal, bis du sie gesehen hast. Ich verspreche dir, dass ihre Treue über jeden Zweifel erhaben ist. Die Männer, die ich ausgesucht habe, werden niemals zum Unsterblichen

Muwatta überlaufen. Im Gegenteil! Allein ihr Anblick wird Entsetzen in die Herzen unserer Feinde säen.« Kolja war vor einem Vorhang stehen geblieben, hinter dem, wie Volodi wusste, der Durchgang zum Innenhof des Hauses lag. »Sie erwarten dich. Lass erst einmal ihren Anblick auf dich wirken. Das ist das Einzige, worum ich dich bitte. Und wenn du ehrlich glaubst, dass hundert unserer Männer es mit ihnen aufnehmen könnten …«, er lächelte verschlagen, » …werde ich mich fügen, und wir alle werden dir nach Kush folgen.« Mit diesen Worten zog er den blutroten Vorhang zurück, und Volodi verschlug es tatsächlich die Sprache, ja, er wich einen Schritt zurück bei dem Anblick, der sich ihm bot.

Der Hof, die umlaufende Galerie und alle Durchgänge zu den angrenzenden Räumen standen gedrängt voller Jaguarmänner, jener unheimlichen Schattenkrieger, die sie auf dem weißen Platz vor dem Statthalterpalast Zapotes angegriffen hatten. Die Krieger weiter hinten schienen mit dem Dunkel zu verschwimmen. Nur die Vordersten waren deutlich zu erkennen. Sie waren in ein Gewand aus schwarzem Fell gekleidet, das nur Hände und Füße unbedeckt ließ. Ihr Gesicht ragte aus dem Maul eines Jaguarkopfes, der täuschend echt nachgebildet war. Gelbliche Raubtierfänge in den aufgerissenen Kiefern verbargen zum Teil ihr Antlitz, das sie ebenso wie ihre Hände und Füße mit schwarzer Farbe eingeschmiert hatten. Die einzigen Farbtupfer ihrer merkwürdigen Rüstung waren die bernsteinfarbenen Augen im Jaguarkopf. Selbst ihre Waffen, kurze Speere und Keulen, die mit messerscharfen Obsidiansplittern besetzt waren, hatten sie schwarz gefärbt.

»Sind sie nicht furchteinflößend?«, fragte Kolja mit hämischem Unterton.

»Das geht nicht …«, stammelte Volodi, noch immer überwältigt vom Anblick der fremdartigen Krieger.

»Warum? Würdest du dich einen Feigling nennen? Sicherlich nicht, aber sie machen dir Angst, nicht wahr? Genauso wird es unseren Feinden ergehen. Diese Krieger hier sind viel besser als alles, was wir aufbieten können. Und du hast gesehen, wie sie sich im Kampf bewegen. Sie verstehen sich mindestens genauso gut auf das Geschäft des Halsabschneidens, wie wir es tun! Es waren diese Männer, die Atmos aus seiner Kammer holten, während dort noch drei andere Männer schliefen, die nichts von seiner Entführung mitbekommen haben.«

Das war es ja gerade, überlegte Volodi. Er erinnerte sich nur zu gut, wie knapp sie diesen unheimlichen Halsabschneidern auf dem Platz vor ihrer Tempelstadt einst entkommen waren. Ausgerechnet sie sollten jetzt die Seiten wechseln? Warum?

»Das geht nicht«, wiederholte Volodi. »Der Unsterbliche wird das nicht akzeptieren.«

»Ich denke, er befindet sich in einer Lage, in der er jeden erfahrenen Krieger mit Freuden in seinem Heer aufnehmen wird.«

Das ließ sich nicht von der Hand weisen. Volodi vermochte den Blick nicht von den schattenhaften Gestalten abwenden. Vielleicht würden sie helfen, die Moral ihrer Bauernarmee zu heben? Muwatta verfügte über viele kampferfahrene Einheiten, von denen manche wahrlich ungewöhnlich waren. Aber nun hätten auch sie Krieger, die ihresgleichen suchten. Allerdings wollte er das nicht alleine verantworten. Wenn Kolja ein krummes Ding drehte, sollte er gefälligst auch seinen Kopf dafür hinhalten. »Gut, ich akzeptiere deinen Vorschlag, allerdings unter einer Bedingung. Und ich warne dich, die ist nicht verhandelbar.«

Koljas vernarbtes Gesicht erstrahlte in furchteinflößendem Lächeln. »Es ist immer eine Freude zu erleben, dass die Vernunft siegt. Dann lass mal hören. Was ist diese Bedingung?«

»Du kommst mit. Und du bist es, der Aaron erklären wird, wie wir an diese Krieger gekommen sind.«

Das Lächeln war wie weggewischt. »Ich kann hier nicht fort. Ich bin der Kopf von allem. Hier bricht alles zusammen, wenn …«

»Das ist ein Grund, warum du mit mir kommen sollst«, entgegnete Volodi kühl. »Wenn hier alles allein auf dich zugeschnitten ist, sind wir zu verwundbar. Wir werden viel stärker sein, wenn es mehr als einen Mann gibt, der unser kleines Imperium der Freuden führen kann. Wir werden immer Feinde haben, denn hier lässt sich viel Gold machen. Und unsere Feinde werden irgendwann wissen, dass hier alles mit dir steht und fällt. Eine solche Schwäche kann ich im Interesse unserer Kameraden nicht dulden. Erinnerst du dich, was du mir gesagt hast? Dies hier soll das Paradies jener ausgedienten Krieger werden, die keiner mehr braucht und die in der Gosse verrecken würden, wenn wir nicht mit unser aller Gold diesen Ort erschaffen, an den sie kommen können. Du gehst mit mir, Kolja! Das ist mein letztes Wort. Du suchst deinen besten Mann aus und überträgst ihm deine Geschäfte. In einer Stunde brechen wir auf.«

Wasser

Kolja sah sich in dem großen Zimmer um, das er zu seinem Audienzsaal gemacht hatte. Selbst auf den Sitzbänken an den Wänden lagen kostbare Felle. Alles hier war aus Gold und Silber gefertigt oder dem seltenen, schwarzen Holz, das aus den Dschungeln südlich der Glaswüste kam. Nangog hatte ihn einen Arm gekostet, aber es hatte ihn auch reich gemacht. Aber nichts davon würde er mitnehmen können. All das war in einer einzigen Nacht wieder verloren gegangen. So war es ihm schon immer in seinem Leben ergangen. Mal lebte er einige Monde in Palästen und war der Bettgefährte einer intriganten Satrapenwitwe oder eines gelangweilten Kaufmannsweibs, das sich mit ihm die Zeit versüßte, solange ihr gehörnter Gatte in irgendeiner Provinz am Ende der Welt seinen Reichtum mehrte. Und dann landete er über Nacht wieder in der Gosse.

Kolja nahm einen Schluck Wein. Er hatte einen ekelhaften Geschmack im Mund, ganz so, als habe er brackiges Wasser getrunken. Wieder ließ er den Blick über all seine Schätze wandern. Die Götter liebten es, mit ihm zu scherzen! Er hätte sich nicht träumen lassen, in dieser Nacht alles zu verlieren. Jetzt ging es also wieder steil bergab. Er lachte bitter. Mit Volodi brauchte er nicht zu verhandeln. Er kannte diesen goldhaarigen Mistkerl gut genug, um zu wissen, dass er nicht davon abzubringen wäre, ihn mit auf die götterverfluchte Hochebene von Kush zu nehmen. Ihm war auch klar, dass Volodis Argumente mit dem Schutz ihrer Interessen nur vorgeschoben waren. Das Fürstensöhnchen wollte nicht, dass er, Kolja, hier zu mächtig wurde. Wie man dieses Spiel spielte, hatte Volodi sicher schon mit der Muttermilch aufgesogen. Einzig und allein deshalb musste er nun all das hier aufgeben.

Kolja nahm noch einen tiefen Schluck Wein. Es war müßig, mit dem Schicksal zu hadern. Wenigstens gab es diesmal einen Ort, an den er zurückkehren konnte. Kush und Muwatta würden ihn nicht umbringen, da war er sich ganz sicher. Wahrscheinlich würde er ein paar neue Narben abbekommen, aber daran war er gewöhnt. Er war schwer umzubringen. Das war das Einzige, worauf er sich in seinem Leben wirklich verlassen konnte. Alles andere änderte sich unentwegt, egal wie sehr er sich anstrengte, es zu bewahren.

Kolja hatte nicht viel zu packen. Er nahm den neuen Bronzepanzer, der eigens für ihn gefertigt worden war, und sein Eisenschwert. Dazu noch einen Lederschlauch mit dem Roten, den er hier so sehr zu schätzen gelernt hatte. Vielleicht war es nicht ganz schlecht, wenn er für ein paar Monde nach Kush ging. Das gute Leben hier hatte ihn weich gemacht. Zu viele Weiber, zu viel Wein und kein Kampf, der eine Herausforderung gewesen wäre. Sich mit Luden herumzuschlagen war nicht seine Sache. Er betrachtete die lederne Prothese an seinem linken Arm. Ein

Messerstich hatte eine Schramme darauf hinterlassen. Kolja grinste. Seine erste Narbe, die nicht schmerzte. Mehr hatte er im Kampf auf der Straße nicht abbekommen. Ziemlich ungewöhnlich für ihn.

Kolja hörte Schritte auf der Treppe. Er legte seinen Brustpanzer aufs Bett. Wenn man unter Gesindel lebte, war es besser, seine Hände frei zu behalten, wenn Besuch kam. Seine Hand, verbesserte er sich in Gedanken. Manchmal juckte sie, obwohl sie gar nicht mehr da war. Noch so ein Scherz, den die Götter mit ihm trieben.

Eurylochos trat ein. Irgendwann hatte einmal jemand versucht, dem ehemaligen Steuermann das Gesicht durchzuschneiden. Eine eindrucksvolle Narbe verlief quer über dessen Stirn und reichte hinab bis auf die linke Wange. Kolja mochte Männer mit Narben, auch wenn Eurylochos, verglichen mit ihm, immer noch verdammt gut aussehend war. Der Steuermann hielt seine Hände so, dass Kolja sie gut sehen konnte. Er wusste, dass er einem misstrauischen Mann gegenüberstand, und er stellte nur sehr wenige Fragen. Mit ihm konnte man etwas anfangen.

»Ich möchte, dass du unsere Geschäfte hier auf Kurs hältst, solange ich in Kush bin, um mich für Aaron zu schlagen. Wirst du das hinbekommen?«

Eurylochos beobachtete ihn mit wachen, grauen Augen. Sollte er von dem Angebot überrascht gewesen sein, so hatte er sich nichts anmerken lassen.

»Als Erstes musst du dich um unsere Gäste im Keller kümmern«, sagte Kolja nach einer Weile. »Ich habe Volodi versprochen, dass ich nicht Hand an sie legen werde. Und weil er nicht dumm ist, hat er mich ein wenig später versprechen lassen, dass keiner von uns Hand an sie legen wird.«

Eurylochos lächelte. »Wollen die Zapote die anderen nicht auch haben?«

»So leicht wird es leider nicht. Die haben nur Interesse an

Blonden. Aber komm mal mit ans Fenster. Die Lösung liegt ganz nahe.«

Der Steuermann hob verwundert die Brauen. Einen Herzschlag lang zögerte er, als habe er Angst, mit ihm am Fenster zu stehen. Wahrscheinlich hatte er irgendeine kleine Betrügerei laufen und fürchtete, dass er ihm auf die Schliche gekommen war. Unter anderen Umständen hätte Kolja ihn vielleicht wirklich auf Verdacht aus dem Fenster gestoßen. Aber jetzt war Eurylochos der beste Mann, den er hier hatte. Er würde großzügig mit ihm sein, bis er aus Kush zurückkam.

»Was macht man bei dir zu Hause, wenn man ein Loch voller Ratten findet?«

»Ausgraben«, entgegnete der Steuermann beklommen und trat an seine Seite.

»Wir ersäufen sie.« Kolja deutete die Straße hinauf. »Siehst du dort oben das Wasserreservoir? Ich finde, die Mauer sieht verdammt brüchig aus. Könnte sein, dass die einfach so in sich zusammenbricht. Was meinst du?«

»Könnte sein.«

»Und dann würde das Wasser wie ein Sturzbach die Straße hinabschießen, und uns würde bis unter die Decke der Keller volllaufen.«

Eurylochos nickte zögernd. »Ja, das würde wohl passieren.«

»Man muss immer darauf achten, dass man nichts Wertvolles im Keller hat. Wenn man vorbereitet ist, kann man von solchen kleinen Unglücken manchmal sogar einen Nutzen haben. Meistens sind dann alle Ratten ersoffen.«

»Die Mauer des Reservoirs sieht wirklich sehr brüchig aus.«

Kolja lächelte. »Es ist immer schön, wenn man sich versteht. Du wirst dich hier um alles kümmern, solange ich fort bin. Hör dich nach Leon um. Mir ist ein Rätsel, wie es dieser trurische Drecksack geschafft hat zu entkommen. Lass ihn suchen und umbringen. Vor Truriern hat man erst Ruhe, wenn man sie begraben hat. Vorher begreifen die einfach nicht, dass sie verloren haben.«

»Ich bin mir sicher, dass ich ihn finden werde.«

Kolja ließ seinen Blick ein letztes Mal durch das prächtige Zimmer schweifen. So kurz hatte all das gewährt. »Du kannst das hier haben. Ich richte mich neu ein, wenn ich zurückkehre.« Kolja nahm seinen Bronzekürass vom Bett. Jetzt, wo er nichts mehr besaß, fühlte er sich erleichtert.

»Hilfst du mir, meine Rüstung anzulegen?«

Eurylochos wirkte eher misstrauisch als erfreut. Er trat an seine Seite und zurrte die Lederbänder an den Seiten der Rüstung fest.

»So schnell kann man ein reicher Mann werden, wenn man mit mir zieht. Und ich sage dir, es gibt viel mehr Gold für uns in Nangog. Wenn ich zurückkehre, werde ich dir zeigen, wo man danach suchen muss.« Kolja schlang den Schwertgurt um seine Hüften. Er konnte Eurylochos ansehen, wie es hinter seiner Stirn arbeitete. Gier war ein überaus erfreulicher Charakterzug, dachte der Drusnier zufrieden. Sie machte Männer berechenbar. Jetzt war er sich sicher, dass der Steuermann ihr Geschäft gut führen würde und er nicht mit unangenehmen Überraschungen rechnen musste, wenn er aus Kush zurückkehrte.

Von Maulwürfen

Nandalee wurde es immer noch leicht schwindelig. Drei Tage lang hatte sie geruht und doch nur wenige Stunden Schlaf gefunden. Es war falsch, hier zu sein! Das Versprechen, das sie Duadan gegeben hatte, ging ihr nicht aus dem Sinn. Sie musste zum Königsstein, um die Letzten ihrer Sippe zu retten. In einem Bett zu liegen und darauf zu warten, dass ihre Kräfte zurückkehrten, das war nicht sie! Sie musste hinaus. Musste zu Ende bringen, was sie an jenem Tag begonnen hatte, an dem sie auf den Troll geschossen hatte, der ihre Jagdbeute gestohlen hatte.

Nervös blickte sie zu der dunklen Tür. Drei Meister der Weißen Halle würden sie in der Kammer, die hinter der Tür lag, empfangen und über ihre Bitte entscheiden. Sie wusste, dass die Trolle die gefangenen Elfen nicht freiwillig herausgeben würden. Und allein würde sie es nicht schaffen, die letzten Überlebenden zu befreien. Möglichst unauffällig in die Höhlen der Trolle einzudringen und mit dem geringstmöglichen Waffeneinsatz die Gefangenen zu befreien war eine Mission für Drachenelfen.

»Du kannst dich auch setzen«, sagte Gonvalon freundlich. »Stehen musst du erst, wenn du vor die Meister berufen wirst.«

»Ich kann nicht.« Sie war viel zu nervös, um still zu sitzen. Wäre sie besser bei Kräften, würde sie jetzt den weiß getünchten Gang auf und ab marschieren.

Gonvalon stand auf und nahm ihre Hand. Sie war ihm dankbar, dass er nichts sagte. Obwohl sie nur so wenig Zeit miteinander gehabt hatten, kannte er sie besser als jeder andere. Zumindest seit Duadan tot war, dachte sie bitter. Selbst die mächtigen Himmelsschlangen konnten nicht in ihren Gedanken lesen. Aber Gonvalon musste sie nur ansehen und wusste, was in ihr vorging. Wusste, wann sein Schweigen besser half als alle Worte.

Sie drückte seine Hand. Sie war warm und schwielig. Eine starke Hand, die alles für sie tun würde. Sie dachte daran, wie er sich dem Goldenen entgegengestellt hatte. Nichts als den Tod hatte er in diesem Augenblick erwarten können. Er hatte seine Liebe zu ihr über seine Loyalität zu den Himmelsschlangen gestellt und war um ihretwillen zum Ausgestoßenen geworden. Noch wurde er in der Weißen Halle geduldet, aber alle Drachenelfen hatten gesehen, dass er seine Tätowierung verloren hatte, die Siegel des Bundes zwischen ihm und dem Goldenen gewesen war. Und nun, da sie die Loyalitäten der Drachenelfen herausforderte, war er erneut an ihrer Seite. Sie lehnte sich an ihn, erlaubte sich einen

Augenblick der Schwäche. Mit ihm an ihrer Seite würde sie die ganze Welt herausfordern, dachte sie.

Die Tür öffnete sich, und Lyvianne trat aus der Kammer hinaus auf den Flur. Sie trug ihr Haar straff zurückgebunden und wirkte unnahbarer denn je. »Wir sind nun bereit, dich anzuhören«, sagte sie und deutete mit einer Geste vollkommener Eleganz auf die offene Tür.

Nandalee drückte noch einmal Gonvalons Hand. Dorthin würde er sie nicht begleiten. Sie musste für sich allein einstehen. Doch obwohl ihr Ansinnen – in ihren Augen – uneigennützig war und von edler Gesinnung zeugte, fühlte sie sich, als würde sie vor ein Tribunal gebeten.

Lyvianne schloss hinter ihr die Tür und nahm an dem rotbraunen Tisch Platz, an dem die beiden anderen Meister, die sie anhören sollten, bereits saßen. Es waren die zierliche Ailyn, die fast von den Trollen getötet worden wäre, als sie gemeinsam mit Gonvalon gekommen war, um sie unter die Novizen der Drachenelfen zu erwählen, und der bleiche Dylan, der aussah, als sei er allein aus Licht und Nebel erschaffen. Seine Augen mit der eigentümlichen, silberfarbenen Iris schienen sie zu durchdringen.

»Nandalee, schildere uns, was dein Begehr ist«, eröffnete Dylan förmlich das Gespräch.

Nandalee erzählte davon, wie sie Duadan in der Tiefen Stadt als Gefangenen der Zwerge vorgefunden hatte, mied es dabei aber zu erwähnen, unter welchen Umständen sie dorthin gelangt war. Sie erzählte von ihrer Kindheit, davon, wie Duadan ihr Mentor und Beschützer gewesen war und wie gnadenlos das Leben in der Eiswüste Carandamon war. Sie wollte, dass den Meistern klar war, dass eine Sippe nur überleben konnte, weil jeder bedingungslos für jeden einstand. Hoffentlich würden sie begreifen, dass das Schicksal eines jeden Einzelnen untrennbar mit dem aller anderen verbunden war. Sie erzählte von langen Jagden und der Bedrohung durch die Trolle – und dann kam sie zu dem Teil, von dem zu sprechen ihr am schwersten fiel. Zu ihrer Schuld.

Sie berichtete davon, wie sie den weißen Sechzehnender aufgespürt hatte und ihm tagelang gefolgt war. Wie der Troll das stolze Tier mit seiner Keule zermalmte und sie auf den Frevler geschossen hatte. Eigentlich vermochte ein einzelner Pfeil einen Troll nicht zu töten. Schon gar nicht, wenn er quer über eine weite Lichtung geschossen wurde. Doch sie hatte ihn ins Auge getroffen. Er war auf der Stelle tot gewesen. Sie erzählte, wie die Trolle sie gehetzt hatten, denn es war der älteste Sohn ihres Königs gewesen, den sie getötet hatte. Als sie dem Tode nahe gewesen war und alle Spuren getilgt hatte, die Rückschlüsse darauf zuließen, zu welcher Sippe sie gehörte, hatten Gonvalon und Ailyn sie gerettet.

An dieser Stelle unterbrach Nandalee ihren Bericht und blickte die zierliche Elfe an, die in der Mitte der drei saß. Doch statt etwas zu sagen, gab die Waffenmeisterin ihr nur ein Zeichen fortzufahren. Nandalee senkte den Blick. Sie vermochte nicht von ihrer Schuld zu sprechen und die Meister dabei anzusehen.

»Ich weiß nicht, ob ich einen Pfeil verloren habe oder mein Bogen im Feuer nicht verbrannte. Etwas muss jedoch geblieben sein, das das Bild des Hirsches trug. Er ist das Totem meiner Sippe, der Windgänger. Er nährt uns und ist unser Vorbild in Stolz und Erhabenheit. Es war meine Tat, die die Trolle zu den Windgängern führte.«

Sie erzählte, wie es misslungen war, Duadan und Fenella zu retten.

»Doch noch leben einige der Meinen. Gefangen im Königsstein. Ohne jede Hoffnung. Sie zu retten ist mein Anliegen. Und um dies zu tun, erbitte ich eure Hilfe.«

Es kostete Nandalee Überwindung, nun aufzusehen und sich den Blicken der drei zu stellen.

»Höre ich aus deinen Worten eine Anklage heraus, Nandalee?«, fragte Dylan mit dunkler, wohlklingender Stimme. »Wie du sehr wohl weißt, war ich es, der die Weißen Schlangen rief und den Angriff durch die Flüsse im Fels führte.«

»Es geht mir nicht darum, Anklage zu erheben«, entgegnete sie hastig und erschrocken, dass sie so sehr missverstanden worden war. »Wisst ihr, was die Trolle mit den Gefangenen tun werden?«

»Sie werden sie fressen.« Nun sprach Lyvianne. »Nur Teile von ihnen. Von den Tapferen begehren sie das Herz, von den Klugen das Hirn. Ein schneller Läufer wird seiner Schenkel beraubt werden. Es ist ein Ritual. Und soweit ich gehört habe, können die Opfer dabei zusehen, wenn ihnen nicht Wunden beigebracht werden, die tödlich sind.«

Die kalte, sachliche Art, in der Lyvianne dies schilderte, trieb Nandalee Zornesröte ins Gesicht. »Du sprichst von Elfen, die dieses Schicksal erwartet. Von meiner Sippe. Von Gefährten, mit denen ich den größten Teil meines Lebens verbrachte.«

»Gefährten?« Lyvianne sah sie herausfordernd an. »Du hast keine Sippe mehr, Nandalee. Als du in die Weiße Halle kamst, um eine von uns zu werden, hast du jegliche Bande durchtrennt. Du willst unsere Leben riskieren, um jene zu retten, die du längst hinter dir gelassen haben solltest.«

»Aber stehen wir denn nicht für Gerechtigkeit? Sind wir nicht die Hoffnung der Schwachen und der Schrecken all jener, die ihre Macht willkürlich ausüben?«, entgegnete Nandalee aufgebracht. »Welchen Wert haben unsere Taten, wenn wir jegliches Mitgefühl aufgeben?«

»Du wirst unsachlich, Nandalee«, ermahnte Ailyn sie. »Wenn ich deine Geschichte nicht falsch deute, so haben die Trolle sehr wohl Anlass, deiner Sippe zu zürnen. Was sie tun, geschieht, um den Tod ihres Thronfolgers zu rächen. Nicht Willkür regiert ihre Taten. Damit erheben sie sich über dich, Nandalee. Du warst es, die willkürlich mordete, als dir ein Troll bei der Jagd zuvorkam.«

»Dann bringt mich zu ihnen und tauscht mich gegen die Gefangenen aus.«

Lyvianne sah sie mit ihren unergründlichen grünen Augen an. Erwog sie den Austausch?

»Du gehörst nun zu uns«, sagte Ailyn. »Wir werden dich nicht preisgeben. Wir werden aber auch nicht zu Handlangern in einer Fehde, die mit uns nichts zu tun hat.«

»Sie werden unseresgleichen töten«, beharrte Nandalee verzweifelt. »Was könnte mehr mit uns zu tun haben? Wir können sie retten. Wir haben die Macht dazu!«

»Du verkennst, was wir sind, Nandalee. Die Schwerter der Himmelsschlangen.« Dylan verschränkte die Hände ineinander und sah zu ihr auf. »Ein Schwert muss gezogen werden, es fährt nicht von allein aus der Scheide. Und weil es so ist, sind wir keine Mörder. Auch wenn es unter den Novizen einige geben mag, denen es schwerfällt, das zu akzeptieren. Was immer wir tun, es geschieht ohne Hass. Wir führen Befehle aus. Nicht wir entscheiden über Leben und Tod. Wir vollstrecken. Damit sind wir lediglich Instrumente der Macht, der wir uns unterworfen haben.«

Nandalee sah voller Verachtung auf ihn herab. Er sah so edel aus. So unnahbar. Fast schon dieser Welt entrückt. Und doch war all dies nur Blendwerk. »So beruhigst du dein Gewissen, Meister Dylan? Lässt dich das die toten Kinder der Tiefen Stadt vergessen?«

»Wir sind nur die Schwerter der Himmelsschlangen. Uns steht es nicht zu zu urteilen. Wir können die Gerechtigkeit der Alben und ihrer Statthalter nicht ermessen. Oder maßt du dir an, ihnen gleich zu sein, Nandalee?«

»Ich bin nur eine Novizin, Meister. Und doch bin ich so viel mehr als ein kaltes Stück Stahl. Ich werde nie wieder tun, wofür ich nicht selbst einstehen kann. Ich will nicht lernen, ein Geschöpf ohne eigene Werte zu werden. Ist es das, was die Weiße Halle aus uns Elfen machen will? Gewissenlose Kreaturen?«

Dylan bedachte sie mit einem schmallippigen Lächeln. »Was wir wollen, ist, uns über unseren beschränkten Horizont zu erheben. Und dazu musst du zuallererst lernen, dein selbstsüchtiges Bild von der Welt abzulegen. Glaubst du, das Maß aller Dinge zu sein, Nandalee?«

»Es gibt Werte, die nicht zur Diskussion stehen«, entgegnete sie aufgebracht.

»Warum? Wer stellt diese Werte auf? Dein Gewissen? Und wenn es so ist, wer formte dein Gewissen? Wem vertraust du mehr als den Statthaltern der Alben? Wer ist es, der dir die Arroganz gab, entscheiden zu können, was gut und was böse ist?«

»Ist es nicht unsere Aufgabe, jede unserer Taten zu hinterfragen und einen Weg zu suchen, der aus der Dunkelheit ins Licht führt?«

»Große Worte, Nandalee. Du erinnerst mich an einen Maulwurf, der in mondloser Nacht zum ersten Mal dem Dunkel der Erde entkommt, einige Sterne am Himmel sieht und behauptet, er habe eine lichtdurchflutete Welt gefunden.«

»Lieber bin ich dieser Maulwurf, der wenigstens einen Funken sah, Meister Dylan, als ein Maulwurf, der ein Leben lang im Finsteren verharrt und Tunneln folgt, die andere gegraben haben.«

»Meine Liebe, diesen Disput werden wir ein anderes Mal weiterführen. Kommen wir zum eigentlichen Thema zurück. Wir Drachenelfen stehen nicht zur Verfügung, um Fehden auszutragen, die zwischen den Kindern Albenmarks bestehen. Wir stehen über solchen Dingen. Wer ohne Befehl der Himmelsschlangen sein Schwert zieht, Nandalee, der gehört nicht länger zu unserer Gemeinschaft. Solltest du dich also entscheiden, zum Königstein zu gehen, bist du hier nicht mehr willkommen.«

Sie wollte etwas erwidern, doch Lyvianne gebot ihr mit einer Geste zu schweigen. »Urteile nicht vorschnell. Wäge die Worte Dylans ab. Ziehe in Erwägung, dass darin mehr Weisheit liegen könnte, als du mit deinem aufgewühlten Herzen in diesem Augenblick zu erfassen vermagst. Du darfst nun gehen. Es ist alles gesagt, was zu sagen war.«

Sie maß die drei mit Blicken und wusste nicht, ob sie Verachtung oder Mitleid für sie empfinden sollte. Schließlich verbeugte sie sich formvollendet, ging zur Tür und verließ das Zimmer.

Gonvalon erhob sich, kaum dass sie auf den Flur hinaustrat. »Wie ist es gelaufen?«

Sie atmete schwer aus, bemüht, ihrem Ärger nicht freien Lauf zu lassen. »Ich weiß nun, dass ich eine andere Sorte Maulwurf bin als Meister Dylan.«

Der Mann in der Truhe

Eurylochos lauschte auf den Klang der Hämmer und Hacken. Selbst durch das verschlossene Fenster am Ende des Flurs war der Lärm deutlich zu hören. Seine Henker legten sich ins Zeug.

Er öffnete die rote Tür, hinter der sein Zimmer lag. Vor ein paar Stunden noch hatte er es großartig gefunden. Jetzt kam es ihm nur lächerlich klein vor.

Der Steuermann trat ans Fenster und schloss die Läden. Seine Kammer lag im Erdgeschoss. Von hier aus konnte er das Wasserreservoir nicht sehen. Sein Blick war durch eine Mauer aus Trockenziegeln versperrt, von der der Putz abbröckelte.

All das war nun Vergangenheit! Kolja war fort. Vorher noch hatte er den Männern eine pathetische Rede gehalten, dass er in Kush kämpfen müsse, um ihr kleines Imperium aus Freudenhäusern zu verteidigen, und er im Herbst zurückkehren würde. Dann hatte er erklärt, dass bis zu diesem Zeitpunkt er, Eurylochos, das Kommando führen würde. Der Steuermann konnte sein Glück immer noch nicht fassen. Aber er war sich bewusst, dass er noch in dieser Stunde etwas zu tun hatte, um es zu festigen.

Er entzündete eine Öllampe, setzte sich auf sein Bett und

lauschte. Selbst durch die Wände war der Lärm der Hacken zu hören. Eurylochos schloss die Augen. Sein Atem ging ruhig. Irgendwo im Zimmer summte eine Biene. Dann herrschte Stille. Nichts wies auf sein Geheimnis hin.

Er blickte auf die große Holztruhe neben dem Fenster. Sie war mit einem breiten Riegel verschlossen. Die Kanten waren mit verschrammten Bronzebeschlägen eingefasst. Viele Jahre lang begleitete sie ihn schon.

Er kniete davor nieder, zog seinen Dolch und legte ihn neben der Truhe auf den Boden, dann schob er den Riegel zurück. Zwei schwarze Augen starrten ihn, ohne zu blinzeln, an. In der Truhe lag ein beleibter Mann mit schütterem Haar und einem Bärtchen über der Oberlippe. Stoppeln wucherten auf seinen Wangen. Schweißperlen standen auf seiner Stirn. Um den linken Arm war ein blutdurchtränktes Tuch gewickelt. Seine himmelblaue Tunika war über der Brust zerschnitten. Die Haut darunter war weiß wie ein Fischbauch.

»Du kommst spät«, murrte Leon in einem Tonfall, als habe er hier etwas zu sagen.

Eurylochos griff nach dem Dolch neben der Truhe. Er hatte den Kerl nie gemocht. Dass er ihn am Ende der Kämpfe heimlich hierhergebracht hatte, lag einzig und allein daran, dass er sich von Leon ein fürstliches Lösegeld erhofft hatte. Und tatsächlich hatte der Trurier ihm versprochen, er würde die Truhe, in der er lag, mit Silber füllen.

»Ich glaube, unsere Geschäftsvereinbarung hat sich … überlebt.«

Leon wollte sich aufrichten, doch Eurylochos packte ihn bei der Kehle und drückte ihn in die Truhe zurück. Er hob seinen Dolch, bereit zuzustoßen.

»Ich habe mehr Silber …«, keuchte Leon. Er warf den Kopf hin und her und versuchte sich dem Würgegriff zu entwinden.

»Ich benötige dein Silber nicht mehr.« Er ließ den Dolch sinken, bis dessen Spitze wenig mehr als zwei Zoll über Leons linkem Auge schwebte. »Da ich in aufgeräumter Stimmung bin, gebe ich dir Gelegenheit, dich mit einem letzten Wort zu verabschieden. Ein Wort nur! Erringst du damit mein Interesse, magst du ein wenig länger leben.«

Der Trurier hörte auf, gegen den Würgegriff anzukämpfen. Er starrte ihn an. Der Blick störte Eurylochos. Er wollte, dass es vorüber war. Nun sah er ganz klar, was für eine überaus einfältige Idee es gewesen war, den Trurier leben zu lassen. Leon würde nichts als Ärger machen.

Eurylochos ließ den Dolch langsam tiefer sinken. Mut hatte Leon. Er starrte, ohne zu blinzeln. Erst als die Spitze des Dolches seinen Augapfel berührte, flatterten seine Lider. »Eisenzunge«, sagte er.

»Was interessiert mich ein toter Pirat?« Der Steuermann verstärkte den Druck. Das Auge wurde in die Augenhöhle gepresst. Er zog die Klinge ein wenig zur Seite, ohne mit dem Druck nachzulassen. Leon stieß ein scharfes Zischen aus. Blut füllte das Weiß des Augapfels.

»Er lebt. Tarkon ist nicht tot. Ich habe einen Mann getroffen, der ihm begegnet ist. Tarkon ist ein Unsterblicher geworden. Er wird der künftige Herrscher Nangogs sein, und wer nicht mit ihm geht, den wird er von dieser Welt hinfortfegen, wie der Herbstwind welke Blätter vor sich hertreibt.«

Eurylochos schob die Spitze des Dolches in den Augenwinkel und versuchte mit ihr unter den Augapfel zu gelangen, um ihn aus der Höhle zu drücken.

Leon stöhnte auf. Seine Hände krallten sich um die Truhenränder. »Bitte … Du musst ….«

»Was sollte ich von einem Mann wollen, den ich sterben gesehen habe? Du musst mich für sehr einfältig halten, Trurier.«

»Und wenn ich nicht lüge?« Die Stimme war vor Schmerz zu einem heiseren Zischen geworden. »Ich bringe dich zu einem

Mann, der das Geheimnis entdeckt hat, von den Toten wiederzukehren. Ich weiß, dass König Geisterschwert ihn erschlagen hat. Aber ich vertraue auch dem Mann, der ihm begegnet ist. Tarkon Eisenzunge lebt. Er ist zum Unsterblichen von Nangog aufgestiegen. Ganz ohne einen Devanthar. Ich glaube denen, die sagen, dass er einst der Herrscher dieser Welt sein wird.«

Eurylochos zog den Dolch zurück und wischte die Klinge an der Tunika des Truriers sauber. »Und du kennst Tarkon und bist einer seiner Freunde?«

Leon nickte. Ein wenig zu hastig. Eurylochos glaubte ihm nicht. Er betrachtete das zerstörte Auge des Truriers. Es würde nicht mehr heilen. Leon würde es herausnehmen lassen müssen. Der Zuhälter würde sich jeden Augenblick in seinem Leben daran erinnern, wie er ihn gefoltert hatte.

»Wie kommt es, dass du Verbindungen zu diesem Rebellen hast?«

Der Trurier rang sich trotz der Schmerzen, die ihm sein Auge bereiten musste, ein Lächeln ab. »Ich habe, was er braucht. Ihr seid nicht als Einziger auf die Idee gekommen, Sklavinnen hierherzubringen. Tarkon kauft Weiber und Waffen aus Eisen. Er bezahlt mit Klumpen aus gediegenem Gold. Sehr großzügig. Die Hurenhäuser sind nur ein kleiner Teil meines Geschäftes. Lass uns zusammen reich werden.«

Eurylochos betrachtete nachdenklich die Spitze seines Dolches. Vielleicht hätte er nicht so vorschnell sein sollen. »Er belohnt seine Männer also mit Weibern …«

»Nicht nur das. Er hat ganz andere Pläne. Die Frauen bekommen Kinder. Er züchtet sich sein eigenes Volk.«

Noch so eine Lüge, dachte Eurylochos ärgerlich. Wenn ein Weib auf Nangog ein Kind empfing, grenzte das an ein Wunder. Frauen und Männer wurden hier unfruchtbar. Leon hatte keinen Wert für ihn. Durch die Folter hatte er ihn sich für immer zum unversöhnlichen Feind gemacht. Sollte er tatsächlich Verbindungen zu Tarkon haben und sollte der Himmelspirat noch leben, würde ihm daraus nur Ärger erwachsen.

Eurylochos rammte seinen Dolch mit aller Kraft in das gesunde Auge Leons. Mit einem Knacken durchdrang es den dünnen Knochen hinter dem Augapfel und drang tief in den Schädel des Zuhälters. »Du hast deine Nützlichkeit überlebt.« Er säuberte die Klinge ein zweites Mal und lauschte. Draußen war der Lärm der Hacken verstummt. Das Reservoir war also aufgebrochen.

Der Widerstand war gebrochen. Die Hurenhäuser der Goldenen Stadt gehörten ihm. Er würde reicher werden, als er sich das je erträumt hatte. Und das war erst der Anfang. Sollte Tarkon tatsächlich noch leben, würden sich seine Männer bei ihm melden, sobald er neue Mädchen brauchte.

Überaus zufrieden klappte Eurylochos den Deckel seiner alten Truhe zu. Er würde sie zum Stadtpalast Leons bringen lassen, damit am Ende nicht auch über den Zuhälter Geschichten verbreitet wurden, dass er von den Toten zurückgekehrt war.

Der Tröpfler

Nyr schob den Dolch zu ihm herüber. Hornbori schüttelte den Kopf. »Ich kann nicht schon wieder.« Das Kind, das die Elfe ihnen gebracht hatte, quengelte.

»Du bist an der Reihe«, zischte Galar gereizt. »Du weißt, er wird nicht aufhören, bevor er getrunken hat. Er hat Hunger.«

»Ich auch!«, zischte Hornbori nicht weniger gereizt zurück. »Der kleine Hosenscheißer wird uns alle umbringen. Wir können so nicht weitermachen.«

»Du bist dran.« Galar hob den Dolch auf und trat vor ihn. »Lamentier nicht. Worte helfen dir jetzt nicht. Soll ich dir vielleicht helfen?«

Hornbori nahm den Dolch, setzte die Klinge auf seinen linken

Daumen, der voller verkrusteter Schnitte war, und drückte zu. Sein Blut floss weit weniger stark als bei den ersten Schnitten. Nyr reichte ihm den Jungen, und er steckte dem Kleinen den Daumen in den Mund. Sofort begann das Kind heftig daran zu saugen.

»Es ist nicht gut, Kinder auf diese Art zu ernähren.«

»Ist mit deinem Blut was nicht in Ordnung?«, fragte Nyr besorgt.

»Kinder sollten Milch trinken, verdammt!«

»Dann mach mal einen Vorschlag, wo wir Milch herbekommen, du Pfeife.« Galar stand noch immer unmittelbar vor ihm. Der Schmied hatte Lust, sich zu prügeln, aber den Gefallen würde er ihm nicht tun.

»Nyr könnte es noch mal mit dem Käse versuchen.«

»Auf keinen Fall!«, protestierte der Richtschütze. »Beim letzten Mal hat der Kleine sich fast die Seele aus dem Leib gekotzt. Dieser Koboldkäse ist nichts für ihn. Du isst ihn doch auch nicht.«

»Ich leg mich auch nicht an eine Brust, um Milch zu trinken. Was ich mag und was der kleine Hosenscheißer da mag, das hat nichts miteinander zu tun.« Hornboris Daumen schmerzte. Der Kleine saugte immer heftiger daran. Offenbar genügte ihm das Blut nicht, das herauskam.

»Gib mir etwas von meinem Anteil am Drachenblut.« Er blickte zu Galar auf. »Soll er davon trinken.«

»Drachenblut? Wir sind fast verreckt, um es zu bekommen. Es ist das Hundertfache seines Gewichtes in Gold wert. Das willst du doch nicht diesem kleinen Stinker in den Rachen schütten! Was, wenn er das auch auskotzt?«

»Mein Blut verträgt er jedenfalls«, entgegnete Hornbori. »Und was nutzt mir das Versprechen, einmal reich zu werden, wenn der Kleine mich vorher aussaugt? Wie lange wollen wir noch hier unten bleiben? Wann gehst du nach oben, um nachzusehen, ob sie fort sind, Galar?«

»Geh doch selbst, Schisser.«

»Würde ich, wenn ich schwimmen könnte! Leider ersaufe ich, bevor ich die Sprossen an der Brunnenwand erreiche. Aber vielleicht ist das ja in Erwägung zu ziehen, wenn ich mich dafür nicht von dieser kleinen Laus hier aussaugen lassen muss.« Er zog dem Kind den Daumen aus dem Mund.

Der Kleine glotzte ihn mit seinen großen, blauen Augen überrascht an und schmatzte, um deutlich zu machen, dass er noch nicht satt war. »Schluss für heute. Von Onkel Hornbori gibt es kein Blut mehr.«

Der Junge ignorierte das und machte Saugbewegungen mit den Lippen. Als Hornbori darauf nicht einging, begann er zu weinen.

»Du bist genauso dran wie alle anderen auch, du Mistkerl«, empörte sich Nyr. »Er wird bei dir trinken, bis er genug hat. Gib ihm wieder deinen Daumen, oder ich werde dafür sorgen, dass dein Blut fließt.«

Galar stellte sich dem Richtschützen in den Weg. »Lass ihn. Soll er ihm von seinem Drachenblut geben. Und auch wenn er ein Drecksack ist, ganz unrecht hat er nicht. Wir können so nicht weitermachen. Wir haben nur Koboldkäse und Brunnenwasser. Unsere Kräfte lassen mit jedem Tag nach. Wenn wir ihm immer weiter von unserem Blut zu trinken geben, werden wir irgendwann sterben. Und wenn wir tot sind, wie lange wird der Kleine dann noch überleben?« Der Schmied ging zu dem großen Haufen an Gerümpel, das er aus seiner Höhle hier hinab in das geheime Versteck im Brunnen geschafft hatte. Er nahm eine der Phiolen mit Drachenblut und reichte sie Hornbori. »Versuch es. Wir haben mehr als sechzig.«

»Was ist, wenn das Blut giftig ist!«, empörte sich Nyr.

»Wie sollte der Drache leben, wenn giftiges Blut durch seine Adern flösse?«, bemerkte Hornbori spitz und nahm das kleine Fläschchen.

»Ich probiere es zuerst!« Nyr hatte eine Eisenstange gepackt und hob sie drohend über den Kopf. »Her mit dem Drachenblut!«

Der Kleine hatte inzwischen begonnen lauthals zu schreien. Hornbori stopfte ihm seinen unverletzten Daumen in den Mund. »Du trinkst von deinem Drachenblut. Nicht von meinem Vorrat!«

»Wenn ich dir die Eisenstange über den Schädel ziehe, hast du es hinter dir. Das geht schneller, als sich für ein Kind aufzuopfern! Ist es das, was du erreichen willst?« Er winkte Galar mit der freien Hand. Mit der anderen hielt er weiterhin drohend die Eisenstange erhoben. »Gib mir das Fläschchen! Ich koste von dem Blut!«

Galar gehorchte.

Nyr entkorkte das Fläschchen und nahm hastig einen Schluck, ohne die drohend erhobene Eisenstange sinken zu lassen.

»Und, wie schmeckt es?«, fragte Galar in unverhohlener Neugier.

»Es prickelt auf der Zunge.« Nyr schluckte. »Es hat etwas Belebendes … Ist angenehm.«

»Fühlst du dich irgendwie verändert?«, setzte Galar nach.

Hornbori seufzte. »Glaubst du, man wird zum Zauberweber, nur weil man Drachenblut trinkt?«

»Wissen wir es?«, fuhr der Schmied ihn an. »Wer hat je Drachenblut gekostet?«

»Dann sichern wir unserem Kleinen womöglich eine große Zukunft.« Hornbori blickte zu Nyr. »Bist du davon überzeugt, dass ich den Jungen nicht vergiften werde, wenn ich ihm von meinem Drachenblut zu trinken gebe?«

Der Richtschütze ließ die Eisenstange sinken. »Ich musste es wissen«, sagte er trocken. Dann reichte er Hornbori die Phiole.

Der Kleine trank das Blut genauso gierig, wie er zuvor an Hornboris Daumen genuckelt hatte. Als die Phiole leer war, rülpste er zufrieden.

»Wir sollten es beim nächsten Mal anwärmen«, meinte Nyr. »Muttermilch ist auch warm. Das kann nicht gut für ihn sein, kaltes Zeug zu trinken.«

»Lässt du dir demnächst noch Brüste wachsen?«, fragte Galar. »Hornbori hat recht. Wir können hier nicht ewig bleiben. Hat einer von euch eine Vorstellung, wie lange wir schon hier unten sind? Drei Tage? Fünf? Vielleicht sogar zehn?«

»Hättest eine Sanduhr herunterbringen sollen.« Nyr nahm Hornbori das Kind aus den Armen und zog sich beleidigt zurück. Wobei zurückziehen in der engen Höhle bedeutete, dass er sich keine drei Schritt entfernt niederließ.

»Wir können nicht weiter hier unten bleiben«, stellte Hornbori fest. »Hier erwartet uns der sichere Tod.«

Er sah, wie es im Gesicht des Schmiedes arbeitete. Er war oben gewesen, eine Weile, nachdem die Elfe verschwunden war. Galar hatte ihr nicht geglaubt. Er war überzeugt, dass es nur einen Überfall auf seine Werkstatt gegeben hatte.

Als der Schmied zurückkehrte, war er nicht mehr derselbe gewesen. Galar war nicht lange fort gewesen. Zwei oder drei Stunden vielleicht. Das hatte ausgereicht, um ihn zu zerbrechen.

»Du weißt nicht, wie es oben ist. Der Gestank des Todes … Es ist alles wahr. Ich habe sogar einen Tatzelwurm gesehen, der von … der … der … gefressen hat.«

»Wir haben also die Wahl, hier unten zu bleiben und ganz sicher zu sterben oder eine Flucht zu wagen und wahrscheinlich zu sterben. Und die Entscheidung liegt allein bei dir. Ich kann nicht schwimmen. Nyr auch nicht. Ohne dich kommen wir nicht einmal lebend aus dem Brunnen heraus.«

»Was macht dich plötzlich so mutig, Schisser?« In den Augen Galars funkelte der Zorn. »Du hast das nicht gesehen. Das Grauen … die ganze Stadt. Sie alle sind tot. Unseretwegen! Verstehst du das? Wir sind es, die sie auf dem Gewissen haben.«

»Ich bin nicht mit blutigem Schwert in der Hand durch die

Stadt gezogen, um Frauen und Kinder abzuschlachten!« Hornbori schaffte es nicht, ruhig zu antworten. Das Selbstmitleid des Schmiedes widerte ihn an. Da war ihm ja der alte Raufbold noch lieber gewesen. »Ja, wir haben den Drachen getötet. War das falsch? Haben wir nicht eine der Bestien erledigt, die das dort oben angerichtet haben? Willst du hier sitzen und jammernd und wehklagend verrecken? Oder willst du dir ein Herz fassen, hinausgehen und versuchen, den nächsten Drachen zu töten, bis irgendwann keiner von diesen tyrannischen Mordbrennern mehr übrig ist?«

»Nicht wir werden die Drachen besiegen«, sagte Nyr voller Inbrunst. »Wir sind nur die Hüter. Er wird es sein. Der Kleine. Seht ihr das nicht? Er hat das Massaker überlebt. Als Einziger von allen dort oben. Er wurde von einer von denen gerettet, die gekommen sind, um ihn zu töten. Und jetzt säugen wir ihn mit Drachenblut. Er wird es sein, der die Drachen vom Himmel vertreibt.«

Was für ein pathetischer Unsinn, dachte Hornbori. Aber nützlicher Unsinn. »Da ist etwas dran. Er ist vom Schicksal auserwählt. Und wir drei sind seine Hüter.«

»Dem Alten in der Tiefe ist ein Sohn geboren worden«, fuhr Nyr fort, und seine Augen strahlten, während er sprach. »Bestimmt ist es der Kleine hier. Ein Kind von königlichem Geblüt. Der künftige Herrscher aller Zwerge.«

»Geht es euch beiden noch gut?«, empörte sich Galar. »Der Kleine ist irgendein namenloser Wicht. Seht euch doch die Sachen an, in denen uns die Elfe ihn gebracht hat. Billiges Leinen. Ich habe seine verschissenen Windeln gewaschen. Da war nirgendwo eine Krone eingestickt.«

Nyr runzelte die Stirn. Hornbori wusste, er würde den Richtschützen jeden Augenblick verlieren. »Der vergisst, wer ihn uns gebracht hat. Eine intrigante Elfe. Bestimmt hat sie die Sachen vertauscht. Sie will nicht, dass wir wissen, dass er der Sohn des Alten aus der Tiefe ist. Elfen sind so.«

»Genau!«, bekräftigte Nyr.

»Sah die so aus, als sei sie auf Täuschung aus? Die war doch völlig fertig. Die hätte sich keine Zeit mehr genommen, irgendwelche Windeln zu wechseln, nur um uns zu täuschen.«

»Hast du sie dir so genau angesehen?«, konterte Hornbori. »Ich hatte den Eindruck, dass du den Blick kaum von dem Dolch abgewandt hast, der in deiner Kehle steckte.«

»Seid ihr völlig verrückt? Was soll dieser Unsinn? Ich kenne dich, Hornbori. Du glaubst doch selber nicht, was du da sagst. Und dir, Nyr, hat der Kleine den Verstand verdreht. Aber wenn wir hier lebend herauskommen wollen, dann brauchen wir vor allem eins – einen klaren Verstand.«

»Du hilfst uns also, durch den Brunnen zu kommen.«

»Ja, verdammt. Hier noch länger zu sitzen ist dumm. Wir gehen. Aber wir machen es so, wie ich sage. Vorsichtig! Mit einem hast du recht, Hornbori. Die Toten der Tiefen Stadt haben uns ein Vermächtnis hinterlassen. Wir müssen sie rächen!«

»Und den Jungen retten«, ergänzte Nyr.

Der Schmied seufzte. »Ja, das auch …«

»Wisst ihr, wie der Alte in der Tiefe seinen Sohn genannt hat?«

»Wir wissen doch gar nicht, ob er sein Sohn ist!«, begehrte Galar auf. »Könnt ihr mit diesem Unsinn aufhören?«

»Wir wissen auch nicht, dass er es nicht ist«, schmollte Nyr. »Ich bin davon überzeugt, dass die Elfe die Windeln und Tücher vertauscht hat, um uns hereinzulegen.«

»Ich glaube, der Alte aus der Tiefe hat noch kein Namensfest gefeiert. Dazu wäre ich bestimmt eingeladen gewesen«, sagte Hornbori. »Aber der Junge sollte trotzdem einen Namen haben.«

»Gute Idee!«, stimmte Nyr sofort zu.

Galar verdrehte nur die Augen.

»Wie wäre es mit Sindri?«, schlug Hornbori vor.

»Ich kannte mal einen Schmied, der so hieß«, brummte Galar. »Hat sehr besondere Ringe gemacht.«

Nyr schüttelte den Kopf. »Nein, kein Schmiedename. Das ist nicht das Richtige für einen Königssohn.«

»Draupnir, der Tröpfler. Das passt doch gut zu einem Windelscheißer«, schlug Galar vor.

»Ich finde, sein Name sollte etwas aussagen«, griff Hornbori die Idee auf. »Tröpfler nennen wir ihn natürlich nicht. Wie wäre es mit … Frar, der Voranschreitende. Den Zwergenvölkern stehen schwere Zeiten bevor. Das wäre ein Name, der Hoffnung in sich trägt.«

»Ich finde den Namen gut.«

»Man merkt, dass Schönschwätzen dein Geschäft ist«, brummte Galar.

»Er braucht auch einen Heldennamen. So was wie Bluttrinker!« Nyr hob den Jungen begeistert hoch. »Frar Bluttrinker. Das ist ein Name, der seine ganze Kindheit in sich trägt.«

Hornbori räusperte sich. »Ich will ja nicht mosern, aber findest du nicht, dass man das falsch verstehen kann?«

Nyr sah ihn indigniert an. »Inwiefern?«

»Bluttrinker hört sich irgendwie nach einem Tyrannen an. Wie wäre es mit … Drachenhammer … oder Drachen …«

»Drachentod!«, rief Nyr. »Frar Drachentod, König der Tiefen Stadt.«

Hornbori wiederholte den Namen ein paar Mal, schmeckte ihn auf der Zunge und stellte sich vor, wie man ihn in den Hallen von Ishaven und anderen Zwergenstädten rief. »Hört sich gut an«, stimmte er zu. Natürlich würde der Kleine niemals ein König werden. Er, Hornbori, würde einmal herrschen. Aber der Junge mochte ein nützliches Werkzeug auf dem Weg zum Thron sein.

Nyr hielt ihn hoch. »Wir werden dich retten, Frar Drachentod. Und du wirst dereinst alle Zwergenvölker retten.«

Es tröpfelte aus der Windel auf das Gesicht des Richtschützen.

Galar lachte spöttisch. »Ich finde immer noch, Draupnir wäre der richtige Name für ihn.«

Gegen jede Vernunft

Gonvalon strich über den rauen Sandstein. Er hatte eine ungewöhnlich blassrote Farbe. Der Stein war weich. Er hatte sich gut bearbeiten lassen, aber er würde auch schnell verwittern. Kein halbes Jahrhundert und Wind und Regen hätten Nandalees Züge weicher werden lassen können. Wahrscheinlich geschah das deutlich schneller, als das Leben Nandalee veränderte.

Er hatte sie nach dem Gespräch mit den Meistern alleine gelassen. Obwohl sie so viele Rätsel barg, begann er zu spüren, wann sie etwas mit sich allein ausmachen musste.

Er wickelte die Lumpen von seinen Händen und begann die Werkzeuge einzusammeln, die er achtlos hatte fallen lassen, während er den Stein geformt hatte. Erste Konturen für die Skulptur waren angelegt. Es sollte eine Büste werden.

Je länger er den bearbeiteten Stein betrachtete, desto deutlicher erkannte er, ein wie unvollkommener Künstler er war. Die Proportionen stimmten. Er hatte keine groben Fehler gemacht. Auch hatte er den Stein richtig eingeschätzt. Er war nicht gerissen, und es gab keine Unregelmäßigkeiten. Aber die Büste würde nicht das Herz des Betrachters berühren, wenn sie vollendet war, das wusste er schon jetzt. Nicht wie die Skulpturen aus Licht und Wasser, die Eleborn erschuf, oder eines der Lieder Lyviannes. Er würde nur ein Abbild erschaffen, kein Kunstwerk.

»Der Stein sieht aus wie ich.«

Gonvalon fuhr herum. Sie machte sich einen Spaß daraus, sich an ihn anzuschleichen.

Nandalee grinste und biss in einen Apfel, den sie mitgebracht hatte. Die Wut und Verzweiflung, die sie ausgestrahlt hatte, als sie die Besprechung mit den Meistern verlassen hatte, waren wie weggewischt.

Sie trug das weiße Kleid einer Novizin. Schmucklos, ohne Stickerei und doch elegant. Es war maßgeschneidert, modellierte ihren schlanken Körper nach. Es saß so eng, dass Gonvalon nicht verborgen bleiben konnte, dass sie außer dem Kleid nichts trug.

»Wirst du mir wieder erzählen, dass dieses Bild von mir schon immer in diesem Stein gesteckt hat und du es nur noch befreien musstest?« Sie grinste ihn frech an.

»Ich glaube, ich werde mit jemandem, für den auch das Bogenschießen zur Kunst zählt, nie wieder ernsthaft über den Schaffensprozess eines Bildhauers reden. Und übrigens ist das eine Skulptur von dir und kein Bild.«

»Und warum nennst du dich dann Bildhauer?« Sie biss noch ein Stück aus dem Apfel und legte ihn dann auf den behauenen Stein. Nandalee trat dicht vor ihn und lächelte ihn auf ihre unvergleichliche Art an. Unschuldig und doch sinnlich.

Sie strich ihm mit ausgestrecktem Zeigefinger über die Brust. »Ich mag es noch immer, wenn du verschwitzt und voller Steinstaub bist.« Ihr Finger wanderte tiefer, bis zu seinem Lendenschurz. »Seit wann arbeitest du nicht mehr nackt?«

»Wenn ich mit Besuch rechne, versuche ich ein züchtiges Verhalten an den Tag zu legen. Das bin ich meinem Rang als Meister der Weißen Halle schuldig. Es könnte eine Novizin vorbeikommen …«

»So züchtig …« Sie lächelte. »Dabei dachte ich, Ihr genießt einen gewissen Ruf, gerade was Novizinnen angeht.«

»Und Ihr wagt Euch hierher, obwohl Ihr um meinen Ruf wisst.« Er legte seinen Arm um ihre Hüften und zog sie an sich. Sie roch nach Wald, als sei sie lange unter den Bäumen gewandert, bevor sie hierhergekommen war.

»Ihr ruiniert mein Kleid«, protestierte sie lächelnd.

»Nun, wie ich hörte, erwarten die Kobolde, die es waschen werden, ohnehin nur das Schlimmste von Euch.«

»Wollt Ihr damit andeuten, dass ich keinen guten Ruf genieße?« Ihre Hand fuhr unter seinen Lendenschurz.

»Dann passen wir wohl gut zusammen.« Lachend nahm er sie

auf den Arm und trug sie zu dem Lager aus Moos und Blütenblättern, das er vorbereitet hatte. Er hatte gewusst, dass sie kommen würde.

Ihr warmer Atem streichelte seine Haut.

»Ich brauche dich«, flüsterte sie.

»Sind wir jetzt beim Du, holde Dame?«, neckte er sie.

Ihre Antwort war ein langer, leidenschaftlicher Kuss auf seinen Hals. Eine Welle heißer Glut verschlang ihn. Er ging in die Knie, legte sie ins Gras und begann die seidenbespannten Knöpfe ihres Kleids zu öffnen.

»Nun trägst du mein Zeichen«, sagte sie und strich über seinen Hals. »Damit die anderen Novizinnen nicht auf dumme Gedanken kommen.« Noch während sie sprach, löste sie seinen Lendenschurz.

Er gab den Kampf mit den Knöpfen auf und schob ihr Kleid hoch.

Nandalee zog ihn zu sich herab, küsste ihn erneut. Ihre Zunge strich über seine Lippen, drang tiefer. Sie presste sich gegen ihn, nahm ihn in sich auf. Ihre Hände krallten sich um seine Schultern. Er stöhnte auf, genoss ihre wilde Liebe. Sich ihr hinzugeben war eine Offenbarung. Sie war eine erfahrene Liebhaberin. Mal sinnlich lasziv, mal ungezügelt und fordernd. Nicht sehr romantisch. Ihre Liebe war wie ein wilder Bergbach, der einen erbarmungslos mit sich zu Tal riss, wenn man hineinstürzte. Und so, als sei er über Meilen durch Stromschnellen über ein felsiges Bachbett gezogen worden, fühlte er sich auch, als sie nach einem letzten Schrei auf seine Brust sank. Zerschlagen, voller blauer Flecke, tauchte er auf aus dem Fluss der Leidenschaft, der ihn alles andere hatte vergessen machen.

Er strich zärtlich durch ihr Haar. Sie war eingeschlafen. Ihr Atem ging schwer. Er mochte es, ihr Gewicht auf sich zu spüren, ihre warme, blütenzarte Haut.

Gedankenverloren blickte er zum Nachthimmel und wünschte, dieser Augenblick würde ewig währen. Er zog ihr dünnes Kleid über sie, um sie zuzudecken. Es war voller Grasflecken. Es würde nie mehr so weiß wie frisch gefallener Schnee erstrahlen.

Nandalee erwachte viel zu schnell. Sie gingen schwimmen, schreckten eine Entenfamilie auf, die kein Verständnis für nächtliche Liebende hatte.

»Es ist ungewohnt, dich ohne deine Tätowierung zu sehen«, sagte sie plötzlich und strich über seinen Rücken. »Das Schwert und der Drache … sie passten gut zu dir.«

Er drehte sich um, nahm sie in die Arme und küsste sie. »Ich habe jemanden gefunden, der viel besser zu mir passt.«

Plötzlich war ihr Blick voller Melancholie, voll unausgesprochenem Schmerz, der sein Herz berührte.

»Liebe mich noch einmal«, flüsterte sie und schlang die Arme so fest um ihn, als wolle sie ihn nie wieder loslassen.

Er hob sie aus dem Wasser und brachte sie zu ihrem Lager. Sie war wie ausgewechselt. Diesmal überließ sie sich ganz ihm. Sie liebten sich lange, zärtlicher als beim ersten Mal. Er zögerte den letzten Augenblick hinaus, bis es zu süßer Qual wurde.

Danach lagen sie lange eng umschlungen und blickten durch das schwarze Astwerk zum Sternenhimmel hinauf, vereint, in beredtem Schweigen.

Er war fast eingeschlafen, als sie sich vorsichtig aus seinen Armen löste. Gonvalon hielt seine Augen geschlossen. Er spürte, wie sie über ihm verharrte und ihn lange anblickte, sich dann tief vorbeugte und einen Kuss zu ihm hinabhauchte, ohne dass ihre Lippen die seinen berührten.

»Verlässt du die Weiße Halle sofort oder erst im Morgengrauen?« Er schlug die Augen auf. Sie wirkte überrascht, ertappt, verlegen.

»Sag nichts.« Er lächelte und stand auf. »Ich wusste, dass du gehen wirst.«

»Ich muss …« Sie schlug die Augen nieder. »Ich kann die Meinen nicht den Trollen überlassen.«

»Ich werde mit dir kommen. Alles ist vorbereitet. Ich werde dich nicht aufhalten. Waffen, Kleider und Ausrüstung liegen dort vorne im Gebüsch versteckt.«

Sie sah erschrocken aus. Entschieden schüttelte sie den Kopf. »Das geht nicht! Wenn du mit mir gehst, wirst du aus der Weißen Halle verbannt. Ich will dein Leben nicht zerstören. Ganz gleich, was du sagst, ich weiß, du bist gerne hier, und du …«

»Ich werde nicht zurückbleiben, um vor Sorge um dich zu vergehen.«

»Aber ich werde …«

»Du wirst dich ganz allein in den Königssitz der Trolle schleichen und vermutlich selbst bei dem Versuch umkommen, die letzten Überlebenden deiner Sippe zu retten.«

Ihr Antlitz verhärtete sich. Sie schob herausfordernd das Kinn vor, bereit, mit ihm zu streiten. »Hört sich nicht sonderlich vernünftig an, wenn man dich reden hört. Deshalb werde ich alleine gehen.«

»War es vernünftig, sich zwischen dich und den Goldenen zu stellen?«

Sie schluckte. »Du kannst nicht …«

»Gewöhne dich besser daran, dass ich von nun an immer an deiner Seite sein werde. Ich bin kein Drachenelf mehr. Mein Band mit den Himmlischen ist für immer gelöst, und ich werde auch die Weiße Halle verlassen. Aber ich bin immer noch ein Mörder. Eine schlechte Wahl für einen Hofball in Arkadien, aber genau der Mann, den du an deiner Seite brauchen wirst, wenn du in die Höhlen der Trolle hinabsteigst.«

Sie sah ihn qualvoll lange an, ohne ihn ahnen zu lassen, was sie dachte. Nun war es an ihr zu entscheiden. Er würde nicht noch einmal darum bitten, von ihr erwählt zu werden.

Eine einzelne Träne rann über ihre Wange. Wortlos streckte sie ihm ihre Hand entgegen.

Nebel stieg vom Waldboden auf, als sie sich schweigend

ankleideten und ihre Waffen nahmen. Der Wald hüllte sich in feuchte Schleier. Vertrautes wurde fremd.

Gonvalon hatte nun endgültig mit allem gebrochen, was ihm in seinem Leben etwas bedeutet hatte. Es gab nur noch Nandalee. Und noch nie hatte er sich so frei gefühlt wie in dieser Nacht inmitten des Nebels, als er ihr gen Norden folgte, um gegen jede Vernunft das Schicksal herauszufordern.

Zweites Buch

Die Windgängerin

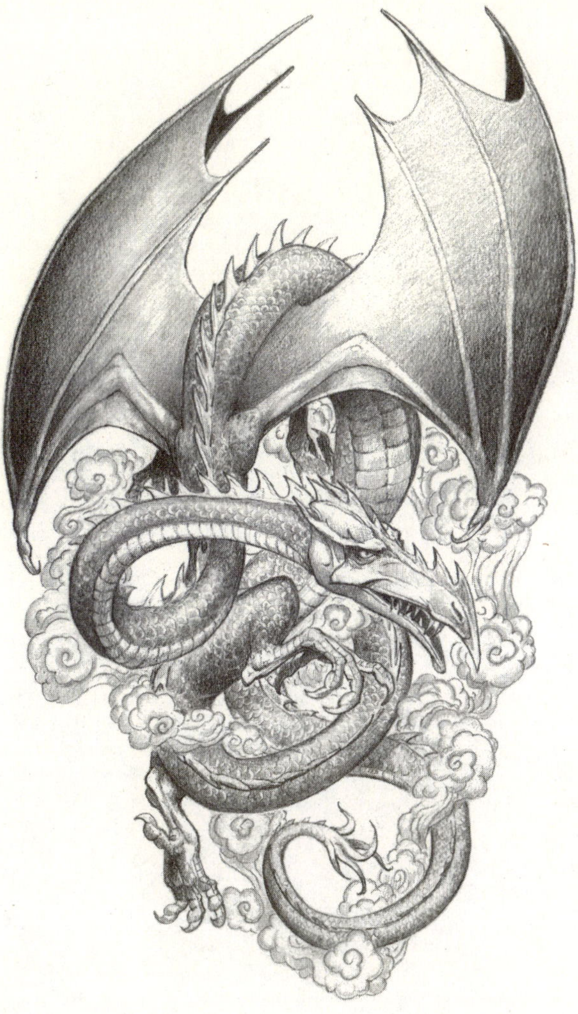

Bei Nacht und Nebel

Bidayn schlug das Herz bis zum Hals. Sie wusste, was mit ihr geschehen würde, wenn sie erwischt wurde. Sie stand mitten auf dem Flur, und jede einzelne Bodendiele schien sich gegen sie verschworen zu haben. Tagsüber war kaum ein Geräusch zu vernehmen, wenn sie hier entlangging, aber jetzt wurde jeder ihrer Schritte von einem Knarren begleitet, das ihr laut wie ein Donnerschlag vorkam. Noch könnte sie umkehren. Wenn sie hier auf dem Flur erwischt würde, wäre es ein Leichtes, sich eine Ausrede auszudenken.

Sie dachte an Nandalee, die jetzt irgendwo im Wald auf sie wartete. Sie konnte ihre Freundin nicht im Stich lassen! Ohne ihre Hilfe konnte Nandalee nicht zum Albenhaupt gelangen. Beim Gedanken an den vereisten Gipfel, auf dem sich die Drachenelfen vor ihrem Angriff auf die Tiefe Stadt versammelt hatten, überlief sie ein Schauer. Nandalee wollte in die Wälder, die sich von den Flanken des verwunschenen Berges bis zu den Grenzen der Snaiwamark erstreckten. Wen oder was sie dort suchte, hatte sie ihr nicht verraten wollen. Von dort waren es noch Hunderte Meilen bis zum Königsstein.

Schritt um Schritt pirschte Bidayn vorwärts, die Stiefel in der Hand. Die Dielen waren unangenehm kühl. Es hing ein leichter Geruch von Waffenfett in der Luft. Noch ein paar Schritte bis zur Treppe, die hinab in die Halle der Schwerter führte. Sie hatte es fast geschafft.

Ein lautes Knarzen ließ sie innehalten. Stumm verfluchte sie den Holzfußboden. Sie könnte einen Zauber weben, der alle Geräusche um sie herum verschlang. Aber das wäre töricht! Hier inmitten der Weißen Halle nach den Kraftlinien zu greifen, würde noch weit mehr Aufmerksamkeit erregen als ihr stümperhafter Versuch, lautlos über diesen verfluchten Flur zu schleichen. Sollte jemand anders gerade einen Zauber weben, würde er mit hoher Wahrscheinlichkeit bemerken, dass sie nach dem magischen Netz griff. Einem Zauber des Verbergens, mitten in der Nacht gesprochen, würde jeder Meister der Weißen Halle nachgehen.

Bidayn machte einen weiteren Schritt. Diesmal waren die Dielen auf ihrer Seite. Noch zwei lautlose Schritte, und sie erreichte das Geländer der Galerie, die die Halle der Schwerter einfasste. Nur ein einzelnes Licht brannte unten. Eine Kerze, deren Flamme sich geisterhaft in einigen der Schwertklingen an den Wänden spiegelte.

Bidayn wollte auf die Treppe treten, als unten eine Tür knarrte. Sie verharrte mitten im Schritt. Waren da Stimmen? Bidayn duckte sich. Das Geländer bot kaum Deckung. Aber es war dunkel. Wer nicht genau hinsah, würde sie nicht entdecken.

»Ich wette, wir sehen sie nie wieder«, sagte eine hohe Stimme.

»Sollen die Trolle sie fressen«, entgegnete ein knurriger Bass. »Sie hat es tausendmal verdient. Wisst ihr noch, wie sie meine Hose in Brand gesetzt hat, nur weil ich den verdammten Vogel auf ihrem Tisch fressen wollte?«

»Hab dich nie wieder so gut tanzen sehen«, sagte ein Dritter kichernd.

Drei Kobolde traten in die Schwerthalle. Sie hatten dunkle, ledrige Haut, lange, spitze Nasen und übergroße Münder. Ihr strähniges Haar verbargen sie unter roten Kappen. Sie reichten einem Elfen nicht einmal bis zum Knie. Bidayn wusste nicht, wie viele es von ihnen in der Weißen Halle gab. Üblicherweise beachtete sie die Kobolde kaum. Wie in den Palästen Arkadiens verrichteten sie auch hier die niederen Dienste. Für sie gab es hinter den Wänden verborgen eigene Wege, sodass sie die meiste Zeit über unsichtbar blieben. Wo tagsüber viele Elfen anzutreffen waren, erschienen sie bevorzugt bei Nacht.

Zwei der Kobolde waren mit kleinen Eimern und Putzlappen ausgerüstet. Der dritte trug lediglich eine langstielige Pfeife. Für einen Kobold war er ungewöhnlich korpulent. »Da vorne bei der Tür«, kommandierte er mit Bassstimme. »Die treten sich nie die Füße ab. Soll der Fleischschmied sie alle holen, verdammte Elfenbande.«

Bidayn traute ihren Ohren nicht. Sie hatte noch nie Kobolde belauscht. Zwar wusste sie, dass manche als aufsässig galten, aber dass es sich so anhörte, hätte sie nie gedacht.

»Der Fleischschmied ist zu gut für diese Nandalee«, sagte der mit der hohen Stimme, während er sich niederkniete und damit begann, den Boden am Eingang aufzuwischen. »Elf in Honigkruste gebraten, das ist das passende Ende für die. Die hat mir Pickel an den Arsch gehext, dieses verdammte Miststück, als sie gemerkt hat, dass ich jeden Morgen in den Wasserkrug gespuckt habe, den ich ihr aufs Zimmer brachte.«

»Sie war die Einzige hier, die sich unsere Namen gemerkt hat«, bemerkte der zweite Kobold, während er sich hinhockte und zwei Bürsten unter seine nackten Füße schnallte.

»Um uns besser verhexen zu können, du hirnloser Kürbisschädel«, polterte der Dicke mit seiner Bassstimme los und blies eine Wolke Tabakrauch zur Galerie hinauf. Bidayn duckte sich tiefer. Hatte er sie gesehen?

»Also mir hat Nandalee nie etwas getan«, beharrte der zweite Kobold und glitt dabei auf seinen Handbürsten über den Steinboden wie ein Eisschuhläufer. »Sie hat mir sogar einmal einen Apfel geschenkt.«

»Da steckte doch bestimmt ein Wurm drin.«

»Na und? Ich mag Äpfel, wenn sie ein bisschen mürbe sind und ein, zwei Bewohner haben. Ich finde, die schmecken besser.«

Der dicke Kobold blickte noch immer zur Galerie hinauf. Bidayn hielt den Atem an. Sah er sie? Oder hatte er nur ein Geräusch gehört? »Macht hin, ihr beiden«, murrte er, ohne sich nach seinen Kameraden umzusehen. Dann sagte er noch etwas, aber so leise, dass Bidayn es nicht verstand.

Die Kobolde beeilten sich nun sichtlich fertig zu werden. Ob der Dicke sie erkannt hatte? Würden sie einen der Meister rufen? Seit dem Zwischenfall in der Bibliothek, bei dem Nandalee durch das verwunschene Buntglasfenster gezogen worden war, war es Novizen bei Strafe verboten, nachts umherzuschleichen.

Die drei Kobolde packten ihre Lappen, Eimer und Bürsten und zogen schweigend weiter. Warteten sie darauf, dass sie herunterkam? Bidayn verhielt sich still. Sie zählte stumm bis fünfhundert. Als dann immer noch nichts zu hören war, wagte sie sich die Treppe hinab.

Am ersten Absatz verharrte sie erneut und lauschte. Alles blieb still. Sie wagte sich weiter und durchquerte fliegenden Schrittes die Halle. Die Tür nach draußen war gut geölt. Sie öffnete sich ohne Laut. Voller Sorge blickte sie zum Himmel hinauf. Der Mond stand schon tief. Sie hatte Nandalee versprochen, eine Stunde vor Morgengrauen beim Albenstern zu sein, und es lag noch ein weiter Weg vor ihr.

Nur wenige Wolken zogen über den Himmel. Es war zu hell, dachte Bidayn verzweifelt. Sollte einer der Meister schlaflos am Fenster seines Zimmers stehen, war sie unmöglich zu übersehen. Vor der Weißen Halle lag eine Parklandschaft aus Hecken, Blumenbeeten und weiten Wiesen.

Bidayn hielt sich dicht an der Mauer des Hauses, hastete über ein schmales Wiesenstück und kauerte sich in den Schatten einer alten Buchsbaumhecke. Ein kleiner Vogel zwitscherte erschrocken irgendwo im dichten Geäst. Bidayn blickte zu den Fenstern auf. Das Mondlicht spiegelte sich darauf, so dass sie nicht ausmachen konnte, ob es vielleicht irgendwo einen Beobachter gab.

Sie hielt sich weiter im Schatten und folgte dem Labyrinth der Hecken, bis sie zu dem von Rosen überwachsenen Gang gelangte, der zum Pavillon am Rand des Parks führte. Die Luft hier war schwer vom Blütenduft. Zum ersten Mal, seit sie ihr Zimmer verlassen hatte, fühlte sie sich halbwegs sicher.

Als sie den Pavillon erreichte, war sie fast fünfhundert Schritt von der Weißen Halle entfernt. Sie blickte versonnen über die mondhelle Wiese zur schwarzen Wand des Waldes. Nebel zog unter den Bäumen hindurch. Es war totenstill.

Bidayn entschied sich, einen Zauber zu wagen. Sie war weit genug von der Weißen Halle entfernt, hoffte sie. Leise sprach sie ein Wort der Macht und rief den Nebel vom Waldrand herbei. Wie von einer leichten Brise getrieben, streckte er seine bleichen Arme über die Lichtung aus. Auch aus dem hohen Gras erhob sich nun Nebel. Geduldig wartete Bidayn, bis der Nebel Lichtung und Pavillon umfing, dann lief sie los. Bald war ihr Kleid bis über die Knie vom taufeuchten Gras durchnässt.

Als sie den Waldrand erreichte, kniete sie nieder und zog die Stiefel an. Sie hatte es geschafft! Jetzt war es egal, ob Steine unter den dicken Sohlen knirschten oder dünne Äste knackten. Erleichtert ging sie in den Wald hinein. Der Nebel verbarg zwar den Weg vor ihr, doch sie wusste, wo sie langgehen musste. Sie spürte die pulsierende Macht eines Albenpfades ganz nah. Er würde sie zu dem Albenstern führen, durch den Nandalee gen Norden flüchten wollte.

Nicht fern rief ein Käuzchen ihr einen nächtlichen Gruß zu. Verglichen mit den wilden Wäldern Nangogs war dieser Wald die reinste Idylle. Nahe der Weißen Halle gab es nur wenig Unterholz, denn die Kobolde rodeten das Buschwerk, um es in der Küche zu verfeuern.

Bidayn kam gut voran. Sie mochte fast eine Meile gegangen sein, als hinter ihr eine wohlvertraute Stimme erklang.

»Ein ungewöhnlicher Ort für einen Spaziergang zu so früher Stunde, nicht wahr?«

Kein Freundschaftsdienst

Lyvianne amüsierte es zu sehen, wie Bidayn zusammenzuckte, als sie die Novizin ansprach. Beinahe hätte sie die junge Elfe verfehlt. Die Nacht war wie geschaffen, um sich davonzuschleichen. Hell genug, dass man nicht die Orientierung verlor, aber dunkel genug, um sich zu verbergen. Hätte Bidayn nicht den Nebel über die Wiese gerufen, sie wäre ihr entschlüpft. Lyvianne hatte an der falschen Stelle auf sie gewartet.

»Ich hoffe, du beleidigst nicht unser beider Intellekt, indem du mir irgendeine haarsträubende Geschichte erzählst, warum ich dich zu dieser Stunde im Wald antreffe.«

Bidayn hatte sich erstaunlich schnell gefasst. Sie erwiderte ruhig ihren Blick. Ihre Zeit auf Nangog und die Schlacht in der Tiefen Stadt hatten die junge Elfe verändert. Sie war härter geworden. Und mit dem Netzwerk aus feinen Narben auf ihrem Gesicht sah sie irritierend aus. Fremd. Fast zum Fürchten, würde sie Bidayn nicht gut kennen. Eines Tages würde sie eine machtvolle Zauberweberin sein.

»Ich bin um eines Freundschaftsdienstes willen hier.«

»Ich muss sagen, Nandalee hat mich auch beeindruckt, als sie vor den Meistern sprach. Sie hat Visionen, die weit über die üblichen Ziele einer Novizin hinausreichen. Sie hatte den Mut, offen von einer Zeit zu sprechen, in der die Elfen den Drachen nicht mehr untertan sind. Sie genießt meinen Respekt. Wäre sie nur nicht so ärgerlich impulsiv. Zum Königsstein zu gehen ist eine außerordentliche Dummheit. Dieser Weg bringt sie im günstigsten Fall in die Verbannung. Willst du etwa mit ihr gehen, Bidayn?«

»Das war ursprünglich nicht meine Absicht.«

»Was veranlasst dich dazu, diesen Unsinn nun doch in Erwägung zu ziehen?« Lyvianne legte einen harschen Ton in ihre Stimme, obwohl sie innerlich jubilierte. Bidayn reagierte ganz so, wie sie es sich erhofft hatte.

»Nun, Meisterin. Da offenbar wurde, dass ich entgegen dem Gebot der Meister der Weißen Halle Nandalee geholfen habe, bin ich wohl von Stund an keine Novizin der Weißen Halle mehr. Dann kann ich auch mit Nandalee gehen.«

Lyvianne schüttelte den Kopf. »Du verhandelst erst gar nicht?«

»Ich bettele nicht. Ich bin aus freien Stücken hier und war mir des Risikos bewusst, das ich eingehe.«

»Hast du in deine Überlegungen auch einbezogen, dass ich dich vielleicht nicht als Schülerin verlieren möchte?«

Bidayn hob überrascht die Brauen. »Ihr würdet für mich lügen?«

»Wenn zu schweigen schon zu lügen bedeutet?« Sie sah die aufkeimende Hoffnung im Blick Bidayns. »Du versprichst mir, dass du nicht mit Nandalee gehst, und ich verspreche dir, dass die Meister der Weißen Halle nichts von deinem Ausflug erfahren werden.«

»Aber warum seid Ihr hier?«

Lyvianne lächelte, obwohl Bidayns Misstrauen sie ärgerte. »Um sicherzugehen, dass du keine Dummheit machst und dich aus falsch verstandener Freundschaft zusammen mit Nandalee ins Unglück stürzt.«

»Das würde ich nicht tun. Ich … Es bedeutet mir viel, auserwählt zu sein, eine Drachenelfe zu werden. Ich würde diese Gunst nicht so leicht aufgeben wie Nandalee.«

»Das beruhigt mich zu hören. Wohin wird Nandalee gehen? Es gibt einen Albenstern inmitten des Königssteins, doch er liegt hoch in einer Höhle. Wer ihn benutzt und nicht zu fliegen vermag, der wird sich zu Tode stürzen.«

»Sie will zum Albenhaupt. Warum sie ihre Reise so weit entfernt vom Königsstein beginnt, hat sie mir nicht gesagt.«

Lyvianne war überrascht. Verfolgte Nandalee heimlich ganz andere Ziele, als sie alle hatte glauben machen wollen? War sie vielleicht erneut auf einer Mission für den Erstgeschlüpften?

»Du gehst nicht mit ihr, und du sprichst zu niemandem von unserem Treffen, auch nicht zu Nandalee. Sollte herauskommen, dass ich deinen Ausflug gedeckt habe, würde selbst ich in Schwierigkeiten geraten. Darüber hinaus schuldest du mir einen Gefallen.«

Bidayn nickte dankbar.

»Und nun beeile dich. Ich bin sicher, Nandalee wartet schon voller Ungeduld auf dich.«

»Danke, das werde ich Euch nicht vergessen.«

Lyvianne lächelte freundlich. »Wenn dir das ernst ist, solltest du weniger förmlich mit mir reden, wenn wir allein sind. Du hast mich jetzt in der Hand. Ich habe mich mit dir gegen die Meister der Weißen Halle verschworen.«

Bidayn wirkte unglaublich erleichtert. Sie bedankte sich noch einmal überschwänglich und eilte dann davon. Sie war immer noch erstaunlich naiv, dachte Lyvianne. Ohne sich dessen bewusst zu werden, hatte sie ihre beste Freundin verraten.

Die Meisterin ging nachdenklich zur Weißen Halle zurück. Nun würde sie das Vertrauen von Bidayn verraten. Ob ihre Novizin es jemals erfahren würde? Wohl kaum. Dass Nandalee ihre Reise überlebte, war mehr als unwahrscheinlich. Und nicht die Trolle waren die größte Gefahr, die sie in der Snaiwamark erwartete.

In der Weißen Halle angelangt, stieg sie hinab in die große Bibliothek, die so wenig genutzt wurde. Lyvianne mochte die staubige Stille hier unten, den Geruch der Ledereinbände und des Pergaments. Nur sehr wenige Lampen brannten. Aus den Augenwinkeln sah sie den Schatten eines Kobolds davonhuschen. Sie hüteten den Wissensschatz der Weißen Halle und sorgten dafür, dass immer Lichter brannten. Ob sie wohl manchmal in den Schriften lasen?

Eiligen Schrittes durchmaß die Elfe die Büchersäle, bis sie zu jener verbotenen Kammer kam, die zu betreten den Novizen streng untersagt war. Der Raum war kühler als die übrigen Säle. Es gab hier weniger Regale. Hier wurden Folianten und Schriftrollen über die dunkleren Spielarten der Magie verwahrt. Staub lag auf dem Lesetisch. Auch die Kobolde betraten diesen Raum nur, wenn es ihnen befohlen wurde.

Lyvianne blickte zu dem großen, runden Buntglasfenster, das fast eine ganze Wand einnahm. Mattes Licht fiel durch die tausend Glasfacetten, obwohl die Bibliothek unter der Erde lag und es hinter dem Fenster kein weiteres Zimmer gab. Lyvianne war immer wieder aufs Neue von dem Fenster fasziniert. Es gab keine zwei Glasstücke darin, die von derselben Farbe waren. Sie waren in einem unregelmäßigen Muster arrangiert, und wenn sie sie länger betrachtete, ergriff sie ein Schwindelgefühl.

Ein leises Knirschen ließ Lyvianne aufschrecken. Das Buntglasfenster war von Drachenmagie durchdrungen, und wie alles, was die Himmelsschlangen erschufen, haftete ihm etwas Dunkles an. Es schien lebendig zu sein, ja einen eigenen Willen zu haben. Wer mutig und erfahren genug war, konnte es auf vielfältige Weise nutzen. Dachte man zum Beispiel an einen Ort, den man einmal gesehen hatte, und sprach laut ein Wort der Macht, so konnte man beobachten, was dort vor sich ging.

Wieder knirschte es. Lyvianne konnte sehen, wie sich eine der goldenen Fassungen verzog. Ein Glassplitter veränderte seine Form, wurde länglicher. Es wurde schlagartig kälter. Lyvianne stand nun der Atem vor dem Mund. Bidayn hatte sie hier vor etlichen Monden gefunden. Damals hatte sie das Wiegenlied für ihre Kinder gesungen. Auch ihm haftete ein Zauber an. Sang sie das Lied vor dem Fenster, konnte der Goldene sie hören, ganz gleich wo er sich gerade aufhielt. Er wollte wissen, wann Nandalee die Weiße Halle verließ. Er hatte vorhergesehen, dass sie nicht lange bleiben würde.

»Es ist nicht klug, eine Himmelsschlange herauszufordern, Nandalee«, sagte sie tief in Gedanken. Sie mochte die junge Elfe.

Doch das war kein Grund, sie zu schonen. Lyvianne hatte sich dem Goldenen verschworen. Sie war seine erste Drachenelfe. Dieser Bund war für die Ewigkeit geschlossen, und ihre Sympathie für Nandalee endete, wo sie in Konflikt mit ihrer Loyalität zum Goldenen geriet.

Leise begann Lyvianne zu singen, während das Buntglasfenster sich weiter verzog. Schneller und schneller wanderten die Glassplitter und wellten sich die Fassungen, bis das Fenster schließlich zu einem Kreis aus wirbelndem Licht zerschmolz und Lyviannes Lied fast im Kreischen des mahlenden Glases unterging.

Schattenweber,
Träumegeber,
wandern durch die Nacht.
Schleichen sacht, sacht, sacht.

Sie sind Freunde, wohlvertraut,
haben in dein Herz geschaut,
führen dich durch Schlafes Pforte,
fern, an wunderbare Orte.

Wallbrecher

Kurunta versuchte seine fleischige Hand unter seiner Achsel durch einen Spalt in seinen Leinenpanzer zu schieben. Es juckte dort grässlich. Eine Folge der Verbrennungen, die er im Kampf mit Aarons Hofmeister Datames erlitten hatte.

Eben erst war er durch das Magische Tor auf die Ebene von Kush getreten. Die trockene Hitze sprang ihn an wie ein Tier, obwohl es Nacht war. Schweiß rann ihm unter den Achseln und den Rücken hinab und peinigte ihn. Es war erstaunlich dunkel hier. Keine Fackel erleuchtete die Nacht. Nur einige wenige Öllämpchen brannten entlang des Weges und bildeten einen Lichterpfad, der zum Feldlager des Unsterblichen Muwatta führte. Kommandos wurden nicht gerufen. Es wurde nur geflüstert. Und die Menschenmengen, die durch das Tor geschritten kamen, bewegten sich stockend vorwärts.

Kurunta war lediglich mit einer kleinen Gruppe von Leibwächtern gereist. Er hatte eine weite Strecke durch die Steppe zurückgelegt, weil er nicht durch eines der magischen Portale der Ischkuzaia schreiten wollte. Er traute diesen verdammten, nach Pferdescheiße stinkenden Bastarden nicht. Das Brautgeld einfach zu verdoppeln! Das war selbst für stinkende Barbaren eine außergewöhnliche Frechheit.

»Aus dem Weg, dreckiger Abschaum! Macht Platz für den Hüter der Goldenen Gewölbe!« Der Befehlshaber seiner Leibwache stieß einen Lastenträger, der vor ihnen in die Hocke gegangen war, zu Boden und hob drohend seinen schweren Eichenstab, um auf den nächsten einzudreschen.

»Lass sie, Labarna. Wir haben Zeit.« Kurunta kam es gelegen, wenn es sich noch etwas verzögerte, bis er vor seinen Hochkönig trat. Er wusste immer noch nicht, wie er Muwatta die Frechheit der Barbaren beibringen sollte. Auch das war ein Grund, warum er es auf seiner Reise nicht eilig gehabt hatte.

Labarna stieß ärgerlich seinen Stab in den Staub. Der Hauptmann war ein Baum von einem Kerl. Er überragte alle anderen in seiner Leibwache um mehr als Haupteslänge, und Kurunta wählte für seine Eskorte nur großgewachsene Männer. Labarna nahm seinen Helm ab und wischte sich den Schweiß von der Stirn. Sein Schädel war kahl geschoren, bis auf zwei lange Haarsträhnen, die von seinen Schläfen hingen.

»Nicht mehr lange, und du kannst wie der Blitz in die Schlachtreihen Arams niederfahren«, beschwichtigte Kurunta. »Diese Lastenträger sind deines Zornes nicht würdig.«

»Ich habe Išta geschworen, dass ich zu ihren Ehren drei Dutzend Feinde erschlagen werde«, erklärte er feierlich.

Kurunta betrachtete seinen Hauptmann wohlwollend. Er könnte es schaffen. Labarna zog mit einer gewaltigen Keule in die Schlacht, deren wuchtige Hiebe alles zerschmetterten. Schilde, Knochen, selbst Eberzahnhelme. Nichts war der urwüchsigen Gewalt seiner Angriffe gewachsen.

»Ich werde an deiner Seite sein und die Erschlagenen mit dir zusammen zählen«, erklärte Kurunta lächelnd. »Und wenn du deinen Schwur wahr machst, werde ich dafür sorgen, dass du der lebenden Göttin selbst begegnest. Ich werde ihr deinen Namen nennen, und sie wird von deinem Mut und deiner Kühnheit erfahren.«

Labarnas Augen weiteten sich. Kurunta las Begeisterung, aber auch eine Spur von Furcht im Antlitz seines Hauptmanns. Labarna kniete nieder. »Ich bin nur ein unwürdiger Wurm. Ich habe nicht verdient …«

»Du bist ein Held Luwiens.« Kurunta erhob seine Stimme, sodass alle in weitem Umkreis ihn hören konnten. »Wenn der Tag der Schlacht vorüber ist, werden wir drei Meilen weit über die Körper der erschlagenen Feinde schreiten, ohne dass unser Fuß nur ein einziges Mal staubigen Boden berührt.« Leiser fügte er hinzu: »Und wenn du mir den Kopf des Hofmeisters Datames bringst, Labarna, dann werde ich dir als Belohnung meinen Stadtpalast in Isatami schenken.« Er hatte die Stadt seit dem Tag, an dem er dort verstümmelt worden war, ohnehin nicht mehr betreten. Kurunta stellte sich vor, wie er den Schädel des bartlosen Hofmeisters in Gold einfassen lassen würde, um ihn künftig als Tafelschmuck bei seinen Festen zu verwenden. Er lächelte bei dem Gedanken, wie er den Schädel vor jenen Gästen aufstellen lassen würde, denen er eine Warnung zukommen lassen wollte.

Endlich bewegte sich die Marschkolonne. Die Träger wurden zur Seite gewunken und in einen weiter südlich gelegenen Teil des riesigen Heerlagers geleitet. Kurunta war überrascht, sich schon bald zwischen den Reihen lagernder Krieger wiederzufinden. Nirgends brannten Feuer. Was war hier los? Deutlich konnte er am Horizont den orangeroten Lichtschein über dem Heerlager Arams erkennen, das sich über Meilen entlang des ausgetrockneten Flussbetts erstreckte. Aber hier bei den Luwiern war alles dunkel. Warum?

Es ging jetzt zügig voran. Voraus erkannte er die Schatten riesiger Zelte. Größer als selbst das Zelt des Unsterblichen Muwatta.

»Zu welcher Satrapie gehört ihr?«, wurden sie von einem Wachposten scharf angerufen.

»Vor dir steht der Hüter der Goldenen Gewölbe!«, kam es ärgerlich von Labarna. »Und wie heißt du, dass du es wagst, dich der rechten Hand des Unsterblichen Muwatta in den Weg zu stellen, wenn er eilt, seinem Herrn zu begegnen?«

Das Schweigen im Dunkel ließ Kurunta schmunzeln. Er überlegte, ob er auch die Strafe des Vierteilens einführen sollte. Bislang war diese Art der Hinrichtung in Luwien nicht verbreitet.

»Bitte verzeiht, dass ich Euch bei dieser Finsternis nicht erkannte. Es ist zu viel Bewegung im Heerlager in dieser Nacht, und dieser Weg hier steht nur jenen frei, die zum unmittelbaren Gefolge des Unsterblichen gehören. Der Unsterbliche Muwatta weilt bei den …« Der Wächter stockte erneut, ganz so, als habe er einen weiteren Fehler gemacht. »Der Erzkönig besichtigt die neuen Truppen. Ich werde Euch zu ihm bringen lassen.«

Zwei Krieger mit den hohen Rosshaarkämmen der königlichen Leibwache traten aus dem Dunkel. Schweigend winkten sie Labarna, ihnen zu folgen. Sie passierten eine Brücke aus dicken Stämmen, die über einen Graben führte, hinter dem eine hohe Erdschanze aufgeschüttet worden war. Dieser Teil des Lagers war ganz neu. Überall standen Wachen.

Kurunta sah sich neugierig um, konnte aber nicht entdecken, was hier so schwer bewacht wurde. Es standen ausschließlich Krieger aus Muwattas Leibgarde auf Posten.

Sie wurden zwischen einigen der riesigen Zelte hindurchgeleitet bis zu einer Palisade aus hohem Bambusrohr, hinter der Licht brannte. Ein seltsamer Geruch lag in der Luft. Nach Tierkot. Kurunta konnte ihn nicht zuordnen. Pferdemist war es jedenfalls nicht.

»Taubenflug!«, rief einer ihrer beiden Führer, als sie ein Tor in der Bambuswand erreichten.

Kurunta hatte noch nie erlebt, dass an einem Ort, den die Leibwache des Erzkönigs so streng kontrollierte, Passwörter benutzt wurden.

Die Wachen winkten sie hindurch. Unmittelbar hinter dem Tor stand Muwatta. Er betrachtete einen Elefanten, dem gerade eine Beinpanzerung aus breiten Lederlamellen angelegt wurde. Das große, graue Ungetüm war mit einer schweren Decke gepanzert, auf die Hunderte von schimmernden Bronzescheiben aufgenäht waren. Auch sein Rüssel wurde von einem Lamellenpanzer geschützt, und eine wuchtige Bronzemaske, die von einem Kamm langer, roter Federn geschmückt wurde, schützte den Kopf des Elefanten. Auf seine Stoßzähne waren eiserne Klingen aufgesteckt, deren leicht geschwungene Form an Sicheln erinnerte.

Der Koloss stampfte unruhig mit den Füßen. Es war offensichtlich, dass ihm diese Lasten unangenehm waren. Über seinem Rücken schwebte an Seilen ein Konstrukt, das wie ein kleiner, hölzerner Turm aussah. Breite Lederriemen hingen von ihm herab. Ein Trupp von Kriegern stand an einer Seilwinde und ließ den Turm langsam herabsinken, während ein dunkelhäutiger Kerl, der nur mit einem Lendenschurz bekleidet war, beruhigend auf den Elefanten einredete.

»Kurunta!« Der Erzkönig hatte ihn bemerkt und kam ihm mit offenen Armen entgegen. »Gut, dass du endlich zurückkommst. Bringst du Nachricht von meiner Braut?«

Das war der Augenblick, vor dem er sich seit Tagen gefürchtet hatte. »Ich … Wir sollten unter vier Augen sprechen.«

Muwatta trug seinen Maskenhelm. Seine Augen waren schwarze Abgründe in einem Gesicht aus spiegelndem Silber. Auf dem Helm war ein Löwenfell befestigt, sodass die silberne Stirn von gelblichen Fangzähnen gerahmt wurde. Der Unsterbliche trug einen silbernen Glockenpanzer, über den ein breiter, rotgoldener Schwertgurt lief. Ein purpurner Wickelrock war um seine Hüften geschlungen. In all dieser Pracht sah er mehr wie ein Gott denn wie ein Mensch aus.

»Die Barbaren machen also Ärger …« Dem Tonfall seiner Stimme war nicht zu entnehmen, ob er verärgert war. Einen Augenblick lang herrschte beklemmendes Schweigen, dann endlich deutete der Unsterbliche mit großer Geste auf den Elefanten. »Was hältst du davon, Kurunta?«

»Er sieht überaus eindrucksvoll aus, mein Gebieter.« Kurunta bemühte sich enthusiastisch, aber nicht unterwürfig zu klingen.

»Wir haben vierzig davon. Sie alle werden Rüstungen bekommen. Wir müssen sie allerdings noch daran gewöhnen.«

Kurunta betrachtete den Elefanten mit einiger Skepsis. Noch nie hatte jemand diese Ungeheuer in einer Schlacht eingesetzt. Jedenfalls nicht in halbwegs zivilisierten Gegenden. Er kannte Muwattas Elefanten aus Isatami, der bei den feierlichen Prozessionen der Heiligen Hochzeit durch die Straßen der Tempelstadt geführt wurde. Das Vieh galt als ausgesprochen launisch. Die Stallburschen, die sich um ihn kümmern mussten, hatten eine Heidenangst vor dem Elefanten. Er hatte schon mehrere von ihnen umgebracht.

»Was für eine Schlachtlinie würdest du aufstellen, wenn du wie Aaron ein Heer aus Bauern in den Kampf führen müsstest?«, fragte ihn Muwatta.

Kurunta spürte, wie ihm der Schweiß den Rücken hinabrann. Er kämpfte gegen den Reflex, sich zu kratzen. Nicht in Anwesenheit des Unsterblichen! »Ich würde einen Schildwall bilden, mit möglichst hohen Schilden. Meine erfahrensten Krieger würde ich in die vorderste Reihe stellen und die Bauern mit langen Speeren ausrüsten, damit möglichst viele von ihnen den Kampf um den Schildwall mit Speerstößen unterstützen können.«

Muwatta deutete ein Nicken an. »Aaron hat kaum eine andere Wahl. Meine Elefanten werden wie Rammböcke durch seine Wälle brechen. Eine einfache Linie erfahrener Kämpfer wird nie und nimmer ausreichen, sie aufzuhalten. Sie werden wie wandernde Festungstürme sein. Auf ihren Rücken werden Bogenschützen und Männer mit langen Speeren stehen. Und hinter den Elefanten folgen in Gruppen zu jeweils hundert meine besten Krieger, um durch die Lücken zu stoßen, die von den Elefanten geschlagen wurden. Das wird keine Schlacht, das wird ein Massaker. Das Ganze wird in weniger als einer Stunde vorüber sein. Die meiste Arbeit wird es machen, die Flüchtenden niederzustechen und danach Hügel aus ihren Köpfen zu schichten. Ich will einen zehn Schritt hohen Hügel, und auf seiner Spitze soll der Kopf Aarons liegen.«

Kurunta fröstelte es. Es war verboten, einen Unsterblichen zu töten. Nicht einmal Aaron hatte es gewagt. Er hatte Muwatta in ihrem Duell einen Stich tief in den Unterleib versetzt. Es gab sogar Gerüchte, dass der Erzkönig bei dem Zweikampf in Nangog kastriert worden war. Aus der Heiligen Hochzeit war im letzten Jahr kein Kind erwachsen. Das hatte die Gerüchte zusätzlich angefacht. Wenn Muwatta Aarons Kopf wollte, dann würde er am Tag der Schlacht enttäuscht werden, ganz gleich, wie glorreich ihr Sieg sein mochte. Kurunta entschied, dass er sich nach der Schlacht nicht in die Nähe seines Herrschers begeben würde. Wenn Muwatta zornig wurde, war er unberechenbar.

»Du siehst besorgt aus, mein Freund.«

Kurunta fluchte stumm und setzte ein Lächeln auf. »Ich traue den Elefanten nicht. Das sind störrische Biester. Ich hoffe, sie werden am Tag der Schlacht dahin laufen, wo wir sie haben wollen.«

»Das werden sie!« Muwatta klang so sicher und selbstbewusst, wie nur ein Unsterblicher klingen konnte. »Išta wird an unserer Seite sein. Die Devanthar sind uns gnädig gestimmt. Sie schätzen Aaron nicht. Und die Elefanten werden für Aaron eine Überraschung werden. Ich habe sie mit Bedacht in einer mondlosen Nacht hierherholen lassen und befohlen, die Feuer im Lager zu löschen. Nur wenige haben sie kommen sehen. Und vor Tagesanbruch werden sie in ein nahes Tal getrieben, wo sie vor allen Blicken verborgen sind. Dreihundert ausgewählte Jäger bewachen das Tal und die Berge ringsherum. Niemand wird meinen Wallbrechern nahe kommen, bis zum Tag der Schlacht. Dem Tag, an dem sie die Linien Arams zerschmettern werden.«

Kurunta war nicht überzeugt. Er war zu lange Feldherr, um daran zu glauben, dass ein Geheimnis wie dieses gewahrt werden konnte. Er vertraute lieber auf die Kraft ihrer Schwerter und darauf, dass sie weit mehr erfahrene Krieger ins Feld führen konnten als der Unsterbliche Aaron. Sie würden gewinnen, daran gab es keinen Zweifel. Aber sie würden es auf die altmodische Art tun. Schwert gegen Schwert, Speer gegen Speer, Mann gegen Mann.

»Aaron muss ziemlich verzweifelt sein«, sagte Muwatta gut gelaunt und klatschte in die Hände. »Bringt den Spitzel!«

Der Elefant stellte die Ohren auf und stieß einen seltsamen Laut aus, als wolle er zum Angriff übergehen. Offensichtlich hatte ihn das Händeklatschen aufgeschreckt. Der Treiber redete heftiger auf ihn ein. Die Anspannung unter den Leibwachen ringsherum war unübersehbar. Einige der Krieger hoben Speer und Schild, was in Anbetracht des schwer gepanzerten Elefanten eine fast lächerliche Geste war. Keiner von ihnen wich auch nur einen Zoll zurück. Muwatta hätte jeden Leibwächter auf der Stelle hinrichten lassen, der sich angesichts einer Gefahr feige verhielt.

Ein schlaksiger Kerl in einer schmutzigen Tunika wurde vorgeführt. Er hielt sich provozierend aufrecht, fand Kurunta, so als wolle er ihnen allen zeigen, dass er sich unter seinesgleichen bewegte. Mit seinem schütteren Haar, dem Ziegenbärtchen und seinen überlangen Gliedmaßen sah er aus wie eine Witzfigur.

»Ilmari ist der Kopf meines Spitzelnetzes in Nangog«, erklärte Muwatta. »Er spricht fünf Sprachen, verkleidet sich geschickter als selbst meine eitelsten Höflinge, und sein Messer ist tödlicher als ein Skorpionstachel. Sei so gut, Ilmari, und erzähle dem Hüter der Goldenen Hallen, was du gesehen hast.«

Kurunta war beunruhigt, diesen Spitzel nicht zu kennen. Er selbst bezahlte Dutzende wie Ilmari. Wie hatte seinen Männern entgehen können, dass der Erzkönig ein eigenes Netzwerk von Spitzeln in Nangog unterhielt?

Der Kerl erzählte eine krause Geschichte darüber, dass Aaron seine Palastwachen aus Nangog abgezogen hatte. Jene Söldnertruppe, die bis zu den Minen des Königreichs vorgedrungen war. Außerdem hatte er sogar Krieger aus Zapote angeworben. Das war ungewöhnlich! Kurunta hatte noch nie davon gehört, dass sich Zapote als Söldner verdingten.

Ein metallisches Lachen erklang hinter der silbernen Maske des Unsterblichen. »Ilmari ist sogar schneller hier als Aarons Söldner. Seine Krieger wurden auf dem Platz vor der Goldenen Pforte aufgehalten, damit sie nicht gleichzeitig mit meinen Elefanten hierherkommen. Aaron muss sehr verzweifelt sein, wenn er selbst seine Palastwachen aufmarschieren lässt. Ich wüsste gern, wie er die Zapote gewonnen hat. Andere Söldner kann er schwerlich noch anwerben, ganz gleich, ob Drusnier, Ischkuzaia oder Valesier. Niemand folgt seinem Ruf, ganz gleich, wie viel Gold er bietet. Sie alle wissen, dass sein Heer vernichtet werden wird und jeder, der mit ihm streitet, hier auf der Ebene von Kush seinen Tod findet.«

Der Erzkönig nickte dem hageren Kerl wohlwollend zu. »Du übernimmst nun das Kommando über die Spitzel, die wir im Heerlager Arams haben. Mach deine Sache gut und nutze das Messer wohl, das ich dir gegeben habe. Ihm vermag nicht einmal die Rüstung eines Unsterblichen zu widerstehen. Hast du Erfolg, lasse ich dich in Gold aufwiegen, Ilmari.«

»Ich werde Euch nicht enttäuschen, Allweiser Muwatta.« Er verbeugte sich tief und zog sich dann zurück.

»Und nun zu den Ischkuzaia!« Muwatta sah ihn durchdringend an. »Welchen Ärger gibt es dort?«

»Vielleicht sollten wir unter vier Augen …«

Muwatta stieß ein unwilliges Schnauben aus. Er machte eine Geste, ihm zu folgen, und ging ein Stück an der Bambuspalisade entlang. »Was also wollen sie?«

»Sie haben den Brautpreis verdoppelt und fordern auch noch, Pferde zur Auswahl gestellt zu bekommen. Ich soll mit mindestens zwölfhundert Rössern aus den königlichen Ställen zurückkehren, erhabener Muwatta.«

»Sie werden also frech.« Er schnalzte mit der Zunge. »Bring ihnen die Pferde!«

»Tausend Pferde? Kein Weib ist so viel …«

»Ich will Shaya haben. Sie wird die Heilige Hochzeit mit mir feiern. Mein Hofstaat soll sehen, wie die kleine Ischkuzaia-Prinzessin für mich die Beine breitmacht.«

Kurunta wagte es nicht, ein weiteres Mal zu widersprechen. »Ihr Leib ist voller Narben, hat man mir gesagt.«

»Hast du es gesehen?«

Es schwang ein Ton in dieser Frage, der Kurunta frösteln ließ. »Selbstverständlich habe ich sie nicht nackt gesehen, Allweiser Muwatta. Aber sie wurde mir vorgestellt. Sie ist ein wenig dürr … ihr Gesicht erschien mir zu hart. Sie soll als Kriegerin in Nangog gekämpft haben.«

»Und wenn sie schielen würde und einen Buckel hätte, ich will sie haben«, beharrte Muwatta. »Bring den Barbaren ihre Pferde und hole mir Shaya! Kehre nicht ohne sie zurück! Bring sie zu den Priesterinnen und sorge dafür, dass sie auf die Heilige Hochzeit vorbereitet wird. Und was die Barbaren angeht: Es gibt hier in Garagum, nahe dem Gelben Turm, einen Pass, der zu den südlichen Hochebenen Ischkuzas führt. Wir werden uns im nächsten Frühjahr schadlos halten, indem wir die Seidenkarawanen überfallen, die zum Wandernden Hof ziehen. Verglichen mit den Schätzen, die wir dort erbeuten können, sind tausend Pferde ein geringer Preis.«

Kurunta schenkte seinem Herrscher ein falsches Lächeln. »Ich bewundere Eure Weisheit, mein unsterblicher König.« Mit diesen Worten verbeugte er sich und zog sich zurück. Er würde es schnell hinter sich bringen. Genauso schnell, wie Muwatta die Heilige Hochzeit hinter sich bringen würde, wenn er sah, für was für ein Gerippe er die besten Pferde seiner Ställe hingegeben hatte.

Kurunta beschloss, in diesem Jahr zu den Feierlichkeiten der Heiligen Hochzeit verhindert zu sein und dringende Aufgaben hier im Heerlager übernehmen zu müssen.

Lebendig gewordene Finsternis

»Herr, Ihr solltet dringend sehen, was im Heerlager vor sich geht.«

Artax hob ärgerlich den Kopf. Datames stand am Eingang zum Zelt. Sein blonder Hofmeister wirkte erzürnt. Artax hatte das Rumoren draußen vernommen, aber er war nicht in der Stimmung, sein Quartier zu verlassen. Sein Bart war zerzaust, vermutlich waren seine Augen gerötet. So wollte er sich nicht seinen Männern zeigen. Für sie musste er stark und unbesiegbar wirken. Ihre Moral war schon schlecht genug. Sie mussten ihn nicht noch in diesem übernächtigten Zustand sehen.

Artax ließ den Blick durch das Zelt schweifen. Hunderte von Tontäfelchen bedeckten die Tische und jeden freien Fleck auf dem Boden. Berichte aus den Satrapien, Listen über die Lebensmittel, die sein riesiges Heer verschlang, Beschreibungen von ruhmreichen Schlachten aus der Vergangenheit.

Du solltest uns vertrauen, meldete sich die unwillkommene Stimme in seinen Gedanken. Wir erinnern uns an Hunderte von Gefechten.

Wann habt ihr je in der ersten Reihe gestanden, um eine Schlacht zu führen?

Nie, du Narr! In der ersten Reihe fehlt einem Feldherrn der Überblick, um zu führen.

Artax griff an seine Schläfen. Er wünschte, er könnte diese verfluchte Stimme zum Verstummen bringen. Er würde sie sich aus dem Kopf schneiden, wenn es die Möglichkeit dazu gäbe!

Tu es und du bist für immer mit uns vereint!

»Eines Tages werde ich einen Weg finden, euch loszuwerden«, zischte er. »Dieser Tag wird kommen. Verlasst euch darauf.«

»Vorher solltet Ihr sehen, was im Heerlager vor sich geht«, entgegnete Datames kühl.

»Ich rede nicht mit dir, Datames!« Er straffte sich. Der Hofmeister musste ihn für verrückt halten. »Also gut. Zeig mir, was vor sich geht.« Müde erhob er sich vom Faltstuhl hinter dem Tisch und strich sich mit fahriger Geste über den Bart. »Wie sehe ich aus?«

Datames maß ihn mit abschätzendem Blick. »Es ist dunkel draußen, dafür genügt es.«

Artax duckte sich unter der Zeltplane hindurch. Obwohl es mitten in der Nacht war, lag immer noch eine trockene, staubige Hitze über der weiten Ebene. Kein Lüftchen regte sich. Die meisten Lagerfeuer waren längst erloschen. Es gab nur wenig Holz hier. Es wurde nur zum Kochen benutzt. Zusammen mit allem anderen, was brannte. Getrockneter Pferdedung, dürres Strauchwerk. Vor einigen Tagen waren Krieger erwischt worden, die vertrocknete Leichen aus einem Gräberfeld gescharrt hatten, um dürre braune Arme und Beine zwischen ihr Anmachholz zu stecken.

Artax hatte einen der Männer öffentlich hinrichten lassen. Er wollte nicht, dass seine Krieger von den Bewohnern der Provinz als ein Heer von Grabschändern angesehen wurden. Er brauchte die Bogenschützen aus Garagum. Nicht dass sie bei der Schlacht ins Gewicht fallen würden. Dazu waren es zu wenige. Er brauchte sie als Späher. Keiner seiner Männer, die er ausschickte, um das Lager Muwattas auszukundschaften, kehrte zurück. Er brauchte die Hirten und Jäger, die ihr Leben in diesen Bergen und auf den Hochebenen verbracht hatten, um Erfolg zu haben. Aber sie mieden ihn. Sie wussten, was alle über den Ausgang der Schlacht dachten, und wollten sich den künftigen Herrscher des vereinten Garagum nicht zum Feind machen.

»Volodi ist aus Nangog zurückgekehrt«, sagte Datames, und dem sonst so besonnenen und kühlen Hofmeister gelang es kaum, den Zorn in seiner Stimme zu beherrschen.

»Unsterblicher!« Ein alter Mann in langem weißen Gewand, auf dessen Brust eine goldene Flügelsonne prangte, kam ihm entgegengelaufen. Die Hörnerkrone, das Würdezeichen seines Amtes, war ihm auf dem Kopf verrutscht. Der neue Hohepriester! Artax war dessen Name entfallen. Er mochte den alten Schwätzer nicht. Seit dem Verrat des Abir Ataš vertraute er keinem Priester mehr.

Rusa heißt dieser Schwätzer. Du solltest dir seinen Namen merken. Ohne die Priester wirst du unser Reich nicht regieren können.

»Herr! Ihr müsst das Geisterschwert holen und sie zurück durch die verwunschene Pforte treiben. Diese verfluchten Heiden, die Männer deiner Leibwache, haben eine Daimonenschar in unser Heerlager geführt! Möge Feuer vom Himmel fallen, um sie auszulöschen!«

Artax blickte zu Datames.

»Er übertreibt, aber nur ein klein wenig«, sagte der Hofmeister ernst.

Artax gab dem Hohepriester ein Zeichen, an seine Seite zu treten. »Ich bin ein Unsterblicher, Rusa, vergiss das niemals! Ich fürchte weder Geister noch Daimonen und brauche nicht die Macht eines Schwertes, um mich diesen Geschöpfen zu stellen.«

»Ich wollte Euch nicht beleidigen, Erhabener …« Der Priester schob seine Hörnerkrone zurecht und straffte sich. Seine Haltung strafte seine Worte Lügen. Er war sich seiner Macht bewusst, und er würde nicht einfach aufgeben.

Artax ging weiter. Ein Trupp seiner Leibwache schloss sich ihm an. Prächtig anzuschauende Krieger in schneeweißen Umhängen und mit hohen Bronzehelmen.

Immer lauter erklangen die Rufe vor ihnen in der Dunkelheit. Deutlich hörte er Flüche und Bannsprüche aus dem Geschrei heraus. Eine Mauer aus Leibern versperrte den Weg. Hunderte, vielleicht Tausende waren zusammengelaufen. Und von überall kamen noch weitere Schaulustige herbei.

»Platz für den Unsterblichen!«, rief der Anführer seiner Wachen. Seine Stimme ging im Geschrei fast unter. Er winkte seinen Männern, mit ihren Speerschäften eine Gasse zu schaffen, und wiederholte seinen Ruf.

Jene, die sich umdrehten und Aaron erkannten, knieten ehrerbietig nieder.

»Der Unsterbliche ist gekommen, um die Daimonenkinder zu vertreiben!«, rief jemand in der Menge. »Der König ist hier!«

Der Ruf wurde aufgenommen. Artax winkte seine Wachen zurück. Es bildete sich eine Gasse. Immer mehr Krieger und Bauern knieten nieder. Am Ende der Gasse standen Volodi und Kolja, und hinter ihnen war lebendige Finsternis. Artax brauchte eine Weile, bis er begriff, was er dort sah. Er dachte an den Abend, an dem er mit Shaya nach Westen gesegelt war, um den Himmelspiraten Tarkon Eisenzunge zu stellen. Über dem Weißen Platz vor der Tempelstadt der Zapote hatten sie Seile hinabgelassen, um einen Teil seiner Leibwache an Bord zu holen, die von diesen Schatten umringt gewesen war.

»Was im Namen der Götter geht hier vor, Volodi?«

Kolja schob sich nach vorne und kniete dicht vor ihm nieder. Trotz der ledernen Armprothese sah er immer noch einschüchternd aus.

»Allweiser Aaron, Beherrscher aller Schwarzköpfe, Ihr hattet meinen Bruder Volodi geschickt, um all Eure Palastwachen in Euer Heerlager zu rufen. Doch viele von ihnen sind krank. Ausgezehrt von Fieber und Durchfall, wären sie Männer, die Euch zur Last fallen würden, statt einen Nutzen zu bringen. So habe ich mir erlaubt, für jeden Kranken zwei Krieger aus der Tempelwache der Zapote anzuwerben. Sie sind herausragende Kämpfer und werden viele Eurer Feinde töten.«

»Sie sehen aus wie Daimonen. Sie machen den Bauern und Handwerkern Angst«, zischte Artax ärgerlich.

Kolja sah zu ihm auf und lächelte. »Ich verspreche Euch, sie kämpfen auch wie Daimonen.«

Artax betrachtete die fremden Krieger. Es war schwer, sie im Dunkel zu erkennen. Sie schienen mit der Nacht zu verschmelzen. Nur die Krieger im Gewand der Adlerfedern konnte er deutlich erkennen. Aus den aufgerissenen Schnäbeln ihrer Helme blickten ihn harte Gesichter an. Manche waren tätowiert. Sie würden von Nutzen sein, wenn er sie richtig einsetzte.

Artax zog sein Schwert. Blassgrünes Licht spielte um die verwunschene Klinge. Der Anblick des Schwertes machte ihn zuversichtlicher. Er wollte die Schlacht. Und er konnte sie gewinnen. Er würde in der ersten Reihe stehen, mit seinen Männern kämpfen und das Blut seiner Feinde vergießen. Viel Blut!

»Männer von Aram!«, rief Artax mit lauter Stimme, und das ängstliche Gemurmel ringsherum erstarb. »Diese Krieger sind aus dem fernen Zapote gekommen, um für unsere Sache zu kämpfen. Sie sehen aus wie Daimonen. Allein sie anzuschauen, lässt selbst das Herz eines tapferen Mannes erzittern. Aber sie sind *unsere* Daimonen!«

Jetzt war es totenstill geworden.

»Kniet nieder, Krieger Zapotes. Verneigt euch vor der Macht, der ihr dienen werdet, bis das Heer Luwiens zerschlagen ist.« Artax hielt das Schwert nun auf die Schattenkrieger gerichtet. Sie standen reglos, bis einer in ihrer vorderen Reihe ein Zeichen gab und selbst als Erster sein Knie beugte.

Erleichtert atmete Artax auf. »Ich heiße euch willkommen auf der Erde Arams, Daimonen vom anderen Ende der Welt. Doch hört mein Gebot. Ihr werdet keinem der Meinen ein Leid zufügen. Ihr werdet euch den Gesetzen Arams unterordnen und werdet weder durch Worte noch durch Taten die Götter meiner Völker beleidigen. Verstoßt ihr gegen dieses Gebot, wird dieses Schwert euch richten.« Er hob die Klinge erneut hoch über sein Haupt, sodass ihr magisches Leuchten weithin zu sehen war.

»Folgt ihr aber den Gebräuchen und Gesetzen Arams, wird dies Schwert euch schützen, so wie es jeden meiner Untertanen schützt, solange ich atme. Nun erhebt euch und seid willkommen in meinem Heer. Seid *unsere* Daimonen!«

»Ja, seid unsere Daimonen!«, rief Datames hinter ihm, der augenblicklich begriffen hatte, was er erreichen wollte.

»Seid unsere Daimonen«, riefen nun weitere Krieger ringsherum, doch bei Weitem nicht so viele, wie Artax sich gewünscht hätte.

»Seid der Schrecken unserer Feinde!«, rief der Unsterbliche laut.

Rhetorisch nicht wirklich brillant, spottete die Stimme Aarons in seinen Gedanken. *Wie wäre es mit: Seid der Albtraum Muwattas.*

»Seid der Albtraum Muwattas!«, rief Artax.

Jetzt waren es Tausende, die seinen Ruf aufnahmen. Er hatte es geschafft, die Angst aus den Herzen seiner Männer zu vertreiben. Für heute Nacht zumindest.

Artax schob sein Schwert zurück in die Scheide, während die Krieger noch immer die Schattenkrieger Zapotes hochleben ließen. »Bring sie nach dort hinten, hinter die Hügel. Mindestens eine Meile vom Lager fort und außer Sicht. Ich möchte nicht, dass meine Männer diese Daimonenbrut Tag für Tag vor ihren Augen haben und sich die Angst in ihre Herzen zurückschleicht.«

Von Schafen, Löwen und Lügnern

Datames hatte sich schlichter gekleidet, als es sonst üblich war. Auch wenn Aaron sich letzte Nacht ganz gut geschlagen hatte, war die Moral in seinem Heer eine Katastrophe. Die erfahrenen Krieger sahen auf die Bauern und Handwerker herab, die dem Ruf zu den Waffen gefolgt waren. Sie hielten sich getrennt von den anderen, statt ihnen zu helfen, zu richtigen Kämpfern zu werden. Die meisten Männer lungerten den ganzen Tag herum. Sie hatten nichts zu tun, außer sich auszumalen, wie schrecklich die Krieger Muwattas waren und dass sie alle hingemetzelt werden würden. Eine Stimmung ängstlicher Gereiztheit lag über dem riesigen Heerlager. Es kam ständig zu Schlägereien. Kaum ein Tag verstrich, ohne dass es Tote gab. Manchmal griffen die Satrapen ein. Alles, was ihnen einfiel, waren öffentliche Hinrichtungen. Das war kein Mittel, um Angst und Missmut zu bekämpfen. Bis zum Tag der Schlacht würde dieses Heer sich selbst besiegen, wenn er nichts unternahm.

Er zog ein Maultier hinter sich her, das mit Hacken beladen war. Der Blattrand der Hacken war mit Bronze verstärkt, damit das harte Holz nicht so schnell splitterte. Nach den Maßstäben von Elfen eher ein primitives Werkzeug, aber das Beste, was hier zu bekommen war.

Datames war sich der Aufmerksamkeit bewusst, die er auf sich zog. Selbst in schlichtem Gewand war er für einen Mann, der ein Maultier mit Werkzeug hinter sich herzog, viel zu gut gekleidet. Auch war er sich bewusst, dass er als der Bartlose mit dem goldenen Haar aus dem Gefolge des Unsterblichen vermutlich vielen schon aufgefallen war.

Er blieb stehen. Sah sich unter den Männern um, die ihn angafften. Einer, ein hagerer Kerl, sah besonders feindselig und verschlossen aus. »Du da!«

Ein kalter Blick war die einzige Antwort.

»Wie heißt du?«

»Wer bist du, dass dich das interessiert?« Der hagere Kerl kam auf ihn zu. Er war unrasiert. Das schwarze Haar strähnig. Ein überheblicher Drecksack. Genau der Richtige! Wenn er den herumbekam, würde er sehr schnell auch andere überzeugen.

»Ich bin Datames, der Hofmeister des Unsterblichen Aaron. Nun sag mir, wie du heißt, denn ich will einen reichen Mann aus dir machen.«

Ein spöttisches Lächeln war die einzige Antwort.

Datames wies zum Maultier. »Kannst du mit einer Hacke umgehen?«

Der Hagere verschränkte die Arme vor der Brust. »Für die Dauer des Feldzugs bin ich ein Krieger. Du kannst mir keine Fronarbeit befehlen. Zieh weiter, Hofmeister.«

Datames erinnerte sich an den Kerl. Er hatte ihn schon einmal gesehen, wusste aber nicht mehr, wann. Üblicherweise hatte er ein gutes Gedächtnis für Gesichter. Aber hier gab es einfach zu viele Menschenkinder.

»Sei doch nicht so unfreundlich, Ashot!« Ein kleiner, etwas pummeliger Mann mit freundlichem, rundem Gesicht gesellte sich zu dem Hageren. »Was können wir für Euch tun, Hofmeister Datames?«

»Wie heißt du?«

Der Kleine stellte sich in Positur, als sei er ein Schauspieler auf einer billigen Straßenbühne. »Ich bin Narek aus Belbek. Vater des Daron. Und mein Weib Rahel ist die hübscheste …«

»Quatsch ihn nicht voll«, grollte Ashot und bedachte Datames mit einem finsteren Blick. »Das interessiert diesen feinen Höfling, der sich in seinem ganzen Leben noch nicht die Hände schmutzig gemacht hat, einen Dreck. Er ist es nicht wert zu wissen, wie dein Sohn und dein Weib heißen. Und ich wette mit dir, von Belbek hat er in seinem ganzen Leben noch nicht gehört.«

»Belbek liegt in der Nähe der Mine Um el-Amad in der Satrapie Nari«, sagte Datames schmunzelnd. Er kümmerte sich schon so lange um die Geschäfte des Hofes, dass er wohl fast jedes Dorf des Reiches kannte. Zumindest dem Namen nach. »Eine gute Gegend für die Ziegenzucht. Weniger geeignet für Rinder und Schweine.«

Narek strahlte, wohingegen Ashot ein Gesicht machte, als habe er ihm ans Bein gepinkelt.

»Wir sind berühmt«, jubelte Narek. »Die kennen uns sogar bei Hof!«

»Nur der Kerl kennt unser Dorf«, murrte Ashot gallig. »Glaub nur nicht, dass irgendjemand anders es kennt. Ich habe dir gesagt, für die sind wir nur ein paar namenlose Weizenkörner. Ohne Bedeutung.«

»Aber *er* kennt Belbek«, beharrte Narek.

Jetzt erinnerte sich Datames, wo er den mürrischen Kerl schon einmal gesehen hatte. »Du warst bei dem Unfall mit den Streitwagen dabei. Du hast deinen Stock nicht fallen lassen, als andere fortgelaufen sind, Ashot. Du hast das Herz eines Kriegers, das hast du bewiesen.«

Deutlich sah Datames, wie sich Ashot bemühte, seine Überraschung hinter einer mürrischen Grimasse zu verbergen. »Du hast also ein gutes Gedächtnis, Hofmeister. Das beweist noch lange nicht, dass du dich wirklich für uns Bauern interessierst.«

Einige andere Bauern gesellten sich zu ihnen, neugierig zu sehen, was ein Höfling von ihnen wollte. Datames war zufrieden. Sein Plan schien aufzugehen. »Wer ist euer Anführer?«

Narek deutete auf Ashot.

Der Hofmeister lächelte. »Das hätte ich mir denken können.«

»Kommen wir zur Sache. Was willst du?« Als Sprecher für eine Gruppe trat Ashot noch grimmiger auf.

»Nun, wie ich schon sagte, möchte ich gerne reiche Männer aus euch machen. Wenn euch daran gelegen ist.« Jetzt hatte er die volle Aufmerksamkeit aller. Nur Ashot runzelte misstrauisch die Stirn.

»Was glaubt ihr, worum die Unsterblichen in dieser Schlacht kämpfen?«

»Um diese Satrapie«, sagte Narek eifrig.

»Genau. Um Land, denn Land ist Macht. Es ist ewig. Und worum kämpft ihr?«

»Wir bekommen Sold. Mehr, als wir bei der Feldarbeit verdienen«, antwortete einer aus der Gruppe.

»Und wie lange werden die Münzen reichen? Einen Winter? Zwei? Was macht ihr damit? Ein paar Ziegen kaufen? Etwas Hübsches für eure Frauen und Kinder?«

»Also ich werde Rahel eine Glasperlenkette schenken«, erklärte Narek. »Und dann werde ich …« Der Bauer sah überrascht seine Kameraden an. Alle anderen schwiegen.

»Ganz gleich, wie achtsam ihr mit eurem Sold auch umgeht«, fuhr Datames fort, wohl wissend, auf wie dünnem Eis er sich bewegte. Die Bauern argwöhnten, dass er sie verspotten wollte. »Von den Münzen wird in ein paar Jahren nichts mehr geblieben sein. Wem von euch gehört eigenes Land?«

»Mir«, sagte Narek stolz.

»Gibt es in euren Dörfern gutes Land, das nicht bestellt wird? Land, das den Reichen gehört und auf dem nur Ziegen weiden, obwohl es ein guter Acker sein könnte?«

Die meisten nickten grimmig.

Datames zog eine Tontafel aus dem breiten Tuch, das er als Gürtel um seine Hüften geschlungen hatte. Sie war eng mit keilförmigen Schriftzeichen bedeckt und am unteren Rand mit dem

Rollsiegel des Unsterblichen Aaron gesiegelt. »Dies hier ist eine Kopie des Erlasses, der euch allen etwas geben wird, was Bestand für die Ewigkeit hat. Etwas, das euren Kindern und Kindeskindern noch Nutzen bringen wird. Die Tafel wurde erst gestern Nacht gebrannt, zusammen mit Dutzenden, auf denen derselbe Text steht. Er wird an alle Satrapen des Reiches geschickt werden.« Er reichte die Tontafel Narek.

Der Bauer nahm sie mit spitzen Fingern entgegen, als habe er Furcht, er könne sie zerbrechen. Datames beobachtete, wie die Männer das Schriftstück herumreichten. Wie sie über die Schriftzeichen strichen und das Siegel, das den Unsterblichen Aaron neben dem Löwenhäuptigen zeigte, bestaunten. Ganz offensichtlich konnte keiner von ihnen lesen. Darauf hatte er gehofft, denn was sie dort in Händen hielten, war nicht mehr als eine Liste mit Vorräten, die aus den königlichen Kornspeichern angefordert wurden. Aaron hatte ihn zwar beauftragt, eine Armee aufzubauen, die wusste, wofür sie kämpfte, aber er hatte sich seit Tagen nicht entschließen können, seinem Vorsatz Taten folgen zu lassen. Die Tafeln mit dem Erlass, der den Bauern Land versprach, hatte er bis heute nicht brennen lassen. Er fürchtete einen Aufstand der Satrapen und der Grundbesitzer. Vielleicht wurde er sogar von den Satrapen erpresst … Datames war lange genug Hofmeister, um zu wissen, wie unfrei selbst der Unsterbliche manchmal war. Aber den Bauern Land zu überlassen war die einzig richtige Entscheidung!

Ashot nahm den anderen die Tontafel ab und gab sie ihm zurück. »Darauf könnte alles stehen. Wir sind nur Bauern und Tagelöhner. Du weißt, dass wir das hier nicht lesen können. Und jetzt nenn mir einen Grund, warum wir einem bartlosen Höfling trauen sollten, von dem es heißt, dass er Unzucht mit Schafen treibt, weil die Weiber von ihm nichts wissen wollen.«

Ashot würde nicht alt werden, dachte Datames, verbarg seinen Zorn aber hinter einem Lächeln. Er musste gelassen und freundlich bleiben, wenn er die Bauern für sich gewinnen wollte. »Mit Schafen?« Er lachte spöttisch. »Glaubst du, im Palast von Akšu halten wir Schafe? Ihr alle seid auf eurem Weg nach Kush dort gewesen. Sah der Palast aus wie ein Schafstall?«

Die Männer blickten auf ihre staubigen, nackten Füße. Ganz offensichtlich fürchteten sie, dass sie jetzt alle für die Unverschämtheit Ashots bestraft werden würden.

»Ganz unrecht hast du allerdings nicht. Die Damen meiden mich wirklich. Und ich meide sie. Ich suche Gespielinnen mit goldenem Haar. Deshalb sind Schafe nichts für mich. Ich nehme Löwinnen.«

Narek glotzte ihn mit weit offenem Mund an. »Nein! Löwinnen?«

Datames grinste frech. Dann deutete er zu den Hacken. »Das Gesetz des Unsterblichen besagt, dass jeder von euch, der die Schlacht überlebt, so viel Land bekommen wird, wie er an einem Frühlingsmorgen zwischen Sonnenaufgang und der Mittagsstunde mit einer Handhacke umgraben kann. Da ich Satrapen und reiche Fettsäcke nicht leiden kann, dachte ich mir, ich sehe mir einmal an, wie gut ihr mit der Hacke umgehen könnt.«

»Und das ist wirklich wahr?«, fragte Ashot.

Datames spürte, wie der Widerstand des Bauern zu bröckeln begann. »Nun, ihr müsst die Schlacht schon überleben. Tausende von euch werden alles geben und am Ende nur so viel Land bekommen, wie man für eine Grube braucht, in die eure Leiche gelegt wird. Aber ich will, dass ihr um nicht weniger kämpft als die Unsterblichen. Um Land! Und dass der Lohn für euren Mut etwas ist, das für immer Bestand hat. Und nun nehmt die Hacken! Ich will sehen, wie viel ihr in einer Stunde schafft.« Datames trat zu dem Maultier und zog für sich selbst eine Hacke aus dem Bündel.

»Willst du auch graben?«, fragte Ashot argwöhnisch.

»Natürlich. Ich erwarte von euch, dass ihr am Tag der Schlacht an meiner Seite kalten Mutes dem Tod entgegenseht. Da vergebe ich mir nichts, wenn ich an eurer Seite ein Stück trockenes Land umgrabe. Oder glaubt ihr etwa, ich sei zu dämlich, eine Hacke zu schwingen, weil ich seit Jahren in einem Palast lebe?«

»Also …« Narek kratzte sich am Kopf. »Das ist doch nicht richtig. Du bist ein feiner Herr. Du musst das nicht tun. Du willst uns ein Feld umgraben sehen? Das machen wir auch so.«

»Ich wette um eine Amphore voll Wein, dass ich in einer Stunde mehr Land umgrabe als ihr.«

Narek schüttelte den Kopf. »Wir wollen dich nicht ausrauben. Auch wenn du sicher sehr feinen Wein …«

Ashot unterbrach ihn. »Wir nehmen diese Wette an. Oder hat irgendjemand außer Narek Bedenken, einen reichen Höfling mit einem frechen Mundwerk um eine Amphore Wein zu erleichtern?«

Die übrigen Bauern schüttelten grinsend den Kopf. Erst jetzt fiel ihm auf, dass die Gruppe zu klein war. Sie waren nicht zehn, sondern nur neun. »Ist einer von euch krank?«

Narek schüttelte den Kopf. »Nee. Die Leute aus Belbek sind wohl eher Bauern als Krieger. Wir haben nicht genug gefunden, um auf zehn zu kommen. Und wir sollten doch alle aus derselben Gegend sein.«

»Sucht bei den Lastenträgern, die jeden Tag ins Lager kommen. Vielleicht findet ihr da euren zehnten Mann.«

Ashot lachte spöttisch. »Die sind doch nicht blöd und lassen sich hier den Schädel einschlagen.«

Datames wies über die Ebene, auf der das Heer lagerte. »Glaubst du, die alle hier sind blöd? Ich denke, auch unter Lastenträgern kann man Männer mit dem Herzen eines Löwen finden. Und bestimmt auch jemanden, der aus der Provinz Nari kommt. Komm zur Mittagsstunde in mein Zelt, Ashot. Ich gebe dir ein Handgeld, um euren fehlenden Mann anzuwerben. Ein paar Kupfermünzen sollten als zusätzlicher Anreiz genügen.« Er sah die Männer der Reihe nach an. Unrasierte, grobschlächtige Kerle mit einem Grinsen im Gesicht waren sie. Er hatte sie für sich gewonnen, dachte Datames zufrieden. Blieben nur noch Neunundvierzigtausendneunhundertneunzig. Er nickte ihnen zu. Ihr Grinsen wurde breiter. Er konnte es fast fühlen, das Band, das zwischen ihnen bestand. Bis zur Schlacht würde es zu einer Kette aus Eisen werden, die dieses Bauernheer zusammenhielt und zu einem Kampf befähigte, den ihnen Muwatta niemals zutrauen würde.

»Eine Bitte habe ich noch an euch. Ich brauche in der Nacht vor der Schlacht für drei Stunden lang die Kraft eurer Arme. Und das sollt ihr nicht herumerzählen, denn ich werde unter fünfzig in diesem Heer jeweils nur einen auserwählen, um mit mir zu gehen. Seid ihr dabei?«

Alle sahen Ashot an. Erstaunlich, wie sehr die Bauern diesem mürrischen Kerl vertrauten.

»Ich gehe mit dir, Hofmeister, und die anderen werden auch mitkommen. Doch jetzt zu deiner Wette. Bleibt es bei deinem Einsatz?«

Ashot bot ihm die Hand an, und Datames schlug erleichtert ein. »Die Wette gilt.« Der erste Schritt war getan, aus diesem verlorenen Haufen ein Heer zu schmieden, das wusste, wofür es kämpfte. Jetzt brauchte er nur noch die endgültige Zustimmung des Unsterblichen. Im Herzen war er auf seiner Seite. Da war sich Datames sicher, und Aaron hatte es ja auch bereits mehr als deutlich gezeigt. Auch wenn es bisher noch keine Urkunden für die Landreform gab. Nun würde Aaron keine andere Wahl mehr bleiben, als sie ausstellen zu lassen oder seinen Hofmeister als einen Betrüger zu entlarven …

Der verlorene Traum

Artax war außer sich, als er das Zelt des Hofmeisters betrat. Datames stand über eine Wasserschale gebeugt und wickelte sich blutige Stoffstreifen von den Händen. Er war über und über mit Schmutz bedeckt. Nie zuvor hatte er den Hofmeister in einem so verwahrlosten Zustand gesehen.

»Nenne mir einen Grund, warum ich dich nicht heute Abend noch hinrichten lassen sollte. Vor dem Zelt wartet die Wache, die dich abführen wird! Was hast du dir dabei gedacht?«

Der Hofmeister blickte von der Wasserschüssel auf. Seine Augen waren blutunterlaufen. »Genügt es dir, dass ich für heute zu müde für eine Hinrichtung bin?«

Wir schlagen vor, du lässt diesen bartlosen Schönling direkt vor seinem Zelt köpfen. Jetzt. Auf der Stelle!

»Hältst du dich für unsterblich, Datames?« Artax schaffte es kaum, seine Stimme im Zaum zu halten. Was dieser Bastard getan hatte, war unverzeihlich. In den nächsten Stunden würde es zu einer Revolte kommen, wenn er, Artax, nun keine Zeichen setzte. Und das deutlichste Zeichen wäre, den Kopf dieses Kerls auf einer Stange mitten im Lager aufzuspießen.

Datames trocknete sein Gesicht mit einem Tuch. »Sehe ich unsterblich aus? In meinem ganzen Leben habe ich mich noch nie so zerschlagen gefühlt.«

»Was hast du dir dabei gedacht, als du den Bauern Land versprochen hast? Was glaubst du, wie das bei den Satrapen ankommt? Sogar Mataan ist außer sich. Auf seiner Insel gibt es gar kein Ackerland, das verschenkt werden könnte, selbst wenn er solche Geschenke gutheißen würde.« Artax war anfangs von der Idee, den Bauern Land zu versprechen, verführt gewesen. Aber hatte er sich nicht vielleicht gerade deshalb daran begeistert, weil er selbst einst ein Bauer gewesen war? Er durfte solche Entscheidungen nicht leichtfertig treffen. Sie mussten wohldurchdacht sein! Deshalb hatte er trotz seiner anfänglichen Zustimmung kein

Gesetz erlassen. Es war eine bewusste, wohlbegründete Entscheidung gewesen, die Datames einfach ignoriert hatte!

Der Hofmeister ließ sich auf seinem Bett nieder. Er hatte tatsächlich ein richtiges Bett in seinem Zelt stehen, kein einfaches Feldbett wie Artax. Der Unsterbliche schüttelte den Kopf.

»Dort draußen lagern fünftausend Krieger. Die Männer der Satrapen und deine Leibwache. Beantworte du mir eine Frage. Werden sie für dich die Schlacht gewinnen? Oder die fünfundvierzigtausend Bauern und Tagelöhner?«

»Die Satrapen sind die Stütze des Reiches. Wenn ich sie verärgere, kommt es zu einem Bürgerkrieg.«

Datames hob eine einzelne Braue und sah ihn verächtlich an. »Wie gut kennst du dein Reich, Unsterblicher Aaron?« Er machte eine ausholende Bewegung und wies auf die Tontäfelchen und Schriftrollen, die überall im Zelt herumlagen. »Ich bekomme täglich ihre Listen über Abgaben. Bitten um Unterstützung. Nari zum Beispiel hat Werkzeuge, fünfhundert Maultiere und eine Befreiung von Abgaben erbeten, um einen großen Damm zu bauen, der die Felder vor der Stadt vor Überflutungen schützen soll. Weißt du, was der Satrap dort bauen ließ? Einen neuen Palast. Der Damm, für den er drei Jahre von allen Abgaben befreit worden war, war noch keine hundert Schritt lang. Natürlich hatte der Gute alle möglichen Ausflüchte. Deine Satrapen sind gierige Ausbeuter. Sie betrügen dich und das Reich. Sie haben nur ihren eigenen Nutzen im Sinn. Männer wie Mataan sind eine Ausnahme. Aber wie viele gibt es von ihnen? Drei? Und ihnen, die dich ohne auch nur ein schlechtes Gewissen zu haben betrügen, willst du meinen Kopf bringen?«

Er ist ein Schönschwätzer. Das ist sein größtes Talent. Aber lass dich von ihm nicht blenden. Er ist es, der dich hintergangen hat! Er hat die Bauern belogen und dich betrogen.

Datames saß schweigend auf seinem Bett und blickte ihn herausfordernd an. Der Hofmeister hatte ihm immer gut gedient und ihn klug beraten. Aber was heute geschehen war, durfte nicht ungeahndet bleiben. »Was hast du getan, dass du so aussiehst?« Artax wusste, dass der Hofmeister zusammen mit Bauern ein riesiges Stück totes Land umgegraben hatte. Ein völlig nutzloses Unterfangen. Dort würde nie etwas wachsen. Keiner käme je auf die Idee, dort zu säen.

»Ich wollte die Männer kennenlernen, die hierhergekommen sind, um für dich und Aram ihr Leben zu wagen. Die daran glauben, dass dieses Reich es wert ist, es mit ihrem Blut zu verteidigen, obwohl ihnen Aram kaum etwas zu bieten hat. Als ein Höfling hätte ich niemals gleich zu gleich mit ihnen sprechen können. Aber zusammen auf dem Feld, wenn man aus derselben Wasserflasche trinkt, da schwinden die Standesgrenzen irgendwann. Man versteht sich … Natürlich kannst du das nicht wissen, Unsterblicher. Das dort draußen auf den Feldern ist eine andere Welt als die innerhalb der Palastmauern.« Die letzten Worte sprach Datames mit Bitternis. Er stand auf. »Wenn du meinen Kopf forderst, habe ich eine letzte Bitte. Verkaufe meinen Besitz! Ich habe keine Erben. Ich möchte, dass alle Bauern, mit denen ich heute gegraben habe, ein Stück Land bekommen, wenn sie die Schlacht überleben. Sie sind aus Belbek und aus Nari, aus …«

»Belbek!« Der Name traf ihn wie ein Schlag. Sein Dorf! Konnte Datames etwas wissen?

Zuzutrauen wäre ihm das. Er ist der geborene Schnüffler. Wir sollten ihn uns vom Hals schaffen. Er bringt uns kaum mehr Nutzen, könnte aber noch viel Ärger machen.

Der Hofmeister sah ihn nachdenklich an. Er schien überrascht von seiner heftigen Reaktion. Artax wünschte sich, er hätte den Mund gehalten. Aber tausend Erinnerungen an sein verlorenes Leben machten ihm das Herz schwer. Er dachte an die sorglose Zeit in Belbek. An seine Freunde und wie gut die meisten von ihnen ein eigenes Stück Land gebrauchen könnten. Dachte an seine Tagträume von einem einfachen Leben mit Almitra an seiner Seite.

Du hast das Dorf verlassen, weil du so arm warst, dass du niemals eine Frau abbekommen hättest. Verklär deine Hungerjahre nicht zu einer schönen Zeit, du Narr. Und jetzt ruf den Henker.

»Unter den Männern aus Belbek ist einer, der Ashot heißt. Den solltest du einmal erleben. Er gibt einen guten Anführer ab. Trotz seiner mürrischen Art trauen ihm die Bauern was zu. Der nimmt kein Blatt vor den Mund, wenn er redet.«

Artax musste unwillkürlich lächeln. Das hatte Ashot noch nie getan. Er hatte oft mit ihm gestritten.

»Darf ich ein offenes Wort an dich richten?«

Nein! Hör nicht weiter zu. Der spinnt dich ein.

»Rede.«

»Seit du in Nangog aus dem Himmel gestürzt bist, hast du dich sehr verändert. Die Priestermorde konnte ich nicht gutheißen. Aber anderes … Du bist nicht mehr derselbe Mann, Aaron. Du hast mir von deinen Visionen erzählt. Davon, wie du das Land verändern willst. Wie du gegen die Ungerechtigkeit ankämpfen möchtest. Was hält dich auf? Warum nicht jetzt beginnen? Männer wie Ashot oder sein Freund Narek sind die Stützen dieses Reiches. Nicht die Satrapen. Sie sind wie Blutegel. Du kannst ihnen nicht trauen. Sie sind nur hier, weil sie deinen Zorn fürchten. Sie kämpfen nicht mit dem Herzen für Aram. Aber Männer wie Narek würden sich für dich in Stücke schneiden lassen. Du schuldest ihnen etwas, Aaron. Was lässt dich zögern, auf ihrer Seite zu stehen?«

Wann reicht dir das Gewäsch? Wir haben schon lange genug. Pack ihn und schaff ihn zum Henker.

Würde er noch etwas im Reich verändern, wenn er nicht mehr auf sein Herz als Bauer hörte? Sein Königreich war für Satrapen geschaffen und für reiche Kaufherren. Wenn er ihrem Rat folgte, dann würde alles bleiben, wie es war. Er hatte sich von ihren Einflüsterungen von seinem Weg abbringen lassen. Und ausgerechnet der verweichlichte, eitle Hofmeister war der Sache der Bauern treu geblieben. Hatte sich nicht beirren lassen. Dennoch konnte er seine Anmaßung nicht einfach so hinnehmen! »Du wirst nie wieder etwas in meinem Namen verkünden, was du nicht mit mir abgesprochen hast«, sagte Artax mit harter Stimme. »Und nun sag mir, was du als Nächstes planst. Das ist ja wahrscheinlich noch nicht alles.«

»Wird es eine Landreform geben?«

»Ich werde darüber weiter nachdenken.« Eigentlich hatte er sich entschieden. Dass einige wenige Familien neun von zehn Feldern in einem Dorf ihr Eigen nannten und die anderen ihre Fronarbeiter waren, während fruchtbares Land nicht genutzt wurde, war eine himmelschreiende Ungerechtigkeit. Wie oft hatte er mit Narek und Ashot zusammengesessen und diese verrückte Welt verflucht. Und nun, da er die Macht hatte, all dies zu ändern, kam er in dieses Zelt mit der Absicht, den Mann hinrichten zu lassen, der endlich angepackt hatte, was er versäumt hatte. Begann seine Machtfülle ihn zu verändern? Er sollte auf der Hut sein.

Datames erzählte ihm, wie er plante, die Herzen der Bauern einzufangen. Seine Pläne waren verrückt! Sie geziemten sich in keinster Weise für einen Herrscher, und die Stimme all der Aarons, die vor ihm geherrscht hatten, schrie auf in ihm. Aber er, Artax, der in die Rolle des Aaron geschlüpft war, wusste, dass die Pläne des Hofmeisters aufgehen konnten. Wäre er noch ein Bauer, hätte Datames ihn auf diese Weise gewonnen. Artax musste lächeln, als er an Narek dachte. Sein Herz würden sie so auch gewinnen, und Ashot würde immer etwas auszusetzen haben, ganz gleich, was man auch tat.

Als Artax aus dem Zelt trat, fühlte er sich so frei wie schon seit Monden nicht mehr. Er hatte das Joch wohlmeinender Einflüsterungen abgeworfen. Er würde wieder er selbst sein. Ein Bauer! Zumindest im Herzen.

Mataan, der Fischerfürst, und Bessos, der Satrap des Teiles von Garagum, der zu Aram gehörte, erwarteten ihn vor dem Zelt.

»Wo ist er, Erhabener?«, fragte Bessos ungeduldig. »Welche Strafe hast du ihm zugedacht?«

Artax blickte auf den drahtigen, kleinen Mann herab. Bessos war gepflegt. Sein Bart wohlgeölt und sein Haar zu langen, schwarzen Locken gedreht. Er trug ein Seidengewand, das kunstvoll mit stilisierten Adlern bedruckt war und auf das nach Art der Ischkuzaia flache, goldene Amulette aufgenäht waren. Mataan hingegen war in eine schlichte Tunika gewandet und trug dazu allein einen Schwertgurt. Er ging sogar barfuß. Wer ihn nicht kannte, hätte ihn für einen einfachen Krieger gehalten.

»Ich habe ihn für seine Verfehlungen getadelt. Er wird nie wieder einen Erlass von mir verbreiten, bevor ich ihn damit beauftrage. Meine Strafe für ihn wird über diesen Tag hinaus andauern. Er soll weiterhin an der Seite von Bauern einfachste Arbeiten verrichten.«

Bessos schüttelte fassungslos den Kopf. »Das kann doch nicht alles sein!« Seine Augen verengten sich. »Ihr werdet den Bauern wirklich Land schenken, Allweiser Aaron?« Ein Muskel zuckte in seiner Wange. So stark, dass es selbst durch den dichten Bart hindurch zu sehen war.

»Das wird das ganze Königreich verändern«, sagte Bessos. Er beherrschte sich wieder, schaffte es sogar, ihm in die Augen zu blicken. »Das wird nicht gut aufgenommen werden.«

»Wenn ich mich recht erinnere, Bessos, war dein Urgroßvater ein Mann, der zum Steinrat von Garagum gehörte. Ein gottesfürchtiger Mann, der Blumen zur einzig wahren Statue Russas trug. Ein Mann, der gegen alle Aussichten den Kampf gegen eine Bande plündernder Ischkuzaia führte und sich selbst aufopferte, um Frauen und Kinder zu retten, die nicht zu seinem Stamm gehörten. Er wurde sieben Mal in diesem Kampf verwundet und konnte danach nie wieder laufen. Dafür habe ich ihn zum

Satrapen gemacht. Er war ein Vorbild, Bessos. Ein Mann, wie selbst ich ihn nur selten treffe. Jetzt erinnere mich daran, womit du dich hervorgetan hast. Es ist mir entfallen.«

»Wenn die Schlacht vorüber ist, wirst du wissen, dass das Blut meines Urgroßvaters stark in mir ist.«

Artax blickte über das Heerlager. So weit sein Auge reichte, hockten Männer an kleinen Feuern und versuchten sich aus ihren schmalen Rationen ein kärgliches Mal zu bereiten. »Weißt du, Bessos, ich bin mir ganz sicher, dass hier unter uns noch einige Männer vom Schlage deines Urgroßvaters sitzen. Diese Bauern und Handwerker, die dem Ruf zu den Waffen folgten, sind hier, obwohl sie nichts zu gewinnen haben. Sie sind meinem Ruf gefolgt, ohne dass ich ihnen je Macht und Reichtümer überlassen hätte, damit sie mir in Kriegszeiten treu zur Seite stehen. Ich weiß das zu schätzen.«

»Ihr werdet sehen, dass ich und meine Brüder nicht zu kämpfen verlernt haben, Allweiser Aaron.« Bessos verneigte sich überschwänglich und bat um Erlaubnis, sich zurückziehen zu dürfen.

Artax blickte zum Fischerfürsten, der all dem schweigend zugesehen hatte. »Und was denkst du?«

»Ein Sturm zieht auf«, entgegnete er knapp und ging, ohne um Erlaubnis zu fragen.

Ikuška

Barnaba lag so weich wie schon lange nicht mehr. Auch war es angenehm kühl. Das musste ein Traum sein! Er wollte ihn noch ein wenig hinauszögern. Sobald er die Augen aufschlug, würde er sich in einem kargen, von Menschen gemiedenen Tal wiederfinden.

Wann hatte er sich schlafen gelegt? Er konnte sich nicht erinnern. Er hatte klettern gehen wollen … Vielleicht hatte er es verschoben … Es roch nach Blüten. Was für ein wunderbarer Traum!

Sein selbstgewähltes Asyl begann ihn langsam zu zermürben. Wie lange würde er noch durchhalten? Ob Aarons Mörder ihn immer noch suchten? Er hatte sich sehr verändert, war drahtig und hager geworden. Es wäre schwer, in ihm den Mann zu erkennen, der er einmal gewesen war. Den Vertrauten des Hohepriesters Abir Ataš, der sich gegen den Unsterblichen Aaron verschworen hatte.

Die Hirten und Jäger aus den angrenzenden Tälern würden ihn wohl vermissen. Sein letztes Treffen mit ihnen lag schon eine Weile zurück. Für sie war er vermutlich eine Mischung zwischen Heiligem und Wunderheiler. Sie brauchten ihn. Er war überrascht gewesen, wie nützlich seine eigentlich geringen Kenntnisse über die Heilkunst und Kräuterkunde gewesen waren. Vielleicht hatte er ja wirklich heilende Hände. Er lächelte.

Da war etwas, an das er sich erinnern sollte … Heilen. Verletzungen. Er war klettern gegangen. Jetzt erinnerte er sich ganz deutlich. Die Felsen waren heiß gewesen. Er hatte einen neuen, gefährlichen Aufstieg gewählt. Kein Wunder, dass er so tief schlief! Die Kletterei hatte all seine Kräfte aufgezehrt.

Genug des Müßiggangs! Er hatte lange genug geschlafen. Barnaba atmete tief durch. Genoss den wunderbaren Duft nach Blüten und Gras.

Er schlug die Augen auf. Über ihm spannte sich ein blauer Himmel, über den Schafswolken zogen. Es war immer noch angenehm kühl. Überrascht sah er sich um. Er lag auf einer Wiese zwischen Wildblumen. Flaches Weideland umgab ihn. Nirgends war ein Berg zu sehen. Das war unmöglich! Eine solche Landschaft gab es nirgends in Garagum. Er konnte sich nicht erinnern, wie er hierhergelangt war.

Verwirrt setzte er sich auf. Nicht weit entfernt lag ein kleiner, von Bäumen überschatteter Teich. Im Wasser bewegte sich etwas … Eine Frau! Nackt, nur in ihr langes, goldenes Haar gewandet. Sie sah zu ihm hinüber, stieg aus dem Wasser und ging geradewegs zu ihm. Er hatte sie noch nie zuvor gesehen.

Barnaba atmete auf. Er träumte noch immer! Das war eindeutig. Diese Frau … Sie war zu schön. Makellos. Ihre Haut so weiß wie Stutenmilch. Das Haar wie gesponnenes Gold. Sie bewegte sich mit der Anmut einer Tänzerin. In ihrem Antlitz jedoch spiegelte sich Sorge.

Plötzlich war sie neben ihm. Er runzelte die Stirn. Eben noch war sie zwanzig Schritt entfernt gewesen. Ein Traum! Natürlich. Alles nur ein Traum.

»Endlich können wir reden!« Ihre Stimme wurde von einem seltsam melodischen Akzent begleitet, wie er ihn noch nie zuvor vernommen hatte. Die Augen der Frau waren von einem Grün, wie es der Sommerhimmel manchmal kurz vor einem Gewitter annahm. Ein leichter Vanilleduft hing jetzt in der Luft. Was für eine Frau! Wäre sie ihm im wirklichen Leben begegnet, es hätte einen anderen Weg genommen.

»Sprich mit mir«, drängte sie und ergriff seine Hand.

»Du … hast schöne Augen.« Verdammt! So fing man so ein Gespräch doch nicht an. Gut, dass es nur ein Traum war.

»Du auch«, entgegnete sie, offensichtlich nicht verärgert. »Man kann deine Seele in deinen Augen lesen. All deine Liebe und auch deinen Hass.«

Barnaba schluckte. Was sollte das denn? Er liebte das offene Wort, aber das war selbst ihm ein wenig viel des Guten.

»Du musst nun eine schwere Entscheidung treffen. Ich bin so direkt, weil uns nur noch wenig Zeit bleibt, denn du liegst im Sterben.«

»Das genügt! Ich drehe mich um und werde aufwachen. Das ist alles nur ein Traum, das ist …«

»Die Wahrheit! Horche in dich hinein, und du weißt es. Du musst die Schmerzen fühlen können, obwohl ich sie gedämpft habe.«

Barnaba wollte aufstehen, doch sie hielt ihn mit eisernem Griff. Sie war überraschend stark.

»Du wirst mir zuhören. Ich habe dich beobachtet, seit du ins Tal gekommen bist. Es war eine angenehme Abwechslung nach den endlosen Jahrzehnten der Einsamkeit. Ich sah dich die steile Felswand erklimmen, hatte aber an dem Nachmittag andere Dinge im Kopf. Erst am nächsten Tag wunderte ich mich, dass ich dich nicht mehr sah. Ich verlasse meinen Teich nur selten. Und wenn ich es tue, gehe ich nie weiter als ein paar Schritt. Ich musste über zweihundert Schritt tun, um dich zu finden. Am Fuß der Steilwand. Du sahst fürchterlich aus. In deinen offenen Wunden nisteten Maden. Du … Ich habe alles getan, um dich zu retten. Ich bin keine große Zauberweberin. Meine Kraft reichte nicht aus. All die Wunden, die gebrochenen Knochen … Seit Tagen kämpfe ich um dein Leben. Ich werde verlieren, denn du bist zu schwach. Dein Körper vermag sich nicht mehr selbst zu heilen. Deine Wunden haben sich entzündet, und das Gift deines faulenden Fleisches wird dich töten.«

Barnaba stieß ein halb ersticktes Lachen aus. Was war das für ein verrückter Traum? Da begegnete er der schönsten Frau, die er je erblickt hatte, und sie erzählte ihm solchen Unsinn. Er war frei zu tun, was immer er wollte. Warum genoss er es nicht? Er brauchte nicht auf irgendwelche Anstandsregeln zu achten. Es gab keinen Grund, vor Verlegenheit zu stammeln.

»Du bist unbeschreiblich schön. Ich bin nicht in Gefahr durch irgendwelche Wunden. Aber mein Herz wird brechen, wenn du mir keinen Kuss schenkst.«

Sie runzelte die Stirn. »Du hast Fieber.«

Er grinste. »Ja, ich verbrenne vor Sehnsucht nach dir.« Er zog sie zu sich herab und küsste sie. Es war leicht, im Traum ein leidenschaftlicher Liebhaber zu sein.

Einen Herzschlag lang ließ sie ihn gewähren, dann machte sie sich los. Sie war stärker als er! Dabei sah sie so zierlich und zerbrechlich aus.

»Du bist nicht ganz bei dir.« Ihre Stimme klang sehr ernüchternd, sachlich, obwohl er kurz das Gefühl gehabt hatte, dass sie seinen Kuss erwiderte.

»Für so etwas ist keine Zeit«, fuhr sie noch sachlicher fort. »Die Flamme deines Lebens wird umso schneller verlöschen, wenn du dich deiner Leidenschaft hingibst. Ich kann keine großen Zauber weben, damit wäre unser beider Leben verwirkt … Aber es gibt da etwas.«

»Du bist eine Zauberweberin?« Das klang etwas spöttischer, als er es beabsichtigt hatte.

»Was glaubst du, warum du mich in all den Monden in diesem Tal nicht zu sehen bekommen hast? Für Menschenkinder bin ich nur einen einzigen Tag im Jahr sichtbar.« Sie lächelte. »Und ausgerechnet an jenem Frühlingstag warst du nicht hier.«

»Menschenkinder?« Er legte den Kopf schief und musterte sie eindringlich. »Wie meinst du das?«

»Ich bin eine Xana. Ich stamme nicht aus deiner Welt. Ich …«

Er lachte auf. Natürlich, eine Xana. Jetzt fügte sich alles. Die Geschichte, die ihm der Steuermann in seiner Kindheit erzählt hatte. So viele Jahre spukte sie ihm schon durch den Kopf. Er war in der irrigen Hoffnung hierhergekommen, eine Xana in dem einsamen Quellteich zu finden. Da war es nur folgerichtig, dass er irgendwann von der Quellnymphe träumte.

»Ich heiße Barnaba, meine Schöne. Es freut mich …«

»Bitte, Barnaba, hör mir zu. Es ist ein Zauber, der mich in deine Träume getragen hat. In der wirklichen Welt liegst du in meinen Armen, und dein Herzschlag wird immer schwächer. Obwohl ich dich auf den kühlen Grund des Sees geholt habe, glühst du noch immer vor Fieber.«

»Bitte nenn mir deinen Namen. Ich möchte eine Ode auf deine Schönheit verfassen, mein Augenstern.«

»Du wirst …«

»Mir deinen Namen nicht zu nennen ist so, als würdest

du einem Verdurstenden das Wasser verweigern. Ich werde nicht …«

»Ikuška.«

»Ikuška?« Es würde nicht leicht werden, darauf Reime zu finden, dachte er. »Klingt ein wenig wie Kush. Das Hochtal … Stammst du von dort?«

»Den ersten Menschenkindern, die mich entdeckten, habe ich meinen Namen genannt. Sie haben mich wie eine Göttin verehrt. Aber sie hatten immer auch Angst vor mir. Sie haben meinen Namen falsch ausgesprochen und ihn hinausgetragen in die Welt. Nicht ich heiße nach dem Tal. Sie haben es nach mir benannt.«

Barnaba musste lächeln. »Natürlich.«

»Dein Herzschlag wird schwächer, Barnaba. Es gibt nur eines, was ich noch tun kann. Ich muss mein Fleisch mit dem deinen verbinden. Ein Zauber, den ich vor langer Zeit von einer Apsara, einer Nymphe aus der Lotussee tief im Süden Albenmarks, erlernt habe. Wenn ich dies tue, werde ich all deine Geheimnisse kennen. Unsere Seelen werden sich vereinen. Du wirst auf immer ein Teil von mir. Und ich ein Teil von dir.«

Sie sprach wie eine Dichterin. Ihr Fleisch mit dem seinen verbinden … Dass Frauen so offen darüber redeten, was sie wollten, hatte er noch nie erlebt. Er betrachtete sie, streckte die Hand aus und strich über ihr seidenweiches Haar. »Ja, ich will. Lass uns unser Fleisch miteinander verbinden.«

Die Tafel des Himmels

Bamiyan schwang sich vom Pferderücken. Ein Schauder überlief ihm beim Anblick des Schwarzen Zeltes. Es lag im Schatten einer Steilwand aus rotem Sandstein. Zwei Ziegen waren neben dem Zelt angepflockt, und ein alter, brauner Hund hob mürrisch den Kopf und blinzelte Bamiyan entgegen. Leichter, süßlicher Verwesungsgeruch hing in der Luft. Der Jäger blickte die Steilwand zur Tafel des Himmels hinauf. Ein einzelner Geier kreiste über dem abgeflachten Felsen.

Hazrat trat aus dem Zelt und stützte sich auf seine große Axt. Der Vogelrufer war ein kleiner Mann mit Schultern wie ein Bär. Und haarig wie ein Bär war er auch. Er roch nach Verwesung, so wie alles rings um die Tafel des Himmels.

»Wen bringst du?«, fragte der Vogelrufer.

»Masud, meinen Bruder.«

Der kleine Mann nickte. »Ein guter Jäger.«

Bamiyan sagte nichts. Seine Stimme hätte seine Gefühle verraten, und er wollte nicht wie ein weinerliches Weib wirken. Masud war sein größerer Bruder gewesen. Sie beide waren die einzigen der acht Jungen ihrer Mutter, die überlebt hatten. Das Leben war hart in den Bergen Garagums. Nur wenige Kinder vollendeten das erste Jahr.

»Kommst du mit?«

Bamiyan schüttelte den Kopf. Er wollte es nicht sehen. Das war nicht mehr sein Bruder, was der Vogelrufer zur Tafel des Himmels hinauftragen würde. Masud war voller Kraft gewesen und immer zu einem Scherz aufgelegt. Solange Bamiyan sich erinnern konnte, hatte er zu seinem Bruder aufgeblickt, ihn bewundert. Masud war ein kluger und ausdauernder Jäger gewesen. Er konnte saufen wie ein Loch, drei Tage im Sattel sitzen, ohne einmal zu schwanken, und er war ein erfolgreicher Räuber und Türkissucher gewesen. Wann immer er zum Lager heimkehrte, folgten ihm die Blicke der Weiber. Masud war ihm in allem überlegen gewesen, bis ihn das Blutfieber gepackt hatte.

Masud hatte einen Schneeleoparden hoch in den Bergen entdeckt und versucht, die Raubkatze lebend zu fangen. Lebend wäre das Tier sein Gewicht in Gold wert gewesen. Der Leopard war ihm in eine Schlinge gegangen. Aber als Masud sich ihm näherte, hatte ihm das Mistvieh einen Prankenhieb versetzt und sich anschließend auch noch befreit. Masud hatte über die Schrammen und sein Missgeschick gelacht und war ins Lager tief im Tal zurückgekehrt. Bei seiner Ankunft hatte er schon Fieber gehabt.

In der Nacht war Masud aus dem Zelt gelaufen, hatte Wasser über sich geschüttet und laut geschrien, dass er verbrennen würde. Als Bamiyan ihn ins Zelt zurückholte, hatte er die Schrammen am Arm bemerkt und die beiden dunkelroten Linien, die von dort den Arm hinaufgekrochen waren, bis fast zu Masuds Achselhöhle.

Sie hatten alles versucht. Hatten sein Fieber mit kalten Tüchern bekämpft. Ihn bluten lassen, damit das Gift aus seinem Körper floss. Den Gott des Windes angerufen und die Mutter der Erde. Doch alles hatte nicht geholfen. Sein Bruder war von innen heraus verbrannt.

Hazrat hob den in Tücher geschlagenen Leichnam vom Pferd.

So leicht war sein Bruder zuletzt gewesen, dachte Bamiyan. Das Fieber hatte sein Fleisch und sein Fett zerschmelzen lassen. Er blickte zum Himmel hinauf, wo noch immer der Geier kreiste.

»Trage mir die Axt hinauf«, befahl Hazrat schroff. »Ich möchte nicht zwei Mal gehen. Und ich hoffe, du hast das Wolfsfell dabei.«

Bamiyan holte das Fell aus dem Tuchsack, der von seinem Sattel hing. Er rollte es auf und hielt es dem Vogelrufer hin. Es war ein gutes Fell. Dicht und von schöner, graubrauner Farbe. Masud hatte den Wolf zu Beginn des letzten Winters erlegt.

»Gut«, sagte Hazrat. »Leg es vor mein Zelt und nimm die Axt.«

Voller Widerwillen betrachtete Bamiyan die Axt. Ihr Schaft reichte ihm bis zur Brust. Das Holz war dunkel und von den Händen des Vogelrufers glatt poliert. Um einen Türkis, groß wie ein Kinderkopf, krümmte sich eine halbmondförmige, handbreite Sichelklinge aus Bronze. In die Bronze waren Figuren graviert. Deutlich erkannte Bamiyan Russa, den Blitzschützen, inmitten einer Flügelsonne. Er trug den langen Bogen und hatte einen

Köcher umgeschnallt. Mit einer Hand grüßte er eine Wolke, aus der ein Blitz herniederfuhr. Unter dem Gott waren Berge, ein Tempel und Ziegenherden abgebildet. Alle Figuren hoben sich deutlich hervor, denn die tiefen Linien, die einst ein Künstler in das Blatt der Axt geschlagen hatte, waren mit dunklem Blut verklebt.

»Kommst du?«, rief Hazrat. Der Vogelrufer war schon ein Stück vorausgegangen. Den Leichnam Masuds hatte er sich über die Schultern geworfen.

Der Aufstieg zur Tafel des Himmels war steil und mühsam. Ein schmaler Saumpfad wand sich seitlich der Steilwand hin zur abgeflachten Spitze. Hier und dort waren Stufen in den Fels geschlagen worden, um den Weg zu erleichtern. Die Tafel des Himmels war eine knapp zwanzig Schritt hohe Säule, die seitlich aus der geröllbedeckten Flanke des Mulawa, des höchsten Gipfels weit und breit, aufragte.

Endlich erreichten sie das Plateau. Es war über und über mit Knochen bedeckt. Menschenknochen. Hazrat legte behutsam den Leichnam Masuds auf den Fels und schlug die Decken zurück. Bamiyan blickte ein letztes Mal in das schmale, ausgezehrte Antlitz seines Bruders. »Schlafe wohl, großer Jäger. Möge deine Seele zu den Göttern fliegen«, sagte er feierlich.

Hazrat reichte ihm die Decken und nahm die schwere Axt. »Noch etwas?«

Bamiyan sah zum Himmel hinauf, wo der Geier kreiste. »Ich wünschte, ein Adler würde ihn holen.«

»Dabei kann ich vielleicht helfen.« Der Vogelmann rieb Daumen und Zeigefinger aneinander.

»Ich habe ein Schneeleopardenfell. Wenn ein Adler kommt, ist es dein.«

Hazrat hob die Brauen. »Ein fürstlicher Lohn.«

»Du kriegst es nur, wenn ein Adler kommt.« Bamiyan wollte es nicht verkaufen, und behalten wollte er das Fell auch nicht.

Nach dem Tod seines Bruders war er in die Berge gestiegen und erst zurückgekehrt, nachdem er den Leoparden erlegt hatte, der Masud getötet hatte.

»Geh nun besser.« Hazrat spuckte sich in die Handflächen und verrieb den Speichel. Dann hob er die Axt.

Bamiyan beeilte sich. Noch bevor er den Abstieg erreichte, hörte er den ersten dumpfen Schlag, begleitet von einem grässlichen Knacken. Mein Bruder ist nur noch totes Fleisch, sagte er sich stumm und dachte an Masud, wie er stets lachend von der Jagd heimgekommen war. Das da oben hatte nichts mehr mit ihm zu tun!

In den Bergen war es schwer, einen geeigneten Platz für ein Gräberfeld zu finden. Die Orte, an denen man tiefer als einen halben Fuß graben konnte, waren rar. Nicht so wie auf den Hochebenen, wo die Bauern den Toten richtige Lehmhäuser errichteten. Auch Holz gab es zu wenig, um die Leichen zu verbrennen. Also trug man sie in den Himmel hinauf, zu besonderen Felsnestern, wo nur die Adler und die großen Geier sie finden konnten. So hatte ihr Fleisch einen Nutzen. Die blanken Knochen brachte der Vogelrufer vor Einbruch des Winters in eine geheime Höhle.

Wieder hallte ein dumpfer Axthieb vom Hochplateau. Bamiyan kauerte sich auf eine der Treppenstufen, die aus dem Fels geschlagen waren, und blickte auf das weite, von rotbraunen Bergen gesäumte Tal. Im Westen wand sich ein schmaler, silberner Strom durch das Geröll. Nur dort gab es ein wenig Grün. Es war ein trockener Frühling gewesen, und die Alten waren sich sicher, dass ein heißer Sommer folgen würde. Ein schlechtes Jahr für die Herden.

Er dachte an die großen Heere, die sich drei Tagesreisen entfernt auf der Hochebene von Kush versammelten. Es wurde viel darüber gesprochen. Einige Jäger hatten die fremden Krieger von ferne beobachtet. Niemand verstand, warum sich die Unsterblichen von Luwien und Aram ausgerechnet hier eine Schlacht liefern wollten. Sie würden das trockene Land mit Strömen von Blut tränken. Das war gut. Die Götter mochten es, wenn Blut vergossen wurde. Bamiyan hoffte, dass Russa dann endlich die Wolken zusammentreiben und einen langen Regen schicken würde.

Laute Schreie schreckten Bamiyan aus seinen Gedanken auf. Der Geier über ihm am Himmel krächzte ärgerlich. Dann tauchte er über den linken Flügel ab und schoss keine zehn Schritt von Bamiyan entfernt dem weiten Tal entgegen.

Schwere Schritte kamen den Saumpfad hinab. Hazrat. Schweiß glänzte auf der Stirn des Vogelrufers. Die blutige Schneide der Axt ragte hoch über seiner Schulter auf. Bamiyan versuchte nicht hinzublicken.

»Der Geier ist fort.« Hazrat ließ sich mit einem Seufzer auf dem Saumpfad nieder. »Musste ihn mit Steinwürfen vertreiben. Die Götter mögen es nicht, wenn wir Menschen uns in dieses Geschäft einmischen.«

Bamiyan schwieg. Die, die ein Adler holte, würden mit Russa eine Nacht lang über den Himmel stürmen und im gleißenden Licht von Blitzen auf den Winden reiten. Diejenigen aber, an denen zunächst Geier nagten, waren ein Nichts. Auf sie würde der Gott der Berge niemals hinabblicken.

Hazrat holte eine weiße Flöte unter seinem speckigen Lederwams hervor. Seine Hände waren voller Blut.

»Es ist nicht, was du denkst …«

Es waren diese Worte, die Bamiyan genauer hinsehen ließen. Die Flöte war aus einem Oberschenkelknochen gefertigt! Einem Menschenknochen.

»Du hast …«

»Nein«, grunzte Hazrat. »Ich sagte doch, es ist nicht, was du denkst. Das stammt von irgendeinem Fremden. Ich hab seine Leiche im letzten Sommer dort unten bei dem kleinen Wäldchen an der weiten Flussschleife gefunden. Er war keiner von hier. Vielleicht ein verirrter Händler. Hatte allerdings kein Lasttier bei sich. Natürlich auch kein Wolfsfell. Ich hab ihn nach hier oben auf die Tafel des Himmels gebracht.« Hazrat klopfte sich mit der Knochenflöte auf den Oberschenkel. »Das hier war sein Lohn für meine Mühen. Ein Fremder wäre ohnehin niemals mit Russa über den Himmel geritten. Es macht nichts, wenn ihm ein Knochen fehlt.«

Bamiyan nickte. Was Hazrat sagte, stimmte. Fremde würde Russa nicht an seiner Seite dulden. Er ritt allein mit den Jägern und Hirten der Berge. Selbst die Bauern auf den Hochebenen verachtete er.

Nicht weit entfernt segelte der Geier in weiten Kreisen über dem Tal. Bamiyan beobachtete den Vogel. Wollte er zurückkehren?

»Sind klug, diese Geier«, sagte Hazrat und strich über die Knochenflöte. »Er weiß, dass ich ihn jetzt nicht hier haben will. Er will keinen Ärger mit mir. Ist ein guter Fressplatz.« Er setzte die Flöte an die Lippen und brachte ein paar schrille Töne hervor. Ärgerlich runzelte er die Stirn und murmelte etwas, um den Geist des toten Reisenden zu besänftigen. »Sind viele gestorben in diesem Frühjahr«, sagte der Vogelrufer unvermittelt. »Der Wunderheiler fehlt … Was wohl aus ihm geworden ist?«

Erneut setzte er die Flöte an. Vorsichtig blies er sie an. Diesmal klang es besser. Er lockte eine Reihe aufsteigender Töne aus dem Beinknochen, dann begann er eine melancholische Weise zu spielen.

Bamiyan saß auf der steinernen Stufe, starrte auf die Berge auf der anderen Seite des Tals. Er dachte an seinen Bruder. An all die wunderbaren Augenblicke, die sie miteinander geteilt hatten. Obwohl das Lied sein Herz berührte, half es ihm, die Erinnerung zu ertragen. Und die Gewissheit, dass sie nie wieder miteinander lachen würden.

Die Sonne stand als flammend rote Kugel über den Bergen im Westen, als ein Steinadler kam. Der Geier drehte ab, als er den König des Himmels bemerkte.

Hazrat spielte weiter, ohne Unterlass, und der Adler landete über ihnen auf der Tafel des Himmels. Bamiyan konnte hören, wie sich der große Vogel zwischen den bleichen Knochen bewegte. Erleichtert stand der junge Jäger auf. Masud würde in der nächsten Gewitternacht mit Russa über den Himmel reiten. Sein Bruder würde glücklich sein.

Langsam stieg Bamiyan den steilen Pfad hinab. Vor dem schwarzen Zelt angekommen, nahm er das Schneeleopardenfell aus dem Tuchbeutel und legte es in den Eingang. Hazrat hatte es sich verdient!

Der Jäger strich seiner Stute über die Stirn und blickte ihr in die großen, dunklen Augen. »Du musst mich zum verfluchten Tal tragen. Ich werde herausfinden, was mit dem Wunderheiler geschehen ist.«

Füchse und Wölfe

Artax hatte eine einfache Tunika angelegt. Freilich, sie war aus gutem Tuch gefertigt, doch wies nichts an ihm darauf hin, dass er der Hochkönig Arams war. Gut, wenn man die Leibwache zu übersehen vermochte, die ihm mit zwei Schritt Abstand folgte. Aber für einen Unsterblichen waren sie eine ungewöhnliche Garde. Der einarmige Kolja, Volodi, der Träumer, und all die anderen zwielichtigen Gestalten. Sie trugen Bronzerüstungen und Helme mit prächtigen Rosshaarschweifen, aber all der Prunk vermochte nicht darüber hinwegzutäuschen, was sie einmal gewesen waren. Piraten, Halsabschneider, Söldner. Königliche Leibwachen steckten sich nicht den Gürtel voller Dolche, trugen zwei Schwerter auf den Rücken geschnallt oder tauschten ihre Speerspitzen gegen Stichblätter aus, lang wie Kurzschwerter. Artax musste grinsen. Und dann noch die Jaguarmänner und Adlerritter aus Zapote, die jenseits der Hügel außer Sichtweite des Heeres lagerten. Das war wahrlich keine Truppe, wie man sie in zivilisierten Ländern auf ein Schlachtfeld führte. Mit diesen Männern könnte er siegen, auch wenn seine Feinde nicht daran glaubten.

Sie gingen mehr als eine halbe Meile durch das Lager. Tausende Blicke folgten ihnen. Und die, deren Neugier stärker war als die lähmende Hitze des Nachmittags, folgten ihnen, um zu sehen, was für ein Spektakel der inzwischen wohlbekannte Hofmeister heute veranstalten würde. Artax hatte bemerkt, wie beliebt Datames bei den Männern geworden war. Noch immer wurde über den bartlosen Schönling gespottet, doch in einem anderen Ton. Er war fast einer der Ihren geworden.

In der vergangenen Nacht war ein Meuchler in das Zelt von Datames gekommen. Der Hofmeister hatte großes Glück gehabt. So wie er erzählte, war der Mann in seinen eigenen Dolch gestürzt, als Datames von seinem Bett aufgefahren war und versucht hatte, sich mit einem Bronzespiegel zur Wehr zu setzen. Wahrscheinlich hatten die Satrapen den Mann geschickt. Aber nun konnte er nicht mehr reden.

»Mit denen dort versuchen wir es«, erklärte der Hofmeister gut gelaunt und deutete auf ein Grüppchen von Männern, die unter einem Sonnendach aus zwei alten Decken Zuflucht vor der Hitze gesucht hatten.

Artax fand es erstaunlich, wie unbekümmert sich Datames gab, obwohl man ihm nach dem Leben trachtete.

»Das sind die Männer aus Belbek«, erklärte er. »Genau die richtigen für das, was ich heute vorhabe.«

Artax fluchte innerlich. Alle, aber nicht die. Er wollte Ashot nicht begegnen. Sich nicht der Gefahr aussetzen, dass einer der Männer aus seinem Dorf ihm nahe genug kam, um sein Geheimnis zu erahnen. »Lass uns eine andere Gruppe suchen«, sagte er.

Im selben Augenblick kroch eine schlanke, drahtige Gestalt

unter dem Sonnendach hervor. Ashot! Er bedachte Datames mit einem abfälligen Lächeln und schlenderte ihnen entgegen. »Willst du wieder eine Amphore Wein verlieren, Hofmeister?«

»Diesmal dachte ich daran, den Einsatz zu erhöhen. Wie wäre es mit einem Silberstück, Ashot?«

Der Bauer blickte misstrauisch. »Wir werden wieder ein Feld umgraben?«

»Nein, heute geht es darum, gegen den Unsterblichen und seine Leibgarde anzutreten.« Datames deutete über seine Schulter hinweg. »Wie du siehst, habe ich sie gleich mitgebracht.«

Ashot fand zu seinem Selbstbewusstsein zurück. »Das ist der Unsterbliche?« Er blickte Artax zweifelnd an. Misstrauisch wie eh und je, aber noch etwas unverschämter als früher, dachte Artax grinsend.

»Auf die Knie, oder ich mach dich Wurm!«, rief Volodi aufgebracht.

Artax seufzte. Solange der Drusnier nicht redete, war er eine imponierende Gestalt.

Ashots Grinsen wurde breiter. Allerdings blieb er tatsächlich stehen. Hinter ihm versammelte sich der Trupp, der unter seinem Kommando stand. Artax erkannte Narek unter ihnen. Die Übrigen waren ihm unbekannt. Artax musste schmunzeln. Er hatte den etwas pummeligen Bauern immer gemocht. Narek hatte früher immer gute Laune gehabt, ganz gleich, was auch geschah, und man konnte keine fünf Sätze mit ihm reden, ohne dass er von seinem Weib Rahel zu schwärmen begann.

»Der Bärtige da vorne ist tatsächlich der Unsterbliche Aaron, Herrscher aller Schwarzköpfe, Großkönig von Aram. Ohne seinen Maskenhelm und das Geisterschwert sieht er aus wie ein ganz normaler Mann, nicht wahr?«

Wie lange willst du den noch weitermachen lassen? Als Nächstes erzählt er diesen Rübenköpfen noch, dass du auch nicht besser als irgendein Bauer bist.

Schon vergessen? Ich bin ein Bauer, antwortete er seinem Quälgeist in Gedanken.

Das bist du nicht, denn du hast uns. Wir machen den Unterschied!

Artax versuchte den Klugschwätzer zu ignorieren.

»Was sollen wir tun?«, wollte Ashot wissen.

»Euch um dieses Silberstück schlagen.« Datames ließ eine große Silbermünze wie ein Jahrmarktsgaukler zwischen seinen Fingern hin und her hüpfen. »Dabei werdet ihr gegen die Leibwache des Unsterblichen antreten und gegen ihn selbst.«

Ashot schüttelte den Kopf. »Was soll das? Willst du uns alle verprügeln lassen, weil wir dich um eine Amphore Wein erleichtert haben? Das könntest du einfacher haben. Du bräuchtest doch nur …«

»Einfach wird es in der Tat nicht.« Datames winkte Kolja, und der Hüne mit dem vernarbten Gesicht brachte einen Lederbeutel.

»Ich fülle den hier jetzt mit Sand und dem Silberstück. Dann werden wir dafür sorgen, dass wir Platz auf einem zwanzig Schritt langen Feld haben.« Datames sah zu Artax. »Alles Übrige wird dir der Unsterbliche erklären.« Er kniete nieder und begann mit der Hand Sand in den Beutel zu schieben.

Ashot sah Artax durchdringend an. Erkannte er ihn? Sie hatten so viele Stunden miteinander verbracht. Der Löwenhäuptige hatte sein Gesicht verändert. Aber nur wenig.

»Ihr seid wirklich …« Die herablassende Art Ashots war Unsicherheit gewichen.

»Das bin ich«, sagte er, um Ruhe bemüht. Ashot sah noch dürrer aus als früher. Tiefe Falten führten von seiner Nase zu den Mundwinkeln und verstärkten den mürrischen Eindruck, den er schon immer gemacht hatte.

Ashot kniete nieder. Die übrigen Bauern seiner Gruppe taten es ihm gleich. Sie alle hielten den Blick gesenkt. Dass Datames ihn ausgerechnet zu dieser Gruppe geführt hatte! Wusste der Hofmeister etwas? Unmöglich!

Vielleicht auch nicht? Er hat sich verändert. Du bringst seine schlechten Seiten ans Tageslicht. Er steckt jetzt seine lange Nase gerne in Dinge, die ihn nichts angehen. Du hättest ihn hinrichten lassen sollen. Noch ist es nicht zu spät.

»Steh auf, Ashot! Und auch du, Narek. Und all die anderen. Für die Dauer eines Spiels sind wir gleich.« Er blickte zu seinen Leibwächtern. »Ich brauche neun von euch. Ihr legt Waffen und Rüstungen ab. Wir spielen um eine Silbermünze.«

»Wozu?«, wollte Ashot wissen.

Artax musste schmunzeln. Sein Jugendfreund war noch ganz wie früher. »Ihr sollt Dinge üben, die auch im Krieg wichtig sind. Macht gemeinsam einen Plan. Arbeitet zusammen. Verlasst euch aufeinander. Seid selbstlos und bereit, euch für eure Sache aufzuopfern. Einer von euch bekommt den sandgefüllten Lederbeutel in die Hand gedrückt. Er startet an einem Ende des Spielfelds, überquert das Feld, legt den Beutel auf die Linie auf der anderen Seite, und ihr habt gewonnen. Ihr dürft den Beutel auch werfen. Es kommt auf Zusammenarbeit an. Und ihr müsst flink sein.«

Ashot blieb misstrauisch. »Ich kann nicht erkennen, was das mit einer Schlacht zu tun hat. Treibt Ihr Scherze mit uns?« Er kniete noch immer und hielt dabei den Kopf gesenkt, doch klang seine Stimme alles andere als unterwürfig. Aaron hätte ihn gewiss köpfen lassen.

»Du wirst auf dem Schlachtfeld erleben, wie wichtig es ist, seine Kameraden zu kennen und sich auf sie verlassen zu können. Heute wirst du sie kennenlernen.«

»Und bei diesem Spiel … ist es normalen Sterblichen erlaubt, Euch zu berühren?«

»Ihr dürft mich sogar anrempeln«, entgegnete er mit einem Lächeln.

»Ich bespreche das mit meinen Leuten. Darf ich mich zurückziehen, allweiser Aaron?«

Artax hätte fast losprusten müssen. *Allweiser Aaron!* Wenn Ashot wüsste, wen er vor sich hatte!

»Geh zu deinen Kameraden, Ashot aus Belbek, und rede mit ihnen.«

Artax sah ihm nach. Narek ging an Ashots Seite und redete aufgeregt auf ihn ein. »Er kannte meinen Namen! Hast du das gehört? Er kannte meinen Namen! Du wirst das bestätigen müssen, sonst wird das niemand im ganzen Dorf glauben, wenn ich erzähle, dass der Unsterbliche Aaron mich, Narek aus Belbek …«

»Hör auf zu schwätzen«, sagte Ashot und klang dabei für seine Verhältnisse erstaunlich warmherzig.

Artax fühlte plötzlich eine große Leere in sich. Er beherrschte ein riesiges Reich, aber es gab nichts, was ihm die Abende mit Ashot und Narek ersetzte.

Du hättest ein paar unserer Haremsblumen mitnehmen sollen. Die Säfte eines Mannes geraten durcheinander und vergiften den Verstand, wenn er zu lange nicht bei einem Weib liegt. Wärest du noch klar im Kopf, würdest du nicht irgendwelche Bauernbesäufnisse vermissen.

Artax seufzte. Aaron hatte keine Ahnung. Vermutlich hatte sein Quälgeist nie in seinem Leben richtig gute Freunde gehabt. Er wandte sich zu seinen Männern um. Volodi, Kolja und sieben andere seiner Zinnernen hatten ihre Waffen und Rüstungen abgelegt. Sie trugen nur noch Lendenschurz und Sandalen. Selbst so sahen sie noch furchteinflößend aus. Narbenbedeckt, muskulös und mit hartem Blick. Artax überkamen Zweifel, ob es gut war, erfahrene Krieger auf ein paar Bauern loszulassen.

»Ihr werdet sie nicht zusammenschlagen. Es ist nur ein Spiel. Verstanden?«

Kolja bedachte ihn mit einem furchteinflößenden Lächeln. »Datames hat sich verklärt uns alles.«

»Erklärt«, zischte Volodi und warf Kolja einen verwunderten Blick zu. »Ist sich Sprache von Aram, durcheinander zu sehr«, entschuldigte er sich bei Artax. »Ist sich schwer für Männer aus Drus.«

Auch Artax betrachtete Kolja erstaunt. Eigentlich beherrschte der Faustkämpfer die Sprache Arams besser. Was ging da vor sich? Er deutete auf die lederne Armprothese. »Ich hoffe, da drin ist kein Messer versteckt.«

»Doch, ist sich. Aber keine Sorgen haben. Kann sich nicht nix kommen heraus aus Versehen. Muss sich verschieben Verschluss.« Er löste eine Schnalle und zog eine dicke Lederlasche zur Seite, die über dem abgerundeten Ende der Prothese lag. Darunter kam ein schmaler Schlitz zum Vorschein. Kolja bewegte den Arm ruckartig zur Seite, und eine zehn Zoll lange Klinge schnellte hervor.

Halsabschneider! Du hast eine Leibwache aus Halsabschneidern, du Bauerntrottel. Du kannst dich darauf verlassen, eines Tages wird dir das leidtun.

»Lass die Klinge verschwinden! Ich hoffe, du weißt, was das bedeutet, wenn ich dir sage, dass das hier nur ein Spiel ist.«

Kolja nickte ernst. »Klar ganz! Habe mich viele Jahre in Arena gespielt. Spiel zu Ende, wenn steht sich nicht mehr auf einer.«

»Er macht sich Scherz!«, beeilte sich Volodi zu sagen und bedachte Kolja mit einem finsteren Blick.

»Und warum redet er so verquer?«, wollte Artax wissen. »Er spricht doch sonst ganz ordentlich.«

»Heute bin ich mich viel böses, großes Barbar. Und böses Barbar spricht sich böse falsch dumme Sprache von Aram. Das erwarten sich Bauern von uns«, feixte der Faustkämpfer gut gelaunt. »Das mach ich mich immer so.«

Artax konnte Volodi ansehen, dass dieser das nicht annähernd so komisch fand wie Kolja.

»Wie nehmen die Herausforderung an«, rief Ashot ihnen zu.

Kolja lächelte.

Datames führte sie hinab zu dem ausgetrockneten Flussbett,

an dem ihr Lager lag. Dort war eine Strecke von etwas mehr als siebzig Schritt von Steinen und Geröll freigeräumt. Der Boden war sandig. Die sanft ansteigenden Ufer lagen etwa dreißig Schritt auseinander.

Artax nahm mitten auf dem Platz Aufstellung. Die Zinnernen gruppierten sich rechts und links um ihn. Kolja und Volodi besprachen etwas in ihrer Muttersprache.

Als Volodi seinen besorgten Blick bemerkte, hob er beschwichtigend die Hände. »Nichts Sorgen. Weiß sich Kolja, ist dies nicht Spiel wie Arena.«

Artax blickte zu den Ufern, die dicht bevölkert von Schaulustigen waren. Hoffentlich wusste Datames, was er tat. Es durfte keinen zweiten Unfall wie bei dem Schaugefecht mit den Streitwagen geben.

Der Hofmeister gab Ashot den sandgefüllten Lederbeutel und zog sich auf das Steilufer zurück. Ein Hornsignal erklang. »Das Spiel beginnt!«, rief Datames mit wohltönender Stimme. »Möge der Bessere gewinnen.«

Die Bauern hatten sich um Ashot geschart. Sie wirkten nervös.

»Gehen vorwärts«, sagte Volodi ruhig.

Kolja nickte und winkte den Männern vorzugehen.

Wirklich beeindruckend, deine Führungsqualitäten.

Artax versuchte die Stimme zu ignorieren. Er ging mit den Zinnernen vor.

»Zum Angriff!«, rief Narek plötzlich, und alle Bauern zugleich stürmten vor. Aber nicht in einer Linie. Sie kamen auf ihn zugelaufen! Artax stemmte die Füße in den Boden und wappnete sich für den Angriff, als der pummelige Bauer ihn mit der Schulter rempelte.

»Entschuldigung, Allererhabenster«, murmelte Narek mit hochrotem Kopf und rempelte ihn erneut an.

Ein hagerer Kerl sprang vor und umklammerte die Beine von Artax. Noch ein Rempler. Der Unsterbliche stürzte.

»Wir haben ihn!«, schrie jemand. Im selben Moment fiel Narek auf ihn.

Artax kämpfte um Luft und versuchte seinen alten Freund zur Seite zu schieben, als sich noch ein Leib auf ihn warf und noch einer und noch einer … Der blaue Wüstenhimmel verschwand hinter zuckenden Armen.

Jemand über ihm fluchte. Artax versuchte verzweifelt, sich zu befreien. Sein rechter Arm wurde gepackt und zur Seite gezogen. Seine Knie wurden zusammengedrückt. Er konnte sich kaum noch rühren.

Das Signalhorn wurde ein zweites Mal geblasen. »Die Sieger …« Mehr verstand Artax nicht, weil ihn ein Knie am Ohr traf.

Endlich erhoben sich die Männer, die ihn zu Boden gepresst hatten. Als Artax sich leicht schwankend erhob, fühlte er sich, als ob eine Pferdeherde über ihn hinweggetrampelt wäre. Volodi kniete breit grinsend mit dem Lederbeutel auf der Linie der Bauern. Ein Stück vor ihm stand Kolja über Ashot. Der Faustkämpfer hatte dem Bauern in Siegerpose den Fuß in den Nacken gestellt. Auf den Ufern war es still. Keiner jubelte den Zinnernen zu. Artax seufzte innerlich. Dieses Spiel hatte die Stimmung im Heer ganz gewiss nicht verbessert.

»Tschuldigung«, murmelte Narek verlegen und wagte es nicht, ihm in die Augen zu blicken. Mit hängenden Schultern machte er sich davon. Die übrigen Bauern folgten ihm. Als Letzter erhob sich der Kerl, der seine Beine umklammert gehalten hatte. Eine hagere Gestalt mit einem bleichen Hautstreifen unter dem Kinn und frisch rasiertem Schädel.

»Ich bitte vielmals um Entschuldigung für die Unannehmlichkeiten«, erklärte er mit theatralischer Verbeugung. Ein fremder Akzent lag in seiner Stimme, obwohl er die Sprache Arams flüssig beherrschte. Ihm schien es nicht viel auszumachen, besiegt worden zu sein.

»Du kommst nicht aus der Gegend von Belbek, nicht wahr?«

Der Mann sah zu ihm auf. War da Furcht in seinem Blick?

Natürlich fürchtet er sich vor dir. Wenigstens dieser eine noch, nachdem du dich vor ein paar tausend Bauern oben auf den Ufern als Tölpel aufgeführt hast.

»Ich habe ein paar Jahre in einem Dorf nahe der Stadt Nari gelebt. Ashot hat mich angeworben. Er fand, dass das genug sei, um mich den Belbeker Löwen anzuschließen.«

»Belbeker Löwen?«, fast hätte Artax aufgelacht. »Was ist das?«

Der Hagere blickte zu seinen Kameraden. »So nennen wir uns. Viele der neuen Kriegergruppen haben sich Namen gegeben.«

»Und wie heißt du?«

»Lamgi.«

Du wirst ihm jetzt nicht auch noch die Hand geben, Bauerntrampel. Du bist der Großkönig!

Artax scherte sich einen Dreck um Aarons Beschwerden und griff nach Lamgis Unterarm, um sich mit dem Kriegergruß zu verabschieden. »Nimm dich in Acht, Lamgi«, sagte er lächelnd. »Das nächste Mal werfe ich dich zu Boden.«

Ashot kam zu ihm herüber. Er ging schief und hielt sich eine Hand auf den Bauch. »Was war das? Keiner Eurer Leibwächter ist Euch zu Hilfe gekommen, erhabener Aaron! Was für Kerle sind das?«

»Kerle, die wissen, dass ihr mir nicht wirklich etwas tun werdet. Was war dein Plan? Alle werfen sich auf mich, und meine Leibwächter versuchen deine Leute zur Seite zu zerren, während du mit dem Ledersack zur anderen Spielfeldseite läufst?«

»In etwa so«, kam es mürrisch von Ashot.

»Kein schlechter Plan.« Er klopfte dem Bauern auf die Schulter. »Deine Leute haben sich gut geschlagen.«

»Das war es noch nicht«, kam es gereizt von Ashot. »Ich will noch ein Spiel.«

Kolja hatte das gehört. Er kam breit grinsend auf ihn zu. »Hat sich spitze Rippen, Junge.« Er schüttelte seine linke Hand. »Aber du glauben, die noch einen Schwinger von mir vertragen?«

»Pass du nur auf, dass du dir nicht noch einen Lederarm holst!« Ashot war mehr als einen Kopf kleiner als der Faustkämpfer und wog höchstens die Hälfte von ihm, aber er wich vor dem Hünen um keinen Zoll zurück.

Kolja schob die Lederlasche zurück und ließ die Klinge aus dem Arm fahren. »Unseren Lohn, Volodi.«

Wenn es um Geld ging, hörte Koljas Sinn für Humor wohl auf. Jedenfalls sprach er nun fast akzentfrei und in richtiger Reihenfolge.

Der Hauptmann der Wache warf Kolja den Lederbeutel zu, den dieser lässig mit der Hand fing und mit seinem Messer aufschlitzte. Er holte das Silberstück aus seinem Bett aus Sand und ließ Ashot den Sack vor die Füße fallen. »Wir spielen natürlich wieder um Geld. Ich setze ein Goldstück auf unseren Sieg. Kannst du mithalten, Bauer?«

»Ich treibe das Geld auf.« Ashot war blass vor Wut.

Artax überlegte, seinem Jugendfreund das Gold anzubieten, doch zum einen wäre dieser wahrscheinlich zu stolz, es anzunehmen. Und zum anderen hätte es sehr seltsam ausgesehen, wenn er eine Wette auf seine Niederlage unterstützte. Damit würde er dem Sieg der Bauern allen Glanz nehmen, falls sie gewinnen sollten.

Ashot ging zu seinen Kameraden zurück und redete mit ihnen. Artax konnte sehen, wie sie Münzen zusammenlegten und zählten. Und wieder redeten.

»Wenn wir noch ein Spiel machen, wäre es schön, wenn ihr verhindern würdet, dass ich noch mal in den Boden gestampft werde. Dabei biete ich nicht gerade einen königlichen Anblick.«

»Ist sich zäher kleiner Fuchs, dieser Ashot, was, Volodi?« Der Hauptmann war zu ihnen herübergekommen, und Kolja gefiel sich wieder in seiner Rolle als stammelnder Barbar. »Wird sich bestimmt nicht noch einmal versuchen mit dieselbe Trick.«

Volodi wirkte nicht amüsiert. »Wird sich nicht nix helfen. Fuchs niemals gewinnt Kampf mit Wölfen.«

Kolja lachte. »Stimmt.«

Lamgi trennte sich von der Gruppe der Bauern und stellte sich in die Mitte des Flussbetts. »Freunde«, rief er mit lauter Stimme. »Wir wollen noch einmal gegen die Leibwachen des Unsterblichen Aaron antreten und unsere Niederlage in einen Sieg verwandeln. Aber die Krieger haben das Preisgeld so hoch gesetzt, dass wir nicht noch einmal antreten können. Werdet ihr uns helfen? Oder werdet ihr nur dort oben stehen und mit uns die Schande der Niederlage teilen?«

Es herrschte betretenes Schweigen.

Dann fiel etwas neben Lamgi auf den Boden. Artax kniff die Augen zusammen. Eine kleine Kupfermünze. Noch eine wurde geworfen und noch eine weitere.

»Macht sie fertig!«, rief einer vom gegenüberliegenden Ufer. Ein kleiner, unrasierter Kerl, der so aussah, als habe es das Leben noch nie gut mit ihm gemeint.

Weitere Münzen fielen in den Sand.

»Zeigt es ihnen«, rief ein anderer.

Narek begann das Geld einzusammeln, während immer mehr Münzen von den Ufern geworfen wurden. Auch wenn es nur Kupfer war, reichte der Wert bestimmt schon an ein Goldstück heran.

»Wir sind die Löwen von Belbek!«, rief Narek stolz. »Hört ihr? Die Löwen von Belbek. Und wir werden sie zerfleischen.«

Kolja schmunzelte. »Zerfleischen? Ist sich kleines Mann mit großes Mund.«

»Du wirst ihn dir nicht vornehmen, wenn wir noch einmal spielen«, sagte Artax harsch.

Der Faustkämpfer schnitt eine Grimasse. »Hätte nur ein bisschen gestreichelt.« Er ließ die Klinge in den Lederarm fahren.

»Kommt jetzt!« Artax winkte den beiden, ihm zu folgen, und ging an die Schlusslinie seiner Seite zurück. »Du sagst, sie werden sich nicht noch einmal alle auf mich werfen?«

Kolja blickte ihn an und zuckte dann mit den Schultern. »Kann mich nicht sehen in Kopf von Bauern.« Er zog seine vernarbten Brauen zusammen. »Wollen wir lassen gewinnen Bauern? Wegen Moral?«

Artax schüttelte den Kopf. »Zu viele Zuschauer. Wenn die den Verdacht haben, wir spielen falsch, dann ist das Gift für die Moral.«

Datames kam ihnen entgegen. »Tut mir leid, was Euch geschehen ist, Erhabener. Geht es Euch gut?«

Artax konnte ihm an den Augen ansehen, dass es ihm nicht leidtat. »Was machen wir? Wenn wir noch einmal gewinnen und die Bauern verprügelt werden, ist das eine Katastrophe. Wie hattest du dir das vorgestellt?«

»Bisher läuft alles nach meinem Plan. Ich hatte geahnt, dass Ashot noch einmal spielen will, wenn er verliert.«

Ich hätte das nicht erwartet, dachte Artax. Und ich kenne ihn länger als du. »Was sollen wir tun?«

»Ihr werdet natürlich wieder siegen. Aber es sollte nicht ganz so schnell geschehen. Der Kampf muss ein wenig dauern. Jeder da draußen weiß, dass diese Löwen von Belbek nicht gewinnen können. Wichtig ist, wie sie besiegt werden. Lass sie nicht das Gesicht verlieren.«

Artax wandte sich an Kolja und Volodi. »Ihr habt es gehört. Sagt es den Männern. Diesmal dauert das Spiel ein wenig länger.«

Ashot winkte vom anderen Ende des Feldes. »Wir stecken die Münzen in einen Wasserschlauch. Der Ledersack ist völlig zerschnitten. Wir können ihn nicht mehr benutzen.« Er hielt einen länglichen, braunen Ziegenlederschlauch hoch, der am unteren Ende ausgebeult war.

»Gut«, entgegnete Artax. »Wann seid ihr bereit?«

»Wir füllen noch mehr Sand hinein.« Ashot kniete nieder, sodass sie deutlich sehen konnten, wie er Sand aus seiner Hand in den Wasserschlauch rinnen ließ. Als er halbwegs prall gefüllt war, ging er zu seinen Männern zurück. Sie gruppierten sich im Kreis um ihn, wohl um ihren Schlachtplan zu besprechen.

Artax wandte sich an seine Zinnernen. »Wir bilden eine Linie, quer über das Spielfeld. Ihr achtet darauf, dass der Kerl mit dem Wasserschlauch auf keinen Fall durchkommt. Wir werden langsam vorgehen und sie auf ihre Linie zurückdrängen. Und verprügelt niemanden. Es ist nur ein Spiel. Habt ihr das verstanden?«

Koljas Augen funkelten amüsiert. Die Männer nickten.

»Du wirst Ashot nicht die Rippen brechen.«

Kolja nickte.

»Und auch keinen anderen Knochen.«

»Und wenn sich fällt unglücklich der Bauerntölpel?«

»Dann bist du besser nicht in der Nähe, Kolja.«

Der vernarbte Hüne sah ihn bekümmert an. »Das ist sich kein Spaß.«

»Wir sind bereit«, rief Ashot. Er drückte sich den Wasserschlauch an die Brust.

»Linie bilden!«, befahl Artax mit lauter Stimme. Die Zinnernen gehorchten. Volodi und Kolja hielten sich auf seinen beiden Seiten. Diesmal würde er nicht zu Boden geworfen werden.

Die Bauern bildeten einen Kreis um Ashot.

»Sie beschützen sich Anführer«, sagte Volodi. »Wir machen Kreis um Kreis und holen sich Ziegenschlauch.«

»Löwen!«, erklang ein Ruf von den Ufern und wurde dutzendfach aufgenommen. »Löwen!«

Artax und die Zinnernen hatten die Hälfte des Feldes überquert. Sie waren schon nah genug, dass er die Angst in Nareks Augen sehen konnte. Sein Jugendfreund stand halb geduckt. Er hatte immer schon versucht, sich aus Ärger herauszuhalten. Was mochte ihn nur geritten haben, dass er sich freiwillig gemeldet hatte?

»Vorwärts, Löwen!«, rief Ashot, und seine Männer stürmten den Zinnernen entgegen.

»Lö-wen! Lö-wen! Lö-wen!« Jetzt feuerten sie Tausende an.

Artax presste die Lippen zusammen. Das war mutig und hoffnungslos. Sie würden niemals die Linie der Zinnernen durchbrechen. Er hob die Arme auf Brusthöhe, ballte die Fäuste und wappnete sich für den Aufprall.

Ein vierschrötiger Kerl versuchte Artax mit der Schulter zu rammen. Der Unsterbliche wich leicht zur Seite aus, sodass der Angreifer ihn nur streifte, und brachte ihn dann seinerseits mit einem Stoß aus dem Gleichgewicht. Kurz war er versucht, einen Fausthieb folgen zu lassen, beherrschte sich aber. Datames sollte sich Regeln für dieses Spiel ausdenken, die verhinderten, dass es in eine wilde Schlägerei ausartete.

Sein Angreifer wich zurück. Drei oder vier der Bauern lagen am Boden. Seine Zinnernen waren ganz offensichtlich weniger zimperlich gewesen, was das Austeilen von Fausthieben anging. Er entdeckte auch Narek unter den Gestürzten. Der Bauer hatte die Hände um den Bauch geschlungen und wimmerte herzerweichend. Volodi bückte sich nach ihm.

Artax atmete scharf ein, doch der Drusnier erkundigte sich nur, ob alles in Ordnung sei. Narek brachte ein Nicken zustande.

Von den Ufern waren vereinzelte Buhrufe zu hören. Der Angriff der Bauern war ganz und gar gescheitert. Diejenigen, die wieder auf den Beinen waren, zogen sich zu Ashot zurück und versuchten ihn gegen den unvermeidlichen Gegenangriff zu schützen.

»In Boden stampft sie sich!«, rief Kolja gut gelaunt und stürmte den Bauern entgegen. Die Zinnernen stießen einen wilden Schlachtruf aus und folgten ihm. Artax ließ sich von der Begeisterung seiner Männer mitreißen. Zugleich war der Unsterbliche überrascht, mit welchem Mut sich die Bauern um Ashot scharten. Keiner lief davon. Im Gegenteil! Sie empfingen seine Leibwache mit einem grimmigen Lächeln.

Artax blockte einen Fausthieb mit dem Arm und versetzte seinem Gegenüber einen Schwinger. Er war wieder an Lamgi geraten. Der hagere Lastenträger drehte den Kopf zur Seite, sodass der Fausthieb ihn nur streifte, und antwortete mit einem Aufwärtshaken, der Artax am Rippenbogen traf.

Artax konterte mit einem Kopfstoß. Seine Stirn schlug gegen die Nase Lamgis. Der Lastenträger taumelte zurück und stürzte über einen Mann, der hinter ihm zu Boden gegangen war.

»Hab ihn, sich Schlauch!«, schrie Volodi und hielt den Ziegenlederbeutel triumphierend hoch. Die Mehrzahl von Ashots Männern lag am Boden.

»Zurück!«, rief Kolja. »Aber wir gehen uns langsam. Wird nicht nix folgen uns Pack von Staubfressern.«

Kaum waren die Worte über die Lippen des Faustkämpfers gekommen, da erscholl das Horn. Auch Datames schien begriffen zu haben, dass diese zweite Runde entschieden war. Es gab niemanden mehr, der seine Zinnernen aufhalten könnte.

Als Artax zurückblickte, entdeckte er Narek an der Seite seines Hofmeisters. Der Bauer hielt einen Lederschlauch hoch und grinste breit.

Verblüfft sah Artax zu Volodi, der ebenfalls zu Narek hinüberstarrte.

»Ihr nicht nix gewinnen«, äffte Ashot die beiden Drusnier nach.

»Was …?«, begann Artax.

»Ist sich klar«, grollte Kolja und packte Ashot.

»Lass ihn!« Artax trat an die Seite des Faustkämpfers.

»Ich brauche niemanden, der für mich spricht!«, sagte Ashot kämpferisch, obwohl auf einen Blick deutlich war, wie aussichtslos ein Kampf gegen Kolja war.

»Hast du dich Wasserschlauch vertauscht und mit sich zwei gespielt?«

Ashot runzelte kurz die Stirn. »Das könnte man sicherlich schöner sagen, aber darauf läuft es hinaus.«

Kolja brach in schallendes Gelächter aus und ließ den Bauern los. »Bist sich Mann mit Ohr im Schlitz! Sehr gut! Wenn du dich überlebst Schlacht, dann zu mir kommen. Nangog macht sich Männer wie dich reich. Gehen wir zusammen hin. Kann mich dich gut brauchen dort.«

Ashot war sichtlich überrascht von dieser Wendung.

Artax atmete auf. Und von den Ufern brandete Jubel für die Löwen von Belbek, die gezeigt hatten, dass ein paar Bauern die Leibwache des Unsterblichen zu besiegen vermochten.

Das verwunschene Tal

Bamiyan stocherte mit einem verkohlten Ast in der Asche der Feuerstelle. Hier war seit vielen Tagen kein Essen mehr zubereitet worden.

Nachdenklich betrachtete er die armseligen Besitztümer des heiligen Mannes. Man musste wahrlich von den Göttern berührt worden sein, wenn man es aushielt, freiwillig unter solch erbärmlichen Verhältnissen zu hausen. Wie ein Tier in einer Höhle!

Der Wanderstab des Wunderheilers lehnte am Eingang der Höhle. Drinnen hatte Bamiyan Essensvorräte gefunden und eine dünne Wolldecke. Es sah nicht so aus, als habe der Heiler das Tal verlassen. Aber ohne Zweifel war er auch seit vielen Tagen nicht mehr bei seinem Lagerplatz gewesen. Das waren schlechte Nachrichten.

Der junge Jäger warf den verkohlten Ast in die Feuerstelle und sah sich um. Er lauschte auf das Geräusch des Wasserfalls. Etwas an diesem Tal war unheimlich. Er hatte keine Tiere gesehen. Es war ungewöhnlich still. Manchmal hatte er das Gefühl, beobachtet zu werden.

Bamiyan blickte die Felswände empor. Er konnte die Sonne nicht entdecken. Der hintere Teil des Tals, dort, wo der Wasserfall rauschte, lag bereits im Halbdunkel.

Wo konnte der Heiler nur stecken? Hatte ihn hier etwas so sehr erschreckt, dass er einfach davongelaufen war, ohne irgendetwas von seinen kümmerlichen Habseligkeiten mitzunehmen? Je länger er hier war, desto besser konnte Bamiyan sich das vorstellen. Er wäre selbst am liebsten gegangen. Aber er hatte sich geschworen, noch bis zum Einbruch der Dämmerung nach dem Heiler zu suchen. Bei Nacht allerdings würde er hier nicht bleiben. Um keinen Preis der Welt!

Ein kleiner Stein rollte klackernd über einen Hang. In dem engen Tal klang das Geräusch unnatürlich laut. Bamiyan legte die Hand auf den Griff des langen Bronzedolches an seinem Gürtel. Er war kein Feigling, aber dieser Ort hier machte ihm zu schaffen. Seit seiner Kindheit hatte er unzählige Geschichten über das Tal gehört. Ein böser Geist hauste hier. Aber in jeder Geschichte wurde er anders beschrieben. Mal war es eine Gestalt, so schrecklich, dass das Herz aufhörte zu schlagen, wenn man sie erblickte. Mal eine wunderschöne Frau, die Wanderer verführte, zu ihr ins Wasser zu steigen, um die Arglosen dann zu ertränken. Dann wieder eine Hexe, die einen mit einem magischen Schlummer belegte und alle Lebenskraft raubte, während man verstrickt in sinnliche Träume dem Tod entgegenschlief. Sein Großvater hatte behauptet, der Geist würde jeden mit eisigen Händen packen, der es wagte, unter den Wasserfall zu treten. Die Unvorsichtigen wurden gegen den Wasserstrom die Felswand hinaufgezerrt, und dann, wenn sie ganz oben angelangt waren, lösten sich die Hände aus kaltem Wasser auf, und man stürzte sich zu Tode.

Bamiyan ging dem Rauschen des Wasserfalls entgegen. Er musste den Kopf weit in den Nacken legen, um die Stelle zu sehen, an der das Wasser über den Rand der Klippe stürzte. Böiger Wind zerrte Geister aus weißer Gischt aus dem tosenden Nass. Der Anblick ließ den jungen Jäger frösteln. Manche Geschichtenerzähler behaupteten, dass der Geist, der hier hauste, überall sei. In jedem Fels, jedem verdorrten Grashalm, selbst in der Luft, die man atmete.

Bamiyan dachte an seinen toten Bruder. Masud hätte über die Geistergeschichten gelacht. Sein Bruder hatte keine Angst gekannt. Er wünschte, er wäre noch hier. Vorsichtig, halb geduckt, jederzeit bereit zur Flucht, näherte sich Bamiyan dem See. Da war es wieder, das Gefühl, angestarrt zu werden. Jetzt wusste er sogar, wo der Beobachter war. Hinter dem Schleier des Wasserfalls. Sehen konnte Bamiyan ihn nicht. Aber er spürte, dass die Blicke von dort kamen. Ganz sicher!

Er sollte jetzt gehen. Er war kein Schamane und kein heiliger Mann. Er war nicht dafür gewappnet, sich mit einem Geist anzulegen. Aber wenn er jetzt floh, dann würde er sich den Rest seiner Tage fragen, was mit dem Wunderheiler geschehen war. Und schlimmer noch, er würde im Innersten seines Herzens wissen, dass er ein Feigling war, wenn es darauf ankam.

Bamiyan presste die Lippen fest aufeinander und ging entschlossen auf den Teich zu. Sein Herz raste. Schweiß perlte von seiner Stirn. Der eisige Hauch des Sprühwassers wehte ihm entgegen. Die Hand, die seinen Dolchgriff umklammerte, zitterte. Aber er ging weiter!

Eine Bö heulte durch die Klippen über ihm und riss einen Gischtgeist aus dem Wasserfall. Wie ein Leichentuch breitete sich die Wolke aus feinem Sprühwasser über ihm aus und senkte sich langsam herab. Er glaubte Gesichter in dem Dunst zu sehen, schreiende Fratzen. Bamiyan war unfähig, sich zu rühren. Er starrte nach oben.

Die Berührung war eisig. Die Kälte durchdrang seinen Körper und fraß sich bis tief in seine Knochen. Das war die letzte Warnung des Geistes, der über das Tal wachte. Bamiyan hatte verstanden. Er blickte zum Wasserfall. Hatte sich dort hinter dem Schleier aus Gischt etwas bewegt? Eine durchscheinende Gestalt, umflossen von langem Haar? Er blinzelte. Nein, da war nichts! Nur Wasser.

Der Jäger zog seinen Dolch. Nur drei Schritt trennten ihn noch vom Rand des Teichs. Er musste ins Wasser blicken. Das war er seiner Ehre schuldig. Dann konnte er fliehen. Und nie, nie wieder würde er an diesen verfluchten Ort zurückkehren.

Bamiyan machte drei hastige Schritte. Das Wasser des Teichs war aufgewühlt und voller weißer Gischt. Er konnte nur undeutlich sehen, doch der Wunderheiler lag nahe beim Ufer. Reglos, ganz und gar vom Wasser überspült. Etwas Längliches, Hautfarbenes wand sich über seinen Bauch. Eine Schlange? Fraß sie von seinem Kadaver?

Der Jäger wollte schon zurückweichen, als der Mann im Wasser unvermittelt die Augen aufschlug. Er sah zu ihm auf. Er lebte! Das war … der Geist des Tals. Er musste den heiligen Mann verhext haben. Bamiyan beugte sich vor, als das Wasser plötzlich zu brodeln begann. Er konnte nicht länger auf den flachen Grund des Sees hinabsehen. Etwas Durchscheinendes schnellte hoch.

Erschrocken wich Bamiyan zurück. Das Wasser schäumte auf. Eine Schreckensgestalt wuchs daraus empor. Der Geist eines Weibes, mit langem Haar. Das Gesicht vor Zorn verzerrt.

»Lauf um dein Leben, Jäger!« Die Stimme klang, als käme sie tief aus dem Wasser.

Eisige Kälte ließ das Wasser knistern. Eine dünne Haut aus Eis bildete sich über dem See und wurde vom stürzenden Wasser sofort wieder zerschlagen.

Bamiyan stand in dichten Wolken der Atem vor dem Mund. Er taumelte weiter zurück, stürzte fast.

Ein Wort, kalt und unmenschlich, drang aus den Tiefen des Teichs. Ein Wort, das nicht für Menschenzungen geschaffen war. Die drohend erhobenen Arme des Geistes zersplitterten, und Tausende messerscharfe Eisstücke stürmten Bamiyan entgegen.

Der Jäger riss schützend die Arme vor sein Gesicht, als ihn der Eissturm traf. Scharfe Kanten zerschnitten seine Haut und das Leder seiner Weste. Eissplitter fuhren durch sein Haar und schrammten über seinen Kopf. Warmes Blut rann ihm in die Augen. Sprachlos vor Entsetzen, wich er weiter zurück. Das Eis umtanzte ihn. Stieß immer wieder zu. Versuchte ihm die Augen aus den Höhlen zu schälen.

Geblendet von seinem Blut, fuhr Bamiyan herum. Immer noch schützend die Arme vor das Gesicht gehoben, rannte er los, wie er noch nie zuvor in seinem Leben gerannt war.

König Geisterschwert

Rauch brannte in Bamiyans Augen. Er hielt den Blick gesenkt, starrte in die Glut des Feuers. Der Steinrat hatte ihn gerufen. Es war eine seltene Ehre, dass ein so junger Jäger wie er vor die neun trat, die in ihrer Gemeinschaft die Nachfolger des Heiligen Zarud waren. Selbst sein Bruder Masud war nie vor den Steinrat berufen worden.

»Deine Geschichte, Bamiyan, erfüllt uns alle mit tiefer Sorge«, erklärte Gatha, ein zahnloser Schamane, dem das zottelige weiße Haar bis zu den Hüften hing. »Wir können diesen Geist nicht länger in unseren Bergen dulden. Der Heilige Mann muss aus dem See gerettet werden. Er ist zu uns gekommen, um uns in unserer Not zu helfen. Wir wären ohne Ehre, wenn wir ihn nun in seiner Not im Stich lassen würden.«

Die übrigen Mitglieder des Steinrates nickten zustimmend. Bamiyan sah es nur aus den Augenwinkeln. Er vermied es, sie direkt anzusehen. Vor allem den Schamanen Gatha. Es hieß, der

Alte könne einem allein durch einen Blick seinen Willen aufzwingen. Und Bamiyan wollte nicht zurück ins Tal der Geister.

»Wie sollen wir gegen einen Geist kämpfen, Gatha?«, fragte ein rotbärtiger Jäger, den Bamiyan nicht mit Namen kannte. »Wir haben keine Waffen, um ihn zu besiegen. Und schau dir den Jungen an. Er hat Glück gehabt, dass er keines seiner Augen verloren hat.«

»Dass er lebend davongekommen ist, gilt mir als Beweis, dass der Geist schwach ist«, entgegnete Gatha ruhig. »Wir werden ihn überwinden.«

»Und, wirst du auch dabei sein?«, beharrte der Rotbart.

»Wir alle sollten mitgehen.« Gatha schob sein verfilztes Haar beiseite, sodass man den Messergriff sehen konnte, der aus seinem breiten Gürtel ragte. Er zog die Waffe und legte sie neben die Feuerstelle. Die breite Klinge des Dolches war grün angelaufen, der Knochengriff mit den Jahren gelb geworden.

»Erinnert ihr euch, warum wir diese Messer tragen?«, fragte Gatha. »Zeigt sie mir. Legt sie neben das Feuer. Und sollte einer unter euch nicht bereit sein, in das Tal der Geister zu gehen, dann möge er seinen Dolch liegen lassen und diesen Ort verlassen, denn er ist nicht würdig, dem Steinrat anzugehören, den der Heilige Zarud begründete.«

Acht weitere Dolche wurden neben die Feuerstelle gelegt. Und keiner der Männer erhob sich.

Ehrfürchtig betrachtete Bamiyan die Griffe. Sie alle waren aus den Knochen des Heiligen Zarud gefertigt. Einst war Zarud ein einfacher Jäger wie er gewesen. Aber dann wurde er in den Bergen von einem Blitz getroffen. Der Heilige überlebte, doch lag er eine Woche lang in tiefem Schlaf. Als der Blitz ihn traf, begegnete er Russa. Der Gott sprach zu ihm und erwählte Zarud zu seinem Boten. Fortan rührte der Heilige keine Waffe mehr an. Sein Ansehen wuchs über die Jahre, und schließlich hörten alle wilden Stämme der Berge auf sein Wort. Es war das einzige Mal in der Geschichte

Garagums, dass ein einzelner Mann die Völker der Berge unter seinem Willen vereinte. Weil Zarud wusste, dass dieser Bund nicht über seinen Tod hinaus Bestand haben würde, berief er noch auf seinem Totenlager neun Weise und Jäger und begründete den Steinrat. Er verfügte, dass ein jeder von ihnen einen Dolch erhalten sollte, in den seine Gebeine eingearbeitet waren. Und jeder der neun sollte aus eigenem Ermessen einen Nachfolger wählen, wenn seine Zeit gekommen war, aus dem Steinrat zu scheiden.

»Bamiyan?« Es war Gatha, der ihn angesprochen hatte. »Du wirst uns zu dem See bringen. Wir müssen den Geist überraschen, wenn wir ihn mit den heiligen Dolchen töten wollen.«

»Ich … ich glaube nicht, dass man ihn überraschen kann«, antwortete er verlegen. »Er … Ich glaube, es ist ein Weib. Es war eine Gestalt mit langem Haar, die aus dem Wasser stieg.«

Gatha lachte. »Auch ich bin eine Gestalt mit langem Haar, aber noch lange kein Weib. Wenn es ein Weib ist, wird es umso leichter sein, sie zu überwältigen. Ich hatte schon gedacht, dass es ein schwacher Geist sein muss. Schließlich bist du lebend davongekommen.«

Bamiyan schoss das Blut in die Wangen, aber er sagte nichts. Er war davongelaufen, daran ließ sich nicht rütteln. Nur schwach, das war dieser Geist ganz gewiss nicht! Immer noch war er über und über mit Schnittwunden bedeckt.

»Wenn du dich irrst, Gatha, dann vernichtest du den Steinrat«, gab der Rotbart zu bedenken. »Wir sollten König Geisterschwert um Hilfe bitten. Dieser Teil Garagums gehört zu seinem Königreich. Es ist seine Pflicht, uns zu helfen.«

»Der Unsterbliche war, solange ich lebe, noch nie zuvor in dieser Provinz.« Gatha kratzte sich unter seinem Bart. »Wie kannst du glauben, er würde kommen, wenn du ihn rufst? Er hat andere Dinge im Kopf, als uns zu helfen. Er will hier seine Schlacht schlagen. Und wir hatten auf unserem letzten Rat beschlossen, keinen der beiden Unsterblichen zu unterstützen. Die Götter allein wissen, wer bald unser Herrscher sein wird. Wenn wir jetzt eine falsche Entscheidung treffen, werden unsere Stämme es bald bereuen.«

»Und was geschieht mit unseren Stämmen, wenn der Geist im Teich mächtiger ist, als du glaubst? Sieh dir Bamiyan an. Sieh hin! Er kann von Glück sagen, dass er nicht geblendet wurde. Wenn der Geist einen Sturm von Eissplittern gegen den Jungen schleuderte, warum sollte er das nicht auch gegen neun alte Männer tun können? Glaubst du etwa, unsere Dolche werden uns beschützen? Willst du wirklich wagen, dass unser Volk in diesem Jahr voller Krieg und Veränderung den Steinrat verliert?«

Der Schamane funkelte den Rotbärtigen wütend an. »Du bist erst zum dritten Mal in dieser Runde, Ormu, und führst schon das große Wort. Du solltest besser sitzen, schweigen, lernen und erfahreneren Männern das Reden überlassen.« Er machte in Bamiyans Richtung eine Geste, als würde er eine lästige Fliege verscheuchen. »Geh den Hügel hinunter, Junge, bis wir dich wieder rufen. Es ist nicht notwendig, dass du dem Gezänk alter Männer zuhörst.«

Bamiyan war erleichtert, gehen zu können. Der Mond stand hoch am Himmel, sodass er den felsigen Weg vor sich gut sehen konnte. Er führte hinab zu der Höhle, in der Zarud vor langer Zeit gelebt hatte. Es war ein magischer Ort. Zwei Mal war Bamiyan in seinem Leben bereits hier gewesen.

Neben dem Höhleneingang war eine Nische aus dem Fels geschlagen worden. Darin stand eine Statue Russas. Zarud hatte sie mit eigenen Händen erschaffen. Das Bildnis zeigte den Gott der Berge, wie er dem Heiligen erschienen war, als der Blitz ihn traf. Er war ein großer, bärtiger Mann, der einen Bogen vor seiner Brust hielt und ein seltsames Fischschuppenhemd trug. Bamiyan hatte das Gefühl, dass Russas Augen geradewegs auf ihn gerichtet waren.

Ergriffen kniete der junge Jäger nieder und bedankte sich mit einem Gebet voller Inbrunst dafür, dass Russa seine schützende Hand über ihn gehalten hatte, als das Geisterweib die Eissplitter auf ihn niederprasseln ließ.

Der Mond war bis fast zum Horizont gewandert, als Gatha den Hügel hinabstieg. Er hielt ein in Leder eingeschlagenes Bündel in seinen Händen und wirkte verärgert. »Der Steinrat hat entschieden, was zu tun ist«, sagte er mit gepresster Stimme. »Du wirst in das Heerlager von Aaron Geisterschwert reiten und den König bitten, uns zu helfen.«

Bamiyan sah den Schamanen entsetzt an. »Ich? Warum ich?«

»Du hast den Befehlen des Rates zu gehorchen und keine dummen Fragen zu stellen, Junge.«

»Aber König Geisterschwert ist gekommen, um hier eine Schlacht zu schlagen. Das weiß jeder. Er wird nicht in dieses Tal reiten. Ich werde ihn mit meiner Bitte erzürnen, und er wird mir den Kopf abschlagen lassen.«

Gatha sah ihn ohne Mitleid an und kratzte sich am Bart. »Ja, das könnte geschehen. Aber man sagt, er sei in den letzten Monden nachsichtiger geworden. Es besteht Hoffnung für dich. Außerdem kannst du ihm ein Angebot machen, wenn er uns hilft. Wir kommen nicht als Bettler!« Gatha erläuterte ihm die Pläne des Rates, dann drückte er ihm das in Leder eingeschlagene Bündel in die Hand.

Bamiyan tastete über das Leder. »Pfeile?«

»Sie sind von Ormu. Er glaubt auch nicht, dass König Geisterschwert in dieses Tal reiten wird. Er hatte einen … ungewöhnlichen Einfall.«

Die Art, wie Gatha die letzten Worte betont hatte, gefiel Bamiyan gar nicht.

»Wenn der König nicht mit dir kommt, wirst du ihn um Folgendes bitten …«

Bamiyan hörte mit wachsendem Entsetzen zu. »Ich bin ein toter Mann.«

Gatha nickte. »Das habe ich Ormu auch gesagt. Aber der Rat hat entschieden, dass du es versuchen sollst. Und wenn es nicht gut ausgeht, werde ich dafür sorgen, dass dein Leichnam zu den Adlern kommt. Dann wirst du gemeinsam mit deinem Bruder Russa begleiten, wenn er auf dem Sturmwind über die Berge reitet.«

Das Gesicht im Schatten

Gonvalon zog seinen Umhang enger um die Schultern und war sich zugleich bewusst, wie nutzlos diese verzweifelte Geste war. Er war tropfnass, und unablässig prasselte der Regen auf das dichte Laubdach des uralten Waldes, durch den sie seit Tagen irrten. Selten hatte er den Verlust seiner Zaubermacht so bedauert wie in diesen Tagen. Kaum dass eine Stunde vergangen war, seit sie durch den Albenstern getreten waren, hatte dieser verfluchte, eisige Regen eingesetzt und seitdem nicht mehr aufgehört.

Nandalee hob das Eichhörnchen an, das sie vor ein paar Stunden erlegt hatte. »Willst du nicht doch etwas? Es ist jung und zart.«

Gonvalon schüttelte den Kopf. Rohes Eichhörnchen! Bis er so weit war, würde er noch etliche Tage hungern müssen. Misstrauisch sah er sich um. Die Dämmerung ließ den Wald in Schatten versinken. Sie lagerten dicht beim Stamm einer alten Eiche. Ihr Laubdach hielt einen Teil des Regens ab. Aber ein angenehmer Lagerplatz war es deshalb noch immer nicht. Wenn sie wenigstens ein Feuer machen könnten! Aber Nandalee war strikt dagegen. Der Wald zu Füßen des Albenhauptes war das Land der Maurawani. Hier galten ihre Gesetze, und die waren so verdreht und unerbittlich, wie es dieses Elfenvolk war.

Soweit Gonvalon wusste, war nie ein Maurawan unter die Novizen der Weißen Halle aufgenommen worden. Sie waren zu unbeugsam und undiszipliniert, um in den Dienst der Himmelsschlangen treten zu können. Auch verließen sie nur ungern für längere Zeit ihren Wald. Ein jeder Maurawan hatte dort ein Revier, so wie Wölfe. Sie hüteten den Wald und alles, was darin lebte. Und da Feuer ihren Bäumen schaden könnte, mochten sie es nicht, wenn Reisende ein Lagerfeuer entzündeten. Nicht einmal auf Felsboden, wo es im Umkreis von zehn Schritt keine Wurzel gab.

Der Schwertmeister seufzte. Er hatte sich seine Reise mit Nandalee anders vorgestellt. Romantischer.

Sie setzte sich an seine Seite und legte ihren Arm um ihn.

Wieder seufzte er. Sie beschützte ihn! Was für eine verdrehte Welt!

»Lass uns meine Wärme teilen«, sagte sie mit diesem anzüglichen Lächeln, das er so sehr mochte. Sie öffnete die Brosche seines Umhangs.

Gonvalon tastete hinter sich. Keine Wurzeln. Nur feuchter Waldboden. Wenigstens war der weich.

Nandalee küsste ihn stürmisch. Es waren Küsse, die nach Eichhörnchenblut schmeckten.

»Verhalte dich ganz natürlich«, flüsterte sie, als sie zwischen zwei Küssen Atem holte.

»Was …«

»Leise«, hauchte sie und biss in sein Ohrläppchen. »Wir werden beobachtet.«

Schon wieder, dachte er verzweifelt. Es war das siebte oder achte Mal, dass sie behauptete, jemand sei in der Nähe. Er hatte nie einen der Maurawan zu sehen bekommen. Ihr Talent, in einem Wald fast unsichtbar zu bleiben, war legendär. Deshalb wurden sie auch gerne als Späher für die Blaue Halle rekrutiert. Doch keiner blieb je länger als zwei oder drei Monde. Aber die Blaue Halle war anders. Sie passte sich in ihren Vorschriften an ihre Novizen an. Sie hatten sogar versucht, Nandalee anzuwerben, als sie wegen ihrer verrückten Eskapaden um ihren Bogen im Streit mit den Meistern der Weißen Halle gelegen hatte.

»Etwas mehr Leidenschaft könnte nicht schaden«, flüsterte sie.

Gonvalon fragte sich, ob sie ihn zum Narren hielt. Sollte sie nur. Er griff unter ihr Wams nach ihren Brüsten und erwiderte ihre Küsse übertrieben stürmisch. Sie drückte ihn nach hinten in das feuchte Laub des Vorjahrs. Der würzige Duft halb vermoderter Blätter umfing ihn. Sie saß auf ihm. Das tat sie gerne.

Ganz unbefangen streifte Nandalee ihr Wams ab. Würde sie das tun, wenn es wirklich Beobachter gab?

»Stören wir?«, erklang eine Stimme irgendwo aus den Schatten der Bäume.

»Nur wenn ihr mitmachen wollt«, entgegnete Nandalee keck.

Gonvalon stieg die Schamesröte ins Gesicht. Das durfte doch nicht wahr sein! Er versuchte sich aufzurichten, doch sie drückte ihn sofort wieder zurück. »Bleib liegen. Die beiden haben Bögen«, zischte sie. »Ich kann sie nicht genau erkennen. Ich glaube, es sind die, die ich erwarte.«

Ein Elf erschien neben ihnen, so plötzlich, als sei er aus dem nassen Laubboden gewachsen. Er war ganz und gar in helles Leder gekleidet. Gonvalon war schleierhaft, wie es der Kerl schaffte, damit im Wald unsichtbar zu bleiben. Nicht ein einziges nasses Blatt haftete an seinen knielangen, weichen Stiefeln. Er hielt den Bogen gesenkt, hatte aber den Pfeil nicht von der Sehne genommen.

»Schön, dich zu sehen, Tylwyth.« Nandalee saß noch immer auf ihm. Die Brüste unbedeckt. Gonvalon wäre am liebsten im Waldboden versunken. Was bildete sie sich ein! Dachte sie denn gar nicht an seine Würde?

»Schicken euch die Himmelsschlangen?« Diese Stimme war dunkler. Etwas Kaltes, Unbarmherziges lag in ihr.

Nandalee erhob sich, und Gonvalon war nur einen Augenblick später auf den Beinen.

Der Elf, den Nandalee Tylwyth genannt hatte, wirkte nun angespannt. Er hatte seinen Bogen ein wenig angehoben.

Der Schwertmeister sah den Bogenschützen lächelnd an. »Du weißt, wer ich bin?«

Tylwyth nickte.

Gonvalon beugte sich vor und zog sein nasses Hemd aus. »Sieh dir meinen Rücken an. Mich wird nie wieder eine Himmelsschlange schicken.«

Ein Schatten trat unter den Bäumen hervor. Eine Gestalt, deren Antlitz von einer tief ins Gesicht hinabgezogenen Kapuze verborgen wurde. Gonvalon hatte von ihm gehört. Als er den Namen Tylwyth vernommen hatte, hatte er gewusst, wer noch im Schatten lauerte. Cullayn hatte selbst unter Drachenelfen einen Ehrfurcht gebietenden Ruf. Allerdings galt er als kalt und völlig unberechenbar.

Wenn er gewusst hätte, dass Nandalee sich mit diesem Mörder treffen wollte, wäre er nicht mit ihr in den Wald der Maurawan gekommen. Nein, er wäre doch mit ihr gekommen, aber er hätte versucht, es ihr auszureden. Während der Tage ihrer Wanderschaft durch den Wald hatte sie ihm nicht verraten wollen, wen oder was sie hier suchte, so weit entfernt vom Königsstein, ihrem eigentlichen Ziel. Er hatte nicht dagegen aufbegehrt, weil er den Tag fürchtete, an dem sie die Trollfestung erreichten. Er kannte den Königsstein nur aus Geschichten. Aber er wusste, dass es dort Hunderte Trolle gab. Ihre Aussichten, dort lebend wieder herauszukommen, waren gering. All seine Hoffnungen richteten sich darauf, dass sie es nicht einmal schaffen würden hineinzukommen, sodass sie irgendwann unverrichteter Dinge wieder abziehen müssten. Natürlich hatte er Nandalee davon nichts gesagt.

»Du kannst dein Hemd wieder anziehen, Schwertmeister. Für mich zählt nicht, was ich sehe. Ich weiß, dass ihr alle Zauberweber seid, die Dinge zu tun vermögen, die ich mir noch nicht einmal vorzustellen vermag.« Er nahm den Pfeil vom Bogen.

»Das Einzige, was für mich zählt, ist Nandalees Wort. Ihr kommt nicht von den Himmelsschlangen.«

Sie schüttelte den Kopf. »Nein, wir sind vor ihnen davongelaufen.«

Tylwyth wirkte erschrocken, Cullayn aber ließ sich nichts anmerken. »Dein Jagdgefährte wirkt verfroren, Nandalee. Mach bitte ein Feuer für uns, Tylwyth.«

»Ein Feuer!« Gonvalon war entgeistert. »Ich dachte …«

»Sieh und schweige!«

Nandalee legte ihm die Hand auf den Arm. »Bitte. Er ist eigentlich gar nicht so, wenn du ihn näher kennenlernst.«

Gonvalon glaubte ihr kein Wort, aber er hielt sich zurück. Sie erzählte dem Maurawan von der Schlacht um die Tiefe Stadt, von Duadans Tod und auch davon, wie Fenella gestorben war.

Noch während sie redete, holte Tylwyth einen Rucksack aus dem Wald. Er legte einige Steine zusammen und stellte eine eiserne Schale darauf. In ihr stapelte er trockenes Holz und entfachte ein Feuer.

Gonvalon rang nur kurz mit seinem Stolz. Dann hockte er sich davor und hielt die Hände den Flammen entgegen. Es tat gut, endlich wieder Wärme zu spüren.

Nachdem Nandalee ihre Geschichte beendet hatte, legte Cullayn seine Hände an den Saum seiner Kapuze. »Du willst also zu den Trollen?«

»Das schulde ich meiner Sippe«, antwortete Nandalee mit fester Stimme.

»Dann sieh, was dich dort erwartet.« Mit diesen Worten schlug der Maurawan seine Kapuze zurück.

Gonvalon hatte in seinem Leben schon viele Narben gesehen, aber Cullayns Gesicht war so grausam entstellt, dass er sich zwingen musste, nicht wegzublicken. Er hatte das Gefühl, dass der Maurawani auf diese Reaktion wartete.

Das ganze Antlitz wirkte verrutscht. Der Schädelknochen selbst war deformiert. Sein Kopf hatte eine unnatürliche Form. Dass der Jäger diese Verletzung überlebt hatte! Eine Gnade war es mit Sicherheit nicht.

Gonvalon dachte an seine kläglichen Versuche, Bronzeskulpturen herzustellen. Stets hatte er damit begonnen, ein Modell aus weichem Ton zu fertigen, von dem dann später eine Abgussform genommen werden sollte. Meist waren es Büsten gewesen, an denen er sich versucht hatte. Er erinnerte sich gut, wie er den Ton zusammengedrückt hatte, wenn er mit seinen Modellen nicht zufrieden gewesen war. Cullayn erinnerte ihn an einen dieser zusammengedrückten Köpfe aus weichem, rotem Ton.

»Das ist, was jene erwartet, die sich mit Trollen anlegen«, erklärte der Elf bitter. »Vor sehr langer Zeit haben sie meine Geliebte getötet. Ich war auf der Jagd mit ihr tief in die Snaiwamark vorgedrungen. Trollland. Wir beide wussten das. Ein Trupp ihrer Jäger hat uns gestellt. Sie haben Sybelle getötet. Und ich tötete sie. Nicht ohne meinen Preis zu zahlen. Wie es kam, dass ich den Keulenhieb überlebte? Ich weiß es nicht. Warum ich nicht im Schnee erfroren bin, obwohl ich für mehrere Tage bewusstlos gewesen sein muss?« Er zuckte mit den Schultern. »Vielleicht haben die Alben mich gerettet. Oder sollte ich sagen, bestraft? In mein Antlitz zu blicken fällt selbst den Tapfersten nicht leicht.«

»Und trotzdem hast du niemals aufgegeben, die Trolle dafür zu strafen, was sie dir angetan haben«, sagte Nandalee kämpferisch. »Kaum einer kennt die Snaiwamark wie du. Du hast mir erzählt, wie du mit Tylwyth hinaus auf die weiten Eisebenen segelst und die Trolle jagst.«

Cullayn nahm einen dürren Zweig aus dem Holzvorrat neben der Feuerschale, brach ihn durch und stocherte damit in der Glut. »Vielleicht tue ich es, weil ich von boshaftem Charakter bin. Vielleicht ist mein Antlitz ja ein Spiegel meiner Seele. Ganz gleich, wie viele Trolle ich töte, Sybelle wird davon nicht wieder lebendig. Und wenn ihre Seele dereinst wiedergeboren wird, glaubst du, ich könnte je wieder ihre Liebe gewinnen, mit diesem Gesicht? Wenn ich in die Snaiwamark gehe, dann ist mein eigentlicher Grund vielleicht, dass ich den Tod suche.«

Gonvalon fragte sich, was Tylwyth wohl dazu bewog, mit diesem Verzweifelten gemeinsam zu jagen. Er schien in allem das genaue Gegenteil von Cullayn zu sein. Gepflegt, hübsch anzuschauen und von fröhlichem Naturell.

»Ich werde in den Königsstein gehen und dort nach den überlebenden Windwanderern suchen«, sagte Nandalee mit eisiger Entschlossenheit.

»Wie groß sind die Aussichten, dort noch Überlebende zu finden?«, entgegnete Cullayn nüchtern. »Wie lange ist es her, dass sie Duadan und Fenella von dort fortgebracht haben? Sechs Wochen? Zwei Monde? Wenn wir mit dir gehen sollten, wagst du vier Leben. Für was? Treibt dich der Wunsch nach Rache an? Oder ist es wirklich die Hoffnung, noch Überlebende zu finden?«

Nandalee schluckte. »Es ist … Ich könnte nicht mit der Ungewissheit leben. Sie sind meinetwegen dort. Ich schulde es ihnen, alles versucht zu haben«, sagte sie ungewöhnlich kleinlaut.

»Und deshalb willst du in den Königsstein?« Cullayn schüttelte sacht den Kopf. »Weißt du, was dich dort erwartet? Der Eingang zu den Höhlen liegt am Ende einer kurzen Schlucht, flankiert von steilen Felswänden. Es gibt dort keine Deckung. Und es tummeln sich in der Schlucht immer reichlich Trolle. Es ist so gut wie unmöglich, dort ungesehen hineinzukommen.«

Gonvalon war erleichtert. Vielleicht schaffte Cullayn ja, was ihm nicht gelungen war – Nandalee diesen Unsinn auszureden.

»Du hattest von einer Jagd erzählt, die dich bis zur Nordflanke des Königssteins geführt hat …« Nandalee sah den Maurawani erwartungsvoll an. »Du erinnerst dich doch?«

Tylwyth und Cullayn tauschten einen langen Blick. Wieder fragte sich Gonvalon, welches Band zwischen den beiden bestand. Es war unübersehbar, dass sie keine Worte benötigten, um ihre Gedanken und Gefühle auszutauschen.

»Ich hätte von diesem Ort nicht erzählen sollen, Nandalee. Ich fürchte, ich war in der Stimmung, ein wenig bei dir anzugeben. Es gibt hoch am Nordhang einen gefrorenen Wasserfall. Darüber liegt der Eingang zu einer Höhle …« Cullayn streckte die Hände dem Feuer entgegen, als sei ihm plötzlich kalt. »Niemand, der noch bei Verstand ist, geht dorthin. Selbst die Trolle fürchten diesen Platz. Es gibt nur Gerüchte, was dort haust … Eine Kreatur des Fleischschmiedes. Etwas Großes, Unüberwindliches.«

»Wir haben einen riesigen Haufen Knochen unten an der Steilwand gefunden. Gebeine von Trollen, aber auch einen Mammutschädel«, sagte Tylwyth, der bislang schweigend dem Gespräch gelauscht hatte. »Es ist ein böser Ort.«

»Die Trolle werden also niemals damit rechnen, dass jemand von dort in den Königsstein eindringt.«

»Weil es unmöglich ist, Nandalee«, mischte sich nun Gonvalon ein. »Du hast doch gehört, was sie sagen.«

»Würdet ihr mich zu dem gefrorenen Wasserfall bringen?«

»Manchmal müssen wir akzeptieren, dass Dinge, die geschehen sind, unumkehrbar sind«, sagte Tylwyth einfühlend. »Wäge ab, was du gewinnen kannst und was du zu verlieren hast, wenn du dorthin gehst.«

»Ich habe mich entschieden.«

Gonvalon schlug die Augen nieder. Diesen Tonfall kannte er an ihr. Es gab nichts mehr zu bereden. Sie würde sich nicht umstimmen lassen. Im Zweifelsfall würde sie auch alleine gehen.

Doch das würde er niemals zulassen. Er würde an ihrer Seite bleiben. Für immer. Selbst wenn *für immer* in ihrem Fall vielleicht nur noch ein paar Tage bedeutete.

Cullayn lächelte, was sein Gesicht nur noch mehr verzerrte. Gonvalon hatte den Eindruck, dass der Jäger gewusst hatte, dass dieses Gespräch so enden würde. »Ich bringe dich bis zum Wasserfall, dann entscheiden wir, was möglich ist.«

Er musste das verhindern, dachte Gonvalon. Wenn sie dorthin gelangte, war sie so gut wie tot. Und wenn er sie aufhielt … Er wusste, dass ihre Liebe das nicht überleben würde.

Weisses Licht

»Siehst du das weiße Licht?« Gonvalon zeigte mit ausgestrecktem Arm zum Horizont, dorthin, wo Wolken und Himmel an diesem strahlenden Morgen zu diffusem Licht verschwammen. »Dort möchte ich mit dir hin. Ich stelle mir immer vor, dass die Welt dort vollkommen ist. Erreicht man das weiße Licht, dann hat man Frieden gefunden.«

Nandalee blickte auf das weite Wolkenmeer. Sie waren vom Wald der Maurawani hoch hinauf in die Slangaberge gestiegen, um einem Pass nach Osten zur Snaiwamark zu folgen. Ihr Weg hatte sie weit über die Baumgrenze hinaus ins ewige Eis geführt. Nun war der schwerste Teil geschafft. Es war ein strahlender Morgen. Sie standen über den Wolken auf einem sanft abfallenden Gletscher.

Nandalee lehnte sich an Gonvalons Schulter. Sie hatte ihm das Amulett, das sie an Bord des Blauen Sterns erhalten hatte, überlassen, um ihn vor der tödlichen Kälte der Berge zu schützen. Ihr selbst fiel es inzwischen leicht, jenen Zauber zu weben, der ihren Körper in einen Kokon warmer Luft hüllte. Sie genoss es, mit der Welt und dem magischen Netz in Einklang zu sein.

»Wie sollten wir je dorthin gelangen, zu dem weißen Licht?« Gonvalon war seit Tagen in ungewohnt träumerischer Stimmung. Er sprach immerzu davon, was sie gemeinsam tun sollten, wenn all dies hier vorüber war. Sie hatte ihn so völlig anders kennengelernt. Immer ganz konzentriert auf das Hier und Jetzt. Auf seine Aufgaben als Lehrmeister. Auf den nächsten Auftrag der Drachenelfen. Er fing sein Leben neu an. War auch sie dazu bereit?

»Du wirst deinen Pegasus erwählen. Wir werden nach Bainne Tyr gehen. Du wirst auf den saftigen Weiden des Milchlandes die Pegasi beschleichen und nach dem richtigen Reittier für dich suchen.«

»Ich dachte, einen Pegasus zu reiten sei allein den Drachenelfen vorbehalten«, entgegnete sie.

Gonvalon lächelte verschwörerisch. »Nicht, wenn es dir gelingt, einen zu fangen und zu zähmen.«

Cullayn winkte ihnen von weiter unten auf dem Gletscher, ihm zu folgen. Er und Tylwyth waren erfreulich zurückhaltend. Sie bemühten sich, ihnen Freiraum zu schaffen. Sie wussten, wie jung ihre Liebe war und welcher Schatten darüber lag.

»Komm, Gonvalon. Wir müssen gehen.«

Er hielt sie am Arm fest. »Einen Augenblick noch. Sieh mit mir zum weißen Licht. Lass uns diesen Traum gemeinsam träumen. Getragen auf den Schwingen der Pegasi dorthin zu reisen.«

Nandalee hielt das für eine romantische Träumerei. Sie glaubte nicht, dass man diesen Ort je erreichen könnte. Ebenso wenig, wie man das Ende eines Regenbogens fand. Was wollte er ihr damit sagen, dass er sie dazu anhielt, mit ihm gemeinsam das Unmögliche zu versuchen? Wollte er ihr Hoffnung machen, dass sie den Kampf gegen das Ungeheuer, das über dem gefrorenen Wasserfall auf sie wartete, bestehen würden? Manchmal kam sie sich an seiner Seite ungebildet und dumm vor. Er war in einem Palast aufgewachsen. War an die schönen Künste herangeführt worden. Er kannte sich aus in der Dichtung und der Geschichtsschreibung. Er beherrschte etliche Sprachen. Und für ein Palastkind kam er auch erstaunlich gut in der Wildnis zurecht. Sie hingegen konnte so weniges. Sie war eine Jägerin aus Carandamon, eine Mörderin, und gerade begann sie sich die Kunst des Zauberwebens zu erschließen. Sein Leben währte schon seit Jahrhunderten. Verglichen mit ihm war sie ein Kind. Nandalee musste lächeln. Ein gefährliches Kind.

»Wenn du lächelst, siehst du unwiderstehlich aus.«

Sie grinste. »Du wirst mir aber widerstehen müssen. Ich fürchte, ein Gletscher ist nicht ganz der richtige Ort, um meinen Reizen zu erliegen.«

Er runzelte die Stirn. »Du veränderst dich. Vor gar nicht allzu langer Zeit hättest du dich weit weniger gewählt ausgedrückt.«

»Keine Sorge, das habe ich nicht verlernt. Aber der Umgang mit dir hinterlässt Spuren.« Sie lächelte ihm zu und hoffte, dass er sie nicht falsch verstand. Manchmal war er einfach zu dünnhäutig.

Nandalee ging voran. Sie hörte seine Schritte hinter sich im Schnee knirschen. Spürte seinen Blick in ihrem Rücken. Immer wieder musste sie daran denken, wie er sich in der Tiefen Stadt zwischen sie und den Goldenen gestellt hatte. Er hatte alles für sie gewagt. Wenn sie ihn in ihrer Nähe wusste, fühlte sie sich unbesiegbar.

Bald erreichten sie die Wolken. Sie hüllten den Gletscher in dichten Nebel. Cullayn bestand darauf, dass sie einander anseilten. Nandalee konnte kaum die Hand vor Augen sehen. Das Seil an ihrem Gürtel hing durch und verschwand im Nichts. Gonvalon hinter ihr war kaum mehr als ein Schemen, wenn sie zurückblickte. Der Schnee hier war nass. Er klebte an den Stiefeln, und das Knirschen, das weiter oben am Hang ihre Schritte begleitet hatte, war zu einem schmatzenden Geräusch geworden.

Als Kind hatte sie sich vorgestellt, wie es wäre, auf Wolken zu laufen. In ihrer Fantasie war sie bis zu den Knien in weichen Daunen eingesunken. Nun war sie am Ziel dieser Kinderträume, und nichts als Nebel umfing sie. Wäre es mit dem Weißen Licht am Horizont genauso? Vielleicht war es besser, wenn manche Träume für immer unerfüllt blieben.

Gonvalons Hand streifte ihre Schulter. Sie wandte sich um, und er stahl ihr einen Kuss.

»Cullayn sagte, wir sollen nicht zu dicht beieinandergehen. Vielleicht gibt es unter dem Schnee Gletscherspalten. Es ist klüger, unser Gewicht zu verteilen.«

Er sah sie seltsam an. Ein wenig melancholisch. »Manchmal ist es besser, nicht zu klug zu sein.«

Nandalee traute ihren Ohren kaum. War das Gonvalon, der da sprach? Der umsichtige, stets auf die Vermeidung unnötiger Risiken bedachte Schwertmeister?

»Sieh dich um, wie klein unsere Welt geworden ist. Außer uns beiden ist alles verschwunden. Träumst du nicht auch davon, dass es so einfach sein könnte?«

Daher also wehte der Wind. »Lass uns erst aus dem Königsstein zurückkehren!«

»Ich gehe für dich dort hinein.«

Die Leine ruckte. »Was ist los, Nandalee?«, rief Tylwyth aus dem Nebel.

Sie beeilte sich weiterzugehen.

Gonvalon blieb an ihrer Seite. »Ich gehe an deiner Stelle«, beharrte der Schwertmeister. »Ich habe mehr Erfahrung in solchen Missionen, und ich schleppe nicht diese verfluchte Waffe mit mir herum.« Er deutete auf den großen Zweihänder, den sie in einem Ledergurt auf ihrem Rücken trug. »Ich werde keine Ruhe haben, wenn du mit diesem Schwert in den Kampf ziehst. Es hat seinen früheren Besitzern Unglück gebracht.«

»Und ihren Feinden auch! Es ist die ideale Waffe, um Trolle zu töten«, entgegnete sie angespannt.

»In einer Feldschlacht vielleicht. Aber in den Höhlen wird dich der Zweihänder eher behindern, als dass er dir nutzt.«

»Liebster, du kannst mich durch nichts umstimmen, ganz gleich, was du auch sagst. Wenn ich nicht gehe, wäre ich nicht mehr ich selbst. Und auch nicht die Nandalee, in die du dich verliebt hast. Ich muss es tun. Ich schulde es meiner Sippe.«

»Dann gehe ich mit dir …«

Sie griff nach seinen Händen. »Bitte … Ich muss es allein tun. Ich weiß …« Sie stockte. Wie sollte sie das sagen? Ihr war bewusst, dass ihr Vorhaben ihm als blanker Leichtsinn erscheinen musste und wie gering ihre Aussichten waren, lebend aus dem Königsstein herauszukommen, falls sie entdeckt würde. »Wenn du etwas für mich tun willst, dann lass uns nicht mehr darüber reden. Du kannst mich nicht umstimmen. Aber ich brauche deine Liebe. Gerade jetzt …« Bei den letzten Worten brach ihre Stimme.

»Wie du willst«, entgegnete er mit einer Härte, die sie von ihm nicht gewohnt war. »Dann habe auch ich eine Bedingung. Ich werde dieses Biest, das den verborgenen Eingang bewacht, ablenken, damit du in den Königsstein hineinkommst. Davon wirst *du mich* nicht abbringen können. Ich sorge für einen guten Anfang.«

Sie wollte noch etwas sagen, doch er schüttelte so entschieden den Kopf, dass überdeutlich wurde, dass er von seinem Entschluss ebenso wenig abweichen würde wie sie von dem ihrigen.

Sie schluckte. Wieder stand ihr das Bild vor Augen, wie er sich zwischen sie und den Goldenen gestellt hatte. So pathetisch seine Worte auch klangen, sie wusste, es gab nichts, was er für sie nicht wagen würde. Sie hatte so etwas noch nicht erlebt. Staunend stellte sie fest, dass es sie verlegen machte.

Er griff ihre Hand, drückte sie und rang sich ein Lächeln ab, das seinen Schmerz nicht verbergen konnte. »Lass uns den Augenblick genießen. Das ist alles, was uns bleibt.«

Ihn das sagen zu hören, schnitt ihr ins Herz. Es klang wie eine Totenrede auf ihre Liebe. »Ich werde zurückkehren. Und dann werde ich mit dir das weiße Licht suchen. Wir werden es erreichen.«

Er lächelte. Diesmal glückte es ihm ein wenig besser. »Ich liebe dich, Nandalee.« Er zog sie an sich und küsste sie.

Das Seil um ihre Hüften ruckte.

»Was macht ihr da oben?« Diesmal war es Cullayn, der rief. Und seine Stimme klang, als hätte er nicht das geringste Verständnis für die Nöte zweier Liebender.

Schweigend gingen sie den Hang hinab. Er hielt ihre Hand, ließ sie nicht mehr los, doch sie wusste, er hatte sich in das Unvermeidliche gefügt. Er würde sie ziehen lassen, nicht mehr hinterfragen, warum sie ging.

Bald schon ließen sie den Nebel hinter sich, und am frühen Nachmittag erreichten sie die Baumgrenze. Der Winter hielt die Westseite der Slangaberge fest in seinem Griff. Die Sonne blieb hinter dichten, grauen Wolken verborgen, und eisiger Nordwind beugte die schneebeladenen Wipfel.

Gonvalon bemühte sich, sich nichts mehr anmerken zu lassen. Er erzählte davon, wie kläglich er gescheitert war, als er sich als Dichter versucht hatte. Falls er diese Geschichte nicht erfunden hatte, hatte er seine lyrischen Versuche heimlich den Kobolden der Weißen Halle vorgetragen, weil er es nicht wagte, damit vor die anderen Elfen zu treten. Und die Kobolde waren eingeschlafen …

Er schaffte es, sie zum Lachen zu bringen. So gerne hätte sie eines seiner Gedichte gehört. Er behauptete, alle vergessen zu haben. Nandalee glaubte ihm nicht.

»Du hast nichts aufgeschrieben?«

Er lächelte. »Ich war einmal ein angesehener Meister der Weißen Halle.« Er schaffte es, bei diesen Worten nicht verbittert zu klingen. »Ich habe doch keine Beweise meines peinlichsten Scheiterns überdauern lassen. Sie sind alle verbrannt.«

»Wirst du eines Tages für mich ein Gedicht schreiben?«

Er sah ihr tief in die Augen. »Wenn wir so lange miteinander gelebt haben, dass nichts mehr geblieben ist, was wir nicht miteinander teilen könnten, und ich selbst vor peinlichen Augenblicken keine Furcht mehr habe.«

Sie wünschte sich so sehr, dass sie diesen Tag erleben würden. Dass sich sein Fluch, seine Liebsten stets zu verlieren, nicht in den Trollhöhlen erfüllen würde.

Cullayn führte sie einen steilen Hang hinab. Vorbei an einem Wildwasser, dessen Ufer Bärte aus grauem Eis säumten. Unter ihnen lag ein Tal mit einem weiten, gefrorenen See. Nandalee bemerkte die Fährte eines Fuchses. Sie sehnte sich nach den langen Jagdausflügen, die sie mit Duadan unternommen hatte. Sein Gesicht stand ihr ganz klar vor Augen. Sein letzter Augenblick, der ganz der Sorge um andere gegolten hatte. Sie wünschte sich, dass er Gonvalon noch begegnet wäre. Hätte er den Schwertmeister gemocht? Den Mörder, den seine Liebe zum Rebellen gemacht hatte?

Cullayn führte sie über das Eis des Sees, auf dem dichter Schnee lag. Sie durchquerten einen Birkenhain, so fahl wie dieser Winterabend, und erreichten schließlich eine steile Felswand, an deren Fuß schneebestäubtes Brombeerdickicht wucherte.

»Hier ist es«, verkündete Cullayn. »Den schwersten Teil des Weges haben wir hinter uns. Von nun an werden wir auf den Flügeln des Windes reisen.«

Nandalee musste schmunzeln. Ein solch poetischer Ausbruch passte so gar nicht zu Cullayn in seinen abgerissenen Gewändern, die nun auch noch nach dem Bärenfett stanken, mit dem er und Tylwyth sich eingerieben hatten, um sich vor dem Nordwind zu schützen.

Der Jäger legte Bogen, Köcher und den Gürtel mit dem langen Jagdmesser ab. Dann zwängte er sich in eine Höhlung unter dem Dickicht, die aussah wie der Eingang zu einem Dachsbau.

Neugierig folgte Nandalee ihm. Dornenranken zerrten an ihrem Haar und schrammten über das Leder ihres Wamses. Vor langer Zeit hatte ein Bach den Fuß der Steilwand unterhöhlt. Dort lag hinter Eiszähnen verborgen etwas Längliches, das mit gut gefettetem Leder eingehüllt war.

Cullayn, dem die Dornen die Kapuze vom Kopf gezerrt hatten, bedachte sie mit seinem schrecklichen Lächeln. »Gut, dass du mitgekommen bist. Das hier durch die Dornen herauszuschaffen wird kein Spaß.«

Er sollte recht behalten. Cullayn bestand darauf, dass sie sich nicht mit ihren Messern den Weg durch die Ranken hackten. Er wollte das Versteck noch nutzen können, wenn sie zurückkehrten. Und so dauerte es über eine Stunde, die mehr als drei Schritt lange Lederrolle hinaus auf das Eis zu bringen.

»Wie schaffst du es, dass dieses Ding nicht zum Mäusefraß wird?«, fragte Gonvalon verwundert. »Und: Was ist es überhaupt?«

»Wirst du gleich sehen.« Gemeinsam mit Tylwyth löste er die Verschnürung.

Gleich war mehr als nur ein wenig untertrieben. Der Mond stand als blasse Laterne hoch am Himmel hinter den Wolken, als die beiden Maurawani ihr Werk vollendet hatten. In der Lederrolle waren stählerne Kufen verborgen gewesen, ein Mast, der sich in drei Teile zerlegen ließ, und etliche hölzerne Querstreben. Das Ganze setzten sie mit Geduld und einigen Flüchen zu einem Eissegler zusammen.

»Das ist das seltsamste Boot, das ich je gesehen habe. Das ist doch ein Boot … Oder?« Gonvalon sah ganz so aus, als sei er wenig davon begeistert, sich diesem Gefährt bald anvertrauen zu müssen.

Nandalee kannte Eissegler und Windschlitten aus Carandamon, obgleich sie noch keinen mit Stahlkufen, schmal wie Schwerter, gesehen hatte. Neugierig umrundete sie den Segler. Er hatte einen ungewöhnlich hohen Mast, von dem ein großes, schmutzig weißes Segel hing. Die untere Hälfte des Gefährts sah mehr wie ein Schlitten aus. Aus den Kufen ragten Streben auf, die aus Bündeln von Barten bestanden. Fast einen Schritt über dem Boden lag das Deck. Es wurde an der Unterseite von Holzstreben und Hanfseilen gestützt und bestand aus der Lederhülle, in die das zerlegte Boot eingeschlagen gewesen war.

»Wir haben es zwar groß gebaut«, erklärte Tylwyth, »damit wir darauf auch Jagdbeute transportieren können, aber zu viert wird es wohl doch ein wenig eng werden an Bord. Ihr solltet euch besser anseilen. Es wird ein wilder Ritt werden.«

Gonvalon betrachtete das Gefährt noch immer mit unübersehbarer Skepsis. »Und warum wagen sich nicht mal Mäuse an dieses Leder?« So wie er das sagte, klang es ganz so, dass Elfen vollkommen verrückt sein müssten, wenn sie sich etwas anvertrauten, das selbst Nager verabscheuten.

Cullayn hob einige der Schnüre auf, die um die Lederhülle gewickelt gewesen waren. »Du hast zwar verlernt, Zauber zu weben, Schwertmeister, aber vielleicht vermagst du doch zu erkennen, was das hier ist.«

Nandalee reckte sich neugierig vor. An den Schnüren hingen Amulette, die aus Horn gefertigt waren. In die Scheiben waren verschlungene Schriftzeichen geschnitten, die Gesichter bärtiger Männer und eine merkwürdige geflügelte Kreatur.

»Lamassu!« Gonvalon blickte ungläubig zu Cullayn auf.

Cullayn schnitt eine Grimasse, die sein Gesicht so entsetzlich aussehen ließ, dass Nandalee sich abwenden musste. Sie hatte das Gefühl, dass er es diesmal absichtlich getan hatte. »Ich bin weit herumgekommen, Schwertmeister, und kenne mehr als nur meinen Wald und die Snaiwamark. Ich habe Freunde, wo du sie niemals vermuten würdest.«

»Ich wollte nicht herablassend erscheinen«, murmelte Gonvalon wenig überzeugend.

Nandalee öffnete ihr Verborgenes Auge und bewunderte die komplexe Struktur des Zaubers, der die Amulette umgab. Ihnen haftete etwas an, das Unbehagen, ja Furcht verursachte. Vielleicht war Gonvalon deshalb dieser seltsame Segler nicht geheuer. Vielleicht reagierte auch er auf den Zauber.

Während ihrer Zeit in der Höhle des Schwebenden Meisters hatte sie von den Lamassu gehört. Es hieß, dass sie mehr Künstler als Zauberer waren und verrückt. Angeblich wurden sie in prächtigen Grabmälern lebendig eingemauert, wenn ihr Wahnsinn begann gefährlich zu werden. Sie hatten den Leib von Stieren, den Kopf eines bärtigen Mannes, und große Adlerschwingen wuchsen aus ihren Flanken. Da sie keine Arme hatten, bedurften sie selbst für so alltägliche Dinge wie Essen und Trinken der Magie oder der Hilfe von Dienern. Und Diener fanden sie nur schwer, da sie als launig bis jähzornig galten.

Nandalee blickte zu Cullayn und Tylwyth, die ihre Ausrüstung mit Riemen am Deck des Seglers festschnallten. Was die beiden wohl zu den Lamassu geführt hatte?

Gonvalon half, das wenige an Gepäck zu verstauen. Es war mehr eine Geste als eine Notwendigkeit. Und auch, wenn die beiden kein Wort miteinander wechselten, spürte Nandalee, dass Cullayn diese Art Frieden zu schließen akzeptierte.

Endlich war alles fertig, und gemeinsam schoben sie den Segler auf das Eis des Sees hinaus. Nandalee schwang sich an Bord und griff nach einem der Haltetaue. Sie stand ganz vorne auf der Plattform aus Leder, die das Deck bildete. Gonvalon war an ihrer Seite. Als Tylwyth und Cullayn aufsaßen, federten die Streben aus Walbein unter ihrem Gewicht. Das Gefährt knarrte, und Gonvalon seufzte. »Hoffen wir, dass die beiden uns nicht umbringen werden.«

»Sie wissen, was sie tun«, entgegnete Nandalee zuversichtlich.

Er lächelte. »Sie sind Maurawani. Denen sollte man niemals ganz vertrauen.«

Sie hoffte, dass Cullayn das nicht gehört hatte.

Ihre beiden Gefährten zerrten an einem Tau. Rasselnd glitt das große, dreieckige Segel den Mast hinauf und bauschte sich im Nordwind. Knirschend begann ihr Segler Fahrt aufzunehmen. Langsam erst, doch als sie die Mitte des Sees erreichten, war er schon so schnell wie ein galoppierendes Pferd. Ein bockiges Pferd! Wenn sie über Unebenheiten im Eis glitten, machte er manchmal kleine Sprünge. Dann knirschten die Streben unter ihnen, und das lederne Deck gab federnd nach. Sie liebte den Ritt über das Eis. Selbst Gonvalon schien mit der Zeit Gefallen daran zu finden.

Cullayn stand am Heck. Er hatte ein Seil unter seinen Achseln hindurch um den Rücken geschlungen und schien den Eissegler dadurch zu steuern, dass er sein Gewicht verlagerte. Tylwyth blieb nahe beim Mast. Auch er hatte ein Seil um seinen Leib geschlungen, und wenn Cullayn ein allzu kühnes Segelmanöver wagte und ihr Segler nur noch auf einer einzelnen Kufe dahinschoss, eilte er zur Deckseite, die in die Höhe ragte, und beugte sich so weit hinaus, wie es nur eben möglich war, um durch sein Gewicht die zweite Kufe wieder auf das Eis zu bringen.

Der See, auf dem sie dahineilten, erstreckte sich über mindestens zehn Meilen. Sie legten die Strecke in weniger als einer Stunde zurück. Als sie die Enge am Ende des Tals erreichten, ließ der Wind ein wenig nach. Ihre Fahrt verlangsamte sich, als sie auf die weite Ebene der Snaiwamark hinausglitten. Das Land war von breiten Strömen und Seen durchzogen, zwischen denen sich einzelne, schroffe Felsen erhoben, die im Mondlicht wie die zersplitterten Säulen aus dem Palast eines Riesen anmuteten.

Cullayn brachte sie über vereiste Flüsse zu einem breiten Strom, auf dessen Eis sie nach Westen glitten.

Gonvalon stand die ganze Zeit über an ihrer Seite. Er hatte einen Arm um ihre Schulter gelegt und sie so eng an sich gedrückt, dass sie auch durch die Kleider hindurch die Wärme seines Körpers spürte. Es war ein unvertrautes Gefühl. Sie fühlte sich behütet und geborgen. Das Herz wurde ihr schwer. So schnell, wie sie mit Cullayns Segler durch die Nacht glitten, blieben ihr nur noch vier oder fünf Tage mit Gonvalon, bevor sich am Königsstein ihr Schicksal erfüllen würde.

Nur eine grosse Fleischwurst

»Unten bleiben!« Galar drückte sich so eng an die Mauer, dass die Phiolen in seinem Rucksack leise klirrend aneinanderstießen. Mit zusammengekniffenen Augen blickte er durch einen Mauerspalt auf die andere Seite des großen Grabens, der die Höhlen der reichen Sippen vom Rest der Stadt trennte. Dort drüben, wo die Werkstätten und der Hafen lagen, wand sich ein beängstigend großer Schatten über den Saumpfad am Abgrund. Ein fassdickes, schlangenhaftes Geschöpf glitt über den Weg. Die untere Hälfte wurde durch die Brüstung verdeckt, doch deutlich konnte Galar das Klicken der mörderischen Klauen auf dem blanken Fels hören. Vor einer halben Stunde noch waren sie dort gewesen, wo nun der Tatzelwurm kroch. Die Bestie ließ sich Zeit. Konnte sie ihre Fährte wittern wie ein Jagdhund, der seiner Beute nachstellte? Wie gut sah und hörte die Kreatur? Galar wusste fast nichts über diese Bestien. Dreimal hatte er sie von ferne gesehen, als er in die Tunnel hinaufgegangen war, um Nahrung zu suchen und auszuspähen, mit welchen Feinden sie zu rechnen hatten. Er hatte gesehen, wie die Ungeheuer von den Toten fraßen. Wenn er nur eine Waffe hätte …

»Ich kann Frar nicht ewig den Mund zuhalten. Ich ersticke ihn noch«, beschwerte sich Nyr.

»Dann lass ihn durch die Nase atmen«, mischte Hornbori sich ein.

»Er dreht und windet sich.«

»Wenn du mir erzählen willst, dass du im Begriff bist, von einem Säugling überwältigt zu werden, stürze ich dich in den Abgrund.«

Galar mochte den Kleinen auch, aber für das Aufhebens, das Nyr um den Jungen machte, hatte er nur wenig Verständnis.

»Hat das Biest da hinten unsere Witterung?«, fragte Hornbori.

»Ich weiß es nicht, aber wenn ihr beiden noch weiterschwafelt, wird es uns ganz sicher bald hören.«

Als hätte er ihn gehört, hob der Tatzelwurm seinen Kopf und blickte in ihre Richtung. Seine dolchlangen Fangzähne waren selbst im Halbdunkel des Tunnels deutlich zu sehen. Die Kreatur hatte einen schmalen, keilförmigen Kopf. Dicke, fleischige Auswüchse wucherten um seine Nüstern. Von Weitem mochte man sie für Zöpfe halten, doch Galar hatte schon vor Langem alle Schriften über die unterschiedlichen Drachenvölker studiert, die er in der Tiefen Stadt hatte auftreiben können. Er wusste, dass diese Dinger aus Fleisch waren. Manche glaubten, sie dienten der Kreatur zur Witterung, andere behaupteten gar, sie könnten über Schwingungen in der Luft Bewegung wahrnehmen. Wahrscheinlich waren die Augen des Tatzelwurms eher schlecht, aber Galar würde es nicht darauf ankommen lassen.

Der Schmied spähte den Saumpfad entlang. Es waren vielleicht noch dreihundert Schritt bis zum Höhlenkomplex von Hornboris Sippe. Er blickte den Klugschwätzer an, der ihm von dem geheimen Mechanismus erzählt hatte. »Du bist sicher, dass es funktionieren wird?«

»Es hat meinen Schwager ein Fass voller Gold gekostet. Da ist gute Arbeit geleistet worden.«

»Aber die Steinmetze waren aus Ishaven«, hakte Galar nach.

»Natürlich. Wir wollten nicht, dass es in der ganzen Stadt herumerzählt wurde. Da hätten wir auch gleich öffentlich erklären können, dass wir kein Vertrauen in das Wort des Alten aus der Tiefe haben.«

»Ich denke, wir wollten leise sein«, zischte Nyr.

Galar nickte grimmig. Er hoffte inständig, dass Hornboris Sippe vernünftig gezahlt hatte. Er kannte Handwerker, die ihre eigenen Arbeiten sabotierten, wenn die Bezahlung am Ende nicht dem entsprach, was man vereinbart hatte. Und Hornboris Sippe galt selbst für Zwergenverhältnisse als unanständig geizig.

»Wir sollten hier nicht länger bleiben.« Hornbori winkte den beiden und schlich geduckt an der Brüstung entlang. Selbst wenn dieser verfluchte Tatzelwurm ihre Witterung aufnahm, hatten sie einen ganz guten Vorsprung. Er würde ihnen über die Brücke folgen müssen, was für ihn einen gewaltigen Umweg bedeutete. Auch wenn sie jetzt kaum zwanzig Schritt Luftlinie voneinander entfernt waren, konnte die Kreatur ihnen nichts anhaben. Wenn sie nur eine Armbrust hätten! Nyr würde dem Biest auf diese Entfernung ohne Schwierigkeiten ins Auge schießen können.

»Das ist nur eine große Fleischwurst«, flüsterte Nyr. »Siehst du?«

Das durfte nicht wahr sein! Der Irre hielt Frar hoch, sodass der Kopf des Kleinen über die Brüstung ragte.

»Wenn du groß bist, schneidest du solche Würste in Scheiben.«

»Lass den Scheiß, oder wir vier enden als Füllung deiner Fleischwurst.«

Nyr bedachte ihn mit einem bösen Blick. »Nein, Frar, Onkel Galar musst du nicht in Scheiben schneiden. Manchmal ist er auch nett. Wenn er schläft oder wenn er betrunken ist zum Beispiel.«

»Du wirst …« Das klickende Geräusch der Krallen des Tatzelwurms hatte sich verändert. Galar wagte einen Blick über die Brüstung.

»Scheiße … Rennt!« Die Bestie machte nicht den Umweg über die Brücke, sie kletterte die Höhlenwand hinauf. Nach unten verlor sich der breite Spalt, der die Tiefe Stadt zerteilte, ins Bodenlose. Aber hier, an dieser Stelle, spannte sich nur zehn Schritt über ihnen eine Höhlendecke aus rauem Granit. Wenn der Tatzelwurm so gut wie ein Tausendfüßler kletterte, wäre er in ein paar Augenblicken hier.

»Lauft um euer Leben!« Galar zog die Axt aus seinem Gürtel, die er einem der Toten auf dem Weg hierher abgenommen hatte, und winkte die beiden anderen an sich vorbei.

Der Tatzelwurm war im Dunkel über ihnen verschwunden, aber er hörte immer noch das Klicken der Krallen auf dem Fels. Nur wenige Barinsteine an den Wänden spendeten noch Licht. Alle Feuer und Laternen der Tiefen Stadt waren verloschen. Sie war zu einer riesigen Gruft geworden.

Galar ging rückwärts, den Blick fest auf das Dunkel über sich gerichtet. Wo war das Mistviech? War die Decke hier doch höher, als er in Erinnerung hatte? Hastig sah er über seine Schulter. Hornbori und Nyr waren ein gutes Stück voraus. Sie rannten, dass ihnen die Rucksäcke auf den Rücken tanzten.

Es wäre heldenhaft, hier auszuharren. Und dumm! Sie brauchten ihn. Hornbori hatte behauptet, dass auf der Werft seiner Sippe ein fast vollendeter Aal lag. Was genau fast vollendet bedeutete, hatte der Großschwätzer nicht sagen können. Sicher war, dass sich daran besser ein guter Handwerker zu schaffen machte. Sie brauchten ihn!

Galar blickte noch einmal in das Dunkel über ihm. Das Klicken war verstummt. Was machte der Tatzelwurm? Hatte er die Orientierung verloren? Er würde nicht abwarten, um es herauszufinden.

Galar drehte sich um und begann zu laufen, so schnell ihn seine Füße trugen.

Hornbori erwartete ihn an dem prächtigen Portal, hinter dem die Höhlen seiner Sippe lagen. Es war ein Weg in die Finsternis. Hier gab es keine Barinsteine mehr.

»Gibt es irgendwo beim Hafen Vorratslager?«

»Natürlich nicht! Wer wäre schon so dämlich, nahe bei einer feuchten Hafengrotte Vorratslager anzulegen? Worüber du dir den Kopf zerbrichst … Greif nach meinem Gürtel, damit du im Dunklen nicht verloren gehst. Nyr ist schon vorausgegangen.«

»Und wie schafft er es, sich ohne Licht nicht zu verirren?«

»Er hat einen Barinstein draußen aus dem Fels gebrochen.«

»Er hat *was*?« Galar traute seinen Ohren nicht. Einen Barinstein zu stehlen war ein Verbrechen, auf das der Tod stand. Die leuchtenden Steine waren ein Geschenk der Alben an ihre Völker. Sie waren selten und unermesslich kostbar. In der Tiefen Stadt waren sie fast nur an den Wänden der Haupttunnel zu finden. Nur die Reichsten hatten in ihren Wohnhöhlen einige der kostbaren Lichtsteine.

»Reg dich nicht auf. Die Drachen und Elfen haben aus unserer Heimat eine Geisterstadt gemacht. Niemand hier wird Nyr für diesen Diebstahl richten.«

Natürlich hatte Hornbori recht. Dennoch … Einen Barinstein aus der Wand brechen, das tat man einfach nicht. Er griff nach dem Gürtel des Großschwätzers, dem diese Höhlen so vertraut waren, dass er sich auch blind darin orientieren konnte.

»Wir brauchen etwas zu essen, wenn wir uns in die Werft zurückziehen. Gibt es irgendein Vorratslager, das am Weg liegt?«

»Vielleicht haben wir den Wurm auch abgehängt …«

»Hast du vergessen, was wir tun werden? Entweder suchen wir jetzt etwas zu essen, oder wir haben keine Gelegenheit mehr, etwas zu finden.«

Hornbori fluchte leise. »Das wird kein kleiner Umweg. Wir sollten eine Laterne suchen. Wenn wir Licht haben, sind wir schneller.«

»Wir könnten auch nach dem Tatzelwurm rufen, damit er es nicht so schwer hat, uns zu finden.«

»Diese Viecher leben üblicherweise in der Finsternis unbewohnter Stollen«, entgegnete Hornbori gereizt. »Du glaubst doch nicht etwa im Ernst, dass er uns nicht sieht, wenn wir uns im Dunkeln verstecken. Wenn wir Licht machen, sehen wir unseren Weg besser und kommen schneller voran.«

Galar war überrascht, dass Hornbori einiges über Tatzelwürmer zu wissen schien. Offensichtlich hatte er sich besser auf ihre

Drachenjagden vorbereitet, als er gedacht hatte. Aber wahrscheinlich nur, um hinterher besser Reden schwingen zu können. »Wir schaffen das ohne Licht. Jetzt sag mir nicht, dass du dich in den Tunneln deiner Sippe nicht blind zurechtfindest. Du bist hier schließlich aufgewachsen!«

Hornbori antwortete nicht. Er stapfte in die Dunkelheit, und Galar folgte ihm, eine Hand stets am Gürtel des Klugschwätzers. Dabei lauschte er in den Tunnel hinter ihnen. Das verräterische Klicken der Krallen war verstummt. Vielleicht hatten sie ja Glück gehabt?

Hornbori bog in einen kleineren Seitentunnel mit sanftem Gefälle. Sie folgten ihm eine Weile und stiegen dann eine breite Treppe hinab. Die Dunkelheit, die sie umgab, war nahezu vollkommen. Obwohl Galar an ein Leben in Stollen gewohnt war, vermochte er ganz ohne Licht kaum etwas zu sehen. Am Hall ihrer Schritte erkannte er immerhin, dass sie einen großen Saal passierten.

»Wie weit ist es denn noch?«

»Ein ganzes Stück«, kam es kühl zurück. »Wir pflegen unsere Vorratsspeicher nicht neben unseren Festsälen anzulegen.«

Galar fluchte leise. Sie waren zu weit von Nyr und dem Kind entfernt. »Wo liegt denn der Hafen?«

»Wir nehmen gleich einen anderen Weg. Ich würde sagen, es sind drei- bis vierhundert Schritt.«

»Lass uns einen Moment still stehen.« Er zog Hornbori am Gürtel zu sich heran. »Leise jetzt!«

Angespannt lauschte Galar in die Stille. Kein Klicken. Wo steckte der verdammte Tatzelwurm? War er Nyr gefolgt? Sie mussten so schnell wie möglich zum Hafen. Aber sie brauchten auch etwas zu essen. Es gab nur diese eine Gelegenheit.

»Mach Licht«, sagte Galar schließlich widerstrebend. Er brauchte Hornboris Gesicht nicht zu sehen, um sich das triumphierende Grinsen des Klugschwätzers vorstellen zu können. Es würde ein

Rennen werden. Jeder Augenblick war kostbar, und sollte der Tatzelwurm in der Nähe sein, dann würde das Licht ihn zu ihnen locken, fort von Nyr und dem Kind.

Hornbori brachte ihn zu einer Wand, tastete daran entlang, bis er eine Fackel fand, die nicht niedergebrannt war, und entzündete sie umständlich.

Galar behielt den Weg im Blick, auf dem sie gekommen waren. Nichts!

Hornbori hatte es jetzt auch eilig. Er führte sie durch enge Gänge, über steile Treppen bis zu einem langen Korridor, an dem etliche, mit schweren Schlössern verriegelte Türen lagen. »Hier ist es! Hier lagern wir die Vorräte. Wir sind von hinten herangekommen. Die Garküchen liegen am anderen Ende des Ganges.«

Galar interessierte es einen Scheißdreck, wo Hornboris Brut einst gekocht hatte. Er hob die Axt und hieb mit aller Kraft auf das aus dunklem Eisen gefertigte Vorhängeschloss an der ersten Tür. Beim dritten Schlag zersprang es.

Ungeduldig zerrte der Schmied die schwere Tür auf. Die Kammer war nur drei Schritt tief. Es lagen lediglich zwei Säcke auf dem Boden, ansonsten gab es nichts. Keine Regale mit Vorratstöpfen, keine Haken, von denen Schinken und Würste hingen. Galar hatte sich das hier anders vorgestellt. Ein merkwürdiger Geruch hing in der Luft, den er nicht zuordnen konnte. Er packte einen der Säcke und warf ihn sich über die Schulter. Erstaunlich leicht, dachte er. »Bisschen geizig, deine Leute, was?«

»Wir stehen in der hintersten Vorratskammer«, entgegnete Hornbori gereizt. »Spiel dich mal bloß nicht auf. Ich erinnere mich noch gut an einen Blick in deine Vorratskammer. Verschimmeltes Brot und verschrumpelte Heringe, die wahrscheinlich schon vor deiner Geburt gefangen wurden, so wie die aussahen. Das hier sind getrocknete Datteln. Haltbar und schmackhaft.« Er packte den zweiten Sack, schwang ihn sich über die Schulter und stieß dabei gegen seinen Rucksack, in dem es leise klirrte.

»Pass mit den Drachenblutphiolen auf, du Tropf!«

Hornbori fluchte etwas Unverständliches. Dann verfiel er in Schweigen. Die Fackel hoch über den Kopf erhoben, stapfte er voraus. Bald schnaufte er wie ein altes Maultier. Richtige Arbeit war der Maulheld nicht gewohnt. Galar machte es nichts aus, den Rucksack und den Sack mit den Datteln zu tragen. Seine Muskeln waren durch Plackerei in der Schmiede gestählt.

Bald begann die Fackel zu blaken. Die Flamme schrumpfte, bis sie kaum noch so groß wie ein Finger war.

»Ist es noch weit?«

Hornbori deutete voraus auf das Ende des Ganges. »Dort kommen wir zurück zum Haupttunnel, der zum Hafen führt.« Bei diesen Worten verlosch die Fackel.

Galar ließ eine Hand an der Tunnelwand entlanggleiten. Beide verlangsamten ihren Schritt nicht. Der Schmied versuchte sich einzureden, dass der Tatzelwurm wahrscheinlich ihre Fährte verloren hatte. Die Viecher waren nicht sonderlich klug. Gar keine richtigen Drachen waren das. Konnten nicht denken. Nur fressen. Alles würde gut werden.

Als sie den Haupttunnel erreichten, konnten sie in der Ferne das warme, bernsteinfarbene Licht eines Barinsteins sehen.

»Galar?« Das war Nyrs Stimme. Alles würde gut werden! Dem Schmied fiel ein Stein vom Herzen. Er machte sich zu viele Sorgen. Alles *war* gut!

Nyr hielt den leuchtenden Stein hoch und schwang ihn hin und her. »Hier sind wir! Wir haben uns schon gefragt, ob ihr euch in der Speisekammer erst mal selbst den Wanst vollschlagt.«

Etwas Schleimiges tropfte auf Galars Gesicht. Verwundert sah er nach oben. Da war etwas. Das ferne Bernsteinlicht spiegelte sich auf schwarzen Schuppen. Ein Maul voller dolchlanger Fangzähne klaffte auf und stieß zu ihm herab.

Galar ließ sich auf den Boden fallen, als das Drachenmaul hinabstieß. Er hörte es knacken und splittern, als die Fangzähne zupackten. Der Schmied wurde emporgerissen. Der Tatzelwurm schüttelte ihn wie einen Hund, der eine Ratte gepackt hatte und ihr das Genick brechen wollte.

»Lauf, Hornbori! Lauf und schließ das Hafentor!« Blut rann ihm über den Rücken und troff zum Boden hinab.

Das hätte er dem Schisser nicht zweimal sagen brauchen. Hornbori rannte, so schnell er konnte, dem Licht entgegen.

Galar versuchte mit seiner Axt über die Schulter zu schlagen, während die Bestie ihn weiter durchschüttelte. Noch hatte sie nur seinen Rucksack gepackt. Die Phiolen mit Drachenblut waren dahin. Das Ungeheuer hatte ein Vermögen vernichtet!

»Ich mach dich kalt!«, schrie Galar und versuchte noch einmal mit der Axt zuzuschlagen. Es war zwecklos! So hatten seine Hiebe keine Kraft.

Er wurde gegen die Tunnelwand geschlagen. Die Axt entglitt seinen Händen. Galar tastete nach den Riemen des Rucksacks. Noch ein Schlag gegen die Tunnelwand. Wollte ihn wohl weichklopfen, das Vieh. »Nicht mit mir«, zischte er benommen.

Ein Riemen öffnete sich. Er kam frei, genau in dem Moment, als der Tatzelwurm Schwung für einen weiteren Schlag gegen die Tunnelwand holte. Galar wurde durch die Luft gewirbelt, prallte gegen den Granit und rutschte an der Wand hinab. Grelle Lichter tanzten vor seinen Augen. Er tastete nach der Axt und kroch von der Bestie fort, die immer noch einen wilden Kampf mit dem Rucksack focht. Vielleicht hatte ihm das Drachenblut das Leben gerettet, dachte Galar benommen. Sein Rucksack blutete. Er schmeckte wie etwas Lebendiges, deshalb war die Kreatur so versessen darauf, ihn zu zerfetzen und zu verschlingen.

Galar hielt sich dicht an der Wand. Schwankend kam er auf die Beine. Er hielt die Axt fest umklammert. Seine Hände zitterten vor Schwäche. Ein schleifendes Geräusch drang an seine Ohren. Nicht sehr laut.

Hinter ihm verstummten das Fauchen und die Schnappgeräusche. Auch der Tatzelwurm hatte bemerkt, dass etwas vor sich ging.

Galar hatte fast schon den Durchgang zum Hafen erreicht, als er sah, woher der schleifende Laut stammte. Eine Felsplatte, so breit wie der Tunnel, senkte sich langsam von der Decke hinab. Quälend langsam. Zoll um Zoll.

»Komm!« Hornbori stand am Durchgang zum Hafen und winkte ihm. »Mach schnell!«

Galar blickte zur Decke. Es gab keinen Grund, sich zu beeilen. »Was für ein Scheiß ist das?« Er sah zurück zu dem Tatzelwurm. Die Bestie packte den Rucksack mit einem ihrer Krallenfüße, schlug ihre Fänge hinein und zerfetzte ihn nun ganz. Glas klirrte auf den Boden. Flaschen aus Silberblech klapperten auf dem Stein. Ein paar Pergamente flatterten durch die Luft. Sein Lebenswerk war vernichtet.

»Los!«

Galar trat durch den Eingang. Der Hafen von Hornboris Sippe lag in einer natürlichen Höhle. Er war nicht wirklich groß. Auf einem Holzgerüst am Rand des Beckens ruhte ein Aal. Auf den ersten Blick sah es so aus, als sei das Tauchboot vollendet.

Nyr stand nahe dem Durchgang dicht gegen die Wand geduckt und schirmte mit seinem Leib das Licht des Barinsteins ab. Frar war munter. Er hatte eine seiner kleinen Hände in die kümmerlichen Reste von Nyrs Bart gekrallt und zog mit großer Begeisterung daran.

Dicht neben dem Richtschützen quoll feiner, weißer Sand aus einem Loch in der Felswand. Auf der anderen Seite des Durchgangs gab es noch ein zweites Loch, aus dem sich Sand ergoss.

»Was ist das für ein verfluchtes Tor? Wieso geht das nicht schneller?«

Hornbori hob in hilfloser Geste die Hände. »Daran kann man nichts machen. Das ist eine dreißig Zoll dicke Felsplatte aus bestem Granit. Hast du eine Ahnung, was die wiegt? Das ist ein Fluttor. Es wird nur geschlossen, wenn der Pegelstand im Hafenbecken bedenklich ansteigt und Anlass zur Sorge besteht, dass unsere Höhlen überflutet werden. Das muss sich nicht schnell schließen. Es muss vor allem stabil und wasserdicht sein. Wenn das wie ein Fallgatter herunterschießen würde, ließe der Aufprall den ganzen Berg erzittern.«

Galar seufzte. Die schwere Steinplatte hatte sich noch nicht einmal zur Hälfte gesenkt. Eine Lücke von mehr als zwei Schritt war noch frei. »Ich halt das Vieh auf«, sagte er leise und umklammerte die Axt. »Pass auf Nyr und den Kleinen auf.«

»Aber du kannst doch nicht …«

Galar überhörte ihn und trat durch das Tor in den Tunnel. Der Tatzelwurm hob sein Haupt und bleckte die Zähne in Vorfreude auf sein nächstes Mahl. Zwischen den Fangzähnen des Oberkiefers sah Galar ein verbogenes Silberfläschchen schimmern. Er erinnerte sich, wie es Teil seiner Gesellenprüfung gewesen war, diese fein ziselierten Fläschchen herzustellen. Er hatte nur gerade eben bestanden. Sie waren seinem Meister nicht gut genug gewesen. Das lag ein halbes Leben zurück.

»Komm her, du Wurm, und ich stecke dir meine Axt gleich neben das Silberfläschchen.«

Der Tatzelwurm legte seinen Kopf leicht schief und starrte ihn mit großen, gelben Augen an.

»Glaubst du, ich habe Angst vor dir?« Galar hob die Axt. »Ich habe schon weit größere Drachen in Stücke gehackt. Wenn du Feuer spucken könntest, hättest du vielleicht geringe Aussichten zu überleben. Kannst du das?«

Der Tatzelwurm starrte ihn verwundert an. Er schien es nicht gewöhnt zu sein, dass seine Beute freche Reden schwingend auf ihn zuging, statt panisch schreiend vor ihm wegzulaufen. Galar hörte, wie das Steintor hinter ihm knirschend tiefer sank. Wenn er den Wurm noch ein bisschen hinhalten könnte, schaffte er es vielleicht sogar zurück zu seinen Kameraden.

»Ich mach dir ein Angebot. Wenn du jetzt verschwindest, vergebe ich dir, dass du meinen Schatz verschlungen hast.« Er blieb stehen. Es trennten ihn kaum mehr als zehn Schritt von dem Ungeheuer. Galar ließ den Schaft der Axt in seine offene Hand klatschen. »Wenn du allerdings versuchst mich anzugreifen, bin ich das Letzte, was du in deinem Leben siehst.«

Der Tatzelwurm stieß einen leisen Schnaufer aus. Seine Krallen klackten nervös auf dem Boden, und er schwang den Kopf hin und her. Galar dachte daran, wie Hornbori es wohl anstellen würde, ihm den Ruhm für diesen letzten Kampf zu stehlen.

Plötzlich stürmte der Tatzelwurm vor. Das Maul weit aufgerissen, um ihn mit einem einzigen Happen zu verschlingen.

Galar hob die Axt. Völlig überrascht von dem plötzlichen Angriff, wusste er einen Augenblick lang nicht, was er tun sollte. Zurückzuweichen kam nicht infrage. Dieses verdammte Tor war immer noch nicht weit genug unten. Die Bestie war fast über ihm. Er würde sich nicht einfach so fressen lassen, dachte er wütend und machte einen Satz nach vorn.

Hinter ihm schnappten die Kiefer zusammen. Geifer troff ihm in den Nacken. Er ließ sich auf die Seite fallen und rollte auf den Rücken, in der Hoffnung, einen Hieb gegen die Kehle des Tatzelwurms führen zu können.

Die Bestie riss den Kopf hoch, als habe sie in seinen Gedanken gelesen. Gleichzeitig griff sie mit den Krallen an. Sie waren lang wie Elfenschwerter. Galar rollte zur Seite und führte einen Hieb gegen den Bauch des Ungeheuers. Die Axt zerteilte die Schuppen, drang aber nicht tief ein.

Die Bestie stieß ein wütendes Fauchen aus und bog ihren schlangenhaften Leib zurück, um sich außer Reichweite der Waffe zu bringen.

Galar rollte über die Schulter ab und kam auf die Beine. »Wenn du jetzt abhaust, laufe ich dir nicht hinterher.«

Ein Prankenhieb war die Antwort. Galar wich zurück und stieß mit dem Rücken gegen die Tunnelwand. Ein zweiter Hieb folgte. Es gab kein Zurück mehr. Galar hob die Axt, um sich zu wehren, und ging gleichzeitig in die Knie, um den Krallen so gut wie möglich auszuweichen.

Seine Axt wurde einfach beiseitegefegt. Eine Kralle traf seine Schulter, durchschnitt Fleisch und ließ sein Schlüsselbein splittern.

»Ich liege schwer im Magen«, murmelte er mit zusammengepressten Lippen.

Ein gellender Schrei lenkte das Ungeheuer ab. Sein Kopf fuhr herum. Ein Armbrustbolzen schlug in die Lefzen des Tatzelwurms.

Hornbori hatte sich unter dem Steintor hindurchgeduckt und kam mit einem Speer in den Händen schreiend auf das Ungeheuer zugelaufen. Nyr kniete unter der Tür und lud eine Armbrust nach. Neben ihm lag Frar und versuchte dem Tatzelwurm entgegenzukrabbeln, kam jedoch nicht von der Stelle, weil Nyr einen Fuß auf einen Zipfel des langen Hemdes gestellt hatte, das der Kleine trug.

»Hau ab, Schisser.« Galars Stimme war nur noch ein schwaches Krächzen. Ihm standen Tränen in den Augen.

Der Tatzelwurm ließ von ihm ab und wandte sich fauchend Hornbori zu. Der Klugschwätzer schien alle Angst vergessen zu haben. Er erwischte das Ungeheuer in der Drehung. Sein Speer traf den vorderen Arm. Das stählerne Blatt durchdrang die Schuppen. Dunkles Blut spritzte aus der Wunde. Mit einem Tatzenhieb zersplitterte der Wurm den Schaft des Speers. Hornbori stand der Bestie jetzt nur noch mit einem Stock bewaffnet gegenüber und schrie sie trotzig an.

Die Bestie hob den gesunden Arm, um Hornbori mit einem einzigen Hieb zu zerfetzen.

Galar stieß sich von der Wand ab. Der Schmerz raubte ihm fast die Sinne. Er zog die Axt hinter sich her, unfähig, die Waffe noch anzuheben.

Der Wurm stieß einen eigenartigen, jaulenden Laut aus. Statt Hornbori zu zerfetzen, riss er die Tatze zum Kopf hinauf. Ein Armburstbolzen steckte in seinem rechten Auge.

»Weg hier!«, rief Hornbori, packte ihn und zerrte ihn mit erstaunlicher Kraft neben sich her.

Die schwere Steinplatte war nur noch zwei Ellen vom Tunnelboden entfernt. Sie mussten auf den Knien hindurchkriechen. Nyr hatte seine Armbrust zur Seite gelegt und zog ihn zu sich hoch.

»Musst du dir bei jedem Kampf irgendetwas in den Leib stoßen lassen, du Idiot?« Er bemühte sich um einen unbeschwerten Tonfall, aber in seinen Augen stand Sorge.

»Ich glaube, den nächsten Kampf lasse ich aus«, murmelte Galar. Er schob Nyr zur Seite und versuchte aus eigener Kraft zu stehen.

Eine Tatze schob sich unter der Steinplatte hindurch und zerfetzte den Zipfel von Frars Hemdchen. Die keilförmige Schnauze folgte. Fauchend schob sich der Tatzelwurm unter dem Steintor hindurch. Seine Schuppen kratzten über die Unterseite der mächtigen Granitplatte.

Hornbori schlug ihm mit der blanken Faust auf die Schnauze.

Ein Kopfstoß fegte den Zwerg zur Seite. Dann heftete sich das eine gesunde Auge auf Galar. Das riesige Maul klaffte auf. Geifer floss zwischen den Fangzähnen hinab, hinter denen eine dunkle Zunge unruhig zuckte.

»Sehe ich so köstlich aus?« Der Schmied trat auf den Spannfuß der Armbrust, die Nyr auf den Boden gelegt hatte. Die Waffe schnellte hoch. Er griff nach den beiden Kurbeln seitlich am Waffenschaft und begann die Sehne zu spannen. Dabei tanzten ihm grelle Lichter vor den Augen. Ihm war schwindelig. Nur der

Gedanke an seine Rache hielt ihn noch auf den Beinen. Der Tatzelwurm schnappte nach ihm, doch die Fänge verfehlten Galar um einige Zoll.

»Schwer, dieses Tor, nicht wahr?«

Die Bestie fauchte. Feuchtwarmer Atem schlug ihm entgegen. Die Krallen des Tatzelwurms hinterließen Furchen im Stein, als die Bestie mit aller Kraft versuchte sich nach vorne zu ziehen und freizukommen.

Die Sehne rastete ein. Galar bückte sich und tastete nach einem der Armbrustbolzen, die auf dem Boden verstreut lagen. Blut floss von seiner Schulter den Arm hinab. Seine Finger waren glitschig. Er brauchte mehrere Versuche, bis es ihm gelang, einen der Bolzen aufzuheben und ihn auf die Führungsschiene der Armbrust zu legen.

»Ich hatte dir gesagt, ich werde das Letzte sein, was du in deinem Leben siehst, wenn du nicht abhaust, du blödes Vieh.« Er musste sich setzen, weil seine Hände zu sehr zitterten, um einen sicheren Schuss abzugeben.

Der Tatzelwurm versuchte sich nun rückwärtszubewegen, doch er war hoffnungslos unter dem schweren Tor eingeklemmt. Seine Bewegungen wurden immer hektischer. Blut tröpfelte aus seiner Schnauze.

»Na, bricht dir der Stein das Rückgrat?« Galar zog seine Knie an und stützte den Schaft der Armbrust darauf auf. Sein Finger tastete nach dem Abzug.

Die Bestie schrie, und der Geifer spritzte ihm entgegen.

Galar zog den Abzug durch. Der Bolzen verschwand im offenen Maul des Ungeheuers und stanzte ein Loch in das rote Fleisch des Oberkiefers. Der Tatzelwurm riss den Kopf weit zurück. Ein Zucken durchlief seinen Körper. Das verbliebene gelbe Auge starrte ihn hasserfüllt an. Dann sank das Lid über die geschlitzte Pupille.

Die Armbrust entglitt Galars kraftlosen Händen.

»Das war wie in einer der alten Sagas!«, rief Hornbori begeistert.

Der Schmied blickte zu seinem Gefährten auf. »Ich werde dich wohl nicht mehr Schisser nennen …«

Sein Gefährte grinste.

»Nicht deshalb …« Galar kniff die Augen zusammen. Alles verschwamm vor seinem Blick. »Ich glaube, ich verblute.«

Wenn Boten bei Nacht kommen

Shaya fühlte sich einsam inmitten des turbulenten Festes. Kurunta war zurückgekommen und hatte die Pferde gebracht. So viele Pferde. Noch nie war ein solcher Brautpreis gezahlt worden. Tausend Pferde aus den königlichen Ställen Luwiens.

Die Seitenwände der Sternenjurte waren aufgerollt, sodass man von weit her ins Innere des hell erleuchteten Zeltes blicken konnte. Auch das hatte es noch nie zuvor gegeben! Bislang hatte ihr Vater, der Unsterbliche Madyas, immer ein großes Geheimnis darum gemacht, wie es in seinem Palastzelt aussah, und in die Sternenjurte geladen zu werden war die höchste Auszeichnung gewesen, die man im Reich der Ischkuzaia erlangen konnte. Wer diese prächtige Jurte betreten durfte, der gehörte zum Inneren Kreis des Hofes.

Aber heute war alles anders.

Ihr Vater hatte vor seinem Zelt eine riesige Koppel einrichten lassen, in der in langen Reihen angepflockt die neuen Rösser standen. Es waren große Tiere. Ihr Stockmaß lag um zwei Handbreit und mehr über dem der Steppenpferde. Seit dem Morgen schon zogen die Bewohner des Wandernden Hofs an ihnen vorüber und bestaunten die prächtigen Tiere. Shaya hätte stolz sein sollen.

Stattdessen fühlte sie sich von allem seltsam entrückt. Sie gehörte hier nicht mehr hin. Ihr Vater hatte den ganzen Tag kein

Wort mit ihr gesprochen. Er hatte nur Augen für die Pferde gehabt. Wie vereinbart war Kurunta, der Hüter der Goldenen Gewölbe, mit zwölfhundert Pferden gekommen. Und es war kein einziges darunter gewesen, das nicht voller Kraft und Anmut war. Edel im Wuchs und mit stolzem Gebaren, begannen die Tiere doch unruhig zu werden. Zu lange wurden sie nun schon angegafft. Zu viele Menschen tummelten sich um sie herum, und zu fremd klang das Lärmen des Festes in ihren Ohren. Dazu kamen noch der Geruch nach Blut und das Blöken der Hammel, die an diesem Festtag geschlachtet wurden. Die Pferde aus Luwien schnaubten, scharrten mit den Hufen in der schlammigen Erde. Immer wieder warfen einzelne den Kopf in den Nacken und keilten aus.

In ihrem Volk gab es keinen, der nicht mit Pferden groß geworden war, dachte Shaya ärgerlich. Sie alle hätten sehen müssen, dass nicht gut war, was dort geschah. Die Tiere brauchten Ruhe. Sie waren gestern über einen der goldenen Pfade, die sich durch die Dunkelheit zwischen den Welten spannten, getrieben worden. Sie hatten genug Schrecken erlebt. Was sie brauchten, war eine stille Weide, irgendwo in den Bergen, und nicht den Trubel des Wandernden Hofes.

Aber die Krieger und Höflinge überboten sich gegenseitig, in Anwesenheit ihrer Weiber ihren Mut zu zeigen, indem sie auf die großen Pferde zugingen, ihre Nüstern tätschelten und ihnen auf den Hals klopften. Es war nur eine Frage der Zeit, bis ein Unglück geschehen würde.

Eine Gruppe halb nackter Tänzerinnen wirbelte zum Klang von Trommeln, Beinflöten und Zimbeln im Kreise, angefeuert vom betrunkenen Kurunta. Der Botschafter mit den hässlichen Brandnarben saß wieder inmitten von Lustsklavinnen und betatschte sie schamlos in aller Öffentlichkeit. Würde das auch ihr Schicksal sein? Eine Hure Muwattas zu werden, gedemütigt vor versammeltem Hofstaat durch dessen zügellose Begierden? Sie zwang sich, den Blick nicht von dem Botschafter zu wenden und von den Frauen mit den leeren Augen und dem falschen Lachen. Würde sie es schaffen, sich selbst so fremd zu werden, dass sie dies ertrug? Sie hatte ihrem Volk gut gedient. Bald schon würden die Pferde als Geschenke weit über die Steppe verteilt werden. Ihr Blut würde sich mit dem der kleineren, drahtigen Rösser ihres Volkes mischen, und es würde eine neue Rasse ausdauernder, schöner Pferde entstehen. Sie würden noch über die endlosen Weiden Ischkuzas ziehen, wenn sie selbst längst in Vergessenheit geraten war. Wer hatte ihrem Volk je ein solches Geschenk gemacht? Was zählte da ihr Schicksal! Sie sollte stolz sein. Aber sie vermochte es nicht.

Die Musik in der Sternenjurte verebbte, und die Tänzerinnen zogen sich zurück, begleitet von anzüglichen Angeboten. Vielleicht sollte sie mit einer von ihnen reden? Sie wussten gewiss, wie es war, bei einem Mann zu liegen, den man nicht liebte.

Shaya bemerkte, wie viele junge Reiterführer ihr Vater in sein Zelt geladen hatte. Männer, die nichts von dem wussten, was man ihr angetan hatte.

Die große Trommel wurde in die Jurte getragen. Der Anblick versetzte ihr einen Stich. Sie war aus rot lackiertem Holz gefertigt. Das fleckige Fell, mit dem sie bespannt war, maß fast anderthalb Schritt. Auf dieser Trommel hatte sie einst für ihren Vater getanzt. Vor unendlich langer Zeit, wie es ihr nun erschien.

Ein junges Mädchen trat zwischen den Leibwachen des Unsterblichen Madyas hervor. Ihr Haar war zu Dutzenden Zöpfen, dünn wie Peitschenschnüre, geflochten. Ein wenig blass sah sie aus. Ihre Augen standen sehr schräg. Wahrscheinlich war ihre Mutter irgendeine Prinzessin vom Seidenfluss. Shaya erinnerte sich dunkel, die Kleine früher schon einmal gesehen zu haben. Ihren Namen hatte sie vergessen. Nachdem sie selbst in Ungnade gefallen war, hatte es sie nicht mehr interessiert, wer künftig der Liebling ihres Vaters sein würde. Sie selbst war die siebenunddreißigste Tochter des Unsterblichen. Wie viele es inzwischen waren, wusste sie nicht. Es gab Gerüchte, dass Töchter, die nicht unter einem günstigen Stern geboren wurden oder nur den geringsten Makel in den Augen des Madyas aufwiesen, an seine Jagdhunde verfüttert wurden. Gerüchte … Davon gab es immer viele am Wandernden Hof. Die Zählung der Söhne jedenfalls lag bei über hundertdreißig. Vielleicht stimmte das Gerücht? Oder der Samen des Unsterblichen war so stark, dass ihm weit öfter Söhne als Töchter geboren wurden. Sie selbst war ja ein Mannweib geworden. Vielleicht lag auch das am Samen ihres Vaters? Sie lachte bitter. Nein, unter seinen Töchtern nahm sie eine besondere Stellung ein. Ihre Schwestern waren nicht so wie sie.

Das kleine Mädchen wurde auf die Trommel gehoben. Sie trug eine weite, rote Reithose und eine mit silbernen Seidenfäden bestickte, ärmellose Weste.

Shaya schüttelte den Kopf. Das war … als ob sie in die Vergangenheit blicken würde. Auch sie hatte so eine Weste getragen, als sie für ihren Vater auf der Trommel getanzt hatte.

Die Kleine stampfte fest mit dem Fuß auf, und ein dunkler Ton erklang. Alle Gespräche in der Sternenjurte verstummten. Jeder wusste, das Mädchen tanzte jetzt nur für den Unsterblichen Madyas und den Weißen Wolf. Früher hatte ihr Volk diese Trommel benutzt, um den Wolf zu rufen, ihren Beschützer, den wahren Herrscher der weiten Steppen.

Shaya erinnerte sich noch so gut. An die vielen Stunden, die sie auf dem festen Holzboden der Sternenjurte den Tanz geübt hatte. Die sicheren, stampfenden Schritte. Die Hüpfer, die sie immer weiter in die Höhe hoben. Ihre Arme mal vor der Brust verschränkt, dann wieder weit ausgestreckt, als sei sie ein Vogel, der sich mit ausgebreiteten Schwingen in die Lüfte erheben wollte.

Sie erinnerte sich an die gestrenge Stimme ihrer Lehrerin. An ihre Aufregung, als sie zum ersten Mal vor dem ganzen Hof auf der Trommel getanzt hatte. Ihre Angst, einen Fehler zu machen, und ihren unbändigen Stolz, als ihr Vater sie zuletzt von der großen Trommel gehoben hatte, um sie fest in die Arme zu schließen und an sich zu drücken. Heiße Tränen rannen ihr über die Wangen.

Ihre kleine Schwester, deren Namen sie nicht einmal kannte, machte ihre Sache gut. Sie hatte ihren Rhythmus gefunden, und der Hall der riesigen Trommel trug weit in die Nacht hinaus. Auch vor der Sternenjurte waren jetzt alle verstummt und lauschten der Trommel. Nur die luwischen Pferde waren noch unruhig, schnaubten und starrten mit weit aufgerissenen Augen.

Shaya wandte sich ab. Die Vergangenheit war tot. Die Tage, an denen sie auf der Trommel getanzt hatte, waren vorüber. Die Tage, an denen der ganze Hof zu ihr aufgeblickt hatte. Sie gehörte hier nicht mehr hin. Sie war eine Ausgestoßene, auf jede nur denkbare Art. Das narbenbedeckte Mannweib, die unberührbare Braut eines Unsterblichen. Sie nur anzusprechen mochte schon den Tod bringen. Und wer sollte noch etwas von ihr wollen? In ein paar Stunden würde Kurunta sie mit sich nehmen.

Shaya stieg von dem hölzernen Podest herab, auf dem die Sternenjurte stand. Sie hatte einen schwarzen Umhang um ihre Schultern gelegt, um das mit Türkisen geschmückte, viel zu enge Brautkleid zu verbergen, in dem sie früher am Abend dem Gesandten vorgeführt worden war. Es drückte ihre kleinen Brüste hoch und war tief ausgeschnitten. Ein Vorgeschmack darauf, was sie in Luwien erwartete.

Auch ihr hatten sie das Haar zu vielen kleinen Zöpfen geflochten wie ihrer Schwester, die auf der Trommel tanzte.

Sie schob sich zwischen den Schaulustigen hindurch. Man machte ihr Platz. Sie hielten sie für irgendeine Hofdame. Jemanden von Bedeutung.

Shaya wusste nicht, wohin sie gehen sollte. Sie hatte am Hof keine Freunde. Es gab keinen Ort mehr für sie außer ihrer bewachten Jurte, und dorthin wollte sie nicht in dieser letzten Nacht in Freiheit.

Die stampfenden Füße der Prinzessin schlugen immer schneller auf das Trommelfell. Shaya blickte zurück. Sie war eifersüchtig. Das war ein Wesenszug, den sie an sich noch nicht gekannt hatte.

Im Gewühl winkte ihr jemand zu. Eine zierliche Gestalt in grünem Seidenmantel. Der Heiler vom Seidenfluss. Er hatte weit mehr Mühe als sie, sich durch die Menschenmenge zu schieben. Er war unübersehbar ein Fremder. Vor ihm hatte man keinen Respekt. Shaya überlegte kurz, ob sie sich davonmachen sollte. Aber wohin? Sie sollte sich anhören, was er wollte.

Als er endlich bis zu ihr vorgedrungen war, hatte seine Würde ein wenig gelitten. Die breite Bauchbinde, die den Mantel verschloss, war leicht verrutscht. Der seltsame, schwarze Lederwürfel, den er über seine zu einem Dutt hochgesteckten Haare gestülpt hatte, saß leicht schief, und sein dünner Bart war zerzaust. Etwas außer Atem verneigte er sich knapp. Nicht zu tief, um kein Aufsehen zu erregen.

»Es ist schön, dass ich Euch gefunden habe, meine Dame.«

»Warum?« Sie war ihm dankbar, dass er sie nicht mit ihrem Titel angesprochen hatte. Dennoch verspürte sie keine allzu große Lust, sich mit ihm abzugeben. Am liebsten hätte sie ihre Krieger aus Nangog um sich geschart und mit ihnen gezecht. Jene tapferen Draufgänger, die mit ihr über die Himmel der Neuen Welt gesegelt waren und die Wunder gesehen hatten, die sich die einfachen Hirten nicht einmal vorstellen konnten.

»Ich habe Euch schon früher am Abend beobachtet, teure Dame. Ihr wirktet …« Er stockte, sah sie zweifelnd an. Er hatte bemerkt, in welcher Stimmung sie war und dass sie ihn fortschicken würde, wenn er jetzt die falschen Worte wählte. »Ihr wirktet verloren, meine Dame. Ihr erschient mir genauso fremd wie ich an diesem Hof.«

Ein Lächeln stahl sich auf ihre Lippen. Vielleicht war es besser, ihm ein wenig ihrer Zeit zu schenken, statt ziellos bis zum Morgengrauen durch das Lager zu streifen.

»Erscheint dir die Annahme nicht abwegig, dass ich an dem Ort, an dem ich geboren wurde, eine Fremde sein könnte?«

»Nun, werte Dame, ohne abfällig klingen zu wollen, aber mir erschien es so, als sei die Schar der Freunde, die Euch umringt, durchaus um ein weniges geringer als die Zahl der Blüten, die ein Pfirsichbaum in seinem allerersten Frühling trägt.«

Aus Shayas zaghaftem Lächeln wurde ein Grinsen. »Womöglich habe ich sie fortgeschickt, um meinen letzten Abend hier allein mit meinen Erinnerungen zu verbringen.«

Der Heilkundige nickte ernsthaft. »Womöglich haben auch jene Wilden in den Bergen von Garagum recht, die glauben, dass es keine Sterne gibt, sondern einer ihrer Berggötter an jedem Abend seinen schwarzen Umhang vor der Sonne aufspannt. Und jene Lichter, die wir irrtümlich Sterne nennen, stammen von Löchern, die Pfeile in seinen Umhang geschlagen haben, denn die Götter Garagums sind alle kriegerisch. Auch wenn die Weisen meines Volkes solche Geschichten milde belächeln, so möchte ich den Wilden doch zumindest aus rein poetischer Betrachtung recht geben. Diese Erklärung für die Sterne am Firmament ist zu schön, um nicht wahr zu sein.«

»Deutest du gerade an, dass ich, rein poetisch betrachtet, vorhin die Unwahrheit über meine zahlreichen Freunde gesagt haben könnte?«

Er blickte in gespielter Entrüstung auf. »Ich bin entsetzt, wenn Ihr mich so verstanden habt, werte Dame. Es muss wohl daran liegen, dass sich meinem bescheidenen Verstand die Feinheiten Eurer … bestechend einfach und folgerichtig strukturierten Sprache noch immer nicht erschlossen haben.«

»Ich habe entschieden, mir ein wenig Zeit zu nehmen, um auszuloten, wo bei dir die Grenzen zwischen abgründigem Humor und abgrundtiefer Verachtung für mein Volk liegen.«

Der Heiler gestattete sich den Anflug eines Lächelns. »Ihr wollt mich ausloten, erhabene Dame? Es ist mir ein Vergnügen, Euer Diener zu sein. Allerdings sollten wir uns vielleicht einen ruhigeren Ort suchen, um unser Gespräch fortzusetzen. Mir scheint, wenn diese Prinzessin aufhört, die Trommel mit ihren Füßen zu bearbeiten, dann wird es hier wieder recht laut und ungemütlich werden.«

Sie nickte. »Gehen wir.«

»Wenn es Euch vielleicht belieben würde, sich mit mir in die Rote Jurte zu begeben? Ich denke, am heutigen Abend werden wir dort völlig ungestört sein.«

Shaya war erstaunt, dass er diesen Ort wählte. Obwohl er sie dort an einem Tag voller Schrecken wieder zur Jungfrau gemacht hatte, hatte die Rote Jurte nichts von ihrer alten Faszination für sie verloren. Sie war seitdem mehrmals dort gewesen, um die alten Karten zu betrachten und ihren Träumen und Erinnerungen nachzuhängen. »Was mein Vater wohl sagen würde, wenn er hören könnte, dass du mich an einen Ort einlädst, an dem du ganz sicher ungestört mit mir bist?«

Er ging darauf nicht ein, sondern wies mit formvollendeter Geste in die Richtung, in der das Kartenzelt lag. »Wenn Ihr vielleicht vorangehen mögt, edle Dame? Euch erweist man Respekt, und man weicht Euch aus. Ich hingegen werde mich beeilen, Euch dichtauf zu folgen, bevor die Menschenfluten hinter Euch wieder zusammenfließen.«

Sie war ein wenig überrascht über die für Ischkuzaia zwar immer noch überaus umständliche, für einen Weisen vom Seidenfluss aber schon fast unhöflich direkte Aufforderung, sich mit ihm in die Jurte zu begeben. Ein Umstand, der sie nur umso neugieriger machte. Sie war dankbar, von ihren melancholischen Gefühlen abgelenkt zu sein, und ging ohne Umschweife zur Roten Jurte, die ein gutes Stück entfernt vom Palastzelt lag. Weit genug, dass der Jubel, der nach dem Trommeltanz folgte, nicht allzu sehr störte. Wie erwartet, war die Jurte verlassen. Shaya kniete sich vor einen niedrigen Tisch und entzündete zwei Öllampen, während der alte Heiler sich im Sitz der Himmelsblume niederließ.

»Ich danke Euch für Euren Großmut, mir an Eurem letzten Abend hier ein wenig Eurer kostbaren Zeit zu schenken, Prinzessin Shaya.«

Sie quittierte den Dank mit einem kurzen Nicken.

Der Heiler blickte eine Weile in die Flamme einer der beiden Lampen. Seine Züge wurden weicher. Er atmete tief und regelmäßig. Es schien, als sei er eingeschlafen. Shaya wollte ihn schon ansprechen, als er von sich aus zu reden begann. »Es erfüllt mich mit tiefer Scham, welche Rolle ich bei der Schließung der Pforte zu Eurem geheimen Garten spielte. Obwohl ich in meinem Leben so manche Pforte verschlossen habe, geschah dies bislang doch stets auf Wunsch von Damen, die Ungemach vermeiden wollten. Doch was sollte ich tun, nachdem dringliche Boten Eures Vaters zu meinem Haus kamen? Sie überreichten mir ein Pergament mit dem Siegel des Unsterblichen Madyas, in dem mir befohlen wurde, mich unverzüglich in der Wandernden Stadt einzufinden. Ich war wie die Maus, die bereits im Maul der Katze steckt. Mein Leben war verwirkt. Ungewiss war allein, wie viel Zeit bis zur Stunde meines Todes bleiben würde.«

Sein Gesicht war ein Spiegel seiner Seelenqual. Und doch erschien Shaya die Geschichte seltsam. Sie glaubte zwar nicht, dass der alte Mann sie anlog, aber was er sagte, erschien ihr nicht schlüssig. »Warum gingst du davon aus, in Gefahr zu sein? Es ist doch eine Ehre, an den Wandernden Hof gerufen zu werden. Mein Vater versammelt hier nur die Besten einer jeden Zunft, Shen Yi Miao Shou.«

Er seufzte. »Es waren die Umstände, scharfsinnige Prinzessin, die mein Herz mit Angst erfüllten. Die Boten kamen in aller Heimlichkeit inmitten der Nacht. Und obwohl sie einen Brief mit dem Siegel des Unsterblichen bei sich trugen, waren sie gewandet wie einfache Reisende. Und sie bestanden darauf, dass ich noch in ebenjener Nacht mit ihnen käme, ohne Aufsehen zu erregen. Mir blieb gerade noch die Zeit, mich mit meinem ältesten Sohn zu besprechen und ihm aufzutragen, meine Familie an einen Ort zu bringen, an dem niemand uns kennt. Und ich schärfte ihm ein, nie wieder in unsere Heimatstadt zurückzukehren. Danach kehrte ich zu den Boten zurück. Sie erlaubten mir nur, zwei Taschen mit meinen Nadeln und Messern und einigen der wichtigsten Tränke, Tinkturen und Kräuter mitzunehmen. Ich durfte nicht einmal in einer geschlossenen Sänfte reisen, wie es einem Mann meines Standes geziemt, und weder meine Leibsklaven noch meinen hochgeschätzten Koch durfte ich mitnehmen.«

Shaya musste sich beherrschen, um nicht zu schmunzeln. Ganz offensichtlich war dem Alten nicht bewusst, dass es bei den Ischkuzaia selbstverständlich war, dass selbst höchste Würdenträger ohne Sklaven und andere Annehmlichkeiten reisten. »Bei allem Respekt, Shen Yi Miao Shou, halte ich deine Vorsicht doch für übertrieben. Warum sollte deine Familie in Gefahr sein, wenn selbst du nicht wusstest, aus welchem Grund du zum Wandernden Hof gerufen wurdest?«

Shen Yi strich sich über seinen dünnen Bart. »In meinem Volk sagt man: Es stirbt die Taube, auf die der Schatten des Adlers fällt. Der Schatten deines Vaters ist auf mein Haus gefallen. Ich wurde in eines der großen Geheimnisse seines Hofes hineingezogen, verehrte Prinzessin, und meine Familie mit mir. Am Seidenfluss sind die Herrscher sehr darauf bedacht, dass kein Licht in die tiefen Schatten ihrer Fürstenhöfe fällt. Allein *vielleicht* zu wissen, wohin ich gehe, genügt, um des Todes zu sein. Denn da meine Fähigkeiten wohlbekannt sind, könnte, wer immer davon erfährt, wohin man mich gebracht hat, erraten, was ich dort tun würde. Insbesondere in Verbindung mit Eurer unmittelbar bevorstehenden Hochzeit, verehrte Prinzessin. Ein Fürst aus meinem Lande würde ohne zu zögern den Tod meiner ganzen Familie befehlen. Und ich bin überzeugt, dass Euer Vater in den vielen Jahrzehnten seit der Eroberung der Königreiche am Seidenfluss nicht nur unsere kostbaren Stoffe schätzen lernte, sondern auch die Art, wie unsere alten Herrscher dachten.«

Auch Shaya hatte sich im Sitz der Himmelsblume niedergelassen. Sie blickte dem Alten geradewegs in seine dunklen Augen. »Das Volk der Steppe ist einfacher in den Dingen, die es tut. Intrigenspiele sind nicht unsere Sache.«

Shen Yi bedachte sie mit einem milden, väterlichen Lächeln. »Nicht? Dann bitte ich Euch, einige der Ereignisse der letzten Tage zu bedenken. Wer war zugegen, als … als Euer Zustand begutachtet wurde? Euer Vater, einer Eurer Brüder, zwei Beschnittene und eine Gruppe alter Männer, die allesamt seit vielen Jahren Vertraute des Unsterblichen sind.«

Die Erinnerung an diese Nacht trieb ihr das Blut in die Wangen. »Und?«, fragte sie kühl, vor allem über sich selbst verärgert, weil der Heiler ihr so deutlich ansehen konnte, wie unangenehm ihr das Thema war. Ihre Zurschaustellung vor den Würdenträgern des Hofes wog für sie im Nachhinein wesentlich schwerer als die ungewollte Wiederherstellung der Pforte zu ihrem geheimen Garten, wie Shen Yi es so bildhaft nannte.

»Kurz nach diesem Ereignis wurden die beiden Eunuchen, die diesem Hof ein Leben lang treu gedient hatten, eines schändlichen Diebstahls überführt, über den sie selbst im Angesicht des Todes, da sie nicht nur ihre Männlichkeit, sondern auch ihre Zungen verloren hatten, nicht mehr Zeugnis ablegen konnten. Findet Ihr dieses Zusammenspiel von Ereignissen nicht auch ein wenig ungewöhnlich, scharfsinnigste Tochter des Unsterblichen Madyas?«

Sie war nicht sicher, ob sie seine Komplimente annehmen sollte oder ob sich ein versteckter Spott dahinter verbarg. Der Zweifel spornte sie an, sich auch einmal eines der Sinnsprüche aus der Muttersprache des Heilers zu bedienen. »Sagt dein Volk nicht: Das Leben ist wie ein Fluss, es strömt nie auf dem kürzesten Wege zum Meer, sondern ist voller seltsamer Wendungen?«

Er neigte sanft das Haupt. Eine Geste der Anerkennung?

»Mein Volk sagt auch: Wer die Drossel Äste sammeln sieht, muss ihr Nest nicht schauen, um zu wissen, welchem Zweck ihr Tagwerk dient. Ich würde Euch zustimmen, Prinzessin, wäre nicht vor drei Tagen einer der Berater des Unsterblichen bei einem Sturz vom Pferd ums Leben gekommen und ein weiterer heute angeblich den Anstrengungen einer Liebesnacht mit zwei jungen Konkubinen erlegen. Bald wird das Geheimnis um Euch nur noch innerhalb Eurer Familie bewahrt werden.«

Shaya hatte über den Liebestod tratschen hören. Von dem Reitunfall wusste sie nichts. »Du glaubst, dass auch du ermordet werden wirst?«

»Ich bin mir sicher, werte Prinzessin. Ich wusste es, als ich mein Haus verlassen hatte, um mich den Boten Eures Vaters anzuvertrauen. Mein Werk ist verrichtet. Mein Leben birgt keinen Nutzen mehr für den Unsterblichen. Mein Ableben hingegen schon. Doch ich bin nicht hier, um zu klagen. Ich wollte mit Euch über Eure Zukunft sprechen, ehrenwerte Shaya, und ich wollte Euch meine Hilfe anbieten.«

Der Alte erstaunte sie, und Shaya fragte sich, ob er noch klar bei Verstand war. »Wie willst du mir helfen, wenn du davon ausgehst, den Wandernden Hof nicht mehr lebend zu verlassen?«

»Durch meine Erfahrung, verehrte Prinzessin. Allerdings müsstet Ihr mir vertrauen. Mir ist durchaus bewusst, worum ich bitte, ist mein Volk doch unter dem deinen als intrigant und rachsüchtig verschrien.« Er atmete schwer aus und wirkte plötzlich, als koste es ihn Mühe, noch länger den Gleichmut zu wahren. »Ich weiß um das, was Euch erwartet. Eine Hochzeit, die nicht aus Liebe geschlossen wurde. Eine Nacht … wie sie nie eine Frau erleben sollte.«

Shaya stand auf. Das war das Letzte, worüber sie reden wollte.

Und schon gar nicht mit dem Mann, der es möglich gemacht hatte, dass die Heilige Hochzeit stattfinden konnte, obwohl sie keine Jungfrau mehr war.

»Bitte, Prinzessin. Der Ruf meiner Kunstfertigkeit brachte mir den Besuch mancher Dame ein, der mit Gewalt geraubt worden war, was nur in Liebe geschenkt werden sollte. Einige der Damen haben mit mir über ihre Erfahrungen gesprochen. Ich vermag das Unheil, das Euch erwartet, nicht abzuwenden, doch wenn Ihr meinem Rat folgt, dann wird der Schaden, den Ihr an Körper und Seele nehmt, ein geringerer sein. Ich bitte Euch zu bleiben, verehrte Prinzessin. Ich bin ein Freund.«

Shaya zögerte. Sie sah den zerbrechlichen alten Mann nachdenklich an. Was bewegte ihn? Und was hatte sie schon zu verlieren? »Warum solltest du mir helfen wollen? Mein Vater hat dein Volk unterworfen, er hat deine Familie zerstört, und vielleicht wird er dich bald ermorden lassen. Warum solltest du mir helfen wollen?«

»Weil ich aus tiefstem Herzen Männer verabscheue, die Frauen Gewalt antun. Ein Leben lang habe ich gesehen, was ihre Taten anrichten. Zu oft vermochte ich das Fleisch zu heilen, doch konnte ich die Wunden der Seele nie wieder verschließen. Man kann auch an solchen unsichtbaren Wunden sterben, meine Prinzessin. Es ist ein langer, unsäglich trauriger Tod.«

Shaya spürte, wie sich in ihr etwas zusammenzog. Sie fürchtete die Nacht der Heiligen Hochzeit, auch wenn sie, seit sie davon wusste, versuchte, es vor sich selbst zu leugnen. Der Gedanke, dass in dieser Nacht alles Schöne, das sie mit Aaron erlebt hatte, zerstört würde, machte ihr Angst. Nur darum ging es. Ihr Glück und das von Aaron zu vernichten.

Sie ging zurück und setzte sich Shen Yi Miao Shou gegenüber. »Was kannst du mich lehren?«

»Ihr könnt dieser Nacht entfliehen. Nicht körperlich, aber es liegt in Eurer Macht, Eure Seele vor dem Unsterblichen Muwatta zu retten. Ich will Euch die Kunst lehren, Eure Seele abzuschirmen gegen das Böse. Seht in die Flamme der Öllampe dort!«

Shaya gehorchte.

»Denkt an etwas Schönes. An einen Spaziergang an einem See im Frühling. An das Funkeln des Wassers im Sonnenlicht. Streift alles andere ab, bis Ihr nur noch diesen einen Gedanken in Euch tragt, er Euch ganz und gar ausfüllt und Ihr Euren Körper nicht mehr fühlt. Lasst Euch hinforttragen von schönen Erinnerungen. Verweigert Euch dem Hier und Jetzt.« Shen Yi sprach mit ruhiger, einfühlsamer Stimme.

Seine Worte berührten eine tief in ihr begrabene Sehnsucht. Sie dachte nicht an einen See. Sie gab sich ganz der Erinnerung an Aaron hin, an ihre wenigen gestohlenen Nächte auf dem Rücken des Wolkensammlers, hoch im Himmel, nah bei den Sternen und den Zwillingsmonden von Nangog.

»Seid dort«, riet die weiche Stimme Shen Yis, »wenn sie Euch in den Tempel bringen. Verweigert ihnen Eure Seele und lasst alles andere über Euch ergehen. Alles Fleisch ist vergänglich, doch Eure Seele ist ewig. Jene Männer, die Gefallen daran finden, Frauen Gewalt anzutun, weiden sich am Schrecken ihrer Opfer und an ihren Schreien. Liegt Ihr ganz ruhig und lasst es über Euch ergehen, beraubt Ihr sie ihres kranken Vergnügens. Es wird dann schneller vorüber sein. So schrecklich es auch immer noch ist …«

Shen Yis Stimme klang wie von weit fort, obwohl er ihr gegenübersaß. Shaya fühlte sich leicht. Sie dachte daran, wie sie für Aaron über den Wolken getanzt hatte, klammerte sich ganz und gar an diesen glücklichen Augenblick. Fast glaubte sie den Wind wieder auf ihrem Gesicht zu spüren. Sie war weit fort …

»Wenn Ihr ein Licht seht, Shaya, dann kommt ihm nicht zu nahe. So verlockend es ist, dies ist ein Ort ohne Wiederkehr. Wenn Ihr dorthin geht, gebt Ihr für immer Eure fleischliche Hülle auf.«

Sie blickte zu den Zwillingsmonden auf. Ihr klares Licht schien sie einzuladen. Aber sie wollte bei Aaron sein. Stellte sich vor, wie sie in seinen Armen gelegen hatte.

»Ihr könnt noch tiefer in Trance fallen. Erwachen werdet Ihr, sobald Ihr berührt werdet und Licht auf Euer schönes Antlitz fällt. Doch nun folgt meiner Stimme. Ich werde langsam von hundert rückwärts zählen. Und mit jeder Zahl kommt Ihr dem völligen Frieden einen Schritt näher.«

Shaya hielt an dem Bild der Zwillingsmonde fest. Die monotone Stimme Shen Yi Miao Shous machte sie müde. Es war tatsächlich so, wie er gesagt hatte. Sie fühlte sich entrückt von ihrem Körper. Sie war nicht mehr wirklich hier. Irgendwo zwischen ihren Träumen von Nangog und der Wirklichkeit hatte sie einen sicheren Ort gefunden, zu dem kein Schmerz und kein Kummer vordringen konnten.

Doch dann hörte Shen Yi Miao Shou auf zu zählen. Und er nutzte ihre Trance entgegen seiner Versprechen. Er sprach von Dingen, die ihr völlig fremd waren. Füllte ihren Kopf mit seinen Träumen und Gedanken, und sie hatte keine andere Wahl, als sich vom Strom der Worte gefangen nehmen zu lassen, die sie immer weiter fort von Nangog und Aaron trugen.

Das Haus des Himmels

»Hier ist sie. Ganz wie ich dir gesagt habe, Kurunta. Sie ist schon als Kind oft hierhergekommen.«

Helles Morgenlicht fiel auf Shayas Gesicht. Sie blinzelte benommen. Ein stechender Schmerz nistete hinter ihrer Stirn, dicht über ihren Augenbrauen.

»Was hat der Alte mit ihr gemacht? Wie kann sie es wagen, die ganze Nacht allein mit einem Mann zu verbringen? Das ist unerhört! Sie sollte …«

»Mäßige dich, Kurunta! Erinnere dich, mit wem du sprichst! Nutze deinen Verstand zu deuten, was deine Augen dir zeigen, bevor deine Zunge Unrat verbreitet. Ich könnte mich sonst gezwungen sehen, deine Zunge getrennt von dir in einem goldenen Kästchen zurück zu deinem Herrn zu schicken.«

Shaya blickte verwundert auf Shen Yi Miao Shou. Der alte Heiler saß unmittelbar vor ihr im Sitz der Himmelsblume. Er hatte ihre Hände in die seinen gelegt. Ein Lächeln lag auf seinem Gesicht, doch seine Augen waren leer, die fleckigen, alten Finger kalt. Er war tot.

Vorsichtig zog Shaya ihre Hände zurück. Sie erinnerte sich an die Zwillingsmonde von Nangog. Und an die Warnung des Alten, dem Licht nicht zu nahe zu kommen. Wie es schien, war er ganz bewusst diesem Licht entgegengegangen, um ihrem Vater das grausame Vergnügen zu rauben, einen demütigenden Tod für ihn zu wählen.

»Was ist hier geschehen, Shaya?«

Sie blickte trotzig zum Unsterblichen Madyas auf. »Er hat mir Gedichte vom Seidenfluss vorgetragen, damit ich die Schönheit der Liebe nicht vergesse, obwohl ich versteigert wurde wie eine Stute auf dem Pferdemarkt.«

Madyas' Schlag kam ohne Vorwarnung. Er traf sie mit solcher Wucht, dass sie zu Boden gerissen wurde. Ihre Wange brannte, doch stärker noch schmerzte die Verachtung in seinen Augen.

»Junge Stuten brauchen manchmal die Gerte, Kurunta. Ich bin sicher, du weißt das. Sie gehört nun dir. Ich möchte sie nie wieder sehen noch je von ihr hören. Ich habe keine Tochter mehr, die Shaya heißt.« Der Unsterbliche wandte sich abrupt ab und verließ die Rote Jurte.

Der hässliche Unterhändler sah mit einem grausamen Lächeln auf sie hinab. »Es gibt Möglichkeiten, jemandem sehr wehzutun, ohne dass es Spuren hinterlässt. Ich werde dich gerne in dieser Kunst unterrichten, wenn du mich dazu herausforderst. Wir verlassen in einer Stunde das Lager. In deiner Jurte sind Reitgewänder bereitgelegt. Ich wünsche, dass du dich umgehend ankleidest und dort wartest. Du wirst heute noch eine sehr weite Reise machen, Prinzessin.«

Kurunta rief zwei Wachen hinein, die Shaya aufhalfen. Ihre Beine waren wie tot. Sie hatte zu lange im Sitz der Himmelsblume verweilt. Sie konnte sich nicht ohne Hilfe aufrecht halten.

»Bringt sie in ihr verdammtes Zelt«, herrschte Kurunta die Wachen an. »Und sorgt dafür, dass ihre Dienerinnen sie ankleiden!«

Die beiden Wachen, die ohne Zweifel auch die Worte ihres Vaters gehört hatten, packten sie grob bei den Armen und nahmen sie in ihre Mitte. Sie trugen sie halb, halb humpelte sie, gebückt wie ein altes Weib.

Shaya hielt ihr Gesicht gesenkt. Sie würde niemanden hier je wiedersehen, es sollte ihr gleichgültig sein, was man bei Hof von ihr dachte. In den Tagen, die sie hier gewesen war, hatten ihre Geschwister es tunlichst vermieden, mit ihr Umgang zu haben. Auch die wenigen Freunde ihrer Kindheit waren ihr aus dem Weg gegangen. Alle wussten, dass sie ihrem Vater nichts mehr galt, und wer in Verbindung mit ihr stand, der lief Gefahr, ebenfalls das Missfallen ihres Vaters zu erregen. Und dennoch glühten ihre Wangen vor Scham, als sie so zu ihrer Jurte gezerrt wurde.

Hatte Shen Yi Miao Shou das vorhergesehen? War es Teil seiner Rache an den Ischkuzaia, die sein Volk unterjocht hatten? Ihm musste klar gewesen sein, dass sie nicht würde laufen können, wenn sie die ganze Nacht im Sitz der Himmelsblume gesessen hatte. Er hatte gewiss geahnt, dass sie auf diese schändliche Weise in ihre Jurte gebracht wurde. Und was hatte er ihr noch gesagt? Sie war sich dunkel bewusst, dass er Stunden auf sie eingeredet hatte. Seine Stimme hatte sie aus ihren Wolkenträumen gezerrt. Welche giftige Saat hatte er in ihr Gedächtnis gepflanzt? Sie konnte sich nicht erinnern!

Shaya verfluchte sich dafür, Shen Yi Miao Shou vertraut zu haben. Wie hatte sie nur so dumm sein können! War es ihre Sehnsucht nach einem väterlichen Freund gewesen? Einem Mann, der ihr den Vater ersetzte, den sie so lange schon vermisste?

In ihrer Jurte erwarteten sie drei Dienerinnen, die wortlos damit begannen, sie auszukleiden. Shaya ließ es ohne Gegenwehr über sich ergehen. Ihr Haar wurde geölt und gekämmt. Sie wurde mit feuchten Tüchern abgetupft und unter den Achseln und im Schritt mit Rosenöl benetzt. Dann zog man ihr eine weite Hose aus weißer Seide an. Darüber ein Hemd und dann ein weites, seitlich geschlitztes Kleid. Beides mit rosa schimmernden Perlen bestickt. Die Gewänder waren kostbar, doch entsprachen sie ganz und gar nicht ihrem Geschmack. Die Frauen legten ein Seidentuch über ihr Haar und befestigten es mit langen Nadeln. Eine Maske aus steifem Stoff, von innen mit Seide unterfüttert, wurde auf ihr Antlitz gelegt und festgesteckt. Dann folgte ein durchscheinender Schleier, der die Maske verdeckte. So war es also, Muwatta zu gehören, dachte sie. Kein anderer Mann sollte sie mehr zu Gesicht bekommen. Das war ihr nur recht! Sie hatte befürchtet, vorgeführt zu werden und dass der Unsterbliche sie so behandeln würde, wie es Kurunta mit der unglücklichen Prinzessin vom Seidenfluss getan hatte.

Sie seufzte. Sie machte sich etwas vor. Die Heilige Hochzeit zu feiern bedeutete, dass sie auf der Spitze einer Zikkurat, in dem Tempel, der die Stufenpyramide krönte, vor den Augen einer ganzen Stadt vergewaltigt werden würde.

»Bist du fertig?« Der schwere Filzvorhang am Eingang ihrer Jurte wurde zurückgezogen, und Kurunta trat ein. Er betrachtete sie abschätzend. Wieder fühlte sie sich wie ein Stück Vieh auf dem Markt.

»Das sieht ordentlich aus. So hatte ich mir das vorgestellt.« Er zog eine kleine Silbermünze hinter seinem Gürtel hervor und schnippte sie einer der Dienerinnen zu. »Komm nun, Prinzessin!

Draußen wartet dein Reittier auf dich.« Er hielt den Filzvorhang hoch.

Shaya trat ins Freie. Unmittelbar vor der Jurte kniete ein weißes Kamel, das von zwei Sklaven gehalten wurde. Statt eines Sattels war etwas, das an einen kleinen bunten Turm erinnerte, auf seinem Rücken errichtete. Vier vergoldete Pfosten, an ihren oberen Enden durch ein Quergestänge miteinander verbunden, ragten über den Höckern in die Höhe. Zwischen den Pfosten war schwarzer, mit Weiß und Gold bestickter Stoff aufgespannt, der Pfauen in einem Palmengarten zeigte.

»Ich kann reiten …« Shayas Stimme war kraftlos.

»Und das zähle ich nicht zu deinen Vorzügen«, entgegnete Kurunta gallig. »Unter euch Barbaren mag das ja ein Vorzug sein, aber in zivilisierten Gegenden empfindet man den Anblick einer Frau, die breitbeinig auf einem Pferd sitzt, als überaus anstößig.«

Widerwillig stieg Shaya auf das Kamel. Sie wollte den Wandernden Hof so schnell wie möglich hinter sich lassen. Jetzt würde sie noch keinen Widerstand leisten. Aber wenn sie erst einmal draußen im Grasland waren, sollte sie dieser hässliche Fettwanst kennenlernen. Was konnte er ihr schon tun! Er musste sie unversehrt zu seinem Herrscher bringen. Das konnte sie gegen ihn einsetzen.

»Bindet sie!«, befahl Kurunta.

Die beiden Sklaven packten ihre Handgelenke, kaum dass sie sich auf dem Kamel niedergelassen hatte, und banden sie an den vergoldeten Holzpfosten fest. Shaya trat nach ihnen, doch geschah alles zu schnell. Sie war gefesselt, ehe sie es sich versah.

»Was soll das, Kurunta? Hast du vergessen, was ich bin? Ich werde dich auspeitschen lassen, sobald wir den Hof des Unsterblichen Muwatta erreichen.«

»Ich weiß vor allem, *was* du bist, Prinzessin. Ein Stück Fleisch … Der Unsterbliche Muwatta sieht in dir unbegreiflicherweise einen Leckerbissen, aber ich glaube kaum, dass du mehr sein wirst als das Mahl einer einzigen Nacht. Ich hingegen genieße seit vielen Jahren das Vertrauen meines Herrschers. Spar dir deinen Atem, Shaya. Ich habe mir sagen lassen, dass es in so einem Gefängnis aus kostbaren Stoffen sehr stickig werden kann.«

Wütend zerrte sie an ihren Fesseln. Die Stangen wackelten zwar, gaben aber nicht nach. Plötzlich wurde sie nach vorne geschleudert. Das Kamel erhob sich.

»Vorwärts!«, rief Kurunta mit befehlsgewohnter Stimme. »Wir haben schon zu viel Zeit verloren. Bis zum Abend werden wir keine Rast mehr einlegen.«

Shaya traute ihren Ohren nicht. »Was … was geschieht, wenn ich …«

»Wenn du pissen musst? Ich versichere dir, es stört das Kamel nicht, wenn du nicht an dich halten kannst. Tu dir also keinen Zwang an, Prinzessin. Ich habe eine Dienerin mitgenommen, die dich abends waschen wird. Und wir haben genügend Kleider für dich. Wegen solcher Kleinigkeiten wird die Karawane nicht anhalten. Du hast unsere Reise schon genug verzögert.«

Shaya malte sich in Gedanken aus, wie sie diesen fetten Drecksack erwürgte. Ganz langsam. Wie sein verbranntes Gesicht noch röter wurde. Seine kalten Augen aus den Höhlen hervorquollen und ihm die Zunge aus dem Maul hing.

Kurunta rief nach seinem Pferd und ließ sich von den beiden Sklaven, die sie gefesselt hatten, beim Aufsitzen helfen. Ihr Kamel setzte sich in Bewegung, und sie schlossen sich der kleinen Karawane an, die sich ganz in der Nähe auf dem Hammelmarkt versammelt hatte. Von dort zogen sie gen Westen. Shaya konnte durch den bestickten Stoff der Vorhänge kaum etwas sehen. Dunkler Stoff. Welcher Dummkopf hatte sich das ausgedacht! Was für … Nein, das war keine Dummheit, sondern Absicht, wurde ihr klar. Das niedrige Dach ihres Gefängnisses aus Stoff war sogar ganz schwarz. Die Hitze würde sich hier drinnen stauen und die Reise zu einer einzigen Tortur machen. Schon jetzt war es warm, und der Morgen war noch jung. Zur Mittagsstunde würde jeder Atemzug hier drinnen zur Qual werden.

Aber sie würde sich keine Blöße geben. Sie würde weder um Wasser betteln noch darum, dass sie befreit wurde, um ihre Notdurft zu verrichten. Sie war eine Ischkuzaia, ein Kind des weiten Graslandes. Sie würde die Härten der Reise ertragen. Besser als dieser fette Luwier, der glaubte, er könne in diesem Gefängnis ihren Willen brechen.

Shaya dachte an die Zwillingsmonde von Nangog. Sie versuchte alles um sie herum zu vergessen. Rief sich Aaron in Erinnerung und die Nacht, in der sie für ihn getanzt hatte. Ihr Körper wiegte sich sanft im Rhythmus der Schritte des Kamels. Sie versuchte sich vorzustellen, wie sie im gleichen Rhythmus auf dem Rücken des Wolkenfängers auf und nieder sprang, getragen von einer Melodie aus ihrer Kindheit, als sie für ihren Vater auf der Trommel tanzte. Sie glitt tiefer in die Trance, konnte Aarons Atem auf ihrem Gesicht spüren, der dicht vor ihr tanzte, und entfloh ihrem Gefängnis, so wie Shen Yi Miao Shou es sie gelehrt hatte.

Shaya hielt bis zum Abend durch. Ihr Kopf fühlte sich an, als hätten sich Hunderte der großen, schillernden Aasfliegen darin eingenistet. Ihre Zunge war geschwollen, ihre Lippen gerissen, aber sie hatte nicht um Wasser gebeten. Sie war so schwach, dass sie sich auf die Dienerin stützen musste, um zu ihrer Jurte zu gehen. Kurunta beobachtete sie dabei, kam aber nicht zu ihr herüber. Es würde also am nächsten Tag so weitergehen, dachte Shaya.

Sie duckte sich durch den Eingang und ließ sich erschöpft auf das vorbereitete Lager sinken. Ihre Seidengewänder waren mit dem Salz des getrockneten Schweißes auf ihrer Haut verbacken. Beim Versuch, sie auszuziehen, zerriss das Hemd, das sie unter dem Kleid getragen hatte.

»Ihr müsst etwas essen, Herrin.«

Shaya richtete den Blick auf die Dienerin. Die Prinzessin kannte die kleine, drahtige Frau nicht. Sie stand auf der Schwelle zum Alter. Erste Silbersträhnen schimmerten in ihrem Haar. Ihre Zähne waren fleckig, und die Falten, die im Kranz um ihre Augen lagen, waren so tief, dass sich an ihrem Grund der dunkle Staub des Graslands abgesetzt hatte.

Shaya wollte sie fortschicken, aber ihre geschwollene Zunge gehorchte ihrem Willen nicht mehr. Sie schaffte es lediglich, leicht die Lippen zu öffnen.

»Ich lasse ein frisch geschlachtetes Huhn für Euch kochen, Herrin. Mit viel Salz. Ich werde Euch später die Brühe bringen. Ihr dürft jetzt noch nicht trinken. Ich träufele nur ein wenig Wasser mit einem Tuch auf Eure Lippen.«

Shaya war zu erschöpft, um sich zu bedanken. Sie ließ es einfach geschehen.

Behutsam flößte die Dienerin ihr Wasser ein und tupfte ihr das Gesicht ab. Sehr langsam kehrten ihre Lebensgeister zurück.

»Kurunta ist ein böser Mann«, flüsterte die Dienerin und hielt dabei ihre Augen fest auf den Eingang zur Jurte gerichtet. »Es macht ihm Freude, Frauen zu quälen. Ich musste das schon oft mit ansehen. Er hat meine Tochter …« Sie presste die Lippen zusammen, und ihr Gesicht wurde eine Grimasse des Schmerzes. Die Dienerin ließ das feuchte Tuch sinken. Sie atmete schwer, erhob sich und verließ eilig die Jurte.

Shaya fiel in leichten Schlaf. Sie hatte das Gefühl in warmem Wasser zu treiben. Schwerelos. Ganz nah spiegelte sich der Mond auf den sanften Wellen des Sees. Ein blendendes, silbernes Licht. Ein oder zwei Schwimmzüge nur, und sie könnte dort sein …

Etwas Salziges benetzte ihre Lippen. Shaya schlug die Augen auf. Die Dienerin war zurückgekehrt und versuchte ihr aus einer flachen Schale Brühe einzuflößen. »Ihr müsst Euch unterwerfen, Herrin. Er wird Euch töten. Er ist ein böser Mann!«

Ob Kurunta das Weib geschickt hatte? Ihm war klar, dass er den Machtkampf heute verloren hatte. Und viel weiter konnte er nicht mehr gehen! Ganz gleich, wie viel er Muwatta bedeutete. Wenn ihr etwas geschah, dann war auch sein Leben verwirkt.

Nachdem sie eine zweite Schale mit Suppe getrunken hatte, schlief Shaya erschöpft ein.

Am nächsten Morgen fand sie einen Lederschlauch mit Wasser zwischen den Decken auf dem Kamelrücken genau so versteckt, dass sie ihn trotz der gefesselten Handgelenke gerade noch erreichen konnte. Sie teilte sich das Wasser sorgsam ein, und als die Karawane am späten Nachmittag hielt, war sie viel besser bei Kräften als am Tag zuvor. Doch entschied sie, dies zu verheimlichen. Im Grunde war sie zwar überzeugt, dass in dieser Karawane nichts geschah, wovon er nicht wusste. Aber sollte sie sich mit dieser Annahme irren, würde ihrer Dienerin übel mitgespielt werden.

Die Diener, Träger und Karawanenwachen draußen sprachen mit gedämpften Stimmen. Auch die Tiere waren ungewöhnlich still. Es lag eine unheimliche Spannung in der Luft. Was war geschehen? Bedrohten Räuber den Zug? Nein, das war unmöglich, nur anderthalb Tagesritte vom Wandernden Hof entfernt. Es sei denn … Ein Lächeln huschte über ihre Züge. Es sei denn, ihr Vater hätte diese *Räuber* geschickt, um sie zu befreien. Aber eher würde die Sonne vom Himmel stürzen, als dass ihr Vater etwas unternahm, um sie vor Muwatta zu schützen. Im Gegenteil, er würde dafür sorgen, dass diese Reise ohne Zwischenfälle verlief.

Shaya streckte sich, soweit es ihre Fesseln zuließen. An die Pfosten ihres Gefängnisses gefesselt, fast zu völliger Bewegungslosigkeit verurteilt, waren ihre Glieder wie taub, und ein Schmerz, als würden ihr Hunderte Nadeln durch die Haut gestoßen, durchlief ihre Arme, als sie sich vorstreckte, um durch die Vorhänge zu blicken.

Vergeblich. Der Stoff ließ zwar Licht hindurch, erlaubte ihr aber nicht, irgendetwas zu erkennen, was draußen vor sich ging. Sie sah die Schemen von einigen Kamelen und Lastenträgern, das war alles.

»Holt die Prinzessin«, erklang Kuruntas grobe Stimme. »Und schlagt ein Lager auf. Wir werden hier die Nacht verbringen.«

Ihr Kamel kniete nieder, und die Dienerin, die ihr in der letzten Nacht die Suppe gekocht hatte, stieg zu ihr hinauf, um ihre Fesseln zu lösen. Mit verschwörerischem Lächeln ließ sie den Wasserschlauch unter ihrer Schürze verschwinden. »Ich wünsche Euch Glück, Prinzessin«, flüsterte sie. »Und einen guten Mann, der Eurer würdig ist.«

Diese letzten Worte ließen einen Kloß in Shayas Hals aufsteigen. Sie schalt sich eine Närrin wegen ihrer sentimentalen Gefühle, vermochte sie aber nicht zu beherrschen. Nur mit Mühe gelang es ihr, Tränen zu unterdrücken. Auf sie wartete kein Glück mehr in ihrem Leben, und den Mann, den sie liebte, würde sie niemals wiedersehen.

Schmerzhaft durchbohrten die Strahlen der Nachmittagssonne ihre Augen. Sie musste das Gesicht abwenden und vermochte kaum etwas zu sehen, so geblendet war sie, nachdem sie den ganzen Tag im stickigen Halbdunkel ihres Gefängnisses verbracht hatte. Shaya stützte sich auf die Dienerin. Sie hätte aus eigener Kraft gehen können, doch zog sie es vor, Kurunta glauben zu machen, sie wäre genauso gebrechlich wie am gestrigen Tag.

So wenig sie auch sehen konnte, nahm sie mit jedem anderen ihrer Sinne die Spannung wahr, die um sie herum herrschte. Die unruhigen Laute der Tiere. Den Geruch der Angst.

»Bringt sie her!«, rief Kurunta ungeduldig.

Shaya hielt immer noch den Kopf gesenkt. Vor ihr war etwas, das in silbernes Licht getaucht war. Leises, metallisches Klirren begleitete seine Bewegungen. Dicht daneben erkannte sie eine Fläche aus Dunkelheit.

»Du kennst die magischen Tore, die uns die Devanthar geschenkt haben«, sagte Kurunta. »Du musst sie schon oft durchschritten haben und solltest dich nicht so fürchten wie diese Karawane hasenherziger Nichtsnutze! Wir gehen nun an einen Ort, an dem man dich auf deine Hochzeit vorbereiten wird. Man wird deine Haut striegeln, bis der Pferdegestank gewichen ist, und dein Haar so lange bürsten, bis es weich wie Seide ist.«

Shaya blickte erschrocken auf. Die Sonne stach ihr in die Augen, sodass Tränen über ihre Wangen rannen. »Es ist schon so weit.«

Kurunta lachte. »Fast, Barbarenprinzessin. Fast.« Er winkte zwei seiner Leibwachen. »Stützt sie, damit sie nicht vom Goldenen Pfad abweicht.«

Shaya ließ widerstandslos über sich ergehen, dass die beiden Kerle sie grob packten und mit sich zerrten. Ihre Hände waren nass von kaltem Schweiß. Sie hatten Angst. Sie schritten durch das magische Tor in den leeren Raum zwischen den Welten. In der Dunkelheit berührte sie ein kühler Windhauch. Nach der Hitze des Graslands war er Shaya willkommen. Es war ein seltsames Gefühl, auf dem Goldenen Pfad zu gehen, der sie sicher zum nächsten Portal führen würde. Shaya erinnerte sich noch gut an die Schrecken ihrer ersten Reise durch das Nichts.

Nur wenige Schritte, und sie traten in das milde Licht der Abenddämmerung. Es war unmöglich zu schätzen, wie weit die Reise durch das Nichts sie gebracht hatte. Neugierig sah sie sich um. Sie stand auf einem felsigen Hang, hoch über einem Tal, das von einem schmalen See fast gänzlich ausgefüllt wurde. Die Sonne war hinter den Bergen im Westen untergegangen. Das Licht hier stach nicht mehr schmerzhaft in ihre empfindlichen Augen.

Eine Gruppe von etwa zwanzig Frauen stand nicht weit entfernt. Sie alle trugen lange, tieforangene Kleider. Ihre Haare waren hochgesteckt. Soweit Shaya erkennen konnte, trugen sie keinen Schmuck. Einige stämmige Frauen stützten sich auf lange, weiße Wanderstäbe. Shayas Blick wanderte den Berg hinauf. Weiter oben am Hang lagen große, weiße Häuser, die, ineinander verschachtelt, geradewegs aus dem Fels zu wachsen schienen. Ihre Flachdächer wurden von farbigen Brüstungen eingefasst. Masten wie auf Schiffen ragten über den Dächern auf, und von einem Gespinst an Seilen, das sich zwischen ihnen spann, flatterten Hunderte bunter Fähnchen im Abendwind. Das Knattern der Tücher war bis zu ihnen zu hören.

Eine schlanke, kleine Frau mit ausgezehrtem, mürrischem Gesicht trat aus der Gruppe der Priesterinnen.

»Ich grüße dich, Tabitha, Herrin über das Haus des Himmels.« Kurunta deutete eine knappe Verbeugung an. Für seine Verhältnisse verhielt er sich geradezu ehrerbietig.

»Auch ich grüße dich, Kurunta, Hüter der Goldenen Gewölbe. Ein Jahr ist vergangen, seit wir uns das letzte Mal sahen. Es erfüllt mich mit Freude zu sehen, dass du dich von den Verwundungen erholt hast, von denen ich erzählen hörte.«

Ein Muskel zuckte im verbrannten Gesicht des Gesandten, dicht unter seinem linken Auge. »Ich muss dich vor der Braut, die sich der Unsterbliche Muwatta erwählt hat, warnen, Mutter der Mütter. Sie ist eine Barbarin und äußerst widerspenstig. Noch hat sie nicht begriffen, welches Glück es ist, vom Unsterblichen erwählt worden zu sein.«

Tabitha warf ihr einen abschätzenden Blick zu. Sie hatte schöne, haselnussbraune Augen mit hellen Sprenkeln darin. Daher der Name, dachte Shaya. Sie wusste, das Tabitha im Luwischen so viel wie Reh bedeutete. Allerdings waren die Augen das Einzige, was diese Frau von einem Reh hatte. Ansonsten erinnerte sie eher an ein Stück Trockenfleisch.

»Ich bin mir sicher, dass wir in der verbleibenden Zeit eine fügsame und glückliche Braut aus ihr machen werden. Ich gehe davon aus, dass mir erlaubt sein wird, sie zu züchtigen, wenn ich die Notwendigkeit dazu sehe.«

Kurz spielte ein Lächeln um Kuruntas Lippen. »Ich bin mir sicher, dass sich die Notwendigkeit ergeben wird. Doch sollte sie am Tag ihrer Hochzeit nicht mit blauen Flecken und Striemen bedeckt sein. Du kennst die Vorlieben des Unsterblichen.«

Shaya fragte sich, wovon die beiden sprachen und was sie auf der Zikkurat erwartete.

Die Mutter der Mütter schürzte ihre Lippen. »In den letzten Jahren bevorzugte er Mädchen mit einer Haut so weiß wie Stutenmilch.« Sie bedachte Shaya mit einem abfälligen Blick. »Ich verstehe nicht, was er an diesem Barbarenmädchen findet. Es geht um ein Bündnis, nehme ich an.«

Kurunta hob in zweifelnder Geste die Hände. »Die Wege der Unsterblichen sind unergründlich.«

Tabitha trat nun dicht vor sie. »Sie stinkt«, sagte sie ärgerlich, wobei Shaya ihren säuerlichen Atem roch. »Und sie sieht nicht gut aus. Was ist mit ihren Lippen geschehen?«

Kurunta seufzte. »Sie hat sich geweigert zu trinken. Ich sagte ja schon, sie hat noch nicht begriffen, welche Ehre ihr dadurch zuteilwurde, dass der Erzkönig sie erwählte.«

Ihre künftige Aufseherin kniff sie in die Arme, den Bauch und den Hintern. »Ihr Fleisch ist zu fest. Das können wir in der kurzen Zeit nicht mehr ändern. Und warum redet sie nicht? Hat sie keine Zunge?« Die Augen Tabithas weiteten sich vor Schrecken. »Jetzt sag mir nicht, dass dieses Unweib auch noch stumm ist!«

Kurunta winkte ab. »Nur störrisch, Mutter der Mütter. Doch bitte verzeih, ich muss mich nun zurückziehen, bevor sich das Tor wieder schließt. Es steht mir nicht zu, die Kräfte des Silbernen Löwen über Gebühr zu beanspruchen.«

Die Priesterin bedachte Kurunta nur mit einem flüchtigen Blick. »Ich wünsche dir eine gute Reise und einen sicheren Tritt auf den Goldenen Pfaden.« Sie bohrte ihren Zeigefinger in Shayas Kinn und zwang ihren Kopf hoch. »Du klug, Mädchen?« Sie betonte jedes Wort übermäßig und sprach sehr langsam. »Dann gut gehorchen. Gut dienen machen!«

»Obwohl ich eure Sprache so schroff und kalt wie eure Berge finde, habe ich mich der Mühe unterzogen, sie zu erlernen, werte

Großmutter. Das ist übrigens das Wort, das man in meiner Sprache für die Mutter einer Mutter benutzt.«

Zwei steile Falten stachen über Tabithas Nasenwurzel empor. »Du schätzt also das offene Wort, Prinzessin. Dann lass dir sagen, dass man eine wie dich in unserer Sprache Hure nennt. Ein Weib, das sich vor aller Augen nehmen lässt, eine Geliebte für eine einzige Nacht. Mehr wird es nicht werden, das kann ich dir versprechen, kleines Flittchen. Und solltest du kein Kind empfangen, werde ich drei Schritt neben dir stehen, wenn man dir die Kehle durchschneidet, um mit deinem Blut die Götter zu besänftigen und um Fruchtbarkeit für unsere Äcker zu bitten.«

Shaya hatte ein Gefühl, als wachse eine Kugel aus Eis in ihren Gedärmen. Jedes dieser Worte war wahr. Sie wusste es, auch wenn nie jemand in dieser Deutlichkeit mit ihr darüber gesprochen hatte.

»Da steht sie nun, unsere scharfzüngige Barbarin, und glotzt wie ein Fisch auf dem Schlachtbrett.« Tabitha winkte den Frauen. »Kommt und versetzt ihr ein paar Hiebe, damit ihr meine Worte auch in Erinnerung bleiben und sie die Demut lernt, die eine Hure zeigen sollte, der es gestattet wird, unter Priesterinnen zu leben.«

Die Priesterinnen gehorchten der Mutter der Mütter ohne einen Augenblick des Zögerns. Eine junge, pausbäckige Frau war die Erste, die an sie herantrat und ihr einen zögerlichen Schlag mit der flachen Hand versetzte.

»Du sollst sie nicht streicheln, Kara. Es geht darum, sie zu bestrafen, um sie auf den Weg der Demut zu führen. Malnigal, komm her und zeige ihr, was ich meine. Zwing sie auf die Knie!«

Eine kräftige Priesterin mit einem weißen Eschenstab löste sich aus der Gruppe. Ihr stand die Vorfreude auf das Kommende in die Augen geschrieben. »Knien soll die Barbarenhure?« Ihre Stimme klang so grotesk hoch, dass Shaya unwillkürlich lächeln musste. Ihre Stimme passte ganz und gar nicht zu diesem Weib, das aussah, als könne es einen Ochsen in die Knie zwingen.

»Du darfst ihr nur nicht ins Gesicht schlagen, Malnigal. Schließlich wollen wir nicht das letzte bisschen Schönheit dieser Schlampe zerstören.«

Die Priesterin ließ spielerisch ihren Eschenstab herumwirbeln, dann holte sie aus. Mitten im Schwung packte Shaya ihr Handgelenk, nutzte die Kraft der Bewegung, um sie gegen Malnigal zu wenden und ihr Handgelenk zu verdrehen, bis es mit einem trockenen Krachen brach.

Shaya nahm den Stab aus der kraftlosen Hand und stieß mit seinem Ende leicht gegen Tabithas Brust, die erschrocken vor ihr zurückwich. »Hört mir alle gut zu, denn ich sage dies nur ein Mal.« Sie hatte ihre Stimme erhoben und sprach im gleichen Tonfall, in dem sie inmitten von Schlachtenlärm ihren Kriegern Befehle zugerufen hatte. »Kurunta hat vergessen, euch einige Dinge über mich zu sagen. Ich bin eine Kriegerprinzessin. Ich habe in sieben großen Schlachten gekämpft und in Dutzenden Scharmützeln. Ich habe Männern die Kehlen aufgeschlitzt, ihnen meinen Speer in die Eingeweide gerammt und mit meiner Dornaxt ihre Schädel aufgeschlagen wie gekochte Hühnereier.« Sie ließ ihren Blick von Priesterin zu Priesterin wandern. »Ich sehe hier niemanden, den ich nicht mit bloßen Händen töten könnte. Ich bin mehr Barbarin, als ihr euch vorzustellen vermögt. Ich habe die Herzen tapferer Männer gegessen und aus ihren Hirnschalen Kelche machen lassen, aus denen ich vergorene Stutenmilch trank. Ich bin hier, weil es der Wille zweier Unsterblicher ist, und dem füge ich mich. Nicht fügen werde ich mich euch. Ihr folgt *meinen* Regeln.«

Shaya deutete mit dem Eschenstab zu den weißen Häusern hinauf. »Ich bewohne ein Haus für mich allein. Niemand nähert sich diesem Haus, ohne von mir gerufen worden zu sein. Niemand wagt es, von hinten an mich heranzutreten. Wer sich daran nicht hält, den betrachte ich als Meuchler, und ich werde ihm einen langen Tod schenken. Niemand spricht mich an, ohne dazu aufgefordert zu sein. Ich werde euer Leben als Betschwestern nicht stören. Stört auch meinen Frieden nicht, und ihr werdet noch leben, wenn ich den Tag der Himmlischen Hochzeit begehe.«

Priesterträume

Die Apsara hatte sie nicht darauf vorbereitet, was geschehen würde, wenn sie ein Band aus Fleisch mit einem Menschensohn knüpfte, dachte Ikuška. Nun war es zu spät! Sie hatte Teil an allem. Alle Erinnerungen und Gefühle des Menschensohns lagen offen vor ihr. Barnaba war kein schlechter Mann, auch wenn sie die Anlage, Böses zu tun, deutlich in ihm spürte. Da war ein unbändiger Hass auf den Unsterblichen Aaron, der sein Leben zerstört hatte, wie er wähnte. Wie sehr er selbst daran mitgewirkt hatte, indem er sich ganz und gar dem Hohepriester Abir Ataš verschrieben hatte, vermochte Barnaba nicht zu erkennen.

Der junge Priester war ihr ein Rätsel. Sie wusste von der Begegnung mit dem Steuermann, der ihm von der Xana erzählt hatte. Dieser eine Nachmittag hatte das Leben Barnabas geprägt. Die Geschichte war dem Jungen nie mehr aus dem Kopf gegangen. Er hatte sich nie in eine Menschentochter verliebt und stets davon geträumt, einer Xana zu begegnen. Obwohl er sie als Priester hätte verfolgen und töten müssen, wusste Ikuška, dass er das niemals tun würde. Dabei hatte er sich ganz und gar den Idealen der Priester verschrieben. Er war ein Mann voller Widersprüche!

Zärtlich strich sie über seine Brust. Barnaba war ausgezehrt. Er war nicht für ein Leben in der Wildnis geschaffen, auch wenn er sich das wohl selbst nicht eingestehen würde. Er verfügte über eine bemerkenswerte Sturheit, die es ihm erlaubte, einen einmal gewählten Weg beizubehalten, selbst wenn er an die Grenzen seiner körperlichen Möglichkeiten stieß. Er wäre ein bedeutender Mann geworden, wenn er am Hofe des Unsterblichen Aaron geblieben wäre.

Nachdenklich betrachtete sie das schmale, asketische Gesicht des Priesters. Es war erstaunlich, wie viele Haare den Menschensöhnen sprossen und an welchen Stellen. Sie lächelte versonnen. Sie hatte seinen Körper erkundet, äußerlich wie innerlich. Wenn sie sich tief in Gedanken versenkte und in ihn hineinfühlte, spürte sie, wie der Muskel seines Herzens arbeitete, sie konnte sehen, wie die Leber sein Blut reinigte, wie seine Wunden heilten. Er genas nur sehr langsam von seinen Verletzungen. Hätte sie nicht das Band aus Fleisch geknüpft, er wäre längst tot. Als sie es tat, war es vor allem Eigennutz gewesen, der sie bewegte. Sie hatte der Einsamkeit entfliehen wollen. Zu lange lebte sie schon hier, und sie wagte sich nicht fort, denn fern ihrer Quelle würde sie sich mit einem Schutzzauber umhüllen müssen, damit ihre empfindliche Haut nicht unter den Strahlen der unbarmherzigen Sonne verdorrte. Jeder Zauber aber war ein Risiko! Wer über das Verborgene Auge verfügte, würde erkennen, was sie war. Eine heimatlose Seherin, die vor ihrer Gabe und den Himmelsschlangen geflohen war. Eine Fremde in der Welt der Devanthar und Menschenkinder. Sie würden sie hier nicht dulden, wenn sie erfuhren, wo sie war.

Ikuška dachte an den Jäger, der sich an den See herangewagt hatte. Sie hätte ihn töten sollen … Aber das war nicht ihre Art. Üblicherweise genügte ein wenig Zauberei, um Menschenkinder so sehr zu erschrecken, dass sie für immer das Weite suchten. Aber dieser hier … Sie hatte seine Gedanken gesehen. Er hatte die Nabelschnur für eine Schlange gehalten! Warum schafften es die Menschen, die Dinge ins Böse zu verdrehen? Sie half Barnaba! Aber dieser Jäger hatte geglaubt, sie habe eine Schlange gerufen, die den Priester am Grund des Sees gefangen hielt.

So wie der Menschensohn gerannt war, würde er nicht wiederkommen. Sie dachte an die anderen Bewohner des Tals. Jene

Sippe, die hier vor vielen Jahrhunderten gelebt hatte. Für sie war sie eine Göttin gewesen. Sie hatte ihnen ihren Namen verraten. Aber auch mit ihnen hatte sie nicht auf Dauer in Harmonie leben können. Die Menschen hatten immer mehr von ihr erwartet. Und je weiter sich die Geschichte von der Göttin im See verbreitet hätte, desto größer wäre die Gefahr geworden, dass die Devanthar auf sie aufmerksam geworden wären. Irgendwann hatte sie sich ihren Gefolgsleuten nicht mehr gezeigt. Zwei Jahre später hatten sie das Tal verlassen. Ein Trupp Wilder, in Felle gekleidet und zutiefst niedergeschlagen, weil sie ihre Göttin verloren hatten. Was wohl aus ihnen geworden war? Sie wusste, sie waren in ein Hochtal gewandert, das man heute die Ebene von Kush nannte. Und war sich fast sicher, dass diese Ebene ihren Namen trug. In abgewandelter Form …

Ikuška lachte laut auf. Eitelkeit, das war schon immer einer ihrer Fehler gewesen. Und Stolz. Sie schloss die Augen und konzentrierte sich ganz darauf, an den Träumen Barnabas teilzuhaben. So wunderschöne Träume. Er liebte sie darin, zärtlich und doch voller Leidenschaft, saß mit ihr am See und redete oder sah sie manchmal einfach nur an. So viel Liebe war in ihm. Aber er hielt alles nur für einen Traum. Seinen Sturz, ihre Begegnung, seinen Schlaf hier unter dem See. Ein paar Wochen noch, dann könnte sie die Nabelschnur durchtrennen.

Sie mochte es, mit ihm zusammen zu träumen. Es würde schwer werden von ihm zu lassen. Aber wenn sie es wagte, könnten sie seine Träume leben. Vielleicht.

Konnte die Wirklichkeit so schön werden? Er hatte sein Leben lang nach einer Xana gesucht. Er war ein hoffnungsloser Romantiker. Sie glaubte, dass es diese Sehnsucht nach ihr gewesen war, die er seit seiner Kindheit in seinem Herzen trug, die ihn letztlich gegen jede Wahrscheinlichkeit zu ihr geführt hatte. Es war sein Schicksal gewesen, sie zu finden. Er würde nicht gehen, wenn sie die Nabelschnur durchtrennte.

Sie beugte sich über ihn, am Grund des Sees, und küsste ihn voller Sehnsucht. Bald schon würde er ihre Küsse erwidern. Ikuška schloss ihn in ihre Arme und schmiegte sich eng an seinen ausgemergelten Leib. In seinen Träumen bettete er sein Haupt auf ihren Schoß, und sie sang für ihn. Sie würde ein Lied für ihn ersinnen. Ein Lied über ihre Liebe und die Einsamkeit, die er von ihr genommen hatte. Sein Traum sollte sich erfüllen. Und ihrer auch!

Der Immerwinterwurm

Nandalee blickte zu dem grünen Licht hinauf, das in weit geschwungenen Bahnen über den Nachthimmel wogte. Sie lag in Gonvalons Armen, der mit ihr zum Himmel hinaufblickte. Sie waren nicht mehr weit vom Königsstein entfernt. Der Eissegler stand hinter einem Felsen verborgen. Cullayn und Tylwyth hatten vor Stunden erklärt, auf die Jagd gehen zu wollen. Die beiden konnten überraschend einfühlsam sein für Maurawan. Hier inmitten der Einöde war es so gut wie unmöglich, irgendein Wild aufzuspüren. Sie alle wussten das, ebenso wie sie wussten, dass die beiden ihnen eine letzte gemeinsame Nacht schenken wollten.

»Als ich noch klein war, habe ich mir manchmal vorgestellt, gleich hinter dem Horizont stünde ein Riese, dessen Haupt bis zum Mond hinaufreicht«, sagte Nandalee. »Und dass er den Vorhang aus Licht für uns zur Seite ziehen will, um uns all die Geheimnisse zu zeigen, die jenseits der Sterne verborgen liegen.« Sie stockte und dachte an Nangog. Daran, was sie tief im Herzen dieser fremden Welt gesehen hatte.

»Du denkst an die Riesin.« Es war keine Frage, eher eine nüchterne Feststellung.

»Nachtatem will, dass ich dorthin zurückkehre.«

»Gut!« Gonvalon drehte sich zu ihr um. »Dann solltest du nicht in den Königsstein gehen.«

Sie lächelte matt. »Du gibst niemals auf, nicht wahr?«

»Nicht, wenn es um dein Leben geht.«

»Ich werde dort wieder herauskommen.« Sie sagte das mit aller Entschlossenheit und wusste doch nur zu gut, wie wenig überzeugt sie klang.

»Wenn nicht, komme ich dich holen.«

»Ich möchte nicht, dass du dort …« Er brachte sie mit einem Kuss zum Schweigen. Sie wusste, dass er ihr folgen würde. Sie wollte es nicht. Wollte ihn nicht in Gefahr bringen. Und doch tat diese Gewissheit gut.

Ein leises Räuspern ließ sie auffahren. »Die beiden sind zurück.« Sie griff nach ihren Kleidern.

Gonvalon hielt ihre Hand zurück und sah ihr tief in die Augen. »Du solltest dort nicht hingehen.«

»Ich habe keine Wahl.« Nandalee machte sich mit einem Ruck los. Ihr musste niemand erklären, wie töricht ihre Tat war.

»Und wenn keiner mehr lebt?«

Sie lächelte. »Hast du jemals gegen Trolle gekämpft? Sie hassen uns Elfen. Sie töten uns, wo immer sie können.«

»Ich dachte, sie fressen unsere Herzen, weil sie unseren Mut bewundern«, entgegnete er mit aufreizender Ruhe.

»Glaubst du, das zu wissen, ist dir ein Trost, wenn dich ein Troll erschlägt?«

»Ich glaube nicht, dass es in der Macht eines einzelnen Trolls steht, mich zu erschlagen.«

Manchmal war er schlimmer als die Pest, dachte Nandalee. »Jeder Troll, der stirbt, macht das Leben der Jäger in Carandamon ein wenig sicherer.«

»Glaubst du nicht, dass jeder Tote nur den Hass bestärkt, den sie gegen uns hegen? Dann würdest du genau das Gegenteil von dem erreichen, was du sagst. Sie werden sich nur umso mehr anstrengen, die Elfen Carandamons zu töten.«

Er hatte ein ungewöhnliches Talent, ihr die Worte im Mund

herumzudrehen. »Ich ziehe mich jetzt an«, sagte sie gereizt und streifte die ledernen Beinlinge über, die sie sich von Tylwyth geliehen hatte. Sie genoss es, wieder in Leder gekleidet zu sein wie eine Jägerin.

»Enge Hosen stehen dir«, sagte Gonvalon und zwinkerte ihr zu. Sie spürte, dass er keinen Streit mit ihr ausfechten wollte. Nicht an ihrem letzten Tag.

»Keine Hosen anzuhaben steht dir gut«, entgegnete sie mit einem anzüglichen Lächeln. »Irgendwie habe ich das Gefühl, Cullayn und Tylwyth werden diesen Anblick auch zu schätzen wissen.«

Gonvalon griff nach seiner Hose. Nandalee war immer wieder aufs Neue überrascht, wie leicht es ihr fiel, den Schwertmeister aus der Fassung zu bringen.

Nur einen Augenblick später kamen die beiden Jäger. »Ihr beide solltet versuchen, ein wenig Schlaf zu finden, wenn wir draußen auf dem Eis sind. Ihr macht nicht den Eindruck, als sei die Nacht sehr erholsam für euch gewesen«, erklärte Tylwyth und warf einen erlegten Schneehasen auf das lederne Deck des Eisseglers. »Es bleibt keine Zeit mehr, ein Feuer zu machen. Wir essen ihn unterwegs.«

Gonvalon schnitt eine Grimasse, sagte aber nichts. Sie lösten die Anker und nahmen ihre Plätze an Bord ein. In den letzten Tagen hatten sie sich gut aufeinander eingespielt.

Als sie um den schützenden Felsen herum auf das offene Eis hinausglitten, befolgte Nandalee Cullayns Rat. Sie nahm sich eine Decke und schnallte sich mit zwei breiten Lederriemen an Deck fest. Der zischende Laut der stählernen Kufen sang ihr ein Schlaflied. Sie blickte zum Himmel, zum wogenden grünen Licht, das bald schon der Morgendämmerung weichen würde.

Gonvalon kauerte sich neben sie. Er griff nach ihrer Hand, sagte aber nichts mehr. Sie war dankbar für das Schweigen. Es gab nichts mehr zu besprechen. Ihr Entschluss war unumstößlich.

Den Blick zum Himmel gerichtet, schlief sie bald ein und träumte von einer Riesin, die den Vorhang des Himmels zerteilte. Sie wollte ihr, Nandalee, etwas zeigen. Nur deshalb zog sie das Grüne Licht zur Seite. Doch bevor sie erkennen konnte, was es war, entglitt Nandalee, ihr Traum. Gonvalon weckte sie mit einem leichten Rütteln an der Schulter. »Von nun an geht es zu Fuß weiter.«

Ein wolkenverhangener, grauer Himmel spannte sich über ihnen. Es hatte zu schneien begonnen. Sie streckte sich und dehnte ihre steifen Muskeln. »Wo sind wir?«

»In einem Seitental, an der Nordflanke des Königssteins«, sagte Cullayn hinter ihr. »Von hier ist es ein Aufstieg von vier Stunden bis zu dem gefrorenen Wasserfall. Vielleicht fünf, wenn das Schneetreiben noch dichter wird.«

Nandalee blickte zum Himmel hinauf. Das Wetter war günstig. Sollten wider Erwarten Trolle so nahe bei der Höhle des Ungeheuers auf die Pirsch gehen, würde das Schneetreiben sie vor deren Blicken verbergen. Sie griff nach ihrem Schwert und kam nicht umhin, den sorgenvollen Blick Gonvalons zu bemerken.

»Willst du nicht wenigstens darauf verzichten, Todbringer mitzunehmen? Ich würde mich besser fühlen, wenn du ohne diese verfluchte Waffe gehen würdest. Nimm mein Schwert stattdessen. Es wird dir in den Tunneln weniger hinderlich sein als der Zweihänder. Ich wiederhole mich. Ich weiß.«

Sie schüttelte den Kopf. »Mit Todbringer kann ich Trolle mit einem einzigen Hieb töten. Und in Tunneln, durch die Trolle passen, werde ich mich ganz sicher nicht beengt fühlen.«

»Tu es um unserer Liebe willen«, beharrte Gonvalon.

Sie zögerte. Sie wusste, wie sehr er unter dem Glauben litt, auf ihm und dieser Waffe laste ein Fluch. Sie schob ihm das große Schwert hinüber. »Damit wirst du das Ungeheuer aus der Höhle über dem Wasserfall für mich in Stücke hacken.«

Gonvalon lächelte gezwungen. »Ja, das werde ich.«

»Seid ihr Turteltauben bald fertig?«, murrte Cullayn. »Der Schneefall lässt nach. Wir werden leichter am Hang zu entdecken sein.« Er blickte zu Nandalee. »Nimm das mit.« Der Jäger warf ihr eine weiße Wolldecke zu. »Damit bist du im Schnee fast unsichtbar. Du wirst dich an den Plan halten, den wir besprochen haben?«

Sie nickte.

»Dann los!«

Sie versteckten den Eissegler in einem Tanndickicht und begannen mit dem Aufstieg. Die beiden Maurawani gingen voran. Wie Ziegen erklommen sie den schneebedeckten Felshang. Nandalee hatte Mühe, mit ihnen Schritt zu halten. Während sie schweigend zwischen grauen Granitblöcken wanderten, klarte der Himmel immer weiter auf. Sie durchquerten eine Klamm, in der ein Bach zu funkelnden Eiskaskaden erstarrt war.

Nandalee spürte das Wasser unter der trügerischen Kruste. Der Grund der Klamm lag schon im Dunkel. Das Geräusch ihrer Schritte auf dem knarrenden Eis hallte von den Felswänden wider. Keiner sprach ein Wort. Immer wieder blickte Nandalee zu den Schneewechten, jenen tückischen Schneeablagerungen, die sich auf Klippenrändern türmten und nicht selten einen Spalt zwischen festem Grund überdeckten. Eiszungen waren daraus hervorgewachsen. Ein lautes Geräusch, und die Schneemassen mochten in die enge Schlucht stürzen, um sie lebendig zu begraben.

Ihr schweigender Marsch währte länger als einer Stunde. Als sie endlich aus der Klamm herausstiegen, tauchte die Abendsonne das Schneefeld auf dem Hang über ihnen in zartes Rosa.

Der Bach aus der Klamm wand sich in weiten Kurven durch ein flaches Bett einem Steilhang entgegen, der in einen Panzer aus durchscheinendem Kristall gehüllt zu sein schien. Der gefrorene Wasserfall. Er reichte mehr als dreißig Schritt in die Höhe. Über ihm entdeckte Nandalee eine dunkle Öffnung unter einem vorspringenden Felssims. Die Höhle, die sie in den Berg führen würde.

Eisiger Wind fegte über den Hang und wirbelte den Schnee auf dem nackten Felsen auf. Trotz ihres Zaubers fröstelte es Nandalee. Es war hier deutlich kälter als in der Klamm. Nur wenige Schritt entfernt ragten eisverkrustete Rippenbögen aus dem Schnee. Ein Troll oder ein großer Hirsch, dachte die Jägerin. Ihr Blick wanderte aufmerksam das Bachbett hinauf. Nun entdeckte sie überall Knochen. Der Schnee lag wie ein riesiges Leichentuch darübergebreitet, doch hier und dort ragten Schenkelknochen daraus hervor, und was für den flüchtigen Beobachter wie große Steine im Bachbett wirken konnte, waren Schädel.

Cullayn trat an ihre Seite. Er wies den Bach hinauf zu einer Stelle, an der fast mannshohe Bögen aus dem gefrorenen Wasserlauf ragten. »Die Stoßzähne von Mammuts«, sagte er leise. »Was immer hier jagt, muss groß wie ein Drache sein. Du hältst dich genau an unseren Plan. Du wirst es nicht angreifen!«

Sie nickte und rieb sich die rot gefrorenen Hände. Warum schützte ihr Zauber sie nicht? War es die Kälte der Angst, die ihr in die Knochen gefahren war? Sie dachte an eine der Geschichten ihrer Kindheit. Ein Märchen, vor dem sie sich lange Zeit gefürchtet hatte. »Als ich klein war, hat man in meiner Sippe eine Geschichte über ein Ungeheuer erzählt. Angeblich stammte sie von den Trollen. Es ging um ein Geschöpf, das sie in ihrer Sprache den Immerwinterwurm nannten. Wo es war, herrschte eisige Kälte. Und wen sein Atem traf, der wurde zu Eis. Es lebte weiter im Norden und hat die Trolle von dort vertrieben.«

Cullayn runzelte die Stirn. »Und wie sah dieser Wurm aus?«

Nandalee zuckte mit den Schultern. »Das weiß keiner. Wer dem Immerwinterwurm begegnet, der überlebt das nicht.«

»Ungemein beruhigend«, murmelte Tylwyth. »Genau die Sorte Geschichte, die ich zu hören schätze, bevor ich ein Ungeheuer jagen gehe. Findet ihr es nicht auch ungewöhnlich kalt hier?« Er legte seine Hände zusammen und blies seinen Atem darauf.

»Wir stehen an einem Berghang, fast schutzlos dem Nordwind ausgeliefert«, sagte Gonvalon. »Dort ist es für gewöhnlich kühl. Mit oder ohne Märchen, die sich irgendjemand ausgedacht hat, um Kinder zu erschrecken.«

Cullayn nickte zustimmend. »Also los! Holen wir das Vieh aus seiner Höhle.«

»Ich frage mich nur, wie es jagt, wenn es so riesig ist.« Tylwyth zog sich den Umhang enger um die Schultern. »Und warum gibt es hier keine Spuren im Schnee? Kann es vielleicht fliegen?«

Gonvalon rollte mit den Augen. Über seiner Schulter ragte der lange Griff des Zweihänders auf. Jetzt bedauerte Nandalee, ihm das Schwert überlassen zu haben. Allein die Größe der Waffe gab schon Zuversicht, dass man mit ihr jeden Feind besiegen könnte. »Pass auf dich auf«, sagte sie ein wenig beklommen. Sie war nicht gut im Abschiednehmen. Sie wusste nie, was sie sagen sollte.

»Wenn du morgen früh nicht zurück bist, komme ich dich holen«, sagte er so ernst, dass ihr schwer ums Herz wurde. »Und kein Troll in ganz Albenmark wird mich aufhalten können. Sollen wir nicht doch gleich gemeinsam gehen?«

»Ich bin besser allein.« Ihre Stimme klang belegt.

»Dann sehen wir uns morgen.« Er schaffte es, bei diesen Worten eine solche Zuversicht auszustrahlen, als hege er daran nicht den geringsten Zweifel, dass sie sich am nächsten Tag wiedersehen würden.

Sie küsste ihn, hastig und ungelenk. Dann schlang sie sich die weiße Decke um die Schultern und ging davon, ohne sich noch einmal umzusehen. Fast hätte er es geschafft, sie umzustimmen.

Erst als Nandalee sich hinter einen Mammutschädel nahe dem Wasserfall kauerte, blickte sie zurück. Ihre Gefährten hatten auf der anderen Seite des Bachbettes einen sanft ansteigenden Hang erklommen. Als habe er ihren Blick bemerkt, gab Cullayn ein Zeichen zu halten. Die drei waren fast auf einer Höhe mit dem

Eingang zur Höhle und nur etwas mehr als hundert Schritt Luftlinie von ihr entfernt.

Die beiden Maurawani zogen die Sehnen auf ihre Bögen. Tylwyth schoss als Erster. Sein Pfeil stieg in steilem Bogen in den Himmel. Ein schrilles, pfeifendes Geräusch begleitete seinen Flug. Ein Heuler, dachte Nandalee. Hinter der Stahlspitze steckte ein dünnes Metallröhrchen auf dem Schaft des Pfeils. Im Flug verursachte es einen schrillen Ton. Fast wie eine Flöte.

Der Pfeil verschwand im Dunkeln der Höhle. Sie hatten das Ungeheuer aufschrecken wollen, doch nichts geschah. Nun verschoss Cullayn einen Heuler, der mit einem dunkleren Pfeifton durch den Himmel zog. Nandalee hatte davon gelesen, wie solche Pfeile gegen Kavallerie eingesetzt wurden. Sie brachten die Pferde dazu, zu scheuen und ihre Reiter abzuwerfen. Den Immerwinterwurm, oder was auch immer in dieser Höhle hauste, beunruhigten sie allerdings nicht. Vielleicht war das Ungeheuer auf Beutesuche?

Ihre drei Gefährten berieten sich kurz. Dann sah sie Cullayn Stoffstreifen um einen Pfeil wickeln. Kurz darauf flog ein Brandpfeil in die Höhle. Nandalee hielt den Atem an.

Das Eis des gefrorenen Wasserfalls knirschte und knackte. Der letzte rote Abglanz der Sonne verblasste, und Dunkelheit kam über die Berge. Nandalee hatte das Gefühl, dass es noch kälter wurde. Sie rieb ihre Hände gegeneinander und richtete sich in ihrem Versteck auf.

Eissplitter rutschten den gefrorenen Wasserfall hinab. Wahrscheinlich war es der Druck des Wassers, der das Eis arbeiten ließ.

Ihre Gefährten entzündeten einen zweiten Brandpfeil. Diesmal schoss Tylwyth. Eine Böe drückte den ohnehin schon kopflastigen Pfeil hinab. Er verfehlte den Höhleneingang, schlug gegen den Eispanzer am Hang und stürzte in die Tiefe.

Nandalee hörte ein Rumoren unter dem Eis. Jeden Augenblick

würde das Wasser die Eiskruste sprengen und sich in das gefrorene Bachbett ergießen. Hastig zog sie sich zurück, um höheres Gelände zu erreichen.

Cullayn hatte einen dritten Brandpfeil entzündet, verharrte aber abwartend.

Deutlich konnte Nandalee jetzt Risse im Eis sehen. Aus dem anfänglichen Klicken herabfallender Splitter war lautes Getöse geworden. Große Brocken lösten sich und donnerten ins Bachbett hinab.

Plötzlich kam die ganze Eiswand ins Rutschen. Etwas löste sich daraus. Nandalee suchte instinktiv Schutz hinter einem Felsen. Eine Wolke aus Eissplittern und Sprühwasser wogte das Bachbett hinab. Und mitten darin erhob sich der Immerwinterwurm.

Lebendes Eis

Gonvalon blickte auf die Gestalt, die sich aus dem gefrorenen Wasserfall erhoben hatte. Nein, so groß wie sie war, musste sie ein wesentlicher Teil des Wasserfalls gewesen sein.

Cullayn neben ihm stieß den Brandpfeil in den Schnee. »Lauf, Schwertmeister!«

»Wir haben Nandalee versprochen, die Kreatur von ihr abzulenken«, entgegnete er ruhig und griff nach dem Zweihänder, den er über den Rücken geschnallt trug. Mit leisem Zischen glitt die Waffe aus der geölten Lederscheide.

Das Lärmen im Tal verebbte. Nur vereinzelte Eisbrocken stürzten noch in den Bach. Acht tellergroße, fahlgelbe Augen blickten zu ihnen den Hang empor. Nie hatte Gonvalon eine Kreatur wie diese gesehen. Sie schien aus lebendigem Eis erschaffen zu sein oder aus Kristall. Dutzende Beinpaare säumten einen schlangenartigen Leib. Oder nein, er erinnerte eher an einen Tausendfüßler. Nur dass die obersten Beinpaare in Klauen mündeten wie bei einer Fangheuschrecke, die vier Augenpaare wie eine Spinne hatte. Das Ungeheuer hatte sich halb aufgerichtet. Es war acht oder neun Schritt hoch. Etliche seiner Arme ruderten in der Luft. Irgendwie wirkte es benommen, fand Gonvalon, ganz als sei es aus langem Schlaf erwacht.

»Die Brandpfeile haben es geweckt, nicht wahr?«, flüsterte Tylwyth.

»Das war gut so.« Gonvalon stellte sich vor, was geschehen wäre, wenn Nandalee beschlossen hätte, die Eiswand zu erklimmen, nachdem die Heuler kein Ungeheuer in der Höhle aufgescheucht hatten. »Ihr beiden geht jetzt besser. Ich danke euch dafür, dass ihr uns hierhergebracht habt.«

Der Immerwinterwurm bewegte sich behäbig in ihre Richtung.

»Der ist zu groß für dein Schwert«, sagte Cullayn grimmig und zog seine Bogensehne bis weit hinter das Ohr. Zischend schnellte der Pfeil davon.

»Wir gehen jetzt langsam rückwärts und locken ihn, damit er Nandalee nicht bemerkt.«

»Irgendwie hört sich das nach einer unglaublichen Dummheit an, so ein Vieh anzulocken, statt einfach die Beine in die Hand zu nehmen«, bemerkte Cullayn. Sein Pfeil war wirkungslos am Eispanzer des Ungeheuers abgeprallt. Er spannte erneut seinen Bogen. »Schießen wir auf die Augen, Tylwyth.«

Zwei weitere Pfeile schnellten dem Immerwinterwurm entgegen. Die Kreatur blinzelte und stieß einen gellenden Schrei aus. Dann ließ sie sich vornübersinken und eilte erschreckend schnell durch das Bachbett dem sanften Hang entgegen.

»Jeder in eine andere Richtung!«, rief Gonvalon, blieb selbst aber stehen.

Auch die beiden Maurawani rührten sich nicht. »Wir laufen doch nicht davon, wo wir gerade herausgefunden haben, wo wir ihm wehtun können«, bemerkte Cullayn trocken und zog einen weiteren Pfeil aus seinem Köcher. Tylwyth wirkte weniger zuversichtlich. Seine Hand zitterte, als er den Bogen hob.

Gonvalon atmete aus und ließ allen Schrecken von sich abgleiten. Er machte einen Schritt nach vorn und hob Todbringer über den Kopf, bereit zu Angriff wie Verteidigung. Das Gewicht der Klinge war ungewohnt. Aber er war zuversichtlich. Dieses Schwert war dazu erschaffen worden, Ungeheuer zu töten, die unüberwindlich wirkten. Selbst die Devanthar fürchteten diese Waffe.

Der Immerwinterwurm wühlte kaum den Schnee auf, als er den Hang hinaufglitt. Er war wahrlich ein Geschöpf des Winters, und vermutlich war er zu dumm, um sich zu fürchten, dachte Gonvalon.

Als sie noch drei Schritt entfernt war, richtete sich die Kreatur auf. Ihre Klauen klickten gegeneinander, als sie sich zu ihm hinabbeugte. Gonvalon machte einen Schritt nach vorn. Todbringer fuhr in blitzendem Bogen nieder und durchtrennte eines der unzähligen Beine. In fließender Bewegung riss er die Waffe wieder hoch. Eine Klaue glitt über den Silberstahl und verfehlte seinen Rücken.

Der Schwertmeister bewegte sich wie im Klingentanz, den er an der Weißen Halle gelehrt hatte. Sein Atem ging gleichmäßig. Todbringer wob blitzende Bögen aus silbernem Licht durch die Nacht. Gonvalon duckte sich, griff an, täuschte, stieß zu. Dicht wie Hagelschlag prasselten die Hiebe auf die Kreatur hinab. Die magische Klinge vermochte die kristallklaren Klauen des Ungeheuers nicht zu verletzen. Lang und gebogen wie Sichelblätter waren sie und saßen auf dünnen Armen mit mehreren Gelenken. Sie vermochten aus überraschenden Winkeln zuzustoßen. Es war, als müsste er gegen ein Dutzend Schwertkämpfer zugleich antreten. Dabei strahlte der Wurm eine durchdringende Kälte aus. Auch sie war eine Waffe! Hätte Nandalee ihm nicht ihr Amulett überlassen, würde sein Eisodem ihn langsam lähmen und kampfunfähig machen.

Cullayn und Tylwyth waren ein Stück zurückgewichen. Noch immer schossen sie mit ihren Pfeilen nach den großen, fahlgelben Augen. Fünf der Augen hatten sich geschlossen. Eine zähe, durchscheinende Flüssigkeit troff aus den Wunden herab.

Todbringer schrammte über den kristallenen Leib des Ungeheuers. Der Hieb hinterließ eine Kerbe. Gonvalon wusste, dass er mit aller Kraft zustechen musste, wenn er die Bestie ernsthaft verwunden wollte. Aber wenn die Klinge in den Leib des Ungeheuers glitt, würde er die Angriffe der Sensenklauen nicht mehr parieren können. Sie würden beide sterben. Er brauchte einen besseren Plan.

»Wir haben nur noch drei Pfeile«, rief Tylwyth.

»Schießt auf sein Maul.« Noch ging sein Atem regelmäßig, aber Gonvalon wusste, dass er dieses Duell nicht mehr lange durchhalten würde. Das Ungeheuer zeigte nicht das geringste Anzeichen von Erschöpfung. Auch variierte es seine Angriffe nicht. Die Sensenklauen stießen in immer gleichem Rhythmus auf ihn hinab. Seine Paraden hatten sich dem angepasst. Klauen und Stahl woben eine sich wiederholende Melodie. War die Kreatur intelligent?

An der Weißen Halle hatte Gonvalon seine Schüler gelehrt, dass ein Weg zum Sieg sein konnte, einen guten Schwertkämpfer zu narren, indem man ihn immer wieder auf dieselbe Art angriff. Es musste eine schnelle Folge von Hieben sein, die ihn nicht zum Gegenangriff kommen ließ. Sobald sich aber ein Rhythmus zwischen beiden Kämpfern einspielte, sollten sie mit einer Attacke aus dem Muster ausbrechen. Fast immer vermochte so ein überraschender Angriff die Abwehr zu durchdringen und den Kampf zu beenden.

Der Schwertmeister blickte zu dem Maul der Bestie empor. Es war fast kreisrund und von kleinen Armen umgeben, die in klickenden Hummerscheren endeten. Nur dass diese Scheren groß wie Trollfäuste waren.

Gonvalon wurden die Arme schwer. Immer deutlicher spürte er das Gewicht des Bidenhänders. Seine Bewegungen wurden langsamer. Er wich ein Stück zurück. Der Kampf hatte ihn bis dicht an den Rand der Klamm geführt. Er dachte an die trügerischen Schneewechten.

»Zieht euch zurück!«, rief er den Maurawani zu.

»Wir lassen dich nicht im Stich!«, entgegnete Cullayn trotzig.

Aus den Augenwinkeln sah Gonvalon, dass der Maurawan sein langes Jagdmesser gezogen hatte.

»Nandalee braucht euch lebend für ihre Flucht. Lauft, verflucht noch mal!«

Cullayn ließ sich von Tylwyth ein zweites Jagdmesser zuwerfen und griff an. Der Jäger bewegte sich geschickt zwischen den Beinen der Bestie, doch sein Kampf war aussichtslos. Seine Klingen hinterließen nur flache Schrammen im Eispanzer des Ungeheuers.

»Wir schaffen das gemeinsam!« Cullayn hieb erneut auf die Beine der Bestie ein. Nur knapp entging er dabei dem Angriff einer Sensenklaue. Sie waren nur noch ein paar Schritt von der Klamm entfernt. Der Boden war hier leicht abschüssig. Der Schnee reichte Gonvalon mittlerweile bis fast zu den Knien. Sie alle würden hier sterben, dachte er. Dieser Kreatur waren sie nicht gewachsen. Nicht, wenn sie alle am Leben bleiben wollten. Einer hatte den Preis zu zahlen.

Er ließ Todbringer herumwirbeln und rammte es mit der Spitze voran in den Leib des Immerwinterwurms. Im selben Augenblick traf ihn ein Hieb im Rücken. Er spürte die Sensenklaue zwischen seinen Rippen hindurchgleiten, während Todbringer bis zum Heft im Leib des Ungeheuers verschwand. Eisige Kälte breitete sich in seinem Körper aus. Die Kralle schob sich aus seiner Brust. Das zerfetzte Fleisch gefror.

Cullayn sah ihn entsetzt an.

»Bitte verzeih … Nandalee.« Er blickte zum wogenden, grünen Licht am Himmel und dachte an die vergangene Nacht. Er lächelte. Ein blauer Stern stand über ihnen. Wie in jener Nacht, als er Nandalee zum ersten Mal begegnet war. Der Kreis schloss sich, dachte er. Dann machte er die Augen zu. Es war vorbei.

JAGDZAUBER

Er lockte es hinter sich her. Nandalee sah einen Augenblick lang zu. Er war ihm gewachsen. Als Einziger. In silbernen Bögen wirbelte ihr Schwert. Es war die richtige Entscheidung gewesen, ihm Todbringer zu überlassen. Sie lockten das Ungeheuer fort, ganz wie es besprochen war. Sie musste die Zeit nutzen, die sie ihr erkauft hatten. Selbst Gonvalon wäre der Bestie auf Dauer nicht gewachsen.

Nandalee warf die weiße Decke zurück und stürmte los. Unter dem geborstenen Eispanzer, seitlich des Wasserfalls, waren Stufen im Fels. Zu groß und unregelmäßig, um das Werk von irgendwelchen anderen Kreaturen als Trollen zu sein. Sie schienen diesen Eingang zum Königsstein häufig genutzt zu haben, bevor der Immerwinterwurm hierhergekommen war.

Die meisten Stufen waren noch von Eis verkrustet. Sprühwasser machte sie schlüpfrig. Sie fühlte sich wie ein Kind, als sie diese zu große Treppe erklomm. Eilig, ohne zurückzublicken. Das wütende Fauchen der Bestie hallte durch das Tal. Sie hatten die Kreatur verletzt.

Sie schuldete es Gonvalon und den anderen, keine Zeit zu vergeuden. Nicht einmal für einen einzigen Blick. Tylwyth und Cullayn würden ihm helfen, sich abzusetzen, dachte sie und bereute zugleich, die drei auf diese Suche mitgenommen zu haben. Sie hatte sie in tödliche Gefahr gebracht.

Endlich erreichte sie den Eingang zur Höhle. Ein blasses, weit entferntes Licht spendete gerade genug Helligkeit, um die Umrisse des Tunnels zu erkennen. Gleich hinter dem Eingang verengte er sich. Die Trolle hatten hier wohl geduckt gehen müssen. Für den Immerwinterwurm gab es keine Möglichkeit, von hier in den Berg einzudringen.

Nandalee zog Gonvalons Schwert. Er hatte nie viel von seiner Waffe erzählt. Alle Drachenelfen machten aus ihren Schwertern ein Geheimnis, und es geschah so gut wie nie, dass sie ihre Klingen verliehen.

»Wirst du mir gut dienen?« Sie blickte auf den verwunschenen Silberstahl. Ein fahler Glanz umspielte ihn, selbst in der Dunkelheit des Tunnels. Sie dachte an den tödlichen Kampf, den Gonvalon in diesem Augenblick zu bestehen hatte. Sie durfte hier nicht zaudern. Schnell und lautlos eilte sie weiter. Bald fand sie ein fast herabgebranntes Feuer. Hatten hier Wachen gestanden? Der Tunnel wölbte sich zu einer weiten Höhlung. Der Rauch und der Gestank verbrannten Fells überdeckten den Gestank der Trolle. Wohin waren die Wachen gegangen? Meldeten sie dem Trollkönig, dass der Immerwinterwurm erwacht war?

Aus der Höhle führten mehrere Tunnel tiefer in den Berg. Das Licht der Glut spiegelte sich rötlich auf Gonvalons Klinge. War das fahle, silberne Licht des Stahls ein wenig heller geworden?

In einem der Tunnel brannte eine ferne Flamme. Die übrigen waren vollkommen dunkel. Sollte sie damit gelockt werden? Nandalee lächelte. Ganz sicher nicht. Die Trolle konnten nicht wissen, dass sie kam.

Sie folgte dem Licht. Lautlos huschte sie über den gewachsenen Fels. Irgendwo voraus tröpfelte Wasser. Ein kehliges Lachen erklang, vielfach von den Felsen gebrochen. Es war ihr unmöglich zu sagen, wo der Troll steckte, der seiner Heiterkeit so freien Lauf ließ. Ein lachender Troll, das passte nicht in ihr Bild der grausamen Ungeheuer.

Das Licht, das sie angelockt hatte, stammte von einer Fackel, deren Stiel in einen Felsspalt gerammt war. Die Höhlenwände ringsherum waren mit Ruß beschmiert. Primitive Zeichnungen zeigten Hirsche, Mammuts und Wollnashörner. Jagende Trolle trieben ein Rudel Rehe über den Rand einer Steilklippe. So einfach die Zeichnungen auch waren, hatte der Künstler die stürzenden, verdrehten Körper der Tiere doch erstaunlich ausdrucksstark gestaltet. Die Proportionen der Tiere stimmten nicht, aber irgendwie hatte es der Troll geschafft, die verzweifelte Todesangst der stürzenden Rehe in diesem Bild einzufangen. Angewidert wandte sie sich ab. Sie war selbst Jägerin, sie hatte hundertfach getötet. Aber sie hatte sich nie am Anblick des Todes geweidet, so wie dieser unbekannte Maler es getan hatte.

Der Tunnel weitete sich zu einer Tropfsteinhöhle. Das tanzende Licht der Fackel ließ Schatten hinter den gewachsenen Säulen über die Höhlenwände huschen. Überall waren Bilder. Manchmal waren es nur Handabdrücke in einem dunklen Rotbraun oder Geschmiere, dem sie keinen Sinn zu entlocken vermochte. Eine der Zeichnungen zeigte zwei Trolle, die eine kleinere Gestalt an Händen und Füßen festhielten. Einen Elfen?

Es stank nach ranzigem Fett. Sie wusste, dass die Trolle gerne ihre haarlose, steingraue Haut einfetteten, um ihr Glanz zu verleihen. Die Bilder an den Wänden beunruhigten sie. Sie hatte nicht erwartet, dass Trolle malen konnten. Für sie waren sie bislang lediglich mörderische, große Bestien gewesen. Ganz gleich, ob sie primitive Waffen herstellten und einen der Ihren einen König nannten.

Aber Bestien malten ihre Höhlen nicht aus …

Der Geruch wurde stärker. Da war etwas. Ein schlurfendes Geräusch. Angespannt blickte sie in die tanzenden Schatten. Und dann plötzlich erlosch die Fackel. Zu schnell!

Nandalee presste sich mit dem Rücken gegen einen baumdicken Stalagmiten. Die Fackel war gelöscht *worden*. Allein von ihrer

Schwertklinge ging nun noch ein fahles Licht aus. Zu schwach, um die Dunkelheit auch nur einen Fuß weit zurückzudrängen. Aber hell genug, um gesehen zu werden. Hastig schob sie die Klinge in die Scheide zurück.

Der Geruch nach ranzigem Fett wurde stärker. Aber sie hörte nichts! Lag es allein daran, dass die Tatsache, dass sie nichts mehr sah, ihre übrigen Sinne schärfte?

Nandalee öffnete ihr Verborgenes Auge. Die Wandbilder flammten in leuchtenden Linien auf. Sie waren von Magie durchdrungen. Jagdzauber, gewoben aus Blut und wilder Leidenschaft, so kraftvoll, dass sie plötzlich die weite Höhle von einem großen Feuer erleuchtet sah, um das die Jäger tanzten. Sie riefen die Alben und Himmelsschlangen an, ihnen eine erfolgreiche Jagd zu schenken. Sie sah, wie Fleisch mit primitiven Steinmessern durchtrennt wurde. Sah Krieger, die sich über und über mit dem Blut ihrer Beute einrieben, in Ekstase entrückt tanzten und sich bei dem Wild entschuldigten, dessen Fleisch sie genommen hatten, damit ihnen künftig keine Tiergeister folgten und Unglück auf ihre Fährte lockten. Nandalee schloss ihr Verborgenes Auge, um der Flut der Bilder zu entgehen, die auf sie einströmte. Zu viele Tänzer. Zu viel Blut. Und sie war mit all dem verbunden gewesen!

Es dauerte einige Herzschläge, bis sie sich wieder gefasst hatte und bemerkte, dass etwas nicht gewichen war. Der Trommelschlag, den sie in ihrer Vision gehört hatte. Er war noch da. Leiser und dumpfer jetzt, aber er war geblieben.

Sie entschied sich, den Trommeln entgegenzugehen. Sie musste die Trolle ausspähen, wenn sie herausfinden wollte, wo die Gefangenen waren. Blindlings durch die Tunnel und Höhlen zu streifen war sinnlos. Der Trommelschlag würde sie zu ihrem Ziel führen!

Sie wagte es nicht noch einmal, Gonvalons Schwert zu ziehen. Die Kraftlinien hatten ihr überdeutlich die Umrisse dieser Höhle der Jagdzauber gezeigt. So fand sie auch in völliger Dunkelheit den Ausgang.

Ihre Hände ertasteten eine grobe, unregelmäßige Wand. Dieser Tunnel musste von den Trollen erweitert worden sein. Er war leicht abschüssig. Und er führte sie dem Trommelschlag entgegen.

Sie mochte fünfzig Schritt gegangen sein, als sie noch ein anderes Geräusch wahrnahm. Leises Wimmern! Das war kein Troll! Sie beschleunigte ihren Schritt. Es stank nach Urin und kaltem Rauch. Das Wimmern wurde lauter. Eine Elfenstimme!

Nandalee spürte, wie der Tunnel weiter wurde. Unter das Miasma übler Gerüche mischte sich der Gestank von Verwesung. Auch roch sie wieder das ranzige Fett, mit dem die Trolle sich einrieben. Sie hielt inne und öffnete noch einmal ihr Verborgenes Auge. Eine weite, natürliche Höhle erstreckte sich vor ihr. Es gab etliche Zugänge. Weit entfernt erkannte sie Gestalten, die am Boden kauerten und lagen. Trolle! Sie schienen zu schlafen oder zu dösen.

Unmittelbar vor ihr in der Senke verdichtete sich das Netz der magischen Kraftlinien zu einem Gespinst aus dunkelrotem Licht, durchsetzt mit feinen Goldfäden. Dort wirkte ein Zauber von großer Macht, der in Verbindung mit einer der Tunnelöffnungen und mit ihr stand.

Aus der Senke erklang auch das leise Wimmern, das sie hierhergelockt hatte. Entsprang das Gespinst aus Kraftlinien einem intuitiven Zauber? Lag dort unten ein Normirga? Ein Elf aus der Sippe der Windwanderer?

Der Trommelschlag tiefer im Berg wurde schneller, drängender.

Nandalee hatte das Gefühl, dass sie in eine Falle gelockt werden sollte. Sie wich ein Stück zurück und verschloss sich dem magischen Blick auf die Höhle. Sie könnte sich lange im Berg verbergen. Er schien von Tunneln und natürlichen Grotten durchzogen zu sein. Bestimmt konnte sie einen Platz finden, an dem die Trolle sie nicht aufzuspüren vermochten. Sie musste nur in eine Felsspalte klettern, die für Trolle zu eng war.

»Nandalee …« Die Stimme ging ihr durch Mark und Bein. Als Kind hatte diese Stimme ihr Nachtlieder gesungen. Sie gehörte Elleyna, die lange mit Duadan zusammengelebt hatte. Sie war dort unten. Dort, wo der Zauber wirkte.

»Bitte …«

Aus einem nahen Tunnelausgang erklang ein kratzendes Geräusch, als schabe Stein auf Stein. Sie konnte die Trolle riechen! Sie waren hier und warteten auf sie. Wie konnte das sein?

Jetzt erklang auch hinter ihr im Tunnel ein Geräusch. Schlurfende, schwere Schritte bewegten sich auf sie zu. Auf diesem Wege würde sie nicht mehr entkommen können. Wer immer dort ging, gab sich nicht die geringste Mühe, sich lautlos zu bewegen. Die Trolle wollten, dass sie wusste, dass sie umzingelt war.

Nandalee griff nach dem Schwert. Sie war fast eine Drachenelfe! Vielleicht war sie nicht so tödlich wie Ailyn oder Gonvalon, aber sie war bei Weitem nicht mehr die einfache Jägerin, die von den Trollen durch die verschneiten Wälder Carandamons gehetzt worden war.

Nandalee eilte in die Senke hinab, dorthin, wo Elleynas Stimme erklungen war. Sie würde sie hier herausbringen. Auch wenn die Trolle sie aufgespürt hatten, konnten sie nicht darauf vorbereitet sein, was sie nun erwartete.

Gonvalons Schwert war ganz von silbergrauem Licht umflossen. Es schien die Dunkelheit kaum zu durchdringen und entriss ihr keinerlei Farben. Nur Grau und Schwarz waren zu sehen. Ein Stück voraus erhob sich ein eigenartiger Fels. Darauf lag etwas von der Größe eines Wasserkrugs. Gehetzt sah Nandalee sich um. Wo war Elleyna? Hinter dem Stein? Über sich hörte sie kehlige Stimmen flüstern.

Nandalee erreichte den Stein. Darauf lag ein abgeschnittener Kopf. Elleyna! Ihre Augen waren in den Höhlen verdreht und starrten zu ihr hinauf. »Erlöse mich …« Ihre Lippen zuckten, der Mund war halb geöffnet. Etwas steckte darin.

Nandalee dachte an einen fernen Frühling, als sie sich beim Klettern in Bäumen den Arm gebrochen hatte. Die Windwanderer waren keine großen Zauberweber. Duadan hatte ihr den Arm geschient und ihr befohlen, sich ruhig zu verhalten und sein Zelt nicht zu verlassen. Die Entscheidung war ihr damals ungerecht vorgekommen. Sie hätte doch auch draußen still sitzen können … Der Frühling war so kurz in Carandamon, und sie war in einem Zelt gefangen. Heute wusste sie es besser. Draußen wäre sie der Versuchung erlegen, durch die Wälder zu streifen und die Wunder des Frühlings zu bestaunen.

In dieser Zeit war Elleyna mit ihr im Zelt geblieben. Sie hatte ihr Geschichten erzählt von großartigen Jagden, enttäuschter Liebe, von den Alben, die manchmal zu den Elfen kamen, die ihre liebsten Kinder waren. Von Ny Rin aus der Sippe der Wolfszähne, die auf dem Rücken einer Regenbogenschlange hinauf zum Blauen Stern geritten war und eine Gefährtin des Alben wurde, den alle den Sänger nannten. Elleyna hatte es geschafft, ihr die Tage im Zelt wie einen langen, wunderbaren Traum erscheinen zu lassen. Und was für seltsame Geschichten sie kannte! Von den Elfen Arkadiens, die in Palästen von kalter Pracht lebten, die ihre Herzen so sehr verhärtet hatten, dass sie die Schönheit der Natur nicht mehr zu begreifen vermochten. Von den Himmelsschlangen und ihren Todfeinden, den schrecklichen Devanthar, die in einer fernen Welt darauf lauerten, das Werk der Alben zu vernichten.

»Was haben sie dir angetan?« Sie lehnte ihr Schwert an den Stein, hob Elleynas Haupt auf und ließ es fast wieder fallen. Der dunkle Zauber, der es umgab, wollte auf sie übergreifen, sie einspinnen in Kraftlinien aus dunklem Rot und strahlendem Gold.

Wieder bewegten sich die Lippen Elleynas. Sie waren aufgeplatzt. Sie war geschlagen worden. Nandalee zwang die Finger in den Mund der Toten und bekam etwas Glitschiges zu packen, das verzweifelt versuchte, sich ihr zu entwinden. Die Elfe zerrte eine kleine, schwarzrote Kröte aus dem Mund der Toten. »Erlöse mich!«

Es war die Kröte, die mit Elleynas Stimme sprach. Sie sah die Angst in den Augen des Tiers, das verzweifelt aus ihrer Hand zu entkommen versuchte. In dem abgetrennten Kopf war immer noch Leben.

Nandalee setzte die Kröte behutsam auf den Stein. Sie blickte in Elleynas aschfahles Antlitz. Das Geräusch der Füße war verstummt. Die Jägerin spürte, wie sie angestarrt wurde. Sie konnte die Trolle atmen hören. Der Gestank nach Fett und ungewaschenen Leibern war überwältigend.

Zärtlich küsste sie die Stirn der Toten. »Du hast mir gezeigt, wie groß und wunderbar unsere Welt ist, ohne dass wir dafür auch nur unser Zelt verlassen hätten. Das werde ich dir nie vergessen.« Ein Wort der Macht brach den Zauber, ließ die dunkle Macht zu ihrem Ursprung zurückschnellen. Sie hörte einen erschrockenen Schrei.

Kalte Wut erfasste sie. Sie wollte sich ihren Gefühlen nicht hingeben, wie an jenem Tag, an dem Sayn gestorben war. Aber sie würde die Trolle dafür büßen lassen, was sie Elleyna angetan hatten.

»Du also bist Nandalieh.«

Einer der Trolle sprach elfisch! Zwar mit starkem Akzent, aber doch verständlich. Verblüfft blickte sie zum Rand der Felsmulde hinauf. Sie vermochte nur Schatten zu erkennen. Große Schatten!

»Wir sind vor deinem Überfall gewarnt worden.«

Nandalee meinte eine Spur Häme aus der Stimme herauszuhören, die sich so sehr mit dem Elfischen abmühte.

»Ich wusste, dass du kommen würdest. Ich habe einen starken Jagdzauber gewoben, der dich hierher zurückführen musste.

Irgendwann … Du bist kleiner, als ich erwartet hatte. Aber um mit Pfeilen zu töten, braucht man weder Mut noch Kraft. Holt sie mir. Lebend!«

Die Schatten stürmten die Felsmulde.

Trolltrauer

Nandalee ging in den tiefen Stand der Schwertmeister und hob ihre Klinge schräg über den Kopf. Das Licht, das von Gonvalons Schwert ausging, war ein wenig heller geworden. Doch immer noch trank es die Farben. Alles, was es der Dunkelheit entriss, sah grau und leblos aus. Sieben Trolle stürmten in die Senke hinab. Sie würden sich gegenseitig bei ihren Angriffen behindern, dachte Nandalee und machte einen Schritt auf den vordersten Angreifer zu. Er war ein bulliges Ungeheuer, das sie um mehrere Haupteslängen überragte. Seine Haut hatte die Farbe von hellem Granit, mit dunklen Einsprengseln. Schmucknarben, die wohl einen stilisierten Wolfskopf darstellen sollten, bedeckten Bauch und Brust ihres Angreifers. Wenn sie ihm Glück bringen sollten, hatte ihr Zauber versagt. Sie unterlief seinen Keulenhieb und zog ihm die Klinge über den fettglänzenden Bauch. Als er zurücktaumelte, quollen ihm die Eingeweide aus dem Leib, und er brachte zwei seiner Gefährten zu Fall.

Nandalee setzte nach, hechtete zwischen den Beinen eines Angreifers hindurch und hieb ihm im Aufstehen das Schwert in die Kniebeuge. Die Trolle waren ungelenke Geschöpfe, mit zu langen Armen und kurzen, muskulösen Beinen. Kein Haar wuchs auf ihren Körpern, und sie trugen kaum Kleidung, allenfalls einen Lendenschurz oder ein Fell, um die Hüften geschlungen. Viele hatten sich mit Ruß bemalt. Muster aus Streifen und Punkten bedeckten Arme und Beine. Geschwärzte Lider ließen ihre Augen riesig erscheinen. Ihre Münder erinnerten an kurze

Hundeschnauzen und ragten leicht aus dem Profil des Kopfes hervor.

Eine Steinaxt sauste nieder. Sie wich seitlich aus, gerade so weit, dass sie der Hieb verfehlte, dann stieß sie dem Angreifer das Schwert in den Bauch. Sie wollte den Troll, der zu ihr gesprochen hatte, den König. Wenn sie ihn tötete, dann wäre die Blutfehde endlich beendet.

»Wie viele deiner Krieger willst du für dich sterben lassen?«, schrie sie und wich einem Fausthieb aus, der ihr die Rippen hätte zerschmettern können. Sie wiederholte die Worte in der Sprache der Trolle. Ungelenk. Kein Elf war in der Lage, diese Laute nachzuahmen, die sie eine Sprache nannten.

Sie spürte einen Angreifer hinter sich, ließ sich zu Boden fallen und rollte zur Seite. Ein Troll versuchte nach ihr zu treten. Ihre Klinge schnellte vor. Er verlor drei Zehen.

»Komm hier herunter und kämpf mit mir allein, wenn du ein Krieger bist!« Diesmal bediente sie sich gleich der Sprache der Trolle. Alle sollten es hören. Sie wollte, dass dieser König all sein Ansehen verlor. Seine tumben Gefolgsleute sollten klar erkennen, dass er ein Feigling war. Das musste auch in ihre dicken Schädel gehen.

Ihr Schwertgriff war rutschig vom Blut geworden. Sie wechselte aus dem beidhändigen Griff nach links, duckte sich und drückte ihre Rechte in einen Sandstreifen am Rand der Mulde.

»Zurück!«, rief der Trollkönig. »Zurück! Sie hat einen Daimon in sich!«

»Diesen Daimon habt ihr beschworen, als ihr meine Sippe gemordet habt! Gebt die Meinen heraus! Das ist der einzige Weg, mich zu bannen.«

»Steine! Werft Steine nach ihr! Aber tötet sie nicht.«

Hastig gehorchten seine Krieger. Sie zogen sich zurück. Doch Nandalee blieb an ihrer Seite. *Löse dich nicht von einem fliehenden Feind, bis er endgültig geschlagen ist.* Der Satz ging ihr durch den

Kopf. Eine der zahllosen Kriegsweisheiten, die ihr in der Weißen Halle eingetrichtert worden waren. Sie hieb nach den Trollen, ihr Schwert zerteilte Fleisch, spaltete Knochen. Schreckensschreie begleiteten jeden ihrer Hiebe. Wer in ihrer Nähe war, versuchte auszuweichen. Gleichzeitig formierten die Trolle sich in ihrem Rücken neu.

Ein Stein verfehlte sie und traf einen Troll neben ihr. Gonvalons leuchtende Klinge wob tödliche Runen in die Luft. Sie zuckte auf und nieder, stieß vor.

»Erschlagt sie!«

»Wo steckt der Schwertdaimon?«

»Kämpft, ihr Feiglinge!«

Sie schrien durcheinander.

Nandalee wich einem Speerstoß aus. Ein rascher Hieb kappte die steinerne Spitze vom Schaft. Ein Keulenhieb verpasste sie. Zu knapp! Sie verlor ihre innere Ruhe! Klirrend lenkte sie mit der Klinge einen Stein ab, der fast ihren Kopf getroffen hätte. Riesige Hände griffen nach ihr und zuckten wieder zurück, als zwei Fingerkuppen zu Boden purzelten.

Sie trat in eine Pfütze aus Blut und rutschte leicht zur Seite. Der Speer ohne Spitze stach erneut nach ihr. Sie warf sich herum, rutschte weiter, schlitterte ein Stück in die Senke zurück und wurde von einem Stein in den Rücken getroffen. Pfeifend wich ihr die Luft aus den Lungen. Sie duckte sich unter einem Keulenhieb, vermochte einem Tritt aber nicht mehr auszuweichen. Noch im Fallen ließ sie das Schwert in blitzendem Kreis um sich wirbeln. Eine Hand packte ihr Haar und schlug ihren Kopf auf den Boden. Nandalee stach ihre Klinge in eine Wade, dann wurde ihr Arm herabgedrückt. Ein schwerer Fuß presste ihn auf den Felsboden.

»Bringt sie nicht um! Sie gehört mir!«

Nandalee wurde emporgerissen. Etwas Stumpfes schlug auf ihre Schwerthand. Sie spürte, wie Knochen brachen. Die Waffe entglitt ihr. Wieder wurde an ihrem Haar gezerrt. Ihr Kopf ruckte hart zur Seite, schlug gegen einen eingefetteten Wanst.

Ein Troll schwang grinsend eine goldene Haarsträhne vor ihrem Gesicht, an dem ein blutiger Fetzen ihrer Kopfhaut hing.

»Genug! Ihr bekommt alle etwas von ihr! Später.«

»Ich will ihre Schwerthand«, tönte eine schmerzverzerrte Stimme. »Sie hat zwei Finger von meiner guten Hand abgeschlagen.«

»Ich will ihre Augen. Ich will …«

»Zurück! Keiner von euch wird einen Lappen ihres Fleisches bekommen, wenn ihr nicht gehorcht. Sie hat euch alle beschämt! Ein Elfenweibchen, das hierherkam in meinen Königssitz und so viele von euch verletzte!« Ein breites Gesicht beugte sich über sie. Ein Schwerthieb hatte vor langer Zeit die Oberlippe des Trolls zerteilt und ihn einen seiner Reißzähne gekostet. Wucherungen bedeckten seine Wangen. Beulen aus Fleisch, die an große Tränen erinnerten. Seine Nüstern wölbten sich. Er schnupperte an ihr, nahm Witterung auf.

»Das also ist dein Geruch. Hast gut gekämpft. Das beruhigt mich. Es macht Schande, von einem Weibchen getötet zu werden. Mit der Waffe der Feiglinge. Dem Tod, der auf dem Wind reitet. Du hättest ihn auch mit dem langen Lichtmesser besiegt. Warum nicht?«

Er würde nicht verstehen, warum sie seinen Sohn getötet hatte. Dass der einzige Grund ihr Jähzorn gewesen war und der Zufall, dass ein ungezielt geschossener Pfeil das Auge des Trolls durchbohrt hatte.

Einer der Krieger versetzte ihr einen Tritt. »Rede!«

»Lasst sie. Bringt sie zum Fressplatz und macht Feuer.«

Nandalee wurde auf die Beine gerissen. Je ein Troll hielt einen ihrer Arme.

»Was hat mich verraten?«

Der Trollkönig blickte sie verächtlich an. »Warum starb mein Sohn?«

Sie erzählte ihm von der Jagd nach dem weißen Hirsch. Wie lange sie ihm gefolgt war und wie sein Sohn einen Herzschlag, bevor sie den perfekten Schuss versuchen konnte, das edle Tier zerfetzt hatte.

»Ein Kampf um Beute …« Er nickte. »Du bist eine kluge Jägerin. Ich werde deinen Verstand fressen. Von dir lernen.« Er fuhr ihr mit einem ausgestreckten Finger über die Stirn. »Da scheidet das Schädelmesser. Erst die Haut. Wir ziehen deine Haare zurück. Dann scheide ich den Knochen. Du wirst noch leben, wenn meine Hand in deinen Kopf greift. Wenn du nicht schreist, macht das Ehre. Dann bleiben deine Knochen hier. Unsere Welpen spielen damit. Wenn du schreist, lege ich deine abgeschnittenen Hände und deinen leeren Schädel in das Grab meines Sohns. Du wirst ihm in der Dunkelheit immer dienen.«

»Wie hast du meine Sippe gefunden? Was habe ich zurückgelassen?«, fragte sie verzweifelt. »Und wo sind sie jetzt?« Sie musste es wissen. Das Ausmaß ihrer Schuld erkennen. Verstehen, wofür sie sterben würde. Wofür die Windwanderer gestorben waren.

Der Troll sah sie verständnislos an. »Wir haben deine Sippe ohne dich gefunden.«

»Aber woher wusstet ihr, dass es die Windwanderer waren, von denen ich kam? Was habe ich übersehen, das euch auf diese Spur gebracht hat?«

Der Trollkönig schüttelte den Kopf. »Ich verstehe nicht.«

»Wo habt ihr das Zeichen des Hirschs gefunden? Das Totem meiner Sippe. War es auf einem meiner Pfeile?«

Er schnaufte. »Wir Trolle sind nicht dumm. Ihr seid dumm, weil ihr das glaubt. Wir sind Jäger, wie ihr es seid. Und unsere Schamanin kann dunkle Zauber knüpfen. Kann Tote reden machen. Und sie kann Spuren sichtbar machen mit ihrer Zaubermacht. Wir folgten der Spur des Windschlittens. Ein sehr weiter Weg. Der alte Mann hat mich zu deiner Sippe geführt, Nandalieh.«

»Duadan …« Sie konnte nicht glauben, was sie gehört hatte. »Wie … das kann nicht … Ich bin es doch gewesen!«

»Trolle sind nicht dumm! Der Zauber hat die Spur des Windschlittens gezeigt. Und der Jagdzauber hat dich hierher zurückgerufen. Ich wusste, dass du kommen würdest. Und wir wurden gewarnt vor dir. Bist brav dem Licht gefolgt, das wir für dich aufgestellt haben. Bist die Letzte.« Er fuhr sich über die seltsamen Wülste im Fleisch seiner Wangen. »Alle sind hier. Von jedem rechten kleinen Finger ein Knochen. Deine Sippe ist tot, für immer. Alle! Sie werden nicht wiederkommen. Ihre Seelen sind für immer im Dunkel. An mich gebunden. Auch wenn ich im Grab liege. Sehr starker Zauber! Nur du darfst gehen. Wenn du nicht schreist.«

Nandalee blickte schockiert auf die Wülste. Unter zwei von ihnen sah sie frisch verkrustete Schnitte. Hatte er sich wirklich Fingerknochen unter die Haut geschoben? Sie öffnete ihr Verborgenes Auge. Im selben Augenblick traf sie ein Schlag ins Gesicht, so hart, dass ihr Kopf in den Nacken gerissen wurde.

»Nicht Zauber knüpfen!«

Nandalees Lippen waren aufgeplatzt. Blut troff über ihr Kinn. »Wo sind meine Leute?«

Der Trollkönig wandte sich ab. »Du gehst zu ihnen. Bald. Jetzt ist genug geredet. Bereitet sie vor. Wir wollen ein Ende machen.«

Von Pferdeäpfeln und vollkommener Macht

Der Goldene blickte auf die verschneite Nordflanke des Königssteins hinab. Er stand an der Reling des Blauen Sterns, jenes verwunschenen Schiffes, auf dem der Sänger über die Himmel reiste. Der Alb war nicht an Bord. Und niemand wollte ihm sagen, wo er war. Ob der Sänger etwas wusste? War er vor ihm geflohen? Zwei Tage war er schon an Bord des Himmelsschiffes. Seit seinem Besuch am Hof Bromgars, des Trollkönigs. Er war ihm in seiner Gestalt als Elf erschienen, was für einige Unruhe gesorgt hatte, bis er seinen Charme hatte spielen lassen.

Tief in Gedanken strich sich der Goldene über sein Gesicht. Es fühlte sich fremd an. Dabei hatte er diese Elfengestalt schon oft angenommen, wenn er unter den Albenkindern wandelte. Sein Gesicht kribbelte, als liefen Fliegen darüber. War ihm ein Fehler unterlaufen? Er lächelte. Nein! Es war nur fremd.

Selbstzufrieden betrachtete er die drei Elfen neben der Klamm. Sie hatten ihn überrascht. Es war ein schwerer Rückschlag, Gonvalon als seinen Schwertmeister verloren zu haben. Er hatte das Ungeheuer des Fleischschmieds tatsächlich erschlagen. Aber um welchen Preis! Die beiden Maurawani kauerten neben ihm und versuchten die Sensenklaue abzusägen, die seinen Leib durchschlagen hatte. Noch lebte Gonvalon …

Der Goldene konnte hören, was die Elfen besprachen. Wie sie sich verzweifelt berieten und um Gonvalons schwindendes Leben kämpften. Von Norden zogen schwarze Sturmwolken auf. Sie mussten in die Klamm hinab, um Schutz zu suchen. Aber sie wollten Gonvalon nicht im Stich lassen. Tapfere Narren. Schade, dass er sich an dieser Tragödie nicht bis zu ihrem Schluss würde ergötzen können.

Der Goldene vermochte auch zu hören, was die Trolle in ihrem Berg besprachen. Sie redeten nicht viel. Meist über ihr Essen oder eine Jagd. Nandalee hatte sich erstaunlich schnell fangen lassen.

Sie war wohl doch nicht so besonders, wie sein Bruder Nachtatem dachte. Alles war mehr oder minder so gekommen, wie er es vorhergesehen hatte. Nun stand ein Festmahl nach Art der Trolle an. Er war noch nie Zeuge ihrer makabren Rituale geworden. Man musste schon ein Troll sein, um zu glauben, dass man die Weisheit seines Feindes übernahm, wenn man sein Hirn fraß. Er lächelte. Ob Nandalee wohl schreien würde?

Das Deck hinter ihm knarrte. Er blickte zurück, und seine gute Laune verflog. Eine vermummte Gestalt kam auf ihn zu. Sie trug ein gelbes Kleid mit roten Blumen, darüber eine dick gesteppte, schreiend grüne Weste. Eine spitze, rotbraune Nase lugte über einen mottenzerfressenen lila Schal hinweg. Stechende, schwarze Knopfaugen fixierten ihn aus dem Halbschatten eines rosafarbenen Kopftuchs. Sata, die Personifikation des schlechten Geschmacks und der Impertinenz. In Abwesenheit des Sängers führte sie das Kommando auf dem Blauen Stern. Kurz spielte er mit dem Gedanken, eine Böe zu rufen, die das Koboldweib von Deck fegte. Er würde niemals begreifen, wie man einem solchen Geschöpf die Befehlsgewalt über mehr als nur ein paar Putzlappen geben konnte. Die Alben begannen verrückt zu werden. Anders war es nicht zu erklären. Er hätte den Sänger auf seine Liste nehmen sollen.

»Wir werden höher steigen, um dem Sturm auszuweichen.« Durch den Schal vor ihrem Mund klang die Stimme der Koboldin dumpf und undeutlich. Vielleicht nuschelte sie auch, um ihn zu ärgern. Erstaunlicherweise war sie gegen seinen Charme völlig immun. Vorgestern erst war er in Elfengestalt in die Festung der Trolle marschiert, und obwohl diese hirnlosen Hünen Elfen abgrundtief hassten, waren sie zahm wie Welpen gewesen. Sie hatten ihn sogar zu dem kleinen Mahl einladen wollen, das sie veranstalteten, nachdem sie seine Nachricht erhalten hatten.

»Euer Schwertmeister stirbt.«

Er blickte zur aufziehenden Sturmfront und dachte wieder an

eine plötzliche Windböe. Er schloss die Augen und konzentrierte sich ganz auf die drei Elfen oberhalb der Klamm. Gonvalon war aus seiner Ohnmacht erwacht. Er bestand darauf, dass sie in den Königsstein gingen, um Nandalee zu holen. Herrlich! Röchelnd, mit einer Sensenklaue in der Brust ein Heer von Trollen herausfordern zu wollen. Gonvalon war immer schon ein wenig weltfremd gewesen, aber heute übertraf er sich selbst. Und die sonst so nüchternen und eigennützigen Maurawani dachten ernsthaft darüber nach. Der letzte Akt dieses Dramas würde unterhaltsamer werden, als er erwartet hatte.

»Kleinliche Rachsucht und Voyeurismus stehen einem von den Alben ernannten Weltenhüter, der von manchen gar Licht des Himmels genannt wird, schlecht zu Gesicht.«

»Von ferne zu beobachten und sich nicht in die Geschicke der Albenkinder einzumischen, habe ich von meinen Schöpfern gelernt.«

»Wähnen die Himmelsschlangen, ein Ebenbild ihrer Schöpfer zu sein und sich folglich wie diese verhalten zu können?«

Seine Konzentration war dahin. Er drehte sich zu der Koboldin um, die stoisch seinem zornigen Blick standhielt. »Für ein kleines, altes Weib, dessen Aufgabe es ist, Pferdeäpfel vom Flugdeck zu fegen, führst du ein erstaunlich freches Mundwerk.«

»Da Ihr ganz richtig erkanntet, dass es meine Aufgabe ist, mich um Scheißhaufen an Deck zu kümmern, ahnt Ihr vielleicht schon, warum ich das Gespräch mit Euch suche.«

Der Goldene war verblüfft. Eine Weile blickte er ungläubig auf die Koboldin herab, dann brach er in schallendes Gelächter aus. Langsam begann er zu begreifen, warum sich der Sänger diese Kreatur hielt. Sie war amüsant! Er war fast so alt wie die Welt, und noch nie hatte es jemand gewagt, so zu ihm zu sprechen. Das war eine neue Erfahrung. Und Tage, an denen er noch etwas Neues erlebte, waren überaus selten geworden. Er würde sich revanchieren und ihr ein unerwartetes Schauspiel bieten. »Du findest also, ich sollte unseren strahlenden Helden heilen, damit er der bedrohten Maid im letzten Augenblick zu Hilfe eilt.«

»Darin würde ich in der Tat eine gewisse Größe sehen.«

»Nandalee ist eine jähzornige Mörderin, die das Schicksal in die Hände des Vaters spielte, dessen Sohn ihr Opfer wurde. Auch wurde prophezeit, dass sie womöglich die Ordnung dieser Welt zerstören wird. Und du findest, sie sollte leben.«

»Betrachtet Ihr Euch als Verkörperung der Ordnung dieser Welt?«, fragte Sata ruhig.

»Hast du keine Angst, dass du mich erzürnen könntest, kleines Koboldweib? Du weißt, dass ich kein Elf bin.«

»Ich weiß, dass ich in Euren Augen nicht mehr bedeute als die Pferdeäpfel, die ich von Deck fege, Licht der Sonne. Nun bedenkt, aus welcher Höhe ein solcher Pferdeapfel für gewöhnlich herabfällt. Wie viel tiefer stürzt die Sonne, wenn sie fällt? Was habe ich schon zu verlieren im Vergleich zu Euch?«

Der Goldene musste lachen. »Ich werde den Sänger bei Gelegenheit fragen, ob ich dich einmal ausleihen kann.«

»Um vor Eurer Tür zu fegen?«

»Erwartest du dort Misthaufen?«

Dieses Mal blieb sie ihm eine Antwort schuldig.

»Also gut. Ich gebe dem Schicksal der beiden eine andere Wende. Aber bitte bedenke, dass selbst der größte Poet eine Tragödie im letzten Akt nicht mehr in eine Komödie umzudichten vermag.«

Geteilte Erinnerungen

Eleborn wurde mit jedem Tag unruhiger. Er hatte geglaubt, der Himmlische habe ihn berufen, um ihn unter seine Drachenelfen aufzunehmen. Er war glücklich gewesen, dass der Himmlische durch einen Boten an ihn herangetreten war. Der Drache galt als die weiseste der Himmelsschlangen, besonnen und so unermesslich stark wie das Wasser, das auf die Dauer selbst den härtesten Fels zermürbte.

Doch statt ihn zum Drachenelfen zu machen, hatte er ihn in die Blaue Halle geschickt. Dort musste er lesen, sich Geschichten über die Menschen aus Drus und Aram erzählen lassen. Stundenlang, jeden Tag. Es schien, als solle er auf eine Mission vorbereitet werden. Aber dazu musste er doch erst ein Drachenelf sein!

Jetzt hatten sie ihn in einen Hain etwa eine Meile westlich der Blauen Halle bestellt. Er saß auf einem Stein inmitten einer Lichtung. Die Oberfläche des großen Steins war zerfurcht. In den tiefen Rillen schimmerte es rotbraun. Rost? Vielleicht war Eisenerz in dem Stein enthalten? Getrocknetes Blut?

Eleborn sah sich nervös um. War das hier ein Richtplatz? Wussten sie es? Er hatte beim Kampf um die Tiefe Stadt zwei dieser seltsamen Tauchfässer der Zwerge entkommen lassen. Es waren Frauen und Kinder an Bord gewesen, und er hatte die Weißen Schlangen zurückgehalten.

Der junge Elf straffte sich und atmete tief ein. Er betrachtete die Birken, die die Lichtung umstanden, die feuerroten Mohnblüten auf der Wiese, die Bienen, die summend von Blüte zu Blüte huschten. Es war ein schöner Ort, voller geschäftiger Harmonie. Nur von dem Felsen, auf dem er saß, ging etwas Dunkles aus.

Er würde wieder so entscheiden. Immer wieder, wenn er die Wahl hätte, einem zu grausamen Befehl zu gehorchen oder sich dagegen aufzulehnen. Vielleicht hatte er seinen Unmut über das Massaker zu deutlich in der Weißen Halle gezeigt? War zu nah mit Nandalee befreundet. Wie es ihr wohl ergangen war? War sie genesen?

Zwischen den Bäumen erschienen zwei Gestalten. Eine in Blütenweiß, die andere in lichtem Blau gekleidet. Sein Tribunal? Mit Schrecken erkannte er jetzt die Elfe in Weiß. Lyvianne! Was tat sie hier? Sie nickte ihm zu. Ihr schwarzes Haar war zurückgekämmt und zu einem einzelnen Zopf geflochten. Sie wirkte streng und unnahbar. Ihr Kleid mit hohem Stehkragen war mit goldenen Borten bestickt, was ihren Rang als Meisterin der Weißen Halle unterstrich.

Sie schien gut gelaunt. Ein anzügliches Lächeln spielte um ihre vollen Lippen, das auf ihrem schmalen, unnahbaren Antlitz deplatziert wirkte. »Ich grüße dich, Eleborn, und beglückwünsche dich zu der besonderen Mission, die dich erwartet. Ich kenne nur wenige, die diesen Schmerz und solche Mühsal auf sich genommen hätten. Der Auftakt wird dir allerdings gefallen, schätze ich.«

Wie meinte sie das? Und was wusste sie über seine Mission? Sie war eine Dienerin des Goldenen. Üblicherweise unterrichteten sich die Himmelsschlangen nicht untereinander über die Einsätze ihrer Drachenelfen. Sofort wurde ihm der Fehler in diesem Gedanken bewusst. Er war ja noch nicht einmal ein Drachenelf.

»Ich grüße auch dich, Lyvianne«, entgegnete er mit wenig Enthusiasmus.

»Darf ich dir Shianne Lyn vorstellen.« Sie bedachte die kleine, braunhaarige Elfe in ihrem Gefolge mit einem freundlichen Lächeln. »Sie arbeitet in den Archiven der Blauen Halle. Unbegreiflicherweise! Ihr großes Talent ist das Harfenspiel. Sie vermag mit ihren Melodien die Seelen ihrer Zuhörer zu berühren. Sie ist einzigartig, Eleborn. Es ist ein Privileg, ihr lauschen zu dürfen.«

Shianne Lyn errötete. »Ich vermag mich in Euren Worten nicht wiederzuerkennen, Meisterin. Gewiss werde ich Eleborn nun enttäuschen.« Die Harfenspielerin lächelte ihn an. »Erwartet bitte nicht zu viel. Dieses Instrument ist neu und wir beide sind noch nicht wirklich miteinander verwachsen.« Sie strich leicht mit den Fingerspitzen über die Saiten.

Eleborn sah verwundert auf das Instrument. Schon diese kurze Tonfolge hatte etwas Berührendes. Er fühlte sich leichter, als habe der Klang der Harfe seine Sorgen von ihm genommen. »Erstaunlich …« Er öffnete sein Verborgenes Auge. Shianne Lyn hatte keine Magie in ihr Harfenspiel gewoben. Auch das Instrument war nicht mit einem Zauber belegt. Es erschien ihm ein wenig zu groß, um es während des Spiels im Arm zu halten. Aus rotbraunem Holz gefertigt, war es mit schlichtem Schnitzwerk geschmückt. Verschlungene Linien, die spielerisch ineinander übergingen. Es gab keine Intarsien, kein Gold oder Silber.

»Mir ging es genau wie dir, als ich diese Harfe zum ersten Mal hörte«, sagte die junge Elfe. »Ihr Klang machte mir das Herz frei. Dabei scheint dem Instrumentenbauer sogar ein Fehler unterlaufen zu sein. Sie hat nur siebenundzwanzig Saiten, was sehr wenig ist.« Wieder ließ sie ihre Fingerspitzen über das Instrument gleiten.

»Du solltest ihr deinen Platz anbieten, Eleborn«, ermahnte ihn Lyvianne. »Das Instrument ist schwerer, als es aussieht. Shianne Lyn sollte es abstützen, wenn sie darauf spielt.«

Eleborn räusperte sich verlegen. »Natürlich. Entschuldigung.« Er erhob sich von dem Stein, mochte sich aber nicht an Lyviannes Seite stellen. Ihre Anwesenheit hier war ihm unheimlich. Sie … Ein Schatten glitt über die Lichtung. Das Summen der Bienen verstummte. Das Harfenspiel verklang mit einem dissonanten Akkord. Totenstille legte sich über das Land.

Plötzlich spürte Eleborn, wie das magische Netz sich zusammenzog. Lyvianne drehte sich zu ihm um. Auch sie hatte es bemerkt. »Er kommt«, sagte sie schlicht.

Eleborn wusste plötzlich nicht, wo er seine Hände lassen sollte. Ein Schatten zeigte sich zwischen den Birken. Noch immer war kein Laut zu hören.

»Mir scheint, er möchte zunächst mit dir allein sprechen.«

Lyvianne bedeutete ihm mit einer Geste, die Lichtung zu verlassen. »Bis gleich.«

Ihre letzten Worte wurden wieder von einem sinnlichen Lächeln begleitet. Was sollte das? Was wusste sie, was ihm verborgen war? Eleborn war das Ganze unheimlich. Was hier geschah, verstieß gegen alle Regeln! Warum war sie in etwas eingeweiht, das ihn betraf?

Mit klammem Gefühl ging er dem Waldrand entgegen. Er spürte die Aura der Macht, noch bevor er den Himmlischen sah. Der Schatten war verschwunden.

Eleborn stieg einen sanft abfallenden Hang zu einem Bachlauf hinab. Ein seltsames, diffuses Licht fraß alle Schatten. Es schien von überallher zugleich zu kommen.

Warum fürchtet Ihr mich, Edler Eleborn? Die Stimme war plötzlich in seinem Kopf. *Ich weiß, was Ihr in der Tiefen Stadt getan habt. Meine Brüder auch. Im Gegensatz zu den meisten von ihnen schätze ich es, dass Ihr Erbarmen gezeigt habt. Dies ist der Grund, der mich bewog, Euch aus der Weißen Halle abzuberufen.* Die Stimme durchdrang ihn mit sanfter, warmer Kraft, sie füllte ihn aus wie Wasser ein leeres Gefäß. Seine Angst verflog.

Steigt zum Bach hinab und haltet Euch links, Edler Eleborn. Ihr findet mich bei der Quelle.

Der Elf gehorchte. Er fand einen von Moos überwucherten Felsspalt, aus dem der Bach entsprang. Dicht daneben war eine Nische in das Gestein geschlagen worden. Dort stand eine handgroße Figur aus Türkis, die einen schlanken Mann mit übergroßen Augen darstellte. Girlanden aus geflochtenen Blumen waren darum gelegt. Löwenzahn und Gänseblümchen, welke Mohnblüten. Am häufigsten Kornblumen.

Ein schlanker Elf in einer himmelblauen Tunika saß in der Nische und ließ eine Blumengirlande gedankenverloren durch seine Finger gleiten. Obwohl er saß, begegnete sich ihr Blick auf gleicher Höhe.

Ich weiß, ich verlange Euch viel ab, Edler Eleborn. Euch ist bekannt, dass die Elfen der Blauen Halle uns gute Dienste in der Anderen Welt leisten. Einer von ihnen scheint sein Ziel aus den Augen zu verlieren. Er ist zu lange dort und beginnt zu denken wie ein Mensch. Ihr sollt ihn ersetzen. Doch dies ist ein langer und gefahrvoller Weg, der Euch abfordern wird, Euch selbst zu verleugnen, und Euch in Abgründe führen wird, wie Ihr sie Euch nicht vorzustellen vermögt. Werdet Ihr diesen Weg für mich gehen?

Eleborn zögerte. »Was hat Lyvianne damit zu tun? Dient sie nicht einem Eurer Brüder?«

Der Himmlische lächelte, und ein Gefühl grenzenloser Zuversicht kam über Eleborn. Wie hatte er so dumm sein können zu glauben, dass sein Meister nicht wusste, was er tat.

Ist Euch der Unterschied zwischen einer Illusion und einer Verwandlung bewusst?

»Eine Illusion gaukelt etwas vor. Eine Verwandlung hingegen erschafft eine neue Wirklichkeit.«

Ich sehe mit Zufriedenheit, dass Ihr ein aufmerksamer Schüler des Schwebenden Meisters wart. Eine Illusion gaukelt etwas vor. Sie muss durch einen permanenten Zauber aufrechterhalten werden. Wer sie durch sein Verborgenes Auge betrachtet, kann das Glühen des magischen Netzes und die widernatürliche Struktur, die erschaffen wurde, nicht übersehen. Eine Verwandlung hingegen ist ein tiefer Eingriff. Sie erschafft eine neue Wirklichkeit. Der Vorteil ist, dass die magische Struktur sehr schnell unauffällig wird. Darin liegt allerdings ein Risiko für den Verwandelten. Er kann sein wahres Selbst verlieren, wenn die Verwandlung zu lange andauert.

Eleborn ahnte, worauf dies hinauslief. »Und eine Verkleidung?«

Eine Verkleidung ist gefährlich. Wer dich mit dem Verborgenen Auge betrachtet, der wird den Elf in dir erkennen, wenn sein Misstrauen geweckt wurde.

»Ich … ich soll also so menschlich werden, dass ich kein Aufsehen errege.« Nandalee hatte ihm von den Menschen erzählt.

Von dem Schmutz und Gestank. Davon, wie sie die Welt, in der sie lebten, zerstörten und alles Schöne besudelten. So sollte er werden! Eleborn war fassungslos. Wie konnte der Himmlische ihm das abverlangen? Ihm, der danach trachtete, die Welt schöner zu machen? Der es liebte, vergängliche Skulpturen aus Licht und Wasser zu erschaffen, deren einziger Zweck darin bestand, Auge und Herz des Betrachters zu erfreuen?

Ich will Euch, Edler Eleborn, weil Ihr ein Zweifler seid. Weil Ihr die Schönheit schätzt. Weil Ihr nicht leichtfertig töten werdet und doch dazu ausgebildet wurdet, es um so vieles besser zu tun als ein Elf der Blauen Halle, solltet Ihr dazu aufgerufen werden. Ich verhehle Euch nicht, dass der Tag kommen mag, an dem Ihr unseren Spitzel töten und seine Leiche verschwinden lassen müsst. Denn sollte er lebend den Devanthar in die Hände fallen, wäre der Schaden, der daraus erwachsen könnte, um ein Unendliches größer als der Nutzen, den Euer Vorgänger uns brachte.

Eleborn hatte das Gefühl, von den Worten des Himmlischen hinabgezogen zu werden in die lichtlosen Tiefen seiner Seele. Es bereitete dem Drachen Kummer, einen Elfen, der den Himmelsschlangen lange Zeit treu gedient hatte, womöglich töten lassen zu müssen. Doch er würde es tun.

Wir können kein Band zwischen Euch und mir knüpfen, so wie es üblich ist, wenn eine Himmelsschlange einen Elfen der Weißen Halle erwählt. Es wäre ein Zauber, den ich zerstören müsste, um Eurer Tarnung willen. Es sei Euch auch erlassen, einen Pegasus zu finden und zu zähmen, wie es alte Sitte ist. All dies muss warten, denn die Zeit drängt. Werdet Ihr Eure Mission annehmen, Edler Eleborn?

Ohne seine Antwort abzuwarten, legte der Himmlische ihm seine Hand auf die Brust. Sie fühlte sich schwer und kühl an, und sie griff in sein Innerstes, ohne auch nur seine Haut zu ritzen. Er verharrte eine Weile. Es schien, als würde er einem fernen Gespräch lauschen. Schließlich lächelte er, und Eleborn fühlte sich unglaublich erleichtert.

Das war alles, was ich wissen musste. Ihr seid der Mann, für den ich Euch gehalten habe. Kommt mit mir. Ich weiß jetzt, Ihr werdet mich nicht enttäuschen. Wir gehen nun zu Lyvianne.

»Darf ich erfahren, was sie mit meiner Mission zu tun hat, Himmlischer?« Er war bemüht, einen demütigen Ton anzuschlagen. Eleborn war sich bewusst, dass es ihm nicht zustand, so sehr auf dieser Auskunft zu beharren. Doch er vertraute der Meisterin der Weißen Halle nicht.

Ihr wisst um jenen Zauber, mit dem wir uns die Erinnerungen von Menschenkindern aneignen können?

Eleborn nickte. Es war einer jener Zauber, die er ganz gewiss nie weben würde. Er nährte sich von der Lebenskraft der Menschenkinder und ließ einen jungen Mann binnen einer Nacht zum Greisen werden.

Ich spüre Euren Widerwillen, Edler Eleborn, doch müsst Ihr Euch damit abfinden, dass alles seinen Preis hat. Die Devanthar sinnen auf unseren Untergang. Sie zwingen uns dazu, uns dagegen mit allen Mitteln zu wehren. Im Gegensatz zu den Devanthar sind wir jedoch durch die Fesseln moralischen Handelns gebunden. Stiehlt einer unserer Krieger die Erinnerungen eines Menschenkindes, so ist er aufgerufen, darüber Rechenschaft in der Blauen Halle abzulegen und einen Bericht mit den wichtigsten Erkenntnissen abzufassen. Shianne Lyn hat mich darauf aufmerksam gemacht, dass Lyvianne über Erinnerungen verfügt, die für Eure Mission überaus nützlich sein könnten. Ihr werdet für viele Monde in die Welt der Menschenkinder gehen, Edler Eleborn. Wenn alles gut geht, sogar für Jahre. Doch die Zeit drängt, deshalb könnt ihr die Sprachen und all das andere Wissen nicht auf dem üblichen Wege erlernen, auch wenn dies Euren hehren moralischen Ansprüchen genügen würde. Es ist die Not, die uns zwingt, alle unsere Möglichkeiten zu nutzen.

Er dachte daran, wie Lyvianne versucht hatte ihn auszuhorchen, als Nandalee aus der Weißen Halle verschwunden war. Es war schwer, ihr zu widerstehen, wenn sie etwas wollte, und er hasste die Vorstellung, ihr nun etwas schuldig zu sein.

Ihr werdet ihr künftig nicht mehr oft begegnen, Edler.

Eleborn zuckte zusammen, als die Stimme in seinem Kopf erklang. Er hatte vergessen, dass keiner seiner Gedanken dem Himmlischen verborgen blieb.

Macht Euch keine Sorgen, Edler. Ihr habt nichts zu befürchten. Shianne Lyn wird auf der Harfe spielen. Ihr habt Euch ja bereits von ihrer Kunstfertigkeit überzeugen können. Sie ist hier, damit Ihr all Eure Ängste und Sorgen loslasst. Während sie spielt, werde ich mit der Verwandlung beginnen. Danach überlasse ich Euch Lyvianne.

»Was wird sie mit mir tun? Wie überträgt man die Erinnerungen eines Menschensohns?«

Der Himmlische lächelte. *Dieser Zauber wird nicht schmerzen. Wenn ich mich richtig erinnere, geht es um einen Schweinehirten und einen Fürstensohn. Sie gibt die Erinnerungen auf demselben Wege weiter, auf dem sie sie an sich gerissen hat. Nur dass Ihr nicht altern werdet.*

Das Ende der Jagd

Nandalee blickte auf die stilisierte Rose auf der Felswand. Wer hatte sie dorthin gemalt? Wer immer es gewesen sein mochte, hatte seine letzte Stunde damit verbracht, etwas Schönes zu erschaffen. Sie war mit Blut gemalt. Ihr Stängel eine weiße Quarzader in der Granitwand.

Sie versuchte, nicht zur Seite auf die gespaltenen Brustkörbe zu sehen. Auf die Schädel in den Nischen der Felswand und die zersplitterten Knochen, aus denen das Mark gesogen worden war.

Sie hielten sie in einer Nische der großen Höhle fest, in der sie gefangen worden war. Es war ihr Beinhaus. Wer hierherkam, der wusste, dass er seinen Weg bis zum Ende gegangen war.

Die Trolle hatten ihr eine Schlinge aus schmutzigem Hanf um den Hals gelegt. Sie lag am Boden, die Hände auf den Rücken gebunden, und einer der Wächter hatte seinen Fuß auf ihre Brust gesetzt. Sie konnte die Angst der Wächter riechen. Eine Gefangene wie sie hatten sie noch nicht gehabt. Wäre es nach den einfachen Kriegern und Jägern gegangen, dann wäre sie schon tot. Sie begriffen nicht, warum König Bromgar sie nicht sofort nach ihrer Gefangennahme erschlagen hatte.

Trommelschlag setzte ein. Viele Trommeln. Die Höhle wurde von ihrem Dröhnen erfüllt. In ihre Wachen kam Bewegung. Sie wurde aufgehoben. Die Stricke schnitten in ihre Arme. Sie trug nur noch ihr langes Lederhemd; alle übrigen Kleidungsstücke hatten sie ihr vom Leib gerissen. Der Troll, der vor ihr ging, ein gedrungener Krieger mit Narben von Raubtierkrallen auf dem Rücken, trug ihre Hose. Er hatte sich die Hosenbeine wie einen Gürtel um seine fülligen Hüften gebunden. Nandalee hatte nicht verstanden, warum er das tat. Hatte er eine Wette gewonnen? Glaubte er, ihre Hose würde ihm Glück bringen oder Ansehen? Wer begriff schon Trolle.

Nandalee leistete keinen Widerstand. Sie hoffte darauf, dass die Wachen glaubten, sie sei gebrochen, ohne Hoffnung.

Das Dröhnen der Trommeln fuhr ihr tief in den Bauch. Sie hatte Angst. Ihr war klar, dass sie nicht mehr entkommen konnte. Aber vielleicht hätte sie noch Gelegenheit, einem der Trolle die Kehle durchzuschneiden, wenn sie unvorsichtig wurden.

Sie hätte auf Gonvalon hören sollen! Sie würde nicht lebend zurückkehren. Das Einzige, was sie gewonnen hatte, war die Gewissheit, dass sie nicht allein am Massaker an ihrer Sippe die Schuld trug.

Der Troll hinter ihr riss ihre gefesselten Arme hoch, dass ihre Schultergelenke krachten. »Da, Weib. Da! Kriech auf den Stein!«

Unsanft wurde sie auf einen flachen, tiefschwarzen Felsblock geschoben. Immer noch tönten die Trommeln, dass ihr das Lärmen durch Mark und Bein fuhr. Eine schwere Hand drückte sie fest auf den Stein.

Überall ringsherum brannten Fackeln. Es war heiß und stank

nach Trollen. Nandalee erkannte einzelne Weiber zwischen den Jägern. Auch junge Trolle. Bromgars ganzes Volk schien sich versammelt zu haben, um das Ende der Jagd zu erleben, die mit dem Tod seines Sohnes begonnen hatte.

»Sie denkt an deinen Tod, Bromgar«, zischte eine Stimme ganz in der Nähe.

Nandalee wollte den Kopf zur Seite drehen, um zu sehen, wer da sprach. Doch kaum dass sie sich bewegte, wurde ihr Hinterkopf gepackt und ihr Gesicht so fest auf den Fels gepresst, dass ihr Blut aus der Nase quoll.

»Sie ist voller giftiger Gedanken, Bromgar. Iss nicht ihr Hirn. Nimm ihr Herz.«

»Red nicht!«, grollte der Trollkönig. »Fang ihre Seele ein.«

Nandalee spürte einen kalten Hauch. Ein Wort der Macht wurde geflüstert. Fremd, bizarr. Es gehörte nicht zur Sprache der Drachen. Sie konnte die kalte Boshaftigkeit des Zaubers, der sich zu entfalten begann, mit all ihren Sinnen wahrnehmen. Ein fauliger Geschmack kroch ihr in Nase und Mund. Ihr Kopf wurde in den Nacken gerissen, und sie blickte in die weißen Augen eines uralten Trollweibs. Es war blind. Verkrümmte Finger, deren Nägel zu gelblichen Krallen verformt waren, tasteten über ihr Gesicht.

Die Alte hob eine flache Schale aus grauem Stein an ihre Lippen, in der eine übel stinkende, dunkle Flüssigkeit schwappte. »Trink, Elfenkind. Trink.« Die Worte stachen wie Nadeln in ihr Hirn.

»Was … ist … das?« Sie musste jedes Wort dem Schmerz abringen, der sie zu überwältigen drohte.

»Ich kann deinen Kiefer brechen. Dann klafft dein Maul auf wie bei einem Fisch auf dem Trockenen. Willst du das?«

Nandalee presste trotzig die Lippen zusammen. Eine große Hand legte sich auf ihre Kehle, sodass sich die Finger um ihren Unterkiefer schlossen. Ein kurzer Befehl, und die Hand drückte zu. Langsam, die Kraft mit jedem Herzschlag ein wenig steigernd.

Nandalee öffnete den Mund. Widerstand zu leisten war zwecklos.

Die dunkle Brühe schwappte über ihre Lippen. Sie war bitter wie Galle. Widerwillig schluckte sie ein wenig davon. Ein taubes Gefühl kroch über ihre Zunge und dann ihre Kehle hinab. Ihr Blick verschwamm leicht. Sie fühlte sich seltsam entrückt, als sei dies alles nur ein Traum, von dem nichts bliebe, sobald sie nur aufwachte.

Die Trollschamanin rief etwas, das Nandalee nicht verstand, dann wandte sie sich an Bromgar. »Jetzt!«

Der König hob einen Krug und schüttete eine klebrige, rotbraune Flüssigkeit über ihren Kopf. Sie roch nach Blut und Honig. Das Haar hing Nandalee in dicken Strähnen ins Gesicht. Sie japste nach Luft und versuchte zugleich, nichts mehr von diesem Gebräu zu schlucken.

»Ihre Seele wird diesen Leib nicht mehr wiedererkennen«, erklärte die alte Vettel feierlich und mit so lauter Stimme, dass sie selbst das Getöse der Trommeln übertönte. »Sie kann nicht als Wiedergängerin zurückkehren. Sie gehört dir, Bromgar. Räche deinen Sohn!«

Der Trollkönig griff in ihr schmutzverklebtes Haar und riss ihr den Kopf in den Nacken. Sie fühlte keinen Schmerz. Sie betrachtete die regelmäßigen Abschlagspuren an der Schneide des Steinmessers und verdrehte die Augen nach oben, als die Klinge an ihrem Haaransatz in ihre Stirn schnitt.

Sie würde nicht schreien. Sie spürte die Klinge Haut und Fleisch durchtrennen, aber sie empfand dabei keinen Schmerz. Blut rann über ihre linke Braue, troff die Wange hinab und füllte ihren Mundwinkel. Die Trolle riefen etwas. Sie schrien!

Sie würde nicht schreien … Nandalee wiederholte es immer wieder in Gedanken, und doch griff das Grauen nach ihr, als sie sich erinnerte, was als Nächstes folgen würde.

Plötzlich lag Bromgars Hand vor ihr auf dem flachen Stein. Die Finger zuckten. Der steinerne Dolch entglitt ihnen.

Nandalee blinzelte. Etwas war in diesem Trank gewesen. Irgendeine Droge, die ihre Sinne betäubte und verwirrte. Dort lag die Hand, die in ihren Schädel greifen wollte. War sie in Wirklichkeit dort und dieses Bild nur gnädiger Wahn, bevor sie in die Dunkelheit glitt?

Sie wurde hochgerissen. Wohlgeruch umfing sie. Da war ein blitzendes Schwert. Todbringer! Die Trollschamanin wich angstvoll davor zurück. Neben ihr waren Krieger, die Bromgar in die Sicherheit ihrer dicht gedrängten Leiber zerrten. Der Trollkönig presste seinen Armstumpf gegen die Brust.

Nandalee blickte an sich hinab. Zu ihren Füßen auf dem Stein lag immer noch die abgehackte Hand. »Ich hol dich hier heraus«, flüsterte ihr eine wohlvertraute Stimme zu. Gonvalon! Er war gekommen, wie er es ihr versprochen hatte.

Um sie herum schloss sich eine Mauer aus grauem Fleisch. Die Trommeln der Trolle hatten aufgehört zu schlagen. Hasserfüllt starrten die Hünen sie an. Es waren Hunderte. Ganz gleich, wohin sie blickte. Überall hoben Trolle Keulen, Steinmesser und Speere.

»Lasst uns ziehen, und ich schenke euch eure Leben.« Gonvalon sagte das mit einer Gelassenheit, die beunruhigender wirkte als Drohungen oder Geschrei. Einige Trolle wichen tatsächlich vor ihm zurück.

»Ihr ängstlichen Welpen!«, ereiferte sich die Schamanin. »Das ist nur ein Elf. Ein einziger Elf! Zerreißt ihn!«

Gonvalon ließ sie auf den Stein zurücksinken, dann sprang er ohne Hast hinab und ging der Schamanin entgegen.

»Tötet ihn!« Das blinde Weib zeigte mit seinen gichtkrummen Fingern auf den Elfen. »Los!«

Einzelne Steine wurden geworfen. Gonvalon wurde getroffen,

ignorierte es aber einfach. Ja, es kam Nandalee so vor, als prallten die Steine völlig wirkungslos von ihm ab, als sei er selbst aus Stein gemacht. Dabei bewegte er sich mit der zielstrebigen Eleganz einer Raubkatze auf der Pirsch.

Zwei Trolle mit Speeren stürmten Gonvalon entgegen, um ihn aufzuhalten. Ein Schwerthieb wie ein Blitzschlag kappte die Steinspitzen von den armdicken Schäften, sodass sie durch die Luft wirbelten. In fließender Bewegung traf die Klinge mit einem Rückhandhieb den linken Troll und öffnete ihm mit einem wuchtigen Schlag den Brustkorb. Ohne an Kraft verloren zu haben, glitt das Schwert höher und durchtrennte dem zweiten Krieger die Kehle. Dabei hatte Gonvalon nicht einen Augenblick innegehalten. Immer noch ging er zielstrebig der Schamanin entgegen.

Nandalee wurde von hinten gepackt und an einen nach ranzigem Fett stinkenden Leib gezogen. Sie hätte aufschreien und sich dem Griff entwinden sollen, doch sie vermochte den Blick nicht von Gonvalon zu wenden, ganz als sei sie durch Zauberbann an den blonden Elfenkrieger gefesselt.

Gonvalon fing eine der abgetrennten Speerspitzen im Flug, wirbelte auf dem Absatz herum und schleuderte ihr das steinerne Stichblatt entgegen. Die Waffe verfehlte sie nur um eine Handbreit. Ein kehliges Röcheln erklang hinter ihr. Die Hand, die sie gepackt hatte, sank herab. Sie konnte spüren, wie der Leib, an den sie gepresst worden war, erschlaffte. Gonvalon hatte sich bereits wieder der Schamanin zugewandt. Obwohl Hunderte Trolle in der weiten Grotte versammelt waren, war es totenstill geworden.

Die blinde Vettel wich vor Gonvalon zurück. Sie packte die Krieger, die rechts und links von ihr standen, und sprach dabei ein Wort der Macht. Es war ein kurzer, harter Laut.

Gonvalon hatte die Schamanin fast erreicht, als sie ihr Maul weit aufriss und schwarzer Nebel daraus hervorquoll. Gleichzeitig veränderten sich die beiden Trollkrieger, die sie gepackt hielt. Ihre Haut schrumpelte, sah bald aus wie die Haut eines alten

Apfels. Sie sackten in sich zusammen. Das Fleisch schmolz ihnen von den Knochen, ihre Augen sanken tief in den Schädel zurück und wurden zu dunklen Löchern.

Todbringer schnellte vor. Die lange Klinge des Bidenhänders zerteilte den Nebel, und unstetes Licht flackerte um den Stahl wie fernes Wetterleuchten in einer schwülen Sommernacht. Die Alte stieß einen hohen, erschreckten Schrei aus. Gonvalon trennte mit einem einzigen, eleganten Hieb ihren Kopf vom Rumpf. Er packte ihn bei einem der Ohren und hielt ihn hoch, sodass alle Trolle ihn sehen konnten.

»Gibt es hier noch jemanden, der glaubt, er könne mich aufhalten? Ich habe den Immerwinterwurm erschlagen, und eure Schamanin vermochte mich nicht aufzuhalten. Gibt es jemanden, der es versuchen will? Ich bin ein Drachenelf. Ich bin der fleischgewordene Zorn der Himmelsschlangen. Wer will mich herausfordern?«

Nie war er ihr so unüberwindlich erschienen. Gonvalon schien von innen heraus zu strahlen. Er war nicht einfach nur ein Elf mit einem Schwert. Was er gesagt hatte, war wahr. Er verkörperte den Zorn der Himmelsschlangen.

Achtlos schleuderte er den Kopf der Schamanin zur Seite und ging zum Opferstein zurück, ohne sich noch einmal umzuschauen. Er streckte ihr die Hand entgegen. »Komm, Nandalee, wir gehen.«

Als er sie berührte, durchflutete sie ein Abglanz seiner Kraft. Sie wollte ihn umarmen, küssen, ihn lieben, aber sie wusste, dass sie noch nicht außer Gefahr waren. Sollten die Trolle ihren Mut wiedererlangen und alle gemeinsam angreifen, würde Gonvalon all seine Schwertkunst nichts mehr nutzen. Die schiere Masse der Feinde würde am Ende auch ihn besiegen. Sie mussten den Augenblick des Schreckens und der Verwirrung nutzen, um zu fliehen.

Doch Gonvalon schien keine Eile zu haben. Er half ihr liebevoll auf und stützte sie. »Bringt meiner Geliebten ihr Schwert zurück«, forderte er mit einer Stimme, in der die Gelassenheit vollkommener Macht mitschwang. Nandalee war erstaunt, wie sehr er sich verstellen konnte. Oder war das einfach nur eine Seite, die sie noch nie an ihm gesehen hatte? Hätte er so auch auf Nangog gehandelt, wenn Bidayn nicht beschlossen hätte, ihnen den Weg freizukämpfen?

In die Trolle kam Bewegung. Es wurde getuschelt. Nandalee glaubte Bromgars Stimme zu erkennen.

Sie lehnte sich an Gonvalon und fühlte sich einfach nur glücklich. Es war absurd, das wusste sie in einem fernen Winkel ihres Hirns, denn sie waren der Gefahr noch nicht entkommen, aber ihr Gefühl entzog sich jeglicher Vernunft. Es war einfach wunderbar, dem Tod entronnen und wieder mit Gonvalon vereint zu sein.

Ein Troll trat aus der Reihe der Gaffer. Er hielt das verlorene Schwert auf eine Art, als sei es ihm unangenehm, die Waffe zu berühren. Vorsichtig legte er die Klinge auf den Boden und zog sich hastig in die Sicherheit der Menge zurück.

»Glaubst du, du kannst es tragen?«

Seine Fürsorge rührte sie, aber diese Frage war schon ein wenig übertrieben. Sie hob die Waffe auf. Es war gut, wieder eine Klinge in der Hand zu halten. Nandalee verdrängte die Erinnerung an Demütigung und Misshandlung. Herausfordernd blickte sie die Trolle an. Kalte Blicke begegneten ihr und machten ihr deutlich, dass nicht sie es war, die den Hofstaat im Zaum hielt.

»Gehen wir«, sagte Gonvalon leichthin, als würden sie ein Sommerfest an einem der Fürstenhöfe Arkadiens verlassen.

In dem Wall aus grauen Leibern bildete sich eine Gasse. Weiter hinten, wo man sie beide nicht sah, begann es zu rumoren. Stimmen wurden laut. Der Bann drohte zu brechen, doch Gonvalon beschleunigte nicht etwa seinen Schritt, er lächelte die Trolle an. Und so unfassbar es war, einige lächelten zurück, als seien auch sie durch seinen Glanz geblendet.

Endlich erreichten sie den Eingang eines Tunnels, der sie tiefer in den Berg führen würde. Gonvalon setzte die Spitze von Todbringer auf den gewachsenen Fels und zog knirschend eine dünne Linie auf dem Boden. »Wer diese Linie vor dem Morgengrauen überschreitet, um uns zu folgen, der wird sterben.« Mit diesen Worten wandte er sich ab und ging weiter in die Dunkelheit. Dabei hielt er Nandalee bei der Hand. Sie fühlte sich geborgen wie an der Hand eines Vaters. Er schien ihr unüberwindlich, viel mächtiger, als er sich ihr je gezeigt hatte. Gonvalon hatte es nicht nötig, Zauber zu weben. Er war der Schwertmeister Albenmarks, der beste Fechter, den ihre Welt je gesehen hatte. Sie war unendlich stolz auf ihn. Und sie begehrte ihn wie nie zuvor.

Sie waren noch nicht lange gegangen, als sich der Tunnel gabelte. Gonvalon führte sie nach links in einen Gang, der steil abwärts führte. Nandalee war verwirrt. »Wollen wir nicht zu Cullayn und Tylwyth?«

»Wir werden die Trolle ein wenig in die Irre führen und von unserer Spur abbringen.«

Nandalee räusperte sich verlegen. »Sie … ähm … Sie werden unserer Witterung folgen. Was in meinem Fall wohl nicht sonderlich schwer sein wird.«

Er wandte sich zu ihr um, und obwohl er nicht mehr als ein Schattenriss im Dunkel des Tunnels war, wusste sie, dass er sie anlächelte. Sie konnte es spüren, und ein geradezu euphorisches Glücksgefühl ergriff sie. Sie war dem Tod entronnen, und an ihrer Seite war ein Mann, der alles für sie wagte.

»Ich muss gestehen, du hast heute ein Parfüm aufgelegt, das deinen Reizen wenig förderlich ist, meine Schöne.« Er lachte leise. »Und dennoch finde ich dich so begehrenswert wie nie zuvor. Seltsam, welchen Zauber die Liebe ausübt, nicht wahr?«

Er mochte das nett gemeint haben, aber sie fühlte sich verlegen. Sie wusste nicht, was die Trolle ihr über den Kopf geschüttet hatten, aber sie stank wie ein toter Iltis und sah mit ausgerissenen

Haarbüscheln und dem tiefen Schnitt am Haaransatz wohl auch kaum besser aus.

»Nicht weit von hier werden wir warme Quellen finden. Wenn wir gebadet haben, werden die Trolle unserer Spur nicht mehr so leicht folgen können.«

Sie war ihm dankbar dafür, dass er ein *Wir* benutzte, obwohl völlig klar war, dass nur einer von ihnen dringend ein Bad benötigte. Doch dann stutzte sie. »Woher weißt du von den Quellen? Warst du schon einmal hier?«

»Ich habe dich eine Weile gesucht, meine Schöne.«

»Und der Immerwinterwurm?«

Er lachte. »Der hat sich als erstaunlich schlechter Schwertkämpfer erwiesen.«

Seine Unbeschwertheit war ansteckend. Auch sie lächelte, während er sie immer weiter in die Tiefe führte. Es wurde wärmer, und bald schlug ihnen stickige, feuchte Luft entgegen, der ein Hauch von Schwefelgestank anhaftete.

Endlich erreichten sie eine niedrige Höhle, in der sich ein langgezogener Teich befand. Grün und blau fluoreszierendes Licht ging von dem Wasser aus und reflektierte in einander durchdringenden Wellen an der nassen Höhlendecke. Große Blasen stiegen auf und zerplatzten mit sattem Blubbern.

Gonvalon streifte seine Kleider ab und stieg in das Wasser. Er winkte ihr zu. »Komm, es ist herrlich!«

Sie zog das lange Lederhemd über den Kopf. Ihr Haar war steif vor Schmutz und Blut. Zögerlich streckte sie den Fuß aus. Dann blickte sie zu dem Weg zurück, den sie gekommen waren. »Und wenn die Trolle uns überraschen?«

»Der Tunnel ist eng. Wenn sie uns hier angreifen, sind sie noch dümmer, als ich dachte. Ihre Übermacht hilft ihnen hier nicht. Sollten sie uns zum Kampf stellen, dann wird das in einer größeren Höhle oder im Freien geschehen. Gewiss werden sie ohnehin noch eine Weile benötigen, um sich von ihrem Schreck zu erholen, jetzt, da sie wissen, was es bedeutet, einen Drachenelfen herauszufordern. Wir sollten diese Gelegenheit zu einer Rast nutzen. Bald werden auch wir wieder all unsere Kräfte brauchen.«

Wieder winkte er ihr. Er sah unglaublich gut aus! Den Kampf mit dem Immerwinterwurm hatte er ohne eine einzige Schramme überstanden. Gonvalon hatte recht! Sie sollte die Trolle vergessen. Mit ihm an ihrer Seite konnte ihr nichts geschehen. Die Trolle würden es bereuen, falls sie ihr Bad stören sollten!

Nandalee stieg in das warme Wasser und seufzte vor Erleichterung. Ihr Körper war bedeckt mit Prellungen und Schrammen. Das seltsame Licht in dieser Grotte schien ihre Verletzungen noch zu betonen, während ihre Haut unnatürlich blass aussah. Sie tastete nach den leuchtenden Schlieren im Wasser, die sich unter ihrer Hand zerteilten, ohne dass es ihr möglich war, etwas davon zu fassen zu bekommen.

Nandalee ging in die Knie und tauchte dann ganz unter. Das Wasser brannte in der Schnittwunde an ihrer Stirn.

Als sie auftauchte, troff der Schmutz an ihr herab. Plötzlich war ihr zum Weinen zumute. Die Erleichterung, noch am Leben zu sein, und die Gewissheit, dass ihre ganze Sippe ermordet worden war, das alles war zu viel. Sie konnte die Tränen nicht länger zurückhalten.

Gonvalon kam zu ihr, nahm sie in die Arme und strich zärtlich über ihr besudeltes Haar. Er sagte nichts, und sie war ihm unendlich dankbar dafür. Sie wollte nicht reden, nicht denken. Sie konnte es nicht. Nicht jetzt. Von ihm gehalten zu werden tat so gut. Sie hatte alles falsch gemacht. Seit jenem verfluchten Tag, an dem sie auf Bromgars Sohn geschossen hatte. Am liebsten würde sie sich für immer in dieser Höhle verkriechen.

»Ich hatte solche Angst um dich«, sagte Gonvalon leise. »Ich habe mich in den Tunneln verirrt. Dann hörte ich die Trommeln …« Er stockte. »Ich dachte, ich hätte dich für immer verloren.«

Sie begann unkontrolliert zu schluchzen. Sie wollte es nicht, doch je mehr sie dagegen ankämpfte, desto schlimmer wurde es. Sie war immer eine Einzelgängerin gewesen, hatte immer alles mit sich allein ausgemacht. Sie war es nicht gewohnt, gerettet zu werden, sich anlehnen zu können, sich fallen zu lassen. Nandalee ballte die Fäuste. Sie wollte sich wieder beherrschen können.

Gonvalon küsste sie zärtlich auf die Stirn. »Du musst leben, Nandalee. Ich brauche dich.« Seine Hände strichen zärtlich über ihren Rücken. Wohlige Schauer durchliefen sie. Sie wollte spüren, noch am Leben zu sein, mit allen Sinnen!

Ihre Lippen suchten die seinen. Wie gut er roch! Das war ihr noch nie aufgefallen. Sie küsste ihn fordernd, wollte ihn verschlingen.

Gonvalon hob sie hoch, und ihre Beine umschlangen seine Hüften. Als er in sie eindrang, schrie sie auf. Sie biss ihm in den Nacken und genoss, mit jeder Faser ihres Leibes zu spüren, wie sehr er sie begehrte. Nie hatte das Liebesspiel sie so erfüllt. Und nie zuvor hatte sie Gonvalon so leidenschaftlich erlebt.

Der Todgeweihte

Dieser Narr würde sich umbringen, dachte Cullayn, und zugleich hatte er Respekt vor ihm. Es war ein Wunder, dass Gonvalon sich überhaupt noch auf den Beinen zu halten vermochte. Seine Lunge war durchbohrt! Von der Sensenklaue, die in seiner Brust steckte, ging eine tödliche Kälte aus. Wahrscheinlich lebte der Schwertmeister nur deshalb noch, weil er das Amulett Nandalees trug, das ihn vor dem Atem des Winters hatte schützen sollen und nun wohl verhinderte, dass sich der Frost tief in seine Glieder fraß. So bewirkte die unnatürliche Kälte, die von der Sensenklaue ausging, nur, dass die Blutung der schweren Wunde fast augenblicklich aufgehört hatte.

Entschlossen stemmte sich der Schwertmeister hoch. »Wir haben genug Zeit verloren. Gehen wir!« Er hustete. Blutiger Schaum perlte von seinen Lippen.

Tylwyth sah ihn zweifelnd an. Cullayn wusste, was sein Gefährte dachte. Der Schwertmeister brachte sich um. Es war ein Wunder, dass er überhaupt noch lebte! Ein Wunder, dass die Sensenklaue sein Herz verfehlt hatte. Sie hatten gar nicht erst versucht, sie aus Gonvalons Brust zu ziehen. Cullayn kannte solche Wunden. Er hatte einmal erlebt, wie ein Maurawan von einem Kentaurenspeer durchbohrt worden war und noch eine halbe Stunde lang weiterkämpfte, obwohl die Speerspitze tief in seinem Rücken steckte. Als die Schlacht vorüber war und sie die abgebrochene Waffe aus seinem Fleisch zogen, war er verblutet. Gonvalon würde es nicht anders ergehen, wenn sie an dieser Sensenklaue rührten. Der Schwertmeister war dem Tod geweiht. Wahrscheinlich war es die verzweifelte Sorge um Nandalee, die ihn noch auf den Beinen hielt.

Anfangs hatte er Gonvalon nicht sonderlich leiden mögen. Er hatte ihn für arrogant gehalten und für verweichlicht wie all die anderen Elfen aus Arkadien, die ihr Band zur Natur verloren hatten und lieber in warmen Betten in ihren Palästen schliefen als unter dem Sternenhimmel. Aber Gonvalon war anders. Er bestand in der Kälte zwar nur, weil er Nandalees Amulett trug, aber er hatte eine Härte an sich, der Cullayn Respekt zollte, ebenso wie dem Mut des Elfen, sich allein dem Immerwinterwurm zu stellen. Er hätte ihnen allen die Flucht ermöglicht. Ihm nun zu helfen war er ihm schuldig. Auch wenn Gonvalons letzte Tat die reine Unvernunft war. Sie sollten nicht in die Trollhöhlen gehen, ganz gleich, was Gonvalon Nandalee versprochen hatte.

Cullayn lächelte. Er tat meistens nicht, was die Mehrheit für vernünftig hielt. Seit eine Trollkeule ihm das Gesicht eines Ungeheuers geschenkt hatte, war er nicht mehr Teil der Mehrheit. Er besaß seither die Freiheit, zu tun und zu lassen, was immer er wollte. Niemand versuchte mehr auf ihn einzureden. Dass er nicht mehr bei Sinnen sein konnte, wusste jeder, der ihm ins Antlitz sah.

Gonvalon schleppte sich bereits den Weg aus der Klamm hinauf. Er stützte eine Hand in die Hüften, als fände er dort Halt, um auf den Beinen zu bleiben. Alle paar Schritte hielt er inne und hustete. Es war zum Erbarmen.

Tylwyth wartete immer noch auf seine Entscheidung. »Komm, gehen wir mit ihm.«

Cullayn runzelte die Stirn.

»Kannst du einem sterbenden Helden den letzten Wunsch abschlagen? Ich kann es nicht. Aber dir steht natürlich frei, beim Eissegler auf uns zu warten.«

Tylwyth griff nach dem Bogen, der an der Felswand lehnte. Dann folgte er ihm. Cullayn hatte es nicht anders erwartet. Sie waren jetzt schon seit Jahren Jagdgefährten, aber was Tylwyth in seinem Innersten bewegte, wusste er immer noch nicht. Nur so viel: Er vermied es, eigene Entscheidungen zu treffen. Warum auch immer … Cullayn hatte ihn nie danach gefragt. Es war ein Glücksfall gewesen, einen Gefährten zu finden, mit dem er sich ohne große Worte verstand. Er würde ihre Freundschaft nicht mit neugierigen Fragen auf die Probe stellen.

Sie folgten Gonvalon, und als sie ihn erreichten, griffen sie ihm unter die Arme und stützten ihn. Der Schwertmeister duldete die Hilfe. Gonvalon musste wissen, wie wenig Kraft ihm noch verblieben war und dass er sich in seinen letzten Stunden keinen falschen Stolz mehr leisten konnte.

Der Sturm war über sie hinweggezogen, während sie in der Klamm Schutz gesucht hatten. Der Schnee fiel noch immer dicht, doch der eisige Nordwind, vor dessen rauem Atem die Wärme des Lebens floh, war zu einer schwachen Brise abgeebbt.

»Das Schwert …«, brachte Gonvalon hustend hervor. »Wir brauchen es.«

Voller Sorge sah Cullayn die feinen Blutspritzer auf der Hand des Schwertmeisters. »Ich werde es holen. Geht weiter hinauf zum Wasserfall. Ich hole euch ein.«

Er eilte die Klamm entlang, an der sie vor wenigen Stunden noch verzweifelt um ihr Leben gekämpft hatten. Der Sturm hatte den Schauplatz des Dramas verändert. Dort, wo der Kadaver des Immerwinterwurms lag, erhoben sich nun sanfte Hügel, die nicht ahnen ließen, was für ein Ungeheuer sie verbargen. Cullayn hatte das beklemmende Gefühl, dass sich etwas verändert hatte. Er vermochte es nicht zu greifen. Aber es war mehr als nur der Schnee, der sich als kaltes Leichentuch über die Bestie gelegt hatte. Instinktiv duckte er sich. Im dichten Schneetreiben konnte er kaum zwei Schritt weit sehen.

Er hielt den Atem an, zwang sich zu völliger Ruhe. Sein Puls wurde langsamer. Er lauschte. Die Zeit verrann. Schnee sammelte sich auf seinen Schultern und der Kapuze. Sein Atem war ein fast unsichtbarer Nebelhauch vor seinem Mund. Er wurde eins mit der verschneiten Landschaft. Bald wäre auch er nur ein sanfter Hügel im Schnee, so wie der Immerwinterwurm. Er konnte Gonvalon und Tylwyth nicht so lange alleine lassen. Wahrscheinlich hatten sie schon den Wasserfall erreicht und warteten auf ihn. Und der Schwertmeister konnte es sich nicht leisten zu warten.

Sein Instinkt warnte Cullayn. Er hatte sein ganzes Leben in der Wildnis verbracht. Er hatte erlebt, wie seine Sinne ihn getäuscht hatten. Aber seinem Instinkt hatte er immer vertrauen können.

Der Maurawan erhob sich. Unendlich langsam. Die Schneekruste auf seinem Rücken riss. Er brauchte das Schwert. Es musste noch im Kadaver stecken. Irgendwo zwischen den mittleren Beinpaaren der Kreatur. Dort, wo Gonvalon gelegen hatte. Cullayn schob den Neuschnee zur Seite. Darunter fand er das gefrorene Blut des Schwertmeisters. Er strich den Schnee von den dünnen, insektenartigen Beinen des Wurms. Da war nichts. Er konnte die Waffe nicht finden. Nicht einmal die tödliche Wunde, die Gonvalon der Bestie beigebracht hatte, konnte er entdecken. Wahrscheinlich suchte er beim falschen Beinpaar. Vielleicht hatte sich der Kadaver durch den Frost zusammengezogen.

Er klopfte weiteren Schnee von der Bestie, doch da war nichts. Kein Schwert und auch keine Wunde. Verwundert blickte er auf den Blutfleck im Schnee. Hier hatte Gonvalon gelegen. Das Schwert musste hier sein … Es sei denn, jemand war gekommen, um es zu holen. Bestimmt waren es keine Trolle gewesen. Ihre tiefen Spuren hätte auch der neue Schnee nicht völlig verwischt. Auch vermieden sie es, Metall zu berühren.

Der Maurawan betrachtete den Schnee. Er verriet ihm nichts. Konnte es sein, dass ein Drachenelf gekommen war, um die verlorene Klinge zu holen? Er kannte einige Geschichten, die man sich über diese verwunschenen Schwerter erzählte. Sie kehrten immer in die Weiße Halle zurück.

Ein leises Klicken erklang in der Stille des fallenden Schnees. Cullayn fuhr herum. Das Geräusch kam von weiter vorne. Er legte eine Hand auf den Griff seines Jagdmessers und ging zum Kopf der toten Bestie.

Der Schnee war von einem der kleinen Arme, die an Hummerscheren erinnerten und die rings um das Maul des Ungeheuers wucherten, herabgerutscht. Diese eine Schere öffnete und schloss sich. Immer wieder. Cullayn hatte gesehen, wie die Läufe von erlegtem Wild noch zuckten, obwohl das Leben sie schon verlassen hatte. Er hatte erlebt, wie Kadaver laut furzten, weil sich in ihrem Gedärm faulige Gase bildeten. Aber das hier war anders.

Das ganze Vieh ist anders als alles, was du bisher in deinem Leben gesehen hast. Es wurde durch Zauberkunst erschaffen, ermahnte er sich stumm. Du musst dir keine Sorgen machen!

Als wolle es seine Gedanken verhöhnen, öffnete sich eines der großen, fahlgelben Augen. Das waren keine zuckenden Muskeln. Er sah es im Blick der Kreatur. Sie erinnerte sich an ihn!

Ein Zittern durchlief die unzähligen Beine des Immerwinterwurms, und einer der großen Arme mit den langen Sensenklauen erhob sich.

Cullayn wich zurück. Das konnte nicht sein! Das Vieh war tot gewesen, als sie die Kralle, die Gonvalons Leib durchdrungen hatte, abgetrennt hatten.

Immer mehr Schnee rutschte von der Kreatur. Ein langer Seufzer, schauriger als alles, was der Maurawan je in seinem Leben gehört hatte, entrang sich dem Schlund der Bestie. Ein Laut, der nicht in diese Welt gehörte. Der Wurm kehrte ins Leben zurück!

Cullayn wandte sich ab und begann zu laufen. Sie mussten fort von hier. Wenn sie Nandalee in die Trollhöhlen folgten, säßen sie in der Falle. Noch schien der Wurm nicht ganz bei sich zu sein, wie ein Zecher, der nach zu kurzer Nacht nur langsam aus seinem Rausch in die Wirklichkeit zurückfand. Aber er erinnerte sich daran, wer ihn getötet hatte. Vorübergehend getötet …

Der Neuschnee erschwerte seine Flucht. Cullayn strauchelte über Steinbrocken, als er die flache Senke durchquerte, in die die Klamm auslief. Er folgte dem Lauf des Baches, der inzwischen wieder gefroren war, bis er den Wasserfall erreichte, in dem sich die Bestie verborgen gehalten hatte.

Gonvalon und Tylwyth waren nicht hier. Er sah ihre Spuren im Schnee. Sie endeten vor der zerklüfteten Eiswand. Cullayn entdeckte einen blutigen Handabdruck auf dem Eis, wo der Schwertmeister sich abgestützt hatte. Die beiden mussten oben bei der Höhle sein! Er fluchte. Tylwyth hatte ein Seil bei sich gehabt. Wahrscheinlich hatte er Gonvalon hinaufgezogen.

Der Maurawan blickte den Wall aus Eis hinauf, der sich im dichten Schneegestöber verlor. Er hatte nur die Wahl, den beiden zu folgen oder sie im Stich zu lassen. Mit einem leisen Fluch rückte er den Bogen auf seiner Schulter zurecht und stieg in die Eiswand ein. Sorgfältig mied er das dünne Rinnsal, das sich seinen Weg durch die Spalten bahnte und sie langsam mit neu gewachsenem Eis füllte. Als er endlich das Felssims erreichte, von dem die Eiskaskaden in die Tiefe wuchsen, kämpfte sich bereits graues Morgenlicht durch das Schneegestöber. Cullayns Hände waren taub vor Kälte. Er schlug sie sich vor die Brust, bis ihm ein kribbelnder Schmerz in die Finger kroch.

»Wo warst du so lange?« Tylwyth trat aus dem Dunkel des Höhleneingangs. Gonvalon stützte sich schwer auf seinen Gefährten. Der Schwertmeister sah entsetzlich aus. Sein Gesicht war fahl wie der Tod. Er hatte nicht mehr die Kraft zu sprechen. Er zitterte am ganzen Leib. Viel Zeit würde ihm nicht mehr bleiben, dachte Cullayn. Wenn er den beiden erzählte, dass der Wurm noch lebte, würde Gonvalon jede Hoffnung verlieren, dass sie mit Nandalee von hier entkommen konnten.

»Hab das Schwert nicht gefunden«, sagte er mürrisch. »Zu viel Schnee dort. Wir müssen es bei Tageslicht noch einmal versuchen.«

Tylwyth kannte ihn zu gut, um nicht zu bemerken, dass etwas nicht stimmte. Er bedachte ihn mit einem skeptischen Blick. Gonvalon jedoch glaubte die Lüge. Er nickte matt.

»Gehen wir Nandalee suchen!« Cullayn setzte sich an die Spitze der Gruppe. Er führte sie ins Dunkel und war erleichtert, als die Höhle sich zu einem Tunnel verengte, in den ihnen der Immerwinterwurm kaum würde folgen können.

Gonvalons Atem ging laut und unregelmäßig. Immer wieder hielt er inne und hustete. So würden sie keinen überraschen. Blieb nur zu hoffen, dass die Trolle tiefer im Berg waren und sie noch nicht bemerkt hatten.

»Ich gehe vor«, sagte Cullayn entschieden. »Sollte sich der Tunnel verzweigen, wartet ihr auf mich. Mit mir als Späher sind unsere Aussichten besser, unbemerkt zu bleiben.«

»Ja«, krächzte Gonvalon mit rauer Stimme. Er klang erschöpft und vollkommen resigniert. Auch ihm schien inzwischen klar zu sein, dass er sie in eine hoffnungslose Lage gebracht hatte.

»Vielleicht sollten wir einfach hier auf Cullayn warten«, sagte Tylwyth. Man musste ihn schon gut kennen, um den angespannten Unterton in seiner Stimme zu bemerken.

Gonvalon nickte und ließ sich mit einem erschöpften Seufzer gegen die Tunnelwand sinken. Es ging zu Ende. Cullayn hatte genug Sterbende gesehen, um zu wissen, wie nah der Tod des Schwertmeisters war.

Tylwyth winkte ihm, und sie entfernten sich ein Stück von Gonvalon. »Was machen wir jetzt?«

»Ich gehe Nandalee suchen. Bleib du bei ihm. Er soll nicht alleine sein, wenn …« Cullayn stutzte. Da war etwas. Ein fernes Geräusch, wie schwere Schritte.

»Ein Troll?«

Cullayn schüttelte den Kopf. Es war etwas Größeres. Jetzt konnte er spüren, wie der Felsboden vibrierte. Kleine Steine fielen von der Decke. Was immer es war, es wollte, dass sie es kommen hörten. Und es war nicht mehr weit entfernt.

Der Fremde

Tylwyth hatte noch nie erlebt, dass Cullayn Angst hatte. Er ging mit Cullayn auf die Jagd, weil er sich bei ihm immer sicher gefühlt hatte. Bis jetzt.

Cullayn nahm seinen Bogen von der Schulter und legte einen Pfeil auf die Sehne.

Tylwyth glaubte nicht, dass sie das, was dort kam, mit Pfeilen aufhalten konnten. Dennoch nahm auch er seinen Bogen. Zwei Pfeile steckten noch in seinem Köcher. Dies würde ihre letzte Jagd werden.

Der Boden vibrierte immer stärker. Nervös leckte sich Tylwyth über die Lippen. »Na los, zeig dich«, murmelte er. »Komm schon.«

Ein warmes, gelbes Licht flammte weit vor ihnen im Tunnel auf. Cullayn drehte sich überrascht zu ihm um. Es war, als habe das, was auf sie zukam, die geflüsterten Worte gehört. Ein Schattenriss schälte sich aus der Mitte des Lichts. Ein Elf? Ein Troll war es jedenfalls nicht, dafür war die Gestalt zu klein.

»Es ist gut, euch beide wohlbehalten zu sehen.«

Tylwyth ließ seinen Bogen sinken und atmete erleichtert auf. Ein Freund! Alle Anspannung wich von ihm. Doch Cullayn nahm den Pfeil nicht von der Sehne. Was war los mit seinem Gefährten? Sie hatten nichts zu befürchten! Der Fremde war ein Freund, das konnte Tylwyth förmlich spüren. Allerdings war es schon ein wenig seltsam, hier am Königssitz der Trolle einen Elfen anzutreffen.

Langsam füllte sich der Schattenriss mit Farbe und Form. Der Fremde war nun weniger als zwanzig Schritt entfernt. Ein hochgewachsener Elf, der ein langes Schwert lässig über der Schulter trug. Nur seine Schritte … Er stampfte mit den Füßen nicht auf den Boden, doch der Fels vibrierte bei jedem seiner Schritte. Nicht einmal ein Mammut war so schwer. Was war das? Ein Erdbeben? Ein Erdbeben im Einklang mit seinen Schritten?

Jetzt war das Gesicht des Fremden deutlich zu erkennen. Er sah genauso aus wie Gonvalon. Unwillkürlich blickte Tylwyth hinter sich. Der Schwertmeister war in sich zusammengesackt. Er lehnte mit dem Rücken an der Tunnelwand. Sein Kopf war auf die Schulter abgekippt, der Mund offen.

Tylwyth blickte zurück zu der Gestalt im Tunnel und erkannte sofort seinen Fehler. Der Elf sah Gonvalon nur *ähnlich*! Und der Boden vibrierte auch nicht mehr unter seinen Schritten.

»Was bist du?« Cullayn hatte seinen Bogen gehoben und zog die Sehne zurück.

»Nicht!«, entfuhr es Tylwyth. Was war denn los mit seinem Freund? Vor dem Fremden mussten sie sich nicht fürchten. Das sah man doch auf den ersten Blick!

Der goldhaarige Elf nahm das Schwert von der Schulter und lehnte es an die Höhlenwand. Dann hob er seine Hände auf Kopfhöhe, sodass die Handflächen zu ihnen wiesen. »Ihr müsst euch nicht vor mir fürchten. Ich bin gekommen, um euch zu retten.«

»Dann besteht ja kein Grund, uns zu verheimlichen, wer du bist«, beharrte Cullayn.

»Ich bin der, der Gonvalon retten kann, wenn du mich zu ihm lässt. Wohingegen du dich zu seinem Mörder machst, wenn du mich mit Waffengewalt daran hinderst, Cullayn.«

Der Fremde sprach mit solcher Ruhe und solchem Gleichmut! Tylwyth war ganz ergriffen von seinen Worten. Warum konnte Cullayn das nicht sehen? Er war ihr Freund! Tylwyth griff seinem Gefährten in den Arm, sodass dieser den Bogen senkte.

»Wir können jede Hilfe gebrauchen. Lass ihn. Bitte!«

Widerwillig nahm Cullayn den Pfeil von der Sehne. »Niemand kann Gonvalon mehr retten«, sagte er bitter.

»Aber ein Versuch ist erlaubt?« Das Lächeln des blonden Elfen nahm der ironischen Bemerkung die Spitze. Er ging zu Gonvalon und kniete neben ihm nieder. »Ich hätte nicht gedacht, dass ein einzelner Elf den Immerwinterwurm besiegen könnte. Gonvalon ist wahrlich ein Schwertmeister.«

»Der Wurm ist wieder zum Leben erwacht«, bemerkte Cullayn gallig. »Wir kommen auf diesem Weg nicht mehr aus dem Königsstein hinaus.«

»Was?« Tylwyth war fassungslos. »Aber …«

»Er hat es um Gonvalons willen nicht gesagt.« Der Elf legte seine Hand auf die Brust des Schwertmeisters, und goldenes Licht umfing sie. »Der Nordwind hat den Wurm wieder lebendig werden lassen. Er ist ein Geschöpf der Kälte und mit dem Land verbunden. Eine wahrhaft einzigartige Kreatur. Er macht unsere Welt nicht schöner, aber man muss dem Fleischschmied schon zubilligen, dass er immer wieder den Mut hat, etwas ganz Neues zu erschaffen. Den Wurm kann man nur dann endgültig besiegen, wenn man sein Herz herausschneidet und es im Licht der Mittagssonne schmelzen lässt. Gelingt dies nicht, wird ihn der Nordwind immer wieder neu erstehen lassen.«

Während der Elf sprach, verschwand die Sensenklaue. Sie schien im Licht zu vergehen, das die Hand des Fremden umspielte.

Cullayn kniete nieder, demütig das Haupt gesenkt. »Bitte, verzeiht mir, Herrscher des Himmels.«

Der Fremde lachte. Es war ein gut gelauntes, ansteckendes Lachen, und Tylwyth konnte nicht anders, als einzufallen, obwohl er nicht begriff, was vor sich ging.

»Du weißt nun, wer ich bin?«, fragte der Fremde.

»Nicht wer, aber was.« Cullayn wagte nicht aufzublicken.

Tylwyth lächelte immer noch. Er konnte nicht anders, obwohl er sich zugleich zu fürchten begann. Aber etwas an der Ausstrahlung des Fremden zwang ihm dessen gute Laune auf. Es war unmöglich, sich dieser Macht zu widersetzen.

Gonvalon schlug die Augen auf. Die Wunde auf seiner Brust hatte sich geschlossen. Nichts zeugte mehr von seiner tödlichen Verletzung. Doch der Schwertmeister schien sich dessen gar nicht bewusst zu werden. Er starrte mit weit aufgerissenen Augen den Fremden an. »Ihr …«

»Du bist müde, Gonvalon.« Der goldhaarige Elf berührte den Schwertmeister sanft an der Schläfe. »Du musst dich ausruhen und neue Kräfte sammeln.«

Noch bevor er ein weiteres Wort herausbringen konnte, fielen Gonvalon wieder die Augen zu. Tylwyth verstand das! Das war nur folgerichtig. Nach dieser schweren Verletzung musste ihr Gefährte sich ausruhen. Wie sehr der Fremde doch auf ihrer aller Wohl bedacht war. Er hatte sie gerettet, völlig selbstlos. Gewiss war er einer der Meister unter den Drachenelfen. Tylwyth konnte seine Macht spüren. Sie war fast greifbar.

»Cullayn, du solltest nun Nandalee holen. Folge diesem Tunnel, bis er sich nach etwa sechzig Schritt gabelt. Halte dich dort links. Bei der nächsten Gabelung gehst du wieder links. Du gelangst in einen Gang, der steil in die Tiefe führt. An seinem Ende findest du eine Grotte mit einer heißen Quelle. Dort wirst du Nandalee finden und …« Er richtete sich auf und sah plötzlich so niedergeschlagen aus, dass Tylwyth nicht anders konnte, als zu ihm zu eilen und ihm voller Sorge die Hand auf den Arm zu legen.

»Was ist geschehen, Bruder?« Im selben Augenblick wurde er sich bewusst, was für einen Fehltritt er sich erlaubt hatte. Wenn Cullayn vor diesem vermeintlichen Elfen kniete, dann war er eins ganz gewiss nicht, ein Bruder. Der Jäger hätte niemals vor einem anderen Elfen das Knie gebeugt. Wie hatte er sich in seiner Ergriffenheit nur so gehen lassen können?

»Es ist gut zu wissen, ganz und gar auf eure Hilfe vertrauen zu können, meine Freunde.«

»Wir sind ganz die Deinen.« Cullayn hielt unbegreiflicherweise noch immer sein Haupt gesenkt. Vielleicht wollte er dem Fremden den Anblick seines entstellten Gesichts ersparen, dachte Tylwyth, der zugleich erleichtert war, dass sein Fehltritt keine Folgen hatte.

»Ich stehe in Gonvalons Schuld und bin glücklich, dass sich heute endlich die Gelegenheit fand, ihm seine Treue zu vergelten. Ich konnte Nandalee aus den Händen der Trolle befreien. Aber mir war auch bewusst, wie sehr diese Tat vielleicht eines Tages auf ihrer beider Liebe lasten könnte. Ich weiß, sie sind ein Paar und glücklich. Aber wo war Gonvalon in ihrer höchsten Not? Die Trolle hatten sie gefangen und wollten sie regelrecht schlachten. Hätte sie Gonvalon jemals verziehen, dass nicht er es war, der kam, um sie zu retten? Gewiss, darüber gesprochen hätte sie wohl nicht, und doch wäre es ein schleichendes Gift für ihre Liebe gewesen, wenn ein anderer als der Mann, dem ihr Herz gehört, alles gewagt hätte, um sie zu retten. Um diesen Schaden abzuwenden, habe ich Gonvalons Gestalt angenommen. Und ich bitte euch, weiht nur den Schwertmeister ein, sagt Nandalee aber nichts von meiner kleinen List, auf dass die Liebe der beiden auch fortan von keinem Misston gestört werden mag.«

Während er sprach, hatte der Goldhaarige Tylwyth bei den Händen gefasst.

»Natürlich werden wir nichts verraten!« Was für eine Bitte, dachte Tylwyth. Nie zuvor war ihm jemand begegnet, der so selbstlos war. Er würde diese edle Tat doch nicht zerstören, indem er sie verriet. »Du kannst auf unser Schweigen vertrauen! Eher würde ich mir die Zunge herausreißen lassen, als dass ein Wort darüber über meine Lippen kommt.«

»Und du, Cullayn?«

»Ich werde Nandalee nicht sagen, was in dieser Nacht vorgefallen ist.« Seine Stimme klang bitter wie Galle, was Tylwyth empörte. Was hatte Cullayn nur?

»Bleib du bei Gonvalon und wache über ihn.« Der Fremde wandte sich ab und griff nach dem großen Bidenhänder. »Ich werde den Immerwinterwurm aufhalten.«

»Ganz allein?«, fragte Tylwyth ehrfürchtig.

»Töten werde ich ihn genauso wenig wie ihr. Aber er wird … ruhen. Mehr wage ich nicht. Ich will mir schließlich nicht den Zorn des Fleischschmiedes zuziehen.« Bei den letzten Worten zwinkerte der Fremde Tylwyth zu, was den Elfen verwunderte. Natürlich wäre es dumm, einen Alben zu verärgern, indem man eines seiner bevorzugten Geschöpfe tötete.

»Wir alle werden hier lebend herauskommen!« Der Fremde strahlte eine solche Zuversicht aus, dass auch Tylwyth keinerlei Zweifel daran hegte, dass alles gut ausgehen würde.

Die Botschaft des Unsterblichen

»Herr?«

Datames schreckte aus dem Schlaf auf. Er tastete nach den Bändern, die sein Haar hoch hielten und ihm viel heimlichen Spott einbrachten. Seine verräterischen Ohren waren darunter verborgen.

»Tritt ein!«

Die Plane am Eingang des Zeltes wurde zurückgeschlagen, und Aleksan, der Hauptmann, der das Kommando über die Wachen entlang des trockenen Flussbettes hatte, trat ein. Er war ein leicht untersetzter Krieger mit struppigem, rotstichigem Bart. Dunkle Ringe lagen unter seinen unstet huschenden Schweinsäuglein. Er wirkte übernächtigt und verstört. Unter den Arm geklemmt trug er eine längliche Truhe aus kostbarem, rotem Holz.

Datames seufzte. Es war die dritte Truhe dieser Art, die ihm geschickt wurde. Er erhob sich von seinem Lager. Dass er, abgesehen von den Bändern, die sein Haar in Form hielten, unbekleidet war, brachte den Hauptmann sichtlich in Verlegenheit. Er wusste nicht mehr, wohin er schauen sollte.

»Wer weiß davon?«

»Nur zwei Bauernlümmel. Die Truhe stand an derselben Stelle wie die beiden anderen. Sie haben mich sofort gerufen. Sie werden mit niemandem darüber reden.«

Datames glaubte das nicht. Aber ob die beiden Geschichten erzählten oder nicht, spielte auch keine Rolle, solange sie nicht wussten, wohin die Truhe gebracht worden war. »Stell sie dort auf den Tisch.«

Aleksan gehorchte.

Datames fuhr mit dem Zeigefinger über den Namen, der mit Muschelkalksplittern in den Truhendeckel eingelassen war. »Konnte einer der beiden lesen?«

Der Hauptmann grinste und zeigte dabei gelbfleckige Zähne. »Zwei Bauern aus einem Dorf am Ende der Welt? Nein, Herr.

Macht Euch keine Sorgen. Niemand weiß, wessen Namen auf dieser Truhe steht. Aber …« Aleksan räusperte sich.

»Ja?«

Der Krieger hob seine linke Hand, die mit halb geronnenem Blut besudelt war. »In der Kiste steckt etwas, das blutet.«

»Weißt du, warum ich dich vom Werber zum Hauptmann befördert habe, Aleksan?«

Die Schweinsäuglein des Kriegers starrten geradewegs zur Decke des Zeltes. »Weil ich lesen kann, Hofmeister?«

Datames musste schmunzeln. »Das auch.« Es erstaunte den Elfen immer wieder, wie wenige Menschenkinder lesen und schreiben lernten. »Ich habe dich ausgesucht, weil ich dich für klug und verschwiegen halte. Zwei Eigenarten, die einen Mann noch über den Rang eines Hauptmanns hinaustragen können. Was meinst du, Aleksan? Steckt in dir noch mehr?«

Der Krieger blickte weiterhin zur Zeltdecke. »Das werdet Ihr sicher herausfinden, Herr.«

Schwang da ein Hauch Ironie oder gar Rebellion mit? Nein, zu Ironie war Aleksan nicht fähig. Und aufsässig war er auch nicht, dazu war er viel zu ehrgeizig. Er hatte sich lediglich missverständlich ausgedrückt, entschied Datames. »Du darfst dich nun zurückziehen, Hauptmann. Ich bin sicher, du bist sehr müde. Danke für den Dienst, den du mir erwiesen hast.«

Aleksan verneigte sich ein wenig übertrieben und ging ohne ein weiteres Wort.

Datames trommelte mit den Fingern der Linken auf dem Truhendeckel. Er ahnte, was für ein *Geschenk* er da bekommen hatte, und war nicht gerade erpicht darauf, es sich anzusehen. Er roch es durch den geschlossenen Deckel hindurch, das Blut und das Fleisch, dem in der Hitze des beginnenden Tages bereits erster Verwesungsgeruch anhaftete. Er war es seinen Männern schuldig, entschied er. Sie waren für ihn gestorben. Dies war die letzte Ehre, die er ihnen erweisen konnte.

Datames schob den Bronzeriegel zurück, klappte die Truhe auf und stöhnte auf. Ein Schwarm von Fliegen, die er bei ihrem Festmahl gestört hatte, stieg auf und verteilte sich im Zelt. Vier tote Augen blickten ihn an. Einer seiner Späher und Ashira. Er klappte abrupt den Deckel wieder zu. Ashira! Woher wussten sie … Er hatte in den letzten Wochen ein großes Lager organisiert, in dem die Bauern und Krieger des Heeres alle erdenklichen Dienstleistungen bekommen konnten. Es gab Wäscherinnen und Köchinnen, es gab Zelte mit Badezubern, etliche Tavernen, und die meisten der Frauen dort standen auch für andere Gefälligkeiten zur Verfügung. Er hatte all dies unter seine Obhut genommen, um besser Kontrolle ausüben zu können. Wer sich bei den Übungen hervortat, die jeden Tag abgehalten wurden, um aus den Bauern Kämpfer zu machen, bekam eine eigens geprägte Kupfermünze und konnte sie gegen Dienstleistungen eintauschen. In den meisten Fällen lief das auf käufliche Liebe hinaus. Aber darauf kam es ihm nicht an. Es gab keinen Unfrieden deshalb, keine zügellosen Besäufnisse, bislang keinen einzigen Mord und nur sehr selten Schlägereien.

Bislang.

Ashira war in den letzten Nächten in sein Zelt gekommen, um ihn zu massieren, wenn seine Muskeln verkrampft waren und sein Leib bedeckt mit Prellungen, die er sich in den Kampfspielen zufügen ließ, damit nicht auffiel, dass er zu geschickt für einen Menschensohn war. Er hatte Ashira gemocht. Sie war keines dieser vollbusigen, frechen Weiber gewesen, die sich sonst mit Kriegern abgaben. Eine kleine, verhuschte Gestalt mit pockennarbigem Gesicht und einem fast knabenhaften Körper.

Kurunta hatte also Spitzel und Mörder in ihrem Lager. Wollte er mit dem Tod Ashiras andeuten, dass er auch ihn hätte ermorden lassen können? Datames ließ sich auf dem Faltstuhl neben seinem Arbeitstisch nieder. Er durfte sich jetzt nicht von seinen Gefühlen übermannen lassen. Er hatte alles gut machen wollen …

Hatte gewollt, dass die Frauen nicht erpresst und verprügelt wurden, dass sie einen gerechten Lohn für ihre Arbeit bekamen, ganz gleich, welcher Art sie war. Und er hatte nicht geduldet, dass sich irgendwelche zwielichtigen Gestalten zu ihren Beschützern aufschwangen.

Kolja hatte mehrfach versucht, den Schutz der Frauen zu übernehmen. Er konnte diesen Fleischkopf nicht leiden! Wenn das alles hier vorüber war, sollte er sich die Geschäfte des Drusniers in Nangog einmal näher anschauen. Dass so viele der Söldner aus Aarons Leibwache krank waren, mochte er nicht glauben. Irgendetwas lief dort hinter seinem Rücken … Aber das war das Geschäft eines anderen Tages.

Datames klappte die Truhe wieder auf und zwang sich erneut hineinzusehen. Für den Späher hatte er nur einen flüchtigen Blick. Er war irgendwo in den Bergen gestellt und ermordet worden. Aber was war mit Ashira geschehen? Ein glatter Schnitt hatte ihre Kehle durchtrennt und reichte fast bis zur Wirbelsäule. Am hinteren Hals sah der Wundrand ganz anders aus. Zerfasert … Wahrscheinlich hatte der Mörder nur einen Dolch besessen und einige Mühe gehabt, den Kopf ganz vom Rumpf zu trennen. Und wo war ihr Leib? Es gab zu viele Hunde, um ihn nahe beim Lager irgendwo im Sand zu verscharren. Der Mörder würde die Leiche auch kaum herumgetragen haben. Er hatte Ashira zu einem Stelldichein an einen Ort bestellt, an dem er ihre Leiche sofort verschwinden lassen konnte. Wo mochte das gewesen sein?

Datames nahm das Innere der Truhe genauer in Augenschein. Sie war mit gewachstem Stoff ausgeschlagen, in dem sich das Blut der beiden Toten zu halb geronnenen Pfützen gesammelt hatte. Und da war noch etwas. Er hatte es zunächst übersehen, weil es fast völlig in einer Blutlache versunken gewesen war.

Mit spitzen Fingern zog er es hervor. Es war glitschig, kaum zu packen. Ein Täfelchen aus ungebranntem Ton, halb so groß wie seine Hand.

Endlich lag es vor ihm auf dem Tisch. Die Schriftzeichen, tief mit dem Griffel in den weichen Ton gedrückt, waren mit Blut vollgelaufen. Im unteren Drittel war das Bild einer geflügelten Išta in den Ton geprägt. Sie hatte die Arme seitlich ausgestreckt und hielt in jeder Hand ein Bündel Blitze. Auf dem Boden um sie herum lagen enthauptete Feinde. Etwas undeutlich, ganz an der linken Seite, war eine kleine Pyramide aus runden Steinen aufgeschichtet. Oder sollten es Köpfe sein?

Sorgfältig las er die Nachricht aus geronnenem Blut.

AUF DAS LAND OHNE WIEDERKEHR SETZE ICH DICH,
AUF DASS ERDSTAUB UND STEINE DEINE SPEISE SEIEN
UND DU IN DUNKELHEIT SITZEST, WOHIN KEIN
LICHT KOMMT
UND WO NIE DAS LIED EINES VOGELS DEINE OHREN
ERFREUEN WIRD.
ICH SELBST WERDE DICH FÜHREN DURCH DIE SIEBEN TORE
ZUM LAND OHNE WIEDERKEHR.

Datames schlang die Arme um seinen Leib. Plötzlich war ihm kalt. Er ging zu seinem Lager und nahm seine Decke, um sie sich um die Schultern zu legen. Hatte wirklich Išta diese Tontafel verfasst? Hatte er die Aufmerksamkeit einer Devanthar auf sich gelenkt? Wenn sie seinen Kopf wollte, spielte es keine Rolle mehr, wie die Schlacht ausging. Sie würde kommen und ihn holen … Und sie würde erkennen, wer er wirklich war!

Immer wieder hatten ihn die anderen Meister der Blauen Halle gewarnt, dass er das Schicksal zu sehr herausfordere. Es war an der Zeit zu gehen. Er war hier nicht mehr sicher. Selbst wenn nur irgendein Handlanger Muwattas diese Zeilen verfasst hatte.

Er kehrte an den Tisch zurück und blickte auf die blutige Schrift. Wenn er fortlief, würde Ashiras Mörder niemals bestraft werden. Und niemand würde nach ihrem Leib suchen, um sie in ein würdiges Grab zu betten. Den Menschenkindern bedeutete das sehr viel. Sie gaben ihren Toten Speisen mit für jenes Land, in dem es nur Erdstaub und Steine zu essen gab, Vogelkäfige und manchmal gingen die wichtigsten Diener und die Geliebten eines bedeutenden Toten sogar mit ihm zusammen ins Grabhaus, damit ihr Herr auch im Land ohne Wiederkehr ihr Gebieter sein konnte.

»Ich werde dafür sorgen, dass auch dein Mörder in das Land ohne Licht und Vogelstimmen geht, Ashira«, sagte er bitter. Dann nahm er ihr Haupt, legte es in die Truhe zurück und verschloss den Deckel.

Er würde nicht fortlaufen. So viele Jahre lebte er nun schon am Hofe Aarons, und er hatte erlebt, wie der Unsterbliche sich verändert hatte. Diese ganze Welt konnte sich ändern, wenn er den Tyrannen Muwatta besiegte. Datames bildete sich nicht ein, dass er ausschlaggebend für Sieg oder Niederlage war. Aber wenn er jetzt davonlief, dann würden die Aussichten für Aaron schlechter werden. Um das zu verhindern, musste er den Herrscher um etwas bitten, das er ihm nur ungern gewähren würde. Und das gleich zwei Mal.

Der Elf erhob sich und griff nach seinem Wickelrock.

»Datames? Musst du dich heben aus weichem Bett. Warten wir auf dich«, erklang es vor dem Zelt.

Datames musste unwillkürlich lächeln. Das also waren die Menschen, für die er bleiben wollte, statt nach Albenmark zurückzugehen. Er musste verrückt geworden sein!

Am Ende des Weges

Nandalee erwachte von dem Gefühl, beobachtet zu werden. Alle ihre Sinne waren schlagartig wach. Nicht sofort die Augen öffnen, dachte sie. Wer immer dort war, sollte noch nicht wissen, dass sie nicht mehr schlief. Wo steckte Gonvalon? Sie konnte ihn nicht in ihrer Nähe spüren. Wo war ihr Schwert?

Da war ein vertrauter Geruch. Bärenfett? Hatten die Trolle sie gefunden?

»Nandalee? Komm, wir müssen gehen.«

»Cullayn?« Sie richtete sich auf. Ein Stück entfernt lehnte Gonvalons Schwert an einer Tropfsteinsäule. Mehr konnte sie im fluoreszierenden Licht der Höhle nicht erkennen. Nicht einmal Cullayn. Er stand irgendwo im Schatten. Warum?

Sie war nackt. Nandalee musste lächeln. Erstaunlich, wie verklemmt der Maurawan war. Sie streifte ihr langes Lederhemd über. »Was machst du hier? Wo ist Gonvalon?«

»Er schickt mich. Er macht sich Sorgen wegen der Trolle.«

Sie nahm das Schwert und schnallte den Waffengurt um ihre Hüften. »Warum sagt er mir das nicht selbst?« Jetzt sah sie Cullayn. Er stand nahe dem Ausgang aus der niedrigen Grotte.

»Er … er kämpft uns den Rückweg frei.«

»Haben die Trolle dich und Tylwyth gefunden?«

»Frag nicht so viel!«, herrschte er sie an. »Komm einfach mit. Es ist später Zeit zu reden.« Er drehte sich um und verschwand in den Tunnel.

Nandalee sah ihm verwundert nach. So hatte sie Cullayn noch nie erlebt. Ob er sich mit Gonvalon gestritten hatte?

Schweigend folgte sie ihm. Es war seltsam still im Berg, als seien alle Trolle geflüchtet. Nach Gonvalons Kampf in der Nacht wäre das nicht verwunderlich. Nie hatte sie ihn so fechten sehen! Ein warmes, wohliges Gefühl breitete sich in ihr aus, als sie an ihn dachte. Und nie zuvor hatte sie ihn so leidenschaftlich geliebt wie gestern.

Sie folgte dem Geräusch von Cullayns Schritten durch die Dunkelheit, bis sie in den Tunnel gelangten, der zum gefrorenen Wasserfall führte. Dort erwarteten sie Gonvalon und Tylwyth. Ihr Geliebter sah zum Erbarmen aus. Seine Kleider waren zerrissen und mit Blut verschmiert. Das Gesicht wirkte eingefallen und ausgezehrt.

Sie drängte sich an Cullayn vorbei und schloss Gonvalon in die Arme.

»Mir geht es gut«, sagte er mit tonloser Stimme.

Sie schob ihn ein wenig von sich und betrachtete ihn skeptisch. Er war verwundet worden, aber jetzt zeigte sich, abgesehen von den zerrissenen und besudelten Kleidern, keine Spur der Verletzungen mehr.

»Ich habe ihn geheilt, so gut ich konnte«, erklärte Cullayn hinter ihr.

Nandalee drehte sich zu dem Jäger um. *So gut er konnte* war eine Untertreibung ohnegleichen. Gonvalon musste ernsthaft verwundet worden sein, während sie schlief.

»Das ist nicht …«, begann Tylwyth.

»Wir sollten hier nicht länger Zeit vergeuden, sondern schnellstmöglich aufbrechen«, unterbrach ihn Cullayn. »Steigen wir schnell zum Segler hinab. Der Immerwinterwurm erwacht, wenn der Nordwind kommt. Gehen wir!«

Nandalee sah ihn verwirrt an. »Wovon redest du?«

»Gonvalon hat ihn zwei Mal erschlagen.« Cullayn tauschte einen gehetzten Blick mit Tylwyth. »Aber man kann ihn nicht endgültig töten. Er erwacht wieder zum Leben, wenn der Nordwind über seinen Kadaver streicht.«

Eine Spannung lag in der Luft. Irgendetwas Unausgesprochenes. Nandalee spürte es ganz deutlich. Die drei verschwiegen ihr etwas. Etwas, das nichts mit dem Ungeheuer zu tun hatte.

»Beeilen wir uns besser«, drängte nun auch Gonvalon.

Wo war der Zauber der letzten Nacht? Kein Kuss. Nicht einmal ein zärtlicher Blick. Sie folgte ihm, versuchte ihn zu berühren. Doch er entzog sich ihr. »Später …«, murmelte er.

Ihr wurde kalt. Die wohlige Wärme in ihrem Bauch war gewichen.

Vorsichtig stiegen sie die steile Treppe mit den zu großen Stufen am Wasserfall hinab. Inmitten des schmalen Bachlaufs lag der Kadaver des Immerwinterwurms. Der Schnee war zerwühlt. Sie konnte an den Spuren sehen, dass der Kampf anders abgelaufen sein musste als am Vortag. Einige der Gliedmaßen des Wurms waren abgehackt. Sie versuchte sich vorzustellen, mit welch unbändiger Kraft Gonvalon zugeschlagen haben musste.

Vor dem Kadaver ragte Todbringer aus einem Schneehaufen. Der Bidenhänder war von Eis verkrustet. Sie nahm das große Schwert an sich. Sein vertrautes Gewicht in ihren Händen zu spüren gab ihr ein Gefühl von Sicherheit. Sie löste ihren Schwertgurt und gab Gonvalon seine Waffe zurück. Er sah sie so eigenartig an.

Der Schwertmeister zeigte zum Hang hinauf, auf dem er gestern gegen den Immerwinterwurm gekämpft hatte. Dort standen Hunderte riesiger Gestalten. Die Trolle des Königssteins. Schweigend blickten sie zu ihnen herab. Sie mussten sich vorhin noch im tiefen Schnee verborgen gehalten haben. Anders konnte Nandalee sich nicht erklären, sie beim Abstieg nicht bemerkt zu haben.

»Was wollen die?«, fragte Tylwyth beklommen.

Nandalee stieß Todbringer in den Boden.

»Was hast du vor?« Gonvalon war sofort an ihrer Seite.

»Ich gehe dort hinauf. Allein. Ich habe diese Sache begonnen. Ich muss sie zu Ende bringen.«

Der Schwertmeister presste die Lippen zusammen. Er wirkte so erschöpft und verletzt, dass sie ihn am liebsten in die Arme genommen hätte. Sie war erleichtert, dass er nicht versuchte sie aufzuhalten. Er kannte sie zu gut.

»Du lässt sie gehen?«, hörte sie Tylwyth hinter sich sagen.

»Nach allem, was wir getan haben, um sie zu retten? Das ist …« Der Protest brach ab. Wahrscheinlich hatte Cullayn seinen Freund mit ein paar barschen Worten zum Schweigen gebracht. Nandalee wandte sich nicht um. Sie hielt den Blick fest auf die Trolle gerichtet und stieg aus dem Bachbett den Hang hinauf.

Hüte dich vor dem Mann mit dem Goldhaar

Keiner der Trolle rührte sich. Manche von ihnen waren mit Speeren und Keulen bewaffnet. Aber es waren auch ihre Weiber und deren Welpen gekommen. Welpen, so nannten sie selbst ihre Kinder. Nandalee hatte ihr Leben lang nichts als Verachtung für die ungeschlachten Hünen empfunden. Dabei waren auch sie Jäger. Und auch sie behaupteten sich in den eisigen Einöden der Snaiwamark und Carandamons.

Sie entdeckte Bromgar. Er stand auf einer Felsnase, die sich aus dem Schneefeld schob. Seinen rechten Arm hielt er dicht an den Leib gepresst. Der Stumpf war nicht verbunden. Er sah aus, als habe er ihn ins Feuer gehalten, um die Blutung zu stillen.

»Du hast Mut, Elfenweibchen.« Sosehr er auch versuchte sich zu beherrschen, Schmerz schwang in Bromgars Stimme. Soweit Nandalee wusste, wurde unter den Trollen der Kräftigste oder der beste Kämpfer König. Nachdem er eine Hand verloren hatte, waren Bromgars Tage als Herrscher vermutlich gezählt.

Die Elfe hielt ihren Blick gesenkt, so wie man es bei Raubtieren vermied, ihnen direkt in die Augen zu sehen. »Ich bin gekommen, um mich bei dir für den Mord an deinem Sohn zu entschuldigen, Bromgar, Herrscher des Königssteins.« Sie sprach mit lauter Stimme, sodass ihre Worte weit über den Hang hallten. »In meiner Tat lag keine Ehre. Ich ermordete deinen Sohn, weil er das Wild stellte, das ich lange gejagt hatte. Er war der bessere Jäger von uns beiden. Die Blutfehde, die ich beschworen habe, soll enden. Hier, auf diesem Hang.« Sie kniete nieder. »Ich lege mein Leben in deine Hand.«

Aus den Augenwinkeln beobachtete sie den Troll. In dem plumpen Gesicht war kaum eine Regung abzulesen. Kurz hatte sie den Eindruck, dass seine Augen feucht schimmerten.

»Geh!«, sagte er mit rauer Stimme. »Du bist die Letzte deiner Sippe. Du sollst allein jagen. Die Einsamkeit kosten. Das ist meine Rache. Unsere Fehde ist zu Ende. Geh! Hüte dich vor dem Mann mit dem Goldhaar. Er ist nicht, was er zu sein scheint. Und warne die Elfen vom Albenhaupt. Wir töten Fremde, die in unseren Jagdgründen wildern. Es wird ein Tag ohne Wind kommen. Und wenn ihre großen Windschlitten stehen bleiben, dann werden sie lernen, dass wir ausdauerndere Läufer sind als sie.«

Nandalee sah ihn jetzt direkt an. Fürchtete er Gonvalon so sehr? Ließ er sie deshalb ziehen?

»Geh!« Er deutete mit seinem Armstumpf in Richtung ihrer Gefährten.

Wer verstand schon, was in Trollköpfen vor sich ging. Sie erhob sich. »Liuvar. Frieden!«, sagte sie beklommen. Sie hatte sich das Ende der Fehde anders vorgestellt. Mit ihrem Tod hatte sie gerechnet oder mit einem Zweikampf. Darauf hatte sie insgeheim gehofft. Aber dass ein Troll auf die Idee kommen könnte, sie mit dem Leben zu bestrafen …

Gonvalon kam ihr entgegen. Erleichtert schloss er sie in seine Arme. »Ich hätte sie …« Seine Stimme klang erstickt. »Ich …«

»Gehen wir«, riet Cullayn. »Bevor sie es sich anders überlegen.«

Sie folgten dem Jäger die Klamm hinab und weiter bis zum Versteck des Eisseglers. Nandalee sagte kein Wort mehr. Sie spürte eine Leere in sich wie nie zuvor in ihrem Leben. Sie hatte gehofft, dass alles vorüber sein würde, wenn sie ein paar Überlebende ihrer Sippe gefunden oder zumindest Rache genommen hatte. Aber als sie die Trolle auf dem Hang gesehen hatte, war ihr klar geworden, dass diese Fehde niemals enden würde, wenn sie den Weg des Blutes ging. Sie müsste wieder und wieder töten, und die Trolle würden nicht aufgeben, nach ihr zu suchen oder nach anderen, die ihr etwas bedeuteten. Eine endlose Spirale des Todes.

Nun war es vorüber. Aber sie fühlte sich nicht befreit. Sie fühlte gar nichts mehr.

Gonvalon blieb immer in ihrer Nähe. Manchmal streiften seine Finger kurz ihre Hand. Er war da, ohne aufdringlich zu sein. Er störte ihr Schweigen nicht, stellte keine Fragen, auf die sie keine Antworten wusste.

Cullayn und Tylwyth setzten ihren Eissegler allein zusammen. Auch sie kamen ohne Worte aus. Als sie fertig waren, senkte sich die Dämmerung auf das weite Land. Sie schoben den Segler gemeinsam aufs Eis, verstauten ihre wenigen Habseligkeiten und vertrauten sich dem Wind an.

Bald füllte sich das Segel. Mit leisem Zischen glitten sie über den gefrorenen Fluss, der sich in weiten Kehren durch die Ebene wand. Dunkle Wolken flohen vor dem Nordwind über den tiefen Himmel. Kein grünes Licht wogte von Horizont zu Horizont. Kein Stern war zu sehen. Sie reisten in die Dunkelheit.

Ihre Trauer erfüllte sie mit süßem Schmerz. Es bedeutete nichts, dass es der Windschlitten von Duadan gewesen war, der die Trolle zu ihrer Sippe geführt hatte. Ihr Pfeil war es gewesen, der das Unglück heraufbeschworen hatte. Ein Pfeil, in blindem Jähzorn von der Sehne gelassen, hatte letztlich ihre ganze Sippe getötet.

Gonvalon trat hinter sie und legte einen Arm um ihre Taille. Er zog sie zu sich heran. Sie ließ ihren Kopf gegen seine Schulter sinken. Und plötzlich rannen ihr Tränen über die Wangen. Sie weinte still. Ohne Schluchzer. Stand reglos und kämpfte nicht mehr. Und ein einziger Gedanke erfüllte sie ganz und gar. Sie war nun die letzte Windwanderin.

Freudengeld und Geheimnisse

Der Unsterbliche Aaron blickte übellaunig auf, als er das Zelt betrat. Datames überlegte kurz, ob er sich unter irgendeinem Vorwand sofort wieder zurückziehen sollte, entschied sich aber dagegen. Was er wollte, duldete keinen Aufschub.

Er durchmaß das Zelt und stellte die längliche Truhe, die er geschickt bekommen hatte, auf den mit Tontafeln bedeckten Tisch. »Ein Geschenk an mich, edler Unsterblicher, aber der Inhalt betrifft auch Euch.«

Datames sah, wie Aaron darum rang, seine schlechte Stimmung zu unterdrücken.

»Worum geht es?«, fragte der Herrscher bemüht sachlich.

»Bitte öffnet die Truhe. Der Inhalt sagt mehr als viele Worte.«

Aaron kam seinem Wunsch nach und wandte sich mit angewidertem Blick ab, als er die abgetrennten Köpfe sah.

»Dies sind eine Wache und die junge Dame, die in mein Zelt kam, um mich zu massieren. Der Tod der Wache ist traurig, doch gehört das noch zum Vorpostengeplänkel. Ashiras Tod nicht. Das ist eine Botschaft, dass sich Meuchler in unserem Lager befinden. Sie wissen um den Tagesablauf deiner Würdenträger, wahrscheinlich wissen sie auch, was Ihr zu jeder Stunde des Tages tut. Sie können jederzeit jemanden töten, der uns nahesteht. Ja, vielleicht könnte ein Meuchler sogar bei Nacht in Euer Zelt eindringen, Unsterblicher.«

Aaron strich sich nachdenklich über den Bart. Dann schüttelte er den Kopf. »Mein Zelt ist Tag und Nacht bewacht. Ich bin nicht in Gefahr. Es geht um die anderen …«

»Bitte, Erhabener, weist das nicht so leicht von Euch. Ein beträchtlicher Teil Eurer Leibwache besteht aus Söldnern, aus ehemaligen Piraten. Seid Ihr Euch der Loyalität jedes einzelnen dieser Männer sicher? Ich halte es durchaus für möglich, dass sich ein Meuchler bereits unter Euren Vertrauten befindet.«

»Dann ist der Plan unserer Feinde, Zweifel und Unfrieden zu

säen, bei dir ja bereits aufgegangen, Datames.« Er klappte die Truhe zu.

»Selbst wenn es keinen Verräter unter Euren Leibwachen gibt: Ihr seid jeden Tag unter den Männern im Lager. Ihr grabt mit ihnen. Ihr nehmt an den Wettkämpfen teil. Jeder in diesem Lager, der es nur will, kann auf Dolcheslänge an Euch herankommen, Herr.«

»Ich erwarte von jedem meiner Männer, dass er am Tag der Schlacht sein Leben für mich einsetzt, und jetzt soll ich mich wie ein Feigling ducken? Es war dein Vorschlag, dass ich ins Lager gehe, um den Bauern und Kriegern nahezukommen. Und nun willst du, dass ich das Gegenteil tue? Nein! Du hast mich auf den richtigen Weg gebracht. Das sehe ich umso deutlicher, weil Muwatta versucht, mich davon wieder abzubringen. Ich werde gar nichts ändern.«

Datames stieß einen tiefen Seufzer aus. Er schätzte Aaron, weil er solche Dinge sagte. »Ich kann Euch nicht beschützen, wenn Ihr unvorsichtig seid, Herr.«

Aaron lächelte ihn an. »Dann entbinde ich dich von dieser Verantwortung.« Er sagte das warmherzig, ganz ohne Arroganz und hörbar bemüht, auch nicht beleidigend zu klingen. »Ich werde auf mich selbst aufpassen.« Er legte die Hand auf die Truhe. »Aber wir müssen besser darin werden, die Unsrigen zu schützen. Hast du Vorschläge, Datames?«

»Wir haben fünfzigtausend Bauern und Krieger hier und einen Tross, der nach etlichen Tausend zählt. Außerdem kommt täglich ein Heer von Lastenträgern, die uns mit allem Nötigen versorgen. Vielleicht können wir es schaffen, den Meuchlern, die sich eingeschlichen haben, ihr blutiges Handwerk zu erschweren. Aber aufhalten können wir sie nicht.«

»Dann machen wir es so gut wir können«, entgegnete Aaron, den die Aufgabe mit neuem Enthusiasmus zu erfüllen schien. »Die Frauen zum Beispiel, die das Freudengeld nehmen. Können wir sie nicht alle in einem Lager zusammenfassen, das mit einem Graben und einem Erdwall umgeben wird? An die Zugänge stellen wir Wachen. Wer dort hineinwill, muss seine Waffen abgeben und sein Freudengeld zeigen. Dann kann nicht jeder zu jeder beliebigen Zeit zu ihnen.«

Datames versuchte einzuschätzen, für wie viel Unruhe das unter den Männern sorgen würde. Er wusste, manche flanierten einfach nur gerne zwischen den Zelten der Frauen, um sie anzugaffen.

»Wir sollten eine Erklärung liefern, warum das geschieht.«

»Seien wir offen«, entgegnete der Unsterbliche. »Reden wir über den Mord an Ashira. Wenn die Männer verstehen, was geschieht, wird es weniger Unmut geben. Und übrigens, dein Einfall mit dem Freudengeld war ausgezeichnet. Die Männer legen sich mehr ins Zeug. Die Stimmung ist besser. Es gibt weniger Schlägereien. Ich danke dir für deine Dienste, Datames. Auch wenn wir manches Mal aneinandergeraten … Du bist meine rechte Hand. Ohne dich würde hier das Chaos regieren.«

Datames sah seinen Herrscher überrascht an. An Lob aus seinem Munde war er wirklich nicht gewöhnt, obwohl der Unsterbliche sich in den letzten beiden Jahren sehr zu seinem Vorteil verändert hatte. »Danke, Herr.«

Die Sache mit dem Freudengeld war nur eine Kleinigkeit. Jeder, der sich bei seiner Arbeit oder bei den Kampfübungen besonders auszeichnete, bekam eine besondere Münze als Lohn, das Freudengeld. Jeden Tag wurden Tausende davon verteilt. Nur wer so eine Münze vorweisen konnte, durfte die Dienste der käuflichen Damen in Anspruch nehmen. Er zahlte damit, und die Damen wechselten die Münzen in richtiges Geld. Natürlich hielten sich nicht alle daran, aber in der Gesamtheit war sein Plan aufgegangen. Die Männer strengten sich nicht mehr nur an, weil sie Land versprochen bekamen, das sie vielleicht erhalten würden, wenn sie die Schlacht überlebten. Die Münzen waren viel greifbarer. Jeder konnte sie noch am selben Tag gegen ein paar schöne Stunden eintauschen.

»Wir sollten die Wachen außerhalb des Lagers verstärken«, fuhr der Herrscher fort. »Es muss möglich sein, den Feind an seinen Bewegungen zu hindern.«

»Es wäre günstig, wenn wir die Hirten und Jäger aus Garagum enger an uns binden könnten. Die Bauern der Provinz hat sich Muwatta schon zu Feinden gemacht. Er erlaubt seinen Männern, sich zu holen, was sie haben wollen. Die meisten Dörfer auf der anderen Seite des trockenen Flussbettes sind geplündert und niedergebrannt. Es ist eine Bitte an mich herangetragen worden, die Euch nicht gefallen wird, Unsterblicher Aaron, aber wenn wir ihr nachkommen, wird sich die Waagschale in dieser Provinz endgültig zu unseren Gunsten neigen.«

Aaron hörte ihm aufmerksam zu und schüttelte den Kopf. »Das gefällt mir nicht.«

»Ihr wisst, dass man Euch im Volk König Geisterschwert nennt. Dieser Name eilt Euch bis in die entferntesten Provinzen voraus. Nun bietet sich die Gelegenheit, einen großen Nutzen daraus zu schlagen. Ihr wollt ein Herrscher sein, der dem Volk nahe ist? Dann geht auf diese Bitte ein.«

»Lass mich einen Tag überlegen, was ich tun werde. Ich sollte das Heerlager nicht verlassen. Außerdem will ich den Mann sehen. Kommen wir nun auf das Problem mit den getöteten Wachen zurück. Hast du einen Vorschlag?«

Datames räusperte sich. »Mehr als das. Aber ich fürchte, auch diesmal wird Euch mein Rat nicht gefallen. Ich plädiere dafür, dass wir alle Wachen abziehen und unter unseren Männern verbreiten, dass es gefährlich ist, in der Nacht das Lager zu verlassen, weil Muwatta Meuchler schickt. Alle müssen begreifen, wie riskant Spaziergänge außerhalb des Lagers sind. Das ist wesentlich, denn wenn wir tun, was ich mir überlegt habe, ist jeder in großer Gefahr, der diesem Rat nicht folgt.«

Aaron strich über die Truhe auf seinem Tisch. »Ist das nicht schon jetzt der Fall?«

Datames konnte nicht widersprechen. »Es wird schlimmer werden. Bislang ist es unseren Spähern unmöglich gewesen herauszufinden, was in dem Tal hinter dem Heerlager Muwattas vor sich geht. Wir sind blind. Nun werden wir auch ihn blenden. Das verspreche ich Euch.«

»Dann tun wir es!«, entschied Aaron.

Datames war erleichtert. Er hatte nicht damit gerechnet, dass sich der Herrscher entschließen würde, seinem Rat zu folgen. Es war ein radikaler Weg, den sie nun beschreiten würden. Der Hofmeister nahm die Truhe an sich. »Wenn Ihr es erlaubt, werde ich nach der Leiche von Ashira suchen lassen.«

»Natürlich.« Der Unsterbliche nickte. Er wirkte, als seien seine Gedanken nicht mehr bei der Sache.

Datames zog sich zurück. Es gab viel zu tun!

»Hast du etwas über Prinzessin Shaya gehört?«

Er hatte befürchtet, dass Aaron nach ihr fragen würde. Ihm war zu Ohren gekommen, dass Kanita, der Statthalter des Unsterblichen Madyas in Nangog, hingerichtet worden war. Angeblich hatte auch Teile seiner Leibwache dieses Schicksal ereilt. Und Shaya war die Befehlshaberin der Leibwachen gewesen.

»Sie ist eine Prinzessin«, antwortete er vorsichtig. »Ich halte es für sehr unwahrscheinlich, dass ihr etwas zugestoßen ist. Wahrscheinlich wurde sie an den Hof des Unsterblichen Madyas gebracht.«

Aaron fuhr sich mit der Hand über die Stirn und vergrub sie in seinem Haar. »Ich muss wissen, wo sie ist«, sagte er gequält. Er blickte auf die Tontafeln vor sich auf dem Tisch. »Ich kann keinen klaren Gedanken mehr fassen. Ich …«

»Es ist schwierig, Verbindung zum Wandernden Hof zu halten, Unsterblicher. Ihr wisst, dass er selten länger als drei oder vier Tage an einem Ort bleibt. Meist ist kein magisches Tor in der

Nähe der Zeltstadt, und es ist für Fremde gefährlich, die Steppen der Ischkuzaia zu bereisen.«

»Ich weiß«, entgegnete Aaron unwirsch. »Ich weiß aber auch, dass du überall deine Spitzel hast. Du musst doch etwas in Erfahrung bringen können.«

»Nicht etwas in Erfahrung zu bringen bereitet Schwierigkeiten, Herr. Diese Nachricht vom Wandernden Hof nach hier zu bringen ist unser Problem.«

»Schick ihnen eine Gesandtschaft! Erfinde irgendeinen Grund! Sie sollen herausbekommen, was aus ihr geworden ist. Diskret!«

Datames verbeugte sich. »Natürlich, Herr. Ich werde noch heute eine Gesandtschaft zusammenstellen.« Mit diesen Worten zog er sich zurück. So eilig, dass es fast schon offensichtlich eine Flucht war. Prinzessin Shaya war kein Thema am Hofe Arams, aber er ahnte, was vorgefallen sein musste. Sie hatte Aaron an seinem Krankenlager besucht, nachdem er von Muwatta verwundet worden war. Und sie war mit ihm gegen den Himmelspiraten Tarkon Eisenzunge gezogen. Seit seiner Rückkehr aus Nangog hatte Aaron jene Damen, die trotz der Auflösung des Harems aus freien Stücken am Hof verblieben waren, nur zwei Mal besucht, um mit ihnen ein gemeinsames Essen einzunehmen. Wenn jetzt der falsche Höfling an den Wandernden Hof geschickt wurde, um unauffällig Erkundigungen über Shaya einzuziehen, würde es nicht mehr lange dauern, bis in Aarons Palast Gerüchte die Runde machten, warum sein Interesse an den Haremsdamen erloschen war.

Was sollte er tun? Er wollte nicht, dass Aaron die Nachricht erhielt, die kommen würde. Datames war bekannt, dass Shaya auf eine Hochzeit vorbereitet wurde. Auch wenn es schwierig war, Nachrichten vom Wandernden Hof zu erhalten, unmöglich war es nicht. Aber Aaron sollte davon nichts wissen. Er musste mit seinen Gedanken bei der Schlacht sein. Er war der Unsterbliche von Aram. Wenn er Shaya haben wollte, würde er Madyas gewiss schnell überzeugen können. Madyas würde sicherlich nicht zögern, ein Hochzeitsversprechen aufzulösen, wenn er eine Möglichkeit sah, seine Tochter zu einem besseren Brautpreis zu verschachern. Schwieriger wäre es, die Zustimmung der Devanthar zu bekommen, denn Hochzeiten zwischen den Familien der Unsterblichen waren nicht gern gesehen.

Der Hofmeister blickte über das weite Feldlager. Das hier waren seine drängendsten Sorgen. Shaya konnte noch ein wenig warten.

Von Mädchen und Huren

Ashot streckte den Rücken und wischte sich den Schweiß von der Stirn. »Verdammte Plackerei! Sind wir Krieger oder Wühlmäuse?«

»Also ich grabe lieber Löcher in die Erde, als anderen einen Speer durch den Leib zu stoßen«, bemerkte Narek.

Ashot seufzte. Was sollte er darauf noch sagen? Er hatte zwar gerade große Lust, jemanden zu verprügeln, aber … Sein Rücken schmerzte, die frisch verheilten Blasen an seinen Händen hatten sich wieder geöffnet, und sein Grabstock taugte kaum dazu, das mit Geröll durchsetzte Erdreich umzugraben, aber wo Narek recht hatte, hatte er recht. Manchmal überraschte ihn sein Freund.

Ashot blickte zu dem großen, blonden Söldner, der unter einem Sonnensegel am Eingang des Hurenlagers zusammen mit zwei anderen Kriegern Wache stand. Warum bekam er nicht so eine Aufgabe, dachte Ashot zornig und sah auf seine zerschundenen Hände. Er taugte nicht zum Bauern. Ihm fehlten die Genügsamkeit und stille Duldsamkeit Nareks und all der anderen, die ohne zu murren gruben.

Sie sollten einen tiefen Graben um das Lager der Huren ziehen und einen breiten Erdwall aufschütten. Was für ein Irrsinn! Die Huren bekamen eine Festung gebaut. Sollte Aaron doch lieber das Ufer des trockenen Flusses befestigen lassen! Damit würde er am Tag der Schlacht vielen Bauern das Leben retten.

Beim Gedanken an die Schlacht wurde es Ashot mulmig. Das Fest der Sommersonnenwende stand unmittelbar bevor. Danach dauerte es nicht mehr lange. Plötzlich war sein Mund ganz trocken. Er nahm noch einen Schluck aus dem Wasserschlauch.

»Hast du für mich auch einen Schluck?«, fragte Narek.

Er reichte ihm wortlos den Wasserschlauch.

»Dass wir immer so ein Pech haben«, murrte Ashot. »Das nächste Mal, wenn die Dreckarbeit verlost wird, ziehst du den Stein für unsere Gruppe.«

Narek schüttelte lächelnd den Kopf. »Ganz sicher nicht. Du bist unser Anführer. Und du machst das gut so. Wenn wir jetzt öfter Pech haben, bleibt mehr Glück für den Tag der Schlacht über.«

Ashot verdrehte die Augen. Er wusste nur zu gut, dass es aussichtslos war, gegen diesen dummen Aberglauben anzureden. Wahrscheinlich dachten alle hier so. Jedenfalls hatte sich keiner aus seiner Gruppe beschwert, als er das Los gezogen hatte, das sie zum Grabenbau verdammte. Sie alle waren mehr Bauern als er. Sie fanden nichts dabei, in der Erde zu wühlen.

Narek gab ihm seinen Wasserschlauch zurück. »Du solltest jetzt auch wieder graben. Du weißt doch, dass die Gruppe, die das längste Stück gräbt, Freudengeld bekommt.«

»Wenn Rahel dich jetzt hören könnte«, stichelte Ashot.

Narek sah ihn verständnislos an. »Warum sollte sie das nicht hören?«

»Ich glaube nicht, dass sie sehr begeistert wäre, wenn sie mitbekäme, wie sehr du dich ins Zeug legst, um etwas Hurengeld zu bekommen.«

Narek legte seinen Grabstock zur Seite, stemmte die Hände in die Hüften und sah ihn vorwurfsvoll an. »Du als unser Anführer solltest nicht so respektlos von den Mädchen da oben im Lager reden. Die sind wirklich nett. Einige können sogar ganz ausgezeichnet kochen. Und dass ich gerne bei ihnen esse, würde Rahel bestimmt nicht verärgern. Sie weiß, dass sie keine tolle Köchin ist. Trotzdem ist sie eine wunderbare Frau.«

Die meisten aus der Gruppe blickten zu ihnen herüber und grinsten.

»Dir ist schon klar, dass diese *Mädchen* auch andere Dinge tun, als zu kochen.«

»Natürlich. Ich bin auch schon mit ihnen in eines der Zelte gegangen. Sie lassen dann die Seitenwände herunter und massieren einem den Nacken und den Rücken, so hart, dass man quiekt wie ein Schwein.«

Ashot war fassungslos. Foppte sein Freund ihn? Das war sonst ganz und gar nicht seine Art. Narek war völlig arglos. Aber ging das so weit …

»Die massieren dir auch noch ganz andere Stellen, dass du quiekst wie ein Schwein, wenn du danach fragst«, bemerkte Lamgi schmunzelnd.

Einige ihrer Kameraden lachten. Die Männer mochten den hageren Kerl, obwohl er nicht einmal aus der Gegend um Belbek stammte. Er hatte sich als umgänglicher Gefährte erwiesen, der sich nie beschwerte, einen guten Humor hatte und trotz seiner ausgemergelten Gestalt ein ausdauernder Arbeiter war.

»Was ist so lustig?«, fragte Narek arglos.

Ein Blick Ashots sorgte dafür, dass keiner seinen Freund noch weiter verspottete. Narek war einfach zu gut für diese Welt.

»Wisst ihr, diese Mädchen sind wirklich toll!«

Ashot seufzte. Dass Narek nie ein Ende finden konnte.

»Die sind immer freundlich. Lächeln einen an und wollen einen in ihr Zelt einladen. Unglaublich! Ihr solltet einmal die Frauen in unserem Dorf erleben. Da reicht es manchmal schon, sie nur anzuschauen, und ein Donnerwetter geht hernieder, wie … wie …« Er sah Ashot Hilfe suchend an. »Na, ihr wisst schon, was ich meine. Und da geht irgend so ein seelenloser Schurke hin und schneidet einem dieser wunderbaren Mädchen den Kopf ab. Ich finde es nur gut, dass wir jetzt einen Graben um ihr Lager ziehen und besser auf sie aufgepasst wird. Das hätten wir schon früher tun sollen.«

»Wovon redest du denn da?«, fragte Lamgi.

»Ja, hast du es denn noch nicht gehört? Gestern Abend haben sie in einer der Latrinengruben die Leiche eines enthaupteten Mädchens gefunden. Dieser blonde Kerl hatte nach ihr suchen lassen. Ich hab mit einem der Söldner gesprochen, die dabei gewesen sind, als das Mädchen gefunden wurde. Das ist kein Tratsch. Das ist wirklich passiert. Und dieser Blonde, Dünne, dem kein Bart wächst, der soll geweint haben, als sie das Mädchen aus der Grube holten.«

»Du meinst den Hofmeister Datames?«, fragte Ashot. So detailliert hatte er die Geschichte auch noch nicht gehört. Er wusste lediglich, dass gestern eine tote Hure gefunden worden war.

»Ja, Datames. Genau. So heißt der Bartlose. Ich hätte nicht gedacht, dass ihm der Tod eines einfachen Mädchens so zu Herzen gehen würde. Ich hatte ihn immer für ziemlich kühl und etwas hochnäsig gehalten.«

Inzwischen hatten alle Männer der Gruppe aufgehört zu arbeiten und sich um Narek geschart, der es sichtlich genoss, im Mittelpunkt des Interesses zu stehen.

»Machen wir Pause, Jungs. Und zwar im Schatten.« Ashot deutete auf das Sonnensegel, unter dem die drei Söldner standen. »Da ist Platz genug für uns alle. Ich möchte nicht, dass ihr in der Sonne sitzt.«

»Und du glaubst, die lassen uns da einfach so sitzen?«, fragte Lamgi. »Ich finde, es ist klüger, diesen Kerlen aus dem Weg zu gehen.«

»Ich regele das.« Ashot ging zu den Wachen hinauf.

»Kenne ich dich«, sagte der Blonde und lächelte. »Bist dich guter Anführer. War sich ein guter Sieg.« Jetzt grinste der Kerl frech. »Wird sich nicht noch mal gelingen.«

Ashot ignorierte das Gestammel. »Meine Männer brauchen eine Rast. Im Schatten, sie ...«

»Dann bringt euch her. Ist sich genug Platz für alle hier.«

»Das ...« Er sah den großen Krieger ungläubig an. »Das ist sehr großzügig.«

Der blonde Hüne tat das mit einem Schulterzucken ab. »Sind wir uns Waffenbrüder.«

Ashot winkte seinen Männern. Sie wirkten befangen, beobachteten ihn und den blonden Krieger und wagten kein Wort zu sagen, als sie sich im Schatten des Sonnensegels niederließen.

»Gibt es etwas Neues über das tote Mädchen?«, brach Lamgi schließlich das Schweigen.

»Über die Hure ...« Der Blonde schüttelte den Kopf. »Nichts.«

Narek räusperte sich, aber Ashot schaffte es, seinen Freund mit einem Blick dazu zu bringen, den Mund zu halten.

Narek sah so aus, als wollte er gehen.

Ashot schüttelte den Kopf, aber der Kleine blieb stur. Er trat unter dem Sonnensegel hervor.

Ashot folgte ihm und packte ihn beim Arm. »Mach jetzt keinen Mist.«

»Mit so einem Arschloch will ich nichts zu tun haben.«

»Hast du doch auch nicht. Wir sitzen noch ein bisschen herum, und dann gehen wir.«

Narek stand auf. »Ich nicht. Mit dem Kerl will ich nichts zu schaffen haben.«

»Gibt sich Ärger?« Der Söldner schlenderte zu ihnen herüber und musterte Narek eindringlich. »Hat sich kleiner Mann mehr Freude an Sonne als an Schatten?«

Ashot sah die Griffe der beiden Schwerter, die über den Schultern des Kriegers aufragten, und konnte sich lebhaft vorstellen, wie dieser Barbar Ärger aus der Welt schaffte.

Narek stützte seine Hände in die Hüften. Das tat er immer, wenn er etwas besonders Dummes sagen wollte.

»Du darfst nicht auf ihn hören«, sprudelte es aus Ashot heraus. »Mein Freund war zu lange in der Sonne. Der weiß nicht mehr, was er redet. Er ist eigentlich …«

Der Barbar unterbrach ihn mit einer harschen Geste. »Dein Freund will sich reden jetzt.« Er blickte auf Narek hinab. Er war fast zwei Köpfe größer.

Blanker Schweiß stand auf Nareks Stirn. Ashot konnte sehen, wie seinem Freund die Knie schlotterten. Zugleich lag aber auch ein Ausdruck verzweifelter Entschlossenheit in dessen Gesicht. »Ich verbringe meine Zeit nicht gern mit Arschlöchern, die von netten Mädchen als Huren reden.«

Die Augen des Barbaren verengten sich. »Bin ich Loch von Arsch?« Seine Stimme klang eisig.

Ashot stellte sich schützend vor Narek. »Er meint das nicht so. Er …«

»Stinke ich mich?« Der Blonde hob einen Arm und schnupperte unter seiner Achsel. »Riecht sich nicht wie Loch von Arsch.«

»Das ist alles nur ein Missverständnis. Ich kann …«, versuchte es Ashot.

Der Söldner zog sein Schwert, zu schnell, als dass Ashot der funkelnden Klinge noch ausweichen konnte.

Nicht für alles Gold der Welt

Die Schwertklinge des Söldners stoppte einen Fingerbreit vor Ashots Kehle. »Setzen!«

»Ich bin schuld.« Narek versuchte nach dem Schwert zu greifen, doch der blonde Krieger schlug seine Hand nieder.

»Setzen!« Diesmal klang seine Stimme ganz so, als würde gleich ein Kopf in den Staub fallen.

»Du willst sehen Loch von Arsch? Wirst du dich bekommen.«

Ashot griff nach seinem Arm und zog ihn zurück unter das Sonnensegel.

»Was habe ich nur getan? Ich wollte das nicht. Ehrlich. Ich dachte …«

»Ist schon gut.« Ashots Tonfall strafte seine Worte Lügen.

Die Söldner besprachen sich leise miteinander. Dann ging einer von ihnen in das Lager der Frauen.

»Hast du eine Ahnung, was der von uns will?«, flüsterte Lamgi.

Ashot zuckte mit den Schultern.

Narek fühlte sich elend. Mit seiner Dickköpfigkeit hatte er all seine Gefährten in Gefahr gebracht. Er musste das in Ordnung bringen! Der Blonde hatte sein Schwert wieder in die Scheide auf dem Rücken geschoben. Vielleicht war er ja bereit zu reden, und er konnte sich entschuldigen.

Narek erhob sich.

Der Söldner drehte sich zu ihm um.

»Ähmm … Herr Krieger …«

Eine steile Falte bildete sich zwischen den Augenbrauen des Blonden.

»Ich meine … ehrenwerter Herr Krieger …«

»Was ist sich das? Erst du nennst mich Loch von Arsch, und jetzt willst du dich kriechen hinein in Loch? Setzen!«

Narek zögerte. Der Barbar trommelte mit den Fingern auf dem Griff seines Dolches im Gürtel. Gut, dachte Narek. Er hatte verstanden. Was konnte er von einem Wilden, der wahrscheinlich in einer Bärenhöhle aufgewachsen war, auch anderes erwarten. Reden konnte man mit diesen Barbaren nicht. Sie standen hier und wollten von jedem, der ins Lager der Frauen ging, das Freudengeld sehen. Der hatte bestimmt in seinem ganzen Leben noch keinen Acker umgegraben oder sonst etwas Sinnvolles gearbeitet.

Der Söldner, der gegangen war, kam mit einer großen Holzplatte wieder, auf der ein ganzer Berg von Sesamkringeln aufgehäuft war. Ringsherum standen flache Schalen mit Soßen auf dem Brett, es gab einige etwas schrumpelige Gurken und sogar ein paar dunkle Weintrauben. Der Krieger setzte das Brett mitten zwischen ihnen ab.

»Wir warten. Ihr Gäste«, erklärte der Blonde. »Essen!«

Seine Kameraden gehorchten. Ihre Anspannung ließ nach, als sie sich bei dem knusprigen Sesambrot bedienten. So gut aßen sie üblicherweise nicht. Hirsebrei war ihr Hauptgericht. Morgens und abends, tagaus, tagein. Wer etwas anderes haben wollte, musste ins Lager der Frauen gehen und sein Freudengeld benutzen.

»Iss auch was!«, zischte Ashot ihm zu. »Oder willst du ihn noch mehr beleidigen? Der Kerl ist Hauptmann in der Leibwache des Unsterblichen. Erinnerst du dich noch, wie wir gegen ihn gespielt haben? Hast du überhaupt eine Vorstellung, wie tief wir deinetwegen im Schlamassel stecken?«

Narek konnte sich an den Kerl nicht erinnern. Für ihn sahen diese Wilden aus dem Norden alle gleich aus. Eine Traube würde er essen. Als Geste … Mehr nicht! Er würde sich der Gewalt des Barbaren nicht beugen!

Die Traube schmeckte köstlich. Süß und saftig. Eine zweite wäre kein großes Zugeständnis. Er griff noch einmal zu, genoss sie mit geschlossenen Augen und merkte erst jetzt, dass er einen Wolfshunger hatte. Die Mittagsstunde war vorüber, und außer einer Schüssel Hirsebrei im Morgengrauen hatte er nichts gegessen. Er dachte an Rahel. Wann immer es ihr möglich war, besorgte sie Honig für ihn und mischte etwas davon in seinen Brei.

Sie wusste, wie sehr er süße Speisen liebte. Narek nahm sich noch eine Traube.

»Du solltest etwas von dieser roten Soße versuchen«, sagte Lamgi, tauchte einen Hirsekringel in die Soße und biss herzhaft hinein.

Narek zögerte. Er wollte von diesem Barbaren keine Geschenke! Aber wem nutzte es, wenn er als Einziger hungrig blieb. Außerdem hatte er ja auch nicht laut verkündet, dass er nichts anrühren würde. Genau betrachtet könnte man es auch so auslegen, dass er Frieden wollte, wenn er aß, und weiter auf Ärger bestand, wenn er die Gastfreundschaft des Barbaren zurückwies. Er musste etwas essen! Allein um seine Freunde vor dem unberechenbaren Zorn des Blonden zu schützen! Es wäre seine Art, für seine Gefährten zu kämpfen! Und das Essen sah einfach zu gut aus! Das war eine Schlacht ganz nach seinem Geschmack.

Narek nahm sich zwei Sesamkringel, dippte sie in die Soße und biss herzhaft hinein. Er opferte sich! Eigentlich wäre er seinen Grundsätzen treu geblieben, dachte er kauend. Aber über allem stand die Freundschaft. Er durfte die anderen nicht in Gefahr bringen ... Er dippte den angebissenen Sesamkringel noch einmal in die Soße.

Der Barbar sah ihnen bei ihrem Mahl zu und lächelte. »Essen wie Löwen.«

»Wir sind Löwen«, erklärte Narek. »Die Löwen von Belbek.«

Ihr Gastgeber lächelte noch immer. »Ich nicht vergessen.«

Diese Antwort fand Narek ein wenig beunruhigend. Sie hatten die Leibwache des Unsterblichen bei dem Spiel mit den Wasserschläuchen hereingelegt. Ein sauberer Sieg war das nicht gewesen.

»Jetzt trinken, ja?« Der Barbar wandte sich an einen seiner Kameraden und schickte ihn erneut ins Lager der Frauen.

Ashot räusperte sich. »Ich möchte mich im Namen meiner Männer für deine Gastfreundschaft bedanken. Sollten wir dich vorhin beleidigt haben, so tut uns das aufrichtig leid. Wir müssen jetzt aber wieder an unsere Arbeit. Wir werden sonst Ärger …«

Der Barbar wedelte mit der Hand. »Nicht nix Ärger. In mein Land erst sich essen, dann trinken, dann Ärger …« Er pustete auf seine Faust und öffnete sie dabei. »Dann Ärger wird sich Luft. So wir machen.«

»Wir lassen ihn besser machen«, flüsterte Lamgi. »Hier stimmt etwas ganz und gar nicht. Wir sind in irgendeinen ziemlich großen Schlamassel geraten. Um uns geht es hier gar nicht.«

Narek rückte an die Seite seines hageren Kameraden. »Der Kerl hat Ashot eben ein Schwert an die Kehle gehalten. Ich dachte, er schneidet ihm den Hals durch. Natürlich geht es um uns. Wie deutlich muss das denn noch werden?«

Lamgi stieß einen Seufzer aus, wie Narek ihn häufiger zu hören bekam, wenn er mit Leuten sprach, die er noch nicht lange kannte. »Dieser Kerl ist der Hauptmann der Leibwache des Unsterblichen. Glaubst du, er hat nichts Besseres zu tun, als hier den ganzen Tag herumzustehen? Da steckt was dahinter. Irgendein großes Ding. Und wir sitzen mittendrin im Schlamassel. Ich sag dir …« Plötzlich senkte Lamgi den Kopf. »Er schaut zu uns rüber«, flüsterte er ängstlich. »Hören wir lieber auf zu reden. Es ist niemals gut, die Aufmerksamkeit solcher Männer zu wecken.«

»Da kommt in der Tat etwas Großes auf uns zu.« Ashot stieß ihn mit dem Ellenbogen und deutete auf das Lager der Frauen. Der dritte Söldner kehrte zurück. Er trug ein großes, pilzförmiges Tongefäß. Ihm folgten drei Schankmaiden. Zwei schleppten sich mit einem Krater, einem fast einen Schritt hohen Tongefäß ab. Ein bauchiges Gefäß, das sich über einem Fuß erhob, der wie ein umgestülpter Becher aussah. Zwei Henkelpaare auf beiden Seiten, die dicht am Gefäß anlagen, erlaubten es, den Krater zu tragen. Die dritte trug ein Holzbrett voller Trinkbecher.

Narek wollte aufstehen, um den beiden Mädchen zu helfen, die sich mit dem offensichtlich sehr schweren Krater abmühten, doch Ashot hielt ihn zurück. »Lass das. Für heute hast du genug angestellt.«

Der Krater wurde zwischen ihnen auf dem sandigen Boden abgestellt. Es war ein Prachtstück. Noch nie zuvor hatte Narek ein so schönes Mischgefäß für Wasser und Wein gesehen. Bei ihm zu Hause nutzten sie dafür den dickwandigen Tontopf, in dem Rahel sonst Fleisch und Gemüse schmorte, was dem Geschmack des Weins nicht immer ganz gut bekam und schon für manch hitziges Gerede gesorgt hatte.

Dieser Krater hier aber war aus rotem Ton gemacht und mit Bildern von Streitwagen und Kriegern bemalt. Die Streitwagen fuhren in zwei Reihen um den dicken Bauch des Gefäßes. Sie wurden jeweils von einem Paar sehr schlanker Pferde gezogen. Weiter oben, auf gleicher Höhe mit den Henkeln, wand sich ein Schmuckband mit marschierenden Kriegern um den Krater.

Kaum dass der Krater abgestellt war, setzte der Söldner, der ins Frauenlager gegangen war, sein seltsames, pilzförmiges Gefäß hinein. Ashot beugte sich neugierig vor. Narek hingegen zögerte, obwohl er neugierig war.

Das Holzbrett mit den Trinkbechern wurde auf den Boden gestellt. Jeder Becher hatte zwei große, geschwungene Henkel an den Seiten, sodass man ihn mit beiden Händen greifen konnte. Sie alle waren mit schwarzen Figuren bemalt. Kampfszenen zeigten Krieger auf Streitwagen, zu Fuß und auf einem Schiff, das von Krakenarmen umschlungen wurde.

»Das sind wir«, sagte der Krieger, der ins Frauenlager gegangen war. Er war ein drahtiger großer Kerl, die Wangen voller schwarzer Stoppeln. Fettiges Haar hing ihm in die Stirn. »Wir haben für den Unsterblichen in Luwien gekämpft, die weiten Steppen Ischkuzas durchquert und sind über die Himmel Nangogs gesegelt. Die Kantharoi, die Henkelbecher, die ihr dort seht, wurden von den besten Künstlern am Hof des Unsterblichen gefertigt. Jeder Kantharos trägt den Namen eines unserer Krieger auf seinem Fuß. Und jedes der Bilder auf den Kantharoi zeigt eine Heldentat aus dem Leben des Mannes, dessen Namen sie tragen.« Er hob einen der Henkelbecher hoch. Das Bild zeigte einen Mann, der einen Streitwagen auf seinen Schultern trug.

»Das ist unser Hauptmann Volodi, der über den Adlern schreitet«, fuhr der Krieger voller Stolz fort und deutete auf den blonden Barbaren. »Er hat seinen Streitwagen über ein Felssims getragen, das kaum so breit wie zwei nebeneinander gelegte Hände war. Vorbei an einem Abgrund, so tief, dass unter ihm Wolken lagen und ein Adler flog. Es ist eine große Ehre, wenn ihr eingeladen seid, aus diesen Gefäßen zu trinken. Und solchen Wein hat euch noch keiner eingeschenkt. Es ist ein exzellenter Roter von den Aigilischen Inseln.« Der Blick des Kriegers schweifte in weite Ferne. »Viele der Zinnernen kommen von dort.«

»Genug Worte«, sagte der Hauptmann. Er trat an den Krater und nahm das pilzförmige Gefäß hinaus. Darin war der Wein. Er goss den Wein in den Krater. Er war so dunkel, dass er Narek fast schwarz erschien.

Volodi nahm einen Kantharos mit dem Bild eines Kriegers, der mit abgebrochenem Speer in seiner Seite und am Boden liegend immer noch weiterkämpfte. Er tauchte ihn in den Krater und reichte ihn Narek. Merkwürdige Klumpen schwammen in dem Wein.

»Auf die Helden, die gegangen sind, und jene, die noch kommen werden«, sagte der Hauptmann feierlich. Es war das erste Mal, dass Narek ihn einen Satz ganz richtig sagen hörte. Er musste ihn schon oft gesprochen haben.

Der Bauer nahm den Henkelbecher mit beiden Händen. Er wusste, dass er jetzt nicht zögern durfte, auch wenn ihm die Klumpen in dem Wein nicht ganz geheuer waren. »Auf die Helden, die gegangen sind, und jene, die noch kommen werden.« Bei ihm hörte sich das leider nicht halb so feierlich an wie bei dem Barbaren.

Narek setzte den Kantharos an die Lippen und trank. Das Gefäß war kühl! Der Wein, der durch seine Gurgel rann, eisig. Fast hätte er sich verschluckt.

Der Hauptmann lächelte. »Ist sich Schnee von den Bergen.« Er deutete auf die hohen Gipfel im Nordosten. »Und Quellwasser. Kommt sich von Quelle, hoch wie Wolken schlafen.«

Narek blickte in den Henkelbecher und tippte einen der Klumpen an, die darin trieben. Schnee! Eigentlich gar kein schlechter Einfall an so einem heißen Tag. Daron würde ganz schön staunen, wenn er ihm die Geschichte erzählte, dass ein Barbarenfürst an einem heißen Tag Schnee aus den Bergen hatte holen lassen, um mit ihm kühlen Wein zu trinken. Er lächelte. Und Rahel würde mit ihm maulen, weil er dem Jungen eine Geschichte über ein Saufgelage erzählte. Narek seufzte. Er vermisste die beiden.

»Nicht gut?«

»Der beste Wein, den ich je getrunken habe«, beteuerte Narek eilig. Er schmeckte süß. Sogar ein wenig nach Honig. »Ich … es tut mir leid. Du beschämst mich …«

Der Barbar winkte ab. »Setzen und trinken.«

Narek gehorchte. Mochten die Götter diesen Wilden verstehen! Vielleicht hatte Volodi kein anderes Wort für Mädchen gewusst als Huren. Er beherrschte ja kaum ihre Sprache. Und er war ein Söldner. Da redete man wohl etwas ruppiger.

Der Hauptmann sagte ihnen nicht, warum er sie nicht gehen ließ. Narek beobachtete seine Kameraden. Obwohl sie tranken und sich faul im Schatten rekelten, konnte er ihre Sorge spüren. Es war, wie Lamgi gesagt hatte. Irgendetwas stimmte hier nicht. Söldner tranken nicht einfach so mit Bauern.

Lamgi hielt sich immer von den drei Kriegern abgewandt.

Nach einer Weile nickte Narek ein. Dabei hatte er gar nicht so viel von dem Wein getrunken. Selbst mit Wasser verdünnt, machte einem dieser dunkle Rote die Glieder schwer.

Narek döste leicht betrunken im Schatten und beobachtete die drei Söldner. Sie ließen sich von jedem, der das Frauenlager betreten wollte, das Freudengeld zeigen. Außerdem sorgten sie dafür, dass niemand mit Waffen das Lager betrat. Bald stapelte sich eine stattliche Sammlung von Bronzedolchen, Schwertern und Dornäxten unter dem Sonnensegel. Manche gingen lieber fluchend davon, als sich von ihren Waffen zu trennen. Die meisten jedoch fügten sich. Niemand wagte es, sich mit dem Söldnerhauptmann anzulegen.

Der Nachmittag verging, und immer mehr kamen, um die Mädchen zu besuchen. Narek war inzwischen angenehm beschwipst. Ihm war ein wenig schwindelig, aber seine Laune war besser geworden. Es war das erste Mal seit sehr Langem, dass er einen ganzen Nachmittag lang faulenzen konnte. Eigentlich nicht schlecht. Vielleicht war es ein Geschenk der Götter?

Er staunte, wer alles zu den Mädchen ging. Priester, Heilkundige, Bauern, Adlige. Aber wer mochte auch kein gutes Essen oder dass einem nach einem harten Tag der Rücken durchgeknetet wurde?

Jetzt kam ein ganzer Tross aus dem Heerlager, angeführt von einem bärtigen Kerl, dessen langes Gewand über und über mit goldenen Amuletten geschmückt war. Ein Sklave hielt einen Sonnenschirm mit langen Fransen über ihn, obwohl die heißesten Tagesstunden längst vorüber waren. Ein anderer Sklave trug zwei lange Schwerter für ihn. Ein dritter einen Bogen. Schreiber, Höflinge und Krieger begleiteten diesen Fürsten. Sein Bart war mit kostbarem Öl eingerieben. Sein langes Haupthaar wurde von einem roten Stirnband zurückgehalten und war an den Schläfen zu kunstvollen Locken gedreht.

Narek grinste. Die Köchinnen im Frauenlager mussten verdammt gut sein, wenn so ein feiner Herr zu ihnen kam. Der hatte bestimmt einen eigenen Koch aus seinem Palast mitgebracht.

»Was ist hier los?« Der Würdenträger sprach in so herablassendem Tonfall zum Goldhaarigen, als habe er einen Sklaven vor sich.

»Ist sich geschehen ein Mord«, entgegnete der Söldner ein wenig steif. »Müssen sich besser beschützen Hu … Weiber.« Er warf Narek einen kurzen Blick zu.

Der Bauer war verwirrt. Welche Rolle spielte er bei dieser Sache? Was wollte Volodi von ihm?

»Hoffentlich war es keine der Hübschen.« Der Fürst lächelte dünn. »Gibt ohnehin nur wenige Huren in diesem Lager, deren Anblick einem nicht die Lust aus den Lenden saugt.« Er wollte an Volodi vorbei, doch der Hauptmann stellte sich ihm in den Weg.

»Was?«, herrschte der Würdenträger den Söldner an.

Narek fühlte sich schlagartig ein wenig nüchterner. Er rückte in den hintersten Winkel des Sonnensegels zurück. Mit diesem Streit wollte er nichts zu tun haben. Das war ein Fürst! Mit solchen Männern legte man sich nicht an.

»Musst du dich lassen deine Waffen hier, Bessos.« Jetzt war es Volodi, der lächelte. Narek war unbegreiflich, woran der Söldner seinen Spaß hatte.

»Du weißt also, wer ich bin«, sagte der Fürst eisig. Einige seiner Gefolgsleute griffen nach ihren Schwertern. Doch noch wurde keine Klinge gezogen. »Ich bin der Satrap dieses Teils von Garagum. Es ist mein Land, auf dem du stehst. Hier gilt mein Gesetz. Weiche zur Seite, oder dein Leben ist verwirkt!«

»Ich mich richtig verstehe … Für dich gilt sich nicht Befehl von Aaron, Unsterblicher von Aram und Herrscher aller Schwarzköpfe? Und ist mich totmachen deine Absicht, wenn ich mich nicht weiche und Befehl von Aaron ausfolge.«

Der Satrap wurde bleich vor Zorn, gab aber seinen Männern ein Zeichen, die Hände von den Waffen zu nehmen. »Natürlich würde ich mich niemals gegen das Wort des Unsterblichen stellen, obwohl dir allein schon für das, was du unserer Sprache antust, der Kopf abgeschnitten gehörte!«

In Narek wuchs der Ärger. So etwas war also ein Satrap. Ein Mann, für den keine Regeln galten und der glaubte, dass er jeden

Aufrechten beleidigen und in den Staub treten konnte. Der Bauer war froh, dass sein Dorf zu unbedeutend war, als dass es dort solche Männer gab. Gleichzeitig empfand er Respekt vor Volodi, der das Gesetz des Unsterblichen durchsetzte und dem Satrapen die Stirn bot.

»Lasst eure Waffen hier«, befahl Bessos seinen Männern. Er griff nach seinem Schwert, zögerte, doch dann zog er die kostbare Klinge und legte sie neben den anderen Waffen in den Sand.

»Auch Dolche«, sagte Volodi, der die Situation sichtlich genoss.

Bessos stieß ein Zischen aus, riss den Dolch aus seinem Gürtel und ließ ihn mit der Spitze voran fallen. Nur zwei Fingerbreit neben dem Fuß des Hauptmanns bohrte er sich in den weichen Sand.

Narek zuckte zusammen. Wie machte das dieser Söldner? Er sah diesem parfümierten Aufschneider unverwandt ins Gesicht. Narek wünschte sich, er könnte auch so kaltblütig bleiben. Er stellte sich vor, wie er mit verschränkten Armen vor seinem Pachtherren stand und ganz ruhig sagte: »Ohne Wasser wächst auf deinen Äckern nichts. Du hättest die Kanäle auch für mich öffnen sollen. Ich habe Staub von dir bekommen, und mit Staub vergelte ich dir deinen Geiz.« Mit diesen Worten würde er eine Handvoll Staub vor den Augen seines Pachtherren herabrieseln lassen. Narek seufzte. Er wusste nur zu gut, dass er das nie wagen würde. Aber früher hätte er sich nicht einmal getraut, davon zu träumen.

»Lass mich durch!«, forderte Bessos mit befehlsgewohnter Stimme.

»Ist sich noch etwas, Herr.« Volodi streckte ihm die offene Hand entgegen. »Musst du geben mich Freudengeld. Das ist sich Gesetz von Unsterblichem Aaron.«

Der Satrap wandte sich zu seinem Gefolge um. »Gebt ihm eine Silbermünze, damit Aarons Kettenhund endlich aufhört zu kläffen.«

Volodi hob abwehrend die Hand. »Ist sich Freudengeld, das dir Freuden bringt.«

»Du dämlicher Barbar. Ich wollte dir eine Silbermünze überlassen. Dafür bekommst du zehn von diesen Kupfermünzen oder noch mehr.«

»Darum geht es aber nicht«, mischte sich Ashot ein.

»Lass das!«, zischte Narek und war doch gleichzeitig stolz auf seinen Freund. »Das bringt nur Ärger.«

Ashot erhob sich. »Ich glaube, Ihr seid es, der nicht begriffen hat. Das Freudengeld muss verdient werden. Man bekommt es nicht wegen der Leistungen seiner Ahnen. Im Schweiße Eures Angesichts müsst Ihr es Euch erarbeiten, hoher Herrscher!« Die letzten Worte sprach sein Freund voller Verachtung.

»Barbaren, die an die Ketten gelegt sind, und Bauern, die sich für Philosophen halten.« Der Satrap klatschte in die Hände. »Ein treffliches Narrenstück, das ihr hier aufführt. Doch Worte sind billig, Bauer. Nun lass mich prüfen, welches Gewicht sie wirklich haben.« Er wandte sich zu einem Grauhaarigen in seinem Gefolge um. Die beiden besprachen kurz etwas, dann drückte der Alte seinem Herrscher etwas in die Hand.

Bessos trat nun unter das Sonnensegel und baute sich dicht vor Ashot auf. Er hob die Hand. Zwischen Daumen und Zeigefinger hielt er eine große Münze, die golden im Licht der tief stehenden Sonne schimmerte. »Ein Goldstück, Bäuerlein. Ich schätze, es ist mehr wert als die Ernte eines ganzen Jahres. Ich tausche sie gegen dein Freudengeld. Nun? Wie viele Monde musst du auf deinem Acker schwitzen, um dir ein Goldstück zu verdienen? Nie wieder wirst du so leicht reich werden können.«

Ashot schob eine Hand in seine Geldkatze, und Narek sank das Herz. Eine Goldmünze … Das war wirklich zu verlockend!

Sein Freund holte das Freudengeld hervor, das er sich vor ein paar Tagen damit verdient hatte, einen ganzen Tag lang wie ein Besessener mit einem hölzernen Spieß nach einem strohgefüllten

Sack zu stoßen und später sogar gegen einen Söldner anzutreten, der sich hinter einen mannshohen, mit Kuhhaut bespannten Schild geduckt hatte.

»Das hier ist mit Schweiß und Mut erworben.« Ashot lächelte abfällig. »Versucht es doch auch einmal, edler Fürst. Überrascht Euch damit, dass vielleicht ein Mann in Euch steckt, den Ihr noch gar nicht kennt.«

»Dieses Lager hier steht unter dem Befehl des Unsterblichen«, entgegnete Bessos eisig. »Doch eines Tages wirst du es verlassen müssen, Bauer, und dann stehst du auf meinem Land und unter meiner Herrschaftsgewalt. So wie du das Unkraut auf deinen Feldern entfernst, werde ich dich aus dieser Welt entfernen lassen. Gepfählt an dem Ort, an dem man dich aufgreift. Aufsässige Bauern sind die Pest. Und ich werde nicht dulden, dass Männer wie du den Geist der Rebellion dorthin tragen, wo ich herrsche.« Er wandte sich von Ashot ab und musterte die übrigen Bauern aus ihrer Gruppe.

Narek sank das Herz in die Hose, als der Blick des Satrapen auf ihm ruhte. Am liebsten hätte er dem Kerl rechts und links eine gewatscht. Aber das sollte er nicht einmal denken! Bessos war ein Satrap und er nur ein Bauer.

»Und du, Dickerchen? Hast du dir auch Freudengeld verdient?«

Narek nickte.

»Gib es mir!« Bessos schnippte die Goldmünze in die Luft und fing sie wieder auf. »Nie wieder in deinem Leben wirst du so reich entlohnt werden, kleiner Mann.«

Es war der Gesichtsausdruck des Fürsten, der Narek bis aufs Blut reizte. Man konnte an seinen Zügen ablesen, dass er vollkommen davon überzeugt war, dass ein Dickerchen niemals Widerstand leisten würde. Ein Dickerchen konnte man beleidigen. Man konnte darauf herumtrampeln, und am Ende würde es sich noch artig dafür bedanken. Narek war schon oft in seinem Leben so behandelt worden. Damals war er nur Bauer gewesen. Aber jetzt war er auch Krieger. Und was noch wichtiger war, wenn er jetzt nachgab, dann würde er es immer wieder tun. Jetzt musste sich sein Leben ändern, oder eines Tages würde sein Sohn Daron danebenstehen, wenn er so behandelt wurde, und der Junge würde für immer alle Achtung vor ihm verlieren. Narek konnte sich die großen Augen seines Sohnes ganz deutlich vorstellen, und plötzlich war eine nie gekannte Wut in ihm.

»Du glaubst, ich würde dein Gold nehmen, du aufgeblasener, in Duftwasser getränkter Haufen Satrapenscheiße? Nicht für alles Gold der Welt bekommst du mein Freudengeld!«

Bessos griff an seinen Gürtel, doch da waren keine Waffen mehr. Die Leibwächter aus seinem Gefolge drängten vor. Plötzlich hatte Volodi seine beiden Schwerter gezogen. »Hier rührt sich niemand an meinen Freund!«

Bessos bückte sich nach seinen Waffen. Er war ganz ruhig. Das machte Narek viel mehr Angst, als wenn der Adlige ihn mit dem Tod bedroht hätte.

»Wir gehen«, sagte Bessos, während seine Eskorte ebenfalls ihre Waffen einsammelte.

Ashot trat zu Narek und legte ihm die Hand auf die Schulter. Es war erstaunlich, wie sehr eine solche Kleinigkeit alles verändern konnte. Ihm schlotterten nicht mehr die Knie.

»Ich bin stolz auf dich.«

Narek seufzte. Das hatte er in seinem Leben noch nicht oft zu hören bekommen. Er war niemand Besonderes, das wusste er …

»Sich in Duftwasser getränkter Haufen von Satrapenscheiße …« Volodi schob seine Schwerter in die Scheiden zurück. »Das ist sich Bessos! Ist sich genau so ein Kerl. Hast du dich gut gesprochen.«

Narek wurde ganz verlegen. Auch die übrigen Bauern sahen ihn an und grinsten verschwörerisch. Wenn jetzt doch Rahel und Daron hier wären und ihn sehen könnten!

»Du hast uns hierhergeholt, damit das passiert, nicht wahr, Volodi?«, sagte Ashot plötzlich. »Du wolltest uns auf die Probe stellen. Und wahrscheinlich war dir auch völlig egal, wer hier wartet. Es ging nie um uns. Es ging um die Bauern, Tagelöhner und Handwerker im Allgemeinen.«

Narek seufzte. Warum musste Ashot nur so sein? Hätte der Augenblick des Triumphs und des gemeinsamen, zufriedenen Grinsens und Schulterklopfens nicht ein wenig länger dauern können?

Das Lächeln war aus Volodis Zügen gewichen. »Stimmt sich. Aber kenne ich Löwen von … Beckbeck … ähm … Kenne ich euch. War ich mich stolz, mit euch zu machen das.«

»Warum tust du das?«, fragte der hagere Lamgi verständnislos.

»Muss ich mich wissen, mit wem kämpfe ich.« Er klopfte sich auf die Brust. »Ist sich hier ein Herz, kein Stein, auch wenn ich mich bin Söldner. Kämpfe ich für Unsterblichen Aaron, für Gold und für alte Schuld. Ist nicht mehr lange, bis kommt sich der Tag von Schlacht. Muss ich mich wissen, was sind für Männer mit mir. Wer ist sich an meiner Seite? Für wen gebe ich mich mein Blut.« Er sah Narek an, und plötzlich grinste er wieder. »Werde ich gut kämpfen an Seite von kleinem Mann mit Herzen von Löwen. Viel besser als mit sich in Duftwasser getränkter Haufen von Satrapenscheiße.«

Narek spürte einen dicken Kloß im Hals. Er war zu leicht gerührt. Er wusste das … Aber die Worte von diesem riesigen, stammelnden, goldhaarigen Barbaren hatten ihn im Innersten berührt. Der Kerl hatte gerade erklärt, er würde für ihn sein Blut vergießen. Was sollte er dazu sagen? Das würden sie ihm in Belbek niemals glauben, wenn er zurückkehrte. Wenn er diesen Kerl doch nur für einen einzigen Tag mit ins Dorf nehmen könnte!

»Ist sich genug geschwatzt jetzt. Endet sich meine Wache hier, wenn Sonne sich schlafen geht. Macht ihr mich Ehre? Geht ihr euch trinken Wein mit Volodi? Heute ist sich Tag von Wein! Tag von Blut muss sich noch warten.«

Ein Schaudern überlief Narek. Er hatte Angst vor dem Tag der Schlacht.

In den Slanga-Bergen

Tylwyth mochte diese Gegend nicht. Ihre Reise durch die Snaiwamark war ohne Zwischenfälle verlaufen. Am Morgen hatten sie für den Eissegler ein sicheres Versteck gefunden. Nun aber drangen sie in den Weißen Wald in den südlichen Ausläufern der Slanga-Berge vor. Niemand, der bei Verstand war, ging freiwillig in dieses Tal! Einmal war er mit Cullayn bereits hier gewesen. Das war mehr als genug gewesen. Nur Dummköpfe forderten ihr Glück unnötig heraus.

Sie folgten einem Wildwechsel durch einen Wald, der an eine weite, von Säulen getragene Halle erinnerte. Eigentlich war es schon Nacht. Aber nicht hier. Immer wieder strich ein geisterhaftes, weißes Licht zwischen den Stämmen umher. Es hatte keinen deutlich zu erkennenden Ursprung, war unstet, verlosch manchmal, um dann plötzlich an anderer Stelle wieder aufzutauchen.

Es war wärmer hier. Der Schnee unter ihren Füßen schmatzte bei jedem Schritt. Schlamm sickerte von unten in die Spuren, die sie hinterließen.

Es gab kein Unterholz in diesem Wald. Die Baumstämme ringsherum erhoben sich wie unregelmäßig geformte Säulen. Noch bevor erste Äste abzweigten, verschwanden die Stämme in dem dichten Dunst, der stets über diesem verwunschenen Tal hing.

Kein Laut war zu vernehmen, als gäbe es nichts Lebendiges hier. Aber Tylwyth wusste, dass das nicht stimmte. Angespannt sah er sich um. Er hatte das Gefühl, belauert zu werden. Auch Gonvalon und Nandalee wirkten nervös. Sie hielten sich dicht beieinander. Manchmal beneidete er die beiden, glücklich verliebt, wie sie waren, und beschützt von einer Himmelsschlange. Für sie gab es nichts, was sie in dieser Welt fürchten mussten.

Ein Geräusch ließ ihn herumfahren. Ein weißer Schemen glitt durch den Dunst über ihnen. Tylwyth ahnte die Bewegung mehr, als dass er sie sah. Es war unmöglich zu schätzen, was dort über sie hinweggeflogen war. Eine Schneeeule? Etwas Größeres? Sein Blick fiel auf einen Felsblock, der aus dem Waldboden ragte. Eine dicke, weiße Quarzader zog sich durch das graue Gestein. War sie letztes Mal auch schon da gewesen? Sie waren auf demselben Weg gekommen, da war er sich ziemlich sicher, auch wenn Jahre seitdem verstrichen waren. Er suchte nach anderen Zeichen *ihrer* Anwesenheit, doch noch konnte er nichts entdecken.

Er fürchtete sie, die sich zur Wächterin des Albensterns in diesem Tal gemacht hatte. Sie war die Einzige im Umkreis von Hunderten von Meilen, die ein Tor öffnen konnte. Doch nur wenige kamen je her, um sie um diese Gunst zu bitten.

Es gab Gerüchte, dass einigen der Bittsteller Übles geschah. Aber keine Beweise! Nur viele Gründe, auf immer zu verschwinden, wenn man sich auf die Goldenen Pfade wagte, die sich durch das Nichts spannten.

Cullayn hob warnend die Hand. Augenblicklich verharrten sie alle. Vor ihnen ging der Schneematsch in einen rotbraunen Boden aus verrottendem Laub über. Etwa zwanzig Schritt voraus hockte ein weißer Wolf und beobachtete sie reglos.

Tylwyth war versucht, seinen Bogen aus seiner ledernen Schutzhülle zu holen und eine Sehne aufzuziehen.

»Keine Waffen!«, flüsterte Cullayn, als habe er seine Gedanken gelesen.

Tylwyth sah, dass Gonvalons Rechte auf dem Knauf seines Schwertes ruhte.

Das umherstreifende Licht verschwand. Für einige Herzschläge senkte sich Finsternis auf den verwunschenen Wald. Dann war das Licht plötzlich hinter ihnen.

Der Wolf aber war verschwunden, als habe es ihn nie gegeben.

»Vorwärts! Beeilen wir uns.« Cullayns Stimme klang gehetzt. Es kam selten vor, dass sein Freund die Ruhe verlor. Etwas war hier, ganz nah und doch vor ihrem Blick verborgen. Er sah einen weißen Käfer über die Rinde der Buche neben sich klettern. Ein Mistkäfer? Nur dass er zu groß war, nicht hätte weiß sein dürfen und am allerwenigsten in dieser Jahreszeit hätte herumkrabbeln sollen.

Die Bäume erschienen Tylwyth nun fahler. Er wusste, dass es nicht an dem umherstreifenden Licht lag. Bald sah er eine bleiche Wurzel aus dem fauligen Laub ragen. Dann entdeckte er bleiche Linien in der Rinde der Bäume, als sei sie aufgeplatzt, um den Blick auf das Kernholz freizugeben.

Nandalee bückte sich plötzlich und hob etwas auf. »Das Blatt hier ist ja ganz weiß!« Sie zeigte ihnen ein halb zersetztes, löchriges Eichenblatt, weiß wie Schnee. »So etwas habe ich noch nie gesehen.«

Ich schon, dachte Tylwyth beklommen. Im Gegensatz zu ihm wussten die beiden nur, dass Cullayn sie alle zu einem Albenstern führte. Wer dort auf sie wartete, hatte sein Gefährte wohlweislich nicht erzählt.

Die weißen Blätter auf dem Boden wurden mehr. Auch veränderten sich die Stämme der Bäume nun deutlich. Sie erinnerten an Birken. Weiß mit Streifen von Schwarz und gelegentlichen wulstförmigen Wucherungen ganz normaler Rinde. Das Normale sah an diesen Bäumen schon aus wie etwas Widernatürliches. Sie verändert das ganze Tal, dachte Tylwyth. Und sie macht jedem deutlich, hier nicht willkommen zu sein.

Um einen Baum nahe dem Wildwechsel wand sich weißer Efeu. Der Boden unter seinen Füßen war jetzt trocken. Es war angenehm warm wie an einem Frühlingsmorgen. In einer Senke kauerte ein halbes Dutzend Schneehasen. Sie sahen zu ihnen herüber und schienen keinerlei Angst zu haben. Warum auch? Über Leben und Tod in diesem Tal entschied ganz allein die Weiße Frau. Er war sich sicher, sollte er einen Pfeil auf die Sehne legen und auf die Hasen anlegen, der Schuss würde fehlgehen.

»Denk nicht einmal daran«, murmelte Cullayn. »Wenn wir hier heraus sind, gehen wir auf die Jagd.«

Nandalee sah zu ihm zurück. Sie wirkte angespannt, aber nicht ängstlich. Sie vertraute ganz und gar auf Cullayn, der ihr versprochen hatte, dass sie von hier aus in den Jadegarten gelangen würden. Sein Gefährte hatte ihr sicherlich nicht viel über die Weiße Frau erzählt. Sonst wäre sie weniger gelassen.

Sie gingen an einer Fichte vorüber, deren Nadeln weiß wie frischer Schnee erstrahlten. Der Boden unter ihren Füßen war hart. Er schob mit dem Fuß ein wenig Laub beiseite, das inzwischen überwiegend aus weißen Blättern bestand. Darunter war blanker Fels. Und auch der war weiß.

Er konnte jetzt ihre Anwesenheit spüren. Es war ein Gefühl, als habe ihn eine kalte Hand im Nacken berührt. Ein Stück voraus öffnete sich eine Höhle im Abhang. Sie war von weißen Felsen gerahmt. Die Bäume standen dort unnatürlich dicht. Ihre Stämme waren weiß wie Knochen.

Das Vorankommen wurde zunehmend schwieriger. Der Boden war vollkommen mit übereinanderwuchernden Wurzeln bedeckt, die der Höhle entgegenstrebten. Manche der Wurzelstränge waren dick wie Oberschenkel.

»Dort drinnen liegt der Albenstern«, erklärte Cullayn seinen Gefährten.

»Und was ist da noch?« In Nandalees Stimme schwang nun Zweifel mit.

»Die Hüterin dieses Tals. Sie wird euch helfen, ganz gewiss. Nachtatem erwartet dich, Nandalee. Sie wird es nicht wagen, den Zorn des Erstgeschlüpften herauszufordern, indem sie eure Rückkehr verzögert.«

Nandalee und Gonvalon tauschten einen Blick, sagten aber nichts mehr.

In der Höhle leuchtete milchig weißes Licht. Feuchtwarme Luft schlug ihnen entgegen, als sie eintraten. Boden und Wände waren ganz und gar unter Wurzeln verborgen. Der Ort erschien ihm, als würde er nicht zur Schöpfung der Alben gehören. Tylwyth spürte den kalten Griff im Nacken hier noch deutlicher als draußen. Das Licht in der Höhle zitterte wie Pulsschlag. Es ließ bizarre Schatten über die lebendig erscheinenden Höhlenwände huschen.

Tylwyth hätte jeden Eid geschworen, dass sich einige der Wurzeln bewegten.

Der Gang mündete in eine weite Höhle, in der auf einem Knoten ineinanderverschlungenen Wurzelwerks eine weiße Gestalt thronte. Ein Kleid, das wie aus feinen, weißen Haarwurzeln gesponnen wirkte, fiel von ihren Schultern herab, lag eng an ihrem zierlichen Oberkörper an und war von den Hüften abwärts ausgestellt. Wie ein Tuch lag es über einem Teil des Wurzelknotens und ließ den Betrachter im Ungewissen, wie weit die Wurzeln wohl reichen mochten.

Die Gestalt saß völlig reglos. Ihr Gesicht war hart und scharf geschnitten und so weiß wie das Wurzelwerk. Ihre Augen waren geschlossen. Langes, blütenweißes Haar fiel von ihren Schultern herab und reichte ihr fast bis zu den Hüften. Sie hätte aus Stein gehauen sein können, so wie sie da saß. Ihre Hände ruhten auf ihren Knien, die Handflächen nach oben gestreckt. Es hätte ein Bild der Harmonie sein können, wäre da nicht dieses pulsierende, weiße Licht.

»Du also bist Nandalee. Der Wind raunt deinen Namen, und selbst die Bäume wissen um dich.« Die Stimme war selbst nur ein Raunen. Tylwyth hätte nicht sagen können, ob sich die Lippen der Weißen Frau bewegt hatten. Das flackernde Licht verwischte Bewegungen.

»Wer bist du?« Nandalees Stimme war beneidenswert fest, so als beeindrucke sie diese Höhle nicht im Mindesten.

»Hier im Norden nennt man mich die Weiße Frau. Mein wirklicher Name ist für dich nicht von Belang. Du hast die Gefesselte Göttin gesehen.«

Tylwyth fragte sich, was das bedeuten mochte. Eine Gefesselte Göttin? Davon hatte er noch nie gehört.

Die Weiße Frau schlug die Augen auf. Sie waren ganz und gar schwarz. Selbst die Augäpfel. Tylwyth konnte diesen Anblick nicht ertragen. Er sah auf seine Füße. Die Wurzeln bewegten sich! Ganz sicher. Sie würden ihn hier festhalten, wenn die Weiße Frau es wünschte.

»Die Gefesselte Göttin träumt von dir, Nandalee. Sie wartet auf dich.«

»Bitte öffne mir ein Tor in den Jadegarten. Auch dort werde ich erwartet, Herrin.«

Ein Wort der Macht erklang, dunkel und fremdartig. Aus dem weißen Wurzelgeflecht erhoben sich zwei vielfarbig schillernde Schlangen aus Licht. Ihr Strahlen ließ selbst das weiße Leuchten verblassen. Die Schlangen neigten sich einander zu und verschmolzen zu einem funkelnden Torbogen. Dahinter lag ein Goldener Pfad, der in die Dunkelheit des Nichts führte.

»Ich danke dir, Weiße Frau«, sagte Nandalee und verbeugte sich vor der Herrin der Höhle. Sie wandte sich um, und zum ersten Mal, seit Tylwyth sie kannte, wirkten ihre Gesichtszüge weich. »Ich danke auch euch, Cullayn und Tylwyth, die ihr Gonvalon und mich sicher durch große Gefahr geführt habt. Ich stehe tief in eurer Schuld.«

Cullayn nickte nur knapp. Abschied zu nehmen war nicht seine Sache, dachte Tylwyth ein wenig beschämt. So konnten sie die beiden doch nicht ziehen lassen. »Es war mir eine Ehre, mit euch gewandert zu sein. Ich werde nie vergessen, was wir erlebt haben und …«

Cullayn räusperte sich scharf.

Manchmal war er ein ungehobelter Klotz, dachte Tylwyth. In den Geschichten der Alten endete ein Abenteuer, wie sie es erlebt hatten, mit einem Fest, nicht in einer unheimlichen Höhle. Es sollten wenigstens ein paar feierliche Worte gesprochen sein, dachte er verärgert und schwieg doch.

»Gonvalon!« Die Weiße Frau hielt ihren schwarzen Blick auf den Schwertmeister gerichtet. »Wisse, dort, wo Nandalee schreitet, ist der Tod stets nahe. Nicht du bist der Verfluchte. Wenn du jetzt hier bleibst, wird das Schicksal dreier Welten einen anderen Lauf nehmen.«

»Weiser Rat hat mich zu einem seelenlosen Mörder werden lassen.« Gonvalon ergriff Nandalees Hand. »In Zukunft werde ich allein der Stimme meines Herzens folgen.«

Nandalee sah ihren Schwertmeister voller Stolz und Liebe an. Seite an Seite traten sie durch das gleißende Portal.

Tylwyth sah ihnen nach, bis das Tor sich schloss. Er sollte ein Lied über die beiden dichten! Eine Liebe wie die ihre sollte unsterblich sein.

»Komm.« Cullayn legte ihm eine Hand auf die Schulter. »Dies ist kein Ort zum Verweilen.«

Die Weiße Frau hatte ihren unheimlichen Blick nun auf ihn gerichtet. Wusste sie um seine Zukunft? Eine Prophezeiung, wie sie sie für Gonvalon ausgesprochen hatte, wollte er nicht hören. Wie Cullayn wandte er sich wortlos ab und folgte seinem Freund aus der Höhle ins Freie. Selbst dort hatte er noch das Gefühl, dass sie ihm nachsah.

Erst als der Wald ohne unnatürliche Spuren von Weiß war, fühlte er sich wieder ganz frei. »Die beiden sind ein schönes Paar, nicht wahr?«

Cullayn stieß einen knurrenden Laut aus, der alles bedeuten

konnte. Manchmal war sein Freund wirklich zu einsilbig! Tylwyth konnte es nicht ertragen, jetzt einfach schweigend durch den winterlichen Wald zu gehen.

»Der Goldene scheint Gonvalon verziehen zu haben. Ohne ihn wären wir den Trollen und dem Immerwinterwurm niemals entkommen.«

Wieder knurrte Cullayn.

»Du wirst Zeuge einer Liebesgeschichte, die so anrührend ist, dass selbst der Goldene seinen Groll aufgegeben hat und den beiden zu Hilfe geeilt ist, und alles, was du dazu zu sagen hast, ist ein Knurren, das sich nach verstimmtem Magen anhört?«

Cullayn blieb abrupt stehen. Als er sich umwandte, sah sein entstelltes Gesicht noch schrecklicher aus als sonst. »Du glaubst wirklich, du warst Zeuge edler Taten? Bist du blind? Hast du nicht gesehen, welche Gestalt der Goldene angenommen hatte, als er zu uns kam? Er war *Gonvalon*. Alles, was er getan hat, diente einzig und allein dem Zweck, den Schwertmeister zu vernichten.«

»Das ist doch widersinnig!«, empörte sich Tylwyth. »Ohne die Hilfe des Goldenen wäre Gonvalon gestorben. Warum hätte er ihn heilen sollen, wenn er ihn vernichten will?«

»Das liegt doch klar auf der Hand! Um sich daran zu weiden, wie er zerbricht. Nicht aus Barmherzigkeit. Er hat eine *Liebesnacht* mit Nandalee verbracht. Und ich bin mir sicher, er hat all seine Macht aufgeboten, damit sie unvergesslich wird. Gonvalon weiß all das, und doch wird er schweigen, um Nandalee vor der Wahrheit zu schützen. Sie aber wird sich fragen, was aus dem wunderbaren Liebhaber jener Nacht wurde, in der Gonvalon sie vor den Trollen rettete. Hast du die Distanz nicht gespürt, die schon jetzt zwischen den beiden herrscht? Das schleichende Gift des Goldenen hat bereits zu wirken begonnen.«

»Davon habe ich in der Tat nichts gesehen, als die beiden durch den Albenstern gingen«, entgegnete er beleidigt und wusste es doch besser.

Cullayn schüttelte stumm den Kopf und ging weiter. Tylwyth wusste, dass sein Freund nichts mehr sagen würde. Er hatte ohnehin schon ungewöhnlich viel gesprochen. Er war kein Mann der Worte. Was ihn aufwühlte, machte er mit sich allein aus.

Tylwyth fügte sich in das frostige Schweigen des winterlichen Waldes und seines Gefährten. Aber er dachte immer noch an das Lied, das er dichten wollte. In einem Lied durfte die Welt besser sein, als sie es in Wirklichkeit war. Bei ihm würde es nur eine alles überwindende Liebe und ein großes Abenteuer geben. Und den Goldenen würde er verschweigen. Er lächelte. Das war der Weg eines Dichters, eine Himmelsschlange zu besiegen.

Der Sohn des Schweinezüchters

Marwad kauerte hinter einem Felsen und beobachtete das trockene Flussbett, das die beiden Heere voneinander trennte. Es war eine gute Nacht. Der Mond war schmal wie eine Meuchlerklinge. Er gab genug Licht, dass Männer wie er ihrem Geschäft nachgehen konnten, und zugleich war es so dunkel, dass sie nicht leicht zu entdecken waren.

Nur wenige Wolken zogen über den Himmel. Tausende Sterne strahlten am Firmament wie gleißende Augen. Sie waren die einzigen Zeugen des kleinen Krieges, der schon seit Wochen zwischen den beiden Heerlagern tobte. Ein Krieg, der ihn zu einem reichen Mann machte. Für den Kopf eines jeden Spitzels, den er vorweisen konnte, bekam er zehn Goldstücke. Und hier musste er nicht einmal fürchten, dass ihn die Verwandten eines seiner Opfer tagsüber in seinem Versteck aufspürten. Wenn er in Muwattas Heerlager zurückkehrte, war er vollkommen sicher. Auch war es seine Entscheidung, in welchen Nächten er hinausging. Er schritt seit fast zwanzig Jahren auf dem Pfad des Blutes, doch so erfolgreich wie in den letzten Monden war er noch nie gewesen.

Wenn das hier vorüber war, dann könnte er sich zur Ruhe setzen. Marwad dachte an den Geldbeutel, den er drei Meilen vom Heerlager entfernt in einer felsigen Senke vergraben hatte. Er war ein gemachter Mann. Nach Isatami würde er nicht mehr zurückkehren. Die Heilige Stadt hatte ihn viele Jahre lang ernährt, doch dort hatte er inzwischen zu viele Feinde. Es war schon erstaunlich, wie die Reichen und Mächtigen miteinander umgingen. Es hatte immer Bedarf für Meuchler gegeben. Ganz besonders zur Zeit der Heiligen Hochzeit, wenn die Satrapen, Adligen und großen Kaufherren des ganzen Königreichs sich dort versammelten.

Eine Wolke schob sich vor die Mondsichel. Marwad nutzte den Augenblick des Dunkels, um das Flussbett zu durchqueren. Er kannte die Gegend gut. Er hatte bei Tag wie bei Nacht endlose Stunden damit verbracht, das Terrain auszuspähen. Und er wusste, wie die Jäger auf der anderen Seite dachten. Es machte einen Unterschied, ob man Wölfen und Schneeleoparden nachstellte oder Menschen. Wieder lächelte Marwad. Selbstsicher duckte er sich in eine flache Mulde und verschmolz mit dem Gelände. Er hatte Grasbüschel auf seine erdfarbene Tunika genäht und seinen Leib mit Ruß eingerieben. Seine Silhouette verschmolz in Nächten wie dieser vollständig mit der Landschaft. Er brauchte nicht einmal eine Senke. Er musste sich nur auf den Boden legen und reglos bleiben, dann war er so gut wie unsichtbar.

Im Lager belächelten sie ihn. Diese Narren! Nur der Zahlmeister lächelte nicht mehr, wenn er ihn sah. Er wusste, was Marwad nachts tat und wie gut er darin war.

Marwad kniff die Augen zu schmalen Schlitzen zusammen, damit ihn das Weiß seiner Augäpfel nicht im Dunkel verraten konnte. Er hatte sich in der Dämmerung gründlich gewaschen. Er verströmte keinen Geruch. Er war ein Stück Ödland, solange er sich nicht bewegte. Er musste jetzt nur liegen bleiben. So hatte er es auch in den Nächten zuvor getan. Irgendwann kam einer ihrer Wächter in seine Nähe. Bevor sie noch begriffen, wie ihnen geschah, hatte er ihre Kehle durchschnitten. Dafür musste er darauf warten, dass sie so nahe kamen, dass sie fast auf ihn traten.

Marwad lauschte in die Nacht hinaus. Der Lärm im Lager Arams verebbte langsam. Er hörte das schrille Lachen einer Frau. Ein Esel schrie.

Waren da Schritte gewesen? Nein … Die Zeit verstrich. Manchmal war es schwer, nicht einzudösen. Wenn er schläfrig wurde, dachte er an seinen Vater. Die Erinnerung machte ihn immer noch zornig. Selbst nach all den Jahren. Das half. Die Erinnerung an die Hungerwinter hielt ihn wach. Er konnte ihn noch spüren, den bohrenden Schmerz in seinen Eingeweiden. So oft war er damals hungrig auf sein Lager gekrochen. Die ganze Familie hatte sein Vater darben lassen, um seine Schweine zu mästen. Denen hatte es nie an etwas gemangelt.

Er dachte an seinen kleinen Bruder, der vom Fieber geschüttelt verreckt war. Bis zuletzt hatte er dessen Hand gehalten. Sein Vater war im Schweinestall gewesen und hatte sich vor allem darum gesorgt, dass es diese Mistviecher warm hatten und sich nicht auch ein Fieber holten. Seine Schweine waren die besten der Satrapie Nari gewesen. Wenn sein Vater sie zum Markt in der Hauptstadt gebracht hatte, bekam er Preise, von denen andere Schweinezüchter nur träumen konnten. Aber von dem Geld kam fast nichts zu Hause an. Wenn sein Vater die Schweine verkauft hatte und ihm jeder auf die Schulter geklopft und ihn gelobt hatte, war er stets in Feierlaune gekommen. Aber nicht mit seiner Familie … Er hatte gesoffen, gespielt und bei Huren gelegen. Und wenn er dann heimgekehrt war, war er verkatert und übellaunig gewesen, und seine Geldbörse war leer. Und wieder lag ein Jahr voller Entbehrungen vor ihnen und die Hoffnung, dass beim nächsten Mal vielleicht alles anders würde.

Es waren zwei Sätze gewesen, die Marwads Leben für immer verändert hatten. Er würde sie niemals vergessen, selbst wenn er durch ein Wunder bis ans Ende aller Zeiten leben sollte.

Sein Vater hatte sie gesagt, an dem Morgen, als Marwad mit seinem toten Bruder in den Armen aus dem Haus getreten war, um ihn zu begraben.

Du willst ihn jetzt also an die Würmer verfüttern. Findest du nicht, dass das sinnlose Verschwendung ist?

Marwad hatte daraufhin seinen Bruder zu Boden gelegt und seinen Vater mit dem Grabstock fast zu Tode geprügelt. Dann hatte er ihn in den Stall gebracht und zugesehen, was die Schweine mit dem Mann taten, der sie mehr geliebt hatte als seine eigene Familie. Weder seine Mutter noch seine Brüder waren gekommen, um etwas dagegen zu unternehmen. Aber sie hatten ihn Mörder genannt. Ihn! Und was war sein Vater gewesen?

Marwad hatte danach sein Dorf verlassen müssen. Er war nach Isatami gegangen, um Priester zu werden und sich von seiner Schuld reinzuwaschen. Er lächelte, wenn er daran dachte, wie dumm er gewesen war. Er hatte ihnen gebeichtet, was er getan hatte. Und sie hatten ihn nicht haben wollen. Er war Bettler gewesen, hatte wieder Hunger gelitten, bis ein Bäcker ihn anheuerte, einen Konkurrenten mit dem Kopf voran in seinen Erdofen zu stoßen. Niemand hatte ihn dabei beobachtet. Es war als Unfall durchgegangen. Es hatte ihm zehn Fladenbrote und ein paar Kupfermünzen eingebracht. Damals hatte er endgültig begriffen, dass er weder zum Schweinezüchter noch zum Priester berufen gewesen war. Er hatte ein gutes Leben gehabt, auch wenn er immer wieder gejagt worden war. All das hatte ihn darauf vorbereitet, hier auf der Ebene von Kush reich zu werden.

Die Geräusche des Lagers waren inzwischen fast verstummt. Es musste weit nach Mitternacht sein. Seltsam, dass noch immer keine Wache vorbeigekommen war. Er hatte nicht in jeder Nacht Glück. Manchmal kamen die Wachen nicht nahe genug, um sie überraschend angreifen zu können, oder sie gingen in Gruppen von zwei oder mehr Mann. Heute aber war noch niemand in seine Nähe gekommen. Das war eigenartig. Fast konnte man meinen, der Unsterbliche Aaron hätte nun gänzlich darauf verzichtet, Wachen aufzustellen.

Marwad kämpfte die Versuchung nieder, sein Versteck aufzugeben und umherzustreifen. Das wäre töricht! Nur die Ruhe. Eine Stunde noch oder zwei … Und wenn keiner kam, dann würde er sich eben zurückziehen. Er musste nicht in jeder Nacht einen Kopf erbeuten.

Der Himmel hatte sich zugezogen. Es war noch dunkler geworden. Das würde seinen Rückzug begünstigen, dachte Marwad zufrieden. Er würde … Ein halb erstickter Laut erklang links von ihm. Ein Geräusch, das ihm bestens vertraut war. Das Röcheln eines Mannes mit durchschnittener Kehle, dem ein Schwall Blut in die Luftröhre drang.

Der Meuchler spannte seine Muskeln, bereit aufzuspringen. Wahrscheinlich war ganz nah einer der anderen Menschenjäger auf Pirsch, die jeden Abend aus Muwattas Lager aufbrachen. Oder hatten die Wachen Arams dazugelernt? Marwad wusste, dass einige seiner Konkurrenten in den letzten Wochen erwischt worden waren. Meist die jungen, unvorsichtigen, die schnelles Geld suchten. Aber man konnte immer Pech haben, ganz gleich, auf wie viele Jahre Erfahrung man zurückblickte.

Er lauschte in die Nacht. Das Röcheln war verstummt. Es folgte kein leises Tuscheln. Der andere Jäger war also auch allein. Marwad spürte, wie seine Handflächen feucht wurden. Er hatte keine Angst, aber er war angespannt.

Er drückte die Hände auf den sandigen Boden und lauschte in die Stille. Der Sichelmond trat hinter den Wolken vor. Es war, als habe jemand ein Licht in einer dunklen Kammer entzündet. Deutlich konnte er die Stümpfe des abgeschnittenen Buschwerks ringsherum erkennen, dessen Geäst längst in den Feuern des Heerlagers verglüht war. Er musterte die Silhouetten der wenigen Felsen, die durch den sandigen Boden brachen. Der größte unter ihnen erinnerte an ein auf den Strand gezogenes Fischerboot.

Der Felsen direkt daneben an die Gestalt eines zusammengerollten Hundes. Der nächste erinnerte ihn an die gemauerte Feuerstelle vor dem Haus seiner Eltern.

Marwad musste unwillkürlich an seine Geschwister denken. Wie sie alle manchmal auf einer Bergweide beieinandergelegen und in die Wolken geblickt hatten. Und so wie er jetzt auf seiner einsamen Wacht den Felsen Namen gab, hatten sie darüber gestritten, welche Bilder in den Wolken zu erkennen waren.

Nachdem er Vater getötet hatte, war niemand von ihnen mehr verhungert. Ihre Schweine waren bald nicht mehr so berühmt gewesen, aber ihr Leben war leichter geworden. Er hatte Erkundigungen über sie eingezogen und ihnen manchmal auf verschlungenen Wegen Geld zukommen lassen. Hätten sie gewusst, dass es von ihm kam, hätten sie es wohl nicht angenommen. So aber freuten sie sich, dass sie ihr Vieh manchmal mit erstaunlichem Gewinn verkauften.

Ein Skorpion krabbelte ihm entgegen. Einer der großen, schwarzen, so massig wie eine Männerhand. Ihr Stich war schmerzhaft, wenn auch nicht tödlich. Das Tier ließ sich von ihm nicht aus der Ruhe bringen. Es marschierte dicht an seiner Wange vorbei. Sie waren einander ähnlich. Beide waren sie verfemte Jäger. Beide … Marwad stutzte. Der Felsen, der wie ein zusammengerollter Hund aussah, hatte jetzt einen Buckel! Da war jemand! Oder täuschte er sich? Der Buckel bewegte sich nicht. Er ließ ihn nicht aus den Augen. Die Zeit verrann. Er hätte niemals an einen Hund gedacht, wäre der Buckel vorhin schon dort gewesen.

Er sollte zurück ins Lager schleichen. Er sah schon Gespenster. Langsam stemmte er sich hoch. Der Skorpion eilte an ihm vorbei. Etwas hatte ihn aufgeschreckt.

Marwad warf sich herum und zog in fließender Bewegung das Messer in der Scheide an seinem Oberarm. Nicht der Hundefelsen, sondern der Felsen schräg hinter ihm veränderte sich. Sein Schatten zerschmolz und kam ihm entgegen.

Marwads Arm schnellte vor. Das Wurfmesser blitzte golden im Mondlicht. Der Schatten strauchelte. Augenblicklich setzte der Meuchler nach. Er zückte den Krummdolch, dessen Klinge aus kostbarem, luwischem Eisen gefertigt war.

Krallen schlugen nach Marwad. Zu langsam! Sein Dolch stieß vor, grub sich in weiches Fleisch. Die Kreatur bäumte sich auf, Krämpfe schüttelten sie, aber kein Laut kam über ihre Lippen. Die Krallen sanken zu Boden. Ein Geschöpf wie dieses hatte Marwad noch nie gesehen. Eine Mischung aus einem Mann und einer großen, schwarzen Katze. Nein … Ein Krieger, der sich, so wie er selbst, mit Ruß eingerieben hatte. Doch der Meuchler trug das Fell einer großen, schwarzen Katze. Sein Kopf steckte in einem eigenartigen Helm, der …

Die Krallenhand zuckte hoch. Marwad wich zurück und hob seinen Dolch. Schwarze Steinkrallen trafen auf Eisen. Zugleich traf ihn ein Stich in der Ferse, und sengender Schmerz kroch seine Wade hinauf.

Marwad stöhnte auf, während die Krallenhand des Katzenmanns zu Boden sank. Wahrscheinlich war es nur ein letztes Aufbäumen dieses sterbenden Kriegers gewesen. Einen stummen Fluch auf den Lippen, drehte Marwad sich um. Er war auf den schwarzen Skorpion getreten, der eben noch an ihm vorbeigekrabbelt war.

Marwad schloss die Augen und kämpfte gegen den Schmerz an. Es fühlte sich an, als wüte ein Feuer in seiner Wade. Er musste fort von hier. Sofort! Er ließ sich auf alle viere nieder und kroch. Verzweifelt biss er auf seine Unterlippe. Er durfte nicht stöhnen. Der Schrei eben war schon unverzeihlich gewesen. Dieser seltsame Katzenmann war sicher nicht allein.

War da etwas in den Schatten? Marwad versuchte aufzustehen, doch sein verletztes Bein knickte sofort unter ihm weg. Er musste es nur bis zum trockenen Fluss schaffen. Auf der anderen Seite patrouillierten Wachen aus Muwattas Lager. Dort wäre er in Sicherheit.

Das Feuer kroch weiter in seine Kniekehle. Dieses Gift tötete nicht, dachte er und schmeckte Blut in seinem Mund. Er hatte sich die Lippe aufgebissen.

Sein Blick streifte den Hundefelsen. Der Buckel war verschwunden!

Ein Fluch entglitt ihm. Er verlor die Selbstbeherrschung. Er hatte so etwas schon oft erlebt als Jäger. Es geschah kurz vor dem Ende. Kurz bevor die Beute gestellt wurde. Wenn jemand wusste, dass sich die Schlinge um ihn zuzog.

Ihm würde das nicht passieren. Er schaffte es, auf die Beine zu kommen. Das Feuer wütete jetzt auch in seinem Oberschenkel. Er musste sich beherrschen! Er taumelte vorwärts, blieb aber wenigstens auf den Beinen. Nicht an den Schmerz denken. Er rief sich das Bild seines Vaters in Erinnerung. *Du willst ihn jetzt also an die Würmer verfüttern. Findest du nicht, dass das sinnlose Verschwendung ist?* Die Worte seines Vaters waren so klar in seiner Erinnerung, als habe er sie eben erst gehört. Als sei er noch hier …

Er hatte damals das Richtige getan, dachte Marwad. Das Richtige! Der Schmerz war vergessen. Er sah sich wieder mit dem Grabstock auf seinen Vater einschlagen, und ein anderer, unauslöschlicher Schmerz hielt ihn auf den Beinen, als er dem Flussbett entgegenwankte.

Ein einsamer Mann

»Herr! Herr, bitte! Ihr müsst kommen.«

Muwatta hasste diesen winselnden Tonfall. Er blinzelte. Ein schlanker Arm lag über seiner Brust. Draußen dämmerte der Morgen. Er hörte den Lärm des erwachenden Heerlagers. Der Rauch von Feuern hing in der Luft und der Duft von frisch gebackenem Brot.

»Herr!« Wieder diese winselnde, hohe Stimme vor dem Zelt.

Der Unsterbliche schob den Arm zur Seite und betrachtete das zierliche Mädchen. Sie und die beiden anderen hatten sich alle Mühe gegeben letzte Nacht. Wie sehr er das hasste. Er wollte kein bemühtes Schauspiel. Er wollte echte Leidenschaft. Niemals hätte er gedacht, dass er all dessen hier so schnell überdrüssig werden würde. Als er Muwatta geworden war, hatte ihn seine plötzliche Macht vollkommen erfüllt.

Er griff nach seinen Schläfen. Da waren sie wieder, die Stimmen in seinem Kopf, die unablässig auf ihn einredeten. Er musste sich betrinken, um sie zum Schweigen zu bringen. Wenn er die Wahl hätte, würde er wieder in sein altes Leben zurückkehren wollen. Aber er wusste, es gab kein Zurück. Wenn sie merkte, dass er seiner Machtfülle überdrüssig wurde, würde sie ihn ersetzen.

»Herr!«

Diese schreckliche Stimme! Er stand auf und warf einen letzten Blick auf die Mädchen. Sicher waren sie alle drei schon wach. Sie fürchteten seine Launen. Und er hasste es, dass alle, die ihn umgaben, ihm etwas vorspielten.

Er schlug die Zeltplane zurück. Sein Mundschenk stand dort, ein schwitzender, kleiner, dicker Kerl, dessen rote Nase deutlich verriet, dass er sich an Wein vergriff, der ihm nicht zugedacht war. »Herr, die geflügelte Išta befahl mir, Euch zu rufen. Ihr sollt zum Flussbett kommen. Sie sagte, ich solle Euch rufen.«

Wie er schwitzte, einfach widerlich. »Deinen Umhang, Kerl.«

Der Mundschenk löste mit zitternden Händen den blauen Umhang mit der breiten roten Borte von seinen Schultern, der Zeichen seines Amtes war. Muwatta schlang ihn sich um die Hüften und wandte sich an die Wachen neben dem Zelt. »Schneidet ihm den Schwanz ab. Seine Stimme missfällt mir.«

Der Mundschenk stieß ein ängstliches Quieken aus, als die Krieger ihn ohne zu zögern packten. »Herr, bitte … Ich bin ein Eunuch. Deshalb die Stimme … Bitte verzeiht.«

Muwatta sah ihn ärgerlich an. »Dann schneidet etwas anderes von dem fetten Kerl ab. Ein großes Stück. Und werft es ins Zelt zu den Mädchen, um sie zu wecken.«

Keiner der Krieger zuckte auch nur mit der Wimper. Sie würden seine Befehle ausführen. Die Schreie des Eunuchen amüsierten ihn … kurz. Er durchquerte das Lager. Kaum jemand wagte es, zu ihm aufzublicken. Er war nicht beliebt, das wusste er. Sie fürchteten ihn. So sollte Herrschaft sein! Wenn er einen Befehl gab, dann wurde er ohne zu zögern ausgeführt.

Der Morgen war noch jung, ein erster blutroter Hauch lag hinter den Bergen im Osten. Es war schon warm. Der Tag würde wieder unerträglich heiß werden. Wenn er auf die Berge blickte, ergriff ihn Sehnsucht. Dort im Osten lag der Gelbe Turm. Der Palast der Götter. Das Heim der Devanthar. Zu gerne hätte er die Felsenburg in der Einsamkeit gesehen. Wie lebten Götter? Welch ein Übermaß an Luxus musste es dort geben! Welch exquisite Freuden erwarteten den Besucher? Er musste Aaron besiegen und zum Ersten unter den Unsterblichen aufsteigen, dann würde er vielleicht dorthin gelangen.

Er ging an einer langen Grube voller Leichen vorbei. Seuchen suchten sein Heerlager heim. Täglich starben über hundert Krieger und noch weit mehr Sklaven. Seine Berater bekamen das einfach nicht in den Griff, ganz gleich, womit er ihnen auch drohte. Er wusste von Spitzeln, dass Aaron dieses Problem nicht hatte. Auf Kriegszügen waren Seuchen die steten Begleiter der Heere. So war es immer! Warum blieb Aaron verschont? Schützte der Löwenhäuptige die Männer Arams?

Ungelöschter Kalk war über die Leichen in der Grube gestreut. Bleich und verdreht lagen sie da in Schichten übereinander. Etwas bewegte sich. Ein streunender Hund zerrte am Arm eines stattlichen Mannes. Verärgert wandte Muwatta den Blick ab. Kerle wie der da unten sollten für ihn Aarons Bauern erschlagen! Was fiel ihm ein, einfach so zu verrecken!

Seine schlechte Laune kehrte zurück. Er wusste um die Zahlen, auch wenn er es gerne verdrängte. Es war ein Fehler gewesen, hier so lange zu lagern. Einige Tausend seiner erfahrenen Krieger waren inzwischen ebenso verreckt wie der dort unten im Graben. Der Kampf um Garagum hatte ihn schon jetzt mehr Männer gekostet, als in den letzten zehn Jahren in den Grenzscharmützeln mit Ischkuza gefallen waren. Dabei stand die Schlacht noch bevor!

Was lief bei Aaron anders? Alle Spitzel bestätigten, dass es in seinem Heerlager viel weniger Tote gab.

Auf der Böschung des trockenen Flusses stand die geflügelte Išta. Sie sah hinüber zum feindlichen Heerlager. Der Wind spielte in den Federn ihrer schwarzen Schwingen. Sie trug ein fast knöchellanges, weißes Gewand. Gekreuzte Waffengurte lagen über ihren Hüften, von denen prächtige Schwerter hingen. Kein Sterblicher wagte sich in ihre Nähe. Das Ufer war verwaist. Das Lager in ihrer unmittelbaren Nähe verlassen.

So schön sie war, so Furcht einflößend wirkte sie zugleich.

»Du hast dir viel Zeit gelassen«, empfing sie ihn kühl, ohne sich zu ihm umzudrehen.

»Mein Mundschenk hat versäumt, mir zu sagen, wie dringlich dein Wunsch ist, mich zu sehen.«

Sie wandte sich abrupt um. Hinter ihr stoben Vögel auf, erschrocken über die plötzliche Bewegung. Geier! Mit schwerfälligem Flügelschlag strebten sie dem Himmel entgegen.

»Du benötigst es, daran erinnert zu werden, dass du unverzüglich zu erscheinen hast, wenn es mein Wunsch ist, dich zu sehen?«

»Das habe ich wohl unglücklich ausgedrückt …«

»Ich fand es klar verständlich.«

Muwatta vermochte ihrem Blick nicht standzuhalten. Ihr Zorn war von geradezu körperlicher Intensität. Mit einem Mal sah er sich selbst bei vollem Bewusstsein in dem Graben mit den Leichen liegen. Ätzkalk verbrannte seine Haut. Ratten fraßen sich in seine Eingeweide. Er konnte nicht schreien, konnte sich nicht bewegen, aber er war lebendig.

»Erinnerst du dich wieder an deine Sterblichkeit?«

Muwatta kniete nieder. »Bitte verzeiht, wenn ich Euch enttäuscht habe, Herrin der Blitze und des Todes.«

»Steh auf!« Sie deutete zum Fluss hinab. »Ich wollte, dass du das hier siehst.«

Er trat auf die Uferböschung. Unter ihnen war eine Reihe von Pfählen ins Flussbett gerammt. Auf jedem steckte ein Kopf. Nackte Leichen lagen im Staub.

»Das sind alle siebzehn Meuchler, die gestern dein Lager verlassen haben, um wie in jeder Nacht Unruhe unter die Wachen des Feindes zu tragen.«

»War das der Löwenhäuptige?«, fragte er sehr leise und darauf bedacht, sie nicht noch weiter zu erzürnen.

»Nein. Mein Bruder mischt sich nicht ein. Er ist anders als ich. Das waren ihre neuen Wachen. Söldner aus Zapote. Jaguarmänner, die sonst nur für die Priesterschaft der Gefiederten Schlange kämpfen.«

Jaguarmänner? Darunter konnte Muwatta sich nichts vorstellen. »Was tun wir?«

»Wir überlassen ihnen das andere Ufer«, entgegnete die geflügelte Göttin leichthin.

»Aber …«

»Ziehst du mein Urteil in Zweifel?« Sie lächelte ihn an, aber er musste an das offene Grab denken.

»Wir geben diese Schlacht also verloren?«

»Sie ist nicht verloren. Sie ist einfach beendet. Wir wissen alles, was wir über sie wissen müssen.«

»Und diese Mörder? Können uns die Männer, die meine Meuchler getötet haben, nicht gefährlich werden? Werden sie den Ausgang der Schlacht verändern?«

Sie lachte. »Es sind nur zweihundert. Ich weiß, du machst dir

Sorgen wegen deiner Toten, aber selbst die Männer, die du als Reserven aufbietest, haben mehr Kampferfahrung als Aarons Bauern. Es gibt keinen Zweifel daran, wie diese Schlacht enden wird. Allerdings erweckt sie viel Aufmerksamkeit unter meinen Brüdern und Schwestern. Deshalb kann ich nicht auf das andere Ufer gehen und unsere Meuchler rächen. Aber sollten die Jaguarmänner auf unsere Seite kommen, dann werden sie das nicht überleben.«

Sie war schön, voller Macht und ganz ohne Skrupel. Muwatta bewunderte sie. Er würde sie auch anbeten, wenn sie keine Göttin wäre. Warum konnte er kein Weib wie sie finden?

»Lass diese Männer dort nicht lange hängen. Das ist schlecht für die Moral deiner Truppen. Ihre Leichen sollen in die Massengräber geworfen werden. Und du solltest dich noch heute nach Isatami begeben. Es sind nur noch drei Tage bis zur Heiligen Hochzeit. Es ist gut, wenn du ein Auge auf jene Satrapen hast, die lieber beim Fest weilen, als hier bei ihren Truppen zu sein.«

»Und diese Pferdeprinzessin?« Er konnte nicht fassen, dass Aaron bislang noch nichts unternommen hatte, um sie befreien zu lassen. Bedeutete sie ihm weniger, als er erwartet hatte?

»Du denkst an Shaya?«

Er schluckte. Er schaffte es nie, in Ištas Anwesenheit seine Gedanken zu beherrschen. Sie wusste, dass er sie begehrte … Wahrscheinlich lachte sie insgeheim über seine einfältigen Fantasien.

»Im Gegenteil. Ich wäre enttäuscht, wenn du mich nicht begehrenswert fändest.« Sie schenkte ihm ein Lächeln, das sein Herz aufgehen ließ. »Allerdings werde ich immer nur ein Traum für dich bleiben. Dafür verspreche ich dir, dass du an Shaya sehr viel Freude haben wirst. Ich weiß, du bist enttäuscht von den Frauen, die in letzter Zeit dein Lager teilten. Shaya wird dein Feuer entfachen. Nach dieser Heiligen Hochzeit werden alle Gerüchte, dass du nach der Verwundung durch Aaron vielleicht kein ganzer Mann mehr seist, für immer verstummen.«

Dong, Dong

Das kratzende Geräusch verstummte nicht. Nie. Nicht einen Herzschlag lang. Niemals hätte es Galar für möglich gehalten, dass ihn ein einfaches Geräusch so zermürben könnte. Er kauerte an der massigen Granitplatte, die den Zugang zum Hafen im Höhlenpalast von Hornboris Sippe abriegelte. Der Felsplatte, die den Tatzelwurm getötet hatte.

Auf der anderen Seite fuhren Krallen über den Fels. Und ihr unablässiger Einsatz begann Wirkung zu zeigen. Erste feine Haarrisse breiteten sich an drei verschiedenen Stellen der Granitplatte aus.

Galar betrachtete den abgetrennten Teil des Tatzelwurms, der ein kleines Stück neben ihm lag. Den schmalen, langen Kopf und die mörderischen Krallen. Sie besaßen Verstand, diese Tatzelwürmer! Der Schmied konnte sich sehr genau vorstellen, was auf der anderen Seite vor sich ging. Sie kratzten an verschiedenen Stellen der Platte. Und es war auf jeden Fall mehr als nur ein Tatzelwurm. Es würde nicht so kommen, dass sie ein einfaches Loch durch den Granit brachen und dann mühsam erweiterten, bis es groß genug war, um ihren schlangenhaften Leib hindurchzuzwängen. Wenn die Granitplatte brach, wäre die Öffnung sofort groß genug.

Galar betrachtete die Risse. Jetzt kratzten sie oben links. Er konnte sehen, wie sich das Netz der feinen Risse ausbreitete. Nicht mehr lange … Eine Stunde? Vielleicht weniger.

Er hob Frar auf, der neben ihm in einem aufgesägten Fass geschlafen hatte. Der Junge stank erbärmlich. Seit sie versuchten, ihn mit einem Brei aus vorgekauten Datteln zu füttern, hatte er Durchfall. Seiner Laune schien das aber keinen Abbruch zu tun.

Er blinzelte, als Galar ihn auf den Arm nahm. Es tröpfelte aus dem Tuch, das sie um seine Hüften gewickelt hatten. Sie hätten ihn doch Draupnir nennen sollen.

Frar griff nach seinem Bart und krallte eine Hand hinein. Es war erstaunlich, wie viel Kraft der Junge hatte. Und er selbst war kaum mehr in der Lage, dieses Fliegengewicht zu tragen. Seine Wunde war zwei Mal aufgebrochen, als er mitgeholfen hatte, den Aal für den Tauchgang vorzubereiten. Danach hatten Nyr und Hornbori dafür gesorgt, dass er kein Werkzeug mehr in die Hand nahm.

Hinter ihm fiel mit leisem Klicken ein Stück Stein zu Boden. Es war aus dem Netzwerk von Haarrissen herausgesprungen. Ein schlechtes Zeichen!

Galar beschleunigte seine Schritte. Seine Wunde spannte. Er hatte Nyr auf die Finger gesehen, als er sie vernäht hatte. Schön war es nicht geworden, aber es würde halten. Der Richtschütze hatte irgendwo ein Knäuel aus dem starken Garn aufgetrieben, mit dem die Frachtsäcke hier im Hafen vernäht wurden. Diesmal war die Wunde mit vielen, eng gesetzten Kreuzstichen vernäht.

»Sie kommen!«, rief er und war entsetzt, wie schwach seine Stimme klang. Sie ging im Lärm der Hammerschläge von Nyr und Hornbori unter. Die beiden verstärkten den hölzernen Rumpf des Aals mit Kupferblechen. Galar hatte es so gewollt. Das Boot musste sehr stabil sein, wenn er es steuerte. Er wusste, dass er an Felsen entlangschrammen würde und dass die starken, im Bogen geschwungenen Eisenbügel, die vom Rumpf zum Einstiegsluk und den beiden Schwimmflossen an den Seiten verliefen, vermutlich nicht reichen mochten, um sie vor Schaden zu bewahren.

»Dong, Dong!«, rief Frar begeistert. Der Junge konnte zwar kein Wort sprechen, aber das Geräusch des Hammerschlags auf dem hohlen, metallverstärkten Rumpf ahmte er schon recht überzeugend nach. Vielleicht würde tatsächlich ein Schmied aus ihm werden, dachte Galar mit einem Anflug von Stolz. Er blickte zurück zum steinernen Tor. Einer der Risse war jetzt so breit, dass er ihn selbst auf diese Entfernung noch sehen konnte! Jeden Moment war es so weit.

»Aufhören!«, schrie er mit all seiner Kraft und übertönte das Dong, Dong von Frar ebenso wie den Lärm der Hämmer. »Sie kommen!«

Hornbori blickte skeptisch zum Tor, dann wieder zu ihm.

»Verdammt, glaub es mir, Schisser. Sie werden jeden Augenblick durch den Granit brechen.«

»Unsere Steinmetze haben vier Jahre gebraucht, um diese Platte zu fertigen. Das ist bester Granit aus den Mondbergen. Der wird nicht …«

Galar reichte das Geschwätz. »Nyr, steig da runter! Wir lassen das Boot zu Wasser. Oder willst du mit ansehen, wie die Drachen Frar zerfleischen?«

Augenblicklich kletterte der Richtschütze vom kupfern schimmernden Rumpf des Bootes. Der Aal ruhte auf einer schräg ansteigenden Rampe aus massigen Kanthölzern. Er wurde von drei Keilen und zwei starken Seilen in Position gehalten.

»Schließ das Einstiegsluk und komm da runter, oder wir lassen dich mit dem Aal zusammen zu Wasser, Schisser!«, fluchte Galar, wobei seine Stimme mit jedem Wort ein wenig schwächer wurde.

Vom Portal ertönte ein gewaltiger, dumpfer Schlag. Die Tatzelwürmer spürten wohl, dass ihnen ihre Beute zu entkommen drohte. »Los! An die Winden!«, schrie Galar. »Nyr, zieh die Keile. Und du schließt das verdammte Luk, Hornbori.«

Endlich gehorchte der Klugschwätzer. Er balancierte über den runden Rumpf und schlug die schwere Eisenklappe zu, die den Einstieg in den Aal versiegelte. Dann beeilte er sich, vom Gerüst zu steigen.

Nyr schlug mit einem schweren Holzhammer auf die Keile ein. Jeder seiner Hiebe wurde mit einem begeisterten Dong, Dong von Frar gefeiert.

Galar eilte zum linken Spill, dem großen, hölzernen Drehkreuz, mit dessen Hilfe der Aal zu Wasser gelassen werden konnte. Polternd stürzte der erste Holzkeil zu Boden. Frar kommentierte den Lärm mit einem begeisterten Glucksen. Er mochte Krach, so viel war sicher, dachte Galar.

Hornbori erreichte endlich das zweite Spill. Er zog den Sicherungshebel zurück. Der Aal machte einen Ruck auf dem Gerüst und neigte sich mit der rechten Hälfte dem Wasser entgegen.

»Nicht!«, schrie Galar verzweifelt. Sie mussten zugleich drehen, und vor allem mussten sie warten, bis Nyr seinen Kopf eingezogen hatte. Er stand mit dem Hammer inmitten des hölzernen Gerüstes, dicht unterhalb des Schiffsrumpfs. Wenn der Aal zu früh ins Wasser glitt, würde er enthauptet werden!

»Der Sicherungshebel! Kipp ihn wieder zurück.«

Galar sah, wie sich Hornbori mit aller Gewalt gegen den Hebel stemmte. »Er greift nicht mehr!«

Der Schmied fluchte. Seit sie hier waren, hatte Hornbori damit angegeben, dass hier unten in der Werft seiner Sippe alles vom Besten war, und jetzt ließ sich ein einfacher Sicherungshebel nicht zurückstellen. »Nyr, komm hierher an mein Spill!«

Wieder ertönte ein dumpfer Donnerschlag vom steinernen Tor. Galar konnte deutlich ein ganzes Netzwerk fingerdicker Risse erkennen. Er löste nun auch den Sicherungshebel an seinem Spill. Sobald der letzte Keil freigeschlagen wurde, würde nichts mehr den Aal halten. Das Gangspill würde sich wie rasend im Kreise drehen, während das Seil von der Trommel lief. Und die Spaken, die langen Hebelarme, würden alles zerschmettern, was ihnen zu nahe kam. Sie mussten das Tauchboot so schnell wie möglich zu Wasser bekommen. Das war seine Aufgabe! Er war verletzt und so gut wie am Ende seiner Kräfte, dachte Galar. Er war der Entbehrlichste unter ihnen.

»Hornbori will mich wohl umbringen«, murmelte Nyr wütend, als er das Spill erreichte.

Galar drückte ihm das Kind in die Arme. »Pass auf Frar auf. Ich schlag den letzten Keil heraus.«

»Aber …«

»Kein Geschwätz!«, fuhr Galar ihn an. Er schob den Richtschützen zur Seite und kletterte unter das Holzgerüst. Wenn das Halteseil nicht im selben Augenblick gelöst wurde, in dem der letzte Keil wegrutschte, konnte sich der Aal beim Abwärtsgleiten auf dem Gerüst halb um seine eigene Achse drehen. Dabei mochte er sich an den Kanthölzern verhaken, oder schlimmer noch, er tauchte mit dem Heck zuerst ins Wasser ein und schlug mit der Antriebsschraube gegen die Kaimauer. Dann wäre es mit jeglicher Hoffnung auf Flucht vorbei.

Da aber die Sperre gelöst war, würde der Aal sofort die Rampe hinabgleiten, wenn der letzte Keil herausgeschlagen war. Schlecht für den, der mit dem Hammer in der Hand zwischen dem Gerüst stand. Der Aal würde zwar nicht vorschriftsmäßig zu Wasser gehen, aber die Gefahr, dass er Schaden nahm, war so deutlich am geringsten.

Galar hob den schweren Holzhammer. Die Narbe auf seiner Brust spannte. Ein weiterer Donnerschlag ertönte beim steinernen Tor. Stein schlug auf Stein. Galar blickte auf und sah, wie sich ein großes Stück der Granitplatte vorneigte. Unglaublich langsam erst. Dann plötzlich, als sei ein unsichtbares Seil gerissen, stürzte sie mit Getöse zu Boden, und durch den Schleier von Steinstaub schob sich der lange, schlanke Kopf eines Tatzelwurms.

Galar schlug seitlich gegen den Holzkeil. Viel zu schwach! Der Keil bewegte sich kaum unter dem Treffer. Nicht zum Tor blicken, ermahnte Galar sich in Gedanken. Nur ans Zuschlagen denken! Ein zweiter Hieb ließ den Keil ein wenig zur Seite rucken. Über ihm bewegte sich knirschend der schwere Rumpf des Aals. Ein Schlag noch … Vielleicht zwei. Der Aal würde sehr plötzlich freikommen. Galar schluckte. Er hatte keine Zeit zu zögern. Der nächste Hieb traf den Holzkeil. Er glitt noch einen Fingerbreit zur Seite. Er würde einen weiteren Schlag brauchen. Nur noch … Knirschend kam der Rumpf in Bewegung. Galar duckte sich.

Fast wäre er schnell genug gewesen. Der hölzerne Rumpf traf ihn an der Stirn. Er taumelte nach hinten. Einige Haarsträhnen kamen zwischen die Holzstreben des Gerüsts und den abwärts gleitenden Aal. Sein Gesicht wurde nach oben gezogen, dem dunklen Holz entgegen. Das Tauchboot würde ihm das Antlitz vom Schädel hobeln, dachte Galar und war zugleich unfähig, irgendetwas zu unternehmen. Er sah wieder den riesigen weißen Drachen vor sich, während ihm ganze Haarbüschel zusammen mit Hautfetzen vom Kopf gerissen wurden. Er hatte bewiesen, dass diese Ungeheuer sterblich waren. Ihm würden andere folgen. Sie würden die Drachen vom Himmel holen. Es war nur eine Frage der Zeit.

Das geteerte Holz drückte ihm die Nase ein. Blut rann in seinen Mund. Ein Herzschlag noch … Der gewölbte Rumpf krümmte sich nach oben! Das Heck rutschte über ihn hinweg. Galar blickte mit angstweiten Augen zur Höhlendecke, während hinter ihm der Aal mit einem lauten Platschen ins Hafenbecken schlug. Er lebte! Immer noch! Die Alben waren gnädig mit ihm! Sein Gesicht fühlte sich an, als habe ein Troll es als Fußabtreter benutzt, aber er lebte!

Ein wütendes Fauchen ließ seine Freude ersterben. Für einen Augenblick hatte er die Tatzelwürmer vergessen. »Ins Boot mit euch!«, schrie er seinen Gefährten zu.

Hornbori stand bereits am Kai. Von dem Schisser hatte er nichts anderes erwartet. Mit Frar auf dem Arm kletterte er zum Aal hinab, der nach dem Aufprall noch immer unruhig im Wasser schaukelte.

Nyr stand neben dem Gerüst, auf dem das Tauchboot gelegen hatte. »Glotz nicht so!«, schnarrte Galar ihn an. »Ins Boot! Ich komme nach! Schnell jetzt! Du wirst doch Frar nicht mit dem Schisser allein lassen!«

»Du … du bist verletzt.«

»Geh und kümmere dich um Frar. Ich kann schon auf mich alleine aufpassen.«

Der erste Tatzelwurm, der durch die geborstene Steinplatte gekrochen war, eilte am Hafenbecken entlang. Er war erschreckend schnell. Ein zweiter wand sich gerade durch die Bresche.

Galar hob den Holzhammer und schlug auf das Gerüst ein, das ihn umgab. »Hier, ihr hirnlosen Raupen! Hier bin ich. Hier ist das Futter. Kommt!« Immer wieder drosch er auf die Kanthölzer um sich herum ein. Das Gerüst, das bis zum Rand der Mole reichte, umgab ihn wie ein großer, hölzerner Käfig. Er machte sich keine Illusionen darüber, wie lange die Kanthölzer den Hieben von Tatzen widerstehen würden, deren Krallen Stein ritzten. Aber ein paar Augenblicke wären genug, um Nyr, Frar und Hornbori Gelegenheit zur Flucht zu verschaffen.

»Hier bin ich!« Ein weiterer Hieb mit dem Holzhammer ließ das Gerüst erbeben.

Der Tatzelwurm beim Hafenbecken wandte ihm den Kopf zu. Das Scheusal hatte große, gelbe Augen mit geschlitzten Pupillen. Seine Schnauze war mit Schrammen bedeckt. Einer der Reißzähne war ausgebrochen. Unruhig peitschte der Drachenschweif über das Pflaster am Pier. Eine zweite Bestie näherte sich entlang der Wand der weiten Hafenhöhle dem Gerüst, auf dem das Tauchboot gebaut worden war. Ein dritter Tatzelwurm kroch durch das zerstörte Tor.

Galar zog die Nase hoch. Klumpen halb geronnenen Blutes klebten an seinem Gaumen. Er spuckte in Richtung der Drachen. »Kommt! Riecht ihr das Blut? Hier gibt es ein Fresserchen. Kommt!«

Der Tatzelwurm mit der zerschrammten Schnauze hob den Kopf. Galar konnte sehen, wie sich die geschlitzten Nüstern des

Ungeheuers wölbten. Es hatte Witterung aufgenommen. Vielleicht roch die Bestie wirklich das Blut. Sie kam näher. Ihre Krallen klickten bei jedem Schritt auf dem Pflaster.

Aus den Augenwinkeln sah Galar, wie Nyr hinter der Hafenmauer verschwand. Die drei hatten es also geschafft. Für ihn würde es schwieriger werden. Narbenschnauze schlich an dem Gerüst entlang. Auch der zweite Tatzelwurm hatte ihn jetzt fast erreicht.

»Komm!«, köderte Galar ihn und wich in Richtung des Hafenbeckens zurück. »Komm!«

Der Tatzelwurm, der die Wand entlanggeschlichen war, warf sich plötzlich auf das Gerüst, als vermutete er in der Holzkonstruktion eine lohnende Beute. Die Balken knirschten. Ein Kantholz splitterte unter einem wuchtigen Prankenhieb.

Narbenschnauze zwängte seinen schmalen Kopf zwischen den Streben hindurch. Er kam ihm bedrohlich nahe. Galar wich ein Stück zurück und hob den Holzhammer. Ihm war bewusst, wie lächerlich diese Waffe war. Er könnte die Höhlendrachen damit nicht einmal verwunden.

Der Schmied musste sich ducken. Ihn trennten nur zwei Schritt vom Wasser, aber die Rampe war hier so niedrig, dass er nicht mehr aufrecht stehen konnte. Auch er würde zwischen den Verstrebungen nicht hindurchkommen. Der Spalt zwischen den niedrigsten Balken am Rand des Hafenbeckens und der steinernen Mole war zu schmal für ihn.

Galar wog den Holzhammer in der Hand. Wenn er nur kräftig genug zuschlug, würde es Narbenschnauze vielleicht noch ein oder zwei Zähne kosten. Das war alles, was er erreichen konnte. Hoffentlich brachte Hornbori den Aal sicher aus dem Hafen. Galar konnte das Tauchboot von seiner Position aus nicht sehen. Es lag zu dicht an der Mauer. Sicher hatten die beiden schon begonnen, die Ballasttanks zu fluten.

Der Tatzelwurm am anderen Ende des Gerüstes warf sich erneut mit aller Kraft gegen die dicken Kanthölzer. Mit scharfem Knall splitterte einer der Balken. Ein Ruck ging durch die ganze Konstruktion.

Narbenschnauze fauchte den anderen Tatzelwurm an. Dann blickte er wieder auf Galar. Dieses Vieh ist nicht dumm, dachte der Schmied beklommen. Er konnte ihm geradezu ansehen, wie es nachdachte. Darüber grübelte, wie es ihn zu packen bekam. Plötzlich hieb es mit einer seiner Tatzen auf ein Querholz ein. Holzspäne prasselten Galar entgegen. Mit einem einzigen Hieb hatte es mindestens drei Zoll Holz zerfetzt. Der nächste Hieb würde den Balken splittern lassen.

Wieder warf sich der andere Drache gegen das Holzgerüst. Ein weiterer scharfer Knall und ein schweres Schaben erklangen. Die Balken, durch die daumendicke Halterungsbolzen in den Boden der Höhle getrieben waren, barsten. Bald würde das Gerüst verrutschen und ins Hafenbecken fallen. Wie weit das Tauchboot wohl sein mochte?

Mit einem trockenen Krachen zerbrach der Balken. Narbenschnauze schob sich weiter vor. Er fauchte den Schmied an. Der warme Drachenodem stank nach Verwesung. Galar hielt den Holzhammer hoch. »Es wird wehtun, wenn du näher kommst!«

Wieder erbebte das Holzgerüst unter dem Ansturm der zweiten Bestie. Jetzt kam Bewegung in das ganze Gerüst. Es rutschte mehr als einen Fuß weit dem Hafenbecken entgegen. Galar konnte ein Stück weiter zurückweichen. Der Aal! Er lag noch am Kai. Das Luk stand offen. Bei den Alben, was trieben Nyr und Hornbori? Warum hatten sie nicht längst abgelegt?

Narbenschnauze zerfetzte einen weiteren Querbalken. Sein Kopf schnellte vor. Kaum eine Handbreit vor Galars Gesicht schnappten die Kiefer zusammen. Der Schmied schlug mit dem Holzhammer zu. Er traf den Drachen auf eine seiner Nüstern.

Die Bestie fauchte und fuhr ein Stück zurück. Ihr schlangenhafter Leib bog sich hoch. Nicht weit. Sie war inmitten der Holzverstrebungen der Rampe gefangen. Mit wütenden Hieben drosch Narbenschnauze auf den letzten Querbalken ein, der ihn noch von Galar trennte.

Das Gerüst verrutschte erneut. Narbenschnauze kam aus dem Gleichgewicht und wurde zusammen mit dem Gerüst dem Hafenbecken entgegengeschoben. Der Tatzelwurm fauchte. In Galars Ohren klang es, als verfluche er die zweite Bestie, die sich blindlings gegen die hölzerne Rampe warf.

Galar warf sich zu Boden und robbte dem Rand der Hafenmole entgegen. Weitere Splitter prasselten auf ihn nieder. Der Schmied warf sich herum und hielt den Stiel des Holzhammers schützend vor seine Brust.

Narbenschnauze beugte sich langsam vor. Es gab kein Hindernis mehr zwischen ihm und Galar.

»Heute kneifen wir ein Auge zu«, erklang plötzlich Nyrs wohlvertraute Stimme neben ihm. »Für immer!« Dann folgte das scharfe Klacken des Abzugshebels einer Armbrust. Der Bolzen traf Narbenschnauze ins linke Auge. Die Bestie fauchte, warf sich nach hinten und fuhr mit ihrer Tatze über das verletzte Auge.

Die ganze Rampe ruckte nach oben, als der verwundete Tatzelwurm sich in seinem Schmerz aufbäumte. Während Galar noch voller Genugtuung zu der Bestie aufblickte, wurde er bei seinem Wams gepackt und unsanft unter den Holzstreben hindurchgezogen. Nyr und Hornbori standen nebeneinander auf dem Rumpf des Aals. Sie schoben ihn durch das Luk in das kleine Tauchboot. Galar wäre fast die Sprossenleiter hinabgestürzt.

»Verwechselt mich nicht mit Frar!«, giftete er die beiden an. »Ich kann alleine klettern.« Er blickte über den Rand des Luks und sah den dritten Tatzelwurm, der sich durch das geborstene Steintor geschoben hatte. Die Bestie umrundete gerade die hölzerne Rampe.

»Schnell jetzt!«, drängte Hornbori, schwang sich in das Luk und trat Galar dabei fast ins Gesicht.

Der Schmied ließ sich die Sprossenleiter hinabrutschen. Dabei sah er Frar. Seine Gefährten hatten den Jungen in eines der Netze geschoben, die unter der Decke des Aals hingen, um leichte Frachtgüter aufzunehmen.

»Nyr, schließ das Luk!«, kommandierte Galar und machte sich an den Hebeln im Bug zu schaffen. »Hornbori, an die Kurbelwelle. Nyr, du auch. Wir müssen vom Kai fort, bevor das Gerüst ins Hafenbecken stürzt.«

Galar entriegelte die Antriebsschraube, dann rutschte er herum, sodass er sich mit dem Rücken an der Bordwand abstützte, und schob die Füße in die Lederriemen der Pedale, mit deren Hilfe die Kurbelwelle angetrieben wurde.

Mit einem Geräusch wie ein Glockenschlag fiel das kupferne Luk zu. Nyr rutschte die Leiter hinab und nahm ebenfalls an den Pedalen Platz.

Galar stemmte sich mit aller Kraft gegen die Antriebswelle. Er selbst hatte sie vorgestern erst gefettet. Langsam begann sie sich zu drehen. Der Schmied konnte spüren, wie das kleine Tauchboot Fahrt aufnahm. Sie hatten es geschafft! Er stieß einen erschöpften Seufzer aus. Jetzt erst spürte er die Schmerzen. Er hatte das Gefühl, sein ganzer Kopf sei eine einzige Wunde.

Er blickte zur gewölbten Decke des Tauchbootes. Dort hing neben Frar der Sack mit den Datteln. Nie wieder würde er eine Dattel anrühren, wenn sie die Fahrt durch die unterirdischen Ströme und Seen überlebten. Eine Tatzelwurmkralle, zwei Rucksäcke mit vielleicht vierzig Phiolen Drachenblut. Etwas Werkzeug, eine Armbrust, das war alles, was ihnen geblieben war.

Ein Schlag traf den Aal. Das kleine Boot tanzte wild hin und her. Frar jauchzte vor Vergnügen. Ein weiterer Hieb ließ das Boot erbeben. Er wurde von einem metallischen Laut begleitet und von einem leisen Knacken.

Galar hob den Barinstein an, der im Bug bei den Steuerhebeln lag. Im Holz der Decke klaffte ein feiner Spalt. Ein weiterer

Hieb traf die Kupferbleche, die sie oben auf dem Aal angebracht hatten.

»Dong, Dong«, sagte Frar und lächelte Galar an.

Das Yngwi-Manöver

»Die Ballastbehälter fluten«, befahl Galar. »Den sind wir gleich los. Tatzelwürmer schwimmen nicht!«

»Woher weißt du das?«, fragte Hornbori. Ein neuer Tatzenhieb traf das Tauchboot.

Galar griff nach der Kurbel links neben sich und begann sie zu drehen. Eine runde Metallscheibe drückte die Luft aus einem Ballasttank an der Seite des Aals und sog zugleich Wasser an. »Wenn der Tatzelwurm da oben nasse Krallen bekommt, dann haut er ab«, erklärte er und bemühte sich, zuversichtlich zu klingen. »Die leben in Höhlen, so wie wir. Und schwimmen wir vielleicht gerne?«

»Das stimmt!« Nyr nickte überzeugt. Hornbori hingegen schüttelte nur skeptisch den Kopf.

Ein weiterer Krallenhieb dellte das Kupferblech ein. Der nächste Treffer würde es reißen lassen. Und sie konnten nichts gegen die Bestie tun. Alles was blieb, war, hier zu sitzen und ihr Schicksal abzuwarten.

Galar kurbelte ohne Unterlass. Er hatte ein wenig über Aale gelesen und sich erklären lassen, wie sie gebaut wurden. Aber er wusste nicht in allen Einzelheiten, wie sie funktionierten. Um einen Aal durch die unterirdischen Flüsse zu steuern und immer auf neue Reisen zu gehen, musste man vollkommen verrückt sein. Kein Zwerg mit einem bisschen Verstand lieferte sich auf Gedeih und Verderb dem nassen Element aus. Das war nichts für ihn. Jetzt aber wünschte er sich, er hätte sich mehr für die Tauchboote interessiert. Er hätte … Der Aal bekam Schlagseite! Alles in der düsteren Höhle des Rumpfes verrutschte. Hornbori schrie auf. Nyr fluchte.

Galar zog die Beine an, um nicht in die sich drehende Kurbelwelle zu geraten. Ein metallisches Kreischen ertönte, als zöge jemand einen Meißel mit aller Kraft über ein Blech. Es folgte ein schweres Platschen. Dumpfe Schläge trafen den Rumpf des Bootes, das sich nicht wieder aufrichtete, sondern weiterhin mit etwa zwanzig Grad Schlagseite im Wasser trieb.

Gedämpfte Schreie drangen durch die dicke Bordwand. Dann seltsam verzerrte Laute und ein Gurgeln, tief im Wasser. Frar begann leise zu wimmern. Bald war dies der einzige Laut, der noch zu hören war.

Hornbori räusperte sich. »Wie es scheint, können Tatzelwürmer wirklich nicht schwimmen. Tut mir leid, dass ich an dir gezweifelt habe.«

»Könnten wir vielleicht wieder gerade fahren? So schief im Wasser zu liegen kann doch nicht in Ordnung sein. Ich kann auch nicht richtig treten, wenn ich so gegen die Wand gedrückt bin …« Nyr hatte einen jammernden Ton angeschlagen, den Galar nicht von ihm kannte. Wahrscheinlich machte es ihm Angst, in diesem Aal zu stecken. Kein Zwerg steckte gerne in einer solchen Tonne. Ein paar Verrückte mal ausgenommen.

»Es wäre wirklich erträglicher, wenn das Boot wieder richtig im Wasser liegen würde«, griff nun auch Hornbori das Genörgel auf.

»Möchte einer von euch den Aal steuern?«, entgegnete Galar gereizt. Er hatte keine Ahnung, was zu tun war, um das Tauchboot zu stabilisieren. Aber wenn er das offen zugab, würde Panik ausbrechen. Sie mussten es irgendwie schaffen. »So zu fahren nennt man das Yngwi-Manöver. In Schräglage passiert man Engstellen, in denen sich das Boot verkanten könnte. Im Übrigen wäre ich euch dankbar, wenn sich jemand um Draupnir kümmern könnte. Wir haben schon genug undichte Stellen. Da muss es nicht auch noch von der Decke tröpfeln. Setzt euch an die Kurbelwelle. Wir müssen mehr Fahrt machen!«

»Aber …«, begann Nyr.

»Du kannst gleichzeitig Amme spielen und in die Pedale treten«, fuhr Galar ihm über den Mund.

Der Schmied blickte verzweifelt auf die Hebel im Bug. Mit einem Seufzer legte er sich zwischen die Steuerhebel, sodass er durch die dicken Glasaugen ins trübe Wasser hinausblicken konnte. Galar dachte an den Steuermann der Unyleh, der immer ein Huhn als Glücksbringer mit an Bord genommen hatte. Ob er dem Massaker entkommen war? Hatte er Glück gehabt und war mit der Unyleh auf Fahrt gewesen, als die Drachen kamen? Bestimmt! Sein Glück war sprichwörtlich. Immerhin war die Unyleh in dreizehn Jahren erst zwei Mal gesunken!

»Löscht die Lichter, damit ich die Barinsteine draußen sehen kann!« Er versuchte selbstbewusst zu klingen, dabei wusste er nicht einmal, welcher der Hebel das Tiefenruder und welcher das Seitenruder bediente. Er würde es einfach ausprobieren.

Es wurde dunkel im Inneren des Aals. Galar presste sein Gesicht gegen die Scheibe des mittleren Auges. Draußen war nichts zu erkennen. Er zog am Hebel links neben sich. Neigte sich das Boot? Warum gab es nicht irgendetwas, woran man das ablesen konnte?

»Tretet in die Pedale! Wir machen zu wenig Fahrt! So kommen wir nie aus der Höhle.« Galar dachte an die Berichte über tückische Strömungen auf einigen der Routen. Ihr Aal war für acht Mann an den Pedalen der Kurbelwelle ausgelegt. Ein ungewöhnlich kleines Boot. Doch für sie war es immer noch viel zu groß.

Galar zog an dem Hebel rechts von ihm. Drehte der Aal? Ein blasser Lichtfleck kam in sein Gesichtsfeld. Er hielt den Hebel angezogen. Noch ein Licht erschien. Die beiden Barinsteine, die die Ausfahrt aus dem Hafenbecken markierten. Jetzt musste er nur noch zwischen beiden hindurchkommen. Vorsichtig schob er den rechten Hebel wieder zurück, bis er in seiner Ausgangsposition einrastete. Jetzt noch der linke …

»Du weißt doch, wie man einen Aal steuert?«, fragte Hornbori.

»Wollen wir die Plätze tauschen, Schisser?« Dass der Kerl nie wusste, wann er besser den Mund halten sollte! Schweiß rann Galar zwischen den Augenbrauen herab auf die eingeschlagene Nase. Die Wunden auf seinem Kopf kribbelten. Seine Narbe spannte. Er war ein Wrack, und trotzdem war er es, der sie hier herausbringen musste. Er hatte die Karten studiert und eine Route geplant, die sie mit der Muskelkraft von nur vier Beinen vielleicht bewältigen würden.

Sie würden den Ausgang aus dem Hafen nicht genau treffen. Galar korrigierte ihren Kurs. Ein wenig zu viel … Er schob den Hebel ganz nach vorne. Knirschend schrammte die rechte Flanke des Aals über Felsgestein. Das Geräusch ging durch Mark und Bein.

Der Schmied blickte über die Schulter nach oben, konnte aber nichts erkennen. Nahm das Boot mehr Wasser?

»Das ist das Yngwi-Manöver …«, sagte Hornbori leise.

»Genau so wird das durchgeführt«, brummte Galar. Es kam kein Widerspruch mehr. Galar verstellte das Tiefenruder, und das schleifende Geräusch verstummte. Wie würde diese Fahrt nur enden? Die Hafenausfahrt zu treffen war noch das leichteste Manöver gewesen, das ihn erwartete.

Blutige Pfeile

Bamiyan saß unter einem Sonnensegel und beobachtete das Zelt des Unsterblichen Aaron, des Königs Geisterschwert, der ihnen ihren weisen Mann zurückgeben konnte, wenn er denn wollte. Bamiyan war seit elf Tagen in dem Heerlager, und von dem Augenblick an, in dem er es zum ersten Mal gesehen hatte, hatte er begriffen, wie aussichtslos sein Auftrag war. Nie hätte er sich träumen lassen, dass es so viele Menschen gab. Und jenseits des Flusses lag noch ein weiteres Heerlager. Er war hineingeritten, hatte jedoch nicht wirklich Hoffnung gehabt, bis vor den Unsterblichen zu gelangen. Aber der Herr aller Schwarzköpfe war nicht unerreichbar. Er war ein guter Hirte. Er sorgte sich um seine Herde. Acht Tage lang war Bamiyan von einem Hofbeamten zum nächsten verwiesen worden. Dabei war er dem prächtigen Zelt des Unsterblichen Aaron immer näher gekommen. Zuletzt hatte man ihn zu diesem bartlosen, weibischen Kerl gebracht. Bamiyan hatte zwar schon davon gehört, dass es Männer geben sollte, denen kein Bart spross, aber er hatte nie zuvor einen gesehen. Und dann gleich ein Kerl, der sich mit Duftwasser einrieb. Aber der Mann mit dem Goldhaar hatte immerhin dafür gesorgt, dass man ihn heute Morgen hier unter das Sonnendach, nahe dem Zelt des Königs Geisterschwert, geholt hatte.

Bald würde es dämmern. Einzelne Männer waren schon ins Zelt gerufen worden. Manche mussten nicht warten und bekamen sofort Zutritt. Meist Krieger in prächtigen Rüstungen. Sie trugen jene Pelze, für die sein Bruder gestorben war. Selbst bei dieser Hitze! Es waren Zeichen ihrer Würde. So wie die schweren goldenen Armreifen und die kostbaren Schwerter, die gewiss aus Eisen gefertigt waren. Es waren richtige Männer! Männer mit Bärten, von denen viele auch Narben trugen, die bewiesen, dass sie keine Feiglinge waren, wenn es hart auf hart kam. Einer von ihnen hatte Bamiyan besonders beeindruckt. Ein wahrer Riese! Sein Gesicht war voller Narben, und ihm fehlte eine Hand. Vielleicht sogar ein halber Arm, so genau hatte er das nicht erkennen können. Mit diesem Krieger kam der Tod, man musste ihn nur kurz anblicken und wusste es.

Ein wenig irritierte es Bamiyan, wie oft der weibische Kerl in das Zelt des Unsterblichen ging. Dass der Herr aller Schwarzköpfe so einen in seiner Nähe duldete … Er versuchte sich vorzustellen, worin dieser Mann mit dem Goldhaar gut sein mochte.

Bamiyan schloss die Augen und döste vor sich hin. Wie lange der Unsterbliche wohl noch Bittsteller empfangen würde? Man versorgte sie hier gut unter dem Sonnensegel. Es wurde frisches Brot gebracht, kaltes Hammelfleisch, mit Wasser verdünnter Wein und wunderbar süße Äpfel. Es wäre nicht schrecklich, hier noch einen weiteren Tag zu warten, dachte der Jäger. Aber der Steinrat hatte ihn gedrängt, schnell zurückzukehren. Sie sorgten sich um das Leben des heiligen Mannes. Wie lange würde er dem Zauber des Wassergeistes trotzen können? Wann war all seine Lebenskraft aufgebraucht? Gatha, der Schamane, war überzeugt, dass der Wassergeist den heiligen Mann langsam auszehrte.

Bamiyan strich über den Lederbeutel mit den Pfeilen, der neben ihm lag. Sie mussten den Geist besiegen! Er durfte nicht versagen. Aber wie sollte er den Unsterblichen überzeugen? Was zählte für den Herrscher Arams die Bitte eines einfachen Jägers?

Ein Raunen unter den Bittstellern ließ den Jäger die Augen aufschlagen. Eine seltsame Gestalt eilte dem Zelt entgegen. Sie ließ Bamiyan an einen aufrecht gehenden Schneeleoparden denken. Eine Kreatur halb Mann, halb Raubtier. Er trat in das Zelt des Unsterblichen.

Der Jäger sprang auf. Warum unternahmen die Wachen nichts? Wie konnte man so ein Ungeheuer einfach passieren lassen?

Bamiyan zog seinen Dolch und stürmte dem Zelt entgegen.

Auf ihn reagierten die Wachen augenblicklich. Sie senkten ihre Speere. »Der Unsterbliche!«, rief er aufgebracht. »Ihr müsst ihn beschützen.«

»Leg die Waffe nieder!«, herrschte ihn einer der Krieger an. Ein langer, drahtiger Kerl, so dürr, als hätte er Würmer.

»Aber da ist ein Ungeheuer im Zelt. Nicht gegen mich sollt ihr die Speere richten. Dort drinnen …«

»Die Waffe nieder!« Der Krieger tippte ihm mit der Spitze des Speers auf die Brust.

»Ich bin kein Ungeheuer!«, beschwerte sich Bamiyan lautstark, ließ seinen Dolch vorsichtshalber aber fallen.

Der Dürre setzte einen Fuß auf den Dolch und senkte seinen Speer. »So was kannst du nicht machen. Ein anderer hätte dich einfach aufgespießt, ohne groß zu fragen. Wir sind …«

Die Plane am Eingang des Zeltes wurde zurückgeschlagen, und der goldhaarige Höfling blickte heraus. »Was ist das für ein Geschrei? Was geht hier vor?«

Der Dürre grinste und zeigte auf Bamiyan. »Der wollte das Ungeheuer töten, das sich gerade ins Zelt geschlichen hat.«

Bamiyan konnte nicht verstehen, was der Leibwächter daran so lustig fand.

»Du bist der Jäger, den der Steinrat geschickt hat, nicht wahr? Bamiyan … Richtig?«

»Ja.«

Der bartlose Höfling winkte ihm. »Komm ins Zelt. Du sollst deinen Wunsch dem Unsterblichen vortragen. Er war so ausgefallen, dass ich noch nicht für dich vorgesprochen habe.«

»Aber …«

»Das Ungeheuer?« Der Goldhaarige lächelte. »Ja, natürlich. Das werde ich dir auch vorstellen.« Er blickte zu dem hageren Leibwächter. »Gib unserem Freund seinen Dolch zurück. Der Unsterbliche ist nicht in Gefahr.«

Bamiyan nahm seine Waffe und schob sie in den Gürtel zurück. Dabei ließ er eine Hand auf dem Griff. Er wollte auf jeden Fall bereit sein, wenn er diesem Katzenwesen gegenübertrat.

Das Zelt des Unsterblichen war in Halbdunkel getaucht. Es

brannte nur eine einzige Öllampe. Bamiyan fand das Quartier überraschend karg. Es gab keinen Luxus. Kein Bett mit Seidenlaken. Keine goldenen Becher und Karaffen. Auf einem Holzbrett, das auf dem Sandboden stand, lagen Brot und Käse. Die Tische waren mit Schrifttafeln und großen, vollgeschriebenen Pergamentseiten bedeckt. Einzig der Waffenständer neben dem Nachtlager war außergewöhnlich. Darauf war eine prächtige Leinenrüstung drapiert, auf deren Bruststück ein Löwenhaupt prangte. Bronzene Beinschienen, deren Knieschutz einen Löwen zeigten, lehnten an einem großen, rechteckigen Schild, auf den das Bild eines bärtigen Mannes vor einem Feueraltar gemalt war. Dem Mann gegenüber stand der Löwenhäuptige, der Schutzherr Arams. Auf den Waffenständer war ein Maskenhelm gesetzt, der einem Löwenkopf nachempfunden war. Wer diese Rüstung trug, musste darin aussehen wie ein Gott, dachte Bamiyan ehrfürchtig.

Ohne Rüstung hingegen wirkte der Unsterbliche ganz und gar nicht Ehrfurcht gebietend. Er war nicht sonderlich groß, allerdings muskulös, und sein geölter Bart war dicht und zeigte kein einziges graues Haar. Der Herr aller Schwarzköpfe trug eine schmucklose Tunika. Seine Arme waren voller blauer Flecken und einer der Ellenbogen aufgeschürft. Bamiyan hatte davon gehört, dass der Herrscher Arams mit seinen Bauern und Kriegern ein Kampfspiel um einen sandgefüllten Ledersack ausfocht. Natürlich hatte Bamiyan diesen Unsinn nicht geglaubt! Doch jetzt kamen ihm Zweifel. Raufte sich dieser Herrscher mit seinen Männern? Der Jäger musste unwillkürlich lächeln. Er fand die Vorstellung nicht unsympathisch.

»Was ist dein Begehr?«, fragte der Unsterbliche. Seine Stimme klang fest, befehlsgewohnt, herrschaftlich. Plötzlich erschien es Bamiyan unmöglich, auch nur ein einziges Wort über die Lippen zu bringen. Er konnte Aaron nur anstarren.

»Mir scheint, man hat Euch einen Stummen als Boten gesandt«, erklang eine Stimme hinter ihm.

Der Jäger sah sich um. Dort stand der Katzenmann, dicht beim Eingang des Zeltes. Wie hatte er ihn übersehen können! Selbst jetzt schien diese Kreatur mit dem Zwielicht zu verschwimmen. Und wie kam es, dass solch ein Ungeheuer sprach?

»Darf ich dir Necahual vorstellen? Er ist ein Zapote und der Anführer der Jaguarmänner, die sich unserem Heer angeschlossen haben«, sagte der Bartlose. »Er verfügt über einige sehr besondere Eigenschaften.«

Bamiyan konnte den Blick nicht von dieser Kreatur abwenden. Da war ein Mann, der zwischen den Fangzähnen einer Raubkatze hervorblickte. Konnte es sein, dass er nur einen Helm und Fell trug? Dort, wo die Hände sein sollten, befanden sich schwarze Krallen. Sie schienen aus behauenem Stein zu sein.

»In meinem Volk gilt es als unhöflich, wenn man Fremde so unverhohlen anstarrt.«

Die Bestie konnte sprechen! Zwar mit starkem Akzent, aber doch verständlich.

Der Katzenmann bedachte ihn mit einem Lächeln, das Bamiyan einen Schauder über den Rücken jagte. Die Eckzähne des Katzenmanns waren unnatürlich spitz.

»Was ist dein Begehr, Jäger?«, fragte der Unsterbliche scharf.

»Ich … Ein Geist sucht ein Tal in den Bergen heim. Er hält einen Wunderheiler gefangen. Wir brauchen Eure Hilfe, Herrscher aller Schwarzköpfe. Die Geschichten um Euch sind selbst bis in unsere Berge gedrungen. Ihr erschlagt Geister, Herr. Bitte, gebt uns unseren Heiler zurück!«

Der Unsterbliche wechselte einen Blick mit dem Goldhaarigen.

»Ich kann dieses Heerlager nicht verlassen. Ich werde kommen, wenn die Schlacht gegen Muwatta geschlagen ist.«

Bamiyan wusste, dass Gatha mit dieser Antwort nicht zufrieden sein würde. Der alte Schamane wollte sofort losschlagen. Niemand konnte wissen, wie lange es dauerte, bis der Geist dem Wunderheiler alle Kraft gestohlen haben würde. Der Jäger nahm all seinen Mut zusammen. »Wenn wir unserem Heiler nicht schnell helfen, wird er sterben.«

»Das bedauere ich«, entgegnete der Unsterbliche ruhig. »Dennoch kann ich nicht von hier fort. Wenn dein einziges Anliegen ein Wunsch ist, den ich nicht zu erfüllen vermag, ist die Audienz nun beendet.«

»Es gäbe da vielleicht noch eine andere Möglichkeit«, mischte sich der Goldhaarige ein. »Bamiyan hat mir von Pfeilen berichtet, die den Geist vielleicht töten könnten.«

Der Jäger kniete nieder. Vor diesem Augenblick hatte er sich gefürchtet. Wie konnte er den Unsterblichen um das bitten, was Gatha sich wünschte? Mit klopfendem Herzen zog Bamiyan das Bündel Pfeile aus der Ledertasche und hielt es dem Unsterblichen entgegen. »Herr aller Schwarzköpfe, König Geisterschwert, ich bitte dich, gib mir von deinem Blut, um diesen Pfeilen die Kraft zu schenken, einen Geist für immer aus der Welt der Lebenden zu bannen.«

»So soll es sein.«

Bamiyan blickte überrascht auf. Nie und nimmer hatte er damit gerechnet, dass der Unsterbliche sein Blut für sie vergießen würde.

»Heute gebe ich dir von meinem Blut«, sagte der Herrscher aller Schwarzköpfe feierlich, »doch wenn der Tag der großen Schlacht kommt, dann erwarte ich von dir, dass du mit deinem Blut für meine Krieger einstehst. Der Ruhm der Bogenschützen aus den Bergen Garagums reicht bis zu den Palästen am Meer. Es gibt niemanden in meinem Reich, der sich mit euch messen kann. Bringe mir so viele von euren Bogenschützen, wie dir folgen mögen, und begleiche deine Blutschuld.«

»Ja, Herr …«, stammelte Bamiyan, überwältigt von Stolz und Freude.

Der Unsterbliche nahm ein Messer und trat um den Tisch herum. Er setzte die silberne Klinge auf seinen Handballen und drückte sie ohne zu zögern in sein Fleisch. Dunkles Blut troff auf die Pfeilspitzen.

»Ich wünsche dir und dem Steinrat Glück bei eurer Jagd, Bamiyan«, sagte der Unsterbliche feierlich.

Der Jäger erhob sich und bedankte sich voller Inbrunst. »Mein Bogen gehört dir, Herrscher aller Schwarzköpfe. Und es wird nicht der einzige sein, den ich dir bringe.«

Der Tag der Schlacht

Artax sah dem jungen Jäger nach. Was für ein Geist das wohl sein mochte, fragte er sich. Vielleicht sollte er doch das Heer für ein paar Tage verlassen? Er blickte zu Necahual. Der Anführer der Zapote schien selbst inmitten seines Zeltes kaum mehr als ein Schatten zu sein. Kurz war Artax versucht, weitere Lichter zu entzünden, aber das wäre ein Zeichen der Schwäche.

Du solltest ihn gar nicht in deiner Nähe dulden, meldete sich Aarons Stimme. *Man kann diesen Zapote nicht trauen.*

»Du wolltest mir erläutern, warum wir das Tal hinter dem Heerlager Muwattas nicht erkunden können«, griff Artax ihr Gespräch an jener Stelle wieder auf, an der es abgerissen war, als Datames den Jäger ins Zelt geholt hatte.

»Der geflügelte Tod wacht jenseits des trockenen Flusses. Ich habe in der letzten Nacht zwei meiner Krieger verloren. Es ist aussichtslos. Ich werde keinen weiteren Mann opfern.«

»Der geflügelte Tod?«

»Necahual meint Išta«, mischte sich Datames ein. »Mir scheint, Muwatta steht sehr hoch in ihrer Gunst. Sie ist ihm eine große Hilfe.«

Artax hatte verstanden, was unausgesprochen geblieben war. Der Löwenhäuptige half ihnen nicht. Er war nur ein einziges Mal nahe dem Heerlager erschienen. Nachdenklich betrachtete er

Necahual. Die Zapote hatten nur eine einzige Nacht benötigt, um dafür zu sorgen, dass Muwatta keine Späher und Meuchler mehr über den Fluss schickte. Ihnen allein oblagen nun die Nachtwachen, und seit sich das im Heer herumgesprochen hatte, verließ niemand mehr bei Nacht das Lager.

Es ist nicht klug, sich diesen Daimonen ganz und gar anzuvertrauen, warnte Aarons Stimme.

»Du und deine Männer, ihr solltet an den Übungen teilnehmen, damit das Band zu meinen Kriegern stärker wird. Sie müssen euch in der Schlacht vertrauen.«

Necahual schüttelte den Kopf. »Nein, Unsterblicher Aaron. Dieser Bitte können wir nicht Folge leisten.«

Unsterbliche bitten nicht, sie befehlen. Lass dir von diesem Wilden nicht auf der Nase herumtanzen!

»Du widersetzt dich meinem Willen, Necahual?«

»Ich denke nur an das Wohl deiner Krieger«, entgegnete der Zapote glattzüngig. »Wir üben das Töten nicht. Wenn die Tempelwachen der Gefiederten Schlange ihre Waffen erheben, dann muss Blut fließen oder wir verlieren unsere Ehre unter den Augen der Götter.«

»Wie wollt ihr mit meinen Kriegern kämpfen, wenn ihr nie gemeinsam geübt habt?«

»Meine Männer würden niemals an der Seite von Bauern kämpfen.«

Wie lange willst du dich noch von diesem Katzenmann verhöhnen lassen? Lass dem Kerl den Kopf abschlagen und noch ein paar anderen dazu, dann werden selbst diese Wilden lernen zu gehorchen.

Artax blickte zu Datames. Sollte *er* reden! Artax war nicht länger geneigt, sich beleidigen zu lassen.

»Wie würdest du deine Krieger denn einsetzen, hättest du die Wahl, dich frei zu entscheiden? Die Frage ist natürlich rein theoretisch, denn über die Befehle eines Unsterblichen wird hier ebenso wenig diskutiert wie in Zapote.«

Artax musste sich hüten, nicht zu lächeln. Manchmal war Datames einfach brillant!

Die Warnung in den Worten des Hofmeisters war unmissverständlich gewesen, doch Necahual zeigte sich nicht im Mindesten beeindruckt. »Meine Männer verstecken sich nicht hinter hohen Schilden. Wir bilden eine weite Linie. Jeder kämpft für sich allein, zu Ehren der gefiederten Schlange. Wir wären am besten eingesetzt, wenn wir eine der beiden Flanken verteidigen könnten.«

Der Kerl ist größenwahnsinnig! Da hilft nur köpfen!

»Ihr wollt eine Flanke verteidigen? Ganz allein?« Jetzt war auch Aaron außer sich. »Wisst ihr, was das bedeutet? Vielleicht kann Muwatta zweitausend Streitwagen in die Schlacht führen. Er wird sie auf einer der beiden Flanken einsetzen. Ihr seid zweihundert. Wie wollt ihr da siegen?«

»Wie wir immer siegen. Wir werden sie töten. Erst die Pferde, dann die Männer.«

Verrückt! Vollkommen verrückt, der Kerl!

Artax wünschte sich, er könnte im Antlitz des Zapote lesen, doch es war fast völlig durch den Jaguarhelm verdeckt. Die Stimme des Kriegers hatte nicht so geklungen, als ob er scherzte. Er schien von dem überzeugt zu sein, was er sagte. »Und ihr wollt keine Unterstützung?«

»Nicht Zahlen entscheiden über den Ausgang von Schlachten«, entgegnete Necahual ruhig. »Mut und Geschick der Krieger bringen Sieg oder Niederlage. Und die Fähigkeit der Männer, im Angesicht des Feindes ein kaltes Herz zu bewahren. Unser Vorteil ist, dass uns nicht alle zweitausend zur gleichen Zeit angreifen können. Sie werden einander behindern. Und wir werden sie töten. Die Flanke, auf der wir stehen, wird gehalten werden.«

Artax fand die Selbstsicherheit des Zapote zunehmend verunsichernd. »Ich werde mich mit Datames über deinen Vorschlag beraten. Du darfst nun gehen.«

Necahual ging ohne Gruß und ohne eine Geste der Ehrerbietung. Artax fragte sich, warum diese Krieger hierhergekommen waren. Dies war nicht ihr Kampf, das zeigten sie überdeutlich. Was hatten Volodi und Kolja getan, um die Zapote in diesen Krieg hineinzuziehen?

»Du solltest ihm nicht zürnen. Er war nützlich, um die Spitzel und Meuchler Muwattas zu vertreiben. Wenn sie über uns wachen, kann jeder im Lager ruhiger schlafen.«

Artax kannte die Geschichten, die sich die Männer im Heer über die Daimonen erzählten. Er bezweifelte, dass jemand ruhiger schlief.

»Am Nachmittag hat ein Gesandter Muwattas eine Botschaft überbracht.«

Artax blickte auf. »Warum erfahre ich erst jetzt davon?«

»Mit Verlaub, du warst beschäftigt. Du warst bei den Männern.«

Du solltest ihm nicht länger gestatten, dich nach Lust und Laune zu duzen. Auch nicht, wenn es sonst niemand hört. Mir scheint, dass er langsam glaubt, dass er der Herrscher Arams sei. Du hättest ihm nie erlauben dürfen, mehr zu tun, als Feste zu organisieren und die Listen mit den Abgaben der Satrapien zu verwalten.

Artax bekam Kopfschmerzen. Die ständigen Sticheleien Aarons, die Eigenmächtigkeiten des Hofmeisters und die trockene Hitze, die selbst nachts kaum nachließ, zermürbten ihn. Er vertraute Datames dahingehend, dass der Hofmeister nur das Beste für Aram wollte. Aber es wäre gut, wenn er sich besser mit ihm absprechen würde. Sobald die Schlacht geschlagen war, würde er seine Zuständigkeiten wieder etwas zurückstutzen. Datames war zu eigensinnig geworden.

»Was will Muwatta?«

»Er möchte einen Tag für die Schlacht festlegen. Die bisherigen Absprachen diesbezüglich sind zum Teil widersprüchlich. Mal wurde gesagt, es würde im Mond nach dem Mittsommerfest gefochten, dann wieder, dass die Schlacht dreißig Tage nach dem Mittsommerfest ausgetragen werden soll. Er schlägt den zehnten Tag nach dem Fest vor.«

»Dann nehmen wir an«, sagte Artax müde. Er wollte allein sein und einfach nur schlafen.

»Das wäre nicht gut!«

»Warum?«, fragte der Unsterbliche gereizt und versuchte gegen die spöttische Stimme in seinem Kopf anzukämpfen. Wann würde er diesen Quälgeist endlich loswerden? Wann durfte er Frieden finden?

»Zum einen wäre es ein Zeichen von Schwäche, wenn wir uns von Muwatta den Tag der Schlacht diktieren lassen. Zum anderen nutzt es uns, wenn wir die Schlacht so weit wie möglich schieben. Der dreißigste Tag des Mondes nach Mittsommer wäre der beste für uns! Erst fünf Tage nach dem Fest beginnt der neue Mond. Wir könnten also insgesamt fünfunddreißig Tage gewinnen und würden uns noch gänzlich innerhalb der zuvor getroffenen Absprachen bewegen.«

Artax stellte sich vor, wie es wäre, noch weitere fünf Wochen in dieser Einöde zu verbringen. Es wurde mit jedem Tag heißer. Schon jetzt war das Wasser knapp. Jeder Tropfen musste durch das magische Portal herangeschafft werden. Der Aufwand dafür war ungeheuerlich! Und sollte die Versorgung abbrechen, würden ihre Vorräte kaum mehr als einen Tag reichen. »Ich halte es nicht für sinnvoll, unsere Truppen unnötig lange den Strapazen dieses Lagers auszusetzen. Du weißt, was dem Bauern geschieht, der zu lange wartet, seinen Weizen einzufahren?«

Datames sah ihn stirnrunzelnd an.

Eines Tages wird er darauf kommen, dass du in Wirklichkeit ein Bauer bist, höhnte Aarons Stimme.

»Er verliert die halbe Ernte in einem Sommersturm.«

»Tja …« Es war offensichtlich, dass Datames nicht wusste, was er darauf sagen sollte. »Ihr wisst aber, was wir gewinnen, denke ich. Muwatta verliert jeden Tag Hunderte Krieger, denn sein Lager ist eine stinkende Kloake. Seuchen gehen um, und es wird schlimmer. Um sein Heer bei den angestrebten fünfzigtausend Mann zu halten, muss er täglich neue Truppen nachziehen. Jeder Tag, den wir warten, ist eine gewonnene Schlacht, die uns kein Blut kostet.«

Artax strich sich nachdenklich über den Bart. »So will ich nicht gewinnen.«

Jetzt bist du wohl verrückt!, tönte es in seinem Kopf. *Datames hat recht! Wir müssen die Schlacht hinauszögern.*

»Herr, bei aller Mühe, die wir uns geben, die Kampfkraft und die Moral unserer Männer zu stärken, letztlich bleiben es Bauern. Wir dürfen keine Wunder erwarten. Wir werden nur dann auf einen Sieg hoffen können, wenn wir jeden Vorteil nutzen, der sich uns bietet. Würden wir heute kämpfen, wir würden aus dem Feld geschlagen. Aber in fünf Wochen wird Muwattas Heer nur noch ein Schatten seiner ursprünglichen Stärke sein.«

Artax ließ sich auf dem Faltstuhl hinter dem Tisch voller Tontafeln nieder. So viel Arbeit. Egal, wie viel er davon erledigte. Der Tisch wurde niemals leer. »Du hast dich so sehr für die Bauern eingesetzt, Datames. Du wolltest ihnen ein Ziel geben und hast mich überzeugt, eine Landreform durchzuführen, die mir die Mehrzahl meiner Satrapen zu Feinden macht. Auch wenn nur wenige es wagen, mir so offen die Stirn zu bieten wie Bessos. Aber nun vernichtest du alles, was du erreicht hast. Du bist kein Bauer, auch wenn ich nicht abstreiten will, dass du sie von ganzem Herzen unterstützt. Dir ist gar nicht klar, was du verlangst, wenn wir noch fünf Wochen warten. Oder irre ich?«

»Du meinst die Ernte?« Datames sagte das in einem Tonfall, dem anzuhören war, dass er daran noch keinen Gedanken verschwendet hatte, obwohl er sonst immer alles bis ins Letzte plante.

»Was glaubst du, wie lange werden sie vom Tag der Schlacht an brauchen, bis unsere Männer wieder in ihren Dörfern sind? Und ich meine jetzt nur jene Glücklichen, die ohne jede Schramme die Schlacht überleben?«

Der Hofmeister nickte bedächtig. Er begann zu begreifen. »Die Tontafeln, die ihnen ihr Land garantieren, müssen gefertigt werden. Sie können nur in Gruppen zurück. Proviant muss zusammengestellt und ein Handgeld gezahlt werden, damit sie, wenn sie durch das Palasttor treten, bis in ihre Heimat gelangen können, ohne unterwegs Hunger zu leiden. Bei manchen mag es zwei Wochen dauern, bis sie ihr Heim wiedersehen. Aber das werden nur wenige sein. Die meisten werden einen Mond und länger für den Rückweg brauchen.«

»Ihnen läuft die Zeit davon, Hofmeister. Die Männer sind bereits unruhig. Sie reden von daheim und von der bevorstehenden Ernte. Die meisten waren noch nie so lange von zu Hause fort. Wir können es uns genauso wenig leisten, noch lange hier zu lagern, wie Muwatta. Ich möchte den Tag, den er für die Schlacht vorschlägt, annehmen. Bringen wir es hinter uns!«

»Wir können nicht«, beharrte Datames mit einer für ihn ungewöhnlichen Entschiedenheit.

Artax war es müde zu streiten. »Meine Geduld ist am Ende. Wir werden Muwattas Angebot annehmen. Ich …«

»Bitte, Herr. Bitte hört mich bis zum Ende an und dann entscheidet frei.« Datames sank vor ihm auf die Knie. Das hatte er seit einer Ewigkeit nicht getan.

»Sprich!«

»Die vierzehnte Nacht nach Mittsommer haben wir Neumond. Wir müssen mindestens so lange warten. Ihr erinnert Euch an die zwanzigtausend Holzschuhe, die ich in Auftrag gegeben habe? Damit hat es folgende Bewandtnis …«

Legenden des Nordens, erlauscht bei Kobolden und Trollen

»… Für Nandalee, die Goldene,
focht Gonvalon, der Weiße.
Und ritt er hin auf Winterwind,
als ihm entrissen ward sein Weib.
Und schnitt sein Schwert so kalt
wie Frost das Herz des Winterwurmes.
Groß war sein Zorn, als er da sah
die Goldene auf dem Opfersteine.
Und schnitt sein Schwert so kalt
wie Frost der Trolle Herz und Beine.
Und wie er kam, so ritt er fort geschwind
und wieder auf dem Winterwind.
Noch ahnt er nichts vom Schrecken fremd,
der hoch am Himmel lauert.
Und Unheils Saat ist schon gepflanzt
inmitten seines Lebens,
denn wer des Königs Opfer stiehlt,
darf nimmermehr sich Glück erhoffen.«

So überliefern die Kobolde der Mondberge die Sage von Gonvalon und Nandalee. Die Verse sind nur unvollkommen in ihre Sprache übertragen, und doch spüre ich ihr Alter in jedem der Worte. Aus ihrem Volk waren einst Hunderte Sklaven in den Königsstein verschleppt worden, um dort für die Trolle die natürlichen Höhlen zu erweitern, als das Volk der grauen Hünen stark geworden war. Für viele Jahre lebten sie zusammen mit den Trollen, und so fanden auch einige der ältesten Geschichten der

Trolle Zugang in den Schatz der Sagen und Mythen, die man sich in den Mondbergen erzählt. Beklemmender noch empfand ich jedoch eine Geschichte, die ich in den weiten Steppen des Windlands bei Kentauren hörte, die ihr Winterlager am Lauf des Mika aufgeschlagen hatten.

»Gonvolon und Nodolon, so hießen zwei Brüder, dem Schwerte verschworen.
War der eine wie Gold, der andere aber dunkel wie die Nacht.
Beide liebten sie Andalee, die Bogenschützin, geboren zu Mittwinter
im Eisrachen Carandamons. Und sie freiten um sie, der eine bei Tage,
der andere aber in der Nacht. Doch ehe die Schützin entschied,
schickte der König der Trolle den Immerwinterwurm, um die Elfe
vor seinen Thron in den Königsstein zu schaffen. Er wollte die kühne Jägerin
mit seinem Sohne vermählen und Frieden stiften zwischen
den Völkern der Elfen und Trolle. Andalee aber erschlug seinen Sohn
beim Hochzeitsbankett.

Gonvolon und Nodolon indes zogen aus, ihre Geliebte zu befreien.
Und sie versprachen einander, sich zu helfen, bis Andalee gerettet sei,
denn war Gonvolon unbezwingbar bei Tage, so galt Gleiches
für Nodolon bei Nacht. Sie wussten, dass der Kampf gegen den
Immerwinterwurm lange währen würde, da das Ungeheuer seine Kraft
aus dem Nordwind schöpfte und sie zu einer Zeit des Jahres zum
Königsstein zogen, da der Nordwind der König unter
den Winden war. So versprachen sie einander, sich im Kampfe
jeweils in der Dämmerung abzulösen, sodass ein jeder von ihnen nur focht,
wenn er am stärksten war, und beide Gelegenheit hätten,
sich von ihren Wunden und ihrer Erschöpfung zu erholen.
Drei Tage währte der Kampf. In der dritten Nacht aber verriet
Nodolon seinen Bruder, denn statt Gonvolon abzulösen,
schlich er sich in den Königsstein, und er befreite Andalee,
als der König ihr das Herz entreißen wollte, um sie in der Welt
der Geister zur Sklavin seines gemordeten Sohnes zu machen.
Da schenkte Andalee Nodolon ihr Herz, nach dem der Troll

hatte greifen wollen, denn sie wusste nichts vom einsamen Kampf des Gonvolon. Nodolon aber brachte sie weit in den Süden in ein Tal, umstanden von grünen Bergen, und er bezog mit ihr das große Haus, das er dort errichtet hatte. Gonvolon aber kämpft noch heute gegen den Immerwinterwurm, und lauscht man dem stürmenden Nordwind, so vermag man in mancher Nacht den Klang seines Schwertes zu vernehmen, wie es auf die eisigen Schuppen des Ungeheuers schlägt.«

MEINE SCHWESTER UND ICH,
SEITE 73 FF., EINE SAMMLUNG LOSER PERGAMENTSEITEN AUS DEM NACHLASS DES MELIANDER, FÜRST VON ARKADIEN, VERWAHRT IN DER BIBLIOTHEK VON ISKENDRIA, IM SAAL DES LICHTES, IN EINER AMPHORE VERGRABEN AN EINEM ORT, DER NUR GALAWAYN, DEM HÜTER DER GEHEIMNISSE, BEKANNT IST.

DRACHENDIALEKTIK

Gonvalon wusste, dass Nachtatem ihn nicht auf Dauer im Jadegarten dulden würde. Ihn, der einmal der Schwertmeister des Goldenen gewesen war. Niemals würde der Erstgeschlüpfte ihm vertrauen. Zugleich war der Jadegarten jedoch der sicherste Ort für Nandalee. Hier musste sie die Nachstellungen des Goldenen nicht fürchten.

Der Schwertmeister blickte über die prächtige Gartenlandschaft. Kunstvoll gestutzte Bäume breiteten ihr Schatten spendendes Astwerk über kleinen Teichen aus. Ganz gleich, wo man sich aufhielt, immer schmeichelte das Geräusch plätschernden Wassers dem Ohr. Es war ein Ort voller Frieden und Harmonie. Hier könnte Nandalee endlich zur Ruhe kommen. Sie hätte die Muße, um ihre Toten zu trauern. Wie gern würde er in diesen Stunden bei ihr sein …

Gonvalon blickte zu den Bergen auf, die das Tal einfassten und vor der Wüste schützten. Wie sollte er es anstellen zu gehen, ohne dass sie ihm folgte? Sie wollte ihn nicht verlieren. Noch nicht … Aber der Goldene hatte ihrer beider Liebe den Glanz genommen. Gonvalon glaubte nicht mehr, dass er und Nandalee für immer zusammenbleiben würden. Auch wenn er es wollte …

Plötzlich war es unnatürlich still. Noch immer erklang das Geräusch des Wassers, doch die Vogelstimmen und das Zirpen der Grillen waren verstummt. Auf einer Bank unter dem Fächerwerk der Äste einer Trauerweide entdeckte Gonvalon eine schattenhafte Gestalt. Eben noch war dort niemand gewesen, da war sich der Schwertmeister ganz sicher.

Ich wünsche Euch zu sprechen, Meister Gonvalon. Es ging ein Zwang von den Worten aus, dem er nicht zu widerstehen vermochte. Er wusste, wer ihn dort erwartete. Ihre Begegnung war unausweichlich gewesen. Es war besser, es schnell hinter sich zu bringen.

Gonvalon bückte sich unter den niedrigen Ästen hindurch und trat in den Schattenkäfig der Trauerweide. Nachtatem hatte Elfengestalt angenommen. Er war schlank und doch muskulös. Sein langes, schwarzes Haar wurde von einem mattierten Silberreif zurückgehalten. Der Erstgeschlüpfte hatte lederne Jagdkleidung angelegt. Er sah aus wie ein Maurawan.

Ihr wollt uns also verlassen, Meister Gonvalon.

Der Schwertmeister hasste es, wenn die Himmelsschlangen in seinen Gedanken lasen. Gonvalon versuchte nicht, dieses Gefühl zu unterdrücken.

»Ihr bevorzugt also ein Gespräch von Mann zu Mann, Meister Gonvalon.« Die Stimme des Drachen klang dunkel und ein wenig zu laut, so als sei er es nicht gewohnt, sich auf diese Weise mitzuteilen. Der ironische Unterton seiner Worte ließ trotz des vermeintlich großzügigen Angebotes gar nicht erst den Gedanken aufkommen, dass sie von Gleich zu Gleich sprachen.

»Ihr wisst natürlich bereits, dass ich kein Meister der Weißen Halle mehr bin«, entgegnete Gonvalon. »Ich möchte mir keinen Titel anmaßen und wäre Euch dankbar, wenn Ihr mich nicht mehr an diesen Teil meiner Vergangenheit erinnern würdet, indem Ihr mich Meister nennt.«

»Ich weiß aus Euren Gedanken, Schwertmeister, dass Ihr erwägt, das Tal zu verlassen. Ich weiß auch, was Ihr Euch einredet, um Euch die Trennung von Nandalee zu versüßen. Doch wovor flieht Ihr letztlich wirklich? Möchtet Ihr denn nicht Vater werden?«

Gonvalon kämpfte gegen seine Bitternis an. »Nicht ich werde Vater werden. Ihr wisst, was der Goldene getan hat!«

»Natürlich.«

»Seine Rache an mir wird vollkommen sein, wenn Nandalee sein Kind bekommt.«

Nachtatem sah ihn durchdringend an. »Ihr gebt einen Kampf so schnell verloren? Ich hatte Euch anders eingeschätzt, Gonvalon.«

Der Schwertmeister vermochte dem Blick der himmelblauen Augen nicht standzuhalten. Er sah zu Boden, auf das verwirrende Schattenmuster, das die Äste der Trauerweide zeichneten. Seit ihm der Goldene im Königsstein begegnet war, hatte er geahnt, dass es mit der Liebesnacht allein noch nicht zu Ende sein würde. Dass Nandalee ein Kind bekommen würde.

»Seid Ihr an Nandalees Seite, wenn ihr Kind geboren werden wird?«

Gonvalon starrte weiterhin zu Boden. Er wusste es nicht.

»Glaubt Ihr, mein Nestbruder würde an jenem Tag zu Nandalee kommen?«

Was sollte diese Frage? »Gewiss nicht!«, entgegnete der Schwertmeister gereizt.

»Dann seid Ihr der Meinung, dass es gut für Nandalee sein würde, am Tag ihrer Niederkunft allein zu sein.« Es lag kein Vorwurf in der Stimme des Dunklen. Er klang ganz und gar sachlich.

Gonvalon versuchte seiner widerstreitenden Gefühle Herr zu werden. Er wollte sich nicht vom Erstgeschlüpften manipulieren lassen, wollte eine eigene Entscheidung treffen.

»Wer ist bei euch Elfen mehr der Vater eines Kindes? Der Mann, der es zeugt, oder der Mann, der an seiner Seite ist, wenn es aufwächst? Der es prägt, der sein Vorbild ist und zugleich all das verkörpert, das es einst übertreffen will?«

Gonvalon war nicht danach zumute zu philosophieren. Es ging nicht in erster Linie um das Kind. Der Goldene hatte ihre Liebe zerstört! Seit sie die Trollhöhlen verlassen hatten, konnte Gonvalon spüren, wie Nandalee ihn im Stillen an der Nacht im Königsstein maß, auch wenn sie ihn noch nicht darauf angesprochen hatte. Er wusste, dass sie daran verzweifelte, dass sich nichts mehr so anfühlte wie in dieser einen Liebesnacht. Wie sollte er auch mit einem der acht Himmlischen mithalten können! Er würde sie immer mehr enttäuschen, und er würde es nicht ertragen, mit anzusehen, wie ihre Liebe verging. Je mehr der Erstgeschlüpfte ihn bedrängte, desto sicherer wurde sich Gonvalon, dass er Nandalee verlassen musste.

»Ich weiß um die Nacht, in der Ihr im Schnee ausgesetzt wurdet, Schwertmeister, damit die Wölfe Euch holen. Es überrascht mich, dass Ihr dasselbe tun würdet. Aber vielleicht irrte ich ja in meiner Annahme, dass das Blut der Eltern weniger bedeutend sei als die Summe aller Erfahrungen eines Lebens. Vielleicht seid Ihr doch so wie Eure Mutter, obwohl Ihr Euch immer geschworen habt, anders zu sein. Vielleicht könnt auch Ihr ein Kind einfach hinter Euch zurücklassen und Eurer Wege ziehen.«

Gonvalon vermochte seine Gefühle nicht länger zu beherrschen. Er stöhnte auf. Plötzlich war er wieder der kleine Junge, der allein im Schnee stand und die Wölfe heulen hörte. Der nicht fassen konnte, dass seine Mutter ihn zurückgelassen hatte. Gonvalon versuchte sich an ihr Gesicht zu erinnern, wie schon unzählige Male zuvor. Er hatte sie schön gefunden … Er wusste, sie hatte langes, schwarzes Haar gehabt, das wunderbar duftete. Doch wie stets blieben die Züge ihres Gesichtes nur vage. Sie hatte geweint, als sie von ihm ging. Aber sie war gegangen.

»Würdet Ihr ein Kind, das Euch braucht, im Stich lassen, Schwertmeister?«

Ungeweinte Tränen erstickten seine Stimme. Er schüttelte den Kopf. Nein, das könnte er nicht.

»Gut. Ich bezweifele zwar, dass ein Mörder ein guter Vater sein kann, aber Ihr seid allemal besser als gar kein Vater.«

Gonvalon blickte entrüstet zum Himmlischen auf. Sie waren es doch, die aus Elfen Mörder machten! Wie konnte er ihm das nun vorhalten! »Ich habe niemals Wehrlose getötet.«

»Und Adamu?«

»Er war ein Lamassu. Der mächtigste Zauberweber seines Volkes. Adamu begehrte gegen Eure Herrschaft auf. Er ließ verkünden, den Himmel seiner Schlangen berauben zu wollen. Er wollte Euch und Eure Nestbrüder stürzen. Und mehr und mehr Lamassu schlossen sich seiner Sache an. Er war der Einzige, der sie alle hätte einen können. Er war grausam und verschlagen, und er war …«

Ein Blick Nachtatems ließ Gonvalon schweigen. »Ihr müsst mir nicht aufzählen, was wir Euch sagten, um Euch für Eure Mission zu wappnen, Schwertmeister. Ich war dabei, als darüber beratschlagt wurde, wie wir argumentieren sollten, damit Ihr Euren Mord mit kaltem Herzen begehen könnt. Erinnert Ihr Euch noch, wie Ihr schließlich vor Adamu gestanden habt? Vor einem riesigen, geflügelten Stier mit einem Männerhaupt? Einer Kreatur ganz ohne Arme, mit denen sie sich gegen Euch hätte wehren können?«

»Er war ein unvergleichlicher Zauberweber«, wandte Gonvalon empört ein.

»Ich kann in Euren Gedanken lesen, Schwertmeister. Ich weiß, was Adamu im letzten Augenblick seines Lebens war. Eine erbärmliche Kreatur, gelähmt vor Angst, als sie sich plötzlich inmitten eines Palastes, beschützt von über hundert Wachen, einem Drachenelfen gegenübersah. Die Angst hat Adamu seiner Stimme beraubt, als er Eure Augen und Euer Schwert sah. Und Ihr wart nicht so dumm zu warten, bis er seine Stimme wiederfand.«

Gonvalon erinnerte sich gut. Es hatte ihn Tage gekostet, an den Wachen vorbei bis in den Inneren Palast zu gelangen Und dass er lebend wieder hinausgelangt war, war reines Glück gewesen.

»Seid Ihr unter Euren Opfern jemals jemandem begegnet, der Euch im Schwertkampf gleichgekommen wäre oder der Euch gar übertroffen hätte?«

»Ich lebe noch. Das ist wohl Antwort genug.«

»Und dennoch sagt Ihr, Ihr hättet nie einen Wehrlosen getötet.«

Wie konnte der Erstgeschlüpfte so reden? Er und seine Nestbrüder hatten ihn, Gonvalon, zu Adamu geschickt.

»Bisher, Schwermeister, haben meine Brüder und ich Euch stets klare Befehle gegeben. Ihr habt sie nie hinterfragt. Das Einzige, was in Eurem Leben von Bedeutung war, war, unsere Missionen zu erfüllen. Ihr habt Euch nichts erhofft. Ihr wart an niemanden gebunden. Und Ihr habt Euer eigenes Leben gering geachtet. Das machte Euch besonders tödlich, denn Ihr wart ohne zu zögern stets bereit, das höchste Risiko einzugehen. Ein Schwertkämpfer aber, der etwas zu verlieren hat, denkt über den Tod nach. Das bringt ihn dem Tod näher. Ich möchte nicht weniger, als dass Ihr ein anderer werdet. Verwundbar auf der einen Seite, aber weil Ihr einem eigenen Ziel folgt, werdet Ihr mit einer Ausdauer und Verbissenheit Eure neue Aufgabe angehen, die kein Drachenelf je aufbringen würde.«

Gonvalon verstand nicht. »Was erwartet Ihr von mir? Wollt Ihr mich nicht aus dem Tal verbannen?«

Zum ersten Mal lächelte Nachtatem. »Natürlich werde ich Euch verbannen. Im Jadegarten gibt es keinen Platz für Euch.« Er blickte zu den nahen Bergen. »Aber endet ein Tal nicht am Fuß der Berge?«

»Ich …« Ein kalter Blick brachte Gonvalon zum Schweigen.

»Ich wünsche, dass Ihr sehr nahe bleibt, Schwertmeister. Aber ich wünsche Euren Aufenthaltsort nicht zu kennen. Ihr wisst, meine Nestbrüder könnten in meinen Gedanken lesen. Nandalee braucht Euch. Keiner vermag sie so zu schützen wie Ihr.«

Gonvalon war verwundert. Die Argumente des Himmlischen erschienen ihm wirr. Nachtatem verachtete ihn, weil er ein Mörder war, und zugleich wünschte der Drache sich, dass er Nandalee beschützte? Ja, dass er, der Mörder, ihr Kind aufzog! Das war … »Ihr wisst um Nandalees Zukunft!«, entfuhr es Gonvalon. So ergab es einen Sinn. Es würde etwas geschehen, das seine Anwesenheit zwingend notwendig machte.

Der Erstgeschlüpfte lächelte, doch anders als beim Goldenen hatte Gonvalon nicht teil an den Gefühlen des Dunklen. »Ich wünschte, es gäbe nur eine Zukunft. Doch die Zukunft ist wie ein Baum mit unendlich vielen Ästen. Nandalees Aussichten, ihre Kinder zur Welt zu bringen, sind sehr viel besser, wenn Ihr an ihrer Seite bleibt.«

»Kinder? Sie wird mehr als ein Kind bekommen?«

»Und das von mehr als einem Vater.« Wieder lächelte Nachtatem. Ein Hauch von Spott lag in seiner Stimme. »Dies wird jedoch nicht geschehen, wenn Ihr Nandalee heute verlasst.«

»Was wisst Ihr?«

»Wenn Ihr heute geht, Schwertmeister, dann wird Euch ein langes Leben beschert sein. Ihr werdet Euch neu verlieben, und der Fluch, an den Ihr immer geglaubt habt, wird von Euch abfallen. Ihr werdet ein glücklicher Mann sein. Der Zweifel, ob es nicht im Grunde Feigheit war, dass Ihr Nandalee verlassen habt, wird der einzige Schatten sein, der über diesem Leben liegen wird.«

»Und wenn ich bleibe …«

»Dann wird Euer Leben nicht mehr lange währen.«

»Wie werde ich sterben?«

Nachtatem lachte auf. »Diese Frage ist naiv. Die Gazala haben mir Dutzende verschiedene Tode zugeraunt, die Ihr erleiden mögt. Ihr wollt sie nicht wissen. Ihr würdet ein Leben in Angst führen, wenn ich Euch davon erzählte. Nur so viel … Es gibt eine Zukunft, da wird ein Kind, das Eurem Samen entsprossen ist, über ganz Albenmark herrschen. In einer Zeit, in der die Himmelsschlangen und die Alben nur noch Legende sein werden. Es ist Eure Entscheidung, ob es sich lohnt, dafür zu bleiben.«

»Ich werde nicht gehen«, entgegnete er, ohne zu zögern. Er würde für sich einen Platz in den Bergen suchen. Wenn er nahe war, musste Nandalee dieses Tal nicht verlassen. Gonvalon war überrascht, dass Nachtatem ihn hier dulden wollte. Allerdings war unmissverständlich gewesen, dass dies nichts mit Sympathie zu tun hatte. »Warum bin ich von Bedeutung? Wenn Nandalee hier im Tal unter Eurem Schutz steht, wozu braucht Ihr mich?«

»Könnte es sein, dass Ihr nicht davon überzeugt seid, dass ich euer beider Bestes will?«

Gonvalon vermied es, darauf zu antworten. Sollte Nachtatem doch in seinen Gedanken lesen, wenn er unbedingt wissen wollte, wie er dazu stand.

»Ich mache Euch nichts vor, Schwertmeister. Wenn Ihr geflohen wärt, dann wäre Nandalee Euch gefolgt. Doch ich brauche sie. Bald schon soll sie für mich nach Nangog gehen und etwas tun, womit sie sich sowohl die Devanthar als auch die Mehrzahl meiner Nestbrüder zu unversöhnlichen Feinden machen wird.«

»Und sollte ich mich entscheiden, mit Nandalee von hier zu fliehen?«

»Eure Flucht würde mich sehr verärgern.«

Diesmal spürte Gonvalon die Gefühle des Dunklen. Es war eine kalte, wohl beherrschte Wut. Nachtatem würde sie jagen lassen. Und wie entkam man einem Drachen, der in Gedanken lesen konnte und dessen Seherinnen ihm die Zukunft vorhersagten?

»Ich sehe, Ihr stellt Euch die richtigen Fragen. Wir schließen einen Pakt der Vernunft, Schwertmeister, der uns beiden Nutzen bringen mag. Kann ich mich nun darauf verlassen, dass Ihr nicht fortlaufen, sondern treu an Nandalees Seite stehen werdet?«

»Eines muss ich noch verstehen, bevor ich Euch mein Wort gebe. Ihr sagtet, dass wir größten Gefahren ausgesetzt sein werden. Nandalee braucht also einen Beschützer. Sie bedeutet mir mehr als mein Leben, ich würde alles für sie tun, doch wenn ich recht verstanden habe, schwächt mich das, denn etwas zu verlieren zu haben, macht mich zu einem weniger entschlossenen Schwertkämpfer. Warum bin ich dann die beste Wahl, wenn es darum geht, sie zu beschützen?«

»Liegt das nicht auf der Hand? Wenn sie bedroht wird, kämpft Ihr mit vollem Einsatz. Doch wenn es allein um Euch geht, werdet Ihr Schwäche zeigen. Ihr werdet das Glück, von dem Ihr gekostet habt, nicht mehr missen wollen. Es gibt eine Zukunft, in der ich Euren Tod wünschen werde, Meister Gonvalon. Und wenn es sich ergeben sollte, dass ich Nodon zu Euch schicken werde, dann möchte ich, dass er Euch besiegt.«

Ein Kind von dunkler Leidenschaft, ein Kind von kaltem Herzen

Nachtatem dachte an sein Gespräch mit Gonvalon. Der Schwertmeister hatte sich aufsässiger gezeigt, als er erwartet hätte. Er wusste, dass der Elf darüber nachsann, wie er ihn hintergehen könnte, um mit Nandalee zu fliehen. Dieser neue Geist der Aufsässigkeit unter den Drachenelfen musste ausgemerzt werden. Vielleicht sollten sie einige der Drachenelfen töten? Er malte sich aus, wie Gonvalon sich verzweifelt mit seinem Schwert zu wehren versuchen würde. Wie er ihn in Drachengestalt vor sich herscheuchte und zuletzt seine Krallen in dessen zerbrechlichen Leib hieb. Der Gedanke an warmes Blut ließ Geifer von den Lefzen des Dunklen tropfen. Er hatte zu lange nicht mehr gejagt! Und ihm blieb auch jetzt keine Zeit zu einem solchen Vergnügen. Er sollte mit seinen Nestbrüdern über die Drachenelfen sprechen. Der Angriff auf die Tiefe Stadt hatte die Moral der Elfen erschüttert. Zum ersten Mal, seit es sie gab, stellten sie die Entscheidungen der Himmelsschlangen infrage. Es war die logische Konsequenz aus dieser maßlosen Racheorgie. Bislang hatten sich die Drachenelfen als Hüter der Gerechtigkeit empfunden. Dieses Gefühl war für immer verloren. Es war auch nutzlos, mit der Vergangenheit zu hadern. Sie mussten entscheiden, wie sie ihre Meuchler wieder zu dem Werkzeug machen konnten, das sie jahrhundertelang gewesen waren. Vielleicht sollten sie jene mit rebellischem Geist auf Missionen schickten, von denen sie nicht zurückkehren würden. Das mochte klüger sein, als sie vor den Augen aller zu zerfleischen.

Ganz gleich, was sie taten, es sollte wohlüberlegt sein. Bemerkten die Drachenelfen, was vor sich ging, mochten sie sich ganz und gar von den Himmelsschlangen abwenden. Nicht dass sie eine Bedrohung für die Herrschaft der Himmelsschlangen waren. Aber sie waren einfach zu nützlich, um sie leichtfertig aufs Spiel zu setzen. Und konnte er darlegen, welcher Schaden durch den unbedachten Angriff auf die Tiefe Stadt entstanden war, würde es die Stellung des Goldenen schwächen, der in letzter Zeit allzu eifrig danach trachtete, den ersten Platz in ihrem Rat einzunehmen.

Nachtatem streckte sich auf dem Thronstein tief unter seiner Pyramide. Er hatte Drachengestalt angenommen. Der Elfenkörper war ihm unangenehm. Diese Gestalt war ein Zugeständnis an Gonvalon gewesen. Er wusste, wie sehr es die Albenkinder quälte, wenn eine Himmelsschlange in Gedanken zu ihnen sprach. Sie empfanden jede Emotion vielfach stärker. Ein freundlicher Gedanke stürzte sie in Euphorie, ein zorniger hingegen gab ihnen das Gefühl, von innen heraus zu verbrennen. Jetzt, auf seinem Thron, war er frei von aller Rücksichtnahme. Er würde Gonvalon für seine Zwecke nutzen. Für kurze Zeit …

Das Gespräch mit dem Elfen hatte ihn tief verärgert. Er musste darüber nachdenken, seine eigenen Emotionen ergründen. Deshalb hatte er die Gazala fortgeschickt. Ihr beständiges Murmeln in Trance hätte ihn zu sehr abgelenkt. Es galt, einsame Entscheidungen zu treffen.

Dass der Goldene ein Kind mit Nandalee gezeugt hatte, empfand er als befremdlich. Noch nie hatte sich eine Himmelsschlange mit einer Elfe gepaart. Sollte sie tatsächlich empfangen haben, was für eine Kreatur würde sie gebären? In all ihren Prophezeiungen hatten die Gazala nie von der Gestalt der Kinder Nandalees gesprochen. Sie blieben vieldeutig, wie meist.

Zwei Kinder wird sie einst gebären. Ein Kind von dunkler Leidenschaft, ein Kind von kaltem Herzen. Das hatte Firaz erst gestern prophezeit. Eines von ihnen würde nach dem Thron Albenmarks greifen. Würde das Kind von dunkler Leidenschaft der Spross des Goldenen sein? War es nicht seine Pflicht, ein Gleichgewicht herzustellen? Wusste sein Goldener Bruder etwas über die Zukunft, was ihm noch unbekannt war? Hatte er deshalb das Kind gezeugt?

Gonvalon zeigte keinerlei Anlagen, die einen Herrscher ausmachten. So außergewöhnlich seine Schwertkunst war, er war kein Eroberer. Niemand, der sich etwas nahm. Macht schien ihm nichts zu bedeuten. Selbstlosigkeit mochte ein edler Charakterzug sein, doch bei den Intrigen, die an einem Königshof zu erwarten waren, würde diese Eigenschaft einen Herrscher nur früh in sein Grab bringen. Wäre das zweite Kind Nandalees wie Gonvalon, würde es vermutlich nie nach der Krone streben. Und dann hätte sein Nestbruder schon jetzt entschieden, wer einst in Albenmark herrschen würde.

Nachtatems Krallen fuhren über den Fels, unter dem das Herz Nangogs ruhte. Er konnte nicht einfach aufgeben. Er würde Nandalee täuschen, so wie es sein Bruder getan hatte. Das zweite Kind sollte seines sein! Eine besondere Eigenart der Elfenfrauen kam ihm dabei zugute. Der Tag, an dem sie ein Kind empfingen, war nicht zwingend der erste Tag ihrer Schwangerschaft. In unruhigen Zeiten ruhte das befruchtete Ei und begann erst zu reifen, wenn die Elfe ein friedlicheres Leben führte und die Aussichten, eine unbeschwerte Schwangerschaft zu erleben, günstiger waren. Er musste Nandalee also nur erneut auf eine Mission schicken, dann würde sich ihre Schwangerschaft verzögern.

Er würde es wie der Goldene machen und Nandalee in der Gestalt Gonvalons erscheinen. Danach müsste Gonvalon sterben, damit er ganz sicher sein konnte, dass er ihr niemals verraten könnte, dass auch mit dieser Liebesnacht etwas nicht stimmte.

Nachtatem blickte über das spiegelnde Wasser, das den Boden des weiten Gewölbes bedeckte. Es missfiel ihm, Nandalee zu hintergehen. Er dachte an die Zeit, die sie gemeinsam verbracht hatten. Er hatte ein starkes Gefühl für sie empfunden. Es war anders als die Gefühle, die er für seine übrigen Drachenelfen hegte. Es würde ihm besser gefallen, sie nicht zu hintergehen. Aber würde sie ein Kind mit ihm zeugen wollen? Wohl kaum! Jedenfalls nicht, solange Gonvalon lebte.

Er hatte Hunger. Nein, er gierte nach Blut. Er sollte eine der Gazala rufen. Eine der weniger begabten. Zum Jagen blieb jetzt keine Zeit.

Petersiliensamen

Die Priesterinnen hatten sie tatsächlich in Frieden gelassen. Shaya blickte über die weiten Gärten, die zum Haus des Himmels gehörten. Jeden Tag kam sie in eine Laube auf der Rückseite ihres Hauses und verbrachte Stunden damit, die Terrassengärten und die Berge zu betrachten. Sie hatte ihren Frieden mit sich gemacht und entschieden, was sie tun wollte. Wann sie in die Tempelstadt Isatami gebracht würde, wusste sie nicht, aber es konnte nicht mehr lange dauern. Die Nächte waren nur noch kurz, Mittsommer konnte nicht mehr fern sein.

Sie wusste nicht, was nach der Nacht auf der Zikkurat mit ihr geschehen würde. Sie würde über sich ergehen lassen, was immer Muwatta ihr antat, aber sie würde niemals ein Kind von ihm bekommen. Ihr war klar, was das für sie bedeutete. Lieber würde sie sterben, als ein Leben in Gefangenschaft zu führen. Die Hoffnung, dass Aaron sie befreien würde, hatte sie aufgegeben. Er konnte nicht. Sie beide waren in den Machtkampf der Devanthar verstrickt worden. Zu der Überzeugung war sie in den Stunden der Einsamkeit in der Laube gelangt. Andernfalls hätte Aaron nichts unversucht gelassen, den Brautpreis Muwattas zu überbieten oder sie zu befreien.

Vielleicht würde sie nach der Nacht auf der Zikkurat nicht mehr so viele Freiheiten genießen. Keine der Priesterinnen hier sprach mit ihr. Ganz so, wie sie es ihnen befohlen hatte. Shaya wusste nicht, was kommen würde. Sie musste vorbereitet sein. Und es durfte nicht auffallen, dass sie das Kind tötete, das sie vielleicht empfangen würde. Ansonsten wäre der Heiratsvertrag mit ihrem Vater hinfällig, und sie hätte ihrem Volk für immer Schande bereitet.

Wieder schweifte ihr Blick über den weiten Garten. Nicht weit entfernt stand Malnigal, die stämmige Priesterin, der sie das Handgelenk gebrochen hatte. Sie stützte sich mit der Linken auf ihren Eschenstab. Die Rechte war immer noch bandagiert. Malnigal ließ sie nicht aus den Augen.

In der Laube gab es eine Steinbank. Wenn Shaya sich dort hinstreckte, verschwand sie aus dem Gesichtsfeld der Priesterin. Malnigal musste dann drei Terrassen hinaufsteigen und ein weites Stück Garten durchqueren, um nachzusehen, ob sie noch da war. Sie versäumte das niemals. Aber es verschaffte Shaya ein wenig Zeit, um sich die eine Information zu verschaffen, die ihr noch fehlte, um ihr Schicksal selbst in Händen halten zu können.

Die Prinzessin blickte zum Himmel hinauf. Die Sonne stand im Zenit. Bald würde Kara kommen. Die junge, pausbäckige Priesterin betreute den Kräutergarten. Jeden Tag zur Mittagsstunde kam sie unterhalb der Laube vorbei.

Shaya trat an die Mauer, die die Terrasse einfasste. Ein Stück der Mauer war eingebrochen und von Weinranken überwuchert. Die Stelle war für Malnigal nicht einsehbar. Ein paar Augenblicke würde sie mit Kara haben, mehr nicht. Es musste reichen.

Shaya wusste viel über Kräuter. Viel mehr, als sie je gelesen oder gehört hatte. Sie vermutete, dass dies ein Geschenk Shen Yi Miao Shous war. Sie wusste nicht, was er in der Nacht seines Todes mit ihr getan hatte, der Nacht, in der sie entrückt gewesen war. Sie konnte sich dunkel erinnern, dass er gesprochen hatte. Endlos auf sie eingeredet … Hatte er sein Wissen über Kräuter an sie weitergegeben? Und was vielleicht noch? Sie wusste, dass sie Petersiliensamen brauchte, um sie zu zerstoßen und einen Sud daraus herzustellen. Es mussten Petersilien mit glatten Blättern sein! Shaya war auch klar, dass sie bei der Herstellung des Suds sorgfältig auf die Dosierung achten musste. Geriet er zu stark, würde der Trank ihre Leber zerstören. Machte sie aber alles richtig, würde es zu einer starken Blutung kommen, und sie würde das ungeborene Kind verlieren. Sie wollte es tun, sobald sie sicher wusste, dass sie schwanger war.

Kara erschien am Ende des langen Weges, der auf die Terrasse führte. Hoffentlich bog sie nicht ab. Shaya trat von der Mauer zurück. Sie wollte die Priesterin nicht erschrecken. Sie wusste, dass die Kräuterkundige sie nach dem, was am Tag ihrer Ankunft im Haus des Himmels geschehen war, fürchtete. Kara hatte danebengestanden, als Shaya Malnigal das Handgelenk gebrochen, sie entwaffnet und Tabitha, die Mutter der Mütter, mit dem Eschenstab bedroht hatte. Sie war wie ein Tiger, den man mit Gazellen zusammensperrte, dachte Shaya selbstzufrieden und streckte sich übertrieben, sodass Malnigal es auf keinen Fall übersehen konnte. Gewiss war im Haus des Himmels noch nie eine Kriegerprinzessin auf die Himmlische Hochzeit vorbereitet worden.

Wieder streckte sich Shaya. Malnigal wusste, dass sie dies stets tat, bevor sie sich auf die Steinbank legte. Die Prinzessin konnte sehen, wie ihre Wächterin unruhig wurde.

Shaya legte sich auf die Steinbank, rollte sofort wieder herunter und kroch in der Deckung der Brüstung zum Loch in der Mauer. Neben den Weinranken wuchs ein alter Lebensbaum. Er würde sie vor den Blicken Malnigals schützen.

Als die Prinzessin Karas Schritte hörte, schlüpfte sie durch das Loch. Ehe Kara wusste, wie ihr geschah, hatte sie die pausbäckige Priesterin gepackt und hinter den Lebensbaum gezerrt. »Du sagst mir sofort, wo ich glattblättrige Petersilie finde!« Shaya wusste alles über die Pflanze, nur eines nicht: wie sie aussah!

Kara starrte sie mit angstweiten Augen an. Es waren ungewöhnliche Augen. Grün wie das junge Gras auf der Steppe mit einzelnen, hellbraunen Einsprengseln.

»Sag mir, wo ich diese Pflanze finde, oder ich breche dir das Handgelenk, so wie ich es bei Malnigal getan habe.«

»Ihr werdet die Samen nicht brauchen, Prinzessin. Ihr dürft sie nicht nehmen. Sie sind gefährlich!«

Sie hätte sich denken können, dass die Kleine durchschauen würde, was sie wollte. Schließlich war sie die Kräuterkundige des Klosters. Aber Shaya war fest entschlossen, sich nicht von ihrem Plan abbringen zu lassen. Sie griff nach Karas Handgelenk und verdrehte es.

Kara stieß einen erstickten Schrei aus. »Bitte! Ihr braucht die Samen nicht, Herrin. Seit Ihr ins Haus des Himmels gekommen seid, lässt die Mutter der Mütter Eurem Essen ein Salz beimengen, das Euch unfruchtbar macht. Ihr werdet heute Nacht nicht empfangen.«

Shaya ließ sie los. »Heute Nacht?«

Die Priesterin sah sie überrascht an. »Wisst Ihr es denn nicht? Heute ist Mittsommer. Nach dem Mittagsmahl sollen wir Euch baden und schmücken, Herrin. Am frühen Abend wird die Leibwache des Unsterblichen kommen, um Euch und die Mutter der Mütter über den Götterweg nach Isatami zu bringen.«

Shaya ließ sie los. Plötzlich war alle Kraft aus ihren Gliedern gewichen. Heute schon!

Malnigal kam um die Ecke der Terrassenmauer. »Was geht hier vor! Du weißt, dass du mit ihr nicht reden darfst, Kara. Die Mutter der Mütter wird …«

»Ich wollte von ihr wissen, wo ich Petersilie finde«, sagte Shaya matt. »Ich habe ihr damit gedroht, ihr das Handgelenk zu brechen wie dir. Aber sie hat nichts verraten.«

Die Tempelwächterin sah sie misstrauisch an. »Petersilie?« Sie schob Kara mit ihrem Eschenstab zur Seite. »Geh! Und Ihr, Prinzessin, geht bitte zurück in Eure Laube und genießt diesen wunderschönen Sommertag.« Bei den letzten Worten gelang es Malnigal nicht ganz, einen gehässigen Unterton zu unterdrücken.

Das Meer der schwarzen Schnecken

Diesmal gab es nur ein leises Scharren, als sie an dem Felsen vorbeimanövrierten, der wie ein Schwert aus der dunklen Tiefe aufragte. Ich werde besser, dachte Galar und löste seine verkrampften Hände von den Steuerhebeln. Das Boot war in einem erbärmlichen Zustand. Wasser tröpfelte durch das undichte Luk und von dem kleinen Leck, das nach dem Angriff des Tatzelwurms zurückgeblieben war. Von außen sah der Aal vermutlich noch übler aus. Gut, dass sie die Kupferplatten auf der oberen Hälfte des Rumpfes angebracht und die Schutzbügel vor dem Luk und den Seitenflossen verstärkt hatten.

Sie fuhren immer noch mit Schlagseite. Galar war sich sicher, dass Nyr und Hornbori nicht mehr an seine Geschichte vom Yngwi-Manöver glaubten, aber sie redeten nicht darüber. Der Schmied rieb sich über die Augen. Sie brannten vom angespannten Starren in die Finsternis. Licht gab es nur dort, wo Barinsteine in den Felsen eingelassen waren. Wie Leuchttürme wiesen sie ihm den Weg. Wenn er nur einen einzigen von ihnen verpasste, wären sie rettungslos in der Weite der unterirdischen Gewässer verloren.

Galar zog kurz den kleinen Barinstein aus seiner Lederhülle und betrachtete die Karte, die er neben dem Steuerplatz an die Wand gepinnt hatte. Der Schwertfels war darauf eingezeichnet. Hinter dem Felsen sollten sie dreitausendzweihundertsiebzig Kurbelumdrehungen geradeaus fahren, dann käme ein Barinstein in Sicht. Dort mussten sie dreiundzwanzig Grad nach rechts abbiegen.

Hinter ihm zählte Hornbori leise die Umdrehungen der Kurbelwelle. Galar hatte ihn dafür eingeteilt, damit er keinen Unsinn redete. Hornboris Schandmaul war damit zwar gestopft, aber es half nicht wirklich beim Navigieren. Entweder stimmte etwas mit dem Aal nicht, oder die Karte war falsch. Jedenfalls brauchten sie jedes Mal deutlich mehr Umdrehungen der Kurbelwelle als angegeben. Mit der geringeren Besatzung allein war das nicht zu erklären. Dafür war der Aal ja auch viel leichter. Dieses Tauchfass blieb Galar einfach ein Rätsel.

Sie befanden sich inmitten eines weiten Höhlensees, der von den Zwergen *Meer der schwarzen Schnecken* getauft worden war. Solche Seen waren gefährlich. Wenn die Angabe bei einer Richtungsänderung nur um einen Grad falsch war, würden sie bei einer Distanz von einigen Meilen bis zum nächsten Barinstein diese Navigationsmarke weit verfehlen und rettungslos im Dunkel verloren gehen. Im Westen war keine Begrenzung des Höhlensees auf der Karte verzeichnet. Kein Zwerg hatte ihn je ganz erkundet. Gewiss war nur, dass dort, wo sie jetzt fuhren, das Wasser bis zur Decke der Höhle reichte. Sie könnten also hier nicht auftauchen. Erst beim nächsten Barinstein. Dort gab es ein flaches Riff.

Galar blickte zu dem Stundenglas, das über dem Steuerplatz hing. Der Sand war schon mehr als zur Hälfte durchgelaufen. Bald wären acht Stunden vergangen, seit sie das letzte Mal aufgetaucht waren, frische Luft durch das Luk gelassen und Wasser geschöpft hatten. In den Papieren zu diesem Aal hatte gestanden, dass sie alle sieben Stunden frische Luft brauchen würden. Aber auch das stimmte nicht. Es stank zwar erbärmlich – vor allem dank Frar, der allzu regelmäßig seine Windel füllte –, aber atmen ließ sich die Luft noch ganz gut. Wahrscheinlich weil sie eine viel kleinere Besatzung waren, als für den Betrieb dieses Aals vorgesehen war.

»Sind wir noch auf Kurs?«, fragte Nyr. Hornbori zählte zwar unbeirrt weiter, sah ihn aber ebenfalls sorgenvoll an.

»Alles bestens«, log Galar. Man musste sich nur das Wasser ansehen, das schon wieder acht Zoll hoch im Rumpf schwappte, um zu wissen, dass es nicht sonderlich gut um sie stand.

Der Schmied verschränkte die Finger ineinander und streckte sie vor, bis die Gelenke knackten.

»Wir sind im Meer der schwarzen Schnecken. Etwa anderthalb Stunden noch, dann erreichen wir einen Ankerplatz.« Galar machte nicht mehr den Fehler zu sagen, wie viele Umdrehungen es noch waren. Auch war die Zeitangabe mehr als großzügig bemessen. Aber besser, sie erreichten ihr Ziel etwas früher, das würde die Stimmung der beiden heben. Sie wurden jedes Mal unruhig, wenn er auf die Karte sah.

Er schob den Barinstein in seine Lederhülle, und es wurde dunkel im Boot. Leise plätscherte Wasser herab. Die Kurbelwelle machte ein schabendes Geräusch. Er konnte sie nicht vernünftig gefettet halten, wenn so viel Wasser im Boot stand. Wenn sie diese Tauchfahrt überleben sollten, würde er nie wieder einen Fuß in einen Aal setzen, schwor sich Galar.

Der Schmied streckte sich zwischen den beiden Steuerhebeln aus und lag halb im Wasser. Es war eisig. Bald begannen ihm die Zähne zu klappern. Wenigstens würde er so nicht einschlafen. Endlos ins Dunkel zu starren machte müde. Selten einmal huschte etwas Helles an einem der drei gläsernen Augen vorbei. Galar wusste, dass die meisten Fische in den lichtlosen Höhlen weiß waren. Aber hier lebten nicht nur Fische. Manchmal sah er in der Ferne Lichter. Anfangs hatte er sie für Barinsteine gehalten. Aber sie bewegten sich! Er erzählte seinen Gefährten besser nichts davon und versuchte sich lieber auch nicht vorzustellen, was Lichter durch die Seen tief unter den Bergen tragen mochte.

Galar lauschte auf das monotone Zählen Hornboris.

»Dreitausendeinhundertelf, dreitausendeinhundertzwölf …«

Bald sollte der nächste Barinstein in Sicht kommen. Der Schmied rieb die Hände aneinander, doch seine klammen Finger wollten nicht warm werden.

Was war das? Etwas Längliches war durch das Gesichtsfeld des linken Bullauges gehuscht. Galar drückte seine Nase gegen die kalte Scheibe. Tief unter ihm zog eines der wandelnden Lichter durch den See. War da ein Schatten voraus? Ein nicht eingezeichnetes Riff?

Er kniff die Augen zusammen und starrte. Nein, kein Riff. Etwas kam ihnen entgegen. Schnell! Galar zuckte unwillkürlich zurück, als dicht vor dem gläsernen Auge ein Kiefer mit dolchlangen Zähnen erschien. Eine Weiße Schlange!

Ihr Leib schrappte den Rumpf entlang. Der Aal ruckte. Galar

konnte spüren, wie sie vom Kurs abwichen. Aber um wie viel? Zwei Grad oder vielleicht drei?

Ein Schlag ließ das Boot erzittern. Frar wachte auf und begann zu quengeln.

»Was war das?« Hornboris Stimme war schrill vor Angst.

»Zähl weiter, oder wir werden in diesem verdammten Schneckenmeer verloren gehen!«

»Aber was …«

»Tretet in die Pedale.« Es war sinnlos, die beiden zu belügen. »Uns greift eine Weiße Schlange an!«

Ein langer, weißer Schemen zog am vorderen Auge vorüber. Die Schlange umkreiste sie. Wie hatte dieses verdammte Mistviech sie nur in diesem endlosen Dunkel gefunden? Und was versprach es sich davon, ein großes Fass anzugreifen? Hatten diese Seeschlangen genug Verstand, um zu wissen, dass in diesem Fass ein paar saftige Bissen steckten?

Ein Schlag traf das Boot von unten, so heftig, dass alle an Bord durchgeschüttelt wurden, als seien sie mit einem Karren durch ein tiefes Schlagloch gefahren. Die dicken Holzdauben knackten bedenklich. Wie vielen solcher Angriffe würde der Aal noch standhalten?

»Wir werden in dieser Tonne ersaufen wie die Ratten, nicht wahr?« Hornbori hatte aufgehört, in die Pedale zu treten.

»Wir werden kämpfen«, entgegnete der Schmied entschlossen.

»Womit denn? Der Aal hat keine Waffen!«

Ein weiterer Stoß traf das Boot und rüttelte sie alle durch. Aus dem Leck in der Decke, aus dem es bislang nur getröpfelt hatte, spritzte eine fingerdicke Wasserfontäne.

»Nyr! Hol Kork! Mach das Leck dicht. Hornbori, du hältst die Kurbelwelle in Gang. Wir müssen wenigstens ein bisschen Fahrt machen!« Die beiden durften nicht denken, dass er sich genauso hilflos fühlte wie sie.

Galar zog den Barinstein aus der Lederhülle und blickte auf

die Karte. Sie mussten auftauchen, doch laut Karte reichte das Wasser hier noch immer bis zur Decke der Höhle. Bald hätten sie so viel Wasser genommen, dass sich die Frage des Auftauchens gar nicht mehr stellen würde. Dann gab es nur noch eine Richtung. Abwärts!

Nyr mühte sich ab, das Leck mit einem Korkstück zu stopfen. Zwischendurch tätschelte er mit einer Hand Frar. Der Kleine war in mürrischer Stimmung. Er war nass, und ganz gewiss fror er wie alle. Sein Leben hatte noch nicht einmal richtig angefangen. Er hatte keinen Stollen gegraben, nie mit einem Hammer in der Hand an einer Esse gestanden oder mit einer langen Saufeder ein Wildschwein erlegt. Es war der bevorstehende Tod des Jungen, der in Galar eine verzweifelte Wut schürte. Sie würden auftauchen! Manchmal gab es Löcher in der Höhlendecke. Vielleicht hatten sie ja Glück!

Entschlossen packte der Schmied die Kurbel neben den Hebeln für das Seiten- und Tiefenruder und begann sie zu drehen. Er spürte den Widerstand des Wassers in den Ballasttanks. Durch die dicken Glasaugen konnte er nichts mehr erkennen. Das Licht des Barinsteins hatte seine Nachtsicht ruiniert.

»Hinten ist noch eine Kurbel«, sagte Nyr, dem eisiges Wasser durch den Bart rann. »Das Loch hier krieg ich nicht zu.«

Die zweite Kurbel! Galar stöhnte auf. Das Boot hatte zwei Ballasttanks. Wenn man in beide gleich viel Wasser einließ, hielt sich der Aal auf Tauchfahrt wahrscheinlich in der Waage.

»Lass die Finger von der Kurbel. Benutz sie lieber, um das Leck zu stopfen«, entgegnete Galar unwirsch. Wie hatte er nur die zweite Kurbel vergessen können!

Ein Schlag gegen den Rumpf brachte ihn auf andere Gedanken. Das Boot ruckte zur Seite. Wie weit sie wohl schon vom Kurs abgewichen waren? Sie mussten bald …

Eine Daube an der Seite brach, und ein dicker Schwall dunklen Wassers ergoss sich in den Aal.

»Wir werden ersaufen«, schrie Hornbori. »Ersaufen wie die Ratten!«

Der Aal schwang noch stärker hin und her als vorhin. Hatten sie die Wasseroberfläche erreicht? Stimmte die Karte wieder nicht? Die Glasaugen lagen zu tief im Rumpf. Durch sie konnte er nicht sehen, ob sie aufgetaucht waren.

»Wir steigen aus«, entschied Galar. Das Wasser im Aal reichte ihm schon fast bis zum Knie.

»Sind wir denn aufgetaucht?« Nyr hatte Frar aus dem Frachtnetz genommen und drückte sich den Jungen an die Brust.

»Klar sind wir aufgetaucht. Sonst würde ich den Befehl wohl kaum geben«, log Galar. »Ich gehe vor.« Er griff sich die Armbrust, ihre einzige Waffe an Bord, und kletterte die kurze Leiter zum Luk hinauf. Wenn sie noch auf Tauchfahrt waren, würde es zumindest schnell gehen. Lieber schnell das Boot mit Wasser fluten, als noch eine Stunde langsam abzusaufen. Der Schmied löste den Riegel am Luk und drückte es auf. Ein Schwall Wasser spritzte ihm ins Gesicht.

Glamirs Turm

Ein Maul voller dolchlanger Zähne schnappte nach ihm. Galar ließ sich nach unten in den Aal fallen. Die Schnauze der Seeschlange schmetterte gegen das Einstiegsluk, dass es im Boot wie in einer Glocke dröhnte. Gischt spritzte die Leiter hinab.

Das Ungeheuer stieß einen langen, heulenden Laut aus und bekam Antwort. Tief im Wasser erklang ein seltsamer, an- und abschwellender Ruf. Galar hatte so etwas in seinem ganzen Leben noch nicht gehört. Es klang beängstigend fremd. Und es schien aus mindestens zwei verschiedenen Richtungen zu kommen.

Nyr hob etwas Helles auf, das durch das Luk in den Aal gefallen war. Die Spitze eines Fangzahns. »Der hast du es gegeben, Galar. Diese Mistschlange wird sich noch lange an dich erinnern.«

»Und das war noch nicht alles«, murmelte der Schmied und fischte die Armbrust aus dem Wasser, das ihm inzwischen bis über das Knie reichte.

»Wir sind tot«, sagte Hornbori tonlos. »Wir können wählen zwischen ersaufen oder gefressen werden. Es ist vorbei.«

Galar spannte die Armbrust. »An die Pedale mit euch. Wir fahren, solange wir Kraft in den Beinen haben. Ich kämpfe bis zum letzten Atemzug. Mich hinzuhocken und mein Unglück zu bejammern ist nicht meine Art.«

»Und was hilft das?«, fuhr ihn Hornbori erbost an. »Ändert das vielleicht etwas daran, dass wir hier verrecken werden?«

»Ja, für mich ändert es in der Tat etwas. Wenn ich schon sterbe, dann wenigstens in der Gewissheit, bis zuletzt um mein Leben gekämpft zu haben.« Er legte einen Bolzen auf die Führungsschiene der Armbrust, trat über die Kurbelwelle hinweg, griff nach der Leiter und zog sich ein Stück hoch. Mit einer Hand die Armbrust balancierend, zielte er auf das offene Luk, während er sich mit der anderen an einer Sprosse festhielt. »Heh, Schlange, willst du nicht noch mal versuchen, deinen Kopf durch das Luk zu stecken? Wir sind noch da! Hörst du mich?«

Alles blieb still.

»Wenn du schon nicht in die Pedale trittst, dann hol wenigstens den Barinstein und halt ihn hier hoch. Ich will, dass das Biest das Licht sieht. Dann wird es kommen.«

Hornbori gehorchte ganz ohne einen seiner üblichen Kommentare.

Immer noch waren die seltsamen Laute im Wasser zu hören. Sie klangen jetzt näher.

»Da sammelt sich eine ganze Herde von den Biestern«, stieß Hornbori mit klappernden Zähnen hervor.

»Seeschlangen sind Einzelgänger«, entgegnete Galar mit einer

Entschiedenheit, als habe er sein halbes Leben dem Studium der Familienverhältnisse der Schlangen gewidmet. »Wenn mehr kommen, ist das gut. Die werden sich um ihre Beute streiten. Dann haben wir bessere Aussichten zu entkommen. Aber vorher soll noch eine von denen schmecken, wie das so ist, wenn man einen Armbrustbolzen im Gaumen stecken hat.«

Hornbori lächelte, obwohl die Hand zitterte, mit der er den Barinstein hochhielt. Nass und ausgemergelt sah er immer noch ziemlich gut aus. Genauso wie sich jeder Zwerg einen Helden vorstellte. Wenn er nur nicht so ein verdammter Schisser wäre, dachte Galar!

»Sorgen wir dafür, dass Zwerg im Aal nicht ihr Leibgericht wird!« Zwerg im Aal, den Spruch würde er sicher noch oft zu hören bekommen, wenn sie das hier überlebten. Hornbori klang schon fast so, als übe er an einer Siegesrede.

Galar blickte zum Luk hoch. »Noch da, Schlange?« Er wollte nicht noch einmal den Kopf herausstrecken. Diesmal würde das Vieh vorsichtiger sein.

Etwas Großes traf den Aal und ließ ihn auf dem Wasser tanzen, sodass Galar sich an die Leiter klammern musste, um nicht zu stürzen. Fangzähne erschienen im Dunkel über dem Luk und schimmerten gelb im Licht des Barinsteins.

Der Schmied richtete die Armbrust auf das weit aufgerissene Maul. »Friss das!«

Ein dumpfer Schlag erklang. Ungewöhnlich laut. Blut tröpfelte in das Boot hinab. Der Kopf des Ungeheuers sank auf den Aal. Aus dem Tröpfeln wurde ein fast armdicker Sturzbach von Blut.

Galar blickte verwirrt auf die Armbrust, dann zu Hornbori.

»Was für ein Schuss!«, sagte Nyr.

»Wenn uns das Vieh weiter so das Boot vollblutet, saufen wir trotzdem noch ab«, stellte Hornbori sachlich fest.

Galar stieg die Leiter hinauf und wurde dabei vom Blut der Seeschlange durchnässt. Er stemmte sich mit dem Rücken gegen den Kopf, der über dem Luk lag. Zoll um Zoll bewegte sich der Kadaver. Dann plötzlich geriet er ins Rutschen.

Der Schmied schob den Kopf ins Freie. Als die Seeschlange vom Aal ins dunkle Wasser rutschte, sah er gerade noch den Schaft eines Speeres seitlich aus dem Kadaver ragen. Verwundert sah er sich um. Er konnte kaum über den Bug des Tauchbootes hinausblicken. Die Finsternis war nahezu vollkommen. Das einzige Licht weit und breit war der Schimmer des Barinsteins, der durch das offene Luk fiel. Etwa zwei Schritt über sich konnte er die feucht schimmernde Decke der Höhle erkennen. Noch nie war er so glücklich über eine fehlerhafte Karte gewesen.

»Heh, Aal! Da sind noch zwei Schlangen, die Kurs auf euch halten.«

Durch die Akustik der Höhle klang die Stimme verzerrt. Galar konnte nicht entscheiden, aus welcher Richtung der Ruf gekommen war. Aber den Dialekt erkannte er sofort. Es war ein Zwerg aus den Ehernen Hallen, der gerufen hatte.

»Wir liegen fünfzehn Grad voraus. Legt euch in die Pedale! Oder sie erwischen euch.«

Galar legte die Hände an den Mund, um einen Trichter zu bilden. »Wir sind leckgeschlagen. Nur zwei Mann können noch treten. Wir brauchen Hilfe.« Jetzt konnte er eine flache, weiße Welle auf dem Wasser erkennen, die sich auf sie zubewegte.

»Wer ist da draußen?«, fragte Hornbori vom Fuß der Leiter.

»Freunde und Feinde.«

»Geht das ein bisschen klarer?«, kam es ungehalten von unten.

»Das wünschte ich mir.« Hornbori konnte jetzt den Schattenriss der Seeschlange ausmachen.

»Kopf einziehen!« Das scharfe Klacken einer Speerschleuder schallte über das Wasser.

Galar duckte sich. Fast im selben Augenblick schmetterte etwas gegen das Boot. Ein Seil rutschte über die Kupferplatten. Galar stieß sich von den Sprossen ab und schnellte aus dem Luk.

Gerade eben bekam er das Seil noch zu packen, bevor es ins Wasser glitt. Ein starkes, mehr als daumendickes Tau. Er zog es zu sich heran.

»Unten bleiben!«, befahl der unbekannte Helfer. Galar hörte das leise Klicken der Winden, mit denen Speerschleudern gespannt wurden. Ganz deutlich konnte er auch die Silhouette der Weißen Schlange sehen, die auf sie zuhielt. Weiter steuerbord näherte sich ein zweites der Ungeheuer.

Der Schmied fand am Ende des Seils einen eisernen Enterhaken. Er befestigte ihn am Schutzbügel vor dem Luk. »Holt uns ein!«, rief er aus Leibeskräften.

Speere zogen leise zischend über das Wasser.

Das Seil straffte sich. Wasser troff aus dem Hanf. Ihr Aal machte einen Ruck, schwang nach steuerbord und nahm Fahrt auf.

Auch die Seeschlange schien schneller zu werden.

Galar wusste, dass er an Deck nichts mehr tun konnte. Er zog sich durch das Luk zurück und verschloss es.

Hornbori stand noch immer am Fuß der Leiter und hielt den Barinstein hoch. Sein Mienenspiel lag zwischen Bangen und Hoffen.

Galar erzählte seinen Gefährten, was geschehen war.

»Zwerge aus den Ehernen Hallen?« Hornbori machte keinen Hehl daraus, wie wenig begeistert er war. »Die sind aber weit weg von zu Hause.«

»Mir ist alles recht, was weder Schuppen noch einen Schlangenschwanz hat.« Nyr trat noch immer wacker in die Pedale, obwohl es längst nicht mehr nötig gewesen wäre. Dabei hielt er Frar auf dem Arm, der verzaubert das Licht des Barinsteins bewunderte.

Ein Schwanzhieb traf ihren Aal.

Galar wurde gegen die Bootswand geschleudert. Hornbori stürzte und rutschte halb unter die sich drehende Kurbelwelle.

Der Schmied hörte, wie die Knochen des Klugschwätzers brachen.

Nyr stemmte sich gegen die Pedale, um jede weitere Drehung der schweren Eisenwelle zu stoppen.

Eine weitere Daube ihres Aals brach. Immer schneller füllte sich ihr kleines Tauchboot mit Wasser.

Galar versuchte, seinen Gefährten unter der Welle hervorzuziehen. Hornbori presste die Lippen zusammen und kämpfte dagegen an aufzuschreien. So viel Mannhaftigkeit hätte er dem Schisser gar nicht zugetraut.

Als er Hornbori endlich freibekam, sah er, dass dessen linkes Bein dicht über dem Fußknöchel um fast neunzig Grad verdreht war. Der Fuß hing schlaff herab wie eine welke Blume von einem kraftlosen Stängel.

»Ich rede mit unseren Rettern«, stieß Hornbori gepresst hervor.

Galar sah ihn nachdenklich an. »Bist du …«

»Reden ist das Einzige, was ich wirklich gut kann. Wortgeplänkel, das sind meine Schlachten.« Er blickte auf sein Bein. »Das ändert nichts an unseren Plänen. Wir werden genau das tun, was wir …«

Ein dumpfer Schlag. Metall kreischte auf. Galar duckte sich instinktiv. Diesmal hatte es ganz anders geklungen.

»Scheiße …«, stieß Nyr hervor. »Bist du sicher, dass wir willkommen sind?«

Der Schmied drehte sich um. Hinter ihm ragte eine verbogene Speerspitze in den Bootsraum. Sie hatte ihn um gut einen Fuß verfehlt. Aber hätte er Hornbori nicht aufgeholfen …

»Die schießen auf die Weißen Schlangen. Der Speer war nicht für uns bestimmt.«

Keiner der beiden sagte etwas darauf. Sie alle starrten auf den verzogenen Stahl.

Der Rumpf des Bootes schrammte über Fels.

»Festhalten!«, rief Galar und stürzte selbst fast.

Ihr Aal ruckte, als kämpfe er dagegen an, an Land gezogen zu werden.

Hornbori stöhnte vor Schmerz. Frar gab eigenartige Laute von sich, als wisse er nicht, ob er wimmern oder jauchzen sollte.

Das Tauchboot blieb liegen. Drei Hiebe wie Hammerschläge trafen die Außenwand. »Ihr könnt herauskommen! Ihr seid in Sicherheit!«

Galar stieg als Erster die Leiter hinauf. Er entriegelte das Luk. Um den Aal herum stand ein Dutzend Zwerge mit Fackeln in den Händen. Ihr Aal lag auf einem flachen Felsen, in dessen Mitte sich ein schwarzer Turm erhob, der bis zur Höhlendecke reichte. Etwas mehr als vier Schritt hoch, schätzte Galar.

Auf fest am Boden verankerten Drehkreuzen standen fünf Speerschleudern. Richtschützen blickten aufmerksam auf den schwarzen See hinaus. Mehr als schäumendes Wasser vermochte Galar dort draußen nicht zu erkennen. Wie viele Seeschlangen dort wohl noch lauerten? »Kommt her und verreckt!«, rief er ihnen entgegen und war froh, endlich wieder festen Boden unter den Füßen zu haben.

»Wer zum Henker seid ihr?« Zwischen den Zwergenkriegern schob sich ein graubärtiger Alter hindurch. Er stützte sich schwer auf eine Krücke. Sein rechtes Bein endete in einem narbigen Stumpf, der aus einer abgeschnittenen Lederhose ragte. Es war dicht über dem Knie amputiert. Auch von seinem rechten Arm waren ihm nur wenige Zoll geblieben. Das rechte Auge war unter einer schwarzen Klappe verborgen, auf die mit Goldfaden ein strahlendes Auge aufgestickt war. Die rechte Gesichtshälfte war von tiefen Narben entstellt.

»Starr mich nicht an, du Wicht! Wie heißt du? Und woher kommt ihr? Und warum folgt euch ein verdammtes Rudel von Weißen Schlangen? Was habt ihr getan? Von den Mistviechern habe ich noch nie mehr als zwei zusammen gesehen.«

»Wir kommen aus der Tiefen Stadt«, sagte Galar stockend. Sie hatten im Boot lange darüber gesprochen, was sie erzählen würden. Auf keinen Fall die Wahrheit! Niemand würde die drei Zwerge bei sich aufnehmen, um derentwillen eine ganze Stadt vernichtet worden war.

»Und weiter?«, herrschte ihn der halbe Zwerg an.

»Du hast es noch nicht gehört?«

»Was gehört?«

»Ein ganzes Heer von Drachen hat die Tiefe Stadt überfallen. Alle sind tot … alle …« Galar stockte die Stimme. Es war anders, zu jemandem zu sprechen, der nicht dabei gewesen war. Schlimmer!

»Es gibt keine Drachenheere, du Wicht!«

»Ebenso wenig wie es Rudel von Weißen Schlangen gibt, nicht wahr, *halber* Wicht!«

»Du … Du …« Sein Gegenüber sah aus, als würde er vor Aufregung gleich von seiner Krücke kippen.

»Ich entschuldige mich … für ihn.« Hornbori schob sich mit schmerzverzerrtem Gesicht durch das Luk. »Mein Gefährte Onar ist nur ein Werftarbeiter. Ich fürchte, es mangelt ihm an Überblick und den sprachlichen Möglichkeiten, die Sachlage richtig darzustellen.«

»Wer bist denn du, Wortefurzer?«

Galar konnte sich ein Lächeln nicht verkneifen. Der Einbeinige hatte Hornbori auf Anhieb richtig eingeschätzt. Das machte ihn in den Augen des Schmieds sofort sympathischer.

Hornbori ließ auch diese Beleidigung, wie stets, ungerührt über sich ergehen. »Mein Name ist Hreidmar. Ich leitete das Kontor der ehrenwerten Dame Amalaswintha.« Er stöhnte. »Und es wäre überaus freundlich, wenn deine Männer mich aus dem Aal ziehen könnten. Ich fürchte, ich habe mir unter der Kurbelwelle wohl den Fuß gebrochen.«

Der Einbeinige bedeutete einigen seiner Leute, Hornbori zu helfen, und wandte sich wieder an Galar. »Mich würde doch sehr interessieren, wie Drachen eine Stadt tief unter einem Berg angreifen können.« Er fixierte den Schmied mit seinem verbliebenen Auge. Es war ein stechender, unangenehmer Blick.

»Sie haben Flammen durch die Luftschächte gespien. Überall zugleich … Dann konnte man plötzlich tief im Berg nicht mehr atmen. Und es kamen noch ihre Elfenmörder und mindere Drachen. Ich glaube, wir haben als Einzige überlebt.«

»Feiglinge seid ihr also …«

»Sehe ich aus wie ein Feigling?« Galar griff nach der Lederweste des Einbeinigen, wurde aber sofort von dessen Männern zurückgezerrt. Der Schmied riss sein Wams auf, sodass die mit groben Kreuzstichen vernähte frische Narbe zu sehen war. »Sieht so ein Feigling aus? Schau im Aal nach, da liegt die Kralle eines Tatzelwurms, den ich erlegt habe. Ich bin …«

»Genug«, knurrte sein Gegenüber und musterte ihn immer noch abschätzend. »Wie habt ihr diesen Turm gefunden?«

Hornbori war inzwischen aus dem Luk gehoben worden. Man hatte ihm ein Seil unter den Achseln hindurchgezogen und ließ ihn seitlich am Boot herab. »Ich schätze, wir sind vom Kurs abgekommen«, stieß er stöhnend hervor. »Vielleicht durch die Angriffe der Weißen Schlangen. Wir wollten ein flaches Felsriff ansteuern, das auf unserer Karte eingezeichnet ist, dort frische Luft in den Aal lassen und uns ein wenig die Beine vertreten.«

»Ihr habt das Riff um Meilen verfehlt.« Der Einbeinige wandte sich Hornbori zu und musterte auch ihn mit verdrießlichem Blick. »Geradezu ein Wunder, dass ihr hier gelandet seid.«

»Leih uns ein paar deiner Männer, mach unseren Aal wieder seetüchtig, und wir verschwinden umgehend, Glamir von den Ehernen Hallen.« Hornbori hatte eine Härte in diese Worte gelegt, die ihm Galar gar nicht zugetraut hätte.

»Du kennst mich also«, entgegnete der Griesgram.

»Du bist unverwechselbar, Glamir, wenn man einmal von dir gehört hat. Glamir der Schmied, der halbe Mann, der immer noch unvergleichliche Klingen erschafft. Glamir Schlangentöter. Glamir Eisenhand, der einsame Glamir. Es gibt viele Namen, die man dir gegeben hat. Vielleicht wird bald noch Glamir Kindstöter dazukommen.«

»Wie meinst du das, Wortefurzer?«

»Wir haben ein Kleinkind an Bord. Vielleicht das einzige überlebende Kind der Tiefen Stadt. Du weißt genau, was geschehen wird, wenn du uns mit dem Aal wieder hinausschickst.«

Genau in diesem Augenblick erschien Nyr mit Frar auf dem Arm in dem Luk. Der Kleine sah gut gelaunt aus. Augenscheinlich war er froh, der Enge des Aals zu entkommen und ein wenig frische Luft zu schnappen. Er blickte zu den Zwergen, die um das Tauchboot standen, und grüßte sie mit einem fröhlichen Dong, Dong.

Glamir schnitt eine Grimasse, aber der kleine Frar hatte seinen Widerstand gebrochen. »Kommt in den Turm«, sagte er immer noch mürrisch. »Und ihr anderen. Löscht die Fackeln! Wir müssen die Schlangen nicht noch mehr reizen.«

Hornbori musste von zwei Kriegern gestützt werden. Er stöhnte bei jedem Schritt.

»Ich denke, wir werden dem Schönschwätzer den Fuß abschneiden müssen«, sagte Glamir leise. »Ich kenne mich mit so etwas aus.«

Galar hatte keinen Zweifel an diesen Kenntnissen. »Er wird eher verrecken, als etwas von sich abschneiden zu lassen.«

»Dann soll er es so bekommen.«

Nur eine einzige Fackel brannte noch. Sie gingen auf eine Tür zu, die grün angelaufen war. Kupfer wahrscheinlich, dachte der Schmied. Jetzt sah er auch zwei schmale Fenster, die ebenfalls mit Metallluken verriegelt waren. Grünes Kupferoxid hatte sich darunter in Schlieren auf dem Gemäuer abgesetzt.

»Hier sollte das Wasser eigentlich bis zur Höhlendecke stehen …«

Glamir ignorierte diese Bemerkung einfach.

Sie hatten eine kurze Treppe erreicht. Die Kupfertür öffnete sich vor ihnen. Galar trat über die Schwelle und blieb einen Augenblick lang überrascht stehen. Er blickte in einen weiten Brunnen! Hinter der Tür führte ein kaum einen Schritt weites Sims zu einer Treppe, die entlang der Innenwand des Turms nach oben führte.

Ein hölzernes Geländer, von dem die Farbe abblätterte, sicherte Sims und Treppe. Neugierig blickte Galar in den Brunnenschacht. Etwa vier Schritt unter ihnen glitzerte schwarzes Wasser im Fackellicht. Entlang des Mauerwerks zeigten dunkle Linien aus abgestorbenen Algen und Schmutz die Wasserstände der Vergangenheit, und Galar wurde klar, welches Glück sie gehabt hatten. Die Wassermarken reichten bis weit über sein Haupt hinaus. Es war Spätsommer im nördlichen Arkadien. Die Jahreszeit, in der es am trockensten war. All die Bäche und Flüsse, die die unterirdischen Seen speisten, führten nur wenig Wasser. Also war ihre Karte nicht falsch gewesen. Bei normalem Pegelstand reichte das Wasser tatsächlich bis zur Höhlendecke, und dieser Turm war ganz und gar unauffindbar. Was für ein Versteck! Von diesem Ort wussten nicht einmal die Himmelsschlangen. Er war auf keiner Karte verzeichnet.

Jetzt begriff Galar, warum sich Glamir so ungastlich verhielt. Von diesem Ort sollte niemand wissen! Wie weit würde er gehen, um sein Geheimnis zu wahren? Und warum hatte er sie vor den Weißen Schlangen gerettet, wenn er sich damit verriet? War er doch nicht der beinharte Kerl, für den er sich ausgab und von dem die Geschichten über ihn erzählten?

Glamir hatte Mühe, die Treppe hinaufzukommen. Einer seiner Handlanger hatte ihm die Krücke abgenommen, und der Schmied zog sich entlang des Handlaufes Stufe um Stufe höher.

Endlich stiegen sie durch ein Luk, ähnlich dem der Aale, in eine weite Kammer, die aus dem Felsen geschlagen worden war. Fasziniert betrachtete Galar die Vielzahl von Riegeln, mit denen das Luk gesichert werden konnte. Hielt es nicht dicht, wenn das Wasser bis zur Höhlendecke stieg, würden alle in Glamirs Turm ersaufen wie die Ratten. Ob es wohl einen Ausstieg nach oben gab? Wohl eher nicht. Gäbe es einen so leichten Zugang, wäre der Turm nicht annähernd so geheim. Aber mindestens Entlüftungsschächte musste es geben.

»Da staunt ihr, was? So was wie diesen Turm habt ihr noch nicht gesehen.«

Galar nickte geistesabwesend. Über dem Luk hingen gut gefettete Eisenketten von der Decke. Dem Ausstieg gegenüber standen fünf eigenartige Tonnen nebeneinander aufgereiht. Dicke Glasstücke waren in sie eingesetzt, und aus ihren Seiten ragten je zwei kurze Lederschläuche. Galar begriff. Unglaublich! Glamir hatte die Idee des Aals weitergesponnen. Das waren Einmannaale. Und die Zwerge, die so verrückt waren, dort hineinzusteigen, konnten ihre Arme in die Lederschläuche stecken!

»Möchtest du gerne in eines der Fässer steigen?« Kaum verhohlene Boshaftigkeit lag in Glamirs Stimme.

Galar dachte ernsthaft darüber nach. Was gab es in diesem riesigen Brunnenschacht, dass die Zwerge der Ehernen Hallen solchen Aufwand betrieben, um es heraufzubefördern?

»Onar würde niemals in so ein Fass steigen«, mischte sich Hornbori mit brüchiger Stimme ein. Er hatte die kurze Treppe hochhüpfen müssen, und sein Gesicht war von Schweiß überströmt. »Fässer schleppen, das ist seine Welt. In ein Fass zu steigen, um in diesen Brunnen hinabgelassen zu werden, würde Onar im Leben nicht einfallen. Und mir und Fundin natürlich auch nicht!«

»Was holt ihr aus dem Brunnen herauf?«

Glamir deutete auf Weidenkörbe, die zwischen den beiden einzigen Türen, die aus der Kammer führten, entlang der Wand gestapelt standen. »Das ist kein großes Geheimnis. Geh hin und sieh nach.«

Galar zögerte keinen Augenblick. Die meisten Körbe waren leer. In zweien jedoch wanden sich fingerdicke, etwa zehn Zoll lange Würmer. Sie waren schwarz wie die Nacht. Neugierig berührte der Schmied einen von ihnen. Schwarzer Schleim haftete an seinen Fingern.

»Das sind die schwarzen Schnecken, die dem Meer seinen Namen gegeben haben«, erklärte Glamir. »Wir gewinnen aus ihnen schwarze Farbe, mit der sich Leinen einfärben lässt. Wenn man es richtig anstellt, verblasst die Farbe nie. Auch Tinte kann man daraus herstellen. Wenn sie trocknet, behält sie einen feinen, samtigen Glanz. Viel besser als jede Eisengallus-Tinte.«

Galar glaubte ihm nicht, dass das schon alles war. Hier ging es um mehr als nur um Schnecken.

»Und ich dachte, alle Viecher in den unterirdischen Seen seien ganz weiß.« Hornbori war unüberhörbar um einen entspannten Plauderton bemüht. »Wie fangt ihr eigentlich die Schnecken?«

»Mit Mut!« Glamir hob seinen Armstumpf. »Das ist dort unten im Brunnen passiert. Und ich habe noch Glück gehabt. Dieses Meer verbirgt mehr Kreaturen als mancher Wald. Tatsächlich sind viele der Geschöpfe, die hier leben, weiß, aber die Laternenträger zum Beispiel schillern in allen Regenbogenfarben. Sie sind so schön, dass man alles vergisst, wenn man sie anschaut. Vor allem, dass man nicht zu weit in die Tiefe hinabdarf.«

»Laternenträger?«, fragte Nyr. »Was ist das?«

»Schlangenartige Geschöpfe, so zart, dass dein Kleiner ihnen mit seiner Faust ein Loch in den Leib schlagen könnte. Sie haben nadeldünne, hohle Giftzähne und jagen Quallen. Rechts und links ihres Kiefers hängt ein langer Fleischstrang herab, an dessen Ende wiederum eine kleine Kugel hängt, die im Dunkeln leuchtet wie ein Barinstein. Damit locken sie die Quallen an.«

»Und die haben dich deinen Arm gekostet?«

»Das waren die Smaragdspinnen – Seespinnen mit Leibern groß wie Grubenpferde. Ein eigenartiges grünes Licht umspielt sie. Wenn du dieses Licht am Grund des Brunnen siehst, weißt du, der Tod ist zu Besuch gekommen. Sie können sogar Wände hinaufklettern.«

Galar blickte auf das dunkle Wasser hinab. Außer dem Licht einer Fackel, das sich darin spiegelte, und einigen silbernen Luftblasen, die aus der Tiefe aufstiegen, war nichts Bemerkenswertes zu sehen.

»Und diese Grubenpferdspinnen kommen bis hierher in den Turm?«, fragte Hornbori beklommen.

Glamir wies auf die beiden Türen. »Dahinter seid ihr sicher. Folgt mir jetzt. Wir haben genug geschwätzt. Ihr bekommt jetzt ein schönes Quartier und etwas zu essen.«

»Habt ihr auch Milch?«, erkundigte sich Nyr.

»Natürlich. Und Rehrücken in Trüffelsoße.«

Glamir führte sie durch die linke Kupfertür und eine weitere Treppe hinauf an einer Kochstelle vorbei in eine Kammer, die nach Kohlsuppe und Schweißfüßen roch. Einige graue Decken lagen in Wandnischen. Ein Holzeimer stand in einer Ecke.

»Hier bleibt ihr fürs Erste. Ich lasse euch Essen bringen.« Mit diesen Worten schloss Glamir die Metalltür der Kammer, und es wurde dunkel. Galar hörte, wie ein Riegel vorgeschoben wurde.

»Wir sind gefangen«, stellte Nyr entgeistert fest. »So darf man mit seinen Gästen aber nicht umgehen.«

»Der lässt uns auch wieder raus.« Hornbori ließ sich mit einem tiefen Seufzer auf den Boden sinken.

Galar tastete über den Boden, bis er eine klamme Decke fand, ließ sich ebenfalls nieder und wickelte sich darin ein. »Ich bin mir nicht so sicher, dass er uns wieder gehen lässt. Diesen Turm gibt es nicht wegen der Schnecken. Und Glamir schmeckt gar nicht, dass wir hierhergefunden haben.«

»Auf jeden Fall ist es hier besser als in einem leckenden Aal«, stellte Nyr fest.

Galar schüttelte den Kopf. Dann wurde er sich bewusst, dass

ihn in der Finsternis dieses Verlieses keiner seiner Gefährten sehen konnte. »Das muss sich erst noch zeigen. Ich traue diesem Glamir einiges zu.« Der Schmied dachte an die Fässer mit den Lederarmen. Zu gerne wäre er in so einem Ding in den Brunnen hinabgestiegen, um zu sehen, was es dort außer schwarzen Schnecken noch zu finden gab.

Die Himmlische Hochzeit

Der helle Klang der Zimbeln war selbst in diesem Gewölbe tief unter der Erde zu hören. Shaya war herausgeputzt. Sie trug ein Kleid aus roter Seide, das nur von zwei Fibeln auf ihren Schultern gehalten wurde. Um ihre Hüften lag ein schwerer Gürtel aus gehämmertem Gold, in den unzählige Rubine eingefasst waren. Die Narben auf ihren nackten Armen waren unter Goldstaub verborgen, mit dem sie eingepudert worden war, nachdem Sklavinnen sie gewaschen und ihren Körper mit Duftölen eingerieben hatten.

Die Haut zwischen ihren Schenkeln brannte. Mit scharfen Muschelschalen waren dort und unter ihren Achseln alle Haare entfernt worden.

Shaya hatte Angst. Nie hatte sie sich so ausgeliefert gefühlt. Auf nichts von dem, was nun geschehen mochte, hatte sie noch Einfluss. Lieber hätte sie einer Horde Krieger mit nichts als einem Knüppel in der Hand gegenübergestanden, als diesen Weg gehen zu müssen.

»Er wird dich zerbrechen«, sagte die Mutter der Mütter kühl. »Es ist die höchste Ehre für ein Weib, zur Himmlischen Hochzeit erwählt zu werden. Er wird es merken, dass du voller Widerwillen bist, und grausam zu dir sein.«

»Sehe ich aus, als würde ich leicht brechen?«, entgegnete sie mit so viel Stolz, wie sie noch aufbringen konnte.

»Ich habe schon viele Mädchen in diesen Tunnel gehen sehen, Barbarenprinzessin. Jede kam verändert zurück. Jene, die mit Freuden die Begegnung mit dem Unsterblichen erwarteten, waren bei ihrer Rückkehr von seiner Kraft durchdrungen. Die anderen aber, die Unwilligen, zerstörte diese Nacht. Sie lebten noch, aber ihnen wurde ihr Geist genommen. Was zurückkehrte, war lediglich eine leere Hülle. Nun weißt du, was dich erwartet.«

Shaya blickte in das Gesicht der schlanken, alten Frau. Es war abgehärmt und von Falten zerklüftet. Dort lag kein Mitleid. Tabitha wollte nur eines – ihr noch mehr Angst machen.

»Ich werde auch diesen Kampf überleben, Tabitha, wie all meine anderen Schlachten. Und wenn ich zurückkehre, werde ich erneut die eine im Haus des Himmels sein, über die du nicht gebieten kannst.«

Ein Lächeln spielte um die schmalen Lippen der Priesterin. »Ganz gleich, was geschieht, in einem Jahr wird dein Blut den trockenen Boden Luwiens getränkt haben, und deine Asche wird über die Äcker verstreut worden sein. Ich aber werde dann wieder die uneingeschränkte Herrin im Haus des Himmels sein. Und ich werde in der Gewissheit weiterleben, in der Gunst der geflügelten Išta zu stehen und meinem Leben einen Sinn gegeben zu haben, der tiefer reicht, als lediglich Dung für Äcker zu sein. Und nun geh! Deine Stunde ist gekommen, Barbarin.«

Shaya blickte in die feisten, aufgedunsenen Gesichter der Eunuchen der Tempelwache. Sie würden sie hinauf zum Altar auf der Zikkurat zerren, wenn sie sich widersetzte. Auch wenn sie ihre Männlichkeit verloren hatten, waren sie keine Schwächlinge. Sie würde im Kampf gegen sie nicht gewinnen können. Das Einzige, was sie mit Widerstand erreichen würde, wäre geprügelt und gedemütigt dem Unsterblichen Muwatta entgegenzutreten.

Shaya trat in den Eingang des engen, von Fackeln erleuchteten Tunnels, der unter dem Palast hindurch zur Zikkurat führte. Nur als sie durch das magische Portal getreten war, hatte sie einen kurzen Blick auf Isatami, die Stadt der Tempel, erhascht. Seitdem war sie durch Tunnel und unterirdische Kammern geführt worden, vorbei an Priestergräbern, aus denen es nach Myrrhe und Weihrauch duftete, bis hin zu einem unterirdischen Bad, ganz aus Marmor, das einzig dem Zweck diente, dass sich dort einmal im Jahr die Jungfrau wusch, die vom Unsterblichen zur Heiligen Hochzeit erwählt worden war.

Ihr letzter Weg nun führte durch einen Tunnel, dessen Wände mit blutrotem Porphyr ausgekleidet waren. Erhabene Bilder waren in den Stein geschnitten. Alle zeigten einen Mann und eine Frau beim Liebesspiel auf der Spitze einer Zikkurat. Die Frauengestalten waren mit goldener Farbe hervorgehoben. Die Männer erstrahlten in Silber.

Shaya war angewidert von dem, was sie sah. Die dargestellten Paare taten Dinge, die sie sich nicht hatte vorstellen können. Es war keine Liebe in diesen Bildern. Sie zeigten lediglich Herrschaft und Unterwerfung. Oft war das Gesicht der Frau von Schmerz verzerrt. Jeder Schritt, der sie vorantrug, erfüllte sie mit neuem Entsetzen.

Bald erreichte Shaya eine Treppe. Tabitha hatte ihr davon erzählt. Mehr als zweihundert Stufen erwarteten die Kriegerin. Die alte Frau, die aussah, als habe sie in ihrem ganzen Leben noch bei keinem Mann gelegen, hatte genüsslich berichtet, dass das Treppensteigen die Jungfrauen erhitzen sollte, damit sie danach schneller zum Liebesspiel bereit seien.

Shaya richtete den Blick geradeaus und ignorierte die Reliefs an den Wänden. Sie dachte an Aaron und an den Rat, den Shen Yi Miao Shou ihr gegeben hatte. Sie war eine Kriegerin, sie würde auch diesen Kampf überstehen.

Der Lärm des Festes in der Stadt war mit jedem Schritt deutlicher zu vernehmen. Es war drückend heiß im Tunnel. Der beißende Rauch der Fackeln würgte sie und brannte ihr in den Augen. Sie hielt sich ganz gerade, das Kinn stolz vorgereckt, die Arme an die Seiten gepresst. Als sie aus dem Tunnel auf die Spitze der Zikkurat trat, war sie in Schweiß gebadet. Das Seidenkleid haftete an ihrem Körper und zeichnete jede Linie ihres Leibes nach.

Dicht vor ihr stand ein Altarstein. Auch er war aus rotem Porphyr geschnitten, geschmückt mit Szenen der Himmlischen Hochzeit. Auf den Ecken der Plattform standen kupferne Feuerschalen, in denen hohe Flammen loderten und den Altarstein in unstet tanzendes Licht tauchten.

Shaya konnte weit über die Stadt blicken. Überall brannten Lichter. Die Straßen waren gedrängt voll Besuchern, die aus allen Winden angereist waren, um dem größten Fest Luwiens beizuwohnen – ihrer Vergewaltigung. Und alle starrten sie zu ihr hinauf. So empfand sie es zumindest.

Rings um die Zikkurat lagen die Paläste der Würdenträger des Reiches. Auf den flachen Dächern wurden rauschende Feste gefeiert. Manche der Paläste waren so nah, dass sie im Licht der Tausenden von Öllampen die Gesichter der Feiernden erkennen konnte: die angemalten Fratzen der Weiber, die sich dort ohne Scham hingaben, und deren Lustschreie das Getöse der Zimbeln, Trommeln und Flöten übertönten. Und dieses Pack wagte es, sie eine Barbarin zu nennen!

Shaya blickte zum Sternenhimmel auf und dachte an Nangog. Ein Schatten erschien zwischen den fernen Himmelslichtern. Ein großer Vogel? Nein … Es war die Geflügelte Ištа! Sie trug den Unsterblichen in ihren Armen, als sei er ein Kind.

Ringsherum erschollen auf den höchsten Dächern Posaunen. Der Lärm der Feste ebbte ab, bis nur noch ein Raunen zur Spitze der Zikkurat drang.

»Sei willkommen, Shaya, Prinzessin aus dem weiten Grasland der Ischkuzaia.« Muwattas Stimme war voller Macht. Sie durchdrang sie, ohne dass er geschrien hätte. Shaya war sicher, dass diese Worte bis weit in die Stadt hinaus deutlich zu verstehen waren. Vielleicht ein Zauber Ištas?

»Dies ist der längste Tag im Jahr, die Zeit der großen Sommerhitze steht bevor. Eine Zeit, die über die Ernte dieses Landes entscheidet und darüber, ob der Hunger im Winter in Hütten wie Palästen Einzug halten wird. Als Unsterblicher bin ich ein Kind des Himmels, und so, wie ich in dieser Nacht vom Himmel herabsteige, so kam ich einst, um nach der Krone Luwiens zu greifen. Du aber, Shaya, meine Braut, verkörperst das Land vom Oberen bis zum Unteren Meer, von dort, wo die Zeder wächst, bis hin zur Ebene des Weißhauptgrases. In dich will ich meinen Samen ergießen, auf dass du fruchtbar wirst, wie auch das Land fruchtbar werden wird, wenn der Zauber, den wir wirken werden, die trockenen Böden berührt.«

Muwatta löste sich aus den Armen Ištas und landete federnd auf dem Altar. Er streckte ihr eine Hand entgegen.

Shaya wusste, was von ihr erwartet wurde. Sie ergriff die angebotene Hand, und Muwatta zog sie zu sich auf den Altar. Wohlgeruch umfing den Unsterblichen. Er war mit Rosenölen eingerieben, und seine Haut glänzte silbern im Mondlicht.

Muwatta griff nach ihren Schultern und zerriss das Kleid, statt die Schmuckfibeln zu lösen. Seine Hände strichen über ihren Leib, doch seine Augen blieben kalt.

»Knie nieder!« Diesmal sprach er leise. Er packte sie erneut bei den Schultern, versuchte sie herabzudrücken, doch sie leistete Widerstand.

»Glaube nicht, dass in dieser Nacht etwas nach deinem Willen geschehen wird. Füge dich, Menschenkind!« Išta landete neben dem Altar. Sie berührte Shayas Bein, und alle Kraft wich von ihr. Sie sank nieder.

Du bist mein in dieser Nacht, genauso, wie du ihm gehörst. Die Stimme der Göttin erklang in ihrem Kopf. *Du verkörperst mich. Einige dort unten zweifeln an Muwattas Manneskraft. Wenn diese Nacht vorüber ist, wird es keine Zweifler mehr geben!*

»Lass mich das Gefäß deiner Liebe sein, Unsterblicher!« Es

waren Shayas Lippen, über die diese Worte kamen, doch hatte sie sie nicht gewählt. Diesmal lag auch in ihrer Stimme der Zauber, der jede Silbe weit hinaus in die Stadt trieb.

Wie zur Antwort ertönte ringsherum Zimbelklang.

Shaya rang um ihren Körper. Sie wollte Muwatta verfluchen, doch diesmal bekam sie den Mund nicht auf. Stattdessen lösten ihre Hände sein Lendentuch. Ein verzückter Laut kam über ihre Lippen, die ihr nicht länger gehorchten. Tränen der Wut und Verzweiflung rannen über ihre Wangen.

Du wirst Dinge für ihn tun, die die meisten Huren nicht täten. Und die ganze Stadt wird dir dabei zusehen.

Shaya versuchte, sich gegen die Stimme in ihrem Inneren zu verschließen, während ihre Hände Muwatta liebkosten. Wieder dachte sie an Shen Yi Miao Shou. Er hatte ihr gezeigt, wie sie entfliehen konnte. Sie konnte nicht gegen eine Göttin ankämpfen, entschied sie und griff in ihrer Erinnerung nach dem Bild der Zwillingsmonde am Himmel von Nangog. Sie ließ ihren Geist ganz und gar in die Erinnerung eintauchen. Ließ das Hier und Jetzt von sich abfallen.

Sie konnte Aaron riechen. Den Duft seines mit Öl bestrichenen Bartes. Sie dachte an jene Nacht, in der sie einander ihre Narben gezeigt hatten, in der sie sich so nahe gewesen waren wie nie zuvor. Deutlich sah sie seine gütigen Augen, seine sinnlichen Lippen. Sie hatte jegliches Gefühl für ihren Körper verloren. War ganz und gar in ihre Erinnerung eingekehrt.

Aarons Gesicht glänzte silbern im Licht der Zwillingsmonde. Seine Züge wirkten weicher, verschwammen, sein Bart war plötzlich verschwunden. Shaya blickte in das Antlitz Ištas.

Es gibt keinen Ort, an den du vor mir fliehen könntest.

Shaya dachte daran, was Shen Yi Miao Shou ihr über das Licht gesagt hatte. Dass sie ihm nicht zu nahe kommen durfte, wenn sie leben wollte. Dieses Leben war vorüber. Allen Demütigungen zu entfliehen und ins Licht zu gehen wäre ihr letzter Triumph.

Das Einzige, was entfliehen wird, ist dein Verstand, Shaya. Die Göttin lächelte grausam. *Das ist die Wahl, die ich dir lasse. Sei mit all deinen Sinnen hier und erlebe, was Muwatta mit dir tut, oder ergib dich dem Wahnsinn.*

Helme und Hühner

Narek betrachtete den Helm in seinen Händen. Er war aus dicken aneinandergenähten Lederstreifen gefertigt. Mitten über den Kopf verlief ein wulstiger Kamm, wo das Leder aneinanderstieß. In die Naht waren weiße Federn gesteckt. Er würde aussehen wie ein großer, fetter Hahn, wenn er dieses Ding aufsetzte. Eine tiefe Kerbe war über dem linken Auge in das Leder geschnitten. Die linke Wangenklappe war voller dunkler Flecke. Seinem vorherigen Besitzer hatte dieser Helm kein Glück gebracht, so viel war sicher.

Narek sah sich unter seinen Gefährten um. Die meisten blickten etwas hilflos auf die Speere, Helme und Schilde, die unter ihnen ausgeteilt worden waren. Nur Lamgi schien damit gut klarzukommen.

Wochenlang hatten sie geübt, Krieger zu sein. Es war wie ein großes Abenteuer gewesen. Aber jetzt, da richtige Waffen verteilt wurden, war ihnen allen der Tod einen großen Schritt näher gekommen. Gestern noch auf dem Mittsommerfest hatten sie gezecht und gescherzt. Das ganze Heerlager hatte gefeiert. Nun kam die Ernüchterung.

Narek wünschte, Ashot wäre hier. Vor drei Tagen war er zum Anführer einer Hundertschaft gewählt worden. Ashot hatte nicht gerade viele Freunde, aber er strahlte etwas aus, das den meisten Bauern fehlte. Im Dorf war Narek das nie aufgefallen. Ashot hatte hierherkommen müssen, um aufzublühen. Er war eine Pflanze, die auf dem Boden von Schlachtfeldern gedieh. Er würde niemals aufgeben. Er hatte die Löwen von Belbek geformt. Hatte den Trick ersonnen, mit dem sie die Leibwache des Unsterblichen besiegt hatten. Das hatte sich herumgesprochen im Heerlager. Dabei legte es Ashot gar nicht darauf an, irgendjemanden anzuführen. Er wollte das nicht … Seit er für hundert Männer verantwortlich war, war er noch übellauniger und mürrischer als sonst.

»Das Ding setzt man auf den Kopf, Narek. Hineinzustarren wird dich nicht klüger machen.«

Aleksan schlug ihm kameradschaftlich auf die Schulter, aber in seinen kleinen Schweinsäuglein funkelte der Spott. »Komm, Dickerchen, auf den Kopf damit. Du wirst zum ersten Mal aussehen wie ein richtiger Mann, wenn du den Helm aufsetzt.«

Narek bedachte den Hauptmann der Nachtwache mit einem finsteren Blick. Wenn er beleidigt wurde, fiel ihm nie eine passende Antwort ein. Immer erst hinterher, wenn er darüber nachdachte. Ihm war unbegreiflich, wie er damals in Belbek auf das großspurige Getue des Werbers hatte hereinfallen können.

Narek zwang sich zu einem Lächeln und setzte den Helm auf. Er passte nicht! Er war viel zu klein. Er versuchte, ihn sich auf den Kopf zu zwängen. Die Wangenklappen standen zur Seite ab.

»Oh! Was haben wir denn hier?«, prustete Aleksan. »Narek aus Belbek, das Kampfhuhn!«

Narek spürte, wie er rot wurde. Alle ringsherum sahen ihn an. Einige fielen in das Gelächter ein. Keiner ihrer Löwen.

»Gock, gock, gock!« Aleksan ahmte mit angewinkelten Armen das aufgeregte Flügelschlagen einer Henne nach. »Komm, mein Kampfhuhn! Gock, gock, gock!«

»Nimm den Helm hier, der müsste dir passen. Mir ist er viel zu groß.« Lamgi, der als Letzter in die Gruppe der Löwen gekommen war, blickte kühl zum Hauptmann der Wache. »Du gibst auch ein gutes Huhn ab.«

Narek war es ein bisschen peinlich, gerettet zu werden, aber seinen Helm gab er gerne her. Lamgis Kopfschutz war ebenfalls aus dickem Leder gefertigt, doch auf ihm prangten ein paar grün angelaufene Messingplättchen, und es gab keinen albernen Federschmuck. Narek probierte ihn aus. Das Leder stank nach altem Schweiß. Aber der Helm passte.

»Du kannst wohl keinen Spaß verstehen, du Knochengerüst.«

Lamgi bedachte den Hauptmann der Nachtwache mit einem Blick wie ein Dolchstoß. Nie hatte Narek so kalte, harte Augen gesehen. Er wünschte sich, er könnte so blicken, dann würden sie weniger über ihn spotten.

»Suchst du Streit, Kerl?«

Lamgi wandte sich einfach ab, was Aleksan noch mehr in Rage brachte. »Heh, Kerl. Ich bin der Hauptmann der Nachtwache. Und du … Du bist nicht mehr wert als der Dreck zwischen meinen Zehen.«

»Wenn du es sagst, Nachtwächter.«

Aleksan schnappte nach Luft. Die Adern an seinem Hals schwollen an, bis sie dick wie Schnüre waren, und seine kleinen Schweinsäuglein schienen ihm aus den Augenhöhlen quellen zu wollen. »Du drehst dich sofort wieder um, Bauer, oder ich lasse den Knüppel auf deinem Rücken tanzen, bis du Blut spuckst. Ich bin ein *Hauptmann*!«

Lamgi gehorchte, aber er drehte sich so langsam um, dass Aleksans Zorn nur noch weiter angefacht wurde. »Er meinte das nicht so«, versuchte Narek zu schlichten. »Er hat doch nur den Helm mit mir getauscht.«

Der Hauptmann schob ihn zur Seite und musterte Lamgi vom Scheitel bis zur Sohle. Er suchte etwas, um noch mehr Öl ins Feuer zu gießen.

»Ich kann auch meinen alten Helm wieder nehmen, wenn …«

»Halt den Mund, Depp!«, zischte Aleksan ihn an. Dann deutete er auf das Messer an Lamgis Gürtel. »Was ist das? Was hast du da mit deinem Messer gemacht? Es festgebunden?«

Narek blickte auf das Messer in der schmuddeligen Lederscheide, das in Lamgis Gürtel steckte. Zwei dünne Riemchen waren über Kreuz um die Querstange zwischen Griff und Klinge geschlungen und durch Löcher in der Lederscheide gezogen. Man würde das Messer nicht ziehen können, solange die Riemen nicht entfernt waren. Von beiden hingen aus Horn geschnittene Amulette, die einen stilisierten Löwenkopf zeigten.

»Es soll nicht gezogen werden«, entgegnete der hagere Bauer ruhig.

In Aleksans Augen funkelte es triumphierend. »So ist das! Du wirst vom Unsterblichen Aaron, dem Herrn aller Schwarzköpfe, zum Krieger berufen und willst deine Waffe nicht ziehen, um in der Schlacht deinen Herrscher zu verteidigen. Das ist Verrat!« Die letzten Worte hatte er so laut gerufen, dass sie in weitem Umkreis zu hören waren.

»So ist es nicht. Du stellst es falsch dar.«

»Jetzt bin ich, Aleksan, Hauptmann der Nachtwache und Vertrauter des Hofmeisters Datames, auch noch ein Lügner, ja? Dir muss man den Kopf zurechtrücken, Bauer.«

»Ich habe das Messer im Löwentempel von Nari weihen lassen. Ich werde in der Schlacht gut kämpfen, hat mir der Priester dort gesagt, wenn die Klinge nicht aus der Scheide fährt, bevor ich den Feinden des Unsterblichen Aaron gegenüberstehe.«

»Da hast du deine Antwort«, erklang eine vertraute Stimme. Ashot! Narek hätte jubeln mögen. Einen besseren Augenblick hätte sein Freund nicht aussuchen können, um zurückzukehren.

Ashot wirkte blass. Er drückte ein ungewöhnlich langes Schwert an seine Brust, das in einer goldgeprägten, roten Lederscheide steckte. Wo hatte er das nur her? Sie hier hatten Speere mit krummen Schäften, und er bekam so was …

»Du erteilst mir keine Befehle, Ashot. Auch wenn du über hundert Mann gebietest, stehe ich als Befehlshaber der Nachtwache …«

»Ich befehlige seit einer Stunde das Bauernaufgebot der südlichen Hälfte der Provinz Nari«, erklärte Ashot feierlich und zog sein Schwert. Die Klinge war silbern, nicht bronzen wie die Spitzen ihrer Speere. »Dies Eisenschwert ist das Zeichen meiner Befehlsgewalt. Die Löwen von Belbek sind von nun an meine persönliche Leibwache, und in der Schlacht werden wir an der linken Seite des Unsterblichen Aaron Aufstellung nehmen. So wurde es soeben beschlossen.«

Aleksan gaffte zuerst das Eisenschwert an, dann Ashot. Narek konnte sehen, wie dem bulligen Krieger der Schweiß aus allen Poren trat. Auch schien der ehemalige Werber plötzlich kleiner geworden zu sein.

»Du bist in diesem Teil des Lagers nicht mehr erwünscht, Aleksan! Nicht unter den Löwen von Belbek und nicht mehr unter den Löwen von Nari, die wir von heute an sein werden.« Er hob das Schwert empor, sodass die silberne Klinge im Licht der hellen Mittagssonne erstrahlte. »Habt ihr mich gehört, Löwen von Nari?«

Narek sah seinen Freund verwundert an. Ashot war wie ausgewechselt. Er rief mit einer Stimme, so laut wie die eines Schäfers, dem gerade die Herde auseinanderlief.

»Hört ihr mich, Löwen? Wir sind die Auserwählten des Unsterblichen Aaron. Die Männer an seiner Seite. Wir, die Löwen von Nari! Wer sind wir? Ich will es hören!«

»Die Löwen von Nari!« Narek war einer der Ersten, die es riefen. Er hatte Sorge, dass niemand in Ashots Schlachtruf einstimmen würde. Schließlich war er nur ein Bauer! Aber die Männer schienen das vergessen zu haben. Sie schrien wie verrückt, immer wieder. Und Narek schrie mit ihnen, bis er heiser wurde. Es war seltsam mit dieser Schreierei. Sie veränderte ihn. Er fühlte sich stark wie ein Löwe. Und je öfter er herausbrüllte *Wir sind die Löwen von Nari*, desto fester war er überzeugt, dass sie auf dem Schlachtfeld bestehen würden, ganz gleich, welche Männer der Schurke Muwatta ihnen entgegenschickte. Sie waren Löwen! Furchtlos und kühn! Und sie waren aus Nari! Sie konnten gar nicht verlieren.

Ashot steckte das Schwert wieder in die Scheide, und langsam ebbte das Geschrei ab. Unzählige Männer beglückwünschten ihn, klopften ihm auf die Schultern oder scherzten mit ihm, als seien sie alte Freunde.

Narek war enttäuscht. All die anderen schienen Ashot nun wichtiger zu sein. Er wandte sich ab, um sich einen der Schilde auszusuchen, die man ihrer Gruppe gebracht hatte.

»Danke.« Lamgi kniete sich neben ihn und betrachtete ebenfalls die neuen Schilde. »Ich weiß zu schätzen, dass du unseren Nachtwächter beschwichtigen wolltest.«

Narek winkte ab. »Das war doch nicht der Rede wert. Wir sind die Löwen von Belbek. Wir helfen uns gegenseitig.«

Lamgi bedachte ihn mit einem schmalen Lächeln. »Nur dass die anderen Löwen das vorhin vergessen hatten.«

»Die hätten dir sicher auch …«

»Nein, das hätten sie nicht. Du bist ein netter Kerl. Solche wie dich gibt es selten. Ich werde in der Schlacht auf dich aufpassen.« Mit diesen Worten nahm er den kleinsten der Schilde. Einen, der aussah wie ein großer Brotfladen, aus dem jemand ein Stück herausgebissen hatte.

Narek fühlte sich etwas verlegen. Dann betrachtete er wieder die Schilde. Lamgi schien etwas von Waffen zu verstehen. Dass er den kleinsten Schild genommen hatte, wunderte Narek. Er zögerte, dann nahm er doch einen großen, mit Kuhhaut bespannten Schild, dessen Form an zwei ineinandergeschobene Schalen erinnerte.

»Den wirst du nicht brauchen.«

Narek fuhr herum. Ashot! Endlich! Sein Freund hatte ihn doch nicht vergessen. »Wie muss ich dich jetzt anreden? Kriegsherr?«

Ashot machte ein so missmutiges Gesicht, wie es wohl kein zweiter Mann im ganzen Heer zustande gebracht hätte, nachdem er gerade zum Befehlshaber einer Tausendschaft befördert worden war. »Lass den Unsinn! Ich bin Ashot. Gar nichts hat sich geändert. Komm mit mir, wir müssen in Ruhe reden.«

»Feiern müssen wir«, entgegnete Narek ausgelassen. »Ich habe noch zwei Münzen. Freudengeld. Eigentlich wollte ich sie Daron als Andenken mitbringen. Aber heute ist ein Tag für Freudengeld. Ich bring ihm einen luwischen Helm oder ein schönes Messer mit.«

»Leg den Schild weg.« Ashots Stimme zitterte.

Was hatte er denn? Er war auch immer noch leichenblass.

»Das ist der beste von allen Schilden hier. Er schützt mich vom Knie bis zum Kinn.« Mit diesen Worten klemmte Narek ihn sich unter den Arm. Wenn er ihn nicht mitnahm, dann würde ihn sich einer der anderen Löwen schnappen.

Ashot ließ ihn gewähren, dann führte er ihn bis zum trockenen Flussbett. Unter ihnen ließ ein Hauptmann eine seltsame Übung durchführen. Jeder seiner Männer musste einen anderen auf den Rücken nehmen, und dann bekämpften sie einander, als seien sie Reiter. Das sollten sie auch mal machen, fand Narek. Die Kerle dort unten hatten Spaß, auch wenn sie ganz schön ins Schwitzen gerieten.

»Ich wollte das nicht«, begann Ashot unvermittelt. »Ich habe nichts dazu getan. Ich musste zu der Abstimmung gehen. Alle Anführer der Hundertschaften waren dorthin befohlen … Ich hatte wirklich keine Ahnung!«

Narek verpasste ihm einen freundschaftlichen Knuff in die Rippen. »Jetzt übertreibst du aber. Du bist ein bedeutender Mann geworden. Freu dich doch!«

»Darüber, an der Seite des Unsterblichen zu kämpfen?« Jetzt klang ein Anflug von Panik in Ashots Stimme. »Ja, begreifst du denn nicht? Die Luwier werden seinen Kopf wollen. Dort, wo der Unsterbliche steht, wird am härtesten gekämpft werden. Bestimmt wird Muwatta seine Leibgarde schicken, um uns niederzumachen!«

Jetzt wurde auch Narek ein wenig mulmig. »Wir schaffen das schon«, sagte er, ohne seinen eigenen Worten zu glauben.

»Du wirst dich hinten halten, hast du verstanden?«

Er schüttelte verärgert den Kopf. Ständig wollten ihn alle beschützen. Erst Lamgi, dann Ashot. Was dachten die sich? Dass er ein Feigling war? »Ich kämpfe wie alle anderen auch!«

»Du willst doch Daron und Rahel noch einmal wiedersehen.«

»Ich will nicht haben, dass mich jeder im Dorf einen Hasenfuß nennt …«

»Und ich habe Rahel versprochen, dich lebend nach Hause zu bringen! Du wirst eine ehrenvolle Aufgabe bekommen. Und wenn du dich meinen Befehlen widersetzt, dann sorge ich dafür, dass du die Schlacht in Fesseln im Lager der Weiber verbringst.«

Die den Göttern trotzte

Kara schob den Riegel zurück und hielt inne. Sie wappnete sich für den Anblick, der sie erwartete. Dann öffnete sie die Tür und betrat das Zimmer der Prinzessin. Shaya kauerte in einer Ecke. Der ganze Raum stank nach Fäkalien.

»Ich bringe Euer Essen, Prinzessin.«

Die Barbarin hob den Kopf. Ihr linkes Auge war noch immer zugeschwollen, wie vor drei Tagen, als sie zurückgekommen war. Sie lächelte Kara an. Aber es war ein unheimliches Lächeln, in dem kein Verstand mehr lebte. Shaya zog den roten Seidenfetzen zur Seite, den sie an ihren Leib gedrückt hatte, und spreizte ihre Beine. Die Innenseiten ihrer Schenkel waren voller Blutergüsse. »Willst du Liebe mit mir machen?«

Kara stellte die Schüssel mit Hirsebrei ab und floh zur Tür zurück.

»Komm, liebe mich!« Ein anzügliches Stöhnen begleitete die Worte der Prinzessin.

»Was haben sie Euch nur angetan …«

Nichts erinnerte mehr an die stolze Kriegerprinzessin, die ihr erst vor vier Tagen im Garten aufgelauert hatte. Rotz troff aus Shayas Nase, ihre Lippen waren aufgesprungen, ihr ganzer Leib mit Goldstaub und getrocknetem Blut bedeckt. Und ihr Blick … Er hatte nichts Menschliches mehr. Kara hatte einmal sagen hören, die Augen seien die Fenster zur Seele. Seitdem achtete sie besonders auf die Augen der Menschen. Und es war wahr! Man konnte in ihren Augen ihre Seele sehen.

Bei Shaya gab es nichts mehr zu sehen. Ihre Seele hatte sie verlassen.

»Komm!« Die Prinzessin strich sich mit der rechten Hand über ihren geschundenen Leib und ließ sie zuletzt auf ihrer blutverkrusteten Scham ruhen. Ganz gleich, was für Anzüglichkeiten sie von sich gab, sobald man sie berührte, begann sie zu kreischen wie ein Tier. Es war unmöglich, sie zu waschen.

»Ihr müsst essen, Herrin«, sagte die Priesterin traurig.

Statt zu antworten, presste sich Shaya das Kleid an den Leib und senkte den Kopf, sodass ihr strähniges Haar ihr Gesicht verbarg.

Die Mutter der Mütter trat hinter Kara in die Tür. »Sieh gut hin, mein Kind! Das geschieht, wenn man die Götter herausfordert! Sie glaubte, sie könne Išta trotzen, diese Närrin.«

»Aber wenn wir sie pflegen und sie hier ihren Frieden findet …«

»Nur wer Verstand hat, kann Frieden oder Unfrieden empfinden. Sie ist weit jenseits davon«, entgegnete Tabitha, und ein hartes Lächeln lag auf ihren schmalen Lippen. »Ich wusste schon am ersten Tag, dass es so enden würde. Sie ist kein Mensch mehr. Du wirst sie von hier fortbringen und zu den Ziegen stecken. Von heute an soll sie ein Tier unter Tieren sein.«

»Aber …« Kara war fassungslos. »Sie ist die Braut des Unsterblichen. Wir werden ihn erzürnen, wenn wir …«

»Sie ist gar nichts mehr!«, sagte die Hohepriesterin voller Genugtuung. »Für den Unsterblichen wäre sie von Bedeutung, wenn sie sein Kind empfangen hätte. Aber wir beide wissen, dass sie nicht schwanger sein kann. Tu also nicht weiter so entrüstet. Du hast an ihrem Schicksal mitgewirkt.«

Kara neigte demütig das Haupt. Sie würde die Mutter der Mütter nicht weiter erzürnen.

Schlachtpläne

Artax beugte sich über den Tisch, den Datames für diesen Abend vorbereitet hatte. Aus Sand und Steinen war darauf das Gelände der Hochebene modelliert. Bemalte Steine stellten die beiden Heerlager dar. Muwattas war schwarz, ihr eigenes weiß. Aaron musste über die Verteilung der Farben schmunzeln. Am Rand des Tisches lagen Dutzende schwarzer und weißer Holzklötze, auf die Symbole aufgemalt waren. Offensichtlich sollten sie die verschiedenen Truppen darstellen.

Mataan, der Fischerfürst, und Volodi traten in das Zelt. Sie alle trafen sich bei Datames. Es musste fast schon Mitternacht sein. In vier Tagen würde die Schlacht geschlagen werden. Heute wollte Artax sich nur mit seinen engsten Vertrauten beraten. Erst am Abend vor der Schlacht würde er alle Satrapen und die neu gewählten Anführer der Tausendschaften hier versammeln, um ihnen seine Pläne darzulegen. So spät, dass es hoffentlich unmöglich war, Muwatta diese Pläne zu verraten. Artax ging davon aus, dass der Unsterbliche Spitzel in sein Heerlager eingeschleust hatte. Dieses Mal sollten sie Muwatta nicht von Nutzen sein!

Bislang hatte Artax alle Schlachtpläne nur mit Datames besprochen, um alles so geheim wie möglich zu halten. Und er hatte das Gefühl, dass Datames einige Dinge betrieb, die er nicht einmal ihm, seinem Herrscher, verraten hatte.

Mataan, der große, sonnengebräunte Krieger, der Juba hatte ersetzen sollen, blieb distanziert. Äußerlich hatte er sich nicht verändert. Er trug nur einen einfachen Wickelrock und Sandalen. Er hätte ein reicher Bauer sein können. Wie ein Satrap sah er nicht aus. Und doch hatte das Gesetz über die Landreform für die Bauern Mataan von ihm entfremdet. Er war kühl und distanziert geworden.

Ganz anders Volodi. Der Drusnier lächelte gut gelaunt. Seine grellblaue Tunika war mit breiter, roter Borte abgesetzt. Zwei goldbeschlagene Gürtel kreuzten sich über seiner Brust, und über den Schultern ragten zwei Schwertgriffe auf. Artax bemerkte die beiden mit Ösen versehenen Zinnmünzen, die an einem dünnen Lederriemen vom Hals des Söldners hingen. Es waren die Ehrenzeichen für zwei Schlachten, die der Drusnier für ihn geschlagen hatte. Ein Kampf noch, dann war seine Schuld abgetragen, und er sowie die meisten anderen der Zinnernen waren wieder frei.

»Ich habe noch einen weiteren Gast eingeladen«, eröffnete Datames. »Ich fand, dass in unserer Runde die Meinung der Mehrheit unserer Krieger etwas zu schlecht vertreten sei.«

Mataan blickte stirnrunzelnd zu Artax.

Artax hasste diese Art von Überraschungen, mit denen Datames in letzter Zeit allzu gerne aufwartete, versuchte sich seine Gefühle jedoch nicht anmerken zu lassen. »Es geschah auf meinen Wunsch hin«, log Artax, um vor den beiden Kriegern nicht das Gesicht zu verlieren.

»Vielleicht mag einer der Herren einen Wein?«, bemühte sich Datames die Stimmung aufzulockern. »Ich habe einen ganz exquisiten Roten von den Aegilischen Inseln. Ein Wein, wie es ihn nur ein Mal in einem Jahrzehnt gibt.«

Volodi nahm an und ließ sich einen goldenen Pokal einschenken. Mataan hingegen stand schweigend mit über der Brust gekreuzten Armen am Tisch und blickte auf das Schlachtfeld.

Volodi nahm einen tiefen Schluck und machte eine ausholende Bewegung, die den ganzen Tisch umschloss. »Ist sich hübsche Sandkarte.« Mit diesen Worten stellte er den Pokal zwischen die schwarzen Steine, die Muwattas Heerlager symbolisierten.

Datames räusperte sich. »Wenn du ihn ein wenig nach links rückst, könnte er das magische Portal darstellen. Das habe ich ganz vergessen.«

Der Drusnier rückte einige der Steine zur Seite, die die flache Hügelkette auf der anderen Seite des trockenen Flusses darstellten, stellte den Weinpokal ab, verrückte ihn zweimal ein wenig und nickte dann zufrieden. »Ist sich Stelle von Tor hier!«

In diesem Moment betrat Ashot das Zelt. Er hatte sich herausgeputzt, trug seinen Glockenkürass und den Helm unter den Arm geklemmt. Als er erkannte, wie formlos die anderen erschienen waren, legte sich ein grimmiger Ausdruck auf sein Gesicht. »Hier ist der Bauer, den ihr zu sehen wünschtet«, sagte er frostig anstelle einer Begrüßung.

Artax war es unangenehm, seinen alten Freund neben sich stehen zu haben. Er fürchtete, Ashot könnte erraten, wer er war.

»Ich habe euch rufen lassen, um euch meinen Schlachtplan vorzustellen. Ich möchte euch bitten, an diesem Abend frei zu sprechen und mir Bedenken und Verbesserungsvorschläge ohne Zögern mitzuteilen. Wir alle wissen, dass Muwatta viel mehr schlachterprobte Krieger aufbieten kann als wir. Deshalb müssen wir jeden noch so kleinen Vorteil nutzen, den wir erringen können. Datames, stell unsere Schlachtlinie auf.«

Der Hofmeister legte einen langen, dünnen Ast an das Ufer des trockenen Flusses. Dahinter legte er eine Reihe der weißen Holzklötze.

»Wir werden uns entlang des Ufers des trockenen Flusses aufstellen und so Muwattas Krieger zwingen, die Böschung hinaufzustürmen, wenn sie kämpfen wollen. Das verschafft uns einen Vorteil. Allerdings wird es ihnen leichter fallen, mit ihren Speeren nach den Beinen unserer Männer zu stoßen. Deshalb wird jeder in der ersten Reihe Beinschienen und einen großen Schild tragen.« Artax deutete auf den dünnen Ast. »Unsere erste Linie wird aus zweitausend erfahrenen Kriegern bestehen und den zweitausend Besten von unseren Bauernkriegern. Jede Zehnergruppe wählt ihren besten Krieger, um ihn in die vorderste Schlachtreihe zu bringen. Nur jeder zweite wird genommen werden. Unsere Schlachtlinie soll eng aufgestellt sein und viertausend Mann lang sein. Das werden fast zwei Meilen sein. Wir werden zehn Mann tief stehen. Jeder Zehnertrupp reiht sich hintereinander auf.«

Artax blickte zu Ashot, der nachdenklich den Kopf wiegte. »Irgendwelche Anmerkungen?«

»Ich halte es nicht für klug, sie alle hintereinander aufzustellen. Das bedeutet, dass jeder rechts und links Fremde neben sich stehen hat. Das wird die Männer verunsichern. Sie werden besser kämpfen, wenn sie in kleinen Blöcken stehen. Drei Mann breit und drei tief. Wir haben doch miteinander geübt, um die Gefährten in unseren Zehnergruppen besser zu kennen. Das war alles vergebens, wenn jeder umgeben von Fremden kämpft.«

Datames stöhnte leise. »Ein guter Einwand, aber es wird viel schwerer werden, so die Schlachtlinie aufzubauen. Nach unserem alten Plan lassen wir einfach die Zehnergruppen nebeneinander aufmarschieren. Wir wissen nicht, wie schnell Muwatta angreift. Er marschiert gedeckt durch die Hügelkette am anderen Ufer auf. Wenn sein Heer gut geführt ist – und daran habe ich keinen Zweifel –, dann wird er die Gelegenheit nutzen und angreifen, während wir noch versuchen, eine Schlachtlinie zu formen.«

»Wir üben ab morgen, die Linie zu bilden«, entschied Artax. »Sollte sich herausstellen, dass Ashots Vorschlag nicht umzusetzen ist, bleiben wir beim alten Plan.«

»Es ist ganz gleich, wie viel wir üben. Wenn nur jeder zweite Mann in der Front ein erfahrener Kämpfer ist, werden Muwattas Krieger durchbrechen«, sagte Mataan. »Der Vorteil, dass wir höher stehen, reicht nicht aus, um ihre Kampferfahrung aufzuwiegen.«

»Ich glaube nicht …«

»Ihr wolltet ein offenes Wort, Unsterblicher. Und ich sage, es wird nicht gelingen. Habt ihr schon einmal im Schildwall gekämpft?«

Artax horchte in sein Inneres.

Der Platz für einen Feldherren ist auf einem Hügel, von dem aus er die Schlacht überblicken kann. Oder in einem Streitwagen, mit dem er einen kühnen Angriff über die Flanke führt. Wir waren niemals im Gedränge eines Schildwalls!

Artax deutete auf die Mitte des dünnen Astes. »Bisher habe ich noch nie im Schildwall gekämpft. In vier Tagen wird sich das ändern. Dann werde ich dort stehen. Ich denke, das wird die Moral der Männer heben.«

»Das ist nicht klug«, entfuhr es Datames.

Mataan sah ihn nur abschätzend an, während Ashot nickte. »Meine Männer werden besser kämpfen, wenn sie wissen, dass Ihr unter ihnen seid.«

»Es ändert nichts daran, dass die erfahrenen Krieger es nicht schätzen werden, einen Bauern an ihrer Seite zu haben. Ihre Moral wird untergraben sein, bevor die Schlacht beginnt. Man muss dem Mann neben sich in der Schlachtlinie vertrauen können. Das ist kein guter Plan, Unsterblicher.«

Artax setzte drei große weiße Holzklötze in gleichmäßigen Abständen hinter die Schlachtlinie. »Jeder dieser Blöcke stellt tausend erfahrene Kämpfer dar. Du, Mataan, Bessos und Kolja werden je eine Tausendschaft befehligen. Sollte unsere Schlachtlinie brechen, seid ihr unsere Reserven. Ihr müsst den Feind zurückwerfen.«

»Und wo ist sich mein Platz?«

Artax legte einen ovalen Holzklotz hinter die Reserven. »Du befehligst die Streitwagen, Volodi. Sobald sich Muwattas Streitwagen in Bewegung setzen, werden sie so viel Staub aufwirbeln, dass wir wissen, wo sie sind, auch wenn die Hügelkette die Wagen selbst noch vor unseren Blicken verbirgt. Fünf Meilen westlich von hier ist das Ufer niedrig. Dort werden sie wahrscheinlich den trockenen Fluss passieren. Du musst sie aufhalten. Wahrscheinlich wird Muwatta selbst den Befehl führen, und er wird mindestens doppelt so viele Streitwagen haben wie wir.«

Volodi nahm die schwarze Holzscheibe, die für die luwischen Streitwagen stand, legte sie auf das Schlachtfeld und spuckte darauf. »Ich mich zerschmettern sie! Habe ich besiegt ihre Wagen, als ich war zu Fuß. Was glaubst du dich wird geschehen, wenn ich auf Wagen mit Sichelräder stehe? Mache ich klein die Luwier. Sehr klein!«

»Was tut Ihr, wenn Muwatta seine Streitwagen aufteilt, Unsterblicher?«, fragte Ashot.

»Dann werden auch wir unsere Streitmacht in zwei Wagenschwadronen teilen. Aber seine Macht zu teilen ist nicht üblich. Die Streitwagen sind dazu geschaffen, um an einer Stelle mit allen Kräften den Todesstoß zu führen. Deshalb führt sie üblicherweise der Herrscher selbst an. Wo die Streitwagen kämpfen, wird über Sieg oder Niederlage entschieden.«

»Aber Ihr seid in der Schlachtlinie«, sagte Mataan vorwurfsvoll.

»Diese Schlacht wird anders verlaufen.« Artax war zutiefst davon überzeugt, dass sie es schaffen konnten. »Wir werden am Steilufer siegen, wo Muwatta glaubt, dass er leichtes Spiel haben wird. Was denkst du, wie er dort angreifen wird, Mataan?«

Der Fischerfürst nahm die schwarzen Klötze, die noch auf dem Tisch lagen, und bildete eine schwarze Linie gegenüber der weißen. »Er wird versuchen, seinen Schildwall länger zu strecken als wir, und seine Linie dünner aufstellen, um uns zu überflügeln.«

»Die Reserven schützen unsere Flügel«, entgegnete Artax ruhig. »Und ist sein Schildwall länger als unserer, dann wird er nicht den Druck aufbauen können, um unsere Linie zu durchbrechen. Dazu müssen seine Männer viele Reihen tief stehen.«

Mataan nickte, sichtlich widerstrebend. »Das ist wahr. Wenn unser Schildwall aus Bauern hält …«

»So wie du redest, habe ich eher das Gefühl, dass wir uns Sorgen machen müssen, dass unsere Krieger fortlaufen«, mischte sich Ashot ein. »Die Löwen von Nari werden standhalten.«

»Worte sind billig. Mich überzeugen Taten!«

»Können wir nicht uns machen ein paar Tricks? Ist sich immer gut, den Feind sich zu überraschen. Sich schmeißen Köpfe von toten Luwiern in Reihen von Muwatta wird sich sein gut sehr!«

Datames stieß einen tiefen Seufzer aus. »Und woher sollten diese Köpfe kommen?«

»Schicken wir unsere Katzen sich holen. Zapote-Männer machen sich gerne Köpfe abschneiden.«

»Wir haben andere Überraschungen parat.« Datames fuhr mit ausgestrecktem Finger über das gegenüberliegende Ufer. »Wir werden hier die Böschung abgraben. Sie steiler machen. Muwattas Männer sollen sie noch passieren können, aber wehe, einer strauchelt. Dann geraten die Reihen der Feinde in Unordnung.«

Volodi schüttelte den Kopf. »Ein paar Männer fallen sich um? Ist sich nicht nix großer Trick. Gar nicht voll von Eindruck.«

»Wir haben Plänkler im trockenen Fluss. Bogenschützen, Speerwerfer und Schleuderer. Es werden mehr als nur ein paar Männer straucheln, wenn Muwattas Heer über die Böschung herabsteigt.«

Volodi klopfte sich auf die Brust. »War ich mich oft in erste Reihe von Schlacht. Hast du dich großen Schild und guten Helm, macht dich nicht nix kaputt ein Pfeil.«

»Unsere Schützen schießen über die erste Reihe hinweg auf die gut Gerüsteten weiter hinten. Wir werden …«

»Ist sich egal, was hinten ist. Musst du dich erste Reihe aufhalten, wenn du Schlacht willst gewinnen, Hofmeister. Ist sich Hundeschiss-Trick, den du willst dich machen. Werden Muwattas Männer dich deine Bogenschützen tot machen und dann Böschung hinaufsteigen.«

»Wir ziehen die Plänkler durch unsere Linie zurück und …«

»Du willst den Schildwall öffnen? Bei allen Göttern, Hofmeister!«, empörte sich Mataan. »Du solltest Feste planen und keine Feldschlachten. Unsere Feinde werden den Flüchtenden nachsetzen und durch die Lücken stürmen. Wenn du das tust, ist in weniger als einer Stunde alles vorüber.«

Volodi nickte selbstgefällig. »Hat er sich recht!«

Artax wusste, was nun kommen würde. Der Plan des Hofmeisters war so einfach wie genial.

»Unsere Plänkler werden schneller sein, weil sie alle Holzschuhe tragen. Ebenso wie jeder Krieger in den ersten drei Reihen des Schildwalls.«

»Seid Ihr schon mal in Holzschuhen gelaufen?«, fragte Ashot verächtlich. »Wisst Ihr, was Ihr da redet?«

Datames wandte sich um und öffnete eine der Truhen neben seinem Bett. Dann warf er einen Stern aus vier fast fingerlangen Bronzedornen auf den Tisch. Die Dornen waren so versetzt, dass, ganz gleich, wie dieser Bronzestern fiel, immer einer der Dornen nach oben zeigte. »Wenn Tausende hiervon im Flussbett liegen, glaubt mir, dann werden Männer in Holzschuhen das Rennen gegen Barfüßige und Sandalenträger gewinnen.«

Volodi nahm den Stern in die Hand und prüfte mit dem Daumen eine der Spitzen. »Das ist sich großer Trick«, sagte er respektvoll.

Erwachen

Barnaba sank zurück ins weiche Gras und blickte zu Ikuška auf. Nie war sein Leben so erfüllt gewesen. Er berührte zärtlich ihre weißen Brüste. »Meine wunderschöne Traumfrau«, sagte er lächelnd. Er war sich wohl bewusst, dass dies nicht die Wirklichkeit war. Sie konnte es nicht sein. Das Leben war nicht so schön. Eine solche Vollkommenheit erreichte es nur im Traum. Allerdings war er sich auch bewusst, was für ein ungewöhnlicher Traum es war. Er währte so wunderbar lange. War so intensiv!

»So melancholisch, mein Liebster?« Mit einer Fingerspitze zeichnete sie die Linien seiner Lippen nach. Die Berührung kitzelte. Er musste lachen.

»So gefällst du mir viel besser!«

»Und das ist alles, was ich in meinem Leben noch will. Dir gefallen!« Er seufzte. »Wenn du nur Wirklichkeit wärst!«

Eine steile Falte erschien zwischen ihren Brauen. »Warum glaubst du nicht an mich?«

»Weil dies alles zu schön ist, um wahr zu sein. Ich bin Priester. Ich kenne die Welt … Und du bist nicht aus dieser Welt.«

Ikuška lachte. Es war ein helles, perlendes, ansteckendes Lachen, dem sich Barnaba nicht entziehen konnte. Er fiel ein und lachte, wie er seit seinen Kindertagen nicht mehr gelacht hatte. Schließlich standen ihm Tränen in den Augen, und sein Bauch schmerzte so sehr, dass er glaubte, dass es ihn zerreißen müsse.

»Was war an meinen Worten so komisch?«, stieß er um Atem ringend hervor.

»Dass man vor einem Priester nicht die Wahrheit verbergen kann«, entgegnete sie schelmisch grinsend.

»Du bist der Welt meiner Träume entsprungen. Es gibt dich, weil ich als Junge einst die Geschichte einer Xana gehört habe und von ihr derart verzaubert wurde, dass sie mir seitdem nicht mehr aus dem Kopf ging. Sag selbst, wie groß ist die Wahrscheinlichkeit, ein Geschöpf wie dich zu finden? Ich könnte zehn Leben lang wandern und nach einer Xana suchen, ohne jemals eine zu finden.«

Sie lächelte noch immer, doch nun wirkte sie dabei traurig. »Du glaubst also, du hast mich erschaffen? Bist du so mächtig? Wäre es da nicht wahrscheinlicher, dass uns von Anbeginn der Zeiten bestimmt war, einander zu finden?«

»In meinen Träumen bin ich wie ein Gott! Ich kann ganze Welten erschaffen. Nur dass sie leider im Augenblick meines Erwachens vergehen.«

»Wenn du erwachst, werde ich immer noch hier sein.« Sie lächelte milde. »Und ich freue mich auf dein Erstaunen, Barnaba, wenn du siehst, dass Träume manchmal wahr werden. In einem jedoch irrst du nicht. Ich komme tatsächlich aus einer anderen Welt. Ich bin ein Geschöpf Albenmarks. Dein Lehrer Abir Ataš hätte mich ein Daimonenkind genannt und mich mit glühenden Eisen foltern lassen. Ich bin glücklich, dass es ihm in all den Jahren nicht gelungen ist, dein gutes Herz zu vergiften. Er war ein schrecklicher Mann … Und auch du könntest werden wie er.« Ihre Augen blickten in weite Ferne. Plötzlich wirkte sie entrückt und hatte etwas an sich, das Barnaba frösteln ließ.

»Was siehst du?«

»Eis …« Ihre Stimme hatte sich verändert. Sie sprach wie im Traum. Ikuškas Pupillen waren nur noch winzige, schwarze Punkte inmitten von strahlend hellem Grün. »So kalt … Du wirst das Traum-Eis suchen. Etwas, das die meisten für ein Kindermärchen halten. Wer es findet und wer fest in seinem Glauben ist, der kann damit eine Welt verändern. Du wirst hoch im Himmel stehen. Höher als selbst …«

»Genug!« Er griff nach ihren Armen. Ihre Augen veränderten sich. Sie sah ihn an. Wirkte aber immer noch verwirrt.

»Was redest du da?«

»Eine Vision«, sagte sie leise. »Sie entgleitet mir schon. Sie ist … traurig.«

»Wie meinst du das?«

»Du wirst mich verlassen.« Tränen standen in ihren tiefen, lindgrünen Augen. »Dort, an diesem Ort aus Eis, warst du ohne mich. Ich …« Ikuška schenkte ihm ein gezwungenes Lächeln. »Es ist nicht klug, sich in einen Menschensohn zu verlieben. Das habe ich immer gewusst.«

Barnaba gefiel diese neue Wendung des Traumes nicht. So sollte es nicht weitergehen! Er konnte Träume in andere Bahnen zwingen. Manchmal … Es genügte, sich vorzustellen, was sein sollte. So wie im wirklichen Leben, wenn man ein Ziel hatte, an das man glaubte, und mit aller Kraft darum kämpfte, es zu erreichen. Dann konnte man die Welt verändern. Er hatte seine Ziele verloren, dachte er flüchtig. Nein! Falsch! Er hatte sein Glück gefunden. Und er würde es festhalten. Mit aller Kraft!

»Ich werde niemals von dir fortgehen. Nichts kann uns trennen!«

»Eben sagtest du noch, ich sei nur ein Traum. Du wirst erwachen. Irgendwann …« Es lag eine schreckliche Endgültigkeit in ihrer Stimme.

»Ich werde …«

Ikuška legte ihm sanft die Hand auf die Lippen und brachte ihn zum Schweigen. »Lass uns nicht darüber streiten. Ich weiß, was kommen wird. Ich bin eine Seherin. Du wirst gehen … Das ist deine Zukunft.«

»Wenn du eine Seherin bist, dann sag mir, warum ich gehen sollte.«

Sie senkte den Blick. »Meine eigene Zukunft kann ich nicht sehen. So bleibt mir auch der Grund verborgen, warum du mich verlässt. Ich wusste auch nicht, dass ich hierherkommen würde, um mit dir noch einmal dem Glück zu begegnen. In die Zukunft zu sehen ist ein Fluch, Barnaba. Wir sollten uns am Augenblick erfreuen, denn eine Zukunft für uns sehe ich nicht.«

Das mochte er nicht hinnehmen. Und es war widersprüchlich!

Er war viele Jahre darin geschult worden, in Gesprächen wie diesem die Oberhand zu behalten. »Wenn du deine Zukunft nicht sehen kannst, müsste dir doch auch verborgen bleiben, wenn wir noch viele Jahre zusammen sind. Vielleicht gar ein ganzes Leben!«

»Ich werde mit dir nicht streiten, Barnaba. Ich …«

»Weil du die Logik meiner Argumente nicht widerlegen kannst. Und weil …«

Sie zog ihn an sich und küsste ihn. »Lass den Priester in dir schweigen. Ich bin in den Jungen verliebt, der ohne Vorbehalte den Geschichten eines Seemanns Glauben schenkte. Der Junge lebt noch immer in dir, auch wenn du ihn manchmal sehr gut versteckst. Du kannst …« Plötzlich blickte sie auf, und flammender Zorn lag in ihren Augen. Ihr Leib veränderte sich, wurde zu Wasser, einer Woge, die auffuhr, um zu zerstören. Pfeile schossen durch den klaren Himmel, verschwanden in schäumender Gischt. Spuren von Rot wurden zu breiten Streifen. Dann färbten sie den weißen Schaum.

Barnaba spürte einen festen Griff. Er wurde emporgezogen. Überall waren Hände. Sie zerrten an ihm, zerrissen seinen Traum. Er wollte aufwachen, wollte dem grässlichen Alb entfliehen. Ein Fels rollte auf seine Brust. Unsichtbar? Um ihn herum waren nur Hände. Weit fort verschwommene Grimassen. Ihm wurde die Luft abgedrückt, als sei etwas Riesiges auf ihn gerollt. Barnaba bäumte sich auf. Er musste sich erbrechen, spie Wasser.

Keuchend rang er um Luft. Seine Lungen brannten. Er fühlte sich entsetzlich schwach. Um ihn herum brandeten Stimmen durcheinander. Den Worten konnte er keinen Sinn abringen.

»Sie sind verbunden!«

»Schnell ein Messer! Gebt mir ein Messer!«

»Bei den Göttern!«

Ein dumpfer Schmerz fuhr in seinen Bauch. Tränen blendeten ihn. Wieder verschwammen die Gesichter.

»Ist sie tot?«

»Sie zuckt noch …«

»Lasst euch nicht von ihr täuschen!«

»Ja, so ist's gut! Spießt sie auf!«

Barnaba blinzelte gegen die Tränen an. Zottelige weiße Haare streiften sein Gesicht. Ein zahnloser, von Falten umkränzter Mund klaffte unter harten Augen, die von roten Adern durchzogen waren. »Komm zu uns zurück, Heiliger Mann! Wir haben die Daimonin besiegt. Du bist gerettet.«

Barnaba erkannte die Stimme. Gatha, der Schamane. Er war einer der Anführer der Bergstämme. Ein Mitglied des Steinrates. Erst als Gatha ihn zu einem Heiligen Mann erklärt hatte, war er durch die Stämme unterstützt worden.

Barnaba versuchte sich aufzusetzen. Er fühlte sich schwach wie ein Kind. »Was ist geschehen?«

»Sie hatte dich verhext, aber ihr Zauber ist für immer gebrochen.«

Der Schamane half ihm in eine aufrechte Position. Obwohl Barnaba nur saß, wurde ihm sofort wieder schwindelig. Er blickte zu den wohlvertrauten Bergen seines kleinen Tals auf. Jetzt erinnerte er sich an den Sturz … und sah an sich herab. Es waren Narben geblieben, wo seine gesplitterten Knochen durch Fleisch und Haut gestoßen waren. Vorsichtig bewegte er ein Bein. Er hatte keine Schmerzen. Aber er war unglaublich schwach.

Blut rann zwischen seinen Schenkeln hinab. Ein dünnes, versiegendes Rinnsal. Sein Bauchnabel war aufgeschnitten. Verwundert tastete er nach der Wunde. Sie schmerzte kaum.

Jäger, bewaffnet mit Bögen, standen in engem Kreis um ihn. Die meisten grinsten und feixten. Einige erkannte er. Den jungen Bamiyan, dem er zwei Mal begegnet war, als er das Tal verlassen hatte, um neue Vorräte zu besorgen. Und den rotbärtigen Ormu, der ihm vor vielen Monden in der Einsamkeit der Wildnis begegnet war und mit dem er zwei Nächte lang ein Lager geteilt hatte.

»Macht Platz!«, verlangte Gatha. »Macht schon! Er soll die Daimonin sehen, von der wir ihn befreit haben, die sich von seinem Blut und seiner Seele nährte.«

Die Jäger wichen zurück und gaben ihm den Blick frei auf den geschundenen Leib einer nackten Frau. Ein halbes Dutzend Pfeile hatte sie durchbohrt. Weit aufgerissene, grüne Augen starrten Barnaba an. Ein Zittern lief durch ihren Leib. Mit letzter Kraft streckte sie ihm eine Hand entgegen. Er erstarrte. Ikuška war kein Traum gewesen!

»Gebt ihr den Rest!«, befahl Gatha.

Barnaba warf sich mit einem gellenden Schrei nach vorne und versuchte Ikuška vor den grausamen Jägern zu beschützen. »Tötet sie nicht! Sie hat mich gerettet.«

Die Männer hielten inne, blickten fragend zum Schamanen.

»Er ist doch noch besessen«, sagte Gatha verärgert. »Schlagt ihn mit den Bögen. Daimonen fürchten Schmerz. Sie wird seinen Leib bald verlassen.«

Hiebe prasselten auf Barnaba nieder. Er hielt Ikuškas Hand, versuchte mit seinem Leib ihren Körper zu schützen.

Die Jäger wollten ihn fortzerren, doch er ließ seinen Griff nicht locker. Nicht einmal, als ein Stiefel auf seine Hand niederfuhr.

»Rette dich!« Ihre Stimme war nur noch ein kraftloser Hauch. Er las die Worte mehr von ihren Lippen, als dass er sie hörte. Ihr Blick brach. Aus ihren wunderschönen, grünen Augen war alles Leben gewichen.

Barnaba schluchzte auf, versuchte sie zu sich heranzuziehen. Immer noch schlugen die Jäger mit ihren Bögen auf ihn ein. Sein ganzer Leib war von roten Striemen gezeichnet.

Ormu nahm eine Axt und hackte Ikuškas Hand ab, die Barnaba immer noch hielt.

»Schafft ihn fort von ihr!«, befahl Gatha. »Das wird das Band der Daimonin lösen.«

Ein Schlag traf Barnaba quer übers Gesicht. Er hatte den metallischen Geschmack von Blut im Mund. Seine Kräfte schwanden. Irgendjemand entwand ihm Ikuškas Hand.

»Höre mich, Daimonin«, rief Gatha mit lauter Stimme. »Deine Macht ist gebrochen. König Geisterschwert will dich gebannt sehen. Er gab von seinem Blut, damit unsere Pfeile deinen Leib töten können. Fliehe, solange du noch kannst. Denn wirst du bleiben, wird er kommen, um deinem Sein für immer ein Ende zu bereiten!«

Barnaba traute seinen Ohren nicht. »Aaron?«

»Ja, der Unsterbliche selbst wird dich bannen, Daimonin! Flieh! Es wird keine zweite Gelegenheit mehr geben!«

Ein Hieb traf Barnaba so heftig in den Rücken, dass er vornübersackte. »Aaron«, wiederholte er ungläubig. War sein Leben denn verflucht? War es ihm bestimmt, dass der Unsterbliche immer wieder sein Glück zerstörte?

Weitere Hiebe ließen Barnaba aufstöhnen. Er hob die Arme. »Sie ist geflohen. Ich bin wieder ich selbst. Ich … ich danke euch«, kam es matt über seine Lippen.

Gatha sah ihn misstrauisch an. »Die Daimonin ist listenreich. Wir müssen ganz sicher sein, dass wir sie ausgetrieben haben.« Er deutete auf Ikuškas Leichnam. »Verbrennt ihren Leib! Und mit glühenden Hölzern aus diesem Feuer werden wir sie auch aus dem Leib unseres Heiligen Mannes vertreiben.«

Mit Entsetzen sah Barnaba zu, wie sie dürres Holz aus seinem Wintervorrat holten, Öl darübergossen und Ikuškas Leib in die Flammen warfen.

»Ich bin geläutert«, beteuerte er, doch Gatha schüttelte nur den Kopf.

»Noch sind es die Worte der Daimonin, die in dich gefahren ist, die über deine Lippen kommen. Aber wir werden dich retten. Vertrau mir, mein Freund.«

Die Jäger zogen glühende Äste aus dem Feuer.

»Holt ihn zurück! Lasst die Daimonin die Glut fühlen.«

Von allen Seiten drangen sie auf ihn ein, peinigten ihn, bis er schreiend seine Liebe verleugnete und in die Flammen auf den Leib Ikuškas spuckte.

Innerlich aber schwor er Aaron Rache, der ein zweites Mal sein Leben zerstört hatte. Der Unsterbliche sollte erfahren, wie es war, alles zu verlieren, was dem Leben einen Sinn gab.

Zweifel und Krähenfüsse

»Achtet darauf, dass die Spitzen nicht zu weit aus dem Sand ragen.«

Ashot lag ein Fluch auf der Zunge. Diesen Rat hatte Datames ihnen schon zum hundertsten Mal gegeben. Der Hofmeister ging unruhig im trockenen Flussbett auf und ab. Sie waren nur eine Handvoll Bauern. Alle trugen sie dunkle Tuniken und hatten sich mit Schmutz eingerieben. Kein Mond stand in dieser Nacht am Himmel. Ashot sah kaum die Hand vor Augen, wie sollte er da beurteilen, wie weit diese verfluchten Dinger aus dem Sand lugten?

»Ist er nicht großartig?«

Ashot seufzte. Das hatte ihm gerade noch gefehlt. Manchmal hatte er das Gefühl, dass Narek einfach jeden bewunderte, der mehr als nur seinen eigenen Arsch befehligte. »Warum?«, fragte er gereizt.

»Na hör mal, der Hofmeister könnte jetzt in seinem eigenen Bett liegen und schlafen. Und was tut er? Er ist mit uns hier unten. Hast du die Geschichten über sein Bett gehört? Es soll so groß wie meine Hütte in Belbek sein. Und die Kissen sind mit duftendem Frauenhaar gefüllt und …«

»Quatsch so weiter, und bald steht die verdammte ganze luwische Armee dort oben am Ufer und sieht uns zu.«

»Meinst du?« Narek klang ernsthaft verunsichert. »Die Hacken sind doch viel lauter …«

Ashot schloss kurz die Augen. So war Narek eben, so ehrlich und aufrichtig, dass es schon wehtat. »Da hast du wohl recht«, murmelte er in versöhnlichem Tonfall. »Wundert mich eh, dass die sich noch nicht haben blicken lassen.«

»Das sind bestimmt die Katzenmänner. Die schneiden jedem den Kopf ab.«

»Aber nicht auf dem anderen Ufer. Das betreten sie nicht.«

»Woher willst du das wissen? Ich glaube …« Narek stockte. »Entschuldige. Ich wollte dich nicht beleidigen. Ich kann mich einfach nicht daran gewöhnen, dass du jetzt ein Heerführer bist.«

»Das bin ich auch nicht!« Es war wirklich nicht leicht, mit Narek die Fassung zu bewahren.

Ashot hasste seine neue Pflicht. Sie hatten ihn überrumpelt, als er zum Anführer der Tausendschaft aus dem südlichen Nari gewählt worden war. Er fühlte sich dem nicht gewachsen. Er fürchtete nicht die Luwier. Er fürchtete die schreckliche Verantwortung. Er musste ein Vorbild für tausend sein. Dazu taugte er nicht! Morgen würden Männer, die seinen Befehlen gehorchten, sterben! Wenn er nur daran dachte, wurde ihm schon jetzt ganz schlecht. Männer, die er nicht einmal vom Sehen kannte, würden in den Tod gehen. Und wenn er Fehler machte, dann würde es ein Massaker werden. Und er würde Fehler machen, da war er sich ganz sicher. Er wusste nicht, wie man tausend Krieger führte. Erst vor wenigen Wochen hatte er selbst das erste Mal ein Schwert in Händen gehalten, und jetzt sollte er Schlachten lenken.

Ashot griff in den dicken Lederbeutel, der um seine Hüften geschlungen war, und zog eine der bronzenen Fußangeln heraus. Er ließ sie vor sich auf den Boden fallen und drückte sie mit dem rechten Fuß vorsichtig in den Sand. Er trug Holzschuhe wie alle, die von Datames in das Flussbett geschickt worden waren.

Eine Weile gingen sie beide schweigend ihrer Arbeit nach.

Ashot dachte daran fortzulaufen. Wenn er sich jetzt davonschlich, würde ihn vor der Schlacht gewiss keiner mehr finden. Und danach … Wahrscheinlich würde Muwatta siegen. Dann interessierte nicht mehr, wer fortgelaufen war.

Ashot blickte aus den Augenwinkeln zu Narek. Der Narr würde ganz bestimmt bleiben. Ihn brauchte er erst gar nicht zu fragen, ob er abhauen wollte. Er dachte daran, wie sehr Rahel ihn bedrängt hatte, auf ihren Mann aufzupassen. Um ihn hingegen hatte sie sich keine Sorgen gemacht. Dabei war auch er kein Krieger, und ein Kerl wie Volodi könnte ihn ohne Mühe in weniger Zeit in Stücke schneiden, als man brauchte, um einen Bissen trockenen Fladenbrots zu kauen.

»Ich wünschte, es wäre schon morgen Nacht«, sagte Narek leise. »Ich habe Angst.«

»Du wirst einen sicheren Platz …«

»Das will ich nicht«, unterbrach ihn sein Freund überraschend heftig. »Ich stehe meinen Mann wie jeder andere auch. Du wirst mich nicht unter irgendeinem Vorwand ins Lager abschieben!«

»Du solltest mich ausreden lassen. Morgen früh wird der Unsterbliche uns ein Feldzeichen überreichen. Einen goldenen Löwenkopf auf einer Stange. So weiß jeder, wo die Löwen von Nari stehen. Und sollte die Linie durchbrochen werden, rücken wir alle um den Löwen zusammen. Es ist eine Aufgabe für einen Mann von Mut und Ehre, dieses Feldzeichen zu tragen. Meine Wahl ist auf dich gefallen. Ich wüsste keinen Besseren. Du wirst es mit deinem Leben verteidigen! Bestimmt werden die Luwier versuchen, es uns zu entreißen.« Was er ihm nicht sagte, war, dass der Standartenträger in der dritten oder vierten Reihe stehen würde. Also in relativer Sicherheit, sofern es auf einem Schlachtfeld überhaupt einen sicheren Ort gab.

»Ich weiß nicht … Sollte das nicht lieber ein richtiger Krieger machen? Was, wenn ich angegriffen werde? Du weißt, dass ich mich bei den Kampfübungen nicht gerade hervorgetan habe.«

»Ich brauche für die Standarte einen Mann mit dem Herzen eines Löwen. Einen, dem ich zutraue, dass er noch steht, wenn alle anderen weichen würden. Das traue ich allein dir zu, Narek.«

Sein Freund stieß einen verzweifelten Seufzer aus. »Wenn du meinst, dass ich wirklich der Einzige bin … Aber pass bitte auf mich auf. Mir scheint, du hast mehr Vertrauen in mich, als ich selbst es habe.«

»Du wirst sehen, unsere Aufgabe heute Nacht ist gefährlicher als das, was dich morgen erwartet.« Ashot versuchte so zuversichtlich wie möglich zu klingen, dabei hatte er selbst kaum Hoffnung. Aaron würde inmitten seiner Tausendschaft stehen, und die Luwier würden sie heimsuchen wie Fliegen einen frischen Haufen Scheiße.

»Wusstest du, dass sie diese Dinger Krähenfüße nennen? Die Fußangeln«, setzte Narek nach, als er nicht sofort eine Antwort bekam.

»Hab noch nie Krähen mit goldenen Füßen gesehen«, murmelte Ashot und trat eine weitere Fußangel in den Sand.

»Wenn du einer Krähe die mittlere Kralle abschneiden würdest, würde ihr Fuß tatsächlich so ähnlich aussehen. Wer sich so was nur ausdenkt … Diese Fußangeln, meine ich. Ganz schön heimtückisch. Morgen Abend werden nicht wenige Luwier hinken. Arme Kerle.«

Ashot traute seinen Ohren nicht. Ihm wäre es im Traum nicht eingefallen, Mitleid mit irgendeinem Luwier zu haben. Die waren hier, um Narek und ihm die Kehle durchzuschneiden. Was sie brauchten, wären noch mehr solcher heimtückischer Tricks. Und überhaupt, wer morgen Abend noch hinken konnte, gehörte zweifellos zu denen, die sich glücklich schätzen durften. Ashot beneidete Narek um dessen Gabe, sich die Dinge schönzureden. Sicherlich lebte sein Freund in einer glücklicheren Welt.

Schweigend legten sie die letzten Krähenfüße aus und zogen sich dann aus dem Flussbett zurück. Die Arbeiten an der Uferböschung waren abgeschlossen. Sie war nicht steiler geworden, aber die Erde und das Geröll waren aufgelockert, sodass man keinen festen Stand fand. Wer über die Böschung angriff, würde es nicht leicht haben.

Plötzlich musste Ashot grinsen. Das war seine Welt! Ihm gefiel, was er sah. Er mochte es, wenn seine Feinde litten. Sollten sie verrecken, die verdammten Luwier!

Die Ehernen Hallen

Hornbori blickte über den Hafen der Ehernen Halle. Über eine Stunde warteten sie nun schon auf dem Kai. Sie waren mit einem Aal, der Glamirs Turm mit Vorräten versorgt hatte, hierhergekommen, nachdem sie dort einige Tage eingekerkert gewesen waren. Anders konnte man es beim besten Willen nicht nennen! Sie waren eingesperrt gewesen und hatten nur miserables Essen bekommen.

Hornbori hatte die Zeit genutzt, um seinen beiden Gefährten einzubläuen, wie wichtig es war, dass ihre erfundenen Geschichten zusammenpassten. Immer wieder war er ihre erdachten Lebensläufe mit ihnen durchgegangen. Hornbori, Galar und Nyr waren in der Tiefen Stadt gestorben. Sie waren jetzt Hreidmar, Onar und Fundin. Kein Bergfürst, der noch bei Verstand war, würde die drei Zwerge, um derentwillen die Tiefe Stadt vernichtet worden war, bei sich aufnehmen. Wenn sie viel Glück hätten, würden sie lediglich in die Wildnis verbannt. Wahrscheinlicher aber würde man sie an die Himmelsschlangen ausliefern.

Hornboris Blick wanderte über die weiten Hafenanlagen. Die Ehernen Hallen waren ganz anders als die Tiefe Stadt. Der Hafen war dunkel, zur Beleuchtung dienten Fackeln und Öllaternen. Ruß hing in der Luft, der bald schon in der Kehle kratzte. Der Rauch ließ die Augen tränen. Die Decke der Grotte, die mit Wasser geflutet worden war, erhob sich kaum zwei Schritt über ihre Köpfe. Alles hier wirkte beklemmend und schmutzig. Rotbraune Schlieren zogen sich über den hellen Stein. Die Zwergenstadt war berühmt für ihre reichen Erzvorkommen. Auch lieferten die umliegenden Wälder reichlich Bauholz und Wild. Doch reich waren sie nicht, die Zwerge, die hier lebten.

Hornbori war froh, dass seine Familie kaum Handelsbeziehungen hierher unterhalten hatte. Er war nur ein einziges Mal hier gewesen, und er war sich ganz sicher, dass sich niemand mehr an ihn erinnerte. Das war auch gut so.

Nyr hatte Frar einen Finger in den Mund gesteckt. Der Kleine hatte wieder Hunger. Es war erstaunlich, wie gut die beiden miteinander auskamen. Um sie musste Hornbori sich keine Sorgen machen. Nyr bekam ohnehin kaum die Zähne auseinander. Er würde nichts ausplaudern. Ganz anders als Galar. Der Schmied kauerte auf einer dicken Taurolle und blickte missmutig in das schmutzige Hafenwasser. Hoffentlich beherrschte er sich. Es war schwer gewesen, ihm klarzumachen, dass er in absehbarer Zeit wohl kaum seine Forschungen über Koboldkäse und Drachenblut wieder würde aufnehmen können.

Hornbori betrachtete nachdenklich seine unverwundbare Hand. Es gab niemanden, der es mehr bedauerte als er, wenn es mit Galars Versuchen nicht weiterging. Aber sie würden sich verraten, wenn sie diesen Weg beschritten. Sie mussten warten. Ein paar Jahre wahrscheinlich. Hornbori seufzte. Seine Hoffnungen auf den Thron der Tiefen Stadt waren zusammen mit der Höhlenstadt gestorben. Hier, in den Ehernen Hallen, war er nur ein mittelloser Niemand.

Endlich kehrte der Steuermann ihres Aals zurück, ein mürrischer, glatzköpfiger Zwerg mit breiter, schiefer Nase. »Eikin, der Alte in der Tiefe, will euch sehen. Er möchte aus erster Hand hören, wie euch die Flucht aus der Tiefen Stadt gelang. Er will wissen, ob ihr Helden oder Feiglinge seid.«

»Feiglinge erschlagen keine Tatzelwürmer«, murmelte Galar bedrohlich und wies auf die Kralle, die auf ihren beiden Rucksäcken lag.

»Stimmt«, entgegnete der Steuermann streitlustig. »Sie schneiden sie von Kadavern ab.«

»Noch so eine Frechheit, und du wirst sehen, was ich von dir alles abschneide, bevor du zum Kadaver wirst.« Galar war aufgestanden.

Hornbori kannte das rauflustige Glitzern in den Augen seines Gefährten nur zu gut. Er drängte sich zwischen die Streithähne. »Ich bin mir sicher, dass Eikin nicht gerne wartet.«

Ihr Steuermann grummelte etwas Unverständliches, dann wandte er sich von Galar ab. »Kommt. Der Alte in der Tiefe erwartet euch in einem der Erzlager.«

Sie gingen die Hafenmauer entlang. Wieder staunte Hornbori, wie viele Anlegeplätze für Aale es hier gab. Überall stapelten sich Waren. Kisten, die mit ihrer seltsamen Form dem ovalen Rumpf der Tauchboote angepasst waren. Kleine Säcke für die Netze unter der Decke der Boote. Hornbori strich im Vorübergehen über einen der Säcke. Er schien mit Erbsen oder Bohnen gefüllt zu sein. Damit trieb man keinen Handel! Jedenfalls nicht, wenn die Waren in Aalen transportiert werden mussten. Das war viel zu kostspielig! Das waren gewiss Vorräte für irgendeinen Außenposten. Er blickte wieder über die Flotte der Aale, die an den ausgedehnten Kaianlagen der Grotte vor Anker lagen. Was für eine Politik verfolgte der hiesige Alte in der Tiefe? Gründeten die Zwerge der Ehernen Halle etwa Siedlungen? Oder gab es noch mehr verborgene Türme wie den von Glamir?

Der Steuermann bog scharf nach links ab und brachte sie an ein großes, von braunem Flugrost überzogenes Eisentor. Er klopfte drei Mal mit dem Knauf seines Dolches gegen das Tor. Hornbori bemerkte, wie einige Hafenarbeiter sie neugierig beobachteten.

Knirschend schwang das Tor einen Spaltbreit auf.

»Ich warte hier«, erklärte der Steuermann mit ausdrucksloser Miene.

Hornbori tauschte einen Blick mit Galar. Augenscheinlich missfiel dem Schmied diese Wendung ebenso sehr wie ihm. Was sollte diese Geheimnistuerei? So hätte man in der Tiefen Stadt keine Flüchtlinge empfangen!

Beklommen trat er durch den Spalt in eine Höhle, in der Tausende Eisenbarren lagerten. Drei Zwerge erwarteten sie im gelben Licht einiger Blendlaternen. Alle stützten sie sich auf große, zweihändig zu führende Hämmer. Der mittlere war ein Graubart unbestimmten Alters. Sein langes Haupthaar war an den Schläfen zu dünnen Zöpfen geflochten. Tabakflecken verunzierten seinen Bart. Vorüberziehende Jahrzehnte hatten sein Gesicht verwittern lassen, doch trotz der Falten lag eine unnachgiebige Kraft und Härte in diesem Antlitz, beherrscht von einem Paar stahlblauer Augen. Die beiden Zwerge an seiner Seite mochten Leibwächter sein. Sie hatten eine gewisse Ähnlichkeit mit dem Graubart, doch war ihr Haar noch schwarz. Einer von ihnen trug die Schürze eines Schmiedes, der zweite ein knielanges Kettenhemd.

Hinter Hornbori schloss sich das Tor mit einem metallischen Dröhnen. Beklommen blickte der Zwerg zurück. Nyr und Galar waren ihm gefolgt.

»Ihr kommt also aus der verfluchten Stadt«, stellte der Graubart fest.

»Solltet Ihr damit meine vom Unglück heimgesuchte Heimat, die Tiefe Stadt, meinen, so kann ich nur zustimmen«, entgegnete Hornbori höflich. Dieser Empfang war deutlich kühler, als er erhofft hatte.

»Ich habe bereits Kunde von den Ereignissen in der Tiefen Stadt. Was mich wundert, ist, dass jetzt, so lange nach der Katastrophe, Überlebende hierherfinden. Ich wäre euch sehr verbunden, wenn ihr mir erklären könntet, wer ihr seid und wie ihr hierherkamt.«

»Selbstverständlich werde ich gerne Auskunft über …«

»Nein, nicht du«, unterbrach ihn der Graubart. »Dir gehen die Worte allzu leicht von den Lippen. Ich möchte eure Geschichte von ihm hören.« Er deutete auf Nyr.

Der Richtschütze räusperte sich nervös und sah erst zu Galar, dann zu ihm. »Wir haben nichts zu verbergen, Fundin«, sagte Hornbori und hoffte, dass sich sein Freund noch an die Lügengeschichte erinnerte, die sie ersonnen hatten. Sie wollten, so nah es ging, bei der Wahrheit bleiben.

Nyr war kein guter Erzähler. Er berichtete stockend und sah immer wieder zu Galar, so als wolle er sich vergewissern, dass der Schmied seinen Worten zustimmte. Er blieb bei ihren falschen Namen und behauptete, sie seien bei Arbeiten im Inneren eines Aals auf der Werft von Hornboris Sippe von dem Angriff überrascht worden. Er schilderte, wie sie das Tor der Werft verschlossen, den Aal instand setzten und knapp den Tatzelwürmern entkamen.

Die drei Zwerge hörten zu, ohne ihn zu unterbrechen.

Hornbori ließ den Ältesten nicht aus den Augen. Die Miene des Graubarts zeigte keinerlei Regung. Es war unmöglich, an ihr abzulesen, ob er Nyr glaubte.

»Und was ist das für ein Kind?«, fragte der jüngere Zwerg in der Schmiedeschürze, nachdem Nyr geendet hatte.

»Mein Sohn.«

Hornbori zuckte innerlich zusammen. Das war so nicht vereinbart gewesen. Dafür gab es keine plausible Erklärung.

»Du nimmst deinen Sohn, ein Kleinkind, mit in einen undichten Aal, an dem du Reparaturen ausführen musst?« Der Graubart schüttelte den Kopf. »Ungewöhnlich. Das ist …«

»Mein Kleiner liebt das Geräusch von Hämmern. Er war krank. Er hatte Fieber. Und ich wollte ihm eine Freude machen.«

Nyr tätschelte Frar über den Kopf. »Du liebst es, wenn Papa Dong, Dong macht, nicht wahr?«

Der Kleine gab ein freudig glucksendes Geräusch von sich, und dann sagte er zufrieden: »Dong, Dong.«

»Er möchte Schmied werden, wenn er groß ist«, erklärte Nyr so überzeugt, dass Hornbori sich fragte, ob der Richtschütze sich inzwischen vielleicht wirklich für den Vater des Jungen hielt.

Der Alte schmunzelte. »Schmiede haben wir hier nie genug. Willkommen in meiner Stadt, Fundin. Du und deine Freunde, ihr werdet hier ehrliche Arbeit und Unterkunft finden. Ich bin Eikin, der Alte in der Tiefe der Ehernen Halle.« Er gab dem Zwerg im Kettenhemd einen Wink, woraufhin dieser sich entfernte.

»Wir sind erleichtert, dass unsere Flucht nun endlich ein glückliches Ende gefunden hat«, erklärte Hornbori. »Wir werden Euch Euren Großmut niemals vergessen, edler Eikin.«

Freundlich erkundigte sich der Bergfürst, wie ihre Wunden heilten, und tätschelte Frar, den zukünftigen Schmied. Hornbori war erleichtert. Zum ersten Mal, seit man sie auf dem Kai festgehalten hatte. Sie würden mit ihrer Geschichte durchkommen und ein neues Leben beginnen. Es war, als seien sie ein zweites Mal geboren worden.

»Hornbori?«

Der Zwerg im Kettenhemd war zurückgekehrt. An seiner Seite ging eine Zwergin in einem roten Kleid, das ihre Taille betonte und dessen tiefes Dekolleté ihre üppigen Brüste zur Geltung brachte. Amalaswintha! Sie strich sich eine Strähne ihres rabenschwarzen Haars aus dem Gesicht und schenkte ihm ein Lächeln, das ihn bezaubert hätte, hätte sie ihn nicht gerade mit einem einzigen Wort vernichtet.

Der Bergfürst fixierte ihn mit seinen stahlblauen Augen. »Du hast mich belogen! Du heißt nicht Hreidmar, sondern Hornbori Drachenfaust.«

Wie eine Blume an einem schattigen Ort

Der Alte aus der Tiefe stieß ärgerlich seinen Hammer auf den Boden. »Ihr kommt in meine Stadt und lügt mich schamlos an. Gut, dass ich euch hier und nicht in meinem Thronsaal empfangen habe.«

Amalaswintha hatte ihn gewarnt, sie hatte sich die drei auf dem Kai angesehen und ihm gleich gesagt, wer sie waren. Und sie hatte ihn davor gewarnt, dass sie ihn belügen würden. Eikin hatte ihr nicht geglaubt. Warum sollte der große Hornbori Drachenfaust sich hinter Lügen verstecken? Er war wahrscheinlich der bedeutendste lebende Held aller Zwergenvölker. Jeder hier in den Ehernen Hallen kannte die Geschichte, wie er den großen, weißen Drachen erschlagen hatte.

Einen solchen Helden in der Stadt zu haben hätte ein Ärgernis werden können, wenn das nächste Mal darüber abgestimmt wurde, wer auf zehn Jahre der Alte in der Tiefe sein sollte. Aber durch seine Lügengeschichten hatte sich der Trottel ihm ganz und gar ausgeliefert.

»Ihr glaubt also, ihr könnt hierherkommen und mich mit euren Lügen verhöhnen?«

»Das war nicht im Mindesten unsere Absicht, ehrwürdiger …«

»Schweig!«, herrschte er Hornbori an. »Ich sollte euch in Ketten legen oder besser noch auf irgendeiner einsamen Insel in einem abgelegenen Höhlensee aussetzen lassen. Wenn bekannt wird, dass ihr hier seid, werden die Himmelsschlangen vielleicht auch über diese Stadt herfallen.«

»Wir wollten nicht …«, wagte der Schmied mit dem kümmerlichen Bärtchen ihn zu unterbrechen.

»Keine Sorge, ich werde euch ganz gewiss nicht an die Himmelsschlangen ausliefern. Zwerge regeln ihre Angelegenheiten unter sich. Alle Welt hält euch für tot. Wenn ich euch in Ketten geschlagen in einem tiefen Höhlensee versenken lasse, wird euch niemand vermissen.«

»Du wirst den größten Schatz unseres Volkes versenken«, entgegnete Hornbori mit einer Selbstsicherheit, die ihrer verzweifelten Lage ganz und gar nicht angemessen war.

»Du hältst dich für so wertvoll? Etwa weil deine Hand unverwundbar ist?«

»Ich spreche nicht von mir.« Er deutete auf den Schmied. »Ich weiß, dass meine Talente ersetzbar sind. Aber ein Mann wie Galar wird unseren Völkern vielleicht einmal in zehn Generationen geboren. Er hat einen der großen Drachen vom Himmel geholt. Und er kann es wieder tun. Wie stellt Ihr Euch die Zukunft unserer Völker vor, Eikin? Werden wir den Himmelsschlangen das Massaker in der Tiefen Stadt verzeihen? Werden wir uns demütig ihren Befehlen beugen? Entspricht das dem Charakter der Zwerge aus den Ehernen Hallen?«

»Meinem Charakter entspricht es, meine Stadt um jeden Preis zu beschützen, und sollten meine Ehre und mein Gewissen dabei Schaden nehmen, so nehme ich das in Kauf.«

»Bitte, Eikin, sie sind die Letzten meines Volkes.« Amalaswintha ging vor ihm in die Knie, wohl darauf bedacht, ihr tief ausgeschnittenes Dekolleté zur Geltung zu bringen. Eine Zwergin wie sie war ihm noch nie untergekommen. Vollkommen sittenlos und fast unwiderstehlich. Ihr war es bestimmt zu herrschen. Erst vor drei Tagen hatte sie eine Gruppe von Schürfern zu einer Goldader nur einen Tagesmarsch entfernt geführt. Niemand hatte je zuvor in der Nähe der Ehernen Halle Gold gefunden. Ihr würde ein Drittel der Einnahmen dieser Mine gehören. Eikin wusste, welche Rolle sie in der Tiefen Stadt gespielt hatte. Wie mächtig sie geworden war. Sie würde diesen Weg auch hier nehmen. Wenn sie blieb, würde sie unvermeidlich seine Autorität untergraben.

»Was genau wäre denn dein Wunsch, meine Liebe?« Eikin lächelte. Sie schaffte es, in ihm ein Feuer zu schüren, das er längst verloschen gewähnt hatte. Er mochte ihre vollen Lippen und das Versprechen, das in ihren Blicken lag. Die Ahnung, dass sie ihm Freuden bereiten könnte, von denen er bislang noch nicht einmal zu träumen vermocht hatte. Ihre ruchlose Art faszinierte ihn, dabei hätte sie ihn abstoßen sollen. Er war ein Greis! Nicht hinfällig, nicht vom Alter gebeugt, aber doch gezeichnet. Er sollte nicht mehr an Abenteuer zwischen feinen Leinenlaken denken.

»Gewähre ihnen Unterschlupf! Sie werden dich nicht enttäuschen, das verspreche ich dir.«

Der Alte aus der Tiefe überlegte. Vielleicht wären sie ihm wirklich noch von Nutzen. Aber nicht hier. Er würde die Fehler, die zur Zerstörung der Tiefen Stadt geführt hatten, ganz gewiss nicht wiederholen. »Sie kehren zurück in Glamirs Turm. Dort kann kein Drache sie finden. Sie werden alles bekommen, was sie für ihre Forschung benötigen.«

Hornbori verschlug es schier die Sprache, wohingegen der Schmied nicht unglücklich über diese Entscheidung zu sein schien.

»Das Kind sollte nicht in den Turm«, sagte Amalaswintha, der das Schicksal ihrer Gefährten, die in Verbannung in den einsamsten aller Türme gehen würden, augenscheinlich nicht sehr naheging.

Nyr drückte den Kleinen fest an sich. »Frar bleibt dort, wo ich bin.«

»Liebst du das Kind?«

Eikin seufzte innerlich. Er liebte die rauchige Stimme der Zwergin.

»In dem Turm wird er keine Milch bekommen, keine frische Nahrung, und, was am wichtigsten ist, Kinder brauchen eine Mutter«, fuhr Amalaswintha fort. »Ich sehe, wie gut und aufopfernd du dich um ihn kümmerst. Aber ohne eine Mutter wird er wie eine Blume sein, die an einem zu schattigen Ort aufwächst. Ihre Blüten werden nie so groß und leuchtend wie die jener Blumen, die im vollen Licht der Sonne wachsen. Wenn du ihn liebst, Nyr, dann musst du ihn hierlassen.«

Eikin fragte sich, was Amalaswintha mit dem Kind wollte. Wollte sie Mutter sein, ohne sich an einen Mann zu binden? Diese plötzliche Kindesliebe passte ganz und gar nicht zu ihr. Gewiss führte sie etwas im Schilde.

Nyrs Lippen zitterten. Seine Augen waren feucht. Wie es schien, hatte Amalaswintha ihn überzeugt.

»Du hast vollkommen recht, meine Liebe.« Eikin legte der Zwergin sanft die Hand auf den Rücken. Er roch den Duft ihres Haares. Sie hatte ein schweres, sinnliches Parfüm aufgelegt. Einmal mehr erinnerte er sich an seine Träume von weichen Laken und Seidenhaut. »Du wirst mit ihnen gehen. Ein Kind braucht eine Mutter. Ich finde es großartig, dass du bereit bist, dich aufzuopfern. Ich werde noch heute einen Aal ausrüsten lassen, der euch alle zu Glamirs Turm bringt.«

Er bedeutete Amalaswintha mit einer herrischen Geste zu schweigen und wandte sich an die drei Drachentöter. »Ihr erschafft mir eine Waffe, die Himmelsschlangen zu töten vermag. Glamir ist auf der Suche nach etwas, das euch dabei helfen könnte. Wenn ihr wiederkehrt, werden wir die Himmel Albenmarks von den geflügelten Tyrannen befreien.«

Die Staubfahne

Volodi blickte mit einem mulmigen Gefühl zur blutroten Sonne, eingefasst von den hohen Bergen im Osten. Es würde schwer werden, diese Schlacht zu gewinnen. Jeder seiner Männer wusste das. Konnte er sich auf sie verlassen? Die meisten von ihnen gehörten nicht zu den Zinnernen. Die Streitwagen kamen aus dem Gefolge der Satrapen. Was wog für diese Krieger schwerer? Die Träume des Unsterblichen oder die Befehle ihrer Herren?

Volodi wusste, er sollte jetzt eine Rede halten, die die Männer anspornte, die den Zweifel aus ihren Herzen riss wie der Herbstwind die welken Blätter von den Bäumen. Aber sollte er das tun in einer Sprache, die ihm selbst nach all den Monden im Dienste Aarons noch immer nicht glatt von den Lippen gehen wollte? Er wusste, es waren gerade die Krieger von adliger Geburt, die über ihn schmunzelten, wenn er, der über den Adlern schritt, über einfache Worte stolperte.

Volodi ließ seinen Blick über die Masse der Streitwagen gleiten. Es waren über tausend! Schnelle, leichte Wagen, gezogen von je zwei Pferden. Die Tiere spürten die Anspannung, scharrten unruhig mit den Hufen oder warfen schnaubend den Kopf zurück. Sie waren ein Heer für sich. Wenn ihn jetzt nur sein Bruder oder sein Vater sehen könnten! All diese Pracht! Die Adligen boten ein Vermögen auf, um sich gegenseitig zu überbieten. Sie trugen schwere Bronzerüstungen, die in der ersten Morgensonne golden funkelten. Etliche führten seidene Banner, die träge in der leichten Brise schwangen, die von den Bergen im Westen kam.

Das Geschirr der Pferde war mit goldenen Amuletten und kleinen, silbernen Glöckchen geschmückt. Bunte Federn waren auf die Häupter der Tiere gesteckt oder in ihre Mähnen eingeflochten. Die Streitwagen standen üblicherweise unter dem direkten Kommando des Unsterblichen, und die Krieger hatten sich herausgeputzt, als seien sie selbst Könige. Sie mochten es nicht, von einem Söldner aus Drus befehligt zu werden. Volodi wusste, dass er sich allein auf die kleine Schar der Zinnernen verlassen konnte.

Volodi stieg auf seinen Wagen. Die Ebene vor ihm glänzte wie dahinrinnendes Gold. Tausende Krieger und Bauern marschierten in Kolonnen zu den Positionen, die ihnen ihre Hauptleute anzeigten. Glitzernd brach sich das Licht auf Speeren, die so dicht standen wie die Ähren eines Kornfeldes. Alles war in Bewegung. Tagelang hatten sie diese Manöver geübt. Jeder Mann wusste, wo sein Platz war.

Der Drusnier blickte auf die Hügelkette jenseits des trockenen Flusses. Wie würde sich Muwatta aufstellen? Auf den Hügeln standen einzelne Krieger, die kleine Fahnen an langen Stangen schwangen. Sie gaben Signale an ihr Heer, verrieten, wie die Krieger Arams sich zur Schlacht aufstellten, während die Truppen Luwiens vor Blicken verborgen blieben.

Doch eins vermochten selbst die Hügel nicht zu verstecken. Eine gewaltige, braune Staubfahne stieg vor den Bergen am Horizont auf. Muwattas Streitwagengeschwader hatten sich in Bewegung gesetzt. Sie zogen nach Westen, ganz wie Volodi es erwartet hatte. Dort, wo über Monate die Karawanen vom Goldenen Tor hergekommen waren, gab es einen Streifen von mehr als hundert Schritt Breite, an dem die Uferböschung auf beiden Seiten des trockenen Flusses eingebrochen war. Dort würden die Streitwagen leicht herüberkommen. Es war der beste Platz. Doch nutzte ihnen an dieser Stelle ihre Übermacht nichts. Wenn er die Enge hielt, wäre die Flanke von Aarons Heer gerettet.

Volodi lächelte voller Zuversicht und wandte sich seinen eigenen Truppen zu. Er zog eines seiner Eisenschwerter und hielt es hoch über den Kopf. »Männer Arams!«, rief er. »Wenn sich steht ein Mann in Tür, ist sich egal, wenn vor Tür sind sich tausend Männer. Kann kämpfen immer nur einer. Heute sind wir sich Männer in Tür von Aram. Lassen wir Feinde nicht nix hindurch. Töten sich alle!«

Die Ansprache war gut, fand er. Klar und mit einer Botschaft. Er gab seinem Wagenlenker das Zeichen zum Aufbruch und griff nach dem Haltebügel an der Seite, an dem zwei Köcher voller Wurfspeere hingen.

Kaum einer jubelte ihm zu. Aber was scherte ihn das! Sie würden gut kämpfen und ihre Stellung halten. Sein Jubel war das dumpfe Donnergrollen Tausender Hufe in seinem Rücken. Arams Streitwagen folgten ihm in die größte Schlacht, die er in seinem Leben schlagen würde.

Pfeile aus Menschen

Kurunta blickte dem Heer aus Sklaven nach, die mit Palmwedeln über den ausgedörrten Boden fegten und langsam gen Westen zogen. Von der anderen Seite des Flusses musste es aussehen, als bewege sich dort ein ganzes Heer.

Muwatta trat aus dem wirbelnden Staub. Er trug einen Glockenpanzer, auf dessen Rücken lange, schwarze Schwingen geheftet waren, die sich hoch über seinen Kopf erhoben. Er sah aus wie Ištas leibhaftiger Sohn. Lange hatte Kurunta ihn nicht so gut gelaunt gesehen.

»Wir werden sie zerschmettern, Kriegsmeister!« Muwatta schlug sich mit der Faust in die flache Hand. »Zerschmettern! Ich werde die Streitwagen auf dem linken Flügel führen. Wie es scheint, stehen dort kaum Truppen.« Er deutete lächelnd auf die Staubfahnen am Horizont. »Und der Unsterbliche Aaron beginnt die Schlacht mit einem Fehler. Er wird ein leeres Flussbett bewachen, während wir sein Bauernheer niedermetzeln. Ich will ein Massaker, Kurunta. Ströme von Blut sollen fließen, und das Schlachtfeld soll so dicht voller Leichen liegen, dass ich es von einem Ende zum anderen überqueren kann, ohne dass mein Fuß den Boden berührt.«

Kurunta nickte. Er hielt nichts davon, sich Siege auszumalen, die noch nicht erstritten waren. Er konnte sich nicht vorstellen, dass es einfach werden würde, einen Unsterblichen zu besiegen, auch wenn Aaron nun an der Spitze seiner Streitwagen zu jener Flanke eilte, auf der es keine Kämpfe geben würde.

Der Kriegsmeister blickte über das Fußvolk, das in achtzig Kolonnen angetreten war. Jede zehn Mann breit und fünfzig tief. Sie waren wie Pfeile aus Menschen, die er gegen den Schildwall Aarons abschießen würde. Sie würden die Lücken erweitern, die von den Kriegselefanten gerissen wurden. Kurunta hatte lange an dem Schlachtplan gefeilt. Sie würden gewinnen, daran hatte er keinen Zweifel. Aber er war lange genug Feldherr, um zu wissen, dass kein Plan die Konfrontation mit der Wirklichkeit überstand. Ganz gewiss hatte auch Aaron einige Überraschungen für sie bereit, und die würden ihn treffen, wenn er die Spitze des Angriffs führte.

Er blickte zu den Elefanten, die vor den Hügeln aufmarschiert waren. Wandernde Türme waren sie. Die Köpfe von Bronzemasken mit breiten Federkämmen geschmückt, Vorderbeine und Rüssel mit zähen Lederschuppen geschützt. An ihre Stoßzähne waren lange Eisensicheln gebunden. Fast hundert dieser Kolosse warteten auf seinen Befehl zum Angriff. Er hatte Muwatta mehrfach davon abgeraten, sie einzusetzen. Sie waren eine unerprobte Waffe im Heer des Unsterblichen. Damit wagte man keine Entscheidungsschlacht. Aber der Herrscher war ganz versessen darauf, die riesigen Tiere im Kampf zu sehen.

»Lass die Hunde des Krieges los!«, befahl Muwatta begeistert.

Kurunta gab seinem Hornbläser ein Zeichen. Drei gezogene Hornstöße erschollen und wurden von allen Hornbläsern entlang der Frontreihe aufgenommen. Auf der Hügelkette wurden gelbe Fahnen geschwungen. Das Zeichen zum Angriff für die Elefantentreiber, die mit spitzen Stöcken auf die Nacken der Kolosse einstachen, um ihre riesigen Reittiere voranzutreiben. Die größten der Dickhäuter trugen kleine hölzerne Türme auf ihren Rücken, in denen sich zwei Bogenschützen und ein Krieger mit einer vier Schritt langen Lanze drängten.

Muwatta ergriff die Zügel seines Streitwagens, um ihn persönlich den nächsten Hügel hinaufzulenken. Er würde es sich nicht nehmen lassen, dem Angriff beizuwohnen, bevor er sich den Streitwagen anschloss, die einige Meilen entfernt im Osten warteten, wo der Feind sie nicht vermutete. Sie hatten dort schon in der Nacht Aufstellung genommen. Bei Neumond hatte niemand den Staub, den sie aufwirbelten, sehen können. Es war ein kluger Zug gewesen, diese Nacht abzuwarten.

Kurunta wandte sich an Labarna, den riesigen Hauptmann

seiner Leibwache. »Die Truppen bleiben hier unten. Ich möchte, dass sie für den Feind außer Sicht bleiben. Sobald die roten Signalfahnen gezeigt werden, greifen zwanzig Kolonnen an, so wie es besprochen wurde. Die Zauderer und Schwachen sollen den Angriff führen, damit der nächste Hieb diesen Bauernhaufen dort drüben umso härter trifft.«

Labarna trug zwar Beinschienen und einen Bronzekürass, aber statt eines Helmes ruhte der Kopf eines Wolfes auf seinem Haupt, von dem ein struppiges Fell weit hinab auf seinen Rücken reichte. Der Befehlshaber seiner Leibwache war außerordentlich groß. Er überragte jeden anderen Mann im Heer. Labarna lehnte lässig auf einer mächtigen, mit rostigen Eisennägeln verstärkten Keule. Es gab nichts, das deren wuchtigen Hieben zu widerstehen vermochte. Wenn es darauf ankam, würde Labarna ganz allein eine Bresche in den gegnerischen Schildwall schlagen. Muwatta brauchte dafür keine Elefanten!

Der Hauptmann seiner Leibwache nickte knapp. Er war kein sonderlich gesprächiger Mann. Aber er fieberte der Schlacht entgegen. Er liebte es, zu kämpfen, den namenlosen Schrecken in den Augen jener Unglücklichen zu sehen, die ihm gegenüberstanden.

Kurunta folgte Muwatta den Hügel hinauf.

Das Heer Arams hatte in einem langen Schildwall am jenseitigen Ufer Aufstellung genommen, ganz wie Muwatta es vorausgesagt hatte. Hinter der Linie waren drei Blöcke von Kriegern als Reserven aufgestellt. Der Kriegsmeister war enttäuscht. Wie es schien, war die einzige Überraschung des Tages, dass es keine Überraschungen gab.

Der Unsterbliche winkte ihm. »Siehst du ihn?« Muwatta deutete mit ausgestrecktem Arm auf die Mitte der feindlichen Schlachtlinie. »Dort, bei der goldenen Standarte.«

Kurunta kniff die Augen zusammen. Er sah nicht mehr so gut, auch wenn er gemeinhin ein Geheimnis daraus machte. Jetzt konnte er nicht erkennen, was der Unsterbliche meinte. Nicht einmal das Feldzeichen vermochte er zu entdecken. Für ihn war das feindliche Heer nur eine lange Linie von großen, mit Kuhhaut bespannten Schilden, über der bronzene Helme funkelten.

»Aaron steht dort, inmitten seiner Männer.«

Kurunta schüttelte den Kopf. »Das ist dumm! Da hat er keinen Überblick. Er ist der Feldherr. Wie will er sein Heer lenken, wenn er inmitten des Durcheinanders der Nahkämpfe steckt?«

»Vielleicht tut er es, damit seine Bauern nicht schon bei unserem Anblick davonlaufen«, mutmaßte der Unsterbliche. »Womöglich werden die Elefanten allein schon ausreichen, um diese Schlacht zu gewinnen.«

Kurunta verschränkte die Arme vor der Brust und beobachtete, wie die grauen Kolosse zwischen den Hügeln hervorkamen und auf das trockene Flussbett zumarschierten. Langsam, aber unerbittlich. Er war froh, nicht zu den Männern zu gehören, die diesen Ungeheuern standhalten mussten.

Fast dieselben Worte

Narek blickte zu Ashot auf. Die Löwen von Belbek hatten ihn auf ihre Schultern gehoben, damit alle Männer in der dichtgedrängten Schlachtlinie ihn gut sehen konnten.

Sein Freund sah aus wie ein Satrap, dachte Narek stolz. Ashots Rüstung glänzte großartig. Er trug einen Bronzehelm mit langem, schwarzem Rosshaarschweif, und obwohl es ein heißer Tag werden würde, hatte er ein Fell von irgendeiner gefleckten Raubkatze um seine Hüften gewickelt. Wenn die Frauen von Belbek ihn nur so sehen könnten! Der Sohn des ruinierten Schweinezüchters war ein Feldherr geworden! Wahrscheinlich hatte noch nie ein Mann aus Belbek so prachtvoll ausgesehen. Narek grinste. Und er war der beste Freund dieses Helden. Auch er durfte sich in Ashots Ruhm sonnen, wenn sie heimkehrten. Er war der Standartenträger des Feldherrn. Der Hüter des goldenen Löwen, der hoch über ihren Häuptern auf einer rot lackierten Stange steckte.

»Männer«, rief Ashot. »Viele von euch werden den Abend nicht erleben. Wir sind Väter, Brüder, Bauern. Unser Blut und unser Schweiß haften an dem Land, das wir beackern. Wir kämpfen jeden Tag, an dem wir hinaus auf unsere steinigen Äcker gehen. Wir kämpfen öfter und härter als die Krieger, denen wir uns heute entgegenstellen. Ihr habt sie gesehen, die Männer des Krieges. Ihr habt mit ihnen geübt. Sie sind nicht stärker als wir. Nur in einem sind sie uns voraus. Sie haben Erfahrung darin, Kehlen durchzuschneiden. Ganz gleich, was heute geschieht und welche Schrecken uns erwarten, vergesst nicht eure Stärke. Haltet aus! Flieht nicht, rückt enger zusammen, wenn die Angst euch überwältigt. Es sind die, die fliehen, die zu Hunderten sterben, die keinen Freund an ihrer Seite mehr haben, der sie mit seinem Schild beschützt. Die, denen der Feind im Nacken sitzt, dem ein Leben nichts gilt, der nie aufgebaut hat, der nur für Mord und Gewalt kämpft. Bleibt standhaft! Rückt zusammen! Beschützt den Mann an eurer Seite! Das ist alles, was ich von euch erwarte. Vertraut meinen Worten, und wir werden als stolze Männer auf die Äcker Naris zurückkehren.«

Irgendwie machte Ashot den Eindruck, als seien ihm gerade die Worte ausgegangen, dachte Narek. Das war kein guter Zeitpunkt. Da musste noch etwas kommen. Er spürte die Spannung. Ashot hatte mit allem recht, aber er sollte noch etwas sagen, was alle anfeuerte.

»Hebt mich hoch, Männer!«, befahl der Unsterbliche, der mit ernster Miene Ashots Worten gelauscht hatte. Dann griff er Ashots Faden auf. »Manche sagen, als Unsterblicher sei ich der Vater meines Landes. Alt genug dazu bin ich wahrlich, euer Vater zu sein. Aber wenn ich an meinen Vater denke, erinnere ich mich vor allem daran, wie er mich verdroschen hat, wenn ich irgendetwas tat, was ihm nicht gefiel.«

Narek sah den hageren Lamgi neben sich grinsen. Einige Männer lachten leise. Auch er erinnerte sich noch gut an so manche Tracht Prügel, die sein Vater ihm verabreicht hatte.

»Manches Mal hab ich zu Unrecht den Hintern verdroschen bekommen. Es waren jene Male, als ich die bittersten Tränen vergossen habe, denn Ungerechtigkeit schmerzt mehr als ein paar Hiebe.«

Narek erinnerte sich an eine Tracht Prügel für ein Hühnerei, das er angeblich gestohlen hatte. Hinterher war herausgekommen, dass das blöde Huhn es nur gut versteckt hatte. Tagelang hatte ihm der Hintern gebrannt.

»Hinter den Hügeln«, fuhr der Unsterbliche fort, »stehen ein paar tausend Luwier, die glauben, sie könnten uns den Hintern versohlen, weil sie stolze Krieger sind und wir nur dreckige Bauern. Aber wir sind keine Kinder mehr. Wir lassen uns nicht herumschubsen und verprügeln!«

»Genau!«, rief Aleksan, der Hauptmann der Nachtwachen.

»Manche fragen sich, warum ich, der Unsterbliche Aaron, lieber inmitten von Bauern stehe, als mich mit meiner Leibgarde zu umgeben. Die Antwort ist ganz einfach. Was tut ein Krieger, wenn er merkt, dass eine Schlacht verloren geht? Er läuft davon! Was aber macht ein Bauer, dem ein Sturm die Ernte ruiniert? Läuft er fort?« Der Unsterbliche blickte auf sie herab, als erwarte er eine Antwort.

»Mir ist einmal ein Kornfeld abgebrannt«, rief Narek. »Ich musste den ganzen Winter alle meine Nachbarn anschnorren. War übel …«

»Und was hast du im nächsten Frühjahr getan?«, fragte Aaron.

»Ich hab das Feld neu bestellt.« Narek wunderte sich ein wenig. Wozu diese Frage? Es lag doch auf der Hand, was ein Bauer im Frühjahr tat.

»Genau deshalb bin ich hier!« rief der Unsterbliche. »Ihr seid keine Männer, die weglaufen. Wenn das Schicksal euch niederwirft, dann rückt ihr in den Dörfern enger zusammen. Ihr helft einander wieder auf die Beine. Ihr haltet durch, ganz gleich welche üblen Überraschungen das Leben auch bereithält. Und genau das werden wir tun, wenn die Luwier hinter ihren Hügeln hervorkommen. Zusammenrücken, sie kommen lassen. Und dann will ich in der ersten Reihe stehen, wenn wir ihnen die Überraschung ihres Lebens bereiten. Wenn wir sie verdreschen. Ich will in ihre Augen sehen, wenn sie mit Schrecken erkennen, mit was für einer Sorte Männer sie sich hier angelegt haben. Dass wir härter sind als sie. Dass sie uns nicht von diesem Ufer vertreiben können, ganz gleich, wie oft sie es auch bestürmen. Und sie werden ihr ganzes Leben lang den Tag nicht vergessen, an dem sie auszogen, um ein paar Bauern niederzumachen, und den Löwen Arams begegneten! Werdet ihr das heute für mich sein? Meine Löwen?«

Jubel brandete auf. Seltsam, dachte Narek. Der Unsterbliche hatte fast dasselbe gesagt wie Ashot, aber ihm jubelten sie zu. Wieder dachte er an seinen Freund Artax, der nach Nangog gegangen war, um sein Glück zu suchen. Wenn er etwas erklärt hatte, hatte es auch jeder verstanden.

»Wer seid ihr?«, rief Aaron.

»Deine Löwen! Deine Löwen!«, brandete es von überall auf den Unsterblichen ein.

Plötzlich hatte Aaron es eilig, von den Schultern seiner Männer herunterzukommen.

Ashot war schon unten. Er machte ein mürrisches Gesicht.

»Sie kommen«, rief der Unsterbliche. »Rückt zusammen! Seid tapfer!«

Die letzten Worte sprach Aaron in einem Tonfall, der Narek Angst machte. Und dann hörte er die Entsetzensschreie der Männer in der ersten Schlachtreihe.

»Sie schicken uns Ungeheuer. Wandelnde Türme!«

Elefanten! Artax fluchte. Hundert! Vielleicht sogar noch mehr. Er hätte es ahnen können. Muwatta hatte ihn im vergangenen Jahr zum Fest der Heiligen Hochzeit auf dem Rücken eines Elefanten thronend empfangen. Natürlich nutzte er diese grauen Kolosse auch, um sein Heer zu verstärken.

Artax drängte sich durch die Reihen seiner Männer nach vorne, um besser sehen zu können, was da auf sie zukam. Er trug unförmige Holzschuhe, die mit Stroh ausgepolstert waren. Sie machten jeden seiner Schritte schwer und ungelenk.

»Wir müssen schnell handeln«, raunte Datames an seiner Seite. »Die Panik greift schon um sich.«

Die Plänkler, die sie im Flussbett postiert hatten – Krieger, bewaffnet mit Steinschleudern, Bögen und leichten Wurfspeeren –, drängten gegen den Schildwall, der sich aufzulösen begann. Schon hatten die ersten Elefanten das gegenüberliegende Ufer erreicht. Behutsam suchten sich die Tiere einen Weg hinab. Die Türme auf ihren Rücken schwankten dabei so stark hin und her, dass die Bogenschützen darauf nicht schießen konnten.

»Sie dürfen nicht bis zum Schildwall kommen«, rief Artax und eilte, so schnell es die Holzschuhe zuließen, die Böschung hinab. »Folgt mir, Männer!«

Die ersten Elefanten waren im trockenen Fluss angelangt. Einer kam direkt auf Aaron zu. Sein Treiber schlug mit einem spitzen Haken auf den Nacken des Tieres ein. Die kleinen Augen der Kreatur waren angstweit.

Plötzlich bäumte sich der Elefant auf, riss seinen Rüssel zurück und stieß ein schrilles, durchdringendes Trompeten aus. Artax sah Krähenfüße in den dicken Sohlen des Tieres stecken. Der Turm auf dem Rücken des Elefanten kam ins Rutschen. Er krängte zur linken Seite und riss den Elefanten zu Boden. Die Turmbesatzung wurde in den Sand geschleudert. Der Treiber, der im Nacken des Elefanten gesessen hatte, lag halb eingeklemmt unter dem Tier, das verzweifelt versuchte, sich wieder auf die Beine zu kämpfen.

Überall ringsherum bäumten sich die Elefanten auf. Ihre Trompetenstöße kündeten von Schmerz, Schrecken und Panik. Sie stiegen auf die Hinterbeine wie scheuende Hengste. Andere wandten sich um und stürmten die gegenüberliegende Böschung hinauf. Manche jedoch rannten einfach nur vorwärts, blind vor Schmerz und Schrecken.

Ein Pfeil prallte von Artax' Brustpanzer ab. Die Wucht des Treffers ließ ihn nach hinten taumeln. Er hatte darauf verzichtet, seinen Löwenhelm aufzusetzen, um besser sehen zu können. Das bedauerte er jetzt. Auf der Uferböschung der Luwier erschienen Bogenschützen, um den Angriff der Elefanten zu unterstützen, und leicht bewaffnete Plänkler stürmten zum Flussbett hinab.

»Schreit sie an!«, rief Datames. »Lauft auf sie zu und schwenkt die Arme, dann werden sie scheuen.« Mit diesen Worten stürmte er selbst einem Elefanten entgegen. Der Hofmeister trug eine leichte Leinenrüstung und schwang ein seltsames, schlankes Eisenschwert, wie Artax noch keines gesehen hatte.

Der Elefant wich nicht aus. Er schlenkerte wütend mit dem Kopf. Die Sichelklingen an seinen Stoßzähnen schnitten zischend durch die Luft. Datames duckte sich unter dem Angriff hinweg und hackte nach dem Rüssel des Elefanten. Sein Schwert durchschnitt das schützende Leder und durchtrennte den Rüssel, der eine Blutfontäne hinter sich herziehend durch die Luft wirbelte. Die riesige Kreatur schrie vor Schmerz gepeinigt auf, versuchte Datames zu zerstampfen, doch der Hofmeister wich jedem der Angriffe aus und stieß seine Klinge tief in die Kehle des Tiers.

»Treibt sie zurück!«, schrie Artax, der Datames' Heldenmut bewunderte, und stürmte nun seinerseits einem der Elefanten entgegen, die drohten, bis zum Schildwall zu gelangen. Es waren nicht mehr viele, die geradewegs auf sie zustürmten. Weniger als zwanzig. Aber es waren genug, um ihre Menschenmauer zu zerschmettern.

Die Krieger auf den Holztürmen zogen kurze Wurfspeere aus Köchern, die von den hölzernen Zinnen hingen, und schleuderten sie auf die wenigen Tapferen herab, die die Böschung hinabliefen, um die Ungeheuer aufzuhalten.

Artax fegte einen der Wurfspeere mit seinem Schwert beiseite. Der Elefant neigte sein Haupt, sodass die mörderischen Sichelklingen an seinen Stoßzähnen dicht über den Boden fegten.

Artax versuchte nach dem Rüssel zu schlagen, doch wollte ihm kein Treffer gelingen. Immer wieder musste er den Sichelklingen ausweichen und zurückspringen, denn der Elefant marschierte unerschrocken weiter vorwärts und ließ sich von Schreien und wilden Flüchen nicht beeindrucken.

Artax strauchelte über einen der Toten. Mit den Armen rudernd, versuchte er die Balance zu halten, als ein weiterer Wurfspeer auf ihn niederging und er sich nach hinten stürzen ließ, um dem tödlichen Geschoss auszuweichen. Er meinte, in den kleinen Äuglein des Elefanten Triumph zu sehen, als er am Boden lag und die Bestie einen ihrer Vorderfüße hob, um ihn zu zermalmen.

Artax tastete nach seinem Schwert, das ihm im Sturz aus der Hand geglitten war, unfähig, den sich langsam senkenden Elefantenfuß aus den Augen zu lassen. Er bekam einen Krähenfuß zu packen, rammte den Bronzedorn in den Ballen des Elefanten und rollte sich zur Seite ab.

Das riesige Tier zuckte zurück, stieß einen schrillen Trompetenstoß aus. Den Fuß, der ihn hatte zermalmen sollen, setzte es nicht wieder auf.

Artax kam auf die Beine und griff sein Schwert, als ihn ein Lanzenstoß in die Flanke traf. Die eiserne Spitze vermochte die Rüstung der Devanthar nicht zu durchdringen, doch ließ ihn der Treffer erneut taumeln. Er blickte zu dem Krieger auf, der ihn von der Howdha, dem Turm auf dem Elefantenrücken, aus mit einer wohl vier Schritt langen Lanze angriff. Mit seinen wütenden Attacken behinderte er die Speerwerfer.

Artax wich einem Lanzenstoß aus, packte mit beiden Händen den Schaft der Waffe und zog mit einem heftigen Ruck daran, doch der Krieger im Turm war stark. Es gelang Artax nicht, ihm die Waffe zu entwinden. Aus den Augenwinkeln sah der Unsterbliche, wie der Elefant mit dem Rüssel nach seinem verletzten Fuß tastete und sich bemühte, mit dem fingerähnlichen Auswuchs an der äußersten Rüsselspitze den Krähenfuß aus seiner Sohle zu ziehen. Vergeblich. Plötzlich stieß er den verwundeten Fuß in einem Wutausbruch zu Boden. Mit funkelnden Augen fixierte er Artax und wandte sich langsam um.

Pfeile gingen auf den Elefanten nieder. Der Krieger mit der Lanze sackte auf die Brüstung der Howdha. Ein gefiederter Schaft ragte aus seinem Nacken. Artax entwand dem Toten die Waffe.

»Komm, Grauer! Ich fürchte dich nicht!« Er tippte mit der Spitze der Lanze gegen eine der Klingen an den Stoßzähnen. »Bringen wir es zu Ende!«

Wütend schwang der Elefant den Kopf zur Seite und versuchte ihn mit seinem Rüssel zu packen. Artax ließ sich auf die Knie fallen und stieß die Lanze am Rüssel vorbei ins aufgerissene Maul des Elefanten. Er spürte, wie die Spitze durch Fleisch drang und schließlich auf Knochen traf. Blut troff aus dem Maul des Elefanten, der ruckartig den Kopf nach hinten warf.

Artax wurde emporgerissen. Er ließ die Lanze los, segelte ein Stück durch die Luft und schlug schwer auf den Boden. Ein Krähenfuß grub sich in seinen Oberschenkel. Artax biss die Zähne zusammen und versuchte den Schmerz zu ignorieren.

Der Elefant warf seinen Kopf hin und her. Dann packte er mit dem Rüssel nach dem Speerschaft. Das Holz splitterte, doch vermochte er die Waffe nicht aus seinem Maul zu reißen.

»Seid Ihr verletzt?« Datames kniete neben ihm.

Artax schüttelte den Kopf und stemmte sich hoch. Der Elefant hatte ihn vergessen, er beschäftigte sich nur noch mit der gesplitterten Lanze in seinem Schlund.

»Wir müssen zurück, Aaron. Die Schlachtlinie bricht. Die Männer müssen dich sehen, oder es ist alles verloren.«

Artax fuhr herum. Ein Dutzend oder mehr der Kolosse hatte es die Böschung hinaufgeschafft und warf sich wie lebende Rammböcke gegen den Schildwall.

Lebende Türme

Allein die Schreie zu hören machte ihn schon wahnsinnig. Da starben Männer, und irgendwelche Kreaturen stießen Laute aus, wie Narek sie noch nie vernommen hatte. Er war nicht der Größte und stand erst in der vierten Linie der Schlachtreihe. Er konnte nichts sehen außer den Rücken der Männer vor ihm.

Aber rechts neben ihm stand ein großer Kerl, den er nicht kannte. Er war muskulös und hatte kein sehr einnehmendes Gesicht. Und selbst ihm zitterten die Hände so sehr, dass er kaum seinen Speer halten konnte.

»Was siehst du?«

Der Kerl antwortete nicht. Er schien ihn gar nicht gehört zu haben. Da war wieder so ein Tierlaut. Ein bisschen wie ein Trompetenstoß.

Die Krieger in der vordersten Reihe wichen zurück. Nicht viel, nur zwei oder drei Schritt. Der Mann neben ihm begann zu beten. Sein Gesicht war aschfahl.

»Was kommt da auf uns zu?« Narek wünschte, Ashot wäre bei ihm, aber sein Freund stand in der ersten Reihe des Schildwalls. Vor Ashot gab es nur noch die Plänkler, die man nun so schrecklich schreien hörte. Und den Unsterblichen. Er war einfach nach vorne gegangen, um sich der Gefahr zu stellen. Aaron war so mutig. Ashot würde jetzt sagen, dass es keine Kunst war, mutig zu sein, wenn man eine von Göttern erschaffene Rüstung trug und unsterblich war. Narek seufzte. Sich Ashots Boshaftigkeiten vorzustellen half. Er kannte ihn sein ganzes Leben lang. Schon als Kind war er ziemlich unausstehlich gewesen. Außer ihm und Artax hatte Ashot keine Freunde gehabt.

Ein kaum zwölfjähriger Junge kroch zwischen den Beinen der Schildträger in der vordersten Reihe hindurch. Sein Gesicht war eine mit Blut bespritzte Maske des Schreckens. Er musste zu den Schleuderern gehört haben, die nur mit Lederschlingen und Steinen bewaffnet versucht hatten, den Vormarsch der Luwier zu verlangsamen. Der Junge kroch weiter, ohne sich um die Flüche der Männer zu kümmern, die er anrempelte. Erst als er an ihm vorbeikroch, sah Narek, dass der Rücken des Jungen aufgeschlitzt war, bis auf die Rippen hinab.

Der Anblick war wie ein Schlag in den Magen. Übelkeit wallte in Narek hoch. Plötzlich spürte er eine Hand auf der Schulter. Lamgi, der hagere Bauer aus der Nähe von Nari. Er wirkte völlig ruhig.

»Hast du keine Angst?«

Statt zu antworten, lächelte Lamgi nur. »Du darfst nicht zurückweichen. Du trägst das Feldzeichen. Wenn du zurückgehst, geht die ganze Schlachtlinie mit dir. Und wir wollen doch hier darauf warten, dass Aaron zurückkehrt. Wir haben es ihm versprochen.«

Narek nickte beschämt. »Wie schaffst du es, keine Angst zu haben? Kannst du mir den Trick verraten? Ich will wirklich kein Feigling sein, aber ich habe solche Angst, dass meine Beine nicht mehr auf das hören, was ich eigentlich will.«

Lamgi lachte. »Ich verspreche dir, dich festzuhalten, falls du fortlaufen willst.« Sein Kamerad trug keinerlei Rüstung. Als Einziger aus Ashots Leibwache! Er war einfach nicht dazu zu überreden gewesen. Nur mit einer Tunika bekleidet, stand er hier zwischen all den Gewappneten. Er hielt einen kleinen Schild und einen Speer. Kein Helm saß auf seinem Kopf, aber er hatte die Lederschnüre mit den Amuletten, die sein Messer umschlungen hatten, geöffnet. Heute war der Tag, an dem Lamgi sich ganz unter den Schutz des Tempelsegens stellen würde. Wenn er an Lamgis Seite blieb, wirkte sich der Segensspruch der Priester vielleicht auch auf ihn aus. Er könnte …

Plötzlich ragte ein Turm über den Häuptern in der ersten Reihe auf. Narek blickte entgeistert zu den drei Kriegern in dem hölzernen Gebilde auf, das dem Erdboden entwachsen zu sein schien. Zwei schossen mit Bögen auf die Männer der Schlachtlinie. Der dritte stieß mit einer langen Lanze.

»Ruhig!«, rief irgendwo hinter ihm einer der Hauptleute. »Steht!«

Wieder meldeten sich Nareks Beine mit dem dringenden Wunsch zu laufen. Er stampfte mit seinen Holzschuhen fest auf den Boden. Das hier war sein Platz! Er hielt die Standarte. Er durfte nicht fliehen!

»Die Speere nieder!«, schrie jemand vor ihm.

Hundert Mal hatte Narek diesen Befehl in den letzten Tagen gehört. Er senkte die Standarte, als sei sie ein Speer. Vor der ersten Reihe erklang ein grässlicher Schrei. Ein zerschundener Körper wirbelte über die erste Schlachtlinie hinweg. Ein kopfloser Torso. Er krachte in die Schilde, riss Männer nieder, brachte die Reihen ins Wanken.

Narek riss seine Standarte hoch. Und dann erschien der Kopf des Ungeheuers, das den Turm trug. Stählerne Zähne ragten krumm aus seinem Maul, und eine goldgeschuppte Schlange wand sich mitten in seinem Gesicht.

Mit einem Kopfschlenkern zerschmetterte die Bestie die erste Reihe. Eisen kreischte auf Bronze, zerfetzte das goldschimmernde Metall, riss Leiber auf. Abgebrochene Pfeile ragten aus den Flanken des Ungeheuers, doch nichts schien es aufhalten zu können.

Rings um Narek ließen Männer ihre Speere und Schilde fallen und wandten sich zur Flucht. Doch in den dichtgedrängten Schlachtreihen gab es kein schnelles Entkommen.

Das Ungeheuer stieg über die Böschung. Wieder zerschmetterten die langen Eisensicheln, die aus seinem Maul ragten, Schilde und Brustpanzer. Ein aufgerissener Eberzahnhelm fiel vor Nareks Füße. Die bleichen Hauer waren gesplittert und glitten von den Lederschnüren, die sie gehalten hatten.

Das Geschrei ringsherum war unbeschreiblich. Männer fluchten, flehten um Gnade, schrien vor Schmerz und Angst. Und weiter unten ertönten noch weitere der tierischen Trompetenstöße, als wolle eine ganze Horde dieser Ungeheuer gleich die Böschung hinaufkommen.

Ein Verzweifelter griff nach einem der breiten Lederriemen, die den Turm hielten, der auf den Rücken der Bestie geschnallt war. Er zog sich hoch, um den baumdicken Beinen des Ungeheuers zu entgehen, die die letzten Standhaften in den Boden zu trampeln drohten. Der Mann war schon ein ganzes Stück hinauf, als ihn ein kurzer Wurfspeer durchbohrte.

Das Ungeheuer schwenkte den Kopf. Jetzt sah Narek aus nächster Nähe, was die Sichelklingen anrichteten. Blut spritzte ihm ins Gesicht. Die Männer in der Reihe vor ihm starben binnen eines Herzschlags. Sie zu töten kostete das Monstrum nur ein ärgerliches Kopfschwenken. Es gab nun niemanden mehr, der zwischen ihm und dem Ungeheuer stand. Der Boden vor Narek war bedeckt von sich windenden Leibern. Die Bestie setzte einen Fuß auf einen Glockenkürass, und mit einem Ächzen, das fast wie ein verzweifelter Seufzer klang, verbog sich das Metall.

Narek hielt seine Standarte dem Ungeheuer entgegen. Den Löwen von Nari. Er durfte nicht weichen. Die Worte Lamgis und die Bitten Ashots klangen ihm noch in den Ohren. Wenn er zurückging, würde die Linie zerbrechen.

Rinnsale aus Blut perlten von der zerfurchten, grauen Haut des

Ungeheuers. Einer der gestürzten Krieger erhob sich. Ein Mann mit einem prächtigen Rosshaarbusch auf dem verrutschten Helm. Ashot! Sein Freund streifte seinen Schild vom Arm, zog das Eisenschwert aus der roten Lederscheide und hieb auf eines der Beine des Ungeheuers ein. Ashot schrie ihm etwas zu, doch die Worte verklangen im Getöse der Schlacht.

Das Ungeheuer ließ sich von der Schramme an seinem Bein nicht aufhalten. Es stand nun unmittelbar vor Narek.

»Der Löwe von Nari weicht nicht vor dir zurück«, sagte Narek ziemlich kleinlaut.

Die goldgeschuppte Schlange schnellte vor, um nach ihm zu greifen, als er zur Seite gerissen wurde. Lamgi!

Narek hielt mit beiden Händen seine Standarte. Seine Füße gehorchten ihm nicht mehr. Sie waren wie gelähmt. Er vermochte sich keinen Zoll zu bewegen. Das Ungeheuer stürmte an ihm vorbei.

Ashot war jetzt bei ihm. Auch er griff nach dem Schaft der Standarte und stützte sich schwer darauf. »Gasse bilden!«, schrie er aus Leibeskräften. »Lasst das Ungeheuer durch! Versucht nicht es aufzuhalten.«

Tatsächlich öffnete sich die Schlachtlinie, und als hätten Ashots Worte einen Zauberbann auf die Kreatur gelegt, versuchte sie nicht nach links oder rechts auszubrechen, sondern stürmte mit einem lauten Trompetenstoß durch den Hohlweg, der sich inmitten der Menschenmassen gebildet hatte.

»Zurück, Männer! Zurück zur Böschung!«, rief Ashot.

Narek hielt sich an der Seite seines Kameraden. Auf der anderen Seite flankierte ihn Lamgi. Beide beschirmten ihn mit ihren Schilden. Narek schwenkte stolz den goldenen Löwen auf der Stange. »Folgt mir, Löwen von Nari«, rief er mit rauer Stimme. Sein Mund war trocken, Schweiß brannte ihm in den Augen, und die Knie wurden ihm weich, als er in das Flussbett blickte. Dutzende der Ungeheuer stürmten in blinder Panik den Flusslauf entlang oder rannten ihren eigenen Truppen entgegen. Einige waren allerdings auch durch den Schildwall gebrochen. Überall lagen Tote und Verwundete.

Der Unsterbliche erklomm vor ihnen die Böschung. Datames ging an seiner Seite, ein schmales, bluttriefendes Schwert in Händen. Narek hätte niemals gedacht, dass der bartlose Hofmeister auch ein Krieger war.

»Gut, dass du die Schlachtreihe gehalten hast«, sagte der Unsterbliche und klopfte Ashot auf die Schulter. »Du, Narek, bleibst dicht bei mir. Alle sollen wissen, dass ich dort bin, wo der goldene Löwe steht.« Aaron nickte ihm anerkennend zu. »Du bist ein tapferer Mann, Narek aus Belbek. Ich bin stolz, an deiner Seite zu stehen.«

Narek seufzte. Der Unsterbliche hatte sich seinen Namen gemerkt. Unter all diesen Männern! Hätte das nur Rahel hören können! Sie würde ihm niemals glauben, wenn er das erzählte. Niemand im ganzen Dorf würde diese Geschichte glauben! Aber er würde sie trotzdem erzählen.

»Hör auf, so dämlich zu grinsen«, sagte Ashot mit einem Lächeln. »Das passt nicht zu einem Helden.«

»Meinst du, wir können ihn mit nach Belbek nehmen? Für eine Stunde vielleicht?«

Sein Freund runzelte die Stirn. »Wen?«

»Den Unsterblichen …« Die Worte waren kaum über seine Lippen, da bereute er sie und begriff, was für einen Narren er gerade aus sich machte. »Ich meine … Keiner wird uns glauben. Das ist doch …« Er machte eine weit ausholende Geste zum Flussbett hin. »Das wird sich keiner im Dorf vorstellen können.«

Statt zu antworten, sah Ashot ihn nur mit weiten Augen an. Nein, er blickte leicht an ihm vorbei. Narek wandte den Kopf. Der Unsterbliche stand hinter ihm. Er hatte alles gehört.

»So sei es«, sagte er majestätisch. »Wenn dieser Tag vorüber ist, werde ich mit euch beiden nach Belbek gehen und von euren

Heldentaten berichten, auf dass es niemals jemand wage, euch Lügenmäuler zu nennen. Doch jetzt helft mir, diese Schlacht zu gewinnen.«

Ein junger Höfling drängte sich durch die Reihen der Krieger und reichte dem Unsterblichen dessen Löwenhelm. Aaron setzte ihn auf, und sein menschliches Antlitz verschwand hinter der Fratze des Raubtiers. Aaron bückte sich und hob den Schild eines Toten auf. Dann hieb er mit seinem Schwert auf den bronzenen Schildbuckel. Es war eine trotzige Geste. Sie hatten gelitten, aber sie waren nicht geschlagen. Es brauchte mehr als ein paar graue Ungeheuer, um sie von der Böschung zu vertreiben. »Schildwall!«, rief der Unsterbliche. Seine Stimme klang dumpf durch das Metall.

»Schildwall«, rief nun auch Narek und hob einen Schild auf. Andere taten es ihm gleich, und auch sie schlugen mit der flachen Seite ihrer Schwerter auf die Schilde. Es war ein Lärm, der bis zum Götterhimmel zu hören sein musste.

»Schildwall!« Überall entlang der Uferböschung wurde der Ruf aufgenommen, und so weit Narek blicken konnte, schloss sich die Mauer aus Menschen wieder.

Keine Magie

Kurunta traute seinen Augen nicht. Er war skeptisch gewesen, ob der Einsatz der Elefanten ein Erfolg werden könnte, aber das, was sich dort unten im trockenen Fluss abspielte, überstieg seine schlimmsten Befürchtungen. Er sah es zwar nur verschwommen, aber die Elefanten waren so riesig, dass selbst ein halb blinder Greis sie nicht hätte übersehen können. Sie stoben auseinander und gebärdeten sich wie toll. Was Kurunta nicht erkennen konnte, war, warum es geschah. Er musste näher heran!

»Labarna! Ich brauche ein paar Schildträger und Bogenschützen!« Er winkte dem Hauptmann seiner Leibwache und stieg den Hügel hinab. Er würde selbst ins Flussbett hinabsteigen und nachsehen, was dort unten vor sich ging.

Ein Elefant stürmte ihm mit aufgestellten Ohren entgegen. Ein furchterregendes Ungeheuer mit einer schweren Bronzemaske, die von einem breiten Kamm rot gefärbten Rosshaars gekrönt wurde, hinter dem der Mahout, der Elefantenführer, im Nacken des Tieres saß. Der Treiber versuchte verzweifelt, das Tier mit seinem Haken zum Halten zu bringen. Er schlug die Eisenspitze immer wieder in Nacken und Hals des Elefanten. Bäche roten Blutes strömten über die zerfurchte Haut, doch das Tier schien es kaum zu bemerken. In den schwarzen Augen des Elefanten standen Panik und Entsetzen. Er hörte die verzweifelten Schreie des Treibers nicht, spürte dessen Hiebe nicht.

Kurunta beeilte sich, dem rasenden Ungeheuer aus dem Weg zu kommen. Es stürmte den Kolonnen entgegen, die dicht gedrängt hinter den Hügeln standen. Der Kriegsmeister fluchte. Nichts würde das Mistvieh aufhalten. Es würde vielleicht noch Dutzende Krieger zu Tode trampeln. Die Männer in den Angriffskolonnen könnten ihm kaum ausweichen. Wenn er je wieder Elefanten in eine Schlacht führte, würde er dafür sorgen, dass die Mahouts ein Mittel besaßen, die Untiere zum Halten zu bringen, wenn sie sich gegen ihre eigenen Leute wandten. Vielleicht einen Dolch oder besser noch einen scharfen Meißel, den die Mahouts mit einem kräftigen Hammerschlag zwischen die Nackenwirbel der Tiere treiben konnten. Das würde auch einen Elefanten aufhalten.

Labarna erreichte ihn mit einem Gefolge von Kriegern. Sofort hielten sie schützende Schilde vor ihn. Der Hauptmann seiner Leibwache bedachte ihn mit einem tadelnden Blick, weil er sich ohne Eskorte in die Nähe des Elefanten begeben hatte.

»Führ dich nicht auf wie eine Glucke, Labarna. Wir sind noch fast hundert Schritt von der feindlichen Schlachtlinie entfernt.«

»Aber ihre Bogenschützen, Herr!«

»Die haben jetzt anderes im Sinn, als auf einen halb verbrannten Krüppel zu schießen. Folgt mir!« Kurunta führte die Männer zur Uferböschung. Die Mehrzahl der Elefanten war außer Gefecht. Er sah, wie einige der Tiere mit ihren Rüsseln nach ihren Füßen tasteten.

Inzwischen waren die Plänkler Aarons vor die Schlachtlinie zurückgekehrt. Die wenigen Lücken, die die Elefanten in den Schildwall gerissen hatten, schlossen die Bauern bereits wieder. Nur auf dem linken Flügel, wo mehrere Tiere durchgebrochen waren, herrschte noch Unordnung. Und das würde sich auch nicht schnell ändern, dachte er mit aufkeimender Zuversicht. Er hätte mehr Plänkler zum Schutz der Elefanten abstellen sollen. Seine Bogenschützen und Speerwerfer schlugen sich zwar tapfer, aber sie würden bald aus dem Flussbett zurückgedrängt sein.

»Wir sollten nicht näher herangehen, Herr. Wir sind in Reichweite ihrer Bogenschützen.«

»Ich bin nicht Kriegsherr geworden, weil ich mich wegen ein paar Pfeilen anpisse«, entgegnete Kurunta unwirsch und stieg die Böschung herab. Er musste herausfinden, was dort unten geschehen war, sonst konnte er keine weiteren Angriffe führen. Er wollte nicht mit ansehen, wie die Angriffskolonnen auseinanderbrachen und in Panik gerieten.

Labarna nahm einem der Speerträger aus der Eskorte den Schild ab und beschirmte Kurunta damit, während die Bogenschützen auf der Böschung blieben und darüber wachten, dass ihnen niemand zu nahe kam. Die Schützen gehörten zur Leibgarde Muwattas und trugen knielange Schuppenpanzer aus Bronze. Ihr Haar war mit breiten, purpurnen Bändern zurückgebunden. Solche Krieger konnte Aaron einfach nicht aufbieten, dachte Kurunta stolz. Sie würden das Heer von Aram zerschmettern. Er hätte gleich mit seinen Speerträgern angreifen sollen.

Der Blick des Kriegsmeisters schweifte über das Flussbett. Einige Plänkler Aarons kauerten hinter einem toten Elefanten und schleuderten mit Lederschlingen Steine nach ihm, doch Labarna schützte ihn mit dem Schild, und die Bogenschützen sorgten schnell dafür, dass sich die Schleuderer nicht mehr hinter der Deckung des gefallenen Kriegselefanten hervorwagten.

Ein funkelnder Dorn im Sand erweckte die Aufmerksamkeit des Kriegsmeisters. Er bückte sich danach und zog eine der Fußangeln aus dem Sand. Vier dreikantige Stacheln, so gegeneinander versetzt, dass stets einer von ihnen nach oben wies, ganz gleich wie die Fußangel auf den Boden fiel. Kurunta war erleichtert. Insgeheim hatte er befürchtet, es sei irgendeine Art von Magie gewesen, die seine Elefanten verrückt gemacht hatte und vielleicht auch seine Krieger in blinden Wahn getrieben hätte, sobald sie ins Flussbett hinabstiegen. Mit etwas so Handfestem wie Fußangeln hingegen würde er fertigwerden. Er hielt sie Labarna hin. »Das ist ihr Geheimnis. So besiegt man Elefanten. Und wenn wir unsere Speerträger schicken, werden alle Kolonnen in Unordnung geraten.«

Sein Leibwächter betrachtete den Fund abfällig. »Eine Waffe für Feiglinge. Wir sollten Feiglinge nutzen, um sie unbrauchbar zu machen. Die Krieger aus den Küstenprovinzen taugen nicht viel. Vor allem die, die in den letzten Wochen gekommen sind. Schickt sie voraus! Sollen sie mit ihren Leichen das Flussbett füllen. Dann können unsere Garden unbeschadet über sie hinwegschreiten.«

Kurunta lachte herzhaft. Vor zwanzig Jahren hätte er noch genauso gedacht. Seitdem war er nicht zum Menschenfreund geworden, aber er hatte begriffen, dass die Moral von Truppen mehr zählte als Waffen und starke Arme. »Es ist nicht gut, wenn unsere Männer über die Leichenberge von Kameraden hinwegsteigen. Es gibt eine viel einfachere Lösung. Wir lassen sie schlurfend vorrücken. Dann können ihnen die Fußangeln nichts anhaben.«

Der Kriegsmeister blickte zum Himmel. Muwatta müsste nun bei den Streitwagen sein. Er musste sich beeilen, wenn er den Schildwall durchbrechen wollte. Aber noch wollte er die Garde nicht einsetzen. Es war klüger, sie für den letzten, vernichtenden Schlag aufzusparen. »Ruf die Raben. Alle!«

Labarna nickte ergeben. Es war klug, die Söldner einzusetzen, solange noch harte Kämpfe zu erwarten waren. Jeder, der verreckte, sparte Muwattas Gold. Bezahlt wurden sie erst nach der Schlacht. Ein Goldstück für jeden Kopf, den sie brachten. Sollten sie sich anstrengen! Hetzte er sie auf einen zerschlagenen Schildwall und fliehende Truppen, würde er den Unsterblichen arm machen.

Im Schildwall

Kolja blickte auf die Menschenmassen von Aarons Heer, die vom rechten Flügel davonliefen. Die Elefanten waren längst durchgebrochen. Die Gefahr war vorüber, aber die Panik griff unter den Kämpfern immer weiter um sich. Selbst erfahrene Krieger warfen einfach ihren Schild und ihren Speer fort und rannten. Und Bessos, der die Verstärkungen hinter dem linken Flügel befehligte, tat nichts, um die Flüchtlinge aufzuhalten und wieder Ordnung herzustellen.

Fluchend winkte Kolja seinen Streitwagenfahrer herbei. Er sprang auf, damit seine Truppen ihn gut sehen konnten. Etwa jeder vierte der Krieger gehörte zu den Zinnernen. Das waren die, denen er vertraute. Der Rest kam aus den Leibwachen verschiedener Satrapen. Allerdings stand kein einziger der Provinzfürsten unter seinem Kommando. Sie alle hatten es abgelehnt, Befehle von einem Söldner entgegenzunehmen.

»Die ersten zehn Reihen folgen mir!«, schrie er. »Im Laufschritt marsch!« Mit diesen Worten sprang er vom Streitwagen.

Er hielt nicht viel davon, sich in einem prächtigen Wagen herumfahren zu lassen und auf andere Krieger herabzublicken. Manchmal waren die Wagen nützlich, aber im Allgemeinen zog er es vor, auf seinen eigenen Füßen zu stehen.

Eine halbe Meile trennte ihn von Bessos.

Kolja trug volle Rüstung. Einen Glockenkürass, Arm- und Beinschienen und einen Rock aus zähen Lederstreifen. Aber kein Schmuck prangte auf seinem Helm. Zu oft hatte er gesehen, wie Klingen in eitlen Helmputz schlugen und den Helm vom Kopf rissen oder der plötzliche Ruck seinem Träger das Genick brach.

Bessos hingegen war nicht zu übersehen. Er stand auf einem Streitwagen, dessen Rösser herausgeputzt waren wie die Stiere, die zu den Opferaltären des großen Seefestes geführt wurden. Und nicht anders sah Bessos aus. Der eitle Geck hatte sich ganz und gar in Scharlachrot und Gold gewappnet. Sein Leinenpanzer war rot eingefärbt und mit einem goldenen Löwenhaupt geschmückt. Ein langer, roter Rossschweif wehte von seinem Helm, und in der ersten Reihe seiner Truppen gab es mehr Löwenstandarten als Speere. Der Idiot glaubte wohl, er würde zur Parade eines Tempelfestes kommen!

Koljas Atem ging schwer, als er den Streitwagen des Satrapen erreichte. Er war aus der Übung gekommen, hatte zu lange nicht mehr gekämpft. Die Monde auf Nangog hatten ihn fett gemacht.

»Du musst den rechten Flügel retten! Befiehl deine Männer nach vorn!«

»Du vergisst wohl, wer vor dir steht, Barbar.«

Man musste in Seidenlaken geboren sein, um diesen hochnäsigen Tonfall zu beherrschen. »Wenn es Euch nichts ausmachen würde, hochwohlgeborener Bessos, würde es zur Rettung des Sieges wohl von Vorteil sein, wenn Ihr Euren Kriegern befehlt, den Schildwall zu verstärken.«

»Ich weiß, wie Schlachten gewonnen werden. Es gibt eine Befehlskette. Nur Narren handeln danach, wie ihnen gerade der

Sinn steht. Ein kluger Befehlshaber wartet auf seine Befehle. Und du, Barbar, hast gerade deinen Posten in der Mitte der Schlachtlinie verlassen.« Er winkte seinen Kriegern. »Packt den Kerl! Der Unsterbliche Aaron wird nach der Schlacht seinen Kopf wollen.«

»Bogenschützen!«, rief Kolja. Er hatte geahnt, dass sich Bessos weigern würde. Ein Dutzend seiner Zinnernen legten auf den Satrapen an. »Sollte auch nur einer seiner Krieger Hand an mich legen, legt ihr dieses Schwein in Scharlach um.« Er wandte sich an die Kämpfer der Satrapen. »Männer Arams, der Unsterbliche Aaron braucht euch. Jetzt! Rettet die Schlacht für ihn. Folgt mir!«

»Wir warten auf die Befehle des Unsterblichen!«, rief Bessos herrisch. »Seid keine Narren! Der Sieg hängt einzig davon ab, dass ihr zur Stelle seid, wenn ihr gerufen werdet.«

Koljas Blick wanderte über die Gesichter der Krieger. Manche wirkten unentschlossen, doch die Mehrheit vertraute dem Satrapen.

»Wir sehen uns nach der Schlacht, Bessos. Dann komme ich mit einem Befehl des Unsterblichen, und der wird lauten, dir deinen Leib aufzuschlitzen und dich vor den Augen dieser Memmen hier mit deinen eigenen Gedärmen zu erwürgen.« Er wandte sich ab. »Bogenschützen, ihr behaltet Bessos und seine Krieger im Auge. Ich will nicht mit einem Pfeil im Rücken verrecken. Ihr geht langsam zurück.« Kolja zog sein Schwert und ließ die schlanke Klinge aus der ledernen Prothese fahren. »Speerträger! Folgt mir!«

Er lief am Kadaver eines gestürzten Ungeheuers vorbei. Der Elefant war erst zusammengebrochen, nachdem er durch die Linien gelangt war. Etliche Pfeile und abgebrochene Speere ragten aus den Flanken des Tieres. Die Männer im Kampfturm waren niedergemetzelt worden.

Kolja lächelte. Wenn er das hier überstand, wollte er auch einen

Elefanten haben. Sie waren groß und hässlich und hart im Nehmen, genau wie er.

»Wovor flieht ihr?«, schrie er die Männer an, die ihm entgegenkamen. »Die Elefanten sind hier hinten. Vorne gibt es keine mehr. Zurück mit euch!«

Seine Worte hatten so gut wie keine Wirkung. Die Männer schienen ihn nicht einmal zu hören. Kaum einer kam zurück. Aber wenigstens fassten jene, die geblieben waren, neuen Mut.

»Wir bilden einen Schildwall!«, rief er seinen Kriegern zu. »Die Erschöpften und Verwundeten gehen zurück.«

Kolja stieg über abgetrennte Gliedmaßen und zerschmetterte Körper. Noch nie hatte er ein solches Massaker gesehen. Er konnte verstehen, warum die Bauern davonliefen. Er nahm einem Bauern eines der goldenen Feldzeichen aus den Händen, das Aaron an die Truppen hatte verteilen lassen. Am Rand der Uferböschung rammte er es in den sandigen Boden. »Hier stehen die Zinnernen«, brüllte er über den Fluss hinweg. »Und wir werden nicht weichen!«

Drei Kolonnen aus Speerträgern kamen ihnen gegenüber die Uferböschung hinab. Schwärme von Bogenschützen unterstützten ihren Vormarsch. Sie alle gingen seltsam schlurfend wie alte Männer.

Kolja fluchte, als ihm klar wurde, warum sie das taten. Kaum einer von ihnen strauchelte, weil er in eine Fußangel getreten war.

Der Hauptmann der Zinnernen duckte sich hinter den Schild seines Nebenmannes, als die ersten Pfeile auf sie niedergingen. »Haltet den Schildwall«, befahl er ruhig. »Lasst sie kommen. Und dann stecht sie ab.«

Kolja war sich bewusst, wie verwundbar er in der ersten Reihe ohne einen Schild war. Aber mit der Lederprothese würde er keinen Schild halten können. Er wusste, was auf sie zukam. Sie hatten diese Art des Kampfes geübt, aber nichts kam der Wirklichkeit auch nur nahe.

»Senkt die Speere!« Die vorderen Reihen der drei Angriffskolonnen hatten fast den Fuß der Böschung erreicht. Klappernd senkten sich Speere auf bronzeverstärkte Schildränder. Auch die Angreifer senkten ihre Waffen. Die Speerspitzen der zweiten Reihe reichten noch ein gutes Stück über die Schilde hinweg. Das waren die Männer, die das meiste Blut vergießen würden.

Kolja kannte die schwarzen Federkränze, die die Bronzehelme umschlossen. Rabenfedern. Söldner. Ein halbes Jahr lang hatte er zu ihnen gehört, dann hatte er entschieden, dass er kein Aasfresser war. Die Raben verdingten sich an jeden. Ihr Ruf war schlecht. Ihre Soldverträge auch. Dennoch gab es etliche harte Kerle unter ihnen.

»Halten!«, beschwor Kolja noch einmal seine Männer, dann prallten die Schilde aufeinander. Er stemmte sich gegen den Schildrand des Kriegers, der ihn beschützte und stach nach dem Gesicht eines Raben. Gleichzeitig wurde seine Beinschiene von einem Speerstoß getroffen. Die Männer in der zweiten Reihe suchten nach Lücken in der Deckung. Sie stachen über und unter den Schilden hinweg. Überall stießen Speerspitzen vor. Schnell wie angreifende Schlangen. Stießen gegen Schilde, schrammten über Helme.

Die Schilde der vorderen Reihen rieben gegeneinander. Jeder versuchte den Feind zurückzudrängen. Der Mann hinter ihm drückte Kolja den Schild in den Rücken. Von vorne pressten die Raben. Der Hauptmann war froh, einen Glockenpanzer zu tragen. Wenn der Druck zu stark wurde, bekam man kaum noch Luft.

Er hatte Mühe, seinen Schwertarm freizubekommen. Er hieb mit aller Kraft seitlich an seinem Kopf vorbei. Doch er traf nur einen Schildrand. Ein Speer zielte auf sein Gesicht. Er riss den Kopf zur Seite. Das Stichblatt schrammte über die Wangenklappe seines Helms.

»Halten«, beschwor er seine Männer.

Pfeile stießen in steilem Winkel vom Himmel hinab. Die Plänkler! Sie schossen wohl aufs Geratewohl in den Himmel hinauf und vertrauten darauf, dass sie in dem dichten Gedränge etwas treffen würden. Um das Leben der Raben schienen sie sich dabei nicht sonderlich zu kümmern.

Etwas zuckte auf ihn zu. Kolja senkte im Reflex das Kinn auf die Brust. Eine Speerspitze traf auf seinen Helm und glitt nach oben hin ab. Fast hätte sie sein Gesicht getroffen.

Sein Schwert schlug eine Kerbe in den Schild des Raben vor ihm. Das Gesicht seines Gegners war kaum drei Handbreit entfernt. Er starrte ihm mit harten, schwarzen Augen entgegen. Ein silberner Schweißtropfen hing von seiner Nasenspitze.

»Ich mach dich kalt, Rotgesicht!« Wieder schnellte die Speerspitze vor.

»Haltet eure Speere tief. Stoßt nach ihren Beinen«, rief Kolja nach hinten.

Der Mann vor ihm senkte den Schild ein wenig, um sich zu schützen. Diesmal holte Kolja mit seinem Schwert nicht zu einem Hieb aus. Er setzte einen geraden Stich und jagte dem Mann vor ihm die Klinge durch die zusammengepressten Lippen tief in den Mund. Er hörte das Eisen über die gesplitterten Zähne knirschen, als er sein Schwert zurückzog. Blut quoll in pulsierenden Stößen aus dem Mund des Sterbenden. Voller Hass starrte der Rabe ihn an. Seine Augen brachen, aber er stürzte nicht. Der Tote war zwischen den drückenden und schiebenden Schildwällen eingekeilt.

Das Herz des Heeres

»Das reicht! Wir gehen über den Fluss!«

Muwatta war zufrieden. Alles war gekommen, wie er es geplant hatte. Er gab dem Boten Kuruntas ein Zeichen, sich zurückzuziehen. Der junge Reiter hatte berichtet, dass die Elefanten erste Breschen in den Schildwall Aarons geschlagen hatten und der Angriff der Speerträger begonnen hatte.

Der Unsterbliche blickte über die Böschungen, die von seinen Sklaven eingeebnet worden waren. Mehr als zweihundert Schritt auf jeder Seite des trockenen Flusses. Er hatte seine Streitwagenschwadrone schon in der Nacht hierher verlegt. Der Ort, den er für die Überquerung ausgewählt hatte, lag hinter der weiten Biegung, dort, wo das trockene Flussbett sich nach Norden schwang. Die Stelle lag außer Sicht der Truppen Arams.

Muwatta hatte Späher ans andere Ufer geschickt. Dort war niemand. Erst Meilen entfernt lagerte eine kleine Truppe schwarz gewandeter Krieger, die die äußerste rechte Flanke von Aarons Schlachtlinie schützten. Vielleicht zweihundert Mann. Das war lächerlich. Die Streiter Luwiens würden wie ein plötzlicher Sommersturm über das Heer Arams kommen. Und so wie wütende Sturmböen den Weizen flachdrückten, würden sie die Schlachtreihe niederwalzen. Die zweihundert Krieger konnten sie nicht aufhalten. Auf jeden von ihnen kämen mehr als zehn Streitwagen.

Muwatta nahm die Zügel seines Wagens selbst in die Hand. Es war ein schwerer Sichelwagen, von vier prächtigen Rössern gezogen. Er lenkte ihn einen Hügel hinauf, sodass er die Streitmacht überblicken konnte, die er zum Sieg führen würde. Streitwagen aus allen Provinzen seines Reiches. Die Frontlinie würden die schweren Sichelwagen bilden. Auf die Flanken kämen die leichteren Wagen, die von je zwei Pferden gezogen wurden. Dort stand ein Bogenschütze neben dem Wagenlenker, der selbst bei voller Fahrt sicher sein Ziel zu treffen vermochte. Diese leichten Wagen hatten sich vor allem im Krieg in der Steppe bewährt und selbst den Reiterscharen der Ischkuzaia manche Niederlage beigebracht. Sie waren schnell wie der Wind und die Bogenschützen darauf jedem Steppenreiter überlegen. Die leichten Wagen würden die Flanken des Gegners überflügeln und in seinen Rücken fallen. Unablässig würden sie den Feind mit Pfeilen eindecken und dabei jedem Nahkampf ausweichen. Die schweren Sichelwagen aber würden die Frontlinie durchbrechen.

Stolz erfüllte Muwatta beim Anblick seiner Streitwagen. Dort unten gab es keinen einzigen Mann, der sich nicht schon in Schlachten bewährt hatte. Sie waren das Herz seines Heeres.

Plötzlich ging ein Raunen durch die Menge. Alle blickten zum Himmel hinauf.

Muwatta folgte den Blicken. Über ihm sank Išta in langsamem Flug aus dem wolkenlosen Blau herab. Sie hielt mit beiden Händen einen langen Speer.

»Muwatta, mein Auserwählter.« Ihre Stimme wogte wie Donner von Horizont zu Horizont. »Diesen Speer hat mein Bruder Langarm für dich erschaffen. Er wurde geschmiedet, einen Unsterblichen zu töten. Aaron rüttelt an der Ordnung der Welt. Stelle ihn und nimm Rache für Nangog. Du hast meinen Segen, seinen Kopf zu nehmen. Aaron hat uns alle herausgefordert. Lass ihn heute für seinen Hochmut büßen. Die Augen meiner Brüder und Schwestern ruhen auf dir und den Deinen, Muwatta. Sie sind alle hier. Im Wind, in den Steinen, im Staub des Landes. Sie sind zugegen, um zu sehen, wie du die Ordnung unserer Welt bewahrst.«

Muwatta nahm den Speer aus den Händen der geflügelten Göttin. Ein unbeschreibliches Hochgefühl überkam ihn. Nichts und niemand würden ihm widerstehen. Er hob den Speer hoch über den Kopf, sodass all seine Streitwagenkrieger ihn sehen konnten. »Männer, folgt mir zum Ruhm. Heute werden wir alle unsterblich. Die Namen der Sieger dieses Tages werden bis ans

Ende aller Zeiten in das Gedächtnis aller Völker eingebrannt sein!«

Mit diesen Worten nahm er die Zügel auf, lenkte den Wagen den Hügel hinab und passierte an der Spitze seiner Schwadronen die eingeebnete Uferböschung.

Die Garde vor!

Kurunta stand auf einem Hügel nahe am Steilufer und beobachtete die Schlacht. Nur eine der Reserveeinheiten war noch hinter der Linie Arams verblieben, und ihr Schildwall wankte. Die Männer in den ersten Reihen waren durstig und erschöpft. Der Kampf währte nun schon fast zwei Stunden. Obwohl die Mittagsstunde noch lange nicht erreicht war, war es schon unerträglich heiß. Verbissen rangen die Männer um jeden Fußbreit Boden, schoben und drückten. Wie Speere schleuderte er seine Angriffskolonnen gegen den Schildwall, griff immer an denselben Stellen an und zermürbte die Verteidiger. Zwei Drittel der Krieger Aarons hatten noch gar nicht gekämpft. Aber sie konnten ihren Platz nicht verlassen, ohne den Schildwall aufzulösen.

Aufgewirbelter Staub lag wie ein gelbbrauner Nebelschleier über den Kämpfenden. Sie litten Durst, Kurunta wusste das. Allein ihnen zuzusehen machte auch ihn schon durstig. Er schnippte nach einem seiner Leibwächter und ließ sich einen Schlauch mit Essigwasser reichen. Nichts löschte den Durst besser bei dieser Hitze.

Der Kriegsmeister verzog das Gesicht, als er den ersten sauren Schluck nahm. Im Osten stieg eine riesige Staubwolke auf. Muwatta hatte also den Fluss überschritten. Er sollte nicht allen Ruhm allein ernten.

Kurunta winkte seinen Hauptleuten und deutete auf die Mitte der Schlachtlinie. »Dort bei der Löwenstandarte im Zentrum steht der Unsterbliche Aaron. Ruft die Garde! Wir werden fünfzig Schritt rechts und links von ihm durchbrechen und ihn einkreisen. Sein Schildwall ist an beiden Stellen nur noch schwach. Wir werden die Schlacht entscheiden.«

Labarna deutete auf einen großen Block von Kriegern, der sich hinter der Kampflinie hielt. »Noch haben sie Reserven, Herr. Sollten wir nicht noch ein wenig warten, bevor die Garde eingreift?«

Verärgert blickte er zu dem hünenhaften Krieger. Was erdreistete er sich, ihm in Anwesenheit anderer Ratschläge zu erteilen! »Jetzt ist unser Augenblick! Seht ihr die Staubwolke im Osten? Dort rückt Muwatta vor. In einer halben Stunde ist alles vorüber. Wenn wir jetzt nicht kämpfen, wird keine Gelegenheit mehr bleiben, unsere Speere zu nutzen, und nichts vom Ruhm dieses Tages wird auf die besten Krieger Luwiens entfallen. Das dulde ich nicht. Die Garde vor! Ich selbst werde sie anführen.«

Kurunta setzte seinen Helm auf. Eine einfache Bronzeschale ohne überflüssigen Schmuck. Es war der erste Helm, den er in seinem Leben getragen hatte. Gleich in seiner ersten Schlacht hatte er einem schweren Hieb standgehalten. Noch heute war die tiefe Kerbe in der Bronze zu sehen. Der Helm hatte ihm damals das Leben gerettet. Seitdem trug er ihn in jedem Kampf. Den Helm eines einfachen Soldaten. Er hatte ihm immer Glück gebracht.

Kurunta verschnürte die Lederriemen unter dem Kinn und blickte zur Garde, die rechts und links am Hügel vorbei in vier Kolonnen zum trockenen Flussbett marschierte. Zweitausend Mann. Jeder einzelne ein handverlesener Veteran. Sie trugen scharlachrote Umhänge und wuchtige, rechteckige Schilde in derselben Farbe. Um ihre spitz zulaufenden Bronzehelme hatten sie Seidentücher in Scharlach gewickelt. Jeder besaß ein eisernes Schwert, und auch ihre Speerspitzen waren aus Eisen. Ihnen folgten die Bogenschützen der Garde in ihren langen, bronzenen

Schuppenpanzern. Sie würden aus den hinteren Reihen den Angriff mit einem Pfeilhagel unterstützen.

»Sie tragen viele Standarten«, bemerkte Labarna. »Jedes der Feldzeichen kostet uns einen Speer, der zustoßen kann.«

Kurunta wusste, dass Labarna seit Langem einen Groll gegen die Garde des Unsterblichen hegte. Sie hatten ihn vor langer Zeit abgelehnt, weil sie keinen Hünen unter sich haben wollten, der alle anderen neben ihm klein aussehen ließ.

»Ein einfacher Krieger zählt Speere, Labarna«, entgegnete er seinem Leibwächter mit einem süffisanten Lächeln. »Ein Feldherr aber denkt weiter.«

Gestern Abend erst hatte er die neuen Ehrenzeichen an die Garde austeilen lassen. Jede Hundertschaft trug eine Standarte, von deren Querstange ein scharlachrotes Tuch hing, auf das in Gold die geflügelte Göttin aufgestickt war.

»Wenn wir durch den Schildwall brechen, werden unsere Feinde auch im dichtesten Kampfgetümmel sehen, wie die Feldzeichen an ihnen vorüberziehen. Im Handgemenge kann keiner sehen, was auch nur fünf Schritt entfernt geschieht. Aber die Standarten wehen deutlich erkennbar über allen Häuptern. Aaron und seine Leibwache werden wissen, wenn sie eingekreist werden. Und das wird ihre Kampfmoral tiefer treffen, als zwanzig zusätzliche Speere es könnten.«

Die Linie bricht

Artax hatte kaum noch die Kraft, seinen Schild zu halten. Mit einem Schlag aus dem Handgelenk wischte er eine feindliche Speerspitze zur Seite und versuchte dann über einen Schildrand hinwegzustechen. Doch sein Gegner war auf der Hut, duckte sich, und die Klinge traf nur seinen Helm. Eberzähne splitterten, das zähe Leder darunter war zerteilt. Der getroffene Krieger schrie auf, versuchte zurückzuweichen, doch die ineinander verkeilten Reihen der Kämpfer erlaubten keinen Rückzug. Artax setzte nach, stach ein zweites Mal zu und traf den Mann diesmal über dem Wangenschutz ins Auge.

Im hellen Sonnenschein war das feine, grüne Licht, das um die Klinge seines Schwertes spielte, fast nicht zu sehen. Artax ahnte, dass sein Schwert etwas von jedem nahm, der unter seiner Schneide starb. Mehr als nur ein Leben. Es war eine verfluchte Waffe. Sie hatte ihm den Namen König Geisterschwert eingebracht. Er sollte die Klinge in der Scheide ruhen lassen, aber ihre Lage war viel zu verzweifelt, um auf irgendeinen Vorteil verzichten zu können.

Der Schildwall war durchbrochen. Rechts und links konnte er die Feldzeichen von Muwattas Leibgarde sehen. Ein Stück voraus kämpfte ein hünenhafter Krieger mit einer Keule und zerschmetterte Schilde wie Helme, so leicht, als seien es nur Eierschalen. Zwei Mal schon hatte Artax versucht, zu dem Krieger durchzubrechen, aber in dem Gedränge kam er nicht voran.

Datames wehrte einen Speerstoß ab, der auf Artax' Gesicht gezielt hatte. Der Hofmeister schien nie zu ermüden. Kein Tropfen Schweiß stand auf seinem Gesicht, und er kämpfte mit einer Leichtigkeit, als sei die Schlacht nur ein Tanz, bei dem sein Schwert schillernde, silberne Fächer in die Luft wob, die kein Angriff zu durchdringen vermochte. Nie zuvor hatte Artax einen Mann so fechten sehen. Datames war ein Krieger! Warum hatte er das bislang verborgen?

Etwas schlug hart gegen seinen Helm. Die Wucht des Treffers riss ihm den Kopf in den Nacken, er sah nur noch das makellose Blau des Himmels und tanzende Lichtpunkte. Aber er stürzte nicht. Er stieß mit dem Rücken gegen Narek, der hinter ihm die Standarte hochhielt.

»Bitte, Herr, Ihr müsst besser auf Eure Deckung achten. Sie zielen mit den Speerstößen auf Eure Augen. Selbst dieser Helm der Götter vermag nicht allen Schaden von Euch abzuwenden.« Die Stimme von Datames ging fast im Schlachtenlärm unter.

Artax schüttelte den Kopf. Immer noch flackerten die Lichtpunkte in seinem Gesichtsfeld. Ashot hatte sich vor ihn geschoben und schirmte ihn, so gut es ging, mit seinem Schild ab. Artax drehte den Kopf, so weit er konnte. Der Hüne mit der Keule arbeitete sich immer weiter voran. Keiner wagte es mehr, sich ihm in den Weg zu stellen. Vor ihm wich die Linie zurück.

»Siehst du den Riesen dort hinten, Datames? Du musst ihn aufhalten! Er ist gefährlicher als ein Kriegselefant.« Ein Pfeil traf seinen Helm. Das Metall tönte wie eine Glocke und löschte alle anderen Geräusche der Schlacht aus.

Wütend warf Artax sich nach vorne. Sein Schwert schnitt durch einen Schild und zerteilte den Arm des Kriegers vor ihm. Ein Rückhandhieb zerteilte den dichten Bart und drang in die Kehle seines Gegners. Hände packten nach dem Sterbenden und zerrten ihn in Sicherheit. Ein Krieger, der sich eine nackte Frau, die zwei Schlangen hielt, auf seinen Schild gemalt hatte, nahm den Platz des tödlich Verwundeten ein. Sie kämpften mit verbissenem Mut, diese Luwier. Sie wussten, dass der Sieg nahe war.

»Narek!«, rief Artax aus Leibeskräften.

Hinter sich hörte er eine Antwort, die in Schreien und Waffengeklirr nicht deutlich zu verstehen war. Artax wusste, dass sein Helm seine Stimme dämpfte, aber er wagte es nicht, ihn abzunehmen. Er war das Ziel der meisten Angriffe. Wenn er zu Boden ging, wäre die Schlacht entschieden. Er konnte ihn nicht abnehmen.

»Such einen flinken Läufer und schick ihn zu Bessos. Jetzt ist die Zeit, die letzten Reserven in die Schlacht zu werfen. Er muss sich durchschlagen, bevor wir umzingelt werden. Die Zeit drängt. Wenn du mich verstanden hast, dann stoß mir deinen Ellenbogen in den Rücken.« Artax wehrte einen erneuten Speerstoß nach seinem Helm ab. Der Kerl mit der nackten Frau auf dem

Schild gebärdete sich wie ein Irrer. Er hüpfte auf der Stelle, wiegte den Oberkörper nach links und rechts, soweit das im Gedränge möglich war, und ließ immer wieder seinen Speer vorzucken.

Artax trennte mit einem wütenden Hieb das Stichblatt vom Speerschaft, als ihn ein Ellenbogenstoß in den Rücken traf. Er atmete erleichtert auf. In dem Moment traf der Speerschaft auf den Sehschlitz seines Maskenhelms. Er kniff die Augen zusammen. Zu spät. Ein sengender Nadelstich brannte in seinem linken Auge.

Getäuscht?

Volodis Hände schlossen sich fest um die Bügel an der Seitenwand des Streitwagens. Länger als eine Stunde starrte er nun schon auf die Hügel auf der anderen Seite des trockenen Flussbettes. Seine Streitwagen blockierten den Übergang, der hier durch die zahllosen Karawanen geschaffen worden war, die in den letzten Wochen durch das Goldene Tor gekommen waren.

Auf den Hügeln standen Bogenschützen und blickten zu ihnen herüber. Irgendwo dort hinten waren Muwattas Streitwagen. Die Staubwolke war bis zur anderen Seite der Hügelkette gelangt. Dann hatte sie sich gelegt. Ein seltsames, graues Ungeheuer mit einem Turm auf dem Rücken war durch das Flussbett gelaufen. Die Satrapen hatten einige Pfeile auf das Untier abgeschossen, bis Volodi es ihnen verboten hatte. Er wollte nicht, dass die Bestie zu ihnen heraufkam. Die Pferde hatten Angst vor dieser Kreatur. Ein Ungeheuer zu reizen, das einen nicht beachtete, war dumm!

Volodi wünschte sich, der Unsterbliche hätte nicht all diese Satrapen bei den Streitwagen gelassen. Sie tuschelten über ihn. So laut, dass er es hören konnte.

Wieder wanderte sein Blick über die kargen Hügel. Sollte er angreifen? Sie waren weit in der Unterzahl. Wenn hinter der

Hügelkette doppelt so viele Streitwagen warteten, wie sie selbst aufbieten konnten, und sie beim Angriff noch durch die Bogenschützen dezimiert wurden, gab es keine Hoffnung mehr auf Sieg.

»Volodi, schau!« Sein Wagenlenker deutete nach Osten, wo weit hinter Aarons Heer eine Staubwolke aufstieg.

Der Söldner fluchte. Hatte Muwatta seine Streitwagenschwadronen aufgeteilt? War es ein Trick, um ihn vom Übergang fortzulocken?

Unter den Satrapen lachte jemand auf. Spöttisch, herablassend klang das Gelächter. Volodi wusste, dass es ihm galt.

Wenn er hier abzog und die Hauptmacht Muwattas hinter den Hügeln lauerte, dann hatte er diesen Flügel kampflos dem Feind überlassen. Blieb er hier und dort hinten nahte Muwatta, hatte er den Unsterblichen Aaron dem Feind überlassen.

»Wir gehen dorthin, wo Hufe Staub aufwirbeln«, sagte er leise und suchte in seinen eigenen Worten die Kraft für den Befehl.

»Sollen wir nicht einen Späher hinüberschicken?«, fragte Mikayla. »Zu den Hügeln, meine ich …«

Volodi schüttelte den Kopf. »Ein einzelner Späher wäre nicht genug. Die Bogenschützen würden ihn nicht durchkommen lassen. Wir müssten zwanzig oder dreißig Streitwagen opfern.«

»Vielleicht die Satrapen?«

Zum ersten Mal, seit sie hier angekommen waren, lächelte Volodi. Mikayla war ein guter Kamerad. Er hatte den blonden Drusnier vom ersten Augenblick an gemocht. Ein paar Tage vor Mittsommer war er in ihr Lager gekommen. Kolja hatte ihn angemustert. Vor allem, weil der junge Krieger Drusnier war. Er war ein bisschen zu schlank, aber er bewegte sich wie ein erfahrener Kämpfer. Jeden Augenblick war er im Gleichgewicht. Immer auf der Hut. Mikayla erinnerte Volodi daran, wie er einst gewesen war, als er sich den Piraten der Aegilischen Inseln angeschlossen hatte.

Volodi seufzte. Wie wunderbar war sein Leben doch gewesen, als er nur ein einfacher Krieger gewesen war und keine Entscheidungen treffen musste, die den Ausschlag über Sieg oder Niederlage geben mochten. Er blickte versonnen zu der Staubwolke. Keine Entscheidung zu treffen machte es nicht besser. Er hatte lange genug gezögert. Er würde dorthin gehen, wo gekämpft wurde!

»Wir kehren um, Mikayla! Treib die Pferde an!« Volodi schwenkte den Arm. »Folgt mir!«

Er blickte nicht zurück.

Der Lügner

Bessos ging unruhig vor seinen Männern auf und ab. Er beobachtete die scharlachroten Feldzeichen. Warum ging es so langsam voran? War der Angriff zum Halten gekommen?

Hunderte Augen lasteten auf seinem Rücken. Er hatte die Männer so antreten lassen, dass seine Treuesten in der vordersten Reihe und an den Flanken des großen Blocks standen. Die er nicht kannte und auch die Zweifler standen tief in der Menschenmasse. Sie konnten nicht sehen, wie die Verwundeten vom Schildwall wegkrochen. Manchmal nur ein paar Schritt weit, um dann zu verrecken.

Bessos leckte sich über die Lippen. Sie waren trocken. Die Luft war voller Staub. Weit im Osten nahten Streitwagen. Ihnen standen nur noch die paar Heiden im Weg. Nicht mehr lange, und alles wäre vorüber. Der Unsterbliche Aaron hatte verloren! Bauern taugten eben nicht als Krieger.

Wieder blickte Bessos auf die scharlachroten Feldzeichen.

»Herr, wir müssen ihnen helfen«, rief einer seiner eigenen Leibwächter. Ein Mann mit buschigen Augenbrauen und einer eigentümlich kurzen Nase. Bisher war er immer loyal gewesen.

Bessos hob resignierend die Arme. »Ich habe dem Unsterblichen geschworen, nichts ohne seine Befehle zu unternehmen. Es sind dieser Barbar und Mataan, die uns in diese Lage gebracht haben. Sie haben vor der Zeit ihren Posten verlassen und den Schlachtplan durcheinandergebracht. Seht, was durch ihre Schuld geschehen ist! Wir werden es besser machen. Wir werden diejenigen sein, die diese Schlacht entscheiden. Habt noch ein wenig mehr Geduld.«

Einige der Männer nickten. Die meisten jedoch blickten beschämt zu Boden. Er verlor sie. Bessos konnte es regelrecht spüren. Was war nur plötzlich mit ihnen los? Wenn durch die neuen Gesetze des Unsterblichen die Bauern reich wurden, dann wäre es bald vorbei mit der Pracht des niederen Kriegeradels. Aaron wollte sie vernichten, und trotzdem wollten sie sich für ihn in die Schlacht werfen.

Ein junger Krieger, dem kaum der erste Flaum wuchs, taumelte aus der Schlachtreihe hervor. Er blickte direkt zu ihm herüber. Sein linker Arm blutete. Etwas im Blick des Jungen verriet Bessos sofort, dass es der war, dessen Ankunft er gefürchtet hatte. Er ging dem Krieger entgegen. Seine Männer sollten nicht hören, was gesprochen wurde!

»Bessos?«, rief der junge Krieger. Seine Stimme war nur ein trauriges Krächzen.

Der Satrap versteifte sich und reckte das Kinn vor. Er beschleunigte seine Schritte. Jetzt durfte er sich keinen Fehler leisten. Wieder blickte er auf die luwischen Feldzeichen. Waren sie ein Stück zurückgedrängt worden?

»Seid Ihr Bessos, Herr?«

»Vergeude deine Kraft nicht, um zu schreien, Junge, ich verstehe dich gut. Du bist verletzt.« Er sagte das in einem väterlichen Tonfall. »Hast du gekämpft?« Bessos blickte flüchtig über seine Schulter. Er war weit genug von seinen Männern entfernt.

»Ich …« Der junge Krieger blickte seinen Arm an, als bemerkte er erst jetzt, dass er verwundet war. »Der Unsterbliche schickt mich. Ihr müsst mit Euren Männern …«

»Erzähl mir keine Geschichten, Junge. Du musst mich nicht belügen. Du läufst fort.« Bessos stemmte die Arme in die Hüften und schob mit den Ellenbogen seinen Umhang auseinander. Er stand jetzt so dicht vor dem Jungen, dass er seinen Männern die Sicht auf ihn nahm. Bessos hatte nächtelang wach gelegen und sich überlegt, was er in dieser Situation tun würde.

»Ich bin kein Feigling. Ich …«

»Zeig mir dein Schwert«, zischte der Satrap. »Zeig mir das Blut auf der Klinge! Beweise mir, dass du gekämpft hast! Ich wette, es ist unbefleckt von luwischem Blut. Ich erkenne einen Feigling, wenn ich ihn sehe.«

Der überraschte Gesichtsausdruck des Jungen wich nun Zorn. »Wie könnt Ihr mich einen Lügner nennen!«

Bessos drehte sich leicht zur Seite, sodass seine Krieger gut sehen konnten, was nun geschah. Wie der Junge mit zornigem Gesicht sein Schwert zog.

Der Satrap griff nach seiner Waffe. Es war ein gutes, luwisches Eisenschwert. Nicht so eine jämmerliche Bronzeklinge, wie der Junge sie in der Hand hielt. Bessos schnellte vor. Für einen Beobachter musste es so aussehen, als pariere er einen Angriff.

Seine Leibwächter schrien auf.

Der Satrap machte einen Ausfallschritt und stieß dem Jungen sein Schwert in die Kehle. »Ein Meuchler!«, rief Bessos. »Die Luwier haben einen Meuchler geschickt!«

Seine Männer umringten ihn. Zwei stießen ihre Speere in den Bauch des sterbenden Jungen, um ganz sicherzugehen, dass er nicht aufstehen würde.

»Wir können nicht länger auf einen Boten warten!«, rief Bessos. »Du da!« Er deutete auf den Krieger mit der zu kurzen Nase. »Such nach dem Unsterblichen! Hol uns unseren Angriffsbefehl!«

Der Krieger verneigte sich und eilte ins Kampfgetümmel.

Bessos blickte zu den scharlachroten Feldzeichen. Sie waren wieder vorgerückt. Nicht mehr lange. Sein Bote würde nicht mehr zurückkommen. Bald wäre Aaron eingekreist.

Bessos schloss die Augen. Wenn das Warten nur schon vorüber wäre! Hoffentlich kam nicht noch ein Bote. Ein zweites Mal könnte er diese Scharade nicht aufführen. Er schob sein Schwert zurück in die Scheide. Blut war auf seine Hände gespritzt.

Morgen würde er Satrap von ganz Garagum sein. Das war der Preis, den er bei Kurunta dafür eingefordert hatte, seine Truppen zurückzuhalten. Der Kriegsmeister hatte ihm geraten, Scharlach zu tragen wie die Garde des Unsterblichen Muwatta. So würden die Luwier erkennen, dass er auf ihrer Seite stand. Und er würde verschont werden, wenn die Schlacht verloren ging und das Massaker begann.

Todesstoss

Muwatta konnte sehen, dass seine Garden den Schildwall durchbrochen hatten. Die scharlachroten Feldzeichen rückten vor, und die letzte Reserve Arams rührte sich nicht vom Fleck. Ihre Streitwagen waren Meilen entfernt. Eine halbe Stunde höchstens, und alles würde entschieden sein.

Nur einige schwarzgewandete Gestalten standen noch zwischen ihm und dem Sieg. Ein Häuflein Verlorener, das beim Anblick der Streitwagen auseinanderlief. Sie würden sie gnadenlos niedermachen. Die Front, auf der die Streitwagen vorrückten, war doppelt so lang wie die dieses letzten Trüppchens.

Muwatta blickte auf die funkelnde Sichel, die in der Radnabe steckte. Er hatte noch nie jemanden auf diese Weise getötet. Dabei war er ein erfahrener Wagenlenker.

Der Unsterbliche lächelte. Nun war die Stunde gekommen.

Er hob seinen Speer hoch über den Kopf. »Freie Jagd!«, rief er aus Leibeskräften und stellte sich vor, wie die Plänkler unter donnernden Hufen zermalmt wurden, von Sicheln niedergemetzelt, und wie die Bogenschützen in den leichten Wagen die letzten Überlebenden zu Tode hetzten, während er das Gros der Truppe zur Flanke des Schildwalls führte, um Aarons Bauernheer den Todesstoß zu verpassen.

Es war ein guter Gedanke.

Jaguare

Die Zahl ihrer Feinde war eindrucksvoll, doch keiner seiner Männer zeigte Angst. Sie waren die Jaguare der Gefiederten Schlange. Ihnen kamen allenfalls noch die Adlerritter gleich, die er am Ende ihrer allzu kurzen Schlachtlinie aufgestellt hatte. Sie waren es, die Angst und Schrecken verbreiteten. Sie selbst fürchteten nichts.

»Die Gefiederte Schlange ist hier«, rief Necahual seinen Männern zu. »Atmet den Duft des Himmels und riecht sie. Nie zuvor haben Krieger Zapotes auf fremdem Boden gekämpft. Die Götter selbst blicken zu uns herab. Vergießt das Blut vieler Luwier, um sie zu ehren, und sterbt wie Jaguare! Die Fänge in die Kehlen unserer Feinde geschlagen. Ich wünsche euch eine gute Jagd, Brüder. Und ich bin stolz, euer Anführer gewesen zu sein.«

Seine Männer liefen davon, um sich möglichst weit zu verteilen. Die Streitwagen würden wie eine Flutwelle gegen einen Felsen branden, wenn sie heran waren. Necahual löste den schwarzen Lederriemen, den er um seine Hüften geschlungen hatte. Er prüfte das Gewicht der beiden schwarzen Steine an den Enden des Riemens der Bola. Jeder von ihnen war fast faustgroß. Die Schnur selbst hatte er aus verschiedenen Lederstreifen geflochten. Sie war stark.

Der Anführer der Jaguarmänner und Adlerritter atmete tief aus. Er dachte an seine Schwester Quetzalli, die so große Schande über seine Familie gebracht hatte. Die Priester hatten ihr verziehen, denn sie war lange Zeit eine gute Spinnenfrau gewesen, in deren Netzen sich viele goldhaarige Fremde verfangen hatten. Doch der letzte, dem sie begegnet war, musste einen starken Zauber besessen haben. Necahual hatte den Mann aus der Ferne im Lager beobachtet. Er war groß und stattlich, und doch hielten die Adligen dieses Königreichs ihn für einen Dummkopf. Er beherrschte nicht einmal die Sprache seiner Herren. Necahual konnte nicht begreifen, was seine Schwester an diesem Kerl gefunden hatte. Vielleicht musste man mit ihm eine Liebesnacht verbracht haben, um dieses Geheimnis zu ergründen.

Der Hauptmann hob die Bola und ließ sie über seinem Kopf kreisen. Der Boden zitterte unter Tausenden Hufen. Seine Feinde sahen großartig aus. Ihre Wagen wurden von schönen Pferden gezogen. Gold und Silber schmückten ihre Kleidung und Waffen. Es war ein würdiger Kampf. Die Besten aus Luwien waren ihre Feinde.

Necahual konnte fühlen, dass die Gefiederte Schlange ganz nah war. Er würde ihr einen guten Kampf schenken.

Ohne Kampfschrei und ohne Zorn im Herzen lief er los, den Streitwagen entgegen.

Sichelwagen

Muwatta ließ die Zügel über den Pferden hinwegknallen. In rasendem Lauf schossen sie über die Ebene dahin. Der harte, ausgetrocknete Boden war das ideale Gelände für Streitwagen. Wie ein Orkan würden sie über diese Schattengestalten hinwegfegen. Die Formation der Streitwagen begann sich aufzulösen. Es war ein wilder Wettlauf darum, wer zuerst bei diesen Unglücklichen ankam.

Muwatta gab die Zügel an seinen Wagenlenker ab und griff nach einem der Wurfspeere im Köcher neben sich. Diese Gestalten hatten sich wie Katzen angezogen. Der Unsterbliche lachte laut auf. Was für ein albernes Gewand, um darin zu sterben! Die Verrückten stürmten den Wagen jetzt entgegen. Dabei schwenkten sie einen Arm über dem Kopf. Aber sie hielten keine Waffe darin. Jedenfalls konnte er nichts erkennen. Vielleicht war es ein Gruß an ihre Götter, denen sie gleich entgegentreten würden.

Plötzlich brach eines der Pferde im Gespann zusammen. Der Wagen scherte nach links aus und kam ins Trudeln. Der benachbarte Streitwagen wich ebenfalls aus und prallte mit dem Wagen links von ihm zusammen, der nach rechts ausgeschert war.

Muwatta klammerte sich mit beiden Händen an die vordere Wagenwand, während sein Wagenlenker verzweifelt versuchte, den Streitwagen wieder in seine Gewalt zu bekommen. Sie wurden zwar langsamer, doch schlingerten sie dabei hin und her. Die Wagen hinter ihnen waren beängstigend dicht aufgefahren. Das nächste Pferdegespann war keine zwei Schritt mehr entfernt.

Muwatta sah das Sonnenlicht auf den Sicheln des Wagens hinter sich funkeln.

Sein Wagenlenker schrie auf.

Der Katzenmann kam ihnen entgegengelaufen und sprang zwischen den Pferden hindurch auf die Deichsel. Er griff mit links in eine Pferdemähne und hieb dem Ross mit der freien Hand einen gedrungenen schwarzen Dolch ins Ohr. Das Pferd sackte zusammen wie vom Blitz getroffen.

Muwatta schleuderte seinen Wurfspeer nach dem Katzenmann, doch der Wagen machte einen wilden Schlenker, und der Speer verfehlte sein Ziel. Der Katzenmann sprang seitlich ab, als die Deichsel, von dem toten Hengst niedergedrückt, in den Boden rammte.

Der Streitwagen überschlug sich.

Muwatta wurde hinausgeschleudert. Pferde rasten auf ihn zu,

kaum dass er auf den harten Boden aufschlug. Er kam auf die Knie und schwenkte die Arme, um die Tiere zu erschrecken. Der Wagenlenker zerrte mit schreckensweiten Augen an den Zügeln, als er erkannte, wen er zu überrollen drohte.

Das Gespann verfehlte Muwatta knapp.

Die Sichel an der Radnabe nicht.

Die Linie halten

Narek stand Rücken an Rücken mit dem Unsterblichen. Sie waren eingekreist. Überall ringsherum ragten die Scharlachstandarten von Muwattas Garde auf. Die Verstärkung war nicht gekommen. Vielleicht hatte der Bote es nicht geschafft, sich durchzuschlagen.

Immer dichter wurden sie von den Speerträgern Muwattas zusammengedrängt. Allein vor dem Unsterblichen war der Druck nicht so groß. Sein Geisterschwert war zum Schrecken der Luwier geworden. Immer wieder hörte Narek die Schreie der Männer, die unter Aarons Klinge geraten waren. Das ganze Schlachtfeld hallte von den Schreien Verwundeter und Sterbender, doch jene, die von diesem verwunschenen Schwert getroffen wurden, schrien anders.

Narek konnte es nicht mehr ertragen. Er wünschte, er wäre niemals dem Werber Aleksan gefolgt. Wie dumm er gewesen war zu glauben, eine Schlacht sei glorreich und ein Tummelplatz für Helden. Mit beiden Händen umklammerte er die Standarte mit dem Löwen. Wenn er an all das Gerede von den Löwen, die sie angeblich waren, dachte, wurde ihm ganz schlecht. Er war ein Lamm, das sich in ein Rudel Wölfe verirrt hatte. Und selbst diese Wölfe waren halb verrückt vom Schrecken der Schlacht.

»Haltet die Linie!«, rief Ashot wohl schon zum hundertsten Mal.

Dass er es nicht müde wurde … Es gab keinen Platz mehr zum Weglaufen. Sie waren eingekreist, wurden von der Mauer aus scharlachroten Schilden immer enger zusammengeschoben. Der Unsterbliche würde sicher überleben. Sonst wohl niemand. Sie hatten zu gut gekämpft, um auf Gnade hoffen zu dürfen. Wenn einer ihrer Männer fiel und Narek durch die Lücke in der Linie einen kurzen Blick auf die Luwier erhaschte, sah er stets nur hasserfüllte Gesichter. Sie würden niemanden verschonen! Besonders einer war ihm aufgefallen. Ein Riese, der mit einer Keule kämpfte und wie besessen auf Helme und Schilde eindrosch. Wer ihm begegnete, der starb.

Narek schluckte. Nie hatte er den Tod so nahe gefühlt. Er wollte nicht zerschmettert werden. Ein glatter Stich wäre gut. Etwas, das schnell ging. Ringsherum schrien Tausende. Er hatte Geschichten darüber gehört, was nach den Schlachten geschah. Erst hier im Heerlager. Draußen in der Welt, wo Schlachten die Angelegenheit von Helden waren, erzählte man nicht darüber, wie Knochensäger Glieder abtrennten, die aufgedunsen von Eiter waren, vom Schlachtfeldfieber, das Hunderte dahinraffte, obwohl das Töten längst aufgehört hatte.

»Haltet die Linie!«, rief Ashot erneut. »Verstärkung kommt! Seht die Staubwolke im Westen. Unsere Streitwagen kommen zurück. Haltet die Linie!«

Narek schämte sich. Er stand mit dem Rücken zu dem Unsterblichen, aber mit dem Herzen hatte er die Linie verlassen, die inzwischen ein Kreis geworden war, in dem sie alle gefangen waren. Aber Volodi war auf dem Weg zu ihnen. Wenn es einen gab, der diesen Kerl mit der Keule aufhalten konnte, dann der Drusnier. Der Mann, der über den Adlern schritt.

Lamgi drehte sich zu ihm um. Wer nicht in den ersten beiden Reihen kämpfte, blickte zur Staubwolke. Sein Kamerad hatte seinen Dolch gezogen. Jene Waffe, die im Tempel gesegnet worden war. Die Klinge glänzte silbern, nicht golden. Es war eine Waffe aus Eisen! Er musste reich sein! Klug, den Dolch zu ziehen. Bald wäre das Gedränge so groß, dass niemand mehr ein Schwert schwingen könnte. Hoffentlich half der Segen aus dem Tempel. Sie konnten jede Hilfe gebrauchen.

»Ich übernehme deinen Platz«, rief er, um den Schlachtenlärm zu übertönen.

Narek schüttelte den Kopf. »Mir geht es gut. Volodi kommt. Ich habe keine Angst mehr.«

Lamgi beugte sich zu ihm vor, sodass seine Lippen fast Nareks Ohr berührten. »Ich muss Aaron etwas sagen. Es ist wichtig. Lass mich hinter ihn.«

Lamgis Augen wirkten noch härter als sonst. Seine Lippen waren zu einem schmalen Strich zusammengepresst, als kämpfe er gegen Schmerzen an.

Narek trat zur Seite.

Sein Kamerad hielt den Dolch irgendwie seltsam. Er presste die Waffe eng an sein Bein. Niemand hatte sie gesehen. Er … Narek ließ die Standarte los und fiel Lamgi in den Arm. »Was tust du da?«

Lamgi war erstaunlich stark, obwohl er so hager war. Er drückte Nareks Arm langsam zur Seite. Er würde das Kräftemessen gewinnen, es sei denn …

Narek riss den Arm seines Gefährten mit einem Ruck auf sich zu. Er trug einen Bronzepanzer, was konnte schon geschehen. Er …

Die Klinge schnitt so leicht durch die Bronze, als trüge er nur eine Tunika. Das Messer fuhr ihm in den Bauch. Dunkles Blut quoll über die goldene Rüstung. Lamgi wirkte genauso bestürzt wie er. Er hatte das Messer losgelassen. Aber er würde es sich zurückholen, das wusste Narek. Dies war eine besondere Klinge. Sie war dazu geschaffen, die Rüstung eines Unsterblichen zu durchdringen.

Er packte den lederumwickelten Griff und zog die Waffe mit einem Ruck aus der Wunde. Für eine weitausholende Bewegung war kein Platz. Er riss den Arm einfach gerade hoch, sodass der Dolch in steilem Winkel über ihn hinwegflog. Zwei Schritt hinter ihm standen die Luwier, die Aaron bestürmten. Wenn der Dolch dorthin fiel, war er für Lamgi außer Reichweite.

Lamgi war nicht außer sich. Er erschien ihm eher traurig als zornig. Er trat auf ihn zu und versetzte Narek einen kurzen, heftigen Schlag auf den Hals. »Es tut mir leid!«

Narek rang um Luft. Er bekam keinen Atem mehr. Warmes Blut rann seine Beine hinab.

Lamgi nahm die Standarte auf, stellte sich dicht neben ihn und hielt ihn fest.

Narek lehnte noch immer mit dem Rücken gegen den Unsterblichen. Er warf den Kopf schwach zur Seite. Es fühlte sich an, als stecke ihm ein Klumpen im Hals. Er musste nur feste genug einatmen, damit sich dieser Kloß bewegte. Dann bekäme er wieder Luft.

Die Staubwolke, die von Westen kam, war schon ganz nah. Volodi kam. Alles würde gut enden.

Narek dachte an Rahel und Daron. So gerne hätte er den beiden von seinen Abenteuern erzählt. Davon, wie er Rücken an Rücken mit dem Unsterblichen gekämpft hatte.

»Die Linie halten!«, hörte er Ashot rufen.

Nareks Augen wollten ihm nicht mehr gehorchen. Sie rollten nach oben, sodass er in den wunderbar blauen Himmel blickte.

Er hatte die Linie gehalten, dachte er.

Und keiner hatte es gesehen.

Nach Süden

Volodi sah die Speerträger von Bessos in guter Ordnung hinter der Schlachtlinie stehen. Wie es schien, war der Schildwall durchbrochen, doch die Reserven würden jeden Augenblick zurückschlagen. Im dichten Handgemenge waren seine Streitwagen eher hinderlich als von Nutzen. Die leichten Wagen waren dazu geschaffen, ungedeckte Flanken anzugreifen. Doch dort würden die Schlachtlinien bald zu einem unentwirrbaren Knäuel werden. Seine Aufgabe war es, sich der Übermacht Muwattas zu stellen und zu verhindern, dass der Erzkönig bis zum Schildwall Aarons gelangte.

»Nach Süden ausweichen!«, befahl er Mikayla.

Der Wagenlenker bedachte ihn mit einem skeptischen Blick, sagte aber nichts.

Sie passierten das Frauenlager. Auf den Erdwällen standen Hunderte Weiber und jubelten ihnen zu. Weit im Osten sah er Muwattas Wagen als eine feine dunkle Linie über dem ockerfarbenen Boden. Sie mussten die Jaguarmänner bereits niedergemäht haben.

Der Fahrtwind spielte mit seinem langen Haar. Schaum flog von den Mäulern der Wagenrösser. Sie mussten ihr Tempo zurücknehmen oder die Pferde wären zu ausgepumpt für den Angriff auf Muwatta.

Er riss den Arm hoch. »Langsamer!«, rief er gedehnt.

Mikayla zog an den Zügeln. Einer der Hengste wieherte. Die Tiere brauchten etwas zu saufen. Diese Einöde war kein Land für Pferde. Muwattas Gäulen würde es auch nicht besser gehen.

In langsamem Trab zogen sie unter den Erdwällen hindurch. Manche der Damen warfen Blumen zu ihnen herab. Volodi musste unvermittelt lächeln. Das waren Huren da oben. Jedenfalls die meisten. Und er nannte sie in Gedanken Damen. Das war Nareks Werk. Amüsiert dachte er daran, wie sehr der Bauer darauf bestanden hatte, dass er nicht von Huren sprach. Hatte er wirklich nicht begriffen, was im Frauenlager vor sich ging? Oder wollte er einfach nur die Welt schöner reden, als sie war?

Ashot hatte Volodi erzählt, dass Narek die Standarte der Löwen von Nari tragen würde. Der Drusnier blickte hinüber zum Kampfgewühl. Der Unsterbliche hatte an jede der Tausendschaften ein Feldzeichen ausgeben lassen. Viele wurden nicht mehr hochgehalten. Hoffentlich ging es dem kleinen Bauern gut. Männer wie er gehörten nicht auf ein Schlachtfeld.

Geschmolzene Luft

Der Unsterbliche zog sich an einem zersplitterten Wagenrad hoch. Jeder Atemzug wurde von einem stechenden Schmerz begleitet. Mindestens eine seiner Rippen war gebrochen, und seine Brust fühlte sich an, als sei ein Lederriemen darum geschlungen, der langsam enger gezogen wurde.

Sein Helm war verrutscht. Er sah kaum noch etwas, hörte aber um sich herum das Stöhnen Verwundeter und die kläglichen Laute sterbender Pferde.

Muwatta löste den Kinnriemen und nahm seinen Helm ab. Er war umgeben von zerschmetterten Streitwagen und Pferdekadavern. Ein Stück vor ihm lag ein Schimmel, dem durch die Sichelräder die Vorderläufe abgehackt worden waren. Er wälzte sich auf dem Torso in seinem Blut und versuchte immer wieder hochzukommen, obwohl es keine Beine mehr gab, die ihn tragen konnten.

Muwatta blickte an sich herab. Längs über seinen Brustpanzer, dicht unter dem Rippenbogen, verlief eine Delle, so tief, dass er einen Finger hineinlegen konnte. Die Rüstung der Devanthar hatte ihm das Leben gerettet. Aber jetzt drückte sie unerträglich auf seine geprellten Rippen.

Ein paar Schritt entfernt lag der Speer, den ihm Išta geschenkt hatte. Er nahm die kostbare Waffe wieder an sich. Der Schaft war aus Elfenbein gefertigt und mit Schnitzarbeiten verziert, die Kampfszenen zeigten. Das Stichblatt der Waffe war fast zwei Hand lang und ungewöhnlich schmal.

Er ging zu dem sterbenden Schimmel, hob die Waffe und stieß sie dem Hengst durch die Stirn. Das Stichblatt glitt leicht durch den dicken Knochen, tief in den Schädel. Muwatta malte sich aus, wie er Aaron aufspießen würde.

»Der Erzkönig lebt!«, erklang hinter ihm ein Jubelruf. Ein Krieger auf einem großen Sichelwagen winkte ihm zu.

Muwatta grüßte ihn würdevoll mit seinem Speer. Er musste seine Wagenschwadronen neu aufstellen. Diese Söldner aus Zapote hatten einen erstaunlichen Schaden angerichtet. Er konnte es noch nicht genau überblicken, doch es schien, als sei fast ein Viertel seiner Wagen außer Gefecht. Sie waren zu nahe beieinander gefahren.

Der Krieger, der ihm gerade noch zugewunken hatte, schrie entsetzt auf. Eine Schattengestalt war zu ihm auf den Streitwagen gesprungen und zerfetzte ihm mit langen Krallen die Kehle.

Muwatta fluchte. Lebten noch immer einige der Katzenmänner?

Der Erzkönig lief auf eine Gruppe unbeschädigter Streitwagen zu. »Weicht nach Süden aus!«, rief er. »Wir sammeln uns im Süden.« Es mochte vielleicht noch eine Handvoll Zapote leben. Sie waren es nicht wert, sich jetzt mit ihnen aufzuhalten.

Muwatta lief auf einen der leichten Streitwagen zu und sprang auf. Seinen Helm hatte er auf dem Schlachtfeld zurückgelassen. Er würde ihn nicht mehr brauchen.

Es war inzwischen unerträglich heiß. Die Sonne stand hoch am Himmel, als er seine Streitmacht neu ordnete. Diesmal stellte er die Wagen mit mehr Abstand zueinander auf. Es waren immer noch mehr als genug, um die geschwächten Überreste von Aarons Bauernheer zu zerschmettern. Und mehr Zapoter gab es nicht. Eine solche Überraschung würde er kein zweites Mal erleben.

»Herr«, sprach ihn sein Wagenlenker zaghaft an, als die Reihen der neu geordneten Schwadronen abfuhren. Es war ein stämmiger, kleiner Kerl, in dessen krausem Haar weiße Schuppen schimmerten. »Dort hinten, Herr. Da ist etwas.« Er deutete mit ausgestrecktem Arm nach Süden.

In der Hitze der späten Morgenstunde zogen flimmernde Schlieren über die Ebene. Es sah aus, als würde die Luft zerschmelzen, wo sie den Boden berührte. Verlockende Seen erschienen, wo es in Wahrheit nur Sand und Felsen gab. Und zwischen den verwirrenden Zerrbildern bewegte sich etwas. Es war unmöglich zu sagen, ob da nur einzelne Männer oder ganze Kolonnen kamen. Auch war sich Muwatta unsicher, wie weit diese zerfließenden Gestalten entfernt waren. Eine halbe Meile? Weniger?

Hatte Aaron noch eine zweite Söldnertruppe der Jaguarkrieger angeworben? Unentschlossen blickte der Unsterbliche nach Westen. Eine Staubwolke näherte sich. Die Streitwagen Arams. Sie waren sein Ziel. Vielleicht standen dort hinten auch nur Sklaven, die aus dem Feldlager geflohen waren.

Plötzlich erfüllte ein erschreckend vertrautes Sirren die Luft. Pfeile! Der Himmel füllte sich mit Schauern von Geschossen. »Abrücken!«, schrie Muwatta und griff selbst nach den Zügeln des Streitwagens. »Abrücken!«

Woher kamen die Bogenschützen? Sie mussten auf hundert Schritt oder sogar weniger herangekommen sein. Verfluchtes Ödland!

Ringsherum schlugen Pfeile ein. Pferde bäumten sich auf. Die Schwadronen, die er gerade erst geordnet hatte, gerieten erneut durcheinander.

Ein schwarzer Pfeilschaft ragte aus der Kehle seines Wagenlenkers. Der Krieger kippte nach hinten. Muwatta schenkte ihm keinen Blick mehr. Er trieb die Pferde an, der Staubwolke entgegen. Jetzt musste die Entscheidung fallen.

Volodi griff nach dem Bogen. Er war ein miserabler Schütze, aber so kämpfte man nun einmal von einem leichten Wagen aus. »Geht über die Flanken!«, rief er seinen Leuten zu.

Muwattas schwere Streitwagen fuhren in weitem Abstand zueinander. Sie wollten sie dazu verlocken, zwischen ihnen hindurchzupreschen.

»Über die Flanken!«, rief Volodi noch einmal mit aller Kraft und war sich doch bewusst, dass seine Stimme im Donnern der Hufe unterging. Die Ebene hier war wie geschaffen für eine Streitwagenschlacht.

Sein Wagenlenker Mikayla zog an den Zügeln. Langsam scherten sie nach links aus. Die Front von Muwattas Streitwagen war vielleicht noch fünfhundert Schritt entfernt. Sie war erschreckend breit! Und sie kam rasend schnell näher.

Beide Seiten peitschten ihre Pferde zum Galopp. Volodi blickte über die Schulter. Die meisten Wagen folgten ihm. Die Zinnernen ließen sich auf die hintersten Positionen der Formation zurückfallen. Volodi war zufrieden. Alles lief wie geplant. Auf seine Leute war Verlass. Doch dann sah er, dass etliche der Satrapen und ihrer Adelskrieger entgegen seinem Befehl geradewegs auf die Wagenfront des Feindes zuhielten. Verdammte Narren! Sie waren es gewohnt, gegen Zweispänner zu kämpfen. Leichte Wagen, deren Waffen Pfeile und Wurfspeere waren. Aber die Streitwagen im Zentrum von Muwattas Streitmacht waren ganz anders. Es waren klobige Gefährte mit Seitenwänden aus Holz und groß genug, um drei oder sogar vier Mann zu tragen. Und dann die Sichelklingen! Sie würden versuchen, die leichteren Wagen zu rammen.

»Es wird knapp«, schrie Mikayla gegen den Lärm an. Er schlang sich die Zügel geschickt um die Hüften und griff nach dem Bogen neben sich.

»Was tust du da?« Ein Wagenlenker sollte im Gefecht die Zügel niemals aus den Händen lassen.

»Wir müssen durchbrechen. Das schaffen wir nur mit zwei Bogenschützen an Bord«, gab Mikayla ungerührt zurück.

Mit Schrecken sah Volodi, dass die Wagenfront vor ihnen kein Ende nahm. »Dort bei den leichten Wagen versuchen wir es.« Er zog einen Pfeil aus dem Köcher und beobachtete fasziniert, wie Mikayla mit einem leichten Schritt zurück und einer Hüftbewegung die Zügel so führte, dass ihre beiden Pferde genau auf die leichten Wagen zuhielten.

Der Boden war zwar eben, aber jeder Stein, jede leichte Bodenwelle ließ den Wagen emporspringen. Volodi schaffte es erst beim dritten Versuch, die Nocke in die Sehne einzuhaken.

Mikayla hatte damit weniger Probleme. Er legte den Pfeil auf, hob den Bogen und spannte gleichzeitig die Sehne in fließender Bewegung. Nie hatte Volodi einen Schützen gesehen, der sich so elegant und vollkommen bewegte.

Mikaylas Pfeil schnellte davon. Drei Herzschläge später strauchelte eines der Pferde vor den luwischen Wagen, die ihnen entgegenkamen.

»Unglaublich!«, rief Volodi dem Drusnier begeistert zu. »Wie machst du das?«

»Du musst eins werden mit deinem Ziel. Du musst es spüren!«

Volodi schüttelte ungläubig den Kopf. »Wer erzählt denn so einen Unsinn?«

»Eine gute Freundin. Es gibt keine bessere Bogenschützin als sie.«

»In Drusna?«

»Nein!«

Volodi war erleichtert. Es gehörte sich nicht für Frauen, sich mit einem Bogen zu beschäftigen. Weiber kümmerten sich um das Kleinvieh, das Kochen und die Kinder. So war die Ordnung der Welt. Er dachte an Shaya. Die Prinzessin aus dem Grasland war eine ausgezeichnete Kriegerin gewesen. Irgendwie unheimlich … »Deine Freundin … kam sie aus Ischkuza?«

»Ja«, entgegnete Mikayla einsilbig und ließ noch einen Pfeil von der Sehne schnellen.

Das erklärte alles! Volodi zog den Bogen durch. Der nächste Wagen war noch dreißig Schritt entfernt. Nein, eher zwanzig. Volodi schoss und wartete kurz. Nichts! Scheinbar hatte er nicht getroffen.

Jetzt sirrten auch ihnen Pfeile entgegen. Mikayla lehnte sich leicht zur Seite, augenscheinlich darauf bedacht, die Zügel um seine Hüfte nicht zu bewegen. Ein Geschoss verfehlte ihn nur knapp. Der Wagen rumpelte über einen Stein hinweg. Es gab einen Schlag, der Volodi fast von der Plattform geworfen hätte. Er griff nach der Seitenwand.

Sie passierten den ersten luwischen Streitwagen. So nah, dass er den anderen Wagenlenker mit einem langen Speer hätte treffen können. Der Mann hatte sich eine schillernde Feder in seinen Schläfenzopf geflochten. Ein Glücksbringer?

Weitere Wagen kamen ihnen entgegen. Im aufgewirbelten Staub waren sie nur undeutlich zu sehen. Hinter ihnen schrien Krieger auf. Er hörte Holz splittern.

Ein kurzer Wurfspeer bohrte sich in die lederne Seitenwand ihres Wagens. Die eiserne Spitze hatte das Leder ganz durchdrungen. Zwei Fingerbreit weiter, und sie hätte sein Knie getroffen.

Plötzlich brach ein Wagen aus dem Staub hervor, keine zehn Schritt von ihnen entfernt. Er raste genau auf sie zu.

Volodi fluchte. Er wollte nach den Zügeln greifen, doch solange sie um Mikaylas Hüften geschlungen waren, konnte er das Gespann nicht richtig lenken. Nur einfach in die Zügel zu greifen war zu gefährlich.

»Ich hasse größenwahnsinnige Drusnier«, fluchte er, kletterte über die Wagenfront hinweg und sprang auf die Deichsel. Er warf sich vor und griff mit beiden Händen in die Mähnen der Pferde, um sie zur Seite zu lenken. Das war eine Verzweiflungstat, aber immer noch besser, als sein Leben weiter den Hüftschwüngen von Mikayla anzuvertrauen.

Der Pferde schwenkten nur langsam nach links. Es würde knapp werden, dem Wagen auszuweichen.

Volodi sah, wie der luwische Bogenschütze auf ihn zielte. Der Streitwagen konnte nicht ausweichen. Sein Lenker lag vornübergesunken auf der Frontwand des Wagens. Volodi duckte sich so gut es ging zwischen die Rösser, um ein kleineres Ziel zu bieten.

Die beiden Gespanne verfehlten einander nur um eine Handbreit. Sie fegten so dicht am anderen Wagen vorbei, dass sich die Räder kurz berührten und Funken aus den eisernen Radreifen schlugen.

»Du bist ein guter Wagenlenker«, schrie Mikayla und grinste frech. »Ich würde vorschlagen, ich übernehme das Schießen, und du bringst uns aus dem Getümmel heraus.«

Volodi lachte auf und wäre fast von der schwankenden Deichsel gerutscht. Er klammerte sich in den Mähnen fest und hielt die Pferde auf einem geraden Kurs. Mikayla schoss wie ein Daimon, und als sein Köcher leer war, bediente er sich bei den leichten Wurfspeeren.

Vor ihnen klärte sich der Staub. Volodi ließ die Pferde langsamer werden und sprach beruhigend auf sie ein. Schaum troff von ihren Mäulern. Ihre Augen waren angstweit.

»Wir haben ihre Linie durchbrochen«, rief Mikayla. »Ich sehe keine Wagen mehr vor uns. Aber da kommen Krieger gelaufen.«

Volodi fluchte. Kamen denn immer noch mehr Luwier! Die Pferde blieben stehen. Rechts und links von ihnen tauchten weitere ihrer Streitwagen aus der Staubwolke auf. Es waren weniger, als Volodi gehofft hatte. Nicht viele hatten es geschafft, die Luwier auf den Flanken zu umgehen.

Mikayla zog einen Wurfspeer aus dem Köcher. »Wer ist das?«, flüsterte er und deutete voraus.

Volodi blickte auf abgerissene Gestalten mit langen Jagdbögen. Er sah in hagere, harte Gesichter. Die Krieger trugen abgewetzte Tuniken und waren über und über mit Staub bedeckt. Sie näherten sich in einem ausdauernden Trott. Zwischen ihnen entdeckte Volodi einen Greis mit langem, zotteligem Bart, der offensichtlich keine Mühe hatte, mit den anderen Läufern mitzuhalten. Die fremden Krieger hatten etwas Wölfisches an sich.

Der Greis hob den Arm und grüßte Volodi. »Ist der Kampf schon vorüber?« Er keuchte schwer und stützte sich mit seinen Händen auf die Knie.

Volodi hatte Schwierigkeiten, den Alten zu verstehen. Der Greis sprach mit einem seltsamen Akzent.

»Wer bist du dich?«

Er klopfte sich auf seine Brust. »Ich bin Gatha, der Hüter dieser Berge. König Geisterschwert hat sein Blut vergossen, um uns zu helfen. Wir sind hier, um unsere Schuld zu begleichen und unser Blut für seines zu geben. Wir sind hier, um Luwier zu töten.«

Volodi hatte nicht alles verstanden, aber sie schienen Verbündete zu sein. »Wir können eure Hilfe gut gebrauchen. Wir werden gemeinsam ihre Streitwagen vernichten.«

Mikayla neben ihm hüstelte leise. »Sie sind durchgebrochen«, sagte er in der Zunge Drusnas. »Sie werden längst den Schildwall erreicht haben.«

»Sind sie geflohen?«, fragte der Alte enttäuscht. »Was sagt der Kerl?«

»Hast du dich keine Sorgen. Geh dich mit deinen Männern geradeaus. Ich nehme mich meine Wagen und von Seiten.« Volodi ballte die Rechte langsam zur Faust. »Werden wir sie zerquietschen.«

»Zerquetschen? Das ist gut.« Der Alte zupfte zerstreut eine Klette aus seinem Bart, dann atmete er tief durch und schrie aus Leibeskräften: »Mir nach!«

»Aufsitzen!«, rief Volodi den übrig gebliebenen Kriegern seiner zusammengeschmolzenen Streitmacht zu. »Geht euch über Flanken! Los!« Mit diesen Worten stieg er auf seinen eigenen Wagen und griff nach den Zügeln.

»Was verstehe ich nicht, Volodi?«, hakte Mikayla nach. »Die Luwier sind längst bei unserer Schlachtlinie angekommen.«

Volodi ließ die Zügel knallen. »Als wir zum Angriff gefahren sind, waren die Zinnernen in der letzten Reihe unserer Schwadronen. Was glaubst du warum?«

»Um aufzupassen, dass sich von den Adeligen niemand verdrückt?«

»Auch, aber vor allem, um zu verteilen, was ich Datames gestern Abend gestohlen habe.«

Mikayla sah ihn überrascht an. »Du hast den Hofmeister bestohlen?«

»Ich habe einige Tausend seiner Fußangeln auf die Seite geschafft. Er hatte so viele aufgehäuft. Ich glaube, er hat es nicht einmal gemerkt. Die Zinnernen haben sie auf ihren Wagen gehabt und hinter sich ausgestreut, als Muwattas Streitwagen in Sicht kamen.« Volodi lachte. »Ich glaube, er wird nicht viel Freude daran gefunden haben, unsere Wagenlinie zu durchbrechen. Und ganz sicher werden nicht viele seiner Streitwagen bis zum Schildwall durchgekommen sein. Pferdehufe und Fußangeln, das verträgt sich nicht.« Volodi wechselte gut gelaunt in die Sprache Arams. »Auch Mann von Drusna kann sich machen Tricks.«

Eine neue Welt

Artax stieß sein Schwert durch den Brustpanzer eines Gardisten und zog den Arm zurück. Nicht schnell genug. Ein Speer schrammte über die ungeschützte Stelle oberhalb seiner Armschiene. Er war erschöpft und hatte das Gefühl, dass die Schlacht schon einen ganzen Tag dauerte. Dabei hatte die Sonne noch nicht einmal den Zenit erreicht.

Seine Schar war auf vielleicht hundert Mann zusammengeschrumpft. Sicher kämpften noch andere Teile seines Heeres, aber er war von den übrigen Truppen abgeschnitten worden, als die Gardisten Muwattas rechts und links von seiner Stellung den Schildwall durchbrochen hatten.

Ashot an seiner Seite machte den Männern immer wieder Mut und hielt sie dazu an, die Reihe zu halten. Selbst wenn jemand hätte fliehen wollen – es gab keinen Weg zu entkommen.

Sie hatten einen Kreis gebildet und widersetzten sich verzweifelt den unablässigen Angriffen der Luwier. Ihre Feinde wussten, wie nahe der Sieg war. Immer enger wurde sein letztes Trüppchen Aufrechter zusammengedrängt. Nur vor ihm war ein wenig mehr Platz. Zu viele Männer waren unter seinem verwunschenen Schwert gestorben.

Auch vor Datames hatten die Luwier Respekt. Sein Hofmeister hatte sich als ein überragender Krieger erwiesen. Doch nicht einmal ihm war es gelungen, sich bis zu dem Hünen mit dem Wolfsfell durchzuschlagen. Auch ihre Feinde hielten die Reihen geschlossen.

Artax fegte mit seinem Schwert flach über die Vorderseite seines Schilds, um die Spitzen der gesplitterten Speere zu entfernen, die im zähen Leder steckten. Sein Schild kam ihm schwer wie eine große Weinamphore vor. Selbst ohne den Ballast der Speerspitzen.

Plötzlich wichen ihre Feinde zurück.

»Endlich haben sie begriffen, dass sie sich hier nur blutige Nasen holen«, sagte Ashot matt.

Die Luwier bildeten einen weiten Ring um sie. Sie waren auf etwa zehn Schritt Abstand gegangen und hatten damit immer noch nicht die Böschung erreicht. Artax und seine Männer waren Schritt um Schritt zurückgedrängt worden.

Hinter der Schildwand der Luwier wurden die Speerträger der zweiten Reihe abgezogen.

Artax erkannte, was vor sich ging. »Die Schilde hoch«, rief er mit rauer Kehle.

»Kniet!«, ertönte im selben Augenblick ein Befehl in den Reihen der Luwier.

Die Schildträger kauerten sich nieder. Hinter ihnen standen Bogenschützen in langen, bronzenen Schuppenpanzern. Wie ein Mann hoben sie ihre Waffen, und ein Hagel von Pfeilen ging auf Artax und seine Kampfgefährten nieder.

Eiserne Spitzen bohrten sich durch das Leder. Männer, die all die Stunden des Schreckens überlebt hatten, schrien auf. Es ist vorbei, dachte Artax. Die Schlacht war verloren. Er sollte sich der Wirklichkeit stellen und dem Sterben ein Ende machen.

Er ließ seinen Schild sinken und sah, wie die Bogenschützen aufs Neue anlegten.

Er blickte auf die Toten, die zwischen den Linien lagen. Es waren so viele, dass er den rotbraunen Boden an keiner Stelle mehr sehen konnte.

Die Sonne funkelte unerträglich hell auf einem polierten Brustpanzer. Aus dem Licht erwuchs eine Flamme, die binnen eines Augenblicks zu einer lodernden Säule erblühte.

»Legt die Waffen nieder!«, befahl eine Stimme, die keinen Widerspruch duldete. Aus den Flammen trat der Löwenhäuptige. »Euer Herrscher Muwatta ist von Bogenschützen umzingelt, so wie ihr den Unsterblichen Aaron gestellt habt. Es gibt keinen Sieger in dieser Schlacht. Nur Besiegte. Die Unsterblichen werden die Entscheidung in einem Duell suchen.«

Artax hatte das Gefühl, als weiche auf einen Schlag alle Kraft aus seinen Gliedern. Ein Zweikampf war das, was er von Anfang an gewollt hatte. Und nun endete es so. Tausende waren für nichts gestorben.

Er ließ den schweren Schild von seinem Arm gleiten und stützte sich auf die Kante. Er hasste die Götter!

Deine Gedanken sind mir nicht verborgen, durchfuhr es ihn kalt. *Komm mir nun mit aufrechtem Haupt und festem Schritt entgegen. Dein Auftritt entscheidet darüber, wie sich deine Krieger fühlen werden. Jetzt sind sie erleichtert, mit dem Leben davongekommen zu sein. Streite mit mir, sprich von vergeblichen Toden, und du wirst ihnen den Stolz rauben, mit dem sie in Zukunft auf diesen Tag zurückblicken werden. Sie haben vollbracht, was niemand für möglich hielt. Auch meine Brüder und Schwestern nicht. Sieh dich um, wer noch steht! Deine Bauern haben der Garde Muwattas widerstanden. Sie sind tapfere Männer. Sie haben all das nur für dich getan. Wende dich mit einem gehässigen Wort an mich, euren Gott, und du bist es, der alles zunichtemachen wird.*

Artax straffte sich. An seinem Hass hatte sich nichts geändert, aber er erkannte die Wahrheit in den Worten des Löwenhäuptigen, und so gab er sich Mühe, würdevoll, ja wie ein Sieger auszusehen. Erhobenen Hauptes ging er auf den Devanthar zu, und als er ihn erreichte, wandte er sich zu seinen Kriegern. Kaum einer von ihnen war unverletzt. Sie stützten sich schwer auf ihre Speere und Schilde, aber er konnte den Stolz in ihren Gesichtern lesen und auch die Erleichterung, noch zu leben.

»Männer von Aram«, rief Artax. »Ihr habt vollbracht, was keiner glauben wollte. Ihr habt der Welt gezeigt, dass Bauern, Tagelöhner und Handwerker, die mit ganzem Herzen für ihre Überzeugung einstehen, selbst einer Übermacht aus Kriegern widerstehen können. Ganz gleich, wie das Duell mit Muwatta ausgehen wird – ihr habt die Welt verändert. Ab morgen wird nichts mehr so sein, wie es war. Aram wird ein Königreich sein, in dem mehr Gerechtigkeit einzieht.

Ihr seid das Fundament dieses Reiches, nicht die Satrapen in ihren Palästen. Und ich werde dafür sorgen, dass Aram auf einem starken Fundament steht.« Artax verneigte sich. »Es macht mich stolz, an eurer Seite gekämpft zu haben, Löwen von Aram.«

Es ist erstaunlich mit anzusehen, wie du dir noch mitten auf einem Schlachtfeld neue Feinde machst. Ich glaube nicht, dass viele meiner Brüder und Schwestern es schätzen werden, wenn ein Sterblicher sich anmaßt, die Welt zu verändern.

Glaubt Ihr, mein Tod könnte aufhalten, was heute begonnen hat?, dachte Artax.

Es wird genügen, wenn ein einziger Devanthar daran glaubt, es aufhalten zu müssen. Besiege Muwatta, und du hast dir das Recht erstritten, vor meinen Brüdern und Schwestern zu sprechen. Aber sei vorsichtig, Artax. Erliege nicht dem Größenwahn, nur weil sich deine Männer heute gut für dich geschlagen haben.

Wir werden auf ihn aufpassen und verhindern, dass er es zu toll treibt, mischte sich Aaron ein.

Schweigt, gebot der Devanthar. *Artax hat mich in den drei Jahren seiner Herrschaft besser unterhalten als ihr in Jahrhunderten. Stört mich nicht, wenn ich bei ihm bin, oder ich werde eure Stimmen für immer aus seinem Kopf reißen.*

Das ist möglich?, dachte Artax verblüfft, und zum ersten Mal seit drei Jahren keimte Hoffnung in ihm auf, die Stimmen all der anderen Aarons könnten eines Tages verstummen.

Ich bin ein Gott. Und nun lass uns gehen. Das Duell wird ein Stück vom Schlachtfeld entfernt im trockenen Flussbett stattfinden.

»Wir werden einfach über das Schlachtfeld gehen.« Artax war überrascht, dass er seinen Gedanken laut aussprach. Das klang ziemlich unspektakulär.

Wir könnten auch in einem goldenen Streitwagen, der von vier geflügelten Löwen gezogen wird, über den Himmel reiten. Aber ich dachte, ein solcher Auftritt wäre nicht dein Stil. Er birgt das Risiko, dass sich deine Untertanen künftig vor lauter Ehrfurcht vor dir auf den Boden werfen. Ich glaube nicht, dass dir das gefallen würde.

Sie schritten nebeneinander her, und erst jetzt erkannte Artax wirklich das Ausmaß der Schlacht. So viele Tote, Verstümmelte, Sterbende … Manche Männer schienen verrückt geworden zu sein. Sie saßen zwischen den Leichen und lachten auf eine Art, die Artax eisige Schauer über den Rücken jagte. Hatte der Löwenhäuptige gewollt, dass er all das sah?

Mein Bruder Langarm hat für Muwatta einen Speer erschaffen, der in seine Hand zurückkehrt, nachdem er sein Ziel getroffen hat.

»Dann hoffe ich mal, dass Muwattas Arm erschöpft ist und er mich verfehlt.«

Es ist ein Speer, der niemals sein Ziel verfehlt.

Artax blieb stehen. »Und welche verwunschene Waffe werdet Ihr mir geben?«

Du hast dein Schwert. Das muss genügen.

»Er wird mich umbringen!«

Das liegt durchaus im Bereich des Möglichen.

»Verdammt, ist Euch denn gar nichts an mir gelegen?«

Doch, deshalb warne ich dich ja. Dein Charme besteht für mich vor allen Dingen darin, dass du immer wieder das Unmögliche schaffst. Deshalb kann ich dir nicht helfen. Es würde die ganze Sache verderben.

Na großartig, dachte Artax. Einfach wunderbar, das Interesse dieses Gottes erregt zu haben. Es würde ihn umbringen.

Du wirst dir mit Muwatta ein Streitwagenduell liefern.

»Was? Warum?«

Weil es aufsehenerregender ist. Tausende eurer Krieger werden euch zusehen. Und denk daran, was du deinen Männern versprochen hast. Du willst eine neue Welt erschaffen. Willst ihnen Gerechtigkeit schenken. Das alles kann es nur geben, wenn du siegst.

Das Duell

Volodi kniete nieder und rieb seine Hände über den trockenen Sand.

Artax ging neben ihm in die Hocke und tat es ihm gleich. »Angst?«

»Sind sich nur meine Hände feucht. Ist nicht gut für sich halten Zügel.«

Artax wusste, was ihn erwartete. Er hatte Angst und hoffte, dass er sie würde überspielen können. Das feierliche Getue, das Gerede von Ehre – all dies diente nur einem Zweck. Es gab den Rahmen ab für die Hinrichtung eines Unsterblichen.

Seiner Hinrichtung.

Der Löwenhäuptige war recht deutlich geworden. Was Artax erreichen wollte, gefiel den Devanthar nicht. Sie gaben Muwatta einen magischen Speer. Und für ihn gab es ein paar Worte.

Artax blickte auf. Die Sonne neigte sich dem Himmel im Westen zu. Die fernen Berge hatten sich in rotgoldene Wolken gehüllt. Garagum war ein karges Land, die Hochebene von Kush fast eine Wüste. In all den Wochen, die er hier war, hatte er nie einen Blick für die wilde Schönheit des Landes gehabt. So war es mit vielen Dingen in seinem Leben gewesen, dachte er wehmütig. Wie oft hatte er im Sommer das satte Gelb der Felder bestaunt? Viel zu selten. Wie oft mit seinen Freunden in Belbek gefeiert und sich daran ergötzt, jung, gesund und voller verrückter Träume zu sein? Nicht oft genug. Wie viel Zeit hatte er in den Armen der Frau verbracht, die er liebte? Nicht eine einzige Nacht von Sonnenuntergang bis Sonnenaufgang. Und nun war er auf einer Hochebene am Ende der Welt angelangt, und das Einzige, was er noch erwarten durfte, war, von einem Zauberspeer durchbohrt zu werden und elendig zu verrecken. Ach, Shaya, dachte er, schloss die Augen und versank in der Erinnerung an ihre stürmischen Küsse.

»Muwatta steigt sich auf Wagen.«

Artax nickte. Dann stand er auf. Er fühlte sich seltsam schwer. Es war nicht allein durch den langen Kampf im Schildwall zu erklären.

Tausende Krieger aus beiden Heeren waren entlang der Uferböschungen aufmarschiert, um dem Spektakel beizuwohnen. Und inmitten der Menschen standen die geflügelte Išta und der Löwenhäuptige. Auch die anderen Devanthar waren hier, vor den Blicken der Menschen verborgen. Der Löwenhäuptige hatte ihm kurz einen Blick auf seine Brüder und Schwestern gewährt. Noch eine Gunst, um die Artax nicht gebeten hatte.

Sie waren unheimlich … Der riesige Weiße Wolf, der von einem toten Elefanten gefressen hatte. Die Sturmruferin mit dem sich windenden Schlangenhaar. Diese Kreatur, halb Mensch, halb Eber. Der gedrungene, hässliche Kerl mit den unnatürlich langen Armen, der den Speer für Muwatta erschaffen hatte. Und all die anderen.

Artax tätschelte über die Nüstern der beiden Hengste, die ihren Streitwagen zogen. Ihre Flanken waren von Staub bedeckt. Der linke hatte eine lange, von getrocknetem Blut überzogene Schramme auf der Schulter. Die Lederwände des Wagens wiesen schmale Löcher von Pfeilen und Speerspitzen auf.

Artax stieg auf und blickte zur anderen Seite des Kampffeldes. Der Streitwagen Muwattas hätte unterschiedlicher nicht sein können. Er war groß und aus schneeweißem Holz gefertigt. Auf die Frontwand war mit Gold eine geflügelte Göttin gemalt. Sie zierte auch das Seidenbanner, das an einer langen Stange hinter dem Fahrer wehte. Vier prächtige Schimmel zogen den Streitwagen. Ihr Ledergeschirr war scharlachrot gefärbt, und scharlachrote Federn waren in die Mähnen der Tiere geflochten.

Muwatta blickte geradewegs zu ihnen herüber. Er hob seinen Speer zum Gruß. Der Unsterbliche war zu weit entfernt, um seine Gesichtszüge zu erkennen, aber Artax war überzeugt, dass Muwatta siegessicher lächelte.

»Warum hast du diesen Wagen ausgewählt, Volodi?«

»Bringt er sich Glück. Ist sich wichtig das.«

»Das weißt du sicher?«

»Bin ich gefahren mich in Schlacht mit Wagen. Und ist mich nicht nix kaputt.« Er schüttelte den Kopf, und seine Augen blickten in unerreichbare Fernen. »Hättest du dich sehen müssen Schlachtfeld von Wagen …« Er klopfte mit der flachen Hand auf den Griff an der Vorderfront. »Ist sich viel guter Wagen.«

Artax nahm den Rundschild auf, den er auf dem Schlachtfeld gefunden hatte, und schob den Arm durch die breiten Lederschlaufen. Auf den Schild war ein Löwenkopf gemalt. Vielleicht würde das den Löwenhäuptigen gnädig stimmen.

»Wird sich eng in Wagen mit Schild. Musst du dich stehen links von mir«, beschwerte sich Volodi.

»Wenn ich rechts von dir stehe, kann ich dich mit dem Schild beschirmen.«

»Und wie soll ich benutzen Zügel? Das ist nicht nix guter Einfall.«

Artax wechselte die Position im Wagen. Er zog einen der Wurfspeere aus dem Köcher an der Wagenseite. Die Spitze war aus Eisen und funkelte, als sei sie frisch geschliffen. Wie es schien, überließ Volodi nicht alles dem Glück.

»Musst du dich werfen Speer auf Pferd«, flüsterte ihm der Drusnier zu. »Dann nicht nix nutzt großes Wagen.«

»Das ist nicht ehrenhaft.«

Volodi seufzte und sagte nichts mehr.

Ein Fanfarenstoß hallte über das trockene Flussbett. Der Drusnier ließ die Zügel knallen. Die beiden Hengste gaben ihr Bestes, aber sie waren noch erschöpft von der Schlacht.

Muwattas Streitwagen war viel schneller. Der Unsterbliche hatte auf einen Schild verzichtet. Auf dem Wagen war er vor dem Geisterschwert sicher. Er hob seinen schweren Wurfspeer und hielt sich mit der Linken am Wagenkleid fest.

»Fahr rechts an ihm vorbei, so nah du kannst«, befahl Artax. Er hoffte darauf, vielleicht doch in Schwertreichweite zu gelangen. Zumindest für einen Hieb. Er schob den Wurfspeer in den Köcher zurück und zog seine verwunschene Klinge.

Muwatta schleuderte den Speer.

Volodi fluchte und riss die Zügel herum. Die Pferde wichen nach links aus.

Der Speer änderte seine Flugrichtung, beschrieb einen leichten Bogen und schlug dem Hengst mit der verwundeten Schulter durch den Hals. Einen Augenblick lang rannte das Wagenross einfach weiter. Dann ruckte der Speer in der Wunde, glitt aus dem Hals des Hengstes und kehrte wieder in die Hand seines Besitzers zurück.

Blut schoss in pulsierenden Stößen aus der Wunde und spritzte bis zum Wagen. Der Hengst schüttelte den Kopf, als wolle er lästige Fliegen vertreiben. Immer noch lief er weiter, wurde aber langsamer. Mit verzweifelter Entschlossenheit stemmte er sich in sein Geschirr. Dann brach er zusammen. Seine Läufe zuckten. Er spuckte blutigen Schaum.

»So viel zu sich ehrenhaft kämpfen«, knurrte Volodi.

Artax klopfte dem Söldner auf die Schulter. »Du hattest recht. Nun ist es allein meine Sache. Bring dich in Sicherheit!« Mit diesen Worten sprang er vom Streitwagen.

Muwattas Streitwagen hatte sie passiert und wendete hinter ihnen im weiten Flussbett.

Artax ging ihm entgegen. »Steig ab!«, rief er. »Bringen wir es zu Ende! Mann gegen Mann!«

Statt zu antworten, schleuderte Muwatta erneut seinen Speer.

Artax blieb stehen. Er wusste, dass es sinnlos wäre, fortzulaufen oder sich zur Seite zu werfen. Der Speer war für ihn kaum zu sehen. Nur ein Funkeln der stählernen Spitze verriet, wie er näher kam. Er flog viel weiter, als ein menschlicher Arm ihn hätte schleudern können. Es war der Zorn der Götter, der nun auf ihn herniederfuhr, dachte Artax. Er musste sich dem stellen. Davor gab es keine Flucht.

Ein sorgenvolles Raunen ging durch die Reihen seiner Leute. Einige Männer riefen, er solle sich hinwerfen. Manche stürmten schreiend die Böschung hinab. Doch keiner vermochte das trockene Flussbett zu betreten. Es war, als habe ihn ein unsichtbarer Wall von der Welt der Menschen getrennt. Er war jetzt unerreichbar für die Seinen.

Artax riss seinen Schild hoch. Der Speer traf ihn mit einer Wucht wie ein Pferdetritt. Er hatte den Schild weit von sich gehalten, doch der Treffer ließ seinen Arm einknicken. Der Schild wurde auf seine Brust gepresst. Die Speerspitze durchdrang die Lederschichten und selbst seinen Brustpanzer. Der kalte Stahl schnitt in seine Brust, dicht unterhalb der Schulter. Einen Augenblick lang bekam er durch die Wucht des Treffers keine Luft mehr.

Alles schien von ihm fortgleiten zu wollen. Er erhob sich über das Schlachtfeld. Sah die jubelnden Luwier und seinen niedergestreckten Körper. Blut rann von seinen Lippen. So also endet es, dachte er.

Ištas Zorn

Fühlst du Schmerzen?

Es war die Stimme des Löwenhäuptigen. Was für ein Hohn! Natürlich spürte er Schmerzen!

Dann lebst du noch. Išta gaukelt dir vor, was du siehst. Bleib liegen, und du wirst wirklich sterben. Muwatta wird deinen Kopf holen und auf seinen Speer spießen.

Artax blinzelte. Er lag noch immer im Flussbett. Die Luwier jubelten, doch er sah sich nicht mehr von oben.

Der Speer in seiner Brust ruckte. Schon glitt er aus der Wunde, war aber noch im Schild verfangen.

Unbändiger Zorn ergriff Artax. Er würde nicht dulden, dass es so endete. Er schuldete es seinen Toten zu kämpfen, solange noch Leben in ihm war. Mit der Rechten griff er nach dem Schaft des Speeres, der in seiner Hand aufbockte, als sei er ein lebendiges Wesen. Einen Herzschlag lang dachte er daran, den Speer, der nie sein Ziel verfehlte, nach Muwatta zu werfen. Doch seine Ehre verbot es ihm. Auf diese Weise wollte er nicht siegen.

Artax zwang die verwunschene Waffe zu Boden, schob seine Knie über den Schaft aus Elfenbein und griff nach seinem Schwert.

Muwattas Streitwagen war noch knapp fünfzig Schritt entfernt. Der Unsterbliche hatte den Arm vorgestreckt, bereit, seinen Speer aufzufangen.

Artax legte all seine Wut in einen einzigen Hieb und ließ sein Geisterschwert auf den Speerschaft niedersausen. Das Elfenbein splitterte. Der Schaft war hohl. Eine dunkle Flüssigkeit sickerte in den Sand. Das weiße Elfenbein wurde gelb, dann braun und zerfiel zu Staub. Nur das Stichblatt des Speeres blieb im Sand zurück.

Muwattas Streitwagen war nur noch zwanzig Schritt entfernt. Der Luwier wollte ihn von den Pferden in den Boden stampfen lassen.

Artax sprang auf, packte seinen Schild und lief dem Streitwagen entgegen. Er wollte sich nicht einfach den Sichelklingen oder Hufen ausliefern. Er hielt genau auf die Mitte des Gespanns zu. Dort, wo die Deichsel zwischen den vier Pferden aufragte. Im letzten Augenblick ließ er sich nach vorn fallen, drehte sich auf den Rücken und hob den Schild über sich. Rechts und links von ihm wühlten Hufe den trockenen Boden auf. Er schob den Schild über den Bauch. Der Boden des Streitwagens war über ihm. Mit beiden Händen griff er nach einer der Querstreben, die den federnden Lederboden stützten. Er wurde vom fahrenden Wagen fortgerissen. Seine Fersen und Waden schleiften über den Sand. Er wurde halb herumgerissen, kam den Speichen der Wagenräder gefährlich nah. Artax biss die Zähne zusammen, arbeitete sich weiter vor, während Muwatta im nunmehr staubverhangenen Flussbett wendete. Artax griff um die Kante des Bodens, packte die Fahnenstange. Über ihm schwang der scharlachfarbene Umhang Muwattas. Artax packte ihn mit beiden Händen.

Muwatta verlor das Gleichgewicht und stürzte vom Wagen.

Artax lag lang auf den Boden gestreckt. Er keuchte. Er war fast am Ende seiner Kräfte. Die Wunde in seiner Schulter blutete und seine Fersen und Waden waren tief aufgeschürft. Er stemmte sich hoch. Muwatta war schon auf den Beinen. Der Luwier griff nach seinem Schwert, doch die Klinge hatte sich beim Sturz in der Lederscheide verbogen und wollte nicht hinausgleiten.

Artax' Schwert lag zu weit entfernt, dort wo er Muwattas Speer zerstört hatte. Er stürmte vor, rammte dem Unsterblichen die unverletzte Schulter gegen die Brust und packte dessen Gürtel. Er musste sich mit beiden Händen daran festhalten, um auf den Beinen zu bleiben.

Muwatta ließ von seinem Schwert ab. Er versuchte nicht, sich aus dem Griff zu lösen, sondern hob die Rechte und stieß mit steifen Fingern nach Artax' Schulterwunde.

Der sengende Schmerz ließ den Unsterblichen aufschreien.

»Du bist tot!«, rief Muwatta, legte ihm die Hände um die Kehle und drückte mit aller Kraft zu.

Artax dachte an die schmutzigen Kampftricks, mit denen Kolja so gerne angab, und stieß Muwatta seinen Kopf ins Gesicht. Er hörte das Nasenbein des Unsterblichen brechen. Artax blinzelte benommen. Grelle Lichtpunkte tanzten ihm vor den Augen. Das kam in Koljas Erzählungen nie vor.

Blut schoss aus Muwattas Nase, doch er lockerte seinen Griff nicht. Artax' Lungen schienen in Flammen zu stehen. Seine Finger lösten sich von Muwattas Gürtel und streiften den Griff seines Dolches. Entschlossen packte er zu, zog die Waffe und stieß sie Muwatta in die Taille.

Sofort lockerte sich der Würgegriff um seinen Hals.

Artax stieß ein zweites Mal zu und wich von Muwatta zurück. Der Unsterbliche brach in die Knie. Blut rann in Strömen aus seiner Nase.

Artax packte das lange Haar des Luwiers, riss dessen Kopf nach hinten und setzte ihm den Dolch an die Kehle.

»Genug!«, rief Išta.

»Dein Leben liegt in meiner Hand, Muwatta«, rief Artax. »Ich bin des Streitens mit dir müde. Tausende waren Zeugen deiner Niederlage. Die Götter erlauben nicht, dass ein Unsterblicher den Tod findet. Ich füge mich ihrem Gebot. Doch ich erkläre dich für tot. Du bist nur noch ein Schatten. Du herrschst nur noch dank meiner Gnade.« Artax trat zurück und schleuderte den Dolch von sich. Er taumelte, konnte sich kaum noch auf den Beinen halten.

Muwatta hob den Kopf. »Du glaubst, du hast gesiegt. Dabei hast du das verloren, was dir am meisten bedeutet.«

Artax wandte sich ab. Er wollte dieses erbärmliche Geschwätz nicht hören. Wollte allein sein.

»Ich habe deine Prinzessin bestiegen. Und mein halbes Königreich hat zugesehen. Du hättest hören sollen, wie sie geschrien hat. Sie konnte gar nicht genug davon bekommen.«

»Du lügst«, zischte Artax angewidert und zugleich erschrocken darüber, dass Muwatta offenbar von Shaya wusste.

»Willst du wissen, wie es war? Zwei Stunden lang habe ich sie auf jede erdenkliche Art genommen. Sie hat geschrien, bis ihre Kehle wund war. Vor lauter Leidenschaft hat sie den Verstand verloren. Als ich von ihr abließ, war sie nur noch eine brabbelnde Irre, die mich darum gebeten hat weiterzumachen. Erst habe ich nicht verstanden, was du an diesem hageren, narbigen Weib gefunden hast. Aber als ich mit ihr fertig war, wusste ich es.«

Artax drehte sich langsam um. Er sollte gehen und sich dieses Gerede nicht weiter anhören. Es konnte nicht stimmen. »Die

Götter erlauben nicht, dass ein Unsterblicher die Tochter eines anderen Unsterblichen zum Weib nimmt.«

Muwatta kniete noch immer. Er presste eine Hand auf die Wunden in seiner Hüfte. Blut rann durch seine sehnigen Finger. Hatten diese Hände Shaya berührt? Unmöglich!

»Du glaubst mir nicht? Soll ich dir ihre Narben beschreiben? Besonders hässlich war eine dicht unter ihrem Schlüsselbein. Ich musste immer wieder darauf starren, als sie für mich die Beine breitgemacht hat. Es ist eine rote Mulde voller runzligem Narbengewebe zurückgeblieben.«

Artax war wie vom Donner gerührt. Er dachte an die Nacht unter den Zwillingsmonden Nangogs, als sie ihr Wams geöffnet und seine Hand unter ihre Tunika geführt hatte. So weich war ihre Haut gewesen. Zart wie Frühlingsblüten. Er hatte die Narbe berührt. Sie befand sich genau an der Stelle, die Muwatta gerade beschrieben hatte, dicht unter dem Schlüsselbein. Eine luwische Dornaxt hatte sie dort getroffen, als sie erst sechzehn gewesen war.

»Jetzt glaubst du mir. Ich sehe es in deinen Augen.« Muwatta stand schwankend auf. »Und, König Geisterschwert – wie schmeckt dir dein Sieg jetzt?«

»Du hast recht«, sagte Artax ruhig. »Unsere Fehde endet noch nicht.«

Aller Schmerz war vergessen. Kalter Zorn gab ihm neue Kraft. Sein Schwert lag etwa zwanzig Schritt entfernt. Er würde Muwatta töten. Ganz gleich, was geschah. Er würde …

»Aaron von Aram!«, rief Išta mit Donnerstimme. »Du verlässt diesen Richtplatz nicht! Ich klage dich des Betrugs an.«

Artax achtete nicht weiter auf die Worte der Göttin. Er wollte sein Schwert. Wollte Muwattas Kopf. Wollte … Tränen schossen ihm in die Augen. Was hatte der Luwier Shaya angetan? Wie hatten die Götter das dulden können!

»Sieh mich an!«, sagte Išta ein wenig leiser, und doch hatte

Artax keinen Zweifel daran, dass jeder auf den beiden Ufern sie deutlich verstand.

Ein Zauberbann lähmte seine Beine. Gegen seinen Willen drehte er sich zu der Göttin um.

»Du hast dir deinen Sieg heimtückisch erschlichen, Aaron von Aram, indem du mehr Krieger auf dieses Schlachtfeld geführt hast, als dir von den Göttern zugebilligt worden waren. Fünfzigtausend hätten kämpfen dürfen, doch du hast noch ein Aufgebot von Bogenschützen aus den Bergen Garagums in den Kampf befohlen. Und jene Männer waren es, die die Streitwagen Luwiens aufgehalten haben.«

Artax blickte zu der zornigen Göttin auf, unfähig etwas zu sagen. Er sah den Hass in ihren Augen. Den unbedingten Willen, die Niederlage Luwiens nicht hinzunehmen und ihn zu vernichten.

»Ich klage dich an, die Götter betrogen zu haben, die festgelegt hatten, zu welchen Bedingungen diese Schlacht ausgetragen werden sollte. Und ich fordere deinen Tod!«

Sie zog ihr Schwert, löste sich aus der Menge und trat dicht vor ihn hin.

Artax wollte etwas sagen, doch seine Zunge war steif wie Holz.

»Genug, Schwester.« Wie aus dem Nichts erschien der Löwenhäuptige neben Išta und griff ihr in den Schwertarm.

»Ich werde nicht dulden, dass ein Götterfrevler ohne Strafe bleibt«, keifte Išta außer sich vor Zorn. »Lass von mir ab, Bruder!«

»War es nicht so, Schwester, dass Muwatta schon vor der Schlacht den Satrapen Bessos und dessen Krieger auf seine Seite gezogen hat? War nicht er derjenige, der versucht hat, die von uns gesetzte Ordnung zu hintergehen? Alle Jäger und Hirten zusammen, die der Schamane Gatha in die Schlacht führte, gleichen noch immer nicht die Zahl der Männer aus, die dem Unsterblichen Aaron durch Verrat gestohlen wurden. Es ist also ganz gewiss nicht Aaron, dem unser Zorn gelten sollte.« Der Löwenhäuptige blickte das Flussbett hinab, als gäbe es dort etwas, das vor Artax' Blicken verborgen blieb. »Sollen unsere Brüder und Schwestern entscheiden, wer von den beiden Unsterblichen ein Betrüger ist.«

Išta folgte dem Blick des Löwenhäuptigen. Sie verharrte reglos, dann plötzlich verhärtete sich ihr Antlitz. »So sei es«, sagte sie leise, wirbelte herum und trennte Muwattas Haupt mit einem einzigen Hieb vom Rumpf.

Da hast du deine Rache, erklang die Stimme des Löwenhäuptigen in Artax' Gedanken. *Und nun vergiss die Ischkuzaia-Prinzessin.*

»Niemals«, murmelte Artax.

Du hast heute eine Provinz für dein Reich hinzugewonnen und dir erstritten, im Gelben Turm vor die Götter treten zu dürfen. Lass ab von Shaya oder all deine Kämpfe waren vergebens.

»Warum habt ihr sie Muwatta überlassen? Ein Unsterblicher darf doch nicht …«

Er wollte sie nur für eine Nacht.

Artax blickte zu Išta, doch sie antwortete ihm nicht.

Es war ein Ritual. Und es ging darum, dich zu demütigen. Muwatta wollte kein Kind von ihr. Wollte keine Dynastie aus dem Blut Unsterblicher begründen.

»Das will ich auch nicht!«

Und doch würde es so kommen. Du willst ein Leben mit ihr, und ihr würdet Kinder haben. Dies darf nicht geschehen!

Artax fühlte sich, als würde ihm die Kehle zugeschnürt. Er brachte kein Wort mehr heraus. Tränen ließen seinen Blick verschwimmen. Er dachte an die eine Nacht unter den Zwillingsmonden auf dem Rücken des Wolkensammlers. An Shayas Lachen. Den seltsamen Hüpftanz, den sie ihm gezeigt hatte. An ihre zarte Haut und ihre Küsse.

Du hast Tausende Familien an diesem Tag ihrer Väter beraubt, um deine Schlacht zu schlagen. Du hast deinen Bauern Versprechungen gemacht, die diese Welt verändern werden, wenn du dein Wort einlöst. Sie hoffen auf dich. Nur du kannst ihre Träume wahr werden lassen. Wiegt all das leichter als deine Liebe zu dieser Prinzessin? Suche sie, und ich werde dich durch einen anderen ersetzen.

Išta deutete mit ihrem blutigen Schwert auf die Reihen der Luwier. »Muwatta hat gegen das Wort der Götter aufbegehrt. Er hat Luwien Schande gemacht. Doch sehe ich einen unter euch, der wie ein strahlender Stern in finsterster Nacht ist. Einen, dessen Ruhm heute über das Maß der Sterblichkeit hinausgewachsen ist. Komm zu mir herab, Labarna. Du wirst künftig der Unsterbliche sein, der Luwien zu neuem Ruhm führt und uns diesen Tag vergessen lassen wird.«

Jubel brandete unter den Luwiern auf. In den Augen seiner Leute hingegen sah er die Angst. Artax verstand sie. Der Mann, der nun vor Išta trat, war jener grauenvolle Hüne, der Dutzende seiner Bauern erschlagen hatte. Labarna also hieß er. Er würde sein Reich sicherlich nicht in eine Ära des Friedens führen.

Der Löwenhäuptige sah ihn noch immer abwartend an. *Wirst du all die Männer, die um deinetwillen starben, verraten?*

Artax blickte erneut zu den Überlebenden, die auf der Böschung standen. Zu Mataan, dem Fischerfürsten, Ashot, seinem Jugendfreund, den Barbaren Kolja und Volodi, der sich gleichfalls zu den Schaulustigen gesellt hatte, und all den anderen. Ihrer aller Blicke ruhten auf ihm. Er konnte sich nicht gegen sie wenden! Durfte keine Entscheidung treffen, die den Opfergang Tausender sinnlos werden ließ.

»Ich werde Shaya niemals vergessen«, sagte er und hatte dabei das Gefühl, dass jedes seiner Worte wie scharfkantiges Glas war, das bis tief in seine Seele schnitt. »Aber ich verspreche, ich werde nicht nach ihr suchen.«

Dämmerung

Shaya kauerte zwischen den Ziegen und beobachtete, wie das letzte Rot der Dämmerung hinter den Bergen weit im Westen verglühte. Nie zuvor in ihrem Leben hatte sie die Muße gehabt, jeden Abend den Sonnenuntergang zu betrachten. Zuzusehen, wie das Licht dem Dunkel wich, und darüber nachzugrübeln, dass dies die Geschichte ihres Lebens war. Muwatta hatte sie ins Dunkel gestürzt. Sie hatte all das, was er ihr angetan hatte, mit wachem Verstand erlebt und danach entschieden, die Verrückte zu spielen. So wurde sie in Frieden gelassen und nicht mehr ständig beobachtet.

Mit der Nacht kam die Kälte. Sie schlang die Arme um die Knie und wippte auf und ab. Die Ziegen, mit denen sie eingesperrt war, drängten sich enger zusammen. Die Tiere mieden sie.

Sie rieb sich mit den flachen Händen über die Arme. Es half nicht viel. Die Nächte waren schlimm. Aber sie würde auch das überstehen. Die Wunden der Nacht auf der Zikkurat waren verheilt. Zumindest die äußerlichen … Sie kam wieder zu Kräften.

Leise Schritte näherten sich. Kara. Shaya sah die Schattengestalt der jungen Priesterin. Jeden Abend, wenn es dunkel war, schlich Kara sich zum Ziegenstall und brachte ihre eine Holzschale mit Essen. Mal Brei, mal Brotreste und Käse oder etwas gekochtes Gemüse. Vor Sonnenaufgang holte sie die Schale wieder zurück.

Anfangs hatte die Priesterin noch versucht, mit ihr zu sprechen. Inzwischen aber hatte sie es aufgegeben. Sie stellte das Essen ab und eilte wieder davon. Sie konnte sich für eine Priesterin erstaunlich leise bewegen.

Shaya holte sich die Schale. Eine dicke Fleischbrühe schwappte darin. Sie setzte das Holz an die Lippen und trank in gierigen, langen Zügen. Die Brühe war sogar noch ein wenig warm. Sie würde ihr helfen, über die Nacht zu kommen.

Zuletzt leckte sie die Schale aus und war immer noch nicht satt, als sie damit fertig war.

Obwohl es dort am kühlsten war, kauerte sie sich vor das Gatter, das den Stall verschloss, und spähte zwischen den Holzstäben zu den Bergen, die sich als schwarze, gezackte Linie unter dem Licht der Sterne und der schmalen Mondsichel abzeichneten. Sie würde fliehen, wenn sie noch ein wenig mehr zu Kräften gekommen war. In zwei Wochen, vielleicht auch in drei.

Zu lange hatte sie darauf gehofft, doch noch gerettet zu werden. Sie hatte gewusst, dass es unwahrscheinlich war. Und dennoch war die Hoffnung nicht ganz erloschen, bis sie zur Spitze der Zikkurat gestiegen war.

Sie wusste, welches Schicksal sie hier erwartete. Luwien wollte sie nicht mehr. Muwatta hatte sie nur benutzt, um Aaron demütigen zu können. Sie würden sie im nächsten Frühjahr opfern. Und niemand würde ihr eine Träne nachweinen, außer Kara vielleicht. Und Aaron konnte sie nicht holen. Sie zweifelte nicht daran, dass der Unsterbliche sie liebte. Aber ihre Liebe konnte niemals Erfüllung finden. Er würde nicht kommen. Sie war auf sich allein gestellt. Sie schuldete niemandem mehr etwas.

Sie blickte zu der Schattenlinie der Berge. Zwei Wochen noch, vielleicht drei … Wie würde das Leben aussehen, das sie erwartete?

Kriegsbeute

Volodi bückte sich unter dem Schutzdach aus Segeltuch hinweg und trat in die Dämmerung hinaus. Er hatte einige Verwundete besucht. Überall entlang der Uferböschung waren Sonnensegel aufgestellt worden, um den Verwundeten Schatten zu spenden.

Der Drusnier war erschüttert, wie viele der Zinnernen in dieser letzten Schlacht gefallen waren. Nicht einmal die Hälfte der Männer würde nach Nangog zurückkehren. Wenn sie überhaupt dorthin wollten. Gerade unter den Verwundeten sprachen viele davon, zurück ans Meer zu gehen. Das Versprechen Koljas, in der

Goldenen Stadt einen Ort zu erschaffen, an dem kein Söldner in der Gosse landen würde, um wie ein räudiger Hund zu verrecken, schien in der Gluthitze der Ebene von Kush an Verlockung verloren zu haben.

Auch Volodi wusste nicht, wohin er gehen sollte. Manchmal dachte er an Quetzalli. Aber war es nicht närrisch, nach einem Weib zu suchen, das hinter hohen Tempelmauern versteckt wurde und nicht ein einziges Wort seiner Sprache beherrschte? Womit wollten sie ihr Leben ausfüllen, wenn sie sich nicht auf ihrem federgeschmückten Lager liebten? Er vermisste Drusna. Die endlosen Wälder. Das Raunen des Windes in den Wipfeln. Den Geruch von frisch gemähten Wiesen.

Er ging nach Süden, fort vom Schlachtfeld und dem Gestank nach Verwesung, der sich bereits ausbreitete. Tausende Fliegen summten. Zwielichtige Gestalten huschten zwischen den Toten umher, obwohl Aaron Wachen hatte aufstellen lassen. Plünderer. Darunter viele Weiber aus dem Frauenlager. Wehe den Verwundeten, die noch keiner gefunden hatte und die zu schwach waren, um Hilfe zu rufen. Für sie würde es eine schreckliche Nacht werden. Vielleicht könnte er ein paar Kameraden überreden, mit ihm auf dem Schlachtfeld nach Überlebenden zu suchen. Viel Hoffnung hatte er allerdings nicht. Nach diesem Tag waren sie alle zu Tode erschöpft.

Volodi beschleunigte seine Schritte, um dem Gestank des Schlachtfelds zu entgehen. Entlang des Weges zum Magischen Tor waren Fackeln und Öllampen aufgestellt worden. Schon verließen die Ersten das Schlachtfeld.

Ein wenig abseits entdeckte er eine Schattengestalt auf einem flachen Hügel. Einer der Jaguarmänner? Er wollte ihnen danken. Ihr selbstloser Einsatz hatte ihm die Zeit erkauft, Muwattas Streitwagen doch noch zum Kampf zu stellen.

Er wandte sich von den Lichtern ab und ging ein Stück gen Westen, bis er an eine flache Mulde gelangte. Dorthin hatte man am späten Nachmittag bereits Hunderte Tote gebracht. Aaron hatte befohlen, dass jeder Mann in der Erde bestattet werden sollte. Tief genug, dass die Toten nicht von streunenden Hunden und Füchsen ausgescharrt werden konnten.

Volodi seufzte. Und wieder hatte ihn der Geruch des Schlachtfeldes eingeholt. Und das Summen der Fliegen.

Die Lichtverhältnisse waren schlecht. Es stand nur ein schmaler Sichelmond am Himmel. In manchen Gegenden sprach man in solchen Nächten vom Meuchlermond.

Entlang der Senke mit den Toten kauerten halb nackte Gestalten, denen Säcke über die Köpfe gezogen worden waren.

»Es ist schön dich zu sehen, Hauptmann. Ich hatte schon nach dir gesucht.« Eine dunkel gekleidete Gestalt erhob sich zwischen den Kauernden und kam auf ihn zu. Ein Katzenmann, der die Sprache Arams zwar mit seinem schrecklichen Akzent verunstaltete, aber ganze, richtige Sätze bildete.

»Du bist Nika … Nakhu …«

»Necahual«, half ihm der Zapote aus. »Es zeugt von wenig Respekt, wenn man sich die Namen seiner Verbündeten nicht merkt.« Der Krieger bleckte die Lippen, und seine spitz gefeilten Eckzähne leuchteten fahl im Mondlicht.

Volodi straffte sich. Er würde mit diesen Zapote nie warm werden. Gut, wenn sie bald verschwunden wären! »Ich mich wollen sagen Danke. Habt ihr euch gut gekämpft«, sagte er mit wenig Enthusiasmus.

Necahual lachte. »Du willst dir dafür danken, dass wir uns bekämpft haben? Wie führst du deine Männer, wenn du so redest? Tun sie manchmal, was du möchtest? Oder befolgen sie genau deine Worte?«

Das war genug! Dieser Kerl … Wofür hielt er sich? Er würde gehen, entschied Volodi. Mit diesem Wilden konnte man nicht vernünftig reden. »Nur eine Sache noch.« Er deutete auf die kauernden Gestalten. »Wer ist sich das?«

»Unsere Kriegsbeute«, erklärte Necahual freimütig. »Blonde Männer, die auf den Streitwagen kämpften. Leider gibt es im Heer Luwiens nur sehr wenige Krieger mit Goldhaar. Wir ziehen ihnen Tuchbeutel über den Kopf, die in ein Kaktusgift getaucht sind. Es lähmt den eigenen Willen. So kommen sie mit uns, ohne Ärger zu machen.«

»Das geht sich nicht. Das wird der Unsterbliche nicht nix wollen. Das …«

»Ich hatte auch nicht vor, ihn mit einer Entscheidung über unsere Beute zu belasten. Niemand wird nach diesem Tag dreißig Männer vermissen.« Der Zapote deutete auf den Leichenhaufen in der Senke. »Keiner hat nachgezählt, wie viele diesen Tag überlebt haben. Eure Helden werden zu Tausenden in namenlosen Gräbern liegen.«

»Ihr wollt sie sich zu euren Blutaltären bringen und schneiden auf ihr Herz? Barbaren ihr!«

Necahual gab einen zischenden Laut von sich. »Du wagst es, mich einen Barbaren zu nennen? Nach *diesem* Tag?« Der Zapote deutete gen Norden zum Schlachtfeld. »Was dort heute geschehen ist, nenne ich Barbarei! Mein Volk kennt solche Gemetzel nicht. In unseren Schlachten kämpfen nur ein paar Hundert Männer. Allesamt Krieger. Wir würden nicht die Bauern unseres Reiches in ein solches Massaker schicken.«

»Der Unsterbliche wird sich …« Volodi wurde von hinten gepackt und zu Boden gezerrt. Er wand sich, bäumte sich auf, doch etliche starke Hände hielten ihn. Dann zog ihm jemand einen Sack über den Kopf. Das Tuch roch unangenehm süß. Es war ein Duft, wie ihn der Drusnier noch nie gerochen hatte. Er dachte an die Worte des Zapote und hielt den Atem an.

»Dein Freund Kolja hat uns die Blonden unter unseren Gefangenen als Lohn versprochen. Hat er vergessen, dir das zu sagen, Volodi?«

Das musste eine Lüge sein, dachte Volodi und versuchte seine

Peiniger abzuschütteln. Doch er wurde gnadenlos auf den Boden gedrückt. Es waren zu viele. Wie hatte er sich so übertölpeln lassen können? Auch von Kolja! War er von Anfang an ein Teil der versprochenen Beute gewesen? Kolja hatte ihn erst vor einer Stunde dazu ermuntert, sich bei den Zapote zu bedanken. War das Zufall?

»Du wirst meine Schwester Quetzalli wiedersehen, Volodi. Sie ist gut im Umgang mit Herzen.« Necahual lachte. »Aber das weißt du ja. Du wirst freiwillig zum Altar der Gefiederten Schlange gehen. Am Ende begreifen alle, welches Glück es ist, von der Göttlichen Schlange erwählt zu sein.«

Volodi vermochte nicht länger gegen das Erstickungsgefühl anzukämpfen. Er atmete ein. Ein pelziger Geschmack legte sich auf seine Zunge. Noch einmal bäumte er sich auf. Vergebens.

»Kauere dich zu den anderen und ruh dich ein wenig aus«, sagte Necahual und klang nun viel freundlicher. »Bald gehen wir durch das Nichts zurück zur Goldenen Stadt. Noch vor dem Morgengrauen wirst du dort sein, Volodi, und Quetzalli lächeln sehen. Dein Leben wird voller neuer Freuden sein.«

Müde hockte Volodi sich hin, als ihm auf die Schulter gedrückt wurde. Er fühlte sich hilflos. Gut, dass jemand mit freundlicher Stimme hier war, der ihm sagte, was zu tun war.

Das letzte Versprechen

»Was soll mit Bessos geschehen?«

Artax blickte müde auf. Er saß auf dem Klappstuhl hinter dem großen Tisch in seinem Zelt. Er wollte allein sein. Bis Sonnenuntergang war er bei den Verwundeten gewesen, hatte den Männern Mut zugesprochen und zuletzt seine eigene Wunde versorgen lassen. Sein linker Arm lag in einer Schlinge, um die Wunde in seiner Brust zu entlasten. Jeder Atemzug versetzte ihm einen leichten Stich.

Datames räusperte sich leise. »Bessos …«, sagte er noch einmal.

»Brich ihm Arme und Beine und leg ihn zu den toten Pferden. Er ist ein Stück Aas. Sollen ihn die Aasfresser holen«, brach es aus Artax heraus. »Seinetwegen sind viele gute Männer gestorben.«

»Wollt Ihr die Entscheidung vielleicht noch einmal überdenken? Das klingt nicht wie der besonnene Aaron, den ich zu schätzen gelernt habe.«

Doch, es klingt ganz genau wie Aaron, dachte Artax und starrte seinen Hofmeister an. Datames trug wieder einen Wickelrock. Nichts erinnerte mehr an den tödlichen Krieger, der er noch vor ein paar Stunden gewesen war. Er war unverletzt, obwohl er stets im dichtesten Kampfgetümmel gefochten hatte.

»Du hast recht«, gestand Artax ihm müde zu. »Lass Bessos in meinen Palast bringen. Sperrt ihn in den tiefsten Kerker! Ich werde später über ihn richten. Und nun lass mich bitte allein. Ich bin nicht mehr ich selbst. Ich … Morgen früh werde ich wieder einen klaren Kopf haben.« Artax bezweifelte das, aber er konnte den Staatsgeschäften nicht länger als ein paar Stunden davonlaufen. Das wusste er nur zu gut.

»Ich weiß, Ihr seid erschöpft, Unsterblicher, aber vor Eurem Zelt steht Hauptmann Ashot. Es ist dringend.«

Artax seufzte. »Dann soll er hereinkommen.«

»Ich glaube, es wäre besser, wenn Ihr hinausgeht.«

Der Unsterbliche erhob sich. Wieder versetzte die Wunde ihm einen Stich. Vor dem Zelt hatten sich die Löwen von Belbek versammelt. Sie alle hatten ihre Rüstungen poliert und standen stramm, als seien sie zu einer Parade auf dem Hof seines Palastes angetreten. Die Hälfte von ihnen trug Fackeln. Sie wirkten seltsam feierlich. Ashot hatte gerötete Augen. Ein hässlicher Schnitt lief quer über sein Gesicht, und ein blutiger Verband war lose um seinen rechten Oberschenkel geschlungen.

»Hauptmann Ashot, was ist dein Begehr?« Artax hatte das Gefühl, dass auch er sich förmlich geben sollte.

Sein Freund aus Belbek trat zur Seite. Auf einem großen Schild, in die scharlachroten Umhänge von Muwattas Leibgarde eingehüllt, lag ein Toter.

»Mächtiger Aaron«, Ashots Stimme zitterte, als er sprach. »Herrscher aller Schwarzköpfe, Ihr habt meinem Freund heute Morgen ein Versprechen gegeben. Ich weiß, wie vermessen es ist, Euch daran zu erinnern …« Ashot rang mit den Tränen. »Ihr sagtet: *Wenn dieser Tag vorüber ist, werde ich mit euch beiden nach Belbek gehen und von euren Heldentaten berichten, auf dass es niemals jemand wage, euch Lügenmäuler zu nennen.* Es hätte ihm viel bedeutet …« Seine Stimme brach. Er setzte noch zwei Mal an zu sprechen, brachte aber kein Wort mehr hervor.

Epilog

Streitwagen jagten über die nächtliche Ebene. Ashot glaubte es immer noch nicht. Der Unsterbliche hatte es wirklich getan! Er würde Nareks Wunsch erfüllen. Der Hofmeister war entsetzt gewesen. Und ganz unrecht hatte Datames nicht. Es hatte Tausende Tote gegeben. Wenn Aaron einen von ihnen mit allen Ehren persönlich in ein kleines Dorf brachte, würde es Gerede geben. Warum dieser Mann? Warum nicht unser Ehemann, Vater, Bruder, Freund? Und dennoch hatte der Unsterbliche nicht einen einzigen Augenblick gezögert. Ashot war überrascht gewesen, wie betroffen Aaron gewirkt hatte, als er den toten Narek gesehen hatte. Man hätte glauben mögen, die beiden wären Freunde gewesen.

Narek war auf einem großen, vierrädrigen Wagen aufgebahrt worden. Und fünfzig Streitwagen folgten ihm als Eskorte. Etliche Krieger aus der Garde der Himmelshüter befanden sich in ihrem Gefolge. Prächtige Gestalten mit wehenden, weißen Umhängen, Bronzepanzern und hohen Helmen, die mit weißen Pferdeschweifen geschmückt waren. Sie waren Aarons Leibwachen, wenn er in seinen schwebenden Palästen über die Himmel von Nangog zog. Zumindest hatte man es Artax so erzählt. Doch wirklich vorstellen konnte er sich schwebende Paläste nicht. Auch alle Überlebenden der Löwen von Belbek waren dabei. Zwei Verwundete hatten auf dem großen Wagen einen Sitzplatz gefunden.

Die Krieger neben den Wagenlenkern hielten Fackeln. Es herrschte feierliches Schweigen. Nur das Trommeln der Hufe und das Klirren des Zaumzeugs waren zu hören.

Aaron hatte sie durch das magische Tor geführt, und wenn Ashot richtig verstanden hatte, war das Portal, durch das sie hinaustraten, schon seit sehr langer Zeit nicht benutzt worden. Es hatte den großen, silbernen Löwen, der ihr Führer war, einige Mühe gekostet, es zu öffnen. Als sie das Nichts verließen, waren sie in die Abenddämmerung getreten. Sie hatten ein zweites Mal an einem Tag die Sonne untergehen sehen! Aaron hatte ihm erklärt, dass es daran lag, dass Belbek so weit im Westen von Kush lag, dass sie im Nichts den Lauf der Sonne überholt hatten. Ganz verstanden hatte er das nicht, aber Ashot wollte sich nicht die Blöße geben nachzufragen.

Sie fuhren jetzt am Palmenhain vorbei, der eine halbe Meile vor dem Dorf lag. Der Weg machte hier einen weiten Bogen. Über die Felder kam man viel schneller nach Belbek. Ashot trommelte unruhig mit den Fingern auf die Wand des Streitwagens. Er wusste immer noch nicht, was er Rahel sagen sollte, wenn er vor ihr stehen würde. Er wünschte, der Weg hätte noch länger gedauert.

Bald passierten sie die ersten Hütten. Sie kamen an der verfallenen, uralten Mauer bei der Zeder vorbei. Dort hatte er viele Abende mit Narek und ihrem verlorenen Freund Artax beisammengesessen. Er verdrängte den Gedanken.

Der Fackelzug passierte den Marktplatz. Alle Straßen des Dorfes waren wie ausgestorben. Die Läden vor den Fenstern geschlossen. Kein Licht brannte.

Aaron fuhr an der Spitze des Zuges. Er trug seinen unheimlichen Löwenhelm. Die ganze Reise schon. Nun gab er das Zeichen zum Halten. Woher wusste er, dass Rahels Haus am Marktplatz lag?

Der Unsterbliche winkte ihn zu sich. »Bringe mich zu Nareks Haus«, klang es dumpf unter dem Maskenhelm.

Ashot war erleichtert, dass ihr Herrscher doch nicht alles wusste. Nareks Leichnam wurde vom Wagen gehoben. Er war wohlhergerichtet und mit duftenden Harzen behandelt worden. Lamgi und fünf weitere der Löwen von Belbek hoben den Schild mit dem Toten vom Wagen. Um sie herum postierten sich die Himmelshüter.

Ashot konnte spüren, wie sie durch Fensterritzen beobachtet wurden. Sicher fürchteten sich die einfachen Bauern zu Tode.

Er ging auf das kleine Lehmhaus am nordöstlichen Ende des Marktplatzes zu und klopfte an die graue, von Wind und Wetter gezeichnete Tür. Ashot konnte drinnen ein Rascheln hören.

»Ich bin es, Rahel. Ashot.«

Es dauerte eine Weile, bis sich die Tür einen winzigen Spaltbreit öffnete.

»Wer bist du?«, fragte eine ängstliche Frauenstimme.

Ashot nahm seinen Helm ab und winkte einem Fackelträger, näher zu kommen, sodass Licht auf sein Gesicht fiel.

Rahel zögerte. Endlich sagte sie verwundert: »Du bist es tatsächlich. Du … Wo ist Narek?«

»Bitte öffne deine Tür. Der Unsterbliche Aaron, Herrscher aller Schwarzköpfe, ist gekommen, um mit dir zu sprechen.«

»Ich weiß nicht, worum es hier geht, Ashot, aber das ist kein guter Scherz.«

»Er sagt die Wahrheit, Rahel von Belbek.« Die Stimme des Unsterblichen klang rau und dunkel. Auch er hatte jetzt seinen Helm abgenommen.

Rahel sah an Ashot vorbei. Er konnte sehen, wie alle Farbe aus ihrem Gesicht wich.

Sie öffnete ihnen weit die Tür und trat in das kleine Zimmer zurück, in dem sie lebte und schlief. Daron stand in einer Ecke des Zimmers und beobachtete sie ängstlich. Er hielt einen seltsamen schwarz-weißen Stein in Händen und hatte ein Holzschwert durch einen Gürtel geschoben, der aus einem Stück altem Seil gemacht war. Den Jungen zu sehen brach Ashot nahezu das Herz. Wie sollte er es sagen? Er wusste immer noch nicht …

Die Totenträger kamen herein und legten den mächtigen Schild in der Mitte der Kammer ab.

Daron lief zu seiner Mutter und klammerte sich an sie.

Rahel sagte immer noch kein Wort. Sie blickte auf die in scharlachfarbenes Tuch gehüllte Gestalt. Sie hatte verstanden, auch ohne dass er etwas gesagt hatte.

»Er war ein Held«, sagte der Unsterbliche, und man hörte, wie er mit seinen Gefühlen rang. »Es war mir eine Ehre, ihm …«

»Schweig!«, fuhr Rahel den Herrscher an. »Du hast kein Recht, über ihn zu reden. Du kanntest ihn nicht!«

»Rahel, er ist der Unsterbliche. Er ist …«

»Er ist der Mann, in dessen Krieg mein Narek gestorben ist. Der Mann, der Bauern gerufen hat, um zu kämpfen. Was weiß er über Narek? Ich dulde nicht, dass er hierherkommt und glaubt, mit ein paar schönen Worten sei es getan. Scher dich zu deinen Huren in deinem Harem, du … du Ungeheuer!«

»Rahel«, empörte sich Ashot. »Bist du von Sinnen?«

»Ja, ich bin von Sinnen, denn mein Leben ist zerstört. Was soll ich ohne meinen Narek machen?«

Daron hatte angefangen zu weinen und vergrub sein Gesicht im groben Kleid seiner Mutter.

»Ich wollte …«, begann der Unsterbliche. Er hielt Nareks Schwert in Händen.

»Du willst ein Schwert in meinem Haus lassen? Sollen dich die Daimonen holen!«

Einige der Himmelshüter wollten Rahel packen und zum

Schweigen bringen, doch der Unsterbliche wies sie aus dem Haus. »Bitte …«, begann er noch einmal und hob das Schwert, um das ein schöner, mit Silber beschlagener Gürtel gewickelt war.

»Es wird hier kein Schwert geben! Und keine falschen Geschichten von glorreichen Schlachten und Heldenmut.« Sie packte Daron, zerrte ihn zu dem Eingehüllten und zog das Tuch zur Seite, das über Nareks Gesicht geschlagen war. »Siehst du? Sie bringen deinen Papa. Das geschieht, wenn man mit Helden loszieht. Wenn …«

Der Kleine starrte fassungslos auf das Gesicht seines Vaters. Datames selbst hatte sich darum gekümmert, wie der Leichnam hergerichtet wurde. Er sah gut aus. Auf Nareks Wangen lag sogar ein leichter Hauch von Rot. Er wirkte sehr friedlich.

Daron beugte sich über seinen Vater. »Papa?« Er küsste ihn auf die Stirn. »Endlich bist du zurück. Sina wollte mir den Stein stehlen, den du mir geschenkt hast. Aber ich habe es nicht zugelassen. Ich habe …« Er stupste seinen Vater. »Papa?«

Rahel stieß einen herzzerreißenden Schrei aus. Heiße Tränen rannen über ihre Wangen.

Der Unsterbliche zog sich zurück. Auch Ashot wollte sich zur Tür hinausstehlen.

»Du bleibst«, fuhr Rahel ihn an. »Du hast mir versprochen, dass du auf ihn aufpassen würdest. Du …« Sie stürzte sich auf ihn. Trommelte mit den Fäusten auf seine Brust. »Du hast es *versprochen*!«

»Es tut mir leid.« Er konnte selbst nicht länger die Tränen zurückhalten. Er wusste, wie hohl seine Worte waren. Wie wenig Trost sie spendeten.

Rahels Hiebe wurden schwächer. Schließlich ließ sie ihren Kopf auf seine Brust sinken und weinte.

Ashot hielt sie im Arm, drückte sie fest an sich und zog auch Daron zu sich heran. Er hatte immer versucht, Narek aus jeder Gefahr herauszuhalten. Es war ihm immer noch ein Rätsel, wie sein Freund, umgeben von ihren Kriegern, gestorben war. Niemand hatte gesehen, wie er die tödlichen Wunden empfangen hatte.

»Du solltest Daron zu dem Unsterblichen gehen lassen, Rahel«, sagte er nach langer Zeit leise.

»Damit er ihm mit seinen Geschichten den Kopf verdreht?«

»Das wird er nicht tun. Er ist ein guter Herrscher. Bald wird sich vieles ändern …«

»Bist du das, Ashot?«, fragte sie bitter. »Ashot der Spötter? Ist die Macht dieses Herrschers so groß, dass er selbst dir Honig ins Maul träufeln konnte?«

»Daron wird eines Tages Fragen stellen, Rahel. Er wird wissen wollen, wie sein Vater gestorben ist. Warum wir auf der Ebene von Kush waren …«

»Dann sagst du es ihm eben.«

Ashot schüttelte den Kopf. »Das werde ich nicht können. Ich werde nicht da sein.«

»Du willst zurück, zu diesem …« Ihr versagte die Stimme.

Ashot sah sie lange an. Dann nickte er. »Ja, Rahel, ich will weiterhin an Aarons Seite stehen. Ich glaube an ihn.«

Artax war zu der Zeder bei der verfallenen alten Mauer gegangen. Die Menschen im Dorf waren aus den Häusern gekommen. Sie hatten die Heimgekehrten empfangen und ihnen Gebäck und sauren Wein angeboten. Lachen klang in den kleinen Straßen. Die meisten Löwen von Belbek waren unverletzt zurückgekehrt. Sie prahlten mit ihren Heldentaten und damit, zur Leibwache des Unsterblichen gehört zu haben. Die Dorfbewohner lauschten andächtig und waren stolz, dass auch zwei der Ihrigen dazugehört hatten – Narek und Ashot –, während die heimgekehrten Krieger, die jetzt das große Wort schwangen, immerhin noch allesamt aus der näheren Umgebung stammten.

Viele Blicke folgten Artax. Doch sie wagten nicht ihn anzusprechen. Den Unsterblichen. Den Auserwählten des Löwenhäuptigen.

Artax kannte jedes Haus. Fast jeden auf den Straßen hätte er mit Namen ansprechen können. Aber sie erkannten ihn nicht mehr. Er gehörte nicht mehr hierher.

Er lehnte sich an die alte Mauer und blickte zum Sichelmond empor. Datames hatte ihm heute gesagt, dass er nun der mächtigste Mann Daias sei. Der Erste unter den sieben Unsterblichen. Artax dachte daran, wie oft er mit Narek und Ashot hier bei dieser Mauer gesessen hatte und wie sie gemeinsam von ihrer Zukunft geträumt hatten. Was würde er darum geben, noch einen solchen Abend mit den beiden zu haben. Aber diesen Wunsch würde er sich bei all seiner Macht nicht mehr erfüllen können.

Artax hörte leise Schritte. Daron kam die Straße hinab. Ein Stück entfernt stand Ashot. Dankbar nickte er seinem Freund zu, und Ashot zog sich wieder zurück.

Daron sah ihn mit großen, verweinten Augen an. Er war ein wenig pummelig und sah aus wie sein Vater, als er noch ein Junge gewesen war.

»Ist das wirklich das Schwert von meinem Papa?«

Artax nickte. »Ja. Es ist eine Klinge aus luwischem Eisen. Ein sehr besonderes Schwert.« Er zog die Waffe aus der Scheide. Mondlicht spiegelte sich auf der Schneide. Vorsichtig tastete Daron nach dem Griff, doch Artax zog die Waffe zurück. »Ich werde den Willen deiner Mutter respektieren. Sie hat recht. Es ist nicht gut, ein Schwert im Haus zu haben. Ich nehme es mit in meinen Palast. Dort wird es für dich verwahrt werden. Und eines Tages, wenn du zum Manne gereift bist, wirst du es bekommen. Wenn du es dann noch haben willst …« Er hielt inne. Hinter der Mauer hatte es geraschelt.

Artax blickte über das bröckelnde Mauerwerk hinweg. Auf der anderen Seite kauerten ein dünnes Mädchen in einem teuren, blauen Kleid und ein kleiner Junge. Beide starrten ihn erschrocken an. An das Mädchen erinnerte er sich noch. Aber der Junge … Er war schon zu lange fort, um die kleinen Kinder noch zu kennen.

»Du heißt Sina, nicht wahr?«

Ihre Augen wurden noch etwas weiter, als er sie mit ihrem Namen ansprach. Sie nickte.

»Und wie heißt du?«, fragte er den Jungen.

»Tura«, erklang es mit zitternder Stimme.

»Sina und Tura, ihr wollt also gerne wissen, was ich Daron zu sagen habe. Aber er hat euch nicht eingeladen. Dürfen sie bleiben, Daron?«

Nareks Sohn zögerte ein wenig. Dann nickte er. »Ja.«

»Dann kommt um die Mauer herum. Aber verhaltet euch still, denn diese Stunde gehört allein Daron. Wenn ihr stört, werde ich euch davonjagen.«

Die beiden kamen um die Mauer herum und ließen sich ein Stück von ihnen entfernt auf den Wurzeln der Zeder nieder. Es war gut, wenn Daron Zeugen für dieses Gespräch hatte. Ohne Vater würde er eine schwere Jugend haben. Er brauchte diese Nacht. Er würde noch lange davon zehren müssen.

Sie sahen einander lange Zeit schweigend an, bis Daron sich ein Herz fasste und die nächste Frage stellte. »War mein Papa wirklich dein Leibwächter?«

»Wir haben in der Schlacht auf der Ebene von Kush Rücken an Rücken gekämpft, und er hat für mich mein Feldzeichen mit dem goldenen Löwen getragen.« Artax' Stimme war rau. Er konnte immer noch nicht fassen, dass Narek tot war.

»Aber deine anderen Krieger sind alle viel größer und stärker als mein Vater.«

»Das stimmt. Aber dein Vater hatte Eigenschaften, die weit seltener sind als Männer mit einem kräftigen Schwertarm.«

Der Junge sah ihn mit weiten Augen an. »Was ist denn besser, als ein großer Krieger zu sein?«

»Narek hatte ein tapferes Herz. Er stand treu zu mir, als wir von Feinden umzingelt waren und mich selbst einer meiner Satrapen verraten hat. Das gilt für viele Männer. Eine Eigenschaft an deinem Vater aber war so selten, dass ich keinen anderen benennen kann, der sie besitzt. Diese Gabe hätte ihn zu einem besseren König gemacht, als ich es bin.«

Daron hing an seinen Lippen. »Konnte er Daimonen töten?«, flüsterte er, als spräche er ein Geheimnis aus, für dessen Verrat die Nacht selbst ihn verschlingen könnte.

Artax lächelte, dann beugte er sich vor. Auch seine Stimme war nur noch ein vertrauliches Flüstern.

»Nein, Daron. Nareks Gabe war noch kostbarer. Er wusste immer Richtig von Falsch zu unterscheiden. Wenn du älter wirst, wirst du erfahren, dass das manchmal nicht so leicht ist, wie es sich anhört. Dein Vater aber hat sich darin niemals geirrt.«

Fortsetzung folgt …

ANHANG

DRAMATIS PERSONAE DER »DRACHENELFEN«-SAGA,

Die Devanthar und andere Göttergleiche

ALBEN Die Schöpfer der Welt *Albenmark*. Ihre Beweggründe sind ihren Geschöpfen unergründlich. Sie ziehen sich immer weiter aus ihrer Welt zurück und verzichten auf einen Großteil ihrer Macht, wie es scheint.

DEVANTHAR Weltenschöpfer ähnlich den *Alben*. Von den Alben und den meisten ihrer Kinder als Verkörperung des Bösen betrachtet. Sie beherrschen *Daia*, die Welt der Menschen, und lenken die Geschicke der dort lebenden Völker. Sie lieben den Wandel und stehen damit im Gegensatz zu den Alben, die nach Vollkommenheit streben, um diesen Zustand dann für immer zu erhalten.

ANATU *Devanthar*, die sich mit dem *Purpurnen*, einer der *Himmelsschlangen*, einließ und ihn verführte, nach *Daia* zu kommen. *Išta* wollte nicht, dass die Feindschaft zwischen *Drachen* und Devanthar endete. Deshalb, so sagt es die Legende, erschlug sie den Drachen und ließ Anatu einkerkern.

EBERMANN Oder auch *Manneber*. Name, den die Menschen einem der *Devanthar* gaben, da er häufig in einer Gestalt halb Eber und halb Mensch auftritt. (Siehe auch das Buch: »Die Elfen«.)

Fleischschmied *Albe.* Seine Vorliebe ist das Erschaffen von Chimären (Zwitterwesen) wie *Minotauren* oder *Lamassu* (Geschöpfe mit Stierleib, Adlerflügeln, bärtigem Kopf und magischen Fähigkeiten).

Die Geflügelte Synonym für *Išta.*

Die Gefesselte Göttin Synonym für *Nangog.*

Išta Einer der Namen der Menschen für die *Geflügelte.* Sie wacht über den Unsterblichen *Muwatta,* den Herrscher *Luwiens.* Išta gilt als Mörderin des *Purpurnen.*

Langarm *Devanthar,* der meist in gedrungener, haariger Gestalt auftritt. Ein begnadeter Schmied, der die Rüstungen und Waffen der Unsterblichen anfertigt.

Der Löwenhäuptige *Devanthar,* der das Königreich *Aram* beschützt. Tritt als Mentor des Unsterblichen *Aaron* auf.

Manneber Siehe *Ebermann.*

Nangog Im Schöpfungsmythos der *Zwerge Albenmarks* eine Riesin, die von den *Devanthar* und den *Alben* gemeinsam erschaffen wurde. Sie formte die Welten der Menschen, der Albenkinder und eine dritte Welt für sich selbst und ihre Kinder. Wurde vor der Vollendung ihres Werkes von Alben und Devanthar mit einem mächtigen Bannzauber belegt und ihres Herzens beraubt. Auch *Die Gefesselte Göttin* genannt.

Russa Berggott. Auch der Blitzschütze genannt. Wird von den Hirtenstämmen *Garagums* verehrt und häufig in einer Flügelsonne abgebildet. Die Geister der Toten, deren Fleisch von einem Adler gefressen wurde, reiten während Gewitternächten mit Russa auf den Sturmwinden, so glauben die Hirten und Jäger Garagums.

Der Sänger *Albe,* einer der Weltenschöpfer. Lebt mit seinem Gefolge aus *Albenkindern* auf einem Wolkenschiff, das wegen seiner Farbe von den *Elfen* und anderen der *Blaue Stern* genannt wird.

Die STURMRUFERIN *Devanthar*, erscheint meist als verführerisch schöne Frau mit Schlangenhaar. Gebietet über die Winde, ist frei und launisch und an keines der sieben Großreiche gebunden. Verschenkt ihre Gunst ebenso leicht, wie sie sie den Sterblichen auch wieder entzieht.

Der WEISSE WOLF *Devanthar*, erscheint meist in Gestalt eines Weißen Wolfes. Tritt als Mentor des Unsterblichen *Madyas* auf.

Die Drachen

DRACHEN Ein Sammelbegriff für verschiedene Drachengattungen. Die *Himmelsschlangen*, die ältesten unter den Drachen, sind die Statthalter der *Alben*. Ihnen haben sie ihre Welt anvertraut, in der Hoffnung, sie seien weise Herrscher. Die übrigen Drachen stehen in der Hierarchie tiefer. Während die Himmelsschlangen intelligente Geschöpfe von großer Macht sind, sind etliche andere Gattungen wenig mehr als besonders gefährliche Raubtiere.

Der DUNKLE Synonym für *Nachtatem*. Der Dunkle, ein *Elf* mit Augen vom Blau des Winterhimmels, ist eine der Gestalten, die der älteste *Drache*, *Nachtatem*, annimmt, wenn er sich unter Elfen mischt.

ERSTGESCHLÜPFTER Ein Name, den die *Himmelsschlangen* *Nachtatem*, dem Ältesten unter ihnen, gegeben haben.

Der FLAMMENDE *Himmelsschlange* mit gelb-karmesinrot changierender Schuppenfarbe; gilt als aufbrausend, sehr nachtragend und wankelmütig. Kann seine Überzeugung binnen Augenblicken ändern und vertritt jeden neuen Standpunkt wieder mit hitziger Vehemenz.

Der Frühlingsbringer *Himmelsschlange* (Letztgeborener unter ihnen). Seine Schuppen leuchten im hellen Grün des Frühlings; gilt als ruhig und pragmatisch.

Der Goldene *Himmelsschlange.* Verkörpert Macht und Schönheit in vollkommener Harmonie. Seine Schuppen erstrahlten ursprünglich in warmen Gelbtönen, wurden von ihm jedoch mit goldenem Glanz verfeinert, um seinen Ansprüchen von Ästhetik zu genügen. Seine Eifersucht auf den *Erstgeschlüpften* ist ebenso grenzenlos wie sein Ehrgeiz.

Der Himmlische *Himmelsschlange* mit strahlend hellblauer Schuppenfarbe; gilt als der Weiseste der acht.

Nachtatem *Himmelsschlange*, ältester Drache Albenmarks. Manche nennen ihn auch ihren König. Residiert im *Jadegarten* und nimmt nur selten an den Zusammenkünften der anderen Himmelsschlangen teil. Jeder neue *Drachenelf* muss als letzte Prüfung Nachtatem begegnen, der in den Herzen der *Elfen* lesen kann.

Der Nachtblaue *Himmelsschlange.* Liebt es, sich wie ein Raubtier zu gebärden, was so weit geht, dass er besiegte Gegner frisst. Gilt als der Kriegerischste der acht.

Der Purpurne *Himmelsschlange.* Er gehörte zu den erstgeschlüpften *Drachen.* Im Goldenen Netz begegnete er der *Devanthar Anatu.* Die Liebe zu ihr kostete ihn das Leben.

Der Rote *Himmelsschlange.* Liebt es, sein Leben mit allen Sinnen zu genießen, nimmt gelegentlich Elfengestalt an und versucht sich als Verführer, womit er bei seinen Nestbrüdern auf blankes Unverständnis stößt. Manchmal neigt er zu überraschender Grausamkeit.

Der Smaragdfarbene *Himmelsschlange.* Er strebt Harmonie und Ausgleich zwischen den Himmelsschlangen an. Oft ist er derjenige, der den Kompromiss findet, dem letztlich alle folgen.

Der Schwebende Meister Name der *Elfen* für jenen *Drachen*, der die Auserwählten die Kunst des Zauberwebens lehrt. Er gilt als schrullig und manchmal willkürlich grausam. Zu seinen Verschrobenheiten gehört es, sich mit dem Kopf nach unten von einem Fels hängen zu lassen, als sei er eine Fledermaus.

Der SOMMERGOLDENE Synonym für den *Goldenen*.

Die Elfen

ELFEN Das letzte der Völker, die von den *Alben* erschaffen wurden. (So behaupten die Elfen.) Sie sind etwa menschengroß, von schlankerer Gestalt und haben längliche, spitz zulaufende Ohren. Die meisten von ihnen sind magiebegabt. Sobald sie ausgewachsen sind, scheinen sie nicht mehr zu altern. Die Mehrzahl von ihnen lebt zwar »nur« einige Jahrhunderte, manche erreichen aber auch ein Alter von weit über tausend Jahren. Die Seelen der Elfen werden wiedergeboren, bis sie ihre Bestimmung finden und ins *Mondlicht* eingehen.

DRACHENELFEN Elfen im Dienst der Himmelsschlangen. Werden von den Drachen geholt, sind oft Außenseiter oder gar Ausgestoßene in ihren Sippen. Sie kommen als Schüler in die *Weiße* oder *Blaue Halle*. Wenn sie die Ausbildung und alle Prüfungen überstehen, werden sie zu Meisterinnen und Meistern, um Aufträge für die *Himmelsschlange* auszuführen, der sie sich verschrieben haben.

AILYN *Drachenelfe* und Meisterin der *Weißen Halle* – die Erfahrenste unter ihnen. Ausgezeichnete Schwertkämpferin mit unglaublichen Reflexen. Unerreicht ist sie im waffenlosen Kampf.

ALVIAS Lange Zeit Haushofmeister von *Emerelle*, der ersten Königin Albenmarks. Auch berühmt für seine Sammlung von

Schriften aus der Epoche des Dritten Trollkriegs. Legte bemerkenswerterweise den Schwerpunkt auf Texte, in denen die Herrschaft der Elfen angefeindet wurde.

Bidayn Schülerin der Weißen Halle. Kennt *Nandalee* seit ihrer gemeinsamen Zeit bei dem *Schwebenden Meister*. Begabte Zauberweberin mit wenig Talent für den Kampf. Seit ihrer ersten Mission als angehende Drachenelfe von entstellenden Narben überzogen. Sie ist ein Schützling *Lyviannes*.

Cullayn Maurawan. Lebende Legende. Gilt als der beste Jäger und Fährtensucher seines Volkes. Verletzungen, die er im Kampf gegen einen Troll davontrug, haben ihn grausam entstellt. Sucht die Einsamkeit; *Tylwyth* ist sein einziger Gefährte und Freund.

Duadan Windgänger aus dem Elfenvolk der Normirga. Sippenältester. Erkannte in *Nandalee* die wiedergeborene Seele seiner verstorbenen Tochter und wurde ihr zu einem Ziehvater.

Eleborn Schüler der Weißen Halle. Gilt als versponnen und erschafft Kunstwerke aus Wasser und Licht. Später einmal wird er einer der großen Herrscher Albenmarks sein. Hat sich dem *Himmlischen* verschrieben und besucht in seiner ersten Mission unter dem Namen *Mikayla* die Welt der Menschen.

Elleyna Windgängerin aus dem Elfenvolk der Normirga. Eine Zeit lang war sie die Gefährtin *Duadan*s. Wird als eine der letzten Überlebenden ihrer Sippe von Trollen in die Höhlen des Königssteins verschleppt.

Fenella Windgängerin aus dem Elfenvolk der Normirga. Etwas naiv. *Duadan*s Nichte.

Galawayn *Elf* aus der Schar der Verbannten aus Valemas. Führt den Titel »Hüter der Geheimnisse« und gilt als einer der bedeutendsten Köpfe in der Bibliothek zu Iskendria. (Siehe auch das Buch: »Elfenlicht«.)

Gonvalon *Drachenelf* und lange Zeit Meister der *Weißen Halle*. Ein exzellenter Schwertkämpfer mit Hang zu theatralischen Auftritten. Geliebter von *Nandalee*. Ohne es zu wissen, ist er der Sohn von *Lyvianne*, die ihn einst aussetzte. Sein Name bedeutet wörtlich übersetzt Winterkind. Hat sich dem *Goldenen* verschrieben.

LYVIANNE *Drachenelfe* und Meisterin der *Weißen Halle*. Lehrerin von *Bidayn*. Verfolgt sehr radikale Ideen über die Vervollkommnung des Volkes der *Elfen*. Hat sich dem *Goldenen* verschrieben.

MELIANDER VON ARKADIEN Bruder *Emerelles*, der ersten Königin von *Albenmark*. Begründer des Elfenfürstengeschlechts von Arkadien. Meliander war ein berühmter Forscher und Philosoph, der ausgedehnte Reisen an verborgene Orte Albenmarks unternahm. Er spürte den Werken der *Alben* nach, studierte die Schöpfungsmythen der Völker und verfasste eine bedeutende wissenschaftliche Abhandlung über die *Albenpfade*.

NANDALEE Schülerin der *Weißen Halle*. Entstammt der Sippe der *Windgänger* aus dem Elfenvolk der *Normirga* in *Carandamon*, erst Schülerin und später Geliebte *Gonvalons*, Freundin *Bidayns*. Tötete den Sohn des Trollkönigs und wurde zur Sippenlosen. Hat ein ausgeprägtes magisches Talent, sieht sich selbst aber vor allem in der Rolle der Jägerin. Gewinnt das Vertrauen von *Nachtatem*, dem ältesten unter den Drachen. Laut einer vom *Goldenen* propagierten Prophezeiung soll sie es sein, die *Nachtatem* einst töten wird.

NODON *Drachenelf* und Erster unter den *Elfen* des *Jadegartens*. Berühmt für seine Heilkunst. Gilt dem Schwertmeister *Gonvalon* als ebenbürtig. Eine Jahrhunderte andauernde Rivalität der beiden Krieger führte dazu, dass die *Drachen* Sorge trugen, dass sich die beiden nie am selben Ort aufhielten. Hat sich *Nachtatem* verschrieben.

NY RIN *Elfe* aus der Sippe der *Wolfszähne* in *Carandamon*. Eine mythologische Gestalt. Angeblich fuhr sie auf dem Rücken der Regenbogenschlangen zum *Blauen Stern* hinauf und wurde zur ersten Elfe, die der *Sänger* (ein Albe) wegen ihres Mutes und ihres Geschicks als Leibwächterin in sein Gefolge aufnahm.

SAYN Schüler des *Schwebenden Meisters*. Starb während seiner Ausbildung eines rätselhaften Todes. Es blieb ungewiss, inwieweit *Nandalee* in diesen Tod verwickelt war.

SHIANNE LYN Archivarin der *Blauen Halle*. Verwaltet die Protokolle gestohlener Erinnerungen. Ihre wahre Berufung jedoch ist das Harfenspiel.

TALAWAIN Meister der *Blauen Halle*. Er gehört zu den erfolgreichsten Spitzeln der *Himmelsschlangen* in der Welt der Menschen und ist als *Datames* bis zum Hofmeister des Unsterblichen *Aaron*, Herrscher von *Aram*, aufgestiegen.

TALINWYN Schülerin der *Weißen Halle*. Von *Gonvalon* ausgebildet. Wird unter die Auserwählten aufgenommen. Ihre erste Mission ist es, den Unsterblichen *Aaron* zu töten, wobei sie selbst den Tod findet.

TYLWYTH *Maurawan*. Berühmt für seine Schönheit und engster Vertrauter *Cullayns*.

Die Menschen

AARON EINER DER SIEBEN UNSTERBLICHEN. Der Erleuchtete, Herrscher aller Schwarzköpfe, Wanderer zwischen den Welten, König der Könige. Herrscher von *Aram*, dem eine Fahrt auf seinem Palastschiff, am Himmel von *Nangog*, zum Verhängnis wurde (siehe *Artax*). Schützling des *Devanthar Der Löwenhäuptige*.

ABIR ATAŠ Hohepriester des Großreiches *Aram*. War vor der Verschmelzung von *Aaron* mit *Artax* einer der einflussreichsten Würdenträger im Gefolge des Unsterblichen Aaron. Abir ist ein überaus ehrgeiziger Mann und vermag kaum zu verwinden, dass der *Löwenhäuptige* mehr Umgang mit Aaron pflegt als mit den ranghöchsten Priestern seines Kultes. Abirs Traum ist es, aus Aram einen Gottesstaat zu machen.

Aigolos Junger Piratenfürst von den *Aegilischen Inseln*. In einem Zweikampf gegen den Drusnier *Volodi* versucht er den Tod seines Bruders zu rächen und stirbt dabei.

Aleksan Werber in Diensten des Unsterblichen *Aaron*. Er verführt einfache Bauern wie *Narek* oder *Ashot* mit pathetischen Lügen dazu, sich dem Heer anzuschließen, das auf der Hochebene *Kush* gegen die *Luwier* kämpfen wird.

Arapur der Allweise Chronist aus den frühen Jahren des Dunklen Zeitalters. Hoher Priester in Isatami, Bewahrer der Vergangenheit, gilt als tendenziös, bleibt aber dennoch bei dem allgemein schlechten Überlieferungsstand eine unverzichtbare Quelle. Sein Hauptwerk ist «Der große Krieg«, eine Beschreibung des Kriegs der Welten in einunddreißig Bänden.

Arcumenna *Laris* (Fürst) von *Truria*, ein begnadeter Kriegsherr.

Arimaspu Fürst der *Ischkuzaia*, viele Jahre treuester Diener und Berater des Unsterblichen *Madyas*. Ein alter, einäugiger Kriegerfürst.

Artax Ein Bauer aus *Belbek* und einst guter Freund von *Narek* und *Ashot*. Wird nach dem überraschenden Tod von *Aaron* durch den Devanthar, den man den *Löwenhäuptigen* nennt, in Aaron verwandelt und nimmt von den Menschen unbemerkt dessen Platz ein. Artax übernimmt vollständig Gedächtnis und Fähigkeiten Aarons, versucht aber einen eigenen, gerechteren Regierungsstil durchzusetzen. Verliebt in *Shaya*, die seine Liebe auch erwidert.

Ashira Eine pockennarbige junge Frau, Masseuse und Hure im Heerlager *Arams*. Dass sie das Herz des Hofmeisters *Datames* berührt, wird ihr zum Verhängnis.

Ashot Ein verarmter Bauer aus *Belbek*. Schließt sich gemeinsam mit *Narek* dem Werber *Aleksan* und dem Heer des Unsterblichen *Aaron* an, um auf der Hochebene von *Kush* zu kämpfen. Im Gegensatz zu Narek glaubt er nicht den pathetischen Reden des Werbers, sondern verlässt Belbek, um der Armut zu entfliehen.

Asua Streitwagenlenker aus dem Heer *Luwiens*. Berühmt für sein Geschick, fliehende Feinde mit den Sicheln des Streitwagens zu erwischen.

Aya Eine der drei Konkubinen, die der Unsterbliche *Aaron* in der Nacht nach seinem Himmelssturz auswählt, um mit ihm das Lager zu teilen. Später versucht Aya, den Hofmeister *Datames* zu erpressen. Eine verhängnisvolle Entscheidung.

Bamiyan Jäger aus den Bergen *Garagums*, der sich auf die Suche nach dem verschwundenen Wunderheiler *Barnaba* macht und dabei der *Xana Ikuška* begegnet.

Barnaba Ein junger Priester aus *Aram*, Vertrauter von *Abir Ataš*. Stammt aus der Provinz *Nari*, in der sein Vater das Amt eines Hohen Priesters bekleidet. Im Rahmen der Priesterverfolgung durch den Unsterblichen *Aaron* flieht er in ein verrufenes Tal in der Provinz *Garagum*, wo er unter den Bergstämmen bald als Heiliger Mann und Wunderheiler gilt. Träumt seit seiner Kindheit davon, einer *Xana* zu begegnen (siehe auch unter Albenkinder: *Ikuška*).

Bessos Der Satrap jener Hälfte von *Garagum*, die zu *Aram* gehört. Ein stolzer Mann, der auf die Rechte seiner adligen Geburt besteht. Ganz anders als sein Urgroßvater, der noch ein Nomade aus den Bergen war und dem Steinrat angehörte.

Bozidar Fürst aus *Drus*, der im Geisterwald eine verhängnisvolle Begegnung mit der Elfe *Lyvianne* hat. Bruder *Volodi*s.

Daron Sohn des Bauern *Narek* aus *Belbek*.

Datames Hofmeister des Unsterblichen *Aaron*. Der ergebene Vertraute begleitet Aaron auch auf seinen ausgedehnten Reisen und kümmert sich dort um die Logistik. In Wahrheit ist Datames der Elf *Talawain* und einer der Meister der *Blauen Halle*. Obwohl er ein Spitzel ist, kommt seine Liebe zu den Menschen von Herzen.

EURYLOCHOS Einst Steuermann auf dem Schiff des *Aigolos*, den *Volodi* im Zweikampf getötet hatte. Gefolgsmann von *Kolja*.

GATHA Schamane. Einer der Anführer der Bergstämme und Mitglied des Steinrates. Erklärt *Barnaba* zum Heiligen Mann und etabliert ihn so bei den Bergstämmen.

HAZRAT Einer der *Vogelrufer*, wie man unter den Bergvölkern *Garagums* jene von den Stämmen Ausgestoßenen nennt, die über die *Tafeln des Himmels* wachen – Begräbnisplätze, auf denen die Leichen der Toten zerteilt und zur Speise der Adler und Geier ausgelegt werden.

ILMARI Anführer der Spitzel auf *Nangog*, die unmittelbar *Muwatta* unterstehen. Er ist Muwatta ganz und gar ergeben und würde dessen Ziele und Motive niemals hinterfragen. Die Krieger *Aaron*s kennen ihn unter dem Namen *Lamgi*.

JITRO Entstammt dem Königreich *Aram*. Er ist der Schmelzmeister der Schachtöfen und oberster Aufseher der Kupfermine bei *Um el-Amad*. Dem Unsterblichen *Aaron* treu ergeben, begreift er nicht, in welchem Ausmaß seine Schachtöfen zur Zerstörung des Landes beitragen.

JUBA Bärtiger Kriegsmeister des Herrschers von *Aram*, *Aaron*s engster Vertrauter und gelegentlich derjenige, der die blutigen Geschäfte der Herrschaft übernimmt, wie etwa die Zerschlagung der Verschwörung unter der Priesterschaft. Wurde auch *Artax* zum Vertrauten und Freund.

KANITA Kanita war Statthalter des Unsterblichen *Madyas* in Nangog. Er wurde von *Subai* hingerichtet, angeblich hat auch Teile seiner Leibwache dieses Schicksal ereilt. *Shaya* war die Befehlshaberin seiner Leibwache.

Kara Priesterin im *Haus des Himmels*, jenem einsamen Bergkloster, in dem *Muwatta*s Auserwählte auf die *Heilige Hochzeit* vorbereitet werden. Kara betreut den Kräutergarten des Klosters.

Kolja Neben *Volodi* gleichberechtigter Anführer der Zinnernen und Hauptmann in der Leibwache des Unsterblichen *Aaron*. Leitet die Freudenhäuser der *Zinnernen*. Der einst berühmte Faustkämpfer in den Küstenstädten entlang der Aegilischen See schloss sich vorübergehend den Piraten im Sold *Muwatta*s an. Sein Gesicht ist von Faustkämpfen entstellt. Den linken Unterarm verlor er in einer Schlacht auf *Nangog* und trägt seitdem eine Prothese aus gehärtetem Leder, in der er eine Klinge verbirgt.

Kurunta Hüter der *Goldenen Gewölbe* und einst Schatzmeister Luwiens. Wahrscheinlich der einflussreichste Mann am Hof des Unsterblichen *Muwatta*. Ein ehemaliger Krieger, der seine Lorbeeren im Kampf gegen *Ischkuza* gesammelt hatte.

Labarna Hauptmann der Leibwache *Kurunta*s. Ein außergewöhnlich groß gewachsener Krieger, der mit einer mächtigen Keule bewaffnet in die Schlacht zieht.

Lamgi Spitzel und eingekaufter Meuchelmörder im Auftrag des Unsterblichen *Muwatta*. Schleicht sich im Heerlager *Aaron*s auf der Ebene von *Kush* ein. Sein wirklicher Name ist *Ilmari*.

Leon Kommt aus *Truria* und ist in der *Goldenen Stadt* im Bordellgewerbe ein scharfer Konkurrent *Koljas*.

Madyas Einer der sieben Unsterblichen. Großkönig von *Ischkuza*, Hüter der Herden, Licht der Sonne, Sohn des Weißen Wolfes, Vater *Shayas* und *Subai*s. Ein korpulenter Lebemann, der mit dem *Wandernden Hof* eine »Königsstadt« auf Rädern ersonnen hat, um seinen »Palast« nie verlassen zu müssen und doch sein Reich bereisen zu können. Schützling des *Devanthar Der Weiße Wolf*.

Malnigal Tempelwächterin im *Haus des Himmels*, jenem einsamen Bergkloster, in dem *Muwatta*s Auserwählte auf die *Heilige Hochzeit* vorbereitet werden.

Mara Eine der drei Konkubinen, die der Unsterbliche *Aaron* in der Nacht nach seinem Himmelssturz auswählt, um mit ihm das Lager zu teilen.

Marik Ein Lastenträger aus *Aram*, der das Pech hat, in die Augen eines *Drachen* zu blicken.

Masud Jäger aus den Bergen *Garagums*. Älterer Bruder des *Bamiyan*. Stirbt an einer Blutvergiftung.

Mataan Satrap von *Taruad*, einer winzigen Insel im Großreich *Aram*. Einer der engsten Vertrauten *Aarons*. Ein bescheidener Mann, der den Pomp großer Höfe verabscheut und lieber mit seinen Fischern hinaus aufs Meer fährt. Begleitete *Artax* bei seinem Abenteuer mit den Piraten der *Aegilischen Inseln*.

Mikayla Der falsche Name, unter dem sich der Elf *Eleborn* als Drusnier unter den *Zinnernen* einschleicht.

Mursil Krieger aus der Leibwache des Unsterblichen *Muwatta*, der sich an den Morden während der *Heiligen Hochzeit* beteiligte.

Muwatta Einer der sieben Unsterblichen. Erzkönig *Luwiens*. Ein Herrscher mit großen Ambitionen, entschlossen, das Gebiet seines Reiches zu vergrößern, und deshalb ständig bereit, eine Fehde mit seinen Nachbarn zu provozieren. Wurde von *Aaron* in einem Kampf einst fast entmannt und sinnt auf Rache. Da Aaron für ihn unerreichbar bleibt, rächt er sich an *Shaya*. Schützling der Devanthar *Išta*.

Nabor Lotse des Palastschiffes des Unsterblichen *Aaron*. Einige halten ihn für seltsam, da er ständig leise Melodien summt und einen kleinen Affen auf seiner Schulter trägt.

Narek Bauer aus dem Dorf *Belbek*, der gemeinsam mit *Ashot* dem Werber *Aleksan* folgt und sich dem Heer des Unsterblichen *Aaron* anschließt. Er will auf der Hochebene von *Kush* kämpfen, weil er sich dem Unsterblichen Aaron verpflichtet fühlt und den Lügen des Werbers Aleksan glaubt, dass in Kush auch das kleine Dorf Belbek verteidigt wird.

NECAHUAL *Zapote*. Anführer der Jaguarmänner, die dem Unsterblichen *Aaron* in der Schlacht auf der Hochebene von *Kush* zur Seite stehen. Bruder der Priesterin *Quetzalli*.

OBALIT Sklave, der in der *Goldenen Stadt* dem Haushalt des *Datames*, des Haushofmeisters des Palastes von *Akšu*, vorsteht.

PARTATU Anführer einer Nomadensippe aus dem Volk der *Ischkuzaia*. Sehr angesehen in seinem Volk. Er gilt als erfolgreicher Anführer von Raubzügen in die Grenzgebiete *Luwiens*. Wenn er zu einem Überfall aufruft, kann er sich darauf verlassen, dass ihm Krieger aus vielen verschiedenen Sippen folgen werden.

QUETZALLI *Zapote*. Priesterin, die junge, goldhaarige Männer dazu verführt, ihr in den Tempel zu folgen, wo sie der Gefiederten Schlange geopfert werden. Einst Geliebte *Volodi*s. Schwester des *Necahual*.

RAHEL Frau des Bauern *Narek* aus *Belbek*. Mutter von *Daron*.

SCHAPTU Eine der drei Konkubinen, die der Unsterbliche *Aaron* in der Nacht nach seinem Himmelssturz auswählt, um mit ihm das Lager zu teilen.

SHAYA Siebenunddreißigste Tochter des *Madyas*, Großkönig von Ischkuza; Schwester von *Subai*, lange Zeit Anführerin der Palastwache des Statthalters *Kanita* in der *Goldenen Stadt*. Verliebt in *Artax*, der ihre Liebe in Gestalt des Unsterblichen *Aaron* erwidert (und um dessen Geheimnis sie nicht weiß).

SHEN YI MIAO SHOU Ein betagter, jedoch begnadeter Heiler vom Seidenfluss. Wird vom Unsterblichen *Madyas* an dessen Hof gerufen, wo er eine Aufgabe an *Shaya* zu erfüllen hat, die ihm selbst ganz und gar nicht behagt.

SINA Tochter des reichsten Bauern von *Belbek*.

SUBAI Missgünstiger älterer Bruder *Shaya*s. Machthungriger Sohn des Unsterblichen *Madyas*.

Sulumal Hauptmann der Wache im *Palast der Morgenröte* des Unsterblichen *Aaron* von Aram. In seine »Obhut« wurden jene Damen gegeben, die Aaron aus seinem Harem entfernte.

Tabitha Als »Mutter der Mütter« Herrin über das *Haus des Himmels*, jenem in einem einsamen Tal *Luwiens* gelegenen Kloster, in dem *Muwatta*s auserwählte Jungfrauen auf die *Heilige Hochzeit* vorbereitet werden. Missgünstig, rachsüchtig und grausam.

Takis Pirat von den *Aegilischen Inseln*. Gehört zu jenen, die die Zinnflotten *Arams* versenken und später im Heer des Unsterblichen *Aaron* dienen. Takis ist von rebellischem Geist und berüchtigt für sein lockeres Mundwerk.

Tarkon Eisenzunge Anführer der Himmelspiraten auf *Nangog*, dem Unterstützung durch die *Grünen Geister* nachgesagt wird. Wurde in einer Schlacht gegen den Unsterblichen *Aaron* erschlagen, doch reißen die Gerüchte nicht ab, dass er von den Toten zurückgekehrt sei.

Umar Ein Lastenträger aus *Aram*, der einem Drachen zu einer neuen Gestalt verhalf.

Urija Alternder Krieger aus der Leibwache des Unsterblichen *Muwatta*, der an den Morden während der Feier der *Heiligen Hochzeit* beteiligt war. Seitdem fürchtet er sich vor rächenden Geistern.

Volodi Fürstensohn aus *Drus*, heute einer der engsten Vertrauten des Unsterblichen *Aaron*. Ehrenname: »Der über den Adlern schreitet«. Bruder *Bozidar*s. Einst einer der Piraten, die im Dienste *Muwattas* die Zinnflotten *Arams* versenkten. Gemeinsam mit *Kolja* steigt er zu einem der Anführer der *Zinnernen* auf. Den blonden Hünen verband einst eine kurze, leidenschaftliche und unheilvolle Affäre mit der Zapote *Quetzalli*.

Zarud Legendärer Schamane der Bergstämme aus *Garagum*. Er verfügte auf seinem Sterbebett die Gründung des Steinrates. Zarud wurde als junger Mann von einem Blitz getroffen und überlebte. Bei diesem Ereignis will er den Gott *Russa* in all seiner Pracht erblickt haben. Zarud gilt über die Grenzen *Garagums* hinaus als Heiliger Mann.

ZURU Name eines luwischen Hauptmanns auf *Nangog*.

Die Zwerge

ZWERGE In alten Märchen auch *Twerge* oder *Getwerg* genannt, sind die Zwerge eines der ältesten Völker *Albenmarks*. Sie sind Meister des Bergbaus und leben unter der Erde oder im Fels. Dort fühlen sie sich sicherer vor den *Drachen*, mit denen sie seit langer Zeit in Fehde liegen. Die Elfen verachten sie, denn sie sehen in ihnen willfährige Diener der *Alben*.

DER ALTE IN DER TIEFE Häufig genutzter Titel für Zwergenfürsten. Manchmal, wie in der *Tiefen Stadt*, benutzt kein *Zwerg* mehr den wirklichen Namen des Herrschers, sondern man spricht nur noch durch Nennung des Titels über ihn.

AMALASWINTHA Eine ebenso begüterte wie einflussreiche Zwergin aus der *Tiefen Stadt*, die auf Anregung des Ratsherren *Skorri* ganz eigene Wege beschreitet, um ihrem Volk den Schlüssel zur Kunst des Zauberwebens zu erstreiten.

ARBINUMJA Name, den *Nandalee* annimmt, als sie sich als *Zwerg* aus der *Ehernen Halle* ausgibt.

EIKIN FÜRST, *der Alte in der Tiefe* in den *Ehernen Hallen*.

FRAR Baby aus der *Tiefen Stadt*. Wurde von der Elfe *Nandalee* verschont und den Zwergen *Nyr*, *Hornbori* und *Galar* übergeben, die sich seiner annahmen und ihm den Namen Frar Drachentod gaben. Überlebte als einer der wenigen den Untergang der *Tiefen Stadt*. Spitzname: Draupnir (zwergisch für »Tröpfler«).

Fundin Falscher Name, unter dem *Nyr* dem Zwergenschmied *Glamir* aus der *Ehernen Halle* als Hafenarbeiter vorgestellt wird.

Galar Von unbändiger Neugierde getriebener Forscher, Schmied und Alchemist aus der *Tiefen Stadt*, der auch schon mal zur Axt greift, wenn die Umstände es erfordern. Erfand den Schießmechanismus, mit dem der *Schwebende Meister* getötet wurde. Sucht nach dem Mittel, Zwergenhaut mithilfe von Drachenblut unverwundbar zu machen. Einmal ist es ihm durch Zufall gelungen – leider nur an seinem von ihm mäßig geschätzten Kumpel und Förderer *Hornbori*. Siehe auch: *Onar*.

Geberic Einer der Leibwächter der Zwergendame *Amalaswintha*.

Glamir Schmied aus der *Ehernen Halle*. Hat im *Meer der Schwarzen Schnecken* einen Turm errichtet, in dem er seinen eigenwilligen Forschungen nachgeht. Er verlor im Kampf gegen die *Smaragdspinnen* ein Bein, einen Arm und ein Auge.

Grungi Ein streitsüchtiger *Zwerg* aus der *Tiefen Stadt*, der sich mitunter als Steuermann auf einem *Aal* verdingt. Er ist für sein Temperament berüchtigt, bis er sich eines Tages an dem Falschen vergreift.

Hannar Erfahrener Jäger aus der *Tiefen Stadt*. Hat eines Nachts eine seltsame Begegnung im Bergwald über der *Tiefen Stadt*.

Hornbori Glückskind aus der *Tiefen Stadt*. Optisch der Traum jedes Zwergen-Heldenepos, leider aber nur bedingt mutig. Trotzdem sorgen sein Äußeres und sein selbstbewusstes Auftreten bei Zechgelagen immer wieder dafür, dass ihm die Heldentaten anderer zugeschrieben werden. Protegé *Galars*, Freund *Nyrs*. Versetzte dem *Schwebenden Meister* den letzten Todesstoß. Sein Ziel: eines Tages *Alter in der Tiefe* und somit Herrscher seiner Heimatstadt zu werden. Siehe auch: *Hreidmar*.

Hreidmar Falscher Name, unter dem sich *Hornbori* dem Zwergenschmied *Glamir* aus der *Ehernen Halle* als Kontorleiter vorstellt.

Nyr Geschützmeister aus der *Tiefen Stadt*. In seinem Volk berühmt dafür, die Drachenflitsche entwickelt zu haben, ein zerlegbares Geschütz, das die Drachenjagd erheblich erleichtert. Freund *Galars*. Siehe auch: *Fundin*.

Onar Der falsche Name, unter dem sich *Galar* dem Zwergenschmied *Glamir* aus der *Ehernen Halle* als Hafenarbeiter vorstellt.

Skorri Ratsherr aus der *Tiefen Stadt*, der *Amalaswintha* die Inspiration gab, ganz neue Wege auf der Suche nach dem Schlüssel zur Kunst des Zauberwebens zu beschreiten.

Sviur *Zwerg* aus der *Tiefen Stadt*. Er besaß eine Werft für *Aale*, jene langgestreckten Fässern ähnlichen Höhlenschiffe, die von den Zwergen für Reisen und Transporte genutzt werden.

Yngwi Ein legendärer Kapitän jener Tauchboote, die die Zwergenvölker *Aale* nennen. Ihm dichtet *Galar* das Yngwi-Manöver an, bei dem ein Tauchboot in Schräglage Engstellen passiert.

Albenkinder und andere

Albenkinder Sammelbegriff für alle Völker, die durch die Alben erschaffen wurden (Elfen, Trolle, Kobolde, Kentauren etc).

Bromgar König der *Trolle*. Residiert in den Höhlen des *Königssteins* in der Snaiwamark. Für einen Troll erstaunlich weise. Nach dem Tod seines Sohnes entfesselt er eine Blutfehde gegen die Elfensippe der *Windgänger*, der auch *Nandalee* und *Duadan* entstammen.

Elija Glops Als *Lutin* ein Angehöriger der Koboldvölker *Albenmarks*. Berühmt für seine Hetzschriften gegen die Herrschaft der *Elfen* und sein außerordentliches demagogisches Talent. Stieg während der Herrschaft der Trolle zur geheimen Macht hinter dem Thron auf und verschwand am Tag der Wiederwahl Emerelles zur Herrscherin Albenmarks spurlos. (Siehe auch das Buch: »Elfenkönigin«.)

Firaz Schamanin aus dem Volk der *Gazala*. Sie lebt in der Fels-Oase, die als *Jadegarten* bekannt ist, und gehört zum Orakel *Nachtatems*.

Ikuška Eine *Xana*, die aus *Albenmark* in die Welt der Menschen floh. Lebte über Jahrhunderte in einem Teich in den Bergen *Garagums* verborgen, bis sie dort eines Tages dem Priester *Barnaba* begegnet.

Immerwinterwurm Eine Kreatur, die von dem *Alben*, der gemeinhin *Fleischschmied* genannt wird, erschaffen wurde. Sie jagt am Nordhang des *Königssteins*, ist aus Eis und Magie erschaffen und erinnert entfernt an einen riesigen Tausendfüßler. Wird sie getötet, erweckt der Nordwind sie alsbald zu neuem Leben.

Matha Naht Beseelter Holunderbaum. Matha Naht ist von Finsternis durchdrungen. Schwarz wie ihre Rinde ist auch ihre Magie. Wenn es ihr nutzt, paktiert sie mit der Elfe *Lyvianne*, die von ihr in der Lehre der Blutmagie unterwiesen wurde. Nahm *Gonvalon* seine Magie und wurde durch *Nachtatems* Eingreifen in ihrer ursprünglichen Form zerstört. In späteren Zeiten wird Matha Naht die Lehrerin der bedeutendsten Schamanin der Trolle, Skanga, sein. (Siehe auch das Buch: »Elfenwinter«.)

Nachtschwinge Der Pegasus *Gonvalons*. Ein Rappe.

Sata Kobolddienerin auf dem *Blauen Stern* des *Sängers*, die unter ihresgleichen an Bord des Himmelsschiffes großes Ansehen genießt.

Silberzunge Eine *Blütenfee*, nicht natürlich geboren, sondern von einer *Albe* erschaffen. Sie gehört zu den Ersten ihrer Art und ist sehr viel robuster, als ihr feingliedriger Körper vermuten lässt.

Die Weisse Frau Seherin, Wächterin des *Albensterns* in den *Slanga-Bergen*

sowie

Piep Misteldrossel, mit der sich *Nandalee* in der *Weißen Halle* anfreundet. Das Band der Freundschaft zwischen Piep und Nandalee erlaubte es *Gonvalon,* seiner Geliebten nachzuspüren, als diese als verloren galt.

Schauplätze

Aegilen/Aegilische Inseln Region auf *Daia* mit über hundert weit verstreuten Inseln. Berüchtigtes Piratenversteck. Wie steinerne Gärten liegen die Inseln inmitten des Meeres, grün von Zedern, so alt wie die Welt und reich an wunderbaren Weinbergen.

Akšu Palaststadt von *Aaron*, des Großkönigs von *Aram.*

Albenpfad, Albenstern Siehe Glossar

Andere Welt Name der *Albenkinder* für die Welt der Menschen.

Aram Eines der sieben Großreiche in der Welt der Menschen, beherrscht von dem Unsterblichen *Aaron*, der den Titel Herrscher aller Schwarzköpfe führt. Das Banner mit der geflügelten Sonne ist das Feldzeichen des Reiches, während des Feldzugs in *Kush* kommen auch Standarten mit goldenen Löwen auf.

Bainne Tyr Die Heimat der *Pegasi* in *Albenmark*, auch das Milchland genannt. Hier siedeln auch verschiedene große

Koboldstämme, die in der weiten Steppenlandschaft Viehwirtschaft betreiben. Inmitten der Steppe befindet sich ein Wüstenstreifen, der von den *Himmelsschlangen* mit Zaubern belegt wurde. An diesem lebensfeindlichen Ort legen die *Drachenelfen* ihre letzten Prüfungen ab. Dort befindet sich auch der legendenumrankte *Jadegarten*.

Belbek Ein kleines Dorf in der Provinz *Nari*, im Königreich *Aram* gelegen. Der Geburtsort von *Artax, Narek, Ashot* und *Daron*.

Berghem Große Zwergensiedlung in den Bergen von *Ischemon*. Berühmt für die Aalwerften der unterirdischen Stadt. Allerdings hat der Schiffsbau der *Zwerge* nach dem sogenannten *Massaker von Berghem* einen argen Dämpfer erhalten.

Blaue Halle Neben der *Weißen Halle* der einzige Ort, an dem *Elfen* zu Dienern der *Himmelsschlangen* ausgebildet werden. In der *Blauen Halle* liegt der Schwerpunkt des Lernens auf der Entfaltung der Magie. Ihre Schüler steigen in aller Regel nicht in die Reihen der *Drachenelfen* auf, sondern dienen als Spitzel auf *Daia* und *Nangog*.

Carandamon Elfenfürstentum in *Albenmark*. Die Hochebene im Ewigen Eis ist eingefasst von mächtigen Bergketten. Carandamon ist die ursprüngliche Heimat des Elfenvolkes der *Normirga*. Es liegt westlich der *Snaiwamark*, des Königreichs der *Trolle*.

Daia Archaischer Name für die Welt der Menschen. Man findet ihn vor allem in älteren Schriften *Albenmarks* wie etwa dem Schöpfungsmythos, wie ihn die Kinder der *Dunkelalben* überliefern.

Das Nichts Die große Leere zwischen *Daia*, der Welt der Menschen, *Albenmark* und *Nangog*. *Das Nichts* wird durchzogen vom goldenen Netz der *Albenpfade*.

Der Wandernde Hof Bezeichnung für den Königshof des Unsterblichen *Madyas*, des Herrschers über das Großreich

Ischkuza. Der Hof besteht aus zum Teil riesigen Wagen sowie großen Jurten, die auf Plattformen mit Rädern aufgeschlagen sind. Dieses Lager, das sich Königshof nennt, bewegt sich ständig über die weiten Steppen *Ischkuzas* und verweilt nie länger als drei bis vier Tage an einem Ort.

DEVA KUSH Gebirge im südlichen Teil der beiden Provinzen *Garagum* auf der Welt *Daia*. Viele Menschen glauben, dass die Berge, die sich weit über die Wolken erheben, der Sitz der *Devanthar* sind. In den Bergtälern wird die Nutzpflanze *Kush* angebaut, die Träume schenkt, die einen den Göttern näherbringen. Die Berge sind auch berühmt für die besonders großen Türkise, die man hier finden kann.

DIE GOLDENE PFORTE Name des großen *Albensterns* in der *Goldenen Stadt* auf der Welt *Nangog*. Dieser Albenstern ist fast ununterbrochen geöffnet. Er ist der Umschlagplatz für alle Karawanen, die Nangog verlassen.

DIE GOLDENE STADT Überaus prächtige Stadt und gemeinsame Residenz aller sieben Großkönige, der Unsterblichen von *Daia* auf der Welt *Nangog*.

DRASHNAPUR Region *Albenmarks*, in der *Kobolde* wohnen, die berüchtigt für ihren Käse sind. Mithilfe dieses Käses forscht der Zwerg *Galar* nach einem Unverwundbarkeitselixier.

DRUS, AUCH DRUSNA Eines der sieben Großreiche auf *Daia*, der Welt der Menschen. Heimat der Söldner *Volodi* und *Kolja*.

EHERNE HALLEN Zwergenstadt im Nordwesten der Wälder von Galvelun. *Nandalee* behauptet als Zwerg *Arbinumja*, aus den Ehernen Hallen zu kommen.

GARAGUM Der Name zweier Provinzen auf *Daia*. Die Provinzen sind benachbart und gehören zu den Großreichen *Aram* und *Luwien*. Garagum bedeutet übersetzt Die Schwarze Wüste. Siehe auch: *Deva Kush*.

GEFIEDERTES HAUS Versammlungsort der *Devanthar* im Reich der *Zapote*. Hier werden in einem besonderen Ritual handverlesene Krieger und Jäger der Dschungelstädte in die Reihen der Gotteskrieger aufgenommen. Einer Legende zufolge liegt hier auch der Leib jener Himmelsschlange aufgebahrt, die man den *Purpurnen* nannte.

Der Gelbe Turm Ein sagenumwobener Palast der *Devanthar*, der verborgen in den himmelhohen Bergen am Rande *Garagums* liegen soll. Es heißt, dorthin brachte die Devanthar *Išta* das Drachenhaupt des *Purpurnen*, den sie ermordet hatte. Und dort erschufen die Devanthar der *Anatu*, der Geliebten des Purpurnen, ein Gefängnis aus dem Schädel der Himmelsschlange. Aus der Wunde in ihrer Brust blutend, gefangen im Gebein ihres Geliebten, unfähig zu sterben, verstoßen von ihresgleichen, leidet Anatu noch heute im Gelben Turm. Und manchmal trägt der Wind ihr Wehklagen bis hinaus in die Schwarze Wüste.

Glamirs Turm Ein Turm, der auf einem Riff im *Meer der Schwarzen Schnecken* liegt. Bei normalem Pegelstand des Sees versinkt der Turm ganz im Wasser. Hier spüren die Zwerge der *Ehernen Halle* unter der Führung des Schmiedes *Glamir* einem der großen Geheimnisse *Albenmarks* nach.

Haus des Himmels Einsames Bergkloster im Königreich *Luwien*. Hier werden die Jungfrauen, die zur *Heiligen Hochzeit* erwählt werden, auf das große Fest in der Tempelstadt *Isatami* vorbereitet.

Isatami Uralte Tempelstadt im Königreich *Luwien*. Auf der *Zikkurat* von Isatami wird jedes Jahr zur Sommersonnenwende das Fest der *Heiligen Hochzeit* gefeiert. Dabei vereinigt sich der Unsterbliche *Muwatta* mit einer Jungfrau, um dem Land für das kommende Jahr eine reiche Ernte zu schenken. Isatami liegt auf einer abgelegenen Hochebene unweit eines großen *Albensterns*.

Ischemon Eine große Insel, östlich der Küste *Arkadiens* gelegen. Heimat der roten *Sonnendrachen*.

Ischkuza Eines der sieben Großreiche in der Welt der Menschen, beherrscht von dem Unsterblichen *Madyas*. Großkönig ist der Titel des Herrschers über das weite Steppenreich und ein Banner mit einem stilisierten Pferdekopf sein Feldzeichen. Die Bewohner des Reiches werden *Ischkuzaia* genannt.

ISHAVEN Eine der großen Zwergenstädte *Albenmarks*, im Nordosten der *Walbucht* gelegen.

KAMMER DER KOMMENDEN OFFENBARUNGEN Höhle in der *Tiefen Stadt*, in der sich ein *Albenstern* befand und die ganz mit weißem Marmor ausgekleidet worden war, in den Dutzende, kaum handgroße Wandnischen geschnitten waren, in denen winzige Skulpturen standen – Bildnisse der Erstgeborenen der Sippen dieser Stadt.

KÖNIGSSTEIN Name der *Trolle* für eine Höhlenfestung in den Bergen an der Grenze zu *Carandamon*. Seit Anbeginn der Zeiten liegt hier der Königssitz des Volkes der Trolle. Der Stein, der der Höhlenfestung und auch dem Berg seinen Namen gab, ist Thronstein des Trollkönigs.

KUSH Hochebene und Schauplatz der Entscheidungsschlacht zwischen *Aram* und *Luwien*. Hoch in den Bergen nahe der Grenze zwischen den beiden Provinzen *Garagum* gelegen. Vor der Schlacht vor allem für die gleichnamige Nutzpflanze bekannt, die hier angebaut wird.

KYRNA Eine der *Aegilischen Inseln*. Als nach einem Erdbeben alle Quellen versiegten, wurde sie von ihren Bewohnern verlassen. Eine Bucht auf der Insel ist, durch Felsen geschützt, ein idealer Ankerplatz. Hier sammelten sich die aegilischen Piraten vor ihren Überfällen auf die Zinnflotten *Arams*.

LUMA Mythischer Berg, angeblich im Großreich *Luwien* in der Welt der Menschen gelegen. Auf seinem Gipfel soll sich, erschaffen aus Mondenlicht, der Palast der Devanthar *Anatu* erheben, die von *Išta* mit Duldung der anderen *Devanthar* in einen Kerker im *Gelben Turm* gesperrt wurde.

LUWIEN Eines der sieben Großreiche in der Welt der Menschen, beherrscht von dem Unsterblichen *Muwatta*. Es ist das erste der Menschenreiche, in dem in größerem Umfang Eisenerz verhüttet wird, wodurch es zur militärisch stärksten Macht aufsteigt.

Meerlunge Meer auf *Daia*, in dem die *Zinninseln* liegen. Für die Seefahrer aus *Luwien* und *Aram* ein Ort unergründlicher Schrecken, wo schwimmende Berge und tückische Nebel schon mancher Galeere zum Verhängnis wurden.

Meer der schwarzen Schnecken Ein großer unterirdischer See in *Albenmark* südlich jener Zwergensiedlung gelegen, die als die *Eherne Stadt* bekannt ist.

Mulawa Einer der höchsten Berge in der Provinz *Garagum* in der Welt der Menschen. An seiner Flanke liegt auf einer einzeln stehenden Felssäule einer jener Orte, den die Bergstämme *Tafel des Himmels* nennen. Ein »Begräbnisort« für ihre Toten.

Nangog Die Welt, die von der gleichnamigen Riesin erschaffen wurde, ohne dass *Devanthar* und *Alben* ihre Zustimmung gegeben hatten. *Nangog* ist eine Hohlwelt, in der die gleichnamige Riesin durch Zauberbann gefangen ist. Nach dem Sieg über sie schlossen Alben und Devanthar einen Pakt, der besagt, dass ihre Kinder diese Welt niemals betreten sollten. So wurde Nangog zu einem verwunschenen Ort, der späteren Generationen nur noch als die *Zerbrochene Welt* bekannt sein wird.

Nari 1. Provinz im Königreich *Aram*. Die Provinz ist berühmt für den Kupferbergbau, der hier betrieben wird.
2. Hauptstadt der gleichnamigen Provinz und Sitz des Satrapen.

Palast der Morgenröte In *Urat* gelegener Palast des Unsterblichen *Aaron*. Verbannungsort für Haremsdamen, die in Ungnade gefallen waren.

Satrapien Bezeichnung für die Provinzen *Arams* und *Luwiens*, denen ein Satrap, ein Großfürst, vorsteht.

Seelenhort Die Seelen der Elfen gehen in den Seelenhort ein, bis sie aufs Neue wiedergeboren werden. Alle anderen Seelen vergehen einfach.

Selinunt Auch das *Weiße Selinunt* genannt. Eine Palaststadt, die der Unsterbliche von *Valesia* in einem abgelegenen Tal erbauen lässt. Selinunt wurde nur aus kostbarsten Materialien errichtet. Die Paläste und Tempel waren aus makellos weißem Marmor erbaut, die Dächer mit Goldbeschlägen geschmückt. In Selinunt schlossen die sieben Unsterblichen ihren Bund zum Kampf gegen die Albenkinder. Und hier kam es zum ersten Angriff der Drachen. (Siehe auch das Buch: »Elfenkönigin«.)

Snaiwamark Landstrich hoch im Norden *Albenmarks*, geprägt durch weite Tundra-Landschaften. Die Snaiwamark wurde den *Trollen* einst von den *Alben* geschenkt und gilt als ihr Stammland.

Taruad Eine kleine Felsinsel, nicht einmal fünfhundertmal fünfhundert Schritt groß. Der am weitesten westlich gelegene Hafen des Königreichs *Aram*, in dessen natürlichem Hafenbecken bis zu dreißig Schiffe ankern können. Liegt nur eine Meile vom Festland entfernt.

Tiefe Stadt Zwergenstadt im Norden *Arkadiens*, in *Albenmark* gelegen. Die Heimatstadt der Helden *Galar*, *Nyr* und *Hornbori*, des Zwergenbabys *Frar* und der Zwergendame *Amalaswintha*.

Truria Fürstentum des Großreichs *Valesia*. An der Grenze zum Großreich *Drus* gelegen. *Arcumenna*, der *Laris* (Fürst) von *Truria*, gilt als begnadeter Feldherr und ist der Schrecken seiner Nachbarn.

Um el-Amad Name einer großen Kupfermine und der dazugehörigen, von Schachtöfen umgebenen Bergwerkssiedlung in der Satrapie *Nari* im Königreich *Aram*. Der Name ist aus einem regionalen Dialekt abgeleitet und bedeutet so viel wie Mutter aller Säulen.

Urat Hier liegt der Palast der Morgenröte, eine der Königsresidenzen *Aaron*s von *Aram*. Berüchtigt als ein Ort, an den Haremsdamen abgeschoben werden, an denen der Herrscher sein Interesse verloren hat. *Sulumal*, der Hauptmann der Palastwache von *Urat*, sorgte dafür, dass manche der Damen für immer verschwanden.

VALESIA Eines der sieben Großreiche in der Welt der Menschen, beherrscht von einem Unsterblichen. Südlich von *Drus* gelegen.

WEISSE HALLE Neben der *Blauen Halle* der einzige Ort, an dem Elfen zu Dienern der Himmelsschlangen ausgebildet werden. In der Weißen Halle liegt der Schwerpunkt des Lernens auf der Kunst des Schwertkampfes, obwohl auch die Kunst des Zauberwebens weiter gefördert wird. Nur die besten unter den Absolventen der Weißen Halle steigen zu *Drachenelfen* auf.

WELTENMUND Ein riesiger Krater, der in unergründliche Tiefen reicht. An seiner Flanke liegt die *Goldene Stadt*. Ein schwacher, warmer Wind steigt vom Grund des Kraters auf, der für eine ungewöhnliche Thermik sorgt. Die Himmelsfahrer nutzen die Eigenarten des Kraters, um hier, an Fluggestelle geschnallt, ihre Fürsten und Helden zu bestatten. Die Leichen mumifizieren in der warmen, trockenen Luft und segeln manchmal über Jahre, bis sie schließlich an den Felsen zerschellen oder in den Abgrund stürzen.

ZAPOTE Eines der sieben Großreiche in der Welt der Menschen, beherrscht von einem Unsterblichen.

ZIKKURAT Gestufter Tempelturm. Gleichermaßen in *Luwien* und *Aram* verbreitete Tempelform. Besonders berühmt ist die Zikkurat von *Isatami*, auf der der Unsterbliche *Muwatta* zum Mittsommerfest die *Heilige Hochzeit* zelebriert.

ZINNKÜSTE Weit im Westen, nahe der *Meerlunge* gelegene Küste. Berühmt für seine Zinnminen. Wird von den Zinnflotten des Königreichs *Aram* angelaufen.

Die Schlacht bei Kush

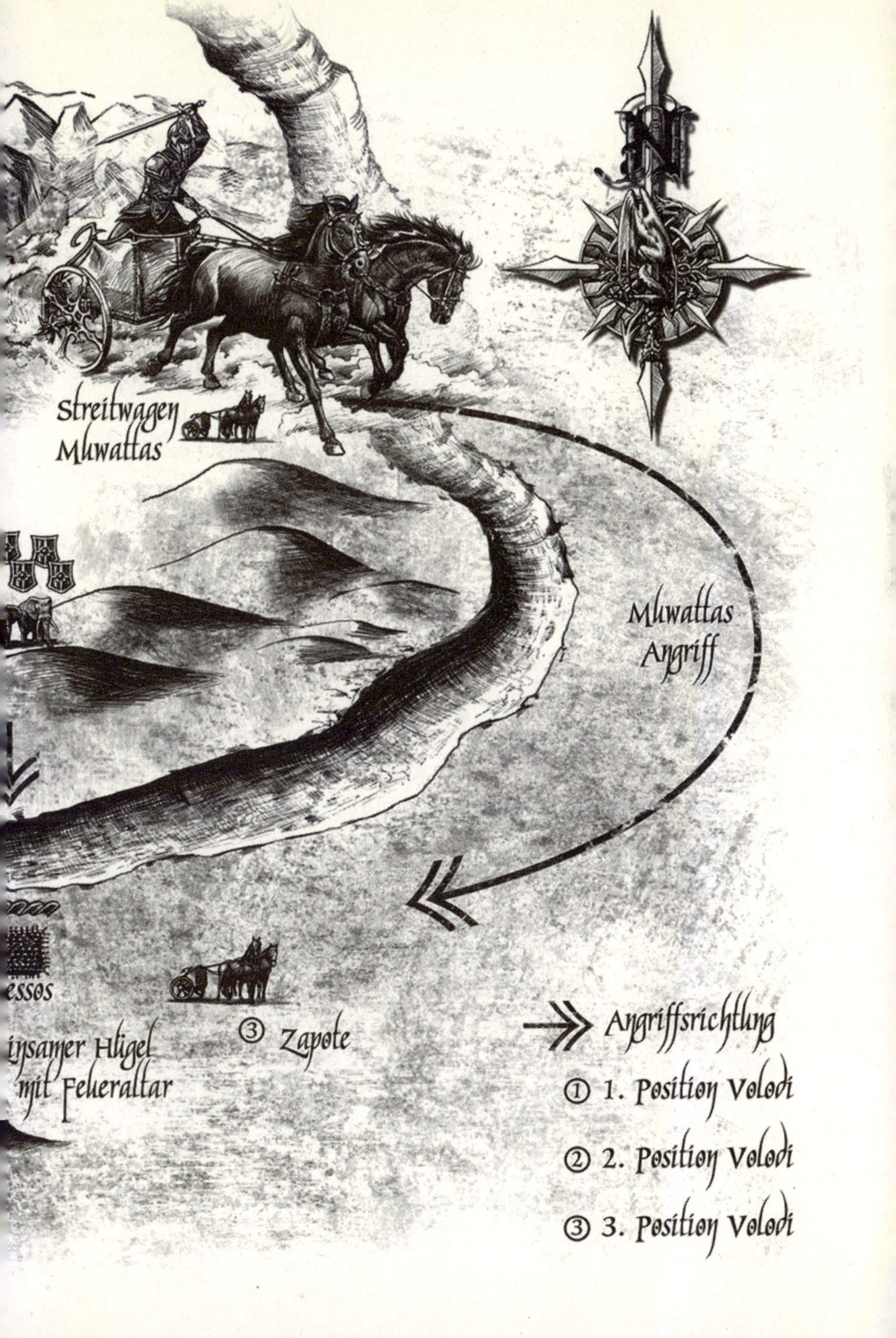
N
Streitwagen
Muwattas
Muwattas
Angriff
essos
③ Zapote
insamer Hugel
mit Feueraltar
Angriffsrichtung
① 1. Position Volodi
② 2. Position Volodi
③ 3. Position Volodi

Glossar

Aal Bezeichnung der Zwerge für die primitiven Tauchboote, mit denen sie unterirdische Flüsse und Seen befahren. Das Boot gewinnt Fahrt mithilfe einer Kurbelwelle, die längs durch den Rumpf läuft und von allen Besatzungsmitgliedern mit Ausnahme des Steuermanns durch Muskelkraft angetrieben wird.

Alben Die Schöpfer der Welt *Albenmark*. Ihre Beweggründe sind ihren Geschöpfen unergründlich. Sie ziehen sich immer weiter aus ihrer Welt zurück und verzichten anscheinend auf einen Großteil ihrer Macht.

Albenkinder Sammelbegriff für alle Völker, die durch die *Alben* erschaffen wurden (*Elfen*, *Trolle*, *Kobolde*, *Kentauren* etc.).

Albenpfade Ein Netzwerk magischer Pfade, die durch die *Alben* erschaffen wurden, so besagt es die Überlieferung. Es verbindet *Albenmark*, *Nangog* und *Daia* miteinander.

Albenstern Schnittpunkt von zwei bis sieben *Albenpfaden*. An Albensternen kann man die Albenpfade betreten und auf ihnen sogar in andere Welten gelangen.

Der Alte in der Tiefe Bezeichnung für den Herrscher einer Zwergensiedlung. Gewöhnlich residiert er in den tiefsten Höhlen und entstammt einer der fünf großen Familien, die ihre Herkunft bis auf den Schöpfungstag zurückverfolgen können.

Apsaras Wassernymphen, deren Heimat in der Lotussee tief im Süden *Albenmarks* liegt. Es heißt, sie schreiben sich ihre geheimsten Wünsche mit rotbrauner Farbe aus dem Saft des Dinko-Busches auf den Leib, und wer die arkane Schrift zu entschlüsseln vermag, dem bleiben sie treu, bis der Weg ins Mondlicht die Entrückten auf immer von den Suchenden trennt. (Siehe auch das Buch: »Elfenritter – Das Fjordland«.)

Auenfeen Synonym für *Blütenfeen*.

Barinstein Meist honigfarbene Steine, die ein warmes, nie verlöschendes Licht spenden.

Beinplatz Bezeichnungen für jene verborgenen Orte, an die sich die minderen Drachen zurückziehen, wenn sie den Tod nahen fühlen. Dort haben sich über die Jahrhunderte große Mengen von Drachenknochen angesammelt.

Der Blaue Stern Ein Wolkenschiff, in dem ein Alb, von den *Albenkindern* der *Sänger* genannt, über den Himmel zieht.

Blodmarkt Zwergenbegriff, der Blutmarkt bedeutet. Allen *Zwergen* ist der Tag des Blutmarktes tief ins Gedächtnis eingebrannt. Während eines großen Jahrmarktes, der unter freiem Himmel abgehalten wurde, griff eine *Silberschwinge* an und verursachte mit mehreren Feuerstößen ein schreckliches Gemetzel. Mehr als fünfzig Marktbesucher starben im Feuer und im Gedränge der anschließenden Panik. Den Zwergen ist nicht bekannt, dass der Drache aus dem Grund angriff, weil auf dem Markt die Zähne seines toten Bruders feilgeboten wurden. Zwerge hatten diese von einem der Beinplätze der *Drachen* gestohlen.

Blütenfeen Eine andere Bezeichnung für *Auenfeen.* Geschöpfe von knapp Fingerlänge mit elfenähnlichem Äußeren, mit Schmetterlings- oder Libellenflügeln.

Daimonen Sammelbegriff der Menschen für alle Geschöpfe *Albenmarks.*

Daimonenohren Menschenwort für Elfenohren.

Devanthar Weltenschöpfer, ähnlich den *Alben.* Von den Alben und den meisten ihrer Kinder als Verkörperung des Bösen betrachtet. Sie beherrschen *Daia*, die Welt der Menschen, und lenken die Geschicke der Völker. Sie lieben den Wandel und stehen damit im Gegensatz zu den Alben, die nach Vollkommenheit streben, um diesen Zustand dann für immer zu erhalten.

Drachen Ein Sammelbegriff für verschiedene Drachengattungen. Die ältesten Drachen sind die *Himmelsschlangen*, die

Statthalter der *Alben*. Die übrigen Drachen stehen in der Hierarchie tiefer. Während die Himmelsschlangen intelligente Geschöpfe von großer Macht sind, sind etliche andere Gattungen wenig mehr als besonders gefährliche Raubtiere.

DSCHINNE Luftgeister mit großer magischer Macht. Es heißt, dass sie einen eigenen König haben, aber sie mischen sich selten in die Angelegenheiten anderer *Albenkinder* ein. So selten, dass manche nicht an ihre Existenz glauben.

DUNKELALBEN Eine Bezeichnung für jene Alben, die als Schöpfer jener Völker gelten, die es vorziehen, unter der Erde zu leben, oder als Geschöpfe zweifelhaften Charakters angesehen werden, wie zum Beispiel die *Zwerge*. Gebraucht wird dieser Begriff in Abgrenzung zu den *Lichtalben*, die nach der Mythologie die Elfen erschaffen haben.

ELFENAPFEL Eine apfelähnliche Frucht, die man in den Wäldern *Nangogs* finden kann. Bei Genuss verursacht sie starke Halluzinationen.

ERSTGESCHLÜPFTER Ein Name, den die *Himmelsschlangen Nachtatem*, dem ältesten unter den Drachen *Albenmarks*, gegeben haben.

GAZALA Seherinnen, die auf Wunsch des *Erstgeschlüpften*, des Drachen *Nachtatem*, erschaffen wurden. Die Gazala haben schmale, langgezogene Gazellenhäupter mit sehr auffälligen, weit nach hinten gebogenen und in sich gedrehten Hörnern. Sie gelten als launisch, was auch daran liegen mag, dass sie die große Pyramide im *Jadegarten* nie verlassen dürfen.

GEISTERWALD Bezeichnung für die Heiligen Haine in *Drusna*, einem der sieben großen Reiche auf *Daia*. Die Drusnier bestatten in den Bäumen der Haine ihre Toten und glauben daran, dass man in den Windspielen, die in die Äste gehängt werden, die Stimmen der Ahnen raunen hören kann.

GETWERG Anderer Begriff für das Volk der *Zwerge*. Wird oft in Märchen und Sagen über dieses rebellische Volk verwandt.

Glutmal Eine rot lackierte, runde Holzscheibe, die in der strikt gegliederten Gesellschaft des Königreiches *Luwien* die Fremden und manchmal auch die Unberührbaren tragen müssen.

Goldene Schwingen Hohe Auszeichnung bei *Zwergen*. Nur den Tapfersten wird erlaubt, Goldene Schwingen an ihren Helmen zu tragen.

Das Grosse Haus Bezeichnung für das Ständesystem im Großkönigreich *Luwien* in der Welt der Menschen. Es untergliedert sich in die Unberührbaren (Bettler, fahrendes Volk, nicht Sesshafte), die Schaffenden (alle Handwerksberufe, aber auch Händler), die Kämpfenden (alle Krieger), die Wissenden (die Priesterschaft) und die Herrschenden (die Adelsschicht). Über allen steht der Gottkönig, der Unsterbliche *Muwatta*.

Grüne Geister Geschöpfe der Riesin *Nangog*. Es sind die Seelen der Kreaturen, die sie noch erschaffen wollte, bevor sie von den *Devanthar* und *Alben* verzaubert wurde. Es heißt, sie waren kaum mehr als einen Herzschlag von ihrer Fleischwerdung entfernt. Sie sind die körperlosen Schutzgeister der Welt *Nangog*.

Himmelshüter Elitetruppe unter den Kriegern auf den Palastschiffen des Unsterblichen *Aaron*, des Herrschers von *Aram*.

Himmelsschlangen Glaubt man den *Drachen*, dann sind die Himmelsschlangen die ältesten unter ihnen. Sie beanspruchen für sich, dass sie die ersten Geschöpfe waren, die von den *Alben* erschaffen wurden, nachdem *Nangog* ihr Werk vollendet hatte.

Himmlische Hochzeit Fruchtbarkeitsritual zwischen dem Unsterblichen *Muwatta* von *Luwien* und einer Jungfrau.

Hüter der Feuer Der Titel des luwischen Wesirs, der die Oberaufsicht über alle Bergwerke, Gießereien und Waffenschmieden hat, die sich in *Luwien* samt und sonders in Staatsbesitz befinden. Das macht ihn nach dem *Hüter der*

Goldenen Gewölbe zum zweitmächtigsten Wesir des Großkönigreichs.

HÜTER DER GOLDENEN GEWÖLBE Der Titel des luwischen Wesirs, der über die Schatzkammern des Reiches, alle Einnahmen und Ausgaben wacht. Damit ist er nach dem Unsterblichen *Muwatta* der zweitmächtigste Mann im Staat.

ISCHKUZAIA Steppenreitervolk auf *Daia*. Die Ischkuzaia sind das Herrschervolk in einem der sieben Großreiche. Sie sind als Barbaren verschrien, die angeblich Menschenopfer bringen und für ihre Fürsten grausige Totenriten zelebrieren. Als Krieger gelten sie als unbesiegbar, solange sie vom Rücken ihrer Pferde aus kämpfen.

KUSH Eine Pflanze, die in den beiden Provinzen *Garagum* in den Hochtälern des *Deva Kush* angebaut wird. Aus den Fasern der Pflanze lässt sich sehr widerstandsfähige Kleidung herstellen. Raucht man die getrockneten Blätter, kommt man in seinen Träumen den Göttern nahe.

KINDER DER DUNKELALBEN Dämonisierender Begriff, der für die *Zwerge* benutzt wird und in späteren Zeiten verschleiert, um welches Volk *Albenmarks* es sich dabei genau handelt.

KOBOLDE Eine Sammelbezeichnung für eine ganze Gruppe verschiedener Völker oder Stämme wie etwa die *Lutin* oder die *Holden*. Die Kobolde sind, nach den Maßstäben eines Menschen geschätzt, etwa knie- bis hüfthoch. Viele Kobolde sind magiebegabt. Die meisten gelten als hervorragende Handwerker. Andere Albenkinder bedienen sich der Kobolde gerne als Diener oder Sklaven. Man sagt ihnen einen eigenwilligen Sinn für Humor und eine ausgeprägte Neigung nach, anderen Streiche zu spielen.

LAMASSU Volk in *Albenmark* aus dem fernen Schurabad, riesige Geschöpfe mit einem Stierleib, großen Adlerflügeln und einem bärtigen Kopf. Sie gelten als sehr weise und als bedeutende Zauberer.

Laternenträger Raubfische mit schlangenhaftem Leib, die in den unterirdischen Seen *Albenmarks* anzutreffen sind. Ihre Namen haben sie aufgrund zweier fluoreszierender Leuchtkörper erhalten, die sie an langen Antennen vor sich her tragen.

Lichtalben Eine Bezeichnung für jene *Alben*, die als Schöpfer der *Elfen* gelten. Gebraucht in Abgrenzung gegen die *Dunkelalben*, die nach der Mythologie jene Völker erschaffen haben, die es vorziehen, unter der Erde zu leben, oder als Geschöpfe zweifelhaften Charakters gelten, zum Beispiel *Zwerge*.

Lutin Fuchsköpfiges Koboldvolk. Die Lutin sind sehr begabte Zauberer und berüchtigt für ihren schwarzen Humor und ihre üblen Streiche. Sie gelten auch als gute Geschäftsleute und Hehler. Die Lutin sind wohl das launischste unter den Koboldvölkern. Manche gelten auch als erfahrene Reisende im Netz der *Albenpfade*.

Luwier Bewohner von *Luwien*, einem der sieben Großreiche auf Daia, der Menschenwelt.

Das Massaker von Berghem Ein Gefecht zwischen *Elfen*, einem *Sonnendrachen* und einem großen Holzfällertrupp der *Zwerge*. Der Hintergrund waren Rodungsarbeiten der Zwerge, die immer größere Mengen von Holz für ihren Stollenbau und ihre unterirdischen Werften benötigen. Bei dem Massaker wurden über einhundert Zwerge niedergemacht.

Maurawan Elfenvolk, das hoch im Norden *Albenmarks* in den unwirtlichen Wäldern am Fuß der *Slanga-Berge* lebt. Berühmt für seine Bogenschützen. Die Maurawani gelten als unberechenbar, verschlagen und eigenbrötlerisch. Selbst *Trolle* zögern, die Wälder dieses streitbaren Elfenvolks zu betreten. Zwei bekannte Maurawani sind *Tylwyth* und *Cullayn*.

Meuchlermond Wenn der Mond als eine schmale Sichel am Himmel steht, die kaum noch Licht spendet, spricht man in manchen Gegenden *Luwiens* und *Arams* vom Meuchlermond, denn die Nächte, in denen er den Nachthimmel regiert, sind wie geschaffen für dunkle Taten.

MINOTAUREN Stierköpfige Hünen. Ihr Leib ähnelt dem von *Trollen*, wobei sie im Gegensatz zu diesen den Kontakt mit Metall nicht als unangenehm empfinden. Allgemein für ihre griesgrämige Religiosität verschrien, die kein Lächeln oder gar lauten Jubel duldet.

OBERSTEIGER Ein Titel unter *Zwergen*. Der Amtsinhaber entscheidet über den weiteren Ausbau regionaler Tunnelsysteme.

PEGASUS Geflügeltes Pferd. Pegasi leben in der Steppe *Bainne Tyr*. Einen Pegasus zu fangen und als sein Reittier zu gewinnen, gehört zu den abschließenden Prüfungen für Schüler der *Weißen Halle*, die zum *Drachenelfen* aufsteigen wollen. Besteht einmal ein Band zwischen einem *Elfen* und einem Pegasus, hält es für den Rest ihres Lebens.

PILZ Bezeichnung der Zwerge für ein alkoholhaltiges Gebräu, das sie aus Pilzen herstellen. Jede ihrer Städte hat mindestens eine Brauerei, und die Zwerge machen großes Aufhebens darum, welches Pilz wohl das beste ist.

PFADE DER UNSTERBLICHEN Albenpfade zwischen *Nangog* und *Daia*.

REGENBOGENSCHLANGEN Ein anderer Begriff, der für die *Himmelsschlangen* verwendet wird, jene mächtigen, erstgeschlüpften Drachen, die als Statthalter der *Alben* auftreten. Der Begriff spielt darauf an, dass sie alle verschiedene Schuppenfarben haben. Glaubt man den *Drachen*, dann sind die Regenbogenschlangen die ältesten unter ihnen. Sie beanspruchen für sich, dass sie die ersten Geschöpfe waren, die von den Alben erschaffen wurden, nachdem *Nangog* ihr Werk vollendet hatte.

RUFER Alarmhorn auf einem Wolkenschiff.

Die SCHLACHT ÜBER DEM BRENNENDEN BERG Ein Gefecht, das der Unsterbliche *Aaron* gegen eine Reihe von Renegaten führte, die den Wolkenhandel auf *Nangog* störten. Die Rebellen hatten mehrere kleine Wolkenschiffe gekapert. Dies war die erste Schlacht an den Himmeln Nangogs.

SICHELSCHWALBE Das Wappen der Zunft der Himmelslotsen auf Nangog.

SILBERNER LÖWE Diese Kreaturen wurden von dem *Devanthar Langarm* gebaut. Dabei verwendete er Splitter des Herzens der *Nangog* und erschuf Wesen, die nicht lebendig, aber auch nicht tot waren. Sie dienen den Menschen als Führer auf den *Albenpfaden* und haben die Macht, ein Tor in einem *Albenstern* zu öffnen. Später erschufen die Devanthar auch geflügelte Löwen, auf denen die Unsterblichen in die Schlacht um Nangog ziehen sollten.

SILBERSCHWINGE Eine der kleineren Drachenarten *Albenmarks.*

SIPPENLOSE Eine Bezeichnung der *Elfen* für jene, die den Dienst bei den *Himmelsschlangen* gewählt haben. Oft handelt es sich bei den *Drachenelfen* tatsächlich um Ausgestoßene. Wenn dies nicht der Fall ist, leisten sie den *Drachen* Eide, die stärker sind als jedes Sippenband.

SMARAGDSPINNEN Eine Seespinnenart, deren Leib so groß wie ein Grubenpferd wird. Man trifft sie nur im *Meer der Schwarzen Schnecken* in der Nähe von *Glamir*s *Turm* an. Sie stehen in Verbindung mit dem Geheimnis, dem die *Zwerge* der *Ehernen Hallen* dort nachspüren.

SPINNENFRAU Einer der Namen für jene Priesterinnen aus dem Volk der *Zapote*, die dazu auserwählt sind, goldhaarige Männer zu verführen, ihnen in die Tempel der Gefiederten Schlange zu folgen.

SPRINGSUCHT Eine seltsame Verzückung, die manche Wolkenschiffer überkommt, wenn sie in die Tiefe blicken. Es ist die Lust, hinab auf die Wolken zu springen, um auf ihnen zu wandern. Bei anderen ist es die Sehnsucht nach dem Gefühl des Fallens. Manche Gelehrte behaupten, dass die Springsucht nichts mit Todessehnsucht zu tun hätte. Allerdings konnte man noch keinen Springer nach der Wahrheit dieser These befragen.

STEINRAT Eine Ratsversammlung verdienter Männer aus den Bergstämmen *Garagums*. Nur neun Männer gehören dem Rat an. Ein jeder von ihnen trägt einen Dolch, dessen Griff aus den Knochen des Weisen *Zarud* gefertigt wurde. Sie entscheiden über Fragen, die die Wilden Stämme betreffen.

SCHWARZE SCHNECKEN Eine Höhlenschneckenart, die einem großen unterirdischen See *Albenmarks* den Namen *Meer der Schwarzen Schnecken* eingebracht hat. Diese im Wasser lebenden Schnecken werden von den *Zwergen* der *Ehernen Hallen* gejagt, die aus ihnen einen besonders haltbaren, schwarzen Farbstoff gewinnen.

SONNENDRACHE Drachenart, die vor allem in *Ischemon* beheimatet ist. Ihre Schuppenfarbe ist meist rot. Einer von ihnen war am *Massaker von Berghem* beteiligt. Gehören zu den feuerspeienden *Drachen*.

TAFEL DES HIMMELS Name, den die Bewohner von *Garagum* ihren Begräbnisorten geben. Es handelt sich um hohe, abgeflachte Felsen, auf denen die Toten vom *Vogelrufer* bestattet werden.

TORGÄNGER Name der *Zwerge* für jemanden, der die Fähigkeit besitzt, die magischen Pforten der *Albensterne* zu öffnen.

TROLLE Das kriegerischste Volk *Albenmarks*. Mehr als drei Schritt groß und von gedrungener Statur, weisen sie eine graue Haut auf, die in ihrer Farbe Steinen ähnelt. Trolle scheuen vor der Berührung von Metall zurück.

UNSTERBLICHE Gemeinsamer Titel der sieben Großkönige, die in der Welt der Menschen herrschen und für die *Devanthar* den Krieg um *Nangog* führen.

UNYLEH Name eines der *Aale* der *Zwerge*. Es galt als besonders zuverlässig, weil es in dreizehn Jahren erst zweimal gesunken war und es selbst dabei noch Überlebende gegeben hatte.

Verborgenes Auge Alle Geschöpfe *Albenmarks* besitzen das Verborgene Auge, doch nur wenige erlangen die Fähigkeit, es zu nutzen. Wer sein Verborgenes Auge öffnet, vermag die magische Beschaffenheit der Welt zu sehen, jene leuchtenden Kraftlinien, die alles und alle durchdringen.

Vogelrufer Bezeichnung der Bewohner *Garagums* für ihre »Totengräber«. Der Vogelrufer zerhackt auf der *Tafel des Himmels* die Leichname der Verstorbenen und bietet das Fleisch den Geiern und Adlern zum Fraß an.

Weisse Schlangen Eine Unterart von Seeschlangen, die in den unterirdischen Strömen und Seen *Albenmarks* heimisch ist. Da sie nie Tageslicht sehen, wurde ihre Schuppenhaut weiß. Neben Riffen sind sie der größte Schrecken der *Zwerge*, die sich in ihren zerbrechlichen Aalen den unterirdischen Gewässern anvertrauen.

Windgänger Name der Elfensippe aus dem Volk der *Normirga*, der unter anderem *Nandalee* entstammt.

Wolfszähne Name der Elfensippe aus dem Volk der *Normirga*, der unter anderem die legendenumwobene *Ny Rin* entstammt.

Wolkensammler Riesige Geschöpfe, die am Himmel *Nangogs* schweben. Sie erinnern vage an Oktopoden, nur dass sie weit mehr als acht Fangarme besitzen. Die größten dieser Geschöpfe erreichen einen Rumpfdurchmesser von mehr als zweihundert Schritt. Mithilfe der *Devanthar* gelang es den Menschen, einige der Wolkensammler zu fangen. Sie konstruierten Schiffe und Flugplattformen, die mit den gewaltigen Rümpfen der Wolkensammler durch Seile und Netze verbunden wurden. Wie intelligent Wolkensammler sind, ist umstritten. Nach einer Weile scheinen sie die Himmelsschiffe und deren Mannschaften als Teil ihres eigenen Körpers zu betrachten.

Xana Wassernymphen mit seherischen Gaben, die aus *Albenmark* in die *Andere Welt* verbannt wurden, weil sie nach dem

Geschmack der *Himmelsschlangen* zu aufsässig waren und anderen gegenüber zu frei über mögliche Zukünfte sprachen.

ZAPOTE Bewohner des gleichnamigen Großreichs auf *Daia*, der Menschenwelt.

Die ZINNERNEN Eine Eliteeinheit im Heer des Unsterblichen *Aaron*. Diese Söldnertruppe rekrutiert sich ursprünglich aus den Piraten, die sich Aaron auf den *aegilischen Inseln* ergeben haben. Später werden auch andere Söldner aufgenommen. Ihre Anführer sind *Volodi* und *Kolja*.

Danksagung

Ein Buch von diesem Umfang zu schreiben, ist ein wenig wie ein Marathonlauf, und ich hätte niemals mein Ziel erreicht, wenn ich nicht Unterstützung gehabt hätte. Ganz besonders von meinen Lesern! Es sind die Einträge im Gästebuch meiner Internetseite (bernhard-hennen.de), die Diskussionen im Forum und die Kommentare bei Facebook, die mir an Tagen, an denen das Schreiben schwer fällt, neue Kraft geben. Auch wenn ich meist nur als schweigender Leser folge, bin ich auf diesen Seiten doch oft zu Gast, und ich möchte mich bei all denen bedanken, die in den letzten zwölf Monaten nicht müde wurden, über meine Bücher zu schreiben und über das weitere Schicksal der Drachenelfen zu spekulieren.

Meine langen Schreibreisen nach Albenmark werden besonders anstrengend für jene, die mir am nächsten stehen, und deren Pläne ich nur allzu oft mit spontanen Sonderschichten am Computer durchkreuze. Dafür gesorgt, dass ich mein Band zu dieser Welt nicht gänzlich verliere, haben: Xinyi, die meine täglichen Launen mit stiller Geduld ertragen hat und mich im Finale regelmäßig mit Qi-rettenden Zaubertränken versorgte, meine Tochter Melike, die mich, wann immer Probleme unüberwindlich schienen, daran erinnerte, dass nichts so hart ist wie das zweite Schuljahr und ich mich nicht so anstellen soll, und mein Sohn Pascal, der mich, wenn ich zu lange hinter dem Schreibtisch saß, regelmäßig zu einem Latexschwerterduell forderte.

Über vergessene Kommas, Logikfehler und schräge Bilder wachten erneut Karl-Heinz und Elke, die manche Nachtschicht einlegten, damit ich meine Abgabetermine halten konnte.

Auch diesmal versorgte mich Maite Itoiz mit ihrer wunderbaren Musik, die mich beim Schreiben inspiriert, und wie schon beim letzten Buch, durfte ich viele Lieder schon lange bevor sie veröffentlicht wurden, hören.

Hinter jedem Schriftsteller stehen die Lektoren des Verlages, ohne die Bücher nicht mehr als nur Träume von Autoren sein würden, deren Namen jedoch oft im Dunkel bleiben. Ins Licht geholt seien Momo Evers, die nie müde wurde, meinen Helden den rechten Weg zu zeigen, und Martina Vogl, die den Drachenelfen, wieder einmal, ein paar Tage über den eigentlichen Abgabetermin hinaus erstritten hat und so ermöglichte, dass das Buch den letzten Schliff bekam.

BERNHARD HENNEN

Im Jahr des Drachen (August 2012)